熊召政 著

大金王朝

JIN DYNASTY

1 北方的王者

北京出版集团公司
北京十月文艺出版社

新经典文化股份有限公司
www.readinglife.com
出　品

目录

楔 子

无论是从地理还是社会学的角度来看，中国北部的燕山都是不容忽视的重要山脉。虽然它只是太行山脉的一个分支，但它自西向东逶迤起伏的万千峰头，在遥远的古代，却隔开了两种文明形态。山的两侧，内侧居住着以汉人为主的农耕民族，外侧是游牧民族的家园。漫长的历史中，生活在蒙古高原上的诸如匈奴、丁零、柔然、东胡、乌桓、鲜卑、契丹、女真等游牧民族，一次次越过燕山，劫掠内地。最初的民族战争并非为控制国家政权而展开，而是游牧民族为掠夺中原丰饶的生活资料进行的争斗。这种几乎在公元前几个世纪就已开始的资源争夺战，其间歇性的杀戮与对峙，既给中国历史染上了血腥，也给各民族之间的融合与交流提供了种种可能。

秦始皇统一中国之后，开始构筑抵御游牧民族进入中原的万里长城。西起八达岭，东至山海关的燕山山脉，沿着山脊构筑的长城，是万里长城中最坚固也是最险要的一段。

在冷兵器时代，构筑长城抵御游牧民族的入侵，不失为明智之举。汉唐时代，中央政府的确依赖长城一次次挫败边鄙民族的入侵。设想一下，当被汉人称为胡骑与虏尘的军队从草原或沙漠上席卷而来时，长城上绵延不绝的烽火台依次升起狼烟示警，守御在石堡与垛堞后的官军闻风而动，顷刻间就备好了箭矢，架起了弓弩。扼守要冲居高临下的防御战打起来相对轻松。如果不是士兵们的斗志涣散，或者朝廷的气数已尽导致弃守，战争一开始，攻防两方的胜败就已经决定。入夜，赢得胜利的官军通常会在敌楼前唱歌饮酒表达兴奋，而失败的一方却只能在旷野上，倚着马肚子吹响筚篥，那呜咽凄怆的乐音，似乎在抚慰那些已经离队而去的牺牲者的亡灵。

中华民族的历史，就是在长城内外的军事斗争中发展与轮回。正因为有这一道长城，中原的农耕文明才能得以持续地发展。沃土上的收成以及富饶的物产让人民安居乐业，让诗人们逞其才智吟风弄月，让和尚与道士们能够在暮鼓晨钟中从容地修持与布道……但是，在公元十世纪四十年代，这一切却因盛唐的崩溃而发生了逆转。

公元九三六年，后唐的河东节度使石敬瑭在朝廷的权力倾轧中拥兵自立，为寻求契丹人的支持，石敬瑭开出了割让燕云十六州的条件。在契丹军队的帮助下，石敬瑭灭掉了后唐，建立了后晋小朝廷。两年以后，石敬瑭按约定将燕云十六州献给了契丹。

燕云十六州大致在今天的北京、天津到大同长城内外的地区。它们是幽州、顺州、儒州、檀州、蓟州、涿州、瀛州、莫州、新州、妫州、武州、蔚州、应州、寰州、朔州、云州。幽、蓟、儒、檀、顺、瀛、莫、涿、易九州位于太行山北支即燕山东南面，历史上习惯称山前九州；余下七州在太行山的西北，俗称山后七州。

燕云十六州是农耕与游牧两种文明犬牙交错的地区，失去了它，不但失去了长城，同时也失去了保护中原的屏障。契丹人建立的辽国拥有了它，便拥有了觊觎中原的桥头堡，同时也获得这一地区农耕经济所提供的充足粮食与物资。但是，稍后建立的赵宋王朝，即我们文化心理上所认同的中央政权，却因失去了燕山与长城的拱卫而陷入被动。自秦以后的所有王朝中，没有比宋朝更小的国家版图，更没有比它更糟糕的国防，这情形犹如一个人头上始终悬着一只沸腾的汤锅。面对这种局势，宋太祖赵匡胤犹如骨鲠在喉。他曾在内府库专门设置一座“封桩库”积贮钱财，一门心思想用金钱赎回长城两侧的土地。但是，契丹皇帝岂肯轻易放弃这一块从天上掉下的馅饼？燕云十六州本身就是一只巨大的聚宝盆，拥有它不但拥有财富，更是拥有了睥睨天下逐鹿中原的本钱。既不能谈，又不能买，剩下的只有战争了。公元九七九年，接替哥哥赵匡胤皇位的宋太宗赵光义亲自出征，率领王师渡过黄河北上，御辇驶入幽州，在高梁河也就是今天的北京西直门外，与以逸待劳的辽师打了一场流矢如蝗血肉横飞的阵地战。结果宋军大败，亲临战阵骑马督战的赵光义被流箭射伤，差点成了俘虏，亏得御前亲兵拼力抢救才杀出重围，星夜乘了一辆驴车逃走。收复燕云十六州的雄心受阻，但赵光义不坠青云之志，怎奈擅长防御的官军始终无法突破契丹铁骑的防线。数十年的北伐战争，屡战屡败而国力耗损。长期的战争给宋朝带来巨大的灾难，也给人民带来了无尽的苦厄。经过权衡，宋朝的第三个皇帝即真宗赵恒终于痛苦地放弃收复国土的雄心，于公元一〇〇四年在澶州的北城与辽国签订了停战和议，史称“澶渊之盟”。在这盟约内，有每年向辽国进贡大量金银岁币的条款，虽然屈辱，但总算停止了战争。从此，宋朝才得以休养生息，并获得一百余年的经济繁荣期。

又一个世纪过去，曾称雄中国北方两个多世纪的辽国也难逃历史的厄运。由于末代皇帝天祚帝耶律延禧的放荡荒淫耽于享乐，辽国朝政迅速糜烂，大臣文恬武嬉，以致人心涣散危机四伏。大凡一个王朝没落的时候，历史一定会替它寻找一个掘墓人。不仅仅是埋葬，同时还承担一个新的时代的肇造。

公元十二世纪初，辽国的掘墓人已悄然出现。说悄然出现，是因为他的出现并没有引起辽国统治者的足够重视。世代在(今)黑龙江境内繁衍的女真人，最终由居住在按出虎水（位于今天的哈尔滨市阿城区）的完颜部统一。完颜部的酋长完颜阿骨打因不满辽国派来的特使索贿无度及欺凌妇女，更不满天祚帝对女真人的傲慢无礼视若贱民，于是在一一一五年正月初一宣布建立大金国，并将这一年定为收国元年。“按出虎”乃女真语，即“金”的意思。阿骨打以金为国号至少有两层意义，一是不忘故乡，二是辽国以镔铁为宝，但金的坚韧与耐久都远胜于铁，金克铁即金克辽，表示了阿骨打要消灭辽国的决心。

大金王朝成立七年，辽天祚帝可谓经历了轻蔑、惊愕、恼怒、恐惧、沮丧等一系列的心理变化。他最初只派一支不足千人的队伍前往问罪弹压。最终，他调动三十万大军亲征围剿，但胜利的指南针早已不属于他。阿骨打建立自己的王朝之初，只有五百名从未受过军事训练的女真人追随他。但到了一一二二年，他已拥有了一支二十万兵士的强大军队。正是凭借这支军队，他饿虎扑羊似的攻克了位于巴林草原腹地、西拉沐沦河边上的辽国首都辽上京。辽国实施五京制度，除首都上京外，还有建于宁城的中京，建于辽阳的东京，建于大同的西京，建于燕京的南京。从四月攻克上京后，天祚帝就一直处于逃亡状态。阿骨打亲率大军又一鼓作气地拿下了中京、西京和东京。到了这年的十一月，数百万平方公里的大辽国土大多被阿骨打收入囊中。辽国的最后一片土地，即燕京周围的山前九州，还在辽国人的手中。守卫这片土地的是辽国的一位女子：萧德妃。

按当时的战争态势，在辽南京，即我们通常所说的燕京，一场争夺战已不可避免。打下西京后，阿骨打本可以挟其威势迅速向燕京进发，但到了张家口，他却命令部队驻扎下来休息一段时间。

阿骨打为什么要这样做呢？事情还得从宋朝那边说起。

早在一一一八年，宋朝徽宗皇帝最为宠信的太监童贯以检校太尉兼河北宣抚使的身份出使辽国，参加辽天祚帝的寿辰庆典。归国途中，在霸州的客舍中遇到一名前来拜访的不速之客。此人名叫马植，他是世代居住在燕京的汉人，亦为当地的望族。他本人也考中辽国进士，并入朝为官，当到四品的光禄寺卿。辽国近两百年的统治，已经让生活在燕云十六州的汉人产生了很大的变化。虽然他们在文化的归属感上认同中原，但因离国太久，渐渐形成了一种既不同于辽也不同于汉的殖民文化。他们常常有弃儿的感觉，因此对自身利益的关注远胜于对国家的认同。马植便属于此类，他虽然已经当上了辽国的高官，但看到辽国内有倾轧外有强敌的时候，便立刻想到自身的安危；加之他行为放浪，在辽国的官场结怨甚多，想谋取更高的职位已无可能，于是便想在政治上另谋出路。听说童贯出使辽国，便有了投靠之意。童贯开头并不愿接见他，但当他自陈有绝妙的平燕之议可以收复燕云十六州时，童贯便动了心安排接见。马植面陈“联金灭辽”的大计。

童贯出使辽国，对大金国亦有耳闻，心中思忖：“如果能收回燕云十六州，岂不是天下第一功绩？”于是将马植秘密带回汴京推荐给徽宗赵佶。这位醉心艺术贪图享乐的皇帝，也认为“联金灭辽”是千载难逢的机会。于是不顾一班大臣的反对，任命马植为秘书丞，并赐名为赵良嗣，旋即又迁升为龙图阁学士，专门负责与大金国联络事宜。

赵良嗣自山东登州乘船入海，偷偷渡过了辽国控制的渤海湾，假道朝鲜而进入金上京。他费尽艰辛见到阿骨打，面呈徽宗密信。阿骨打依契丹习惯称宋为南朝。他开始对南朝的建议并不在意，但架不住赵良嗣三寸不烂之舌，最终动了心。双方约定共同出兵征伐辽国，一旦事成，大金国承继辽国版图，将石敬瑭割让给辽国的燕云十六州归还给南朝。

几年之后，阿骨打凭借自身的力量，基本完成了灭辽大业。而承诺同时举兵的南朝，尽管以收复燕云十六州的名义在全国额外征收赋税，筹集到大量军费，但是，分两路出征北伐的三十万官军，无论是在山西还是在河北，均无法突破辽的边界。辽军虽然是强弩之末，但在南朝的军队面前仍然是虎狼之师。

一一二二年的初冬，已经攻克了辽国四京的阿骨打，不免在心里看轻已经签订了秘密协定的盟友。他心里想：“燕云十六州是你南朝想要的，那么攻克燕京的任务就应该由你南朝来承担。”所以，他的大军在张家口驻扎了一个多月，连续征战的士兵们早已恢复了疲劳，摩拳擦掌准备战斗。眼看宋军无法突破辽国在霸州一带构筑的防线，阿骨打这才下定决心，向他的部队下达了“攻克居庸关，打进燕京城”的命令。而此时，已是一一二二年的腊月二十三日，离春节只剩下七天。

第一章　阿骨打冒险巡关

一入腊月，幽燕地面少有晴天。凄厉的北风中，雪片儿赶集似的一阵紧过一阵。居庸关外四十里长的逼仄峡谷，称之为关沟，是塞外朔方进入中原的必经之地。蒙古高原凛冽的寒风吹到这里骤然收窄，犹如三军夺路，风刀霜剑更胜于虎贲之师。

阿骨打穿着一副厚重的铁甲，骑着一匹火红色的纯种沙州马，他给这马起了个名字叫火飞龙。在一队骁勇骑兵的簇拥下，阿骨打从关外野狐岭的方向纵辔而来。入得关沟，打着呼哨儿的风愈加肆虐，仿佛粗重的鞭子抽在马屁股上，受到刺激的沙州马昂起头来咴儿咴儿地长啸几声，踢踢踏踏跑得更欢。嘚嘚的马蹄踏在封冻的碎石路上，发出敲金戛玉的声音。

两天前，阿骨打就下达了攻占居庸关的命令，并任命他的第二个儿子完颜宗望为这支主攻部队的总帅，同时任命了两位副手，即左路先锋完颜娄石，右路先锋博勒。昨天，完颜宗望率领部队进驻了关沟。现在，只要稍稍留意，就会发现关沟两侧的山坡上，到处都是在风雪中等待命令的士兵。

大约离居庸关还有十里地的时候，路边有一队士兵夹道迎候。阿骨打远远瞧见他们便松了缰绳，让马放慢速度。

完颜宗望、完颜娄石、博勒三人全副铠甲，成品字形站在道中。看到阿骨打临近，三人趋身向前，但不等他们靠拢，阿骨打早已麻利地跳下马来。

“父亲，今儿个有大风雪，儿已派人给您送信，让您待在大营里不必前来。”说到这里，宗望又补了一句，“难道父亲没有收到信？”

阿骨打没有直接回答，而是倒过马鞭子，用柄头敲掉宗望短髭上的冰碴子，笑骂道：“妈拉个巴子，这倒真是个鬼龇牙的天气。但咱们毕竟不是跑老客儿，往来各地赚钱做买卖，想走就走，想歇就歇。娄石，你说对不？”

完颜娄石论辈分是阿骨打的族侄，打从十六岁起就跟着阿骨打与辽人打仗，很得这位马上皇帝的赏识。但娄石不善言辞，见阿骨打问他，只是嘿嘿地笑着。

阿骨打兀自说下去：“这一年来，咱们一股脑儿拿下了辽五京中的四京，只剩下眼皮子底下这座燕京了，再把这燕京拿下来，辽国就他娘的吹灯拔蜡了。娄石，咱们不就是等着这一天吗？”

娄石仍不回答，只是把两只手团起来，凑近嘴巴哈了一口气。

宗望接过话头说：“守卫居庸关的辽兵本来只有五千人，头两天听说咱们要攻关了，临时又增兵，现在大概有两万多人。”

阿骨打问道：“我只给你七千兵马，你觉得少不少？”

宗望回答：“不少，辽兵已是惊弓之鸟，用七千兵马攻关，已是牛刀杀鸡了。”

“你可别轻敌。”阿骨打说着，手搭凉棚朝两边山上看了看，只见楸林萧瑟峭壁如削，山脊上长城的箭楼与垛口隐约可见。他又看了看关沟中冰雪覆盖的车道，说道："古人所言，'一夫当关，万夫莫开'，指的就是这居庸关。辽兵知道咱们要攻关，早就作了周密的布置。咱们想饿虎扑羊，他还想瓮中捉鳖呢。"

一直没有机会说话的博勒，这时跺了跺脚，咕哝了一句："休想！"

阿骨打忽然压低声音，对宗望几位说："昨天抓到一位细作，得到情况，辽天祚帝已给燕京城中的萧德妃和丞相左企弓送信，他要到燕京城中过春节。"

宗望一惊："这……"

阿骨打盯了儿子一眼，恨恨地说："天祚帝这老小子，如果进了燕京城，说不定还有翻盘的机会。咱们绝对不能把这个机会送给他。"

宗望估摸着父亲的心思，凑近一步说："父亲的意思，攻关的战斗要提前？"

阿骨打微笑着没有作答，而是解开火飞龙的马嚼子。火飞龙接受主人的爱抚，兴奋地刨了刨蹄子。阿骨打从贴身侍卫伸过来的马粮袋中抓起一把燕麦，喂到火飞龙嘴里，然后拍了拍马脖子，爱怜地说："这鬼天气，让它作战，实在是憋屈它了。"

纷纷扬扬的雪这时稍有所止。宗望看了看父亲被头盔挤得略微有些变形的脸，说："已经晌午了，请父亲到前面帐篷里吃顿饭。"

阿骨打舔了舔被风吹干的嘴唇，问："你们没带干粮吗？"

宗望回答："带了，但父亲……"

他想说父亲上了年纪，不能太吃苦，但又怕伤害这位从不服输的父皇，故把剩下的半截话咽了回去。

知子莫若父。阿骨打知道儿子想说什么，笑道："宗望，你嫌我老了是不是？打仗还要父子兵，明日攻关，咱爷儿俩比试比试，看谁跑得快。"

宗望说："您是父亲，又是大金皇帝，无论怎么说，我这做儿子的决不会让您跑到前头去。"

宗望说着朝身后的侍卫做了一个手势。侍卫趋前一步，从随身带着的皮囊里掏出几个麻薯子。阿骨打拿了一个放在嘴里咬了一口，在这滴水成冰的天气，麻薯子冻成了冰坨坨，咬着硌牙。但阿骨打故意表现出美滋滋的样子，说道："麻薯子咋吃都好吃，贼面软。"他跟前的几个人也跟着吃了起来。

忽然，远处山脊上冒出了一股浓烟。接着，十几处峰头上都升起烟柱。这些烟柱都是从山上长城的烽火台中升起的。

博勒想说话，却被冰凉的麻薯子噎了一口，禁不住打了一个响嗝儿。

阿骨打已经狼吞虎咽吃下三个麻薯子，他问博勒："你要说什么？"

博勒说："烽火台四处生火，辽兵知道大皇帝来了。"

阿骨打说："知道就好。走，咱们到关前看看。"

阿骨打说完，已经翻身上马。宗望等一干人马也都跟着他，朝居庸关奔驰而去。远远看去，他们头盔上的红缨随风飘动，像飞腾的火焰。

刚交巳时，辽国的宰相左企弓就到了居庸关。大约五更天时，左企弓就乘马车离开燕京城奔西北方向的居庸关而来。飞雪纷扬寒气袭人，左企弓用驯鹿皮护住膝盖和脚，但他的心情却比这天气更为恶劣。作为宰相，他不得不对燕京的局势深表忧虑。

却说自四月份阿骨打率部攻陷辽上京之后，仓皇出逃的辽天祚帝耶律延禧就像幽灵一样到处游荡。辽国一批重臣在左企弓的率领下，一路南下到了燕京。据守燕京的秦晋王耶律淳是辽国第七位皇帝兴宗的孙子，第八位皇帝道宗的亲侄子，天祚帝是道宗的长孙，按辈分，耶律淳是他的堂叔。但这叔侄之间的关系一直不太融洽。其因是道宗听信奸臣挑唆，废除皇太子耶律濬的皇位继承权并赐死后，曾有大臣建议，请立耶律淳为皇位继承人，亏得还有正直大臣的坚持，作为唯一皇孙的耶律延禧才免遭同他父亲一样的厄运。耶律延禧继承皇位后，不但没有对曾成为他政敌的耶律淳堂叔下毒手，还任命耶律淳的父亲和鲁斡为天下兵马大元帅，并晋封耶律淳为郑王。和鲁斡死后，耶律淳承袭父亲爵位再晋升为秦晋王，驻守燕京。

上京陷落后，天祚帝曾逃到宁城住了一段时间，而后又从那里出走西京。出走前，他下诏命宰相左企弓、兵马总督耶律大石及兵马指挥使萧干等一起镇守燕京。随着战事的吃紧，天祚帝后来完全不知去向，而辽国最后一块版图也只剩下以燕京为中心的燕云十六州的一部分土地了。以萧干为首的一帮大臣以“天祚帝已不能行使皇帝权力，而国又不可一日无主”为理由，决定拥立耶律淳为皇帝。耶律淳年过六十，深知收拾残局殊非易事，故还是真心诚意地推辞了几次，但架不住大臣们锲而不舍地恳求，他最终答应。在辽上京被攻陷两个月后，耶律淳在燕京称帝，号天锡皇帝，并将天祚帝降为湘阴王。

尽管这只是一个局部的政权，天祚帝的忠实追随者以及宋、金两国都不承认它，但对于大量的辽国的流亡者来说，它仍然起到了吸附作用。一时间，大批从辽国各地汇聚而来的达贵官人与军事将领集中在燕京城内。但好景不长，仅仅三个月，耶律淳就因病一命呜呼。他临终前吩咐：立天祚帝的儿子秦王耶律定为帝，在远在他乡的秦王前来即位之前，由自己的爱妃萧德妃摄政，并封萧德妃为皇太后。

这萧德妃是辽世袭贵族大臣普贤的女儿，名叫萧莫娜。莫娜是契丹语聪明绝顶的意思。在辽国的贵族圈中，她与妹妹萧莫谛一起被称为大乔小乔。她嫁给耶律淳时只有十六岁，而耶律淳已年近五十。天祚帝在万寿节上见到她时，可谓一见倾心。但是，大概由于秦晋王的身份，萧德妃似乎对他这位风流皇帝总是表现得冷漠。用天祚帝的话说，“这是一块焐不热的冰”。几年后，天祚帝娶了萧德妃的妹妹萧莫谛。莫谛在契丹语中的意思是天上的仙女，她的漂亮温顺更胜于姐姐。但天祚帝却固执地认为萧莫娜是这个世界上最值得亲近的女人。天祚帝与秦晋王的关系，本来就有隔阂，自从萧莫娜出现后，两人的关系就显得更加微妙。

由于家族的遗传基因，也由于长期处在倾轧与权谋中，萧莫娜性格刚毅且极有主见。晚年的耶律淳统御部属驾驭局势，完全依赖于萧莫娜。所以，当耶律淳去世，其指定的嗣位者秦王不知去向，流亡中的天祚帝又无法号令天下，本来就处在枢机密勿之地的萧莫娜就在这群龙无首的局势下脱颖而出，成了燕京城中唯一一个能够调理群臣稳定军心的铁腕人物。

几个月来，各地相继沦陷的消息传到燕京，萧莫娜与大臣们常常一夕数惊。一入冬天，就听说南边的宋朝与北边的大金联手夹击燕京。对于宋朝，萧莫娜并不怎么当回事。但对于大金铁骑，萧莫娜却绝不敢掉以轻心。前些时，听说阿骨打率兵马自西京出发进击燕京，萧莫娜就派重兵扼守居庸关。大前天，听说大金先遣部队已进入居庸关的关沟，尽管辽兵已作了妥善布防，萧莫娜依然害怕有所闪失，故特遣左企弓前来巡关。

听说左企弓前来，守关大将张觉赶紧从关楼上下来迎接。

左企弓六十来岁，但看上去比实际年龄要大，精瘦精瘦的小个儿，包在厚重的狐皮大氅内，头上戴着一顶同样是狐皮质地的瓦楞帽子，把耳朵与下巴遮得严严实实。生了一脸横肉的张觉乍一瞧见左企弓这糟老头儿的打扮，便觉得晦气，勉强用尊敬的口吻禀道：

"末将张觉，在此迎接丞相大人。"

刀子般的北风，刮得左企弓睁不开眼睛，他微微抬抬手说："上楼说话。"

转过两道券门，上得关楼的两层朝房，由于砌了火墙，房子里温暖如春。侍卫帮着把左企弓身上的狐皮帽子及大氅卸去，穿着宰相官服的左企弓不再显得那么埋汰，只是脸色仍显憔悴。

张觉从坐在炉火中的铫子里倒出一碗热气腾腾的奶茶，双手递给左企弓说："丞相大人，你上居庸关也不挑个日子，你看看这暴风雪，一泡尿都可以拉成冰棍。"

左企弓向来不喜欢张觉这一张不干不净的嘴巴，也不想与他绕弯子，单刀直入地说："阿骨打兵临关下，太后不放心，让我前来看一看。"

左企弓称呼的太后即萧莫娜。张觉不知为何对萧莫娜没有好感，故在心中很恶毒地骂了一句："什么太后，歪屄不上线儿！"然后拉了拉脸，不以为然地说："太后怕阿骨打，咱不怕！"

左企弓愣了一下，忍住气说："说说你不怕的理由。"

张觉瞧着左企弓喝完了奶茶，才回答说："丞相大人，你该记得，把守居庸关，不是太后派给我的活儿，是我自己要求率军前来。"

左企弓点点头："这一点太后知晓，你请命于危难之际，忠勇可嘉。"

张觉接着说："把守居庸关，就这么一截子长城上，咱摆了两万精兵。昨日细作来报，阿骨打让他的二太子宗望率七千兵马入了关沟。两万对七千，他攻我守，他们在底下跳蚤一样蹦跶，我们在关楼上备足了弓弩箭矢。你说，这场战争的输赢还定不下来吗？"

左企弓看出张觉轻敌，于是敲打他："宗望是常胜将军，他一旦泼命冲近关门，胜负还真难说。"

张觉嘴一撇："阿骨打底下那些臭糜子，没什么好怕的。丞相大人，请你挪个步，到关楼前看一看。"

左企弓也想看看张觉的布防，于是重新穿戴起衣帽，走出关楼来到砖石砌的关台上，通过垛口瞭望。

这座始建于汉武帝时代的居庸关，建立在军都山的隘口上，与榆关、喜峰口、卢龙塞、娘子关一起并称为太行山五大险要关隘，而居庸关又是这五大关隘中最为峻险之地。居庸关南北向，建在两山隘口之中。关城的东侧，有一条小溪，依着山根自北向南流淌，如今已被冻成了一条冰带。溪水之上的东山，峰头耸峙逶迤，同小溪的方向一致。山脊上修筑的长城，俯视关道，所有阻挡视线与妨碍弓弩的树木都被砍掉。关城西侧，山势峻肃更胜于东山。此处的长城东西向，千余级石阶直通西峰。中间建有若干座箭楼，锁住长城外的乱山。

关城的城楼高三层，底层城门紧锁通关大道，城门后的瓮城上，修有一座关帝庙，铜胎彩塑的关公红脸长髯，手握青龙偃月刀，虎视眈眈盯着关外古道。

左企弓走进关帝庙，恭恭敬敬给关公上了一炷香，作了三个揖，然后又走回到三层关楼的廊前，对张觉说："我的印象中，你没有和金兵打过仗。"

张觉点点头："是的。但是，咱和南朝的军队交手多次，一次都没有输过。"

左企弓回答："南朝的汉人，十个倒有九个怕死的，金国的女真战士，怕死的人，万中挑一都不会有。所以，你千万不能掉以轻心。"

张觉感到左企弓对他不信任，言语粗了起来："女真人只要不是铜头铁臂，我就能让他们在这居庸关前尸横遍野。"

"你有什么绝招儿吗？"

"你看看这个。"

张觉说着，从随从手中拿过一枚拳头大小的铁件儿递给左企弓。

左企弓接过来一看，是一枚铁蒺藜，问："你怎么让我看这个？"

张觉回答："女真人会打马仗，早在三天前，我就往这关道上铺了五里路长的铁蒺藜，女真人的马队冲过来，保证有一匹倒一匹，有两匹倒一双。"

"人家不会清除？"

"怎么清除？丞相大人，请你走到垛口那儿，朝下瞅瞅。"

左企弓走近垛口朝关门外的道路上望去，一片茫茫冻雪覆盖了道路。他转身问张觉："你让我看啥？"

"就看这道儿上的积雪，从关门朝前五里地，我密密麻麻撒满了铁蒺藜。就为赶制这批铁蒺藜，我用了十万斤生铁。如今，这些铁蒺藜被冰雪冻死在关道上。明年二月之前，女真人休想越过这五里地的铁锥关。"

左企弓虽然觉得张觉这副趾高气扬的样子很不受用，但又对他这种煞费苦心的防御措施煞是满意。他又朝关楼东西两边的长城巡视一番，觉得东边长城没有任何破绽让敌人有机可乘，但是，西边长城中间一段，山势跌了下去，长城外的山峰可以俯瞰城壕，便说："我看这段长城是个软肋，你应该派人到对面山头上，再布置一道防线。"

张觉笑道："你说的那山头，叫鹰嘴峰，四面峭壁，从没有人上去过。它面对的这段长城，地势是低了些。但丞相大人你再看看，鹰嘴峰相对的长城里头的峰头上，一共有三座箭楼镇守，支援守城的兵士。一旦敌人出现在城外山坡上，三座箭楼共有三百只弩机，同时发射。在那里攻城的敌人，一门心思想进居庸关，但恐怕都稀里糊涂地走上了黄泉路。"

"唔，"左企弓的脸上好不容易挤出一个笑容，"张将军，有你这番布置，老夫我就放心了。"

正说着，忽听鼓声大作。值守的士兵们顷刻间都涌上了城上的跑道，弓弩手也都非常麻利地架好了弩机。接着，烽火台自远而近都升起了滚滚的浓烟。

一位小校跑过来报告："大帅，一小队女真的骑兵沿着关沟朝关城奔驰而来。"

"传令各部，加强戒备！"张觉眼看小校领命跑去，又咧嘴笑着对左企弓说，“阿骨打的臭糜子们，开始在咱关沟里遛狗腿儿了。”

左企弓拍了拍张觉的肩膀，拉拢地说：“张将军，如今，你是咱大辽国的定海神针，等熬过了这阵艰难，我给你请功，让太后给你颁一个铁券金书。”

“多谢丞相大人。”

张觉虽然说的是感谢的话，却让人听出揶揄的口气。左企弓还想说什么，却见一位随从急匆匆跑来，奏道：“禀大人，太后派人从城里送信来，让你赶紧回去。”

左企弓还没有缓过神来，张觉却嚷开了：“丞相大人前脚刚到，后脚太后就派人来催回，视察居庸关，难道不是正事儿？”

“太后那边，肯定有新情况。”左企弓说着就要走下关城。

“丞相大人，咱已备下薄酒，你喝几杯，暖暖身子再走。”

“不了，现在出发，天黑前还能赶回京城哩。”

张觉跟在左企弓身后下了关楼两层的券门，忽然伸手把左企弓一拦，神秘兮兮地问：“大人，你告诉我实话，是不是天祚帝已经进了燕京？”

左企弓一时不知如何回答。天祚帝派人给他送信，让他准备一些药材衣物烧酒一类的物资送往他的藏身之处。他已遵旨做了。但不知何处传出风声，说天祚帝要到燕京来过春节。左企弓知道这是谣传，但他不能辟谣。他心里清楚，天祚帝在文武百官以及士兵中间，仍然有强大的影响力。因此他尽量回避给出正确答复，他知道越是模糊，大家心中残存的希望就越是不会破灭。

张觉见左企弓成了扎嘴葫芦，于是不满地催问：“大人，难道对我这样的人，你也不肯说实话？”

左企弓为了稳定军心，不得不说假话：“张将军，你不要告诉别人，天祚帝正在来燕京的路上。”

张觉点点头。

与张觉在居庸关下分手，一坐上回程的马车，一种巨大的不祥之兆就紧紧攫住了左企弓的心。

第二章　左企弓欲施诈术

阿骨打在百余名骑兵的护卫下，向着居庸关方向疾驰而来。此时密雪乍停，云隙中居然射出几缕惨淡的阳光。但北风却比下雪时更加猛烈。喇叭口样的关沟往里越走越窄。宗望看到右边长城居高临下愈来愈近，甚至可以看得见垛口后辽兵手中明晃晃的刀枪。他生怕有什么闪失，便冲在前头压住速度，而完颜娄石与博勒两位将军，也一左一右把阿骨打夹在中间。

阿骨打抽出腰刀，横着一边一下拍了拍两位将军的铠甲，嚷道："孩子们，你们再这样鬼精鬼作的，我的火飞龙就要发脾气了。"

阿骨打话音刚落，火飞龙仿佛听懂了主人的话，竟突然腾起两只前蹄，咴儿咴儿地长啸几声。

"你们听到没有？"阿骨打得意地问。

博勒与完颜娄石都往旁边闪了一点。

这时，忽听得一阵急促的嗖嗖声，接着是嘎嘣嘎嘣金属落在石头上的声音。说时迟那时快，只见完颜娄石纵身一跃离开马鞍，跳到阿骨打的马上，将他压在身下。

紧接着，又听到宗望喊道：“娄石，快掩护皇上下马。”

阿骨打哪用得着娄石掩护，只见他反手将娄石一推，娄石猝不及防，身体后仰偏坠失去重心，原本紧紧箍住阿骨打的双手顿时松了下来。这当儿，阿骨打双脚迅速退出马镫，纵身一跃跳了下来。

嘎嘣嘎嘣的金属声此起彼伏，一阵猛过一阵。

“敌人放箭了。”宗望说。

“你看看，箭都落在哪儿？”阿骨打指着右边山坡说，“狗日的辽兵们，这是在糟蹋萧德妃的家当呢！我的手下要是这般作践，我非卸了他的脑袋不可。”

宗望看了看东边天空，箭矢还在放射。落得最远的地方有那么几支掉在冰冻的关河里，大部分都落在山坡外沿上，离关道还有十几丈的距离。他便笑道：“辽兵这么放箭，是为自己壮胆呢。”

阿骨打一行下马闪避，长城上的辽兵看得真切，认为阻挡成功，于是纷纷从垛口后探出头来，各自挥舞手中的刀枪，齐声嚷道：“阿骨打，滚回去！阿骨打，滚回去！”

阿骨打身边的将士听了这山鸣谷应的侮辱性欢呼，一个个气得七窍生烟。博勒不听劝说，一个人跑到关河边上，把双手围成喇叭状朝山上吼道：“兔崽子们，明天，我就把你们的舌头全部都割下！”

按理说，这么远的距离，山上的辽兵听不见博勒的叫喊，但奇怪的是，长城上忽然安静下来，辽兵们都收起刀枪，伸长脖梗儿瞭望着博勒。

阿骨打感到有什么不对劲，疾声嚷道：“博勒，回来！”

博勒余怒未消，还在原地叫骂。忽见一块箩筐大的石头从长城一处垛口后腾起，瞄准的目标就是博勒。只见那块石头弹出约有两百多米远就掉落在地上，然后在大斜坡上滚动，愈滚愈快，在下坡沿撞上一道石棱，滚石遇阻弹射起来，竟越过关河，从博勒头顶上飞过去，重重地砸落在关道上。

博勒走过去，踢了踢石头，骂道："爷还怕你这个！"

阿骨打问："这里离居庸关还有多远？"

宗望回答："还有六里地。"

阿骨打四下睃视，说："再往前走，右边长城上的弓弩与抛石就够得着了，难怪说一夫当关万夫莫开。走，再往前走走。"

阿骨打说着迈开脚，但宗望拦住了他："父皇，再不能往前走了。"

"为什么？怕箭矢还是怕抛石机？"

"还有比这两样更麻烦的。"

"那是什么？"

"这个。"

宗望从身上摸出一枚铁蒺藜，递给阿骨打。

阿骨打摸了摸铁蒺藜上的芒刺，锐利无比，如果打到马蹄上，再好的马也就废了。

"在哪儿发现的？"阿骨打问。

"昨天，我派出善窥兵，他们在前面一里地的关路上发现了这个。"

"多吗？"

"密密麻麻布满关道，而且，经雪水封冻，都牢牢地固死在路面上。善窥兵拂开积雪，只见路上一片尖尖的芒刺。"

"既然铺上了铁蒺藜，想必就一直铺到了居庸关下。五里路长的蒺藜阵，这可花了大价钱。萧德妃这娘们儿，看来是一只不好惹的骚狐狸。”

看到阿骨打陷入沉思，宗望在一旁说道：“守城的大将张觉，原来是辽国的平州太守，是秦晋王耶律淳的亲信。耶律淳死后，他对萧德妃并不太恭敬。”

“但从守关的布置来看，这张觉还是一员不错的战将。”阿骨打赞叹了一句，接着说，“咱们和辽国打了大大小小上百场战争，这恐怕是最难打的一场了。”

完颜娄石虽然舌头短，说到打仗，他的言语就多了起来：“皇上，小的有个建议。”

阿骨打投给他一个鼓励的眼神，说道：“娄石，你说。”

娄石指了指东山上的长城：“辽兵靠的是弩机和抛石机，但箭矢与石块总是有限的，咱们每天派一小股部队前来骚扰，他们就会射箭、抛石，这样耗他个把月，还不把他们的备料耗尽？”

“那铁蒺藜呢？”博勒插话。

“铁蒺藜之所以成为障碍，是因为有冰，等到春上解冻了，几把扫帚就可以解决这些铁蒺藜。”

博勒嘴一撇：“那要等到猴年马月呀，这不成！”

娄石憨笑着反驳：“打仗又不是赶集，非得赶早。”

阿骨打正欲接过话茬说什么，忽见一只尖嘴利喙翅大如轮的海东青箭一样从高空射下，稳稳地落在火飞龙的背上。站在跟前的阿骨打走上前，从海东青的脚爪上解下一支小玉管，旋开塞子，从里面倒出一个纸卷儿。

在女真人的心目中，海东青是神鸟。它是生活在库页岛一带的一种凶猛无比的鹰隼，女真人掌握了捕捉它的本领。一旦用“熬鹰”的绝活儿将它驯化为猎鹰，它就变成了女真人狩猎时最好的帮手。它能在千米高空上看清大地草丛中奔跑的羚羊与野兔。一旦发现猎物，它就会猛扑下来攫住，百无一失。后来，女真人又培养它充当信使。只要给它一个方向，它就能在数百里地之内，准确无误地找到收信人。刚才这只海东青就是从关沟外二十里地的中军大营出发，它游弋在高空，发现了在地上不停地刨蹄子的火飞龙，于是一侧身子俯冲下来。

阿骨打展开纸卷儿，上面写了大约二百来字，他反复读了几遍，然后把纸卷儿放在嘴里嚼烂吐在地上。

看到阿骨打读信，几位大将怕有偷窥之嫌都闪开了几步。

阿骨打把海东青抓到手上，朝着关外的方向朝天上一撒，海东青在原地打了一个旋，又升上天空原路返了回去。

看着海东青飞远，阿骨打又循着刚才的话题，对娄石说：“你刚才说的攻关的方法，花费的代价最小，应该是个好主意。”

娄石受到肯定，显得有些兴奋。

阿骨打接着话锋一转：“但是，拿下燕京城，老天爷抠门，不给我们两个月的时间。”

宗望猜想到刚才海东青送来的密信，肯定涉及军情上的重大变化，他太了解父亲了，越是碰到棘手的事，他越是表现轻松。

宗望于是问了一句：“父皇，拿下居庸关，您给几天时间？”

阿骨打伸出两根指头：“两天。”

“两天？”博勒惊得吐了吐舌头，忽然又觉得不妥，补充说，“皇上放心，没有过不去的火焰山。”

“不是让你霸王硬上弓。”阿骨打说着，转问宗望：“攻城的云梯都准备好了吗？”

“准备好了，扎了一百架。”

“兵士们埋锅做饭的柴草呢？”

“够烧五天的。”

“赶快传我的命令，今儿个夜里，让兵士们吃一顿热乎乎的饱饭，从明天起，所有的柴草，一根也不准动。”

宗望兴奋地说：“父皇已有攻城妙计了。”

阿骨打翻身上马，勒转马头踏上归程，他示意宗望驱马过来与他并肩前行，娄石等知趣地故意压住队伍与他们隔几步路。

阿骨打低声对宗望说：“大营里送信来，萧德妃四大天王之一的郭药师，已在易州叛变，投靠了南朝的童贯。”

紧赶慢赶，天黑之前，左企弓回到了燕京城内。冒雪冲寒，饥肠辘辘，左企弓也顾不得回家暖暖身子喝碗热粥，而是命令车夫将马车赶到内城保宁门外，然后几乎是一路小跑赶到了萧德妃主政的保宁殿。此时，萧德妃正与她的哥哥萧干、耶律大石等几位大臣议事。萧干原任燕京兵马指挥使，耶律淳称帝之后，任命他为兵马总督。耶律大石原是天祚帝手下大将，随左企弓一行来到燕京后，迫于无奈归顺了耶律淳，被任为天下兵马总督，在军中的地位还高于萧干。耶律淳称帝后，所依赖的正是萧干、耶律大石、郭药师与张觉，辽人称他们四人是燕京政权的四大天王。

看到左企弓走进殿来，萧德妃指了指身边的一把铺了鹿皮的椅子让左企弓坐下。从神情上看得出来，她早就盼望左企弓回来。

左企弓刚落座，萧德妃就将一份谍报递给左企弓。

左企弓接过来，先看到了“郭药师降表”五个楷书的题头大字，不免心里头一颤，遂埋头读了下去：

> 臣生幽昧之乡，未被文明之化，常思戴日，何啻望霓？遐者，天祚皇帝怠弃銮舆，越在草莽；万姓无依栖之地，五都有板荡之危。虽宣嗣国，旋至淹忽；女后摄政，尤难抚绥；诚天命之有归，非人力所能至。臣等纵属多难，莫生异心。盖所居众人父母之邦，不可废臣子之节。今契丹自为戎首，窃稔奸谋，燔烧我里庐，掳掠我士女，报之以德，抚乃以仇。以是思戴舜以同心，耻助纣而为虐。今将所管押之马步军，愿充贱用。伏愿皇帝，特开天地之恩，许入风云之会。实所愿也，非敢望焉！

左企弓一连看了两遍，又环视了一下殿内各位在座者的脸色，沉吟着问："这件事发生在什么时候？"

萧德妃回答："早晨，你刚离开城里，奚王总兵就从良乡送来了这份谍报。"

左企弓脑海里浮出郭药师的样子：一只大大的酒糟鼻子像一朵被雨水泡胀的猴蘑，极为夸张地蹲在刀条脸的中间，再配上两道似有还无若断若连的细长眉毛和一双窄窄的眯缝眼，还有一个朝前翘起的瘦削下巴，让人诧异这种五官的搭配可谓天下无双。加上两条因为长期骑马而形成的罗圈腿和开口说话时那种刺耳的鸡公嗓子，真可谓人见人烦，人见人怕。记得第一次见到郭药师时，是在中京宁城，天祚帝因为上京失守，暂时避难中京。生于铁州的郭药师，本是驻守中京的一名裨将，大金国阿骨打的兵马一来，惧怕女真人的兵士们一夜间逃走了大半，就连守城坐纛儿的大帅也携带眷属溜得无影无踪。生性喜欢斗殴惹事的郭药师，不甘心就这样不明不白窝窝囊囊地卷铺盖走人，于是从马厩里牵出一匹好马，星夜驰回铁州。凭着他在家乡打小挣下的好侠仗义的名声，两天时间，就募集了八千名战士。他带着这支新军赶回辽阳，正好天祚帝撤退到此，郭药师率军前来拱卫。天祚帝知道这件事后很是感动，便下旨召见。见面时郭药师面对平日难得一见的天祚皇帝行了标准的将军觐见礼，即右腿单腿跪下，两手抱拳举过头顶。天祚帝两眼死盯着郭药师的酒糟鼻子，竟忘了吩咐平身。还是左企弓在一旁提醒，天祚帝这才让郭药师起来安排椅子坐下。

天祚帝问：“你是哪里人？”

郭药师两手搭在膝盖上，恭恭敬敬回答：“铁州。”

“铁州是熟女真聚居地。”

大辽建国时，为防止居住在黑龙江及松花江流域的女真人势力太大不服从管理，开国皇帝耶律阿保机于是下令将部分女真人迁到辽河流域安顿。一个半世纪过去后，迁到辽河流域的女真人几乎被契丹人同化，所以被称为熟女真，而留在黑龙江原居地的女真人则被称为生女真。天祚帝说这句话的意思，可以听出对女真人的轻蔑，但对熟女真还勉强接受。

郭药师不能完全理解天祚帝复杂的心理感受，仍老老实实地回答：“是的，铁州的熟女真很多。”

“你是熟女真吗？”

“不，我是契丹人。”

“哦？”

“我祖上是汉人，但到我爷爷那一辈，就完全变成契丹人了。”

“这么说，你和女真人没什么关系。”

“有一点，我老婆是熟女真。”

“你样样都沾一点，”天祚帝的口气充满揶揄，“你小子还有点本事，两天就招募了八千人。”

“小人对皇上忠心，我要招募勇士勤王。”

“你那八千勇士，都是熟女真吗？”

“大部分是，其中也有契丹人，还有一小部分汉人。”

“唔，这些勇士们是打兔子能耐，还是打老虎能耐？”

“既有打兔子的，也有打老虎的。”

“你呢？”

“我主要是打老虎，捎带也打兔子。”

天祚帝笑了起来。

郭药师也跟着笑起来，他笑的样子更让人觉得阴鸷。他看出天祚帝有抬手送客的意思，连忙说：“皇上，小人还有一事请求。”

“说。”

“小人招募的这支军队，还没有名字，小人斗胆请皇上赐名。”

天祚帝略作深思，说：“那就叫怨军吧。”

“什么？”

“怨军！”天祚帝一字一顿地说，“怨，就是恩怨的怨，女真人对朕的大辽国可谓以怨报德，阿骨打实在可恨。你郭药师招募了这么多熟女真去同生女真作战，是以其人之道还治其人之身，是以怨报怨，所以，就叫怨军！”

“这……”郭药师有些难堪。

左企弓对愣着的郭药师说：“还不谢皇上！”

郭药师从椅子上挪下屁股来，对着已经起身离去的天祚帝的背影，再次行了一个将军礼。

天祚帝离开辽阳前往云中西京时，并没有安排郭药师随驾，而是让他随着左企弓与耶律大石到了燕京。左企弓已经看出天祚帝对郭药师并不欣赏，郭药师自己也明白这一点。但到了燕京后，情况发生了改变，仓促称帝的秦晋王耶律淳苦于人才匮乏难撑危局，故对郭药师百般拉拢，改怨军为常胜军，并赐郭药师为京南防御使，将西奚、岭外诸大王部众新募军士一万多人，全部交给郭药师指挥。这样，郭药师麾下有了一支两万人的军队，顿时身价大涨，身份竟与耶律大石、萧干、张觉等老臣扳平，成为支撑燕京政权的四大天王。

郭药师负责镇守涿州、易州，阻挡宋朝的入侵。当大金与宋朝议定南北夹击合围燕京时，宋徽宗皇帝派童贯、王黼率三十万大军北伐。但是在霸州附近的白沟遭遇主动出击的郭药师。宋朝军队无论是数量还是装备，皆占有绝对的优势，却被郭药师打得卸甲丢盔溃不成军，退缩到雄州以南。这一仗是耶律淳称帝以来军事上最大的胜利。从此，宋朝官军虽每有骚扰，但从未取得过胜利。因此，郭药师的影响力，竟一下子超越众人，变成了四大天王之首。但是，天有不测风云，谁知在燕京争夺战的节骨眼上，郭药师却反水投奔了宋朝，对于以萧德妃为首的燕京政权来说，无异于雪上加霜……

见左企弓看了降表之后思忖良久默不作声，萧德妃忍不住问他：“丞相，你看这件事如何补救？”

左企弓说：“涿、易两州落入南朝手中，的确对我们不利。但我认为，铁心跟着郭药师反水的，肯定只是他募集的怨军，秦晋王拨给的奚王各部一万多人，不会跟着他走，当然，这只是分析。”

“丞相分析得很对。”兵马总督兼北院枢密使的萧干接话说，“奚王各部统领萧余庆，已将自己的部队带出涿、易两州，如今布防在白沟一带。”

“这么说，南线还有阵地可守。北线的居庸关，我今日视察归来，张觉的自信与轻敌虽然令人担心，但他的防御策略还是让人信服。”

萧德妃蹙着眉头说：“燕京的安全，靠守是守不出来的。”

左企弓点点头回答：“眼下的确是我们最困难的时候，腹背受敌，金与宋联盟，必欲来夹击我大辽。古人讲兵不厌诈，我看，咱们恐怕也只能施展一点诈术了。”

“什么诈术？”萧德妃问。

左企弓看了看在座的萧干和耶律大石，欲言又止。

萧干敏感地瞪了左企弓一眼，不满地说：“你不相信我们？”

左企弓苦笑着摇摇头，回道：“我岂敢不相信两位大帅，我是怕说出想法来，刺伤了两位大帅的自尊。”

耶律大石过去与左企弓同在天祚帝身边共事，对这位老臣的沉稳与缜密一向抱有好感，于是立即表态：“丞相大人但说无妨。”

萧德妃也鼓励说：“丞相快说吧。”

左企弓这才说出他的想法：“对大金的阿骨打，我们诈降；对南朝，我们也主动俯首称臣。”

“这是什么浑球主意，”萧干立马站起来反驳，“阿骨打本是一只老妈猴子，一不小心让他坐大了，但怎么说，也只是个撩骚的妖怪。南朝他宋家的皇帝，从来都不敢抬正眼看咱们，如今你老神仙倒好，让咱们大辽的贵胄们在他们面前当一个低声下气的孬种。”

“看看，”左企弓不愠不火，干笑着说，“老夫刚说了一句，萧大人就呛上了。”

萧干是萧德妃的亲哥哥，所以，萧德妃敢给他脸色看。接着左企弓的话，她斥道：“哥，看你这脾气，动不动就尥蹶子，听丞相把话说完。”

萧干气鼓鼓地坐下，左企弓刚要说完他的锦囊妙计，忽听门外有人锐声喊道：“启禀太后，出大事了！”

萧德妃霍地站起来，追问：“什么事？”

门外的侍卫回答：“郭药师神兵天降，已经攻到城下了。”

第三章　郭药师夜袭燕京城

侍卫到保宁殿来报告消息时，郭药师已经率领怨军在燕京东面的迎春门一带与守城的辽军展开激战。

打从九月份耶律淳去世之后，虽然已获得京南防御使称号的郭药师地位并没有任何变化，但他已经隐约感到接替耶律淳秉政的萧德妃对他并没有什么好感。萧德妃的美艳以及强悍的作风是她统御君臣苦撑危局的利器。也许是郭药师身上体现出来的狡黠以及他丑陋得不敢让人正视的长相，萧德妃打从一见到他就感到腻味，但碍于夫君耶律淳的面子，她还是虚与委蛇。耶律淳死后，对于已经坐大的郭药师，萧德妃为燕京安危计，还是对郭药师表示了友好。在萧德妃升座听政的仪式上，郭药师的位子很靠前，丹墀之下右边第二个位子即是他，排在他前面的是兵马总督耶律大石。站到这个位置的时候，郭药师有些受宠若惊。因为诸如张觉等一帮资格比他老的文武大臣，都排在他身后，他顿时对萧德妃充满感激之情。那场大典究竟如何进行，哪些人说了些什么，郭药师全都忘记了，他只记住了他所站立的位置，能够近距离欣赏萧德妃一双黑葡萄似的大眼睛和微微上翘的猩红的嘴唇，甚至还闻得到她身上散发出来的龙涎香味。郭药师并不知道萧德妃艳丽的衮袍上熏的是龙涎香，他只知道这香味非常特别，它刺激人的嗅觉和味觉，足以让一个血气方刚的汉子心旌摇荡想入非非。仪式结束后，郭药师故意磨蹭走慢几步，他想获得机会单独与萧德妃说几句话套套近乎。他向目送群臣离开的萧德妃使了使眼色，萧德妃也看懂了他的眼神，瞬间的迟疑之后，抬手示意让他走近前来，问他："你有什么要说的吗？"

郭药师开口说话之前，先习惯性地龇了龇牙，然后压低嗓门说道："德，啊不，太，太妃，如果你觉得末将适合拱卫燕京，我愿意换防。"

萧德妃强忍住心中的不快，问道："大将军，你为什么会这样想呢？"

郭药师扭头瞟了瞟正在离去的大臣们，发现耶律大石停下脚步，正用充满警惕的目光注视着他，于是他又往前走了一步，声音压得更低："皇上刚刚仙逝，这燕京城危机四伏，末将怕你势单力薄，受人欺侮。"

萧德妃恨不得朝郭药师脸上啐一口唾沫，但她却勉强挤出笑容，回答："感谢将军为我担心，但我希望你为辽国的前程多费一点心思，你在防御南朝的前线，这可是先君对你的信任，还望你更加谨慎，燕京南面的安全，就仰赖将军你了。"

萧德妃说罢，在几位亲兵与侍女的簇拥下，绕过丹墀后的屏风，下殿走了。郭药师孤零零地站在那儿，忽然产生了巨大的失落感。丹墀前的龙涎香味还未完全消散，郭药师使劲嗅了嗅，感到鼻子发痒，禁不住打了一个响亮的喷嚏。这时，他的肩膀被人重重拍了一下，回头一看，但见身材魁梧的耶律大石站在他的面前。

“啊，是总督大人。”

郭药师应了一声，又把脑袋扭过去，朝屏风的方向瞟了一眼。

“太后已经走了。”耶律大石说话的口气充满了揶揄和嘲讽。

“是的，走了。”郭药师又龇了龇牙，忽然没来由地朝耶律大石摇了摇头，补了一句：“希望她比那一位萧妃的命要好一些。”

“哪一位？”耶律大石问。

“天祚帝的祖母哇！”

郭药师这一说，耶律大石没有接腔。因为这是辽国皇室的一段伤心往事。四十多年前，由于时任国相耶律乙辛的挑唆，辽道宗相信自己心爱的皇后菩萨哥与宫廷伶官赵惟一私通，于是下旨让菩萨哥自缢并诛杀赵惟一全族。菩萨哥姓萧，因长期在贵妃的位子上，宫里人习惯称她为萧妃。她色艺双绝，擅诗词，她的诗词每写一首，都会谱成曲子传唱。而伶官赵惟一，每次谱曲与演唱，皆为萧妃所欣赏，所以为耶律乙辛的诬陷构成了说辞。

菩萨哥自缢前，曾写《绝命词》一首：

嗟薄祐兮多幸，
羌作俪兮皇家。
承昊穹兮下覆，
近日月兮分华。
托后钩兮凝位，
忽前星兮启曜。
虽衅累兮黄床，
庶无罪兮宗庙。

欲贯鱼兮上进，
乘阳德兮天飞。
岂祸生兮无朕，
蒙秽恶兮宫闱。
将剖心兮自陈，
冀回照兮白日。
顾子女兮哀顿，
对左右兮摧伤。
……

据说太子耶律濬看到母亲的《绝命词》后，一读而晕厥。斯时他已总摄朝政，耶律乙辛深恐太子报复，又向道宗皇帝进谗，密告太子不满母亲之死，决定谋反。道宗皇帝再次震怒，也不管父子之情，竟下旨处决太子夫妇。这是大辽建国一个半世纪以来最大的冤案。太子夫妇一死，他们唯一的儿子，只有四岁的耶律延禧顿时成了孤儿。几年后，道宗皇帝才醒悟过来中了耶律乙辛的离间计，于是将耶律乙辛满门抄斩，并重新给太子修建陵寝，给太子的生母，自己曾经非常宠爱的萧妃平反昭雪，立耶律延禧为太孙，让他承继皇位。尽管太子夫妇最终获得了清白，但人死不能复生，道宗皇帝直至临死前都无法原谅自己的错误。天祚帝的祖母萧妃曾经是辽国最美丽最有才华的女人，她的无辜赐死，给辽国朝野之间留下无尽的痛惜。郭药师现在将相隔近半个世纪的两个萧妃进行类比，耶律大石心里头升起不祥之感，他瞪着郭药师，问道：“你这乌鸦嘴，怎么会突然想到天祚帝的祖母？”

“我也不知道为什么。”郭药师嘀咕着。

“这两位萧妃是完全不同的两个人。”

“但有一点是一样的，两人都是咱们大辽国最漂亮的女人。”

“你有资格评论皇后吗？谁给了你这个胆子？”

说话间，两人已走到了保宁殿外。暮秋的天气，石阶上飘满落叶，有气无力的阳光洒在上面，不但没有增加温度，反而生出了寒意。也许是郭药师肆无忌惮的问话激怒了耶律大石，他浓密的络腮胡子簇起如戟，双手下意识地抱成一个拳头，骨节挤得咔吧咔吧响，那样子很瘆人。

“总督大人，你？”郭药师愣住了。

“我瞅你的眼神，全都是狡黠，看不出一点正经。”耶律大石攥着劲，伸出皮靴踩碎了阶上的一片落叶，狠狠地说，“我把你的烂肝烂肺都看清楚了，你这只癞蛤蟆，想吃一口天鹅肉！”

应该说，这一场不愉快的谈话，为郭药师的叛变种下了祸根。还不等郭药师回到沧州的驻地，耶律大石就紧急求见了萧德妃，禀报了与郭药师谈话的情况。萧德妃也将郭药师视为心病，于是找来哥哥萧干，三人一起商量，遂决定削弱郭药师的兵权，将原来归他统辖的京南六州一拆为二，郭药师只统辖涿、易二州，余下四州另派奚王部落首领穆章努率两万人出镇。当穆章努自朔州率部前来办理防区交接时，郭药师知道自己在萧德妃那里不但得不到赏识，反而受到排斥。经过权衡，他觉得投靠宋朝可能对自己的前程更为有利，于是派手下心腹前往雄州与驻节于此的河北宣抚使童贯秘密接触。

却说宋金两国自订立南北夹击辽国的密约之后，大宋徽宗皇帝赵佶立即任命心腹重臣童贯以太尉衔领命河北宣抚使，并任命王黼为宣抚副使。其时王黼任职枢密使。他与童贯都是徽宗跟前的弄臣，可谓位极人臣，权倾朝野。由这样两个人领命出征伐辽，足见徽宗皇帝赵佶对这件事的重视。童王二人也志在必得，认为旌旗所向，必定望风披靡。但是，当他们率三十万精锐部队渡河北上进攻燕京，却没想到白沟一战，郭药师以两万兵马，将大宋军队打得卸甲丢盔尸横遍野。童贯只得下令部队后撤三十里布防，将宣抚使行辕安置在雄州城内，再也不敢贸然进击。时间一天天过去，眼看大金军队在完颜阿骨打的率领下从蒙古高原一路攻城拔寨横扫而下，如今已兵临居庸关外。而大宋的王师却始终突破不了大辽军队沿永定河一线构筑的防线。童贯与王黼承受的压力越来越大，他们一方面不断地编造虚假捷报呈送汴京，一方面也刻意搜求打破僵局的破解之方。但是，战争这玩意儿的残酷无情，在于它不接受任何的花拳绣腿，阵地推进唯一的方法只能是枪林弹雨与铁马金戈，而这恰恰是大宋军队的软肋。贪生怕死畏惧强敌的情绪在军队中蔓延。常言道“兵熊熊一个，将熊熊一窝”，童贯王黼这两位最高的军事指挥官，既不懂排兵布阵，又无法凝聚军心，故瑟缩在雄州城内一筹莫展。恰在这时，郭药师派人来投石问路表示出归顺之意，童贯王黼等怎能不喜出望外？他们立刻安排了与郭药师的秘密会见。

那一天，郭药师带领少数心腹乔扮成一队商旅从涿州来到雄州。为避免走漏风声，会见安排在较为偏僻的州学堂的廨房之内，并提前清走了所有的生员和闲杂人等。双方见面一番寒暄介绍之后，童贯睨着郭药师上翘的下巴，问道：“郭将军，你知道我们最近正要发动总攻吗？”

“攻哪儿？”郭药师反问。

“进攻你的阵地。”

“怎么，太尉大人，你们还想来一次白沟之战？”

郭药师话中有骨头，且口气轻蔑，童贯很不受用，但“白沟”这两个字又的确让他心惊胆战。他竭力想保住尊严，于是转了话题问：“听说郭将军有归顺之意？”

“不知南朝皇帝会如何对待我？”

“如果郭将军率部归顺，我朝皇帝绝不会亏待你。”

“空口无凭，太尉大人说点实在的。”

“你有多少兵马？”

“八千。”

“八千？”

“太尉大人嫌少？”

“白沟之战，你们只有八千人参战？这不可能！”

其实，白沟之战郭药师指挥的是两万人，但由于萧德妃的嫌疑又解除了他的部分兵权，现在归他领导的，只有属于自己的八千常胜军。但郭药师不愿意说出这个变故，便编造故事讲：

“当时与你们作战的，就是我麾下八千常胜军。当然，还有萧干率领的两万人在外围支援。”

“你是大辽国的重臣，怎么会想到背叛呢？”

“因为天祚帝不知去向，秦晋王耶律淳也死了。”

“听说萧德妃是个强悍的女人。”

“不但强悍，还非常漂亮。”

“哦！”

“但她不欣赏我。”

“于是你就与她决裂，弃暗投明。”

“太尉大人，说说条件吧。”

“你带你的八千常胜军归顺我朝，并将你辖制的涿、易二州献来，我会奏明皇上，封你为河北招讨使，如果你能得到攻陷燕京城的首功，皇上一定会给你封侯。”

“这两个条件都不是什么难事。第一个条件，我现在就能答应，第二个条件，过几天就能答应。”

“郭将军爽快，来人！”

话音刚落，只见厢房里抬出几个盖着红绫的大礼盒，童贯起身亲自揭开红绫，只见其中两只礼盒里满是黄灿灿的金铤，一只礼盒里是十几件上等的玉器，还有一只礼盒里摆放的是一把宝剑。

童贯对郭药师说：“这是一百斤黄金；这是于阗玉器，西夏国进贡的宝物；这把剑叫天龙剑，剑上阴面镶有一颗夜明珠，阳面黄金镂刻的‘御赐’二字，乃今上的手书。我朝欢迎郭将军的归顺，先送几样见面礼。”

郭药师贪婪地看着这些宝物，一时傻了眼，兴奋地说：“都说南朝遍地珍宝，果然名不虚传！”

这次会见，让郭药师铁心反水。当下与童贯密议，一回到涿州，他就率八千常胜军偷袭燕京，童贯率援军随后赶来支援。

分手之后，郭药师回到驻地，就迫不及待地率部向燕京进发，一路上并无障碍，因为他旗幡戎衣依旧。但到了燕京城下，他命令部队立即换上事先准备好的大宋军旗，鼓噪攻城。

萧德妃率耶律大石、萧干、左企弓一行在保宁殿外上马，急驰来到迎春门，登上城楼一看，但见城外杀声震天，数十架云梯搭在城墙上，攻城的兵士倒下一批又涌上一批。斯时天色已晚，虽然城上城下到处都点燃了火堆，但仍看不清攻城的部队究竟有多少。城上城下弓弩对射，几处城头似乎已被郭药师的部队占领，城下的战鼓声马蹄声乱糟糟响成一片，城头上刀枪碰击声、辱骂声、撕心裂肺的喊叫声闹哄哄，更是平添了战斗的恐怖。

由于部队大部分都在燕京城南北二线布防，守城的部队不足万人，加之对郭药师的突然攻城毫无防备，所以刚刚登上城楼时，萧德妃的心情骤然紧张。萧干忙着调兵遣将，也顾不得与萧德妃研判局势，萧德妃瞪着她那一双水灵灵的大眼睛，仔细察看城外攻城部队的情况。透过隐隐约约的火光，她看到有一支百多人的骑兵，在离城大约有两箭之遥的地方横着跑来跑去，而最激烈的呐喊声正是从那马队发出。

“大将军，这一仗应该怎样打？”萧德妃问站在身边的耶律大石。

耶律大石虽然屡经战阵，但他格外小心，蹙着眉头说出自己的想法：“我认为先要弄清虚实。”

“什么虚实？”萧德妃轻声问，即使如此紧张，她的嘴角依然挂着迷人的微笑，“你的意思是，先要弄清楚攻城的人马究竟有多少？”

耶律大石点点头：“是的。如果只是郭药师的八千人马，倒也没什么，担心的是，南朝的军队跟着一起来了。”

萧德妃朝城楼外瞟了一眼，又朝向左企弓：“丞相，你说说。”

左企弓同耶律大石的担心是一样的，于是回答：“老臣认为，大将军的担心有道理，知己知彼，百战不殆。所以，我们先要弄清虚实。”

萧德妃眼神里掠过一丝不易察觉的轻蔑，说道：“这个虚实不用去打探，已经清楚了。”

“哦？”

耶律大石与左企弓都不约而同表示了惊讶。

“你们看，”萧德妃指着远处还在奔跑的马队，“郭药师这是在布迷魂阵，他让那些骑兵横冲直撞，骑兵后头还弄了一些人在敲鼓，很明显是在虚张声势。”

“郭药师这狗娘养的，一脑门子邪性，连打仗都没个正经的。”

耶律大石恨恨地骂着，忽然愣怔了一下，又问：“太后，郭药师就这么傻，硬要挺着脑袋朝枪矛上扎？”

萧德妃笑道：“这就是郭药师的狡猾之处，他为何选择晚上攻城，就是不让我们看清楚他的虚实。”

左企弓摇着头说：“他如此胡闹，又能得到什么呢？”

萧德妃回道：“这个魔鬼把咱们当成惊弓之鸟，指望我们一闻战鼓就弃城逃跑。”

耶律大石心里头暗暗佩服萧德妃的精明，又问道：“如果咱们不逃走怎么办？”

“咱们坚决守城，不消两个时辰，这个魔鬼就会自己夹着尾巴回撤。”

“不成，不能便宜这个王八蛋。”耶律大石说着操起他的那柄重约三十斤的大刀，对萧德妃说，“我现在领一支人马，冲出城去擒拿郭药师。”

萧德妃伸手拦住耶律大石，决断地说：“不劳将军出城，我另有主意。”

“什么主意，太后请讲。”

“打开城门，放怨军进来！”

“放他们进来？”耶律大石与左企弓同时叫了起来。耶律大石把大刀朝砖地上杵了杵，问：“太后，你这葫芦里装的是什么药啊？”

萧德妃银牙一咬，脸上腾起了杀气，说道：“郭药师不是指望咱们弃城逃跑吗？咱们就将计就计，把他诓进城来。只要他进来，咱们再把城门一关，关门打狗！”

脸上一直挂着愁苦的左企弓这时浮出了笑容，由衷赞叹道：“太后身处危难而镇定自若，想出这等锦囊妙计，大辽有幸，大辽有幸！”

大计既出，具体排兵布阵萧德妃再也不费心思，而是交给耶律大石与萧干两人，自己则急匆匆下得城楼回到皇城。

不出萧德妃所料，郭药师此次突然进攻燕京，实在是一场“诈术”的表演。听说完颜阿骨打率大金铁骑逼近居庸关，他就断定，处在南北夹击中的燕京城已是风雨飘摇危如累卵，加之天祚帝部分旧臣与秦晋王耶律淳的亲信这两部分人从来都是各扯各的旗号，各打各的算盘，尿不到一个壶里。萧德妃一个女流之辈，哪里有什么霹雳手段统治各路霸主？这燕京城里住着的明着看是一个苟延残喘的小朝廷，实际上不过是一帮随时都会作鸟兽散的乌合之众。郭药师自以为已把燕京政权的底牌看得清清楚楚，所以才在童贯面前夸下海口，要独自率军前往攻打燕京。他的如意算盘是：若真能捡个便宜占领燕京，对于南朝，他可是一等一的功臣。即便萧德妃方面早有准备，他也不会冒死强攻，带领部队撤回便是。童贯为自身计，也怂恿郭药师前往攻城，但又害怕郭药师有什么闪失，于是建议在郭药师出军之际调五万兵马，进驻涿、易两州，郭药师想到既已归顺宋朝，也就应允了童贯的计议。

但有一点出乎郭药师的意料，即他的部队到达燕京城下，攻城时遭到了强烈的抵抗。他本想趁着夜幕掩护一鼓作气攻陷城池，迫使萧德妃弃城逃走，现在看来倒是有点异想天开。双方激战一个多时辰，各有伤亡，但怨军却无法攻入城内。郭药师明白如此胶着下去对自己不利，于是决定鸣金收兵。但是，收兵的号角尚未吹响，但见城墙上一片骚乱，刚才还在拼死抵抗的辽兵，忽然撤得无影无踪。而久攻不破的迎春门也忽然大开，有一些散兵从城里涌出逃窜。郭药师不明就里，正狐疑间，前哨来报守城辽兵不战自溃，皆因萧莫娜带着一帮大臣，自北辰门仓皇出逃。

一听到这消息，骑在马上督战的郭药师兴奋地在马背上翻了一个跟头，对身边的人嚷道："你们都听到了吧，萧莫娜这娘儿们跑了，刚才你们都还认为她三头六臂呢！跑了，这娘儿们跑了！"

"大帅，咱们进城吧？"一位裨将问。

"对，进城！"

郭药师说着，重新把脚伸进马镫，然后一夹马肚子，箭一样朝迎春门驰去。数千名怨军跟着他，赶集似的朝城门涌去。

第四章　祈神殿的迎神大典

保宁殿的西北角，有一处宏大的建筑叫祈神殿。这是辽东京皇族举行祭祀的地方。

此时，滴漏壶旁的计时板上刚刚挂出了寅牌，停了半宿的大雪又纷纷扬扬铺天盖地下了起来。天还没有亮，宫城里的各条道路旁边，到处都站满了举着火把的士兵。忽然，一身戎装的值日官站在保宁殿大门外的长廊上拖长嗓音大喊了一声：

"迎神——"

只听得嘎轧嘎轧沉重的推门声，保宁殿的正门大开，从里面走出一队庄严肃穆的队伍，领头的一人身穿辽皇宫专用的萨满神服。这是一种布里亚特神服与巴林神服的结合体。它吸收了布里亚特神服以五彩布带作为璎珞周身挂满的特点，但改造了它过于驳杂而显得不够庄严的毛病；巴林神服几乎从一开始就显示出它的贵族特点，以金线绲边的黑袍为主体，周身绣满日月星辰与鱼鹰虎豹，但因缺少璎珞的装饰而显得庄重有余飘逸不足。吸收了布里亚特神服的特点之后，它的下裙整整齐齐缀了三十六根彩带，这彩带自上而下分为金黄、湛蓝、赭红、翠绿、桃红五色，彩带上窄下宽，呈菱形。神服的衬领很高，几乎遮住了整个颈部。神服的衣袖从臂到腕渐渐收窄，两只衣袖自腋下至手肘的下面，各缀有四条黄色的镶着红玛瑙与绿宝石的龙凤交舞的飘带。两只手臂平抬起来，这些飘带摇曳如幡；手臂垂下来，飘带垂落拂地，犹如匍伏的金蛇。穿这套服装的人，必定是宫廷的主祭司。当大祭司跨出保宁殿的大门，在场的人都不知道他是谁，因为他脸上戴着一个铜面具，头上还戴了一顶五鸟神帽。

大祭司刚刚跨出门槛，凛冽的寒风搅着雪花向他扑来，随行的宫人迅速给他披上一件用羊骨与鹰骨磨成珠子绣成祥云等吉祥饰品的骨披肩。

祭司抬脚走下台阶时，早有三位穿着雅德根神服戴着虎皮帽的小萨满在铺满雪花的御道上迎候，他们腰上系着小喇叭状的响铃，手上拿着笊篱大小的手柄羊皮鼓，导引着大祭司向祈神殿走去。他们一边走一边击鼓歌唱。借着火把的光芒，能够发现从保宁殿到祈神殿御道的两侧，每隔一丈远就立有一根图腾柱。柱的础石上满布着狮子的浮雕，而柱的顶端都插着棕色绲边的绣着鹰隼的黄旗。

且歌且舞，大祭司在一群小萨满的簇拥下走到了祈神殿的门口。只见左企弓与耶律大石两人领头，几十位文武大臣分站在殿门两侧迎接大祭司的到来。

大祭司在台阶之下，值日官又高喊了一声：

“恭迎——”

文武大臣都双手交叉把手掌贴在胸前。

大祭司在祈神殿门口双手平伸，八根飘带垂拂过膝，一字儿排开。这个手势的意思是“神啊，请随我走进这神殿”。看到这手势，殿门里等候的四位小萨满，一起上前把大祭司抬起来放在一只藤制的肩舆上。这时，宏阔的大殿里已按北斗七星的图形燃起了七堆篝火。小萨满们抬着大祭司在火中穿行，大殿里那些已经穿起神服的宫女们，一起引吭高歌：

在这雪花飘舞的黎明，
我们找到隐匿在天幕上的星光，
我们让它穿过寒冷，
燃起七堆彻夜不灭的篝火。
这是皇子给妈妈的火呀，
这是雪山女神的火呀，
这是大黑山石头的火呀，
这是苍穹上星神的火呀，
这是战士们胸膛的火呀，
这是骏马奔跑时的火呀，
这是大辽国永生的火呀。
嗨耶，嗨耶，冰雪里生儿育女，
嗨耶，嗨耶，草原上活过白头，
嗨耶，嗨耶，白雾里看穿大海。
烧吧，烧吧，嗨伊耶，
魔鬼逃窜，无影无踪；
烧吧，烧吧，嗨伊耶，
契丹兴旺，福寿齐昌。
火啊，母亲的火，恩惠的火，
慈祥的火，哺乳的火，

伊耶，伊耶，嗨伊耶，
火是闪着来，
火是笑着来，
火是蹦着来，
火是树上来，
火是飘着来，
火是雪中来，
火是爆着来，
火是雷中来！
把该烧的都烧掉，
让希望的火花并蒂开。

在嘹亮而又充满神秘感的歌声中，坐在肩舆上的大祭司一直双手交叉把两只手掌贴在胸前。左企弓与耶律大石率领的数十位大臣紧跟在他的身后，自左至右绕着火堆鱼贯而行。他们从小到大曾经无数次参加萨满祈祀的仪式，对这首名为《火祭》的歌曲可谓耳熟能详。当唱诗的宫女们开唱的时候，他们都默不作声，低首合掌而行。他们中不知谁小声跟着唱起来，紧接着少数人开始跟唱了。不多久，几乎所有人都放开了喉咙，雷鸣般的歌声冲出殿外，冲出王宫的高墙。这热烈而又悲壮的歌声，让宫城内外的人们都感到了震撼。

《火祭》歌唱完时，大祭司的肩舆正好落在殿前靠近丹墀的地方。大祭司走下肩舆，对着熊熊燃烧的七座火堆虔诚地跪了下去。

三个一直担任引导的萨满这时一字儿排开站在大祭司的面

前，他们牵着一根打了五个绳结的子孙绳，每个绳结上缀有菱形的红宝石、圆形的玉璋、锋利的虎牙、拳头大小的海螺以及海东青的头盖骨。它们分别代表太阳、星星、厄运、决斗与死亡。在萨满祭祀中，充满了祭山、祭河、祭树、祭鱼、祭熊等各种各样的仪式。但今夜的祭祀仪式，可以说是萨满祭祀中最高规格的仪式，即祭战神。

祭战神，顾名思义，它已不是民间的祭祀，而是朝廷举行的关于战争的祭祀。这一条子孙绳横在大祭司的面前，他必须蒙上眼睛，挥刀砍向绳结。这五个绳结相当于五种命运，除了太阳和星星，另外三种都是不祥之兆。如果砍中了红宝石，军队必须向东，砍中了玉璋，军队必须向西，这两个方向是表示起死回生度过厄难。另外三个即虎牙、海螺及海东青的头盖骨，都是灾难的标示，虎牙是被包围后的恶战，海螺是军队遭遇到前所未有的攻击，而海东青的头盖骨则表示灭顶之灾。

大祭司跪着，嘴中念起了神秘的咒语，那声音轻微得比蜜蜂的嗡嗡声还要小。在他念咒语的当儿，一位萨满走上前将一条黑绸带系在他的铜面具上，遮住了他的眼睛，另一位萨满则把一柄绘有龙纹的短剑递到他的手上。

这时候，祈神殿里骤然安静下来，静得每个人都可以听到自己的心跳。

大祭司双手托剑，举过头顶。

舞蹈的萨满与宫女们又开始歌唱起来：

青雕女神从天上来，
手握钢叉的安邦瞒爷从山上来，

铜镜女神从雪地上来，
攀天抓地的沙布木瞒爷，
从八十节的宝塔上走下来，
请你们赐福给众多的子孙，
赐福给你们培养的战士。
给他们每个人插上九十九根翎毛，
给他们的双脚都安上风火轮。
让他们手握雷电，
成为无往不胜的战神！

分列两厢的文武大臣们，再一次跟着唱诗的萨满高歌：

让我们手握雷电，
成为无往不胜的战神！

重复唱了三次，跪着的大祭司突然站了起来，左手握拳放在胸前，右手将龙纹剑高高举起。

殿中的歌唱声戛然而止，天色已经亮了，凛冽的暴风雪如同狼嚎一般，让这刚刚萌生的曙光分外瘆人。

大祭司举着剑，摸索着朝前走去。

大殿里的空气似乎凝固，所有的眼光都投射到大祭司手中那柄高高举起的剑上。

一步、两步、三步……

大祭司停下来，他在思忖是否已走到子孙绳前。他必须计算好距离，因为如果他走上前碰到了绳子，这场祭祀就算失败；如果他离绳子太远，挥剑砍不到绳子，那也是一场不可饶恕的事故。因为，祭祀的仪式是绝不能重复第二次的。因为大祭司本人计算出现差错而造成失败，大祭司必定要受到惩罚，轻者被剥夺大祭司的崇高地位，重者会被砍去右手。

走了三步之后，大祭司犹豫了一下，又很决断地向前跨出两步，在离子孙绳还有一尺五寸的地方，他站定了。

人群中发出轻微的啧啧声。

大祭司将握拳的左手松开，摸了摸紧扣在脸上的铜面具，又把手放下来朝前探了探，刹那间，他右手的龙纹剑横空劈下。

一道弧光划过子孙绳。

这结实的绳子被齐刷刷地斩断，断在第一个绳头上，坠地的红宝石发出清脆的响声。

红宝石象征太阳，再好不过的吉兆了。

所有在场的大臣都看得清楚明白，不等引导萨满报出结果，巨大的欢呼声已让整个祈神殿沸腾起来。

大祭司又坐到肩舆上，穿着神服的宫女们奔跑过来，帮着大祭司卸掉铜面具和头上戴着的五鸟神帽。大殿里的所有人这才看清，这个大祭司原来是萧德妃。

也许是因为靠近火堆，也许是因为紧张，萧德妃充满光泽的脸上显得红扑扑的，小巧的鼻尖上还渗出了细碎的汗珠。也许嫌骨披肩老是发出窸窸窣窣的响声，她让宫女把骨披肩脱下，这一下她感到舒展多了。她吩咐导引萨满把砍掉的子孙绳拿过来，小心翼翼地抚摸着红宝石，然后又格外庄重地把它贴在胸口，那神圣的表情，好像她真的托着一轮初升的太阳。

这时，左企弓与耶律大石等几位大臣走到她跟前，纷纷拱手向她表示祝贺。萧德妃因为开心而显得更加美丽，她对左企弓说："丞相，大辽国的气数，看来还没有尽哪！"

左企弓回答："是的，太后，我们一起勉力吧。"

萧德妃又把脸朝向耶律大石："大将军，郭药师的人马还有多少？"

耶律大石拱手答道："太后英明，郭药师的怨军，已经全军覆没，战士们正在清理尸首。"

其实，当萧德妃举行这场萨满教的请神大典时，燕京城内一场紧张的搏杀才刚刚结束。

却说郭药师在率部冲进迎春门时，自以为萧德妃已仓皇出逃，留下的就是一座空城，不会遭遇到任何抵抗。但是，当他一马当先冲到离迎春门有两里地远近的城中心的钟鼓楼时，忽然感觉不对。怎么这城中悄没声儿的不见任何狼藉？而且家家门窗紧闭，街上除了被踩得满是泥泞的积雪，连个鬼影子都看不到。聚集在鼓楼下的怨军兵士鼓噪着要去占领皇宫。郭药师忽然瞥见鼓楼上推开了一扇窗户，一名穿着小校服装的人探头朝底下看。他的目光正好与仰头上望的郭药师的目光碰到了一起，郭药师清晰地看到了小校脸上挂着的狡黠的笑容。他顿时感到不妙，立刻拨转马头，高喊一声："快撤！"撒鹰似的沿原路向迎春门驰去。

数千名兵士挤在一条两里路长的街道上，闹哄哄密匝匝如同赶庙会。他们看到主帅没命地贴在马背上回撤，也不知道发生了什么事情，有的愣怔，有的观望，有的瞅着郭药师的马屁股紧跟，有的还没来由地继续朝鼓楼方向拱……

这当儿，几十只凄厉的海螺号突然吹响，接着是雷霆般的战鼓声，本来寡静的街道顿时喧闹起来。街道两旁那些紧闭的门窗一眨眼工夫全都打开，数以千计的长枪戈矛从门窗中伸出，朝挤在街上的怨军士兵们又扎又捅，怨军挤成一锅粥无法展布，一时间被捅死捅伤的不在少数。

郭药师眼见这阵势非常不利，赶紧从马上滚了下来，躲在人缝儿里躲避刀枪。这时，迎春门方向传来更大的嘈杂声，跑在前头的士兵们又退潮似的倒逼回来。郭药师指挥亲兵拼死夺取了街边一处宅子，这才暂时有了一个喘息之地。他正派人打听为何士兵倒撤，恰好负责断后的偏将甄五臣在一位亲兵的带领下跑进了院子。

“五臣，后头出了什么事儿？”郭药师迫不及待地问。

甄五臣一身泥浆，一脸汗水，他顺手拿起竹舀，在灶间贮水缸里舀了一舀子水咕噜咕噜喝下去，然后抹着嘴说：“他娘的，咱们中计了。”

“唔？”

“咱断后的马队刚进迎春门，忽见身后的大门被一群辽兵给关上了。咱刚想去夺回，却见城门楼上站满了弓箭手，射出的箭蝗虫似的，直朝马队扑来。”

郭药师听了，哭丧着脸闷了一会儿，才嘟哝道：“萧德妃这娘儿们，原以为是一只软柿子，咱捏咕捏咕就碎了，谁知是只毒蝎子，咱送上来让她螫一口。”

这时，街上的杀伐声一阵阵传来，怨军们为了活命，与守城的辽兵展开了肉搏战。刀枪撞击声，负痛的惨叫声，对峙的辱骂声，夹杂着密集的鼓声，战马绝望的嘶鸣声，让人听了不寒而栗。这时，忽听得一人锐声喊道：

“弟兄们，抓住郭药师有赏！”

立刻，听到不少人高声附和：

“吊死郭药师！吊死郭药师！”

听到这喊声，郭药师的脸色都变了，他环顾左右，大约有十几名亲兵。而大门口，随行兵士与守城辽兵的搏斗正在激烈地进行。他对身边的一位小校说：“你带兵士们拼死抵抗，然后择机突围出城，回到涿州，我重重赏你！”

小校回一句：“请大将军放心！”反身冲了出去。

郭药师朝甄五臣使了个眼色，两人走进里屋，看摆设是一间卧房，因为开仗，房子的主人一家早跑得不见踪影。郭药师自己反身将房门关上闩死，指着墙角一个大衣柜对甄五臣说：“你看看，里头有啥衣服。”

甄五臣打开柜门，只见里头乱七八糟堆了一些衣衫，但都是夹衣，有男式也有女式。甄五臣问：“大将军，你要找啥？”

“找衣服，适合咱俩穿的。”

甄五臣跟着郭药师多年，知道主人的心思是要换上老百姓的衣服逃跑。于是翻出一件夹衣、一条大叉腰的裤子，居然还在柜角找出了一方幞巾，他递给郭药师说：“看看这家主人，保不准是个洗烟筒的，衣服上都有浓浓的柴烟味儿。”

说话时，郭药师已脱下铠甲，他接过夹衣朝身上穿。郭药师瘦得像板儿柴，这夹衣居然穿得松松垮垮的，他骂道：“这位烟大哥，虽是下贱人，倒也心宽体胖。”

一时两人找了些衣服胡乱穿上，因没有冬衣，两人顿时冻得嘴巴打磕。甄五臣说：“大将军，咱们穿这行头出门，就是不被兵崽子捅死，恐怕也会冻死。”

“闭嘴！”郭药师为了提精神，原地蹦跶了两下，看到甄五臣要去开房门，连忙制止，“别胡闹！”

“怎么啦？”甄五臣感到迷惑。

“开门去送死吗？”郭药师一边说话，一边把脱下的铠甲塞进衣柜里。他跳上炕头，耳贴里墙听了一会儿，没什么动静，于是朝甄五臣努努嘴：“上来。”

甄五臣跳了上来，问：“干啥？”

“这墙不厚，不知那面是啥，咱们使把劲，把这墙推倒。”

说着，两人伸手去推里墙，却是纹丝不动。两人折腾了半天，累得呼哧呼哧喘气，不见有啥效果。

门外的厮杀声越来越激烈。听得有人敲房门，郭药师问：

“谁？”

小校的声音：“大将军，快顶不住了。”

“顶不住也得顶，顶多久算多久。”

“小人遵命！”

听得小校咚咚咚跑走，甄五臣抹着汗珠子问：“怎么办？”

郭药师眼光在屋里搜寻一遍，见有一把椅子，便指着说：“去，把它搬来！”

甄五臣把椅子搬到炕头上，郭药师站到椅子上伸手摸屋顶还差一截儿，他又让甄五臣上到椅子上蹲下，他踩着甄五臣的肩头慢慢升起来，这才攀到了房梁。他将藏在夹衣里的匕首掏出来，去挠房顶的檩子。这家伙虽然精瘦，却有一股蛮力，三下两下便挠断了两根檩子，然后使劲一扳，房顶便垮塌了一大块，瓦片簌簌落地，打旋儿的雪片挟着刺骨的寒风钻进来，两人禁不住打起寒战。郭药师也顾不得碎瓦片割破了脸颊，他口咬匕首，双手攀上房梁，站在上面一看，一片黑乎乎的瓦脊。他招呼甄五臣上到房梁，借着明明灭灭的火光，踩着瓦脊朝东门方向跑去。

他之所以选择东门，是因为那边几乎没有什么厮杀的声音，黑乎乎的也不见有火把。在房顶上跑了二三十米，然后寻了一个临街的骑马楼子，沿着墙根儿溜了下来。

郭药师对燕京并不陌生，在东大街上跑了里把路，又折进小巷，钻进一个下水道，猫着腰出了东门。

来到东门外的旷野上，回头看城里南街一带，依然火焰熊熊，隐隐约约还听得见杀伐声。逃出生天的甄五臣一身湿漉漉的，也顾不得什么，就势躺在地上，嚷道："我的亲娘啊，你儿子捡了一条小命回来！"

郭药师踢了他一脚："说这话还太早，狗日的兵蝎子，还在眼皮子底下呢！"

甄五臣听说此话，赶紧从地上爬起来，随着郭药师，深一脚浅一脚向涿州方向落荒逃去。

大约三更时刻，指挥这场围歼战的耶律大石走进了保宁殿。在左企弓的陪同下，萧德妃一直端坐于此，半刻未曾合眼。

耶律大石把一套铠甲丢在她跟前，萧德妃瞥了一眼，问："这是谁的？"

"还能是谁的？"耶律大石嘴角挂满了轻蔑，"京南防御使的铠甲，被塞在一户人家的衣柜里。"

一颗心一直绷得紧紧的左企弓终于舒心地笑了一下："郭药师这王八羔子，是逃了还是死了？"

耶律大石回答："死尸堆里找不到，八成是逃了。"

左企弓感叹："咱燕京城，又躲过了一劫。"

耶律大石说："太后的关门打狗之计，实在是高明！"

萧德妃咬着下嘴唇，沉思着说："二位大臣，我想赶在天亮之前，在祈神殿举行一次萨满教的请神仪式。"

"啊？"两位大臣同时感到惊奇。

萧德妃看着他们，缓缓说道："郭药师再多，无非是一群耗子，没有什么可怕的。但是，完颜阿骨打不一样，他是一只无法战胜的老虎。我要问一问天神，咱大辽国的气数，是不是真的已经尽了。"

第五章　大金国第一谋士

阿骨打的中军大营设在居庸关外二十里地的地方，而他的行辕则安置在松亭驿。这是大辽燕京古北口外的第一个驿站。大辽国盛时，北宋的使者前往辽上京，往往取道燕京，松亭驿是必经之地。真宗澶渊之盟后，宋辽两国修好，两国使节频繁往来，宋朝的大文士诸如欧阳修、曾巩、苏轼等都曾担任使节到过辽上京，无一例外，也都住过松亭驿。辽国贵族及文人都非常钦佩宋朝的文化，对宋朝的这些大文人都耳熟能详，这也是宋朝廷让这些文章圣手担任使节的原因。松亭驿历任驿丞，辽朝廷都会选择谙熟宋朝礼节制度及艺文有些造诣的人来担任。大凡宋朝使节到站时，他们都会让这些名满天下的文士们留下一些墨宝，或诗词，或绘画，或书法，然后装裱起来悬挂在驿站各处。眼下，阿骨打下榻的这一间上等客房，便挂了一副七字联：

讲席旧逢山鸟至
梵经初向竺僧求

上联边款题了“录司空曙句”，下联署名为“欧阳修书”。

这间客房是驿站的主客房，共有三进。第一进是客厅，第二进是书房，第三进是卧室。这副对联挂在书房里，中间挂了一幅四尺整张的青绿山水立轴，一看这立轴的设色与款式，便知是宋朝宫廷画师所作的院画。

却说五天前阿骨打住进来时，亲兵们打扫房间，从墙上摘下这幅中堂和对联，随手扔在地上，准备烧地龙取暖时作引火之用。这时，随军参事陈尔栻走进来，看到地上一片狼藉，他蹲下身子仔细看了看字画，见那对联上“山鸟”两个字，已被厚重的皮靴踩污了一块，不禁大惊失色，对还在忙碌着布置房间的亲兵说：“水老哇，快拿抹布来。”

水老哇是松花江流域的土话，即抓鱼的鸬鹚。这位亲兵本名叫达鲁罕，但人们从来不喊他的名字，连阿骨打在内，都喊他的绰号水老哇。

水老哇正在将一张驯鹿皮端端正正披在一把靠背椅上，这把椅子是用张广才岭上最为稀罕的暴马子树做的。而驯鹿皮也是用阿骨打亲手宰杀的一头牡鹿制成的。阿骨打征战多年，不管到哪儿，都带着这把椅子和这张驯鹿皮。即便当了皇帝，这习惯也改不了。所以，每到一处，水老哇的第一件要事就是安置好椅子。这会儿听到陈尔栻喊他，便按往常的习惯答道：“老爷子，等我把椅子归置好了，再帮您。”

“不成，你现在就得给我拿抹布，赶快！”

听陈尔栻的口气很坚决，水老哇咕哝道：“不就是要个抹布吗，我这儿腾不出手来，您要擦什么，要不就拿地上的那几张破纸擦一擦。”

“你这花脚猫，说的是哪门子的话，这是破纸？这可是大宝贝。”

“大宝贝？”水老哇放下手中的活计，瞅了瞅地上，“老爷子，您说这些破字画儿？”

水老哇说着，随手解下腰间的抹布递过来。陈尔栻接过抹布，小心翼翼地擦拭对联上的污渍，说道：“水老哇，你不知道欧阳修这个人吗？”

水老哇问：“是南朝的吗？”

“是的。”

“活着的还是死掉的？”

“死掉的。”

“活着的我都不认识几个，死掉的我更不知道了。”

“欧阳修是南朝的大文豪，受南朝皇帝的派遣，充当参访辽朝的国使。这副对联，是他路过松亭驿时写下的。”

“这就算宝贝？”

“水老哇，你知道南朝有句谚语，‘三代不读书，出口像牛哞’，说的就是你这样的人。”见水老哇仍嬉皮笑脸的样子，陈尔栻又加重语气说，“欧阳修的这副对联，若放到南朝的都城汴京，少说也值十两银子。”

“这么值钱？”水老哇的眼睛放光了。

“可不是，”陈尔栻提着这副对联站起来，吩咐水老哇，“这些字画，你怎么从墙上取下来，就怎么挂上去。”

“好好好。”水老哇又把字画挂回到墙上，一边挂一边说，“老先生，您说这欧什么人的对联，咱们大皇帝瞧得上眼吗？”

“什么物件儿，让我瞧得上眼？”

声到人到，阿骨打一抬脚已迈过门槛走了进来。水老哇赶紧退到一边说明事情原委。

阿骨打走到字画跟前仔细端详，问陈尔栻："这欧阳修的学问大吗？"

陈尔栻："大，他可称为南朝的文曲星。"

阿骨打："与你比呢？"

陈尔栻："臣与欧阳学士相比，是小巫见大巫。"

阿骨打一笑，拍拍陈尔栻的肩膀："老先生别作践自己，你是我大金国的文曲星。"

阿骨打这么说是有来由的。十八年前，阿骨打作为女真完颜部落的新任酋长，前往辽上京觐见辽国天祚皇帝。年轻气盛的天祚帝根本瞧不起这位来自按出虎水的女真首领。盖因契丹人建立大辽国后，与北宋、西夏三国鼎立。但大辽国的版图最大，华北平原的一半，整个蒙古高原乃至中亚细亚的一部分，都在大辽的国境之内，女真人世代生活的东北地区，都受辽国统治。以渔猎为生的女真人，素来桀骜不驯，辽国皇帝对这个不安分的民族始终抱有戒心。阿骨打作为生女真完颜部的酋长，受到天祚帝的冷落是可想而知的。因此，在天祚帝招待各地部落头人的宴会上，阿骨打被安排在最末一席。阿骨打因是第一次朝觐，心里很不高兴，但碍于"君臣"之分，也不便发作。宴席一结束，他立即起身离席，一刻也不肯在辽上京多待，而是想翻身上马一日千里驰回家乡。但是，当他刚走出宫殿大门，却被一个从后面急匆匆赶上来的人将他喊住了。

阿骨打打量这个人：穿着一件青色圆领皂袍的身材短小干瘦，相比之下，一颗脑袋却大得不成比例，一顶显然是大号的黑色平翅幞头箍在头上还有被"勒"的感觉。下巴上的一绺花白胡子垂过颈项，眉毛疏淡近似于无，而一双不大的眼睛却显得炯炯有神。

在当时，这种穿戴的人是下等文人，在辽宫中做一些抄写应答、保管书籍、侍奉文臣之类的琐事。阿骨打本不想搭理他，但被他的眼神所触动，便停下来问："你有什么事？"

"我是汉人，我叫陈尔栻。"

"我问你有什么事？"

"我们汉人有句谚语，叫'虎落平阳被犬欺'，与酋长大人的情况相似。"

"你是什么人？"

"我是宫中文书房的抄手。"

"抄手？"

"就是替皇帝抄写诏旨号令的。"

"哦？我怎么觉得你是一头多嘴儿驴。"

"酋长大人，你以为我瞎嘞嘞吗？我跟你素不相识，为什么第一次见面就要耍花舌子呢？"

阿骨打眼睛死盯着陈尔栻："你为何在辽宫中听差？"

陈尔栻叹了一口气，回道："我的曾祖父是南朝的将军，在平州与辽国打仗，负伤被俘，我的曾祖母和年幼的祖父也一同被掳。曾祖父不肯投降，被辽皇帝杀了，曾祖母与祖父两人成了奴才，到我是第三代了。"

"这么说，大辽与你有杀祖之仇？"

陈尔栻的眼眶湿润了，低声说："我只知道我的故乡在扬州，但从未去过。从我记事起，祖父教给我的都是南朝的孔孟之学。"

"孔孟之学，我知道，那是南朝的学问根基呀。辽国的皇帝大臣们，不是也很喜欢南朝的学问吗？”

“酋长大人，南朝学问之深、之大，一般人难以窥测，但有一门学问可以帮助你。”

“什么学问？”

“帝王学。”

“帝王学？”

见阿骨打眼神充满迷惑，陈尔栻更凑近一步，耳语道：“帝王学就是教你如何当皇帝。”

阿骨打虽然向来以大胆勇猛著称，听了这句话，仍不免打了一个激灵，他下意识看了看四周，悄没人声的，于是也压低声音说：“我看你不像是个滑末掉嘴儿的人，现在实话告诉我，你为啥要赶过来跟我说这番话？”

陈尔栻说：“看你的虎背，看你的鹰眼，看你刺拉拉的头发，周身往外透射的那股子狠劲儿，就能估摸出，你有当皇帝的命。”

阿骨打咧嘴一笑：“这话，你姓陈的敢说，我可不敢听。不过，我身边还真缺一个讲南朝学问的。你愿意跟我走吗？”

陈尔栻一拱手：“听大人吩咐。”

阿骨打抬头看看天色，日头已经偏西，于是说道：“我本来准备现在就动身回阿什河，但既然你愿意与我一起前往，我等你一天。”

“为什么要等一天？”

“我给你一点时间，你去把你的家里收拾一下，最好让老婆孩子同行。”

“大人，我看还是现在走吧。”

“啊？”

“我孤身一人，没有老婆孩子。”

“你多大岁数了？”

“今年本命年，四十八岁。”

“你比我大八岁，”阿骨打好奇地问，“我已经有了五个儿子，可你却没有成家，这是为什么？”

“我家族一连三代，漂泊无依，沦为贱民，这种状态，我不想再累及子孙。”

陈尔栻的话让阿骨打感到了震撼，甚至还有一些共鸣，他理解这个小个子男人的苍凉心境，但他并没有表露什么，而是问：“那么，我们现在上路？”

“走吧。”

阿骨打下令随从让出一匹马来，让陈尔栻骑上，踏着蒙古高原上三月的夕阳，向一千四百多里地外的阿什河飞驰而去。

从此，阿骨打身边，便多了一个形影不离的谋士。阿骨打从不喊陈尔栻的名字，而是称“老先生”。陈尔栻也从不抛头露面，甚至拒绝接受任何公开的职务，甘心隐姓埋名，在幕后出谋划策。但正是因为他的建议，阿骨打花五年时间，将黑龙江、松花江两个流域的生女真各个部落统一起来拧成一股绳，然后又建立收国，国号大金。接着公开反辽，与辽国展开了长达八年的战争，直到今年秋天，辽国五京被攻陷了四京，天祚帝逃亡，大辽最后的堡垒，萧莫娜困守的燕京也在大金铁骑的钳制中危如累卵。

战争的最后阶段，差不多有一年半时间，阿骨打一次也没有回过皇帝寨。这个皇帝寨是大金国老百姓的说法，它在官方的正式称呼叫金上京会宁府，即阿什河畔阿骨打的祖居地。在这场战争的收官阶段，陈尔栻跟随阿骨打襄赞军务，阿骨打对他倚重甚深，在他的军机重地，只有一个人可以自由进出，这个人就是陈尔栻。所以，阿骨打称他是大金国的文曲星，并非虚言。

却说阿骨打自居庸关下的关沟视察归来，与完颜宗望、完颜娄石等几位将领开了一个简短的军事会议，布置了进攻居庸关的要紧事宜，这才回到临时行宫的军机房中，与早已等候在此的陈尔栻见面。

这军机房就是先前水老哇收拾的那套一连三进的客房，最外间是客厅，中间便是挂了欧阳修对联的书房，现辟为军机房，里间是阿骨打的卧室。

阿骨打进来时，陈尔栻正拿着一本书在看，阿骨打问："老先生，看的是啥书？"

"刘向的《说苑》。"

"哦，"阿骨打坐在铺了驯鹿皮的太师椅上，问，"今天，你又有什么说教？"

陈尔栻把书搁到案几上，习惯地用手捋着山羊胡，慢悠悠答道："这《说苑》里头，有一则故事，叫《螳螂捕蝉》，有点意思。"

"你念念看。"阿骨打挥挥手。

陈尔栻重又拿起书来，字正腔圆地念道：

吴王欲伐荆，有谏者死。舍人少孺子，怀弹后园，露沾其衣，如是三旦。王曰："子来何沾衣如此？"对曰："园有榆，上有蝉，蝉高居，悲鸣饮露，不知螳螂之在后，螳螂之知捕蝉，不知黄雀之在后；臣执弹求黄雀，不觉沾衣。”

十八年来，阿骨打一直坚持跟着陈尔栻学习汉文化，探讨诸家学说，已具备了相当的领悟。这会儿陈尔栻刚念完，他就说道：“老先生看来又有指教了。”

陈尔栻摇摇头，谦恭回答：“不敢，不敢，这则故事叫‘螳螂捕蝉，黄雀在后’，《韩诗别传》中也有记载，说的是楚庄王伐晋，令尹孙叔敖也用这则故事劝谏。两处记载一说吴王伐荆，一说楚王伐晋，这两次征伐，都发生在春秋之际。楚王伐晋在前，吴王伐荆在后，两者之间隔了一百多年……”

阿骨打对遥远的历史考证并不感兴趣，他打断陈尔栻的话头，饶有兴趣地问：“楚王伐晋也好，吴王伐荆也好，与咱们眼下的大金伐辽，有相同之处吗？”

“有。”陈尔栻回答得很干脆。

“蝉是辽，咱们是螳螂，那么，那只黄雀便是南朝了？”

“皇上，臣就是这么认为的。”

屋子里短暂地沉默，君臣之间似乎都有意给对方一点时间来思考这个极其尖锐又无法回避的问题。因为几年前，大金与南朝就签订了秘密协定，双方合作灭辽，一俟实现，原先被辽占领的燕云十六州就归还南朝。但是战局发展到现在，可以说是大金独自消灭了辽国，南朝军队因为燕京萧莫娜的抵抗，竟不能越过边界一步。

阿骨打首先打破了沉默，他说：“咱一直闹不清，南朝是让辽国给吓屁了，动弹不得呢，还是故意装出个大窝脖儿的样子，实际上是坐山观虎斗。”

陈尔栻答道："依臣之见，两者皆有。战争开始时，南朝未必相信我大金的实力，所以签订密约之时，只提出一个条件，就是归还燕云十六州。但对另一个条件却一直支支吾吾，就是此前南朝每年向契丹交纳的赋贡，各项合计起来有两百多万两银子，经我朝一再要求，南朝也只答应给四分之一。"

阿骨打笑道："即便五十万两银子的赋贡，届时南朝也未必兑现。"

"问题就在这里，"陈尔栻叹道，"《北史·齐纪》中有一句话，叫'佞阉处当轴之权'，这句话与南朝今日的情势极为相似，阉人如童贯、梁师成之流，奸佞如蔡京父子、王黼之流，无不结党营私，沆瀣一气，纷纷占据要津，当轴秉政。常言道，奸臣柄国，君子去位；小人当道，国无宁日。南朝皇帝被这样一群人包围，哪里还有信义可言。"

"老先生说得是。"阿骨打把身子朝前倾了倾，盯着陈尔栻的眼睛说，"林子大了，什么样的鸟都有。若论奸佞小人，哪朝哪代都有，咱大金国刚刚建立，现在朝中还没有小人，但不能打包票往后就没有。依我看，小人奸佞不可怕，可怕的是当皇帝的沉溺于声色犬马，亲小人而远君子。"

听到这句话，陈尔栻竟激动得站了起来，情不自禁地朝阿骨打抱拳一揖，连声说："皇上说得好，皇上说得好，南朝当下皇帝赵佶，正是一位沉溺于声色犬马之人。"

阿骨打正欲接腔，却见水老哇抬头进来，禀道："皇帝爷，五皇爷有急事求见。"

"啊，是栋摩，让他进来。"

阿骨打的话音刚落，只见一位身穿铠甲的中年汉子已是风风火火跨了进来。阿骨打兄弟十几人，他是老大，老四吴乞买，老五栋摩。征战期间，四皇爷吴乞买在金上京会宁府坐镇处理一应军国大事，五皇爷栋摩随阿骨打南征北战，襄佐戎机。

栋摩进来，也顾不得觅张椅子坐下，一开口声如铜钟地嚷道：

“大哥，又在向陈大参谋讨见识？”

阿骨打咧嘴笑了笑，见栋摩的铠甲上落满雪花，便对门外喊道：“水老哇，进来给五皇爷掸掸雪。”

水老哇应声跨过门槛，栋摩朝他挥挥手，说：“去去去，不劳你了。”说罢捡起几案上的秫秸秆笤帚，胡乱在身上拍了几下，又道，“我刚察看军营回来，他娘的，这雪一球一球的又大了起来。”

“你有什么急事？”阿骨打问。

陈尔栻有意回避，起身告辞说：“皇上与五皇爷先说话，等您召唤了我再进来。”

阿骨打连忙说：“老先生你坐下，咱大金国的事儿，没有什么可以向你隐瞒的。”

看到陈尔栻重又坐了回去，栋摩心里头嘀咕了一句：“这老头子倒像只过龄的蛐蛐儿。”开口时又换成了另外一句：“老先生，我就禀报一件事，不耽搁您和我大哥说话。”

“说吧。”阿骨打催促。

栋摩仍旧站着说：“萧莫娜派出的信使，刚刚到了松亭驿，坚持要见你。”

“有信吗？”

“有。”

“拿来看看。”

“不在我这儿。信使说，萧莫娜要他亲手交给你。”

“唔，”阿骨打沉吟了一下，对栋摩说，“你让他进来。”

“是。”

栋摩正欲离去，陈尔栻忽然喊道：“五皇爷，且慢。”

栋摩跨过门槛的一只脚又收了回来，茫然地问：“怎么啦？”

陈尔栻欠身朝阿骨打一揖，说：“皇上，这萧莫娜的信使，您不能见。”

“为什么？”阿骨打问。

陈尔栻答：“辽国的皇帝是天祚帝，而萧莫娜所建立的辽朝，对于正统的天祚帝来说，是篡逆之举。若是天祚帝派来信使，皇上可见；萧莫娜的信使，皇上您若是见了，就等于承认了这个对大辽不忠对大金不义的伪政权。”

“言之有理。”阿骨打吩咐栋摩，“你去问问信使，有信留下，不肯留，就让他滚蛋。”

“滚蛋，这么便宜他？他若不肯留信，我就宰了他。”

栋摩说完，咚咚咚走了。

阿骨打听到脚步声消失，复又接了先前的话题，对陈尔栻说：“老先生，依南朝这种庸君奸臣的局面，绝对不可能成为我大金国的黄雀，萧莫娜这一只蝉，我们吃定了。”

“皇上英明，但臣的话，皇上还有一半没有理会。”

“唔？”

“南朝的如意算盘是，依靠我大金的力量，让他白白得到燕云十六州。按照密约，我们理当归还。但若南朝背信弃义，我们就可以成为南朝的黄雀。”

阿骨打手托下巴深思了好一会儿，缓缓说道：“我先前创立大金国的初衷，只想将欺压我们女真人的辽国消灭，没想到世道盈虚消长，目下的形势，已完全不像当年了。”

陈尔栻看看时机成熟，于是趁热打铁，压低声音进言：“皇上，南朝的特使赵良嗣，很快就要前来送交国书，讨论燕云十六州的归还之事。此次会谈，我们先要想好对策。”

阿骨打点点头：“老先生，有一个前提，咱女真人决不做不仁不义之事。”

“这个前提，任何时候都必须遵守。”陈尔栻打心眼里佩服阿骨打的剑胆仁心，但他仍不忘及时地提醒，“观诸历史，借鉴前朝的兴衰存亡，可以判断，南朝的气数尽了。”

阿骨打心里头同意陈尔栻的说法，嘴里却说：“咱们走一步看一步吧。”

两人谈到这里，栋摩又转了回来，嚷道：“奶奶的，我拿刀往信使脖子上一架，他立刻就把信交出来了。”说着，把信交给阿骨打。

阿骨打看过信，又递给了陈尔栻。信不长，大意是燕京政权愿与大金国讲和，只要燕京这块地方还让萧莫娜统治，她愿对大金国称臣纳贡。

阿骨打等陈尔栻把信读完，便问道：“老先生，你和栋摩两人都说说，这件事怎么处置？”

陈尔栻礼貌地对栋摩抱拳请道：“五皇爷，你说说。”

栋摩说：“听说萧莫娜这女人长得像天仙，但极有心计，她主动求和，倒也可以考虑。”

阿骨打又转向陈尔栻：“老先生，你有何见教？”

陈尔栻看出阿骨打已有主意，笑道：“皇上，不用臣等出馊主意了，您指示就行。”

阿骨打从太师椅上霍地站起来，命令栋摩：“你去告诉萧莫娜的信使，萧莫娜没有资格求和，她的出路只有一条，投降！”

“大哥说得好，我这就去告诉那个鳖犊子。”

栋摩刚走，阿骨打把手指关节捏得咔吧咔吧响，问陈尔栻：“老先生，肚子饿不饿？要不，让水老哇吩咐厨下做几样小菜，咱俩捏两盅儿。”

陈尔栻答道：“恭敬不如从命。”接着又问，“皇上，宗望的八千精兵，这会到了哪里？”

阿骨打朝陈尔栻诡谲地一笑，充满信心地说：

“天亮之前，他们全部都会进入预定地点，只等卯时一到，就会对居庸关发起总攻。”

第六章　风雪夜中的突击队

完颜娄石率领的一支三百人的敢死队在一堵悬崖前停了下来。此刻刚交子时，下了半宿的雪终于歇下，但刀子样的北风却更加猛烈，搅起地上的雪籽，打在脸上生疼生疼。

完颜娄石挑选的这支敢死队，都是跟随他多年的勇士。在四月份攻占辽上京的战役中，完颜娄石也是担任先锋，眼下这批勇士，都是第一批从云梯登上辽上京城头的人，他们都是打攻坚战的好手。却说阿骨打冒险闯入关沟视察居庸关形势归来后，与宗望、娄石、博勒密议了进攻方案。娄石的左路先锋，在阿骨打的排兵布阵中，是被当作奇兵的。

天色全黑之后，驻扎在关沟右侧缓坡上的三百名官兵，在完颜娄石率领下，趁着夜色掩护，开始向居庸关的方向行进。出发时，完颜宗望赶来相送。他看到完颜娄石同兵士们一样，全副武装，长枪短刀，强弩箭矢，外加一大捆鸡蛋粗的麻绳，少说也在六十斤开外，不免问道："你是不是背得太沉了？"

娄石回答："沉是沉点，但一样也落不下。"

宗望引颈朝居庸关方向看了看，语气中表示出担心："这一路全是悬崖峭壁，无路可通，万一走不过去，就退回来另想办法。”

娄石答道：“退回来岂不贻误战机？大帅放心，天无绝人之路。”

宗望再也没有说什么，只是将娄石的肩膀重重拍了两下。

阿骨打交给左路先锋娄石的任务是从关沟的西侧寻找道路通往居庸关。这关沟西侧山势连绵，层层叠叠都是壁立千仞的峭壁，数十里山岭一直延续到距居庸关大约有两箭之遥的鹰嘴峰。这鹰嘴峰朝向居庸关的一面稍缓，但其背面乃是猿猱难攀的峭壁。阿骨打视察关沟之后，感到居庸关的确是“一夫当关，万夫莫开”的锁钥之地。叩关之路，除关沟之处别无他途。尽管阿骨打已制订了正面强攻居庸关的方案，但他对能否顺利破关心里也没有底。因此才想到让娄石充当偏师，看是否能打通从沟口到鹰嘴峰这条路线。给娄石交代方略时，阿骨打特别叮嘱说：“娄石，你同我一起经历大小数百场战阵，哪一场战斗，也没有攻打居庸关这么艰难，正因为如此，我才想到让你充当奇兵。这条道走得通，你就走，走不通，你就回来，咱们再想其他的办法。”正因为有阿骨打这个态度，他的二儿子宗望才会在临行前再次叮嘱。但娄石却不这么想，他心里清楚，如果只是取正面强攻这一种方式，两天拿下居庸关无异于痴人说梦。在这胜负难料的节骨眼上，阿骨打皇帝把打通鹰嘴峰的任务交给他，实际上是把出奇制胜的法宝押在了他的身上。娄石既感到压力，更表现出兴奋。因此在心底暗暗发誓，打不通前往鹰嘴峰的道路，他绝不活着回来见皇上。

从出发到现在，差不多已过去了三个时辰，敢死队已翻越了差不多五里多地。因为夜黑如漆，再加上风雪交加，更甚者是完全没有道路，除了一道道峭壁，再就是乱石丛中密密麻麻生长着的荆棘杂树。为了避免被守关的辽军发现，又不能点亮火把探路，兵士们只好砍下树棵子当拐杖，一路上深一脚浅一脚摸索前行。好不容易下到一条沟底，横在前面的又是一道峭壁，因为伸手不见五指，也不知道这道峭壁究竟有多高。娄石下意识感到这堵峭壁比已经翻越的三道更险更高。裨将朵颜建议派出两路小分队往两侧探一探，看是否有路可以绕过这堵峭壁。娄石摇摇头说："前面翻越峭壁时，都探过路，没有一堵是可以绕过去的，这里的地形都一个㞎样，别费这个时间了。"说着，他命令三位哨长打头，寻找三条岩隙向上攀爬。

由于连日的暴风雪，峭壁几乎被冻成一块巨大的冰板，比镜子还要光滑，即便是凸凹处留下的石岬岩坎，也被冻雪填满，经北风一吹，坚硬如铁，锋利如锥。无论是搁手还是搁脚，都如同碰在铁蒺藜上，隔着厚厚的靴子，也能把脚扎个大窟窿。三位哨长虽然身手矫健，但只攀爬了几步，就都滚落岩下。看到这种情况，娄石脱掉身上的铠甲，卸下长枪弩箭，只穿着夹袄夹裤，背着一大捆麻绳，挎一把腰刀，握一把匕首，在一位哨长滑下来的地方，抬脚就要攀登。

朵颜赶紧上去将他拦住，嚷道："大将军，使不得。"

娄石头也不回，答道："有什么使不得的。"

见娄石执意要上，朵颜抱住他的后腰，央求说："要上，也该是我，轮不到你。"

围在跟前的兵士们也一齐劝阻。却说女真人世代传下一条规矩，如果一家人出外狩猎，家长首先为猎物所伤，则家族中的下辈都要受到惩罚。后来，这条规矩亦适用于部落的战争。大至一支部队，小至一个分队，若该队的指挥官在战斗中负伤或阵亡，则他率领的部下都会受到严厉的惩处，轻者鞭刑，重者处死。阿骨打建立大金国之后，这条规矩更被定为牢不可破的军规。所以，每临战阵，主帅冲在前面，全军将士没有一个敢落在后面，因为主帅受伤，次帅就会受罚，次帅受伤，锋将就会受罚。依此类推，从主帅到哨长皆玩命，兵士更像追逐猎物的狼群一样没命地奔跑。兵士们每人一支长枪，一把腰刀，一根狼牙棒。两军相遇，先是长枪刺杀，再凑近点，就挥刀搏杀，等到贴身，就该使用狼牙棒了。这狼牙棒两尺见长，呈棒槌形，用坚硬的栗木做成，上面还植满了铁钉，一棒打在头上，立刻就脑浆迸裂。用它来打击进攻的马队更奏奇效。一棒打在马腿上，顿时折断……因此，这条帅亡将死的军规，成为大金军队出奇制胜的秘典，即便称雄于北国疆场两百年的所向披靡的大辽军队，一经遭遇，也变得像纸糊的灯笼一样不堪一击。

正是因为有这一条军规，所以当娄石要身先士卒攀登悬崖时，副将朵颜与众军士才一齐上前阻拦。

娄石的腰被朵颜紧紧箍住，挣了两下也没有挣开，娄石便有些生气，厉声喝道："朵颜，放手！"

朵颜慑于娄石的威势，只得把手松开。

娄石回转身，怒气冲冲问朵颜："为什么阻拦我？"

朵颜嗫嚅道："大将军，你知道那一条军规。"

"你以为我会死吗？"

"你没有必要亲自冒险。"

"我这不是冒险……"

"大将军，我请求你，让我先上。"

"不，让我们先上。"众军士一起央求。

娄石摇摇头，解释道："你们上，恐怕真的就会送命。"

朵颜回答："大将军，我们可以送命，但你不能。"

"我不会送命！"

"为什么？"

"你们知道吗？多少年前，我曾陪着阿骨打皇帝前往库页岛捕捉海东青。那时，阿骨打还没有建立大金国，他只是我们完颜部的酋长。大辽皇帝向我们索要海东青，我们只好到海东青的故乡库页岛去捕捉。海东青的鸟巢都建筑在悬崖峭壁上，为了抓海东青，我攀登过一百多丈高的峭壁，我不但爬了上去，还抓了两只海东青下来。你们中谁有这个经历？嗯？如果你们有，我就让你们上去。"

军士们一片静默，娄石问朵颜："朵颜，你有这样的经历吗？"

朵颜羞愧地低下头："没有，大将军跟着皇帝去库页岛时，我才七岁呢。"

"七岁才刚刚学会骑马，是不是？"娄石的声音亲切起来，"朵颜，我们没时间在这里磨嘴皮子了，现在，你们看我怎么攀崖。"

娄石说着，在地上摸索着找到几块石头，吩咐身边人注意躲避，然后奋力向悬崖上掷去。须臾间，只听见石头碰到石板上发出清脆的响声。娄石摇摇头，又换个地方再掷出一块。如是再三，石块都撞在石板上，直到第四块石头，才听到似乎是碰在灌木丛的撞击的闷响。娄石这才确定了攀登的方向。他对朵颜说：

"从这里上，灌木估摸着离地面有十几丈高，攀到那里，如果灌木足够粗壮，就在那里系好麻绳，你们就可以攀着绳子上去了。"

"是，大将军。"朵颜扭头喊了一声："二虎！"

一位膀大腰圆的哨长应声站了出来："将军，我在这里。"

"你跟随大将军，一路注意保护。"

“遵命！”

二虎兴奋地像娄石一样脱掉铠甲。娄石不再坚持一人攀登，他命令二虎：“记住，每向上攀爬一步，都要凿出一个可以搁脚的地方，用匕首将浮冰剥掉，找出岩隙，插进匕首，让手得力，这样，你才能像壁虎一样攀爬向上。”

“大将军，小的遵命！”

“咱们开始吧！”

这时候，天色依然黑如锅底，消停了一会儿的雪片，又在打着呼哨儿的北风的裹挟下，更加猛烈地扑来。

过了酉时，浸在暴风雪中的居庸关城楼，像打摆子一样抖动。张觉冒雪冲寒，自关楼南门沿长城向西走了两里多地巡视箭楼。虽然值勤兵士不停地扫雪，怎奈落雪太多，不消片刻就会结冰。在这结冰的路上行走，加之风厉如刀，张觉一步三滑，踉跄如醉汉。张觉出于守关的重责，更出于对大金军队的恐惧，所以不敢掉以轻心，这才冒着雪深夜巡查。从箭楼出来，踩滑一脚跌了一跤，他这才打消了继续巡查的念头。差不多花了半个时辰，才跌跌爬爬地回到关楼。推门进去，只见儿子张劲正坐在椅子上等他。

张觉今年四十八岁，膝下有两个儿子，张劲是大儿子，今年二十五岁。这浑小子打从娘肚子爬出来，就不是一块读书的料。张觉行伍出身，靠着玩命，一刀一枪拼出个镇守使的三品武官，他本指望儿子锦衣绣食，靠着文墨弄个皇帝身边的文臣当当，却料想不到儿子见了书本就直喊头痛，见了刀枪棍棒玩起来连饭都顾不上吃。张觉为这件事情没少管教，光是吊起来毒打也不知有过多少回了。打的时候张劲呼爹唤娘，百依百顺地求饶不已。但身上的血瘀还未消退，他仍是一躲过塾师的眼睛就溜出书房，满世界找孩子们打野架，几年下来也不知气跑了多少塾师。指望葫芦天样大，没想到葫芦不开花。张觉只好认命，等张劲满了十五岁，就将他带到军营穿上武弁的甲衣。这一回，张劲没让父亲失望。不管是值岗，还是操练，张劲从不喊苦，特别是有仗打的时候，张劲比过大年还要兴奋。几年行伍，竟成了张觉不可缺少的帮手了。更奇的是，张劲虽然不爱读书，鸡蛋大的字认不得一箩筐，但满脑袋都是鬼点子，遇事不慌不乱。多少大事，都是张劲暗中谋划，久而久之，张觉遇事不与儿子先行商量，决断起来反倒觉得心中没底了。

关楼值事厅内生了地火龙，温暖如春。张劲只穿了夹衣，见父亲一身雪花进来，忙上前替父亲解下铠甲，埋怨道："父帅，这鬼天气，冻得老虎都趴窝儿了，你还去巡查个啥。"

张觉笑笑："几十年落下的习惯，一时改不了。"

脱下铠甲，张觉顿觉轻松了不少，他喝了一口侍卫送上的滚热的奶茶，问儿子："你找我有事？"

张劲的值房在关楼二层关帝庙的右侧，离张觉的值房还有百十步路，故张觉这样问他。张劲没有立刻回答父亲的问话，而是吩咐侍卫："你去厨下让伙夫烧几样菜，烫一壶酒来，我陪父帅喝几盅，除除寒气。"

侍卫领命出门而去，听到他脚步走远，张劲这才把身子凑近父亲，压低声音说：

"父帅，燕京城里出了大事儿了。"

张觉本来乏劲儿上来了，听了这句话，浑身一激灵，连忙问：

“什么事？”

张劲说：“郭药师反水了。”

“啊？”

“他带着怨军八千人过了滹沱河，跑来攻打燕京。”

“难怪左企弓刚到这里，就心急火燎往回赶，原来出了这等事儿。”

“左企弓离开这里时，这事儿还没发生，郭药师攻城时，天色已黑了。”

“城攻下了？”

“攻进去了，却吃了萧莫娜的算计。”

“这是怎么回事？”

张劲于是把事情的前因后果尽他所知道的绘声绘色地说了一遍。他的话头一落，张觉就问：

“这事儿刚发生，你怎么这么快就得到了消息？”

张劲挤挤眼睛，说：“父帅不是叮嘱我，要在燕京城里多安几双眼睛、几只耳朵吗？郭药师从攻城到全军覆没，已有三道快马前来禀报消息。”

“儿子你干得好！”

张觉还要说什么，却见侍卫带着伙夫提着食盒推门进来，将几样热腾腾的下酒菜在桌上摆好，一壶已烫好的酒也放了上去。张觉挥手示意他们退下，然后招呼儿子入席。

父子二人一边吃，一边接了先前的话题继续议论。

张觉问儿子：“你琢磨琢磨，这件事对燕京，对萧莫娜，会有什么影响？”

张劲将啃了一半的卤猪蹄儿放回到盘子里，伸手用衣袖擦了擦油嘴，答道："从短期看，萧莫娜的强悍会起到稳定人心的作用，但从长远来看，她毕竟是秋后的蚂蚱，蹦跶不了几下。"

"那我们该怎么办？"

"萧莫娜作为秦晋王的宠妃，虽然有过人之处，但毕竟是女流之辈。她现在既无法统一大辽旧臣，逃亡中的天祚帝也不会轻易放过她。加之大金与南朝南北夹击，燕京本来就岌岌可危，如今郭药师一叛变，燕京南线差不多无兵可守了。"

"看来，只有咱们这居庸关，还是固若金汤。"

张劲给父亲已经空了的酒盅斟满，也给自己斟上，然后恭敬地做了一个请的姿势，两人都呷了一口，吃了一点菜，张劲接着说："父帅，萧莫娜之所以能苦撑危局，靠的是什么？不就是您、郭药师与耶律大石三大渠帅吗？郭药师镇南，您镇北，耶律大石守燕京，这三足鼎立，燕京还能维持，如今郭药师反水，形势便有了逆转。咱们居庸关也就有了危机了。"

"咱们的铁蒺藜阵，他阿骨打能破？"

"不能破！"

"既不能破，金军哪有道儿进来？嗯？"

"不是金兵没有道儿进来，而是咱们没有道儿出去。"

"啊？此话怎讲？"

"如果南朝三十万大军突破雄霸二州的防线，攻陷了燕京，然后从燕京来攻打居庸关，我们就无险可守了，怎么办？"

"这个，咱还没想到。"

张觉放下筷子，手叉着下巴深思起来，张劲接着说：

"按开仗的惯例，敌人抄咱的后路，咱还可以打开居庸关的城门，沿关沟朝蒙古草原撤退。如今布下这五里铁蒺藜，咱们走不出去啊！”

张觉感到儿子对战事的发展早有盘算，于是喊了声儿子的乳名说：“小劲子，把你的想法一股脑儿说出来。”

“儿遵命。”张劲酒过三巡，两颊发烧。借着酒劲儿，他说出了在心中酝酿已久的想法，“燕京现在差不多有十万兵马，咱们三万，耶律大石三万，郭药师控驭的差不多两万，还有萧干名下两万，实际上互不相属。父帅你经营多年，才有这三万兵马，这是你安身立命的本钱。咱们犯不着为了这个气数将尽的萧莫娜，把一生心血攒下的本钱赔进去。咱们眼下最要紧的，是保住自己的本钱。”

“怎么保呢？”

“父帅，怎么保，你比儿清楚。”

“咱们打开居庸关大门，欢迎大金军进来？”

“这个万万使不得。”

“你说，咱们也学郭药师，去投奔南朝？”

“这个也使不得。”

“小劲子，这两样都使不得，你葫芦里到底装的什么药啊？”

见父亲着急地嚷了起来，张劲下意识看了看挂着帘儿的大门，压低声音说：“父帅，如果要投奔，只能投奔大金，因为大金与辽，习性与规制都差不多，咱们习惯。”

“那我方才说打开大门欢迎大金军，你为啥又不同意呢？”

“主动投降，会让人家阿骨打皇帝瞧不起。”张劲凑近父亲咬耳朵，“何况阿骨打皇帝到眼下为止，也没有派人主动前来招降，咱们主动凑过去，岂不是拿热脸去擦人家的冷屁股，这太下贱了。”

张觉很是欣赏儿子的精明，于是追问：“你说该如何跨过这一道难关？”

张劲说：“首先，咱们认认真真打好居庸关保卫战，让攻关的大金军尸横遍野。那时，他会主动求和，咱们再与阿骨打皇帝讨论归顺事宜，这样我们就占据了主动，有讨价还价的本钱。”

张觉想了想，觉得儿子的招数远胜自己一筹，心里头对儿子又添了许多赞许，但出口的话又是另外一个样儿：“你凡事都想打个如意算盘，但天底下的好事，不可能都让咱们张家占着。走，咱们现在去关帝庙抽一支签，讨个好兆头。”

说罢，张觉穿了狐皮大氅与张劲出门走了百十步，来到与值厅隔场相望的关帝庙内。两人先拜了三拜，然后张觉拿起签筒，跪到关帝铜像前的蒲团上，小心翼翼地摇出一根签。

张劲捡起签来，拿到灯火下辨认，见是一支下下签，心里头不免打鼓，再仔细阅读签文，竟半晌没有吱声。

“签不好？”张觉问。

“有点不对劲。”张劲支吾。

张觉拿过竹签，一字一顿念出声来：

敲山震虎虎伤人，
出门偏遇丧门星。
平常大道成绝路，
回头是岸过阳春。

念罢，张觉感到背心都是凉的。自言自语道：“铺了五里路的铁蒺藜，可不是把一条平常大道变成了绝路？回头是岸，往哪儿回头呀？”

张劲一时也拿不出好的主意来宽慰父亲，只得顺坡儿下驴说道："天无绝人之路，咱们走一步看一步。"

爷儿俩走出关帝庙，已是三更天气，飘雪暂停，北风凄紧，正是长夜中最冷的时刻。忽然，天空中传来几声乌鸦的叫声，让人听了毛骨悚然。

张觉举头望天，乌鸦正从头顶上飞过。他愣怔说道："这就奇了，大半夜的，怎么还有乌鸦？"

张劲答道："这乌鸦是从鹰嘴峰的方向飞来的，不知什么人惊了它们的窝巢。"

"鹰嘴峰？那里怎么会有人？"

张劲警觉地说："会不会是金兵在偷渡？"

张觉摇摇头，驳道："怎么可能呢？那里全是悬崖峭壁，猴子都不能攀越，何况是人。"想了一想，又道，"小劲子，小心不亏人，你去箭楼一趟，要他们密切注视鹰嘴峰的动静。"

"父帅，我这就去。"

看到儿子的背影消失在长城砖道上，张觉这才心事重重地回到关楼的值事厅里。

第七章　尴尬的秘密会见

完颜娄石尽管预计到了攀爬过程中的各种困难，但眼下碰到的障碍，却仍然让他始料不及。二虎跟着他向上攀爬了大约有三十来丈高。其中艰难自不必说。爬到大约二十余丈的时候，他们好不容易发现了一处可容纳十来个人的窄小的平台，石隙中还生长着一棵海碗粗的歪脖树。娄石将背着的麻绳取下，抓起绳头甩向树上，却没想到这树上有一个老鸦巢，此时受了惊扰，宿在巢中的两只老鸦扑翅儿飞起，哀鸣着朝居庸关的方向飞去。娄石心中一惊，对二虎说："不好，居庸关的辽军听到这半夜传出的鸟叫，肯定会警觉。咱们还得尽快到达鹰嘴峰。"说话间，两人已拴好麻绳，扔向沟底，等候在那里的朵颜看到绳头，立即组织士兵开始攀登。

肩上的一大捆麻绳卸下之后，娄石的背心发凉，禁不住打了一个寒噤，夜色如漆，二虎虽然看不到娄石的表情，但他感觉得到娄石的寒冷，他麻利地脱下羊皮背心，递给娄石说："将军，请你穿上背心。"

娄石推了推二虎从黑暗中伸过来的手，说："我不冷，你快穿上！”

两人继续向上攀爬，意想不到的困难出现了，一块伸出来的岩石阻挡了攀爬的道路，这块岩石宽约十数丈，且向前突出两三丈远，仿佛是一道帽檐儿。不要说是人，就是飞鸟也难以翻越。通过摸索和过去攀岩的经验，娄石明白他们走到了一条绝路上。但他不甘心就此失败，他用手抚摸着嶙峋的峭壁，发现了一棵枯草，他用手指头探下去，抠了抠草根，发现草根扎在一条细长的裂缝里，这条裂缝向他左手的方向倾斜，他顺着这条裂缝艰难地挪动，大约几尺远，他发现了另一棵草。他判断这条裂缝是雨水冲刷出来的细小的岩沟，既然能长草，必定也能长树。他让二虎跟着他，顺着裂缝的方向横着自西北向东南方向一寸一寸地挪动。

如果是在白天，人们会看到娄石与二虎两人几乎是悬吊在千仞绝壁上。他们挪动的地方陡到没有任何一块地方可以搁下一只完整的脚，他们只能一步步试探着把脚搁在稍稍凸起的石棱上，更多的地方只能搁下脚尖。由于整个脚掌无法落地，脚劲就无法用上。娄石只得将匕首插进岩隙，常常只能用一只手支撑整个身体的重量。就这样艰难地挪动，大约过了半个时辰，他们挪动了十来丈远。这时候凛冽的北风略停，密集的雪花也稀疏了一些。娄石好不容易探到了一块稍稍平整的石头，而恰好石头顶上又有一棵从岩隙里生出的小栗树。娄石一只手抓住栗树，小心翼翼用脚扫清石头上的积雪，这样他就站稳了，可以稍稍松一口气。稳了稳神，借助白雪的反光，他看到脚下的石头原来是一个长方形的石棱，而头上的小栗树也不止一棵，他不由得惊喜。他招呼二虎攀过来，两人都手抓着小栗树，站在石棱上稍事休息。

尽管零下十几度的天气，二虎身上仍是热气腾腾的，他抹了抹额头上的汗珠子，问娄石："大将军，你当年随阿骨打皇帝到库页岛逮海东青，有这么陡的山崖吗？"

"哪会有这么陡。"娄石笑道，"海东青虽然喜欢在绝壁上垒窝，但它不会选择这么寒冷的北坡。"

"这么说，大将军攀这道军都山的峭壁，也是……"

"也是什么？"

见二虎打住话头，娄石追问。二虎本想打个比方，觉得不妥，故不往下说了，见娄石追问，只得笑着说："也是大姑娘坐轿，头一遭儿。"

"是头一遭儿。"娄石也笑了笑，他取下挂在腰间的牛皮囊，里面装的是驱寒用的烧酒，他拧开塞子灌了一口，又问，"二虎，听到什么响动了吗？"

二虎侧耳听了听，说："峭壁下面有人说话，后面的人快爬上来了。"

"是啊，我们还得抓紧。"

娄石说着，又挪步向前，才走了不到一丈远，忽觉得头上的寒气直往下灌，抬头一看，一直盖在头顶的那道"帽檐儿"忽地就不见了。

娄石兴奋地说："二虎，加把劲，最难的这道坎咱们已经过了。"

二虎紧跟着，凑兴儿回答："跟着大将军，鬼门关也不怕。"

话音未落，忽见娄石停住了脚步，二虎问："大将军，怎么啦？"

娄石说："路到尽头了，前面是一道深渊。"

"啊？"

二虎有些焦急，也有些泄气。

娄石听到峭壁底下的骚动声越来越大了，他知道部队顺着他扔下的绳子正奋力攀援上来。此时已差不多五更天了，留给他的时间已经不多了。

“咱们退回去？”

“退回去死路一条。”娄石说着，朝头顶上看了看，问二虎，“你看看，咱们头顶上头，是不是有一棵树？”

五更天是一天中最黑暗的时候，幸好此处开阔，积雪的反光虽然微弱，但周遭十几米远近的地方朦朦胧胧地也能看个大致，二虎睁大眼睛朝上看，答道：“有一蓬黑乎乎的东西，像是树。”

“咱们攀到那一棵树，再往上找路。”

“是，我先上。”

二虎说着，又从腰间掏出匕首，娄石制止了他，说：“我已经摸过了，树下头是一块冰坂，爬不上去的。”

“那怎么办？”

“我估摸着这树不太高，咱们俩搭个人梯，兴许能够着。来，你蹲下。”

“不，大将军，让我上！”

“你是个车轴汉子，有劲儿，但矮了点，还是让我上吧。来，把你肩上的绳子给我。”

二虎不情愿地卸下绳子递给娄石，然后选了个可以站稳的位置蹲了下来。

娄石背好麻绳，口含匕首，结结实实踩到二虎的肩头上。

这种贴壁人梯，站在窄仅盈寸的石棱上，上无依附，下临无底，何况又是在冰坂上，哪怕有万分之一的不慎，两人也会跌落谷底粉身碎骨。娄石与二虎都知道他们所处的环境与面临的困难，所以，两人都十二分的小心。二虎尽量把身体的重心往外挪，这样就能给娄石多一点倾斜，而娄石也在上攀的过程中尽可能屏神敛气，避免动作过大，让二虎产生摇晃。就这样，二虎极其缓慢地一寸一寸往上站，娄石双手贴着冰坂往上伸展，他甚至连仰头看一下都不敢，生怕稍稍的失重就会带来灭顶之灾。

一寸又一寸，向上，拱起……

一寸又一寸，向上，向上……

不知过了多长时间，二虎终于完全站直了，娄石的双手也终于摸到了一条裸露在岩石上的树根。因为紧张，也因为肩头上的重量，二虎已经气喘吁吁。娄石听到他沉重的呼吸，知道他不但消耗了巨大的体力，同时心里头又过分地紧张，于是安慰道："二虎，天无绝人之路，我已抓到树根了。"

二虎本想回答，谁知一张口竟灌了满嘴的北风，不由得打起嗝来。

娄石用手抓紧树根，使劲拽了拽，谢天谢地，这树根还很牢靠。这时，他才敢仰头朝上看了看，果然有一棵掉光了叶子的歪脖子树，从岩隙里伸出来，像一只贴壁飞行的金翅大鹏鸟。娄石一手抓着树根，一手解下肩上的麻绳，抓紧绳头，朝歪脖子树甩去。这样反复几次，绳头终于绕过歪脖子树的主干。麻绳在凛冽的寒气中冻得僵硬，这反倒帮助了娄石，他向上梭动麻绳，绳头一点一点下坠，他终于抓到了绳头。他将两个绳头打成死结，整个人就可以攀着绳子上爬了。

当娄石的双脚离开二虎的肩头，突然轻松的二虎一阵晕眩，差一点后仰跌下悬崖，幸好他及时稳住，原地蹲了下来。不知为何，几滴热泪竟溢出他的眼眶。

借助麻绳，娄石攀上了歪脖子树。站在树上，他看到一道半人高的石坎，他攀住石坎的边缘，一纵身跃了上去，展现在他面前的，竟是一道长满了杂草的缓坡。他站在缓坡上，忽然看到前方有几粒灯火出现，再定睛一看，他发现了影影绰绰的楼影。

居庸关！

娄石断定他看到的正是这一道被人们称为不可逾越的千古雄关，顿时大喜过望。他俯下身子，喊了一声二虎，说："我现在就站在鹰嘴峰上。"

二虎抹了抹泪水，答道："将军，你是神人哪！"

"二虎，你是不是哭了？"娄石问。

经这一问，二虎掩饰不住地抽泣起来，断续答道："将军，咱不是有出息的人，咱在家是老疙瘩，爷娘疼咱，所以，大伙儿笑我是抱窝鸡。今儿个夜里，跟着将军，咱不再是一个跑龙套的人了。"

"咱大金军里，个个都是猛虎出山，谁是跑龙套的？"娄石理解二虎的心情，好言劝慰了两句，又说，"二虎，听听底下的人，都到哪儿了。"

二虎"嗯"了一声，向来路方向瞥了一眼，见到人影儿晃动，连忙问道："你是谁？"

来人回答："是二虎吗？我是朵颜。"

"朵颜将军，一路辛苦！"

"大将军呢？"朵颜问。

"他已站在鹰嘴峰上。"

"太好了。"朵颜兴奋地嚷道，"他娘的，咱怀疑，咱们这些人，都是海东青投胎的。"

就在完颜娄石率领队伍组成敢死队冒险攀越鹰嘴峰时，萧莫娜在耶律大石的护送下，来到了燕京城西南方向六十余里地开外的天开寺。

却说郭药师率所属怨军前往攻打燕京只身逃回雄州时，驻节在此的童贯不但没有责怪他，反而安排了一顿丰盛的酒席为他压惊。这件事在军中有异议，有人认为郭药师好大喜功，不谙军事，故酿此大败，正好趁此机会杀杀这位降将的威风，不说是降职受惩，就是取他的人头亦不为过。但童贯不这么想。因为郭药师叛辽来附，让大宋不费一兵一卒而得到涿易两州，这是多大的功劳！何况他这次主动前往攻打燕京，其本意也是想扩大战果，凭他一己之力为大宋收复故土，这样不怕死不避利害玩儿命打仗的将军，在三十几万大宋军队中能有几个？童贯虽然是个阉竖之辈，但这个分寸他还知道怎么拿捏。何况还有更深一层的考量他不能向僚佐们说破：郭药师率八千部众降附并带来两州人口土地归宋之事，已经作为一等捷报八百里驰传送到京师汴梁。徽宗皇帝大喜过望，亲笔降旨将郭药师升任为镇北大将军，并赐美婢四名及金银珠宝若干。同时，亦对童贯奖赏二十万两白银，各位将军僚佐也都皇恩均沾，赐额不等。须知伐辽的大军自七月份离开汴京来到霸州、雄州前线，与镇守涿、易两州的郭药师接战数十余次，其结果是大打大输，小打小输。如今郭药师这位常胜将军弃暗投明，成为大宋的干臣，这难道不让人大喜过望吗？所以，无论如何，不能扫徽宗皇帝的兴，更不能自己掌掴自己的耳光。

吃了败仗，郭药师本来有些心虚，却没有想到童贯如此善待，好像这败仗吃得好，吃得恰到好处。用童贯的话说：“今日这顿酒席，不是为郭将军压惊，而是庆功。”这话说得郭药师一头雾水，他不明白自己的功劳在哪里。还是童贯的解释让他松开了心结，童贯说：“你此番前去攻打燕京，至少破了城，进行了巷战，而且探到了辽兵的虚实。这对咱们今后制订攻打燕京的战略，提供了可靠的依据。”

筵席还在进行，一位贴身侍从进来，在童贯耳边密语几句，童贯立刻起身出了宴会厅，不大一会儿又走了回来。吃了几杯酒后，他才对郭药师说：“郭将军，明儿晚上，你随本帅到天开寺一趟。”

“去那里干什么？”郭药师敏感地问。

童贯似乎有点戏弄地问：“你猜猜？”

郭药师习惯性地捏了捏酒糟鼻子：“太尉大人，你还有晚上礼佛的习惯？”

“是啊。”

童贯应了一句。其实，他刚才被叫出去是阅读一封萧莫娜托人刚刚送达的密信。萧莫娜以非常诚恳的口气请童贯到天开寺密谈降宋事宜。童贯觉得这是天上掉馅饼的事。他前前后后一番思忖，便爽快答应使者，一定如约前往。他认为萧莫娜在全歼郭药师怨军之后仅一天时间，就主动提出降宋，一定是遭遇到巨大困难。这困难无非来自两个方面，一是内部派系争斗，军心不稳；二是大金军陈兵居庸关，燕京城危在旦夕。与其两面受敌，倒不如选择归附一方。金与辽是宿敌，归附大金阿骨打，辽国将士感情上过不去，而辽与宋，自澶渊之盟后，两国曾长期友好。因此，童贯认为萧莫娜选择降附宋朝既出于无奈，又实属明智之举。如果此事能成，他童贯就会不费一兵一卒而收回燕云十六州。这盖世奇功，岂不奠定他大宋第一功臣的地位？

其实，童贯的揣度只是想当然。自举行萨满仪式请神之后，萧莫娜审时度势，决定采取拖延战术。为了争取时间度过这寒冷的冬季，她与左企弓、萧干、耶律大石等几位大臣密议，决定同时向金与宋两朝递送降表。她知道，只要有一方接受了她，另一方就不敢轻举妄动了。左企弓认为，大金国皇帝阿骨打御驾亲征，志在必得，何况女真与契丹已结下深仇大恨，让他接受燕京政权开出的归顺条件几乎不可能，而大宋朝廷一向与辽国友善，加之富贵既久惧怕战争，与大宋北伐军首领童贯进行和谈，说不定还有成功的机会。萧莫娜对左企弓的分析很是赞同。两相权衡，阿骨打那边，她只是派出信使，邀约童贯谈判，她决定亲自出马。

天开寺在房山县的六聘山中，这一带本是耶律大石控制的防区。自从战事吃紧，耶律大石收缩防线，大军从这里撤离，童贯的部队也没有乘虚而入。一来这里不是战略要地，二来这里过于偏僻，部队驻扎给养困难，故成了一个三不管的地带。萧莫娜之所以选在这里与童贯会面，就是看中了这里的偏僻。即便童贯不可靠，他的大部队也很难在这里排兵布阵。另外还有一点，萧莫娜很相信兆头，天开寺顾名思义，有天色顿开峰回路转之意，就冲着这寺名，萧莫娜就觉得此番前往虽然冒险，却也生了几分平安。

其实，天开寺并非萧莫娜想象得那么牢靠。六聘山是燕山山脉中的一支，与居庸关所在的军都山一在西北，一在西南。六聘山虽没有军都山那么险峻，却也奇峰插天，深沟穿地。天开寺建在一条峡谷的尽头。在峡谷中穿行，老天只是在头顶开了一条窄缝儿。所谓天开，即是昏行既久忽见天日之意。

天开寺始建于后汉灵帝时代，之后经历晋、隋、唐、辽几个朝代九百余年，其间屡建屡毁，屡毁屡建，而今已成巨刹。寺中六重大殿，两厢禅房栉比，住寺僧人三百余位。萧莫娜在燕京居住数年，几乎每年都会到天开寺敬香礼佛，并成为寺中最大的施主。寺中方丈澄宇和尚视她为最大的护法。每次萧莫娜前来，都会成为寺中最大的节日盛事。

在皇宫中用过午膳，萧莫娜与耶律大石带着数百名亲兵离开燕京取道房山而来。斯时大雪纷飞，层峦原野一片缟素，积雪没膝，道路难行。萧莫娜一行紧赶慢赶，天黑之前终于来到了天开寺。

往日前来，离山门还有一里多路，方丈澄宇和尚就会披着大红袈裟率一干头陀沙弥等候迎接，一俟看到萧莫娜的马队，立刻就会有十几杆三节铜号哇哇奏起，几十支法螺呜呜吹响。可是今儿个天开寺一片冷清，大门紧闭见不着一个人影儿。萧莫娜正自狐疑，耶律大石早指派几名军士前去探听虚实。只见士兵们推开寺门，刚跨过门槛又都退了回来。

“怎么啦？”耶律大石问。

“里面全是宋军。”一名小校回答，接着又补充一句，“他们在列队，好像是欢迎太后。”

萧莫娜闻言，策马就要进去，耶律大石连忙提醒她：“太后，不可贸然进去。”

“为什么？”萧莫娜问。

“小心童贯设下埋伏。”

萧莫娜一抿嘴唇，轻蔑地说：“你什么时候见过猫会被老鼠咬死？”

耶律大石更不搭话，而是一提缰绳，让马头越过萧莫娜，第一个冲进了山门。

山门内，果然站满了手执刀枪斧钺的虎贲勇士，且牙旗飘荡，仪仗严明。一看这威势，便知主人的显赫。

萧莫娜在耶律大石一干武士的护卫下穿过仪仗，穿过大雄宝殿，在宋军一名裨将的引导下，走进了紧连方丈室的客堂。

这客堂装饰华丽不减王府，原是澄宇和尚为接待萧莫娜而精心营造的。不过，羊毛出在羊身上，这营造的费用，仍是萧莫娜足额捐赠。

萧莫娜走进客堂，早已等候在此坐在正中太师椅上的童贯连忙站起来，拱手欢迎。为了今日的会面，童贯在穿戴上费了一番心思。论官阶，他可以穿太尉的二品文官服；论职务，他还可以穿挂元帅衔的河北宣抚使的一品武官服。但这两样服装穿起来会见萧莫娜这样一个眼下在辽国最有权势的女人，似乎都不太妥当。一则因为萧莫娜现在公开的身份是后辽的皇太后，一品官再大，位极人臣，终究还是臣，与皇太后的身份扯不平；二则萧莫娜是个倾国倾城的传奇女人，喜欢奢华而又不太注重官场礼节，穿着官服见她便有了公事公办的味道，占理不占情，对会见不会起到积极作用。因此，童贯精心挑选了一件平常家居时穿的绗了丝绵的青缎襕袍，为了取悦于萧莫娜，也为了御寒，在襕衫的外头又罩了一件水獭皮的对襟搭护。这种搭护是契丹贵族冬日朝会时必不可少的穿戴。所不同的是，契丹贵族的搭护表面镶的是铜片，而童贯却是在水獭皮外面贴缝了一袭龙纹团花的大红锦缎，对襟上的五个纽襻上，也个个镶了一颗小拇指盖大小的祖母绿。

他头上戴的青色梁冠，也在传统式样上作了一些改进，即在冠之两侧收束的地方，各插了三朵金线镶嵌的红宝石做成的绒花儿，再衬托以翠玉制成的瓜籽大小的叶片。脚上的皂靴皮里缎面，皮是羊羔皮，缎是青花缎，靴底是老牛皮，靴口是玉带圈。总之，这身打扮从头到脚从里到外既高雅脱俗又富贵熏人。

童贯的心思没有白费，当他站起来笑容可掬对萧莫娜表示欢迎时，萧莫娜果然朝他多看了几眼。

萧莫娜并没有过分地打扮自己，她穿了一件明黄色的织金锦边线袍，右衽的扣襻上也缀着宝石。因为冲寒骑马，她还罩了一件火鼠皮衬里的大红锦缎斗篷。进了堂屋，随侍亲兵替她解下斗篷，递上一件加厚的丝织霞帔，萧莫娜接过来披在肩头，然后问童贯：“想必你就是童太尉？”

“在下正是。”童贯心中惊叹萧莫娜果然是名不虚传的冷艳美人，他又看了看站在萧莫娜身边的耶律大石，“这位是？”

“耶律大石将军。”萧莫娜说。

“啊，你就是耶律大石将军，大辽国的五虎上将之一。”童贯指了指椅子，“你们坐，你们坐。”

双方坐定，寒暄了几句，童贯说：“萧太后，现在咱们谈正事儿，耶律大石将军要不要暂且回避？”

“不用了。”萧莫娜立即回答，她望了耶律大石一眼，“今日商谈之事，虽属辽宋两国机密大事，但耶律大石将军不用回避。”

“啊？”

“我是皇太后，耶律大石也是机枢重臣，与贵国议和，是咱与耶律大石事先议定的。”

“太后，你刚才说什么？”

“我说两国和谈，不必回避耶律大石将军。”

“你说两国和谈？”

“这话错了吗？”

“来人！”

童贯厉声一喝，只见一位近侍急匆匆从右耳房出来。童贯吩咐侍者拿来昨日萧莫娜送来的信。他浏览了一遍，将信朝萧莫娜扬了扬说：“你的来信，说的不是和谈，而是归顺。”

萧莫娜冷冷一笑：“这两者有区别吗？”

“区别大得很哪！”童贯加重了语气，他越是摆起架子，显示威严，越是让人觉得像是在演戏，“和谈是双方对等，而归顺则是你们辽国不复存在，你所控制的燕云十六州并入我大宋版图。”

萧莫娜反驳道：“首先是和谈，双方首先要休兵休战，然后才能谈归顺之事。”

童贯眯着眼睛紧紧盯着萧莫娜，好像要把萧莫娜的心思看穿似的。萧莫娜也不甘示弱，迎着童贯的目光，把一双杏眼睁得大大的。双方对视了一会儿，还是童贯顶不住，他垂下眼睑，避开萧莫娜火辣辣的眼光，仿佛是自我打气般说：“燕京危如累卵，本太尉实在不知道你和谈的本钱从何而来。”

“瘦死的骆驼比马大，这是你们汉人的谚语，童太尉不至于不知道吧？”萧莫娜调侃了一句，然后正色说道，“不错，大辽国眼下遭遇到空前的厄运，但说它气数已尽还为时尚早。最不济的下场，就是我们契丹人放弃政权，战士们重新回到辽阔的草原。只要腰刀还在，我们就能保护自己；只要套马杆还在，我们就能养活自己。你们南朝不一样，说得好听一点，你们是诗书之国、礼仪之邦；说得刻薄一点，你们的芸芸众生，是懦夫多于英雄。太平岁月种花养草吟风弄月，个个都是高手；可是一遇到战争，你们的军队要么是贪生怕死之徒，要么是一触即溃的花拳绣腿。就说你这位太尉，受你们南朝皇帝之命，率领三十万大军前来进攻燕京，不要说滹沱河，就连一道小小的白沟也跨不过去，我们的守军是多少人呢，两万！三十万人对两万人，怎么说也不至于稀拉到这个样子吧……”

“放肆！”

童贯一声怒喝。萧莫娜夹枪夹棒的一席话，将他的脸色呛成了紫猪肝。听得他发怒，两边耳房冲出十几位手握刀枪的马弁，将萧莫娜与耶律大石团团围住。

一身铠甲的耶律大石慢慢站起来，走到一位马弁跟前，一伸手夺过马弁手中的长枪，横过来双手使劲一折，只听得咔嚓一声，那包着铁皮的栗木枪杆顿时对断。

耶律大石将断枪扔到地上，拍了拍手，冷冷地问：“就冲着你们这几个窝里窝拉的队伍，还想和本帅玩玩把式？”

耶律大石话音未落，便听得客堂大门被咣啷一声踢开，一二十位辽兵也提着刀枪冲了进来。

童贯见状，怕惹出杀身之祸，连忙咽了怒气换成笑脸，打圆场说：“看看看，本是来和谈的，谁知一句话吃呛了，就都操起了家伙，你们都退下。”

童贯的马弁得了指令，就都缩了回去。耶律大石一挥手，他麾下的亲兵们也都闪身出门。偏偏这当儿，萧莫娜的侍卫跑进来报告，说是满寺的和尚一个也不剩，都不知去了哪里。

一直安如泰山坐在椅子上的萧莫娜，这时霍然站起，逼问童贯：“你把澄宇和尚带到了哪里？”

第八章　天开寺中的械斗

童贯瞅着萧莫娜，这个冷美人咄咄逼人的架势让他很不受用。他干咳一声，尽力摆出一副处变不惊的样子，回答萧莫娜说：

“澄宇和尚是个出家人，加之年事已高，我怕他受惊扰，故把他请到一处清静地儿，暂时回避一下。”

“清静地儿，在哪里？”

“就在这寺里头，后院的藏经阁。萧太后放心，老和尚在那里，吉祥得很。”

萧莫娜疑惑地瞅了童贯一眼，吩咐耶律大石：“将军，你安排兵士去后院藏经阁，看澄宇和尚在不在那里。”

耶律大石领命布置下去，萧莫娜又对童贯说：“本是咱邀约你童太尉来这天开寺一谈，你却反客为主，先跑来这里预作安排，咱反倒像是来赴鸿门宴的。”

“太后娘娘言重了。”童贯掩饰地一笑，“咱们还是言归正传吧。你刚才对咱大宋朝廷泼屎泼粪地讲了一大通狠话。本太尉现在倒要反问你一句，既然我们大宋像你说的那样，是纸糊的灯笼，你为何还要主动约见本太尉，要求归顺？”

“首先是和谈。”萧莫娜坚持己见。

“好，就依你现在的说法，是和谈。太后娘娘，你为啥不一巴掌把这纸糊的灯笼拍破，反而要和谈呢？”

童贯以攻为守，反倒赢得了主动。萧莫娜这才发现长着一副妇人面孔的童贯，竟也有着过人的刁钻。不过，这倒让她找到了棋逢对手的感觉。她也不再绕弯子，单刀直入地回答：

“咱主动要求与你和谈，就因为那位生女真的酋长阿骨打，他想当咱大辽的掘墓人。”

“阿骨打现在不是酋长了，而是大金国的皇帝。”

“鸡认为它自己变成凤凰，但它终究不是凤凰。”

“鸭子死了嘴巴还硬。”童贯心里头把萧莫娜奚落了一句，嘴上说出的却是奉承话：“萧娘娘不仅仅是大辽国最俊俏的女人，也是最睿智的女人。”

“多谢夸奖。”萧莫娜回了一句，接着说，“阿骨打已占领大半个辽国，现在仅剩燕京。听说贵国已与阿骨打订了秘密协定，要南北夹击消灭燕京，可有此事？”

童贯既不承认也不否认，而是转着弯说：“燕京所辖燕云十六州，本属中原故土，两百年前被后晋的石敬瑭割让给你们辽国，我们大宋朝廷，只想收回故土。”

“阿骨打答应你们的条件吗？”

童贯回避这个话题，绕开说：“萧娘娘你有何打算？”

萧莫娜盯住不转口，说道：“太尉不肯回答，其实已经回答了。可是，你们南朝却忽略了一个问题。”

“什么问题？”

“现在，阿骨打并不知道你们南朝的底细，一旦知道你们的军队如此稀拉，他还愿意把燕云十六州归还给你们吗？”

“唔？”

“太尉，胜利者总是愿意得寸进尺的。”

童贯沉默了一会儿，说：“萧娘娘不妨把你的想法一股脑儿说出来。”

“好。”萧莫娜口有些干，她拿起案几上已备好的茶汤抿了一口，口气干脆地说，“咱可以把燕云十六州归还给南朝。”

“啊？”

童贯有些意外，连忙问：“萧娘娘不是戏言？”

“君子相交，岂有戏言。不过，归还燕云十六州，得有先决条件。”

“说说你的条件。”童贯有些兴奋，脸上泛起了红光，“天上不会掉馅饼，你总是会有条件的。”

萧莫娜与耶律大石对视了一眼，耶律大石点点头。萧莫娜斟酌了一下，说：“保留燕京的大辽国号。”

“这……”

看到童贯摇头，萧莫娜说：“太尉听我把话说完，‘澶渊之盟’后，南朝对我们辽朝纳贡称臣，这是两国修好的前提。现在倒过来，我们大辽国可以对南朝纳贡称臣。”

“听起来不错，但当下的情势，与一百多年前我们大宋真宗皇帝与你们大辽订立澶渊之盟时已经完全不同了，你们正面临灭顶之灾。”

“你说得对，燕京正面临灭顶之灾，不然咱们不会约你童太尉和谈。”萧莫娜首先是承认，接着话题一转，“能给咱们灭顶之灾的，是女真人阿骨打。他可以给咱们大辽灭顶之灾，同样也可以给你大宋灭顶之灾。”

童贯诡谲地一笑：“太后娘娘就这么肯定？”

萧莫娜瞅了童贯一眼：“太尉不要幸灾乐祸，你听我把话说完。咱知道，你们南朝早就对我们大辽背信弃义，几年前就与阿骨打订了密约，要南北夹击灭掉我们大辽。咱要告诫你南朝，你们这样做是引狼入室，惹火烧身。”

童贯默不作声。

萧莫娜继续说：“阿骨打原是咱大辽国的一个边鄙之地的酋长，领导一帮教化未开的生女真。你们并不了解阿骨打，他的野心不止是灭掉大辽，他最终还会灭掉你们大宋！”

“啊？”童贯惊叹一声，马上意识到失态，又掩饰着说，“太后娘娘甭说这些个秀才话了，你干干脆脆的，说出你的想法吧。”

“咱的想法很简单，保留大辽的燕京政权，咱对南朝俯首称臣。”

“燕云十六州呢？”

“是我大辽最后的国土，也是南朝的属地。”

“这就是你开出的和谈条件？”

“是，这样，咱可以帮你们南朝抗击阿骨打，使南朝免受虎狼之师的威胁。”

“啊，原来你是想在我大宋与大金之间，加个塞儿。”

说完这句话，自以为得意的童贯竟咯咯地笑出声来。萧莫娜瞪着杏眼，不满地说：“这有什么好笑的！”

“笑你算盘打得太精。”童贯摸了摸光溜溜的下巴，正色说道，“太后娘娘，本太尉现在可以承诺你，春节元宵节之前，我大宋北伐军按兵不动，这样你不必担心两面夹击，待你击退了阿骨打，我们再继续和谈，你看可否？”

“此话当真？”

“两国和谈，岂有儿戏！”童贯说罢站起身来，朝里屋张望了一下。萧莫娜以为童贯要送客，也起身告辞，对耶律大石说：“走，咱们去看看澄宇长老。”

两人刚要出门，童贯喊住他们。

“你还有什么事？”萧莫娜问。

童贯斟酌说道：“太后娘娘，本太尉也想为你出个主意。”

“啊，出主意，好哇。”

萧莫娜回过身子，难得地笑了一下。

童贯说：“你为什么一定要保一个后辽的名号呢？一个女人要撑住一片江山，该多累呀！何况，逃亡在外的天祚帝，还把你当作篡逆之人。大金、大宋，还有天祚帝一帮亡命天涯的君臣，三大股势力，哪一股子你都惹不起，你这是何苦呢！”

平心而论，与童贯一晚上的谈判，萧莫娜表现出来的都是一副桀骜不驯的强势女人的样子。但童贯方才一席话，倒真是戳到了她的痛处。外有强敌环伺，内部四分五裂，打从丈夫去世垂帘听政以来，这一年时间她就没睡过一个囫囵觉。每逢夜深人静，她辗转难眠思量艰难时，心里头也难免打退堂鼓。但一俟天明接见臣下，她的沮丧又一扫而空。在众人面前，她从未表现出痛苦和彷徨，正是她的这种坚定和自信所展现出来的人格魅力，才使得辽上京陷落后流散各地的辽朝重臣纷纷来到燕京归附于她，这也是燕京政权得以维持的原因。但无论她表现得多么坚强，朝不保夕的困境无时无刻不在摧残着她的心灵。所以，童贯说出这番话时，她差一点流出了眼泪，但她很快稳住了情绪。她撩起霞帔轻轻拭了拭眼角，干咳了一声，然后说：

“多谢太尉关心。不过，你当不了黄鼠狼，我也不是鸡。”

童贯一愣：“你这是什么意思？”

耶律大石在一旁粗声粗气地插话道：“黄鼠狼给鸡拜年，没安好心，这话你也不懂？”

“太后娘娘，你是这个意思吗？”

“我说了，你不是黄鼠狼……”

“我当然不是黄鼠狼，”童贯陀螺似的原地打了一个转，“太后娘娘，你不要把好心当作驴肝肺了。”

“说说你的好心吧。”

“我让你见一个人。”

童贯说着，拍了一下巴掌，右厢房里走出三个人来。一前一后两个彪形大汉，都是全身铠甲戎装打扮，中间的那个精瘦如猴，却穿着二品武官礼服。

童贯指着中间的武官问萧莫娜：“你该认识这个人吧？”

萧莫娜瞧着这个人有些眼熟，但记不起是谁。

倒是那人主动上前一步，朝萧莫娜抱拳一揖，干笑道：“禀萧娘娘，我是郭药师。”

“是你？”萧莫娜脸色立刻涨红，斥道，“你还有脸到这里来见我？”

耶律大石习惯性地将手中大刀一横，那样子好像要把郭药师一劈两半，慌得郭药师往后连退几步，那两位彪形大汉也急忙抽刀保护。童贯解围说：“请耶律将军息怒，本太尉有话要说。”

耶律大石回道：“我们两国约谈，你把这降将带来作甚？是羞辱我们吗？”

童贯说："耶律将军不要误会，我让郭药师来，原是想让他现身说法。"

萧莫娜接过话头："他能说什么法？"

童贯朝郭药师抬了抬手，郭药师会意，尽管惊魂未定，他脸上还是堆起了谄媚的笑容，他对萧莫娜说："启禀太后娘娘，前儿个夜里一仗，你下手真狠，不但灭了我常胜军，连我这一条小命，也差一点搭上了。"

萧莫娜冷冰冰斥道："咱真闹不清，你怎么还有脸活着。"

郭药师涎皮涎脸，拱了拱手说："就为活着有机会向娘娘道个不是。"

"呸！"

耶律大石一跺脚，吓得郭药师一激灵来了个猴跳，看看耶律大石并没有横刀，又壮起胆子说："耶律将军，咱们也曾同朝为官，但现在我是大宋朝廷命官，你可不能像往常一样把我当柿子捏了。"

童贯一旁干咳一声，提醒道："郭将军，别扯野棉花了，说正话。"

"是，太尉。"郭药师忙收敛了油滑，摆出了正经，"启禀萧娘娘，我郭药师投到南朝，于情虽然有愧，但却选的是一条正道。南朝比起阿骨打那一帮臭糜子，可真的是有情有义。我投到童太尉这里，他奏明皇帝，不几日就颁下圣旨来，升任我为镇北大将军。黄金珠宝、美婢锦衣，赐了我一个盆满钵满，看了都让人不敢相信哪！我郭药师知恩图报，想报效南朝，才想到带着我的常胜军去偷袭燕京城，却不曾想到娘娘你母狮子发威，倒让我这只饿虎差一点小命呜呼。本以为只身逃回来，童太尉要拿我军法从事，却不曾料到童太尉不但没有棍棒伺候，反让我吃了一顿丰盛的压惊酒。这就是南朝！不算小账，不计前嫌，用大恩大德感化我这样的草莽英雄……”

萧莫娜厉喝一声：“你敢称自己是草莽英雄？”

“看看我这嘴巴，又得罪娘娘了。该揍！”郭药师假模假样掴了自己一巴掌，接着说，“像娘娘你这样身份的人，若是一门心思投到南朝，有你享不尽的荣华富贵……”

“闭嘴！”萧莫娜怒不可遏，“郭药师，南朝给你的身份再高，你也是一条狗！看上你，说明南朝有眼无珠！”

这句话骂得太厉害，童贯再也按捺不住，他拿起茶案上的瓷盅，狠狠地掼在地上，怒喝一声：

“放肆！给我拿下！”

话音未落，早有数十名虎贲武士从两边厢房涌出，而童贯也在郭药师等几位将士的护卫下迅速撤到内室。眼看一场械斗就要发生，忽然，院子里响起尖锐的呼叫：

“不好了，起火了，起火了！”

听到这叫声，屋子里略有一阵慌乱。趁着这当儿，耶律大石大刀横着一扫，将包围上来的童贯部将逼得倒退几步，没等他们缓过神来，耶律大石护着萧莫娜早已冲出门外，与前来接应的一众护卫会合。

此时的天开寺，已是火光冲天，无论是前院后院，还是东厢西厢，到处噼里啪啦在燃烧，宋辽双方士卒已经接战，只听得刀枪碰击声、喊爹骂娘声、战马嘶鸣声、负痛喊叫声等等，嘈嘈杂杂此起彼伏。

在与童贯谈判的时候，耶律大石虽然神情专注，但总感到使不上劲儿，看到这厮杀的场面，他反倒精气神全上来了。其实，眼下发生的事情早在他预料之中。在陪萧莫娜进寺之前，他早已布置人马封锁各条路口。童贯自雄州率两千步卒迤逦而来，他本可以顺手牵羊将其歼灭，碍着对手是应约而来，故忍着没有动手，但这支人马的一举一动都在他的掌控之中。童贯带来的这支部队，是专门拱卫行辕的铁甲卫士，是整个北伐军中的精锐。启程来天开寺之前，童贯已指示领导这支铁甲卫士的中郎将吴彪制定了非常严密的护卫与作战方案。为了预防不测，还在离天开寺二十里地的山口安排了一支两万人的部队接应。所以说，萧莫娜与童贯双方的心理基本一致，即能和谈就和谈，万一和谈破裂兵戎相见，则预先做好应变部署。

其实，今夜的哗变，并非出自事先的安排，而是因为一个偶然的因素引起。却说萧莫娜因为没见到澄宇和尚，心下狐疑，命令手下往寺中各处寻找。早在童贯入寺之前，吴彪就已安排手下到天开寺清场。他将寺中三百余位和尚与杂役人等集中起来，全部押进后院五层楼高的藏经阁中。此前澄宇和尚已得到萧莫娜密信，言明要借天开寺一块宝地与南朝太尉童贯密谈。他为此还做好一应接待准备，却不曾想到南朝兵来反客为主，要将寺中僧众尽行圈禁。澄宇和尚本想抗令，但又担心一旦冲突，反而会影响萧莫娜的重要国事，于是忍下一口闲气，念一声“阿弥陀佛”，让手下僧众配合南朝兵卒，前往藏经阁集中。

这藏经阁虽然有五层，但只是三楹小楼，突然挤进来这么多人，竟像下锅的饺子密密匝匝毫无缝隙。澄宇和尚被僧众拥到藏经阁最高层，安了一只蒲团坐下，虽是最高，却是一座阁楼，且让经柜挤满，余下的隙地，也只够站三五个人。澄宇和尚的两名侍者，加上知客，阁楼也就满了。澄宇和尚年轻时本是位秀才，但因新婚之日在迎亲路上突遇流寇，强盗既劫财又劫色，他的新娘子冒死反抗死于屠刀之下。澄宇因此看破红尘，前往五台山剃度出家并开始练武。几十年过去，他已成为远近闻名的禅门宗师。自住持天开寺三十余年来，于丛林制度文物兴复两方面的建设都很用心。这藏经阁便是天开寺值得骄傲的地方之一。澄宇和尚四处搜求，累年努力，终于得到汉经、番经甚至贝叶经书三万余卷，其中不乏域内孤本，藏经阁的修建，正是为了贮存这批典籍。为了安全，阁中未曾修建任何取暖设施。如今，在零下十几度的酷寒之下将众僧人赶至阁中，可谓极不人道。澄宇和尚也是七十开外的老人了，侍者担心他被冻坏，仓促中夹了一床被子，要给闭目坐在蒲团上养神的澄宇和尚捂住保暖。澄宇和尚要侍者将被子送给楼下那些体弱有病的僧人。

不知过了多久，忽然听得楼下传来嘈杂的脚步声。接着听到争吵声、扭打声。阁内僧众不知发生了什么事，都一下子紧张起来。澄宇和尚却好像什么事情都没有发生，依然双腿盘坐在蒲团上不睁开眼睛。阁外的争吵声愈来愈激烈。忽然，澄宇和尚睁开了眼睛，他耸了耸鼻子，问道：“哪儿来的烟气？”

侍者从阁楼窗口朝下看了看，答道：“阁外有人燃起了火把。”

“胡闹！”

澄宇和尚腾身从蒲团上站起，几乎是一溜小跑下楼。来到藏经阁大门前，他伸手推了推门，纹丝不动，外头被锁上了。澄宇和尚厉喝一声：

“开门！”

这声音响如铜钟，门外的争吵声停止了。

这争吵声乃是来自辽宋两边的军士。却说辽兵领了萧莫娜的指示，要来后院藏经阁寻找澄宇和尚的下落，走到藏经阁门口，却遭到守阁宋兵的阻拦。

领头的辽兵小校呼斯巴是耶律大石麾下最为骁勇的亲兵队长，他与宋兵多次在战场相遇，从不把宋兵放在眼里。这会儿他来到藏经阁门前，几乎用命令的口气对宋兵的一位哨官说道："把门打开！"

这股子骄横劲儿让宋兵哨官很不受用，他反唇相讥："你命令谁？"

呼斯巴说："命令你！"

哨官嘴一撇："一边去！"

呼斯巴手按腰刀："我再说一遍，开门！"

看到呼斯巴人高马大，哨官后退一步："为什么要开门？"

"咱要看看澄宇老和尚在不在。"

"这个，无可奉告！"

"好吧。"呼斯巴冷笑一声，大手一挥命令手下，"上，给我砸门。"

"你敢！"

哨官尖叫一声，立刻，护阁的铁甲卫士们唰的一声站成两排，前排都拔出腰刀，后排都点燃了蘸油的火把。

呼斯巴是个打斗上瘾的职业军人，一见这阵势立刻血脉偾张，但他记得耶律大石临行前的嘱咐："不到万不得已，不得动手。"所以他强咽怒气，也不抽刀，只把手指关节捏得咔吧咔吧脆响，乜着眼睛对哨官说："别看你尿性，我可是专治搅牙的人，今儿个，大爷不想跟你动手，只要你开门，我进去瞅一眼，若澄宇老和尚在里头安然无恙，我立马走人。”

宋哨官心里头还在摽劲儿，摆出一种绝不让步的姿态回道：“本哨爷得令看守这藏经阁，绝不让人进去。”

听到这呛人的话，呼斯巴恼了，骂道：“瞧你彪子哄哄的，在佛门净地，还敢反抗，弟兄们上，给我拿下！”

哨官见呼斯巴真的要动手，连忙掉腚儿闪到一边。辽兵发狠一冲，宋兵都退到走廊上，眼看一场械斗就要发生。就在这节骨眼上，阁内传出澄宇的一声厉喝。众人一时愣怔。

看看还无动静，澄宇和尚又在里面喊了一声，哨官迟疑了一下，吩咐手下打开藏经阁大门。

澄宇和尚快步走出门来，一眼瞥见走廊上十几只火把乱晃，连忙喊道：“快把这些火把灭掉！”

哨官想解释，趋前一点说：“老和尚……”

“别说了，”澄宇和尚打断他的话，“这里是藏经重地，严禁烟火。”

“啊，是，是。”

哨官喏喏，做了个手势让手下灭掉火把。却在这当儿，被禁锢了两三个时辰又冷又饿的僧众，趁着开门，都一股脑儿地朝门外拥挤。哨官一见这混乱局面，一心就要弹压，他抓住碰巧跑过身边的一位小沙弥，掐住颈子就往廊柱上撞，一面撞，一面恶狠狠地骂道：“我看你跑，我看你跑！”

顷刻间，小沙弥头上血流如注，一时昏死过去，这血腥的一幕激怒了一干僧众，他们在辽兵的帮助下赤手空拳去抢宋兵的武器，一场械斗到底还是发生了。

慌乱中，呼斯巴与几位手下护卫着澄宇老和尚奔向前院。与此同时，不知是哪位宋兵将手中未灭的火把扔进了藏经阁中，正好点燃了和尚们带进阁中的被子，由被子而及经匣，藏经阁于是燃烧了起来。

却说中郎将吴彪按童贯要求做出的部署，先是做好安全保卫，若谈判不成，有机会捉拿萧莫娜时，便举火为号。事先已在各处埋伏的铁甲卫士们，不知后院详情，莫不将藏经阁前局面失控引起的火灾当作动手的信号，于是纷纷放火，横刀搠枪奔向方丈室前的小广场上。

早有防范的辽兵按耶律大石的布置，已将天开寺团团围住，看到寺内宋兵动手，立马海啸一般从各个山头扑下来。一时间寺里寺外，前院后院，屋里屋外处处短兵相接乱成一锅粥。

耶律大石挥舞大刀，趁乱劈死了几位围攻上来的宋兵，然后麻利地跳上侍卫牵来的战马，高声喊道："弟兄们，给我狠狠地打，将南朝的这些尿崽子，全都收拾掉。"看到部下搏杀凌厉，耶律大石又对翻身上马的萧莫娜说："娘娘你稍等片刻，待我去取下童贯与郭药师的人头。"说罢，拍马向方丈室冲去。

萧莫娜赶紧制止，喊了一声："且慢！"

耶律大石问："为何？"

"咱们此行，不是来杀人的。"

"啊？"

"杀了童贯，岂不断了咱们的后路？"

"娘娘，你还真的信南朝能与咱们停战？"

"咱不信，但不能先失信义。"

听了萧莫娜的话，耶律大石也不再坚持，趁着夜色，掩护萧莫娜与澄宇老和尚撤离了天开寺。

第九章　大战前的乡愁

交了子时，阿骨打才上炕睡觉。打从金辽两国交兵，这松亭驿就变得可有可无了。两国的信使与达官贵人在这兵荒马乱的岁月里，几乎再也没有到这里来过，管理松亭驿的大部分官员也都逃得无影无踪，只剩下两个无家可归的老军卒守着这一片庄园深宅。阿骨打住进来时，院子里冷清得听不到一声雀噪，屋子里清静寡静，连耗子也见不到一只。炕上冷冰冰的，同旷野上的凄凉没什么两样。亏得宗望命令手下四处搜罗，才弄到几大筐干马粪，水老哇把炕收拾得干干净净，又填进干马粪烧了差不多两个时辰，炕才热了，屋子里也有了一些生气。

大约三更天刚过，阿骨打一骨碌从炕上坐了起来，陪着他睡觉的是大夫人乌古乃。阿骨打有两位老婆，大老婆是乌古乃，二老婆叫迪雅，阿骨打出来征战，总是带着这两位老婆。他身边的大小臣僚三军将士都把这两位女人称为夫人。略有不同的是，他们称乌古乃为大夫人，迪雅则只称为夫人。

乌古乃并不会睡觉，阿骨打头一挨枕头就嘴里拉风箱鼻子里响炸雷，乌古乃用两根指头塞住耳朵眼子也无济于事。她很想用脚踹踹阿骨打，刚伸开脚又缩了回来，心里想：“这老爷们明天要打恶仗呢，如果他跑山路呵哧带喘的，那可不像当皇帝的。”等到她迷迷瞪瞪刚睡过去，阿骨打突然身子一挺坐了起来，又把她惊醒了。她揉揉眼睛，问坐在她身边愣神儿的阿骨打：“干吗爬起来啊，是不是炕太凉？”

阿骨打摇摇头：“这炕烧得热嗞呼啦的，水老哇这是糟蹋马粪呢。”

“那你怎么睡不着？”

“我被梦惊醒了。”

“噩梦吗？”

乌古乃心吊到嗓子眼上，这时她完全清醒了，一想到即将攻打居庸关，生怕丈夫的梦会带来不祥之兆。

阿骨打起身倒了一碗凉茶，咕噜咕噜喝下去，用手背擦擦嘴巴说：“不是噩梦，但这梦还是挺邪乎的。”

“都梦见啥了？”

“鱼，全是鱼。”阿骨打忽然龇牙笑了笑，“你还记得，咱阿什河里头，都有些啥鱼吗？”

乌古乃想了想，数道：“华子鱼、雅巴沙鱼、雷鱼、泡子虾，啊，虾不算鱼，还有哲罗鱼，啊，还有狗鱼。当家的，你是不是梦到狗鱼了？”

乌古乃说着，便伸手拍了拍阿骨打壮厚的胸脯。乌古乃十六岁时嫁给了二十一岁的阿骨打，一晃过了三十六年。当她第一次把脸蛋贴在阿骨打的胸脯上时，她就被这个男人的英雄气概所吸引。从此，只要一高兴，她就会伸手去拍拍阿骨打的胸膛。这会儿她的情绪突然变得兴奋，是因为她想到了狗鱼的故事。

发源于张广才岭的阿什河，按官书的记载，叫按出虎水。按出虎是女真语言，即金的意思。阿骨打建立王国并国号大金，就源于按出虎水，也就是阿什河。在大兴安岭、小兴安岭及张广才岭三大山脉以及松花江、牡丹江汇流的黑龙江流域之间，散布着数百个女真人的部落，阿什河畔的完颜部是其中的一支。在众多的女真部落中，完颜部算不上强盛。甚至在五十年前，它还算不上女真部落的十强之一。领导完颜部走向昌盛的，是完颜阿骨打的祖父，而后经过阿骨打父亲、叔父与阿骨打本人的三代接力，完颜部才成为所有女真人的核心。在阿骨打的手上，所有的女真部落得到了统一，所有的部落酋长们不再为争权夺利而发动本族之间的战争。他们拥戴阿骨打为首领，阿什河畔的阿骨打居住的皇帝寨，就成了酋长们经常前往朝拜并议事的地方。

在公元一一一五年阿骨打建立大金国之前，阿骨打居住的地方并不叫皇帝寨，而是叫水碾子村。因为完颜阿骨打的祖父定居于此时，曾从数千里外请了一位汉人工匠在村边的阿什河上安装了一台水碾子，方便渔猎种植并重的完颜部女真人舂米并引水灌溉。

乌古乃的祖祖辈辈就是居住在阿什河畔的女真人。乌古乃居住的村子，叫禾花雀儿村，与水碾子村只隔了两三里地。按乌古乃奶奶的说法，禾花雀儿村最值得骄傲的就是禾花雀儿把这里当作天堂。乌古乃七岁时，才在奶奶的带领下，看清禾花雀儿是个什么样子。那是一个四月末的一天，奶奶把还在熟睡的乌古乃从被窝里扯起来，乌古乃赖床不肯起来，奶奶说：“你不是想看禾花雀儿吗？昨儿夜里，它们都来了。”这一说，乌古乃赶紧一骨碌下床跟着奶奶出了门。

禾花雀儿村前临阿什河，村左村右以及村后头都是一大片平展展的原野，再向外拓展，便是无边无际的森林。这大片原野，有的是农田，有的是草甸子。乌古乃跟着奶奶走出村头来到原野上时，只见沟垄上，草窠子里，到处都是那种栗色的背，黄色的肚腹，翅膀上带有栗白相间斑纹的小鸟。它们密密麻麻的，比夏夜天空上的繁星还要多。

乌古乃惊奇地问：“奶奶，昨天，原野上还没有见到这种鸟儿，怎么一夜间都来了呢？”

奶奶回答：“禾花雀儿聪明，哪儿有春天，它们就往哪儿飞。”

“它们从哪儿飞来的？”

“应该从南朝。”

“南朝在哪儿？”

“很远很远，是汉人住的地方。”

“奶奶你去过吗？”

“不要说我，咱们女真人就没有听说谁去过。禾花雀儿从那里来，应该飞过了千山万水。”

“它飞来了，还会飞回去吗？”

“会的，不等天凉下来，它又会飞走的。奶奶不是告诉过你吗，哪儿有春天，禾花雀儿就飞到哪儿。”

“我们这儿春天了，南朝是什么天呢？冬天还是夏天？”

“不知道，”奶奶笑着指了指禾花雀儿，“你去问它们。”

“它们不会说话呀！”

“奶奶只知道，禾花雀儿一飞来，过不了几天，花嚓子就会飞来。这时候，男人们就会扛着花篮子去捕鱼了。那时候，青稞子已经疯长起来了，苤蓝疙瘩、车轱辘菜都脆生生好吃了。一晃夏天了，水泡子里钻出好多好多的荷花儿令箭，紫的、红的、黄的、白的，什么颜色的都有，水耗子也多了，水老哇也活泛了。等到线麻花儿一开，天气就中间热两头凉了。那时候，林子里的花脸蘑、对子蘑像沙滩上的鹅卵石，密匝匝地排列着，酿酒的黑果儿也熟了，榧子也鼓胀了，什么黑琴鸡呀，飞龙呀，都满地里乱窜了。乌古乃，奶奶要告诉你，咱们阿什河畔的好光景，就是禾花雀儿飞来以后开始的。”

奶奶絮叨絮叨地数说，乌古乃听得如醉如痴，她接着问了一个问题：“奶奶，禾花雀儿不到水碾子村吗？”

奶奶回答：“去呀，那里也有禾花雀儿，但没有咱们村子多，所以，咱们这里才叫禾花雀儿村。”

从此，乌古乃对自己居住的禾花雀儿村增添了一份自豪。不知不觉，她长到了十六岁，出落得像一名仙女，名声传到了很远很远的地方，小伙子们出门狩猎或者捕鱼，只要有机会，都会绕一腿子到禾花雀儿村碰碰运气，看看能否碰巧看上乌古乃一眼。但乌古乃并不知道自己有多么漂亮，她喜欢坐在家门口做些针线活儿，不管是谁过来和她搭讪，她都笑眯眯地回答。她妈妈缺心眼，是个憨直的女人，并没有把女儿这种状态放在心上。倒是她奶奶看到眼里，急在心上，并以一家之主的身份再不准乌古乃坐在门口。乌古乃不服气，但奶奶一句话就打消了她想争辩的勇气。奶奶说：“小伙子们见了你，十个倒有九个不正经，看到他们盗马贼一样的眼光在你身上溜来溜去，你没有什么，我倒像被毒蛇咬了一口。”

每年五月初五这一天，完颜部落的酋长都会在水碾子村外的阿什河上举办一场抓鱼的比赛。完颜部落的年轻人，不管远近，这一天都会赶到水碾子村，一个个都跃跃欲试，只等酋长一声令下，他们扑通扑通跳到河水里抓鱼。要知道，这种抓鱼比赛是很有难度的。因为所有参赛选手都不准用任何捕鱼工具，唯一的工具就是自己的双手。比赛的时间限定一个时辰，到时候，选手们不管抓没抓到鱼，都会上到岸上。凡是抓到鱼的，都会当众过秤，抓到最大一条鱼的就是胜利者。按规矩，这位幸运的胜者会当着所有乡亲的面给酋长提一项要求，譬如说他想得到一匹马、一具铁犁、一只桦木舟什么的。只要这要求不过分，酋长就会当场满足，这也是年轻人踊跃参加的理由。

却说这一年的五月初五，数百名完颜部落的年轻人从方圆百里的地方赶到了水碾子村，头几天连下了两场暴雨，阿什河突然涨水了，往日岸边茂密的芦苇丛，都被淹进水里不见了影儿，河水打着旋儿奔流着，偶尔还可以看到几只被淹死的牲畜漂在水面上。一见到这景象，有那么几个后生当场就打了退堂鼓不肯下水了，但下水的后生还是占绝大多数。一时间，河面上像是浮游着一片又一片的鸭群，那时完颜部落的酋长还是阿骨打的父亲，他怕发生意外，还特意弄了两条船划到河心，承担救援的工作。

虽然意外并没有发生，但下水的后生们几乎有一多半空着手上岸了，间或有人抓到鱼，也都不大，三五斤重的就算大鱼了。一个时辰还不到，多数人都上岸了，河里的人越来越少了，远近村子里赶来围观看热闹的人都感到失望，甚至慢慢开始走散了。这时，寂静的水面上忽然钻出一个人头，很显然，他在同什么东西搏斗。那家伙很厉害，一会儿把那人拉下水底，只见一团团的大水花腾起，那人被淹没在波涛之中，不多会儿又重新浮出水面，就这样来回七八次，那人变得轻松一些了，看得出他双脚踩水，慢慢向岸边挪动。好不容易他踏上了浅滩，等到他站直了身子，开始从淹及胸口的水到齐腰深，到腿肚子深，岸上的人才爆发出雷鸣般的欢呼。原来，这年轻人两手抠着鱼鳃，将一条车轴长短的狗鱼拖上岸来。这年轻人不是别人，正是酋长的大儿子阿骨打。

当场过秤，这条光滑如冰皮黑漆漆的狗鱼重三十八斤。

阿骨打被乡亲们里三层外三层围了个严严实实。人群中既有窃窃私语，也有高声赞叹。

“阿骨打真行！在水中逮住这条狗鱼，比在丛林中徒手抓一只狗熊还要难！”

“我从娘胎出来，就没见过这么大的狗鱼。你看看它的牙，同狼牙差不多。”

“老子英雄儿好汉，酋长有这样的儿子，咱们完颜部落好戏还在后头。”

听到这样的议论，老酋长非常高兴，他问儿子：“告诉我，你怎么逮住这条狗鱼的？”

阿骨打回答：“潜水下去，在芦苇丛中找到它，但这家伙嗞溜起来比蛇都快。”

“你又找到它，并把手塞进它的鳃，让它无法逃脱。”

“是的。”

“很好，你让我这当爹的有脸了。吩咐下去，把这狗鱼用大锅熬汤，在场的人都喝上一碗。”

立刻有两位年轻后生上来，把这条大狗鱼拖走了。

老酋长拔腿欲走，想了想又停下来，问阿骨打：“你也会给我提要求吗？”

阿骨打忽然变得有些局促不安，小声问："我能提要求吗？"

"你是今天的胜者，你可以提要求，但你要求什么呢？一匹马，一把刀，一张弓，你什么都有啊！"

"父亲，这些我都有，但我还是有一个请求。"

"请求？"老酋长笑了笑，"到底是请求还是要求？"

"既是请求，也是要求。"

"说吧。"

"我想找一位妻子。"

老酋长盯着儿子，眼睛里掠过一丝不易察觉的怜爱，他仿佛自言自语："你今年二十一岁，从你满十八岁，我和你娘就操心你的婚事，可是提过三次亲，你都瞧不上人家姑娘。告诉我，现在你瞧上谁了？"

阿骨打紧张地说："父亲你可得答应我。"

"父亲会替你做主的，告诉我，你看中哪家姑娘了？"

阿骨打也不搭话，只是拿眼睛在人群中四处睃巡，他终于在人缝儿里看到乌古乃，她是跟着奶奶和妈妈一起跑过来看热闹的。阿骨打跑过去，将乌古乃从人缝儿里拉了出来，走到父亲跟前。

老酋长打量着眼前这位姑娘，高挑个儿，皮肤白皙，小巧而隆起的鼻翼上闪射着玉一般的光芒，也许是激动或者害羞，她的双颊绯红，把一双湖水一样澄净的大眼睛衬托得更加动人。老酋长心里嘀咕，这是谁家的女儿啊，生得这么俊俏。正在这个时候，乌古乃的奶奶气喘吁吁地跑了过来。

"酋长大人，你万福！"乌古乃奶奶向老酋长行了一个女真人晋见尊者的托手礼。

老酋长认识乌古乃奶奶，她六十岁以前一直担任萨满女祭司的助手，在萨满教仪式大典上，她担任领唱的角色，歌声嘹亮动人。因此，人们都习惯称她百灵鸟婶婶。

“百灵鸟婶婶，没想到你的腿脚还这么硬朗。”老酋长指着乌古乃，“她是你的孙女吗？”

“是的。”乌古乃奶奶笑着说，“酋长大人，现在，人们都叫我百灵鸟奶奶了。”

“如果我喊你百灵鸟奶奶，你就真的老了。”老酋长不想扯闲话，抄直了问，“你孙女叫什么？”

“乌古乃。”

“好孩子。”

“我的孙女可是天仙。我年轻时，也是百里挑一的美人儿，你的父亲还打过我的主意呢。”乌古乃奶奶说着，自己先咯咯咯地笑起来，老酋长也跟着笑。乌古乃奶奶打住笑声，把孙女的脸蛋儿摸了摸，神秘地说：“我说过，我的孙女儿是天仙下凡，我年轻的时候可不如她。”

“这一点我已经看到了。”老酋长忽然严肃起来，问，“我的儿子阿骨打想娶你的孙女，你答应吗？”

“乌古乃，你听到了吗？酋长大人的儿子要娶你。”

乌古乃奶奶的声音很大，听得出来她很高兴，也很骄傲。乌古乃臊得脸色通红，头低低地埋了下去。

乌古乃奶奶不舍不弃地追问，不过这回她收了嗓门，只是附在孙女的耳边小声问：“这小伙子，你看得上吗？”

乌古乃轻轻点了点头。

乌古乃奶奶兴奋地说：“我就知道你会喜欢的。他可是抓住那条大狗鱼的英雄，即使他不是酋长的儿子，单凭抓狗鱼这一条，你嫁给他也值。”

乌古乃轻轻搡了一下奶奶，撒娇地嚷了一声：“奶奶！”

“好了，奶奶不说了，奶奶闭嘴！”

乌古乃奶奶话头一落，老酋长开始说话了，他的嗓门很大，在场的人都听得见：“我现在宣布，我的儿子阿骨打，要娶百灵鸟婶婶的孙女乌古乃为妻。阿骨打是今天逮鱼的英雄，作为酋长，我必须满足他的要求；作为父亲，我非常乐意接受乌古乃当我的儿媳妇。”

人群中爆发出热烈的欢呼，阿骨打兴奋地将乌古乃抱了起来，人们簇拥着这对新人开始唱歌跳舞了。直到深夜，水碾子村与禾花雀儿村两个村的乡亲们，一直在喝酒嬉闹，载歌载舞不肯离去。

现在，躺在热炕上的乌古乃，回忆起三十六年前的那一天，嘴中突然还生出了狗鱼汤的香味，她咂咂嘴唇，感慨地说：“奶奶说得对，你就算不是酋长的儿子，我也会嫁给你的。”

阿骨打默不作声，他在思考着什么。

乌古乃继续说下去：“世事变化得太快了。现在，阿什河畔的水碾子村没有了，改名叫皇帝寨了，我当时真没有想到，我嫁的抓狗鱼的英雄，竟然变成了一个皇帝。奶奶说禾花雀儿的故乡在南朝，隔着千山万水，如今就在眼皮子底下了。”

阿骨打接过话茬：“可是我刚才做梦，抓的不是狗鱼。”

“那是什么鱼？”

“哲罗鱼。”

“天啦，怎么会是哲罗鱼呢？”乌古乃倒吸一口冷气，“哲罗鱼喜欢吃淹死的人肉、牲口肉。所以它很凶猛，咱女真人，称哲罗鱼为鬼鱼，碰上它会倒霉的。”

阿骨打继续说道：“我在水里抓到那条哲罗鱼，似乎比当年那条狗鱼更加凶猛，我好不容易把它弄出水面，却发现这条哲罗鱼长着一颗人头。”

乌古乃吓得惊叫一声，一下子扑到阿骨打的怀里，阿骨打抚慰她，让她镇静下来。

半晌，乌古乃余悸未消地问：“那个人脑袋是谁的？”

“扁扁的，没见过这个人，但他说话的声音是阿适的。”

阿适是辽天祚帝耶律延禧的乳名。自从辽金开仗后，阿骨打不再称天祚帝，只叫他阿适。

“阿适，他怎么会变成哲罗鱼呢？他说了什么？”

“他在水里挣扎着，看到我的手抠住了他的鳃，他说：‘你弄死我吧，十八年后，我又是一条英雄好汉。’他就说了这句话。”

“后来呢？”

“后来我醒了。”

“为啥会做这样的梦呢？”乌古乃仿佛是在问自己，又像是替丈夫寻找原因，“天一亮，你就要率兵攻打居庸关，现在做了这样一个梦，究竟是凶还是吉呢？”

“你说呢？”

“应该是吉。”

这时候，门外响起轻微的脚步声，似乎是走到房门口又停住了。

“谁在外面？”阿骨打问。

“是我，水老哇。”门外回答。

“怎么还没睡觉？”

“我好像听到大夫人叫了一声，不知道有啥事儿没有，就起来看看。”

“没事儿，你去睡吧。”说这话的是乌古乃，听到房门外脚步声又响起，她又问，“水老哇，老夫子睡得安稳吗？”

水老哇答：“回大夫人，陈老先生的房子里灯亮着呢，他还没睡。”

“啊，既是这样，你去告知他，过一会儿，皇帝要过来。”

“好咧，我这就去告知。”

听到脚步声出了厅屋，阿骨打问乌古乃：“你要我去老夫子那儿干啥？”

乌古乃：“让他替你解解梦。梦连大运，可不敢马虎。”

阿骨打笑了笑，一下床就穿起盔甲，找陈尔栻去了。

第十章　紧急出征

陈尔栻虽然六十几岁的人了，可是很少失眠，头一挨枕头，喝半盅茶的工夫准能香香地睡去。但自从阿骨打定下抢攻居庸关的时间后，一连两夜，他可是眼珠子铆在房梁上，怔怔地熬到天亮。这乃是因为攻关的日期与计划虽然是阿骨打下达的，但下达之前，阿骨打认真听取了他的意见。具体的攻关时辰，阿骨打是完全听从了他的建议。记得那天夜里，陈尔栻说明日从寅时开始，一连下了几天的大雪会停止，蒙古高原吹来的北风也会猛烈起来。这种变化，是陈尔栻用“奇门遁甲”演算出来的。在过往的战斗中，陈尔栻的演算没有失手，用他演算的结论布置战事，往往发生奇效，因此阿骨打对他深信不疑。但这一次，虽然陈尔栻从术数上相信自己的判断，但毕竟这场战役关系重大，这重大含有两层意思：第一，若居庸关攻破，拿下燕京就如囊中取物。燕京一破，辽国的最后一片国土消失，就可以宣告辽国的灭亡了。第二，按两年前金宋两国密议，金国兵马西取大同，南朝兵马南取燕京。金国兵马取下大同已经三个多月，南朝三十万大军在童贯、王黼的带领下，出汴梁向北，止于白沟一带却不能前进一步，最近因为郭药师叛变而拿下涿、易两州，战争态势稍稍有了一些变化。陈尔栻建议阿骨打赶在南朝之前拿下燕京，以便在与南朝谈判燕云十六州的归属时，金国握有更多有利的筹码。

陈尔栻心里清楚，阿骨打下令攻打居庸关，是把宝押在他的身上。这就是陈尔栻失眠的原因。今儿个夜里，上半宿阿骨打还与陈尔栻待在一起，阿骨打走后，陈尔栻出了两次屋子，站在冰天雪地里观察天气的变化。那时候，正值完颜娄石率领敢死队冒险攀登鹰嘴峰。到了丑时，陈尔栻睡不着，索性就离开了热炕，就着一盏竹架子的桐油灯，翻看那一本早就翻烂了的《奇门遁甲》。这时候，阿骨打闪身走了进来，陈尔栻连忙起身打揖，阿骨打挥挥手坐了下来。陈尔栻说：

“刚才水老哇来打招呼，说是皇上要来。眼下都快到寅时了，皇上怎么不睡一会儿？”

阿骨打回答：“眯了一会儿，一个梦把我惊醒了。”

“什么样的梦？”

阿骨打没有立即回答，他瞅了瞅摊开在几案上的那本《奇门遁甲》，笑着问：“你又在看这本书？”

陈尔栻似乎有些不好意思，干笑着道：“反正也睡不着，随便翻翻。”

“听说南朝的开国宰相赵普，遇上难对付的事，就跑回家去读《论语》，你同他不一样，你克难制胜，只看这本《奇门遁甲》。”

“也不是全靠它，”陈尔栻想了想回答说，“汉人的很多书，都记载了不少出奇制胜、扶危救难的智慧。”

“听说一本书，叫《推背图》，你读过吗？”

“读过。”

“前年南朝大使赵良嗣来，送给我的图书中，就有一本。这是天下第一奇书，若能依书上所绘图画推演，可知五百年后事。”

“赵良嗣这是一派胡言。”

“啊？”

“《推背图》乃唐朝李淳风所撰，与《奇门遁甲》不同的是，这是一本谶书。某一事该如何做，某一仗该如何打，《奇门遁甲》可随机推演。《推背图》却不一样，它是讲某年某月会发生什么，某姓王侯会横死街头，某姓平民会骤登大位，因此最容易被人利用，蛊惑人心。五季之乱，王侯崛起，枭雄遍地，个个都想当皇帝，人人都想坐江山，此情之下，不少江湖术士为满足各路诸侯的侥幸心，便据《推背图》而滥制谶语，以博利益。一时间，《推背图》便被封为天下第一奇书了。南朝太祖即位之后，下诏严禁谶书，但《推背图》已流传几百年了，民间藏本很多，怎么禁也不可能禁得干净。有一天，宰相赵普向太祖禀报，言开封府具奏，牢里关押的一半人犯都是用《推背图》预卜吉凶的江湖术士，按诏旨都应诛杀，但人犯太多，诛不胜诛啊。太祖想了想，吩咐赵普说：‘《推背图》既然禁不干净，你干脆找些解习天文之人，伪造几本大量印制，以假乱真，让民间以讹传讹，长此下去，求谶者得不到灵验，就再也不会有人相信了。至于开封府大牢里关着的那些江湖术士，既然诛不胜诛，就全部黥面流放岭南海岛，今后新犯者，也依此处置。’”

阿骨打听了这一席话，感慨说道：“听老先生这一讲，咱才明白赵良嗣为啥送一本《推背图》给我，他想把我引入歧途呢。”

陈尔栻听出阿骨打话中有话，连忙追问：“皇上怎么这样说呢？”

阿骨打沉吟了一下，答道：“赵良嗣送来书以后，我让人根据书上的图画与谶语演算了一下，得出了这么一个结论，赵家创立的南朝气数正旺，还有二百年的好运呢。”

“此说毫无根据。”陈尔栻摇着头，语气坚决地说，“天下社稷是为公器，公器之存亡，系于道势、运程，而决定道势与运程的，不在于谶语而在于民心。”

陈尔栻只要一讲起治乱兴邦的道理，就变得意气风发，侃侃而谈，甚至有些目中无人。阿骨打很欣赏他这一点。但眼下阿骨打没有更多的时间听他讲这些无关战局的大道理，于是掉转话头说：“刚才你问我做了一个什么样的梦，这梦可真是很奇特，乌古乃都吓得打哆嗦。”

“什么梦啊，这么厉害？”

阿骨打于是又把那场梦复述了一遍，陈尔栻听罢，沉吟着说：“我不会解梦，但略略可以推理。皇上，恕我斗胆说一句，你对十八年前参加天祚帝在查干湖举行的头鱼宴一事，一直耿耿于怀呀。”

阿骨打咬着腮帮子，一声不吭。

陈尔栻继续说：“那一次头鱼宴，大辽国有一百多个部落的酋长参加，天祚帝瞧不起你这个完颜部落的酋长，将你安置在最末一席，不但不让你参加比武，还要你跳舞为他助兴。我当时在场，看得出来，你牙帮骨都快咬碎了。”

阿骨打阴沉着脸问：“你告诉我，那条哲罗鱼为什么会说出阿适的声音？”

陈尔栻想了想，答道：“哨马不是送来情报，说天祚帝想到燕京城中过春节吗？你心里头，可能一直搁着这件事。”

“我说过，那条哲罗鱼的人脑袋不是阿适的，但说话的声音却是他的。那个脑袋是谁的呢？”

“难道阿适死了吗？他在借尸还魂？”

“你相信阿适死了吗？”

“我不相信，我也不相信阿适会起念头到燕京过春节。”

“我怎么会做这样的怪梦呢？十八年后我又是一条好汉。这是阿适说的。”

“是阿适在你的梦中说的。皇上，冒昧说一句，我看你同我这个老朽一样，心虚乱梦啊。”

“你知道，我不怕阿适的。我只是感到奇怪而已。你说得对，我心里头还挂念着没有逮到的阿适，所以才有这个梦。我一定要逮到阿适，并好好儿养着他，要养过十八年，到了那一天，我看这位亡国的皇帝会不会变成一条英雄好汉。”

陈尔栻扑哧一笑说：“皇上，你这是赌气呢，还是那句话，心虚乱梦。”

阿骨打故作生气：“你这是笑话我吗？”

陈尔栻为了让阿骨打放松，故意调侃地说：“你说笑话你就是笑话你。”说着起身走到屋角，从一只炭炉上取下一只双耳的陶罐，小心翼翼地搁到几案上，揭开了盖子，又把扎在罐口的一层皮纸掀掉，顿时一股浓烈的草药味在屋子里弥漫开来。

阿骨打耸耸鼻子，问：“你熬的什么药？”

“三建汤。”陈尔栻一边回答一边将药汤滗到一只粗瓷碗里，对阿骨打说，“皇上，你把这碗药汤喝下去。”

阿骨打不解地说：“我为什么要喝下去？”

陈尔栻把药罐续上了水放回到炭炉上，答道：“这是三建汤，专治邪火攻心的。”

“什么叫三建汤？”

“用附子、川乌、天雄三味中药熬制而成。”

“明明是三味中药，为何要扯上一个建字？”

“我爷爷告诉我，他曾碰到一位老郎中，告诉他说，‘川乌，建上，主治头晕眼酸；附子，建中，主治脾胃寒凉不适；天雄，建下，主治腰肾虚乏，津枯盗汗。’基于这种病理药效，故将川乌、附子、天雄称为三建。三药同熬，就可让人全身经络通窍，脏腑调适。”

阿骨打听陈尔栻这么一解释，笑道：“原来你早知道我心火旺，才预先熬了这碗三建汤。”

陈尔栻答道：“皇上，我熬这罐三建汤，本是为自己，我两宿不能睡觉，也是心绪不宁呢。”

阿骨打闻听此言，连忙把拿起的药碗又放下，推到陈尔栻面前说：“既这么说，咱怎么能喝你的药汤呢，还是你喝吧。”

陈尔栻解释道：“皇上，请人喝药是大不敬，但你我的病症一样，这第一碗药汤还是你喝，过不一会儿，你就要进关沟了，我没啥事，可以等第二碗。”

阿骨打听了这话，也不再坚持，仰脖儿把那碗药喝了。这时，乌古乃一手托一只盘子走了进来，一只盘子里盛着麻薯子，一只盘子盛着黏豆包，都是热气腾腾的，跟在她后头的水老哇端着两只盛满糜子稀粥的海碗。两人把食物在几案上放好，乌古乃说：“你们两个趁热吃吧，吃了好上阵打仗。”

阿骨打：“这荒郊野外的，怎么还会有黏豆包？”

乌古乃说：“从皇帝寨出发时，咱让你的卫队多架了一辆车，黏米、红豆什么的，都带了不少，你出来都快半年多了，路也走了几千里地，这辆粮车也快空了。”

阿骨打笑道：“老先生，这黏豆包可不好吃呀。”

乌古乃说：“有啥不好吃的，今儿个尽管饱，一连几天，你就啃麻薯子，没啥提精神的，这才上床做噩梦呢。”

阿骨打忽然笑起来，自嘲地说：“咱不就是随随便便做了个梦吗？你们两个，一个让我喝三建汤，一个让我吃黏豆包，好像我真成了一个病人。”

正说笑着，栋摩全身披挂走了进来，他看着阿骨打说：“哥，有急事向你禀告。”

“啥急事，先趁热吃这黏豆包，”阿骨打拿了一个递到栋摩手上，“这是你嫂子从皇帝寨带出来的，能在这鬼不下蛋的地方吃上，就算是过大年了。”

栋摩把那只黏豆包囫囵扔进嘴里，没嚼两口就吞了下去。

乌古乃说：“你小心别噎着，黏豆包我做了不少，专门给你留了一大份呢。”

“谢谢嫂子。”栋摩客气了一下，又对阿骨打说：“刚刚从南边回来了两个哨马，带来了新消息。”

“什么消息？”

“南朝的北伐军统帅童贯带着郭药师，与燕京城的萧莫娜在房山县的天开寺秘密会见。”

“什么时候的事？”

“大约六个时辰之前。”

“哨马呢？”

“在廨房里等候。”

“让他们到值事厅。”

当栋摩命人将哨马带进值事厅的时候，阿骨打、栋摩与陈尔栻先已进来坐定。

两位哨马行了军礼，然后按阿骨打的要求把他们侦伺到的情报一五一十作了详细禀报。

“这么说，天开寺烧了？”阿骨打问。

“烧了，小的离开的时候，那里还浓烟滚滚呢。”

阿骨打皱着眉头，侧着脑袋问陈尔栻：“老先生，童贯与萧莫娜为什么会秘密约见呢？”

陈尔栻深思了一会儿，斟酌着说：“昨天，萧莫娜不是也派了信使，想见皇上求和吗？依我看，她亲自去见童贯，也是为了求和。”

栋摩眉心蹙了一个老大的疙瘩，骂道：“萧莫娜这只狐狸精，在南朝与咱们金国两边下药，这肯定是缓兵之计。”

陈尔栻颔首赞道：“大元帅所言极是，燕京受到南北夹击，已是危如累卵，萧莫娜两边求和，乃是为自身安全计，谁在她那个处境上，都会这样做。关键是南朝的太尉童贯，为何肯屈尊到偏僻的天开寺与萧莫娜相见。”

阿骨打一拍椅子扶手：“老先生与我想的一样，这件事不要去琢磨萧莫娜，应该琢磨的是童贯。”

陈尔栻说：“童贯的三十万大军过不了白沟，按现在的说法，是南军将士贪生怕死，军心涣散。但另外一个可能也不能排斥，即南朝在与我大金王朝秘密结盟的同时，也与大辽国的残余势力勾勾搭搭，对燕京城，他们想智取，而不肯硬攻。”

栋摩跺了跺脚，斥道："咱看那童贯，花花肠子太多，跟这样的人结盟，八成没有好结果。"

阿骨打没有接栋摩的话头，而是又把站在门外候命的哨马叫了进来，询问道："你说，萧莫娜没有回燕京？"

"没有。"哨马回答，"她随着耶律大石的部队，向正西方的古北口去了。"

阿骨打挥挥手让哨马退下，对栋摩说："萧莫娜与童贯是谈崩了还是故意迷惑外界，现在还不得而知，但有一点可以肯定，耶律大石的部队撤离燕京城，使得燕京越发空虚，南军正好可以趁此机会挥师北上占领燕京。这是咱最不愿意看到的。军情突变，攻打居庸关的战斗，恐怕得提前打响。"

栋摩回答："请哥哥放心，一切都布置妥当。"

"真的都妥当了吗？"

阿骨打一叮问，栋摩便习惯性地挠挠后脑壳，回道："要说有一点让我放心不下的，就是娄石这支敢死队了。"

阿骨打问："你担心他什么？"

栋摩说："到现在，娄石那边还没有任何消息回来。"

"几个时辰了？"

"差不多四个时辰了。"

阿骨打一听笑了，拍了拍栋摩的肩膀，揶揄地说："我说五弟呀，你咋就是个榆木脑袋呢？四个时辰没有消息，不就是好事儿吗？"

"好事儿？"栋摩咂摸着。

"对，好事儿。"阿骨打斩钉截铁地说，"若是寻不着道路通到鹰嘴峰，娄石早就折回来了。从这里到鹰嘴峰，也就是二十来里地，不见人回来，我敢保证，娄石的敢死队，恐怕已经到达了预定地点。”

“如果是那样，岂不更好。”

“栋摩，命令部队出发！”

“遵命！”

栋摩闪身出门大步流星地走了。阿骨打在陈尔栻的陪同下也来到了院子里。此时虽交了寅时，但天色还黑得像老锅底儿。五更时分是一天中寒气最重的时候。阿骨打一出门，就感到好像是有人拿冰碴子在他脸上刮擦。他担心陈尔栻受不了，回头说：“老先生，回屋歇着吧，打仗没你的事儿。”

陈尔栻用手搓着脸，跟在阿骨打身后说：“皇上，你看看，雪地里还站着两个人呢。”

阿骨打朝前眯眼看去，果然有两个人影，站在一匹战马旁边。天太黑，看不见人脸，凭感觉，阿骨打喊了一声：

“迪雅，是你吗？”

“是的。”一个壮实的女人的声音，“我和大夫人乌古乃在一起。”

迪雅是阿骨打的第二个夫人，她嫁给阿骨打的时候才十四岁，比阿骨打小了差不多二十岁。她是生女真黑水部落酋长莫铁尔的女儿。阿骨打在统一女真人各个部落的战斗中，曾遭遇到莫铁尔的顽强抵抗。后来，他看到阿骨打的胜利不断扩大，更重要的是，他听说阿骨打为了女真人的利益敢于同辽国皇帝抗争时，便对这位年轻的酋长产生了敬意，于是他亲自来到水碾子村与阿骨打谈判，他愿意将部落统一到阿骨打的指挥下，条件就是一个，让阿骨打娶他的女儿迪雅为妻。阿骨打答应了，莫铁尔于是自己骑马回到了乌苏里江畔的黑水部，而把迪雅留在阿骨打身边。

因为迪雅比乌古乃小了十几岁，一开始，乌古乃还心生醋意，但过不多久，两人就亲如姊妹了。这一来是因为乌古乃太爱阿骨打了，她不愿意为这件事弄得阿骨打左右为难；二来她发现迪雅毕竟是酋长的女儿，不但懂规矩，而且一天到晚嘻嘻哈哈的像个长不大的孩子，她从来不会做针头线脑炊米蒸糕的女人活儿，但伺候战马料理刀剑倒非常在行。久而久之，两个女人便都找到了自己的位置，乌古乃负责照料阿骨打的生活起居，迪雅负责打理阿骨打的战马刀剑。

看到两位心爱的女人站在冰天雪地中等候，阿骨打心中升起一股温暖，他不由得加快脚步，马靴踩在冻雪上发出嘎嘣嘎嘣的响声，不等走到跟前，他就迫不及待地问："迪雅，今天，我该骑哪一匹马了？"

"白龙驹。"迪雅说，"前天，你去关沟骑的是火飞龙，今天该骑白龙驹了。"

阿骨打走到跟前，黑暗中，他在寻找迪雅的眼睛，他问："今天，为什么要骑白龙驹？"

迪雅把缰绳递到阿骨打手上，反问道："今天的战斗，你不骑白龙驹还能骑什么？白龙驹在混同江上救过你，尽管它像个野孩子，快得像闪电，但它不会轻易尥蹶子，不会闪着你。"

"火飞龙也不错，它陪我攻进了辽上京、辽中京。"

"今天，你只能骑白龙驹。"迪雅不容商量，"当家的，上马吧，吃的东西在右边的褡裢里，乌古乃姐姐已替你备好了；马吃的燕麦，在左边的口袋里，我已向水老哇交代过了。"

阿骨打翻身上马，控着缰绳在原地转了一圈，又交代说："迪雅，你帮助乌古乃收拾行李，也安排手下照顾好老先生。今儿晚上，咱们住燕京城。”

“你那么肯定？”乌古乃问，“你不会告诉我说，老先生说你的梦是一个吉兆吧？”

“当然是吉兆。”陈尔栻插话说，“辽国五京，虽然国都在上京，但最繁华的，就是这燕京城了。”

乌古乃喊道：“当家的，如果今晚上我和迪雅住不进燕京城，我们会罚你饿一顿。”

“你们等着好消息吧。”

阿骨打说着，一夹马肚子就冲出了院门。

第十一章　火攻铁蒺藜阵

出了松亭驿，但见早已等候在此的皇家卫队两百余名精兵唰的一声全都跃上战马。

“孩子们，吃饱喝足了吗？”阿骨打高声问。

卫士们高声回答：“回皇上，咱们都吃饱喝足了。”

“好，出发！”

阿骨打说罢一拉缰绳，白龙驹理解主人的意思，开始平稳而又急速地奔跑起来，四条腿踏出一溜雪烟。一路疾驰，松亭驿与关沟相距不过二十里地，大约小半个时辰阿骨打就冲到关口。他在这里并没有看到车马拥挤刀光剑影的战争景象，沟口倒显得出奇地寂静。

尽管阿骨打下达的命令是寅时攻关，但刚交子时，也就是送走完颜娄石不一会儿，宗望就命令早已集结待命的部队开始入沟，向居庸关方向挺进。

如果是在白天，我们会发现宗望率领的劲旅与其说是一支部队，不如说是一队浩浩荡荡的民夫。只见每人背了一大捆柴草，一百多辆马车里头，满囤囤塞的也都是片儿柴、干树枝、秫秸秆之类的易燃物。却说前天阿骨打在宗望、娄石与博勒等一群将士的陪同下视察关沟，看到居庸关前铺下了五里长的铁蒺藜后，回去当即就召聚栋摩、宗望等召开会议，商讨破蒺藜阵的良方。但议了个把时辰，也没有商量出一个破阵方略。阿骨打于是命令宗望动员将士大量筹集柴草。栋摩说，关外地广人稀，能筹到多少柴草？阿骨打说，能筹多少就筹多少，不行，就把这松亭驿的房子拆了，也能拆出几万斤干木头来。宗望说，有了父亲这句话，我们就知道该怎么做了。一天下来，筹集到的柴草大约有十二万斤左右，堆了大小数百垛。阿骨打吩咐柴草千万不可被淋湿，宗望于是又弄了一些牛皮毡房来堆放草垛。阿骨打视察过之后，问了柴草数目，说："这些还不够，最低要凑够二十万斤。"

栋摩回答："方圆二十里地，宗望差不多掘地三尺了，才筹到这么多，还差七八万斤，上哪儿筹呀？"

阿骨打说："不管你们怎么筹，一定得筹到。不行，就扒房子，先从咱住的松亭驿扒起。"

栋摩嚷道："扒房子，咱们上哪儿住呀，扒掉了松亭驿，你要让两位嫂子冻死吗？"

阿骨打拧着劲儿说："明早进入关沟，二十万斤柴草，一斤也不能少。"

宗望回答："不用扒房子，我保证柴草凑足二十万斤。"

栋摩问："你有啥办法？"

宗望答："我们攻城部队已备足了半个月的柴草，也不少于十万斤。"

栋摩说："这一层咱们也想到了。但是，你总不能让将士们拼死拼活地打仗，回来连口热食儿也吃不上吧。"

阿骨打插话："吃热食儿，进了居庸关，管大家吃饱。"

待阿骨打离开，栋摩对宗望嘀咕道："每逢打大仗、恶仗，你老爹就变成另外一个人，做事武断，不与别人商量。"

宗望笑着回答："五叔，你跟咱爹是亲兄弟，还不了解他吗？每次打大仗、恶仗，他从来都没有失败过。在我看来，咱老爹不是武断，是心里头特别有主见。"

栋摩咧嘴笑道："他要不是心里头的主见特别管用，依我的脾气，还不顶死他！"

宗望朝居庸关的方向望了望，那里风雪弥漫，参参差差的峰头都戴着老厚老厚的雪帽子。宗望神秘地说："五叔，这场攻关大战怎么打，咱老爹已经谋划停当了。"

"他告诉你了？"

"没有。"

"他下令弄些柴草，我就清楚了他的破铁蒺藜的良方。"

"五叔你说说看。"

"将柴草铺在铁蒺藜上，让战马踏在上面，不就可以攻关了吗？"

"开头我也这么想，但仔细琢磨之后，觉得用柴草铺路固然可行，但柴草捆怎么铺过去呀，打滑怎么办？而且一个个柴草捆之间的缝隙，那可是战马的陷阱啊。五叔，你还记得吗？攻打辽上京的时候，我们马队冲锋，草原上的鼹鼠洞折了多少马腿呀。柴草捆之间的缝隙，底下可是铁蒺藜，对咱们的战马危害更大。"

"你说的有道理。"栋摩思虑着，又问，"你爹葫芦里，到底装的什么药？"

"我也不知道。"

“宗望，你不要卖关子，你肯定知道。”栋摩忽然想起了什么，说道，“听说你交代博勒，偷偷派人准备了五百把铁铲，这是干什么？”

“五叔，你猜猜？”

“费脑子的事儿，我可不想做。宗望，你直接告诉我。”

“铲铁蒺藜呀。”宗望诡谲地一笑，接着说，“五叔，我想过不了两个时辰，咱爹就会对我们宣布他的作战方略。到时候什么都清楚了。走，咱们回军营去，抓紧时间打个盹。”

果然，天黑透后，阿骨打向他们交代了两个字：火攻。

“火攻，我的天，那要多少柴草哇。”栋摩叫起来。

“所以才要你们多备柴草嘛。”阿骨打用欣赏的眼光看了一眼宗望，说，“宗望，咱本想将火攻的计划说得更详细一点，但听说你让博勒准备了五百把铁铲，就知道你完全明白了咱的方略，咱也就什么都不说了。”

“父皇放心，你就待在松亭驿，等候捷报传来吧。”

阿骨打假装不高兴，故意拉下脸来说：“怎么，你让我和你娘睡在热炕头上，把打仗这样快乐的事情让给你们去享受？”

宗望的妈妈是乌古乃。阿骨打共有十几个儿子，现有两个儿子跟着他征战，一个是宗望，还有一个是宗弼，小名金兀术，是迪雅所生，如今跟随阿骨打的堂侄，西路军统帅完颜宗翰镇守西京的大同。听了阿骨打的斥责，宗望回道：“父皇，你一辈子都在欢乐之中，少这一次欢乐又算什么呢。”

“一次都不能少，你们看看，我的弯刀已经发烫了。”

阿骨打抽出刀来麻利地耍了几下，宗望笑了笑不再争论。

现在，站在沟口的阿骨打问他的卫队长杰布：“我的大将军进去多久了？”

杰布回答：“两个多时辰了。”

阿骨打又问：“娄石从哪儿出发的？”

杰布：“前面五里地的一处栗树坡上。”

“走，去看看。”

阿骨打策马前行，杰布冲在前面领路。到了那面栗树坡，勒住马头，禀道：“皇上，娄石将军就是从这儿出发的。”

阿骨打翻身下马，朝栗树坡走过去。在关沟西面，几乎都是悬崖峭壁，唯有这面坡稍缓。阿骨打朝坡上走了几步，俯下身子观察，但见坚硬的积雪已经被杂乱的靴印踩烂，稍稍带土的地方都变成了泥浆。阿骨打仔细辨认了脚印，然后在一块侧立的石块底下找到一只完整的靴印。这只靴印八九寸长，踩在雪地里陷得很深，脚掌与后跟上，都有近乎马蹄铁一样的印迹。

阿骨打指着这只脚印对杰布说：“这只靴印是娄石将军留下的。”

杰布很惊讶，问：“皇上，你怎么知道？”

阿骨打说：“娄石的脚比一般人要大一寸左右，而且，在这样的又滑又险的斜坡上，只有他才能把脚印踩得这么完整。”

“啊？”

“当年，娄石十七岁的时候，跟着我长途跋涉，到库页岛的悬崖峭壁上逮海东青，练出了攀登悬崖的本领。”

“娄石将军真了不起。”

“杰布，你看看这只脚印，是左脚还是右脚？”

杰布弯下身子要去辨认，阿骨打把他拦住：“不要去看，凭经验就应该知道。”

“凭经验？”杰布羞愧地嗫嚅，“皇上，我没有这个经验。”

阿骨打没有责怪杰布，而是继续说："这应该是一只左脚的脚印。"

杰布问："皇上怎么知道这是左脚呢？"

阿骨打说："回答你之前，你首先回答我一个问题，另一只脚印应该在哪里？"

杰布看了看地形，这只脚印的左前方，是一棵小栗树，再往前走几步是一堵峭壁，右前方是向下倾斜的缓坡，正前方是半人高的一块石头。他想了想回答说：

"另一只脚印应该在小栗树那儿。"

"为什么？"

"小栗树那儿平坦。"

"到小栗树这一步路是平坦的，但过了小栗树就是峭壁，另一只脚印不会在那儿。"

"那会在哪里呢？"

"在这块石头上。"

"攀上石头有半人高啊！"

"半人高是最好攀越的距离。你看，这块石头积雪比周围都少，这是为什么？"

"好像有人扫过。"

"这就对了，娄石选择从这里攀登，所以他把这块石头上的雪都扫掉了。"

杰布对阿骨打的分析佩服得五体投地，禁不住又问：

"皇上，您是怎么知道这是一只左脚印呢？"

阿骨打不正面回答，而是拐一个弯问杰布："娄石将军吃饭的时候，是用哪一只手拿筷子？"

杰布稍稍一想回答："右手。"

"对了，娄石不是左撇子，手脚是对应的，用惯了右手的人，他的右脚也是最得力的。"

"哦，我明白了。"杰布嚷了起来。

"你明白了什么，说说看。"

在阿骨打的鼓励下，杰布说出了他的感悟："皇上，娄石将军站在这里的时候，实际上他已经选择好了进军路线，他要攀上这块石头，他左脚踩在雪地上，用两只手攀住石头，右脚腾地一蹿，站上了岩石。娄石将军不是左撇子，因此他右脚有劲，只要右脚搁稳在岩石上，就能把他的整个身子带上去。"

"杰布，你总算开窍了。"阿骨打赞扬了一句，接着又说，"这只脚印吃雪这么深，说明娄石身上背负了重物。"

杰布点点头，又鼓起勇气说出一个疑问："皇上，为什么这里单单留下娄石将军一个脚印呢？"

阿骨打回答："很显然，娄石将军是第一个登上岩石的，他的勇士走到这里，只是把身子一跃，娄石就会拉住他们的手顺势拽上去。"

"皇上，您真了不起。"杰布由衷地赞叹，"天底下没有什么事情可以瞒得过您。"

"杰布，不能这样说话，我不是神仙，天上地下的事儿全都知晓，我只是比你们多走了一些地方，多吃了几包盐，碰上眼熟的事儿，就能看出个道道来。就在这坡上瞅一眼，咱就知道，娄石今天又要建奇功了。"

说话间，阿骨打下了栗树坡回到关沟路上，这时候天色已经微明，关沟两边的峰峦林树大致可以看得清楚，阿骨打刚刚跨上白龙驹，忽听得关沟里面传出了震耳欲聋的鼓声与呼叫声。

“奶奶个巴子，仗打起来了。”

阿骨打兴奋地嚷了一句，他习惯性地扶了扶簪着红缨的头盔，纵马向着居庸关方向狂奔。

大约两个多时辰前，完颜宗望带着六千铁骑进入关沟时，真可谓马勒嚼子人衔枚，尽量不弄出一点动静。要说是三五个人悄没声地行进，倒也不是什么难事，这么大一支队伍急行军赶路，不发出一点响动，真不是件容易事儿。但这支部队毕竟是阿骨打亲自调教出来的，当得上“动若脱兔静如处子”这八个字。关沟的道路雪一层冰一层，稍一不慎就会嗞溜一声摔个四仰八叉。但将士们毕竟训练有素，每个人脚下都缠着防滑的草绳，为了防止战马承重踏地有声，从宗望开始，所有的将士都是背负柴草牵着马走。好在通到铁蒺藜阵的路不长，一共才十里地，一个多时辰，前锋已抵达。这时候夜色如漆，北风如刀——关沟是有名的风道，旷野上的风如果吹得草枝偃伏，一入关沟，就变成吹沙沙扬吹树树裂的狂飙了。这风势帮了大金军的忙。那一百辆马车走动起来，轮子与马蹄怎么着也会发出一些吱吱嘎嘎的声音，但在关沟，这些声音都被北风吞没了。

大约丑时才过，就是阿骨打从梦中惊醒的时候，宗望第一个到达铁蒺藜阵前。大军出发时，宗望让博勒断后，自己则打头阵。

宗望卸下肩上的柴草捆，俯身摸了摸路面，立刻探到好几枚铁蒺藜的尖刺，他试着用手去摇动，几乎是纹丝不动，好像被浇铸在那里。他朝跟前的人做了做手势，战士们便按事先预定的方案，卸下柴草、片儿柴、秫秸秆什么的将铁蒺藜遮盖起来，密密麻麻朝前铺。战士们的动作很快，还不到寅时，天色也未发亮，这厚厚的柴草几乎就快铺到居庸关城门楼子底下。而那五百个铲手，也都带着大铁铲沿途寻找隐蔽处一一躲藏起来。

在宗望指挥一队战士铺垫柴草时，博勒指挥着另一拨战士将运送柴草的马车全部挪移到关道的东侧。前面已经说过，关沟西侧全是猿猴难攀的悬崖峭壁，东侧路边是已经封冻的关河，河上是一面面缓坡，坡上的长城里，是张觉的守关部队。之所以要将马车全部摆在东侧，为的是阻挡居庸关守军推下的礌石滚木。从铁蒺藜阵开始，卸了马的车架子一路向外排去，竟也有两里路长，黑暗中，战士们到处寻觅一些大石头压在车上，这样是为了增加车架子抵御礌石滚木的能力。宗望与博勒认为，有了这道屏障，虽然不能完全消解礌石滚木的杀伤力，但至少可以减去大半。

当准备妥当，天色也就开始放亮了。此时的天气正如陈尔栻所料，漫天的飞雪已经停止，而北风呼啸着从关沟外扑来，一阵猛过一阵。这正是攻打居庸关的绝好天气。刚刚松了嚼口的战马们，也许是受了寒风的刺激，竟然都刨着蹄子，咴儿咴儿长啸起来。

听到马的嘶叫声，首先是东山坡上的守军发现了沟里的异常动静，他们立刻鸣锣报警，接着擂响战鼓，顷刻便可以看到堞口后面人头攒动，惊叫声、怒骂声、踢踢踏踏的马蹄声、闹闹哄哄的集合声次第传来。

宗望眼看时机已到，立即命令早已摩拳擦掌的火镰手点燃稻草。

北风正烈，火借风势，不消片刻，铁蒺藜阵上的柴火就猛烈地燃烧起来。

却说东山上的辽军乍一见到关沟中金军的架势，无不产生神兵天降的感觉。他们慌乱中急急忙忙推下礌石滚木，一时间，山坡上像发了地震似的，飞奔的石头圆木砸得大地抖动。但是，这些大石头没有一块能落到关道上，装满大石头的架子车组成了坚固的防线，飞奔的石头撞到车身上的时候又纷纷弹回到关河里，在厚厚的冰上砸出一个又一个大窟窿。当然，木制的车身也被砸得七零八落。

“可怜了这些车，跟着咱们从阿什河边出发，跑了几千里，却死在这关沟里头。”

说话的是大车营的营长，碰巧宗望路过，听到了他的话，于是停下脚步对他说：“你说大车死了，说得好，大车也是我们的战士，它们虽死犹荣。进了燕京城以后，我一定用最短的时间，再给你造二百辆新车。”

听到将军这样说，营长笑了，回道：“多谢大将军，不过，看到这些大车被砸成这个样子，我还是有些心疼。”

“因为有这些车抵御石头与滚木的袭击，我们的勇士与战马才免遭灾难，你应该高兴才对。来，你跟着我去做一件事情。”

“做什么事？”

“为你的大车举行火葬。”

“啊？”

“将这些砸断的辕木、轱辘、厢板什么的，都扔到燃烧的柴火上去，让火更猛烈一点。”

“好咧！”

营长明白了宗望将军所说的“火葬”的意义，他命令手下的营兵一起投入行动，将大车的碎片扔到火堆上去。

这时，通向居庸关的五里地长的铁蒺藜阵上，现出了最壮观的火景。只见最初燃烧的柴草，冒出了滚滚浓烟，前来助阵的北风，吹得火星子四处乱溅，溅到哪里，哪里就有火苗子蹿腾起来。这些火苗子像四月里跑骚的野狗，漫无目的又激情四射地到处乱窜。顷刻间，五里关道上形成一条气势磅礴的火龙，它在狂野的北风中游弋着、舞蹈着、蜿蜒着、升腾着；它的崩云裂石的力量在蓄聚中迸发，又在迸发中蓄聚；它仿佛要把一切吞噬，用它无坚不摧的烈焰，用它掀天揭地的气势，用它无孔不入的炙热……

由于宗望备足了柴草，不等火势稍弱，将士们又把干草捆投向火中。而铁蒺藜阵靠近关外的这一头，稳固它的坚冰已被烧化，有的地方开始流淌冰水，有的地方甚至连水都没有，烈焰不但烤干了坚冰，甚至连路面都烧裂了，铁蒺藜的尖刺也都被烧得乌红乌红的，在高温中熔化成一只只铁疙瘩了。

一些士兵开始铲掉铁蒺藜，没有障碍的道路一丈一丈朝前延伸。东山上的守军，由于遇到突如其来的敌情，仓促中用尽了所有的礌石滚木，垛口后放箭，臂力再好也射不过关河，因此只能眼睁睁看着金军的将士们从容清扫路障。

大概清除了两里多地的路障，阿骨打在卫队的簇拥下来到了前线，宗望刚把一捆秫秸秆投到火堆上，看到父亲来了，便趋前禀报：“父皇，咱们已清除了两里路长的铁蒺藜。”

阿骨打眯着眼朝居庸关的方向看去，只见滚滚浓烟像千万条愤怒的乌龙向那里扑去。但此处离居庸关还有三里地，于是他提醒说："宗望，别高兴得太早，张觉这老小子，还不到报庙儿的时候，再往前走三里地，西山上的弓箭，就够得着咱们了。"

"我知道，"宗望仍然很兴奋，"只要清除了铁蒺藜，这仗，咱闭着眼睛也能打赢。"

阿骨打很欣赏儿子的胆气，但表面上，他却板着脸教训："你如今是一军之帅，这样轻敌，迟早要摔大跟头。"

"我并不是轻敌，而是看到守关的辽兵，一个个都像过龄的蛐蛐儿。"

"毕竟，这是一夫当关，万夫莫开的居庸关！"阿骨打加重了语气。

宗望并不争辩，而是乐呵呵地回答："父皇，我第一次跟你打黄龙府的时候，守城的辽兵放箭，密得像蝗虫似的，咱们不也是架着云梯爬上去了。"

阿骨打没有回答宗望，他朝东边峭壁看了看，自言自语道："娄石的敢死队，这会儿该出手了吧。"

第十二章　一夕数惊

当敢死队全部登上鹰嘴峰后，完颜娄石让朵颜清点人数，三百名战士只剩下二百九十八个，有两名战士在攀爬中不慎掉进了深渊。出发前，娄石已将敢死队分为六个分队，每队五十人。娄石命令他们以分队为单位，各自找了避风的地方隐藏歇息待命。

经过一夜的攀爬，战士们都累趴了，行进过程中还不觉得，如今一停下来，顿觉四肢酸软，周身酸痛，往地上一坐，睡意就沉沉袭来。娄石知道在这天寒地冻滴水成冰的时候，战士们在野地上一旦睡去，就再也不可能醒过来了。他强令战士们每人吃一头干蒜，刺激神经兴奋起来，并互相帮对方捶背捏脚以防冻伤。

大约等了一个时辰，天才慢慢开始放亮。由于风大，积雪的云层都被吹散了，虽然最初的曙光显得特别微弱，但由于空气澄净，依然可以看得很远。

娄石隐藏在一片小树林里，朝居庸关的方向瞭望，鹰嘴峰地势高，在这里可以俯瞰整座居庸关。此时的居庸关，无论是左前方的关楼还是正对面的箭楼，无不门窗紧闭，从关楼通向箭楼的关城甬道，也是清静得不见一个人影。居庸关呈 V 字地形，正中的关楼在最低位置，关楼的西侧、东侧都以石砌的长城相连。西侧的峰头高过东侧。但历来守关的军队，都把防御的重点放在东侧，因为东侧紧邻二十里的关沟，而西侧无路可达。

鹰嘴峰通向关城，是一面缓坡，娄石目测了一下距离，距长城根大约有三箭之遥。也就是说，从鹰嘴峰往下冲二百丈左右，箭楼中射出的箭，就可以够得着冲锋的战士了。

娄石用胳膊捅了捅挨着他的朵颜，小声问：“你看，关上的哨位有几个？”

朵颜扫了几眼，回答：“我看到了两个。”

“在哪儿？”

“一个在关楼的飘檐底下，另一个在瞭望塔的露台上。”

“唔，你看得很准，露台上的那个，似乎还在跺脚。”

“两人都站在北风头上，比咱们这儿冷。”

“除了这两个，还有两个哨位。”

“还有两个，在哪儿？”

朵颜的脸色有些茫然，他又瞪大眼睛朝关上扫视一遍，仍然什么都没发现。

“还没找到？”娄石问。

“没有。”朵颜不好意思地摇摇头。

娄石伸手指向正前方箭楼底下的垛口，说道：“那里，你看有什么？”

朵颜望去，回答说：“我看到两只垛口之间，露出一支枪头，枪头底下的红缨还在飘动。”

“对，那里是一个哨位。”娄石接着骂了一句，“这狗娘养的，准是蹲在地上，缩着脖子避风呢。”

“站哨怎么能这样呢，张觉管兵不严。”朵颜佩服娄石的细心，又问，“还有一个哨位在哪儿？”

“在关楼往箭楼这边方向的第三个垛口后面，你看，有一支长枪斜靠在垛口上，这小子更邪乎，干脆把枪撂在那儿，自己跑回房子里避寒了。”

“这样的熊兵蛋子多几个，咱们的仗就好打了。”

“我们只要一行动，瞭望塔上的那个哨兵立刻就会发现。”

“发现了咱们也得进攻啊，宗望大将军可是指望我们突击成功呢。”

“进攻不是送死。”娄石说，“咱们就是能够冲到城墙根下，也上不了城墙啊。咱们一路攀崖过来，也带不了云梯。”

“咱们得想办法。”

“是得想办法。”

娄石说着，忽听得身后的二虎惊叫了一声，他连忙跑了过去，只见二虎惊魂甫定，站在那里发呆。

“你怎么了？”娄石问。

二虎指着身边一块耸立的巨石说：“咱想爬上这块石头，看看居庸关，刚爬上这棵树上跳过去，石头就开始摇晃，咱看到将军你们就躲在石头底下，生怕石头会从你们身上碾过去，就吓得叫起来。”

“啊，原来是这样。”娄石走过去用力推了推石头，这块足有茅房大的石头果然晃动了起来，他忽然兴奋起来，说道，“果然是一块活石头。”

娄石说着，就绕着这块巨石转了一圈。这块石头朝下的一半插在泥土里，而朝向居庸关的一半却裸露着，因为有两棵楸树支撑着使它不至于滚落。

娄石命令朵颜："让你一分队的战士沿着山坡分头寻找寻找，看还有没有这类似的石头。"

朵颜领命走了，娄石又命令二虎："你去二分队，让队长带几个胳膊肘有劲的战士到这里来。"

二虎跑到上面的密林中，顷刻就有六个战士疾步走了过来，娄石命令他们："用你们的砍刀，将这两棵老楸树的枝枝丫丫都给我砍掉，树桩子离地留到二尺左右，不要砍断。注意，动静不要弄得太大。"

娄石下达命令后，又带着二虎走回到密林，他交代二虎："你到二分队找几个帮手，选拳头粗的栗树砍十几根，要直的，一丈长左右。"

任务布置下去后，娄石又独自来到刚才和朵颜观察敌情的地方。这一次，他想更准确地测量一下，他的突击队从什么地方冲锋，可以躲避箭楼里弩机射出的连珠箭，把伤亡降到最低。他刚拨开遮眼的树枝，忽听得一阵猛烈的鼓声从关沟方向传来，他侧过脑袋看去，只见关沟的上空，腾起滚滚的浓烟，在他所处的鹰嘴峰与关沟之间，还隔着一道陡峭的山岭。所以，他无法看到关沟以及居庸关东坡上究竟发生了什么。但金军的进攻计划他是知道的。看着浓烟几乎吞没了居庸关的城楼，守关的辽兵也都从各自的房子里钻出来，嘈嘈杂杂地奔赴战斗的岗位。刚才还静得令人窒息的甬道上，现在又杂乱得像是一场毫无节制的庙会……

看到这骤然变化的一切，娄石顿时血脉偾张。他本是一头沉静的狮子，但一闻到血腥味，他的激情与躁动，便从每一个毛孔里向外喷射。正在这时候，朵颜向他跑了过来，一边跑，一边嚷道："将军，关沟那边的火攻开始了！"

"我看到了。"娄石有些不高兴，"你跑过来，就是为了告诉我这个？"

"不是。"朵颜收敛了一点兴奋，答道，"咱们又找到了一块活石头，比刚才那块更大。"

"是吗？走，去看看。"

娄石跟着朵颜来到那尊大石头跟前，和先前那块石头一样，它也是后半部埋在土里，前半部裸露在外，所不同的是，支撑它不致滚动的原因是前面有一道石坎阻挡。石坎周围都是小灌木。这尊巨石差不多有居庸关的半截城门那么高，大小要十来个人合围。它所处的位置也比第一块石头要高五六丈，相距二十来丈远，第一块石头正朝着箭楼，而这一块，正好对着居庸关。

娄石站在巨石后头，双手撑着它使劲推一推，石头轻微晃了晃。他又绕到巨石前面去看那道石坎，用脚使劲踹了踹它。

朵颜说："这道石坎是生在这儿的，有根。"

"这块巨石要想让它挪窝，比那块石头难多了，唯一的办法，是把它埋在土里的半截子刨出来。"

"将军说话了，大家快动手！"

朵颜说着抽出弯刀就往泥土里戳，在场的战士们有的用削尖的木棍子去砸碎冻土，有的用石头将木桩朝石头缝儿里砸，一时都忙乎起来。

娄石趁机把六个分队长找来面授机宜，他说："待会儿，咱们齐心协力把这两块大石头推下去，你们六个分队分成两股，一、二、三分队跟着这块大石头，奔向居庸关，四、五、六三个分队跟着那块石头奔向箭楼。咱带队向居庸关，朵颜带队向箭楼。现在，你们回去向战士们交代清楚，一旦巨石滚动，守城的敌人很快会发现，他们的第一反应就是鬼叫，接着就是躲避，这是我们冲锋的最佳时机。因为，辽军所有的弓弩手这时候都傻掉了，他们还来不及作出反应。如果这两块石头恰好能把城墙砸出两个大洞，我们就顺势钻进居庸关，与辽军短兵相接；如果石头不争气，在什么地方被卡住了，或者没砸着关墙，咱们也要尽快接近关墙，占据有利地形，为硬攻创造条件。你们明白了吗？”

“将军，明白了！”六位分队长一齐回答。

说话间，两块巨石的清障工作已进行完毕，二虎领着几位士兵也砍出了一二十根栗木杠子。这时候，再不需要娄石吩咐，那些自认为臂力过人的战士纷纷抄起栗木杠子插向两块巨石的底部。

娄石带着喊起了号子：

“嗨、嗨、嗨！”

众战士一齐应和：

“嗨、嗨、嗨！”

第三个“嗨”字是一个下坠的重音，一连喊了三次后，所有弯腰顶杠的战士们同时发力，挺起身子，倾斜的栗木杠竖起来了，巨石倾斜了。它留下的缝隙立即被战士们投下的碎石填满，巨石就这样倾斜，再倾斜，三四次之后，首先是小巨石碾断树桩，开始朝箭楼的方向滚动了，接着是大巨石翻过了石坎，在原地颠了颠，就朝着居庸关的方向奔去。

分成两股的敢死队员们，在娄石和朵颜的带领下，跟在两块巨石后面，向着关城狂奔。

由于喝了半宿的酒，张觉与张劲父子一上炕，便借着酒劲儿昏昏睡去。当东面山坡上报警的鼓声传来时，首先是张觉醒来，他一面穿铠甲，一面大声嚷道："出了什么事？"

守候在门外的护卫回答："金国的蛮子们沿着关沟进来了。"

"妈拉个巴子，他们不要命了？少帅呢？"

"已经喊过了。"

说话间，张觉已披挂停当，三步并作两步奔向朝北的回廊。他与儿子张劲都住在关楼的二楼。一推门走上回廊，便感到凛冽的北风好像要把他提起来旋走。他抓住栏杆站稳脚步，向关沟眺望，忽然看到路面铺满了厚厚的一层金黄色的柴草。

"这是谁干的？"

"肯定是金军，是趁着夜色偷偷铺下的。"

"他们要干什么？"

"还不是想烧化铁蒺藜。"说话的是张劲，他刚从厢房出来，站在父亲身边说，"柴火都铺到城门底下了，怎么没人听到动静？"

"对呀，昨夜里谁在这里站哨？"

在场的十几位将校士兵，一个个面面相觑，低着头不吭气。

张觉咆哮起来："去把昨夜站哨的王八羔子给我找来，我要亲手宰了他。"

张劲认为大敌当前严惩部伍会引起军心涣散，于是暗中捅了捅父亲，打圆场说："父帅，站哨的人什么时候处置都来得及，眼下最要紧的，是把关道上的柴火都清除掉。"

"啊？"张觉一拍脑门子，对身边一位裨将说，"你带几百人下去，打开关门，将看得见的这些柴火都清除掉。"

裨将领命而去。这时，只见东峰上喊声震天，无数的檑木滚石向着关沟倾泻而下，因为相隔太远，站在城楼上看不到远处金军的动静，但从东山守军的反应来判断，金军的攻关主力恐怕已经全部进入关沟了。

听得楼下沉重的卸下顶门杠的声音，张觉也想下楼，他刚挪脚，张劲又喊叫起来：

“父帅，你看！”

张觉又收回脚步顺着张劲的手指朝关沟望去，只见远处一团一团的浓烟挟着风势朝居庸关猛扑过来，而眼力所及处的柴草，也都腾腾地燃烧起来。这股浓烟一边翻滚一边膨胀，像千万匹黑狗被天神驱赶。火舌在又猛又快地伸延，眼看着离关楼只有两三里地了，浓烟突然间就扑到了居庸关城楼上，这浓烟中不但有刺鼻的焦煳味，而且还夹杂着炙热的草木灰，落在脸上就会烫起水泡。更要命的是，刚刚打开的关门，形成了更加巨大的风道，浓烟灌进关门，迅速升腾、弥漫，整个居庸关城楼，都在滚滚浓烟的包围之中。

张觉感到大事不妙，他刚想说话，浓烟呛得他猛烈地咳嗽。他抓住一个小校，指了指楼下，比画着做了个关门的动作，小校生怕误会了意思，憋足了劲喊了五个字：“是不是关门？”张觉点点头，小校这才飞奔下楼。

张觉父子狼狈不堪地回到关楼内，护卫把所有的门窗都关闭了，但屋内的浓烟一时也散发不尽。张觉一边喘着粗气，一边咒道：“阿骨打这个屌皇帝，攻关真他妈会挑日子。”

张劲接腔：“父帅，阿骨打火攻居庸关，这一招儿歹毒得很，他身边有高人哪！”

张觉不吭声：很显然他对阿骨打不服气，但又不得不承认阿骨打棋高一着。

张劲接着说："等到浓烟消退了，金兵恐怕就已经到了居庸关楼下了。"

"小劲子，你现在去传令，把兵器库中的所有弩机全部调到这关楼上。一俟金国骑兵逼近，立刻放箭。咱就不相信，阿骨打破得了铁蒺藜，还能破得了咱的弩机营。"

张劲领命出门，不一会儿就折身进来，还带了一位跑老客儿打扮的陌生人。

"命令传达了？"张觉问。

"弩机营已经得命。父帅，你看浓烟越来越厉害了，人站在外头，还不被熏死？"

"金兵筹备了多少柴草？"

"反正不少，如今浓烟越来越厉害了，刚才出关的士兵，都让浓烟给呛回来了。"

张觉听出儿子的话中似乎有些泄气，便问："听你的口气，好像这仗没法儿打了？"

张劲没有回答，而是把那个陌生人推了一把。

"这是谁？"张觉问。

"咱们的耳目，他叫刘兴仁，刚从燕京城里出来。"

张觉审视刘兴仁，问："你有什么要说的？"

刘兴仁还没开口，张劲一旁鼓励他说："把你在燕京城中看到的和听到的，全都告诉大帅。"

刘兴仁这才上前朝张觉施了一礼，开口说道："大帅，燕京城里头出了大事了。"

"出了什么大事？"

“萧太后昨天跟着耶律大石大将军出城，一去不复返了。”

“啊？她去了哪里？”

“萧太后行踪诡秘，没有人知道她去了哪里。”

“是你不知道还是所有人不知道？”

“她走之前是否与左企弓丞相商量过，小的的确不知，但城里头的百姓，当然也包括各衙门的官员，都认为萧太后这是逃跑了。”

“耶律大石带了部队吗？”

“大将军的兵马两万人，自大前天与郭药师打了一仗后，大部分都开拔到滹沱河前线了。出城时，只有萧太后的一千名卫士跟着。”

“是不是去了耶律大石的防区呢？”

“不是。”刘兴仁忽然压低声音，诡谲地说，“小的得到绝密情报，萧太后在耶律大石的陪同下，去了房山县的天开寺。”

“天开寺？萧太后这时候还有闲心去烧香？”

“不是去烧香，而是去见了南朝的赫赫有名的大人物。”

“哪个大人物？”

“童贯。”

“萧莫娜去见童贯？”张觉大吃一惊，“这是真的吗？”

“千真万确！”

“后来呢？”

“后来，天开寺就被一场大火烧掉了。”

“萧太后呢？”

“萧太后随着耶律大石进了后山，有人估摸着，她会从那儿下到古北口。”

“天哪，这到底是怎么回事呢？”

张觉一屁股坐到铺了虎皮的交椅上，心乱如麻地垂着脑袋。浓烟不知从何处缝隙钻了进来，呛得张觉抽搐般地咳嗽起来。

张劲示意刘兴仁退下去，并命令护卫都退到门外，屋内只剩下他们爷儿俩。

张觉咳嗽一停，张劲就递了一碗温茶给他。张觉咕噜咕噜喝了茶，问儿子："萧莫娜都跑了，守这居庸关还有用吗？"

张劲反问了一句："父帅，还记得昨夜在关帝庙里抽的那支签吗？"

张觉叹道："一支下下签，唉，关帝爷的签，灵啊！"

张劲趁机说："父帅，你说得对，咱们为萧太后守关，她脚底抹油溜了，咱们还守着干吗？"

张觉点点头，问道："你不是说，守关不为萧太后，只为自家留点日后归顺的筹码。就这么一拍屁股走了，是不是有些丢人？"

张劲回答："现在啥时候了，还谈丢人不丢人，这年头，保存实力最重要。"

"你说得也是。"张觉尽管神情沮丧，但仍然外强中干地开导儿子，"小劲子，听你爹说一句话，不到万不得已，不能弃城逃跑。否则，不管是南朝还是大金国，都会把咱们看成是孬种，不管怎么样，咱们也得放几箭，拼一阵刀枪再走。"

"爹，你说了算。"

"就这样，让弩机营各就各位，三大箭楼的射手也要做到箭无虚发。"

"儿这就传令下去。"

两人话犹未了，忽听得关楼处传来呼天抢地的叫嚷声：

"不好了，天塌了！"

“神兵天降了！”

“快逃啊，快逃啊！”

这些叫喊声句句瘆人，张觉一脚跳出门去，也顾不得浓烟呛喉，扯开嗓子大声呵斥：“你们鬼儿呱呱地乱嚷嚷什么？”

平常，只要张大帅脸色一沉，将士们都会噤若寒蝉，但今日尽管他喊破了嗓子，士兵们也都像碰到了猎鹰的兔子，只恨没长八条腿。张觉只好自己跑到楼前眺望。这一望不打紧，他自己也想生出翅膀飞上天去。原来，被娄石指挥推下的那两块巨石，从高坡上朝关城翻滚而来，这两块石头沿途砸树树断，碾石石碎，一路呼啸，发出震耳欲聋的声音。那情形的确吓人，特别是正对着关楼飞来的那块最大的巨石，常常被阻挡的石头颠起来腾空旋转，那样子，好像是要凌空射向关楼，这就是众人仓皇逃命的缘由。

张觉伸着脖梗儿去看时，那块巨石离关楼大约只有五六十丈远了。由于它一直下坡，在加速度的作用下，这巨石越滚越快，与地面产生的摩擦力发出的响声以及震动，使得关楼在摇晃。就在巨石撞击关楼的那一刹那，张觉真的有了天塌地陷的感觉，他下意识抓住栏杆，免得身子被抛了出去。谢天谢地，这块巨石没有飞上关楼，只是砸在关门的右上侧，立刻，厚重的关墙被砸出个大窟窿，巨石落地挤垮了关门，而另一块巨石也砸中了箭楼的关墙。

张觉还没有从惊悸中恢复，忽然又发现一团黑乎乎的东西朝他飞来，他急忙一低头，只见一支尺八利箭已射进了他身后的木柱。他朝关下瞄了一眼，只见一股金兵仿佛从地缝儿钻了出来，正雀跃着接近关楼。

关楼还在摇晃，响箭也在头顶嗖嗖飞过。张劲冒死前来抓住父亲的手，猫着腰跑下关楼。

张觉一边跑一边问：“这些金兵是跟着巨石来的，这是怎么回事呢？”

张劲回答：“还记得四更天咱们听到鹰嘴峰飞来的老鸦叫吧，八成儿是金兵攀上了鹰嘴峰。”

“我的天，难道他们是长了翅膀的猴子吗？”

“父帅，弩机营的士兵都跑了。”

“跑吧，跑吧，吹号集合，咱们退回平州去。谁他妈的碰上大金兵，都会倒血霉。”

张觉说着，已是抬腿跑下关楼。

第十三章　大辽国的汉人宰相

完颜娄石钻进巨石砸出的窟窿，但见头顶上的夯土与砖块还在簌簌掉落，他提醒随他进来的二虎等十几位勇士要注意安全。他看到城门像鸟儿折断的翅膀，斜斜地吊在那里，随时有脱落的危险，便觉得这里不是久留之地。他很想跳下门洞，又担心被守城的辽兵乱箭射死。因为这时他听到了关城内的喧嚣，有踢踢踏踏的马蹄声、胡嘶乱嚷的叫骂声、吱扭吱扭的车轮声、关楼上跑上跑下的脚步声，简直乱成了一锅粥。娄石心里头纳闷，忖道："妈拉个巴子，这哪里是调兵布防，听响动倒像是逃难的。"正在想着如何对付，忽见浓烟又从关道上飘来，一阵猛过一阵。门洞里黑乎乎一片，娄石与他的部下都忍不住猛烈呛咳起来。娄石知道这是柴草因为潮湿而燃烧不充分产生的炟烟，不用半炷香的工夫，这炟烟会把人熏死，从炟烟的浓烈程度来看，燃烧地点已经离城门很近了。一来担心贻误军机，二来也怕被浓烟熏死，娄石也顾不得许多了，他大手一挥，带头从巨石上跳下来，顺着门洞冲进了关城。勇士们跟着他冲了进来，但眼前的一幕，却让他们非常吃惊，但见瓮城里头不见一个人影，瓮城外的操场上一片狼藉。

“辽兵呢？”二虎疑惑地问。

“这还用问？都他妈的掉腚儿跑了。”

“咱们去追。”

“追啥？”娄石白了一眼二虎，“咱们的目标是夺取关城，走，咱们快上城门楼子。”

言犹未了，只见娄石冲在前头，箭一样向登楼的甬道奔去。他噌噌噌一口气上到关楼的第二层，但见博勒率领手下也从箭楼方向飞跑而来，两支敢死队在关楼前集合。

娄石眺望连接关楼的东西长城上的甬道，此时已是一片寂静。他问博勒：“你也没遇到抵抗？”

“抵抗个啥？”博勒一边喘气一边回答，“咱摽着劲儿想打一场硬仗，没想到辽兵瞧着势头不好，早他妈的蹽杆子了。”

娄石笑道：“听说张觉这个人牛屄搭烘的，是个搅牙的人。我看他是被这两块大石头砸晕了。他怎么也想不到，咱们大金勇士会登上鹰嘴峰。”

这时，浓烟渐渐淡了，完颜娄石向关沟方向望去，只见五里关道上的铁蒺藜已被清除干净。部队缓慢地向关城推进。

娄石说道：“阿骨打皇帝和宗望将军还担心辽兵在守城呢。二虎！”

二虎立马趋前一步：“到！”

“带几个人，把这些辽国的军旗扯下来，换上咱们大金国的军旗。”

“是！”

眼见二虎和一群战士咚咚咚去扯换旗帜，娄石对博勒说：

“走，咱们即刻出关，去迎接阿骨打皇帝。”

大部分勇士都留在关楼上监视敌情，娄石与博勒只带了六个战士走下关楼，走到关道上来了。此时的关道上，已站满了铁甲骑士，他们看到楼上升起了大金国的战旗，都不敢相信自己的眼睛，看到娄石走出关门朝他们跑来，这才相信是娄石的敢死队占领了关楼，队伍中顿时爆发出雷鸣般的欢呼声。

忽然，欢呼声停止，整齐的大军向两侧分开让出一条路来，只见一队铁骑飞驰而来，阿骨打与栋摩、宗望三人成品字形走在队伍的最前头，在这支铁骑的后面，是数百匹全副武装却无人坐骑的战马。

阿骨打远远地看到前来迎接的娄石与博勒，不由得夹夹马肚子加快速度。离娄石还有十来丈远的时候，他就双脚抽出马镫几乎是凌空一跃跳下白龙驹，人还没落地，大嗓门就传开了：“娄石，是你吗？”

娄石单腿跪下行了军礼，答道：“阿骨打皇上，末将娄石在此，听候你的吩咐。”

阿骨打上前，反剪着手围着娄石转了两圈，高兴地说：“唔，没瞅见身上有什么皮肉伤，看来，库页岛逮海东青的绝活儿，你一点都没忘掉。”

娄石受到表扬，反而不好意思，小声回道：“皇上，咱这点扯葱拔蒜的小本事，比起您来差老鼻子了。”

阿骨打又问博勒：“身上没哪疙瘩不舒服吧？”

博勒嘴巴一撇，嚷道：“不过瘾！”

“咋啦？”阿骨打问。

博勒叽咕道：“摽着劲要打一仗，可张觉带着兵马，跑得比兔子还快。”

“咱知道。”阿骨打用马鞭敲了敲博勒的肩膀，笑道，“宗望在沟中指挥火攻，你们又从鹰嘴峰推两块大石头下来，这鳖犊子撑不住了。”

栋摩这时插话说：“本想到居庸关有一场恶仗，没想到一箭未发。”

阿骨打瞅了瞅关门大开的城楼，对栋摩说：“仗还是打了，烧柴木，推石头，这不都是打仗吗？蛮干三分力，巧劲得十分。咱们这是智取居庸关。”

栋摩点点头，不再说什么。

宗望又问娄石：“张觉的大军逃向了哪里？”

“末将没有跟踪，不知道他会逃向哪里。”

栋摩担心地问：“他不会逃往燕京吧？”

阿骨打摇摇头说：“这绝不可能，八成儿，他是逃回他老巢平州去了。”

“皇上这么肯定？”栋摩问。

阿骨打回答：“张觉弃守居庸关，就是为了保存实力。他知道咱们要进攻燕京，怎么还会往燕京逃呢？如果他还是跟燕京那边一条心，他就会死守居庸关。”

宗望说：“父皇英明。”

阿骨打回头看了看士气高昂的军队，兴奋地说：“咱们不要在这里嘬牙花子了，快，咱们向燕京进发。”

“是。”宗望吩咐号兵，“传令下去，兵发燕京。”

阿骨打飞身上马，对娄石说：“你们敢死队的三百匹战马，已经全部带来了。娄石，命令你的勇士们上马吧。”

“皇上，末将听命。”

大军出发之前，敢死队的马群先呼啸而来，娄石首先跳上自己的战马，这支铁骑像一股排空的洪流，朝着燕京城滚滚而去。

一大早，左企弓穿着一领青布袍，戴着狗皮制作的瓦楞帽儿，从自家后院的小耳门里低头勾腰地走了出来。早在六年前，天祚帝就将左企弓封为燕国公，同时受封的还有谏议大夫虞仲文，被封为秦国公，侍中康公弼为陈国公，曹勇义为濮国公，这四位都是出生在幽燕之地的汉人，都先后考中辽国的进士并逐步成为辽廷的鼎轴之臣。辽国朝廷中掌握兵权的武将，多半是契丹人，而文臣却都基本由汉人担任。契丹人可以封王，汉人最高的也只能称公。左企弓老成持重，深得天祚帝信任，所以委以南院宰相之任，成为辽国汉人的文臣之首。辽国在皇帝之下，设北院与南院两个宰相。北院宰相由契丹人担任，专门负责处理契丹人的事务。南院宰相专门处理汉人事务。通常情况下，北院宰相地位高过南院。在辽代皇帝之下，还有一个人的地位高过两院宰相，这就是总督辽国兵马的大将军。与左企弓同朝为官的大将军，就是耶律大石。辽上京陷落之后，耶律大石与左企弓领着文武百官跟随天祚帝来到辽中京，不到半年，辽中京也被阿骨打攻占，天祚帝自己带着五千御林军折回蒙古草原，而命令耶律大石与左企弓率领文武百官南下燕京。天祚帝做出如此安排，出于两种考虑：一是他离不开草原，他认为他回到草原，就有东山再起的机会；二来他得到密报，秦晋王耶律淳有可能僭越称帝，派耶律大石与左企弓前往，可以遏制此事的发生。但是没有料到，耶律大石与左企弓到达燕京之前，耶律淳已经称帝。两个月之后，耶律淳突然一命呜呼，他的爱妃萧莫娜又接过权杖……

耶律大石与左企弓到达燕京，本想兴师问罪，但看到萧莫娜对他们礼敬有加，诚挚欢迎，加之天祚帝自分手之后音讯全无，两人私下商量，作为权宜之计，便都加入了拥戴萧莫娜的行列。左企弓来之前，称帝的耶律淳已任命了一个丞相，叫韩秉；左企弓来后，萧莫娜便让他担任丞相之职，而将韩秉降为秦王府丞相，名称未改，但权力却被完全地剥夺了。耶律大石也一样，他来之前，萧莫娜让哥哥萧干当了大将军；他来之后，萧莫娜也封他为大将军，排名在萧干之前，为了加以区分，耶律大石的大将军前面特加了“总督天下兵马”六个字。由于萧莫娜的刻意笼络和表现出的精明强干，大辽国最后的这两位文武柱石由权宜之计而变成了真心辅佐。

为解燕京的危局，左企弓提出同时与金、宋议和。使者去了阿骨打的军营，阿骨打拒不肯见。与宋朝河北宣抚使童贯的相见，萧莫娜思虑再三决定亲自出马。耶律大石自告奋勇陪她前往天开寺。两人离开燕京后，左企弓既指望萧莫娜能带回一个好消息，又知道这个想法不切实际。他早就听说，金宋两国已签订了密议，要南北合围，将燕京——大辽国的最后一片国土攻陷。

左企弓等到半夜，也不见萧莫娜与耶律大石回城。他坐在书房里心神不定。录事将一沓公文小心翼翼地放在几案上退了出去，他随手翻翻，都是诸如驻军请粮、空职补缺、州县灾民请赈之类的报告。没有一件是顺心事儿，气得他一手扫去，公文落了一地，他又喊录事进来将公文重新收拾好。就这样好不容易挨到二更天，终于有一个人骑着快马来到他的府邸，值门军士验了关防之后，把这人交给管家带了进来。

这人一走进书房，左企弓就疑惑地问：“韩八斤，你怎么跑来了？”

韩八斤原是天祚帝卫队的一个小头目，从中京撤退时，天祚帝命令他带一支卫兵护送左企弓南下，到了燕京后，左企弓觉得他跟惯了天祚帝，处处颐指气使，便以他当卫队长屈才为由，将他推荐给了耶律大石，当了一名主管大将军府警戒的裨将。

左企弓这么一问，韩八斤一愣，反问道：“你以为应该是谁来？”

左企弓也觉得自己问得有些突兀，便示意韩八斤坐下，缓和了口气说：“耶律大石将军回府了吗？”

“没有。”

“啊？还没回来？”

“我是随大将军一块去天开寺的，大将军让我回来送信给你。”

“大将军要说什么？”

“与南朝童太尉的和谈闹崩了。”

韩八斤接着把天开寺谈判的情况详细地作了一番描述。听完之后，左企弓心情沉重，他叉开右手托着腮帮子深思了一会儿，又问：“耶律大石将军带着部队往古北口的方向去了吗？”

“是的。”

“从天开寺到古北口，山高路窄，大部队行动，难走啊！”

“大将军说，他要出其不意地走出古北口，抄阿骨打的后路。”

“萧太后有什么话儿带给我吗？”

“没有。”

“好了，你走吧。”

韩八斤走后，左企弓突然觉得脑袋像炸裂一般疼痛。他向来有偏头痛的毛病，偶感风寒或紧张疲累都有可能引发。他坐在椅子上，双手摁着太阳穴，吩咐录事到院子里寻几个冰块来。录事一会儿就端了一盘子冰块进来，左企弓拿起冰块搓着额头。由于寒冰的刺激，他的头痛才慢慢减轻。于是他才能够集中精力，把韩八斤禀报的事情仔细用心过一遍。

从韩八斤的话中，他至少听出了几个令人不安的问题：第一，耶律大石早就有心撤离燕京，这次自告奋勇陪萧莫娜前往天开寺谈判，实乃借此机会成行。第二，萧莫娜是被耶律大石勒迫而一去不返的，因为萧莫娜之所以苦撑危局，也是想竭力保护大辽国的最后一片国土。第三，耶律大石根本不是去抄什么阿骨打的后路，而是借道古北口回到蒙古高原。从这一点上看，他可能知道天祚帝的藏身之地，前去会合也未可知。第四，耶律大石手下有两万兵马，他一走，燕京兵力更加空虚，无论是金还是宋，都可以将燕京轻易拿下。想到这几层后，左企弓不得不盘算如何处置这雪上加霜的局面。左企弓通晓历史，知道历朝历代国祚将亡时，都会在战、和、降、逃四条路中选取一条。而当下的燕京，兵疲马乏，将士离心，战，是死路一条。左企弓一直支持萧莫娜走和谈之路。可是，无论是金还是宋，都拒绝和谈。若要投降倒也方便，打开城门举起白旗就可以了，但那样一国之体面，一人之尊严，岂不都丧失净尽？还有一条路就是逃，但辽国若亡，仰赖辽国而生存的帝王将相逃得过今天，也逃不过明天啊。左企弓对上述四条路之外，还想到了一条路，那就是殉。自古忠臣烈士，遭逢乱世而亡国，莫不以身家殉国。如果下决心殉，左企弓倒也没什么障碍，人生一世草木一秋，怎么着都得死，倒不如死出个壮烈来，也在历史上留下一个英名。但是，一人殉国不难，举家殉国那可是难上加难啊！但以身殉国、以家殉国这是相连的。不以家殉，这仍然是把家看得比国重要，这样的忠就不是全忠……

思来想去，不觉过了寅时，也就是完颜宗望对居庸关发动火攻的时候。左企弓终于厘清了一个头绪：第一，辰时上衙，将城里的文武官员召聚来，宣布耶律大石挟走萧莫娜的真相；第二，动用现存的军事力量保卫燕京城；第三，尽快将重要官员的家眷护送出城；第四，燕京城的命运，交由与会的大臣一起议决。

思考出这样一个脉络，左企弓尽管仍是心情沉重，但多少有一点卸去磐石的轻松感。他胡乱喝了一碗用小米、薏米、粳米熬成的三米粥，吃了一个小糜子窝头，就换了这身青布袍，从耳门离开了府邸。

他之所以穿得像个私塾先生，倒不是想当逃兵，而是为了遮人耳目，要去一个像他这种身份绝对不能去的地方。

那地方叫如意馆，单听这名儿还真不知道这地方是干啥的。往邪里想，以为它是青楼红粉之地；往雅里想，以为它是宝物秘玩之区。其实都不是。

如意馆就在燕京城中最繁华的南京大街上。辽有五京，燕京为南京，故名。这南京大街南北向，南达开阳门，北抵秦王府广场。搁在太平岁月，这南京大街车毂相接，人流如鲫，是辽五京中的第一繁华之地。丞相衙门在秦王府左侧，出衙走过广场再往大街上走百十余丈远，就是如意馆。左企弓所住府邸与丞相府相隔了两条街。这如意馆是左企弓上衙的必经之地。但平常他都是乘四人油布棚轿穿市而过，今儿个却弃轿步行。为了怕人认出，他把头上的瓦楞帽儿压得很低。好在是大清早，再加上风雪交加的寒腊天气，路上行人极少，走到如意馆的门口，只见门虚掩着，左企弓拉开门，将挂着的厚厚的门帘挑了一个缝儿，朝里探了半个脑袋，只见堂屋正中搁了一只木桌，左右挨墙排放了几把椅子，木桌前面蹲着一只火炉，上头坐着一只陶罐，里面煮着奶茶，正腾腾地冒着热气。

从内屋出来一个小伙计，看到左企弓探着脑袋，就问："客官来求财喜吗？请进来呀。"

左企弓抽身进来，又小心翼翼把门掩好，问："你家主人呢？"

"在呢。"

答话的不是伙计，而是从里屋走出来的一个留着稀疏山羊胡子的老汉。他坐在木桌后头的椅子上，客气地请左企弓落座。

左企弓坐定后，打量着这位老者，只见他穿着一件曲领大袖袍子，戴着高装巾子，颧骨很高，眼睛深凹进去，喜欢眯着眼，但感觉得到他目光深邃。

小伙计从里屋拿了一个粗瓷碗出来，从罐子里舀了一碗奶茶，双手递给左企弓，说道："客官，你喝杯奶茶，暖暖身子。"

左企弓道谢之后，接过奶茶啜了几口，放回到茶几上，这才开口说道："陆老倌，在下有一件事问你。"

陆老倌即是坐在木桌后的老人，他捻着山羊胡，也在打量着左企弓。

"客官从哪里来？"陆老倌问。

"啊，一向住在滦州，前些时到了燕京。"左企弓敷衍着回答。

"碰到啥不顺心的事儿了，大清早跑来抽帖儿？"

"也没啥不顺心的事儿，问问今年的光景。"

"今年的光景？"陆老倌悠悠地笑了，"大兵压境，一城百姓一夕数惊。前天郭药师跑进城来烧了大半条街，燕京城要遭劫了。”

“这咱都知道，我是指这光景下，咱自个儿有无灾咎。”

“哦，”陆老倌恪守行规，并不往下深究，只是轻描淡写地说道，“大凡抽帖儿的，都在午时之后，酉时之前，早不说命，夜不探宝，这是规矩。”

“这么说，在下就告辞了。”

左企弓说着抬了屁股要走，陆老倌拦住他说：“客官且慢，早不说命，但你是问事，不是说命，这又有何妨呢。”

左企弓又坐下来，说道：“陆老倌，抽帖儿之前，你要答应我两件事。”

“你说。”

“第一，把你如意馆的大门闩上，不可让任何闲杂人等进来，若是耽误了生意，银钱我加倍地出。”

“这一点答应你，但银钱一厘一毫也不多收。”

“第二，我问什么你说什么。”

“我的天，你是来抽帖儿的还是审案子的？我陆老倌设馆说命，从来就没说过一句诳人的话。”

“如此甚好。”

陆老倌指着小伙计：“你去把门闩上。”

小伙计刚走到门口，忽听得门外传来一声问话：“陆老倌在家吗？”

左企弓一听这声音很熟悉，顿时紧张起来。

小伙计把来人堵在门外，扭回头来对陆老倌说：“陆爷，是韩八斤将军。”

“韩八斤？”左企弓差一点叫出声来，他直朝陆老倌摆手，小声说道，“不能让这个人进来。”

小伙计连忙帮着挡客，把头伸到帘子外头，说：“韩将军，我家陆爷今儿个脑袋昏沉，见不了客。”

听得韩八斤在门外嚷：“你家陆爷就是躺在床上，我也得见他。”

小伙计为了让里面的人听见说话，故意大着嗓子说：“陆爷……”

“别他娘的跟我卖关子了，你让进不让进，再他妈不放开帘子，我他娘的放火烧了。”

眼看外头撕扯起来，陆老倌指着里屋对左企弓说：“客官，你去里屋暂且回避。”

此情之下，左企弓只好依了陆老倌，踱到里屋暂且躲避。

第十四章　黄莺儿叼字

里屋乃是一间小客厅，左右两个厢房，陆老倌示意左企弓进了左厢房，这是一间书房兼私密会客的地方。左企弓刚走了进去，陆老倌就放下门帘，急匆匆回到堂屋接待韩八斤去了。

却说韩八斤自离开左企弓府邸之后，回到家中已是四更天。思前虑后心绪不宁，天一冒亮就让杂役烧水泡了一个脚，再把一身泥泞衣服换掉，骑了一匹马来找陆老倌。

韩八斤一住进燕京城就成了陆老倌如意馆的常客。别看他长得五大三粗，两道浓眉杂得像乱草似的，大凡行事先得问问吉凶打探虚实。当陆老倌刚把左企弓送到里屋，他就推开小伙计骂骂咧咧地走了进来，见陆老倌从里屋出来，便骂道：“好你个陆老倌，屋子里藏了什么主，竟把我老韩挡在外头了。”

陆老倌满脸赔笑：“八爷，看你说哪门子话，大清早的，你是登门的第一个贵人。”

“老实说，屋里藏了个什么人？”

“真的没有。八爷，不信，你自己到里屋瞅瞅。”

韩八斤抬脚就要踏进内屋的门槛，见陆老倌这样一说，他反倒回转身子，挑了椅子坐下，笑道：“你陆老倌瘦得像片儿柴，料也不会大清早弄个婆娘来做那勾当。”

陆老倌仍是谦卑地回应：“八爷，说话也不怕埋汰了自家嘴巴，我是黄土埋了半截儿的人……”

韩八斤一挥手打断陆老倌的话头，粗暴地说：“没工夫跟你扯淡，快，把你那神鸟大仙请出来。”

“这早就来抽帖儿？”

“少啰嗦，快！”

陆老倌一努嘴，小伙计连忙进里屋拎了一个鸟笼子出来，小心翼翼地搁在陆老倌身前的几案上，又返身进去端了一只青釉的小碗出来，碗里头放着一些金灿灿的小米。

陆老倌抽开柳条鸟笼的小门，嘬着嘴啧啧了几声，站在鸟笼小横梁上的那只小黄莺翩然飞了出来，在堂屋里高高低低飞了两圈。看到陆老倌一伸手，小黄莺敛翅做了个滑翔的动作，落在他的掌心，就像故友重逢一般地朝着陆老倌雀跃了几下，然后又偏着脑袋看着韩八斤。

韩八斤嘟哝道：“这位黄莺大仙姑还真他妈的懂礼性。”

说话间，陆老倌一手托鸟，一手端起盛了小米的青釉瓷碗，朝着小米叽叽咕咕地念咒语。

韩八斤心急如焚，嫌陆老倌故弄玄虚耽误时间，但虑着询问天机不可用心不诚，故在一旁抓耳挠腮地看着仪式。

陆老倌的咒语念了足有半支香的工夫，然后将米碗放回几案上，又将黄莺放到米碗旁边让它啄食。

“不就是让它啄点小米儿吗？用得着这样神神道道的。”

听着韩八斤不满的唠叨，陆老倌笑了笑，回道：“挑个牙虫都还念个口诀呢，何况是占卜。”

“行了行了，快弄你的吧。”

陆老倌抽开几案的抽屉，取出足有一拃厚三寸半宽的油纸牌儿，递给韩八斤说：“你先把这些字帖儿打乱了，重新洗一洗，我熬了药汤，这会儿半凉了，进去喝一口。”

“去喝吧，快点！”

韩八斤接过字帖儿，一边翻看一边胡乱掺插着。

趁这空儿，陆老倌急匆匆挑帘儿进了里屋，他把头探进左厢房，见左企弓笼着手坐在椅子上支着耳朵听堂屋的动静，忙赔着小心悄悄地说道：“客官对不起，来了个老主顾，把你耽误了，很快就完，很快就完。”

左企弓也想听听韩八斤要问什么，回道：“不急不急，你去认真料理好了。”

陆老倌这才回到堂屋，韩八斤将收拾好了的字帖儿又递给陆老倌，说：

“我数了一下，这字帖儿才一百张。”

“八爷，你嫌少了？”

“是少了点，你再拿一摞来。”

“一摞就是一百张。两百张中抽一张，这黄莺耗费的气血太多，恐怕十天半月都补不回来啊。”

“别给我装，不就是钱吗？来，这是二两小银锭，够吧。”

“好吧，恭敬不如从命。”

陆老倌又从几案抽屉里拿出一摞来，韩八斤接过又翻捣了几遍，递回给陆老倌。

陆老倌将两摞字帖儿掺在一起念了一回咒语，递回给韩八斤说："开始吧。"

"好吧，我开始。"

韩八斤起身站到屋中间，双手托着那些字帖儿使劲朝空中一扬撒，字帖儿纷纷扬扬闪闪悠悠落了一地。

黄莺儿一见字帖儿，也就停了啄食，扑扇着翅膀就要起飞，陆老倌眼疾手快把它逮住，托着它的翅膀，神秘地问韩八斤：

"八爷，你要问什么？"

韩八斤几乎是一字一顿地说："我要问天祚帝的去向。"

"八爷，你……不问别的？"

"老倌，我只问这个！"

"说好了？"

"说好了！"

"好咧！"

陆老倌一松手，黄莺儿竟然兴奋地鸣叫了一声，扑翅儿飞了起来，只见它在满地字帖儿的上空高高低低地飞了一会儿，忽然就落到韩八斤的肩上。韩八斤下意识地用手去掸它，陆老倌连忙锐喊一声："把手放下！"

韩八斤抬起的手又放下来，僵直着身子说："老倌，你的黄莺大仙要干啥？怎么挠起我的肩膀来了？"

"它是吃不透你的意思呢，所以要来闻闻你的气息。"

"越说越神了。"

黄莺在韩八斤的肩头上跳了几下，忽然收起爪子一个俯冲落地，在满地的字帖儿中用嘴叼了一张起来，搁在陆老倌伸出的左手掌心上。韩八斤连忙凑过来看。

一个"魂"字。

韩八斤脱口嚷道：“魂！”

“对，魂！”陆老倌干咳一声，“这是从你添加的第二摞字帖儿拈出来的。八爷，你神哪！”

“怎么变成我神了，我神什么？”

“如果今天只用第一摞字帖儿，这个‘魂’字就挑不出来。”

“唔，老倌你快解一解。”

“魂，魂。”陆老倌沉吟着，“八爷，你询问天祚帝的下落？”

“是的。”

陆老倌双手摩挲着那张写有“魂”字的纸帖，微眯着眼睛，半晌没出声。

“老倌？”

“唔。”

“你说呀！”

“魂……唔，魂……”

“老倌，别卖关子了。”

“八爷，我没卖关子。”

陆老倌曼声应着，忽然就收了身子，嘬着嘴啧了几声，正在啄食的黄莺飞回到他的掌心，他将黄莺放回到鸟笼子里，让小伙计提回里屋。

陆老倌亲自起身，从盦子里给韩八斤舀了一碗热奶茶：“八爷，口干了，喝口热的。”

韩八斤接过碗喝了一大口，有些提心吊胆地问：“老倌，这‘魂’字不吉利吧。”

“怎么不吉利？”

“小伙计收拾字帖儿的时候，我瞅了瞅，就这一个字带了个

‘鬼’旁。”

“是啊，‘云’‘鬼’加起来就是个‘魂’。”

韩八斤心里头七上八下，嘀咕道：“这黄莺大仙也真是，什么字儿都不捡，偏捡出个‘魂’字。”

陆老倌看样子是找到答案了，他的脸色舒展开来，笑道：“黄莺大仙通灵啊，这个字捡得好，捡得太好不过了。”

“啊，此话怎么讲？”

“八爷你不是问天祚帝的去向吗？我告诉你他在什么地方。”

“在哪儿？”

“应在塞外的阴山。”

“老倌，你说清楚一点儿。”

“你看，这魂字，左边是云，右边是鬼，仓颉造字的本意是人死之后，灵魂会从头顶上出去，飘在空中。没有肉身寄托的灵，就是鬼；鬼不在人体内，就会飘在空中，故从云。所以说，魂就是离开了人肉体的鬼。”

“我的天，你说了半天，反倒让我越听越糊涂了。老倌你别绕弯子了，你就直说，天祚帝为何在阴山？”

“云上面再加一个雨字，就是雲中的雲，大辽的西京大同，古称雲中，雲中往南是太行山，雲中往北是阴山。太行山为人域，阴山属鬼域，故天祚帝藏在阴山无疑。”

韩八斤听后咂摸了一会儿，狐疑问道：“雲中的雲与魂字的云旁，差了一个雨字，扯不到一块儿啊。”

陆老倌不加思索就立即回道：“云少了一点雨，就变成枯云，阴山之外便是沙漠，那儿向来就少雨缺水啊。”

“阴山这么大，天祚帝会藏在哪儿呢？”

“不会离沙漠太近，因为那里人烟稀少，补充粮食非常困难；也不会离沙漠太远，因为向西越过流沙，就是西夏国。早就传闻天祚帝有到西夏国避难的打算。”

“这么说，我应该去老柳营子一带找他。”

“老柳营子在哪里？”

“在阴山与大青山之间，也叫夹山。”

“这就对了。”

“为啥？”

“为啥？”陆老倌重复了一句，又认真解释说，“你是卯时来的，十二时辰中卯属木，木旁之卯就是柳，天祚帝应该藏在老柳营子附近。”

“好，我去那里找他。”

韩八斤说罢，脸上绽开了笑容，屁股就离了椅子，一副急着出门的样子，陆老倌赶紧拦住，说道：“八爷，不要急着走。”

“怎么啦？我还要赶路呢。”

“这‘魂’字，我还没有给你解透呢。”

“啊，”韩八斤又坐回到椅子上，紧张地问，“你还有什么要说的？”

陆老倌又往韩八斤碗里续了一点奶茶，用一种怪怪的眼神看着韩八斤，问道：“天祚帝走的时候，身边带了女人吗？”

“你问这个干吗？”

“你不方便回答吗？”

“我想想，他带了皇后，还有两个妃子，侍女也有好多个哪。”

“天祚帝的宫眷一定遭受了什么变故。”

“是吗？”韩八斤有些吃惊。

“一定是的。”陆老倌用非常肯定的语气说，“云上头缺雨，就是说天祚帝现在缺云雨之欢，俗话说，哪片云彩不下雨，天祚帝这片云，如今缺乏雨水滋养，这是不祥之兆啊！”

“天祚帝碰到什么事儿了？”韩八斤自言自语，“我得赶快找他去。”

陆老倌趁机问道：“八爷，你现在跟着萧太后，不也干得挺热闹的吗？干吗又要去找天祚帝呢？”

韩八斤叹了一口气，回道：“老倌你有所不知，昨天耶律大石护送萧太后到天开寺与南朝的童贯谈判，不知为何谈崩了，也不知谁放了一把火烧了天开寺，趁着慌乱，耶律大石挟持着萧太后出了古北口。”

陆老倌一愣，连忙追问：“这么说，燕京成了一座空城？”

韩八斤：“城内城外，加起来也不足一万兵力，等于是空城。”

陆老倌又问：“居庸关那边呢？张觉大帅父子二人应该守得住吧？”

“如果没有他，金兵就已住进燕京城了。趁居庸关还没失守，咱得先走一步。”

“你们倒好，想逃就撒蹄儿，可苦了燕京城的百姓。”

韩八斤回答说：“要逃就都逃吧，出了燕京城，条条道儿都是活路，官家兵爷走得，老百姓也走得。”

见韩八斤如此说话，陆老倌心里堵得慌，索性就话头撩开了：“八爷，‘魂’字还有最后一解。”

“你说。”

“云失去了雨，等于是没娘的孩子。把‘云’去掉，只剩下一个‘鬼’。这‘鬼’如今加上你，就是雪上加霜了。”

“老倌，你这是什么意思？”

“鬼字把腿儿伸长一点，怀抱一个肖字，就成了这个字。”

陆老倌说罢，用食指蘸着奶茶，在几案上写了一个“魈”字。

“这字我不认识，咋念？”

“还念‘肖’字。”

“啥意思？”

“山魈是一种短尾巴猴子，你没见过吗？”

韩八斤摇摇头。

陆老倌接着说：“这山魈专吃小鸟、野鼠，见到老虎，就跑到树梢上躲起来。”

“老倌，你不是转着弯骂我吧。”

“不是，你是我的财神，我骂你干吗？”陆老倌眨了眨眼睛，诡谲地说，“我这是在说天祚帝哪。”

“你说天祚帝？”

“天祚帝成了山魈，只能躲在深山里了。也就是说，大辽国的气数尽了。”

“老倌，说话留点口德，你看看，我身上还带着天祚帝亲赐的镶玉弯刀哪。”

“你可以割我的脑袋，但我必须告诉你一句话。”

“你说。”

“大金国皇帝阿骨打的身边，肯定有高人。”

“唉！”

陆老倌神情严肃起来，正色说道：“大辽国建国之初，以铁为国之象征。大金建国，以金为国之象征。无论从何种角度来说，金都要胜铁一层，金克辽，这是天意。”

“不管你老倌怎么说，天祚帝是我韩八斤的主子，我到死都不会背叛他。”

“八爷如此忠勇，老倌拜你一拜。”

陆老倌说罢，真的就离席朝韩八斤深深一揖，慌得韩八斤赶紧还揖，说道：“老倌，时候儿不早了，我这就打马出城了。”

“情况紧急，我也就不留你唠嗑了，八爷你走好。”

“老倌咱们后会有期。”

韩八斤说罢已是闪身出门，陆老倌赶到门口揖别，看到韩八斤一溜烟骑马走远，陆老倌这才踅到内屋左厢房去寻左企弓。他抬脚走了进去，这才发现屋内空无一人，便喊来小伙计询问：“这位客官呢？”

小伙计说：“是不是从后院走了。”

陆老倌走到后院看了看，后门被拉开了闩，虚掩着。陆老倌开了后院门探头去看，只见背街的小巷子里清静无人，一双脚印在雪地上通向巷口。他关好后门，又问小伙计：“这人啥时候走的？”

“应该不久，我提鸟笼进来的时候，他还在厢房里。”

“这是何方神圣，行事如此诡秘。”

陆老倌摇头苦笑了笑，踱回里屋，思忖着韩八斤透露的消息，琢磨着要不要出城避一避祸乱。

左企弓赶到丞相府的时候，大门前刚刚挂出了辰牌，照壁后的东西回廊上，站满了等待会见的官员，因为天气寒冷，值事厅还没开门，官员们有的搓脸，有的跺脚，有的心事重重，有的一脸茫然。看得出来，大家情绪都很不稳定。

左企弓一进院子，就朝两边回廊上的官员们拱拱手，也没说什么就从耳门进了里院。两厢官员看到左企弓走了进去，禁不住窃窃私语。

“左丞相今天为何没有穿官服？”

“是啊，听说他是走来的，连轿子都不坐了。”

“你看他满脸倦容，想必是昨儿晚上一宿没睡。”

“大辽国这个样子，叫他怎么睡啊！”

正议论着，值事厅的大门打开了，也不等值日官招呼，文武百官一窝蜂拥了进去。

已换了官服的左企弓坐在大堂正中的八扇螺钿玉雕的山水大屏风前面，秦国公谏议大夫虞仲文、陈国公侍中康公弼分坐左右。大约有五六十名文武官员分成左右前后两排依次坐下。

左企弓本想在这次会见之前，先去如意馆找陆老倌抽帖儿卜卜吉凶，但没想到韩八斤突然跑进来插了一杠子，他只好躲到里屋厢房回避。不过，韩八斤抽出“魂”字与陆老倌的对话，他可是一字不差地听到耳朵里吃到肚子里去了。听到陆老倌说“大辽国气数已尽”这句话时，他就起身蹑手蹑脚从陆老倌家后院溜走了。他觉得再没有必要留下来了，他想要知道的结果，陆老倌已尽数向韩八斤说出。现在，面对辽国在座的诸位官员，他心情沉重，他扭头看了看虞仲文与康公弼，两人会意地朝他点点头。他于是清了清嗓子，缓缓说道：

“大冷天的，让你们久等了。今天这次朝议，本来应该在保宁殿开，但萧太后不在，我与秦国公、陈国公商量，只好改在丞相府了……”

官员中忽然有人打断左企弓的话头，高声问道：

“请问丞相大人，萧太后去哪里了？”

“这个嘛，本丞相待会儿要说的。”左丞相伸头朝官员堆里看，似乎要找出问话的官员，顿了顿又说，“今天，还有两位没有到会，一是濮国公曹勇义，他病得起不来床；还有一个是大将军萧干，他的兵马本不在城里，在良乡、白沟一带守御，昨天他去了大营，赶不回来。”

“耶律大石将军呢？”又有人问。

“今天我找你们来，就是要告诉你们耶律大石去了哪里。”

左企弓接着把耶律大石挟持萧太后出了古北口的消息向官员们作了通报。最后他说：

“还有三天，就要过大年了。早在一个月之前，萧太后就对我交代，今年过年，只要局势平和，咱们就仿南朝的汴京，制几座鳌山灯，让官民赏个景儿，看个热闹。同时还让平滦两州多弄一些羊来，给在座的每户分两只，熬点羊汤暖暖身子。可是，天有不测风云哪。萧太后这一走，燕京城就岌岌可危了。我现在想着的，是把国库打开，有点银锭、布匹、粮食什么的，给大家分点。然后，趁着居庸关还没破，拨出三千名兵士，分头保护你们的家属出城，觅上安全地儿平平稳稳过个大年。在这年头儿，能一家老小厮守一起，就是喝口凉水，吃口冷面窝头也是幸福的啊！”

左企弓的话越说越凄凉，在座的官员们听了，如同晴空霹雳。虽然他们也知道大金与南朝正在南北夹击进攻燕京，但他们仍寄希望于萧太后正在进行的与南北两朝的和谈能够成功，现在左企弓宣布了这一残酷的事实，他们全都惊愕，好大一会儿，议事厅里一片寂静，静到可以听见左企弓喉咙里的痰响。忽然，坐在右下首的一位六品官员的情绪歇斯底里爆发了，他站起来挥舞着两只握紧的拳头，尖声嚷道：

“萧太后耍了我们，走哇，去烧她的宫殿！”

这人说着就朝门外跑去，但是很快就被在门外担任警戒的士兵拦了回来，他又跑到左企弓跟前，像一只陀螺一样乱转。

左企弓命令他坐回原位，他仍然神态失常，在原地蹲了下来，双手掩面哭了起来。

左企弓吩咐闻声进来的值勤的士兵：“将他送回家去。”

士兵们架起这位官员，但这回他却不愿意离开，跺着脚哭道：“大辽国亡了，大辽国亡了。”

士兵们将他拽出议事厅，议事厅中的一应官员还听得见他撕肝裂肺的哭喊声：“大辽国亡了。”

官员们有的在偷偷抹眼泪，有的唉声叹气，也有的咬着牙帮骨，一副不服气的样子。

左企弓与秦国公虞仲文咬了咬耳朵，然后又对官员们说：“刚才与大家说过，趁破城之前，大家可以逃命。”

一位官员问：“你呢？丞相大人，你怎么办？”

左企弓坚定地说：“我左企弓身为大辽国最后的丞相，决不能逃，也不能降。我只有一条路，与燕京城共存亡。”

一位武将从人群中站起来，激昂地说：“丞相，我陪着你。”

“好样儿的。”左企弓赞扬了一句，又对众官员说，“君死国，臣死节，自古皆然。但天祚帝还没死，萧太后也没死，你们就宽心地逃命吧，谁想活命，就赶快离开燕京。”

众官员开始交头接耳言论起来，这时，只见一位小校大步流星跑进议事厅，向左企弓禀报：“丞相大人，居庸关已被金兵攻破，完颜阿骨打领着大金军朝燕京城一路奔杀来了。”

第十五章　降金与自杀

巳时还未过半，完颜娄石与博勒率领的先遣部队已抵达燕京城的拱辰门外。从居庸关到这里少说也有七八十里地，部队只花了两个多时辰就赶到，真可谓风驰电掣狂飙突进。守城的辽兵见一大队骑兵从北边驰突而来，一时还弄不清楚是哪一路人马，多半人还躲在雉堞后头看热闹，并没有产生大敌当前的恐慌。

离拱辰门大约还有两箭地远，完颜娄石命令部队停止前进。疾行的骑兵们迅速列队，雁翼形的战阵顿时铺展在护城河外的冻土地上。

完颜娄石眯着眼睛看了看高耸的拱辰门城楼，命令身边的二虎："让旗兵出列，随我前进！"

二虎打马而去，便见九名手执大金军旗的骑兵迅速聚集在完颜娄石将军的门旗下。

完颜娄石一松缰绳使劲蹬了蹬马踏，胯下的栗色战马好像有使不完的劲儿，两条前腿一扬，朝着拱辰门的方向奔去。

这拱辰门的护城河外边，有一条可并行三辆马车的通向居庸关的官道，官道两旁是平展展的麦地。如今，麦地上面覆盖了厚厚的积雪。完颜娄石的栗色战马奔驰在这官道上，他的身后是一面红绫绲边白底黑字的三角形军旗，碗大的四个黑字是：完颜娄石。

跟在完颜娄石后头的九名旗兵一字儿排开，他们一律右手握着弯刀，左手平伸出去擎着大金军旗。与门旗不同的是，这些军旗的三角形白色绸布上，绣的是两个赫然醒目的大字：大金。

眼看离拱辰门城楼只剩下一箭之地，只见完颜娄石迅疾从马鞍右后侧取下一张三尺长的角弓，同时又伸出左手从身后的箭囊里拔出一支早已备好的羽箭，也不等战马停好，他就把箭搭在弦上，拉满了弓朝城楼射去，只听“嗖”的一声，箭如闪电，射中城楼左侧的第二根立柱。然后拨转马头，九名骑士仍然跟在他的身后，返回到部队前头。

城上的辽兵看到这一幕，这才知道是大金国的骑兵在完颜娄石的率领下攻到了拱辰门前，顿时间城楼上陷入慌乱。负责拱辰门守护的乃是萧干手下官拜统军副使的萧一信。他本住在西门家中，昨夜里，因家中地龙的烟道堵塞生不了火，便临时住进了拱辰门城楼，与手下两位副将喝酒御寒差不多闹到四更天，这才醉醺醺上炕睡了。完颜娄石兵临城下，他还在睡梦中没有醒来。一名兵士从木柱上拔下完颜娄石射来的箭，见箭杆上绑着一封信，便取下来递给闻讯赶来的副将。副将不敢怠慢，连忙跑到城楼里叫醒萧一信，连箭带信双手呈上。

萧一信从箭杆上取下信来，展开一看，原来是一张露布：

燕京城中辽兵知晓：

大金国右路兵马大将军完颜宗望率王师伐燕，现已兵临城下，尔等若保全百姓，切勿顽抗。凡投降者，一律不杀，酌给官职。见此露布响应者，举白旗开城门为信。

萧一信把露布看了一遍，似乎有些不相信，问副将："大金兵真的来了？"

副将答："统军大人，这还有假吗？你请挪步出门看看。"

萧一信赶紧披挂，抬脚出门朝城外瞭望，不禁倒吸一口冷气。此前，城外只有完颜娄石的千余部队，还看不出大气象来，就这半个时辰的工夫，完颜宗望的大部队尽数前来，但见城外旌旗猎猎，铠甲分明，近万名骑兵列队整齐，威风凛凛铺开在方圆数里的地面上。

"我的天，难道女真人全是魔鬼吗？"萧一信情不自禁地嚷起来，口气中充满了惊悸，"居庸关有天下第一雄关之称，他们怎么像捅窗户纸一样，说捅就捅破了呢？"

副将焦急地问："统军大人，咱们该怎么办？"

"什么怎么办？"萧一信反问。

"城外的大金兵按兵不动，很明显，是在等咱们的答复呢。"

"怎么答复呢？"

"统军大人请示下。"

萧一信见副将谨慎的样子，知道他是明里恭敬，暗耍滑头，便指着城外的军队问："你说，这城外的大金军有多少？"

"应该不少于一万骑兵。"

"大金兵攻陷辽上京时，用了多少兵力？"

"听说出征是两万人，但攻城只用了五千人。"

"我们在辽上京的守军是多少？"

"六万人。"

"最后呢？"

"三天时间，辽上京就被大金军攻陷。"

"五千人攻城，六万人都没顶住，大金军以一当十，此言不虚。"

副将觉得听懂了萧一信的话风，于是试探问道：

"统军大人，要不，末将先去弄一面白旗来？"

"蠢话！"

"统军大人不肯投降，那咱们开始传令击鼓，把抛石机、弩机全都松绳解套，准备迎击攻城的大金军。"

"更是蠢话！"

"那，大人，末将实在猜不透你的意思。"

"吹号，守城兵士全部集合！"

"干啥？"

"当兵的去掉刀剑，将校一律解下佩刀，随我下楼！"

在副将传令时，萧一信已经下了城楼，命令士兵们打开城门。这时，副将将城上的千余名将士都领下楼来，萧一信大着嗓子对他们训示："你们都是跟了我多年的部下，辽国已亡，我不忍心让你们被大金兵戳得满身窟窿陪葬，为了全城百姓，也为了你们，我萧一信当一回软骨头。现在，你们赤手空拳跟着我出城，欢迎大金军进驻燕京。"

却说完颜宗望率领大军赶到了拱辰门外与娄石的先锋部队会合时，阿骨打皇帝与栋摩统帅也随部队抵达。娄石与博勒迎上来接驾。阿骨打虽然刚刚经历长途驰驱，却看不出有一丝半点的倦意，他用马鞭指着前面的拱辰门城楼，笑着问娄石："你让我啥时候进城哪？"

娄石回答："皇上，末将遵宗望大将军之命，已将露布射到了拱辰门城楼的立柱上。"

阿骨打从马鞍后头的褡裢里摸出两个麻薯子，递了一个给栋摩，自己拿了一个啃起来，刚咽了一口，便对栋摩说："快吃，这是你嫂子夜里给咱蒸下的，奶奶的，真香！"

栋摩大口大口吃起来，宗望继续问娄石："箭是啥时候射出的？"

"小半个时辰前。"

"怎么还没动静？"

"闹不清，是不是城楼上没有主事儿的？兵士们拿到信后，还得往城里送？"

"这得等到猴年马月呀？"吃完了麻薯子的栋摩抹了抹嘴嚷道，"皇上可是给咱两个嫂子下了承诺，今晚要带她们住进秦晋王宫，咱们再不能在这里磨蹭了。"

"那怎么办？"

娄石瞅着宗望，一时拿不定主意。

宗望又朝门楼方向看了看，说："再等一会儿。"

栋摩焦急地说："宗望，腊月里天道儿短，可不能挨到天黑才攻城。"

一直不说话的阿骨打，看出儿子一副胜券在握的样子，便鼓励道："宗望，把你的想法说出来。"

宗望看了看阿骨打，又看看五叔栋摩，充满信心地说："父皇，据儿判断，拱辰门守护的士兵，肯定会投降。"

阿骨打笑了笑："说说理由。"

"理由有三条，"宗望不紧不慢侃侃言道，"第一，露布射上城楼之后，城上不见任何一点骚动，这可以证明，镇守拱辰门的主将就在城楼上，否则，看到我大兵压境，城上会一片骚乱。第二，主将既然在楼上，这半晌不见动静，肯定是拿不定主意，但有一点可以肯定，他一定是倾向于投降，否则，城上早就战鼓雷鸣了。第三，早前就有哨马探得消息，镇守拱辰门的是萧干手下的统军副使萧一信。此人忠于萧太后，对辽上京撤退来的一应官员全部都不买账。他若是知道萧太后已被耶律大石挟持而去，就绝对不会为了从辽上京跑来的这一批天祚帝的重臣而拼掉自己的队伍。"

宗望话音一落，阿骨打就问栋摩："宗望说的这三条，有没有道理？"

栋摩不好意思地笑笑："宗望少年老成，是你一手调教出来的，凡事肯动脑子。"

正说着，忽听得城楼传来螺号声，似乎还可以看见城墙上的兵士纷纷向城楼跑去。

"这又是发生了什么事？"栋摩嘀咕着，"该不是萧一信又想搅牙了？"

宗望摇摇头："绝不会，五叔你听，这不是战鼓声，而是集合的螺号声。"

阿骨打手搭凉棚朝城楼望去，兴奋地说："你们看，城门开了。"

众人引颈望去，但见骑在马上的萧一信挥舞着双手，领着一大队赤手空拳的辽兵缓缓地走出城来。

听说金兵攻破居庸关，左企弓半晌没有说话，心中忖道：前天我还去关上视察，张觉防守措施严密。不说别的，就是关沟中那五里铁蒺藜，若将其清除干净，少说也得三五天时间，怎么就突然破关了呢？而且，哨马也没说张觉去了哪里，八成他是得了萧太后离开燕京城的消息，便带着手下兵马撤回到他长期经营的平州老巢了。虑到这一层，左企弓更加深刻地体会到了树倒猢狲散的悲凉。

却说议事堂中的官员们，别看平常颐指气使威风八面。这会儿听说灭顶之灾就在眼前，一个个惊呆得就像木头人似的，有那么两三个人本想开溜逃走，又怕出门以后遭到乱兵与歹徒砍杀，故又隐忍着窝在座位上不敢随便动弹。

这样不知过了多久，还是秦国公虞仲文打破沉默，他对左企弓说："丞相，天祚帝走了，萧太后也走了。如今，大辽国作为朝廷的存在，就只剩下大堂里这批官员了。你是丞相，大辽文武百官之首，现在，你不能当扎嘴葫芦，你得说话呀。"

左企弓喟然长叹，开口说道：

"咱们大辽国，自太祖耶律阿保机两百多年前登基立国，至今已历九帝。大辽全盛时，自南到北九千余里，自西到东五千余里，经历了一百八十多年的盛世。在盛世中，大辽国兵强马壮，物阜民康，真正做到了四方俯首称臣，蛮夷咸服。这四方，就包括南方的宋朝；这蛮夷，就包括世代居住在混同江外那块天荒地老极寒之地的女真人。世道轮回，天意不可窥测，谁又能料到，一个向来不曾受到辽皇帝关注的边鄙之地的女真部落，和在大辽这只猛虎面前温顺得像一只绵羊的南朝，竟然能够订立盟誓，兴师灭辽。绵羊倒不可怕，任何时候，它都是老虎的口中食物，可怕的是极寒之地上成长起来的雄狮。衰败的大辽，如今成了雄狮口中的美味……"

说到这里，左企弓猛烈地呛咳起来。书办给他端上一碗热奶茶，他摇摇头，将手捏成拳头晃了晃。书办会意，飞快跑出门，捏了一个雪团子跑进来递上，左企弓像啃窝头一样啃着雪团子，这才平息了咳嗽，继续说道：

“大辽的气数尽了，不在于南朝，而在于女真。大金皇帝完颜阿骨打的行为举止、英雄气概，同咱们大辽国的开国皇帝耶律阿保机一样，都是起家于民间，横扫天下的草根皇帝。他们铁马冰河，拒绝锦衣玉食。我左企弓一介书生，却渴慕英雄，很可惜，我这辈子没有服务过真正的英雄。我想，眼下这时候，完颜阿骨打正飞奔在前来燕京城的路上。如果你们想重新唤醒在心中沉睡多年的征战沙场的侠气，你们就不必仓皇出逃窜伏野莽，也不必为一个衰败的王朝殉葬……”

“那我们该怎样呢？”有人高喊着问。

“你们跟着秦国公、陈国公两位大人，出城去投奔完颜阿骨打。”

“丞相！”虞仲文高喊了一声，似乎是吃惊，又像是提醒。

左企弓淡淡一笑，回道：“秦国公，就为了这一席话，我昨儿夜里通宵未睡。”

陈国公康公弼这时也跺着脚质问：“你这不是让咱们背叛吗？”

康公弼说这句话时声音很大，全场的官员都听见了，大家顿时都停止交头接耳，再次把目光投向了左企弓。

左企弓又从书办手中接过一个雪团子咽下，环顾一下众官员，继续说道：

“我左企弓虽身为大辽国最后一位丞相，但我不是契丹人，而是世代生活在长城外的汉人。从小饱读孔孟之书，深研圣贤之道，深深知道在国破家亡时，背叛是一种勇气。因为儒家传统告诉我们，殉国是种美德，忠臣是千古的楷模。而忠臣在社稷危亡关头的唯一标志就是殉国。我左企弓劝说你们归顺完颜阿骨打，这不是要你们背叛列宗列祖，而是要你们换一种方式，延续大辽国的命脉。”

“此话怎讲？”虞仲文问。

“投降南朝，那叫背叛。因为南朝的宫廷中，暗藏祸胎的人太多，结党营私的人太多，笑里藏刀的人太多，纸醉金迷的人更多。天意难违，天道有时也不公啊。从历史经验来看，南朝的灭亡应该在大辽之前，但事实却是，大辽国就在今天到了它的大限。大辽十之八九的国土，全部被大金国所收，燕京及燕云十六州，是大辽最后的国土，燕京陷落，不管天祚帝在不在，大辽国就会宣告灭亡。此时此刻，我让你们归顺完颜阿骨打，是因为他事实上已成为大辽国新的帝王。只不过这位帝王从耶律家族换到了完颜家族手中。辽国的社稷没有了，但江山还在；耶律家族像烟云一样飘散了，但生活在这片江山里的黎民百姓还在。此情之下，你们成了大金国的臣民，你们背叛了谁呢？你们背叛了天祚帝，这一点不可否认，但你们没有背叛黎民百姓，没有背叛江山社稷。你们可以用你们多年积累的治国法要，为这片土地上的新皇上服务，一切以社稷为主，一切以百姓为主，在这一点上，你们大节不亏，‘背叛’这一桶粪水，泼不到你们头上。”

听罢这一席话，一位官员站起来朝左企弓深深一揖，动情地说：“多谢丞相大人指点迷津。”

众官员一起站起来朝左企弓行揖礼，并高喊：“多谢丞相大人!”

左企弓也站起来，回礼说：“时候不早了，你们快走吧！”

“左大人，你呢？”秦国公问。

“我还有一些私人的紧急事要处理。秦国公，有劳你带走所有的官员。”

秦国公虽然心存狐疑，但也知道情况紧急，便与陈国公一起，带着在场的所有官员，朝拱辰门的方向徒步走去。

左企弓把他们送到议事堂门外，就折转身子匆匆回到内院的廨房。这是他来到燕京后的值房，前后算起来也有七个多月。平日在这里处置公务批览文件，每天也会约见一两拨要紧客人，忙得不亦乐乎。此时站在廨房里，他忽然产生了陌生之感，骤然的冷清让他心里空落落的。

“二柱子！”左企弓喊专门收拾廨房的杂役。

“到！”

一个很机灵的十六七岁样子的小伙子咚咚咚从对面厢房跑过来。

左企弓指着几案上乱糟糟的文件：“怎么不收拾？”

“大人，还要收拾吗？”

“为什么不收拾？”

“不是，不是……”

“吞吞吐吐的，不是什么？”

“大人，你在议事堂说的话，小的都听见了。”

二柱子说着就呜呜地哭起来。左企弓走过去，爱怜地摩挲着二柱子的脑袋。他来燕京城后，有一天在街角发现了蜷缩在地上的二柱子，那时二柱子是一个无家可归的小乞丐，正打摆子，又病又饿奄奄一息，他就命令手下将二柱子抬回家中请郎中调理。病愈之后，左企弓觉得二柱子机灵可爱，就把他留下来安排在廨房这密勿之地当了一名书童。

二柱子的抽泣声渐渐停止了，左企弓轻声叫他：“二柱子。”

“大人！”二柱子用手擦干眼泪，歉疚地说，“是我做得不对，我以为大人不会在廨房值事了。”

“你这么小年纪，就让你碰上这么大事儿，难为你了。”左企弓安慰二柱子，“来，咱们俩一起把这房子收拾干净。”

“大人，你只管吩咐，用不着你动手。”

二柱子说着就忙碌起来，左企弓让他收拾卷宗立柜，自已收拾几案。两人一边清理一边说话。左企弓问二柱子：“这廨房的老鼠，你是何时发现的？”

“快十来天了，老鼠饿得慌，夜里偷偷跑出来啃卷宗，还好，只啃了个皮儿，没咬伤文字。”

“皮儿是羊皮制的，所以老鼠才来啃它。”

“我还寻思这老鼠是读书人托生的呢，闻着书香就解馋。”

“说起来好笑，丞相的廨房里出现了老鼠，这是不祥之兆啊！”

“唉，大人，这老鼠不是冲着你来的。”

“那是冲着谁的？”

“大辽国。”

“二柱子怎么学得鬼精鬼精的。”左企弓瞧了瞧门外，忽然压低声音问，“吩咐你买些老鼠药回来，你买了吗？”

“买了。”

“拿给我看看。”

二柱子小心翼翼地从夹袄里头暗口袋里掏出一个小油纸包儿，双手递给左企弓。

左企弓扯断捆扎油纸包的丝线，打开来看，里面盛放着大约有一汤匙的白色粉末。

“这是什么？”

二柱子回答：“砒霜。”

“砒霜？”左企弓一惊，“叫你买老鼠药，你怎么买了砒霜？”

“大人不是说，要我一定得买到那种三步倒的老鼠药吗？”

“是啊！”

“我跑了大半个燕京城，都没有买到三步倒。卖药的说，今年冬天，燕京城里的老鼠特别多，三步倒早就卖光了。所以，我就打听，什么毒药比三步倒更厉害，卖药的告诉我，最毒的是砒霜，于是我就把砒霜买回来了。”

“药店怎么敢随便把砒霜卖给你这个孩子呢？没有巡检的批条，药铺是不敢出售砒霜的。”

“大人，你说的是太平岁月，眼下这时候，有钱能使鬼推磨。”

“原来是这样。”

“大人，这事儿我做错了吗？”

“没有，你做得很好。”

看到左企弓将药粉倒进一只小碗里，二柱子提心吊胆地问：“大人，你要干什么？”

“二柱子，那火炉上煮的是什么？”

“奶茶。”

“来，给这小碗里续半碗奶茶，把药末儿化开。”

“大人，你让老鼠喝汤吗？”

“二柱子，快倒吧。”

二柱子取下铫子，往小碗里续了小半碗奶茶。

左企弓盯着小碗，又端起来轻轻摇晃。二柱子放下铫子走了过来，紧张地说：“大人，奶茶太烫，我来帮着吹一吹。”

“不用了，搁一会儿，让它自然凉。”左企弓放下碗，看着二柱子，慢条斯理说道，“二柱子，待会儿你回到我的府上，告诉夫人，让她带着孩子全都回到滦州乡下去，守着一栋老宅，几十亩田地，好好儿地过丁门小户的日子，还要让她告诫子孙，从今往后，世世代代都要耕读传家，任何时候，切不可为官……”

二柱子脸色煞白，急得大声嚷道：“大人，你说什么呀！”

左企弓继续说道：“二柱子，早晨出门之前，我已往你的房间里搁了一只小箱子，里面有二百两纹银，你不要忘了提上它，远走天涯……”

“大人！”

眼看二柱子要扑上来抢夺小碗，左企弓立马拿起小碗，一仰脖子喝下那溶了砒霜的奶茶。

“大人！”

二柱子扑通一声跪倒在左企弓面前，抱着他的双腿痛哭起来。

第十六章　不动刀枪进燕京

对于阿骨打来说，他这辈子见过的沙场比见过的城市不知道多了多少。曾在很长很长的岁月里，他认为辽上京是天底下最奢华的城市，他不止一次对人说："那里达官贵人家中的狗窝，比我们女真人都住得宽敞。"现在，他骑着白龙驹行走在燕京城中，便又觉得辽上京比起眼下这座城市，实在又算不得什么了。

燕京作为辽国五京中的南京，始建于辽国第二任皇帝耶律德光登基的那一年，史称会同元年。此前，这里叫幽州府，也叫燕京，南京建立后，人们习惯上仍称它为燕京。虽然燕京的地位次于上京，但因其处在燕云十六州的中心地带，距大宋的首都汴京只有一千二百里地，离两国的分界线白沟不足两百里，因此战略地位特别重要。澶渊之盟后，为了向宋朝显示文治武功以及强大的国力，辽廷决定扩建燕京城，于是在唐朝的藩镇幽州古城的基础上向外扩张，历时三年，周长三十六里，高三丈宽一丈五尺的城墙围起一座新城。这座高大雄峻的城池共有八座城门，东面有安东门、迎春门，南面有开阳门、丹凤门，西面有显西门、清晋门，北面有通天门、拱辰门。筑城之时，又从玉泉山引水出来，沟通城外泡子河、大榆河、潮河、白河等大大小小十数条水脉，形成丰沛的水流。在城外，这水流是护城河，经西边暗渠注入城内，又自西向东成为天津河，连接起太液池、瑶池、西华潭、玉渊潭等湖泊，真个碧水萦带，水气纵横。

如果仅从城外观看，燕京城墙高大峻肃，八座城门的飞檐斗拱，会让你心生景仰，逸兴遄飞。但是，若进得城中，置身于十万人家的层楼累榭中，异乡的访客又会被这里烟灶栉比百货杂陈的市景所吸引。

燕京城又分了外城、内城。外城称为厢城，方圆二十七里，一应居民、商业、客栈以及酒楼茶肆药局镖行骡马大店等等，莫不应有尽有，淋漓尽致地展现世间烟火；内城又称王城，顾名思义，这是一座城中城，建在燕京城的西南角，它既是辽皇帝的行宫，又是晋封王爷的居所。内城方圆九里，也是用城墙与外城相隔，内城有四座城门，正门是南门，名应天。这应天门楼高八丈，盖的是琉璃瓦，四角都有垛楼，大门漆成红色，巨大的门扇上饰有一排排锃亮锃亮的金钉。应天门内，是一堵饰有九条金龙的巨大影壁，影壁后头是一个足有百丈见方的大操场，这是大辽藩王及公侯贵族经常于此酣战的马毬场，过了这座马毬场又是一座城门，名丹凤门。门后头便是五重宫殿，是秦晋王耶律淳与王后萧莫娜居住与办公的地方。如今，人去楼空，这里一片狼藉……

此时，完颜阿骨打在重重铁骑的护卫下穿过北大街向西南角的王城方向揽辔而来。虽然，燕京城还笼罩在恐怖的战争氛围中，阿骨打又是率领大军攻陷燕京城的金国皇帝，但此刻他更像是一位观光客。他的心情很放松，目光四下睃巡，街面上那些酒幌儿、门脸儿、骑马楼、髹漆招牌什么的，都让他觉得新鲜。这燕京城建城的一个多世纪以来，一直没有经历过战争的威胁，但在最近的一个月里，却遭遇到了两次入侵，一次是郭药师率领的怨军，再就是这一次大金军的进城。与郭药师怨军的巷战，让从未见过刀光剑影血流成河的燕京市民吓得筛糠一样，三魂掉了两魂。听说大金军进了城，无不关门闭户，胆子大的，才敢躲在门缝儿后头朝外觑上几眼。往日春节前大街上车毂相错摩肩接踵的热闹景象，都瞧不见了，鹅卵石的街面上不见一个人影，除了踢踢踏踏的马蹄声，也听不到任何别的动静。

有那么一小会儿，阿骨打忘记了战争，他瞅着长街有些遗憾地说："这燕京城看着倒是繁华，但还是缺点人气儿。"

陪侍在侧的卫队长杰布笑着回答："皇上，我想燕京城怎么着也不会缺人气儿。城里头的人是因为怕您，都躲起来了。"

"怕我，我又不是老虎，有什么可怕的？"

"皇上，您是大金国的皇帝，老虎都怕您。"

阿骨打心情很好，还想与杰布开玩笑，忽然看到前面走来一长溜人，便勒住马头问："杰布，前面是些什么人？"

杰布手搭凉棚张望，回道："皇上，是辽国的官员。"

"你肯定？"

"肯定，他们都穿着辽国官服呢。"

说话的当儿，只见走在队伍最前头的宗望、娄石、博勒三个人也都勒住马头，宗望一抬手，行进的骑兵都停了下来。

徒步前来的人正是在宰相府里议事的那一帮辽国最后的官员，他们在左企弓的提议下，由秦国公虞仲文、陈国公康公弼带领前来迎接进城的大金军。

离大金军还有约二十丈远的地方，辽国官员的队列停了下来。

宗望睥睨着他们，厉声喝问："你们是谁？"

虞仲文跨前一步，答道："我是大辽秦国公虞仲文。"

康公弼也上前一步自报了家门。

虞仲文接着说："我们两人率燕京城中的辽朝官员前来欢迎大金军进入燕京城。"

"哦，原来你们是来投……"宗望本想说投降，突然觉得不妥，又改口说，"你们来投诚，很好，很好！"

"说投诚，不如说归顺！"

听到这洪亮的嗓门儿，众人循声望去，只见坐在白龙驹上的阿骨打已走到队伍最前面，博勒大喊一声：

"这是我们大金国的皇帝。"

虞仲文等闻声一起单腿跪地，双手抱拳前揖，唱喏道："我等罪臣，欢迎大金国皇帝！"

只见阿骨打翻身下马，快步走向虞仲文与康公弼，亲手将他两人扶了起来，又对他们身后的官员喊道："你们都起来，这雪地凉，别伤着了膝盖。"

众官员都站起身来，连连道谢。

阿骨打走进辽朝官员队伍中巡视了一圈，又回到前面跃上白龙驹，高声问道："你们过去见过我阿骨打的人，请举手！"

除了十来个人之外，大部分都举起了手。阿骨打笑了笑，又说："你们中还有将军，在战场上与我交过手的，请举手！"

有那么五六个武官垂着脑袋不吭声。

"没有吗？"

有两个武官举起了手，阿骨打盯着他们："你们在哪儿与大金军打过仗？"

一个回答在上京，一个回答在中京。

阿骨打笑道："吃败仗是很丢人的事，但责任不在你们，而在你们的皇帝。刚才，我听到秦国公领头喊自己是罪臣，罪臣也不是你们，还是你们的皇帝。"

阿骨打身上透露出来的凛凛英气让虞仲文、康公弼等心里发憷，他们又朝阿骨打行揖礼，言道："谢皇帝宽恕。"

阿骨打说："你们的统军副使萧一信是个明白人，他打开城门欢迎我们，我进城先上城楼上看了看，所有的橹绳、弩机、抛石机都没有动过，说明守城的辽军是诚心归顺。现在，两位国公又率文武百官前来迎接我们大金军军队，让我的心里感到温暖。我现在以大金国皇帝的身份向你们保证，你们这些人在辽国当什么官，到我们大金国就当什么官。我们的军队进了城，决不会滥杀一个人。你们都是燕京城中老百姓的父母官，你们去告诉老百姓，让他们不要像老鼠一样窝在屋子里，这些关着的门都要打开，该干什么营生就干什么营生。还有两天过大年了，要喜气洋洋的，我阿骨打要在这燕京城里陪着你们，乐呵呵地过一个大年。"

阿骨打的这席话句句暖心，在场的归顺官员听了情不自禁地欢呼起来。其实，在阿骨打开始讲话的时候，这条街上的住户们也都躲在紧闭的门窗后头屏神静气地听着，当官员们开始欢呼的时候，他们也都纷纷地打开了大门，并站到门口来看热闹。一位驼背老汉颠颠儿地走到白龙驹跟前，偏着脑袋仰望着马上的阿骨打，惊叹着嚷道："原来你就是阿骨打皇帝啊！"

阿骨打俯下身子，亲热地拍了拍驼背老汉的肩头，问："你知道我？"

"知道，"驼背老汉兴奋地说，"都说你是托塔天王转世，要取代契丹人当一个真命天子。”

“看你年纪一大把了，还会拍马屁？”

“拍马屁，我才不会呢，我从来没说过天祚帝一句好话。”

“为什么？”

“他玩心太大，不好好理政，没让咱老百姓过上轻松日子。”

“这是句实话，老兄弟，你是干啥营生的？”

“年轻的时候挑水卖，老了挑不动了，改做更夫，敲梆子。”

“哦，苦差事。今年过大年的时候，你不用敲梆子了，我请你一起吃年饭。”

“有啥好吃的？”

“杀猪菜，还有黏豆包。”

“好。”驼背老汉吞了一口口水，又问，“你是皇帝，我怎么找得见你呢？”

“我派人来请你。”

阿骨打说着，瞧见宗望凑过来想说什么，便笑着与驼背老人话别。宗望便在他耳边低声说了几句，阿骨打点点头，问虞仲文：“你们的丞相左企弓呢？”

“在丞相府里。”

“他怎么没来？他不肯归顺吗？”

“是他劝我们归顺的。”

“哦？”阿骨打扭头看了看宗望，又说，“这里离萧莫娜的王宫还有多远？”

“还有两箭之地吧。”

“走，咱们去那里，先住下来再说。”

阿骨打在北大街与秦国公虞仲文的谈话，不到一个时辰，就传遍了燕京城。这座辽阔北国的繁华都城，刹那间又沸腾起来。满城的辽国官吏、将佐兵士、道众僧尼、百工杂役等一应市民，无不欢欣鼓舞。几个月来，恐怖的战争阴云一直笼罩着这座城市，但是，阿骨打的一席话犹如万丈狂飙，将天空中的阴云吹落净尽。冷清了很久的街市突然间又爆发了活力，粮店、米面房、绸缎庄、杂货铺、茶叶店、干果店、腊味房、酒醋坊、泥人坊、医药局、胭脂店、熟品店、炮仗铺、裁缝铺等等一应店铺，都卸了粗重的顶门杠，挑开门帘儿开张迎客了。那些挑担儿卖糖葫芦的、推着鸡公车送红泥炭的、扛着长竿扫帚帮人家清洗烟囱的、赶着骡车为大户人家运送年货的等等各种贩夫走卒，都重新忙碌起来，瞧着大街小巷人流熙攘的景象，好像这里什么都没有发生。没有一个人脸上挂着忧伤或者恐惧，从他们的表情上，看不出有什么亡国之痛，仿佛率领大军进城的完颜阿骨打，本来就是他们的皇帝。帝国的更替在这座城市里显得如此的轻松，如此的喜庆。

在阿骨打进城的北大街上，有一老一少两个人朝着出城的方向勾着头匆匆行走。他们都是下人打扮，穿着普通的半新不旧的斜襟青布袍，老者头上戴着狗皮制成的瓦楞帽儿，年轻人头上戴着厚厚的幞头。这两人不是别人，正是辽国丞相左企弓和二柱子。

却说左企弓在丞相府廨房中喝了那一小碗砒霜奶茶后，自以为片刻之后就会肚内翻江倒海产生剧痛，而后七窍流血而死。可是，他等了大约一盅茶的工夫，除了口中略略还存了一点奶茶的甜香，身子里竟无任何反应。他低头看了看仍跪在地上抱着他双腿的二柱子，没想到二柱子也仰着头，正在紧张地望着他。他感到不对劲，便问二柱子：“这砒霜怎么是甜的？”

二柱子答道：“奶茶里搁了糖。”

“过了这半会儿，药性也没有发作呀。”

“大人，兴许这药性慢，您再等等。”

看到二柱子有些心虚，左企弓又道：“我感觉不对。”

“大人，小的再去给你倒碗奶茶。”

二柱子说着从地上爬起来，又从铫子里倒了一碗奶茶递上。

左企弓这时坐回到椅子上，他示意二柱子把奶茶搁到几案上，严厉地问他：“二柱子，这砒霜在哪里买的？”

“和济药局。”

“那家药局向来声誉很好，怎么会卖假药呢？”

“大人，这不怪药局。”

“那，到底是怎么回事？”

“是小的自作主张，调包儿了。”

“调包儿？”

二柱子扑通跪倒在左企弓面前，流着眼泪说：“大人，您吩咐小的去买老鼠药，小的就猜想，您不是为了毒老鼠，而是自己要寻短见。”

“你怎么看出来的？”

“打从燕京被围，大人眉心上的那两个疙瘩，从来就没有松开过。昨夜里，大人在书房里迷糊了一会儿，嘴里说梦话，还说了‘殉国’这两个字。我守在大人旁边，真真切切地听到了。心中就有了不祥之兆。”

左企弓一言不发，但眼眶里却噙满了泪水。

二柱子继续说：“今天一早，大人你不穿官服，却穿着青布袍出了家门，而且还去了如意馆。我就知道，大人今儿个要下决心走了。于是，小的就斗胆把从和济药局买来的那一包砒霜换了，弄一张同样的纸，包了一撮白面。”

“那包真的砒霜呢？”

“被我扔了。”

“扔到哪里了？”

“扔到院子里的水沟里了。”

左企弓抬起脚来，本来想狠狠踹二柱子一脚，眼看脚就要踹到二柱子胸脯上了，他忽然又收了脚，跺着砖地叹道：“二柱子啊二柱子，你可是误了我一世英名哪！”

二柱子哭道：“大人，您让那么多的官员都去投降阿骨打，您一个人为什么一定要死呢？”

左企弓回答说：“大辽帝国存活快两百年了，一旦崩塌，竟然没有一个人来为它殉葬，千百年后，人们会怎么看大辽帝国的最后一代君臣哪！”

二柱子哀求道：“大人，反正您不能死。”

“为什么？”

“您死了，您的家人怎么办？”

“你？”

“大人，如果不是您出面救我，我早就饿死街头。如果您一定要死，我二柱子一定会死在您前头。”

“二柱子！”

“大人，让二柱子陪您一起死吧。”

“别说傻话，我死是为了殉国，你死岂不是白搭？”

“怎么是白搭？您殉国，我殉您呀！”

左企弓一震，一把将二柱子揽到怀里，老泪纵横地说：“二柱子，看不出你小小年纪，有如此的忠肝义胆。”

二柱子从怀中又掏出一个小药包，双手递给左企弓，动情地说：“大人，这是真的砒霜。”

“你不是说扔了吗？”

“没扔，我留着，就是想大人您如果一定要死，我二柱子就陪着。”

左企弓接过药包放在几案上，二柱子以为他要把砒霜倒在奶茶碗里，连忙起身说：“大人，奶茶凉了，我去换碗热的。”

“为什么？”

“热奶茶化砒霜，药性会快一些。再说，咱们临死前喝碗热的奶茶，也算饱一回口福吧。”

“孩子啊，别说胡话。”

“大人，您？”

“你把这砒霜掺进米粒儿，搁在这屋角，还是毒老鼠吧。”

二柱子眼睛一下子发亮，几乎是高声喊了起来：“大人，您不死了？”

“不死了。”左企弓拭了拭眼角的泪痕，“如果我死，搭上你，我到阴间，阎王也不饶我。”

“谢谢大人。”

二柱子迅速把砒霜掺了米粒搁到屋角。左企弓看着他，又陷入了沉思。二柱子忙活完了，轻声问：

“大人，您又在想什么？”

左企弓侧耳听着窗外，自言自语地说：“怎么这么安静哪？”

“难道大金军没有进城？”

“不会的。”左企弓回答二柱子，“安静是因为没有战斗。二柱子，咱们快离开这里。”

“去哪儿，回家吗？”

“不能回家，依阿骨打的性格，他不会杀我的家属，咱们想办法出城。”

“好咧。”

经过这一番经历，主仆二人匆匆从后门离开宰相府。几乎相隔不过一刻钟，完颜阿骨打等一干金国将帅在虞仲文、康公弼、萧一信等大辽降官的引领下就来到了王城跟前。金兵各路人马分别进驻了宰相府等王城外的各大衙门，完颜阿骨打则在虞仲文的陪同下穿过应天门、丹凤门进入到王城。

左企弓与二柱子离开宰相府后，本想从大金军进城的拱辰门出城，但发觉那条街上满是进城的兵士，便尽量躲开他们，沿着背街的胡同寻道儿穿出去。左企弓来到燕京城也才半年多，加之平常都是坐轿子出门，一出门便不知道东南西北，幸亏二柱子在燕京城中乞讨多年，什么偏僻地儿都走过。左企弓跟着他三弯九绕，尽量少走正街穿到拱辰门跟前。这一路走来，倒也顺利。眼看快要穿出一条胡同插到正街上，却没想到二柱子在这里迎面碰上一位熟人，那也是一位年轻人，叫小三子，原是同二柱子一起要过饭的，后来被和济药局的老板相中，收留他当了一名伙计。这会儿碰到二柱子很是诧异，问道：

“二柱子，你怎么跑到这旮旯来了？”

二柱子生怕节外生枝，搪塞地说：“随便转转。”

“你买的砒霜，到底做了什么了？”

“药老鼠。”

二柱子说着就要走，小三子却拦住他，瞅了瞅他身边的左企弓，问道：“这老人家是谁呀？”

“一个远房的亲戚。”

“骗谁呀，你一个孤儿，哪有什么亲戚？他会不会就是收留你的那位左丞相啊？”

“别胡说。”

“二柱子，我没什么坏心，只是想提醒你，金国皇帝刚才在大街上问秦国公虞仲文大人，左企弓丞相哪里去了。”

“秦国公怎么说？”

“他说左丞相在丞相府中，金国皇帝就派人找他去了。”

一听此话，二柱子更是着急，扭头一看，却见左企弓独自一人早已脚步匆匆走出胡同口上了大街。他向小三子撂下一句“咱们后会有期”，就追赶左企弓去了。

却说左企弓上了北大街，便一眼瞧见拱辰门的城楼，最多还有百十步远，就可以出城了。左企弓心下略安，便站下来等待二柱子。

一会儿，二柱子气喘吁吁跑了上来，对左企弓说：“大人，刚才那人叫小三子，是我过去要饭的伙伴。”

“知道了，差一点出事。”

左企弓说着，因为燥热便推了推头上的瓦楞帽子，谁知一阵寒风吹来把帽子掀落。那瓦楞帽儿正好落在一辆进城的马车前头。左企弓赶过去拾帽子，赶车的是位金兵，他拉住缰绳让马车停下来，拾起帽子的左企弓朝金兵点点头表示感谢，然后迅速趸身离开，却听得车上有人喊了一声：

“客官，请停步！”

左企弓听到这声喊，不但不停步，反而加快速度朝拱辰门跑去。但是，赶车的金兵一跃而下，飞跑过去将他拦下，二柱子眼见此状，飞奔上前想把左企弓夺回，街上巡逻的金兵闻讯上前，将两人一起扭住了。

马车上的轿厢从后面打开，只见水老哇从里面钻出来，然后把陈尔栻扶了下来。

陈尔栻快步走到左企弓跟前，仔细辨认了一会，然后深深施了一礼，说道："左大人，没想到来到燕京城碰到的第一个人，竟然是你。"

左企弓看了看陈尔栻一眼，似乎有些眼熟，但一时又想不起来在哪儿见过，便说："老先生，你认错人了吗？"

陈尔栻笑道："左大人，你赶着拾帽子的时候，我就认出了你，现在听你开口说话，就更没有错了。"

左企弓茫然地说："可是我不认识你。"

"我是陈尔栻。"

"陈尔栻？你是陈尔栻？"

"是的，我就是陈尔栻。"

左企弓眼前浮起一位沉默寡言的干瘦干瘦的中年书生。当时，左企弓是天祚帝手下的一位六品侍郎，陈尔栻是他手下一名抄写文件的录事。大约十八年前，陈尔栻突然失踪，开头大家都还议论这人究竟去了哪里，是死还是活也想查出个结果，但年月久了也就慢慢把这个人给淡忘了，没想到今天会在这里邂逅。

"你，怎么坐着金兵的马车？"

面对左企弓的疑问，陈尔栻一笑，指着马车说："左大人，你且随我上车，今晚上，温一壶酒，我细细地向你诉说我的经历。"

第十七章　劝君莫听捐燕议

昨夜里，阿骨打总算睡了一个囫囵觉。虽然乌古乃和迪雅两位夫人都随他一起住进了王城，但两人都没有和他睡到一起，乌古乃睡在萧莫娜的寝房，迪雅睡在同样是属于萧莫娜的另外一间寝房里。阿骨打独自一人睡在秦晋王耶律淳生前居住的寝宫里。由于连日疲劳加之夺取燕京城后心情的骤然放松，阿骨打甚至都没有欣赏一下这寝宫的奢华就倒头睡去。寅时过半醒来，天已是麻麻亮了，模模糊糊的，他觉得这寝宫非常之大，就是一百人进来睡觉也显得宽敞。宫里的摆设物件儿也太多，遮住宫门的六扇大屏风非常抢眼，上面绘有春水秋山的渔猎场面，鸳鸯交颈床上嬉戏的春宫图，以及王公贵族肩上蹲着海东青参加宴舞的游冶图，看上去莫不嬉乐成趣富贵熏人。攻克辽上京后，阿骨打住过天祚帝的寝宫，两相比较，他觉得天祚帝更倾向于狩猎而秦晋王醉心于游宴。很多狩猎的器具都被天祚帝摆进寝宫，一把画戟甚至还插到床头边上。这位秦晋王倒是有点文人的情趣，寝宫里居然还有一个书架，摆满了日常阅读的书箱，有契丹文的，也有汉文的。

阿骨打起床后，在寝宫里走了走，心中忖道："大辽国亡了，主要的功劳不在我完颜阿骨打，而在于耶律延禧和耶律淳这叔侄二人，他们玩心太大，把一个铁桶样的江山玩成了一堵危墙。我只是伸手推了一把，这墙就倒了。陈尔栻老先生说，君子不立危墙之下，这道理说浅也浅，说深也深。我们大金国的君臣，都得用心琢磨这句话。"

阿骨打洗漱完毕，乌古乃与迪雅相邀着过来了。阿骨打走出寝宫，发现两位夫人正站在一副金马鞍前议论。这副金马鞍陈列在寝宫外面的花厅里，一个双腿跪着的石雕小童子双手托举着它。这马鞍用纯金打造，四周镶满了璀璨的红蓝宝石，显得华贵精美。

迪雅抚摸着马鞍，感叹道："这是我这辈子见到的最贵重的马鞍了。"

乌古乃接着说："很显然，这马鞍不是真正要放到马背上使用的，它只是一个摆件儿。"

"为什么放在这儿呢？"在场的杰布问。

阿骨打随口答道："耶律淳显摆，表示阔绰呗。"

乌古乃摇摇头，善意地嘲讽说："咱们大金国的皇帝，这句话可是瞎嘞嘞出来的。"

阿骨打也不生气，笑着说："我瞎嘞嘞，那你说说。"

"这是秦晋王送给萧莫娜的礼物。"

"你怎么知道？"

"这马鞍的右沿上，不是刻了四个字吗？"

阿骨打俯下身子，果然在鞍沿的祥云图案里，看到了不太起眼的四个字：一生平安。

阿骨打问乌古乃：“一生平安，就这四个字，你怎么就知道是秦晋王送给萧莫娜的？”

“皇帝的记性真不好，”乌古乃忽然爽朗地大笑起来，“还记得我嫁给你的时候，你是怎么把我迎进门的？”

“我双手把你托起来。”

“托起来之前呢？”

阿骨打沉思了一会儿，一拍脑门子说：“我想起来了，我领着你过马鞍，对，过马鞍！”

“对呀，”乌古乃说，“契丹人同我们女真人有同样的风俗，迎娶新娘时，要在房屋前放一个马鞍，新娘下轿后，要先绕着这个马鞍走一圈，然后才能进婆家的门。”

杰布问：“为什么要这样？”

“你还没有成家，所以不知道。”乌古乃看了一眼杰布，继续说道，“马鞍马鞍，就是马上平安，意思是新娘进了婆家的门，要让婆家马上平安，两夫妻要平平安安过一辈子。”

阿骨打自嘲地说：“这么个好风俗，我怎么给忘了。”

乌古乃笑道：“你一脑子全是大事儿，所以就不记小事儿了。这个金马鞍，肯定是秦晋王迎娶萧莫娜时特意定制的，所以还加了‘一生平安’这四个字。秦晋王觉得马上平安还不够，一定要表明一生平安。”

阿骨打揶揄道：“耶律淳这老小子，还是个有情人。”

杰布咂摸着乌古乃所说的风俗，仿佛在自己问自己：“这两夫妻并没有一生平安啊，他们费那么大劲干吗？”

迪雅却想到了另外的问题，她说：“昨天兵荒马乱的，这金马鞍咋就没人偷走呢？”

“不但是金马鞍，这王城里的女眷，宫娥彩女什么的，也都多半没逃呢。”乌古乃补充说。

“啊，还有这样的事？”阿骨打感到惊奇，“她们为什么不逃呢？”

杰布说：“往哪儿逃呢？咱们大金军势如破竹，来得太快。”

迪雅说：“这是个原因，但不完全。从前天开始，这王城就空了。可是，除了没有打扫显得脏乱，倒是很少发生偷盗和抢劫的事。”

“迪雅说的事情很重要。”阿骨打说，“大辽国虽然消灭，但毕竟还留下了一大批有用的人才，有的是各种衙门的官员，有的是会做各种手艺的匠人，有的是会侍奉男人料理家务的女子，这些人，咱大金国都要善待。建一个国不容易，治理好一个国更难。国亡了但王城里头没有发生抢劫，这就说明燕京城的治理还是有章法。看来，萧莫娜是个了不起的人，丞相左企弓也是难得的人才。乌古乃，你和迪雅应该知道，我们进了燕京城，金马鞍并不重要，重要的是，它没有被人偷走。”

乌古乃朝迪雅挤挤眼睛，拍着金马鞍笑道：“迪雅，你听到了吗？就这么一件小事儿，咱们的皇帝从中看到了治国的大道理。”

阿骨打问杰布：“早饭弄好了吗？”

杰布答：“弄好了，弄好了，糜子粥，外加糜子窝头。”

“咱们吃去。”

阿骨打说着，就与两位夫人一起走进了膳房。

阿骨打喝了两大碗糜子粥，啃了一个大窝头，就跟着杰布，匆匆来到保宁殿后头的一间暖房里。这里原是萧莫娜上殿前的休息室，有时也在这儿会见客人。他到这里的时候，只见陈尔栻领着左企弓已先来这里坐好了。

“左丞相，大清早的，劳你动步。”

阿骨打人还没进门，嗓门儿倒是先钻进了门帘，左企弓忙跟着陈尔栻一起走到门口迎接，阿骨打一见到左企弓，便像见到久别重逢的老朋友那样，又是拍肩膀又是擂胸脯，嚷道：“左丞相，昨天让你受惊了吧。”

尽管阿骨打表现得异常热情，但左企弓仍局促不安，他向阿骨打深深一揖，似乎有些愧疚地说：“皇帝，我左企弓本不该活着见你。”

“怎么，你还想死？”

面对阿骨打的追问，左企弓只是垂着头，叹了一口气。

却说昨日下午，陈尔栻将左企弓拽上马车后，并没有将左企弓带到宗望为他在王城安排的住房，而是将左企弓送回他的府邸。左企弓一下车，便看到他的大宅子前面，一溜儿站满了十几位大金国的士兵，他先前以为是来抄家的，经陈尔栻解释他才明白，大金军一进城，宗望大将军便下令保护所有大辽王公贵族及朝廷官员的府邸，并派出若干巡逻分队日夜在大街小巷巡逻，以免抢劫及动乱发生。这一点让左企弓深感意外。如果说他在丞相府劝说文武官员归顺大金军是为了保燕京百姓的安全免受屠城之厄，那么现在他不仅从理智而且还从感情上对大金皇帝完颜阿骨打产生了一种敬佩，一种信赖。当陈尔栻准备登车与他分手时，他主动邀请陈尔栻到家中叙谈叙谈。这一番叙谈竟一直延续到半夜。其间，他们不但吃了酒，也吃了茶；不但谈到在辽上京相处的那几年，也谈了分别十八年来各自的经历……那一晚陈尔栻就住在左企弓的家中没有回到王城。水老哇也没到王城寝宫里服侍阿骨打，而是留下来照料陈尔栻。直到天亮后，阿骨打传旨过来，让陈尔栻带着左企弓来到王城相见，水老哇这才又备好马车，送他们两人进了王城。

尽管左企弓在见阿骨打之前，已听到关于这位大金开国皇帝的种种传闻。但当阿骨打一巴掌拍在他的肩膀上时，他顿时被阿骨打撼人心魄的力量和睥睨天下的气势所震慑。阿骨打很热情，但这热情也含有不可抗拒的霸道；阿骨打也很随便，但随便中吐露出不容挑战的威严。这是左企弓此刻显得局促不安的原因。

阿骨打看出了左企弓心中的纠结，故意挑了轻松的话题说："听说，你和陈尔栻老先生两个人，当年在辽上京时就相识。"

左企弓老老实实回答："我与他当时的确在一个衙门当差。"

陈尔栻插话："那时候，左丞相是礼部主事，分管南朝使节的接待与善书房，我在善书房当差，是左丞相的属下。"

"惭愧惭愧，"左企弓朝陈尔栻欠欠身子，"当年我左企弓没有看到身边竟藏了一位卧龙先生。"

"哪里哪里，"陈尔栻谦逊回答，"我本来只是葑菲之才，蒙皇帝不弃，才有了一个表现忠心的机会。"

阿骨打以欣赏的眼光看着面前的两个人，说道："你们两个都是经邦济世的大人才，大金国需要你们。"

左企弓回道："皇帝，我与陈尔栻不一样，我是大辽的亡国之臣，对于大金国来讲，我是罪臣。"

"亡国之臣可以称，但罪臣之说，左丞相你这是作践自己。"阿骨打笑道，"你昨天在丞相府里面，对辽廷文武百官归顺大金国的一席话，我听了深受感动，用陈尔栻老先生的话说，你是知进退、知深浅、明局势、明事体的大聪明人。你当辽国的南院丞相，没有结党营私，没有鱼肉百姓。阿适、萧莫娜都他娘的完蛋了，你却还要为他们殉国，这样的忠臣哪儿去找？你自己铁下心来殉国，却让你救下的小伙计弄了一包假砒霜，喝下去没死成，这就叫天意。无论你们汉人，还是我们女真人、契丹人，都相信那四个字：天意难违！左丞相，老天爷不让你死，就是要你为大金国效命。这一点，你还没想通吗？”

左企弓看了看陈尔栻，苦笑了笑。

陈尔栻对阿骨打说：“皇上，左大人其实已经想通了，愿意效命大金国。只是为了大辽呕心沥血三十余年，突然改换门庭，难免有失落之感。”

阿骨打大声笑了起来，讥道：“这哪是改换门庭？大辽的门庭已经垮掉了。左丞相你到大金国来，继续呕心沥血，我阿骨打不会亏待你。老先生，诸葛亮是怎么报答刘备的，那八个字怎么说？”

陈尔栻一字一顿回答：“鞠躬尽瘁，死而后已。”

阿骨打将这八个字重复了一遍，然后说：“我希望你们两个人，都成为我身边的诸葛亮。”

左企弓起身一揖：“多谢皇帝知遇之恩。”

阿骨打又问陈尔栻：“魏、蜀、吴三国鼎立，离现在多少年了？”

陈尔栻答：“将近一千年了。”

阿骨打点点头，沉思了一会儿，缓缓说道：

“你们听着，我说的可能是没有走脑子的话，但我就是这么想的。世道总是有个轮回的，一百年是个小轮回，一千年可是个大轮回。千年前，中国的汉朝皇帝没能耐了，江山分成了魏蜀吴三个国家。唐朝的后期，皇帝又瞎折腾了，世道弄坏了，中国又分成了三个国，南边的宋朝，西边的西夏，北边的大辽。如今，我建立了大金灭了大辽，现在还是三国演义。我阿骨打之所以建国七年就灭了大辽，第一靠的是天祚帝抽羊角风，第二就是咱们女真人的齐心协力。俗话说万事开头难，咱们大金国开头顺风顺水，但往后的路怎么走，还得请你们这些饱读圣贤书的高人襄助。往后的难事儿越来越多，得靠你们抽筋剔骨理出头绪。过去我是一个完颜部落的酋长，管一个部落的事，怎么划拉也错不到哪里去；现在是一个皇帝，大辽的国土现在全部都成了大金的国土，这就要管天下的事了。我虽然是个笨人，但笨人有笨办法，这就是天下事由天下人来管。这么说，也不是让天下人都挤到皇宫来，遇事儿谁都插一嘴，而是选天下的英才，一起来做天下的事。”

阿骨打这席话，不要说左企弓，就是多年来陪侍左右的陈尔栻，听了也不免深为折服。因为这席话中的一些观点，阿骨打也是第一次表露。陈尔栻于是问左企弓：“左大人，皇帝关于新三国的说法，你怎么看？”

“此说识见高远，一千年的大轮回。这个说法，不要说天祚帝，就是南朝皇帝，都未曾想到。”

还在兴奋中的阿骨打说：“他们没想到是一个问题，我说的有没有一点道理，又是另一个问题。”

左企弓虽然很受天祚帝的信任，但天祚帝从来没有与他探讨过如此高深的话题，出于料理国事的习惯与读书人的本能，左企弓说：“皇上的话高屋建瓴，识见高远。当金国的皇帝，同时要想到南朝和西夏。只有把三个国家放在一起考虑，知己知彼，而后制定战略，才能保持大金国的上国地位。”

“唔，说得好。”

阿骨打还想就三国的话题讨论下去，忽然听得杰布在门外喊了一声：“皇上。”

阿骨打回答：“进来。”

杰布挑帘儿进来，手上拎着一只铜铫子和几只小瓷碗。

“煮的奶茶吗？”阿骨打问。

“是的，是大夫人亲自煮的。”杰布给每人倒了一碗，补充道，“大夫人说，燕京城的羊奶太淡了。”

倒过茶后，杰布就搁下铫子，退了出去。

阿骨打请左企弓喝茶，笑道：“你尝尝，这是我老婆煮的，她熬制的奶茶，火候、佐料都是一流。”

左企弓很是诧异：“皇后亲自熬制的奶茶？”

阿骨打问：“这有什么错吗？”

左企弓答：“不是有错，是我左企弓享受了太大的殊荣。”

“喝一杯奶茶就是殊荣，左丞相也太小题大做了。”

左企弓喝完奶茶，又问：“罪臣刚才听到这位小将军喊大夫人，这大夫人就是皇后吗？”

“是的。”

“怎么能这样喊呢？既然是国家，就得讲国家的规矩。”

“什么叫国家规矩？”

“昨天，罪臣听到街上的士兵们相互间谈话，说到皇帝，他们不是说皇上，而是称阿骨打皇帝。这怎么行呢？无论是南朝还是辽国，都不会这样喊的，南朝的臣民谁敢喊赵佶皇帝，辽国谁敢喊耶律延禧皇帝？直呼皇帝的名字，是犯上作乱。还有皇上的妻室，都要由皇帝亲自册封，正宫娘娘就是母仪天下的皇后。皇后掌管后宫，除了斋醮祭祀、会见外国使节等各种明伦大典，可以陪侍皇帝一起出席之外，平常就住在后宫，不能随便抛头露面的，更不可以让朝野各色人等称她为大夫人。”

一说到国家的典章制度，左企弓口若悬河，阿骨打暗自欣赏他的治国理政才能，等他说完后，阿骨打笑着问：“左丞相到过咱女真人起事儿的地方吗？”

“起事儿的地方？”左企弓没有听懂。

陈尔栻插话：“就是会宁府，那里离辽上京有两三千里地，离燕京这里有五千多里地哪。”

“啊，是会宁府。”左企弓仿佛记起了什么，“当时，天祚帝往那儿派官员时，大家都不肯去，有路子的提前找上峰打点，希望不要选中自己。在天祚帝看来，那儿是鬼……”

看到左企弓突然停止了话头，阿骨打追问：“鬼，鬼什么？”

“鬼不生蛋的地方。”

“鬼不生蛋倒也不假，因为女真人中没有鬼，但咱们那旮旯，鸟蛋多呀，除了冬天，一年三季啥时候你去树上掏鸟窝，都有一窝一窝的鸟蛋。”

陈尔栻说：“我在会宁府住了十八年，那里是个好地方。”

“但也是个小地方。在那里世世代代居住的女真人，生活都很简朴。女真人只出两种人，农民和猎人。因为打猎一辈子都在与豺狼虎豹搏斗，所以再调回刀口与人作战，个个勇猛无比。至于农民嘛，既种田，也打渔。所以，会宁府的高山、平原、树木、河流，培养出天底下最勇猛的战士，最勤劳的农民。这是老天爷赐给女真民族的福气，也是赐给我阿骨打的福气。”

“罪臣为皇帝高兴。”

“不要一口一个罪臣，我腻味听这两个字。”

看到阿骨打表示出不高兴的样子，左企弓有些惶恐，小声地辩解道：“我本来就有……”

阿骨打抢过他的话头：“不是有罪，是有骨气、有操守、有才能，你与我说话，就自称臣，一个字，臣！”

“臣？”左企弓一愣，“皇帝，这不妥吧？”

“有什么不妥？我知道你那点小心眼，你是大辽的宰相，归顺之后，我还没有给你安排官职。咱大金国有了宰相，叫撒改；也有了摄政王，叫吴乞买。这两个，一个是我的堂兄，一个是我的弟弟。如今两人都留在会宁府料理国政。我再告诉你，如今会宁府也不叫会宁府了，叫金上京。等到仗打完了，咱大金也按大辽的规制设立五京，辽上京肯定废掉，余下的东京、中京都不变。我刚才说过，女真人中不缺勇猛的战士、勤劳的农民，但缺像陈尔栻以及你这样满腹经纶的大书生。十几年来，陈老先生已教了我不少治国方略，你刚才批评我们女真人皇帝不像皇帝，皇后不像皇后，君臣上下的相处，不像是一个朝廷，而更像是一个部落，这一点我诚恳接受。为啥呢？咱女真民族里缺这样的人才嘛。论冲锋陷阵把谁消灭、把谁打垮，我阿骨打在这天底下还找不到对手，咱能把事儿做大，如今有了你们，咱就不仅能把事儿做大，还能做得扎实，做得漂亮。左企弓，我现在任命你为大金国的右丞相，撒改是左丞相，除了他，就是你了，你专门负责制定大金国的典朝制度，凡是南朝、西夏和大辽好的规矩，都把它用起来，不好的把它清除掉。”

“承蒙皇帝信任。”

左企弓起身就要磕头，阿骨打连忙扯住他，嚷道：“不磕头，不磕头！”

左企弓说：“臣下觐见皇帝就要磕头，这也是制度啊！”

“这个制度得改。”阿骨打冲着陈尔栻一笑，说，“老先生说咱大金国不学辽与南朝，皇帝一升座，底下黑乎乎跪一大片，都改弯腰作揖。”

陈尔栻接着说：“大金国建立时，我斗胆提了这个建议，皇上采纳了。”

左企弓叹道：“皇上真是开明的君主。”

陈尔栻对阿骨打说：“皇上，左大人已接受了您的任命。”

阿骨打说：“他还没表态啊！”

陈尔栻答：“他已经表态了。”

“啊？”阿骨打一脸迷茫。

陈尔栻解释说：“皇上您大概没有注意到，左大人与您谈话时，一直尊敬地称您为皇帝，刚才他改口，称您为皇上了。”

“这有区别吗？”

“有区别。”陈尔栻朝左企弓瞅了一眼，继续说，“一位臣民觐见别国的皇帝，则称皇帝；觐见本国的皇帝，则称皇上。左大人从称您为皇帝到改口称皇上，说明他已经接受您的任命，从此以后，他要效忠大金国了。”

“太好了。”阿骨打一拍椅子扶手，兴奋地说，“左企弓一个人的价值，胜过一座燕京城。”

“皇上过奖，臣愧不敢当。”

“左丞相，我阿骨打从不打妄语，说的都是真心话。”

左企弓向阿骨打投以感激的目光，接着说："皇上，臣有一个问题请教。"

"你说。"

"皇上刚才说要仿效辽国的五京制，改会宁府为金上京，中京、西京都按辽之旧制，但唯独没有说辽南京，也就是现在咱们所在的这座燕京城，这是为何呢？"

"因为燕京要归还给南朝。"

"皇上已经决定了？"

"现在你是我的右丞相，也就不向你隐瞒了。当年，咱大金与南朝订下了秘密协定，南北出军消灭辽国。南朝提出灭辽之后，他们想要收回被大辽占领的燕云十六州。"

"皇上要兑现这个诺言？"

"两国交往，要守诚信啊！"

"但燕京不是两国合围打下来的，是大金一国的军队占领的啊！"

"这就是另外一个话题了。"

"皇上，臣有个建议。"

"请讲。"

"臣昨夜与尔栻兄畅谈了大半夜，兴奋得不能入睡，便写了一首诗，现在献给皇上。"

左企弓说着从怀中掏出一张洒金笺纸，打开来恭敬呈上。

阿骨打接过来，笑道："咬文嚼字的事儿，可是有点为难我。老先生，你给念念。"

陈尔栻接过来，只见笺纸上用小楷写了一个"恭呈金国皇帝"六字的抬头，下面是一首七言绝句：

铁马金戈试斫轮，
眼前关塞拱南京。
劝君莫听捐燕议，
一寸山河一寸金。

陈尔栻念完，又估摸着阿骨打不懂“斫轮”这两个字的含义，于是作了简单的解释。阿骨打沉吟着说：“捐燕之议，看来是不能讨论的，燕云十六州的归属，本就是大唐的国土，现在南朝提出来，咱也不能强留呀。”

“皇上此言不妥。”

左企弓这句话出口，便觉得是冒犯，心中顿时忐忑不安，幸亏阿骨打根本不计较，盯着问：“有何不妥？”

“皇上从内心认为南朝是华夏大地的宗主，所以他们收回燕云十六州是自然而然的事。如果这样理解，那么西夏、大辽的大部分国土，都是唐朝的。如果凡是唐朝的都要交还给南朝，那西夏国就没有了，大金也就不能建国了。”

“啊，你这也是一家之言。”

“大汉强盛，后来分为三国，魏蜀吴都在争正统，后来三国归晋，大唐建国，国力更盛于汉朝，而后内乱，又有新的三国产生。这三国最终由谁来统一华夏，现在还很难说，但有一点可以肯定，正统不是封来的，而是要老百姓承认的，既要马上开疆拓土，也要马下励精图治。”

“这样的话我喜欢听。”阿骨打说，“南朝的特使赵良嗣，已经进了燕京城，今儿个下午，就要讨论燕云十六州的事情。”

“皇上千万不要轻易松口。”左企弓再次提醒。

“这事儿咱们还得单独密议。”

阿骨打说这话时，与陈尔栻交换了一下眼色，正要说什么，只见杰布冒冒失失地挑帘儿进来，嚷道：“皇上，有大好消息。”

“什么消息？”阿骨打问。

“五皇叔刚派人送来捷报，他率大军去围剿逃回平州的张觉，还没开打，张觉父子就打开城门投降了。”

阿骨打笑道：“这倒真是个好消息。”

第十八章　大宋访金使

昨天夜里过了戌时，大宋特使赵良嗣与副使马扩才风尘仆仆赶到燕京，守城的士兵验了他们的勘合，放他们进城，并带到与丞相府隔街对峙的兵马总督府来见完颜娄石。却说昨天中午进城后，完颜阿骨打看到局势稳定，便立即作出决定：让栋摩带一万五千兵马驰赴平州寻找张觉决战；完颜宗望带一万兵马赶赴白沟一线布防，扼制南朝兵马趁机北上。原燕京指挥副使萧一信的八千兵马一分为二，六千兵马随宗望出城南下，余下二千兵马混编进完颜娄石的五千部队，负责燕京的城防及治安。萧一信被任命为宗望的副将。完颜娄石则被任命为守城指挥使。他临时征用旧辽的兵马总督府来作为自己的行辕。赵良嗣与马扩来到时，他刚从四门巡视回来，他仔细验过两人的勘合，问道：

“你们从哪儿来的？”

“霸州。”赵良嗣答。

“路上没有见到宗望大将军吗？”

“没见到。但看到他的部队正往白沟、良乡一带开拔。”

“没碰到辽兵？”

“辽兵阵地全空了，一个人影也看不到。”

完颜娄石不再说什么，命令朵颜安排他们到同文馆歇息。分手时，赵良嗣问：“娄石将军，我们什么时候可以见到阿骨打皇帝？”

“天亮以后，我会尽快通报。”

“我们有大宋道君皇帝亲笔写的国书，要亲手交给阿骨打皇帝。”

“我说了，天亮后通报。”

完颜娄石一副公事公办不肯多说一句话的样子，让赵良嗣心里头很焦急，但又不能多说什么，只得随朵颜到同文馆歇息。但他躺在炕上，一晚上像翻烧饼似的睡不着，老想着昨天在霸州时与童贯的一席谈话。

在天开寺与萧莫娜的密谈从讨价还价到兵戎相见，弄得童贯很不开心，他本想吃个香饽饽，却不曾料到让人踹了一个窝心脚，回到霸州还心有余悸。恰在这时赵良嗣来到霸州，童贯便立即约他相见。同时，还请来与他一起离开汴京前来河北充任监军副使的王黼作陪。

见面的地点，童贯特意定在七年前与赵良嗣初次见面的霸州驿。当年出使辽国，霸州驿是大宋最后一个驿站，从燕京城里出使大宋的辽使，进入霸州驿便是进入了大宋的第一个驿站。可以说，没有七年前童贯与赵良嗣在霸州驿的会见，便没有今天的这个局势，辽国也不会灭亡，金国也不会挥师南下兵逼燕京。

童贯与王黼来到霸州驿后院的客厅时，赵良嗣与马扩等已先来此等候。双方寒暄几句，童贯就将话头转入正题。

“大学士，”因赵良嗣被徽宗皇帝封为龙图阁大学士，故童贯这样喊他，“你此次出使金国，离开汴京时，皇上有何旨意？”

赵良嗣回答："皇上给阿骨打写了一封亲笔信，希望尽快兑现盟约，把燕云十六州归还给我们。"

王黼插话："应该说是燕云十四州，因涿、易两州已经被我们收回。"

童贯诡谲地瞄了王黼一眼，又问赵良嗣："皇上没让你给我和王大人带什么口信？"

赵良嗣略略愣了一下，这一愣，让童贯心里很不受用，他淡淡地说："大学士不要见怪，随便问问而已。"

赵良嗣连忙解释："童大人不要见怪，您和王大人都是皇上的股肱之臣，有什么话，皇上也只能是传密旨给您，绝不会让在下这等小臣从中过话。"

童贯点点头。不过，赵良嗣从这句话中也可猜透童贯的心思。盖因宋金密盟联合伐辽之事，在朝廷中一直存在两派纷争，朝中以执掌尚书省的尚书令郑虚中与大将军种师道为首的反对派，认为此举不妥，强调澶渊之盟后，辽宋两国休兵通好，至今已历一百二十余年，解除战争威胁的大宋自此朝野安稳，老百姓安居乐业，士农工商百业兴旺，此一局面来之不易。若与辽国背盟，第一是失信于友邦；第二是大金乃草创之国，诸事轻率，灭辽与金为邻，两国关系势难控驭；第三是燕云十六州虽属汉唐故地，但归辽日久，士民之风丕变甚多，得手之后，其统辖管治，难度十倍于中原，可谓得之难，守之更难；第四是承平日久，一旦兵衅重启，胜负难料，巨大军费将耗空国库。但是，以童贯、王黼为首的密盟派，认为这是千载难逢的收复燕云十六州的绝佳时机，一旦灭掉辽国，金国君臣都是心智未开行事野蛮的边鄙草民，他们压根儿就不会觊觎中原，要对他们施以羁縻之策，只要措施得当应无大碍，须知他们既能当辽国的臣民，自然也会当大宋的盟国。而且，大宋与他们金国的疆界推到了山海关之外，即便金国桀骜不驯挑起战争，那也是在离汴京两千里外的地方，何况还有长城防御。

两派的观点可谓尖锐对立水火不容，在朝野之间各有市场各有拥趸。表面上看起来，反对派的人似乎是苟安现状心无大志，但他们却是对大宋的吏治民风财力军备有着透彻的了解，承平日久，民不思战兵无斗志，此时去收取燕云十六州，无异于火中取栗。按理说最不愿意打仗的是吟风弄月倚红偎翠的徽宗皇帝赵佶，但这一回，他却成了坚定的密盟派。一是他深深信赖童贯与王黼；二是被徽宗看作朝廷砥柱的中书令蔡京，对童贯与王黼二人也明确表示出支持的态度；三是他觉得借女真人之手来灭掉辽国收回燕云十六州，他就会成为大宋皇帝中唯一能名垂青史建立不世之功的中兴名君。这场争论开始时他并不吭声，他想看一看官员们的态度。他虽然不表态，却做了一个不寻常的举动，就是将献这道计策的辽人马植升为龙图阁大学士，并赐名为赵良嗣。顾名思义，赵佶认为献此计者值得姓赵，而且还应该是赵家最好的后代。

这项升官与赐名的行动，对所有的官员来说是一个强烈的暗示，因为它表明了徽宗的态度。于是，密盟派更加趾高气扬了，骑墙派开始向他们靠拢，一些不坚定的反对派开始倒戈。但是，反对派的首领郑虚中与种师道毫不妥协。有一次上朝，当身着五品官服的赵良嗣满面春风走进皇城崇德门的时候，恰好碰到郑虚中，这位刚直不阿的宰相喝住赵良嗣，当着众官员的面将他骂得狗血淋头，说他扰乱君心，蛊惑社稷，必将成为大宋的第一罪人。赵良嗣顿时气沮，脸色青一阵红一阵怏怏离开。赵佶知道此事之后，他并没有就此事指责郑虚中，而是上朝时当着文武百官宣布："朕意已决，收回燕云十六州，诸位臣工不得抗旨。"

一旨既出，满朝默然。郑虚中愤然辞职，赵佶立即批准。自此，密盟派主导朝政。不知不觉几年过去，今年四月，听说阿骨打率兵攻陷辽上京，旋即又攻陷辽中京、辽东京，然后兵分东西两路，西路军由大金军中的战神完颜宗翰率领夺取西京大同，东路军由完颜宗望率领来攻燕京城。原来的约定是与大宋军队合围燕京，故阿骨打与栋摩兄弟二人也都跟在东路军的行列中。

当辽东京被攻陷，天祚帝逃匿不知动向时，阿骨打就派特使到汴京给徽宗皇帝送信，商议夹攻燕京事项，徽宗立即召聚大臣商议，眼看大金军势如破竹，攻克燕京应该不是什么难事。立功心切的童贯便自告奋勇要亲率王师北伐，王黼不肯让童贯独建奇勋，也自告奋勇一同前往。徽宗见二人态度诚恳，情绪高昂，不免心中大喜，连赞二人忠勇，遂任命童贯以太尉衔领任河北宣抚使，王黼以枢密使身份领任河北宣抚副使，一正一副共负督军之责，并调任三十万兵马供两人指挥。王师出发之前，徽宗设御筵为童贯、王黼践行。一顿酒席，君臣都吃了四五分醉意，分别时，徽宗说："二位爱卿，此次北伐必建不世奇功，回来朕有重赏。"王黼趁着酒兴，竟然指着徽宗身边两位最讨主人欢心的宫女说："陛下，臣得胜归来之日，不要别的重赏，唯恳求陛下将这两位宫女赐给臣下。"应该说，这样冒犯龙颜的亵渎之语，若放在宫闱严肃吏风清正的年代，断没有任何一个大臣敢脱口说出，即便说出，在庄严的圣君面前，其下场也必定是轻者远谪，重者身首异处。但奇怪的是，徽宗只是不置可否地嘿嘿一笑。赵良嗣当时在场，眼见此景，不免心下愕然，暗忖：“本以为天祚帝朝风不正，必取祸咎，没想到南朝亦复如此。”

却说两人领兵来到河北，将中军行辕安在雄州。八月份以三十万之众去攻打布防在白沟一带的郭药师，却被只有两万人马的郭药师怨军杀得卸甲丢盔狼狈不堪。第二次，再以十万之众去攻击萧干的防区良乡，仍然被辽国以少胜多，杀得掩旗而逃，从此龟缩在霸州一线不敢入辽境一步。

打从三十万王师北伐，无论是皇帝赵佶、王公大臣还是汴京城中的各色人等，中原大地上的父老兄弟，无不都在翘首等待捷报传来，谁知道从红花绿柳的溽暑时节望到了黄叶飘零的初冬，人们始终盼不来一个货真价实的佳音。这期间，承受着巨大压力的童贯和王黼，也编造了一些虚假的小捷报驰传京师送达御前，徽宗虽不敢全信却又宁可信其有不可信其无，直到冬月之后，郭药师率两万怨军连同涿、易两州来降，这才有了一个真正的收获。童贯与王黼借此大做文章，极言他们策反郭药师，不费一兵一卒收回两座州城的巨大功劳。徽宗皇帝喜出望外，给予他们巨大的赏赐。

赵良嗣在此期间，数度往返于汴京与金军之间。在内心，他的确有点瞧不起童贯与王黼，认为他们绝非大智大勇之人，三十万大军盘踞雄、霸二州之间，居然无从展布，打不了一场胜仗，可见主帅能力弱。但同时他又深深地知晓，他的命运与童贯、王黼二人已紧密地联系在一起。设若宋金密盟不成，或者说收不回燕云十六州，他们的后果就不堪设想。赵良嗣知道自己没有任何退路，他只有依靠童贯、王黼二人。尽管他瞧不起这两个人，但绝不敢有丝毫表露，不但不表露，还要始终表现得忠心耿耿，永远都要做出知恩图报的样子。

在童贯看来，赵良嗣是他在徽宗皇帝面前固宠的一个筹码，因此也成为他十分倚重的心腹，正是因为他的力荐，徽宗皇帝特命赵良嗣担任沟通金国的密使。赵良嗣每次与金国密谈的情况，连同皇帝在内，朝廷中知晓内情的不超过六人，这其中就有童贯与王黼。当惯了奴才的人，一旦当起了主子，便希望他身边的人比自己更像奴才。童贯就是这样。他自认为有大恩于赵良嗣，因此便把他当作夹袋中人物，处处颐指气使。但又虑着赵良嗣有着在徽宗面前单独密奏的机会，故又不敢过于怠慢。因此，他们之间的关系便处在一种非常微妙的状态。这种微妙外人很难察觉，但两位局中人却都能觉察出彼此的变化。

此次在霸州的见面，童贯与赵良嗣都不想闹什么不愉快，为了缓和气氛，童贯建议离开客厅进入膳房就餐。一张八仙桌上已摆放了几大盘热气腾腾的菜肴，童贯、王黼、赵良嗣、马扩四人分宾主坐下。童贯指着桌上最大的一个银盘问赵良嗣：“大学士，这盘子里盛放的是什么肉，闻得出来吗？”

赵良嗣耸耸鼻子说：“真香，是驴肉吗？”

童贯笑道：“驴肉？你怎么想到会是驴肉呢？”

赵良嗣说：“辽人中流传一句话，叫天上龙肉，地上驴肉。”

童贯轻蔑地一笑，对王黼说：“大学士在辽国时间长了，美味吃得太少，也就把驴肉当成天下第一美食了。”

王黼也取笑说：“四只蹄儿的美味，良嗣大概没吃过二十种。”

赵良嗣自嘲：“王大人过奖了，除了猪马牛羊驴狗兔，四蹄儿的美味，我的确吃得少。”

童贯指着盘子说："这是鹿肉，昨天去了天开寺，半途上军士们射了一头野鹿，今天用红泥炭煨了一天，再用香料和麦酱红烧起锅。你尝尝，保证从今以后不再说'天上龙肉，地上驴肉'这样没油盐的话了。"

童贯说罢，拿起筷子做了一个请的姿势，席间的气氛活跃了起来。这时，童贯带来的婢女捧了一只定窑烧制的凤头壶进来。

童贯问她："烫好了吗？"

婢女稍稍屈膝蹲了一下以示礼敬，回道："烫好了。"

"斟吧。"

婢女将桌上四只银盏斟满，童贯又问赵良嗣："大学士，这种酒你喝过吧？"

"这个我喝过，是宫廷羊羔酒，"赵良嗣说，"只是霸州这么个小地方，怎么会造这种酒呢？"

"这里当然不能造，"王黼接过话头说，"太尉在霸州辛苦，天气寒下来，没啥补气的酒食，咱就向皇上申请，能否将御酒坊的造酒师傅请两个来，在这里酿造羊羔酒。皇上立刻答应，让宫中造酒师傅赶到这里来。"

"你们趁热喝吧。"童贯抿了一口，对婢女说，"等会儿，你记得告诉造酒师傅，这一缸羊羔酒用的米饭曲略略少了些，木香用量又稍稍有点重，下次要注意。"

几盏酒下肚，四个人的话自然多了起来。赵良嗣为了打消童贯心中对他的芥蒂，主动挑起话头问道："太尉大人，听说您前天去了天开寺，见了萧德妃与耶律大石将军。"

童贯像被蛇咬了一口，身子微微一震，拉下脸来问道："大学士怎么突然问这个？"

“太尉大人不要误会，”赵良嗣赶紧解释，“我提这件事绝无恶意，只是想表达对您的敬慕之心。”

“敬慕之心？”童贯一愣，“这话从何说起？”

赵良嗣捻了捻下巴上稀疏的胡子，又饮了一盏羊羔酒，这才答道：“太尉大人，天开寺咱去过，那里山高林密，地势险峻。当年，秦晋王耶律淳带着萧德妃去那里进香，我曾扈从前往。”

“唔？”

“依我的判断，萧德妃是想把太尉大人骗到那里，再施以毒手。”

王黼插话：“这不用判断，本来就是这么回事。”

赵良嗣向王黼投以谄媚的一笑，又转向童贯说：“正因为如此，我才佩服大人的勇气。”

“哦！”童贯的脸色又开朗起来。

“放着我，给十个豹子胆，我也不敢去呀！”

“为了朝廷的利益，明知不可为也不得不去做哇。”

“这就是大人忠肝义胆的表现！”赵良嗣说着，忽然就装出动情的样子，“太尉与枢密使两位大人都在这里，我想征询您们两位上官的意见，给皇上写一封奏章。”

童贯问：“你要封奏什么？”

赵良嗣答：“给两位大人请功！”

童贯与王黼对视了一眼：“请功？请什么功？”

“太尉大人只身勇赴萧德妃在天开寺设下的鸿门宴，枢密使大人巧布兵阵，切断萧德妃退回燕京城的道路，天开寺激战之后，逼使耶律大石带着两万兵马夺路而逃，回到荒漠。这样，使固守燕京的辽军主力大为减少。这样一来，即便是阿骨打率大金军攻下居庸关抢占燕京城，这夺取燕京城的首功，还是应该归我们大宋的北伐军。”

听赵良嗣这席话，童贯大喜，心中忖道：“赵良嗣这小子，脑瓜子就是好使。天开寺这件事，让我一身晦气，经他这么一说，反倒成了一场惊天动地的战争，逼走耶律大石，这是燕京城战役的胜负关键。从这个意义上说，它的作用不亚于郭药师归顺。好，好！”

童贯心里头虽然这么想，但出口的话却是另一种说法：

“我说良嗣啊良嗣，是不是王大人背着我，给你透了什么信啊？”

听到这句话，赵良嗣与王黼二人都丈二和尚摸不着头脑，赵良嗣茫然地看了王黼一眼，说：“王大人没对我说什么呀。”

“如果他没说，就是你这个人太鬼精。”童贯笑道，“王大人，天开寺密会萧德妃的战略布置，是我俩密商的结果，断没有第三人知道，怎么赵良嗣说出的道道儿，子午卯酉一清二楚呢？你没告诉他？”

却说童贯抛下王黼只身前往天开寺密会萧德妃，王黼本来窝了一肚子气。他知道童贯是想独建奇功，看到童贯沮丧归来，他表面上虚情假意地慰劳，内心却乐滋滋地看笑话。可以说，这件事两人只通了气，压根儿就没好好商量过。但赵良嗣如此一奉承，不但让童贯心花怒放，王黼也有了柳暗花明的感觉，于是他假戏真做，回答童贯的问话：“机密岂可轻与人言，童大人，我怎么会把如此机密之事告诉大学士呢，他是自己猜出来的。”

“良嗣，你准备就此事向皇上进奏？”

“是的，我要利用皇上特赐给我的密奏封驳之权，为二位大人请功。”

“这份战报，我们还没有呈报皇上呢。”

“我今天夜里就把奏章写出来，送两位大人审定，而后八百里驰传送到汴京。”

“这样也好。”童贯此时已是心情大好，他看了看桌上的菜肴，说道，“光顾着说话，菜都凉了，羊羔酒也快见底了，来人哪！”

“小的在。”

驿站小吏应声走了进来，童贯吩咐他说：

“再上几道新鲜的热菜来，羊羔酒也再烫一壶。”

小吏领命而去，他刚出门，便听到有人在门外喊道：“太尉大人！”

“谁呀？”童贯问。

“下官詹度，有要事禀报。”

“请进。”

河北宣抚使衙门襄理詹度匆匆走了进来，他朝屋内几位鞠躬行礼，而后向童贯报告：“前线哨马刚刚送来急报，驻扎良乡的萧干部队，也突然全部撤防开拔。”

“去了哪里？”

“跟耶律大石的部队同一个方向，向西北撤退。”

“啊？这是为什么？”

王黼兴奋地说：“看来，他们要弃守燕京了。”

赵良嗣说：“这么说来，两位大人逼迫耶律大石率军逃往塞外，萧干孤立难撑，只好步其后尘了。”

童贯志得意满，揶揄说：“这种好事儿，是不是来得太快了。”

赵良嗣说：“太尉大人，您赶快下命令吧，让北伐军连夜出发，赶在大金军之前，进攻燕京。”

童贯没有立即表态，转问王黼：“你意如何？”

王黼揣摩童贯的意思，说：“首先弄清楚，燕京是不是一座空城。”

童贯点点头：“这个有必要，还要弄清楚萧干是不是真的撤退。”

赵良嗣不再说什么，只是轻轻地摇了摇头。

童贯看了看詹度，对他说：“你现在立即回衙门，草拟咱们北伐军实施战略合围，逼迫耶律大石和萧干各自率部下仓皇逃往塞外的捷报，连夜驰送汴京。”

詹度领命而去。

童贯又对赵良嗣说：“大学士，现在急迫前往燕京城的，不是北伐军，而是你。”

赵良嗣：“我？”

“对，你！”童贯又摆出那副惯有的盛气凌人的架势，“你要尽快见到金主阿骨打，送上皇帝给他的国书，商定归还燕云十六州的日期。”

赵良嗣对在座的马扩说：“你先去通知一应随行，做好出发准备，我随后就来。”

第十九章　老妈猴与老头儿鱼

准确地说，完颜阿骨打对赵良嗣并没有什么好感，反而对他的副手马扩印象要好得多。盖因马扩是行伍出身，其父马政乃山东登州卫指挥使。马政当过赵良嗣的副使，也多次出使金国见过阿骨打，后来年纪大了，才让儿子袭职。在辽国未崩溃前，出使金国只能从山东登州出发，驾船从海上抵达高丽，再化装成高丽商人越海来到旅顺，然后舍船换成骡车，长驱千里过混同江，来到阿什河畔的皇帝寨。这一路行程可谓水远山长，除了坎坷颠簸还有意想不到的凶险与血光之灾。亏得马扩一身武艺，带着十几个装扮成商帮伙计的武弁一路护卫，这才屡屡化险为夷顺利抵达。

因为见面多了，阿骨打对赵良嗣与马扩二人有了一个评价。他说："南朝的这两位特使，赵良嗣的舌头好使，马扩的拳头好使；赵良嗣像一只老妈猴子，马扩则像一条老头儿鱼。"赵良嗣久居燕地，对混同江周围的方言听得懂十之八九，他知道老妈猴子是传说中的妖怪，小孩子闹夜，只要在他耳边说一声"老妈猴子来了"，孩子就会老老实实钻进被窝大气不敢出，二气不敢伸。至于老头儿鱼，那是混同江中的一种脑袋很大身子却短小的鱼。马扩正好是五短身材，却生了一颗大脑袋，故将他比作老头儿鱼。赵良嗣对自己获得老妈猴子的称号，不但没有不高兴，还有几分得意。他认为让对手视为妖怪，并不是一件丢人的事情。

眼下，赵良嗣与马扩二人来到王城西侧的广寒寺，等待阿骨打的召见。今日，久雪的燕京城突然放晴，过午的阳光暖融融的，使得广寒寺的前院充满温馨。院子正中那棵盘龙虬枝的老槐树虽然落尽了叶子，但阳光给它的枝枝丫丫镀上了一层薄薄的金箔样的光芒。在赵良嗣不经意间仰望这些枝丫的时候，忽见两只乌鸦飞过来，落在枝头上跳跃着、聒噪着……

“晦气！”

马扩低声嘟哝了一句，然后俯身在地上寻找什么。

“你找个啥？”

“找一颗石子儿。”

“找石子儿？”

“是的，咱得把这两只乌鸦赶走。”

“为什么要赶走它们？”

“乌鸦叫，祸事到。不吉利呀。”

“你们山东人是这样说的？”

“是的。”

“咱们关外人不这么说，咱们说‘乌鸦一叫，老小都笑’，乌鸦是吉祥鸟，今日与金主见面，肯定有好消息。”

马扩一脸困惑，没吱声。

这时，阿骨打的卫队长杰布从大雄宝殿走出来，对二位说：“咱们皇上已到，二位请跟随我来。”

二人跟着杰布走进大雄宝殿，在那里二人应杰布的要求各进了一炷香，磕头礼佛，而后才来到后院方丈室。只见正面佛龛之下，一张八仙桌两旁摆了两把太师椅，阿骨打坐在左边，右边是一位身穿百衲衣的老和尚。两边靠墙各有四把椅子。阿骨打下首的椅子上，宗望与娄石先已坐好。杰布将赵良嗣与马扩领到阿骨打跟前行单腿下跪的觐见礼，然后安排到老和尚下首的椅子上坐定。

一进方丈室的大门，赵良嗣就瞅见供奉着佛龛的正墙上，挂了一幅和尚的绘像，两旁是一副对联：

旧扫风霜寒愈广
新种菩提叶又繁

赵良嗣觉得这字迹眼熟，但一时想不起是谁的。这时，阿骨打开口说话了："赵学士，听娄石将军说，你带来了南朝皇帝亲笔写的国书？"

"禀皇上，国书现在我身上。"

"拿来呀。"

赵良嗣看了看与阿骨打平起平坐的老和尚，有些迟疑。阿骨打看出了他的心思，问："知道我为什么要在这里接见你们吗？"

赵良嗣摇摇头，接着说："我先后见过皇上九次，两次在阿什河边的皇帝寨，七次在战场上，这次是第十次，万万没想到会是在寺院里。"

"为什么没有想到呢？"阿骨打笑了。

赵良嗣说了他的看法："因为你们女真人信奉的是萨满教。我在皇帝寨，没有见到一座佛教的寺庙。"

“过去是没有。”阿骨打忽然与隔桌而坐的老和尚对视了一眼，“辽上京有四座寺庙，打下那里后，我把所有的和尚都请到了皇帝寨，我会在阿什河畔盖八座大寺。现在，已有两座动工了。”

“原来是这样，皇上有好佛之心，这是金国之大幸。”赵良嗣心中琢磨着阿骨打为何要在这广寒寺见他，于是指着墙上的老和尚画像说，“这位老和尚我认识，他就是天开寺的澄宇和尚。”

“是啊，这广寒寺就是萧德妃为他盖的，萧德妃为了就近请教，就在皇宫旁边为他盖了这座广寒寺。”

赵良嗣一拍脑门子，指着画像两边的对联说：“我说这字迹为何眼熟呢，这字就是萧德妃写的。”

阿骨打补了一句：“这副对联也是她撰写的。这娘儿们，爱的就是你们南朝的文化，契丹虽有文字，但她却学习汉字，用汉字写诗，也算是才女了，只可惜生不逢时，听说阿适见了她就掉魂儿，但阿适配不上她。她从燕京撤退，仍要绕一腿去天开寺捎上澄宇和尚。可见这个女人有真性情。”

阿骨打这是第一次表示对萧莫娜的好感。这不但让赵良嗣吃惊，也让他自己手下的将军们感到意外。老和尚看了阿骨打一眼，微微地点了一下头。

赵良嗣一心要交国书，然后切入正题讨论交割燕云十六州的问题。但他知道不能打断阿骨打深感兴趣的话头，要让阿骨打高兴，谈判才会有好结果。于是他耐着性子，拣阿骨打喜欢听的话说：“皇上，我知道您为何要在这里接见我等了。”

“说说看。”阿骨打笑着。

赵良嗣说：“按理说，两国通使，皇上接受我们大宋皇帝的国书应该在宫殿。这辽国的南京城中，皇上理政的地方叫勤政殿。皇上如果在勤政殿接见我等，是再恰当不过了。但是，如果换个思路，勤政殿又是最不恰当的地方。”

“怎么不恰当？”

“勤政殿是辽国皇帝处置国事的地方。但陛下是大金国的皇帝。与其在亡国之君的宫殿接受国书，倒不如换到这间寺院来。”

“说你是老妈猴子，倒也不诬你。”阿骨打笑谑着说，“在这广寒寺里见你还有一层意思，用你们汉人的话说，叫举头三尺有神明；用我们女真人的话说，叫只有不长眼睛的人，没有不长眼睛的老天爷。在我看来，佛祖就是你们头上的神明，咱们头上的老天爷。在老天爷面前你赵学士别当老妈猴子了，国与国的交往，要讲诚信。过去你代表南朝谈判，说啥我都信，后来我发现，你们有时候，会做一些倒巴儿的事，有时候也说些掏瞎的话，这就让我不高兴了。现在，咱们对着佛祖说话，一是一，二是二，决不可花花肠子弯弯绕。”

阿骨打这席话虽是笑着说的，但用心揣摩，已听得出他对南朝不满。赵良嗣不禁感到背心发凉，他下意识瞅了一眼马扩，这“老头儿鱼”正挖着脑壳不看任何人，他心中还在想着那只乌鸦。

阿骨打口气忽然严厉起来，问道：“我的话，你们二位听清楚了？”

“听清楚了。”

赵良嗣与马扩齐声回答。

在阿骨打与赵良嗣对话的时候，屋子里坐的人没有插任何一句话，这时候，宗望开口说话了：“赵学士，你把国书呈给皇上。”

赵良嗣摸了摸随身带来的锦袋，手又缩了回来。

“怎么不拿出来呀？”宗望问。

赵良嗣看着阿骨打正色说道："皇上，这样交国书，似有不妥。"

"为什么？"阿骨打问。

"宋金两国之间，所谈都是密盟之事。岂可让局外人参加。"

"谁是局外人？"阿骨打问。

赵良嗣指着坐在上首的老和尚："这位尊师不适合坐在这里。"

"他不是外人，他是广寒寺的住持，是代表佛祖来监听两国的密盟，没有什么不妥的。"

赵良嗣见阿骨打这么说，也不好再说什么，只得从锦袋里掏出折叠得整整齐齐的几张御用洒金笺纸，恭恭敬敬递到他手上。

阿骨打打开来看，那笺纸上的汉字儿他认不全，但认得这的确是大宋皇帝赵佶的手迹，于是便递还给赵良嗣说："你念念。"

赵良嗣又接回国书，一字一顿音韵铿锵念了起来：

大金皇帝完颜阿骨打御览：

九月上旬，我朝特命全权密使赵良嗣、副使马扩前往辽西京觐见金主，归报汴下，朕实欢喜。载惟修睦之勤，益志绵交之垦。且承亲临军旅，远抚封陲，用申弔伐之仁，以讫威德之略。逖闻夙义，深慰伉诚。自审举军至西京，即遣童贯等领重兵相应。河北河东两路屡败契丹，俘酋甚众，军威早震，谅已具知。所有汉地及夹攻等事，并如昔遣赵良嗣所议，与累次国书所书事录，大信已定，义无更改，其余具如别录。

大军屯驻并边已久，冀敦守信约来应师期，共成戡乱之图，永洽善邻之契。候当冬凛，顺保天和。今差大中大夫徽猷阁待制赵良嗣等充国信使副，有少礼物，具诸别幅，志奉书陈达，不宜谨白。

事目：

一、所议还汉地之事，系五代以后所限，即石敬瑭所割与契丹之营、平、幽、涿、蓟、檀、顺、蔚、朔、应、云、新、妫、儒、武、寰等州，即俗称燕云十六州。内幽州系今契丹所称之燕京，其余州县有契丹废置并及改正撤换者，仍按石敬瑭所割疆域划定。敦请早日复讫。

二、原议克复燕京，两国大军夹攻，大金自西京出兵，大宋自雄州出兵，据童贯报告，两军信守密约，各自用兵，燕京克复指日可待。一俟毕其功于一役，金国为进兵所据之西京，乃云州之旧地，望金国能一并归还汉地。

三、夏国素务狡诈，昨闻遣使至金国贺功，其实暗为契丹助力，至公行大宋文字，诋毁金国甚切，及勾聚众兵借与契丹，屡屡与金兵接战，若不讨伐，必为金国后患。

大宋皇帝御宝

赵良嗣念完赵佶用他的瘦金体一笔不苟写下的国书，然后又还到阿骨打手上。阿骨打拿着国书端详了一遍，然后放到桌子上，略一斟酌，对赵良嗣说：

“你家皇帝说的三件事情：一是要咱大金国信守当初订下的密誓，归还燕云十六州；二是要我承认燕京城不是大金军一家拿下的，是与大宋兵马南北夹攻的结果；三是要我提防夏国。这三条，头两条是与我讲条件，为你们南朝收回燕云十六州增加筹码，第三条是建议，当然，这建议后头也藏了一点解释。今年八月，曾有传言天祚帝逃到汉地，被你们皇帝藏了起来，就此事我曾派特使专程到汴京询问。你家皇帝在国书上特意写上这一条，是想借此向我道明，天祚帝不在汉地，而是在塞外的夹山一带，那里离夏国只有五百余里。你家皇帝担心天祚帝借得夏国的兵马，把失去的江山重新从我阿骨打的手上夺回去。头两条，咱们待会儿再议，先说这第三条，请你回去转告你家皇帝，一是感谢他的提醒，二是如何对待夏国，咱大金国自有大金国的策略。”

阿骨打这种表态式的讲话，被赵良嗣一字不落吃进了脑子里。在他心中，这国书的第三条并不重要，需要阿骨打爽快答应并承认的是前两条，但偏偏阿骨打并不讲头两条，这让赵良嗣忐忑不安。他正想就此事提问时，却见杰布冒冒失失地走了进来，向阿骨打禀道：“皇上，五皇叔紧急求见。”

阿骨打脸上立刻浮出愉快的笑容，问杰布：“栋摩回来了，就他一个人吗？”

杰布回答：“还有张觉将军。”

“好，好，他们现在哪里？”

“在前院。”

“去请他们进来。”

杰布转身出门，阿骨打又喊住他说：“还是我亲自到前院去接他们吧。”

阿骨打说着又站起身来，出门对赵良嗣说：“说了半天话，你们也累了，起来活动活动筋骨吧。”

赵良嗣想借此腾出一点时间来与马扩商量对策，便说：“陛下与五皇爷会见，我等在此恐不方便。最好暂且回避，待五皇爷走后我们再来。”

阿骨打回答："五皇爷你们都认识，一起见一见又有何妨，你们留下来。"

说罢，阿骨打与杰布向前院去了。

阿骨打走进大雄宝殿的时候，栋摩与张觉正在拜佛。

张觉拈了一根香，点燃后举过头顶，闭着眼睛祈祷着什么，然后把香插进香炉，对坐在须弥座上手结降魔心印的髹漆妆金的如来大佛五体投地拜了三拜。一起身，便发觉阿骨打站在旁边正笑眯眯地看着他。他虽然从未见过阿骨打，但一看眼前这个人有着一双鹰一般犀利的眼睛，以及两边鼻翼下绕过嘴角的刀刻一般的法令和挺得直直的脊梁，便断定此人必定是阿骨打无疑，于是立即又伏身下拜，高声禀道：

"降将张觉拜见阿骨打皇帝！"

阿骨打趋前几步将张觉扶起，笑道："昨天，咱五弟栋摩驰报，说你一定要来燕京见我，我就准了。"

栋摩说："张觉有宝物要献给皇帝。"

"知道，昨天的驰报中说到了，没想到你来得这么快。你们随我来。"

阿骨打说着便牵起张觉的手走进后院。栋摩跟在后头，问了一句："皇上，听杰布说，赵良嗣又送国书来了？"

阿骨打点点头，笑道："待会儿，你们就见到了。"

说实话，当阿骨打说他亲自到前院迎接时，宗望就暗暗吃了一惊，因为在他记忆中，父亲从未对什么人有如此高的礼遇。现在，当他看到父亲与张觉手拉手走进方丈室时，就不仅仅是吃惊了，而是大出意外，他情不自禁地喊了一声："父皇！"然后站了起来，屋子里所有人都跟着站了起来。

阿骨打让栋摩坐到先前宗望的位置，张觉紧挨着他坐下，宗望与娄石依次下移到第三和第四的位子。

重新坐定后，阿骨打对张觉与赵良嗣、马扩三人分别作了介绍。

对这种座位的安排，张觉有一点受宠若惊，于是迫不及待地又要下位磕头。阿骨打朝他摆摆手示意免礼，然后问他："张将军，你对栋摩元帅说，你有宝物要亲自献给我。"

张觉点点头，随手从怀中掏出三颗虎纽铜印，恭恭敬敬递到阿骨打手上。

阿骨打把三颗印摆在桌上，逐一拿起来欣赏一遍，说道："辽国的皇帝玉玺，是蟠龙玉印；亲王的印，是螭首金印；州府的印，是虎纽铜印。张觉将军，这三颗印是哪三个州的？"

张觉回答："禀皇上，是平、营、滦三州，末将在辽国有两个职位，一是平州知州，二是京西防御使，除平州外，营州、滦州都归我辖制。今天，末将将前辽三州土地及民众一并献与皇帝。"

阿骨打指着座位："张将军你且坐下。"

张觉坐下后，阿骨打看了看两厢坐客，一边踱步一边说：

"昨天，辽国丞相左企弓对我说，一寸山河一寸金，这话平易，道理却深。两国交兵，免不了杀戮，如果抵抗得太厉害，就免不了屠城。攻打燕京时，我最担心的就是屠城，幸好没有发生。萧一信不发一箭，不动一刀，甚至抛石机上的绳套都没有解开，就打开大门让大金军入城，左企弓又劝城里的文武百官归顺，这都是明智之举，也让我阿骨打少一点杀人的罪孽。张觉将军前天又打开平、营、滦三州城门，欢迎栋摩大军进驻，这也是了不起的举动。一寸山河一寸金，如果打起仗来，耗费的人力、财力、物力、兵力，细算起来，一寸金恐怕还换不回一寸山河。这其中还不包括士兵的血，无辜百姓的生命。从这么个理儿上说，张觉与萧一信，在燕云十六州的争夺战上，都是值得尊重的大功臣。这燕云十六州，是塞外与中原的联结地。就好比一个人，塞外高原是这个人的上半身，中原是下半身，而燕云十六州则是这个人的胯骨轴儿。没有这轴儿，无论是这个人的上半身还是下半身，都无法动弹了，谁得到了他，对另一方都是个大威胁。赵良嗣学士，是不是这个理儿？”

赵良嗣不无谄媚地回答：“是的。”

阿骨打踱到张觉跟前，笑着说：“张将军，如果你铁心守卫居庸关，这会儿，咱们恐怕还在关前厮杀。”

张觉心有余悸地回答：“皇上真是用兵如神，末将什么事都想到了，但有两件事没想到。”

“哪两件？”

“一是鹰嘴峰上的石头，二是关沟中的火攻。特别是鹰嘴峰，我至今不明白，皇上的奇兵是怎么爬到那里去的。”

“这个嘛，你问他。”阿骨打指着坐左边末位的完颜娄石，“这位娄石将军，是奇兵敢死队的总指挥，他手下的勇士，一个个比海东青还要矫健。”

张觉与娄石同时侧过身子抱拳礼揖，张觉问娄石：“那巨石是你们撬动的吗？”

娄石轻描淡写地说：“它本来就是松动的。”

张觉摇摇头，仍然一副不可思议的样子。

阿骨打对栋摩说：“五弟，你现在先带张将军去安歇，听说张将军在燕京城中有府邸，你先住回府邸去。娄石，我看张将军也想就居庸关大战向你讨教，你也随栋摩元帅一起陪陪张将军。晚上，栋摩宴请张将军，你来押筵。”

栋摩、娄石、张觉于是都站起身来向阿骨打道别。临走时，阿骨打拍拍张觉的肩膀，亲热地说：“谢谢你送来的宝物，三州的官印，我全收下了。”

看到三人离去，阿骨打余兴未尽，问赵良嗣：“你都看到了吗？燕云十六州，没要你南朝伸手，我大金国一家的军队，就全部收回了。”

赵良嗣明显感到阿骨打的话中充满了嘲讽，想到昨天与童贯的谈话，于是强词夺理地说：“禀大金皇帝，攻陷燕京城，应该还是宋金两朝南北夹攻的结果。”

“啊，你们夹攻了谁？”

“几天前，童太尉设计将萧德妃骗到天开寺，而后实施围歼，一场恶战，耶律大石与萧德妃眼看返回燕京无望，只好往古北口逃窜。驻守良乡的萧干闻听这一消息，也带着麾下部队追赶萧德妃而去。这两支兵马一走，燕京只是一座空城。大金军虽有夺城之胜，我南朝亦有克敌之功啊。”

听到这番话，阿骨打的脸立刻呱嗒下来。因为他早已知内情，明明是萧德妃约童贯到天开寺密谈，却被赵良嗣说成是童贯设计把萧德妃骗到了那里。阿骨打心中忖道：“赵良嗣这只老妈猴子，竟敢颠倒黑白瞎嘞嘞，看来与南朝谈判，得多个心眼。”也不等阿骨打说话，宗望憋不住了，正色问道：“赵使官，我且问你，耶律大石与萧干都逃走了，滹沱河白沟一线全是空的，童太尉的北伐军，为何不乘虚而入进到燕京呢？”

赵良嗣虽然心虚，但知道这时候不能露怯，便硬呛道："童太尉审时度势，还是觉得应该把夺取燕京的头功给你们。"

"这是为何？"

"因为辽国五京，你们大金国打下了四京，燕京再让你们拿下，灭辽的大业就算功德圆满了。"

听罢此言，阿骨打哈哈大笑起来，这笑声虽然爽朗，赵良嗣听了却心底发憷。突然，阿骨打笑声戛然而止，依然呱嗒着脸问赵良嗣："你说，猫喜欢吃什么？"

赵良嗣一愣，回道："猫不是喜欢吃鱼吗？"

阿骨打又问："猫会抓鱼吗？"

赵良嗣不吭声。他不知道阿骨打问话的意思，故不敢回答。

阿骨打又问马扩："马扩你说，猫会抓鱼吗？"

马扩老老实实回答："回皇帝，猫怕水，不会抓鱼。"

阿骨打接着问："猫爱吃鱼，又不会抓鱼，怎么办？"

这回连马扩也不敢回答了。一直闭目养神的老和尚，嘴角忽然浮出了笑容。

阿骨打兀自说下去："爱吃鱼又不会抓鱼，怎么办？就得靠人喂。所以说，猫都是人喂大的。你们南朝就是一只不会抓鱼的馋猫。"

"皇帝！"

赵良嗣与马扩面面相觑。

阿骨打显然是真的生气了。他站起来又坐下，坐下又站起来。最后双手叉着腰说："今天就说到这里，明天，宗望将军会接着跟你们谈。送客！"

杰布闻声进来，将赵良嗣、马扩二人带了出去。

第二十章　年夜饭前的密谈

当赵良嗣等退出方丈室之后，屋子里只剩下阿骨打、宗望与老和尚三人，杰布进来，让侍从续了一些茶点并给三人重新斟上煎得浓浓的砖茶汤。阿骨打喝了一盏热茶，拈了块麻烘糕，问杰布：“宫里头夜饭备得如何？”

“大夫人一直在张罗，这会儿应该置办得差不多了。”

“怎么又是她亲自动手，左企弓昨日不是建议，让萧莫娜的大厨子给咱们料理一顿吗？”

“我说过了，大夫人不肯，”杰布回答，“她说，今天五皇叔不回平州，宗望不回军营，宗翰得您的命令，也从西京大同赶来，明天是大年，一家人又要分离，今天晚上就算是一家人的团年饭了，她得亲自做，二夫人也赞同，二位夫人忙乎得脚不沾地呢！”

“她这个老扤啊，就是闲不住。”

阿骨打这是充满爱意地取笑大夫人乌古乃，他看了看二儿子宗望，宗望这时也在看他，笑道：“咱妈这是心疼您呢，怕萧莫娜的厨子，做不出您喜欢的口味。”

这时，老和尚插话了，他说：“皇上，您可不能称大夫人老扤，平常百姓老夫老妻可以这么说，可您是大金国的皇帝，大夫人是皇后呢，按朝廷的规矩，二夫人是贵妃。”

“这事情暂不议论了，杰布，你叫人去将萧莫娜御酒坊的酒搬两坛子出来，大辽的酒比咱们自酿的有劲儿。”

杰布答应一声出门去了，阿骨打这才问老和尚：“老先生，让你扮了半天的老和尚，憋坏了吧。”

此次谈判，阿骨打觉得非常重要，他执意要陈尔栻参加，因为陈尔栻对燕云十六州的归属问题作了认真的研究，有他在场，万一话语间弄出什么差错来，也可及时补台。但陈尔栻从来都没有在正式场合露过脸，是个“隐身人”。这次陈尔栻也不肯破例，为了解决这个问题，阿骨打别出心裁地想到把会见赵良嗣的地点放在广寒寺，让陈尔栻装扮成广寒寺的住持参加。

听了阿骨打关切的问话，陈尔栻一面脱袈裟，一面回道：“穿这百衲衣的感觉真好。皇上，有朝一日，您得恩准我真的就去当一名和尚。”

“你想出家，门都没有！”阿骨打说得很干脆，接着问，“老先生你说，今日与赵良嗣的谈判，那老妈猴子会有什么反应？”

“皇上的话恩威俱在，赵良嗣回去够他想的，估计今天一宿他都睡不成觉。”

“咱听得出来，他这次来是想收回燕云十六州。南朝皇帝的国书也讲得清楚。按你的建议，咱只是礼节性的接见，具体谈判，让宗望主持。”说到这里，阿骨打拍拍自己的后脑勺，自嘲道，“说是礼节性的会见，但一见到强词夺理的人，我就火冒三丈。”

陈尔栻说：“皇上不会发火，就不会有英雄气。威加四海即是如此。让宗望谈判，是不二人选。”

宗望说:“我觉得与南朝谈判，还是宗翰最合适，他真正算得上智勇双全。”

阿骨打睨着宗望，眼光中充满了柔和，他说:“宗翰的父亲撒改，是我大金的国相，撒改与我是共一个祖父的堂兄弟。宗翰虽是我侄子，我却把他当成亲儿子来看，他比你宗望小一岁，是你弟弟，你哥儿俩，都胜任与南朝谈判的角色。但是，这次谈判由你主持，宗翰另有重要的任务。”

“既这样，我听父皇的。”宗望说着，抱拳朝陈尔栻一揖:“老先生，如何同南朝谈判，还望你指点。”

陈尔栻答道:“宗翰将军是智多星，等他到后，咱们一起商量。”

完颜宗翰带着三十名护卫大清早从西京大同府出发，申时过半就进了燕京拱辰门。大同东面的飞狐与燕京距离三百余里。大辽盛时，在两京之间修有可走马车的官道，从大同出城向东北方向经阳高、怀安至张家口，在那里再折向东南，经宣化、怀来、昌平，过居庸关而抵燕京北门。这条道好走，但绕了不少道。大同、张家口与燕京，几乎是一个等边三角形。宗翰为了赶时间，便抄了一条近道，即从大同南门出发，经弘州、顺圣、永兴而至怀来，再从那里插上过居庸关的官道，这条路近了差不多一百余里，但在太行山中穿行，山高林密坡陡涧深，除了猎户和当地山民，极少有异乡客旅通过。宗翰恃着有好马，有勇士，因此毫无顾忌地走上了这条近道。为了赶时间，三十名护卫连同他自己，每人都配了两匹快马，为的是歇马不歇人，争取早一点赶到燕京与他的堂伯父阿骨打皇帝见面。

在大金建国初期，辽国的天祚帝及其手下的文武大臣，几乎都不把它当成是一个国家，而是当成一个酋长领着他的家族的兄弟子侄们犯上作乱。这情形同当年的耶律阿保机创建辽国差不了多少。耶律家族在草原上崛起，也是最终把家族事业变成了国家事业。眼下的大金王朝，几乎所有重要的职位全部都由完颜家族的人担任，特别是军队中，有七十多位将帅都是从完颜家族中诞生的，他们组成了大金军队的中坚力量。在阿骨打晚一辈的子侄中，诞生了大金军中威名远扬的五虎上将，他们是宗翰、宗望、娄石、希尹、宗干。毫无疑问，宗望和宗翰，是阿骨打最为倚重也最为信任的两个人，这两个人一个是他儿子，一个是他堂侄。从某种意义上说，他对宗翰更为欣赏。这皆因七年前的那一个除夕之夜，宗翰冲进他的家，冒冒失失说的那一席话。

当时，身为女真酋长的阿骨打因不满辽朝官吏对女真人的欺凌，决定起兵去攻打离皇帝寨两百里地的一处名叫安塔的辽军营地。首先，他把这个想法对身边最为亲信的人讲了，让他们各自暗暗地做准备。当一切准备妥当，阿骨打正在考虑过罢春节就起兵时，宗翰要求与他见面。

当时，阿骨打正就着一锅煮得香喷喷的狍子肉，喝着一碗烧酒，他让宗翰坐下陪他一起喝。宗翰却不坐，而是站在他面前。

阿骨打觉得宗翰的行为有些异样，于是问他：“宗翰，准备好了吗？”

宗翰明白阿骨打是问他准备参加战斗攻打安塔的事，答道：“准备好了。”

“宗望告诉我，你那匹骒马，不到两岁的牙口，太嫩了，负重走远路，怕是不成啊！”

“咱家还有一匹马，骙骙的，踢得死牛，可以日行八百呢。”

“好呀，你怎么不用那一匹呢？”

“给咱爹用。我用骒马就很好。平常我不骑它，跟着它走，到打仗时再骑上它。”

“撒改养了你这么个好儿子。这次攻打安塔，就是我和你父亲，还有你叔父吴乞买三人商议定下来的。宗翰，咱们女真人活得太窝囊，这一回，一定要给天祚帝一点颜色。”

“伯父，天祚帝欺压的，不仅仅是我们女真人。”

“啊？”

“混同江以北，张广才岭周围，这几千里地的山河上，除了女真人，还有汉人、高丽人、渤海人……”

说到这里，宗翰打住了话头，因为他看到阿骨打准备夹狍子肉的筷子停在了空中。

“说下去。”阿骨打干脆放下了筷子。

“我是想说，对辽国官吏欺压百姓的恶行，不只我们女真人，所有的人都窝着一肚子怒气呢。”

“这个我知道。”

“袭击安塔，就不应该仅仅让女真人去干。”

“可我是女真人的酋长，我只能号召女真人。”

“在混同江以北居住的所有人，不管是女真人、汉人、渤海人，甚至那些流放到这里来的契丹人，您都可以号召。”

“我凭什么号召他们？”

“伯父，您可以称王。”

“称王？”

“对，称王！”

宗翰亢奋起来，嚷道：“您只有称王了，这片土地上所有的人们，才会听从您的号召。”

阿骨打心里一颤，他的眼前闪过陈尔栻的身影。自从他从辽上京带回陈尔栻后，就让这位通晓汉文与契丹语的老先生教育他的子侄，不但教他们四书五经，甚至还教他们如何吟诗作赋，他问：“宗翰，你今晚来我这里，就是来劝我称王的吗？”

“是的，伯父。”

“这是你的主意还是别人的主意？”

“别人，别人是谁呀？”

“你们的老师陈尔栻，他对你说过什么吗？”

“陈先生从不和我们说私房话，大家都看得出来，他只与您一个人悄悄说话。”

“啊，宗翰，我可是小瞧你了。”阿骨打一笑，接着说，“没有国家，何来王位？”

“伯父，侄儿斗胆建议，咱们先建国，后袭辽。”

“建国这么大的事情，怎可视为儿戏？”

“绝非儿戏，没有国家，袭辽就是土匪行为；有了国家，袭辽就是宣战！”

“宗翰！”

“伯父，您看！”

宗翰说着，就走到门前拉开了大门，只见雪地上明晃晃一片火把，大约有一百来人都站在那里。

阿骨打出门走到雪地上，只见宗望、娄石、希尹、宗干，还有比他们更年轻的金兀术、银术可都站在那里。阿骨打逐一审视他们，然后问宗翰：“你与他们都串通好了？”

“伯父如果称王，我们就是王者之师。如果伯父只当酋长，我们就会被人讥笑为乌合之众。”

宗翰的话句句都在点子上，阿骨打对宗翰表现出的睿智非常欣赏，他走到宗望跟前问：“这件事，宗翰与你们计议多久了？”

“就前天开始议论的。”

“好，我看你们都有志气，都想当王侯将相。”阿骨打半是揶揄半是训诫地说，“汉人喜欢说一句话，叫替天行道。如果你们都有这份勇气，我就挑个头，向辽国那些荒淫无耻的王公贵族讨一个公道。”

当晚，阿骨打就将吴乞买、栋摩、撒改、陈尔栻等一帮长了胡子的人叫到家中密议了差不多一个通宵。第二天就是春节，一大早，阿骨打对着从附近各个村庄赶来的一千五百名战士宣布建国，国号大金，年号收国。这是阿骨打听了陈尔栻的建议，收，就是要把辽国非法掠夺的东西尽数收回。大金，一来是因为皇帝寨边流过的按出虎水译成汉语，就是金河；二乃是因为辽的国号由来是镔铁，金克铁，取制胜之义。

那是公元一一一五年的春节，到现在才仅仅七个年头，辽国的国土几乎全部沦丧：无论是极北地区的叶尼塞河两岸广袤的土地，贝加尔湖周围的城市和乡村，还是极西地区塔里木河流经的沙漠和平原，极东地区伸沿到鄂霍次克海峡的库页岛，极南地区与南朝接壤的涿、易两州，都全部更换了主人。除涿、易两州被郭药师带到南朝外，百分之九十九的国土，都成了阿骨打创立的大金国统治的版图。当年追随阿骨打向辽国宣战的那些人，个个都成了大金国的栋梁。吴乞买成为摄政王，撒改成为国相，还有一个从辽国归顺过来的精于典章制度的汉人杨朴，被阿骨打任为太仆，这三人留在皇帝寨处理朝政。从一一一七年起，那里也不叫皇帝寨了，更名为金上京。眼下正在大兴土木，从皇帝寨到禾花雀儿村都成了大金皇城的城区。吴乞买与撒改，一边忙着往各处被占领的州郡派遣行政长官（通常，行政长官到任都会带一支军队前往），一边忙着处理各种要紧的国务。所有的大事，他们都可以随时决定，而不必等阿骨打的圣旨。但是，他们会在第一时间派人向阿骨打皇帝报告。大金国的军人与百姓都知道，吴乞买是坐在椅子上的摄政王，而阿骨打则是骑在马背上的皇帝。换句话说，阿骨打攻城拔寨，吴乞买打扫战场。自大金国创立七年来，阿骨打待在皇帝寨的时间没有超过一年，他一直都是在战场上，从夺取黄龙府开始，到这次攻克燕京城，几乎所有的重要战役，阿骨打都是战略的制定者，从几十人参加的小战斗，到攻克辽上京时二十万大军的攻防，阿骨打都是亲力亲为，一点也不夸张地说，他是大金军的灵魂。战士们甚至夸张地形容："一阵风吹过，只要阿骨打皇帝耸耸鼻子，就能闻到五十里地外有没有血腥。"他喜欢家乡，但他更喜欢战场。长期在外征战，他让五弟栋摩跟着他，担任征讨军的主帅，陈尔栻则隐于幕后襄赞军务。完颜家族的子侄们，都跟着他快速成长起来。打下辽中京以后，他将三十万征讨大军分为两部分，一部分叫右路军，由宗望指挥；一部分叫左路军，由宗翰指挥。宗望负责攻占燕京，宗翰负责攻占西京大同。阿骨打自己则带着栋摩与陈尔栻在两军之间行走。不过，他更多的时间是跟着宗望。这倒不是他偏心，而是因为他早已看出宗翰有着一般人难以企及的运筹帷幄的能力和军事才能。这位惜才如命的皇帝，怕自己老跟着他，反而会影响他才能的发挥。

宗翰已于十月份率领大军攻占了西京大同，然后就一直驻守在那里。大同处在南朝与夏国、辽国的结合部，与南朝的代州、府州以及夏国的夏州、西平府疆土相连，三个国家犬牙交错，在这里形成掎角之势，大金国要想稳住西北，必须有重兵镇守大同；还有一层是，天祚帝从辽中京逃走后，据说一直藏在大同府境内的丰州与云州一带，那里靠近西夏。据得来的情报分析，天祚帝藏在这里，是想伺机逃往夏国，或者从夏国借得军队攻占西京，然后东山再起……因为以上两点，宗翰扼守大同，其战略意义甚至更胜于燕京。

这次阿骨打召唤宗翰前来燕京，是想讨论如何将燕云十六州划归南朝以及三十万大军下一步的行动。

宗翰这是第一次来燕京，进了拱辰门后，他甚至连东南西北都闹不清，幸亏守门的小校亲自领路，将他带到了王城。宗翰在王城南门下马，走到那个巨大的马毬场，便很诧异地问带路的小校："这就是传说中那个马毬场吗？"

"是的。"

"嗬，有看台，有马厩，有哨楼，看台上都盖着琉璃瓦，这马毬场修得比辽上京皇宫前的那一座还要好。"

"前天，阿骨打皇帝进了燕京，就是坐在那个看台上接受了燕京城辽朝文武官员的投降，这偌大的球场上站满了投降的官员。"

宗翰想象当时的情景，感叹道："那场面一定很壮观。"

正说着，只听得一阵嘚嘚的马蹄声传来，就在宗翰回头的时候，只见阿骨打已经在他跟前纵身下马，跟在他身后的陈尔栻与宗望也跳下马来。虽然阿骨打十月末才离开西京，与宗翰分手不到两个月，他这会儿却像久别重逢一样充满欣喜，大声说道："宗翰，你是骑飞龙来的吧，怎么这么快就到了？"

“皇上，我抄了近道儿。”

“知道我为什么急着找你来吗？”

“是不是为燕云十六州的事？”

阿骨打回头对宗望和陈尔栻咧嘴一笑，打趣地说：“咱的心思，宗翰估摸得透。”

一行人一边说着闲话儿，一边走进了丹凤门。阿骨打要宗翰先住下来，等吃过乌古乃准备的丰盛晚宴后再议事。宗翰觉得时候还早，离戌时开饭还有一个多时辰，因此提议先议事后吃饭，阿骨打就喜欢这种火烧火燎办正事的人，于是将宗翰等领到勤政殿旁的一个偏殿，也就是上午接见左企弓的地方。坐定之后，杰布按阿骨打的吩咐煮了一铫子加了蜂蜜的奶茶进来，给每人斟了一碗。

阿骨打一边喝茶，一边将上午会见左企弓下午会见张觉以及接见南朝使节赵良嗣、马扩的情况简单作了通报。说完后，他让陈尔栻与宗望补充。宗望想了想，说：“父皇，有件事儿我想不透，您今天对张觉，是不是礼遇太高了？”

“啊，你看出蹊跷了吗？”

“张觉的地位，比起左企弓要低得多，您接见左企弓，也没有走出丹凤门去迎他。”

“老先生，你看，宗望脑瓜子也没闲着。”阿骨打亲自提起炭炉上坐着的铜铫，给陈尔栻的碗里续了一些奶茶，说道，“老先生，我为啥要对张觉礼遇，你给揭揭谜底儿。”

陈尔栻朝阿骨打欠欠身子表示礼敬，然后说：

“从我心底看，张觉这个人并不是太可靠。弃守居庸关，说明他心目中只有自己，而没有主人；他之所以选择投降我大金国，是因为他四面楚歌，十万大金军把他围得无处可逃。他虽然投降了，日后有没有反复，现在还未可知。所以说，论人品与能力，张觉都不如左企弓可靠。皇上之所以对他礼遇，说白了，不是冲着他来的，而是冲着他屁股底下坐着的平、营、滦三州。”

宗望说：“这三州不也属于燕云十六州的范围吗？还不是要交割给南朝。”

阿骨打笑道：“你们听老先生把话说完。”

陈尔栻接着讲：“当初，我们与南朝签订密约的时候，已明言载入誓书，即归还石敬瑭割让给辽国的燕云十六州，但查诸历史，石敬瑭割让的只有十三州，平、营、滦三州不包括在内。”

“啊？”

宗望与宗翰两人同时惊叫。

陈尔栻朝两位将军微微颔首，继续说：“当年，石敬瑭向耶律阿保机请兵解围时，燕云十六州都属于石敬瑭后晋的领土，但具体交割时，则只剩下十三州，平、营、滦三州在此之前已被辽兵攻占。因此，查阅契丹皇室的档案记载，见诸正式文件的，只有十三州。”

“这么说，平、营、滦三州我们可以留下来不交给南朝了。”

陈尔栻回答宗望：“可以这样讲，这也是阿骨打皇帝为什么要对张觉礼遇有加了。”

阿骨打扫了宗望与宗翰一眼，说道：“归还十三州，这是一个与南朝谈判的先决条件。我说过，大金接受辽的国家制度，设立五京，如果燕京归还给南朝，我就想把金的南京设在平州。”

宗望问：“燕京是第一等的繁华之地，能不还吗？”

“不行。”阿骨打立即表态，“两国交往，重在诚信。我当年答应过南朝皇帝，归还石敬瑭割让的土地，既然答应了，就得兑现。过罢春节，就开始做交割的准备。”

一直旁听默不作声的宗翰，这时开口说话了：“第一次归还，只能给八州。”

“八州？”阿骨打一愣。

“因为涿、易两州南朝已经收回，我们再留下西京大同，以及与南朝接壤的武、朔两州。”

“为什么？”

“为了天祚帝。”宗翰深思熟虑地说，“燕京陷落之前，耶律大石带领两万兵马从古北口到了塞外，据可靠消息，他们已与天祚帝会合，藏在夹山一带，那里离大同府治不过四百里地，离云内州治不过五六十里地，几乎就在咱们的眼皮子底下。”

听了这番话，阿骨打问：“你既已有确切情报，为何不前往捉拿呢？”

宗翰说：“天祚帝身边的护卫军队，不会超过五千人，耶律大石的部队号称四万，实数也就是两万人左右，这么一点兵力，是无法阻挡我大金军的进攻的。但我想了又想，决定暂时休兵不动。”

“为什么？”

“瓮中捉鳖，什么时候都可以。但我想尽量往后拖，我们可以用捕捉天祚帝为理由，而暂不交割大同以及武、朔两州，理由是大金军要在这里阻挡天祚帝逃往夏国。”

陈尔栻高深莫测地一笑：“宗翰，我理解你的意思。”

宗翰回道：“老先生，晚辈的所思所想，肯定逃不过你的法眼。”

阿骨打说：“老先生，你说说看。”

陈尔栻说："大同的战略地位，远比燕京重要。以天祚帝为由暂时留下大同，可以就此观察南朝，也可以监视夏国。如果南朝真有诚意与咱大金修好，三年两载之后再归还不迟。设若三国江山版图底定，南朝又玩同样的勾当，与夏国联盟对付大金，大同就成了兵家必争之地。占据大同，就是在南朝与夏国之间加了一个塞儿。皇上，我理解宗翰的苦心，害人之心不可有，防人之心不可无啊！"

阿骨打深思良久，才说道："宗望，与南朝的谈判，这一条得加上。"

宗望："我记住了。"

阿骨打接着字斟句酌地说："另外还有三条。第一，南朝之前签订的每年输给辽国的五百万两银子的岁贡，如今依数输给大金，这也是密誓中写明的，一定要南朝执行。第二，当年言明燕京由宋金两军夹攻，如今由大金军一家攻下。为此，南朝必须在二个月内征集一万头健壮黄牛送到燕京，以补大金之损失。第三，燕云十六州中应该归还南朝的州县，其交割日期，定于明年四月上旬。你们看看如何？"

宗望纳闷地问："父皇，你要一万头黄牛干吗？"

"运回金上京。"阿骨打充满歉疚地说，"咱们的子弟兵在外征战，家家都劳力缺乏。还有四个多月就春耕了，把黄牛运回去，解决一下金上京周边村子里农户的困难。至于交割八州的期限为何要留四个月的时间，我是想把燕京及其余下七州城治里的有用人才，全部迁徙到金上京。我已交代左企弓、康公弼、曹勇义、虞仲文等人，凡入仕、入学、入贾，百工艺伎及佛道僧尼全部登记造册，争取一个不落地迁到金上京。咱金上京，现在还不到五万人，三年之内，要扩充到五十万人。”

陈尔栻带头称赞：“皇上英明！”

宗望与宗翰也表现出少有的兴奋。这时，门外传来乌古乃的声音：“当家的在吗？”

“在呢！”阿骨打大声答应。

乌古乃挑帘儿进来，朝着阿骨打数落道：“看看都啥时候了，你们还在没完没了唠嗑儿，我和迪雅备下的年夜饭，早就好了。”

阿骨打笑道：“咱大金国的皇后今儿个成了御厨了，给咱们备下了杀猪菜，还闹了一只整羊，走，咱们去享受享受。”

第二十一章　大金特使进汴京

一一二三年即中国干支纪年的癸卯年正月初四，南朝特使赵良嗣、副使马扩等陪同大金特使完颜娄石、副使李靖等来到大宋首都汴京北城门的安肃门外。护送他们的是宗望大将军报呈阿骨打皇帝同意而特意安排的大金五百名骠骑兵，这支部队的长官是博勒将军。南朝人并不知道，这支部队其实就是攻占居庸关的那支敢死队，只不过扩大了规模。这支部队的实际指挥官就是完颜娄石。被扩充的人里面有工兵、炮手、绘测师等各种专业人士。这支部队不但承担了护送的任务，更重要的是前来打探大宋军事力量的虚实。却说阿骨打将与大宋谈判的领导权交给宗望之后，宗望经过深思熟虑，决定让完颜娄石出任大金特使这一职务。宗望与他父亲阿骨打在这一人选上的认识是一致的，即特使一职并不需要巧言善辩之人，只要他笃定、威严，能代表大金国的意志。为了万无一失，还将七年来一直参加对宋密盟事务的李靖任命为副使。娄石与李靖两人在五百铁骑兵的护送下晓行夜宿，快马加鞭赶到汴京。已是酉时二刻，一望无际的中州大平原上暮色苍茫，春节头两天汴京下了一场大雪，气温骤降，环绕城墙根儿的护龙河已经结冰，封冻的河床上覆盖着盈尺的积雪。

临近城门，早有随赵良嗣出访的护兵小校前往与守门的禁军交涉，门吏验了关防之后给予放行，循其惯例，护送的部队不得进城。赵良嗣与完颜娄石好言商量，让随行的五百名骠骑兵驻扎在城外紧挨着护龙河的一处名叫青城的地方，那里是皇室祭天的行宫，行宫之侧有一处规模很大的驿站，平常都闲置着，只是当朝廷官员陪侍皇室成员出游时才启用。因大金护军骠骑五百人不是一个小数目，一般驿店难以安置，故临时挪用。

因是南朝制度所限，完颜娄石也不能强人所难，故同意博勒带着部队前往青城安歇，自己则带着二虎子等十数位亲兵随赵良嗣等进了汴京城。

在完颜娄石这样一位大金国将军走进汴京城的时候，完全可以说，他是走进了此一时期全世界最为雄伟的一座都城。汴京始建于十世纪中叶，乃五代十国时期后周的世宗皇帝柴荣所建。公元九六〇年，担任后周殿前指挥使的赵匡胤发动陈桥兵变，废掉世宗皇帝七岁的儿子柴宗训的皇位而建立大宋王朝。赵匡胤虽是行伍出身却雅好文翰，故后人尊称他为艺祖。这位艺祖仍然定都汴京。传说他坐稳江山之后，决定增修都城，他让丞相赵普负责这件事。赵普将全国最盛名的庹师鸠工，即今天所说的测量师、建筑设计师，召聚起来勘察地形绘制图纸，然后奏请艺祖审阅。鸠工们设计的京师，是一座整整齐齐的方城，四面有崇丽的城门，城墙内坊市经纬其间，井渠绳列。艺祖看后一脸愠色，斥道："如此规整呆板，怎体现我大宋气象！"说罢命人取八尺巨幅大纸，拈一支兼毫斗笔，在纸上挥毫画了一个椭圆形的大圈，而且圈线也不匀称，而是故意弯弯扭扭迂回纵斜。画毕，还在旁边御书四个大字："依此修筑。"圣上旨意，谁敢违抗？于是十几万民役按艺祖图样筑城，三年而告成功，只见城墙如蚓线，纡曲太多。几乎从都城建成之日，不少大臣都有腹诽，但谁也不敢表白。艺祖驾崩，他的弟弟继位，是为太宗赵光义，汴京并没有任何改动。但是，随着这两位开国之君都撒手尘寰之后，关于汴京的言论就多了起来，许多人诟病都城外观的形状。从神宗开始对都城进行扩建，历时数十年，到徽宗的宣和初年才告竣工。原有的二十平方公里的都城变成了旧城，新城扩大到六十平方公里，将旧城包裹其中。

完颜娄石看到的都城，便是这重新改制扩建的一座长方形的新城，它的城墙周长六十里，高三丈三尺，底宽三十三尺，顶上的驰道宽九尺，这种锥形的城墙中间填充的是夯土，据说是从虎牢关长途贩运而来，两面用青砖贴面，凡是城墙之马面及城门两侧一百尺的墙体，一律砌以块石。新城共有十九座城门，它们是南面五门：南薰门、广济门、宣化门、广利门、安上门；东面五门：上善门、广津门、朝阳门、含辉门、善利门；西面五门：顺天门、顺济门、开远门、金耀门、咸丰门；北面四门：宁德门、景阳门、永泰门、安肃门。

汴京新城建成后，旧城墙十之八九拆除。过去处于旧城东北角的皇城，也就是常人所说的大内，也向外扩张了不少。在大内办公的同文馆负责辽、夏、高丽等国及四夷藩属的接待，诸国来使，都被安排在各处驿馆下榻。完颜娄石作为大金国使，被格外安排到都城驿安歇。从安肃门到都城驿，按直线距离也不过七八里地，但其间街巷密簇、店肆林立，加之水脉纵横、桥埠拥堵，完颜娄石一行走了大半个时辰，才走到一座从未见过的大木桥前面。

汴京虽处在雨水较少的中州平原，却有四条河流穿城而过，一条叫蔡河，源于陈州蔡县，自西南安上门入城，缭绕千户锦绣万家烟灶之后，又从东南上善门出城；第二条是汴河，自洛阳之洛口分水，流八十余里而入西城顺济门，再穿城自东面善利门流出，一应东南方物、漕粮布匹，都从这条河里运进京师；第三条叫五丈河，发源于山东济州，从东北方向的宁德门入城，流至虹桥附近汇入汴河，京东道一应粮斛百料，全赖此水挽输；第四条是金水河，这条河是一条人工河，它是在京城的西南方向分蔡河的流水，筑堤至城西北的水门流入，然后用很高的夹墙将它遮蔽其中，流入大内王城灌溉后苑的池苑……

说汴京是中国中世纪的一座威尼斯城，一点也不为过。四条河流贯通一座城市，在城外除汴河外，余下三条全都汇入护龙河，这条水声粗壮的护龙河又与十几里外的黄河相连。汴河依旧东去，在泗州地界上注入淮河。水多则桥多，汴京的桥在当时也应该是举世闻名的。先不说众多水巷灌渠的小桥，单是四条河流上有名字的桥梁就有三十五座，它们是：蔡河上的观桥、宣泰桥、云骑桥、横桥子、高桥、西保康门桥、龙津桥、新桥、太平桥、粜麦桥、第一座桥、宜男桥、四里桥；汴河上的虹桥、顺成仓桥、便桥、下土桥、上土桥、相国寺桥、州桥（也叫天汉桥）、浚义桥、兴国寺桥、太师府桥、金梁桥、西浮桥、西水门便桥、横桥；五丈河上的小横桥、广备桥、蔡市桥、青晖桥、梁院桥；金水河上的白虎桥、横桥、五王宫桥。

这三十五座桥，或连辇路，或通御苑，或穿街衢，或倚宫寺，无一不是繁华之地，无一不是要津之处。当然，若要选取最能代表汴京桥的，则莫非虹桥、州桥与相国寺桥三座。若要再从这三座桥中遴选一座，则只能是虹桥了。

桥分有脚和无脚两种，所谓有脚就是有桥柱，无脚就是河中没有桥柱。在大宋哲宗皇帝之前，汴京城中建的都是有脚桥，汴河是汴京四条河流中运输最为繁忙的水系，就因为桥柱的阻挡，所有宽过六米的船都不能通过，以致用大船从东南运来的货物，只能留在城外卸货转运，一年不知要耗费多少人力。后来在徽宗登基初年，工部侍郎陈希亮创制大跨度的飞桥，即我们通常说的无脚桥。虹桥飞架处，汴河水宽六十米，虹桥全部采用木结构的梁拱，不但承担自身数十万斤的重量，桥上还可以并排行驶两辆载重的马车，同时通过熙熙攘攘的人流而桥身稳若泰山，纵使遇到狂风骤雨的天气也不会摇晃。六十米的大跨度而不用一个桥柱，这在当时世界范围内都是独一无二的奇迹。汴河上运载百吨货物的大船，再无须转运而可以直达汴京内的各个河埠头的仓库了。大虹桥因此也就成为汴京的象征。不少词客骚人，进京必得到此一游并留下歌咏。

完颜娄石虽然从未到过南朝的都城，但也闻听过虹桥的名声，他只是没想到第一次来汴京去都城驿下榻会路过虹桥。他老远看到夜色下的虹桥彩灯高张，桥上的行人不因天黑而减少，河上的游船反而因暮色多了起来。而河两岸的酒楼食坊、瓦肆勾栏，更是锦绣如云，珠玑满眼。眼见这景象，一向沉默寡言惜语如金的娄石，也禁不住连声赞叹了几句："你看这桥，你看这桥！"

一直在他身边并辔而行的赵良嗣，解说道："这就是虹桥。"

越是走近虹桥，人流越是拥挤，赵良嗣的护卫欲喝道让行人回避，但被娄石制止。他纵身一跃跳下马来，对赵良嗣说："咱们也从大虹桥上走一回吧。"

赵良嗣经过连续四天的驰驱，已是疲惫至极，但此刻看到娄石兴致很高，他不便违逆，也想趁此机会与这位哑巴将军套套近乎，于是连忙跳下马来，说道："很好，骑马乏了，正好下来遛遛腿儿。"

在两拨护卫的簇拥下，完颜娄石、李靖、赵良嗣与马扩四人徒步走上了大虹桥。路上行人看到娄石他们的穿戴打扮，知道是金国人，都禁不住驻足观望。但因为有护卫阻拦，他们都无法靠近。娄石站在大虹桥弯拱的最高处，看到汴河上的一座座桥梁都在灯光辉映之下，而桥下的流水也被锦绣的画船衬得拖红曳紫。娄石目送一只画船驶向下游，接近了另一座小一点的虹桥，他忽然笑了一下。

"娄石将军，你为什么笑啊？"赵良嗣问。

娄石回答："我想起了一首诗，是写汴京城内河桥的。"

"将军还会背汉诗？"赵良嗣话一出口，便觉不妥，又急忙改口说，"听说将军认真学习过汉文。"

"是的。"娄石点点头。

"还记得那首写汴京河桥的诗吗？"

"我想一想。"

娄石略略深思，便念了起来：

桥头车马闹喧阗，
桥下帆樯见画船。
弦管隔花人似玉，

楼台近水柳如烟。
地连秦晋通三市，
即入淮濠接九天。
独依阑干望宫阙，
翠微高映五云边。

因桥上人声嘈杂，赵良嗣几乎是把耳朵凑到娄石的嘴巴边上才听清了全诗，而后笑道："将军真了不起，居然能背一位既非大诗人也非大官员的作品。"

"这首诗是谁写的？"

"汤鼎。"

"你认识他？"

"他在禁中书艺局任职，有那么三两次皇上作画吟诗，他作为应制侍奉在侧，我恰好也在，故有一面之缘。"

"我们大金国的皇帝，很赞赏你们南朝的文章，说你们南朝的文士，比我们混同江里的狗鱼还多。"

赵良嗣暗自惊讶原来娄石将军心中还暗藏着翰墨情怀，他忽然灵机一动，对娄石说："将军，这会儿去都城驿，也只是吃顿饭安歇。如果你不介意，我请你在这虹桥旁觅一家酒楼为你洗尘。"

娄石不语。

赵良嗣接着说："往前下得虹桥，有一家临河的酒楼，名叫宝和春，是专吃京师地方菜的。将军意下如何？"

娄石本来想到旅舍安歇下来，胡乱吃点东西填填肚子，但碍着赵良嗣盛情相约，加之也想赏一赏汴京的夜景，也就点头答应了。于是跟着赵良嗣来到虹桥左岸的河街上，进了一座名叫宝和春的酒楼。这酒楼紧邻汴河，十楹三层，在汴京城中算不得最大，但不管按何种方式排序，它都可以列进汴京酒楼前三甲。走到宝和春门口，只见重楼绣户，画栋雕梁，锦窗玉阶，宫灯璀璨。娄石从未见过这种恍如天上人间的富贵气，顿时感到有些发晕。在一旁细心观察他的赵良嗣，试探着问道："娄石将军，这地方你满意吧？"

娄石摇摇头："坐在这种地方，咱恐怕吃不下饭了。"

"为啥？"

"太富贵了。"

"是很富贵，但在汴京，它还不是最富贵的。"

"啊？"

"赵学士所言不差。"一直没怎么说话的副使李靖插话道，"宝和春的特点不是富贵，是高雅。"

"李靖，你来过汴京几回？"完颜娄石插问。

"回将军，这是第六回。"

赵良嗣接过话头："与贵国的联络，咱大宋的特使一直是我，副使以前是马政，他老了致仕了，马扩就接任，马扩是马政的儿子。我的副使只换了两个人。你们大金的副使李靖一直不曾更换，正使却换了四人，将军你是第四个。"

娄石深知李靖是与南朝谈判的专家，此行诸多说项都要靠李靖来完成。但他不愿意在这种场合下与赵良嗣谈公务，便岔开了话茬，继续问道："这家酒楼雅在哪里？"

"将军，你进大堂再看。"

娄石正要挪步进去，忽见一个头戴平阳巾穿着一件青色绸面袄儿的小厮从人群中冲了出来，他将手中托着的桦木盘儿朝娄石伸了伸，锐声喊道：“军爷，请吃鹌鹑馉饳儿。”

娄石细看，小厮盘子里卧着几只用篾篁串着的焦黄焦黄的馉饳儿，显然是刚烤出来，大冷天还冒着热气，情不自禁想伸手去抓一只来品尝品尝，却不曾想到赵良嗣跟前的小校赶前一步搡开那小厮，喝道：

“去去去，这里也是你叫卖的地方！”

赵良嗣看出娄石很想吃那鹌鹑馉饳儿，便对小校说：

“让小厮烤二十串送过来，一要热，二要脆。”

看到小厮欢天喜地走了，赵良嗣领着娄石一行走进了宝和春大堂。这大堂足有四楹见方那么大，八根两人合抱的松木大圆柱全部漆成深红色，每根柱子三丈一个间隔，用刻有人物山水故事的寸高左右的青白玉镶成腰箍。迎着大门约一丈远的地方，在三尺高的青白玉的方形基座上，搁着一只足有象腿粗的金盏，基座上写了两个行楷结合的大字：御赐。

金盏后头，大约隔着的也是一丈远近，立了两扇檀香木作框、青白玉为面的大屏风，每扇屏风上，各刻了一首诗，凹进的字体被漆成石绿色。

走到金盏跟前，赵良嗣对娄石说：“这只金盏是用十斤黄金打造的。”

娄石用手抚摸了一下，没有吱声。

赵良嗣又指着基座上的“御赐”二字说：“这御赐两个字，是当朝宰相蔡京的手迹。”

娄石看了一眼，仍然没吱声。

赵良嗣不知道娄石为何不应声，一时不知道该往下说什么了。

这时，娄石慢悠悠开口了：“御赐，你们南朝皇帝给这店家赐了这大一只金盏？”

“不是这只大金盏，御赐的金盏被收藏起来了，这只大金盏是按原盏一模一样的形制放大后做出来的。”

“你们皇上的金盏赐给谁的？”

“一位小娘子。”

“小娘子？”

“对，小娘子。”赵良嗣挤了挤眼睛，诡谲地说，“这小娘子可不是一般的娘子，如果女人可以考功名应试，她肯定可以点状元。”

“是吗？”

看到娄石起了兴头，赵良嗣于是讲了一个故事：

前年的上元节，皇城的东华门外，照例要闹花灯。到了那一天，全城无论是王府侯门还是瓦肆勾栏，无论是水上画船还是市林街衢，无不张灯结彩火树银花。当然，最热闹的去处，还是东华门外的广场，早前多少天，这里就开始扎制灯会的大鳌山，其制作之规模，之精巧，之质地，之数量，皆为国内之最。到了上元节开灯这一天，皇帝会带着皇室女眷及王公高官，前来端门城楼上赏灯，同时也允许城中市民前来观看。为了表示与民同乐，皇上在东华门摆下一长溜酒缸，凡来观看者，均赐一盏酒吃。却说那天夜里，徽宗皇帝在端门城楼赏灯，兴致正高时，忽听得楼下传来吵闹声，便问是怎么回事，立刻有门官来报，有一位妇人吃了御赐酒后，将酒盏偷藏进衣袖里准备溜走，被维护秩序的金吾军士拿下了。徽宗觉得奇怪，便命门官将那妇人押了上来，问她为何要偷这金盏。妇人答道：“贱妾与夫君一起来观看鳌山灯，这里人太多，与夫君走失了，遍找不见，不想走到赐酒台前，贱妾就排队讨了一杯酒喝，喝完之后，就顺手把酒盏藏了。”

徽宗皇帝问：“这不是偷金盏吗？”

那妇人不慌不忙回答：“贱妾喝了酒，又与夫君走失，回到家后，既恐夫君怀疑，又怕公婆责骂，便想着拿这只金盏作一个凭证，让家人相信，贱妾是讨了杯御酒喝，而不是节外生枝做了什么非分的事。”

门官喝道：“窃取皇上的金盏，这不是非分之事又是什么？”

妇人忍了一泡眼泪，哀哀说道：“贱妾只想到其一，却是没想到其二，就为这事儿，贱妾想了一首词，蒙皇上恩准，贱妾念了。”

“一首词？”徽宗略略有些诧异。

“对，一首词，词牌名字叫《鹧鸪天》。”

“好吧，你念一念。”徽宗来了兴致。

妇人清了清嗓子，念道：

> 月满蓬壶灿烂灯，与郎携手至端门。贪观鹤降笙箫举，不觉鸳鸯失却群。天渐晓，感皇恩，传宣赐罢脸生春。归家切恐公婆责，乞赐金杯作照凭。

妇人念得有板有眼，徽宗颇为惊奇。他这才发现这个妇人不过二十来岁，眉目传情极有风韵，心中便被撩拨得痒痒的，于是扭过头去，问正在指挥乐工奏曲的教坊司大使曹元宠：“这女人的《鹧鸪天》，合辙吗？”

曹元宠回答：“合辙。”

徽宗感叹：“民家女子，如此有才，这也算是盛世景象啊。”

曹元宠向来喜欢顺杆儿爬，这回却拧着说：

“皇上，刚才这妇人所谈之词，恐怕是头天她夫君已预先备好，以防窃取金盏失手后，借此蒙混过关的。臣提议，皇上当面出题，让这妇人再撰一首，若作得出来，就把金盏赐予她，作不出来，就明正典刑。”

徽宗问妇人：“你同意吗？”

妇人不慌不忙回答：“同意，请皇帝爷出个题儿。”

徽宗笑道：“就以这只金盏为题，以《念奴娇》为调。”

妇人问：“有调就得唱，皇帝爷恩准贱妾献丑么？”

徽宗：“你唱，朕正想听听。”

妇人颔首想了想，然后不疾不徐吟唱起来：

桂魄澄辉，禁城内，万盏华灯罗列。无限佳人穿绣径，几多娇艳奇绝。凤烛交光，银灯相射，奏箫韶初歇。鸣鞘响处，万民瞻仰宫阙。

妾自闺门给假，与夫携手，共赏元宵节。误到玉皇金殿砌，赐酒金杯满设。量窄从来，红凝粉面，尊前无凭说。假王金杯，免公婆责罚臣妾。

妇人吟唱才停，徽宗抚掌笑道：“好词，好词，这位娘子不但有才，还很有捷才。”

妇人屈膝道了万福：“谢皇帝爷。”

徽宗问她：“你叫什么名字？”

妇人答道：“街坊都叫我梅二娘子。”

“梅二娘子，叫梅二娘岂不更好？”

妇人眉梢一动，浅浅一笑：“谢皇帝爷赐名。”

徽宗心情很好，说道：“梅二娘，这只金盏就送给你了。”

赵良嗣绘声绘色讲完这段故事，又指着那两道屏风对娄石说：“那上面刻的，就是梅二娘的两首词。”

娄石问：“梅二娘后来就开了这家酒楼？”

赵良嗣摇摇头，回答说：“这是她丈夫开的。”

“她丈夫这么有钱？”

“梅二娘的夫君原是粗通文墨，在汴京城里经营一家小小的药材铺，自从梅二娘得了今上赏赐的金盏，他从此就发达了。”

“这是为何？”

“有人花大价钱，替梅二娘赎了身。”

“赎了身？”

见娄石似懂非懂，赵良嗣笑道：“梅二娘并非青楼之人，说赎身有些不妥。实际上，就是有人花钱让梅二娘的丈夫把老婆让出来。”

“她丈夫同意了？”

“他提了一个条件，一是要了那只金盏，二是一大笔银钞。拿了这些，他开了这家宝和春。”

“什么乱七八糟的。为了钱连老婆也肯割让，这货不是个东西。”

娄石骂骂咧咧的，似乎是真的动了气。李靖一旁说道：“将军，汴京城是世间第一等温柔富贵之乡，也是第一等藏污纳垢之地，见怪不怪的事儿多了。”

正说着，只见先前那位小厮托着满满一大盘鹌鹑馉饳儿进来，娄石抓了两串，一面吃着一面就往外走。赵良嗣跟在后头嚷道：“将军，咱们上二楼去，菜肴都置办好了。”

娄石头也不回走到了街面上，问那小厮："你那儿还有啥好吃的？"

小厮答："都是咱汴京的小吃，像圆子缒、瓢儿漏、盐豉汤啥的，都顶顶好吃。金国大老爷，请您挪个步。"

"走，去你那里吃去。"娄石说着就迈开了腿。

跟在后头一溜小跑的赵良嗣喘口气说："将军，这可使不得。"

"有啥使不得？"

"你是咱大宋的贵宾，怎么能吃街边的零食儿呢？"

"咱想吃什么就吃什么。"娄石说着，忽然打住脚步，盯着赵良嗣说，"赵学士，一个卖老婆的人，能做出什么可口的吃食儿吗？"

赵良嗣讪笑着找不着答词，心中却暗暗嘀咕："难怪阿骨打会派这家伙来当特使，原来是个油盐不进的怪物。"一想到这里，心情也就愈发沉重了。

第二十二章　密盟中的燕云十六州

今儿个是正月初六，一大早，徽宗皇帝赵佶在重帘绣幕的寝宫里醒来。他没有按老习惯赖一会儿床，而是在两名值寝的内侍与两名宫女的料理下穿好燕居时的便服。盥洗毕，他来到紧连寝宫的宽敞的内书房，只见书案之侧的紫光檀质地的八仙桌上，已摆好了早膳正餐前的开胃小点心和饮品。小点心就两种：一是内官司乳饹院早晨新制的羊乳酥，只有核桃大的一个，二是糕点房刚刚制作出来的松茸寸糕。饮品也是两样：一是水珍铺子送来的一小盅加了楝花蜜的新鲜藕汁，二是半盏内酒坊特制的杜仲酒。这四样吃喝，除了开胃，都还有着调养脏腑清火祛湿的作用。

赵佶吃开胃点心时，大内太监梁师成走了进来，他身后跟着一名小太监，双手捧着一只罩着锦缎的镙钿漆盒。这盒子里装着的都是外廷呈进的急需处理的奏章函札。徽宗有一个习惯，即在每日早膳时刻一边进膳，一边翻阅漆盒里的文件。今天漆盒里只有一份名为《呈燕云十六州沿革变迁事略》的奏章。这是奉徽宗皇帝之命，由枢密院组织几位史臣撰写呈进的。盖因大金皇帝阿骨打占领燕京后，对于数年前与大宋签订的密誓有些反悔，在归还燕云十六州的问题上，他明确指出平、滦、营三州不在归还之列，因为辽天祚帝还在逃亡之中，据信藏匿地点在辽西京大同区域内，为了保证能活捉天祚帝，因此大同连同武、朔二州也不能归还。负责谈判的赵良嗣当面听到这一改变后，感到事发突然且后果严重，便立刻写成揭帖以八百里驰传速度传来汴京。大年初一，徽宗收到揭帖，感到非常震惊，尽管在春节假期，徽宗也不得不急速请来中书令蔡京、中书省门下使刘怀芷等大臣商量此事。徽宗希望大臣们就此事提出一个切实可行的方案，以便在大金使节来汴京时，有一个准确的回复。这个回复必须能够找出历史的依据，迫使金国改变贪婪之心，兑现当年密誓中载明的归还燕云十六州的承诺。但是，在座的大臣，几乎没有一个能够说清楚燕云十六州的历史沿革，因此也就没有办法拟定一个可以有效反制金国的策略。徽宗这才提议由枢密院牵头写出这份关于燕云十六州历史沿革的奏章。

现在，徽宗赵佶手上拿着这份奏章，他先简略地翻了翻，共有二十四折页，太长，他心里头咕噜了一句。接着便选了几个他认为必须阅览的章节读了下去：

平州：商为孤竹国，春秋称山戎国。秦为辽西、右北平二郡地，汉沿袭。汉末，公孙度据有，后并入魏。隋开皇中改称平州，大业初复为郡。唐武德初改州，天宝元年复名北平郡，后唐复名平州。辽太祖天赞二年攻取，自此为辽之辽兴军。统三县：卢龙县、安喜县、望都县。

滦州：本古时黄洛城。滦河环绕，在卢龙山南。齐桓公伐山戎，见山神俞兒，即此。秦为右北平，汉为石城县，后为海洋县。汉末为公孙度所有。晋以后归辽西。石晋割地，虽有名而辽先已取之。滦州负山带河，为朔汉形胜之地。秦太子扶苏筑长城尝驻此。统县三：义丰县、马城县、石城县。

营州：本商孤竹国。秦属辽西郡，汉为昌黎郡。前燕慕容皝徙都于此。元魏立营州，领昌黎、建德、辽东、乐浪、冀阳、营丘六郡。后周为高宝宁所据。隋开皇置州，大业改辽西郡。唐武德元年改营州，辽万岁通天元年为契丹王李万荣攻占。天宝元年改曰柳城郡，后唐复为营州。统县一：广宁县。

看罢这一节，赵佶这才明白平、滦、营三州的确是在石敬瑭割让燕云地区之前就已被辽国攻占。其中营州最早，由契丹王李万荣攻占，几十年后，平、滦二州由辽太祖耶律阿保机攻占。他不由得心中光火，忖道：什么燕云十六州，石敬瑭贿赂契丹的，实际上只有十三州。此时，垂手侍立在侧的梁师成站在一边小心提醒：“皇上，早膳已经备下，要不要现在挪步到膳堂？”赵佶头也不抬说了三个字：“再等等。”他又翻开奏章，找到辽西京大同府这一节：

西京大同府，陶唐冀州域。虞分并州，夏复属冀州。周职方，正北曰并州。战国属赵，赵武灵王始置云中郡。秦属代王国，后为平城县。魏属新兴郡，晋仍属雁门。元魏道武帝于此建都邑，孝文帝改为司州牧，置代尹，迁都洛阳。唐武德四年置北恒州，七年废。贞观十四年移云中定襄县于此。开元十八年置云州，天宝元年改云中郡。晋高祖代唐，以契丹有援立功，割山前、代北地为赂。辽重熙十三年升为西京，府曰大同。统州二，县七。

西京二州为：

弘州：东魏静帝置北灵丘县，唐初陷突厥，天宝乱废，后为襄阴村。统和中，以寰州近边，被我朝名将潘美所破，废之。遂与此置弘州，统县二：永宁县、顺圣县。

云内州：属古云中郡，辽初置代北云朔招讨司，改云内州，统县二：柔服县、宁人县。

西京大同府下辖县七：大同县、天成县、云中县、长青县、奉义县、怀仁县、怀安县。

看罢这一段，赵佶再也无心往下看，随梁师成挪步到膳房。桌上摆满了水陆四十八珍，全是新鲜的早点。心里有事，赵佶无心品尝，他只吃了盅口大一个的萝卜丝馅饼，一小碗羊汤，几片鸭梨和杏干。然后问梁师成："童贯他们都来了吗？"

"来了，已在内书房候着。"

"今日的大朝会什么时候开始？"

"辰时三刻。"

"还有一个多时辰，先去内书房，与童贯他们谈半个时辰。"

说着，在梁师成的陪侍下赵佶又回到内书房，童贯、王黼、赵良嗣三人已在房中等候，见赵佶进来，三人一起站起来行揖礼问安。

却说七日前赵良嗣在燕京觐见大金国皇帝阿骨打，他本急于得到交割燕云十六州的具体日期，却没想到完颜阿骨打一反当初的承诺，声明燕云十六州只能归还山前的幽州（即现在的燕京）、顺州、儒州、檀州、蓟州以及山后的新州、妫州、蔚州。莫州、瀛州早在后周世宗柴荣手上夺回，涿、易两州被郭药师带入大宋版图。因此大金国实际只交还了七州。表面上看，山前九州全部入了大宋版图，其实不然，因为古幽州经历后晋，从中分出了平、营、滦三州，这三个州几乎占据了山前九州近三分之一的面积，且控扼汉番分野的榆关（即今天的山海关）在平州境内。若这三州不还，则大宋仍然没有获得完整的拱卫燕蓟的长城，而大金却仍保留了铁骑驰骋中原的战略要冲。

如今坐在内书房里的童贯、王黼、赵良嗣都是赵佶的宠臣，也是与大金密誓联合伐辽的始作俑者。童贯与王黼除夕夜前赶回汴京，赵良嗣是昨晚陪大金特使完颜娄石、副使李靖回到京师。

自去年腊月初八，赵良嗣启程前往河北及大同与大金方面联络，已有近一月时间没见到徽宗皇帝，加之他官阶比童贯、王黼低了二等，又是他带回了不曾料到的坏消息，故在这种场合下显得特别谦恭。赵佶尽管心情不好，但事已发生，且变由金国所生，也不好就此事责怪眼前几个心腹之臣。于是他尽量显出热情，与几位大臣寒暄几句，说了些春节期间必说的吉利话儿，然后笑着问赵良嗣："大金国也过春节吗？"

"金国的风俗同大辽差不多，"赵良嗣略有些拘谨地回答，"辽国学习汉人过春节，因此金国也过。"

"听说完颜阿骨打吃过的最好的菜肴，就是烤全羊？"

"是的。"赵良嗣欠身回答。

"他长得什么样儿？"

赵良嗣想了想，小心回答："不知皇上到过城隍庙没有？"

"到过。"赵佶好奇地问，"难道阿骨打像城隍老爷？"

"皇上，阿骨打长得不像城隍老爷，他像城隍庙偏殿的灶王爷。”

“灶王爷？”赵佶脑子里搜寻对开封府城隍庙里灶王爷彩塑的记忆，他络腮胡子戟张，脸黑得像炭。

“是的，阿骨打就是这个样子。不过，燕京城里，也有高人说他是北方的王者。”

“什么北方的王者，”童贯虽然心里头对阿骨打早就产生了畏惧，但为了迎合徽宗，故意表现不屑一顾的样子，他说，“不就是混同江以北那旮旯地儿上的一个酋长吗？”

“当年是酋长，现在可不是。”赵佶拿起书案上的那份奏章晃了晃，“你们看看，这燕云十六州，历史上是个什么样，咱们大宋的大臣们心里没数，人家阿骨打早就有了小算盘。平、营、滦三州不还，大同、武、朔三州又不还，说是归还九州，除了早已在我们手上的莫、瀛、涿、易四州，真正归还的只有五州。咱们忙活了差不多六年，只能收回原来属于汉地的一小部分国土。”

听了赵佶的这席话，在座的三位大臣都没有吱声，王黼听出徽宗的不满，言语之外似乎对他们有责怪的意思。对于两国之间围绕燕云十六州最新的谈判结果，他与童贯恳请徽宗皇帝不要举行廷议走漏消息，以免引起朝廷中反对与金密盟的大臣借此大做文章。徽宗同意了这一请求。好在春节放假，除了值事官员在各大衙门点卯守门，朝廷一应日常公务悉数停止。因此隐瞒此事也不算太难。但兹事重大，不可能长期暗箱操作。王黼与童贯、赵良嗣、马扩等几次密议，想在假期里想出一个万全之策，但抓破脑袋也想不出个对应的招数。今天一大早三人一起来内书房会见时，赵良嗣禀告，昨晚蔡京于午夜召他进太师府，向他面授一计并让他转告童贯、王黼二人。两人听了蔡京的计策觉得可行，这才落下一颗心。这会儿见徽宗说起这档事，王黼便接过话头，解释道：

“阿骨打虽然被称为北方的王者，但比起两百年前的耶律阿保机，野心却是小得多，他之所以反对大辽，是因为大辽对他们女真人压迫太过，他心怀不满才揭竿而起，通过多次接触，可以断定他没有南侵我大宋朝廷的企图。”

“何以见得？”赵佶追问。

“他这次为交割燕京等五州提出的条件，一是要我们大宋按与辽相处的模式，给他们补偿银两。其数目与辽国得到的一样。另外还有一个附加条件，就是要在三月之前给他们一万头黄牛。”

“一万头黄牛？”赵佶纳闷，不解地问，“要这么多黄牛干什么？听说女真人同契丹人一样，喜欢吃牛羊肉。一次要一万头，赶回去宰杀吃肉，是不是太多了？”

童贯此时插话说：“皇上，阿骨打要黄牛不是为了吃肉，而是为了给他的一些战士家中，一家分配一头。”

“啊？”

“良嗣转述阿骨打的话，说是他的战士跟着他长年在外打仗，家中只有妇女老人耕田种地，弄些健壮的黄牛回去，是为了减轻战士家属的困难。”

听到这里，赵佶深思了一下，没有就这个问题深谈下去，而是仍想着阿骨打的燕云十六州交割计划的改变。他说：

“对于燕云十六州，我们自己得有一个底，一是山后四州可暂时允许大金驻军于彼处，一俟天祚帝被抓获，就得立即归还。二是平、营、滦三州既是被大辽自己拿下的，咱们即便再努力追索，恐也很难如愿。但是，燕京五州应尽快交割，否则，朝廷也没有颜面诏告天下百姓了。”

童贯从徽宗的口气中听出他已经产生了让步的念头，心情略略一宽，他与王黼交换了一个眼色，而后回答徽宗：

"皇上，燕京五州的交割，只要咱们满足阿骨打开出的银赋补偿的条件，应该很快就能兑现。"

"一定要快，免得夜长梦多。"赵佶叮嘱道，"退一步说，能够收回这么多国土，虽不是燕云十六州的全部，也是千秋功业了。"

"这都是皇上英明，才有这超迈列宗列祖的功德。"王黼趁机献媚，接着话锋一转，压低声音说，"即便是平、营、滦三州，咱们也还有机会收回。"

"啊？机会在哪里？"

王黼诡谲地笑一笑，说："这次郭药师随我们进京面圣，皇上旨意，对他要重赏，要委以重任。"

赵佶回道："一个郭药师，不费一兵一卒给朕带来了两个州，厥功至伟呀！"

王黼将身子朝赵佶倾了倾，声音更低了："有皇上这句话，平、营、滦三州就有希望回来了。"

内书房顿时安静了下来，赵佶急欲知道下文，问王黼："你们有何妙计？"

在赵佶君臣于内书房密议同时，一辆马车在一队皇家禁军的护卫下驶出了都亭驿的大门。这辆马车由六匹马驾驶，一应装饰配置均是皇家气派。两旁车辕上各插了一面三角形的红绫绲边的杏黄旗，上面用红丝线绣了两个醋钵大小的汉隶大字"都亭"。紧跟着禁军的行列，是三名大金国的身着戎装的骑士，只见他们一手揽辔，一手擎着白底红边的绣有坐龙图案的大金国旗。大宋建国以来，其秉承汉唐以来的优雅大度、雍容华贵的文化风范素为周边国家景仰，其完备成熟的典章制度所构成的朝廷威仪及百业兴旺丰饶富足的市井生活也为远近番邦所艳羡。因此无分遐迩，数十个邦国纷纷前来款洽通好，大宋朝廷视其国之强弱大小，无不给予优渥接待，有的允许通商纳贡，有的被接纳为臣国，有的定为友邦，有的予以羁縻……总之，大宋朝廷一直在尽心维护一个宗主国的伟大地位。但是，无论是皇帝还是臣工，他们心中都认定一个事实，即朝廷所有的邦交国中，辽国的地位永远摆在第一。辽国的疆域远远大过宋朝，但其文化的成熟、经济的繁荣、人口的规模都远远低于宋朝。如果说宋朝有什么不及的，则是其军事实力远远低于辽国。自古以来，国与国之间的较量，比的不是箫鼓楼船，而是金戈铁马；不是有多少富豪，而是有多少英雄。契丹人是马背上的民族，天生骁勇，宋朝在开国之初的几十年中，为了收回燕云十六州屡屡与他们作战，但输多胜少，最终才不得不采取两国休兵纳贡通好的国策。战争消除了，但一个国家的屈辱却永远挥之不去。这也应该是徽宗皇帝同意与金国密盟的真正原因。但不管怎么说，在长达一个半世纪的岁月中，十分谨慎地处理与辽国的关系一直是宋朝外交事务中的重中之重。为了安顿外国使节，朝廷在汴京城中兴修了大大小小数十家驿站。最大的驿站，当是离虹桥不过半里多地的西大街上的都亭驿。这都亭驿是个一进五重的大院子，坐南朝北。这个向度暗含了两层意思：一是辽国在汴京的北边，让驿门向着故国的方向示其尊重；二是中国有句老话叫“北面称臣，南面称君”，这个门向，也暗示辽国虽然强大，但也只能是大宋的臣国。放在外人来看，这有点自欺欺人的意味，但中国文化中始终存在着这种愚人且又自愚的成分。闲言少叙，回到正题儿上来，自大辽灭国之后，都亭驿便空了下来，这次完颜娄石作为金国特使来到汴京，经徽宗同意，便安排在都亭驿下榻。这一消息立刻传遍了京城。无论是朝廷京官还是藩国使节，都知道如今大金已经取代大辽，成为宋朝最为重要的邦交。

完颜娄石乘坐的马车离开都亭驿，驶向皇宫大庆殿的时候，通过的道路上都已事先清场，但街道两边还是站满了围观的人群。完颜娄石与李靖并排坐在锦幄飘垂温暖如春的轿厢里，并没有因为受到格外的礼遇而感到兴奋。完颜娄石掀开轿帘看了看街边上密密匝匝的人群，眼神略略露出一些惊讶和忧虑。李靖低声问他：“将军，第一次到汴京，你有啥感觉？”

“人多。”

“就这？”

“个个衣着光鲜。”

“南朝富庶。”

“唔。”

完颜娄石这时看到一群小妇人穿红戴紫珠光宝气挤在一块儿嬉闹，忽然间冷冷地笑了。李靖问：“将军，你笑啥？”

“我问你，大辽为何亡国了？”

“天祚帝就好围猎，每年春水秋山耗去大部分时间，不好好打理朝政，国运很快就败了。”

“是这个理。”完颜娄石点点头，想了想又说，“天祚帝之前，大辽的君臣贵族就犯下了毛病，个个都喜欢养海东青，一家怎么也得养几只，多的养到几百只。你知道，养一只海东青一年的开销，都能养活十名战士。海东青产于库页岛，那是咱女真人的地盘。天祚帝让咱们每年给他们进贡海东青，都在千只之上。春、夏、秋三季，这种鸟根本就逮不着，只有冬天，它们都在窝里，咱们才能逮住它。海东青都住在千尺悬崖上，哪一次咱们出发去逮海东青，不死上几个人？为此，咱们皇帝阿骨打恨透了大辽的君臣，这才竖旗造反。如今，南朝将招待大辽使节的都亭驿让给咱们安住。这个变化便是因为海东青。大辽的亡国是因为海东青，如果有一天南朝叫人家给灭了，我断定不为别的，就为女人。”

“女人？”

李靖几乎是惊叫，完颜娄石竖起一根指头压着嘴唇，示意他小声点，然后低声说：

“咱们老家阿什河里，有一种鱼，老在离岸边不到一尺的地方待着不动，它摇着尾巴，亮着鳍，又好看又温顺，河边的人发现它了，就想把它逮上岸来，于是伸手去够它，你一够，它就往前挪一点，抓它的人于是被它引下水。下水的人小心翼翼地去接近它，它不紧不慢一点点朝前挪，不知不觉走到了深水中。抓鱼的人一心要逮住它，一使劲，便滑进了河中的旋涡，挣扎不了几下就淹死了。这种鱼我们叫鬼鱼，专门来勾人性命的。”

李靖神情专注地听完颜娄石讲完这个故事，又仔细想了想，问：“将军的意思，是不是南朝的女人，就像这阿什河的鬼鱼。”

完颜娄石点点头，问：“你还记得昨天夜里，咱们被赵良嗣领进宝和春楼，他讲的宝和春楼的来历吗？”

“记得，是因为那位会填词的梅二娘。据说这梅二娘，早就被南朝皇帝金屋藏娇了。”

“这梅二娘是不是鬼鱼？”

李靖虽是汉人，但久居塞外，除了翰墨文章诗词歌赋琴棋书画这样的汉人文化之外，其风俗礼仪早已被女真人同化。他思量完颜娄石的这一番话，感叹地说：“风俗自下而上，风气自上而下，这是千古不移的至理。天祚帝登基之后，大辽的朝廷风气每况愈下。听说南朝道君皇帝登基以来，臣是侈奢之臣，民是龙袖骄民，朝风不正，国风不也不正啊！”

“好一个李靖，终于把这个问题看透彻了。”完颜娄石的脸上难得浮出一丝笑容，“阿骨打皇上让咱们两个当燕云十六州谈判的特使，咱们可不敢有一丝一毫的马虎，你是文人，咱是武人，咱俩搁一块儿就是文武双全。待会儿参加南朝的朝会，就能见到南朝皇帝，咱们既要不失礼节，更要不失咱大金国的威风。”

“将军放心，我与南朝打交道，已经五年了，他们收回燕云十六州的心很切，咱们利用他们的心理，尽量为咱们大金国争取一些利益。”

说到这里，轿厢里两人都不说话了，片刻的宁静之后，完颜娄石把声音压得更低问李靖：“博勒与手下五百勇士，今天都进城游耍吗？”

“都进来了，”李靖回答，“按交涉的结果，咱们的士兵一律着便服，不带任何兵器，可入城游览。”

“这样很好，穿便服更不打眼。”娄石说着笑了一下。

两人坐在轿厢里这么说着，不觉过了小半个时辰，忽然听得轿厢前的横梁板上坐着的驭手“吁”了一声，行驶的马车停下了。接着便听到有人叩着轿厢的门，喊道：“禀报特使大将军。”

完颜娄石在厢内问道：“到了吗？”

“没有，还在宣德门外。”

“有什么事？”

“有一个人想在这里与大将军打一个照面。”

“谁呀？”

“新任河北招讨使，镇北大将军郭药师。”

“谁？”

门外的人又复述了一遍。

完颜娄石与李靖对视了一眼，李靖说：“这位大辽的叛将，如今已成了南朝上下争相巴结的显赫人物。”

完颜娄石叽咕了一句：“什么鸟玩意儿，不见！”

李靖于是大声回复：“烦你回报郭药师，大将军前来参加南朝皇帝的朝会，不方便私自会见南朝官员。”

话音刚落，忽听得呼啦一声，轿厢门被粗暴地扯开，身着三品武官服的郭药师探了一颗脑袋进来，用他的鸡公嗓子嘎声嘎气嚷道：“本帅不是外人，是道君皇帝几天前任命的镇北大将军。”

完颜娄石坐在那里稳如磐石，身子也不欠一下，冷冷地说：“不要说你，就是这皇城里进进出出的每一个文武大臣，对于我大金国特使来说，都是外人。”

话锋火辣辣的，呛得郭药师直翻眼睛。李靖怕闹僵，打圆场问：“郭将军为何一定要与咱们大将军见面？”

郭药师气势稍稍有些收敛，悻悻回道：“没别的，就想见见他这个人。今儿个不是地方，搁在战场上相遇，咱们早他娘的一刀一枪干上了。”

“会有这一天的，请让道！”

完颜娄石说着，敲了敲轿厢前壁，驭手得令，马车重新启动。

看到马车离去，郭药师狠狠地跺了一脚，黄牙一啧，啐出一口痰来。

第二十三章　大庆殿的朝会大典

汴京城内的皇城，搁在一千多年前，无疑是人间最为崇丽的城池。这座四四方方的皇城，论其规模，当超过燕京王城的十倍之多。进出皇城分东西南北四座城门。东边叫东华门，西边叫西华门，南边叫崇正门，北边是皇城的正门，叫宣德门。皇城又分内城与外城，枢密院、中书省、门下省三大首脑衙门，以及明堂、都堂、国史院、宝文阁、集贤院、资政院、待漏院等一应办事衙门及养士机构都设在外城。皇城统称大内，俗称禁中。直接为皇帝服务的诸如尚食、尚药、尚衣、尚乘、尚舍、尚辇、尚官、尚仪、尚寝、尚功等十尚局，以及皇城司、翰林司、学士院、内侍省、内藏库、奉宸库、香药库、弓箭盔甲库、书艺局、医官局、后苑匠作司、天章阁等一应诸司衙门都设立在此。除了以上这些庞大的衙门机构，大内最重要的建筑莫过于九大殿，大庆殿、文德殿、紫宸殿这三殿在大内外城；禁中六殿依次为垂拱殿、皇仪殿、集英殿、崇政殿、保和殿、睿思殿。九殿功能互相连属又各不重复。如文德殿是皇上与大小臣工议政之地，垂拱殿是皇上召见股肱大臣之地，集英殿是皇上接见状元及贤良之士的地方，保和殿是皇上宴集君臣及外国使节之地，皇仪殿是皇上祭祀列宗列祖之地，睿思殿是皇上读书并举办经筵之地，大庆殿即皇上举行朝廷大典之所。如今天举行的朝会，是皇上接见外国使节以及应届各州乡试的解首文魁，陪同会见的有京城各大衙门的堂官以及部分于头年政事稽考优良的地方知府、县令及军中将领。从仁宗皇帝开始，每年正月初六的朝会便一直延续，成为朝廷制度中必不可缺的国家大典。

宣德门城楼高耸，底下总共有一字儿摆开的五座城门。正中的大门上方，刻有仁宗手书的斗大楷体的“宣德门”三字。从这里进去，便是通往大庆殿正门的御道。按规矩，所有参加朝会的使节与臣工，到此都得下马，然后在导引官的指导下走进大殿，在事先安排好的位置上站好，如遇殊恩，则会被赐座。

完颜娄石乘坐的马车在离宣德门城楼还有二三十丈的地方就停了下来。每逢大典，这里人山人海一片嚣杂，城楼外的广场两侧，临时搭建了不少彩棚，安置候殿的来宾暂时歇息，即便这样彩棚仍然不够，级别较低的官员无法享用，只能站在广场上挨冻。所以，不少参加过朝会的人都感叹说，参加朝会虽然是极大的殊荣，但各种禁忌以及等候进殿及退场时经受的种种煎熬，也着实让人痛苦不堪。

完颜娄石下了马车之后，问随后跳下轿厢的李靖：“前边就是宣德门？”

“是的，宣德门里头就是御道，直通大庆殿。”

完颜娄石看眼前这座高峻的城楼，高约九丈，墙壁上涂着朱砂一般的颜色，而且还镂刻着龙凤飞云，城楼上朱栏彩槛、雕梁画栋，屋顶盖的是炫目的琉璃瓦，曲折的廊檐上插满彩旗，大门外及御道两侧，站满了手持斧钺戈矛的禁军，一个个膀大腰圆，泥塑一般兀自站立。

完颜娄石尽管是沙场骁将历经战阵，但眼前这幅景象仍让他生了峻肃之感。陪伴他的是大宋处置金国事务的副使马扩。娄石出于防范心理，尽量不与马扩搭讪，他一边朝宣德门走去，一边问李靖："这种朝会，你参加过几次？"

"我也是第一次。"

完颜娄石走路很快，李靖几乎是一路小跑才能跟上他。

"你也是第一次？"

"是的。过去，我只是密使，因为金宋两国中间隔着大辽，故每次我们来汴京，都不能公开活动。"

两人说着，不觉已走近了宣德门，马扩从后头急匆匆赶上来，还来不及提醒，只见完颜娄石已被守门的禁军小校拦着了。

"为啥不让进？"李靖问。

"出示请单。"小校还算客气。

"什么请单？"

却说参加朝会，不但要用导引官领路，手中必须还有请单，这种邀请函式的朝廷文件，一律由中书省颁发。小校见来者虽然穿着朝会的礼服，却连请单都不知晓，脸色顿时拉了下来，斥道："没有请单，一边退下。"

恰在这时，马扩赶了上来，对小校说："这是朝廷的贵宾，他们的请单在我手上。"

马扩说着，将请单递到小校手上。小校翻看之时，他身边站着的导引官睨着完颜娄石，用那种不屑的口气说："不管是哪一个藩国的使节，到我大宋，先得学规矩，懂礼仪。你是哪儿的？

皇城禁地也敢闹腾！”

听到这段话，李靖火气上来了，瞪着导引官斥道：“你在跟谁说话？”

马扩知道皇城里头的禁军官吏，个个都是爷，除了皇上及诸衙当家的堂官，见谁都不当回事儿，为了化解龃龉，他连忙说道：“你们不得无理，这是大金国的特使，皇上的贵宾。”

“得了，如果是贵宾，早就从左掖门进大庆殿休息了，怎么会走这里？”

马扩回道：“他们是可以从左掖门进去的，但将军他想溜达溜达。”

导引官不认识马扩，于是用揶揄的口气对小校开玩笑说：“你听听，这位五品官说的啥，他只怕皇上的背影儿都没见过。”

两人讪笑起来，这种侮辱人的话语彻底激怒了完颜娄石，只见他一伸手，像拎小鸡一样把导引官拎到双脚离地。完颜娄石的手比铁钳子还有劲，导引官疼痛难忍，想喊叫，但脖子被卡得喊不出来，只得发出“嘎嘎嘎”的怪叫声。

小校一看情势不妙，一挥手，早有七八个禁军横刀挺枪地冲了过来。也不等动手，完颜娄石将导引官朝地上一掼，朝围上来的禁军一跺脚，吼道：“上来！”

小校也不甘示弱，厉声命令：“将这厮拿下！”

两名士兵一个挥着长枪，一个挺着画戟冲了上来，完颜娄石刹那间仿佛回到了战场，只见他先是身子朝右一侧，将抢先刺过来的长枪夹在右肋下，接着身子又朝左一偏，将伸过来的画戟夹在左肋之下，然后使劲一扭身子，枪戟反倒成了他的夹棍，将操持它们的两名士兵拽倒在地，后来的士兵眼看同伴们吃了亏，便在小校的带领下，一下子鼓噪起来，跃跃欲试真的就想捉拿人犯了。完颜娄石并不觉得自己闯了大祸，而是觉得身子骨儿顿时畅快了起来，只见他伸出双手拔葱一样把枪戟夺了过来，将一根长枪扔给了李靖，自己操着那把画戟站了个桩步等待对方来进攻，瞧他那黑煞星的架势，士兵们仿佛接到了命令，齐刷刷打住了脚步。

宣德门下的打斗立刻惊动了参加朝会的各国使节和所有臣工。打从大庆殿落成至今一百五十余年，这里就成为朝廷崇正威严之地，神圣不可侵犯，不要说挺枪掬刀地打斗，就是推推搡搡的事情发生，也是犯了天条的大事，轻者去蹲班房重者问成死罪。正因为有了这一层，赶过来看热闹的人便格外地上瘾，一时间里三层外三层围了个水泄不通。眼看辰时三刻快要临近，徽宗皇帝就要临朝升座，但是参加朝会大典的官员必经的御道，却被堵得瓷瓷实实的。早有人将这里的情况报告给殿前指挥使王宗濋，恰好王宗濋正在迎接从内书房出来的童贯、王黼、赵良嗣三位。听到这个突发的事件，王黼担心殿前指挥使不能妥当处理，便径自从御道走了过来。

朝廷的三大臣蔡京、童贯、王黼在大宋可谓无人不知、无人不晓。看到王黼过来，围观的人便轰的一下散去。事情一发生，作为大金使节陪侍的马扩便急得像热锅上的蚂蚁，这会儿见王黼走过来，顿时像遇到救星，连忙趋前迎接，喊了一声大人，随着简单地介绍了事情的经过。

王黼早就听说完颜娄石这个人刀把子胜过嘴皮子，打起仗来像火烧屁股的疯牛，平日间与人交往却是三扇大磨也压不出个屁来。他一直寻思阿骨打派完颜娄石这么一个木橛子来当特使，究竟是个啥用意。但人非草木，孰能无情？眼下这事儿出来，正好可以借此机会与完颜娄石拉拉关系套套近乎，虑到这里，他上前一步，行了个半揖，关切地问：

“完颜娄石将军，让你受惊了。”

马扩向完颜娄石介绍了王黼的身份，完颜娄石便扔了画戟，吐骨头似的吐了三个字：“没惊着。”

王黼回头指着不敢散去的兵士，问马扩：“今天谁是肇事者？”

听到这话，兵士纷纷后退，小校勾着头，恨不能找个地缝儿钻进去。

马扩认为这起祸事是那个导引官撩拨起来的，便四下寻找，发现导引官已经开溜，便问：“那个导引官呢？”

一名士兵用手指了指大门左侧的巨大的石狮子。王黼会意，下令道：“将这厮揪过来。”

两名士兵跑过去，将躲藏在那里的导引官押了过来。

王黼盯着他，质问：“大金国特命全权大使完颜娄石将军，今儿个朝会的第一号贵宾，你竟敢故意调戏人家，你是吃了豹子胆还是怎么的？押下去！”

士兵们上前架起导引官的胳膊，导引官嚷道：“丞相大人饶命，打架的不是我，是他下的令。”

导引官朝站在一旁的小校努了努嘴巴，王黼对一起前来的殿前指挥说：“殿帅，这小校归你管辖，也得军法从事。”

王大人眉毛一拧，吩咐士兵们说：“先抓起来！”

小校也被扭住了。

李靖一半出于好奇，一半出于担心，问王黼：“敢问丞相大人，这两人如何处置？”

王黼回答："按皇城管理律令，门禁滋事，先坐班房，而后充军。这两人除了滋事，捎带加一条，冒犯天朝贵宾，就这一条，重者有杀头之罪。"

小校与导引官闻听此言，吓得面如土色，一起哀求："丞相大人饶命。"

完颜娄石本来对这两个小屁官恨得牙痒痒的，但听说要取他们的性命，又觉得太过，于是对王黼说："丞相大人严明执法，可见贵国朝纲正肃，只是这两厮不当死罪，你且轻饶了他们。"

王黼故意较真儿："这两人新年伊始命冲太岁，死罪不可饶！"

完颜娄石不知王黼是在演戏，竟认真地抱拳一揖，求道："万望丞相大人卖我一回面子，将他二人放了。"

王黼见目的已经达到，趁机卖乖说："咱大宋的法令自祖宗传下，谁也不得私自徇情，但你是天朝第一号贵宾，既然你开了金口，这回就破一个例，将这两厮放了。"

士兵们松开导引官与小校，二人对王黼一揖到地，谢道："谢丞相大人宽恕！"

王黼指着完颜娄石，对二人说："你们的小命，是完颜娄石将军给的，还不给他下跪！"

导引官与小校哪敢争辩，只得依着王黼的指令，扑通跪倒在完颜娄石的面前。

完颜娄石还想上前将两人搀扶起来，王黼却拽了拽他的胳膊，急切地说："将军，朝会大典就要开始，咱们快走吧。"说罢就强拉着完颜娄石离开了宣德门。

朝会大典举行了一个半时辰，午时一刻结束，按惯例当朝皇帝要在保和殿宴请参加朝会的外国使节，所有的当朝大臣都会陪宴。

朝会大典共有五项仪程：第一道仪程是恭迎徽宗皇帝升座。当赵佶在八位身材高大仪表堂堂的镇殿将军的簇拥下登上须弥座时，所有参加朝会大典的使节官员们，在中书省蔡京、枢密院王黼、门下省刘怀芷三位大臣的率领下一齐跪下磕头，三呼万岁。童贯虽然位极太尉，但因是阉官，故不能在这等场合表领众臣。第二道仪程是诵读皇帝表彰各州府乡试中获得文魁榜首的诏旨，受旨者一起出列磕头谢恩。第三道仪程是嘉奖头年政绩突出的知府、县令和军事长官，依例是宣读诏旨，受旨者谢恩。第四道仪程是各国使节觐见皇帝，这是朝会大典中最重要的仪程，不但花费时间长，仪式也很复杂。同前两道集体会见不一样，各国使节均是单独出列。先是使节按规定礼仪向皇帝致敬，而后皇帝会向他说几句问候的话。接着是奉敕官诵读使节代表该国献给皇帝的礼品，然后是皇帝回赠的礼品清单。参加今天朝会的有夏国、高丽、交趾、回纥、于阗、三佛齐、真腊、阇婆、大理、大石等国，除了这些邦国之外，允许上京入贡的还有西南龙、罗、方、石、张五姓番。这五姓亦称五溪蛮，又称作猫、猺、獠、犵狑、犵狫，他们风俗习气生活习惯基本相同，言语服食大异中原。今天各国番族给皇帝的礼物可谓奇珍异宝琳琅满目，如高丽的龙须席、白硾纸，交趾的犀牛角、鹅蛋大小的砗磲，于阗的两只琉璃瓶，三佛齐坐化的高僧胫骨笛、夜明珠，真腊的龙涎香、白沉香木雕刻的三尺观音，大理的翠玉屏风，南蛮五姓番的朱砂、蚺蛇胆等等。徽宗皇帝收下每一件礼品，都会让须弥座左右的太监宫女捧着下得殿台来向百官展示，引来一片啧啧赞叹。

当然，需要说明的是，往年的朝会，大辽为大宋的邦国之首，今年的朝会，大金取代了大辽。按常规，大辽使节第一个出列受到皇帝接见。大金取代了大辽，又是第一次参加朝会，因此格外引起百官及使节们的关注，加上完颜娄石在宣德门下略施武艺震慑禁军的事，已在参加朝会的人们中传开，大家也就特别想亲眼看看这位将军的风采。当奉敕官高声唱诵完颜娄石的名字请他出列时，大殿里顿时安静了下来。乍一看到这位身着武服，腰系有十一件玉銙的金蹀躞宽带走到殿台前，除了他身上的玉銙在行进中发出清脆的响声，大殿里竟产生了那种“鸟鸣山更幽”的境况。

说实话，大臣们的好奇心也同样在徽宗皇帝心中产生，他虽然并不知晓宣德门口发生的事，但赵良嗣稍早在内书房的觐见中已将掌握的完颜娄石的情况向他作了禀报。此刻见完颜娄石走到近前，他竟然违反皇帝参加朝会大典从不站起来答谢群臣的惯例，突然从须弥座上走下来，在离完颜娄石只有不到一丈远的地方站住，朝完颜娄石颔首微笑。

人群中一阵小小的骚动。

完颜娄石在离开燕京来到汴梁之前，就从李靖处学到觐见南朝皇帝的礼节。此刻，只见他右腿屈跪，右手伸至左胸，向徽宗行了一礼，口中念道：

“大金国特命全权大使完颜娄石觐见南朝皇帝。”

徽宗微微抬了抬右手，很优雅地做了一个请起的姿势。

奉敕官立刻诵唱：

“皇上恩赐，金国大使完颜娄石平身。”

完颜娄石站了起来，他习惯性地整了整戎服款式的紫地金锦襕袍，左手按在腰间那柄长不过二尺的玉具剑上。他本想向徽宗皇帝做一个微笑，但脸上肌肉过于僵硬，那笑容浮不出来，脸色反而更难看了。

徽宗注意到完颜娄石腰下的佩剑，便问道："将军的佩剑，叫什么名字？"

完颜娄石下意识地抓紧了剑鞘，回答："玉具剑。"

"啊，你佩的是玉具剑。"

顺着徽宗皇帝的话头，众人的目光都集中到完颜娄石佩剑上。这把剑的剑柄长约两寸余，白玉质地，剑身插在两尺长的剑鞘内。剑鞘乃桦木质地，可以看到贴面的桦树皮文色殷紫，其斑点如酱中的豆瓣，剑鞘的束口与鞘末饰以金涂银钑花，乍一看去既有华贵之美，也有山林气息。剑虽为兵器，但是随着礼仪制度的发展，汉代之后，剑又成为礼器与法器。古人有言："剑之在左，青龙之象也。"这是从"左青龙，右白虎"的五行学说中衍变而来。如此一来，佩剑于左，剑就成为龙的象征了。又根据周朝礼仪规定，天子佩玉，诸侯佩金，所以，以玉为剑柄者，被称之为天子之剑。宋朝承袭汉唐礼仪，规定只能是皇帝与皇太子佩玉具剑。大辽学习宋礼，玉具剑也是皇帝与皇太子的专配。今日完颜娄石佩玉具剑参加朝会，所以引起了徽宗皇帝的惊奇。

完颜娄石所佩的玉具剑，原是阿骨打皇帝特意送给他的，并嘱咐他觐见南朝皇帝时一定要佩此剑，他并不知就里，于是去请教陈尔栻老先生。陈尔栻便讲了大宋礼仪以及玉具剑的象征。这会儿见徽宗皇帝提起这个话题，便胸有成竹地反问："皇帝，咱佩这玉具剑，有什么过错吗？"

徽宗笑着回答："在我们大宋，参加这样的朝会，天子、太子可佩玉具剑，一品大臣可佩玉装剑，二品以下不佩剑。”

“大宋的礼仪，咱们大金全都承接了过去。”完颜娄石说着，左手一探抽出剑来，然后双手托过额头，对徽宗说，“请皇帝过目。”

徽宗并不接剑，而是一名镇殿将军趋前拿过宝剑，转呈徽宗。

徽宗托着剑饶有兴趣地欣赏，发现剑柄的阴阳两面均刻有图案，阳面刻着的是阿骨打的名字，阴面刻着的是大金图腾海东青。徽宗把剑递给镇殿将军还回到完颜娄石手上。

徽宗说：“原来你佩的是你们皇帝的玉具剑。”

完颜娄石回答说：“阿骨打皇帝任命我为全权大使，是让我代表他来南朝商谈燕云十六州的取舍与交割。他把玉具剑赠予我，是让我明白我的责任和使命。”

一提起燕云十六州，徽宗皇帝仿佛被人用针扎了一下脑袋，他审视了一下完颜娄石，说道：“你们阿骨打开出的条件，朕都知道了，先不说谈判的事儿，此次你来京城，多住几天，朕已下旨给有关方面大臣，要让将军在汴京多见一些人物，多看一些胜迹。”

完颜娄石抱拳一揖：“多谢皇帝安排，但作为大金国的特使，咱的第一要务不是玩耍，而是要就咱们阿骨打皇帝开出的条件，讨一个准信儿。”

“会给你一个准信儿的。”徽宗的口气中明显有一些不高兴了。快走到须弥座时，他忽然又转身回走几步，问还站在那里的完颜娄石：“你们阿骨打皇帝，真的还要一万头黄牛？”

完颜娄石回答：“是的，这也是条件之一。”

“这些黄牛运到哪儿？”

“咱们老家，阿什河畔的皇帝寨。”

“听说你们皇帝寨离燕京有四千里远近？”

“差不多。”

“这么远的路程，只怕路上要走一两年，还没到地头儿，牛都走老了。只怕还有许多牛，会死在半路上。”

“这个不用皇帝担心，咱们自有办法。”

“要不，将一万头牛折成银两，朕让你拿一堆白花花的银锭回去。”

“咱不要银锭，咱只要牛。”

“你……”

“阿骨打皇帝没说让我将活牛折成银两。咱是大使，没有权力更改皇上的旨意。”

听了这句话，徽宗又好气又好笑，半是揶揄半是称赞地说：“大金国皇帝有你这样一个全权大使，啥时候都能睡个囫囵觉。”

徽宗回到须弥座坐下，奉敕官接着大声唱出大金国送来的礼品：送给徽宗皇帝一整套一百七十二件用琥珀、宝石镶嵌的金马挂，一只摩羯形提梁金壶；送给皇后一对迦陵频伽形金耳坠，一双龙纹金手镯，一组玉佩和一只莲花形手执银香炉。徽宗皇帝也回赠了一份昂贵厚重的礼品，在此不表。

当第四道仪程完成，加上徽宗与完颜娄石的对话又耽误了一些时间，待第五道仪程开始时，早过了午时一刻。当奉敕官宣布最后一道仪程是皇帝给每一个参加朝会的人赐两只大包子时，大殿内顿时引起一阵骚动。因为，按往年朝会的规矩，最后一道仪程是发放礼品。这些礼品都是大内宝玩局监制，也就是俗称的“御品”。每年朝会赏赐的御品不一样，有时是一把描金折扇，有时是一把龙泉窑烧制的御用茶壶，有时是玳瑁盒子里装着的一支象管兔毫笔，今天参加朝会的人听说只赏赐两只大肉包，那一股失望之情顿时都摆在脸上。当几十名太监抬着一筐筐热气腾腾的包子进到大殿里，官员们几乎没有人表现出兴奋，但碍于朝会的仪典与皇上的威严，臣工们领到包子时，都还是谦恭地表示了感谢。大殿里每一个人都领到了包子，安坐在须弥座上的徽宗却看到没有一个人动嘴吃包子，他于是唤来奉敕官交代几句，奉敕官立刻跑到殿台前高声宣布：

“皇上有旨，所有的使节、臣工必须当殿吃下包子，然后大典才能结束。”

既然是圣旨，那就必须执行，殿内人开始吃包子了，完颜娄石本想将这两只包子扔掉以示不屑，但李靖一旁提醒遵守礼节，他只得不情愿地将包子塞进嘴中。吃到第二口，他的牙被硌了一下，一个什么硬物藏在包子里，他一口吐出来，玉地上嘎嘣一声落下一只小金铤，他正自诧异，只见殿内的大小臣工一时间都齐刷刷朝须弥座上的徽宗皇帝磕头，喊道：

“多谢皇帝赏赐御制金铤！”

第二十四章　人间何处寻真味

一乘两人抬的兰呢小轿在天香楼小院的轿厅里落了下来，此时华灯初上，张灯结彩的汴京城里到处车水马龙。轿子从皇城外的东大街抬过来，路上的行人熙熙攘攘十分拥挤。好在小院清静，待轿子入了院门，守院的司阍便立即把院门闩上了。但见跟轿的那位五十多岁的白净无须却浑身上下收拾得干净利索的中年人趋前一步拉开了轿门，恭恭敬敬喊了一声："皇上请。"

赵佶抬腿走下轿来，只见他头上戴着一顶青色圆顶小帽，身上穿着一件大红锦袍，腰上束着一条明黄丝织腰带，这副穿戴加上偏瘦的身材，虽让他少了几分九五之尊的威严，但却平添了不少风流才子的儒雅。给他开门的是大内总管梁师成。赵佶之所以如此乔装打扮溜出皇宫，并不是什么微服私访，而是为了掩人耳目来此幽会天香楼的主人。

就在赵佶下轿的同时，紧连花厅的那道罩着锦绫的门帘被一名小丫鬟撩起了，里头先已站着两位女眷，一位玄巾鹤氅银须飘然的长者，一俟赵佶走进花厅，三人一起下拜。

赵佶走到一盏八角灯之下，将三人仔细打量了一下，只见打左站在头里的那位年长一些的妇人，生着一张好看的瓜子脸，两道修眉下的眼睛明亮含蓄，小巧的鼻翼上闪着柔和的光泽，她穿着一件薄薄的蛋青色的丝绵袄儿，外罩着一领苔绿地栀子金锦为面的蔽膝，通体透着富贵而又不显得俗气，这便是天香楼的主人李师师。她虽然年纪已五十开外，但看上去也就三十五六岁，嘴角眉梢不见一点皱纹。另一位女子，大约也有二十七八岁，比李师师略胖，五官匀称，该翘的翘、该凹的凹、该修长的修长、该舒展的舒展，最令人勾魂的，是她那两片有着优美曲线的猩红的嘴唇，和一双黑葡萄一样的大眼珠子。她此时穿着一件黄地散搭花的锦衣，外披着一领藕色的团花夹缎褙子，这便是那位在禁中赏灯因为写词而得到徽宗赏识的梅二娘。至于那位长者，则是被徽宗奉为国师的上清宫住持林灵素。

梅二娘与林灵素之所以来到李师师的居所天香楼，原也是应了徽宗的邀请。如果说在禁中的六宫粉黛与朝廷命官之外，赵佶还有什么私交朋友的话，那么，男性就只有林灵素一人，他自诩为天师道当世传人，精通符咒之秘、炼丹之术以及奇门遁甲之学，赵佶每有疑难之事，便向他讨教，按他的建议去做，常有灵验，因此赵佶对他深信不疑，拜他为国师。赵佶亦在林灵素的撺掇下，接受了“太清混一长生帝君”的封号，并在禁中保和殿西南庑廊外兴建了一座玉真轩，逢初一十五，赵佶便往玉真轩中的玉华阁上香，礼敬玉皇大帝。虽然朝中正直大臣对左道获宠的林灵素嗤之以鼻耻与为伍，但这丝毫不影响林灵素在朝野之间的显赫地位。至于李师师与梅二娘，都可称为赵佶的红颜知己。论年纪，李师师比他大了十三岁，但是因为李师师保养有方，从表面上看，李师师反而比赵佶显得年轻。赵佶差不多是当上皇帝的第二年就与李师师相识，那时赵佶二十岁，李师师三十三岁，如今二十二年过去，这两人的感情从未疏淡。如果说李师师是旧宠，那么梅二娘就是新欢了。两人都是美人中的美人，但一个冷，一个媚；一个才华出众，一个色艺俱佳。论年纪，两人几近母女。赵佶在当皇帝之前，就有狎妓猎艳之好，龙椅坐稳之后，他竟别出心裁在大内十局之外，增设了一个“巡倖局”。各内局的管事太监，称作监事。这巡倖局的监事，从来都是由大内总管兼任。过去是童贯，现在是梁师成。这么多年来，巡倖局为赵佶安排了不下百次的狎妓活动，但恰恰李师师与梅二娘，都不是巡倖局替赵佶觅下的。尽管如此，巡倖局仍不是可有可无的机构，别的不说，单是每次徽宗与李师师或梅二娘见面，均是由巡倖局作出妥帖周到的安排。

每年的春节，从初一到十五，几乎每一天皇帝都有必须参加的重大活动，所以每逢这时节，赵佶极难抽空儿与李师师、梅二娘见面，打从认识梅二娘后，徽宗给她单独安排了院落并配齐了佣工杂役。除非特殊情况，他不会将李师师与梅二娘放到一块儿会见。算到今天，三人同时会见，这是第三次。第一次是他四十大寿，朝廷为他举行盛大的千秋节。暖寿的当天中午，将她们请到禁中睿思殿见了一次；第二次是皇太后万寿，赵佶也将她们请进宫来拜寿并赐了一次便宴。今天请她们来，原也事出有因：今年春节，因燕云十六州的事，徽宗一直心绪不宁，尽管童贯、王黼处置此事在他看来还算用心，但他总觉得大金皇帝阿骨打开出的归还十六州的条件还是苛刻，有些条款诸如平、营、滦三州不肯归还的动议简直是无赖。在朝廷股肱大臣中，他已听不到更有见地的建议。因此便想到这两位红颜知己，他知道她们并不关心政事，但局外人偶尔说出几句评论的话，说不定还能让他灵犀一动脑子开窍。至于林灵素，更是凡有疑难必然询问的人物。即便三人都道不出个子午卯酉来，见见他们，至少可以起到让心灵放松的功效。经过一番斟酌，赵佶决定将会见的地点放在李师师的天香楼，一来是因为天香楼与皇城隔得最近，二来李师师除了奉旨进宫，任什么地方她都不去，赵佶对她很是迁就。

赵佶看了看眼前的三个人，忽然间拱拱手，笑着说：“今儿个是正月初六，我在这里给三位拜个年。”

三人一齐还礼，但答话儿却分了个主次。

首先是李师师回禀：“官家，你是九五之尊，给咱拜年，咱受不起。”

林灵素深沉一揖，言道：“贫道祈愿帝君新年纳福，国事和顺，圣躬康健！”

梅二娘未说话先自笑了，她只要一笑，赵佶就很开心，因为她的笑声清脆，柔媚中还带有一点野性。像赵佶这样的风流才子，很难抗拒这种充满磁力的笑声的诱惑。赵佶于是感叹道：“春节过了六天，朕连轴儿转，疲乏得很，听你这一笑，朕的乏劲儿全都消了。”

梅二娘弯腰蹲了个万福，仍笑道：“官家既这么说，就让奴家住到宫里头去，我天天笑给你看，替你解乏。”

大家笑闹了一回，梁师成趁空让两名小侍抬了一个礼盒进来，对李师师说：“启禀娘娘，万岁爷给你拜年，带了几件礼品。”

李师师抿嘴儿浅浅一笑，淡淡地说：“官家来了就好，礼品不稀罕。”

梁师成打开礼盒，将礼品一一拿出来介绍。他先拿了一只日本国产螺钿漆盒，打开来让李师师看，说：“这是今儿个上午朝会大典上，三佛齐国敬献给万岁爷的珍珠粉，女子调了香药敷面养肤，没有比它更好的。按京师黑市的价格，这一盒珍珠粉价值十两黄金。三佛齐送了十盒，万岁爷吩咐拿了一盒送给你。”

李师师接过漆盒，向赵佶表了谢意，看到梅二娘眼中略含醋意，梁师成连忙对她说：“二娘你别先慌着翘起嘴巴挂铃铛，珍珠粉万岁爷赏了你一盒儿，你和林大国师人到了这里，给你们的礼盒儿，万岁爷已责成我派专人送到你们府上去了。”

林灵素又朝赵佶拱手答谢，梅二娘突然一伸手，嫩葱儿一样的手指差点戳到梁师成的鼻梁上，吓得梁师成立马倒退了一步，梅二娘朝着他半是懊恼半是撒娇地嗔了几句：“好你个梁大管家，二娘在你眼中就是个爱贪小便宜的穷酸小媳妇儿不是？我啥时候张过嘴向官家讨过东西了？”

搁在别的场合，谁敢这么指责，梁师成早他妈的狗脸上摘毛给你摽上了，但今天他不敢。他知道赵佶对李师师虽然尊重、信赖，但碍于她身份高，性格又矜持，所以给人的感觉是相敬如宾。可这梅二娘不一样，她心到口到，说话像爆豆子，常常弄得人下不来台。但文质彬彬的赵佶，对她这性格倒是十分欣赏，因此对她也就非常迁就。所以，在吃了梅二娘夹枪夹棒的呛话之后，他仍觍着脸，笑模笑样地说：

“二娘，求你别这么狠，我今年命犯太岁，雨点子落在脸上，都会砸出一个坑来。”

“这么说，我是太岁了？”

“不，你不是，你是太岁她妈。”

梁师成的话，引起在场人的一阵哄笑。经过这一番笑闹，屋子里的气氛顿时活跃了起来，李师师说：“官家，咱们上楼吃酒去吧？”

“好嘞。”赵佶果然精神转好，兴头儿上来了，随李师师上楼时，又说，“前天立春，我与皇后、嫔妃及太子诸王一起，吃了一顿迎春筵席，梁师成把这款膳食安排得极好，我也就喝了几杯宫中酒醋局酿制的春酒，喝得多了一些，昨日酒没沾唇，今儿在保和殿宴请外国使节和群臣，也只啜了一点蜜汁，歇了两天，这会儿酒兴儿倒也起来了。”

说话间，已走到二楼靠西的一间宽敞的大厅里，这大厅一隔两半，外间是茶厅，里间是餐厅。茶厅与餐厅的面积都很大，茶厅与餐厅相隔的红木板壁属正面，正中一只金片包角白玉镶边的乌木茶几，两边各有一把放了青花扎染老布缝制的丝绵坐垫的半高曲背靠椅。两厢各有两个茶几，四把椅子。最让人赞叹的是墙上的五个立轴书法。正壁之中，挂的是赵佶亲笔书写的自作词《眼儿媚》；东壁上的两幅立轴，一幅是欧阳修的《生查子·元夕》，一幅是王安石的《桂枝香·金陵怀古》；西壁上的两幅，一是苏东坡的《临江仙·夜归临皋》，一是黄庭坚的《水调歌头·游览》。这四位都是大宋的一流文士。京城里能将赵佶与这四位大文士的书法辞章悬挂于一室的，除了李师师之外，不知还有谁有此高雅，有此胆量，有此能力。

为什么挂这四位大文豪的字，还要用胆量二字呢？因为这件事牵涉到一桩极为敏感的朝政。却说前朝神宗皇帝倡导新政，起用王安石担任中书令。王安石甫得相权，立即推行改革，两年之内，先后推出均输法、青苗法、农田水利法、免役法、市易法、免行法、方田均税法、将兵法、保甲法、保马法等十项改革举措。这些改革对朝政多年的积弊不是修修补补，而是推倒重来，因此在朝廷掀起巨大的波澜，以司马光为首的一帮大臣反对王安石变法，两派斗争激烈，几十年后争论仍不绝于耳。蔡京担任中书令之后，说服徽宗下了一道诏旨，将当年反对王安石变法的大臣司马光以及与他持相同态度的人如苏东坡、黄庭坚等共一百余人，列为罪臣，他们的著作、书画、碑刻、图版一律销毁。直到现在，这项禁令并没有消除。蔡京之所以这么做，并不是他支持并赞赏王安石的改革，而是因为在哲宗一朝，司马光掌握朝政，对蔡京这样心术不正的官员刻意疏远。所以，当蔡京拜相之后，便借此整肃司马光为首的元祐党人而达到排除异己的目的。此情之下，李师师竟敢在她的堂屋中挂出苏东坡、黄庭坚的作品，而且是与赵佶皇帝的字挂在一起。这等忤逆之事，一般人断断不敢为。如果说苏东坡死在徽宗登基之前，与本朝尚无恩怨，徽宗或可容忍。但黄庭坚不一样，他在哲宗朝时，因修《神宗实录》，被当朝宰相章惇以不实为名，将他贬出京城，当了一个涪州别驾的闲官，安置黔州。徽宗登基后，看重他的才学，又召回京城，恢复国史编修的官职。但因他不依傍权贵，徽宗听信谗言，再度将他逐出汴京，贬至宜州，几年之后死在那里。应该说，黄庭坚英年早逝与徽宗有直接的关系。李师师的门下人曾苦劝她不要挂黄庭坚的条幅，李师师坚持不肯改变。事实上，赵佶不止一次看过，竟也没有任何指责。这样的事情除了李师师，任何人都不可能做到。在李师师的心中，只有文艺，没有政治。

徽宗赵佶因为来过这里，倒也不觉得惊奇，林灵素与梅二娘都是第一次来到天香楼，乍一看到这五幅挂轴，一时都傻了眼。两人转了一圈欣赏了一回，才坐下来，梅二娘就说：

“李娘娘，这几年，京城里的大文人我见了不少，说起你来，他们无不交口称赞，说你诗词歌赋琴棋书画无一不精通，无一不精致。但耳听为虚，眼见为实，今天算是开了眼界，这茶厅的五幅字，一个是官家，当今圣上，两边厢的四个人，也是大宋的四大文胆，不知你是怎么将他们收集到的。”

李师师仍是浅浅一笑，说道：“一切都是缘分。”

这时，丫鬟给每人上了一盅刚泡好的餐前喝的鹧鸪草与杭菊合煎的开胃茶。林灵素喝了一口，问李师师：“李娘娘，这正壁是帝君的墨宝，两壁是四大文胆的华翰，都很好，只是这南壁上空空的，怎么不挂一幅呢？”

李师师问：“挂谁的呢？”

林灵素说：“挂谁的，够资格进来的人，应该不少，让帝君给你选一个人。”

“官家能选出人来吗？”

李师师说着把头扭过去看坐在茶几那边的赵佶。这位皇帝刚喝完开胃茶，他放下瓷盅，回道：“你眼界太高，朕也替你选不出来，要不，让林灵素帮你出出主意。”

李师师不置可否，林灵素倒认真提出建议：“我看米芾可以，他的书法在我们大宋，也算得上高标独步。”

李师师微微摇摇头。

“怎么，娘娘瞧不上他？”林灵素有些诧异。

李师师回答：“米芾的书法，我这天香楼里也挂有，他只是不能进这间茶室。”

“这是为何？”

“米芾的书法高居上游，奴家也很喜欢，只是他文采稍差，故不能与这四大文胆比肩。”

“那晏殊呢？”

“你是说那位写出了‘无可奈何花落去，似曾相识燕归来’的晏殊吗？”

“正是，他不但是大词人，还是前朝有名的宰相。”

“这位晏殊大人辞藻一流，但他与米芾恰恰相反，他的书法造诣算不得上乘。”

“哦，原来如此。”

林灵素一时无语。梅二娘一旁细听，这时忍不住插话：“娘娘，当朝宰相，官家最信任的蔡京蔡大人，无论是诗词还是书法，都为天下人称道，这空墙上何不挂他一幅？”

李师师睨了她一眼，淡淡答道：“当世人物，除了官家，再好的字画也不能在这里上挂。”

听完这句话，徽宗只是微笑，林灵素却是心头一震，他顿时觉得李师师看似柔弱，心里头却有着一股子不为旁人左右的倔强。

“师师，能开席吗？朕觉得有点饿了。”

赵佶话音一落，一直在餐厅里忙活的梁师成闻讯走了出来，哈着腰对赵佶说：“万岁爷，晚膳已备下。”

一行四人进了餐厅。比起茶厅，餐厅简洁得多，四壁上没有什么挂件，因为西墙外毗邻皇城东大街，所以木格雕窗常年关闭，且还罩着一层淡黄色的纱幔。餐厅正中摆着一张四尺见方的大八仙桌。本可以宽宽绰绰坐八个人，但现在只摆了四把椅子，也就是赵佶、李师师、林灵素和梅二娘四人就座，梁师成虽贵为大内总管，到这里来也只能尽服务的天职，管理好跑堂打杂的队伍。

赵佶身为天子，自然坐到北边的主座，李师师作为东道主，与他对面而坐，林灵素坐西边，梅二娘只能坐在靠门的东边了。

四人进来时，桌上的菜品已经摆好，四个凉碟，八个热菜，一律用温州的漆木盖子罩着。待四人坐定，梁师成亲自揭开盖子，席上人一起去看那盘中菜肴，先没看食料，单看造型：八个热菜，一色的龙凤造型；四只冷碟上，一色是翠羽朝凤。梅二娘首先叫好，林灵素也大赞厨艺，唯有赵佶一看就蹙起了眉头，他问同样默不作声的李师师："师师，这些菜是你家厨子做的？"

李师师指了指一旁的梁师成："你问他。"

赵佶说："我只问你。"

李师师摇摇头，答道："我一个市井人家，哪会制作官家的肴食儿。"

赵佶忽然有些恼怒，质问梁师成："你说说，你是不是调来了宫中的御厨？"

梁师成："小的是调了。万岁爷，前日的迎春宴，您赞不绝口，小的便想再做一顿同样的饭菜让您吃好……"

赵佶粗暴地一挥手打断梁师成的话："胡闹，地点不同，心情不同，肴食儿就得改变，你在大内伺候了这么多年，难道连这个也不懂？在师师这里，你摆上满满一桌龙凤，叫朕哪里下筷子？"

梁师成没想到拍马屁拍出祸事来，顿时吓得手脚没地方放，站在那里嗫嚅着："万岁爷，万岁爷……"

赵佶仍不饶他，吼道："这桌菜，你给朕吃下去，统统吃下去！"

看到梁师成窘迫得无地自容，李师师便出来打圆场。

“官家，人家梁总管也是一片好心，见你前日吃的家宴津津有味，他有心让你再尝一遍，这份孝心也没错到哪里，你是觉得盘子中龙凤的菜品造型不合适，不当我们吃的，撤下就是，也不用动这么大肝火哇。”

李师师这么一说，赵佶也觉得自己情绪有些失控，便自嘲地说：“当皇帝真不是个好差事，人家叫干啥就干啥，叫吃啥就吃啥。”

“官家若不喜欢吃这龙凤家宴，奴家的厨子也备了几样小菜，要不换下这些，你尝尝咱家的迎春宴？”

“好好好，这样太好不过了，梁师成，你快撤换。”

“好嘞！”

梁师成朝李师师投以感激的一瞥，命小侍尽数撤下餐盘。趁等待菜肴重上的当儿，赵佶向在座的三人笑道：“朕没来由地发了一通脾气，你们不要见笑。由刚才这些撤下的菜肴，朕想到了两句诗，你们续下两句如何？”

一听说作诗，梅二娘第一个兴奋，笑道：“官人，快念你的诗。”

赵佶于是念了两句：

选饭朝来不喜餐，
御厨空费八珍盘。

三人听了，凝神思索了片刻。梅二娘想好了续句，正想脱口念出，一眼瞥到李师师还在垂着眼睑深思，便收了抢先的念头，耐心等待李师师或者林灵素破题。

小丫鬟送上第二道开胃茶和几样小茶点。

李师师瞧了一眼赵佶，抬起右手做了一个请的姿势。

“官家，你先用点心。”

赵佶随便选了一粒樱桃果脯放到嘴里，一边咀嚼一边说：“师师，看样子你的续诗已想出来了。”李师师朝林灵素一拱手：“林大师先请。”

林灵素还礼道：“你请你请。”

赵佶说：“你们都别谦让，朕看到二娘早就想好了，就等你们先开口。就这样，师师你先说，二娘第二，最后是林灵素，现在，朕洗耳恭听。”

李师师说了一句“恭敬不如从命”，接着就念了续句：

> 人间何处寻真味，
> 泥芋煨红对雪烟。

刚念完，赵佶便击节赞叹：“续得好，续得好。师师皈依佛门多年，从来就荤腥不沾，这诗既表明了身份，也有幽玄的旨趣。二娘，该你了。”

梅二娘念出两句：

> 人间美味都尝遍，
> 只许江梅一点酸。

赵佶略一品味，也由衷地称赞：“朕真的尝遍了天下美味，每天进膳，都不知道该吃什么。记得朕只对你二娘说过一次，朕喜欢江南的杨梅，每年四五月间，就盼江南的贡船早点到达汴京，没想到你记住了，并活用到诗里，好聪明好聪明，不愧是红颜知己。”

一直屏神静气在椅上打坐的林灵素，这时开口说话：“帝君，轮到贫道了吧？”

赵佶点点头，言道：“两位佳人续句如芙蓉出水，期待林大师也能横空出世。”

林灵素念出两句：

三年尽扫蛟蛇窟，
高卧燕京梦也甜。

林灵素刚念完，赵佶似乎没有听懂，又让林灵素念了一次。这回赵佶听明白了，他深思了一会儿，问道：“大师的续诗中，藏了什么玄机？”

林灵素笑道：“先不说我的诗，二位娘子的诗中都有玄机。”

“啊？她们诗中有玄机，我怎么没看出来？”

“帝君，李师师续写的第二句‘泥芋煨红对雪烟’，这个煨泥芋的人，便是唐朝德宗手下的救时宰相李泌，他当年在湖南衡山的邺侯书院隐居读书，有一天晚上，一名被人称为懒残和尚的人，将火灰里煨着的一个泥芋扒出来，递给李泌说，‘你把它吃下去，然后下山，辅佐圣君开启盛世’，李泌下山后果然深得唐德宗信任，君臣风云际会，巍巍华夏得以乾坤再造。李师师讲出这个典故，可见她心系帝君，情连社稷……”

“不，我是喜欢吃煨泥芋，”李师师赶紧辩解，“我不知晓什么李泌张泌，林大师不要曲解奴家。”

听了李师师的申说，林灵素不气不恼，依然平静地对赵佶说：“李师师如此一说，更说明一点，凡命理之事，决不可刻意为之。师师顺着自己的爱好续诗，却没想续出大宋的玄机。帝君，您听贫道解释，眼下，在燕京地面儿上，也被您安置了一位宰相，那就是王黼，他未必不是李泌再生。李师师说‘泥芋煨红对雪烟’，这个烟字与燕云十六州的燕字谐音，雪烟又何尝不是雪燕。这就是玄机。”

听了这一番解释，赵佶精神大振，他又追问：“二娘的诗中，又藏有什么玄机呢？”

林灵素抬头看了看隔桌而坐的梅二娘，发现梅二娘也正紧张地望着他，于是笑道：“我估摸着，梅二娘同李师师一样，也全然不知自己的续诗中藏了什么玄机。”

梅二娘忽然脸色绯红，表现出少见的羞涩，说道：“奴家真不知道自己诗中有什么言外之意。”

林灵素继续说：“帝君说尝遍了人间真味，但其实没有，因为大宋的人间，此前并不包括燕云十六州，设若一旦收回了燕云十六州，人间的真味会扩大不少，锦山秀水的江南，除了一点杨梅，再也没有真味能让帝君胃口大开。”

赵佶听林灵素这么一解释，在心中积蓄多日的郁闷一下子消除了许多，他接着问了一个他眼下最关心的话题：

“林大师，你看燕云十六州，能天遂人意如愿收回吗？”

“能，一定能！”林灵素肯定地答复，“贫道奉旨续诗的两句，已道出了天机。三年尽扫蛟蛇窟——是说大辽灭亡之后，大金也必将退守到辽河以北，蛟毁蛇遁，这是三年内能看到的局面。届时，帝君北狩视察燕京，看到江山完整金汤永固，连梦都是甜的。”

赵佶说：“这就是你诗中所说的‘高卧燕京梦也甜’。”

林灵素点点头：“正是。”

赵佶为这可能实现的愿景而兴奋，略一思忖，又问：“为了这一天的到来，朕应该做些什么？”

林灵素：“帝君只需做一件事。”

“什么事？”

“放心让王黼、童贯处理幽燕事务。”

“好！”

说到这里，李师师估摸着赵佶会有胃口吃饭了，便插进来说：“官家，这会儿你肚子不饿了？”

“饿，早就饿瘪了肚子。师师，有什么好吃的，尽快拿上来，今夜，朕要你们陪着，好好儿吃几杯酒。”

赵佶这么一嚷，早在门外候着的梁师成，立马就吩咐小侍者上菜的上菜，烫酒的烫酒。

第二十五章　金坛神主的诡计

郭药师来到中书令蔡京府邸时，已近巳时。按徽宗皇帝的旨意，新晋太师衔的总监天下军马的童贯、中书令蔡京、枢密院正使总督北伐军三十万兵马的王黼等各在家设宴招待大金特使完颜娄石，主陪是三省属官，但每次押筵者都有不同。今天的主陪人员中，有郭药师、林灵素与梁师成三人。副陪还有大宋对金国正使赵良嗣一人。这四位陪同人员的名字原是蔡京自己定下而后报给徽宗皇帝同意的。

听说蔡京设家宴款待，无论是被请的完颜娄石还是四位陪臣，无不感到吃惊。如果说在偌大汴京有什么人的筵席最难吃到，那么第一是徽宗皇帝赵佶，第二就数蔡京了，这不仅仅是因为他担任了中书令这个职位，更重要的是，他实际上已成为徽宗一朝的文官领袖。用赵佶的话说，蔡京是朝廷的定海神针。赵佶虽然对童贯和王黼倚重甚深，但对他们的使用，事先都会征求蔡京的意见。仅仅凭这一点，就可以看出蔡京的地位。他这位中书令，乃是名副其实的宰相。

却说宋朝的官吏制度，直接承袭了唐朝。在汉朝，皇帝之下便是宰相。所谓一人之下万人之上，指的便是宰相独特而崇高的地位。皇权与相权分别由皇帝与宰相两人执掌。唐朝的相权有了根本的改变，即撤了丞相府而设立中书省、门下省、尚书省这三个省。皇上的人事任免以及指导各京衙及地方府、州，照例都是靠诏令推行，而中书省负责起草皇帝的诏令，门下省负责审核诏令，如果这个部门不同意某个诏令，便可以封驳退还到中书省再行草拟，但他们自身无草拟之权。当中书省与门下省取得一致意见后，皇上就在这诏令上用朱砂笔写一个“敕”字予以放行，该诏令就下达到尚书省，由该衙门落实推行。这三个衙门一拟政，一参政，一行政，相互制约又各不相属。这实际上是将汉朝丞相府的职权一分为三，中书省的堂官叫中书令，门下省的堂官叫侍郎，尚书省的堂官叫尚书令。按通常的称呼，这三位堂官都可称为丞相，都享受着封侯拜相的殊荣。所以说，汉代是一人当宰相，唐宋两朝变成一群人当宰相。这种情况在宋朝尤甚。这乃是因为，宋朝的三省衙门之外，尚有专管财政的三司，即赋税司、盐铁司、度支司。唐朝制度中，三司由尚书省管辖。大宋立国之后，掌握财权的三司独立出来由皇帝直管，成为一级衙门。这三司同三省一样，互不连属又相互制约。除了三省和三司，还有一个枢密院，乍一听来，以为是监察或通政机构，其实它是一个主管军事与三省平级的衙门，由它直接管理的是禁军。各地的官军则又有兵马指挥使衙门管理。枢密院正使由王黼担任，兵马指挥使衙门总督由童贯担任。童贯本是宦官，由宦官监军，这也是大宋重要的军事制度。因为，兵权最终掌握在皇帝手上，宦官代表皇帝行使监军的责任，其地位之崇高，乃历朝历代所少见。所以说，在大宋朝廷，三省、三司、枢密院、兵马指挥使衙门这八大机构，从权力的分配与官衔来看，是船头一样高，马头一样齐。每一个衙门都在制约着别人又被别人制约。总结历朝得失，一个宰相虽对治国有利，但容易对皇权构成威胁；一群宰相虽然是对相权的极大削弱，但是对皇帝的统驭却极为有利。

蔡京自入仕以来，深研历朝制度掌故，并在本朝的制度衍变中找出一条既得皇上信任又能够让自己脱颖而出的方便法门。事实上他是成功者，徽宗皇帝登极不到两年，他就被任命为中书令，而后就一直在这个枢机之地操持秉轴之权。其间虽因弄权被谏臣揭发，暂时被贬杭州息养，但自他离朝之日，徽宗便感到诸事不便，朝廷行政颇感不能得心应手，于是不顾一些谏臣甚至是股肱大臣的反对，调回蔡京让他官复原职。由于蔡京的能力远超同僚，所以，中书省实际上成为了八大衙门之首。

蔡京复职已是七十三岁高龄，他甫一就任，就碰到朝廷联金灭辽这样的大事，他看得出徽宗很想做成这件事，收回燕云十六州，以雪汉人之耻，祖宗之憾。从他内心的判断，这件事有三可为三不可为。三可为是：一、恢复汉唐河山，乃民心所向；二、扩大大宋金瓯，乃不世功业；三、事情一旦做成，朝中政敌可借此驱除净尽。三不可为是：一、金辽同为强虏，极难控驭，弃辽迎金，实乃前门驱虎、后门揖狼，一旦败盟，后果不堪设想；二、澶渊之盟后，大宋官军久不思战，誓师北伐，难有胜算；三、燕云十六州脱离中原已近二百年，如今那里胡汉杂处，思归中原的人已是少之又少，即使顺利接手，也很难管理。

经过深思熟虑，蔡京决定支持徽宗做出联金灭辽的决定。但在与徽宗的密谈中，他提醒了六点：一、一切与金国密盟之事，不可廷议，凡不参与此事的人，哪怕是股肱重臣，一律不得与闻。二、为确保此事的成功，朝廷在人事上须得作一些调整，八大衙门中凡有可能掣肘者，一律调离，甚至可抬升到地方担职。三、北伐声势要大，王师须得由童贯、王黼率领，表面上可与金国军队保持一致，但与辽兵接战要慎之又慎，不可轻易暴露官军战力薄弱的软肋。四、灭辽之事，以大金军队为主，我大宋要以离间、招安等手段，着力于化辽之事。五、灭辽战事巨大，其军费开支会耗尽国库，必须以收复燕云十六州为由，诏谕各府州县额外征收税赋以充军费，此事乃民心所系，谅不致有太大困难。六、在京城各大衙门及所有地方官吏中，遴选忠于朝廷又能恪守制度独当一面的人才，加以培养历练，一旦收回燕云十六州，即可派员赴任接管。

对于蔡京的这六点建议，徽宗全都接受。所以说，联金灭辽这一史无前例的朝政，虽然始作俑者是童贯与王黼，但起决定性作用的，也就是说促使徽宗下决心的关键人物还是蔡京。近三年来，金、辽、宋三国之间战略态势的盈虚消长，旧雨新盟之间的爱恨情仇，他总是第一时间知晓，并第一时间协助徽宗做出决策。此次阿骨打提出交割燕云十六州的条件，可以说大大出乎徽宗皇帝的意料，但却是蔡京意料中的事。当徽宗蹙着眉头向他讨计时，他斟酌答道："皇上，您是如来佛。"徽宗问他此话怎讲，他又答道："咱们老家有一个孙猴子的故事，这只猴子冥顽不羁，难以驯化，且钻天入地本事极大。但它再厉害，也跳不出如来佛的手掌心。"徽宗听着就笑了，他明白蔡京将阿骨打比成猴子，将他比成如来佛。徽宗便说："燕云十六州是一块孝敬祖宗的肥肉，怎么着你得让咱吃到口。"蔡京表示这是小事，让皇上不必操心，徽宗便依蔡京的建议，安排几场大臣的家宴款待完颜娄石。

昨天中午朝会大典之后，徽宗皇帝在保和殿设宴招待使节与君臣，完颜娄石虽然参加并坐到主宾席上，但毕竟不是单独宴请，徽宗皇帝与他略有接触也仅限于礼节性的谈话。何况在朝会大典中完颜娄石对徽宗还有一些冒犯的言语，因此宴席上便不会有真正的交谈。有了这一个前提，今天蔡京的邀请便显得格外重要。大金国副使李靖在分析中认为：此次家宴实乃体现南朝对大金国提出交割燕京土地的态度，不管对具体条款是否还有商榷，但大体条件实已同意。完颜娄石同意李靖的判断，因此爽快答应赴宴。

至于郭药师、林灵素、梁师成、赵良嗣四位陪客，蔡京也是费了一番脑筋。郭药师是辽国叛将，让他参加，是让完颜娄石了解南朝既往不咎有功必赏的大国风范，姑且不谈此举是否能够对完颜娄石起到暗示或教化作用，单是这种安排就体现蔡京的用心。再说林灵素是徽宗信赖的国师，天下道教的掌门人，梁师成是大内总管，随时可以向徽宗禀告的亲信。至于赵良嗣，因其乃是处理宋金两国事务的正使，不但熟悉情况，其身份亦与完颜娄石相同。选择这四个人来陪宴，既体现了对完颜娄石的尊重，也表示出对徽宗皇帝的用心不二。

按安排，完颜娄石与李靖由赵良嗣陪同，于午时抵达。郭药师接到通知于巳时抵达。当郭药师在大相府前下马被上前迎接的胥吏领进府邸第二重厅堂时，落座不过片刻，身着一品官服的蔡京便从内厅走了出来。大宋官阶，八大衙门的堂官都是正三品，一品二品并非命官实衔，而是勋职，即将德高望重的出将入相的显官升为太师、太傅、太保这样的爵位而获得一品二品资格。蔡京早在十八年前就是朝中一品大员了。现在朝中享受勋职的王侯或介胄之臣虽也有三十余位，但论资格，蔡京仍稳居第一。无论从哪一点上来看，蔡京都是徽宗身边不可替代的人物。

却说郭药师眼见须眉全白的蔡京走进厅堂，连忙屁股离了椅子，急趋几步上前单腿跪下，正要抱拳行揖，这才想起这是辽国礼节，连忙又屈下另一条腿按大宋规矩行了晋见之礼，口中响亮唱喏："郭药师晋见干爹。"

见郭药师头叩砖地，蔡京笑道："药师，起来吧，小心别把头磕破了。"

"遵命，干爹！"

郭药师从地上爬了起来，依旧回原来的椅子上坐下了。他之所以喊蔡京为干爹，原是有一段故事：自郭药师携涿、易二州投归大宋，他一时间成了宋朝第一功臣，徽宗皇帝下旨让他来汴京领赏并在宫中赐宴款待，蔡京、童贯都是陪客，诸多赏赐让郭药师受宠若惊。蔡京也将自己府中的一个名叫香环的丫鬟赐给郭药师，并对他说，这丫鬟聪明伶俐，平日在府中是当干女儿养的，郭药师连忙顺杆儿爬，言道："老大人，你既把干女儿香环赐给了末将，从今以后，我就是你的干儿子了。我喊你干爹。"蔡京笑着颔首就算默认了此事。

郭药师的椅子前摆了一张雕工考究的铁木茶几，上面放了一碟冰鲜的荔枝，一碟楝花蜜腌制的子姜片，一碟掺了桂花的黑芝麻切糕，一碟绍兴特产茴香豆。客厅丫鬟给郭药师上了一盏热茶，平日野惯了的郭药师，双手搭在并拢的膝盖上，显得十分拘谨。

蔡京瞧着郭药师，对他窘迫的样子既好笑，又满意，于是打趣地问："你见天祚帝，也这么紧张吗？"

"紧张。"郭药师舔了舔嘴唇，咧嘴笑道，"但他不是我干爹，所以没这么紧张。"

蔡京一笑："我看你嗓子干了，你先喝杯六安州送来的贡茶，这茶叫龙芽，有兰草香味。"

"干爹，遵命！"

郭药师拿起茶盏咕噜咕噜就喝干了，他放下瓷盏，丫鬟又给他沏上。

蔡京看着郭药师用手背擦嘴角上残留的茶滴，也不说什么，只转了话题问："香环怎样了？"

"她很好，现住涿州。"

"过得惯吗？"

"过不惯，她娇贵。"

"香环在老夫府中是最泼辣的，怎么娇贵起来了？"

蔡京这一句，反倒让郭药师接不上话了。盖因香环曾经是蔡京府中膳房的女佣。郭药师听说她在蔡府膳房待了八年，便想着她一定是个烹饪技艺绝佳的庖厨。于是便提议她做一桌饭菜饷客，香环回答说不会，并解释，她只是在膳房中专做包子的。郭药师一想，做包子也好呀，咱女真人最喜欢吃包子。香环却回答说，做包子她也不会。郭药师这就惊奇了，你既在膳房中做包子，怎么不会做包子呢？香环回答说，蔡太师家中做包子的共有九人，分别负责揉面、选料、剁馅、调味、制作、上笼、观火、起件、味碟。香环连这九个人都不是，只是专司切姜丝葱花。郭药师听了不免咋舌，艳羡蔡京家里日子过得精细，心中自然也就把香环看轻了。但处上一些日子，他发现香环接人待物都很得体，那份矜持和气度，竟比周围看惯了的辽国契丹贵族女人胜出许多，又不免从香环身上看到了南朝的雍容华贵的女人生活，于是越发对南朝的文化顶礼膜拜了。

见郭药师默不作声，蔡京又追问："药师，香环你不满意？"

郭药师连忙回答："干爹你说哪里话，香环我是托在手上怕飞了，含在嘴里怕融了。"

蔡京点点头："这么说，老夫可得叮嘱你，别把香环宠坏了。"

"不会的，咱家里自从有了她，就像暗夜里有了夜明珠。"

"好，这么说我就放心了。"蔡京这时抿了一口茶，转了话题问，"药师，过去你和大金国的这位完颜娄石，有过交道吗？"

"没有。"

"听说过他吗？"

"听说过。"郭药师想了想，回答说，"这完颜娄石是大金阿骨打皇帝的远房侄子，是阿骨打最信任的人之一。"

"你说，阿骨打怎么会派一名武夫来充任国使？"

"这个……干爹，咱还真闹不清阿骨打是怎么想的。"

蔡京注视着郭药师的表情，他并不认为这个干儿子像人们说的那么狡黠，相反，他还有几分朴实。于是，他又拐了一个弯问："如果任命你当大宋国使出使金国，你会怎么做？"

"真的吗？"郭药师有些诧异。

"甭管是真是假，你只说，你会怎么当这个国使。"

"咱会按皇上与太师交代的事项，依葫芦画瓢，不走样地落实。"

"这就对了。"

蔡京捋了捋下巴上的白胡须，忽然间哈哈笑起来。

“干爹，你这是？”郭药师觉得蔡京的笑容深不可测，略略有些紧张地说，“儿子说错话了吗？”

“你没说错。阿骨打让完颜娄石担任国使，就是出于你这种想法。”

“啊？”

“关于燕云十六州的交割，阿骨打开出的条件，是不可能谈判的。他用完颜娄石就是这个意思。”

“完颜娄石是个榆木疙瘩脑袋，不开窍。”

“不是他不开窍，而是作为武将，服从是天职，看懂了这一层，就知道该怎么应对阿骨打了。”

蔡京说话总是不紧不慢，那神情像是闲聊，但句句话中都有骨头，都有见识。郭药师仔细咂摸他的话，心想，若是天祚帝身边有干爹这样的宰相，即便是金宋联手也斗不过啊。他这么思虑着，蔡京又嘱咐他：“药师，今天请你来作陪，老夫是想让你和完颜娄石交上朋友。”

“干爹，这个恐怕有点难。”

郭药师说着，就把昨天去参加朝会大典路上发生的事讲了一遍，蔡京认真听了，回答说：“完颜娄石这种人，冷得像一块冰，硬得像一块铁，轻易不会与人交朋友，但一旦他信任了你，便会为你两肋插刀。”

“干爹的话，儿子记住了。”

蔡京忽然定睛看了郭药师一会儿，然后压低声音问：“你曾经是后辽萧太后手下的四大天王，耶律大石、萧干、张觉，你和谁相处最好？”

郭药师想了想说：“听说耶律大石挟持萧太后寻找天祚帝去

了，萧干不知去向，张觉归顺到大金国了。阿骨打任命他仍当平州知府，兼管滦、营二州。”

蔡京又问：“这个张觉，你过去与他相处，是否有交情？”

“有，咱俩都不满耶律大石的专横，萧干仗着他的妹妹是萧太后，也很跋扈，只有咱和张觉没人撑腰，故常常聚在一起喝大酒，发牢骚。”

“这就很好，你要设法与张觉重新修好。”

“啊？与他修好？”

见郭药师惊愣，蔡京开导说：“你现在是大宋皇帝任命的河北招讨使，马上就要驻节燕京，而平州与燕京山相连地相接，是近邻，所以，老夫才要你与平州知州张觉做个好邻居。至于为什么要修好，还有一个更深层的谋略，老夫在这里就不对你多讲了。”

郭药师忽然意识到蔡京请他今天来陪宴，是有重要任务交给他，于是兴奋地追问：“干爹，你不多讲，我怎么知晓该如何和张觉修好呢？”

蔡京浅浅一笑：“我今天不讲，是因为会有人专门找你深谈这件事。”

“谁？”

“王黼。”

“啊，是王大人。”

郭药师还想问得详细一点，蔡京却起身伸了个懒腰，对他说：“刚才所言之事，不可对任何人讲，现在，让管家领你到花厅那边小坐，香环的几个姐妹都想见见你，你给她们带礼物了吗？”

郭药师回答说带了，并言孝敬干爹的礼盒都给了管家。蔡京不再说什么，抬抬手，让管家领走了郭药师。

蔡京踱到客厅毗连的小客房里，躺在罗汉榻上小寐片刻养养神，待他重新回到客厅，只见几案上的点心与茶汤都已换过，只是方才郭药师坐过的椅子上，换成了峨冠玄裳的林灵素。

见蔡京出来，林灵素连忙起身拱手施礼。蔡京抬抬手示意他坐下。对这位林灵素，蔡京心里头很不喜欢。正是这位以当代张天师自诩的天师道道士，将徽宗弄得神魂颠倒，不管大小事，都要向林灵素请卦问符以卜吉凶。在蔡京看来，朝政就是朝政，信仰就是信仰，二者不要掺和在一起。他相信孔子“怪力乱神”的断语。但是，当徽宗被林灵素的左道迷惑时，他不但没有制止，反而还一味地附和怂恿。譬如说，徽宗每个月都要召聚各衙门大臣陪他一起，听林灵素来禁中讲一次道术。本是经筵之地，却偷梁换柱成了林灵素的布道之所。一些大臣很有意见，蔡京虽有腹诽，但却非常认真地参加每一次布道。所以说，除了他自己，满朝文武中没有第二个人知道他内心其实很讨厌林灵素的作为。包括林灵素自己，也认为蔡京是他命中的贵人，因为正是蔡京的极力荐举，林灵素才被徽宗任命为“大宋护国佑民太一纯清国师”。蔡京违心做这些事情，只有一个目的：只要是徽宗高兴的事，就一定要主动去做。

却说金国皇帝阿骨打变卦，不想完全交出燕云十六州的消息传到汴京时，徽宗皇帝的确感到震惊，虽然他仍在第一时间找蔡京询问解决之道，但却提出两道旨意：一是要让尚书省将燕云十六州历史沿革写出节略报呈；二是希望就此事召山西招讨使种师道与威武军节度使郑虚中进京垂询应对方略。听到徽宗的旨意，蔡京感到不安，因为燕云十六州的历史沿革，此前就由中书省整理出一份，徽宗也看过。这至少表示他对前一份节略不完全放心，而中书省的堂官正是他蔡京，还有召种师道与郑虚中二位大臣进京垂询之事，更显敏感。因这二人正是当年对联金灭辽意见强烈的反对派。正因如此，才将他们调离京城安置边陲。如今徽宗却要调他们进京，这意味着徽宗的态度有了微妙的变化，不是说他对以蔡京、童贯、王黼为首的密盟派大臣产生了不信任，但至少可以认为他想听听密盟派之外的大臣们的意见了。

与徽宗会见后，这个春节蔡京可没过好。有两个问题一直在他脑子里萦绕：一是如何让徽宗转变态度，改变会见种师道、郑虚中的初衷；二是如何应对阿骨打提出的交割条件，明里怎么谈，暗中又怎么使劲。其间，他与童贯、王黼有过磋商，也单独询问过赵良嗣。最终，他自信找到了解决之方。在他的战略中，郭药师、林灵素、梁师成都是他的棋子。前天，他就从梁师成处得知，徽宗皇帝昨晚要在李师师家里会见林灵素与梅二娘。于是，他提前将林灵素请到府上，要他见机行事，让徽宗坚定信心信任密盟派，处理与金国谈判的事务，由王黼掌控枢机全权负责。他之所以只字不提童贯，也有一层不能说出的原因。盖因童贯也在三年前获得太尉头衔。太师、太傅、太保，位列朝中三公，太尉不在此列，只是类似于前朝兵部尚书的一个职衔。童贯对此一直耿耿于怀，并处处游说，希望能晋升太师勋衔。他知道，此事绕不过蔡京，没有蔡京的奥援断断不能成功。因此他不止一次或明或暗地向蔡京示好，曲里拐弯表达自己的意愿。蔡京经过深思熟虑，于节前向徽宗建议升童贯为太师，但不再兼任太尉。这种安排可以看出蔡京的老谋深算，一是如此可以满足童贯的要求，二是借此也可以削弱他的实际权力。因为有了这一个变故，故他授意林灵素将对大金国事务的处置权交由王黼调度。虽然王黼也有一肚子小心眼，但毕竟是他一手栽培的“自己人”。

叙茶片刻，蔡京示意服侍在侧的两名丫鬟退了出去，林灵素看到丫鬟退出掩上了门，便主动挑开了话题，向蔡京报告了昨夜在天香楼与徽宗皇帝餐叙的情况。

蔡京听罢，捻着白须沉思片刻，斟酌着说：“明日夜里东华楼上观灯，皇上会去，童贯、王黼都会去，老夫会趁便御前进言，对大金国的谈判，重中之重是尽快交割燕京。只要燕京归了我大宋的版图。燕云十六州就是我们的囊中之物了。”

林灵素平日与朝廷大臣交往甚多，在他看来，对朝政之娴熟，对国事之参详，没有人比得过蔡京。他于是附和着说：“燕云十六州是一条龙脉，燕京是龙头，大同是龙尾，只要控制了龙头，最后又拽住龙尾，联金灭辽的大计，就彻底实现了。”

“灵素你说得不差。”蔡京瞟了一眼窗外女墙边栽着的一丛翠竹，接着林灵素的话头说，“当年秦始皇修长城，走的路线就是龙脉。自东向西，东为生门，西为命门。只要控驭好了东北与西北，泱泱华夏就安然无恙。”

“太师所言极是，秦始皇虽为千古暴君，但所修长城却是千古功德。”

林灵素还要说什么，却听见有人轻叩门环，旋即管家推门进来，对蔡京禀道：“大人，赵良嗣派人来报，他陪同完颜娄石已过了虹桥，不消片刻就到府前。”

蔡京问：“梁师成公公到了吗？”

“到了，在花厅与郭药师聊天呢。”管家想想，又补了一句，

"要不，我去通知梁公公与郭药师，让他们与四位公子一道，到门口迎候完颜娄石。"

"这样最好，你去安排，接到大金国使后，让他们直接去会春堂。"

管家离去后，林灵素抓紧时间询问："太师，燕云十六州的事，还有什么需要在下疏通的，你尽管吩咐。"

蔡京知道林灵素虽有道术，但做人也很圆滑，平日与童贯过从甚密，他怕林灵素将谈话的口风露给童贯，于是故意漫不经心地说："对金一应大事，总操控还是童太师，但具体事务由王黼负责。因为王黼在朝中历练多年，谙熟朝廷制度，加之年轻，多做一点事情也是应该的。"

林灵素精得像兔子，哪听不懂蔡京的弦外之音，因此仓促回答也极巧妙："太师，在下是林泉中人，啥时候也不会犯欺君之罪。"

"此话怎讲？"

"帝君让咱测诗，我从中测出了天意，这是玉皇大帝的指引，与太师无关。"

"先生不愧是金坛神主，高明！"

两人心照不宣地大笑起来。

第二十六章　波谲云诡的家宴

完颜娄石在梁师成、郭药师等的陪同下走进太师府，一时间产生了幻觉，以为真的来到了蓬莱仙阁。昨日从宣德门进皇宫，那种重檐叠宇朱梁画栋的禁中气象，他虽未见过，但大致也在他想象之中。但今日这座太师府，虽也是重门深院，但不施五彩，只是白墙青瓦，乍一看去，倒像是乡郊野店，全不见城郭气象。进得府中，情形又大不一样。这府邸一进五重，每一重之建筑格局都宏大非常。第一重为庭，第二重为厅，第三重为堂，第四重为院，第五重为轩。每一重建筑大小不一，但大小房间莫不数以百计。一般的客人，视其尊卑亲疏，到了第二重厅屋也就止步了，只有相当显贵之客，才能进到第三重华堂。太师府的大宴会厅便在第三重的会春堂。蔡京的四个儿子蔡攸、蔡儵、蔡絛、蔡鞗都因父得宠，成为朝中显官。大儿子蔡攸，担任保和殿值殿郎中，虽官阶只有四品，却是徽宗近臣，他学会了乃父曲意媚上八面玲珑的性格，见人说人话，见鬼说鬼话；更有着见佛杀佛、见魔收魔的通天手段。这会儿迎完颜娄石进得太师府中，并没有沿庭堂中轴线到会春堂，而是拐了几折回廊、几处园囿。但见道院清斋、醮场书屋，点缀在池台烟树之中。其凫雁入林，如渔樵养眼；叠石入阁，如崆峒在岫。蔡攸一边导游一边介绍，某间茶屋当今圣上曾来此品茗，某间斋堂皇上携贵妃曾来此上香。一一介绍尽是凡人难见之事。蔡攸如此炫耀，原是想让完颜娄石惊叹、折服，由此知道大宋君臣之间的优雅情怀以及心心相印的君臣情谊，也想借此让完颜娄石体悟大宋的丰饶和力量。但看到这一切后，完颜娄石不禁想到昨晚李靖告诉的时下汴京偷偷流行的民谣："童子王子，一块儿死；大蔡小蔡，还他命债。"李靖说，大金派来汴京的细作，少说也有一百多人，专门收集市井坊间对金宋联盟的反应以及侦伺达官贵人的行迹口碑。这首民谣便是细作探到后秘密告知李靖的。童子王子指的是童贯、王黼，大蔡小蔡指的就是蔡京和他的四个儿子。说到这首民谣，李靖还讲了一个故事。洛阳有位高人叫邵康节，在哲宗末年也就是徽宗登基之前，来到汴京。一日与友人在天津桥上散步，忽然听到杜鹃鸟的啼声，邵先生顿时惨然不乐，友人问他为何，他回答说："汴京从来无杜鹃，今日这鸟来到必有所因。"友人问，这是为什么呢？邵先生说："不过二年，皇祚必定有变，新帝登基必用南人为相，天下从此进入多事之秋。"邵先生认为杜鹃鸟自南度淮而入汴京，这是不祥之兆。他进而对朋友解释："天下将治，地气自北而南；将乱，地气自南而北。今南方地气到了北方，禽鸟先于人而知之矣。《春秋》有云'六鹢退飞，鸲鹆来巢'，皆气之使然。"

完颜娄石是一个不擅空想的人，更不愿意在神神道道光怪陆离的生活中浪费自己的光阴。但汴京的这首民谣和邵康节闻听杜鹃鸟的故事，却让他得出一个结论：南朝比辽国好不了多少，当官的锦衣玉食，一个个都用尽心思去讨好皇帝，街上碰着的众生，不管是人是鬼，都一门心思想着怎样发财。当官的不像官，当民的不像民，偏偏官民还尖锐对立。当官的搜刮民财，当民的巴不得当官的全死掉。这人间的乱象，在汴京城中处处可以看到。完颜娄石今年才四十一岁，但在马背上至少度过了三十三年。他看不惯更过不惯汴京城中达官贵人们的富贵熏天的生活，直觉告诉他，同这样一帮人打交道得十二分的小心。

尽管蔡攸一路介绍得非常认真，完颜娄石从头到尾就是个扎嘴的葫芦，只是点点头以示应承。不觉到了第三重的会春堂，这是一座纵深六丈宽约五楹的大堂。堂前植有数十株虬柏盘桧，苍古远人，堂匾“会春堂”三字，乃徽宗皇帝所赐。会春堂两头各有一楹大小的庑舍，俗称便厅，称南庑、北庑，乃就宴客人临时休憩之区。

蔡攸将一应来宾领到北庑坐下，只见厅中陈设无非夏鼎商彝，金芝玉树。每个座位前的乌木几上，已摆上了香圆、荔枝、黄橙、金橘等四季水果。客人落座后，蔡攸仍兴致勃勃地问完颜娄石：“娄石将军，你看了左元仙伯的府邸，有何评价？”

完颜娄石问李靖：“谁是左元仙伯？”

李靖摇摇头。

梁师成看了看坐在身边的林灵素，笑道：“蔡太师就是左元仙伯。”

李靖问：“他怎么叫左元仙伯？”

梁师成问林灵素：“大国师，这事儿还得你来回答。”

林灵素抚了抚鹤氅，矜持答道：“还是梁总管你来说吧。”

“咱说就咱说。”梁师成习惯性地清咳一声，接着说，“林大国师第一次觐见道君皇帝时，就说天上有长生大帝君，他还有一个弟弟青华大帝君，兄弟俩都是玉皇大帝的孩儿。替玉皇大帝管事儿的，叫左元仙伯，统领八百名仙官。道君皇帝乃长生大帝降临人间，当了人间帝王。玉皇大帝怕他辛苦，便将左元仙伯派遣下凡辅佐长生大帝君。这就是蔡太师。”

一直在旁默不作声的郭药师听了，不以为诳，反而艳羡，插话道：“既如此说，梁公公，还有你们四位公子，都是八百仙官里的人物啰。”

“这个当然。”林灵素接腔说，“你郭药师，也是这八百仙籍中人。”

郭药师看了一眼完颜娄石，问林灵素：“请问大国师，这完颜娄石将军能入仙籍吗？”

“他嘛，”林灵素故作高深地说，“他如果皈依天尊，亦无不可，反正八百仙官，还有很多空位。”

这荒诞不经的谈话，完颜娄石觉得无聊，于是不无讥讽地回答：“咱做梦都没想到去当什么仙人，我最想的，是回到家乡种田。”

他的话一时没人回应，这时蔡京走了进来，众人都起身，又是寒暄又是介绍，重新落座后，蔡京问隔几而坐的完颜娄石：“方才老夫进来时，拣个耳朵听了一句话，娄石将军你想回家种田？”

完颜娄石点点头。

蔡京一笑，接着说：“你们的皇上阿骨打，开出了燕云十六州的交割条件，还有一个附带条件，就是要一万头黄牛。我们皇上，也包括老夫自己，都认为这个附带条件有点离奇，前天的朝会大典上，皇帝还亲自问过你，甚至提出将牛价折成现银给你们，你都一口回绝。现在，老夫算是明白了。是不是你们大金国军队中所有的战士，都想着要回家种田。”

“这个，我没有问过别人。”

完颜娄石担心失言，怕蔡京找出什么破绽，故此回答。蔡京也只是说说闲话，并不想深入讨论此事，他逐一看了看在座的人，问蔡攸：“大家都介绍过了吗？”

蔡攸答：“都介绍过了。”

蔡京指着梁师成：“你是怎么介绍他的？”

蔡攸不知道父亲问话的用意，只得老实回答：“梁师成公公为大内主管，当今圣上依赖的禁中重臣。”

“不够了，这样介绍不够了。”蔡京抬起手来摇了摇，说，“这一点可以让娄石将军知晓，节前皇上已经下谕，将梁公公擢升为太尉，即从前童贯担任的官职，同时擢升的还有王黼大人，他晋升太宰。”

其实，这种安排梁师成早已知道，为此，他感谢蔡京从中鼎力相助，本说这项人事过完元宵节后公布，却没想到蔡京却在今天当着大金国使的面宣示出来。梁师成作为当事人既高兴，又有些忐忑不安，于是讷讷言道：“多谢太师，可是，咱还得等到万岁爷的诏旨哪。”

“十天之内，诏旨就会出来。”蔡京接着说，“老夫之所以在诏旨下达之前公布，乃是为了今天这场宴会。”

“啊，此话怎讲？”梁师成问。

蔡京把脸侧向完颜娄石，既像解释又像炫耀地说：“娄石将军，今天这场宴会，是皇上敕旨安排，凡参加之人，都是皇上钦点，而且陪宴的人都得有名分。因为是家宴，所以老夫的四个儿子都参加。此举乃是表示隆重。三位主陪，林灵素是皇上诰封的国师，禳灾祈福、护国佑民都是他分内的事。这位郭药师，春节前由童太师、王太宰举荐，已被皇上谕旨晋升为河北招讨使，燕云十六州乃河北事务，是郭药师的职责，所以他必须参加。还有一位主陪就是这位梁师成，咱大宋的规矩，禁中各司局长官以及他们的上峰大内总管及掌印帮办，一律不得参与朝政。凡参与者，如担任各处监军的内宦，出衙之前，都须先获朝廷命官资格。今日这宴会，应属朝廷重要事务，梁师成以大内总管身份，是不能够参加的，故老夫先通报他的太尉任命，我朝太尉，为监军之首，可谓地位崇隆。最后还有一位副陪，即我朝派往贵国的全权特使赵良嗣，他参加是履行公务。老夫率领这样八个人来招待你和副使二人，你该看出我朝的诚意吧。”

虽然昨天完颜娄石就知道今日宴会的陪臣名单，也知道这些陪臣都是南朝皇帝倚重的权贵人物，但究竟为何选中这些人，他也没有细想，此时听蔡京这样一介绍，他倒也悟到南朝朝廷仪轨的严谨。他也知道南朝的军事建制，所有禁军与各地官军，虽都有指挥使，但凡有军事行动，都须听命于监军。而所有监军都由大内宦官担任，太尉则是监军之首。如今梁师成即将上任太尉之职，他不由得多看了梁师成几眼，见这个人眉毛稀疏，一双眼睛老眯着像没睡醒，身子胖得像面团，不由得心里头起了腻味。他本想恭维梁师成几句，但找不到词儿。又想对蔡京的安排表示感谢，想想又不符合自家身份，略略思忖，开口答道：

“我来汴京城已经三天，昨日参加贵国的朝会大典，又吃了皇帝招待的大宴会，今儿个到太师府，再吃你蔡太师的一顿酒席，三天吃两顿大宴，正事儿还一句未谈。太师，老这么喝酒不谈事儿，我这一颗心悬着不踏实。”

完颜娄石所说的汉语，是在对辽国的作战间隙中学会的，虽然不算太生疏，但有浓重的鼻音，乍听起来还挺费劲。蔡京有些耳背，聚精会神地听，也只听懂个大概。完颜娄石一说完，他就问："将军你是说，要一边喝酒一边谈事儿？"

完颜娄石回答："不是边喝酒边谈事，而是先谈事。"

蔡京仍然误会，笑道："将军是个爽快人，好，咱们现在就上堂，边吃边谈。"

两人对话的时候，陪臣们都是一边吃水果一边倾听，听到两人各说各话弄岔了，都觉得好笑，又都不敢笑，唯有郭药师猴性十足，看到蔡太师起身欲走，竟扑哧一笑，一团还没嚼烂的橘瓣从口中喷出来，污了眼前乌木几上的果盘。

"你怎么啦？"

蔡京狠狠盯了郭药师一眼，几乎所有的陪臣都不敢解释，李靖只得站出来对蔡京说："蔡太师，你把娄石将军的话听谬了。"

"啊？"蔡京张了张嘴。

"娄石将军的意思是，今天先把正事谈妥了，再上桌吃酒。"

"什么正事儿，喝酒不是正事儿吗？"

蔡京摇了摇头，故意显得茫然不解，他重新坐了下来，盯着完颜娄石。

李靖继续解释："娄石将军的意思，他带了我大金国皇帝写给你们南朝皇帝的国书，前天，这国书已如礼呈交。只是尚不见贵朝皇帝的回复。娄石将军因此心下焦急。蔡太师是当朝宰相，贵朝皇帝料已就如何应答我国国书这事与你商榷。因此，我们希望得到一个满意的答复。"

蔡京这回听明白了，他顿了顿，说："燕云十六州，你们赖下平、营、滦三州不归还，大同云内、武、朔三州暂缓归还，加上此前莫、瀛两州早已归我大宋，涿、易两州是郭药师归顺我大宋朝带来的礼物，实实在在的，你们只归还了六州，却还要在我朝每年输送给大辽物资赋贡的基础上，再额外增加五十万两银子，这样的条款，是不是过于霸道？”

一说到正事儿，厅内的气氛顿时紧张起来。因为蔡京虽然语调平缓，但说出了问题的关键。他话音一落，众人都把目光投向了完颜娄石。

说实话，完颜娄石在接到这个特使任命之前，从未接受过两国外交事务。好在李靖从几年前两国密盟开始，就一直处理南朝事务，一应内情事无巨细全都熟悉。此时，当完颜娄石将目光投向他时，他早已做好了应答的准备：

“蔡太师，你问的这个问题，由我来回答。”

“好，你说。”

蔡京答应，众人的目光又都转到李靖身上。此时午时过半，窗外桧树上阳光正好，偶尔风来，筛了一地碎影。李靖心底清楚，用冗长的叙述来解释阿骨打皇帝政策的改变，对南朝这些沉浸在春节欢愉中的章缝之侣介胄大臣来说，绝不是明智的选择。他问坐在他身旁因为地位卑下而一声不吱的赵良嗣：

“赵大人，前年九月，我大金军攻陷黄龙府，阿骨打皇帝正谋划进攻辽上京的时候，你长途跋涉赶到拉林河畔，与阿骨打皇帝密谈了一天一夜，那次会谈我一直陪侍在侧。你返回汴京时，阿骨打皇帝让我扮成新罗商人与你同行。我实际的身份是大金国密使。在你的安排下，我于大内会真殿向贵朝皇帝递交了阿骨打写给他的国书，你可记得此事？”

"记得。"赵良嗣回答。

李靖立刻补了一句："还记得国书的内容吗？"

"这……"赵良嗣头皮一麻，因这国书的内容正是阿骨打皇帝政策改变的蓝本，他只得支吾道："这国书存在皇史宬内，随时可以备查。"

"这次你们查验了吗？"

赵良嗣佯笑着不作回答。

"我这里有副本，现在可以念给你们听听。"

李靖说着，从随身带来的护书袋中抽出两张纸来，字正腔圆地诵读起来：

> 大金皇帝谨致书于大宋皇帝阙下：
>
> 盖缘素昧，未致礼容，酌以权宜，交驰使传。贵国赵良嗣等言："燕京本是汉地，若许其交还贵朝，将此前岁输大辽契丹之物资银两，尽数转输女真。"现大金南朝两国，虽无邦交之设，但遣使专来通报意愿，谅不失信。若将来贵朝不为夹攻，石敬瑭所割汉地，即不归还。书此誓约，已许为定。

李靖念完，屋子里陷入沉默。蔡京处枢机之地，操秉轴之权，他怎么不知道这封国书呢。徽宗皇帝收到此函后回答的国书，还是他蔡京主持起草的呢。其中"确示同心之好，共举讨伐之师，诚意不谕，义当如约。已遣童贯勒兵相应，彼此兵不得过关。岁币依契丹旧数"这一段，是蔡京斟酌再三定下的。如今李靖念了两年前的这份国书，确实让蔡京的脸上有些难堪，偏偏这时候，梁师成又开口说话了：

“咱听了半天，才听出个名堂，当初两国议定燕京城，你们女真人之所以漫天要价，其意是燕京城是你们一家拿下的。没有夹攻，燕云十六州你们就可以不归还。看似你们占了理儿，其实没占。”

“怎么没占？”李靖追问。

梁师成指了指郭药师：“在你们大金军攻破居庸关的前五天，郭将军率领的常胜军，不是已攻进了燕京城吗？”

“结果呢？”

郭药师没想到梁师成提起这档子事，恨不得找个地缝儿钻进去。但当着完颜娄石的面，怎么着也得把面子撑住。他连忙争辩道：“结果怎么着，表面上咱郭药师输了，但萧莫娜也没赢，没有我常胜军攻进燕京城，萧莫娜会带着耶律大石逃跑吗？你们大金军虽然进了燕京城，是遛弯儿一样遛进来的，咱郭药师可是在燕京城中提着脑袋浴血奋战了一场。”

梁师成赶紧补了一句：“从这层意义上讲，燕京城还是两国夹攻拿下的，这是事实。”

完颜娄石听到这句话立刻拉下了脸，本想发作，想了想又隐忍了下来，转而问郭药师：“昨天，你为什么要拦我的轿马？”

郭药师答道：“不为别的，就因为我也是女真人。”

完颜娄石微微摇头：“我是生女真，你是熟女真，不一样。”

“有什么不一样？”蔡攸好奇地问。

完颜娄石的回答脱口而出：“生女真不开化，认死理，但从不说假话。熟女真离了原居地，到了契丹与汉人杂居的地方，学了一些不好的东西，如贪婪、奢侈、说假话不脸红等等。”

这席话可是一竹篙打了一船人，不单郭药师脸臊得像猴子屁股，其他的人也都不自在。蔡京明白这样斗嘴，肯定没有好结果。他已经领教了大金国的使者“认死理”的习性。因此不想把场面弄糟，若谈判不成，鸡飞蛋打对谁都没有好处，于是赶紧打圆场说道：“完颜娄石将军，你快人快语。赌气也好，拔刺儿也好，你并不是个意气用事的人。你今天如此表现，只为一个目的，让我大宋朝廷答应你家皇帝的条件。”

完颜娄石口气有些缓和：“太师明白就好。”

“老夫现在正式告诉你，你家皇帝开出的条件，并不苛刻，今上已谕旨我中书省悉数答应，老夫安排值衙书办起草国书，最迟明天就可以交到你手上。”

“啊，这是真的？”

完颜娄石有些诧异，他觉得转折来得太快，不相信这是真的。

看到完颜娄石转嗔为喜的神情，蔡京既含鄙夷又轻松地说：“娄石将军，你回去告诉你家皇帝，燕京的交付，当在三月中旬之前，离现在还有两个多月，对于你们来说，时间足够。”

“只要你们履行两国条约，燕京交付没有问题。”

“好，这就算议定了。下面，咱们开始第二个正事儿。”

“什么正事儿？”

“吃酒，将军请。”

蔡京说着已经起身，完颜娄石随着他在一应陪臣的簇拥下，先出庑厅上得回廊，再从回廊步入会春堂。却说蔡京在府中举办的筵席，虽属私宴，却被官场称作“府宴”，这乃是区别皇帝在保和殿举行的“廷宴”。吃蔡京的府宴，崇隆虽不如廷宴，但也有不少规矩，如两头庑厅虽然都有门直通大堂，但逢设宴时都关闭，参加宴会的客人只能从正面大门进出。还有就是，不管是午宴还是晚宴，一律重幔深帷不得透光，大堂内一百零八盏宫灯一齐点亮，照耀如同白昼。这五楹大堂，可以同时开办三十桌筵席，还显得宽宽绰绰。但今日只是一桌筵席，只占一楹之地。在筵席之下隔了五丈远，安排了太师府中的私家乐班，但见丝竹管弦、铃鼓铙钵、钟磬琴瑟、南蛮的洞箫、北狄的箜篌，诸班乐器无所不包。其琴师鼓手，大约有五十人之多。男的都整齐地穿着紫地金锦襕丝绵袍，头戴藏青幞头，足蹬藏青六合靴；女的都一色穿着藕色半开胸的湖丝吊敦，配着褐绿地金枝梅金锦绵襜裙，都梳着高高的云髻，插满了闹蛾儿莲叶儿等金钗玉件。除了乐班，还可看到云梯玉树等可移动的物件，这是乐班奏演之余临时暖场的杂耍艺人的道具。

一众客人进来，专司导引的胥吏将每个人领到预先安排好的座位上，蔡京的主人位居中，面对乐班，他的左首依次是完颜娄石、梁师成、李靖、蔡攸、蔡翛等，右首依次是林灵素、郭药师、赵良嗣、蔡絛、蔡鞗等。一张偌大的圆桌，坐了这样十一个人，每个人的后头，都站着一位服侍的丫鬟，也都个个眉清目秀，穿着裸露半胸的吊敦。完颜娄石刚坐下，丫鬟便屈膝呈上一只小小的白玉盆，里头盛着一节指头深的清水，上面漂了几瓣玫瑰花。见完颜娄石犹豫，蔡京指导他说：“将军把十个指头放到盆子里。”言犹未了，丫鬟已将完颜娄石的一双手拉进玉盆中帮他润湿轻揉，接着又拿出丝绢帮他擦干，整个过程没费什么时辰，但完颜娄石却臊得面红耳赤。丫鬟低头帮他洗手时，那酥胸差一点挨到他的脸上，且那纤纤玉指摩挲着他的手，让他浑身痒麻麻的竟有些不能自持。尽管感觉美好，他仿佛又觉得在经历噩梦。他伸手轻轻推了丫鬟一把，粗鲁地说：“好了。”丫鬟训练有素，不气不恼，又含笑递上一个八寸长短的黄绢卷轴说：“请将军过目，这是府宴餐单。”完颜娄石摆手说：“不看了不看了，上啥吃啥。”

这时，只听得乐班里响了一声金钵，接着只见左边厢的绣帷中袅袅娜娜走出三个二十来岁的貌比天仙的女人来。她们走到大圆桌前铺了锦毡的砖地上，对着蔡京深深地一揖，齐声唱喏：

“太师吉祥！大金国使吉祥！众客官吉祥！四位公子吉祥！”

席上大部分人都嚷道：“三位神仙娘子吉祥！”

见完颜娄石眯眼愣怔着，坐在他身边的梁师成低声介绍：“这是蔡太师的三位宠姬，第一个叫慕容南，第二个叫邢三儿，第三个叫武媚裳。”

介绍间，只见慕容南趋前一步又蹲了一个万福，曼声说道：“奴家姐妹三人为各位大人唱几支曲子佐酒，先唱一曲《永遇乐》。”

话音一落乐声就起了，而席上的十六道冷碟已经上齐，酒已斟满。蔡京向大家做了一个请的姿势，自己也拿起了筷子。

慕容南、邢三儿、武媚裳的歌声起了，那妙曼的歌声让人陶醉，也让人兴奋。众人一时都忘情地倾听，唯独完颜娄石闭起眼睛，他在努力躲避这个现实，一颗心已经越过千山万水回到了北国，回到了他阿什河畔的家乡，回到了辽阔的草原，另一种歌声更让他神往：

我如此怀念马背上的家乡，
我的怀中搂抱着草原上的姑娘。
她的笑声让我成为勇士，
她的眼睛比星星还要明亮……

第二十七章　寻找天祚帝

就在完颜娄石在汴京参加蔡京家宴的时候，耶律大石率领大约三百名骑兵冒着鹅毛大雪来到了夹山中的柳树屯。夹山是蒙古高原西南部边缘阴山山脉的一个支脉。这里距西夏国的边境不到二百里地，距辽西京大同府也不到三百里地。在辽国的行政区划中，一直归西京云内州管辖。从去年十月开始，辽天祚帝耶律延禧就一直藏匿在这里。不过，耶律延禧并不承认藏匿这两个字，他认为他不是藏匿，甚至蛰伏都不是，而是大战前的养精蓄锐，是一头蹲在草丛里，等待狼群出现时纵身一扑的雄狮。

应该说，在眼下这种战争的态势中，柳树屯这个地方最适宜耶律延禧驻跸。大辽国七百多万平方公里的土地上，尽管饱受战争的蹂躏，但依然还有不少的地方兵戈未至，如北海与克鲁伦河上游等地区，但那一大片极寒地区从未引起耶律延禧的关注。大辽建国虽然已经过去了二百一十八年，它的幅员辽阔的北方几乎从未发生过战争；它的西边与建立在河西走廊上的夏国接壤，早期发生过一些小的局部的战争，但很快两国就开始和好了，这乃是因为夏国审时度势，认识到了辽国的强大，与其以卵击石恶劣争斗导致灭国，倒不如休兵息战、睦邻友好，换取一个物阜人旺的太平岁月。自夏国的李氏皇帝调整了战略之后，夏国便成为大辽最好的友邦。大辽的东面与高丽国接壤，高丽出于与夏国同样的考量，也绝不肯与大辽作对而自讨苦吃。唯独南边，不管是中南还是西南与东南，大辽都是与大宋接壤。尽管澶渊之盟后，两国也长期休兵，但必须承认，宋与辽两国之间的关系最为复杂也最为重要。一方面，大宋关于燕云十六州的领土诉求一直不曾消失，只不过有的时候表现出的是隐忍，有的时候是渴望。对于这一点，大辽统治者看得很清楚，因此始终也没有放松警惕。另一方面，生活在大辽国土上的人们，无论是贵族还是平民，都非常倾慕大宋丰饶的物质生活与典雅的精神追求，这对两国关系的处理起到了重要作用。可以说，辽宋之间既是敌人，又是师生；既是对手，又是朋友。在这样一种十分微妙的两国关系中，我们看到一些有趣的现象：辽国在其南部的国土上，出现了一些与大宋相同的地名，如苏州、泰州、徽州、福州、渭州等等，很显然，这是渴慕大宋的繁华。辽国的五京，其规模与城市格局最为昌盛的，也是与大宋接壤的燕京与西京。与此同时，辽国与大宋一样，实行府军同治的军国管理制度，即州府的行政建制外，同时还并存着独立的军管体系。如泰州又名德昌军，徽州又名宣德军，渭州又名高阳军等等。当然，并不是所有的州都存在这种军事建制。但与邻国接壤处则必然府军同设。辽国全民皆兵，辽太祖耶律阿保机订立制度，凡年满十五至五十五岁的男丁，一律归属军籍。他们在太平时或务农或放牧或渔猎或商贩，一临战事，即操戈从戎。除此之外，朝廷掌控的常设军队也有三十万之多，这些部队十之五六被安置在与大宋接壤的州府。由此可见，无论是经济还是军事，辽宋两国是将其视为诸多国事中的第一要务。通晓了辽宋之间的这种纠葛，大致就能明白，耶律延禧哪怕在城邦沦陷之际，也决不肯向北逃窜，而是要进入蒙古高原辽夏宋三国接合部的夹山。

除了上述原因，耶律延禧进入夹山，还有多重的战略考虑。第一，这里离夏国最近，耶律延禧认为夏国是他最为可靠的盟友，他来到夹山的原因之一是想就近从夏国借兵；第二，他的军队多半在辽宋之间布防，他选择这里乃是为了方便召聚残余的兵马；第三，夹山原是辽国的马场，这应该是最为重要的原因。辽国的马政与榷政、军政一起，被列为朝廷三大政，管理马政的被称为马群太保，是朝廷九大显官之一。契丹本是游牧民族出身，对马的依赖超乎寻常，无论是运输、交通、狩猎与作战，哪一样都离不开马。当然，最被大辽朝看重的还是军马。按一名战士三匹战马的配置，单军马一项，就需备足一百二十万匹。军马的选择与牧养，都有严格的规定。耶律阿保机立国之初，就选择在水肥草美之地建立了二十处马场以蓄军马。为了保证军马的品质，他更是亲自选定马匹，遴选入贡的部群番落。经过大约十年的调适，其入贡的数量大致如下：东丹部岁贡一千匹，女真部一万匹，直不古部一万匹，准布及武都温特里衮两部各两万匹，室韦、伊埒图、博和里、鄂罗木、富珠里、铁骊等部各五百匹。作为两国通好的条件，夏国每年亦贡马六千匹，高丽贡马一千匹。这样总数合起来大约每年七万匹左右，所贡马匹都在两岁左右。除此之外，大辽还严禁贩马入宋，胆敢违法者斩首弃市。大辽朝政虽因年月久远而渐生懈怠，但马政的执行却一直保持苛严。在金辽战争开始之前，大辽的二十处军马场一直运行正常，军马的保有量在一百五十万匹左右。但随着战争的深入、战场的扩大，投入战斗的军队越来越多，战马的损失量也越来越大，仅仅两年时间，皇家马场军马保有量锐减到三十万匹左右，随着十月份西京大同的沦陷，除了夹山之外的所有的皇家马场，全部被金兵攻占。

夹山马场之所以能够保留，其因有二：一是被天祚帝任命的马群太保萧尔恭是与他从小一起玩大的伙伴，对他忠心耿耿，辽上京陷落后，萧尔恭奉天祚帝之命赶来夹山守护马场。萧尔恭带来了两百名卫士，加上驻守马场的一千名军士，承担了保护军马的责任。在二十处马场中，夹山马场的规模不是最大的，但军马的质量却是最好的。这乃是因为它是皇家禁军的马场。这里的军马只供皇家卫队挑选。夹山马场还占有天然的地利，首先是马场的所在地柳树屯是一个天然盆地，在它的四周，大约一百余里地的范围之外，到处都是沼泽，除了通往柳树屯的唯一道路，几乎没有任何地方可以通行。任何大胆的偷马贼，都无法越过这一大片处处都是陷阱的沼泽地。到了冬天，由于四周高山的阻挡，这里又是适宜马群过冬的避风地。所以，在西京陷落之后，天祚帝耶律延禧便选择来到这里，他看中这里出则可战、退则可守的有利地形以及马场中养护甚好的六万匹优良的战马。

十月中旬，尽管中原大地仍能在树叶的萧瑟中依稀看到残存的秋意，但绵延无尽的蒙古高原却已进入了真正的冬季，夹山上的灌木丛落尽了浆果，干枯的树叶被凛冽的寒风搅上天空，像化骨扬灰的蝴蝶，在巨大的寒气中撕裂着、飞旋着，迷迷茫茫地接受着痛苦的命运。每逢这个季节，除了风，雪也不期而至呼啸而来，舞蹈而来，在无尽的虚空中开始它们壮烈的演出。绝大多数的生灵，都百无聊赖地进入了冬眠。鸟雀不见了，它们飞向了南方；鼹鼠不见了，它们躲进了深深的地洞里；大黑熊不见了，它们迷迷瞪瞪蹲进了树洞……而就在这个时候，在第一次暴风雪降临不久，耶律延禧率领一支约五千人的队伍来到了柳树屯。在惨烈的战争岁月中，这支队伍显然不够强大，但也足够称得上浩浩荡荡，这乃是因为他们人虽不算多，却有着将近一千辆马车。这些马车上装载着耶律延禧从辽上京撤退时带出来的皇宫中的金银珠宝、珍藏秘玩以及府册卤簿。当然，还有证明他皇帝身份的十二枚传国玉玺。尽管能够带出来的东西只是府库藏品中极少的一部分，但辗转数千里的旅途颠簸，却也让护卫他的禁军们辛苦备至。随他一起走在逃亡路上的，除了三千名禁军，再就是数百名一起撤退的官员以及大部分眷属。柳树屯是夹山马场的行辕所在地，本是一个偏僻的小镇，驻地军人连同牧民一起也不到三千人，骤然增加五千人，顿时显得拥挤不堪。行辕变成了行宫，耶律延禧及其眷属悉数住进，镇子上稍稍好一点的房屋，尽被随天祚帝前来的达官贵人占领，随行的禁军与佣众只得住进临时搭建的毡房内。

入住夹山后，耶律延禧便下令封锁消息，除了哨马，无论官兵仆从等一律不得离开柳树屯一步。但是，派遣出去的各路哨马隔三岔五带回来的消息，总是令人沮丧。如耶律大石与左企弓等文武大臣拥立秦晋王耶律淳于燕京称帝；一年前叛金的西南招讨使耶律余睹，已被阿骨打任命为西路军副都统，受西路军都统完颜宗翰节制，如今驻扎西京大同，每日为宗翰献计献策追捕辽皇室成员；南朝童贯、王黼率北伐军三十万，陈兵于雄州、霸州一线，与阿骨打亲自率领的东路军合围了燕京；耶律淳死后，其妃萧莫娜以太后身份主政，耶律大石、左企弓等又宣誓向她效忠；继耶律淳僭号之后，另一位奚王和勒博又在奉圣州的箭笴山宣布建立大悉国……凡此等等，无一不让耶律延禧心力交瘁，一夕数惊。

尽管如此，这位已经当了二十一年皇帝、始终醉心于春水秋山围猎活动的草原骑手并不承认失败。他知道，只要自己不被抓住，无论是金国的阿骨打还是宋朝的赵佶，都还无法弹冠相庆，向世人宣布辽国的灭亡。尽管在两年多的战争中，辽国的精英损失大半，但仍有一些贵族与官员始终追随他。耶律延禧知道自己别无选择，只能依靠这些人寻求翻盘的机会，等待反攻的时机。来到夹山后不久，他即着手整顿队伍，重建朝纲。首先，他将口蜜腹剑、积怨甚多的宰相萧奉先父子赐死。他亲自宣布了萧奉先两宗大罪：第一，当年他前往混同江钓鱼，命时任北院枢密使的萧奉先同行，并召聚混同江以北三十六部酋长至辽上京参加头鱼宴。在那次宴会上，阿骨打作为女真完颜部的酋长拒不承旨跳舞，并眼露凶光。他在宴会后密旨萧奉先，要这位心腹之臣找个由头把阿骨打诛杀，却不料萧奉先吃了阿骨打的贿赂，让阿骨打连夜逃走，以致酿成今天的大祸；第二，在辽上京陷落之后，皇室在迁往西京大同的路上，金兵多路夹击，一时人心惶惶，萧奉先趁机进了谗言，说晋王正在寻找机会将他废黜，自己出任皇帝。晋王是耶律延禧的第二个儿子，朝野对他都非常拥戴，耶律延禧对他也很喜欢。听了萧奉先的话之后，他有些吃惊，但一件小事让他相信晋王有了贰心，即耶律淳于半年前曾专门写信举荐晋王继承王位。他一直觉得耶律淳蓄有异志，现在将这两件事联系起来，他相信了萧奉先的话，于是下令让在逃难途中始终与他相依为命的晋王自缢而死……人死不能复生，因为晋王的死，一些拥戴晋王的大将如耶律余睹、茂巴克等率领部众十余万投降金国。

应该说，诛杀萧奉先父子及其死党是一件深得人心的举措，遗憾的是，耶律延禧醒悟得太迟，并且在追随他来到夹山的官员中，实在找不出一个可以担任宰相重任的人。耶律延禧只好挑出几位能力虽差却对他忠心耿耿的官员拔擢使用。他任命一直管理皇室后勤事务的皇宫太保耶律大悲奴出任北院宰相，长期管理榷税事务的萧查立担任北枢密院同知。南院宰相本是左企弓，既已在燕京侍伪，耶律延禧便将随他前来的南院同知吴庸升为宰相，而将文书房供事的马人望、柴谊升任南院同知。每有哨马带来新消息，或者耶律延禧有什么新想法，就会将这五个人召到行宫中咨询参议。但这五人都是八十岁左右的昏谬老翁，事无大小皆不能裁决，使得耶律延禧深为失望。大约不到两个月，柳树屯便流传出这样的官谣：

五个官翁四百岁，
南面北面对瞌睡。
自己精神管不得，
有甚心情杀狼匪。

如果说初进夹山的时候，耶律延禧还信誓旦旦要扭转乾坤收拾山河重振金瓯，那么两个多月后，随着世局的愈来愈糟以及身边重臣的昏聩无能，他的一颗雄心正在慢慢冷却。但是，当他得到耶律大石率两万部众前来勤王的消息时，他的热血便重又沸腾了起来。

大约还有半里路，耶律大石就看到马场总督辕门前一溜插了九面绣有赤龙的杏黄锦旗，这是辽代皇帝驻跸的标志，尽管大雪纷飞，龙旗仍然在凛冽的北风中猎猎飞扬。耶律大石不止一次扈从天祚帝出外征战或者狩猎，对这九面龙旗非常熟悉。耶律大石是辽开国皇帝耶律阿保机的八世孙，是阿保机第三个儿子的后代，论辈分，他与天祚帝相同，但年纪却比天祚帝小了十五岁，天祚帝四十八岁，他三十三岁。天祚帝很信任这个同祖兄弟，因此二十五岁的他就担任了大将军，陪伴在天祚帝左右。往常，每每看到这九面龙旗在不同的驻跸地升起，耶律大石心中就会滋生自豪与愉悦的感觉，可是今天乍一看到这些龙旗，他的心中忽然产生了一些惆怅甚至还有些凄凉。这乃是因为两年来局势的急骤变化，让他如同经历了一场噩梦。

半年前，天祚帝在辽上京临潢府被攻陷时，仓促撤到中京。斯时，他担心南西二京的局势，便命令南院宰相左企弓与兵马总督耶律大石二人前往燕京布防，自己则率军前往西京大同府。但是，三个月后，西京就被阿骨打麾下勇将完颜宗翰攻下宣告陷落，天祚帝下落不明，分封于燕京的秦晋王耶律淳趁机称帝。对于这一个突然的变化，左企弓与耶律大石经过认真权衡，决定拥护耶律淳称帝。这样做，一来是为了稳定军心，所谓国不可一日无主，两位大臣不愿看到树倒猢狲散的惨象；二来他们也看到耶律淳在燕京深得民心，加之还有一位聪明漂亮且能力过人的王妃萧莫娜，所以才决心归附。不过，两人也有一个秘密约定，一旦找到天祚帝的下落，他们将劝说耶律淳撤销帝号，即使耶律淳不从，他们也会采取断然措施……

大凡在历史的大转折时期，我们会看到戏剧性事件的发生不但出人意料，而且接踵而至。耶律大石不曾料到，耶律淳称帝不到两个月便暴病而亡，燕京政权再次陷入群龙无首的局面。这时，萧干首先站出来提出，让他的妹妹即被耶律淳封为皇后的萧莫娜出来问政。这一提议得到了燕京政权大部分显贵的支持，左企弓与耶律大石也认为萧莫娜是一位可以稳定人心的轴心人物，于是也都表示同意。萧莫娜秉政之后，燕京局势已是危如累卵，萧莫娜苦苦支撑终无解脱之方。就在这时候，耶律大石得到了天祚帝藏于夹山的消息。于是趁萧莫娜带他到天开寺与童贯密谈的时机，趁势将其挟持，取道古北口再次进入蒙古高原。

耶律大石这一次军事转移可以说是看准了时机，因为大金国的两支精锐部队一在镇守西京大同，一在围困燕京，而南朝的军队一门心思想着坐收渔利，也没有主动作战的欲望，而且，金宋两国的军队还在互相提防，此情之下，他率领两万部队钻出两国军队的包围圈应该有七成胜算。果然不出他的所料，从天开寺开始的撤兵计划，竟然一路顺利。

如果说还有什么不顺利的话，那就是来自辽军内部的争斗。当耶律大石率部沿着太行山的深山密林潜行到古北口外时，闻讯尾追而来的萧干与其发生了激烈的争斗，萧干得知耶律大石的行军计划是要去寻找天祚帝，便试图阻拦，但他根本不是耶律大石的对手。一场大战，萧干的部队损失惨重，他本人侥幸逃脱。随他前来的万余名将士，一部分作鸟兽散，还有一部分甘愿归附到耶律大石麾下，随他一起前往夹山。

大约三天前，耶律大石带领部队来到了距柳树屯二十来里的丹格堡，那是一个有着几百家住户的小镇。镇上有一个大辽通往夏国的驿站，尽管兵荒马乱，驿站的吏众早已逃得不见人影，但房子没有毁坏，耶律大石便把行辕安置在这里，兵马也都在丹格堡周围驻扎了下来。甫一妥当，他就派出亲信前往柳树屯联络。当他得知天祚帝藏在夹山时，他就断定这位逃亡的皇帝一定住在柳树屯。大约五年前，为禁军挑选战马，他曾来过柳树屯一次，对夹山周围的情况，还不算陌生。

其实，当耶律大石的部队刚一到达丹格堡，天祚帝就从哨马口中得到了消息。他立即召聚几位老臣议论此事。老臣们大都觉得耶律大石既然参与了拥立耶律淳为帝，此时又突然率兵马前来，对于天祚帝来说可能凶多吉少。天祚帝却不这样认为，他对耶律大石有一个基本的判断。他登基之后，从来没有亏待过这位族弟，他虽然不知道耶律大石前来夹山的真实意图，但凭直觉他相信耶律大石不会兵戈相向。果然，在议事的第二天，耶律大石的亲信来到了柳树屯，问明来意后，天祚帝便准予耶律大石第二天前来觐见。

此时，耶律大石已揽辔走到马场总督府的辕门前。在九面龙旗与辕门前是一片狭长的开阔地，辕门两侧，各有三十根青石雕刻的系马桩，耶律大石翻身下马，随他前来的骑兵也都跃下马来。一位身穿狐皮大裘、头戴熊皮护耳瓦楞帽的人，从辕门口向耶律大石走过来，看得出他想走快点，但仍然是步履蹒跚。

耶律大石注意到了这位迎他的人，因为风雪太大，他一时看不清来者是谁，但他仍然加快了脚步，这时，他听到迎者说话了："大石将军，终于盼到你了。"

声音沙哑，但仍不失洪亮。耶律大石这回听出来了，连忙抱拳揖道："大悲奴伯伯，真的是你吗？"

"不是我还会是谁呢？"

说话间，两人已经走到了一起，两双手紧紧地握在了一起。

两人都是耶律阿保机皇室的后裔，耶律大悲奴与耶律大石的父亲同辈，还大他父亲三岁。此时，两人都有着强烈的劫后重逢的感觉。耶律大石端详着大悲奴，发觉半年多未见，这位一向胖乎乎的也总是乐呵呵的老人憔悴了很多，从他的目光里看得出来，他的神色也阴郁了很多。耶律大石感到心痛，但仍笑着说：

“大悲奴伯伯，听说您现在当上了北院宰相。”

“是的，”大悲奴叹了一口气，忽然愤愤骂道，“萧奉先这狗娘养的，不但害了皇帝，也害了辽国。”

“萧奉先死有余辜，不过，一切都还可以从头再来。”

听到这句话，大悲奴眼中闪烁出希望的光芒，嗓门儿大了起来：“大石，咱们契丹人有句谚语：‘天神来了，魔鬼都会变成啄木鸟嘴中的虫子。’你现在就是咱们辽国的天神哪！”

“大悲奴伯伯，我可不是天神。”

“我老了，耶律家族的人老的老了，死的死了，逃的逃了，叛的叛了，你是我们的希望，我记得你今年三十三岁，你现在要担负起耶律家族的神圣责任。”

大悲奴说着说着就伤感起来。耶律大石知道树老根多、人老话多的道理，连忙打断他的话头，改口问道：“大悲奴伯伯，皇上现在怎样了？”

“啊，他在廨房里等着你呢。走，咱们现在就去见他。”

大悲奴说着就牵起耶律大石的手朝辕门里走，耶律大石说：“等一等。”

“怎么啦？”大悲奴问。

“随我前来的还有一位贵客，大悲奴伯伯，你先安顿他歇息。”

“贵客？是谁呀？”

耶律大石回身从兵士队伍中请出了一位身披厚斗篷的老人。

大悲奴盯着老人，疑惑地问耶律大石："他是谁？"

不用耶律大石回答，老人自己掀开严裹的斗篷，双手合十言道："老衲乃天开寺方丈澄宇。"

"你是澄宇大和尚？"大悲奴说着就深深地弯腰行揖手礼，说："早闻大和尚盛名，一直无缘相见，咱们皇上虔心礼佛，离开上京时，将宫中收藏供奉的金佛法器全部装车带了出来，现在都陈列在这里。虽然也有一些沙弥照料，但却缺少一位高僧大德随时开示，皇上以此为憾。没想到，大石贤侄把你请来了，皇上若是知道了，一定欣喜若狂。"

大悲奴说着又要作揖，澄宇和尚伸手扶了扶他，念了一句阿弥陀佛。大悲奴吩咐手下妥善安置澄宇和尚到暖房歇息，等待皇上召见，然后领着耶律大石走进了总督府的大门。

耶律大石的马队也被安顿休息了。随他进府的只有三位亲兵，一行四人随着大悲奴进得府门后，先在门厅脱了斗篷，卸了武器，然后才往内走。

紧连门厅的是过厅。这总督府是用夹山上的青石砌成的，远看就像一座城堡。但里墙都是用桦木板贴壁，虽不算富丽堂皇，倒也朴实大气。过厅不大，两边各绘有两幅壁画，色彩浓烈引人注目。四幅壁画上画的是四只神兽，左边两幅绘的是虬龙和貔貅，右边两幅绘的是狰和蛊雕。这四只神兽都各有说法：虬龙是传说中的神马，马长八尺称为龙，马头生两角者为虬，所以，天子的坐骑也算作虬龙；貔貅是传说中辟邪的猛兽，天子禁卫军的军旗上便绘有貔貅；狰是传说中五尾一角的似狼非狼的斗兽，专以老虎豹子为食；蛊雕是一种似鸟非鸟、似豹非豹，长有两只利爪、一只独角的猛禽，专门捕食草原上的盗马贼。作为皇家马场的总督府，绘有这样四种神兽应该说非常贴切。耶律大石因为来过一次，所以看到这四幅壁画并不感到吃惊，但随他进来的三位亲兵乍一看到神兽的画面，无不感到震撼，有一位亲兵经过蛊雕壁画的跟前，竟忘情地停下了脚步。

“走！”

耶律大石回头提醒了他一句，这时，听得天祚帝在厅堂里高声问了一句：

“孩子们，吃饱了吗？”

第二十八章　毒酒试英雄

天祚帝话音刚落，大悲奴领着耶律大石一行已经来到了厅堂门口。只见天祚帝站在一座鹰架跟前，满脸惬意地盯着鹰架上九只雀跃的海东青。这鹰架用坚硬的老枣木制成，但已完全看不出来枣木的质地了，因为它周身嵌满了红玛瑙与绿松石，包角用的是刻花的金箔银片。鹰架共分三层，每一层上蹲着三只壮硕的海东青，它们中的任何一只，都可以叼起二三十斤重的野羊。天祚帝最大的嗜好就是狩猎，因此，这些海东青是他的宝贝。从辽上京撤退时，尽管仓促且还仓皇，他还是不忘带上它们，一路上照料它们的是十名军士。这些海东青都是食肉的猛禽，一只鸟一天得吃三到五斤鲜肉。放在平常，这点吃食儿根本不成问题，天祚帝总是让军士们每天宰杀几只肥羊喂养它们。但自从来到夹山，几千号人的食粮都无法保证，兵士们五天才能打一次牙祭，天祚帝虽然下令一定要保证海东青的肉食，但毕竟没有来源。马场的士兵在牧马的同时，也养了近万只羊，但这么多人涌进夹山，如果不计划着分配，恐怕早就吃完了。此情之下，海东青的口粮也减了一半，好在它们不必在高空游弋替主人捕获猎物，不然，它们恐怕连抖开翅膀的力量都不足。昨天，马场的一名小校给总督报告，因为暴风雪，一座马厩坍塌了，压死了两匹马，天祚帝得知消息后，命令总督派人将死马宰杀出来，拣马屁股与马肚子上的好肉切成条状装好两筐送来。今天早晨，他亲自将死马肉喂给海东青。大悲奴他们走到门口时，他正拿着一把匕首挑起一条肉，让一只海东青伸着脑袋来啄食，当海东青的利喙刚要接近肉条时，他又往后缩了缩，这样戏逗了两三次，海东青不再抢夺了，而是拍了拍翅膀，蹲回到了吊杠上。天祚帝伸手弹了弹海东青脚脖子上套着的玉环，笑道：

“看来，你们真的吃饱了！”

“皇上！”大悲奴趁机喊了一声。

天祚帝其实早就看到耶律大石站在门口了。他故意逗着海东青而把这位年轻气盛的将军晾了晾，这会儿听到喊声，他将插着肉条的匕首扔回到柳条筐里，从仆人手中接过绸巾擦了擦手，示意耶律大石一行进来。他踱到厅堂中间一把铺了一张虎皮与靠枕的太师椅上坐下。

耶律大石趋前一步，双手抱拳单腿跪下行觐见礼，朗声唱喏：“臣耶律大石觐见皇上。”

天祚帝斜坐在椅子上，眯着眼睛把耶律大石审视了一会儿，抬抬手说：“起来吧。”

在大悲奴的指引下，耶律大石坐到天祚帝左侧下首的一张椅子上，大悲奴在他的对面坐下。屋子里的气氛略略有些紧张，这是因为天祚帝对秦晋王耶律淳僭越称帝的事耿耿于怀，对耶律大石归顺耶律淳自然非常恼火。

耶律大石跟随天祚帝十几年了，哪能不知道主子的脾气，他这会儿显得局促，想找话说又没找到合适的话头。

大悲奴为了打破僵局，故意夸张地清了清嗓子，开口说道：“皇上，大石将军这次来，还给你带了不少年节礼哪，其中还有几大坛南朝的烧酒。”

天祚帝下意识地舔了舔嘴唇，他已经好长时间没有喝到一顿像样的酒了。但眼下不是谈酒的时候，他把身子朝前倾了倾，虎视眈眈地盯着耶律大石，厉声问道：

“你告诉我，你为什么要拥立耶律淳？”

话题既然挑破，耶律大石反而镇定了，他回答说：“皇上，当时我们所有人，都不知道你在哪里。”

“你以为我会死掉，你巴不得我死吗？”

“皇上，我压根儿没这么想。”

“没这么想，你怎么还同意耶律淳称帝？一国不能有二主，难道你连这个都不懂吗？”

“我同意耶律淳称帝是有条件的。”

“是的，你的使节已讲过，大悲奴，使节是怎么说的？”

天祚帝扭头问大悲奴。这位流亡皇帝虽然处境窘迫，但他的威风却丝毫不减。大悲奴欠身答道：“使节说，大石将军曾与左企弓商量，在皇上音讯全无的情况下，为避免群龙无首，他们暂时依附僭越称帝的耶律淳，一俟打探到皇上你的行踪，他们就会前来追随你。”

“唔！”

天祚帝哼了一声，他似乎强迫自己接受耶律大石的解释，又心有不甘。大悲奴猜透了他的心思，小心地替耶律大石解释说：“皇上，耶律大石是这样说的，也是这样做的。”

天祚帝忽然站起来，走到耶律大石跟前，拍了拍他的肩膀，感叹地说："大石，尽管我是君，你是臣，但在耶律家族中，你是我最好的兄弟，乍一听说你背叛了我，我的心里头像突然被人扎了一把刀子。"

耶律大石也站了起来。他的个头儿比天祚帝高，但天祚帝看上去比他更壮实，他看了天祚帝一眼，忽然觉得天祚帝的眼光有些空洞，就把身子朝后挪了挪，半是表态半是安抚地回答说："皇上，我跟了你十六年，从你的贴身侍卫到兵马总督，都是因为你的提携，我怎么会背叛你呢？"

天祚帝没有回应他的话，而是问："你知道，我此刻在想什么？"

"不知道，皇上。"

"咱们契丹人有一句谚语：我们熬过了漫长的冬天，却没想到在春天里冻死。"

"皇上，你怎么会这样想？"

"大石，你从燕京来，身上还带有邪气，你现在回到我身边，但你必须要重新获得我的信任。"

"我如何能够获得呢？"

"大悲奴，让他们上来吧。"

天祚帝说罢又回到自己的椅子上坐下。耶律大石愣怔地站在那里，只见大悲奴走到左侧的耳房前拍了拍巴掌，四位戴着面具身穿神服的萨满祭司应声走了出来。

这几位祭司一上来，便敲着手鼓摇着铃铛围着耶律大石跳起舞来。这突然产生的嚣杂之声，让架子上的海东青们兴奋起来，它们扑棱着翅膀想高高飞起，但它们的腿都被制作精细的金链子拴在吊杠上。天祚帝走过去解下其中的一只，并拍了拍自己的肩膀，那只海东青张开翅膀绕着屋梁飞了一圈，落到天祚帝的肩头。天祚帝回到他的座椅跟前，不过，他没有坐下去，而是扶着椅背，看着祭司们舞蹈。

一位祭司领头唱了起来：

我们点燃了三炷香，
我们敲响了手鼓，
乌鸦从树上来，
黑熊从夜里来，
狗鱼从河里来，
羊群从草原上来。
它们不是来分享神信，
它们是来迎接萨满的神祇。
我们伟大的天神啊，
你们腾云驾雾，
从各自的圣山上来。
你们组成庄严的法庭，
来审判契丹的子孙。

唱到这里，一位祭司用手中的权杖，象征性地在耶律大石的肩头上敲打了一下。

立刻，屋子里的人，除了耶律大石以外，所有的人，包括天祚帝在内，都跟着祭司复唱了歌曲中的后面几句：

我们伟大的天神啊，

你们腾云驾雾，
从各自的圣山上来。
你们组成庄严的法庭，
来审判契丹的子孙。

四位祭司戴着面具，分别代表了雷神、谷神、山神和水神，这不同的神祇统称为天神。当复唱完毕，四位祭司便站成一排，把耶律大石推到了天祚帝的跟前。

尽管这一场神圣的仪式是在耶律大石完全没有心理准备的情况下突然开始的，但作为契丹人的后裔，他顿时明白了他当下的处境。这个萨满仪式叫“狄额吉乌伙”，将这句契丹语翻译过来即是“拷问有叛变行迹的人”，他明白，他只有通过了拷问，才有可能重新获得天祚帝的信任。

屋子里的所有人，此时都沉浸在这庄严的萨满仪式中，作为被拷问者，耶律大石听出来了，在复唱时，天祚帝的声音高过所的人。耶律大石很少见到他这么严肃的表情。

领唱的那位祭司开始念起咒语。他的声音并不高，却充满磁性，具有很强的穿透力。他吐字清楚，但没有任何人听得懂他在说什么，这是远古的契丹人传下的咒语。除了祭司，谁也不懂得这古奥的文字。这咒语里似有一种神奇的魔力，耶律大石听着听着，渐渐感觉到有一股刺骨的凉气穿透他的后背挤进胸膛，他仿佛被剥得一丝不挂抛在冰雪覆盖的旷野上。放在常人身上，这咒语会让他神情恍惚，但耶律大石不是常人，尽管他头痛欲裂，但仍然神志清醒，他感到周身寒冷，想跺跺脚活动活动筋骨，却无法动弹。

这时，咒语停止。只见从刚才那间房子里又走出一位祭司，手上托了一个桦树制成的木盘，盘子里放了三只刻花的小银碗。

祭司走到耶律大石跟前，耶律大石看见，三只小银碗里盛满了略显浑浊的液体，他知道那是酒。

手托木盘的祭司开口说话了，他问耶律大石："你知道诸位天神已被请到这屋子里头了吗？"

耶律大石摇摇头，但很快他又点点头。

祭司继续问："对着天神，你敢说假话吗？"

耶律大石回答："任何时候，我都不会说假话。"

"你背叛你的皇上，是出于无奈吗？"

"是的。"

"你是来向皇上忏悔吗？"

"问题比这个要复杂。"

"现在，我按天神的谕意，给你端来三碗酒，这三碗酒，有两碗是毒酒，喝下去就会七窍流血而死，只有一碗是无毒的。你现在必须挑选一碗喝下去。"

"好吧。"

耶律大石说着就要伸手去挑选酒碗，当他的手刚接近木盘时，天祚帝突然喊了一声："停住！"

耶律大石没有缩回手，但也没有前伸，他问："皇上，怎么啦？"

天祚帝站起来，将肩头上的海东青揽回到怀中，然后走到耶律大石跟前，说道："大石，我曾五次吩咐祭司举行这种仪式，五次只有一个人活了下来。你现在只要向我认一个错，我就赦免你，不让你挑酒喝。"

"皇上，这办不到。"

“啊？”

“我接受了这个考验，就一定要承担。如果我真的挑中了毒酒，我就该死。当然，我还会骂一句，天神瞎了眼。如果我活了下来，皇上，你得向天神起誓，永远不要怀疑草原上真正的骑士。”

“耶律大石，好样儿的，你挑酒吧，如果你真的死在我的面前，我会扛起你，亲手挖一个坑把你埋葬。”

“一言为定！”

耶律大石说罢，几乎不作任何挑选，伸手从木盘中胡乱抓起一碗酒，一仰脖子咕噜咕噜喝了下去。

眼见耶律大石这种处变不惊、视死如归的气势，屋子里的人全都震惊了，他们一个个都像木头人似的，死死地盯着耶律大石。可是，这位面对死亡的将军却显得出奇地平静，他把喝空的酒碗轻轻放回到祭司的托盘中，两手十指交叉搁在下腹，坦然地，甚至还带着一丝微笑注视着天祚帝。这时，那位唱诵的祭司又开始低声吟唱了：

那！那！那拉库！那拉库！
诸位神祇啊，听从你的指引，
这位男子选中了酒碗，
这位男子喝干了酒碗。
那！那！那拉库！那拉库！
如果他背叛了神祇的教诲，
他就要倒下了。
如果他没有做什么亏心的事，
他就可以骑着骏马回家了。

祭司的歌声低沉、舒缓，在人们听来，这不是祭司在唱诵，而是神所发出的声音，它是如此让人惊怵，又如此无法抗拒。一般来说，只要真正喝下了毒酒，不等这歌声唱完，就会扑通倒下七窍流血。但是，神的歌声停止了，在一片肃严的静默中，耶律大石仍像一尊雕像站立在那里。

首席祭司仿佛是自己过了这艰难的一关，此时他长出一口气，对天祚帝说："皇上，神祇给了耶律大石将军清白。"

天祚帝扬手一撒，将抱在怀中的海东青扔到空中，然后大步流星走向耶律大石，兴奋地嚷道："大石，我的好兄弟，欢迎你回来，回到真正的辽国皇帝身边。"

天祚帝说着张开双臂要拥抱耶律大石，但耶律大石躲开了，他转身问祭司们："这托盘里的三只酒碗，真的有毒酒吗？"

首席祭司一笑，从腰间解下一只小银匕，插在酒碗里搅了搅，然后拿出来给耶律大石看，只见刚才还散发出月白色毫光的银匕，突然变得暗黑。这个小小的试验，证明碗中的酒确实含有剧毒。

天祚帝问道："大石，你担心碗里的酒没有下毒？"

"是的。"耶律大石回答，"那样，我耶律大石就是一个永远无法清白的人，一个人的生命并不重要，重要的是要活得堂堂正正。"

"好，好！耶律家族的高贵，在你身上得到了体现。伟大的祭司们，你们可以离开了，我感谢你们，给了耶律大石清白。"

笃信神灵的天祚帝此时兴奋得像个孩子，他吩咐大悲奴说："丞相，你不是说大石带来了南朝的烧酒吗？你让人搬一坛子进来，今天，我要与大石一醉方休。"

大悲奴刚刚从极度的紧张中放松下来，这会儿还来不及擦掉额头上的冷汗，就一边答应着，一边朝门外走去。

看着大悲奴的蹒跚背影，已经在天祚帝对面坐下来的耶律大石心疼地说："皇上，大悲奴伯伯真的老了，他该过一过舒心的日子了。"

"我怎么不知道呢，他已经八十岁了，我让他出任北院宰相，是因为身边没有人啊……"

天祚帝还想说什么，见大悲奴又走回到屋里来，便打住了话头，大悲奴已猜测到两人在谈论自己，他自嘲地说："老了，腿脚不灵了，不要说宰相，当一个管家都不够格了，但眼下这种状况，咱耶律家族的事儿，自己不干，又有谁肯卖命呢！危难见人心，这话不假哪。"

大悲奴一说话就带着伤感，天祚帝主动安慰他："大悲奴，咱们不是嫌你老了，咱们是说，像你这样老当益壮的忠臣太少了。"

"俗话说，长病无孝子，危难少忠臣，皇上，这是至理。"

大悲奴说着，见两名军士抬了一坛子酒进来，另有两名伙夫端着几样烤肉，他便张罗着放好酒肉，并亲自拿起铜舀，给天祚帝与耶律大石各满满斟了一碗酒。

两人碰了一下碗，开始海喝起来。一碗酒下肚，耶律大石问道："我怎么没见到萧之恭总督？"

"他离开这里快一个多月了。"

"他，也逃了？"

"没有，萧之恭是忠臣，"天祚帝神秘地挤挤眼睛，"这几天，他应该回程了。"

"他去了哪里？"

“夏国。”

“啊？”

“他去夏国搬救兵去了。”大悲奴接过话茬，“皇上给夏国皇帝乾顺写了亲笔信，希望他出兵三万。”

听到这句话，耶律大石脑海里浮现出一个秀眉大眼、笑起来像银铃一样脆甜的少女形象。这少女名叫南仙，论辈分比他和天祚帝晚一辈，但年龄却比他大了七岁。二十三年前，他十岁的时候，南仙被天祚帝认作女儿，封为成安公主。当时只有十九岁的乾顺在辽国的帮助下当上了皇帝，他主动向天祚帝请求与辽国皇室结亲通婚，天祚帝于是选中南仙嫁给乾顺。这位夏国的年轻皇帝很喜欢南仙，因此，夏国与辽国的睦邻友好关系进入到历史上的最好时期。从名义上说，天祚帝与乾顺帝两人是翁婿关系，当辽金战争发生，夏国不止一次派兵助战。当辽中京破城，天祚帝准备前往西京大同时，乾顺帝闻讯，立刻命大将李良辅率八千精兵出境，部队刚到云内州，听说大金将军完颜宗翰已攻占大同，只得又勒兵回境。此时，听说天祚帝派萧之恭前往夏国求兵相助，耶律大石并不感到吃惊，他特别想知道天祚帝的想法，于是又问：

“皇上，夏国乾顺帝是您的女婿，您向他借三万兵马，我想他不会拒绝，只是这三万兵马来了之后，您准备怎么做呢？”

“复国！”天祚帝毫不犹豫地回答，他说，“把阿骨打这兔崽子，赶回到混同江以北。”

从这句话，耶律大石听出了天祚帝的不自信，他往常总是说“我要亲手宰了阿骨打”，现在不说宰了他而是将他赶回阿什河畔，就证明他内心深处已承认阿骨打坐大了。耶律大石对形势的判断比天祚帝更悲观，他想的不是复国而是谋划一条更为实际的求生之路。但他并不急于拿出自己的计划，而是耐着性子询问下去：

“皇上，阿骨打再不是当年的酋长了，他如今拥有二十多万兵马，加之五年前就与南朝勾搭上了，他与赵佶一起密谋，妄图灭掉我们大辽，瓜分我们的领土。”

“这个我知道。”

天祚帝搁下酒碗，脸色变得很难堪。大悲奴觑着他，心里头又紧张起来，他偷偷朝耶律大石做了一个手势，示意他不要讲这个话题。但耶律大石不理会，他要趁此机会把想说的话说出来。

“皇上，你刚才说到复国，你觉得有多大的把握？”

“我想听听你的看法。”

天祚帝从筐里拣出两块羊排，递了一块给耶律大石，自己啃起了一块。

耶律大石咬了一口羊排，一边咀嚼一边说：“首先，皇上你要掂量掂量，你还能募集多少兵马。”

天祚帝反问：“你带来多少人马？”

“两万。”耶律大石回答。

“我这里有一万，夏国会借给我三万，这就有六万。春节前，我已派人到额尔古纳河畔的茶札剌部、阿尔泰山北部的粘八葛部、贝加尔湖周围的安加拉部联络，让这三部各率一万人马前来云内州勤王。有了这九万人马，我首先就要夺回西京大同，然后，以西京为据点，用三年时间，将沦陷的土地一寸一寸地收回来。”

耶律大石专注地听着天祚帝的谈话，觉得天祚帝的想法有些不切实际。他让茶札剌部、粘八葛部、安加拉部的三位酋长率兵勤王，这倒不是什么妄语，因这三位酋长一向与朝廷关系融洽，且与天祚帝有私交，他们对女真部完颜阿骨打背叛朝廷也都表示过强烈的不满。但是，这三部都处在辽国北部遥远的边疆，特别是安加拉部，如果从贝加尔湖出发进入蒙古高原，就是到达乌鲁古河畔的镇州，用急行军的速度也得一个多月，再从那里穿过呼伦贝尔草原，自东向西到达云内州，又得一个多月。而且眼下正值严寒的冬季，所有的道路都被厚厚的冰雪覆盖，每年的谷雨节之前，牛马行人根本不能上路，一旦春天来到，天祚帝根本不可能再待在夹山，因为大金国的军队如果知道了天祚帝的行踪，就会像围猎一样将夹山围得水泄不通……

耶律大石陷入深深的思考，天祚帝注视着他，不满地问："大石，你听到我说话了吗？"

"皇上，我在听着呢。"

耶律大石勉强笑了一下。大悲奴小心地问他："大石，你对皇上的复国计划怎么看？皇上指着你挑大梁呢。"

耶律大石虽然在看着大悲奴，但他感觉得到天祚帝的眼光正火辣辣地注视着自己。他想缓和一下气氛，故意绕着弯子问："大悲奴伯伯，我正想听听你的高见呢。你是北院宰相，我相信皇上的复国计划一定与你商量过。"

"当然，我是提过建议的，"大悲奴舔了舔发干的嘴唇，干咳了几声，接着说，"皇上刚才说可以募集到九万兵马，实际上是十万。蒙古高原靠近大兴安岭的敌烈八部，其酋长忽斯达是我的女婿，他也可以带领麾下的一万兵马勤王。"

"我并没有下令让忽斯达的一万兵马前来勤王，对忽斯达，我另有用途。"

“皇上是想……”

“大悲奴，你先不要说。”天祚帝阻止了大悲奴的话头，又转问耶律大石，“你知道，我想让忽斯达做什么吗？”

耶律大石略想了想，答道：“忽斯达的敌烈八部，靠近巴彦图门与贝尔湖，从那里东行不到三百里地，就是创造北魏王国的鲜卑人祖居的嘎仙洞，从那里翻过大兴安岭，渡过纳水，就到达了女真人的老巢，从巴彦图门山出发，不到十天就可以抵达金国的都城会宁府。”

“大石说得对！”天祚帝一下子兴奋起来，“阿骨打将重兵全部带到了燕云十六州，他的都城空虚，我准备让忽斯达率领一支骑兵，长途奔袭会宁府，只要会宁府一破，阿骨打那个兔崽子就会带领重兵撤退，辽国丧失的城池州县，就会尽数收回。”

“大石，皇上在夹山没有白待，他想出了复国的锦囊妙计。”

天祚帝难以抑制的亢奋感染了大悲奴，但耶律大石仍觉得天祚帝的想法过于天真，他不想附和，又不想发生争执，于是婉转地说：“皇上复国的决心令我感动，但我初来乍到，对皇上战略还要慢慢领会，还可慢慢计议。眼下，我还有一事向皇上禀报。”

“什么事？”

“我来了这半晌，有一件事皇上该问，却一直未曾问我。”

“我该问？我该问什么？”

“你该问一问，秦晋王的王妃去了哪里？”

“你是说萧莫娜？”

“是的。”

“那个贱人还容我问吗？她应该死了。你从燕京撤退，既然能杀伐她哥哥的人马，为什么不能杀她？”

“我为什么要杀她？”

“她僭越，这是五马分尸的重罪。”

“皇上，我没有杀她。”

“啊？”

“你把她放了？”

“不，我把她带来了。”

“她在哪里？”

“我在这里。”

一声清脆的女人的声音传来，天祚帝循声望去，只见一直站在门口的耶律大石带来的三位亲兵中的一位，已快步走上前来，在耶律大石旁边站定。天祚帝盯着她，狐疑地问：“你是？”

“我是萧莫娜。”

萧莫娜说罢，脱下铠甲和头盔，露出了一头乌黑的秀发和一套紧身的绣衣。

“你这个贱人！”

天祚帝的第一个反应是闪电一般从椅子上跳起，拔出了腰间锋利的弯刀。

第二十九章　大黑天遗失

眼看天祚帝的弯刀就要刺向萧莫娜的那一瞬间，忽听得有人唱诵了一句“阿弥陀佛”。声音不大，天祚帝却感到耳朵里一片轰鸣。他连忙收住手朝门口望去，只见一位身披绛红色袈裟的老和尚双手合十走了进来。因为暴风雪还没有消停，屋子里光线昏暗，天祚帝看不清老和尚的面容，但感觉到他身上有一股暖暖的清气飘拂过来，令他感到舒坦并产生了亲近的渴望。老和尚走近前来，与萧莫娜并排站着。

“你是谁？”天祚帝惊愕地问。

耶律大石在天祚帝拔刀刺向萧莫娜的时候就已经站了起来，他本意是要保护萧莫娜，但这场危机因老和尚的出现而暂时得到缓解，此时他代为回答：

“皇上，他就是天开寺的方丈澄宇大和尚。”

“啊，你就是澄宇大和尚，我早就听说你的德行，我曾三次请你到上京为我说法，你都推辞了，没想到你会来夹山。”

天祚帝一面向澄宇和尚示好，一面仍用充满敌意的眼光盯着萧莫娜。

大悲奴很感激澄宇和尚及时赶来避免了一场祸事，这时他几乎是讨好地说：“大和尚，你请坐。”

耶律大石将自己坐过的椅子朝前挪了挪，扶澄宇大和尚坐下。

天祚帝也坐下了，问：“大和尚请告诉我，你为什么会来夹山？”

澄宇老和尚指了指萧莫娜：“我是跟着她来的。”

“啊，我忘了，你是这个篡位的女人的国师。”天祚帝的声调忽然变得阴阳怪气。不过，从他的表情看得出来，他的火气并不是冲着澄宇和尚，仍然是对着萧莫娜来的。说完这句话，他又朝着萧莫娜嚷道：“你等着，待会儿我还得宰了你！”

澄宇老和尚又念了一声阿弥陀佛，然后问天祚帝：“皇帝，你为何执意要杀萧莫娜？”

“因为她怂恿她的丈夫秦晋王耶律淳背叛朝廷，耶律淳死后，她还自己垂帘听政，自古以来，僭越就是死罪。”

“皇帝，老衲绝无冒犯你的意思，但老衲得说一句公道话。”

“你要说什么？”

“萧莫娜不是你的仇敌，相反，她是你的恩人。”

听到这句话，天祚帝嗷唠儿一声，一屋子人，除了澄宇和尚，莫不都打了个寒战，连架子上的几只海东青，也都一下子扑棱起翅膀来。

大悲奴更是吓得不轻，他从椅子上弹了起来，像只陀螺一样在原地转了一圈，然后停下来，怔怔地盯着天祚帝，问道：“皇上，你没事儿吧？”

“老和尚的话，气死我了！”天祚帝愤愤不平地说，“这萧莫娜是我的第一号仇人，怎么反倒成了我的恩人？”

澄宇和尚的情绪没有任何波动，仍不愠不火地问：“皇帝，老衲能把话说完吗？”

“你说。”

澄宇老和尚的祥和神态让天祚帝无法拒绝，屋子里又重新安静了下来。

澄宇继续说道：“皇帝你八月份离开辽中京，你让左企弓、耶律大石等文武大臣退守燕京，分手时向他们交代，你自己率一部分大臣与兵马退守西京大同。但是，一个月后，西京失守，金国大将完颜宗翰镇守西京。皇帝你从此消失，据守燕京的文武大臣们得不到你的任何消息，国不可一日无主啊，此情之下，耶律淳才在燕京称帝。几乎所有的大臣都没有表示强烈的反对。据老衲看来，这里头有三个原因：一是耶律淳是你的叔叔，他是道宗的侄子，你是道宗的孙子，政权在你们家庭内部嬗递，朝野能够接受。二是你音讯全无，是死是活人们全然不知，国家无主，臣民就会离散。三是宋金两国密谋灭辽，金国皇帝阿骨打亲率大军与南朝童贯率领的三十万大军南北夹击，一心要夺取燕京。辽五京先后有四京失守，剩下最后的燕京也危如累卵，在此生死存亡之际，如果没有一个人站出来统帅臣民抗击强敌，燕京早已陷落。如果说，耶律淳称帝还有一些会引起人们攻讦的话柄，这萧莫娜临危受命，却是力挽狂澜，众望所归。因为燕京政权的存在，一批又一批失散的士卒、臣民都来到燕京，他们都把燕京当作辽国最后的堡垒，他们也同样把萧莫娜当作守卫这个堡垒的主心骨。因为萧莫娜，一大批辽国的重臣得以凝聚，近十万军队得以保存。皇帝你要复国，是谁为你保存了这等力量？又是谁在破城之时，与耶律大石将军一起带着最后的精锐，穿过一千多里地的暴风雪，来到这地老天荒的山沟沟里与你相聚？……”

澄宇老和尚的话并没有讲完，却被一阵轻微的啜泣声打断。原来，是站在他身边的一脸冰霜、默不作声的萧莫娜双手掩面哭泣起来。这位仅仅当了三个月的“皇太后”本不想当众露出伤感，但老和尚的话让她百感交集，女人的天性让她一下子变得脆弱起来。

此时，天祚帝的心理也起了微妙的变化，一来是澄宇的话，二来是萧莫娜的啜泣声。当他看到萧莫娜冰冷的眼神与拒人千里的高傲时，他生性好斗的心理顿时占了上风。但是，当他看到在他印象中一向桀骜不驯的这位冷面美人居然哭泣起来，他的心一下子就变得柔软了。他莫名其妙叹了一口气，吩咐道：“给她搬一把椅子。”

亲兵搬来一把椅子，萧莫娜挨着澄宇老和尚坐了下来。

天祚帝语气缓和了，问澄宇：“大和尚，你的话说完了吗？”

澄宇微微一笑：“就算说完了吧。老衲再补充一句，她，秦晋王的王妃，还有他，耶律大石将军，此时此刻来到你的眼前，皇帝呀，这是佛陀的慈悲。”

“感谢佛陀！”天祚帝双手合十随口赞美了一句，接着说，“大和尚，你看看我身后墙上的这副对联。”

顺着天祚帝的手指望去，只见背墙的正面供有一尊佛龛，内中是一尊如来金佛，两旁各挂了一块长方形的桦木板，上面用毛笔写了一副对联：

架上海东青

心中菩萨道

一看就知道，这副对联不是皇宫旧物，而是住到夹山之后由文臣草草制作的，魏碑字体虽老到，但桦木板却没有任何装饰。澄宇老和尚一进屋子就看到了这副对联，他内心觉得海东青与菩萨道不能比对，但逃亡途中，心中还装着菩萨道却也实属难得，于是回道："皇帝若能真正践行菩萨道，必定还有东山再起之日。"

这样的话天祚帝爱听，他补充道："这副对联是我自己想出来的，让人锯了两块板子抄下来挂上。"

澄宇老和尚趁机开导："行菩萨道就是安放菩萨心。皇帝，听说你离开上京临潢府时，带出了很多佛像，这算是功德之事。"

"我不单请了很多佛像，还带了十几个皇寺的和尚，很可惜，这些和尚死的死、散的散，一个都不剩了，大和尚你从天而降，我天祚帝是不是要转运了？"

"阿弥陀佛！"

"大悲奴！"

应着天祚帝的叫声，大悲奴欠身答道："皇上，臣在哪。"

"你让人把仓房打开，我要让大和尚去看看我的佛像。"

"皇上，现在就可以去。"大悲奴起身回答，"仓房日夜都有士兵守值，啥时候去都行。"

"好，大和尚，请你挪步。"

天祚帝朝澄宇做了一个"请"的姿势，同时也邀请了耶律大石与萧莫娜。一行人跟着大悲奴，自大堂的左甬道出得侧门，步行不到三十丈远就到了仓房。这仓房原是存放各类马具的，天祚帝来后，看中这仓房坚固且邻近总督府，于是下令将马具另找仓房存放，而将从上京带出来的各类贵重佛像全部搬到这处仓房保管并供奉。

天祚帝带着澄宇老和尚一行走进仓房时，因天气晦暗，加之仓库都是安置在高处的小窗户，所以特别阴暗，天祚帝亲手点燃一支大蜡烛，并托着蜡烛台让澄宇一一欣赏他收藏的佛像。

这仓库里的佛像，恐怕有上千尊之多，髹漆的泥胎、木胎佛像有几十尊，石雕佛像也有百十来尊，大量的是鎏金铜佛。这些佛像大则盈丈，小则数寸，很多都是难得一见的精品，天祚帝一边走一边介绍，澄宇和尚听得很认真，从天祚帝的话中听得出来，这位流亡皇帝对佛教虔诚，但还不解奥义。所以，他的介绍只是让人知道这些佛像的来历、贵重的程度以及他对某些造像的喜爱，至于这些佛像的名号以及应该如何供奉，则不甚清楚且不合仪轨。看了小半个时辰，他们缓步走到一列十四个红漆立柜跟前，这些柜子分上下两层，上层三格摆满鎏金铜佛，皆造像精美，无论是柜子的式样和图案还是佛像的风格，皆不类汉土。这些造像吸引了澄宇大和尚，他不由得停下脚步，一个一个仔细察看。天祚帝介绍道：

“这是八年前，我过万寿节的时候，吐蕃国王送给我的礼物。”

“你知道这礼物的价值吗？”澄宇和尚问。

“我知道价值连城。”天祚帝回答说，“一共是九十八尊佛像。”

澄宇和尚点点头，便在这些柜子间来回走了两次，对天祚帝说：“现在只有九十七尊佛像，少了一尊。”

“啊？少了一尊。”天祚帝颇为诧异，“怎么会少了一尊，我怎么不知道？”

大悲奴说：“是不是搬运时遗失了一尊？我去找人查一查。”

“一定要查。”天祚帝重申了一句。

“你知道遗失了哪一尊吗？”澄宇老和尚继续问。

“不知道。”

“这些佛像的名字，皇帝你都叫得出来吗？”

天祚帝摇摇头，脸色有些尴尬。但澄宇和尚没有任何取笑他的意思，他已是不知不觉地沉入到少有的兴奋之中。他盯着天祚帝，再一次亲切地问道：“吐蕃王朝好像与大辽并不接壤？”

“是的，它们与夏国、南朝毗连，那次送佛像来，使者是借道西夏来到上京的。”

“吐蕃全民信佛，而且信的不是汉传佛教，而是直接源于印度的密宗，这些造像都是密宗风格。”

“这个我知道，密、显二宗在我们辽国都受欢迎。”

“吐蕃使节不知是否告诉皇帝，为什么九十八尊佛像，要分别装在十四只柜子里。”

“他们说过了，但我没有太留意，好像与一部经书有关。”

“哪一部经书，皇帝记得吗？”

“忘了。”

“是《大般若经》。”澄宇老和尚回答。

“《大般若经》？”天祚帝机械地重复了一句，“还请大和尚开示明白。”

澄宇和尚便简要地做了解释：《大般若经》全称为《大般若波罗蜜多经》，是宣讲大乘佛教诸法皆空的所有经典的汇编。目前，在南朝流传的是唐玄奘所译的十六种经典，总共六百卷。吐蕃密宗根据自身教义的需要，选取了十四种，这十四种经典中，共出现有十一种本尊佛像，分别是：一、印度祖师；二、本尊、五方佛及无量寿佛；三、三十五忏悔佛；四、过去七佛；五、贤劫千佛；六、十方佛；七、药师佛；八、佛顶尊；九、八大菩萨及观音菩萨和文殊菩萨化身；十、佛十大弟子；十一、女尊——般若母变化身、度母变化身、准提母、持世菩萨、无我佛母等。在十四经中出现的各类尊神，统合起来，正好有九十八尊。吐蕃王朝送来的这全套佛像，极有讲究，十四只大红立柜代表十四种经典，每一种经典里出现的尊神，就供奉在相应的立柜里。

听了介绍，天祚帝惊叹澄宇大和尚修行深厚法德弥高，于是小心翼翼地问："大和尚，遗失的那一尊佛像，叫什么名字？"

澄宇回答："第十四只立柜里，应该有七尊佛像，它们分别是蓝色四面大黑天、清净光游戏神通佛、危宿、室宿、壁宿、娄宿等。皇帝你看，后面的六尊都在，唯独第一尊蓝色四面大黑天不见了。阿弥陀佛，这是天意啊！"

"此话怎讲？"

"蓝色四面大黑天，又称蓝色四面救衰败勇保护法，是佛界最神勇法力无边的保护神。他的作用就在于救衰败勇，皇帝你现在最需要的，不就是救衰败勇的大黑天吗？偏偏这尊神被遗失了。"

澄宇说得很平静，天祚帝却像听到了一声炸雷，刚刚转好的心情又变得沮丧了。

虽然立春已经三天了，但塞外依然是严寒的冬季，酉时一过，天道儿就黑尽了。耶律大石与萧莫娜以及澄宇的到来，使得天祚帝一直处于兴奋之中。大悲奴曾私下偷偷对耶律大石说，打从住进夹山，天祚帝的情绪一直低落，因为没有什么事儿能让他高兴起来。往年一到秋天，天祚帝就会率领皇室成员和禁卫军四处围猎。春天捕鱼，秋天围猎，这是辽皇室一直坚持的活动，此一活动被命名为春水秋山，成为了不可更改的制度安排。对于天祚帝来说，几十年养成的习惯已经成为他生命调节的重要方法，经过一个秋天的围猎，身子骨舒坦了，筋络活泛了。但今年，从天高云淡到秋风萧瑟，蒙古高原一年中最好的季节里，天祚帝却一直窝在夹山，因此情绪不佳，用他自己的话说，身子好像被一条麻绳牢牢地捆绑着，没有一会儿能得到舒展。天祚帝曾说过，狩猎、烧酒和女人，这是让一个男人兴奋的三大理由。但这三样在夹山都找不到。或者说，找不到天祚帝所需要的那种品质的女人和烧酒。就在今天，耶律大石送来了值得天祚帝兴奋的礼物，因为他的高兴，夹山也就显得有些生机了。

尽管是逃亡，但毕竟是皇帝，蜗居夹山的天祚帝仍然有自己的专用厨房，厨师也是从上京一路跟随过来的。但因为食材的缺乏，厨师只能感叹巧媳妇难为无米之炊。今夜里，他吃到了这个春节里最好的一顿饭。一来是耶律大石带来了一些优良的食品、腊味、酱汁和烧酒，二来天祚帝居然破例命人宰了一只驯鹿。因此这一顿晚宴堪称丰盛。天祚帝让南北两院的宰相及几位年盖八秩的高官参加了欢迎耶律大石的晚宴。澄宇和尚不茹荤腥，因此谢绝参加。萧莫娜本意是要陪澄宇吃素，但在耶律大石与大悲奴两人的盛情邀请下，加之天祚帝也有让她参加的意思，澄宇和尚也希望她能够与天祚帝达到真正的和解，于是她也就不再坚持，而出席了天祚帝自来夹山后举行的第一次体面的宴会。

打从宴会一开始，天祚帝的情绪就一直亢奋。他说，他今晚请大家吃的是鹿鸣宴。遗憾的是，这次鹿鸣宴的主菜不再是他亲自射杀的野鹿，而是牧民们饲养的驯鹿。契丹人都知道，驯鹿是猎人最好的伙伴，吃驯鹿是一种罪过。但没有鹿肉，他觉得不足以表达耶律大石归来的喜悦。香喷喷的鹿肉早已让陪侍的大臣们垂涎，加之烧酒又是南朝的贡品，侍臣们无不称赞天祚帝的英明，并搜肠刮肚地证明此时此地用驯鹿代替野鹿绝非罪过而是一种功德。不过，他们的赞颂是一种多余，天祚帝一如既往地毫不介意大臣们的褒贬。尤其是今夜，他的亢奋是因为那两个因素：女人和烧酒。

熟悉天祚帝的人都知道，这位马上的勇士、狩猎的高手始终热爱着女人。他今夜的亢奋，首先是因为有萧莫娜在座。在座的人都知道，如果这个世界还有一个最令天祚帝痛恨的仇人，这个人一定是萧莫娜。这就是天祚帝乍一见到萧莫娜立刻就拔刀刺杀的理由。但是还有一点，如果在这个世界上还有一个最令天祚帝神魂颠倒的女人，这个女人也是萧莫娜。

天祚帝第一次见到萧莫娜时，她才十六岁。那是十五年前在他的万寿节上。辽国仿照宋国，将当位皇帝的生日列为万寿节。这一天，不但举国欢庆，而且还接受外国使节的朝贺。在那一次万寿节的贺筵上，天祚帝第一次见到了萧莫娜。她的父亲也是契丹王朝的世袭贵族，其时担任北院枢密副使。她的母亲因此得以诰封一品夫人。正因为这个身份，她的母亲得到皇后的邀请，前去参加万寿节的贺筵。她陪侍母亲参加了这次盛大的庆典。十六岁的她亭亭玉立，一双黑葡萄一样的大眼睛和两片猩红的嘴唇，足以征服任何一个男人。尽管场面浩大、宾客如云，天祚帝还是很快就发现了她。他让人将萧莫娜找到跟前，问：“你叫什么？”

“萧莫娜。”

“你是谁家的？”

“你问问你的手下就知道。”

“你长得很漂亮。”

“皇上，我更会骑马。”

“你的手指像观音。”

“我的心更像观音。”

“你肯定会唱歌。”

“我更会喝酒。”

草原上的美女像花儿一样多，但天祚帝突然发现了最灿烂的一朵。初次见面的这几句对话，天祚帝感到萧莫娜正是他理想中的那种女人：野性而又妩媚，妖艳且还任性。他本想和萧莫娜多聊几句，但这时皇后亲自过来对他说，筵席快散了，母亲要带女儿回家了，说罢牵起萧莫娜的手离开了。神情怏怏的天祚帝看着萧莫娜的背影，莫名其妙的冲动像一团火在心中燃烧……

很快，天祚帝就打听到，萧莫娜是世袭贵族大臣普贤的女儿，而且，她还有一个妹妹叫萧莫谛，姐妹俩都是绝代佳人。他深知，他与萧莫娜之间不可能偷情，这样的贵族身份，只可能明媒正娶。他是个心中想到就立刻渴望去做到的人，但皇后早就看出他的心思。从自身的安危着想，皇后不想让萧莫娜这个天生尤物进入皇宫，因此处处设法阻挠。当他一年后听说，萧莫娜竟然在皇后的撮合下远嫁燕京，成为他叔叔秦晋王耶律淳的王妃时，他勃然大怒，于是不再征得皇后同意，直接下令将萧莫娜的妹妹萧莫谛接进皇宫，封为元妃……

但是不到一个月时间，天祚帝就对这位元妃产生了厌倦。他原以为萧莫谛同萧莫娜一样热情奔放，却不曾想到姐妹两人的性格是如此的不同：姐姐泼辣，妹妹沉静；姐姐眼睛里溢出的是火，妹妹眼睛里溢出的是霜。天祚帝不喜欢这种女人，自此以后很少搭理她。去年自辽上京撤退，从皇后开始，凡是他喜欢的女人都带走了，在留下的他认为不值得带走的女人中，就有元妃萧莫谛。

此次萧莫娜在夹山出现，是天祚帝绝对想不到的事。人没当面时，萧莫娜是他想象中的敌人，但当第一阵热血偾张的愤怒平息，关于萧莫娜的一点一点温馨的回忆，又在他尘封多年的心灵深处慢慢涌现出来。天祚帝可能不是一个优秀的皇帝，但却是一个率真的男人，仅仅半天时间，他就经历了对萧莫娜从排斥、冷淡到接受，甚至恢复了欣赏这样一个感情历程。随着鹿肉和掺了鹿血的烧酒的作用，天祚帝身子开始燥热。喝完了两大坛子老酒，在座的人都有了醉意，有的醉了三四分，有的五六分，醉意最深的要数天祚帝，差不多到了七分，最少的是萧莫娜，她喝得并不多，因此还算清醒。这时，天祚帝让侍者给他又倒了半碗酒，并将鹿血掺满，鼓突着眼珠子对萧莫娜说：

“你，唱支歌吧。”

“为什么要唱？”萧莫娜迎着天祚帝火辣辣的目光，偏着头问。

天祚帝仿佛回到了十五年前，僵硬地笑了，答道：“我早听说过，你是草原上的百灵鸟，对，百灵鸟！”

“你还听说过什么？”

“你会折磨人。”

“我没有折磨过任何人。”

“你折磨过我。”

“皇上，你喝多了。”

“没有，我还能喝一大坛子，只要你唱歌，我就一直喝下去。”

“皇上，换一下吧。”

“怎么换？”

“我喝酒，你唱歌。”

大悲奴觉得如此说话是对天祚帝的冒犯，于是出面制止：“萧莫娜，你要懂规矩。”

“大悲奴，你一边去。”天祚帝粗鲁地申斥大悲奴，“我高兴一回，你不要瞎嘞嘞。”

“皇上……”

天祚帝挥手打断大悲奴的话头，继续问萧莫娜：“你说我唱歌，你喝酒？”

“是的。”萧莫娜的激情也有所上升了。

“你会喝醉的。”

“我不怕醉。”

萧莫娜说着就起身，走到天祚帝跟前拿走了酒碗。

天祚帝嚷道：“那是我的酒碗。”

萧莫娜回到座位上，捧着酒碗说：“现在，我喝你的酒，你唱你的歌。”

“唱什么呢？”

天祚帝搔着脑袋深思了一会儿，他的眼前仿佛展现了一望无际的绿油油的草原，一大群野马在狂奔，他骑着一匹闪电般的骏马，一手提着缰绳，一手高举着套马杆，很快，他的骏马追上了野马群，他松了缰绳，身子微微后仰蹬紧了马踏，骏马于是腾云驾雾一般冲到了最前面，他双手将套马杆一扬，野头马被他套住了。出于惯性，野头马仍在疯狂地奔驰，差一点将他拽下马来，他麻利地从马踏上退出双脚，纵身一跃跳到野头马背上……

回忆不会无缘无故地发生，但套马的那一幕却让此时此刻的天祚帝激情澎湃，他的略带沙哑的歌声顷刻间在胸膛里爆发了：

如果没有雄鹰，
宽阔的天空就会感到孤独；
如果没有骏马，
辽阔的草原就会感到寂寞。
如果没有套马杆，
谁又能理解猎人的勇敢；
如果没有你，姑娘啊，
草原的花儿怎么会开得鲜艳。
如果没有我，亲爱的姑娘啊，
你的爱情便成了迷途的大雁。
姑娘啊姑娘，来吧，来吧，
让我们拥抱在一起，
让我们的故事，
在草原上代代流传。

在座的这些追随天祚帝多年的大臣仆从，从没有听到他如此深情又如此奔放地唱过一首歌，他的歌声里充满了渴望，也充满了诱惑。大臣们无不兴奋，他们忘了叫好，忘了拘谨，也忘了献媚，大悲奴高喊了一句：

“为皇上的歌声，干一碗！”

男人们都站起身来，无论年迈还是年轻的，都仰脖儿咕噜嘟噜喝了个碗底儿朝天。而此时，只有一个人没有站起来，也没有喝酒。天祚帝轻声喊了一声：“萧莫娜！”众人循声望去，只见她坐在那里双手掩面，纤纤玉指间，有晶莹的泪水正在溢出。

第三十章　逃亡中的英雄美人

四只酒坛子空了，所有的人都醉意沉沉，此时也顾不得什么君臣礼节，天祚帝挥挥手，大着舌头说："你们走吧。"臣子们便都踉踉跄跄地离开了膳房，各自散去。萧莫娜本能地要随耶律大石退下，天祚帝却一把拽住她，也不说什么，便半拖半挽地向他的寝房走去。

毫无疑问，这间寝房是为马场总督建造的，无论是墙与炕，都设置了焚烧干马粪的火道。尽管屋子外是将近零下三十度的极寒天气，寝房里却只需要穿一件薄薄的丝绸的睡袍。天祚帝与萧莫娜也不知是谁搀扶谁，趔趔趄趄地走进了寝房，这寝房的门是天祚帝用脚踢开的。一进门，欲火中烧的天祚帝也顾不得关门，搂着萧莫娜就开始撕扯她的衣服，萧莫娜一把搡开他，自己去把门闩上了。

"你没醉？"

天祚帝打了一个酒嗝，半是清醒半是昏沉地问。应该说，他此刻的醉意有一点装的成分，就是说醉是醉了，但没有那么严重。萧莫娜同他差不多，尽管她喝下了满满三大碗酒，除了嗓子眼有些干渴，胃里头感到堵塞之外，她的头脑却是清醒的。听到天祚帝的提问，她答道：

“女人就是醉了，也是清醒的。”

“你还是醉了好。”

“我也不喜欢你装醉。”

“啊？”

“明白人做明白事。”

萧莫娜说这句话时，目光里含着了几分妖冶，也充满了镇定。天祚帝从她的眼神里看到了他所欣赏的爱欲与狂野，他也顾不得再说什么了，再次开始撕扯萧莫娜的衣服。萧莫娜嫌他笨手笨脚，又一把推开他的手，自己动手解开对襟紧身绣衣的纽襻……

一丝不挂的天祚帝将同样脱光了衣服的萧莫娜抱到了床上。这一对曾经互相渴慕的情人，后来又兵戈相向的仇人，是如此充满敌意，又如此充满爱怜；他与她互相排斥，又互相吸引；他与她本应该在沙场决斗，现在却把战场挪到了床上。

还不到三十二岁的萧莫娜，妙曼的身材胜过二十岁的少女，皮肤白皙、细腻，温润光滑如于阗玉；瓷实的臀部和高耸的乳峰，小巧的嫩红的乳头，都足以让天祚帝销魂。天祚帝虽然四十八岁了，但乐于狩猎的他，身体仍壮健如草原上的雄狮，哪怕是做爱，他依然不自觉地显露出那种君临天下的气概。他伸出食指，去抚摸萧莫娜挺立的小乳头。萧莫娜微闭着眼睛，感到一股灼热的气流越来越强大，仿佛要将她的身体爆裂。老实说，她与秦晋王耶律淳的性爱生活并不快乐，耶律淳娶她时已经过了五十岁，作为光宗皇帝的孙子，天祚帝的亲叔叔，他的性格与天祚帝完全不一样。秦晋王儒雅，雅好诗词歌赋琴棋书画，同时更喜爱在温柔乡中安度时光，所以让人感到他未老先衰，缺乏男人应该有的粗犷与彪悍；天祚帝充其量只能算是粗通文墨，但孔武有力野性十足。现在他光着身子，可以看到他闪着光泽的古铜色的皮肤与一坨坨隆起的壮硕的肌肉。当天祚帝像巨石一样压到萧莫娜身上的时候，很久都没有享受到床第之欢、云雨之乐的萧莫娜，本能地翘起了双腿，但突然她又使出浑身力气将天祚帝推开，天祚帝嘴里还喷着酒气，惊愕地问："为什么？"

萧莫娜喘着气回答："论辈分，我是你婶婶。"

"现在，你是我的心肝！"

天祚帝说着重又压了上来。萧莫娜也不再反抗，她也没有负罪感。按契丹人的风俗，侄子是可以娶回叔叔的未曾生育的寡妻的，尽管她脑海里会偶尔闪现耶律淳忧郁的面容，但这并不妨碍她此一刻的欢乐。当天祚帝更深地进入她的身体并剧烈地抽动时，她发出了尖叫和快乐的呻吟，她扭动的身体也就在这个时候开始散发出芬芳的气息。这气息如同檀香，沁人心脾又刺激人更加兴奋，天祚帝在这种诱惑下，压抑太久的心情以及身体的潜能顷刻间都爆发了出来。这一对男女，时而像一对在长满鲜花的旷野上交媾的雄狮，时而像两片飘荡在碧空的浮云，他们几乎都丧失了理智，毫无羞耻地、热烈奔放地享受着对方……

当激战消停，天祚帝歪倒在萧莫娜的身旁，他的身体烫得像烧红的铁坯；还陶醉在享受之中的萧莫娜，额头上渗出了细碎的汗珠。天祚帝伸手在她的额头上摸了一把，萧莫娜嫣然一笑，有些撒娇地说："我渴。"

天祚帝一骨碌翻身下床，胡乱抓了一件丝织睡袍披在身上，从一只精致的翡翠色的提梁壶里倒出一碗奶茶，自己先喝下去了，然后再倒一碗走回到床沿。

已经坐了起来的萧莫娜接过刻花银碗，放到嘴边又挪开了。

“凉的。”她说。

“凉的好喝。”天祚帝回答。

“你难道不知道吗？房事之后是不能喝凉水的。”

“这是屁话，我做过之后，从来都是喝凉的。”

“没伤着你？”

天祚帝摇摇头，萧莫娜迟疑了一下，将那碗凉奶茶喝了。她把碗递回给天祚帝，天祚帝接过碗随手往后一扔，又爬上床来要搂抱萧莫娜。

忽然，萧莫娜一挺身子，伸开双手的天祚帝还来不及抱上她，却重重地吃了她一个巴掌。

“你？”

天祚帝被打懵了，捂着脸瞪着萧莫娜。这是他这辈子领教的第二个耳光，第一次是他四岁时，因为淘气妈妈赏给他的。但那只是象征性的惩罚。萧莫娜的这个耳光却是实实在在，天祚帝的脸上火辣辣的。

“你敢打我？”

“这一巴掌，是替我妹妹打的。”

“萧莫谛？”

“是的。你从上京撤退，带了那么多女人，连海东青都一只不落地带了出来，为何要把她抛弃，她难道不如一只鹰？”

“我不喜欢她，她和你不一样。”

“不喜欢她，当初为何要娶她？”

“娶她是为了你，我以为你们既是亲姊妹，就应该是一样的。”

“她比我更像一个女人。”

“我喜欢你这样的！”

“你太没良心了，你们既是夫妻，大乱来时，你像扔一只狗一样把她扔掉了！”

萧莫娜说着说着眼圈儿就红了，晶莹的泪珠溢了出来。这样子更让天祚帝怜爱，他不禁又把脸凑到萧莫娜跟前，涎皮涎脸地说：“来，再来一巴掌。”

他这样子让萧莫娜哭笑不得，她嘴一噘：“想到妹妹，我恨不能杀你一刀。”

“没想到，你姐儿两个感情如此之深。”天祚帝叹了一口气说，“对萧莫谛，我是有做得不对的地方，我当时不带她走，一是不喜欢她，二来我也存了一个心意，故意放她一条活路。”

“放她一条活路？”

“是的，我不能下旨让她去投奔你，但她自己可以去。我没有想到她竟然留在了上京。”

“她一个孤零零的女人，怎么能来燕京？你抛弃了她，谁还敢帮她？”

“这一点，我没想到。”

“你知道她现在的状况吗？”

“不知道。”

“大金军攻占上京后，她成了俘虏。我听说她受了凌辱。”

“死了吗？”

“没有。一个好心人救了她，并娶了她为妻。”

“谁呀？”

“大金的将军，我们最强悍的敌人。”

“到底是谁？”

“完颜宗翰。”

“这个王八蛋！”

天祚帝恨恨地骂了一句，咬着牙巴骨，脸色变得铁青。萧莫娜这时看到了天祚帝脆弱的一面，她忽然又对他产生了同情，觉得她带来的消息已经产生了报复的作用，她的目的达到了，她再次换上了笑容，捧着天祚帝的脸，挑逗地说：“你很棒！”

“我当然很棒！”天祚帝一见眼前这个女人的笑脸，心中的芥蒂立刻消除，又充满自信地说，“不是因为我是大辽国的皇帝，我才棒，而是因为我棒，我才成了大辽国的皇帝。”

萧莫娜笑了一下，动手褪下了天祚帝的睡袍，两人又倒下了再次亲热起来。天祚帝让萧莫娜躺在他左手的臂弯里，用右手去抚弄她披散的秀发。

“你说我棒，我很高兴。”天祚帝说。

“我说的是实话。”萧莫娜把头枕在天祚帝的胸膛上。

“我想，秦晋王这方面肯定不行。”

“是的。”

“说说看，怎样不行。”

“你让我贬损我的前夫吗？他可是你的亲叔叔。”

“他也是我的敌人，我无意让你贬损他，但作为男人，我有好奇心。”

萧莫娜叹了口气：“我算是守活寡吧。”

天祚帝故作惊讶：“他这么无能？”

萧莫娜回忆着说：“大约是结婚的第二年，他对我的新鲜劲儿过了，常常十天半月不理睬我。我以为他另有新欢，就偷偷地打听，甚至还跟踪，结果没发现他吃什么野食儿，他也看出了我的疑惑，于是有一天他陪我喝了一点点酒，很勉强地笑着对我说：‘我老了，想当采花大盗，力不从心呀。年轻时，我身上什么地方都是软的，就那玩意儿是硬的；如今老了，我身上变得什么都是硬的，就那玩意儿是软的。’我听了他这一番表白，知道这是我的命，也就不责怪他了。”

“秦晋王啊秦晋王。”天祚帝感叹了一句，又问萧莫娜，“汉人有一个成语，形容一个人拿到了宝贝又不珍惜，那词儿怎么说？”

“我不知道是哪个词儿。”

“我想想，”天祚帝盯着屋顶沉思了一会儿，突然一拍萧莫娜的乳房，嚷道，“我想起来了，叫暴殄天物，对，秦晋王这是暴殄天物！”

萧莫娜生气地拧了一下天祚帝的下身，气咻咻地说：“你那么重手打我的乳房，不也是暴殄天物？”

“说得好，但我不会像秦晋王那样假惺惺地怜香惜玉。”

天祚帝说着，又一个鹞子翻身，把萧莫娜压到了身子底下。

正当两人喘息着、扭动着、搂抱着，享受着又一轮的云雨之欢，忽听得门外起了骚动，警觉的萧莫娜对天祚帝努了努嘴，示意门外有人，正在兴头上的天祚帝咕哝了一句“管他娘的”，抱起萧莫娜继续作乐。

这时，响起了敲门声，一个人轻声喊道：“皇上！”

“谁？”天祚帝不耐烦地问了一句。

“小的是值班哨官，特来禀告，马场总督萧大人回来了。”

“萧之恭？他从西夏回来了？”

“是的，他现在在厅堂里候见。”

“让他等着，我就来。”

说罢，天祚帝松开萧莫娜，并在她绯红的脸颊上亲了一口，说：“宝贝儿，待我去见了萧之恭，再回来让你快乐。”

“必须现在去吗？”萧莫娜问。

“必须，派他去西夏请兵，走前我就交代，回来后，不管什么时候，即便是深夜也要立刻面见。”

“啊，这是关系到复国大事，你快去吧。”

萧莫娜在天祚帝长满胡须的脸膛上回亲了一口。

也顾不得穿戴，天祚帝穿着睡袍就急匆匆进了厅堂，萧之恭也没有穿他马场总督的四品官服，而是扮成一名商人，穿了一件右衽交领袍衫，外套了一件羊皮大氅。因厅堂里热，他已脱了大氅。见天祚帝来，他趋前一步行单跪礼，天祚帝让他平身，自己先在上首的交椅上坐下了，然后问先已到此的大悲奴：“现在几更了？”

“过了三更。”大悲奴答。

“外面的雪还在下吗？”

“停了个把时辰，现在又下起来了。”

“之恭你刚到？”

“回皇上，”萧之恭又欠欠身子说，“我到了小半个时辰，先去找了丞相，丞相说还是要先向皇上禀报，就又领着我来到这里。”

“之恭辛苦了。”天祚帝急于想知道夏国的态度，又怕听到不好的消息，故先说些扯淡的话，“我知道从夏国过来，不能往有人烟的地方走，人迹罕至的地方雪更大，草原上的雪恐怕没过了马肚子吧。”

“这些辛苦倒没什么，只是……”

“只是什么？”

天祚帝的心一下子吊到嗓子眼上。

“臣该死，没有完成皇上的嘱托。”

“你见到夏国皇帝了吗？”

“见到了，他把我待若上宾。”

“妈拉个巴子，乾顺是我的女婿，对我这个岳父，他也翻脸不认了。”

“不是这样的，皇上。”

萧之恭连忙解释，他平常言语就不多，见了天祚帝就更拘谨得不敢说话。天祚帝费劲地听他陈述了小半个时辰，总算听明白原委：在萧之恭到达夏国之前，镇守大同的大金左路军统帅完颜宗翰就派特使与夏国皇帝乾顺见了面。大约是完颜宗翰侦察到天祚帝隐藏在云内州境内的某地方，云内州与夏国接壤，在名义上，天祚帝与乾顺又是翁婿关系，而且，辽国长期以来一直是夏国的宗主国，夏国皇帝的登基，一般都要得到辽国皇帝颁发的金册诰命才算正统。因此，完颜宗翰猜测，天祚帝可能会派人到夏国请求救兵。鉴于此，完颜宗翰才派使者前来表明态度，夏国若派兵援救天祚帝，无异于向金国宣战。金国既然可以与宋国盟誓联合灭辽，两国同样也可以盟誓灭夏。乾顺听了这番话心里很恼火，虽然他认为这名特使是一个狂悖之徒，却又不能不慎重考虑他的建议。几十年来，宋夏两国战争不断，近十年来，宋国童贯主持军务，派西安州知州种师道率熙河经略使刘法、廓州防御使何灌、安边巡检杨震等数路大军向对夏国边境用兵，从青海的湟州、甘肃的兰州一直到陕西的麟州，将近两千余里地的宋夏边境上，大大小小有数十个战场。童贯采纳种师道的建议，采取步步为营的战术，每攻下一座夏国城池，便修筑堡垒屯兵。因此，夏国的南部遭到严重的蚕食。夏雍宁二年，也就是大金建国的同一年的正月间，乾顺派使者来到汴京求见徽宗，意欲面呈请求罢兵，徽宗不肯接见，而主持国事的蔡京断然拒绝了夏国的请求，并在宋夏边境上增加到三十万兵员。乾顺见求和无望，便下达了举国迎战的诏令，并命令自己的亲弟弟晋王察哥任三军主帅。察哥不负重任，以一万骑兵迎战侵入夏境兴州的熙河经略使刘法，两军接战从早到晚，宋兵人饥马乏，刘法的前军、后军、左军相继战败，无奈只好下令撤退，察哥穷追不舍，长驱直入七十里，终将刘法斩落马下，刘法所率领的两万人马全军覆没。这是宋夏战争以来宋国最惨烈的一次败仗，尽管童贯刻意隐瞒，徽宗并不知晓，但正好在这时候，辽天祚帝派来使者面见徽宗，要求宋从夏国边境撤兵并归还攻占的夏国城池，一来是宋国一向惧辽，二是战事失利，宋国便同意了辽国的建议，宋夏战争便进入了休止状态……乾顺帝知道，夏国与宋国不可能真正地讲和，更不可能修好，但与辽国却存在着唇亡齿寒的关系。因此，当金辽战争开始的时候，夏国一直是辽国坚定的盟友。去年九月，完颜宗翰进攻西京大同，乾顺派五千精兵驰援，但是，救兵尚未赶到，西京就已陷落。十一月，听说天祚帝出现在云内州的草原上，乾顺又派大将李良辅率两万兵马出境寻找，又被完颜宗翰的部队截回。尽管这样，乾顺营救天祚帝的心愿始终没有改变。但是，这一次完颜宗翰派来特使的谈话，说是要挟也好、规劝也好，有一点必须要面对，即乾顺必须在金与辽之间做出选择，继续营救天祚帝还是放弃此举？继续意味着夏国要再一次接受战争，甚至跌入灾难的深渊；放弃意味着对盟友的背叛。对于一个正直的君主来说，道义的丧失必将留下终生的剜心之痛。在对辽金宋三国的战略态势做出认真的分析之后，为夏国的社稷苍生着想，乾顺不得不做出痛苦的选择：放弃出兵营救天祚帝和助其复国，并愿意接纳天祚帝及其眷属入住西夏并终生供养。

当天祚帝听完萧之恭冗长的叙述之后，仿佛变成了一只被人使用了催眠术的狮子。大悲奴与萧之恭期待的暴跳如雷恶语咒骂的景象没有发生。天祚帝微闭着眼睛，仿佛睡着了。

“皇上……”大悲奴提心吊胆喊了一声。

“你们回去吧。”

“遵旨。”大悲奴嗫嚅着回答，屁股离了椅子，又问，“皇上，你还有什么吩咐？”

天祚帝摇摇头。

大悲奴领着萧之恭蹑手蹑脚退了出去。

不知过了多久，天祚帝感觉有一床被子搭在了身上，他睁眼一看，已经穿戴整齐的萧莫娜站在跟前，刹那间，他想起与萧莫娜在床上扭在一起的种种感受，便咧嘴笑了。

“我听到了萧之恭的谈话。”萧莫娜说。

“哦。”天祚帝只是轻轻地哼了一声。

“延禧。”萧莫娜亲热地喊天祚帝的名字，“我知道你此时的心情。”

“萧莫娜，你不了解我。”

“这个我承认。”

“我从不与女人分担痛苦。”

“是吗？”

“是的。”

“那是你没有碰到真正懂你的女人。”

“你是谁？你懂我吗？”

“现在可以说，从肉体到心灵，你是一个好男人。”

“好男人不一定是一位好君主。”

“这话是你自己说的。”

“萧莫娜，这房子让我憋闷，你陪我骑马去吧。”

“走吧。”

天祚帝从太师椅上一跃而起，踅回房间穿起了铠甲，外面还罩了一件黑色的貂皮衬里的缎面大氅。两人走出马场总督府的大门，天祚帝吩咐哨官通告卫兵从马厩里牵出两匹马来，萧莫娜赶紧补了一句，她要骑自己从燕京带来的那匹“雪里妃”。

“你的坐骑是红色的？”

“是的。”

天祚帝于是命令卫兵牵出他若干战马中的一匹“信天翁”。

“你给马起了一只鸟的名字。”

“它是白色的，跑得比鸟还快。”

说话间，已经披挂停当的两匹马牵到了两人跟前。天祚帝习惯性地拍了拍马的额头，也不用卫兵搬来马凳，就一跃身子跨上了马鞍。萧莫娜本来也可以一跃上马的，但想到自己本是一个女人，不必处处跟爷们儿较个高低，她还是在卫兵的帮助下，踩着马凳跨上了已铺了绣有几朵牡丹的红锦垫的马鞍。此时已近卯时，若是在汴京，应该已是晴光闪耀、人流熙攘的景象，此处却是刚刚显露朦胧的熹光，加之霜冻在天地之间正展开着最猛烈的攻势，沼泽地上所有的洼坑都结了厚厚的冰层，而丛丛的枯草也被冻成一蓬蓬的雪凇，沼泽地旁向远处延伸的山脉、道路上也盖了两三尺深的积雪，偶有裸露的地面，也又滑又硬。路边的林木上挂满了冰溜，细的如戟张的马鬃，粗的如马尾巴，更粗的就像壮健的马腿。雪凇、冰溜、积雪，高低错落组成了一个晶莹剔透的冰雪世界。此时雪还在下着，密集的雪片儿让本来就脆弱的熹光变得更加模糊了，天祚帝甚至看不清拉在手中的缰绳……

风从辽国北面最遥远的贝加尔湖方向吹来，天祚帝正是迎着凛冽的北风纵辔狂奔的。他与萧莫娜有时并驾齐驱，有时一前一后。向北延伸的夹山是一个上坡，在这样恶劣的天气，不管是人还是马，如果没有强健的体魄，在户外待一个半个时辰，就会被深入骨髓的寒气所击垮。但一向喜欢好强逞能的天祚帝对这些毫不在乎，他不但要与冰雪搏斗，还有迎着北风爬坡。萧莫娜虽是千娇百媚的女人，但此时陪着天祚帝，其表现也毫不逊色，两人的坐骑“信天翁”与“雪里妃”，也都是万里挑一的好马，两匹马相隔的距离从来没有拉开过一丈。就这么毫不停歇地奔驰了将近半个时辰，天色已经大亮了，因为雪片阻拦了视线，骑手们看不见嵯峨的远山，但道路两侧密匝匝的落叶的乔木却让他们心旷神怡。这些乔木以桦树、松树、楸树、榉树居多，几人合围的大树随处可见。在道路的正前方左侧大约二三十丈远的地方，有一棵半枯的大树，说它半枯，是因为它高大的顶部显然遭到过雷劈，只剩下一个巨大的木桩，但树的中部，仍有横向生长的遒劲的枝条。天祚帝看着那棵树忽然兴奋起来，就用力一夹马肚，“信天翁”便箭一样向那棵树奔去，眼看还有五六丈远，天祚帝突然两脚一缩退出马蹬，身子一挺站上了马鞍，就在这一刻，

“信天翁”接近了大树，天祚帝顺势一跃，敏捷得像只猿猴一样，攀上了大树一根横向的酒碗粗的枝条。他掏出靴筒里的匕首，砍掉枝条上悬挂的冰溜，然后骑上枝条，将身子挪向树干。

“你要干什么？”随后赶来的萧莫娜问。

天祚帝将一根手指压在嘴唇上，示意萧莫娜不要出声，他自己则慢慢地挪到雷劈过的树洞跟前，小心翼翼地伸出脑袋朝洞内探望。

不一会儿，天祚帝从树上跳了下来。

“树洞里有什么？”萧莫娜问。

“一只大黑熊。”天祚帝的脸上洋溢着兴奋。

“我小时候就听说过，大狗熊冬眠，会选择一个大树洞钻进去，但我从来就没见过。”萧莫娜看着巨大的树桩，又问，“你怎么就知道这树洞里会有大黑熊？”

“狗熊蹲洞，一定会选择千年老树，一般是松树，树长到几百年后，树心就空了。”

“我是说，你怎么就知道这棵树里有蹲洞的黑熊？”

“你看看，”天祚帝指着树洞的顶端，“看出什么不一样吗？”

“没看到。”萧莫娜摇摇头。

“这树洞的顶上没有一支冰溜，这就说明树洞里有暖气上升，大狗熊三个月冬眠，不吃不喝，实在饿了，就舔一舔自己的前掌。为什么说，熊掌有营养呢，道理就在这里。”

“狗熊火气大，所以树洞上方不结冰溜。延禧你不当皇帝多好，你是草原上最优秀的猎人。”

“这只蹲熊至少说也有五百斤，我把它弄出来，让你美美地吃一次熊掌。”

“怎么弄？把树劈开？”

“狗熊傻得很，只要往里扔石块和木头，扔一块，它就拿起来往屁股底下一垫，扔它一个时辰的东西，它全垫屁股底下了，越垫越高，它的脑袋就从树洞里露出来了，这时候，刀剑就使得上了。”

“罪过，罪过，阿弥陀佛。”

看到萧莫娜双手合十，一副虔敬的样子，天祚帝不解地问：“打蹲熊同阿弥陀佛有什么关系？”

萧莫娜回答：“不杀生是佛家第一要义，打蹲熊就是杀生。”

“我是想让你吃到熊掌。”

“我不会吃的。”萧莫娜央求道，“放过这只大黑熊吧。”

“好吧，听你的。”

天祚帝翻身上马，两人踏上了归程。沉默了一段时间，天祚帝松了缰绳放缓马步，问萧莫娜：“澄宇和尚说，我从上京带出来的佛像，单单丢了蓝色四面救衰败勇大护法金刚，你怎么看这件事？”

“不是好兆头。”萧莫娜老实回答。

天祚帝又像是自语又像是发问：“辽国至此，谁是我的救衰败勇大护法金刚呢？耶律大石是吗？”

“耶律大石不是。”

“你怎么这样认为？”

“他不会跟着你去攻打西京，他的复国计划与你想的完全不一样。”

“是吗？走，快回去，我倒想知道，他是怎么想的。”

两匹马重新奔跑了起来，山路上旋起团团的雪烟。

第三十一章　满目江山映日红

一晃到了三月，谷雨这一天，恰逢三月初二，经过宋金两国几轮磋商，大宋最终答应了大金提出的各项条件，燕京城的交割日期就定在谷雨节当天。其时，广袤的华北平原已是一片青葱。拔节的麦苗，出蔸的秫棵，柳杨榆槐各类树木以及桃梨杏枣等各种果树，要么疯狂地抽绿，要么肆意地绽放红的白的粉色的花骨朵儿，而从土层中滋生的蛰气，袅袅腾腾、朦朦胧胧的，在田野、村庄、河流以及燕山山脉的峡谷与山脊上浮沉荡漾。变得潮润的空气有了甜味了，春雨浇酥的大地开始躁动了。发情的狗到处乱窜，怀春的猫喵喵喵叫个不停，公鸡也像醉汉一样到处寻找可以撒野的对象……这是万物竞相生长的季节，也是生灵尽情交媾的季节，头枕燕山脚蹬华北平原的燕京城，正是被这样一种疯狂的气息笼罩着，既生机勃勃，又漫漶无度……

经过风水师的测算，谷雨节这天本是黄道吉日，童贯就选定这一天进驻燕京城。却说元宵节后童贯辞京北上，因战事停歇，他原来的副手王黼留在汴京仍旧当他的枢密使，而先前官居四品的蔡攸，除保留保和殿值殿郎中的职位外，又被徽宗皇帝任命为河北巡边副使，并升阶为三品，替代王黼成为童贯的副手。这蔡攸一肚子鬼点子，他建议童贯举办一个王师入城式，以此昭告天下，宣示四夷：大宋朝廷王者归来！童贯一琢磨，有道理！打从石敬瑭后晋二年即公元九三八年割让燕云十六州给契丹，到当下大宋徽宗的宣和四年，这一大片盛产五谷及英雄豪杰的膏腴之地，已经有一百八十四年不入中原帝国的版图。此番收回，让数以千万计的燕云黎庶重见天朝威仪，这固然是徽宗名垂青史的千秋佳话，又何尝不是他童贯运筹谋划的不世功业。因此，对蔡攸的建议，童贯不但采纳，而且指示大元帅掌印书记詹度，务必要全力以赴细致谋划，一定要把入城式搞得声势浩大轰轰烈烈。

入城式定在辰时三刻，这时辰也是詹度请教数位高人议定，然后报童贯批准的。盖因十二生肖中辰属龙，燕京又属北地，从金木水火土五行来讲，北方壬癸水，又是水之正地。在阴阳家看来，十二天干中又藏有金木水火四库，这辰又称为水库，无水龙不活，无云龙不飞。“云水生涯”这四个字，一般人拿来形容那些仙风道骨的神仙眷侣，其实大谬，云水生涯本是专指龙的行藏去止。一个时辰又分为四刻，辰时三刻的太阳纬度，又正好吻合《易经·乾卦》的爻辞“飞龙在天”，此时此刻举行入城式，可谓上符天意，下膺国运。

各路参加北伐的军队有三十万之众，童贯决定选拔其中的十万军队参加入城式，这十万人中，就有郭药师率领的八千常胜军。辰时三刻不是大军开拔的时间，而是入城的时间，入城式选在燕京正南门开阳门与内城的应天门之间，这是燕京城的南北相向的中轴线。为不误良辰，头天日头落山之前，童贯就率领入城大军涉过滹沱河，来到开阳门外五里地的一处小驿站安歇。至于大军如何扎营，以及小驿站怎么临时张罗得像个人住的地方等等杂事，都不是他操心的事情，他只想着明日的入城式上，怎样尽显天朝的威仪。

其实，早在正月底，阿骨打就率领大军离开了燕京，完颜宗望的部队也撤到了居庸关一线，城里头只剩下完颜娄石的部队维持治安。大约五天前，最后一批降金的官员在左企弓与曹勇义的率领下，也踏上了前往大金国首都会宁府的长途。撤退工作几乎在元宵节之后就开始了。按完颜阿骨打的指示，凡燕京城中一应商户、工匠、皂役、艺人，只要有点特长的都一律强行迁徙，以充实大金国的首都。大金国虽已建国七年，但一直处在征战之中，首都会宁府除了建了一座议事的大殿，基本上还是一处很难见到城市气象的乡村。为了尽早拿下燕京，童贯几乎在二月底之前就征集了一万头耕牛，现在，这些耕牛连同迁徙的人群、运送各种珍宝及物资的浩浩荡荡的骡马大车，一齐行进在山海关外尚在封冻的土地上。本来一座百业兴旺的燕京城，一下子变得萧条冷落，剩下的一些老弱病残的人口，更增加了这座空城的凄凉，但这丝毫没有影响大宋王朝收回燕京城的欢乐情绪。在入城前十天，新任命的燕山知府王安中和北伐军大帅府总管詹度就带着近万名官吏住进了燕京，因为完颜娄石执意不肯让他们入住内城王宫，他们只能在左企弓腾出来的宰相府办公。这些官员，都是按四年前蔡京给徽宗皇帝的建议，从全国各地选拔年轻官员加以培养而后才授职的。燕京与大同，各配官员三百名，余下各州县，视其大小及强弱各配官员不等，多的两百余名，少的只有百名左右。所配官员，有知府、知州、县令、同知、教谕、县尉、邮督、驿长、税监等等，从四品到九品不等，加起来有三千名之多。另外，诸如书办、录事、堂差、皂隶、长随、六科吏员等等，更是多达八千余人。这一万多官吏，从蔡京给徽宗的奏疏来看，还不是足额配备。官额还留有十分之二，吏额留有十分之三，用来安排辽国在燕云十六州的留守官吏。这些官员春节前就在汴京集中了，元宵节后，便随着童贯、蔡攸上道。大辽燕京各衙门官员及仆隶，加起来不过千人，如今骤然住进了一万余大宋公门中人，倒把各衙门挤得像集市一样，受了几年训练、熟悉边廷谙练政事的这些令、录、司、簿、尉为了入城式，每天忙成一锅粥。燕京城中一时间出现了怪现象，大街上冷冷清清，衙门里嘈嘈杂杂。

却说辰时三刻一到，只听得开阳门城楼两侧的垛堞后鸣响了九九八十一通礼炮，炮声才停，紧闭的城门便被缓缓推开，接着鼓乐齐鸣，只见一大队红男绿女载歌载舞簇拥着两抬泥金髹漆的真人般大小的雕塑走出城来，走在最前面的是一个蓄着一捧山羊胡子、有着鹤形身材的清瘦老人。知情人一看便知，这是在城里开了测字馆的陆老倌。他此时担任的角色，叫奉请入城使。至于他为何充任此职，原也有一段故事。却说完颜阿骨打下旨清理燕京人口时。凡有一技之长的都全部随军迁往金上京会宁府。陆老倌闻听此言，连忙锁门躲藏了起来。到了二月中旬之后，看看风头暂过，他才又露面，但仍称病在家卧床不起。碰上金兵来家搜索，见他老病在身手无缚鸡之力，也就不再追索。过了这一劫，便赶上了大宋官员入城接手公事。为了表示燕京父老望归中原企盼王师，詹度命令手下一定要在燕京城内找到一位德高望重的耆宿老人担任奉请入城使。这一下可难为了具体办事人，偌大燕京，稍有一点官身的人，无论是老是少，无不逃的逃、躲的躲，打着灯笼也找不到一个。此情之下只得降格以求，于是找到了陆老倌。他虽没有官身，但通晓文墨，在燕京城中也算小有名气。陆老倌听说要他担任奉请入城使，也不敢及时答应，他得琢磨这件事是祸是福。办差官员对他又是威胁又是利诱，后来还塞了他十两银子，他这才应允了下来。

此时，身着一品官服、乘坐十二匹骏马拉着的半栏轿车的童贯，在两列手持斧钺的虎贲勇士的夹道护持下，已经来到了开阳门城楼前面。陆老倌趋前一步，在轿车前跪下。他早就听说童贯的赫赫名声，此刻乍一见到真人，顿时被这个南朝手操秉轴之权的大人物的气势震慑住了，仓促间竟不敢仰视。在陆老倌背后，还跟着几位穿戴整齐的老人，他们也跟着陆老倌一起跪了下来。

童贯站起身来，扶着雕栏慢条斯理地问道："卿等何人？"

陆老倌伏地回答："陆某乃燕京城中草民，被全城父老举荐为奉请入城使，特率几位耆老恭请童太师率王师入城。"

耆老们一致附和："恭请童太师率王师入城！"

童贯被这场面感动，兴奋地说："请各位贤良平身！"

"谢太师！"

耆老们从地上爬起来，在导引官的指示下站到一边，这时鼓乐又起，那两尊彩塑被抬到轿车跟前。陆老倌又打揖奏道：

"太师大人，这是从城里头的玄武庙中请出的镇北水神真武大帝，后头一尊是从城隍庙中请出的保佑燕京平安的土地菩萨，城中父老从庙中请出这两尊真神一同前来迎接大宋王师，实乃表示天下归心人神共盼的诚意。恭请太师大人为两尊真神披红。"

"好！我童某谨代表当今圣上大宋道君皇帝，感谢燕京父老迎接王师的至诚之意。"

童贯说罢，在护轿卫士的簇拥下下得轿来，走到神像跟前，踩上早就备好的锦凳，将两条缀着五彩宝石的大红绶带虔敬地披在两位尊神的脖子上。

这一个仪式刚完，便听得导引官锐声喊道：

“恭请童太师登轿入城！”

此时刚好巳时，只见三十六位号手一齐朝天吹响三节铜号，鼓乐铙钹一齐放声，整个燕京城刹那间沸腾了起来。

自开阳门到内城即王城的正门应天门，大约有六里地远近。大街两边的房子皆张灯结彩，只是没有看到人头攒动的场面发生。走了大半个时辰，王师才到了应天门口。詹度与王安中两人率千余名官员于此跪迎，又是一系列繁琐的仪式，然后才进入应天门。过门即是宽阔的马毬场。几个月前完颜阿骨打攻入燕京时，就是在这里会见大辽降顺的官员的。童贯入门后，便见完颜娄石一身铠甲骑在马上，朵颜和博勒两位将军一左一右与他并排而立。他们身后是队列整齐的六百骑兵。看见童贯进来，完颜娄石翻身下马，快步走到童贯跟前，抱拳一揖说：

“大金国特命全权大使完颜娄石在此等候。”

童贯见是完颜娄石，想着在汴京有所接触，便走下轿车，对着雕塑一般站立的完颜娄石，示好地说：“这不是娄石将军吗？汴京一别，不觉两月有余，想将军一切安好。”

完颜娄石并不想唠闲嗑儿，直通通地说道：

“童太师，请接国书。”

按礼节，童贯弯腰行礼，然后从完颜娄石手中接过盛放在羊皮袋中的国书，詹度在一旁帮着打开，童贯取出国书来读。这国书是用女真文与汉文两种文字写成，字目如下：

大金皇帝致书于大宋皇帝阙下：

两国特使数轮磋商，年增岁币、代税物货、交割月日处所、疆界划定诸事目及遣使贺正旦生辰、设置榷场、边关通货等细事，具已成契。两国交好，理当共享太平，议事不改，才见大国风范。今将燕京交割贵国，望能善待此地百姓。皇帝我想家了，故行帐已拔，纵马北去，特留完颜娄石将军留此传我国书。

完颜阿骨打玉玺

读完这份国书，童贯心中讥笑这位女真酋长文字浅陋，暗笑道："这个人放在我大宋，当个知府都不够格。"但出口的话却是另样的："娄石将军，贵国皇帝天生龙种，处事大气磅礴，且快人快语，你跟着这样的伟人，真是三生有幸啊！我大汉天子，也有亲草国书，请你转达贵国皇帝。"

童贯说着，就把盛放在一只镶金嵌玉的檀木匣子里的国书双手捧上，完颜娄石接过，郑重地给了身边的亲兵。

童贯说："将军你可以先打开看看。"

完颜娄石虔敬地说："既是国书，我家皇帝没看之前，谁也无权先看。童太师，国书现已互换，我就先走一步了。"

童贯与完颜娄石互相拱了拱手，完颜娄石已翻身上马，朵颜打了一个响亮的呼哨，这一队骑兵绝尘而去。瞧着他们的背影，童贯朝地上啐了一口唾沫。

童贯住进了王城中萧莫娜的寝宫，白天的入城式以及各种会见，让他疲乏得很。晚宴之后，他便回到房间睡觉，但只迷瞪了一会儿，就再也睡不着了。想到进入燕京的种种情形，他又重新兴奋了起来。他披衣起身，踱到连着寝宫的书房。待侍的丫鬟料理他在罗汉榻上半躺下，捏脚的捏脚，按肩的按肩，尽量让他舒坦一些。这时，他想起了让新任燕山知府王安中草拟给徽宗皇帝的《奏燕山平复疏》，便让丫鬟从书案上拿了过来，一字一顿地轻声念了起来：

仰惟吾皇陛下圣览：

臣闻犬戎之性，不可以信义结。去来无定，叛服不常，虽成周盛世，犹有猃狁之难。故自古御戎，未见上策。汉唐以来，或盛或衰，乍叛乍服，率非良策。皆不足为圣世道，故略而不述。迄有我宋，寰区之内，靡不归顺。澶渊之后，真庙圣慈深厚，以两国生灵为念，故扩天地之量，贷蝼蚁之命，啖以厚利，与契丹议和，为天下后世万年安全之计，故虏王谨守盟誓，不敢南下牧马，诚以天地之洪恩，未敢忘也。然辽之天祚，沉湎于春水秋山，经年畋猎，导致文恬武嬉，众叛亲离，此情之下，女真蠡起，两虏相残，辽渐去势。我皇洞察秋毫，圣宸独断，谋复汉唐祖宗兴王之地，以慰燕云父老回归中原之心，遂审时度势，与女真密盟，锐意北伐，选将练兵、积谷理财；葺城郭、修器械，以致仓廪实、府库充，貔貅之士，无不以一当百。去年与金兵合围燕城，三军鼓噪而前。陛下御戎之术，实得上策。金虏遣使密誓，宴犒赐予，恩义曲尽，故虏主怀德畏威，向风慕义，稽首称藩；介胄之士，橐弓偃息；黔黎之民，鼓腹咏歌。当此日燕城收复，实三代以来之盛事，中华稀世之宝典……

读到这里，童贯不由得赞赏王安中的文采。但脑子又浮现出完颜娄石在应天门内马毬场内递交国书的一幕，心里头多少又有些不爽快。这时，他将那份奏疏递给丫鬟放还到书案上，又说："詹度写的那首诗，你再拿给我瞧瞧。"

丫鬟又将一张洒金笺纸递给童贯，上面用一笔遒劲的小楷抄录了一首律诗：

长亭春色送英雄，
满目江山映日红。
剑戟夜摇杨柳月，
旌旗晓拂杏花风。
行进已决平戎策，
到后终成济世功。
为报燕山诸将吏，
太平只在笑谈中。

这首名为《贺童太师率兵收复燕城》的律诗，童贯非常喜欢。王安中草拟的《奏燕山平复疏》，固然文采飞扬，但那是歌颂徽宗皇帝的，好则好矣，毕竟与已无涉。这首律诗却是赞美他勒兵北上收复燕云旧地的功劳。其实，这首诗七天前就已写就，因为写得好，很快就在入燕的将士及官吏中流传，绝大多数人都啧啧称奇，即使极少人认为诗中谀词太过，但亦对詹度的诗才颇为赞誉。童贯记得两年前他率师北伐，过中山府，时任中山府知府的詹度前来迎接。童贯在中山府住了一个晚上，短期的接触，詹度作风干练谙熟政事且善解人意的性格，令他印象深刻。一个月后，他就奏明徽宗皇帝，将詹度调到元帅府任总督。半年后，又是童贯的保荐，詹度擢升为资政殿大学士衔，仍领元帅府总管事。这次入燕，童贯又提名詹度担任河北边军统制。宋朝的行政体制有军政两个系统同时存在，特别在边境州府，何处设府，何处设军，依当地战备态势而定。设府之地以知府为首长，设军之地以节度使为长官。有的地方是府军同设。因此，燕云旧地收回后，经蔡攸的推荐，在汴京担任枢密副使的王安中调任燕山知府，詹度则担任了边军统制。知府管理州县，统制管理节度使。这两个职务虽然表面上看起来马头一样高、船头一样齐，但两衙会揖商量公事，却是以统制的意见为主。徽宗皇帝最为倚重的三大股肱之臣蔡京、童贯和王黼，表面上和和气气，内里却是互相斗气。这三人中，王黼势力稍弱，因此也常常是骑墙派。蔡、童二位可谓党羽满天下，而新近履职的王安中与詹度，则分属蔡党与童党。

童贯还在玩味着詹度的诗句，一位门侍进来禀报，说是詹度求见。童贯指示让他进来。

詹度四十岁刚过，身体微胖，虽然过了戌时，依然穿着簇新的三品官服，一副奉公唯谨的样子。他一进门，也来不及坐下，就禀报道：“老大人，卑职知道你忙了一天，本不该在此时打搅你，但刚收到皇上八百里驰传的急件，所以只好急速赶来禀报。”

童贯身子一挺坐了起来，挥挥手让丫鬟内侍一应差役退了下去，然后问道：“什么急件？”

“是皇上的《新复州县大赦诏》。”

“前几日邸报，说皇上下旨王黼起草这份诏令，这么快就下来了，你念一念。”

詹度从密匣中取出函件，展开朗读起来：

朕膺天命，作民之师，夜寐夙兴，惟祖宗之是绍，赖帝敷佑，中外敉宁，远暨海隅，罔不率俾。乃眷燕云之境，实我旧封，五季不纲，陷于北狄。属者虏酋失道，自绝于天；怨结四兴，势似瓦解。惟予克相上帝，宠绥兆民，爰命六师，大申吊伐。尔有众怀德惟素，沛然率吁，群心奔走来归，莫之能遏。王师无战，而先志是承；四海永清，惟朕以怿。兴念兹土，久困暴昏，上下相陵，人用无告，典刑摒弃，罪及无辜。崇奸贼贤，毒痛犹在，以宽代虐，帝名惟新。应收复及已归附州县，见禁罪人，除抗拒王命及谋为不顺外，余罪无大小并放，见停废文武官员将校公吏人，并许所在自陈当议，尽行开甄拔，随才任使，流配并放还，逃亡及为盗贼者并释罪，令归业。惟尔有官，体兹德意，奉承罔怠，以称朕恻隐之心。故兹亲札昭示，咸使闻知。

大宋皇帝玉玺

读了这份诏旨，童贯感到兹事重大，便命人急速喊来王安中商议。少顷王安中赶到。他也收到了由徽宗皇帝御笔签发的通政司文件《燕云十六州属下府县地理改赐之名》，童贯仍让王安中读了一遍：

山前九州属县名称如下：辽之燕京，仍复唐之旧名燕山府。下属十二县：析津、广平、都市、昌平、良乡、潞、武清、安次、永清、三河、香河、潮阴。涿州四县：范阳、归义、同安、新城。檀州二县：密云、行唐。平州三县：卢龙、石城、马城。易州三县：易水、涞水、容城。营州一县：都城。顺州一县：怀柔。蓟州三县：渔阳、三河、玉田。景州一县：遵化。以上各县都市赐名广宁，香河赐名清化，新城赐名威城，行唐赐名威塞，卢龙赐名卢城，石城赐名临关，马城赐名安城，都城赐名镇山，渔阳赐名平卢，涿州赐名涿水郡，威行军节度；檀州赐名横山郡，镇海军节度；平州赐名渔阳郡，抚宁军节度；易州赐名遂武郡，防御；营州赐名平卢郡，防御；顺州赐名顺兴郡，团练；蓟州赐名广州郡，团练。景州赐名滦州郡，军事。

这份文件在御笔签发之前，在座的三人都预先参议过，而后又将草稿斟酌过几次，但这次下发的文告，仍有一些改动。王安中念完了文告之后，便有些不高兴了，他素来憨直，肚子里存不住话，此时也不等童贯问话，竟兀自先说开了：

“怎么文告改了许多？涿州原有三县，本是州县建置，怎么又改成涿水郡，成为威行军节度了？还有蓟州也改了，涿、蓟二州都是大州，居民甚多，如今都改成军事建置，这么重大的变故，怎么事先不通气？”

童贯听出王安中的话风，是觉得有人在瞒着他更改此事。事实上，两州改为军管，实在是詹度的主意。他经过实地察看，发现涿、蓟两州地广人旺，富户较多，于是暗地里说服童贯，将这两州改为由他这个统军节制。童贯早已视詹度为心腹，当然乐意助他，于是修密书一封，派驿马快递汴京给主持此事的王黼。王黼也不乐意蔡京的势力太大，于是同意童贯提出的涿、蓟两州的改置方案。王安中虽然不知道建置更改的真正原因，但凭他多年的为官经验，知道其中必定有鬼，所以才夹枪带棒地说出了自己的观点。

王安中的话让童贯很不受用，但毕竟自己在这件事情上做了一点手脚，所以也就不能理直气壮地对王安中加以申斥，只是息事宁人地说："御笔既已批复，就一定是同意了这个建置方案的。再说，只要收回燕云十六州，设州设军只是自家的事。这回设置就这么定了，若是后来管辖不便，还可以奏明皇上，再改回来嘛。"

"太师所言极是，"詹度趁机插话，"王大人，你此前安排的涿、蓟二州的官员，既已擢用，我统军衙门悉数接受。"

詹度这是示好，因为安排燕云十六州的官员，也是一个极大的敛财之道，这也就是蔡京与童贯、王黼争夺控制权的理由。王安中心里头咒骂詹度"得了好还要卖乖"，嘴里却说："两州官员，没有一个是王安中安排的，如何处置他们，全听朝廷的。"

"好了，好了，这些小事，你们府军两个衙门协商调解即可，务必要妥当处置。"

詹度与王安中同时回答："卑职遵命！"

童贯看了他们一眼，又道："燕京既已收复，过几天，我与蔡攸就要班师回朝了，在老夫看来，有三件事你们要尽快处置。"

詹度说："请太师示下。"

童贯说："第一，稳定新复州县的民心，这是头等的要务，建议你们以府军统制及燕山府两个衙门共同告示，凡各州县尽速清理辽之旧政，一切繁苛之令、积欠税赋，均应一一上报具闻，尽数免除。逃亡人户，一律以利招诱，无田给田，无屋赁屋，使其安居乐业。第二，各州县凡在辽为官者，及地方公卿、耆俊、富户，一律优待。有怀才抱艺沉湮民间者，或素为乡里所推未被辽廷试用者，敕州县长官询采上报，量才擢用。第三，凡因忠直为权位排斥或因思慕大宋而得罪虏酋者，生者给以显官厚禄，死者荣荫后代并赐给忠烈牌坊。当然，要做的事很多，但首先要做好这三件事。”

王安中虽然对童贯的骄奢颇有腹诽，但对他方才这席话却颇为赞同，就斟酌着应答道：“太师这番布置，实为上策，卑职将与詹大人商量尽快草拟告示，三天之后，露布各州县道路要津。”

“如此甚好。谅你们理解老夫的苦心。”

詹度任何时候都不忘表现自己和讨好上峰，这时他插话说：“牧民之术，在于重蓄。燕云新归我大宋圣朝，民心不稳，奸宄尚在。太师示下的三策，在于布朝廷恩泽于汉唐旧地，利莫大焉。王师南归而王道常留，燕云必成我皇朝胜地。”

“唯愿如此，唯愿如此！”童贯赞赏地应了两声，接着说，“你们二位要知道，山后的大同六州，还在金国手上没有划归，而山前九州，我们只收了六州，平、营、滦三州，尚为辽旧将张觉控制。”

“这张觉已经降金了。”詹度回答。

“这个老夫知晓。”说罢，他朝门口看了看，压低声音说，“到平州的特使，出发了吗？”

詹度点点头，三人把脑袋凑在一起，开始一番耳语。

第三十二章　举棋不定的将军

在童贯入城接收燕京的前十天，完颜阿骨打就到了平州。他自元宵节第二天离京，到达平州时刚好经历了四十天行程。燕京与平州之间，隔了蓟州、润州两州，相距不过四百里地，为何快马一天的距离却走了四十天呢？只因为阿骨打此一行程不是单纯为了赶路，而是趁便考察了山前山后的风土民俗及山川形势。

却说燕云腹地有居庸关、金坡关、古北口、松亭关、榆关五大要塞。这五关中唯有居庸关可通大车，能转运粮饷物资，松亭、金坡、古北口只通人马，不可行车。而位于平州东境的榆关，亦称山海关，更有天下第一雄关之称。按古代堪舆家及兵家所言，这五关不但是番汉之界，亦是南北分野，秦始皇所修长城，基本上是按这几个要塞一线串珠蜿蜒展开。五关内五谷、百果、良材、美木无所不有，出关不过数十里则是黄茅白苇、一眼望不到边的地老天荒之地。五关控扼在手，则燕云无虞。宋朝立国之后，五关尽为辽国所占，宋朝就像被人扼住了脖子，所以处处被动。如今虽然收回了燕京，但因山后六州尚未收复，山前也有平、营、滦三州，金国不肯交还，故五关分割。古北口与榆关仍在金国手上。此情之下，平、营、滦三州的归属权便显得至关重要。宋国为绝后患，一心一意想收回；金国为自身计，压根儿就不想归还。正是在两国较劲儿的时候，阿骨打才决定了这一趟行旅。

大部队行动不便，他让皇弟栋摩领三万兵马出居庸关到北安州待命，自己则带着宗望、陈尔栻等心腹之臣在三千骑兵的护卫下开始了巡视。

阿骨打出燕京后，九十里地到了昌平州，在那里折向东北方向行九十里到黄花镇。再从黄花镇出发，经白马、陈马等关峪口抵达古北口。于此稍作休整，又翻越十四道峪口抵达峩峰塞。然后过黄松峪、将军石等五处峪口来到蓟州的东崖峪。从那里再往东，历宽峪等大小关口十座来到遵化县的乌兰峪。而后经沙皮、罗文、松青、龙井儿、潘家口、团营寨等三十一个关口到达喜峰口。在此南下七十里来到迁安县的青山口中，又过冷口、刘家口等十九口到达卢龙县的桃林口。再过四峪口到达昌黎县的界岭，又过箭杆峪等六口到达抚宁县，再过义院口、石门、董家口、大毛山、小青山等二十三道峪口到达山海关。

这一路行程，虽不是风餐露宿戴月披星，倒也随心所欲、苦乐互见。有时春寒料峭霜雪凝眉，有时兔径鸟道徒步攀登；有时高峰巨壑野旷无人，有时杂树交花荒村寥落；有时欣逢野老询耕问稼，有时步入古寺设斋作醮。过州过县，问吏情政务；过关过塞，察攻守防务。这么一趟走下来，阿骨打更加坚定了紧紧攥住平、滦、营三州的决心。有此三州，不但守住了攻守咽喉，还有了昌黎到乐亭一线数百里地的出海口。却说他到达榆关之日，早已得到旨意的栋摩自北安州，完颜宗翰自西京大同，张觉自平州城内，都先一天赶过来恭候了。

按阿骨打一贯的脾性，既然大老远将三位大将召来，肯定是一见面就要风风火火地谈事儿。但这次却不同，君臣见面，仍是有一搭没一搭地唠闲嗑儿。他问了栋摩一些部队驻防的事，又向宗翰询问有无天祚帝的下落，还问张觉有没有做好燕京官民前往金上京迁徙过境的准备，总之都是随口的话。这让受召者颇为纳闷，特别是张觉，作为大辽降将，他很希望这位金国皇帝给他一些特别优待，更想从阿骨打的言谈中读懂他的心思。自从归顺金国之后，他一直在琢磨，阿骨打皇帝对他究竟是信任还是利用。但是，他隐隐约约感到阿骨打对他并不是特别上心。倒是陈尔栻，始终对他彬彬有礼，在陪阿骨打皇帝到榆关小镇上遛弯时，陈尔栻正巧和张觉走到了一起，就问张觉：

“听说将军很早就赐绯了？”

“啊，我二十二岁才释褐，也不算太早。”

辽国仿宋朝制度，采用科举选拔官员，凡没有功名的读书人，都穿褐衣。不同的是，考中进士后，宋国赐绿袍，辽国赐红袍。因此，一旦考上进士，便自称“释褐”，对别人则赞为“赐绯”。

张觉虽是自谦，却仍能听出他的得意，陈尔栻接着问：“你当临海军节度使是哪一年？”

“十二年前。”

“在辽国，你也算是天祚帝的老臣了。”

“树倒猢狲散，唉！”

陈尔栻听出张觉的感伤倒不是装出来的，便问：“你见过天祚帝吗？”

“前些年常见。”

“你最后一次见天祚帝是什么时候？”

“大约两年了吧。”

“仅仅当了二十一年皇帝，就把国家玩没了，这真是大不幸。”

“天祚帝昏庸，这是咎由自取。”

“你真这样认为？”

“如果不是他做了那么多糊涂事，怎么会弄成这样。”说到这里，他觉得有些不妥，又补充道，“幸亏阿骨打皇帝真龙出世，女真与契丹，本是一家人，要是栽在南朝手上，那才叫冤呢。”

“国君无能，乃一国之不幸；州官无能，乃一州之不幸。古往今来，同此一理。”

“老先生所言极是。卑职一慕阿骨打皇帝英名盖世，二为保平、营、滦三州百姓安宁，甘愿弃暗投明臣服金国。自古都讲贰臣难当，卑职既然当了贰臣，也就铁下心来当个大金国的忠臣，但究竟如何为阿骨打皇帝效命，还望老先生点拨一二。”

陈尔栻回答他说：“良鸟择善木而栖，君子择明主而投，这是常情。你长期经营平州，多有地方执政经验，大金国尚处在开创时期，正好要重用你这样的人才，你不要老想着什么贰臣，陶渊明说过，‘悟已往之不谏，知来者之可追’，过去的就过去了，你要朝前看！阿骨打皇帝天纵英姿，与辽开国皇帝耶律阿保机、宋开国皇帝赵匡胤是一类人物。天祚帝，甚至南朝皇帝赵佶，都不能望其项背。”

张觉诺诺称是。

这是一段插曲。当天夜里，阿骨打喊来陈尔栻登上榆关关楼并屏退左右于此密谈。斯时春月欲圆未圆，阿骨打为赏清辉，亲自吹灭了灯烛。在初始的闲聊中，陈尔栻向阿骨打讲述了下午张觉与他的谈话。阿骨打听罢，笑一笑说："听说张觉与郭药师、萧干、耶律大石四个人是萧莫娜的'四大金刚'。如今萧干与耶律大石不知下落，郭药师投宋，张觉投了咱们大金。春节前，栋摩带着他来到燕京的广寒寺见我，当着南朝赵良嗣的面，我对他表示了激赏，这固然有我自己的态度，但主要是做给南朝人看的。说实话，对张觉这个人，我不太喜欢。但任何时候，只要是真心归顺我大金的人，我都真心欢迎。你们汉人说'宰相肚里能撑船'，宰相的器量要大，皇帝的器量就更要大了。我这肚子里岂止能撑船，就是鳌鱼巨鳖、豺狼虎豹什么的，也统统搁得进去。"

"皇上的确如此！"陈尔栻由衷地赞叹，接着说，"张觉这个人，格局还是小了。"

"你看出来了？"

陈尔栻点点头，言道："任何朝代，勇于担当的官员都是不多的。更多的官员都是在用心揣摩皇上的心思，自以为吃透了以后才去做事。以迎合心态做事，就会患得患失，就是格局不大的原因。"

"说得好。"阿骨打回道，"老先生你且讲，什么样的君臣关系才属正常？"

"君有君道，臣有臣道。君道合于臣道，这叫天人合一；臣道合于君道，这叫风云际会。正常的君臣之道就是心神相契。"

斯时月移楼影，风中的檐马响个不停。阿骨打嫌它喧闹影响谈话，便喊来门外值守的水老哇，吩咐取箭。当水老哇取来三尺檀弓，阿骨打已推开关楼南边的窗扇，然后将身子探出窗外，张弓搭箭，射向了约有六丈远近的顶楼飞檐上的一只檐马，响箭离弦，顷刻间便听得楼下砖地上传来一声清脆的铃响。却是那只铜制的檐马已被阿骨打射落在地。厅外的护卫一片叫好。阿骨打递还弓箭给水老哇后，又掩好窗扇，在模糊的月光中注视着陈尔栻，小声地问：

“老先生讲的君臣之道，深合我心。你知道此时此刻，我心下想的是什么？”

“您让我猜？”

“不是让你猜。你不是说君臣合道吗？用你的说法，我在想什么，你肯定知道。”

“皇上所想，应该是六个字。”

“哪六个字？”

“平州取代燕京。”

阿骨打点点头，深邃的目光盯着陈尔栻，问道：“明天一早，咱们去平州，你说，到平州的第一件事，应该做什么？”

两人的声音更低了。

第二天傍晚，众位将军又跟随阿骨打来到了平州城。该城建在青龙河与滦河的交汇处，古为卢龙县衙所在地。如今，州衙与县衙仍同在一城。当夜安歇无话。第二天一早，阿骨打问在驿站守候的张觉，城隍庙在何处。当听说城隍庙就在离此处只有一箭之地的县衙对面时，阿骨打便让张觉通知所有州县官员立即前往城隍庙祭祀土地神。张觉听罢有些为难，以祭品措置不及请求暂缓时辰。阿骨打告知说，一切皆已备办妥当，只需平、营、滦三州及所辖卢龙、石城、马城、安喜、望都、抚宁、海城等各县官员按时前往就是了。

比起燕京城里的城隍庙，这平州城内的城隍庙显得局促、寒酸。一间正殿不及县衙的四分之一大，且泥塑的城隍老爷彩绘剥落，显得非常破败。阿骨打进来一看，不免感慨：“如此对待地神，辽国焉能不亡。”

祭祀于辰时开始，三牲牛、猪、羊及八谷黍、稷、稻、粱、粟、麻、菽、麦都已摆列整齐，三牲全具置放于木案，八谷分盛八坛。祀礼简单而又隆重。因庙殿太小，只能容纳十几个人，因此除了陈尔栻、栋摩、宗望、宗翰、张觉等极少显赫人物外，绝大部分官员只能在殿外听从司礼官的号令行跪拜之礼。

祀毕，阿骨打走出庙门，亲兵搬了一把椅子让他坐下，他让张觉领着滦、营两州知州及七县县令前来。此时，早有亲兵端上两大盘黄灿灿的小米，搁在阿骨打面前的条凳上。

张觉将两位知州、七位县令向阿骨打一一作了介绍以后。阿骨打给他们说了一些勉励的话，然后指着面前的两盘小米问道：“你们认识这两盘小米吗？”

官员们心中都犯嘀咕，这皇上怎么了，让我们认三岁孩子都知道的小米，但嘴上却异口同声回答：“禀皇上，这是小米。”

“小米是小米，但这是两种不同的小米，你们能否辨别出来是哪两种？”

阿骨打这么一说，众官员这才认真起来，他们挤上前来细细辨认，然后七嘴八舌回答：

“这是黄粱。”

“这是粟米。”

“这是黍米。”

阿骨打摇摇头，叹道：“你们不是真的认识，而是在猜。瞧你们这样，倒真的让我担心了。身为州官、县官，都五谷不分，怎么能了解老百姓的稼穑之事？不了解就不能体谅，不体谅老百姓，迟早有一天会玩完的。”

阿骨打话虽然说得很轻，但官员们都听出了话外音，一个个都被震慑住了，也不知道是谁带的头，竟都扑通一声跪了下去。一位州官嗫嚅着：“皇上教诲，微臣永当铭记。”

“起来起来，咱虽然是大金国的皇帝，但刚才这番话，并不是借题发挥，故意开涮你等。”阿骨打见官员们仍跪在地上不敢动弹，便提高嗓门说，“瞧你们一个个都屁股撅到天上，叫你们起来，就都起来吧。”

官员们这才从地上爬起来，但仍然大气不敢出、二气不敢伸。

阿骨打扭回头瞧瞧站在身后的栋摩、宗望、宗翰等人，对官员们说：“这位是栋摩，伐辽军的主帅，我的五弟；这位是宗望，是伐辽东路军主帅，我的二儿子；这位是宗翰，伐辽西路军主帅，我的侄儿。他们一个个都是指挥千军万马的大英雄。你们对他们不会陌生，但我要对你们说的是，除了打仗之外，狩猎、捕鱼、种田，他们都是好手。这两盘小米，你们辨别不出来，他们可一眼就能分清。宗翰，你年纪最小，你来告诉他们，这两盘小米叫什么名字。”

宗翰应声回答：“左边一盘是黍米，右边一盘是稷米。”

“怎么分辨它们？宗望，你说。”

宗望回答：“黍米的黄色稍淡一些，稷米黄色要深一点。”

阿骨打点点头，满意地说：“我的两位年轻的大帅都回答得好。栋摩皇弟，你说说，还有没有别的方法区别黍米与稷米？”

“当然有。”栋摩说着，先从左边盘子里拈起几粒黍米放在嘴里咀嚼，嚼碎了吞下去，又从右边盘子里拈了几粒稷米嚼了几下，然后接着说，“黍米黏了些，所以嚼起来微香，稷米碱味要重一些。”

阿骨打问出了瘾头，又追问栋摩：“你再说说，黍与稷长在地里，有啥区别？”

“黍叶有毛，稷叶无毛；黍苗儿密簇簇的，稷苗儿稀疏疏的。”栋摩嘴上滑溜，答完了，又补一句，“皇上，你的长处是狩猎，田头的事，咱四哥比你还行。”

“这倒是真的。咱四弟吴乞买在上京当摄政王，没工夫来这里，不然，他说得更详细。”

阿骨打话音刚落，张觉逮空儿赶紧谄媚言道：“皇上一家，都是神仙下凡。”

“什么神仙下凡，谁都是爹妈所生。”阿骨打说着收了笑脸，对眼前的官员言道，“可能你们觉得，咱刚才说话，不像个皇帝，倒像是一个庄稼人。是的，咱就是庄稼人出身，不单是我，制定祭祀礼仪的周天子，以及周朝之前的尧、舜、禹，恐怕都是庄稼人。不然，得了天下的人，为啥要称为社稷之君呢。这个社稷，社就是农家居住的村子，稷就是八谷之首。住的和吃的，两样都弄好了，老百姓安心了，江山就长久了。你们都是辽国的官员，弃暗投明，归顺了我大金国，咱这个皇帝，是真心地欢迎你们。平、营、滦三州，不属于石敬瑭割让给辽国的，是辽国的开国皇帝耶律阿保机打下来的，我阿骨打既然承继了辽国的皇祚，就理当守住大辽所有的江山。平、营、滦三州，尽管南朝垂涎三尺，但我大金决不会给他们。你们过去的南院宰相左企弓，归顺后对我说了一句话：‘劝君莫听捐燕议，一寸山河一寸金。’这句话我听进去了。但燕京的确是石敬瑭割让的，按两国盟约，舍不得给也得给。平、营、滦三州，咱就要寸土必争。咱之所以来平州，就要祭祀城隍老爷，就让你们辨别黍米和稷米，现在你们明白了吧？土地就是社稷，社稷就是国家。我从燕京出来，花了四十天时间，走遍燕京与平州之间的所有关隘，就是想如何像当年的辽国皇帝营建燕京一样，营建平州。”

阿骨打说到这里，便打住话头，目光如炬地审视着在场的官员，叮问道：“你们听懂了我的话吗？”

“听懂了。”

众官员一齐回答。

“听懂了就好。”阿骨打说着就站了起来，提高了嗓门儿说，“咱现在宣布，大金国的南京，就建在平州！”

交了子时，张觉还没有上床安歇，他在等他的儿子张劲。大约半个月前，张觉派张劲前往医巫闾山的山神庙求签。这医巫闾山在原辽国的东京府境内。按《周礼·职方》记载：“东北曰幽州，其山镇曰医巫闾。”相传舜掌天下时，将中国分为十二州，每州各封一座山作为一州之镇。闾山被封为北方幽州的镇山。周朝建立之后，袭舜之疆，将医巫闾山封为五岳五镇之一。这医巫闾山奇峰插天，怪石林立，六重山脉回环掩抱，内中藏了不少幽深秀美之地。耶律阿保机创立辽国之后，几乎尽得幽州之地。设立五京时又将医巫闾山划归东京辽阳府管辖。由此医巫闾山成了中京大定府、上京临潢府、东京辽阳府三府的界山。辽国人视上京临潢府庆州境内的罕山为圣山，但仍视医巫闾山为镇山。罕山又名赛罕乌拉山，按契丹人的说法，人死后，灵与肉就会分离，他们的灵魂都会飞到赛罕乌拉山栖止，而他们的肉体安葬地，不少贵族与皇室成员都选择了医巫闾山。辽太祖的长子耶律倍曾在医巫闾山结庐读书，他主动让出皇位，被封为东丹王，死后仍按皇帝规格安葬。他的显陵和景宗耶律贤的乾陵，还有耶律倍的第四个儿子平王耶律隆先、景宗皇帝的二儿子秦晋王耶律隆庆、晋王耶律隆运等，都在这松涛澎湃、白云缭绕的山谷中找到了永久的安息之地。可以说，在辽国西南部生活与为官的契丹贵族以及汉族的阀阅之家，几乎绝大部分都把医巫闾山作为圣山。至少，这医巫闾山地位在他们心目中与罕山同样重要，甚至还要超过。对于汉人来说，医巫闾山还有一个不得不去的原因，那就是山神庙的灵签。

这山神庙建在山下的北镇上，最早由隋朝开国皇帝杨坚敕旨修建，初名北镇庙，俗称山神庙。这是皇帝传神医巫闾山神的地方，后来虽然屡经朝代更替，这北镇庙香火一直旺盛不衰。辽建国后，对北镇庙进行了大规模修缮与扩建，如今已成海内巨刹，辽国的达官贵人与商家富户，无不成为它的施主。因为古老的传说，也出于心灵的期待，他们莫不认为医巫闾山的山神威力无边，如果能得到他的庇护，则顺风顺水，有病时起死回生，有难时逢凶化吉。山神庙里现在的道长善畏，已经八十多岁了，掌庙已经四十余年。凡来庙抽签者，都只能抽到吉、平、休、凶四个字，竹签上没有任何解签，须得把签交到善畏手上，他问你几句，然后伸纸援笔写首诗给你，这首诗便是玄机。一满七十岁，善畏就闭门不出，批字的事儿全都交给徒弟了。当然，与他有特殊交情的人，仍可得到他的亲笔批示。一向笃信宿命的张觉，便是为数不多的与善畏有着良好私交的人物之一。

张觉自兵败居庸关撤回平州之后，采取保境安民的策略，向大金国的伐帅栋摩竖起了降旗，他因此得到了阿骨打的召见并如愿以偿地保住了官职和地盘。但听说阿骨打准备将燕京划给南朝，他自己又在燕山中踏关过隘实地考察了一番，张觉心中又开始犯嘀咕了。他不止一次把儿子张劲找来密谈，想弄清楚阿骨打的底牌。父子两人分析的结果是：如果南朝拿到了燕京，平州就成了金国的前哨阵地；再说，南朝提出要收回本属于自己的燕云十六州，阿骨打以平、营、滦三州乃辽国自家攻占、不是石敬瑭割让之地为由拒不归还。此情之下，平、营、滦三州势必成为两国必争之地，本来是一块煮海熬盐、入山狩猎、盛产五谷的膏腴乐土，如今反倒成了化骨扬灰的火山口。想到这一层，父子二人顿生恐惧。于是，张觉便让张劲前往医巫闾山，务必找到善畏道长求一支灵签回来。

按约定，张劲应该昨晚就能回来。从平州到医巫闾山神庙所在地的显州北镇，大约六百余里地，途经润州、迁州、来州、隰州、锦州、海北州等地，一路都是海边平畴，官道通畅。不需紧赶，骑马六天即可抵达，来回十二天，再加上在山神庙待两天，十四天一个来回足够了，但不知为何张劲竟没有准时回来。张觉因此心神不宁，老是担心有意外发生。今天已是第十五天晚上，过了子时还不见儿子的踪影，张觉真是有些急了，他正说要派人出城去打探动静，忽然管家来报，说是少爷已回，正在书房里候着。

张觉三步并作两步来到书房，但见张劲一脸兴奋，看不出丝毫的疲乏。出于舐犊之情，张觉仍然脱口问道："你没事吧？"

"有事儿我还能来见您？"张劲在父亲面前嬉皮笑脸，揶揄一句，又说，“爹，这一趟行程，可把我累得不轻。”

“路上可安全？”

“安全，沿途的百姓，就像改朝换代这样的事儿从未发生过一样。”

“既然安全，你为啥迟回一天？”

看到父亲责怪的意思，张劲笑着顶了一句：“金国皇帝阿骨打昨天才出榆关，您想让儿子劈头撞上他吗？”

“啊，你故意躲闪他？”

“可不是，所以耽搁了一天。”

“见到善畏道长了？”

“见到了。”张劲说着嘴一撇，“爹，北镇庙现在冷清得不行，大白天都能撞上鬼。善畏老道长见我这么老远跑去请安，都喜得合不拢嘴。”

“这个我想得到，他给你写了签书吗？”

“写了。”张劲从胸兜里掏出一只用蜡封口的信袋递给父亲，“爹，这道长神神道道的，写给您的签书，连我都不让看。”

张觉白了儿子一眼，斥道：“别乱嚼舌头。”接着就迫不及待拆开信袋，抽出笺纸展开来看，上面写的是一首诗：

风灯泡沫两相悲，
未肯遗荣自保持。
颔下藏珠当猛取，
身中有道更求谁？
才高雅称神仙骨，
智照灵如大宝龟。

一半青山无买处，
与君携手话希夷。

张觉凑在灯下默看了一遍，思忖了一会儿，又悄声吟诵了两遍。张劲在一旁看着他，觉得他摇头晃脑的样子未免有点可笑，也禁不住把脑袋凑到笺纸前。张觉把笺纸递给儿子，问：“你懂了吗？”

“爹，您是说这首诗？”

“是的。”

“字儿倒是认全了，说的是啥却不知晓。”

“字字玄机！”

“爹，您懂了？”

“好像懂了，但真正的玄机又捉不住。劲儿，你与善畏道长说了些什么？”

“按您的吩咐，只说您为了保境安民，不得已才归顺了大金国，别的什么都没说。”

“善畏道长怎么说？”

“他什么都没说，只偷偷摸摸写了这首诗。”

“什么话？”

“道长真的是偷偷摸摸的，他让我出门等着，过了一会儿再喊我进去，就把这个石蜡封口的信袋给了我。”

“老道长厉害！”

“爹，您读出的玄机是什么？”

“劲儿，你看这第一句，‘风灯泡沫两相悲’。灯火遇到风，还不一吹就灭，大海里的泡沫，鼓得再大，一个浪头打来，就什么也不是了。我琢磨着，老道长是说大金国皇帝就是吹灯的狂风、打碎泡沫的巨浪。”

“那天祚帝与萧太后，就是灯火与泡沫了？”

“有这层意思。”

“这么说，咱们归顺大金国是对的？”

“这就是我吃不准的地方。因为这第二句‘未肯遗荣自保持’，似乎又在暗示我，不要攀附什么显赫的人物，要自个儿保持，第四句‘身中有道更求谁’，更是把这层意思点明了。”

张劲忽然间兴奋起来，把大腿一拍，嚷道：“善畏老道长果然厉害！”

“你吵吵什么！”张觉又白了儿子一眼，接着说，“一知半解不要乱说话。这诗中的玄机还多着呢，‘颔下藏珠当猛取’，什么是‘颔下藏珠’？‘与君携手话希夷’，君是谁？为什么要和他‘话希夷’？”

“爹，您先告诉我，希夷是谁？”

“希夷就是陈抟老祖，这是隐居在华山的一位大神仙。当年，大宋的开国皇帝赵匡胤，本是后周皇帝柴荣手下的殿前指挥使，一日他上华山碰到陈抟老祖，老祖邀他在一处悬崖边上下了一局棋，当时，没有第三个人在场，谁也不知道他们说了什么，一年之后，赵匡胤就黄袍加身，登上了皇帝的宝座。”

听到这里，张劲的眼睛放光了，就又把那张笺纸拿到灯下装模作样看了一遍，然后神秘地说：“爹，老道长写给您的玄机，我看您已猜透了八成。”

“还差两成呢，既然是玄机，一丝一毫都不能差。”

“爹，差的这两成，儿给您补上。”

“你？你怎么补？”

“我昨日从海阳回榆关的路上，碰到了一个人。”

“什么人？”

“郭药师的心腹甄五臣。”

“他？他怎么会在那里？他不是跟着郭药师归了南朝吗？”

“他是归了南朝，可他在海阳出现，是为了专程等我。”

“等你？等你干什么？”

“等我是为了见您。”

“啊，劲儿，你别做糊涂事。”

“我不会做糊涂事，郭药师派甄五臣来见您，正好印证了善畏老道长的签诗。”

“啊！”张觉心下一动，低声问，“甄五臣现在哪里？”

“我送他到驿站安歇了。”

“驿站人多口杂。”

“爹放心，儿这么晚才到家，就是安顿这件事去了。驿站现在只住了甄五臣一个人，万无一失。爹，您何时见他？”

张觉想了想，言道：“明天吧。”

第三十三章　榆关楼上的会议

第二天一大清早，张觉父子就来到卢龙驿，秘密会见了甄五臣。一见面，张觉就问：

“你是怎么来的？”

“坐船来的。”

“从哪里坐船？”

“塘沽上船，海阳靠岸。”

“为什么不走官道？”

“大将军，这一路上到处都是大金军，你让我送死呀？”

“你怎么知道张劲要去医巫闾山？”

“不知道。”

“不知道为何正好碰上他，世上真有这等巧合？”

“不知道是不是巧合，反正我上岸不久就碰到少帅了。”

“不许你花舌头！不讲实话，我就下令绑了你。”

“大将军，你不问问来由就说要绑我，这算哪门子事儿啊？少帅没对你说我为啥来的？”

“他说不清楚。”

“节骨眼儿的话，甄将军你一句也没讲，我当然不清楚了。甄将军，咱把老爹给你请来了，这会儿，你该竹筒倒豆子了吧？”

张劲半是解释半是催促。甄五臣点点头，便讲出了事情的原委。

那一日，蔡京在汴梁城中宴请大金国特使完颜娄石，特意安排郭药师作陪。宴会开始之前，蔡京与郭药师密谈，就是希望他利用自己与张觉的私人友情，劝其归顺南朝，并言此事已征得徽宗皇帝同意。郭药师领此密令，既感到为难，又感到兴奋。为难的是，他觉得张觉这个人虽然仗义讲交情，但花花点子也多。既已归顺了大金国，让他再次背盟，单凭两人的私交是不可能的，若非遇到大困境，仅凭一己之力无法度过，张觉才有可能叛金归宋，这样的困境眼下还看不到。郭药师认识到了这一点，但他并没有打退堂鼓，因为他看出来了，南朝虽然缺乏冲锋陷阵的勇将，但多的是钱，从他接触的那些官员来看，哪一个不是铺着银子当路走？人生一世，草木一秋，哪个不爱官，哪个不爱钱？郭药师就是冲着这两点才“弃暗投明”的。他相信，有钱能使鬼推磨，有权能让鬼变仙。他认定只要南朝肯出价钱，张觉还是有可能献出平、营、滦三州的。他把自己的想法告诉了蔡京，这位大宋王朝的第一文官当下就爽快地承诺：只要张觉肯归顺，什么条件都可以谈。郭药师于是将这桩特殊的使命应承了下来。离开汴京到来燕京后，他密令甄五臣前往平州投石问路。甄五臣为了避人耳目，弃了官道不走，挑了一艘帆船，扮成运布的商人，从塘沽取了海道到达海阳。他兜了这么大一个圈子，无非是想让人相信他不是从燕京来的，而是在辽东地面上做生意，后经榆关而来平州的。到了海阳，他听说阿骨打皇帝还在平州境内转悠，也就不敢贸然进关。恰在此时，他从线人嘴中得知，张劲前往医巫闾山神庙敬香去了，于是便在海阳觅了一家客栈住下，单等张劲回来，然后再与他“邂逅”，一同回到平州。

其实，甄五臣的叙述并没有以上这么完整，郭药师也没有把所有的底牌都告诉他。尽管甄五臣大包大揽，好像什么都知道，但张觉凭经验就能推测出，甄五臣只是一个跑路递话的，再加上这件事来得太突然，如何回复还得三思而行，所以，当甄五臣说出原委后，张觉便说：

“五臣，你家主子现在是个什么官？”

“河北招讨使。”

“谁封的？”

“咱们南朝皇帝，当今圣上赵佶。”

“谁是正使？”

“燕山知府王安中兼任。”

“看来，郭药师还没有掌到实权。”

“大将军，你这话从何讲起？”

“五臣，你再不要喊我大将军了。”

“啊？”

甄五臣张了张嘴，但不知道往下说什么。张觉严肃地纠正他说：“大将军是萧太后封的，他封了四位大将军，我和你家主子都是京南防御使。现在看起来，这是个应景儿的官职，自归顺大金国后，阿骨打委给我的官职是平州府知府，兼领营、滦二州。”

“啊，你现在是明府大人。”

“对，明府大人！”张劲一边插话。

甄五臣忽然笑了，然后直摇头。

张觉问他：“你笑什么？”

甄五臣敛了笑意，不无嘲讽地答道：“明府大人，你虽进士出身，但起于军幕，兴于甲帐，怎么现在只当知府了？我看阿骨打是在学南朝开国皇帝赵匡胤，与你玩那种‘杯酒释兵权’的游戏。”

“五臣不要乱说。”张觉斥责甄五臣，“我还兼任临海军节度使，手下五万人马，一个都没有损失。自我归顺大金国后，阿骨打皇帝待我不薄，他仍让我在军政两方面全管三州，没有委派任何一个官员，也没有调走我一名军卒。从这点上说，阿骨打比起南朝皇帝，要大方多了。”

张觉这席话，既是表白又是嘲弄，呛得甄五臣像吃了一只朝天椒。但他听得出张觉这是要面子的话，于是以讨好的语气回道：“明府大人到哪儿都是忠臣，这一点，咱主子药师大人看得透彻，所以他早就估计到，我来平州见你传话，一定不会顺利。”

张觉不回答，张劲察言观色，觉得该自己出马了，便接过话头说：“五臣将军，你家主子郭药师让你前来，究竟透了多大个底？”

“你是指归顺的事？”

“是的，这是关乎身家性命的大事，你不说出南朝的条件来，我爹怎么能作决断呢？”

甄五臣自然而然就把声音压低了，说：“我家主子让我转告蔡太师的话，条件由明府大人提出。明府大人，我私下揣度这件事儿，你开条件时，可以拿我家主子作个比较。我家主子献出涿、易两州，八千兵马，南朝给他封了河北招讨副使兼燕山制军，这是三品大员，有职有权。少帅，你要知道，南朝的三品大员，比起辽国的一品王爷还要值钱哪！”

“这是官，钱呢？听说南朝皇帝赏了郭药师很多钱。”

“我家主子得了多少赏钱，我也不太清楚。”

张劲还欲追问，张觉喝住他，言道：“劲儿，不谈这些事情，不要误导甄五臣，以为我这个堂堂正正的兼领三州的大金国的平州府知府什么都同意了，这事儿，八字还没有一撇呢！”

甄五臣见张觉的口气有些回缩了，便建议道：“明府大人，我只是传话，你若有意打探虚实，五臣我斗胆建议，让少帅随我去一趟燕京。”

“让小劲子去南京？门都没有！”张觉斩钉截铁回答，“甄五臣，我本可以把你捆绑起来交给阿骨打皇帝，但看在我与郭药师多年的交情的份儿上，权且饶了你这一回。现在你就回燕京去，告诉郭药师，我与他现在各奉其主，过去拉伙儿称兄道弟的袍泽之谊，一风吹了。”

甄五臣没想到张觉会突然变脸，一时还估不透这个老狐狸真正的心思，只得应景儿地赔着笑脸说：“明府大人，您再思虑思虑。”

“不用思虑，我现在就……”

张觉话没有说完，忽然听得驿站门口传来吵闹声。

“怎么回事？”张觉顿时慌乱，他习惯性地一搓手，吩咐儿子，“小劲子，快去看看。”

张劲刚出房门，便听得驿站前厅传来杂沓的脚步声，接着听到一个熟悉的声音嚷道：“这不是小劲子吗？听说你爹在驿站，我就赶来这里寻他。”

“啊，是曹大人，你不是在燕京吗？怎么到这儿了？”

张劲故意高声说话，意在报信。张觉已听出说话的是已经降金的原南院枢密副使曹勇义，心中不觉一惊，暗忖这老家伙怎么到这儿来了？便低声对甄五臣说："躲在这儿别动，我去去就来。"说罢，拔腿就往门外跑。

这驿站不算太大，但曲里拐弯、大大小小也有二三十间房子。曹勇义当过多年的平州知州，这驿站就是在他手上拆了重盖的，所以他来这里如同回家，闭着眼睛都不会走错路。甄五臣住在朝南的一进三间的那套最为豪华的客舍里。张劲本想把曹勇义领到别的房间，但曹勇义熟门熟路，直朝这间他每次来必住的客舍走来。张觉才从房间出来，与曹勇义撞个正着。张觉慌乱中差点被门槛绊了一跤，努力稳住情绪，对曹勇义抱拳一揖说：

"曹大人，什么风把你给吹来了？"

"专程来看看你。"

"从燕京来？"

"可不是。"

曹勇义说着抬腿就要进门，张觉赶紧拦住他，说："曹大人，换间房，这屋子我刚眯了一会儿，还没收拾。"

"不要紧，你别把我当客，咱们赶紧坐下来，我有要紧话说。"

曹勇义坚持要进去，张觉只得拉住他往东头拽，一边走一边说："走，咱们去东厢房，等这房子收拾好了，再回来不迟。"

"客随主便，听你的。"

曹勇义看出张觉父子神情有些异样，不免心下生疑，但也不便说什么，只好老大不情愿地随着张觉父子进了东厢房。

曹勇义为何当了不速之客，突然出现在平州驿站呢？这里头也有一段故事。

却说阿骨打那天召见平、营、滦三州军政官员，宣布要把平州建成大金国的南京这一重大决定后，当天下午就离开平州，仍旧赶回到榆关安歇。晚饭后，他召聚栋摩、陈尔栻、宗望、宗翰四人再次登上关楼，开了一次极为重要的会议，专门讨论筹建南京事宜。

在这次会议上，栋摩与宗翰就如何对待张觉产生了激烈的争论。宗翰直言不讳地指出，张觉这个人不可信，甚至认为阿骨打皇上对张觉过于欣赏。栋摩却认为张觉先是弃守居庸关，此后又率三州军民开城归顺，这个功劳非常之大。论功行赏，在所有辽国归顺的官员中，张觉应摆在第一。很明显看出来，宗望赞同宗翰的意见，但他生性谨慎，绝不会当面顶撞自己的亲叔叔。陈尔栻只是低头喝茶不置一词。阿骨打听任两人争执了一会儿，忽然站起来踢了踢腿，走到东窗前朝外面眺望。

皇帝的这个举动，似乎是对眼下的争论不感兴趣。顿时，争论双方都歇了口舌。

“父皇！”宗望跟过去，对着阿骨打的背影轻声喊了一声。

阿骨打注视着窗外，仍没有回头：“你们过来看看。”

屋子里剩下的三个人都起身走到阿骨打跟前。阿骨打扭头看了看他们，又指着窗外说：“你们看看这榆关之外，山海相连，往前过了海阳，不用三日就到了辽中京大定府。”

宗望说道：“是的，从榆关到中京，大约四百里地。”

斯时窗外月色迷茫，关下的原野一片寂静，似乎有一股巨大的蛰气在流动。阿骨打似乎想穿透夜色，看得更远一些。不知过了多久，他问栋摩：“五弟，我们是啥时候打下中京的？”

栋摩想了想，回答说：“去年的七月份。”

“我记得你当时建议在大定府挥兵南下，过榆关攻打平州，围攻燕京，干掉耶律淳。”

“是啊，这是一条近道儿。”

栋摩也朝远处望了望，看不清楚，他下意识揉了揉眼睛。阿骨打忽然笑了，用一种歉疚的口气说：“我没有采纳你的建议，而是决定先取西京大同，再取燕京。”

栋摩回答：“大同一仗，迟早要打的。我当时是想先打燕京，把这块硬骨头啃下来，更能提振士气。”

“我提出先打大同，一来是想先把天祚帝逃往西夏的路给他切断，二来也是为了这座榆关。”

“为了榆关？”栋摩一愣，“这一点，你从来都没说过。”

“我是没有说过，但以当时的态势，对能否攻下榆关，我的确没有把握。冬天了，我们打居庸关，可以用火攻；大热天的，毒日头底下，狗都热得老伸着舌头，何况人？咱女真人的子弟兵，就怕大热天打仗。”

宗翰在军事战略上对阿骨打的心思吃得最透，这时忍不住插话说：“当时，僭越称帝的秦晋王耶律淳还没死，手下还有二十来万人马，加上榆关素有天下第一雄关之称，如果冒险攻关，一旦失败就会影响士气。大金国一旦受到重挫，不但影响伐辽战争的全局，也会给天祚帝提供复国的机会。”

“宗翰说得对，这正是我当时所想。”阿骨打赞许地朝宗翰点点头，接着说，“现在回头来看，这榆关已变得可有可无了。”

“可有可无？”栋摩又是一愣。

“对，可有可无。”阿骨打加重语气说，“因为榆关内外，都是咱大金国的土地。当年秦始皇修建长城，也含了这榆关在内，都是为了抵御像我们这样的异族对中原的入侵。后来，不少异族越过长城进入到中原，建立了与汉人抗衡的政权，如鲜卑人建立的北魏，契丹人建立的大辽。现在，轮到咱们女真人了。我虽然没有觊觎中原的野心，但也不愿意看到榆关成为阻挡我们的天堑。”

“皇上说得太好了。”宗翰兴奋起来，“保住榆关，就保住了我们通向中原的咽喉。只有保住了平州，榆关才能控制在我们手上。”

“这才是关键。咱们可以不去想问鼎中原的事儿，但咱们总得把通向中原的这扇门保住了。这也是我要把平州建成南京的理由。”

阿骨打重新回到先前的椅子上坐下，然后示意大家也都回来坐下，并朝门外喊道：“水老哇。”

“在。”水老哇应声儿推门进来。

“给咱们煮点奶茶吧。”

水老哇抓耳挠腮，为难地说：“皇上，茶可以煮，但没有奶，我们长途行军，带不了奶牛。”

“啊，我怎么忘了，这里不是草原。”阿骨打自嘲地一笑，“那就煎一罐子茶来。”

水老哇领命退了下去。阿骨打借着昏黄的灯火，将在座的每个人审视了一遍，然后问道：“你们说说，谁能决定平州的未来？”

这话问得突兀，大家都不吱声儿，都在思索。阿骨打又追问了一句：“很难回答吗？栋摩，你说说看。”

栋摩答道：“张觉这个人，经营平州多年，在当地的老百姓中，有很高的威望。”

阿骨打不表态，又问宗翰：“你说说你的想法。”

宗翰坚持自己的观点，不假思索地回答：“除掉张觉，平州才能确保万无一失。”

阿骨打又把目光转向了宗望。

宗望回答：“皇叔与宗翰，各有各的道理。平州太重要了，让张觉独镇一方，似乎也不太合适。”

三人回答之后，阿骨打与陈尔栻对视了一眼，这时听得水老哇在门外喊道：“皇上，茶煮好了。”

“送进来。”

水老哇与另一名亲兵轻轻推门进来，手上拎着一罐子热气腾腾的茶水。亲兵双手托着五只粗瓷碗，他们倒好茶水，摆到每个人面前，然后又退了出去。

阿骨打抿了一口茶，自言自语说：“没有奶，这茶味儿就苦了。”

“苦味养心哪。”陈尔栻喝得津津有味。

“老先生喝得惯就好。”阿骨打看着陈尔栻将一碗茶喝干，便又亲自拎起瓷罐给他斟了半碗，然后坐下来说，“老先生，关于平州的未来，他们三人的话，你同意谁的？”

陈尔栻搁下碗，用手背擦擦嘴角的余滴，慢悠悠地说：“大元帅和两位少帅的话，我都同意，又都不同意。”

阿骨打故意瞪了眼睛嗔道：“老先生，你啥时候也学会耍滑头了？”

陈尔栻龇牙一笑：“皇上说我这倔老头子耍滑头，是在抬举我，耍滑头的人，都住在汴京城呢！”

这慢悠悠一句取笑话，引得满屋子哄堂大笑。陈尔栻自己却不笑，他捡起先前的话头说道：“谁能决定平州的未来，这个人不是张觉，也不会是李觉王觉什么的，而是咱们大金国的皇帝。”

阿骨打怔了一下，问：“你是说我？”

“对，是你，阿骨打皇上！”陈尔栻说到这里，又转过脑袋问坐在旁边的栋摩，“大元帅，你知道皇上为何要在燕山里头转悠四十天吗？”

“踏勘嘛！”栋摩脱口而出。

“对，踏勘，但为什么要这么风餐露宿地踏勘呢？”

没人回答。顿了一下，陈尔栻便问阿骨打：“皇上，我能趁此机会，把你的想法说出来吗？”

“你说吧。”阿骨打颔首同意，接着还补了一句，“他们现在也该知道了。”

陈尔栻于是讲述了阿骨打皇帝正在实施的战略部署：

张觉归顺以后，曾在栋摩引领下来燕京觐见阿骨打。之后回到平州，虽有谢表奉上，但对平、营、滦三州军队与官员的处置却只字不提。按惯例，凡归顺过来的地方长官，一定会将地方人丁财政赋税册簿及军队编制驻防情况汇总呈报。郭药师降宋，第一件事就是将涿、易二州的关防印信簿册档案呈送大宋朝廷。但张觉却没有做这些事情。尽管阿骨打说过仍然让张觉主持三州军政，但谕旨归谕旨，作为降官，张觉至少也应该做出一个姿态，譬如说主动报请金国朝廷，派人来主持军务或主政州务。总之，军政两样至少让出一项，张觉丝毫不作表态。首先看出这个问题的是陈尔栻，他及时向阿骨打说出了自己的疑惑：张觉到底是真的归顺还是权宜之计？其实，阿骨打也已看出了问题，但因那时要与南朝谈判燕云十六州的归属及疆界的划分，另外也觉得张觉这个人虽然不可靠，但为稳定大局，暂时还得采取羁縻策略。这个人是用还是弃，还得观察一段时间再作决定，所以才搁置一边没有采取任何举措。不过，阿骨打还是让陈尔栻暗中关注张觉的动静。燕京及山前六州划割南朝的日期确定后，阿骨打这才腾出手来处理张觉的事情。此前，陈尔栻就张觉的为人及这些时在平州的行踪做了一些秘密的调查，大辽的降官除了康公弼，几乎很少有人说张觉的好话，何况张觉仍一方面装聋卖傻不主动向金国皇帝呈送疏牍，一方面在平州一手遮天。阿骨打于是与陈尔栻密议，趁离开燕京回金上京之机，实地踏勘燕山五大关的山川形势，为平州可能发生的变故早作安排。这一趟考察下来，阿骨打更加坚定了在平州设立南京的决心，并多次与陈尔栻密议，认为解决张觉问题的时机已经成熟。

这一席话，陈尔栻慢条斯理讲了半个时辰。他落下话头，关楼内出现短暂的沉默。

宗翰还是第一个挑开了话题，朝栋摩一笑，半开玩笑半认真地说："皇叔，咱们俩曾为此人争得面红耳赤，其实都是多余的。"

"是啊，多余的。"栋摩夸张地咂咂嘴，似乎不这样就不能缓过神来，"张觉这老小子，要是敢反水，我会亲手宰了他。"

阿骨打说："问题是张觉现在还没有反水，因此不能动他。"

陈尔栻接着说："还有一件事不得不防！南朝虽然在战场上真刀真枪地干不怎么在行，但要阴谋搞策反还是高手。郭药师反水，就是童贯他们策动的结果。咱们可要提防他们暗中与张觉勾搭。南朝君臣没有拿到平、营、滦三州，一定不会善罢甘休。"

"所以说，平州的变数很大。"阿骨打端起粗瓷碗抿了一口已经凉透的煎茶，接着说，"咱们在平州，首先是要斗智，然后才是斗勇。"

"咱不怕斗勇，怕的是斗智，事儿一复杂，咱脑袋瓜子就疼。"

栋摩说着，就把脑袋连拍了几下，这动作把大家逗笑了。

笑毕，宗望问阿骨打："父皇，对张觉，我们究竟应当采取何种策略？"

阿骨打指了指陈尔栻说："老先生给了四个字。"

"哪四个字？"宗望继续问。

陈尔栻回答："打草惊蛇。"

"打草惊蛇？这不是故意弄出动静来让人怀疑吗？"

看到宗望一脸惊诧，陈尔栻又解释说："蛇不惊就不会出窠，不出窠的蛇，你怎么打它？"

看看宗望还想打破砂锅问到底，阿骨打说："宗望，这事情到一步说一步，到时候出了新情况，老先生会及时点拨。今天时候不早了，先歇息吧。"

此时已近一更时分，天上起了薄薄的浮云，上弦月时隐时现。众人随阿骨打走下关楼，宗翰走在陈尔栻后头，看着他略略弯曲的背影，心中陡生敬意，于是伸手拍了一下陈尔栻的肩头，感叹地说："老先生，今夜榆关论政，你与皇上一个运筹帷幄，一个燮理阴阳，若能及时记录下来，必定也是脍炙人口的妙文。"

"对呀，"宗望立即附和，"老先生，你自己把它写出来吧。"

陈尔栻摇摇头，答道："这样指点江山的大文章，我一个酸秀才哪里写得出来。"

宗望说："我看你经常翻看柳子厚、韩退之、欧阳修、黄鲁直的文章，我想，你的文笔不会比他们差。"

陈尔栻闻听此言，便停下脚步郑重其事地对宗望说：

"少帅，你这话万不可再说。柳子厚游山诸记，效法的是《穆天子传》；韩退之的《佛骨表》，黄鲁直的《跋奚文》，学的是西汉王子渊的《便了券》的文笔；至于欧阳文忠公的《醉翁亭记》，可谓把《公羊传》《谷梁传》体会到了骨髓里，虽是山水游记，倒有春秋笔法。他们都是一代文豪，我自幼及老，都在揣摩他们，却也未能望其项背。少帅你以为是在夸我，其实是在折杀我也。岂敢，岂敢！”

本是一句玩笑，没想到陈尔栻如此较真。在场的人，包括阿骨打在内，无不对他肃然起敬。阿骨打对宗望说：“你，还有宗翰，今后与老先生讲话，要知深浅。”

宗望、宗翰同时回答：“我们知道了。”

阿骨打又悄声问宗望：“左企弓他们撤退的事，安排得怎么样了？”

宗望回答：“为保万无一失，我让左企弓安排曹勇义先去平州与张觉联络。不管出现何种情况，我们都想好了对策。”

“如此甚好！”

阿骨打说着打了一个哈欠，众人于是在关楼下分手，各自回下榻处安歇了。

第三十四章　熬鹰师带来的喜讯

曹勇义此次来到平州，乃是肩负了特殊使命。此前，陈尔栻有一次找几位归顺大金的显官聊天，故意引出话题谈论张觉，没想到在对待张觉的态度上，左企弓与康公弼尖锐对立。左企弓平日就觉得张觉虽然干练有才，但为人拿奸耍滑，对菩萨都不说真话。加之他临阵脱逃、弃守居庸关，更说明他是个为了一己之利连玉皇大帝都敢出卖的人。与这样的人打交道，等于是弄一把刀架在自己脖子上。康公弼对左企弓的观点不以为然，他认为张觉之所以反复无常，是因为郁郁不得志，以他的才能，完全可以有更高的位置。但无论是天祚帝还是萧德妃，都没有真正赏识他。这是他反复无常的真正原因。至于弃守居庸关，那是审时度势的明智之举，原也无可厚非。两人争论起来谁也说服不了谁，而燕京臣民撤离日期临近，是抄近道过境平州，还是出居庸关绕道蒙古高原前往金上京，便成了一个必须迅速决策的问题。这时，取道燕京前往榆关迎驾的宗翰与左企弓等一应归顺大臣会见，当左企弓禀报这一问题时，便由宗翰做主，让持中立态度的曹勇义即刻前往平州刺探虚实，摸清张觉的底牌。宗翰做出此决策，仍是觉得张觉是只老狐狸，若随便派个什么人前往，不但探不到什么实情，相反还会引起张觉的警觉。曹勇义曾多年在平州执政，对张觉多有提携之恩，且又为人平实，从不咄咄逼人，让他去平州，应该是不二人选。

曹勇义领了此任，倒也不敢怠慢，不久即择日带了仆童役隶前来平州。昨日夜里，他在望都驿安歇，望都县令也是他的老部属，一应接待热情周到，他吩咐县令不要上报，第二天一早出发，半上午就进了平州城。他本意是先到卢龙驿住下，然后再知会张觉，却没想到在这里碰到了张觉。

却说张觉将曹勇义领进东厢房，父子二人还没有完全从慌乱中平静下来，曹勇义一坐定，就禁不住狐疑地问道："觉帅，这会儿不早不晚，你不在衙门值事，怎么会在这里？"

张觉好不容易才把情绪稳定下来，此时他微微一笑，反问道："曹公，卑职正要问你，你久在燕京，怎么突然到平州来了？"

"来看看你，不行吗？"

"谁不知道曹公是大忙人，阿骨打皇帝信任你，让你和左企弓大人负责迁徙臣民之事。听说你忙得脚不沾地，哪有闲工夫出差溜达？"

"觉帅你算是说对了，我是无事不登三宝殿。"

张觉心里头还挂牵着南厢房里的甄五臣，便吩咐张劲说："小劲子，去唤人将南厢房收拾收拾，待会儿让曹公住进去。"

张劲答应一声，起身要走，曹勇义将他叫住，说道："小劲子不要走，收拾房子多大个事儿，还用得着你去，你父子俩都坐在这里，我要好好跟你们唠唠嗑儿。"

张劲说："曹老爷子，我安排一下就回来，不耽误事儿。"

说着，张劲就闪身出门。看着他的背影，又听着咚咚咚跑去的脚步声，曹勇义盯着张觉问：“觉帅，我怎么觉着你父子俩有点鬼鬼祟祟的？你们究竟在这里干什么？”

张觉素知曹勇义的谨慎细心，不给个恰当的说法，他心里头的疙瘩是解不开的，于是说道：“曹公，实不相瞒，小劲子同你一样，也是今天刚刚回来。”

“他去哪里了？”

“医巫闾山。”

“啊，去了我老家，”曹勇义笑了，“是不是让他拜北镇庙去了？”

“正是。”

“见到善畏道长了吗？”

“见到了。”

大约十几年前，正是曹勇义的介绍，张觉才认识了善畏道长，所以一提这茬事，曹勇义就有了兴趣。这时候，张劲返了回来，从他的神情看，甄五臣的事儿已安排妥当。张觉心下悬着的一块石头总算落了地。

“小劲子，你爹说你去了一趟医巫闾山，才回来？”

“是的。”

“专程去抽签、敬香的？”

“是的。”

看到曹勇义问个没完没了，张觉担心张劲应对失误露出破绽，于是主动接过话头说：“小劲子抽了一支签回来，我觉得有些蹊跷，便寻到驿站来，原是想找一个清静的地儿，让小劲子仔细道一个原委。”

“老道长签诗了吧？”

“小劲子说，这回善畏老道长没有签诗，只带了话儿。”

曹勇义不满张觉抢话儿。他太了解张觉了，一点小事儿都弄得神神道道的。这时候去医巫闾山北镇庙里抽签，肯定是遇到了什么事想去请教善畏。想着自己此行的任务，他就想顺藤摸瓜，问点“情况”出来。

“觉帅，你为何在阿骨打皇帝御驾亲临平州之前，要去北镇庙里求签呢？”

这句话虽问得不愠不火，但张觉听出话里头有骨头，就索性开始演戏了。只见他叹了一口气，哭丧着脸说：“曹公，我眼下的处境，你还不知道么？”

“你处境不是很好吗？自你归顺后，阿骨打皇帝没往你这里派一名官员，一切听凭你任意调遣。最近他又亲来平州，宣布在这里建立南京。我倒觉得你的大运到了，天祚帝和萧德妃，哪个都没有像阿骨打皇帝这样器重你。”

曹勇义这番话倒说出了他的本意，因为从外人眼光来看，张觉的确是遇到了千载难逢的贵人，但张觉不这么看，他苦笑着回答：“曹公，卑职可不敢这样看。”

“那你怎样看？”

张觉愣了愣，答道：“曹公，你是我的老上司，又对我多有提携，恩重如山。当下，阿骨打皇帝又把你看得极重，有句话，我想讲又不敢讲。”

“什么话？你但讲无妨。”

“卑职认为，阿骨打皇帝看中的是平州这块地方，而不是我张觉本人。”

“张觉，你怎么能这样说话！”

曹勇义说着本能地站了起来，一个劲地探着脑袋朝门口瞅去。

张觉起身去扶着曹勇义重新坐下，略略有些嘲讽地说："曹公，你看看这门外，苍蝇都见不着一只。"

曹勇义拭了拭额头上渗出的冷汗，心有余悸地说："觉帅，祸从口出。你刚才所说的话，老夫只当是没听见。"

"曹公，除了你，我心中的苦闷还能向谁倾诉呢？"

"我们既已归顺了大金国，从此就得死心塌地跟着新主子，这一点你可要切记。"

张觉嘴巴一瘪，讪讪地说："改嫁的女人不值钱，古往今来，不幸当上贰臣的，一遇风吹草动，谁不是提心吊胆？曹公，难道说您老没有这番体会？"

曹勇义听了这句话没再吱声。其实他心里也有痛楚，但他认命，明白既然世道变了，就只能随波逐流了。

张觉知道自己的话戳到了曹勇义心中的痛处，于是趁机问道："曹公，你说你是无事不登三宝殿，现在能不能告诉我，你火急火燎地来平州干什么？"

曹勇义仿佛是喃喃自语："自作孽，不可活！这句话是孔圣人说的。张觉，老夫要把这句话送给你。"

张觉听了这句话，不由得一阵心惊肉跳，连忙追问："曹公，到底发生了什么事情？"

曹勇义嘘了一口气，叹道："也没什么，就是有人怀疑上你了。"

"啊？怀疑我什么？"

曹勇义正在斟酌着要不要实话实讲，这当儿，听得又有人在敲门。

"谁？"张觉问。

“我，卑职李石。”

“啊，是李大学士，请进。”

李石原是天祚帝敕封的翰林学士，辽上京陷落后，他随左企弓南下燕京，途经平州时，与张觉结识，言谈契合，大有相见恨晚之意，于是在张觉力邀之下留了下来，成为帅府判官并兼任平州府知事，实际上成了张觉的文胆。此时他找到这里来，想必是有重要的事情禀告。

李石进了门，见到曹勇义坐在屋里，不免有些诧异，于是抱拳一揖，喊了一声：“曹公。”

曹勇义认识李石，便问他：“找觉帅有公事？”

“是。”李石点点头。

曹勇义转向张觉说：“没有要紧公事，李石不会来找你，你先去处理公务，然后再来找我。”

张觉一心想知道是什么人对他生疑，偏偏李石不早不晚闯了进来，心里老大不高兴却又不得不问：

“什么事这么急？”

“有人要见你。”

“让他等等不行？”

“等不得，再等下去，就要出大事了。”

“人在哪里？”

“在府衙。”

从李石的神情中，张觉意识到这事儿当着曹勇义的面不好明说，但又不得不急速前往，于是问张劲：“南厢房收拾好了吗？”

张劲答：“收拾好了。”

张觉便朝曹勇义行了揖礼，言道：“曹公先去南厢房休息，卑职去府衙处理完公务即刻回来请教。”

待把曹勇义送到南厢房，张觉父子就随着李石，骑马朝府衙驰去。

在路上，李石就把在衙门前发生的事件向张觉作了禀报：辰时开衙，李石就发现不少人聚在衙门前广场不肯散去。李石上前询问，得知这些人是从燕京迁徙到金上京的移民。凡迁徙者，无不拖儿带女、扶老携幼，一路上有金兵押送，苦不堪言。昨日，约数千移民到达平州，这是数十批移民中的一批，多半是一些鸠工庀材、驯马熬鹰、卖卜疗伤、莳花弄草的艺人工匠。到达平州后，照例于此休整两天，待补充给养后再打起精神重新上路。这一批移民昨天傍晚抵达平州。当天晚上，一位七十多岁的老人因旅途颠簸、备极辛劳，导致心疾复发抽搐而死。客死异乡是不得善终的表现，不但家人号恸，就是同行的人也无不感到凄惨。大家正愁着无法给死者安葬时，他们中一位熬鹰师出了个主意，让大伙儿抬着死者到平州府衙门前，央求知府大人赐一口棺材。李石觉得这事儿不大，却有些晦气，于是吩咐一个绰号“鬼不缠”的椽吏前来处理此事。其实，只要是“鬼不缠”对这些移民好生安慰一番，并弄一口好一点的棺材交给他们，这事儿也就平息了。偏偏“鬼不缠”是个有理三扁担，无理扁担三的主儿，他一到广场，就对移民头不是头、脸不是脸地训斥了一通，不但不给棺材，还威胁说要把领头儿的人抓进大牢。这些移民本来就窝了一肚子怒气无从发泄，这会儿撞上个“鬼不缠”架起膀子充老爷，焉能忍受？于是将“鬼不缠”团团围住，一定要讨个公道。随着“鬼不缠”一同前来的几个皂隶，欺侮人惯势了，这时免不了舞枪弄棍地动粗，顿时激起事变，移民们闻讯都纷纷赶来，广场上越聚越多，把个府衙围得水泄不通。移民们吵吵嚷嚷，不见到平州知府张觉大人讨个公道就决不罢休。李石看到局面失控了，这才急急如律令赶到驿站搬回张觉。

说话间，张觉已打马来到府衙门口，府前值事差役看到张觉翻身下马，便敲了一下手中的铜锣，锐声喊道：

“知府大人驾到！”

按例，这声吆喝是通知府中官吏迎候堂官大驾，但此时的作用却是给移民们报了信儿。立刻，广场上静坐的人群便一起涌了过来，把准备进衙的张觉父子团团围住了。

“你们要干什么？”李石高声嘶喊道。

人群中七嘴八舌：

“找知府大人讨口棺材。”

“那个‘鬼不缠’，请知府大人严惩！”

“知府大人，给我们指条道儿吧。”

张觉挥挥手示意大家安静下来，他指着横在衙门口的一床裹成卷儿的被子问：“这是那位仙逝的老人？”

“是。”熬鹰人回答。

“来来来，你们谁帮我搭把手儿，把这老人挪个好地方。”

张觉说着就走到死者跟前，猫下腰去做出抬人的姿势。

这一招顿时让在场的人都愣住了，他们本以为张觉会先来一顿训斥，而后再作点让步，没想到张觉竟然会帮助抬尸。熬鹰人问：“这老人往哪儿抬？”

“我乘坐的马车就在旁边，先把老人抬到我的马车上。”

“让老人坐你的马车？”

“怎么，这还不妥吗？咱平州的条件就是这样，我张觉只能这样处置了。”

几句对话，在场的人不再是愣怔而是吃惊了。“鬼不缠”见知府大人如此处置，态度立即来了一个一百八十度大转弯，连忙从人缝儿中挤出来，大献殷勤说道：

“知府大人，这事儿您别亲自动手，这份孝敬事儿，就给小的一个机会吧。来呀，哥们，你们愣着干啥？让这位老爷子享受一次官车吧！”

话音一落，就有几位年轻人上前，跟着“鬼不缠”把尸体抬往张觉乘坐的官车。

场上的气氛和缓了下来，张觉审视了一下周围的人，问：“你们还有啥事儿，需要我来处置？”

一位年纪稍大的人说：“死者的棺材还没着落呢。”

“这是小事。”张觉立即表态，“老人长途跋涉遭遇不幸，咱深表同情，这棺材的事，你们用不着操心了。李石，你操办一下，第一，棺材要找一口上好的；第二，买棺材的钱我出了，不用费事儿去申请库银。”

“多谢大人恩典。”在场的人都一起揖拜。

“还有什么事？”张觉又问。

“大人，我们这些老燕京，的确还有困惑，望大人能指点迷津。”

说这话的人是个干干巴巴的老头儿。张觉听口音猜测就是那个方才说“给我们指条道儿”的人，于是问他：“你想指什么道儿？”

“这话不能在这里说。”

“好吧，你们选三个人，随我到廨房茶叙。”

跟着张觉进廨房的三个人，一个是那个干巴老头儿，一个是熬鹰师，还有一个是专治跌打损伤的郎中。通过一番自我介绍，张觉知晓那个老头儿叫李天成，原在燕京城中开了一家药铺；熬鹰师叫张宝成；郎中叫任生喜。除了李天成六十开外，张宝成与任生喜都四十多岁。同时进到廨房的，还有张劲和李石。

坐定上茶之后，张觉问李天成："老人家，你说说，要指个什么道儿？"

李天成长住燕京，见多识广，到哪儿都不怯场，此时从容答道："大帅，我等小民都没法活啦！"

"此话怎讲？"

"咱生在燕京，长在燕京，六十多年没挪窝儿，如今来了一个阿骨打，要把咱们迁到金上京会宁府去，听说那地方荒凉得鬼不生蛋，咱们去了怎么活啊？"

"金上京是大金国首都，将来繁华一定会超过燕京，你们都是阿骨打皇帝选中的能人，让你们迁徙，真的是抬举你们。"

张觉一心想借此机会为自己博一个"爱民如子"的好名声，但听到李天成的抱怨，心里头又觉得不踏实。辽五京中，最繁华莫过于上京和南京，在这两处居住的市民，被称为龙袖骄民。别看李天成只是一个药铺的掌柜，议论国事那气势就像簪缨贵族，凭谁都不放在眼中。所以，张觉听了他的话以后才有了以上表述。

张觉刚说完，郎中任生喜便接腔，这人长得白净斯文，但话一出口就瘆人："大帅，你弃了居庸关，咱们燕京城里的百姓恨的第一个人应该是你。但咱们还是原谅了你，山墙倒了，只要不想被砸死，谁都会撒腿儿就跑。虽然咱们隔了身份，但毕竟还有相同之处。因此，咱现在遇到麻烦，还得求助于你。"

李石觉得这位郎中说话粗气，便挑逗地问他：“你跟咱们大帅，有何相同之处？”

“咱们都曾是辽国人，大帅在辽国为官，咱在辽国为民，更相同的是，咱们不是还一起经历了大辽的灭国之痛吗？”

李石脚一顿，吼道：“放肆！”

一直默不作声的熬鹰师张宝成这时也站出来说话了。他指着李石，气咻咻地说道：“谁放肆？你放肆！亏你还是天祚帝任命的翰林学士！”

“你是谁？你怎么知道我？”

李石愕然。

张宝成也不搭话，忽然从胸前褡裢里掏出一张折叠的羊皮。他把羊皮抖开，只见上面是一幅用矿料精心绘制的人物肖像。

张宝成举着羊皮画像，走到张觉跟前，问道：“张大帅，能认出这是谁吗？”

张觉定睛一看，觉得很面熟，正迟疑间，李石高声叫了起来：“哎呀，这不是天祚帝吗？”

张宝成激动得声音打颤：“对，这就是天祚帝！”

李天成几乎带着哭声喊了一句：“皇上！”接着就扑通跪下了。

因为受到了感染，也出于对往日辉煌的记忆，满屋子里的人包括张觉在内，全都对着画像跪下了。

“皇上！”

李石首先放了悲声，屋子里的人都跟着抽泣起来。张觉忽然警觉自己的失态，连忙从地上爬起来，坐回到椅子上，拭了拭眼角的泪痕，吩咐大家起来回座。

张宝成坐在张觉的对面，手中仍拿着那张画像。张觉盯着他，忽然发觉他身上有着一股常人所不具备的凛冽之气，便问他："你尊姓大名？"

"刚才大师不是问了吗？"

"你再答一次。"

"父母给的名字叫张宝成，师父给的名字叫智照。"

"师父，什么师父？"

"出家人，我的师父是辽上京戒珠寺慧海大和尚。"

"慧海，他不是天祚帝的国师吗？"

"正是。"

"你是慧海国师的弟子？"

"是的，我皈依到他门下已有九年了。"

"听说慧海大和尚不肯离开辽上京，自己放了一把火烧了戒珠寺，他盘腿坐在须弥座上，与诸佛同往了西天极乐世界。"

"大师你都知道？"

张宝成咬住腮帮骨，努力忍住眼泪。张觉长叹一声，感慨地说："大难来时，君将不君，臣将不臣，连慧海这样得大自在的人，也在劫难逃。"

"师父不肯随天祚帝撤出上京，是怕连累天祚帝。"

"是啊，慧海年事已高，哪里能经逃亡之苦。"说到这里，张觉忽然想起了什么，又问张宝成：

"你是从辽上京撤退出来的？"

"是的。"

"你是干什么的？"

"我是天祚帝的熬鹰师。"

"啊，听说天祚帝有九只海东青，是天底下最好的。"

“这些鹰都是我熬出来的。”

“你为何没有随天祚帝撤退？”

“天祚帝让我留下来料理师父的后事。料理完毕后，我找不到天祚帝的行踪，在草原上晃荡了几个月，最后来到了燕京。”

“原来是这样！你一直保存着天祚帝的画像？”

“这幅画像是天祚帝送给我师父的，师父决定离开人世前，就把这幅画像转赠给了我。我漂泊无定，亲人都走散了，一直把这幅画像放在胸前，即便是睡觉也不挪开。”

“有心人，有情人！”张觉连连赞叹，“张宝成，慧海和尚赐给你的法名叫啥？”

“智照。”

“智照？这名儿咋这么熟悉？”

“你不会熟悉的，除了师父和戒珠寺的和尚们，没有多少人知道智照这个名字。”

“可是，我真的听说过这个名字。”张觉拍着脑门子，“我想想，让我想想。”

张劲看着父亲蹙眉眯眼的神情，也在一旁喃喃说道：“智照，智照，我怎么也觉得熟悉？”

突然，张劲“啊”了一声，显得非常兴奋，张觉瞄着儿子，似乎也想起了什么，他迅速把手伸进胸前，掏出善畏道长批写的那张笺纸，只见那首诗的第六句赫然写着：

智照灵如大宝龟

看到这一句，张觉高扬笺纸，竟然忘情地喊叫起来：“小劲子，善畏道长的话，我全明白了。”

“爹，快收好纸！”张劲提醒道。

“啊，是是是。”

张觉又把笺纸折叠好，小心翼翼塞进胸口处。

父子俩方才这种癫狂的举动，倒把屋子里的人都弄迷糊了。李石上来问：“大帅，智照怎么啦？”

“天机不可泄漏。”张觉兴奋劲儿还没有过去，他又扭头问智照，“你还有什么话要说？”

张宝成回答：“大辽国土全都沦丧，唯一保持完整的，只有平州一路了。大帅，天祚帝会感谢你的，保存了大辽最后一片土地。”

“我能做什么呢？”

“大帅，你让我们做什么呢？”

张觉想了想，正色说道：“李石，先把这几位大贤妥当安排歇息，往下的事，我们好生商议。”

第三十五章　叛而复叛

李石刚把张宝成等客人领出廨房，张劲要去掩门时，却碰到“鬼不缠”匆匆走到门口求见，说是要禀报移民闹事处置结果。张劲心急火燎要与父亲密议大事，却又没有理由把“鬼不缠”拒之门外，只得放他进来。

本是一件拈不上筷子的小鸡毛事儿，却差一点被“鬼不缠”酿出祸端，张觉本对这个脸颊刮不出四两肉的家伙心生厌恶，打算事件平息之后好好收拾一下他，但这会儿张觉心情大好，“鬼不缠”进来后，不但不给脸色看，反而给他赐了座，问他：

“广场上的人都走了吗？”

“报知府大人，都走了。”“鬼不缠”一脸媚态，“大人如此善待这些过境的小民，卑职学到了真经。”

“鬼不缠”一挠痒痒儿，张觉便觉舒坦，就趁势开导他说：“有些事儿要硬，有些事儿要软，这中间的奥妙，你要体会。”

“鬼不缠”屁股离了凳儿，一副恍然大悟的样子，奉承道：“大帅这是说的圣贤话，小的真如醍醐灌顶，终生受用。”

“棺材买了吗？”

“买了。”

“是最好的吗？”

“是口松木棺材。”

“不是最好的？”

“不是的，城里还有楠木棺材卖，但卑职没敢把人往那儿领。”

“为什么？”

“卑职想，就一个丁门小户老头儿，客死异乡，有口棺材就不错了，还要多好的棺材？不就是一个睡草席的命么，再说……”

“鬼不缠”一边说一边注意张觉的脸色，看到主子敛了笑容，就连忙打住了话头。偏偏张觉还要追问：“再说什么？”

“再说，再说，嘿嘿……”

“别吞吞吐吐的，你说实话。”

张觉穷追不舍，“鬼不缠”只得涎着脸，挤着一双狡黠的眼珠子说：“大帅，卑职是替你省钱呢！”

“替我省钱？此话怎讲？”

“大帅不是说，这棺材钱不用府库开支，用你的私房钱支付么？”

“我是说过，”张觉这才明白“鬼不缠”贱买棺材的原因，不由笑道，“好你个‘鬼不缠’，原来你是替本帅着想啊，你他娘的还真是个好人。”

受了表扬，“鬼不缠”笑得脸皮打皱，回道：“帅爷，卑职心疼你的钱，才自作主张，买了便宜货。”

谁知张觉脸色一变，斥道：“‘鬼不缠’哪‘鬼不缠’，钱是什么？钱是屌毛！金钱如粪土，仁义值千金，这个你不知晓？什么事儿都斤斤计较，讲究蝇头小利，这能干成大事儿吗？”

“鬼不缠”被张觉骂得一头雾水，抱屈地说：“帅爷，我本来就是跑堂打杂的，从没想到干什么大事儿，只一门心思想着替你把事儿办好。”

“这点没话说，但还不够。”

“鬼不缠”听了这些话，搁心里头怎么也琢磨不出个头绪来，于是壮着胆子问：“帅爷，您为何一定要把这些移民当大爷供着，小的榆木脑袋实在看不明白，能否请帅爷开示？”

张觉话匣子既打开，也就不在乎多一句少一句了，他问“鬼不缠”：“移民中死了一个老头儿，来府衙讨副棺材是不是？”

“是。”

“现在是啥时候儿？”

“谷雨节已过，快立夏了。”

“不是说节令，是说形势。”

“形势？”“鬼不缠”下意识皱起了眉头，“咱们的新皇上大金国阿骨打皇帝刚走，他来平州祭祀城隍老爷，把三州七县的大小官员全都涮了。这位皇上让咱们认什么是黍米，什么是稷米，这不是成心让咱们难堪吗？咱们又不是高粱花子，要知道黍米稷米干什么？咱们打小儿读的是圣贤之书，学的是经邦济世之道，不用辨识黍米稷米，能辨识是非忠奸就行。帅爷，你说是不是？”

张觉不置可否，笑道：“这都是你的牢骚话儿，你接着说吧。”

“鬼不缠”估摸到张觉对他的话儿不反感，壮着胆子继续说：“还有，让燕京那么多衙官熟吏、能工巧匠都迁徙到金上京，十几万人取道平州，每天都像蝗虫过境，平州本是天堂，现在被骚扰得不成样子。住牲口的骡马大店都满囤囤住了人，负责押送的大金兵，个个都像催命判官，咱们还得好吃好喝地供着。咱心里头一直不服气，这些臭麋子，本是混同江北的地耗子，如今狗戴帽子充人，咱凭什么伺候他们？”

“鬼不缠”越骂越来气，越骂越上瘾，张觉抬手阻止了他的话头，说道：“刚才你这些话，出这道门就一个字儿都不能讲了，记住了？”

“帅爷，卑职记住了。”

“该干什么干什么去吧。”

“鬼不缠”起身行了揖别礼，哈着腰退了出去。

他走了后，一直坐在旁边的张劲埋怨父亲不该和这个吏员说许多闲话。张觉对儿子说：“小劲子啊，这不是闲话，‘鬼不缠’人品不好，但他对大辽有感情。”

“这又有什么用呢？”

“怎么没用？没有民心，咱有再好的前程，也是白搭。”

张觉说着，便把那张笺纸从胸前掏出来，又把签诗读了一遍，问张劲：“善畏道长给的玄机，你这回明白了吧？”

张劲把签诗拿过来又看了一遍，似乎看出点什么，又不太有把握，但仍啧啧称奇：“老道长真是神机妙算，他怎么知道有个叫智照的人会突然出现呢？”

“不单出现，还捧着天祚帝的画像，这就是天意了。”

“这天意……爹，这天意到底是什么？你说说。”

“你猜猜？”

“儿不敢猜，这事儿太大了。”

“不敢猜就说明你悟到了。”张觉兴奋地说，“今天，还没过午时，什么征兆都出来了，都是好兆头。”

“啊？曹勇义那糟老头子来，不是带了不祥的消息吗？”

“其实也是好事儿，曹公一来，大金国对咱的态度，不就摸得一清二楚了？接下来就是燕京的移民闹哄哄的找我要棺材，方才‘鬼不缠’在这里我忍住没说，这可是个天大的好兆头。”

“这也是好兆头？”

“当然，小劲子你想想，棺材是什么？一是官，二是财，在这兵荒马乱的情势下，居然有那么多人找咱要官要财，说明咱们好事儿就快来了。”

张劲笑道：“难怪爹像得了一窖金铤，那么高兴。”

“能不高兴吗？接着就是智照的出现，他从褡裢里取出天祚帝的画像的那一刻，我的眼眶里都滚出泪蛋子了，也就从那一刻起，我才恍然大悟，善畏签诗‘颔下藏珠当猛取’是个什么意思。咱平州这块地方，无论对南朝还是对大金，都是脖子，咽喉之地，这就是颔。平州这地方，咱谁也不给，大金不给，南朝也不给，咱自家留着。”

“自己留着？爹，这可得三思而后行。”

“小劲子你放心，爹不是糊涂人，爹怎么着也得举一面旗子。”

“举谁的呢？”

“天祚帝！”

说到这里，张觉的眼眶里射出两道充满憧憬的寒光，一直迷茫困惑的他，似乎找到了他想要的归宿。

这时，李石推门走了进来，看了看屋内父子俩的表情，父子俩都显得那么兴奋，不同的是，张劲的兴奋中，似乎还存有那么一星半点的盲从。

“大帅，那几位义士，对您莫不赞赏有加。”李石一坐下来就说。

张觉这时候再也不想演戏了，就起身伸了个懒腰，问李石：

“移民过境，还有几批？”

李石回答：“已走了十二批，还有三批，都已离开了燕京，走在路上了。”

“最后一批是啥时候？”

“大概六天之后吧，最后一批是归顺的官员，左企弓、康公弼都在里头。”

“太好了。”

李石不明白“太好了”是个啥意思，是老上司见面高兴呢，还是移民过境这烂事儿终于结束了值得庆幸。他心里头嘀咕着这主子情绪有些不正常。前几天阿骨打皇帝来了他都还哭丧着脸呢，今儿个怎么这么高兴呢？

李石还没理出头绪来，张觉又问他：“咱们的士兵都归队了吗？”

却说张觉的五万兵马，原在榆关布置了一万，卢龙塞布置了一万，马城布置了一万，余下的两万分据六处战略要地。阿骨打来之前，张觉采纳李石的建议，让一半的士兵脱掉戎装隐瞒实力，不让阿骨打生疑。在向阿骨打禀报时，张觉也只说自己归顺大金后，就已实施裁军，只留了两万部队保境安民，并将布防图呈给阿骨打看。阿骨打指示，镇守榆关的部队可大幅裁减，留五百名士兵即可，两万部队应大部分调往平州西与燕京接壤处建立新防区。张觉领此圣旨立刻照办，当天就传令驻守榆关的一万士兵，三天之内尽数撤走，到石城、迁西一带建立新防区。这会儿张觉问李石士兵归队的事，李石只得老实回答：

“原先已讲明，士兵放假一个月，现在才过了半个月不到。”

“形势变了，现在就得归队。”张觉急切地说，“你现在赶紧草拟文告，以我的名义往保防区发布，三天之内，所有的归家军士，全得归队销假。”

李石有些为难，答道：“大帅，现在不少部队都在换防路上，忙忙乱乱的，告假军士恐不能及时收到通知。”

“这也是本帅要说的第二件大事。”张觉语气严峻起来，语速也加快了，“你即刻传令，让帅府营兵持我的令牌，驰谕各支部队，立即停止换防，原地待命。”

“大帅，你是不是……”

李石欲言又止，他知晓张觉的心思，这位进士出身的临海军节度使，从来就没有真心归顺大金国。从今日这对父子的种种迹象来看，似乎印证了他早前的判断：戎帅迟早要反水的。只因事涉重大，他才不敢贸然道破。

张觉倒是很爽快地把李石没说出口的半截子话抖搂出来：

“学士，你我都是大辽朝廷簪缨之人，天祚帝对待你我，都有拔擢再造之恩。如今，天祚帝生死未卜，我们得替他保卫平州，等他归来，大辽国还可东山再起。”

也许是几个月来一直与大金国的君臣们装痴卖傻，心情压抑得太久，这会儿能掏心窝子说话了，张觉免不了一阵激动，说着说着眼圈儿就红了。

他的话刚说完，李石顿时从椅子上蹦起来，跪在张觉跟前磕了三个响头，接着就呜呜地哭了起来。

张劲上前将李石扶起来仍回原位坐下，张觉惊愕地问：“学士，你这是为什么？”

李石一边拭着眼泪，一边哽咽着说：“大帅，咱还以为你把天祚帝给忘了呢。”

张觉叹道："怎么可能呢？对天祚帝，我是心中藏之，何日忘之。"

李石破涕为笑："大帅，我没跟错人！现在，只有您才能挽大厦于将倾，大辽六路疆土，已沦陷了五路，唯有平州一路，眼下这情势，大辽即平州，平州即大辽。大帅，您是咱大辽的定海神针啊！"

张觉激动劲过去了，现在冷静下来，他看了看李石，又看了看张劲，压低声音说："叛金复辽，这是咱们的愿望。眼下，阿骨打出榆关不远，咱们还得严守机密，不能走漏半点风声。现在暗中要做三件事：第一，将精锐部队秘密调回榆关，不是一万，而是要调两万部队守关；第二，既然叛金，咱们不能两头受制，因此要与南朝秘密联络，南朝也有意与咱们建立联盟，但具体条款，还得认真谈判，这事儿，让张劲秘密去一趟燕京；第三，听说天祚帝在云内州一带藏身，咱们要尽快将皇上找到，请到平州来，这事儿，李石你具体负责。大辽国旗子，咱们何时打出来，就看这几天的变化。现在，平州城里住了两个人，一个是大金国派来的曹勇义，这个大辽国的高官，已成了阿骨打的忠实走狗了。他是受命来打探我的底牌，刺探虚实的，咱们不能打草惊蛇，还得稳住他。还有一个人，是郭药师的心腹裨将甄五臣，他奉南朝之命，来与我密谈叛金归宋之事，宋不能归，这是底线，但可以利用，有宋作为后盾，咱们与金国破脸开战，便添了老大的底气。所以，曹勇义与甄五臣，是两尊大神。咱们的任务，是让这两尊大神高高兴兴地离开平州。"

此一番布置，可见张觉已是思考成熟。他让李石先去驿站招待曹勇义吃顿午餐，自己则带着张劲去秘密会见甄五臣。

平州古城的北边，濡水与青龙河的交汇处，是一片最为繁华的街区，濡水的上游叫滦河，与青龙河汇流之后，依然叫滦河。它自北向南，出平州城后经望都、滦州、义丰、马城等县境，由乐亭流入渤海湾，海上的船只，也能够通过滦河驶入平州城。因此，城中二水汇流处，自古以来就是舟车辐辏、商旅云集之地。码头两边的河湾里，藏了不少达官贵人与富商巨贾的豪宅与别业。张劲在此处也有一处大院。却说上午曹勇义来到卢龙驿馆，险些与甄五臣撞个满怀，亏得张觉死拖硬拽把曹勇义扯到东厢房，才避免了祸事发生。之后张劲瞅出空儿来，叫一辆马车把甄五臣秘密送进了自己滦河边上的大宅院里。

一桩又一桩的要紧事接连出现，等张觉处理完毕赶来这里与甄五臣相见，已是午时过半。不过午餐早已备好，张觉父子一到立马开宴，与甄五臣边吃边聊。

甄五臣已经知道了曹勇义突然来访的消息。作为萧莫娜的朝臣，曹勇义与甄五臣本就熟识。燕京陷落之前，甄五臣就已随着郭药师叛辽归宋，阿骨打进到燕京后，曹勇义又打头领着一干旧辽官员降了大金。这样的两个人若是在卢龙驿馆里抵面，势必会引起极大的麻烦。好在有惊无险。此刻，坐在筵席上，甄五臣仍免不了心有余悸地问："觉帅，曹勇义这糟老头子，怎么突然跑到平州来了？"

张觉并不直接回答，而是举起酒盏请甄五臣饮了，然后指着丫鬟端到每人面前的一只白瓷盘上盛放的海胆说："这是今年的海胆，昨天从海里头捞起来，早晨送到的，让你吃个新鲜。"

甄五臣瞅了瞅已被揭了盖的海胆，内中黄色的半稠的胆汁让他有些翻胃，他拿起汤匙晃荡了几下没敢往里舀。这当儿，张觉已有滋有味吃了一个，丫鬟又给他上了一个。他问甄五臣："怎的不吃？"

"我怕腥。"

甄五臣干笑着，似乎有点尴尬。张觉又开始吃第二个了，边吃边对甄五臣说："这是紫胆，在海胆各样品种中算不得最好，但也是上乘的。再缓一个月，就是吃海胆最好的季节，现在早了一点，海胆还没有长肥，但今儿个这个紫胆，倒都是长成了个儿。别看你住在燕京，是一等的繁华之地，这海胆在燕京绝对吃不到。海胆出水就死，死了就不能吃。从海码头到平州顺风也得大半天，渔家捞到海胆，仍用海水养在船舱里，送到我这里来也不能保证全活。有时候，十个倒死了七八个，所以，在平州能吃上海胆，也极为珍贵。今天你有口福，碰巧赶上了。"

张觉说得头头是道，吃得津津有味，他吃完了第二个，发现甄五臣还没有下匙，就说："五臣，你吃呀！"

甄五臣仍干笑着，答道："觉帅，咱真的怕腥。"

张劲在一旁插话："甄大叔，怕腥就像我，舀点醋搁到肚囊里搅和搅和，腥就除了，味道还鲜美。"

甄五臣依法儿舀了醋进去拌了，像吃黄连似的用汤匙舀了一点，搁在嘴里抿了抿，又噗的一口吐了出来，拧巴着脸自嘲地说："劲公子，你甄大叔是一头狼，你就饶了我这一遭吧。"

张劲有些发懵："狼，你说你是狼？"

"对，咱是狼。"甄五臣回答说，"狗走天下改不了吃屎，狼走天下改不了吃肉。鱼呀虾呀这些玩意儿吃到嘴里没精神，咱喜欢吃点硬菜。"

"行吧，"张觉吩咐丫鬟，"把海胆都撤了，先给客人上一只红烧牛蹄儿，一大盘葱爆羊肉。"

丫鬟听命，待菜肴上齐，张觉屏退随侍，膳房里只剩下张觉父子与甄五臣三人，张觉这才把话切入正题，说道："南朝皇帝让你家主子郭药师来当说客，要我归顺，可有凭信？"

甄五臣饿极了，一顿大嚼，此刻将手中一根啃了半截儿的牛骨头放下，用手绢擦了擦油渍渍的嘴唇，反问道："凭信？谁的凭信？是郭药师的、蔡京的，还是南朝皇帝的？"

"当然是南朝皇帝的。"

"觉帅，南朝皇帝根本不知道你的心思，是归顺还是不理这茬事，郭药师、蔡太师，还有童太师，谁心里头也没底呀，南朝皇帝怎么可能给你写札子呢？"

"不是札子，是国书！"张劲纠正他说。

甄五臣嘿嘿一笑，答道："国与国之间才叫国书，国与臣之间，怎么着也不会是国书呀。"

"不是国书，但也不是札子。"张劲跟甄五臣较劲儿，"我爹又不是你南朝臣子，南朝皇帝怎么能写札子给他？我爹现在还是大金国平州府知府，临海军节度使，兼领营、滦二州。南朝皇帝想要咱爹归顺，必须有所承诺，只有皇帝亲写誓书承诺，我爹才会考虑这件事。"

"让南朝皇帝写誓书，这个要求没毛病。"甄五臣斟酌了一下回答，接着又说，"南朝皇帝没有讨到一个实信儿，又怎么会写下誓书呢？"

"这个你不必担心。"张觉发现一壶酒斟完，又让丫鬟送了一壶进来，他给甄五臣再斟满一盏，继续说道，"只要咱想明白了这件事，我会先表白态度的。”

甄五臣一听张觉的口风，趁缝儿追问：“觉帅，你还没下决心哪？”

张觉点点头，说道：“前不久，我抽了一支签，签诗上有这么一句‘身中有道更求谁’。五臣，这句话通俗易懂，你该明白吧？”

甄五臣随话搭话说：“觉帅抽的肯定是上上签。你心中不但有道，而且这道儿还深不可测。”

张觉仍沿着自己的思路说下去：“现在，咱的面前摆了两条道儿，一条是留在金国，管好平、营、滦三州，阿骨打皇帝要把平州建成南京，栋摩元帅，也就是阿骨打皇帝的五弟，私下向我透露，阿骨打皇帝有意安排我担任南院枢密副使，仍兼领平、营、滦三州。这条道儿我已经走在路上了，只要不变，在大金国，也算混到了人臣之极。还有一条道儿，就是你带来的消息，说南朝也想让我归顺，但并没有开出具体的价码儿，这条道儿走不走得通，现在还是个未知数。”

张觉话音一落，甄五臣就抢着说：“觉帅，南朝与金国比较，肯定是南朝好。”

“何以见得？”张觉笑着问。

甄五臣回答：“我家主子郭药师，不但得到了高位，还得到了那么多的金银财宝，连宫里头的标致的美人儿，也选了两个赐赏与他了。觉帅，咱在旁边看得清楚，你在南朝皇帝眼中的地位，肯定不会低于郭药师。”

张觉只是浅浅一笑，却不接话。甄五臣抓起酒壶给张觉父子各斟了一盏，邀他们饮了，然后说：“觉帅，还有掏心窝子的一句话，我得趁酒兴儿对你说了。”

“你说。”

“郭药师是女真人，可你觉帅是地地道道的汉人哪！”

“此话怎讲？”

“大辽是契丹人的，大金是女真人的，只有南朝才是咱们汉人的。”

张觉听了摇摇头，讪道：“五臣，你此言差矣！”

甄五臣不服气：“差矣？咱差在哪里？”

张觉回答说：“左企弓是哪里人？汉人！曹勇义是哪里人？汉人！康公弼是哪里人？汉人！他们为何不归顺南朝而要归顺阿骨打？你是汉人，为何不像汉人那样喜欢鱼虾而偏偏要吃牛羊肉硬菜？性相近，习相远。汉人的性情、风俗虽然相近，但因为所住的地方不一样，生活习惯就千差万别了。长期与契丹人、女真人在一起，哪怕你是汉人，你吃东西的口味、想问题的习惯就都会改变了。你甄五臣这么想问题，无异于刻舟求剑。再说辽、金、宋三国，当然也包括西夏，虽说是各有各的朝廷，各有各的皇帝，但各自的国土封疆，还不都是汉唐的旧域？东汉末年还有魏、蜀、吴三国呢！这都是不肖儿孙各扯各的旗，各吹各的号，到后来还不都三国归晋了？话又说回来，我张某生在当下，就得顺应当下的情势，生在平州，就得谋划平州的事儿。我是汉人，但我生活在平州，这里过去是大辽的国土，现在是大金的国土，要不要归顺南朝，就看南朝怎么对待我们。如果归到南朝，比大金国要好，咱们就归；如果不如大金国，咱们就不归。”

张觉这一番话虽然是即兴讲出来的，但也是他平日所思，所以讲得顺畅，至少在甄五臣听来有几分道理。但甄五臣毕竟只是一只花脚猫，只能做撩爪子、蹲鼠洞这样一些本能的事，还够不上张觉这样纵论天下的大思路，所以，听了张觉的高论后，他半晌没出声，见张觉拿眼瞪着他，才说了一句：

“觉帅是大人物。”

张劲对父亲崇拜，也跟着赞叹：“我爹是进士出身，能文能武。”

正说着，管家进来禀报，说“鬼不缠”紧急求见知府大人。张觉连忙起身出去，不一会儿就踅身回来，对甄五臣说：“咱现在要赶到卢龙驿馆。”

甄五臣连忙站起来说：“啊，觉帅果然是忙人。”

张觉摇摇头，两手一摊说：“曹勇义不知发的什么神经，竟要现在就返回燕京，李石劝阻不了，才派人来这里禀报。”

张劲说：“八成是曹老爷子见你中午没陪他吃酒，心里头觉得憋屈，就闹情绪要回去了。”

“有这个可能，曹公好面子。”

张觉话刚说完，甄五臣立即问道：“觉帅，你看我如何回去交差？”

张觉看了一眼张劲，对甄五臣说：“平州眼下乃是非之地，人多口杂，你不能久留在此，我已让人备好了船，就在这院子外的码头上，你现在就上船。”

“就这么走了，怎么回话呢？”

“我想好了，让张劲随你走一趟，他去燕京探定了虚实，我自有回答。”

“这样也好。觉帅，事不宜迟，那我现在就同劲公子上路了。”

张觉点点头，对张劲说：“你们一路小心，早去早回。”

张劲领命与甄五臣出了房间，张觉也在院子里翻身上马，急匆匆奔卢龙驿馆去了。

第三十六章　殉节的宰相

刚过立夏，枕山面海的平州境内仍然还是仲春天气，从渤海湾上空吹来的季风与来自蒙古高原的略带寒意的气流在这里交汇，无论是原野、山峦，还是河流与村庄，都浮漾着脆薄的岚雾，湛蓝的天空下，人们感受到了惬意的凉爽。

离平州城大约还有五六里地的时候，左企弓一行的车队在一处名叫龙马寨的村庄停了下来。这是一座有着百来户人家的老庄子。左企弓之所以要在这里歇一歇，乃是因为这庄子里曾发生过一桩很有名的故事：传说大约一百八十多年前，大辽开国皇帝耶律阿保机攻占了平州之后，又挥师向燕京进攻。一出平州城，就来到这座老庄子。村口有一棵杏树，枝头上结满了红杏，耶律阿保机正口渴，看到红杏就打马过去，想摘几颗红杏尝尝。他刚摘了一颗又大又亮的红杏准备往嘴里送，没想到胯下的坐骑突然发狂，只见它一声狂啸四蹄乱颠，耶律阿保机猝不及防，一下子被颠到地上。这一跤跌得不轻，待几名卫士上前去扶起他时，他的腰痛得不能动弹，而那匹坐骑还站在杏树下一动不动，两眼圆睁，紧张地看着周围。尽管这坐骑是耶律阿保机的最爱，跟着他走南闯北经历了无数战阵，但刚才的癫狂却让他雷霆大怒，他下令卫士们将它立刻击杀。那匹坐骑并不逃跑，只是流着眼泪接受了命运。当它刚刚倒下，卫士们看到它旁边的一只狗也口吐白沫抽搐而死。细心的人发现，这只狗刚吃了耶律阿保机准备咬嚼的那只红杏。耶律阿保机顿时起了疑心，命卫士们查看那树红杏，不查不知晓，一查吓一跳，原来是从平州逃走的敌军奸细往那满枝头的红杏喷洒了剧毒的砒霜。如果不是坐骑发狂将耶律阿保机颠下马来，那么死去的将不是那只狗而是大辽的开国皇帝了。众人这才明白，坐骑为什么不早不晚偏在耶律阿保机要咬红杏的那一刹那间发狂，它是为了拯救自己的主人。万万没有想到的是，它救了主人却被主人下令击杀。耶律阿保机虽然痛心疾首，然而无力回天。于是，他下令三军停止前进，在老庄子为他心爱的坐骑举行隆重的葬礼。这件事一传十、十传百，越传越神乎。远近的老百姓都坚信，这匹马是神龙的化身，它充满灵性，之所以来到耶律阿保机身边，是因为耶律阿保机是玉皇大帝身边的四大天王的上座。在天上，这匹神马就是他的坐骑。它随着主人下凡来到了人间。这样一来，人们不但对神马产生了敬畏，并由此对耶律阿保机奉天承运再造乾坤的高贵而又正统的出身，也深信不疑了。从此，这个老庄子有了一个响亮的名字：龙马寨。也有一个说法，这里原来没有什么村庄，是因为龙马在这里安葬，耶律阿保机下旨调来一百户牧民，在这里安居为其守护坟丘，从此这里才有了人间烟火。

将近两个世纪的光景过去了，最初的真相已无从知晓，但龙马寨的确有一座高峻的坟丘，而且还有皇家规格的石碑记述此事。过往的行客，来到这里都会绕一脚到那坟丘上凭吊一番。

左企弓、虞仲文、康公弼、曹勇义等一班大辽旧臣都不止一次路过龙马寨。这一回，坐在马车上的左企弓远远就看到了松楸槐柏簇拥着的坟丘，他心中忽然产生了难以排遣的惆怅，于是吩咐停车。

车夫“吁”的一声歇了辕马，与车夫并排坐在车厢前横板上的二柱子，不等马车停稳就机灵地跳了下来，拉开厢门，将左企弓扶下车来。

这时，曹勇义、康公弼都从各自的车上跳了下来。曹勇义捶了捶坐得酸痛的腰眼，问道：“宰相，祭一祭神马？”

左企弓回道：“既然路过这里，就到碑前烧一炷香吧！”

“是的，该烧一炷香。”康公弼凑上来说，“到了金上京，隔这里千山万水的，今生还不知道能不能再回来。”

“康大人，不要这么伤感。”

左企弓本想安慰康公弼，没想到自己眼圈儿也红了。

二柱子钻进车厢里头寻了一把香出来，跟着这帮大臣们走到了坟丘上，碑上几个大字煞是醒目：

敕修救驾龙马之墓

二柱子点燃了香，给每位大臣分发了三支，从左企弓开始，依次是虞仲文、康公弼、曹勇义等，都在碑前叩首敬香。最后，二柱子也毕恭毕敬地献了三支香。看到左企弓垂着眼睑对墓碑肃立，他又凑过来小声问道：“大人，龙马救驾的故事，应该是真的吧？”

左企弓扭头看了他一眼，没有说什么。这时，村里头人家闻讯纷纷赶了过来看热闹。内中有人不知道从哪儿得到了消息，高声说：“这四个老头儿，都曾经是咱们大辽国的宰相。”

一位同行的年轻一些的官员赶忙纠正道：“你们别瞎说，现在不是大辽国，已经是大金国了。”

听了这句话，乡亲们炸锅了，你一嘴我一嘴嚷开了：

“谁瞎说了，就你当官的嘴大。”

“听说你们这些当宰相的，一个个嘴不对心，都是软蛋。”

“大辽太祖皇帝出祸了，有龙马救驾，可怜天祚帝，用的都是一些推横车儿的废物。”

本说趁便祭龙马以伸心疾，却没料到遭受围攻。保护官员的金兵哨长见状，一声令下，军士们顷刻间一个个挺刀搠枪地就要抓人了。乡亲们顿时像受吓的麻雀儿一哄而散了。哨长哪里肯依，定要抓几个刺儿头杀一儆百，左企弓制止了他，只淡淡说了一句：“上车赶路吧。”

一行官员下得丘山。上车前，左企弓看到路边上一排老槐树都密密簇簇垂着玉白色的花穗，又感慨说道：“槐花开了，这么香，真的是撩人乡愁啊！”

二柱子接话道：“槐花很好吃，我打小儿就吃。”

“是不是做槐花包子？”左企弓问。

二柱子摇摇头，像是做错了事似的歉疚地回答：“咱家经常吃不起面，所以很少吃槐花包子，咱从树上摘下来，就这么生吃。”

“啊，那敢情也好吃。”

左企弓虽然有问有答，但二柱子看得出来，刚才在坟丘上发生的事还是让这位老人很不高兴。在将左企弓扶上车厢时，二柱子小心安慰了一句：“大人，那些人搅牙，您千万别往心里去。”

左企弓没有回答，只是爱怜地拍了拍二柱子的脑袋，二柱子噙着泪花，强笑着说：“大人，您口渴，要不，咱去摘下些槐花来给您吃。”

“不用了，人老了胃怕凉，吃生食儿不合适。”

左企弓说着，头往背枕上一靠，眯上了眼睛。马车缓缓启动了。

马车驶上的道路，乃是连接辽上京临潢府、东京辽阳府、中京大定府和南京析津府的官道。辽国历代朝廷，可没往这条道上少花钱，因此大道保养得极好。进入卢龙县境，沃野平畴，官道更加宽敞，马车不颠不簸，行驶平稳。有些疲乏的左企弓本想趁进平州之前小眯一会儿，但一想到马上就要和张觉见面，心里头就生起了不愉快的感觉。

作为萧莫娜政权的宰相，左企弓对萧莫娜麾下的四大金刚耶律大石、萧干、郭药师与张觉，看法迥然不同。他认为耶律大石文韬武略，格局宏大可担重任，但又恃才傲物决不肯久居人下；萧干敢作敢为但心胸狭窄，久居高位难免众叛亲离；郭药师朝秦暮楚一心想出人头地，忠孝节义全然不顾；张觉貌似忠厚却内心奸诈，为逞一己之私，上可欺君典祖，下可卖友求荣，居庸关战前撤兵便是一例。因此，当张觉在栋摩大兵压境之时立即率平、营、滦三州官军投降的消息传到燕京时，他的第一感觉就认为，张觉不是真的归顺，而是大难来时的权宜之计。他本想婉转提醒阿骨打皇帝，对张觉应有防范之心，但是，当他看到阿骨打皇帝见到张觉时表现出的充分信任，便又把想说的话咽了回去。曾有一次，他私下同陈尔栻闲谈，曾故意轻描淡写地建议让完颜娄石兼领平、营、滦三州军事，将张觉降为佐贰，为了表示皇上恩隆，也可升张觉为北院副枢密。对有用而又不可信的人实行明升暗降，这本是官场惯例，陈尔栻听了，只说了一句："请左大人放心，皇上对张觉自有处置分寸。"便不肯再与他讨论。

左企弓老成持重，谙熟朝纲，他本来准备为大辽殉国，但阴错阳差归顺了大金。阿骨打对他十分器重，仍让他担任右丞相，并让他领衔处置燕云十六州的交割事宜。左企弓本想做完这件事就归隐乡里，终老林泉，但看到阿骨打对他如此信任，一时又说不出口。在这次迁徙行动中，究竟是行直道过平州到达中京，还是绕道檀州过北安州到达中京，一行人在路线上产生了分歧。左企弓倾向于后者，虞仲文、曹勇义倾向于前者，双方争执不下时，正好完颜宗翰到了燕京，于是由他提议，让曹勇义先来平州探探张觉的虚实，然后再作决定。却说曹勇义来平州后，先被张觉晾了一下，就在他非常恼火准备不辞而别返回燕京时，谁知张觉又及时赶来，对他好生安慰并赔着小心，最后还偷偷塞了二十锭金铤给他。爱贪小便宜的曹勇义回到燕京后讲了张觉不少好话，并拍着胸脯保证，移民过境之事，张觉奉阿骨打皇帝之命，一定会认真办好。即便得到了张觉的保证，左企弓仍不放心，他决定分开行动，即让官员的家属走西线到大定府，他们一众官员由金兵护送取道平州。

从燕京一路走来，春光浓郁，景色旖旎，左企弓久困燕京，案牍劳形，乍一入乡野，触目之处皆是生机，不免心情大爽。但是，一入平州地界，种种迹象又让他心生疑窦。一是他从阿骨打皇帝行在邸报中得知，张觉奉皇帝之命，调驻守榆关的部队前往平州西境石城建立新防区，石城原有一处驻军的堡寨。但是，左企弓经过那里时，堡寨里竟然空空荡荡的，再就是刚才发生在龙马寨的事情，升斗小民无知可以理解，但从他们肆意妄为的谈论至少可以窥测，仇视大金怀念大辽的情绪还在这片土地上蔓延。这种情势只能说明一个问题，即府州县乡的官吏放弃了牧民教化之责，他们没有向庶民百姓讲清楚改朝换代的事实，而放任甚至是怂恿这种情绪蔓延……

左企弓一路上这么想来，不觉来到平州城西门外，此时天上起了乌云，远处还响起了隐隐的雷声。二四八月的天像小夫妻的脸，说变就变。左企弓挑帘儿看了看天色，心中思忖着，中午在平州城与张觉见面吃顿饭，晚上还是赶到榆关安歇为妙。这想法还来不及与另外几位大臣商量，却感到马车又停了下来。只听得有人喊道："左大人在这辆车上！"

"是谁呀？"左企弓在车内问。

"是觉帅，他亲自出城来迎你。"

话犹未了，便听得马蹄声中有人翻身下马。接着马车门被拉开，张觉探了脑袋进来，有些夸张地喊道：

"宰相大人，张某有失远迎。"

张觉率三州文武官员一起出城迎接左企弓，那场面之隆重让这些过境的官员们无不感到惊讶。

当左企弓下得车来，便见虞仲文、康公弼、曹勇义等都已下来了。左企弓看到西门城楼及墙垛内，都站满了盔甲森严的士兵，而城门两旁，也都站满了穿官服的大小官员。左企弓立刻发现这些官员穿的都是辽国的官服，不免心下惊讶，便问张觉："觉帅，怎么州县官员都来了？"

"回宰相大人，为了欢迎你们。"

左企弓发现张觉眼眶里闪烁着某种难以捉摸的神色，又问：“他们怎么还穿着辽国的官服？”

“大金朝廷的服装，还没有派发下来，他们只好穿这个。”

“上次阿骨打皇帝来，他们穿什么？”

“穿祭服。”

“祭服？”

“阿骨打皇帝一进平州地，就领着官员们祭城隍老爷。”

“咱们只是过境，觉帅你不用这么铺排，咱们吃顿便饭，就立刻赶路。”

“左大人不在城里住几个晚上？”

“不了，阿骨打皇帝规定了期限，一个月内，咱们得赶到金上京。”

站在一旁的曹勇义插话说：“左大人，时间再紧也不在乎一个晚上。为了迎接咱们，觉帅可是做了周到的安排。”

康公弼也在一旁帮腔：“是啊，过了平州，再没有觉帅这样贴心的人了。”

左企弓不置可否，对张觉说：“时候不早了，中午得叨扰你一顿便饭了。”

张觉不管左企弓如何劝阻，也坚持要在府衙设宴款待。东厢宴会厅里摆了二十余桌，由李石出面招待一众随行官员，负责保卫的六十名金兵亦安排在西厢廊房，由“鬼不缠”负责膳食。左企弓等四位老大臣由张觉亲自陪同，在府衙后院的花厅里单开一席。

这顿饭大约吃了半个多时辰，张觉谈兴很高，一直劝几位老臣喝酒。曹勇义与康公弼都有宾至如归的感觉，也是越喝越有滋味。左企弓虽然心里头老大不高兴，但也只能耐着性子坐在那里。

正在张觉起身给客人斟酒时，左企弓忽见二柱子朝屋里探了一下头。主仆二人还来不及打招呼，张觉便发现有生人进来，便沉下脸问了一句：“这小子是谁？”

左企弓回答：“是老夫的小书童。”

“啊，是老大人的家仆。”张觉朝二柱子挥挥手，“去去去，这会儿老大人饭还没吃完，用不着你来伺候。”

话音未落，便听到一阵咚咚咚脚步声，两名手持砍刀的士兵冲上来扭住了二柱子。

左企弓霍地站起，厉声喝道：“你们要干什么？”

二柱子挣扎着高喊：“大人，快逃！”

刚喊出这句话，只见一名军士朝二柱子太阳穴猛击一拳，二柱子顿时昏厥过去，两名军士将他架走了。

却说二柱子等一众仆役，也随了众官员一起在东厢房宴会厅里接受招待。席到中途，既不吃酒更不闹酒的二柱子便已吃饱，他听得天上响起了雷声，窗外的光线也一下子暗淡下来，寻思着这场大雨酝酿了大半个时辰，现在终于下来了。他怕待会儿左企弓下了饭局出衙乘车会淋雨，便想趁空儿到衙前广场停着的马车上取一把油纸伞，脑子这么想着身子也就离席。但是，当他沿着回廊走到衙门前抬腿准备出去时，却被两个守门的士兵拦住了。他说要去拿伞，士兵粗鲁地将他搡了一把说拿什么都不行。这时，他发现广场上已站满了全副武装的士兵，心中便产生了疑惑，他留了个心眼没从原路返回，而是踅到西厢庑厅跟前，这是由“鬼不缠”负责招待金兵卫队的地方。还没走到门前，就听得厅里噼里咣啷地一片乱响，二柱子心下一紧，便在就近的窗子前停下脚步，透过虚掩的窗扇朝里望去，只见金兵们横七竖八倒了一地。平州的府兵们正忙乱地将这些金兵一个个捆绑起来。二柱子心下纳闷，金兵军纪严明，执行公务时绝不饮酒，不饮酒怎么倒下？而且还都被捆起来？二柱子当然有所不知，“鬼不缠”正是奉张觉之命，在金兵们喜欢喝的羊杂碎汤里掺了蒙汗药。因为午饭比平时迟了差不多半个时辰，金兵们都已饿急，所以一上桌就风卷残云般喝下了半温的羊杂碎汤。不消半炷香工夫，药性发作，金兵们便一个个都倒在了地上。

二柱子看到厅内的一幕，顿时惊呆了，他感到大祸临头，第一个念头是赶紧去找到左企弓报信。他于是折回到连廊，从月门进到后院，这月门也有士兵把守，二柱子若无其事走到月门前，然后趁守门士兵不备，冷不丁冲了进去，谁知见了左企弓刚喊了一句，就被穷追过来的士兵打晕了过去。

四位大辽旧臣看到二柱子被拖走，无不震惊。虞仲文、康公弼、曹勇义也都跟着左企弓站了起来。

面对左企弓的严厉追问，张觉端坐不动，只是将手中的酒盏奋力掷到砖地上。听到这响声，只见厅房两厢紧闭的门刹那间都被拉开，门里涌出二三十名预先埋伏的刀斧手。

看到刀斧手一个个满脸杀气，左企弓反而平静了，他缓缓坐了下来。余下三位大臣都还在惊愕之中，首先是曹勇义结结巴巴地问：“张觉，你要干什么？”

张觉皮笑肉不笑地问：“你们都曾经是天祚帝的股肱之臣，我要干什么？你们会看得到的。”

曹勇义预感到了什么，不免生气地问：“你不是亲口对我承诺，归顺大金，从此对阿骨打皇帝忠心不贰吗？”

张觉轻蔑地摇摇头，对曹勇义嘲讽说道：“曹公，其实你并不信我的话，只不过我塞给你二十锭金铤，就把你的嘴堵住了——把他们带进大堂。”

张觉说罢，起身离席而去。四位大臣各被两名兵士架着，在刀斧手的押送下出了花厅。

在走向前院的路上，曹勇义看着左企弓，追悔地说道：“丞相，我曹某财迷心窍，误了大事。”

左企弓眼神里掠过一丝不易察觉的轻蔑，回道：“事既至此，说那些还有什么用。”

左企弓一行四人被押进府衙大堂时，张觉已经升堂，穿着三品大辽官服端坐在交椅上。隔着他面前几案三丈开外的堂中砖地上，站满了随着左企弓他们迁徙的官员，只见他们一个个面露惊恐，不知道将有什么祸事发生。而大堂外的回廊及堂中的四面，都站满了明枪明刀的兵士。左企弓等四位大臣被押进堂中，站到了众官员的前面。

康公弼自恃过去与张觉有交情，又当过平州知州，是张觉的前任，因此仍倚老卖老斥问：“张觉，你这要的是什么威风？”

张觉不搭理他，而是朝站在身边的李石抬手示意。

李石锐声喊道：“请智照——”

话犹未落，只见衙道左侧门开了，智照双手举着天祚帝的画像步履缓慢地走了出来。

天上突然响了一声炸雷，一道刺眼的闪电在窗外划过，接着暴雨如泼，回廊檐下挂了厚厚的雨帘，衙堂内的光线顿时暗了下来。

智照进来时，官员们并不知道他是谁，借着闪电，众人看到他手中举着画像，但还看不清画像究竟是谁，堂内的光线更加暗淡了。

张觉走下衙台，与智照一起紧靠着几案面朝官员们站定。此时风声、雨声盖过了一切，衙堂里却是悄然无声。

张觉清了清嗓子，大声问道："你们认识智照吗？他是咱们大辽天祚帝的熬鹰师。"

人群中一阵窃窃私语。

张觉又说："你们可能不认识智照，但你们应该认识他手中的画像。认识吗？"

人群中一片静默。

"你们不认识？"张觉忽然咆哮起来，"谁敢说不认识，我先宰了他！"

他话音一落，便看到所有的兵士都举起了手中明晃晃的刀枪。

不知是哪位官员扯着嗓子说："觉帅，屋子里光线不好，咱们看不清楚。"

一直不吭气的智照此时禁不住大声嚷了一句：

"这是咱们大辽国的天祚帝！"

"啊，天祚帝！"

"怎么会是他？"

"呀，会不会……"

官员们七嘴八舌，有的啧啧称奇，有的欲言又止。张觉突然大喝一声："跪下！"

顿时，大堂里的人都跪了下来。张觉最后一个跪倒在天祚帝的画像前，几乎是哽咽着说：

“臣临海军节度使并领三州政事张觉拜见吾皇陛下。”

外面雨声稍歇。张觉唱喏的声音都被在场的降金官员们听得清清楚楚。他们这才猛醒，原来张觉并未真心归顺大金，眼下见阿骨打率大军刚撤到了关外，他就反水了。

三磕头毕，张觉从地上爬起来，掸了掸刚换上的簇新的大辽官袍，反剪着双手，对仍跪在地上的降金官员们说：

“你们是最后一批撤出燕京城的人，在你们之前，从平州过境撤往金上京的燕京老百姓，已经有了十四批，十几万人离乡背井、扶老携幼，这是多么悲惨的事情！你们这些大辽国的旧臣，有的位至三公，有的是地方大官，都是锦衣玉食占尽了大辽国的好处，你们为保身家性命降了大金，把燕云十六州拱手送出。你们知道吗？燕京迁徙离乡的老百姓，恨死你们了，他们恨不得扒了你们的皮，熬了你们的肉，一人喝下一碗。”

张觉说到此处，略一停顿，却见左企弓挣扎着想起来，却被刀斧手按住无法动弹。张觉又说：

“燕京沦陷，认敌为友，首罪就是左企弓、虞仲文、康公弼、曹勇义四人。李石！”

李石一旁答应：“卑职在。”

“念，左企弓的十大罪！”

张觉说着，反身到衙台交椅上坐定。李石抖开手上的笺纸，一板一眼认真念了起来：

左企弓、虞仲文、康公弼、曹勇义尔等四人，本官列了你们十大罪，仔细听了：

一、天祚帝播迁，尔等不从驾陪护，以致天祚帝备尝艰难，至今下落不明；

二、劝进皇叔耶律淳僭越称帝，以致陷天祚帝于无名；

三、讦告天祚帝之过，诬其误国之错，降封湘阴王；

四、天祚帝闻燕京之变，差阁臣王有庆前来兴问，秘而杀之；

五、天祚帝檄书始至，蛊惑萧莫娜尽杀天祚帝信任近臣，导致燕京臣民人人自危；

六、尔等不谋守燕京，以固大辽国土，而周旋于宋、金两朝之间，密议拜降；

七、燕京破城之日，不思率军民抵抗，或以身殉国，而率众官出城迎金国虏主；

八、协助金主，尽掠燕京钱帛、奉献卤簿赋册，导致燕京府库悉数空罄；

九、向金主献计，尽迁燕京城中及所属州县略有业技者一律充实金上京；

十、屡屡向金主献计，力劝发兵攻占平州。

上述十罪，凿实无讹。告谕大辽平州军民，必拿四首犯以严惩，决不姑贷。

李石念完，全场鸦雀无声。张觉厉声问左企弓：

“左企弓，你可知罪？”

李石念罪状时，左企弓一直眯着眼睛。对今天的这种结局，他早有预料。他一直想避免这种祸事发生，但未能躲过，如今事到临头，他反而平静了。听到张觉的喝问，他对按着他的兵士说："你们扶我起来。"

两个兵士一愣，都拿眼睛看着张觉，一向温文尔雅的左企弓接着吼了一句："扶我起来！"

张觉抬抬手，两个士兵将左企弓从地上拽了起来。

左企弓跪了多半会儿，膝盖有些酸痛。他一瘸一拐走到智照举着的画像跟前，再次深深一揖，歉疚地说：

"皇上，老臣对不住你，老臣降了大金。"

左企弓说得凄惨，降官中传出了抽泣声。左企弓也是老泪纵横，他伸出青筋暴起的老手，颤抖着抚摸画像上天祚帝的额头、眼睛、鼻子、嘴巴，最后抚摸着天祚帝下巴上硬戳戳的胡须，很瘆人地笑了起来，随即如释重负地说道：

"老臣死在你面前，这也是前世修来的福，值，值啊！"

他的这番主动，倒把张觉闹懵了。张觉看着这位须鬓全白的老人，不无尴尬地说："你认罪就好，认罪就好！"

左企弓不与他争论，只是问："我的书童呢？"

张觉抬抬手，顷刻间二柱子被押了上来。

"大人！"

二柱子飞跑上前抱住左企弓，伤心地哭了起来，左企弓抚摸着他的头，亲热地喊了一声："二柱子。"

主仆二人这种生离死别的样子，让在场许多人看了动容。

左企弓轻轻推开二柱子，转头对张觉说："老夫一辈子没求过人，现在我求你一回了。"

"你说。"张觉忽然有些紧张了。

"把二柱子放了。"

"放他？"

“这孩子无辜，是个没爹娘的孤儿，我收留了他，本想让他有口饭吃，若让他跟着我送命，岂不是我杀了他。”

听了这番话，张觉想到了自己的儿子张劲，顿时动了恻隐之心，便点点头说：“让这孩子走，立刻轰出大门。”

“不，我不走！”

二柱子又把左企弓抱紧了。左企弓掰开他的手，低声说：“快走！”

两个士兵几乎是将二柱子拖了出去，他被拖得老远了，大堂里还听得见他声嘶力竭地呼喊：

“大人，我不走，大人……”

听着声音消失了，左企弓喃喃自语说：“我也该走了。”

这句话很轻，但大堂里几乎所有人都听到了。左企弓说毕，便从贴身的夹衣里取出一个小纸包，他也来不及打开，就囫囵塞进嘴里大嚼起来。这是他离开燕京时给自己备下的砒霜，这次他没有告诉二柱子。

张觉喊了一句：“你在吃什么？”

左企弓没有搭理他，而是重新跪倒在天祚帝的画像前，声音轻得没有任何人听见：

“皇上，我终于为你殉国了。”

这件事发生得太突然，等到张觉反应过来，左企弓已七窍流血而死。张觉再次走下衙台，看了看左企弓的尸体，忽然有些恼怒地说：“这老家伙死有余辜，虞仲文你们几个，都是罪魁祸首，该轮到你们了！”

康公弼本是与张觉交情最深，这会儿血气冲头，忍不住破口大骂：“张觉，你这狗娘养的！”

“拖出去！”张觉气急败坏，“大辽国的叛贼，斩首示众！”

康公弼被拖出去时，一路上骂不绝口，接着是虞仲文也被押出了大堂。最后剩下曹勇义，不等兵士动手，他自己往外走。

“等一等！”张觉喊住他。

“等什么？”曹勇义问。

“曹公，你有功，你把这些人都骗到平州来，你可以活……”

张觉话还没有落下，曹勇义狠狠地朝他脸上啐了一口，怒骂道：“老子瞎了狗眼，让你给骗了，咱若不死，岂不成了万世咒骂的败类！”

张觉恼羞成怒，嚷叫着：“你这个老杂种，斩，斩，斩！”

在张觉歇斯底里叫嚷的时候，在场的人却没有注意到，一直举着画像的智照却蹲了下来，他把画像轻轻放在左企弓的身上，抻起自己的衣袖小心翼翼地替左企弓擦拭脸上的血迹，一边擦，一边自语：

“宰相大人，小的是不是错怪你了？”

熊召政 著

大金王朝

JIN DYNASTY

擒龙的骑士 2

北京出版集团公司
北京十月文艺出版社

新经典文化股份有限公司
www.readinglife.com
出　品

目录

第一章　阿骨打猎杀疯牛

当张觉叛变的消息传到辽阳府鸳鸯泊的大金皇帝行宫大营时，完颜阿骨打正在围猎。卫队长杰布将从平州城中打探情报的细作领到完颜阿骨打跟前，奏道：

“皇上，平州的张觉叛了。”

在杰布看来，这消息无异于晴天霹雳。可是，完颜阿骨打听了就像没事儿人似的。他骑在马上，眯着眼睛看着抹斜儿朝西奔跑的一群野兽，怕是有百十来只，被踢踢踏踏的马蹄声惊扰得没命地逃窜。今天是围猎的第二天，近三千名军士在方圆十几里地的一大片山岗中，将野兽们从茂密的森林中驱赶出来，迫使它们顺着一条溪流蜿蜒的山谷向外逃窜，山谷的四周都被围猎的大军封得死死的，谷口是它们逃生的唯一通道。谷口外边，是一大片长满杂草的开阔地。开阔地的尽头，便是清波粼粼的鸳鸯泊。这里被阿骨打选中为围猎的收网地，野兽们被驱赶到这里，无法逃脱被猎杀的命运。此时，从谷口逃出的野兽分成了三路，一路沿溪水向南逃向沼泽地，一路向北顺着森林的边缘朝一溜缓坡奔去，而向西窜向草地的那一个兽群，离完颜阿骨打立马的山头最近，所以才会引起他及时的注意。他看到被士兵驱赶的兽群仓皇逃窜的样子，脸上泛起得意的笑容。突然，他发现有一头野驴掉队了，便喊叫了起来。

“杰布，你看末老丫子的那头野驴，怎么像瘸了腿儿？”

杰布手搭凉棚眺望了一下，回答：“皇上，那头野驴不是瘸了腿儿，好像是怀了崽儿。”

“啊，是头怀崽的母驴，”阿骨打舔了一下嘴唇，说道，“杰布，传咱的命令，凡是怀崽的母兽们，一律不准捕杀，放它们一条活路。”

杰布打手势招过来三位亲兵，让他们分头去传达命令，他自己则凑到阿骨打跟前，小声提醒道：“皇上，张觉叛变了。”

阿骨打笑道：“一个虎屄烂架儿的人，尥蹶子是迟早的事。”

见阿骨打说得如此轻松，杰布反而不好意思，他咕噜了一句“我还以为是天大的事儿呢”，随即让人将那名细作领去找陈尔栻禀报。

在细作离开岗坡的时候，谷口开阔地上盛大的围猎也很快展开了壮烈而又血腥的场面。

对于契丹与女真来说，围猎是他们展示剽悍与凝聚人气的最为重要的活动，甚至可以说是比春节还要隆重的节日。契丹人是世世代代居住在蒙古高原上的游牧民族，他们在华夏太行山以北以及西伯利亚贝加尔湖以南的广袤土地上建立强大的辽国之后，其生活方式并没有多大的改变，渔猎仍然是他们生存的方式。契丹贵族们成为辽国的统治者之后，渔猎对他们来说，不再是一种生产活动，而是演变成一种宫廷游戏，他们将这种游戏称为四季捺钵。最为隆重的是春秋两季捺钵。春捺钵以捕鱼为主，秋捺钵以狩猎为主。每年，辽朝皇帝都会在春秋两季选定一个时间举行捺钵活动，春天选择在湖泽，秋天选择在山林。因此，这两次捺钵也被称为春水秋山。如同宋朝皇帝徽宗赵佶醉心于优伶翰墨一样，辽天祚帝耶律延禧登基之后，也沉迷于春水秋山。在他的统治下，春水秋山成为辽宫廷每年最为重大的活动。在他之前的皇帝，举行春水秋山活动，参与的文武大臣、宫眷贵戚，以及军士仆从，大都是几千人，最多也不过一两万人。天祚帝玩心大，好排场，每次春水秋山活动，少则五六万人，最多时达到二十余万人，以致举行这种活动的经费成为朝廷财政的重大负担，在朝野间引起诸多非议。阿骨打就是因为参加了天祚帝在查干湖举办的春捺钵活动受到了侮辱，才发动了兴兵伐辽的战争，使辽国败亡。

却说阿骨打于谷雨节后率军离开平州，十数日来到辽阳府境内，其时燕蓟地面虽然春气浮漾，杂树生花，但辽阳地面还只是蛰气初萌，花讯未至却已枯草泛绿。在燕京地面盘桓数月，那里的山山水水也让阿骨打心旷神怡啧啧称赞。一出榆关，触眼所见的山川河流、平原湖泊，乃至村庄屯舍、林树农田，更让他产生了那种故国山河、熟稔家园的亲切感。此情之下，他拒绝了辽阳府官员迎他入城视察的请求，而率领军队僚属来到鸳鸯泊旁安营扎寨。

阿骨打之所以选中鸳鸯泊，乃是因为这里是天祚帝第一次举行春捺钵的地方。春捺钵举行的时间是从元宵节开始，清明一过即告停止。阿骨打来到鸳鸯泊时早已过了春捺钵的时间，他仍然决定在这里举行一场围猎活动。女真人同契丹人一样喜爱四季捺钵。但自七年前举兵反辽，阿骨打置身军旅，戎马倥偬，再也没有参加任何一场捺钵活动了。

毫无疑问，一场围猎活动的最后一幕总是激动人心的。经过一天半的围猎驱赶，野兽们在眼前这片不大的山地草原上惊慌失措地四处逃窜，骑在马上的猎手们逐步缩小他们的包围圈。当数百只野兽被逼迫到不到两里地的一个狭长而又盘曲的草沟时，我们通常所说的困兽犹斗的场面出现了……

眼看野兽们被驱赶到草沟，阿骨打一拉缰绳，胯下的火飞龙立刻像一道红色的闪电冲下了山坡。尽管阿骨打没有打招呼就突然启动，但他的训练有素的卫队还是及时赶了上来，杰布与水老哇紧紧跟随着他。驱赶兽群的共有三支队伍，栋摩、宗望与娄石各自领了一支。如今，三支队伍会合到一起，把草沟围得严严实实。阿骨打驱马来到离他先前驻足的那座山岗最近的草沟的北头，宗望的部队正好在这里。骑着火飞龙奔驰的阿骨打非常抢眼，因此宗望大老远地就发现了他，于是策马迎了过去。二马相遇，宗望喊了一句："父皇！"

阿骨打并没有停住的打算，他只是放慢了速度，与宗望并辔而行，问他："猎物都进沟了？"

"是的。"

"凡是怀了崽儿的，都不得猎杀，命令传下去了？"

"传下去了。"

"这就好。"说话间，父子二人已到沟头，阿骨打瞅着沟里，兴奋地叫道，"宗望，看来，还有一些大家伙！"

"有十几头野牛，凶巴巴的。入沟前，一只野牛还用犄角顶伤了两名军士。"

阿骨打听罢，瞪大了眼睛朝草沟里巡视了一番。这狭长的草沟内，大的野兽如野牛、野驴、野羊、狐狸、豺狼等，大约有数百只之多；小的如野兔、锦鸡、獾子、豪猪等，更是不计其数。草沟的边沿上站满了兵士，他们只是守卫着沟沿不让野兽们外逃，却也没有慌着入沟猎杀。如果这些沟中的野兽知道对它们的杀戮马上就要开始，肯定会惊恐万分想尽一切办法突围。但它们是兽类，还没有能力预知人类的残暴，所以它们在免除了被驱赶的痛苦之后，这会儿莫不都在享受啃吃青草的快乐。而那些靠捕食小动物为生的大兽，这时候也开始觊觎附近那些可以猎食的琴鸡、飞熊、地鼠什么的……更有那些跑骚儿的野驴，也在迫不及待地物色交配的对象。

虽然立夏过了三天，这沟中的景色却还留在仲春。放眼看去，无边的青棵子正摽着劲儿疯长，在它的怀抱里，一片一片地开满了耗子花儿，半人高的蓼吊子也缀上了紫色的花朵，线麻刚抽了穗，偶尔几棵暴马子树上，枝叶的嫩绿被半晌午的阳光镀上了迷人的金色。而花盖梨、车轱辘菜、苤蓝疙瘩、黑豆果儿等等在夏日里才会旺盛的植物，这会儿它们刚露头的嫩嫩的叶芽，正好成了野兽们可口的吃食儿。

如果不是围猎，眼前草沟里的景象，倒更像一幅意境谐和的山林牧歌图。但是，阿骨打不这样想，他不喜欢这样令人慵困的宁静。面对如此庞大的兽群，猎人的血必须沸腾。他盯着沟底下面百十丈远的地方，那里是沟中稍稍隆起的一处小土丘，或者干脆说是一道土塄子。土塄子是沟底的制高点，一头黑色的壮硕的野公牛站在土塄子上，它昂着头，一对牛角翘起来像一张拉满弦的硬弓，警惕地观察着周围的动静。在土塄子周围，大约有十几头野牛，它们有的埋头吃草，有的不安地摇动着尾巴……

阿骨打下意识地摸摸腰间的剑及插在皮靴上的匕首，然后张开手伸向水老哇，嘴里迸出两个字：

“拿来！”

水老哇知道，阿骨打这是向他索要他心爱的兵器，那把枣木手柄上镶嵌着各色宝石以及熨贴着金箔的月牙斧。水老哇有些为难地看着宗望，因为此前宗望叮嘱过他和杰布，千万不要让皇帝参加围猎，如果皇帝自己执意要参加与野兽的决斗，也一定要加以阻止。

“拿来！”

阿骨打又重复了一句，他伸出的手攥成了拳头，挥舞着，仿佛在示威。

宗望喊了一句：“父皇！”

阿骨打并不看他心爱的儿子，他的眼睛仍盯着那只站在土塄子上的野牛，笑道：“宗望，不要跟我耍小把戏。”

宗望不好意思地笑一笑，解释说：“父皇，你可别屈赖我。这狩猎是个卖力气的粗活儿，哪用得着你亲自动手。”

说话间，宗望觑了水老哇一眼，水老哇会意，把月牙斧递到了阿骨打的手上。阿骨打接过月牙斧后，又从水老哇的腰间摘下一根狼牙棒挂到马鞍前的玉钩上，然后指着土塄子上的那只黑公牛，嚷道：“孩子们，你们看着，我来拿下那头野牛。”

“父皇，你不要……”

宗望还想阻止，却见阿骨打一夹马肚子，火飞龙像离弦的箭一样飞了出去。从沟头下到沟底，大约是七八丈高的大陡坡，火飞龙四蹄腾空，三跳两跳就落到了沟底。在它腾跃的时候，骑手要是掌握不了平衡就会失去重心被摔出去。但阿骨打从小就在马背上长大，只要一临战阵，马就成了他身体的一部分。他早就预料到火飞龙下陡坡时的举动，所以，在夹马肚子的同时，他的屁股已离开了马鞍，身子前倾伏在马背上。为了不让火飞龙头重脚轻翻筋斗，他左手抓住马脖子上的绳套，右手握住月牙斧，将身子挺得直直的往后延伸。这动作还真奏效，火飞龙不会把所有的重量都压在两只前蹄上，因此奔跑的时候既敏捷又稳健。

看到阿骨打平稳地落在了沟底，沟坎上的将士们情不自禁地欢呼起来。接着，在这充满了野性又洋溢着兴奋的呐喊中、嘫哨中、叫骂中，将士们像下饺子似的纷纷蹦到了谷底，一场人与兽的剧烈搏斗顷刻间开始了。

也许是受了将士们鼓噪的影响，火飞龙喷了一个响鼻，马脖子上的鬃毛一根根竖立起来。阿骨打将月牙斧顺过来指向了土塄子，火飞龙立刻就领会了主人的意思，只见它昂着头，竖起耳朵，载着阿骨打朝那头野牛奔去。

草沟里这时乱成了一锅粥，战马的嘶鸣声、野兽的咆哮声震耳欲聋。毫无疑问，土塄子上的那头黑公牛是兽群之王。当杀戮开始的时候，它没有惊恐地逃窜，而是耸动着背脊，做好随时搏斗的准备。

任何兽类特别是具有了强大攻击性的野兽，遇到敌人都会以命相搏。而且它也知道，谁是它真正的对手。当火飞龙朝着它狂奔而来的时候，黑公牛知道该出击了。只见它的身躯稍稍往后坐了一下，四条腿随之稍有弯曲，接着两只前腿扬起，借着后坐的力量弹出身子，朝火飞龙没命地奔去。在它的带领下，其他的野牛也疯狂地奔跑起来。

却说火飞龙朝黑公牛奔来的时候，也遇到了不少阻力。惊恐万分的兽群四处逃窜，除了被猎杀，它们自己也互相践踏。火飞龙单骑突入，不单遭遇到一个驴群、一个狼群，还有更多的小兽在它的蹄子下窜来窜去。它不可避免地踩死了两三只野兔和琴鸡。而大的兽群倒不是迎上来与火飞龙搏斗，而是慌不择路挡了道儿。阿骨打一路上都在挥动他的月牙斧左劈右砍，不少的野兽倒在血泊中。大约前行了五六十丈远，与飞奔而来的黑公牛撞了个正着。恰在这时，阿骨打的月牙斧正好砍进了一棵槐树拔不出来，这是为了击杀一头挡路的野驴造成的。黑公牛跑得比骏马都快，大约离火飞龙还有两三丈远的时候，黑公牛在不减奔跑速度的同时偏过脑袋，把一只向前斜长着的锥子一样的角刺向了火飞龙的脑袋。如果一般的战马遇到这样的情况，也许会受惊吓愣在原地，遭遇灭顶之灾，火飞龙作为阿骨打最喜爱的坐骑之一，毕竟跟着主人经历了无数战阵，出生入死临危不惧本是常态，所以，当黑公牛的利角刺来的刹那间，火飞龙突然腾空将身子侧向槐树。这是一个明显的救助主人的动作，既躲过了黑公牛的攻击，又让阿骨打趁便拔出了月牙斧。

此时危险并没有解除，黑公牛扑了空之后，立刻横过身子，再次挺起利角向火飞龙的肚子刺了过来。说时迟那时快，只见阿骨打麻利地取下狼牙棒，身子前倾，朝黑公牛的犄角奋力一击。就这一击，阿骨打的右臂震得酸麻，几乎都有脱臼的感觉。而野公牛显然也被打得剧痛难忍，它原地打了三个旋，然后，更加凶猛地朝火飞龙撞来。

在野公牛打旋的时候，阿骨打已从马鞍上跳了下来。此刻，他已扔掉了月牙斧，他知道近距离搏斗，长兵器已不起任何作用了。只见他换成左手握着狼牙棒，右手则握着一柄锋利的双刃剑。黑公牛发现阿骨打跳下了马背，它便舍弃了火飞龙，改为攻击阿骨打。因为疼痛，也因为暴怒，黑公牛的野性陡然膨胀了起来，显得更加威猛，更加强大。因为犄角已经负伤，黑公牛不再使用它，而是改用撞击。阿骨打看出黑公牛想把他逼入槐树边的沟堑里，那里无路可逃，黑公牛可以把他顶死或者踩死。阿骨打怎么可能轻易就范呢？他像一头灵巧的豹子一样挪身跳到一片开阔的地方。黑公牛只得调整身形再次对准他，他与它之间的距离不过一丈多远。阿骨打知道，这个距离不足以让黑公牛蓄积全身的力量猛扑，它必须后退几步才能纵身一跃，若这一扑成功，阿骨打必定会被它踩成肉泥。但阿骨打并不逃避，而是站在那里等待黑公牛扑来。他知道，奔跑逃逸是没有用的，两条腿的人怎么跑得过四条腿的猛兽呢？所以他在镇静地等待黑公牛的攻击。

黑公牛果然后退几步耸了耸身子，然后像一块巨大的高山滚石朝阿骨打飞速地碾压过来。看到黑公牛身形陡胀，铜铃大小的眼球也仿佛要迸射出来。阿骨打情不自禁地吼叫了一声，像年轻人那样扭了几下身子。但是，当黑公牛铺天盖地般顷刻就要吞噬他的时候，他迅速将左手的狼牙棒朝黑公牛的脑袋奋力一掷，黑公牛脑袋一低，狼牙棒从它头顶上飞了过去。趁黑公牛分神的时候，阿骨打倒在地上一个驴打滚到了黑公牛的右侧，又一个鲤鱼打挺站了起来。黑公牛刚好四蹄落地，它的视线已够不着阿骨打的身形了，不等它扭头寻找，阿骨打已双手握剑，将三分之二的剑身插进了黑公牛的腹部……

在阿骨打与黑公牛搏斗时，野牛群已形成包围圈，阿骨打表面上是对付一头公牛，其实十几头野牛都对他虎视眈眈。宗望、杰布、水老哇等一众军士赶了过来，他们想冲散野牛的包围圈，解救腹背受敌的老皇帝，但野牛用它们的犄角、它们的蹄子、它们的身躯组成了坚固的防线。经过十几分钟的搏斗，有三头野牛死在他们的刀棒下，野牛的阵形开始溃散。从两军对垒到互相缠杀，往往是最危险的时候，因为你永远不知道下一刻会发生什么。现在，有的野牛开始逃窜了，与偶尔跑来的驴群、狼群互相践踏着，几乎每一只猛兽的身边，都站着几名军士……留在黑公牛身边的野牛只剩下两头了。一头毛色黑白相间的花牛口中喷着白沫，露出白厉厉的牙齿仿佛要咬碎一切；另一头长着一双向前伸长的犄角的黄褐色野牛，样子很英俊，也很凶猛。因为搏斗，军士们都散开了，留在原地的只有宗望、杰布和水老哇等五六个人了。

看到黑公牛扑向阿骨打时，宗望的心提到嗓子眼上，但他没有叫，他知道叫声会让父亲分神，稍稍的疏忽会给父亲带来灭顶之灾。他想跑过去与父亲并肩战斗，但那两头野牛挡住了去路。就在阿骨打将佩剑插进黑公牛的右腹时，宗望发现，那头黄褐色的野牛突然掉转身子，低头伸直犄角朝背对着它的阿骨打刺去。须臾间，情急的宗望原地腾空跳起，先踩在花牛的背上，再将花牛背当成跳板，凌空以一个俯冲的姿势，跳到黄褐色野牛的背上，将手中的匕首猛扎进它的脖子。此时，这头野牛距阿骨打已不到三尺的距离。这把匕首扎得很准，刺中黄褐色野牛颈部的动脉。黄褐色野牛突然收起两只前蹄站立起来，猝不及防的宗望被重重地摔在地上。

两头最凶猛的野牛，黑色的与黄褐色的，这时都倒在血泊中，而那头花牛也被杰布与水老哇杀死。阿骨打看了看周围，走到宗望跟前将他扶起来。

宗望一瘸一瘸走了两步。

“哪儿摔着了？”阿骨打问。

“没摔着，”宗望扭了扭腰，又伸了伸胳膊腿儿，不好意思地回答，“只是摔蒙了一会儿。”

阿骨打点点头，又走到那头黑公牛跟前。躺在地上的黑公牛抽搐着，插在它腹中的剑在夕阳中闪射着寒光。看到阿骨打走过来，黑公牛的眼眶中射出仇恨的光芒，它四只蹄子动了动，那样子是想站起来继续搏斗。这时，宗望也走了过来，阿骨打指着黑公牛的眼睛说：“你看它的眼睛。”

“它在流泪。”

“为什么流泪？”

“它害怕死亡。”

“不，它是痛心，再也不能站起来搏斗了。”

“啊！”

“英雄是不服输的。”

“英雄是不服输的。”

宗望重复了一句。他看着父亲被夕阳涂得殷红的古铜色的脸庞，咂摸着这句话的意义。

草沟里的猎杀结束了，阿骨打看到战士们在清点战利品，把猎物抬上马车，便指着地上三头咽了气儿的野牛吩咐杰布：

“找一些人来，挖个大坑，把这三位英雄埋了。”

第二章　两位皇后的私房话

阿骨打回到鸳鸯泊边上的行营大帐时，夕阳正好贴近了湖面，余晖在水面上漾起点点波光。阿骨打眯眼儿瞅过去，像是有无数条小金蛇在波光中游弋、嬉闹。一些野鸭、鸳鸯之类的野禽也在刚刚泛青的芦苇中穿来穿去，偶尔一只鹭鸶劈空而下，叼起一条川丁子，又一道闪电似的爹着翅膀飞走了。这景色让阿骨打想起了故乡的阿什河。他本是要回到大帐里头去的，这时候便改变了主意，吩咐水老哇搬了一把椅子，面对着湖水坐了下来。

阿骨打刚坐下，早在大帐中等候的栋摩与陈尔栻等人也都走了出来，在阿骨打身边觅凳儿坐了下来。

“皇上，听说你一个人杀死了一头野牛？”陈尔栻问。

“可不是，”阿骨打接过水老哇递来的提梁壶，咕噜了一口半热的煎茶，兴致勃勃地说，“那头野牛是个英雄，我喜欢它。”

陈尔栻本想说“可是你还是宰了它”，但话到嘴边他又咽了回去，改口说：“张觉叛变的事，皇上您已知道了？”

阿骨打点点头，问坐在他右侧的栋摩：“五弟，你还相信张觉不会叛变吗？”

阿骨打说这句话事出有因，盖因在榆关密议时，陈尔栻认为张觉心术不正要早作提防，栋摩认为张觉降金是诚心诚意。阿骨打说这句话时并没有太多责怪的意思，但栋摩听了仍觉芒刺在背，他讪讪一笑，回道："皇上你放心，张觉这王八羔子，我会亲手宰了他。"

"眼下最要紧的，是要看他是和南朝勾搭上了，还是真的要把天祚帝找回来。"

听了阿骨打的话，陈尔栻回答说："左企弓被张觉杀了。"

"杀了左企弓？"

阿骨打差不多是惊叫了一声。他霍地站起身来，愣愣地看着陈尔栻。

陈尔栻把张觉杀害左企弓等四位大辽降金官员的细节述说了一遍。

如果说乍一听到张觉叛变的消息，阿骨打并不吃惊，那么，左企弓的死讯对于他来说却完全出乎意料。在他看来，左企弓是难得的治国良臣，他曾对陈尔栻讲过："得一个左企弓，胜过十万甲兵。"此时，也不等旁边的人回答，他又问道："谁安排左企弓走平州官道的？"

栋摩站起来回答："皇上，是我。"

"你？"

"我是想，平州路是官道，从那儿来辽阳府，会少了很多舟车劳顿。"

"老先生，你看看，我这个五弟因为相信张觉，害得左企弓丢了性命，可惜呀，可惜呀！"

阿骨打一边说一边跺脚。栋摩羞愧难当，却又无法辩解，只得嗫嚅着说："都是我的错，都是我的错……"

陈尔栻及时解围说："现在，追究是谁的错已经没有意义了。关键是怎样夺回平州。"

栋摩接过话头说："咱立即提兵，前往平州割了张觉的脑袋。"

阿骨打问："老先生，你说说看，你有啥招儿？"

陈尔栻斟酌了一下，答道："现在正值春耕，开仗就会伤农。"

阿骨打点点头说："平州城是咱定的南京，一定要夺回来。张觉的脑袋也要取，但种田人一年之计在于春，不可开仗伤农。老先生的悯农之心，合着咱的心思。"

栋摩气咻咻地说："让张觉多活一天，就是我的罪过。"

阿骨打讥了栋摩一句："瞧你那熬拉巴糟的样子。张觉这家伙贼能捯饬，斗心眼你斗不过他。"

"哥，你这话咱不爱听，"栋摩一急，也忘了喊皇上，直通通地说，"张觉他屙得起三尺高的尿，咱就不信剁不了他的鸡巴。"说罢，也不看阿骨打一眼，一扭身头也不回地走了。

望着他的背影，陈尔栻微微摇了摇头，苦笑道："大元帅这人，直着性子做人，竟敢跟皇上较真儿。"

阿骨打倒也不气恼，笑着回答："栋摩从小就野。有一次，为了逮一只鹌鹑，他不让我下网，就扑上来撕掳着和我打了一架。后来，两人都倒在水沟里，滚得像泥鳅。"

陈尔栻正颜说道："现在不是当年，你是大金国的皇帝，栋摩更是你亲弟弟，可也得讲究君臣之道啊。"

阿骨打笑道："咱现在还顾不着这些穷讲究。老先生，你说，张觉的事如何处理？"

陈尔栻说："咱是不是暂不兴兵，等过了农忙时节再说？"

“这是好主意，但咱大金国总还得有个说法呀，不然，人家还以为咱们软弱可欺呢。”

“皇上，这一层，咱也想到了。趁你围猎还没回的时候，咱先替皇上拟了一篇檄文。”

阿骨打咧嘴一笑：“咱就知道，正事儿你都做在前面。”

说话间，阿骨打已从旁边站着的录事手上拿过几张笺纸，却看不清纸上的字迹，笑道：“这眼神儿一年不如一年了，老花了，看不清字体了。”

“咱同皇上一样，早几年就老花了。”陈尔栻说着便喊过录事，“你来念给皇上听。”

录事从阿骨打手上接过笺纸，字正腔圆地念了起来：

诏谕南京官吏：

朕初驻跸燕京，嘉尔吏民率先来附，故升府治为南京。减徭役，薄赋税，恩亦至矣。何可辄为叛逆？今欲进兵攻取，时方农月，不忍以张觉一恶人而害及众庶，且辽国举为我有，孤城自守，终欲何为？今止坐首恶，余并释之。

大金国皇帝 用印

阿骨打听了，咂摸着说：“话不多，该说的也都说了，这诏谕称咱的意，老先生，这就发出去。”

陈尔栻吩咐录事前去办理，大帐外只剩下阿骨打与陈尔栻两个人。阿骨打盯着陈尔栻瘦骨棱棱的身子，关切地说：“老先生，今晚上，你得陪咱好好喝一盅酒，今天围猎收了不少兽物，下酒菜管好。”

陈尔栻摇摇头，自嘲道："咱胃气弱，早吃不动油腻了。皇上，臣下想劝你一句。"

"啊，你要说什么？"

"听说你猎杀了一头野牛？"

"是的，那野牛同咱一样，性子犟，不服输。"

"皇上，下臣嘴贱，敢问一句，你今年贵庚应是五十八岁了吧？"

"是呀。"

"年龄不饶人哪，何况你又是一国之尊，可不敢像后生一样斗狠。野牛不通人性，万一有个三长两短……"

陈尔栻打住了话头，他不敢往下说不吉利的话。阿骨打倒也不挑毛病，笑着回答："老辈儿说'五十五，下山虎'。咱这身子骨儿，比三十岁的人，差不到哪里去。老先生，待把天祚帝逮住了，南朝的事儿处置妥当了，明年，咱还想带着孩子们到库页岛去，逮几只海东青回来。"

陈尔栻心里头念叨"英雄就是英雄"，嘴上却说："眼睛老花了，这就是报警儿，不服不行。"

这时，在一边候了一会儿的杰布走过来禀道："皇上，两位皇后那边的篝火已经燃起来了，一只野羊也快烤好了，等着您过去呢。"

"好，待我换下这身铠甲就过去。杰布，你领老先生先过去。"

阿骨打说罢，迈腿儿进了大帐。

乌古乃与迪雅各住一间帐篷，与阿骨打的行营大帐相隔不过十几丈远。这几顶帐篷搭在湖边缓坡上，为数千顶帐篷所环绕，前面是一大片开阔地。如今这片开阔地上燃起了数十堆篝火，将刚刚落下的夜色烧得红彤彤的。围猎后的篝火野炊往往充满了欢乐。将洗净和处理过的猎物放在火堆上烧烤，猎手们围着火堆席地而坐，一边吃着被火燎烤得嗞嗞冒油香喷喷的各种野味，一边喝着酒，兴奋地交谈着捕获猎物的经过，一边嬉闹打斗，或者唱歌跳舞……年轻的猎手们仿佛浑身有着使不完的劲儿，围猎时的疲惫就像衣服上的尘土，抖一抖就掉了。这样的篝火野炊通常会闹得很晚，一些精力特别旺盛的年轻人甚至会闹个通宵。

夕阳刚刚贴近湖面的时候，乌古乃与迪雅就带着几位士兵架起了一个特别大的火堆。这季节，山上的林木大都已抽枝泛青，如果砍伐这样的树木生火，肯定难以燃烧，即便燃着了，也是浓烟滚滚，烤出的野味很难吃。所以，两位皇后亲自到山上寻找在冬天里倒下死掉的枯木。当她们还在山上捡拾木头时，就看到围猎的将士们带着大批的猎物归来。从他们的口中，乌古乃与迪雅得知阿骨打一个人杀死了一头疯狂的野牛，两位女人为她们的丈夫高兴。看到将士们互相展示他们的战利品，迪雅显得特别兴奋，她对乌古乃说：“姐，下辈子我不想当女人了，我要当皇上那样的男人，一个人去杀死一头野牛。”

乌古乃年近五十，但从她洋溢的笑脸中，依然可以看到她年轻时的美丽。听了迪雅的话，她放下手里刚从沟堑中拖出的一根木头，用手背擦了擦额上的汗，笑谑道：“迪雅，托生当男人，你做梦吧，你没有这个命。”

“为啥？”

“咱看你每天都在打探皇上干什么，这说明你女人还没有当够。”

“姐，你不能这样说。”迪雅有些不好意思。

“姐该怎么说？”乌古乃拉着迪雅在沟坎上坐了下来，压低声音问，“皇上多久没有上你那儿去了？”

“应有十好几天了。”

“你想他吧？”

迪雅咬着嘴唇不说话，脸红红的。她忽然抬起眼睛，问乌古乃：“姐，你不想吗？”

乌古乃摇摇头：“姐老了。”

“你哪里老，你还不到五十呢！”迪雅从乌古乃的眼神里读到一丝莫名的忧伤，不由得叹了一口气，幽幽地说，“姐，皇上这么长的日子，不到你那里去，也不到我这里来，他是怎么啦？”

“老了呗。”

“老了，老了还杀得死野牛？”

“天下的事儿操心呗。”

“操心，也不会没日没夜啊！”

“你没看到，只要一落空，皇上就会跟老先生两个人凑一堆儿没完没了地嘀咕。”

“陈尔栻那老先生，没儿没女没老婆。但皇上不一样，现成两个老婆放在这儿，他一个人窝在大帐里睡在虎皮褥子上，这算哪回事儿？”

迪雅说着说着竟然生起气来。乌古乃抬起胳膊轻轻搡了她一下，嗔道：“瞧你说话，哪像个皇后？”

“这不是跟你说话吗？姐，咱这点苦水，只能朝你这儿倒了。”

“迪雅，姐问你，皇上为何疏远了咱们？姐老了，你比姐小了十几岁，还当时呢。”

“是啊，皇上他……八成儿，皇上他厌烦了咱。”

“皇上这个人，咱知晓他。要是把他情绪撩拨起来，他真的比野牛还撒泼。迪雅，你难道没尝试过吗？”

“是啊，只要他像野牛撒泼，我就仿佛被送到云彩里头。”

迪雅脸色臊红，她望着远处湛蓝的湖水，一脸的神往。乌古乃注视着她，却没有受她的情绪感染，仍含蓄地问：“迪雅，你我都是女人，又都深深地爱着皇上。这事儿，别把自己摆进去，就从女人的眼光来看，皇上为何要独处呢？”

“他同你说过吗？”迪雅问。

乌古乃摇摇头。

迪雅想了想，很不情愿地说：“难道，皇上真的嫌弃了咱们？”

“我想应该是吧。”乌古乃仍像个局外人，慢吞吞地说，“皇上喜欢吃羊杂碎，你让他天天吃，他也会腻味的。”

“咱们成了他的羊杂碎？”

“我老了，在皇上眼中，你也老了。迪雅，你要明白，男人疼爱一个女人，就是一阵子。”

迪雅轻声地啜泣起来。

乌古乃帮她拭了拭眼泪，安慰道：“皇上没有变心，皇上仍喜欢我们，但喜欢一个人与疼爱一个人，远不是一回事。”

迪雅仔细地品味这句话，忽然像明白了什么，问道：“姐，咱们该为皇上做点什么呢？”

“做什么呢？”乌古乃一笑，凑趣儿说，“今夜里，你去大帐，钻到皇上的被窝里去。”

“他还不一脚把咱踹下来，”迪雅摇摇头，“这是作践自己，这不能做。”

乌古乃也摇摇头，重复着：“是啊，这事儿不能做。”

“那能做什么呢？”

“开春了，漫坡都泛绿了，你看那些牲畜，无论是马、骡子，还是羊，都在挑嫩草吃。”

“挑嫩草？”迪雅嘴一撇笑了起来，“姐，咱们给皇上吃嫩草？”

“你看行不？”

“皇上想吃嫩草，干吗不自己找去，还要咱们来找？”

“这就是皇上的为人哪！成天带着两个女人，鞍马劳顿的，他上哪儿找去？即便能找，碍着咱们挂在他眼皮底下，他也不好意思呀。”

“他是皇上，他什么都能做。”

“天祚帝什么都能做，不是玩完了吗？再说，咱们皇上是个有情有义的男人，他即便想吃点嫩草，还顾及咱们俩呢。”

“这倒也是，只是仓促之间，咱们上哪儿替他找嫩草呢？”

“这一层我想到了。”

“姐，你吩咐，咱当个跑腿儿的。”

“不劳烦你了，迪雅，今儿早上，咱已偷偷安排杰布，派人去辽阳府中带了三个宫女来。”

“宫女？”

“对，宫女！”乌古乃说，“皇上下令退出燕京的时候，不是随着大军带了不少匠人和女眷吗？这些人如今都在辽阳府中。还在燕京王宫里过春节的时候，咱就看中了三个宫女。”

“姐真是有心人。”

“咱们从这儿回去，说不定那三个丫头已经被送到了。”

“走，咱们快回去。”迪雅嘴上这么说，心里头却酸溜溜的。

两人回到乌古乃帐篷边的时候，太阳离湖面还有二三丈高，远远地看到帐篷外停着一辆马车，乌古乃便对迪雅说：

“看看，她们来了。”

乌古乃的帐篷，收拾得利利落落的。地上平展展地铺了干草，草上头又铺了洁白的羊毛毡，凡进来的人，得先把鞋子在门外脱了。乌古乃先入帐篷换了换衣服，让贴身丫鬟从衣箱里找出皇后闲暇时应该穿戴的衣裳。头上戴了一顶蓝地黄彩蝶装花罗包黄玉练鹊纹佩饰的花珠冠，冠上镶了大如弹子的名贵的北珠，冠后两根皂罗款幔带，上身穿了一件绿地忍冬云纹夔龙金锦袍，下穿一条棕褐菱纹暗花罗萱草团花绣锦大口裤，脚上穿了一双绿罗萱草皮绣鞋，脸上薄施脂粉，眼角细碎的鱼尾纹被珍珠粉与胭脂盖住了。这么一收拾，乌古乃又光彩照人了，不是说她千娇百媚，而是她这个年龄应有的端庄与华贵。

乌古乃刚穿戴完毕，迪雅便走了进来，她回到自己的帐篷后也把自己收拾得焕然一新。只见她梳了三叠云髻，二层云髻上用北珠宝石链收束，穿了一袭黄朵梅暗花皂罗质地的多褶裙，外头罩了一件素縠月白长度过膝的褙子，戴了一对用掐丝滴珠工艺制作的三瓣卷蔓纹内嵌绿松石的桃形金珰珥，粉白的脖颈上戴了一条赤金红玛瑙项链。这身打扮也超凡脱俗。两人见了，都把对方美美地夸了一回。

迪雅看了看乌古乃微微翘起的下巴，感慨地说：“姐，你总说你老了，你老什么呀，这么简单收拾一下，就仙女下凡了。”

乌古乃嘴一瘪：“什么仙女下凡，是仙女她娘下凡吧。”

迪雅兴趣不减，又压低了声音问：“姐，咱俩这状态，那榆木疙瘩还会视而不见吗？”

“你是说皇上？”

“是的。”

“他不是榆木疙瘩，他是你的王，也是我的王。”

偏偏迪雅犟嘴，咕哝道：“王也是他，榆木疙瘩也是他。”

乌古乃摇摇头，换了话头说：“那三个丫头已经来了，咱们该见见她们了。”

“姐，如果咱们俩把她们比下去了呢？”

“怎么会呢？”

“皇上喜欢野性的人。”

“年纪大了，慢慢就驯化了。年轻才有野性哪。”

说到这里，乌古乃吩咐身边的丫鬟，把那三位宫女带进帐篷来。

第三章　篝火晚宴

天色完全黑了下来，挂在天幕的上弦月穿过浮云，在鸳鸯泊的涟漪上投射出朦胧的微弱的光芒。湖边空旷的坡地上虽然架起了几百座大小不一的柴堆，但都还没有点燃。士兵们早就将各种剥了皮的兽类穿到了烤架上，这些火堆要等到阿骨打前来下令才能点燃。但乌古乃帐篷前的最大的火堆早就噼里啪啦烧起来了，火堆上支了三个烤肉架，分别烤了一只野羊、一大块野牛肉和两只肥嘟嘟的野兔。这是乌古乃的主意，她担心阿骨打饿过了头，所以下令先点燃火堆烤肉，以方便阿骨打一来就可以解馋。

阿骨打本说回到大帐里换身衣服就出来，谁知换好了一领黄绫绲边的青色长袍后，却找不到要系扎在袍子外面的那根金腰带了。搁在平常，找不着就找不着了，随便束一条丝带或牛皮带就可以。但今天不一样，围猎的篝火晚会可是一件非常隆重的大事，那条金腰带是他登基时专为日后参加围猎定制的。腰带的两胁及后腰上各制作了三个镶着宝石的带扣，扣子上挂着几把小匕首，几只外头罩了丝囊的玉盒儿。这些玉盒儿是用来盛装粉盐、辣椒面、胡椒粉等调味品的。因为差不多一年多没有围猎了，加之行军打仗，负责收拾阿骨打行李的水老哇不知把金腰带放到哪里了。这会儿阿骨打一问，他翻箱倒柜倒腾了半天，急得嘴儿嘴儿咒骂着自己。亏得杰布提醒他是不是和马具搁一起了，他才又跑到马具棚中翻找，果真在那里找到了。原来水老哇没想到金腰带应该和衣服放在一起，而是当成金具与两副金马鞍搁在一起了。所以，当阿骨打来到乌古乃帐篷前的时候，酉时都快过完了。

阿骨打还没有走近火堆，杰布就对早已在此候命的一排号兵做了一个手势，示意他们吹响手中的海螺。顿时间，深沉、悠远的海螺声吹起了，一直兴奋地守候在火堆旁的兵士们，爆发出雷鸣般的欢呼。这些骁勇的猎手，整齐有力地呼喊：

“皇帝！皇帝！阿骨打皇帝！”

阿骨打站到一块突出的石头上，接过杰布递给他的一支拳头粗的正在燃烧的枯枝，在空中晃动着，那摇曳的火焰，像飞舞的霞光。这霞光既是昭示，也是命令。立刻，所有的火堆被熊熊点燃，烤肉的香味开始弥漫了。当阿骨打把火把扔进乌古乃跟前的火堆上，不知是谁，领头唱起来《猎神之歌》：

把天上的星星摘下来，
投到我们的火堆上；
把山林的野兽抓起来，
放在我们的烤架上。
闻到浓浓的肉香，
我们的祖宗回来了；
闻到醇醇的酒香，

我们的朋友来到了。
来呀，手持铁叉的猎神，
篝火边的座位给你留好了；
来呀，我最心爱的姑娘，
你就坐在我的身旁……

女真族的男人们都是天生的猎手，也都是天生的战士，他们没有谁不会唱《猎神之歌》，歌声与篝火，烧酒与女人，都会让猎手们兴奋。当数以千计的烤肉架在火堆上转动，数百面大金国皇帝的龙旗以及绣着猛禽海东青的战旗在逶迤起伏的缓坡上迎风招展，当粗犷嘹亮的歌声像旷野上的风席卷一切，鸳鸯泊边的篝火晚宴顷刻间就达到了高潮……

阿骨打从大石头上跳下来，借着篝火的亮光，他发现乌古乃和迪雅都站在石头下迎接。同时，他还发现这两位皇后都盛装打扮，于是他开心地笑了起来，大着嗓门儿说道："两位皇后，你们怎么都一下子年轻了十岁呢？"

乌古乃微笑着应道："皇上，你就不能声音小点？"

"干吗要小声音，老公夸老婆，难道还要遮掩吗？"

阿骨打说着，便伸出双手，左手牵着乌古乃，右手牵着迪雅，满脸兴奋地走到火堆前入座了。

参加今晚湖畔篝火晚宴的，是阿骨打的两千名卫队兵士以及皇帝行营的臣僚。随他一起撤回关外的约两万多人的部队，分别在栋摩、宗望、完颜娄石的统领下觅了营地驻扎。他们今晚也都在各自的营地里举行篝火盛宴。乌古乃帐篷前的这堆篝火无疑是最大的，围着篝火圈儿坐下的大约有一二十人，除了阿骨打与两个皇后，还有陈尔栻、杰布、水老哇以及辽阳府特地赶来觐见的军政大员。阿骨打心情很好，刚坐下来，水老哇就把烤得香喷喷的一只整羊连烤架一起搬到阿骨打跟前，兴奋地说：

“皇上，这羊已经烤酥了，还望您动用金刀，给它拆个架儿。”

“好！”

阿骨打应声儿拔出金腰带上的匕首，在羊肚子上划了一刀。

水老哇张罗着就要拆分羊肉了。乌古乃喊了一句：“水老哇，住手！”

水老哇不解地问：“乌古乃皇后，怎么啦？”

乌古乃嗔了水老哇一眼，说：“蘸羊肉的佐料都没备好，叫皇上怎么吃呀！”

水老哇指着临时支在每位客人面前的木凳子说：“这不都备齐了么？乌古乃皇后您看，这是喝酒的金碗，从会宁府皇宫中带出来，这还是第一次使用呢！余下的盐、姜、蒜，还有辣椒面，也都调在碗里，搁在木凳子上了。”

“说了你还犟嘴呢，皇上能同你用一样的调料吗？”

“这……”

“柳芽儿！”

“奴婢在。”

乌古乃话音一落，一位穿着皂罗左衽袍服的姑娘答应着站了起来。

乌古乃将她向阿骨打跟前一推，说：“去，将皇上金腰带上的锦囊摘下来，帮皇上调好佐料。”

柳芽儿对着阿骨打双腿微微一蹲，敛手道了万福，嗫嚅着说：“皇上，奴婢能帮您吗？”

阿骨打端详着眼前这位年轻的女子，只见她袅袅婷婷，一张瓜子脸显得十分秀气，只是因为背对着篝火，看不清她的容颜。就在阿骨打这么瞅着的时候，乌古乃也站了起来。

阿骨打问乌古乃："这女子是谁？"

"她叫柳芽儿。"

"柳芽儿，柳芽儿从哪里来的？"

"从燕京来的，是萧莫娜的宫女。"

"萧莫娜的宫女，"阿骨打蹙了蹙眉头，又忍不住朝柳芽儿多看了几眼，"宫女怎么会跑到这儿来？"

憋了半天的迪雅，这时也站起来，拉着另外两名宫女过来说："皇上，这里还有两个呢！"

阿骨打又瞅了瞅走到他跟前的两个宫女，见她们都长得不俗，问："你们都是萧莫娜的宫女？"

"是。"

"你们叫什么？"

个头儿高一点的回答："奴婢叫月兰。"

身材微胖的回答："奴婢叫香雪。"

"柳芽儿，月兰，香雪，"阿骨打重复着她们的名字，站起身来说，"你们替我取下锦囊。"

三位宫女上前，将阿骨打挂在后腰的三只锦囊取了下来，又从中取出玉盒儿，取出胡椒面、八角、茴香等各种香料，用芝麻油调和出一碗蘸水来。阿骨打拿起来嗅了嗅，耸了耸鼻子说："唔，香！"

水老哇赶紧又把烤架朝前推了推，高声喊道："乌古乃皇后，现在可以让皇上品尝烤全羊了吧。"

水老哇说着，就用匕首刺进羊腹想着给阿骨打取下一块羊排。迪雅嫌他毛手毛脚，便一把推开他，嚷道：“你口口声声说要让皇上吃羊排，你跟皇上这么多年，难道不知道皇上最喜欢吃什么吗？”

“我知道，皇上喜欢吃羊胰子。”

“既然你知道，为什么不给皇上割羊胰子？”

“我不会割。”

水老哇脸红红的，不好意思地搓着手。迪雅盯着他，也不搭话，而是伸手拔出阿骨打腰间的匕首，插进烤羊的右腹下部，在第二根肋骨的边上麻利地割下去，拉开了一尺多长的口子。接着又见迪雅的手一转，匕首回割，依旧在切入的地方将匕首提起来，只见匕首的尖尖上挑起了一条长约四寸宽约两指白晃晃的肥肉，这就是羊胰子。在女真人看来，羊胰子是羊身上最好吃也是最珍贵的零碎儿。喝大酒之前先吞一块羊胰子，喝再多的酒也不会醉。但切割羊胰子却是绝活儿，十之八九的猎手都会割碎羊胰子，让这美味大打折扣。

当迪雅把这条羊胰子恭恭敬敬递给阿骨打的时候，篝火堆旁的人们无不啧啧称赞。看到阿骨打津津有味吃下这条羊胰子，水老哇赞叹道：“没想到迪雅皇后还有这样的绝活儿。”

迪雅非常自信地说：“大金国皇帝的女人，可不是那么好当的。”

乌古乃听了这句话，情不自禁看了看那三位宫女，心里头的感觉有些怪怪的，她接过话头说：“迪雅你的确很优秀，你得把自己的本领教教这三位宫女。”

迪雅自负地回答：“只要她们愿意学，我什么都会教。”

阿骨打咂摸两位皇后的对话，转而问宫女：“柳芽儿，你们三个怎么来到了鸳鸯泊？”

“是……”柳芽儿欲言又止。

“讲！”阿骨打催促。

“是乌古乃皇后让我们来的。”

“哦！”阿骨打瞟了一眼乌古乃。

“让她们来，是我和迪雅两人的意思。”乌古乃解释。

阿骨打叮问：“为什么让她们来呢？”

乌古乃拿起木凳上的金碗，双手端给阿骨打说：“皇上，吃了羊胰子，你该喝碗酒了。”

阿骨打接过酒碗一仰脖儿喝了，然后擦了擦嘴角的余滴，说：“乌古乃，你还没回答我呢。”

乌古乃浅浅一笑，回道：“咱看你辛劳，选了三位宫女照料你的生活。”

“让她们照料我？”阿骨打摇摇头，笑道，“杰布与水老哇把我照料得很好，再弄这仨女的来，咱的帐篷就没法住了。”

乌古乃敛了笑容，正色说道：“皇上，再细心的男人，也不会照料好人的。”

迪雅也补了一句：“就是大老爷们会照料人，也挺腻歪的，家里头少了女人，没滋拉味儿。”

阿骨打意识到迪雅的话中有怨气，便情不自禁看了她几眼，发觉她今夜里精心打扮，泼辣中透出几分妖娆，便故意挑逗着说：“迪雅，你年轻的时候，可比这些宫女长得俏。”

“皇上，什么长都不如日子长，毕竟我嫁给你也有二十多年了。”

迪雅说着，眼眶里闪着泪花。阿骨打不想在这喜庆的日子里惹得大家扫兴，便用匕首割了一小块羊颈肉塞到迪雅嘴里，故意显得亲热地说："你说过，你打小儿就喜欢羊颈子肉，这头野羊是公的，颈肉更有嚼劲。"

迪雅大口大口地吞咽着羊颈肉，脸上洋溢着得意的微笑。阿骨打又把匕首递给她说："你再割一块羊颈肉，给老先生送过去。"

迪雅欢喜地照办了，她绕过火堆给坐在对面的陈尔栻送过去一块香喷喷的羊颈肉。阿骨打又从金腰带上抽出另一支匕首，小心翼翼在羊嘴上割了一小片唇肉，递给一直站在旁边的乌古乃。

乌古乃用手指接过来，塞到嘴里咬了一小口，阿骨打对那三位宫女说："你们和水老哇一起，切一些烤肉，分头给各位客人。"

宫女们分头去了，望着她们的身影，阿骨打压低声音问乌古乃："是你的主意吗？"

"你是说宫女？"乌古乃问。

"是的。"

"当然是我的主意。"

"为什么要这样？"

"皇上，我和迪雅都老了，可你还年轻。"

"迪雅并没有认为她老啊。"

"女人什么时候吃醋了，就说明她老了。"

"其实，我也老了。"

"你老什么呀，今儿个下午，你还杀死了一头野牛呢！"

阿骨打朝乌古乃做了一个鬼脸，高深莫测地笑了起来。

乌古乃瞅着迪雅朝这边走来，便用更低的声音说："我的王，你说实话，这三位宫女，你更喜欢谁？"

阿骨打摇摇头，盯着乌古乃，颇为动情地说："乌古乃，你是我的结发妻子，你最心疼你的男人。"

“那就柳芽儿了。今夜，让她陪你。”

“你说什么？”

“我是说柳芽儿今夜去陪你。”

乌古乃一副不由分说的样子，逗得阿骨打开怀大笑。

就在鸳鸯泊湖畔的篝火晚宴进入高潮的时候，一支三千人的队伍已穿过葫芦岛，离榆关只有六十多里地了。这支部队的指挥官便是阿骨打皇帝的五弟，大金国南征兵马大元帅栋摩。

却说栋摩在鸳鸯泊边行营大帐内因张觉事件与阿骨打发生争执赌气离开后，就翻身上马，一路狂奔回到十二里地外的自己的宿营地。这里住了不到四千名将士，由他直接辖制的虎林左军与虎林右军各一千五百名，都是旋风铁骑。另外还有八百名管理三百辆骡马大车的士兵，负责军需给养。三千名虎林军也参加了一连两天的围猎，他们带着几十车战利品即那些死于他们刀斧下的野兽回到营地，只不过比栋摩早了小半个时辰。眼下，留守的后勤兵已弄好了柴堆，准备等栋摩一回来就开始篝火晚宴。

栋摩带着十几名亲兵回到自己的大帐，早有左军郎将刘冲与右军郎将李黑把等一干僚佐裨将在帐前迎候。也不待亲兵搬过马凳，栋摩就纵身一跃稳稳地落在地上。

刘冲趋前抱拳一揖，赞道：“大帅累了两日，还这般抖擞，委实了不得，了不得！”

刘冲话音刚落，李黑把也上前几步，将手中燃烧的火把递给栋摩说：“大帅，请点篝火。”

栋摩接过火把，看了看两丈开外的柴堆以及已上了烤架的兽肉，忽然一跺脚，把手中的火把扔到了地上。这一举动令在场的人都惊愕不已。

“大帅，您怎么啦？”刘冲问。

“张觉在平州叛变了，还杀了左企弓等四位投诚我大金的前辽大臣。这兔崽子，真真是气炸了我的肺。”

听到这个消息，在场的将佐无不生气，偏偏李黑把哪壶不开提哪壶，愤愤言道：“这个张觉真他妈的是个黑心王八，大帅对他那么好，帮他在皇上那里讲了一箩筐一箩筐的好话，他才得到了皇上的赏识……”

“别说了，”栋摩黑着脸吼了一声，接着下令，“刘冲、李黑把，你们各自把部队集结了，咱们这就讨伐张觉去。”

刘冲问：“什么时候？”

“现在，就现在。”

“这，大帅，是不是太仓促？”

“你们是不是舍不得这几块野牛肉？真他妈的没出息。关羽温酒斩华雄，这故事你们没听过？”

“听过了，请大元帅息怒，咱们这就去集合部队。”

将佐们山雀一样散开了。栋摩回到大帐内换了一身铠甲，胡乱啃了两张烙饼，也不过一炷香工夫，就带着三千铁骑出发了。八百名后勤兵，就留下来照看营地。他们驻扎的营地在辽阳府地面，离榆关大约一百五十里地。

部队出发时天色就黑了，大约在酉末时分，过了葫芦岛来到一个名叫桑树镇的地方，已交子时。栋摩勒住马头，问一路随行的探长：“此去离榆关还有多远？”

“五十里地。”

“路况如何？”

“进入山区，不大好走了。”

“走，知会后面，加快行军速度。”

刘冲拦了拦正要拨转马头的传令兵，鼓起勇气问栋摩：“大帅，部队连续两天围猎，又饿着肚子连夜赶路，如今人困马乏，是不是就在这镇上歇了，让兵士们吃顿饭，打个盹儿，天一亮再赶路？”

“刘冲，你以为我这个大元帅不心疼士兵和马？”栋摩今晚是谁说话就跟谁呛，这会儿忍了忍火气，解释说，“这一路上，保不准都有张觉派出的奸细，咱们远道奔袭，一定要赶在奸细前面，否则，岂不是伸出脑袋挨剁？”

刘冲一听有理，也就不再争辩，他从马褡子上取下一个麻薯子递给传令兵，对他说：

“传下帅令，黎明之前，进入榆关安歇。”

第四章　失败的偷袭

篝火晚宴几乎通宵达旦地举行。大约一个半时辰，阿骨打就已经半醉了，因为在篝火晚宴进行大半个时辰的时候，阿骨打就带着陈尔栻与杰布沿着湖畔把所有的火堆巡视了一遍。士兵们高呼着“皇帝！皇帝！”一路把他迎送。碰到熟悉的将士，他会搭讪几句，即使不认识，他也会拍拍士兵的肩头，夸赞几句。偶尔兴之所至，他也会接过士兵的酒碗喝几口。阿骨打快要走到缓坡高地的时候，士兵们唱起歌来，很显然，这歌声是唱给阿骨打听的，开头是几个人唱，后来所有的将士都唱了起来，连跟着阿骨打的杰布，也情不自禁地大声歌唱：

在一个春风吹拂的夜晚，
酋长来到了我们中间。
跳神的萨满宣布上天的昭示，
这酋长代表我们的祖先。
我们的王踩着北斗星来，
我们的王乘着大鹏鸟来，

太阳和月亮是他的风火轮，

勇士的热血是他的诗篇……

这首歌也是萨满的跳神曲，名叫《酋长是我们的王》。萨满的歌曲有数百首，几乎所有的女真人都会唱这些歌曲。此时此地，穿行在熊熊燃烧的篝火中，阿骨打听到这些歌曲，内心波涛汹涌，或者说烈焰腾腾，他知道士兵们对他都衷心爱戴，他也像爱护自己的眼睛一样爱护着士兵。聆听着士兵们献给他的歌曲，这位酋长出身的帝王，与其说是在享受九五之尊的威严，倒不如说更像一位长者，无论是心灵还是脸上，荡漾着的全是慈祥。

歌声此起彼伏，阿骨打领着陈尔栻走到高坡上的一处灌木林旁边，杰布看出皇帝似乎有话要单独对陈尔栻说，便故意放慢脚步，落在后面，远远地担任警戒。

在灌木丛边，阿骨打与陈尔栻寒暄了几句，便切入正题说："老先生，乌古乃送了三个宫女来，这是干啥呢？"

陈尔栻没想到阿骨打会问他这个，便谨慎回答："乌古乃是好心。"

"乌古乃皇后这个女人，是好女人，大女人，但这事儿做得，倒叫我为难了。"

"皇上有啥为难的？"陈尔栻清了清被浓烟熏呛的喉咙，答道，"南朝与大辽国的皇帝，哪一个不是三宫六院？就皇上你，只有两个女人。"

"一直忙着打仗，日夜都在操心，哪有闲工夫想着去找乐子。"

陈尔栻斟酌了一下，轻声言道："皇上，老祖宗留下的《黄帝内经》讲述的是阴阳平衡的道理。女过四十，癸水渐少，男过五十，精气日衰。采阴补阳，是说男过五十之后，若想保持精气不衰，则应纳妾。”

“纳妾？”阿骨打追问了一句。

“对，纳妾。”陈尔栻望着阿骨打笑了笑，又说，“皇上不叫纳妾，叫选妃。选几个十几岁乃至二十来岁的姑娘充实后宫，这事儿，皇上你该考虑了。”

阿骨打朝大约十几丈远的乌古乃主持的那堆篝火瞄了瞄，笑道：“常言道，这个世界上，即使找得到两只脚的蛤蟆，也绝找不到不吃醋的女人，但乌古乃真的就是一个不吃醋的女人。”

“乌古乃皇后是大女人，大女人是不会吃醋的。”

“我没有想到，她竟然给我找来了萧莫娜王宫中的三位宫女。”

“乌古乃皇后说，这是她和迪雅皇后两人的意思。”

“乌古乃很善良，迪雅有毛病，但她总是呵护着迪雅。我敢说，选三位宫女的事儿，是乌古乃一手操办的。”

陈尔栻感叹地说：“皇上，有乌古乃这样的皇后，是你的洪福呀。这三位宫女，她最喜欢哪一个呢？”

“你猜猜？”

“柳芽儿。”

“是，是柳芽儿，”阿骨打好奇地追问，“老先生，你怎么知道是柳芽儿呢？”

“因为柳芽儿坐在乌古乃皇后的身边。另外两位宫女月兰和香雪，是坐在迪雅皇后身边的。”

“乌古乃有洁癖，很挑剔的。这柳芽儿看上去很干净。”

“皇上说得不错，但乌古乃皇后喜欢柳芽儿，却不是出自她个人的好恶。”

“啊？”

“皇上，乌古乃皇后是为了你。”

“为我？怎么是为我？”

“因为你喜欢柳芽儿。”

“我可从来没有见过这个柳芽儿。”

“知子莫若父，知夫莫若妻。乌古乃皇后对皇上您知晓甚深。”

阿骨打不语，而且蹙起眉头，似乎在思索什么。

陈尔栻继续说道：“贱臣看到，当乌古乃皇后把柳芽儿介绍给皇上您的时候，您脸上有惊诧之色。”

“我是有些惊诧。”

“为什么呢？皇上？”

“我看柳芽儿这女孩子，长得有点像萧莫娜。”

“皇上啥时候见过萧莫娜？”

“大约十九年前吧，在查干湖，天祚帝的头鱼宴上。”

“过了这么多年，皇上还念念不忘，可见这萧莫娜也算得上绝代佳人。”

“不是算得上，而是真正的大辽国第一美人。”阿骨打回忆道，“她高挑儿身材，皮肤白，瓷实丰润，一双大眼睛会说话。记得天祚帝那老小子看到她，千方百计和她套近乎，但萧莫娜爱理不理。她越这样，天祚帝越是神魂颠倒……咦，咱忽然明白了。”

“皇上明白什么了？”

阿骨打拍了拍脑门子，一副如梦初醒的样子，答道：“这柳芽儿，如果长得不像萧莫娜，乌古乃不会把她选来。”

陈尔栻心里头咕哝了一句：“原来皇上心里头一直惦记着萧

莫娜啊！”

阿骨打见陈尔栻愣住，便搡了搡他的肩膀，兴冲冲地问：“老先生，你不觉得柳芽儿长得有点像萧莫娜吗？”

“皇上，贱臣见到萧莫娜比你更早，只觉得她的确是大美人，但长什么样儿，早就记忆模糊了。”

“像，两人长得像！”阿骨打越说越兴奋，“听说萧莫娜带着天开寺的老和尚澄宇逃进了草原，找不到她的下落了，这人去了哪儿呢？”

“不是有一个说法，她可能去找天祚帝了。”

“如果这两人真能见面，老先生你说，天祚帝会杀了她吗？”

“萧莫娜的丈夫秦晋王收拢天祚帝的旧部，于燕京城建立后辽，这是僭越。秦晋王死后，萧莫娜续理朝纲，从这一点上说，天祚帝绝不会饶过萧莫娜。”

“你是说天祚帝会杀她？”

“应该会。”

“为什么？”

“建立后辽，等于是废黜了天祚帝，这样的仇恨，搁在哪一个男人身上，都无法接受。”

“老先生，你这个判断是错的。”

“啊？请皇上赐教。”

“天祚帝如果真的能够与萧莫娜重逢，他俩会化干戈为玉……玉……玉什么呀？老先生。”

“皇上，化干戈为玉帛。”

“对，化干戈为玉帛！”阿骨打咳嗽一声，朝地上唾了一口唾沫，继续说道，“天祚帝这人不是一个好皇帝，却是一个好男人。他不会因为仇恨而消除爱，但却会因为爱而忘掉仇恨。让他杀萧莫娜，他下不了手。”

这番话在陈尔栻心中引起巨大的震撼。在他的记忆中，阿骨打从未与他谈过女人，而且粗粝、剽悍，从未看到他表现哪怕是一丝半点儿的柔情。却没有想到他的内心中还蕴藏着这样一份缱绻，甚至可以说，这样一份渴望。在男女问题上，陈尔栻早已心如死灰，但此时，他忽然产生了一个古怪的念头。他看着阿骨打忽然间变得柔和的眼神，问道：

“皇上，贱臣斗胆问一句，如果攻陷燕京城时，萧莫娜恰好在城中成了俘虏，你会杀她吗？”

“她会投降吗？”

“她不会的，这女人既高贵，又充满野性。”

“那我就不会杀她。”

“那，你会娶她吗？”

“会的。只要她愿意。”说到这里，阿骨打自己笑了起来，嘲道，“老先生，两个老男人在这里呱唧女人，这算哪门子事儿啊。”

“皇上，那我们回到篝火旁边去吧，走之前，乌古乃皇后让水老哇烤了一只獐子，这会儿该熟了。”

“走，回去。”

君臣二人迈开步走向篝火堆，快临近的时候，忽见一匹战马直接冲到了乌古乃帐篷跟前，一名兵士从马背上纵身跳了下来，杰布上前拦住那士兵询问究竟，却没想到得到一个惊人的消息：栋摩率领三千虎林军，独自讨伐张觉去了。

由于栋摩的坚持，虎林军三千铁骑人不解甲马不卸鞍通宵疾行，五个多时辰走了一百五十里地，刚交卯时就到了榆关。好在自平州到辽阳全是官道，倒也不是特别难走。只是事发突然仓促出征，临近榆关时已是人马饥困，难以坚持。

离榆关大约还有五里路时，栋摩命令部队原地休息。按照事先的安排，刘冲麾下一支三十人的骠骑兵在一名哨长的率领下前往榆关探路。这一布置事出有因：大金军主力撤出平州前，按阿骨打布置，要留一千名士兵控守榆关。用阿骨打的话说，“咱们不想进兵中原，但得控守通往中原的关隘”。栋摩是南征军大元帅，阿骨打的旨意得通过他来执行。偏偏栋摩在这件事情上与阿骨打这位当皇帝的哥哥意见相左，栋摩认为张觉不敢反叛，在榆关布置一千精兵防守有些多余。他虽然遵循阿骨打旨意布置了一千精兵，但当大部队出关时，留守榆关的精兵听说大军要随皇帝前往鸳鸯泊围猎，便再三请求栋摩让他们也随大军前往，并表示一俟围猎完成，立即返回榆关镇守。栋摩心想离关三五天谅也不会出什么大事，加上参与皇上的围猎活动对于一个兵士来说，是一生难得的殊荣，于是答应了士兵们的请求。守关的千名精兵随大军走了八百名，只留下二百人在关城内值事。栋摩本以为这只是一桩小事，谁知祸起肘腋，张觉真的就在榆关空虚的时候举了反旗。乍一听到消息，他就担心榆关失守，这也是他星夜起兵的缘由。自鸳鸯泊一路狂奔而来，他始终担心榆关是否安全。临近榆关时他才命令虎林军勒马待命，派三十名骠骑前往打探虚实，并交代哨长：若榆关失守，便回来复命；若榆关尚在大金守军手中，便大开城门以迎虎林军入关。

骠骑兵前往的时候，天色尚未破晓，兵士们疲惫至极，一旦下马莫不都寻了便宜地儿沉沉睡去。栋摩虽然也困得眼皮子打架，却不得不强撑着等待榆关的消息。

不到小半个时辰，天色已亮。官道两旁的燕山山脉在曙光的照耀下生机勃勃。草叶上的露珠，花丛中的蝴蝶无不明媚生动。从海面上吹来的潮润的晨风，多少能解除兵士们的一些困乏。

心神不定的栋摩一直等待榆关的消息，几次欲跳上马背前往探个究竟，都被身边将佐拦了下来。直到卯辰之交，先头部队才派人来报告榆关城头上插满了大金国旗帜，而且关门大开以迎王师。

听到这个消息，一直双眉紧锁的栋摩这才兴奋起来，他下令部队快速前行进入榆关。

这时候，薄雾浮漾霞光映照的榆关仿佛是一幅画，远远看去，高耸的关楼像是天上楼台，迎风招展的描红绲边杏黄旗，中间绣有斗大的汉隶“金”字。关楼下的大门敞开着，门两边还有列队的士兵。看到这些景象，栋摩一夹马肚，胯下的四蹄踏雪的栗色战马屁股一耸，以更快的速度奔跑起来。

按大金军的规矩，在战场上若主帅前冲，他的两位副帅一定要跑在他的前面，而四名先锋又要跑在副帅的前面。依次下来，裨将、团总、营佐直至最小的指挥官哨长，都要冲到自己的长官前面。否则，营佐死，哨长斩首；团总死，营佐斩首，以此类推，这就是为什么大金军所向披靡的原因。主帅不怕死，三军都拼命。此刻，栋摩率领的虎林军仿佛一股突然刮起的巨风，以蹈海海涌、摧山山裂的气势逼近榆关。

眼看离榆关还有一箭之地，冲在前面与栋摩仅隔半个马身的刘冲忽然俯身抓住栋摩的马嚼，栗色马乘着惯性仍奔驰了两三丈远，才两只前蹄腾空原地旋转一圈停下来。栋摩朝刘冲吼了一声，斥道："你要干什么？"

刘冲气喘吁吁回答："大帅，你不觉得有点蹊跷吗？"

"什么蹊跷？"

"榆关。"

"唔？"

"榆关太静了，有点不对劲。"

栋摩朝榆关张望了一眼，还来不及说什么，忽见关门关闭，刚才只见旌旗猎猎却不见人影的关楼，突然间鼓声大作，关楼上的大金国旗帜顿时尽数撤换成大辽国的杏黄绲边的红旗，每面旗上绣有欧体楷书"张"字，几乎同一时间，关楼垛堞后面伸出无数的弩机，弩箭像蝗虫一般射下……

栋摩情知中计，不由得心中暗暗叫苦。

却说张觉在平州杀了左企弓等几位大辽降官后，又将数万名借道平州迁往金上京会宁府的燕京各色人等就地释放，听任他们返回燕京或留平州居住，并于所有府县衙门及军营辕门内，全部换插大辽国国旗并重新悬挂天祚帝画像。一时间，大辽旧吏欢欣鼓舞，被迫迁徙的燕京百姓对他感恩戴德。

张觉知道，出榆关二百里地的阿骨打不会善罢甘休，他肯定会派大军前来攻夺平州，而保卫平州的关键在于控制榆关。所以，在已做好一切准备斩杀左企弓一应叛臣的头一天夜里，他就派两千兵士伪装成迁徙人流分头进到榆关，天一亮，就将留守的二百名金兵悉数收拾。张觉之所以轻而易举地获得榆关的控制权，一是他已侦知大金军留守榆关的兵士只有二百人；二是因为每天有大量迁徙人流通过榆关，他的军士以此掩护不易察觉；三是张觉尚未叛城易帜，守关的金兵对他尚未设防。所以说，当他的士兵登上关楼以及进入金兵营房时，没有人会怀疑这些兵士有非分之图。及至发生械斗，金兵也敌不过有备而来的张觉部队，二百人几乎被杀了一半，剩下的全部都捉拿下到死牢。抢占榆关的部队得到张觉的密令：宁可全部杀光，也绝不允许逃走一名活口前往关外报信。这就是为什么阿骨打与栋摩兄弟只知道张觉叛城却不知道榆关失守的原因。

比狐狸还要狡猾的张觉，知道大金军一定会报复，所以他下令守关的部队仍然穿戴大金军的军服，关楼上飘动的还是大金国的军旗，他自己也于叛城后的第二天亲自来到榆关布置军事，以防万一。所以，当栋摩的三十名骠骑兵前来叩关时，张觉下令打开城门，一俟入城便将城门紧闭，在瓮城内将这些骠骑兵尽数射杀……

争先恐后欲入榆关的虎林军，眼看离榆关只有二三十丈远，却见门外站着的百十名士兵突然闪电般撤回关内，接着就关上城门。第一批虎林军十几名勇士已冲进了城门洞里，他们侥幸躲过了弩箭，而跟在他们身后的数百名骑士，却纷纷中箭落马，还有不少战马被射杀倒地。

骤遇危险，栋摩的第一个反应是下令部队后撤，但因为马队驰行太快，前面虽停下，后头仍蜂拥而上，这就免不了发生踩踏与拥挤，官道上一片混乱。幸亏虎林军是一支身经百战的劲旅，尽管处境狼狈，但他们很快稳住了阵脚，按照过往的军事经验，他们变后卫为前锋循原路返回。可是，第二件意想不到的事情又发生了。当部队撤离榆关两里多地的时候，路左的燕山一溜孤峰峭壁上突然鼓声大作，接着檑木滚石铺天盖地呼啸而下，因路右是断崖无处可下，虎林军再次遭到重创。

两次袭击都来得如此猛烈，栋摩彻底被激怒了。两军对垒，他可是从未输过。记得第一次进攻黄龙府，他的敢死队不足一千人，面对十倍于自己的守城辽军，他毫不胆怯，愣是在枪林箭雨中撕开一个豁口攀上城墙。但是今天却不同，他看不到任何敌人，但自己的兵马却在半个时辰内损伤过半。特别是檑木滚石自山坡上飞奔而下时，骑在战马上的他正好处在伏击带的中间，同样骑着战马在他左侧的虎林右军锋将李黑把看到一块大石头朝着栋摩腾空飞来，却因人多道窄已无法闪躲，李黑把眼疾手快，一把将栋摩推落马下，而自己却因躲闪不及被飞石击中。当栋摩不顾安危前来察看，只见李黑把脑袋朝下倒挂在马上。他之所以没有跌落在地是因为马镫拴住了脚。栋摩及两名护卫费了好大的劲儿才把他扶下马来，只见他浑身是血，早已失去了知觉，栋摩伸手探了探他的鼻息，也是只有出气没有进气。

“黑把，黑把！我的兄弟！”

栋摩撕心裂肺地呼喊着躺在他臂弯里的爱将，深度昏迷的李黑把似乎听到了栋摩的呼叫，他费力地想睁开眼睛，但只是动了动眼皮，额上汩汩流着的鲜血遮住了他的半张脸。

“黑把，黑把！我的兄弟！”

栋摩再次呼喊，李黑把再也听不见了，只见他脑袋一歪，手一耷拉，在栋摩的怀抱中停住了呼吸。

这时，山上的檑木滚石势头已弱，可以判断出这是张觉伏兵的木石备料已用完。栋摩铁青着脸，几颗浑浊的泪珠子滴落在李黑把的脸上，他把李黑把的尸体放回到马背上，提着刀要往山上冲，闻讯赶来的刘冲赶紧将他拽住，喊道：“大帅！”

“放开我！”栋摩声如炸雷。

“大帅，拼命也轮不着你。”刘冲泪流满面，求道，“但现在，不是拼命的时候。”

栋摩好不容易冷静下来，他看了看自榆关一路躺倒在地上的无法计数的人与马的尸体，心如刀绞。

第五章　老皇帝军帐调情

阿骨打回到大帐的时候，亥时已过。这顶用纯牛皮缝制的大帐乃是攻占辽上京时的战利品，原为天祚帝所有。这大帐大大小小有十数个房间，帐门进来是一条甬道，甬道两旁各有两间小房，为卫队亲兵所用。甬道尽头是一道玉帘，掀帘进去，是铺着虎皮的值事厅，可容纳三十人入座，既可议事也可宴饮。值事厅正中的木胆熊皮的须弥座，是天祚帝的专供。须弥座两侧，又是两道玉帘，各有两间宽大的卧室，这是天祚帝和他的女人们寝息与作乐的地方。

天祚帝撤离辽上京时，虽然带走了五百辆车的宫中物资，但这顶名为“大王帐”的曾经被称为大辽国第一的帐篷，仍然留在了皇宫的库房里。这乃是因为拆卸这顶帐篷，各种皮革饰品物件儿需要五十辆车才能装载，大概就是因为运输量太大，天祚帝才不得不忍痛割爱。

阿骨打攻占辽上京后，宫内的大部分物资，都被他运回到阿什河畔的金上京会宁府，但这顶大王帐却被他留了下来。他希望在战争的空隙中，能够组织一场围猎，那时候，这大王帐就派上用场了。

尽管喝得半醉，阿骨打并没有立刻睡去，而是和陈尔栻一块回到帐篷，并早就通知杰布把宗望、娄石、博勒等人找来。阿骨打与陈尔栻走进大帐值事厅时，接到杰布通知的将军们已经在厅里候着了。

阿骨打一坐上须弥座，酒便醒了大半，他从水老哇手中接过盛满奶茶的金碗，一口气咕噜了下去，然后笑了笑，歉意地说：“看咱这一口酒气，没把你们熏着吧？”

“回皇上，末将来这里之前，也喝了不少酒呢。”完颜娄石恭谨地回答。

阿骨打看了看坐在他对面的宗望，关切地问：“儿子啊，你喝了几口吗？”

“喝……父皇，儿子尝了几口。”宗望恭谨地回答。

“什么酒？”

“当地村家酿的小烧。”

“咱让水老哇给你拿去的那两坛玉壶春酒呢？那可是萧莫娜王宫里的美酒啊。”

“父皇，儿还留着呢。”

“为什么要留着？”

“从这里回到阿什河，还有好长好长的路，儿怕父皇的酒喝完了，所以替你留着。”

“傻瓜，咱这当爹的吃喝，你就少操心，”接着他又咕哝了一句，“今朝有酒今朝醉，老先生，你们汉人是这样说的吧。”

陈尔栻欠欠身子答道：“是的。”

阿骨打接着说：“咱们女真人说，酒是回乡的路。没有酒，咱们就回不了故乡。”

博勒逮空儿说了一句：“皇上的教诲，小将谨记在心。”

“这是教诲吗？博勒，难道你不是女真人的子孙吗？”阿骨打半是揶揄半是训诫地说，“我是你们的皇上，但如果我的每一句话都成了教诲，你们就会厌烦我了。老先生，你说是不是？”

陈尔栻知道阿骨打借着酒劲儿说的话都很实在，但他仍觉得自己有责任引导在座的人恪守仪轨，严守君臣之礼，于是避开这话头，笑着劝说道：“皇上，你金口玉言，做臣子的，哪有不认真倾听的。再说，君有君道，臣有臣道，你今天连夜请他们来，不是来谈论喝酒的道理吧。”

“这倒也是，”阿骨打舔了舔嘴唇，吩咐水老哇端了一碗凉水喝下，然后说，“张觉叛变，杀了左企弓，这个你们都知道了？”

“知道了。”众人一起回答。

“你们的大元帅栋摩，两个多时辰前，带着他的虎林军前往讨伐张觉去了，这个你们知不知道？”

宗望听此吃了一惊，连忙问道：“父皇，是你让皇叔领兵去的？”

“哪会是我？”阿骨打脸上稍露愠色，“你皇叔自作主张。”

“哎呀，张觉这个人阴险狡诈，皇叔孤军前往，会有危险。父皇，请允许儿率军前往支援。”

宗望说着就有些坐不住了，阿骨打抬手示意宗望坐下来，说道：“今天找你们几位来，是想就如何处置张觉反叛之事，听听你们的想法。张觉叛变，表面上是忠于天祚帝，但实际上是在与南朝勾结，这里头究竟有多少阴谋，咱们还得用心琢磨，摸清他的底细，该打探的打探，该防范的防范。南朝在燕云十六州谈判时，一直想拿走平、营、滦三州，咱们认为这三州不是石敬瑭所献，故坚决不给。所以，南朝对这三州一直存着非分之想。依咱看，张觉的叛变，可能是南朝在后面鼓捣的结果。栋摩虽是大元帅，倒像个急先锋，脑子里还没整明白是咋回事儿，就拉着队伍刺里呼啦地走了。自与辽国开仗，栋摩从未输过，这是事实，因此也滋长了他的骄气。这一回，保不准他会栽个大跟头。常言道事儿不来都不来，一来就一窝一窝地来。咱这个大金国皇帝不怕事儿多，也不怕事儿大。你们都跟了我多年，都应该知道我这种习性。就上面说的这些事儿，咱与老先生已议了多时，现在，再听听你们的想法。”

阿骨打一席话，在座的人听了都开了窍儿。听他们七嘴八舌议论一番后，阿骨打便做出决定：一、即刻通知驻军西京大同的完颜宗翰，相机调集兵力，密切监视张觉与天祚帝的动向，切断他们会合的路线，一俟露头，便全部歼灭。二、宗望负责收集张觉与南朝秘密勾结的情报，为日后的军事行动提供依据。三、陈尔栻负责起草对南朝的国书，告知张觉叛城之事，表明我大金国守护平、营、滦三州的立场，此举意在震慑。四、收复平、营、滦三州并镇压张觉及其党羽的军事行动，仍依此前已发布的告示，宜于仲秋进行，眼下已是春耕，不可扰农。接下来是夏季，燠热不宜作战，但在大规模军事行动前，须完成合围三州的兵力部署。有鉴于此，宗望所率三万主力部队，不随阿骨打回返会宁府，留在辽阳府便宜行事。五、责完颜娄石迅速下令留在平州的细作，保护左企弓等一干被张觉杀害的降金大臣们的家属，通过秘密通道，安送出境。六、张觉叛城必争榆关，我军须保此咽喉，以利日后进军。栋摩擅自用兵，惩罚必不可少，但若能进入榆关，亦属抢占先机之善举，宗望可派一支部队前往策应，如栋摩虎林军占领榆关，不必返回。七、燕京迁徙之民，既遭张觉解脱，暂不予追究，但仍需造册清理，日后待三州恢复，就近充实南京。八、照会摄政处理大金国行政事务的吴乞买，迅速选拔平、营、滦三州各级官员，一月之内委任到职，而后到宗望行营待命，就近练习政事。

此一番讨论布置，大约花去了一个半时辰。待众将退出，阿骨打又留下陈尔栻，问他："老先生，你觉得栋摩会怎样？"

陈尔栻沉默不语。

阿骨打又问："他会进入榆关吗？"

陈尔栻叹了一口气，答道："皇上，依贱臣之见，无论是栋摩还是榆关，都凶多吉少。"

阿骨打点点头，咬着腮帮骨。

陈尔栻继续说："皇上，其实你知道结局，只是不肯说出来。"

阿骨打牵起陈尔栻的手，说："老先生你也累了，咱送你回帐篷休息。"

陈尔栻挣脱阿骨打的手，抱拳一揖，动情地说："老朽何德何能，敢劳皇上相送。老朽这就告辞，皇上也早点安歇。"

"睡不着啊！"阿骨打叹道。

陈尔栻浅浅一笑，小声提醒道："皇上，你可别辜负了乌古乃皇后的一片好心。"说罢退出了帐篷。

阿骨打离开值事厅，回到须弥座右侧帐篷，这是他的卧室，里侧是一个高度为两尺的由厚木板搭建的炕台，上面铺着丝绵锦褥和大红缎面的盖被，炕台下是狭长的铺着纯白驯鹿皮的平地，上面搁了一张小桌子、两只小凳子，旁边还有一乘躺椅。

阿骨打进来时，一位姑娘背对着帐篷门坐在小桌子旁的凳子上，是柳芽儿。

夜色已深，柳芽儿手支着下巴倚着桌子打盹，阿骨打的脚步将她惊醒，她站起来转过身，揉着眼睛不知所措。

阿骨打坐到炕沿上，看到柳芽儿局促不安的样子，便宽慰地说：“柳芽儿，你坐下。”

“奴婢不敢。”柳芽儿嗫嚅着。

“咱叫你坐，你就坐。”

“谢皇上。”

柳芽儿面对着阿骨打坐了下来，阿骨打看她眼眶红红的，眼角还挂着泪珠，又问道：“你怎么流泪了，谁欺侮了你？”

“启禀皇上，没人欺侮奴婢。”

“没人欺侮，为啥流泪呢？”

“是这蜡烛。”

柳芽儿不好意思地指了指小桌金烛台上点燃的蜡烛。

“是蜡烛的烟熏得你流泪？”阿骨打走过来，把脑袋凑到金烛台跟前，眯眼瞅了一会儿，说，“这蜡烛用的是上等油料，没啥烟子灰呀。”

“启禀皇上，不怪蜡烛，怪奴婢的眼睛娇气。”

“是有点娇气，”阿骨打摇摇头，又回到炕沿坐下，接着问，“你难道连蜡烛都没有点过？”

“没有。”

“那，你是辽王宫的宫女吗？”

“是的。”

“你既是宫女，怎么会没用过蜡烛呢？”

“奴婢的主子不用蜡烛。”

“你的主子是谁？”

“萧太后。”

“萧太后，你是说萧莫娜？”

“回皇上，是的。”

“听说供萧莫娜使唤的宫女有好几百人，你是做什么差事的？”

“侍寝。”

“侍寝，什么叫侍寝？”

“就是料理萧太后睡觉。”

“睡觉还要人料理，萧莫娜也太折磨人了。”阿骨打咧嘴一笑，又问，“柳芽儿，你既料理萧莫娜睡觉，又不点蜡烛，难道黑灯瞎火地上床？”

“不是的，皇上。萧太后的寝宫里，不点蜡烛，而是用夜明珠。”

“夜明珠？”

“这夜明珠的光，幽幽的，比月光稍亮一点，屋子里朦朦胧胧的。萧太后说，月亮上的桂宫，应该就是这个样子。”

“这个女人！”

阿骨打赞叹了一句，他的语调低沉，所以柳芽儿无法判断他这句话的准确含义，究竟是欣赏呢还是斥责。帐房里沉默了一会儿，阿骨打又问：“柳芽儿，你告诉本皇上，你是如何料理萧太后睡觉的？”

“启禀皇上，侍寝的宫女不止奴婢一人，有好多个呢！”

“还有好多个？这是咋回事儿呢？”

“侍寝分成好多个差事，有专为萧太后卸头面首饰的，有专门替她清理面妆的，有专门烧调汤水的……”

“什么汤水？”

“沐浴专用。先是热水要烧到好处，然后往水中添两岁口的牛乳，还有二十几味香草熬制的汤料。”

“这萧莫娜，难道是王母娘娘吗？”阿骨打突然拍了拍炕沿，看样子是有些恼怒了，他噘着嘴似乎在想着什么，旋即回过神来，抬起手指着柳芽儿说，“往下说，料理萧莫娜洗澡，然后呢？”

“烧水调料两个人，然后侍浴又是两个人，都是宫女。”

“唔，接着说。”

“沐浴后，就轮到奴婢前来为萧太后料理了。”

“你干的啥活儿？”

“涂香末。”

“涂香末，都是些啥玩意儿？”

“有几十种呢，身子的部位不同，使用的香末也不同。”

“你说说看，说仔细点。”

“皇上，奴婢先说脸部，萧太后用于眼部、额头、两腮及下巴的香末都不同，接着是玉颈、胸、腹及臀部，两腿至脚趾间，每一处都要认真涂抹、摩抚。”

“这些香末，不同在哪里？”

“香末中有名贵的麝香、北珠粉、沉香粉、龙涎香，还有金心兰花粉、香附子、马铃花蜜，皇上，好多好多呢。”

“这萧莫娜，果然活成人精了。”

“皇上，萧太后从卸下头面首饰到最后躺到床上睡觉，要花去一个多时辰呢。”

阿骨打喃喃地说：“天天这么料理，萧莫娜也不怕麻烦。”

“不这样，萧太后怎么可能成为大辽国的第一美人呢。”

“柳芽儿！”

“奴婢在。”

“你每天都看到萧莫娜赤裸着身子，你看得真切，你告诉本皇上，萧莫娜究竟美在哪里？”

“这……”

“柳芽儿，但说无妨。”

“皇上，奴婢有些害羞。”

“说嘛，说萧莫娜又不是说你，你害的哪门子羞？”

“这萧太后，第一是皮肤白，那是真的白呀，在夜明珠的光芒下，简直就是一个玉人。”

“这白是天生的吧？”

“是的，但也要后天保养，涂抹北珠粉最最管用。”

“一颗北珠，就值十两银子，涂一次北珠粉，那要花多少银子？”

“一次就需要一颗北珠。”

“这女人，逮住她非宰了不可。”

“啊？皇上！”

柳芽儿一声惊叫。阿骨打意识到自己的情绪有些失控了，便又强迫自己平静下来，他用略带歉意的口吻对柳芽儿说：“没吓着你吧，你继续说。”

柳芽儿惊魂甫定，说话竟有些语无伦次了：“皇上，皇……啊，皇……皇上，奴婢不知晓，还……还需要说什……什么。”

“柳芽儿你别紧张，你就说萧莫娜的身子，究竟美在哪里？你方才说她的皮肤白，这是第一，那第二呢？第二是什么？”

“第二，第二是她的大眼睛，这眼睛又大又有神，会说话，她心情好的时候，这眼睛全是柔柔的慈光，不管是朝中的大臣还是街上的老百姓，谁见了她都说她是观音菩萨现世，都想给她磕头。不过，秦晋王说，萧太后最好看的不是眼睛，而是嘴。”

“嘴？你说说她的嘴。”

“萧太后的嘴，红艳艳的，真的像玫瑰花瓣，她的嘴角翘翘的，嘴唇不薄也不厚，一笑就露出一口比北珠还白的牙齿。还有，还有……”

“还有什么？快说呀！”

“还有，还有，萧太后总是在嘴唇上涂蜜。”

“涂蜜？”

“是，涂蜜，她通常会涂马铃花蜜与楝花蜜，她认为这两种蜜香气淡雅，且很甜。她涂的口红是用金心兰花与玫瑰花蕊熬制成的。然后，再把这两种蜜加进去涂在嘴唇上，看上去又红又亮。秦晋王早上起来，都会过来亲亲萧太后的嘴，秦晋王说，他心爱的王后嘴唇总是甜的。”

阿骨打被柳芽儿的描述带进了一种幻想中，他眼前总是闪现一个身穿着薄如蝉翼的白色睡袍的女人，她蓬松着头发，脸上浮漾着嫣然的笑，她偶尔做出一副嗔怒的样子，看上去却更迷人。这女人有时像乌古乃，有时又像迪雅，但更多的时候却是他想象中的萧莫娜。从柳芽儿的描述中，他知道一个真正的女人应该是什么样子，他感到身上热血沸腾，喉咙有些发干，他舔了舔嘴唇，自言自语地说：

“萧莫娜是个好女人。”

柳芽儿听到这句赞扬，眼睛立刻发亮了，她的脸上露出了自进入大王帐后的第一个笑容。阿骨打注意到这一点，问道：“柳芽儿，你为啥笑呢？”

“回皇上，是因为您赞美了萧太后。”

“看来你喜欢你的老主子。”

柳芽儿再次紧张起来：“皇上，奴婢罪过。”

“柳芽儿你没有罪过，”阿骨打心情亢奋起来，“好东西谁都爱。”

“可是……”柳芽儿欲言又止。

“可是什么？”

“皇上你刚才说，你若碰到萧太后，非把她宰了不可。”

“我说过了吗？”

“皇上刚才说过的。”

“啊，我怎么不记得了。”阿骨打一拍脑门子，朝门外大喊了一声，“水老哇！”

正在值厅里打瞌睡的水老哇浑身一激灵醒了过来，三步并作两步跑到卧房门外，问道：“皇上有何吩咐？”

阿骨打走到门口，挑开门帘儿对水老哇说：“天一亮，你就传我的令，从现在起，三军将士不管在哪里碰到萧莫娜，只准活捉，不准伤害，谁要伤她一根毫毛，军法处置。”

这命令很突兀，水老哇一时无法理解，但他知道阿骨打皇帝是个说一不二的人，于是禀了一声“遵命！”便又退下了。

阿骨打回头看着一脸感激的柳芽儿，对她说：“柳芽儿，你不是怕蜡烛吗？本皇帝命令你，把蜡烛给吹灭喽。”

“皇上？”

“吹灭，吹灭喽，来陪咱睡觉。”

第六章　向太阳神祈祷

黎明之前，老天爷开始下雨了。不是冬日的冻雨或者夏天的暴雨，而是绵绵的润物无声的春雨。这雨下到山上，会让林木更加葳蕤，下到田野上，会让庄稼茁壮地成长。而且，山谷中，路边上，村庄边的隙地上也会借助雨滴的浇灌生长出一簇簇不知名的野花。转眼间，你就会发现大地的色彩丰富起来、生动起来。七彩的花朵与疯狂的绿色一起喧闹。在这迷人的季节里，大地醉了，森林醉了，牛羊醉了，即便那些在花丛中翩翩起舞的蝴蝶，也全醉了。

鸳鸯泊边上的大金国皇帝的行营，沉浸在一片少有的安谧中。略含一点凉意却仍是温暖的春雨与从湖面上弥漫开来的雨雾黏合在一起，笼罩着几百座帐篷。如果从云层上俯瞰这一片地方，会觉得它仍然是一个梦乡，或者是童话中的巨大的蘑菇林……

辰时一过，乌古乃就派人到大王帐这边探询消息，问阿骨打皇帝是否起床了。两眼布满血丝的水老哇一副没睡醒的样子，没精打采地告诉来者："你去禀告乌古乃皇后，皇上睡觉时天都快亮了，这会儿怎么着也不会醒的。”当第二次使者来问皇上是和谁睡在一起时，水老哇顽皮地一笑，神秘答道：“没错，一切都是乌古乃皇后安排的，那个柳芽儿，与皇上睡在一起呢。”

时间一点一点地过去，密一阵疏一阵的雨一直下个不停。接近中午了，忽见各条山道上有很多战马向大王帐驰来，惊动了附近帐篷里的陈尔栻、杰布等人，当然也惊动了乌古乃与迪雅等，他们不知道发生了什么事情，都纷纷走出帐篷。

最早来到大王帐跟前的是宗望，接着是娄石。他们都穿着铠甲，战马也全身披挂，陈尔栻招手让两位将军到他的帐篷避雨，询问他们究竟发生了什么事情。

“老先生你也不知道吗？”宗望惊愕地问，“皇上呢？”

“皇上还在睡觉呢。”陈尔栻替阿骨打掩饰，“昨晚你们走了以后，皇上又让我留下来，商议了一个多时辰的国事，天快亮时才分手，我看他乏极了。”

“哦，皇上难得睡一个囫囵觉。”娄石的语调中充满同情。

“宗望，谁让你们来的？”陈尔栻又问。

“五皇叔。”

“栋摩？他不是去了榆关吗？是他通知你们到大王帐来？”

“是的，他派人来告谕，让我们即刻赶来这里。”

“你们知道栋摩现在哪里？”

宗望与娄石都摇摇头。

陈尔栻顿觉得事有不妙，不免纳闷地说：“这大元帅葫芦里卖的什么药呀？”

说话间，只见从各处骑马而来的将军们挤满了大王帐前的空旷的隙地，而杰布卫队的两千余名士兵也都钻出了帐篷，鸳鸯泊的气氛顿时紧张起来，谁也不知道发生了什么事情，而阿骨打皇帝还在大王帐中睡觉，谁也不敢去叫醒他。

众人正心怀疑问，忽见远处的山路上，出现了一支卷旗倒戈的队伍。

由于稠密的雨线，大家看不清这队伍中有谁，但从服装及队形来看，无疑是大金国的军队。于是，在场的人都屏神静气看着这支队伍缓缓走近。等到这支队伍穿过最后一道树林，走到离大王帐只有四五十丈远的时候，大家这才看清，在这支队伍最前边的那匹栗色战马上，坐着一位上身赤膊下身只穿一条裤衩的汉子。这汉子双手反剪，被一条麻绳捆绑，背上插着一把还带着青色枝叶的荆条。

眼尖的宗望首先认出来，不免惊呼了一声："这不是五皇叔吗？"

紧接着，隙地上的将军们出现了骚动，有人尖叫：

"这不是大元帅吗？"

"大元帅怎么啦？"

"大元帅，你怎么这样？"

宗望与娄石、博勒等人飞奔过来，在隙地的边缘迎上了栋摩。他们要扶栋摩下马，被栋摩阻止，他一偏身子自己跳下马来。

宗望趋前半跪着向栋摩行了军礼，不解地问："五皇叔，你这演的是啥戏呀？"

栋摩眼睛里噙着泪光，扭过头看着跟在他后头的队伍说："你们看看，你们看看。"

众人这才注意到，栋摩后面跟着的是虎林军。这支曾经让大辽国的将士闻风丧胆的铁骑，如今的情形真是让人惨不忍睹：大约有一多半的战马上都染有湿漉漉的血迹，战马背上驮着的骑士，有一半以上的人负伤，还有不少战士的尸体横卧在马背上。骑士手中的枪矛不少被折断，他们的脸色晦暗，眼眶里充溢着屈辱的泪水……

随后赶来的陈尔栻，一看这情形心中明白了大半，他想安慰栋摩又不知从何说起，只得问道："大元帅，你是来向皇帝负荆请罪的吧？"

栋摩羞愧地点了点头。却说在榆关前连续遭受伏击后，虎林军死伤过半，栋摩深知这一场惨败是由他的鲁莽引起，万死难辞其咎，于是决定亲自到他的亲哥哥阿骨打皇帝的大王帐前负荆请罪，并通知三军将佐赶来见证。

看到虎林军狼狈的样子，宗望心中也责怪五皇叔的草率出征。但事既至此，他又为五皇叔的处境担忧。毕竟，栋摩的这场惨败是三年克辽战争中唯一的一次。他预料父皇得知消息后，一定不会轻饶。

看到栋摩古铜色的肌肉上起了鸡皮疙瘩，陈尔栻说："大元帅，到老朽的帐篷里避避雨去吧。"

"不，烦老先生去把皇帝请出来。"

"这……"

"这有难处吗？"栋摩回头看了看他身后的战马上驮着的李黑把的尸首，痛苦地说，"我不是孬种，我特意前来请求皇上处置。"

就在大家议论不出头绪时，忽见大王帐的门帘被掀开了。首先出来的是水老哇，他的身后跟着两名士兵抬着那一把阿骨打惯坐的椅子，还有一名士兵擎出一把大大的油布伞遮住椅子免遭雨水打湿。紧接着阿骨打走出来坐到椅子上，只见他脸色铁青，朝人群中扫了一眼，然后耷拉下眼皮，一声不吭。

却说临近五更天的时候，阿骨打才让柳芽儿陪着他上床睡觉。在享受这位美丽宫女的柔软而洁白的胴体时，他的脑海里浮现的却是萧莫娜的形象。这形象有时冷冰冰的像一尊玉雕，有时像彩云上袅袅娜娜的仙女；有时她骑着烈马驰骋在草原上，有时她戴着星月宝冠在祭神的晚会上翩翩起舞……阿骨打并不是一个想象力丰富的人，同时也缺乏浪漫的情怀。但当他把柳芽儿拥在怀中的时候，一种美丽的错觉让他觉得是和萧莫娜激情相拥。所以，在漆黑的帐房里，在可以闻到热烘烘的泥土气息的床上，他感到每一分钟都在凤凰环舞的彩云上，每一分钟又都在白雪簇拥的温泉里。柳芽儿常常发出尖叫或者呻吟，受到这声音的刺激，阿骨打被锁在身体中的那头狮子骤然挣脱了羁绊，它开始在生命的原野上撒蹄儿狂奔，任何人也不知道，这头狮子的爆发力多么猛烈，又多么持久。阿骨打感到自己从来没有这么畅快过，他甚至有点肆无忌惮了。但是，彻底的放纵必然带来更大的疲倦，不知过了多久，也许已天亮多时了，阿骨打才一把推开柳芽儿，侧着身子沉沉睡去。等他再次醒来——当然不是自然醒，而是杰布站在门外隔着密不透风的帘子将他唤醒的。

“什么事？”阿骨打睡眼惺忪地问。

“启禀皇上，栋摩大元帅负荆请罪来了。”

“谁？栋摩？他怎么了？”

“他负荆请罪来了。”

杰布在门外简单地说了事情的原委，阿骨打一边听，一边在柳芽儿的帮助下穿了衣服，然后随着杰布走出了大王帐。

阿骨打在椅子上刚坐定，栋摩就趋步上前，在离阿骨打大约两丈多远的泥地上跪了下来，泪水和着雨水在他脸上流淌，他似乎花了好大的勇气喊了一声：

“大哥，皇上！”

阿骨打此时头痛欲裂，他用手按了按额头，盯着栋摩说：

“喊大哥就不要喊皇上，喊皇上就不要喊大哥。”

“皇上！”

栋摩背上的荆条在风中抖动，跪在泥地上的膝盖也让小石子硌出了血。尽管他脸上满是羞愧，阿骨打却仍冷冰冰地问：

“张觉呢？”

“没见着。”

“榆关呢？”

“丢了。”

“谁让你出兵的？”

“我自己。”

“你的虎林军死伤多少？”

“过半。”

“栋摩啊栋摩，按大金国的军法，你该当何罪？”

“理当斩首。”

“那你为何还要回来？”

“皇上，你的五弟栋摩不怕死，但是，咱也不肯自杀。畏罪自杀，也不是大丈夫所为。”

“让我下令杀你？”

“是的。”

这一对亲兄弟此时四目相对，阿骨打的眼光中既有赞赏，也有愤怒；栋摩的眼光中却是懊悔掺杂着倔强。所有在场的将军僚佐们，无不屏神静气，紧张地关注着事态的发展。

宗望知道父亲的脾气，他知道只要父亲的嘴中吐出“军法从事”或“你自裁吧”这样的话，五叔栋摩就没有存活的理由。他为了阻止那一刻的到来，便赶紧趋前一步，单腿跪在雨地里，高声求道：“父皇，请饶大元帅一命！”

宗望既带了头，所有在场的人一时间都齐刷刷跪了下去，齐声禀道：“恳请皇上开恩，饶过大元帅。”

阿骨打此时头痛欲裂，喉咙里似有一条火龙在窜。他想要一碗水，却发现舌头呆滞不能发声。他艰难地伸出一根手指头指着自己的脑袋。

宗望感觉有点不对劲，赶紧从地上爬起来冲到父亲跟前，却发现这位大金国的皇帝两眼发直，口角已经歪斜了。

“父皇，你怎么了？”

阿骨打的嘴唇嚅动了一下，他想说“头痛”两个字，却发不出声来。

“父皇！”

“皇上！”

现场的人一齐呼喊，但阿骨打已经听不见了，只见他头一歪，倒在了宗望伸过来的臂弯里。

在宗望、杰布与水老哇等人的协助下，阿骨打被抬进了大王帐。当宗望一脚踏进父亲的卧房，发现柳芽儿还战战兢兢站在里面，他略略有些诧异，但来不及细想，而是与水老哇一起小心翼翼地将阿骨打抬到炕上，让阿骨打头朝炕沿平躺下来，并吩咐柳芽儿去炕里头找来枕头塞到阿骨打脑袋底下。

阿骨打除了身子偶尔抽搐，倒像是熟睡一般，鼾声如雷。这时候，闻讯赶来的随着阿骨打南征北战的军中大萨满穆克石带着法器和药箱赶来了。随他进到帐房的，还有乌古乃和迪雅。

大萨满穆克石看到昏迷的阿骨打，首先趴在地上磕了三记响头。这是君臣的礼份，任何时候也不能省略。然后，他脱掉靴子赤脚走到炕上，面对面审视了阿骨打一番，并探了探他的脉搏，伸手摸了摸他的额头，这才神色严峻地说："天上的神，亲自来接咱们的阿骨打皇帝了。"

"是天上的哪一尊大神呀？"乌古乃心揪得紧紧的，担忧地问。

"太阳神。"

"太阳神？这主宰万物的神，真的是他亲自来了吗？"

乌古乃问着，泪珠儿扑簌簌滴落在她握着的阿骨打的手臂上。

迪雅也哭了起来。

宗望也背过脸去，偷偷地抹起了眼泪。

生活在白山黑水间的女真人都知道：太阳神总是在人们出其不意的时候，降落在人间亲自收走那些万人仰慕的英雄。因为，这些英雄原本就是他派遣到人间救苦救难的。

迪雅跪到了地上，低头祷告："太阳神啊，至高无上的太阳神啊，求你不要带走我的王，要带，你就带走我吧。"

穆克石打开药箱，从中取出一只镶嵌着宝石的小琉璃瓶，取下金制的瓶塞，非常小心地从中倒出一粒只有芝麻一半大的药丸，掰开阿骨打的嘴，将药丸塞进他的嘴中，随即念起了咒语。在穆克石混浊的鼻音中，在场的人看到，阿骨打的嘴唇艰难地嚅动了一下，随即，他的鼾声停止了，那样子，更像是熟睡了。

穆克石把小琉璃瓶递给乌古乃，吩咐道：“乌古乃皇后，阿骨打皇帝咽下这粒还阳丹，可以平稳一个时辰。待过了一个时辰，你再喂给他一颗。”

乌古乃感激地收好小琉璃瓶，问：“穆克石，这是什么仙丹哪？”

“我说过了，还阳丹。”

“这小瓶里有多少颗？”

“六十颗。”

“六十颗，”乌古乃心里默算着，喃喃地说，“这就是说，皇帝可以活六十个时辰，也就是五天，穆克石，五天之后呢？”

“五天之后，我也不知道怎么办，”穆克石痛苦地说，“乌古乃皇后，让我们一起祈祷太阳神吧。”

“是啊，穆克石大萨满，快把你的羊皮鼓敲起来。”

“好的，乌古乃皇后，我遵从你的吩咐。”说着，穆克石捋了捋下巴上稀稀疏疏的山羊胡子，指着水老哇等人说，“这帐房里，就留下三位女人照看阿骨打皇帝，其他的人，都跟随我到大王帐外，乞求万能的太阳神吧。”

于是，在宗望的带领下，屋子里的男人都跟着穆克石来到了大王帐外。

绵绵密密的雨还在下着，面对着大王帐，栋摩仍跪在泥泞里。宗望见状，连忙过去搀扶，栋摩用肩膀搡开他，固执地说：“宗望，你不能让五叔坏了规矩。”

“规矩？五叔，你还等着父皇对你的判决吗？”

“是的。”

“你没有看到父皇晕倒了吗？”

“你的父亲是被我气晕的。他应该已醒过来了。”

“五叔，父皇他……”

宗望哽咽起来。栋摩怔怔地瞅着他，疑惑地说：“宗望，你父亲他？”

“父亲他已宽恕了你。”宗望不由分说将栋摩搀起来，并给他解开了麻绳，将那一把插在背上的荆条摔得远远的，然后说，“五叔，让我们一起乞求太阳神吧。”

“太阳神？”栋摩一愣，腿突然发软。

宗望强忍住眼泪，颤声说：“太阳神要前来接走父皇……”

“不，这不可能！”

栋摩按捺不住地哇哇大哭起来。

而这时，穆克石手中的羊皮鼓已敲响了，他灿烂的法衣上的雨珠儿滚动着，这是因为他的身子已顺应羊皮鼓的节奏扭动起来，他手上的七星宝剑已高高举起。四个小萨满围在他的四周，持着辟邪杖、桃木剑等法器开始了舞蹈。

穆克石开始唱歌了，他唱的是一首名叫《我们赞美万能的太阳神》的歌：

从天上到人间有千万条路，
千万条路都为你而展开。

四个小萨满跟着唱：

每条路上都飞翔着，
比海东青还要矫健的使者。

穆克石接着唱，他的音色虽然略微沙哑，但充满磁力：

太阳神，万能的太阳神啊，
人世间所有的英雄，
都是你派遣的使者。

在场所有的将士们，都跟着穆克石歌唱：

太阳神从东方来，
我们把朝霞献给他；
太阳神从西方来，
我们把山一样的金子献给他；
太阳神从南方来，
我们把大海的珍珠献给他；
太阳神从北方来，
我们将白雪一样的羊群献给他。
太阳神啊太阳神，
求你不要带走我们的英雄，
他的剑还要帮我们斩除苦难……

第七章　帐房中的妖人

在穆克石领着众将士为阿骨打祈祷的时候，陈尔栻心里头已生了不祥之兆，即阿骨打的生命可能已到了尽头了。尽管他不愿意接受这样的现实，但他清楚，一个长期疲劳又骤然兴奋与愤怒交织的人，一旦中风就很难救回来。阿骨打若是驾崩，金、辽、宋三国的局势立刻就会发生变化。眼下，大辽国虽然疆土失去十之八九，天祚帝与萧莫娜又都在逃亡路上，但毕竟还有耶律大石与张觉两股军事力量不容小觑；而与南朝关于燕云十六州的谈判还在继续，一是山后六州尚未归还，二是平、营、滦三州的管制权，双方还在暗中较劲儿。凡此种种，有阿骨打在，无论是对辽还是对宋，主动权都会在大金手中；如果阿骨打的死讯传到南朝或者逃亡的天祚帝的耳朵里，很可能会在三国的较量中横生枝节……

陈尔栻越想心里头越急，于是让人将宗望从祈祷的队伍中拉出来，两人走进大王帐，在值厅的角落里觅了凳儿坐下，陈尔栻眉心里蹙了疙瘩，慢声拉气儿说："宗望将军，皇上倒床了，你是最得皇上信任的儿子，又是东路军的总指挥，你说，该如何渡过眼下这个难关？”

宗望揩了揩眼角的泪痕，回问道：“老先生，您见多识广，您说，父皇还有救吗？”

“皇上命硬，但愿他能从鬼门关里走回来。”陈尔栻说着喉头也发硬了，他的喉节滑动几下，哽咽着说，“但是，皇上这一回的病来得太突然。”

“父皇是中风吗？”宗望问。

陈尔栻点点头。

宗望愣怔了一下，脸上的表情忽然变得坚毅，对陈尔栻说：“老先生，这边的祈祷与救治不能停止，但后事的料理还得秘密进行。”

“大将军说得是，该如何进行呢？”

“是不是请栋摩五叔一起来商量？”

“这个恐怕不行，”陈尔栻摇摇头说，“他犯了军法，眼下是戴罪之身，恐不能参与军国大事。”

“可他是父皇的亲弟弟啊。”

“这不是平常百姓家里，主人辞世了，兄弟姊妹三亲四戚七大姑八大姨都可以来吊孝，来守个灵送个引魂幡儿什么的。阿骨打是你的父亲，是栋摩的亲哥哥，这个不假，但他更重要的是大金国的皇帝。他如果驾崩了，唯一能代表他发号施令的，不是别人，就是你宗望。不是因为你是阿骨打皇帝的儿子，而是因为你是大金国东路军的主帅，眼下在阿骨打皇帝的身边，就你的职衔最高。”

“老先生，多谢你教诲，我明白了。”宗望听着帐外的此起彼伏的祈祷歌声，问陈尔栻，“老先生您说，现在，咱们要做的要紧事是什么？”

陈尔枤回道：“大将军，老朽想听听你的主张。”

宗望略略思忖了一会儿，说道：“第一，现在就派遣快马，日夜兼程赶往上京会宁府，知会四叔吴乞买，让他尽早赶来；第二，也要派遣快马去大同，通知宗翰也尽早赶来；第三，父皇昨夜里做出的关于张觉叛城的处置，照样执行不作更改。”

“这三样很好，事不宜迟，大将军赶快布置下去。”

宗望于是让杰布喊来麾下偏将，派出几路快马执行任务去了，而后又吩咐杰布说：“你去告诉穆克石，这祈祷太阳神的歌不要再唱了。”

杰布对这个命令不理解，甚至有点吃惊，迟疑地问：“大将军，将士们都在为皇上祈祷呢。”

“你对大伙儿宣布，皇上醒过来了。”

“皇上醒过来了？”

宗望点点头。

杰布朝阿骨打的帐房看了看，嘟哝道：“大将军，皇上没有好转啊。”

陈尔枤插话道：“杰布，按大将军的吩咐去做。”

杰布尽管不愿意，但还是快步走了出去。

看着杰布走出帐篷的门，陈尔枤赞赏地看着宗望，再次压低声音说：“大将军，你这样做很好。当下，在这皇上的行营里，以及你的东路军的三万将士中，第一是要稳定军心，让大家相信，老皇上还活着；第二，老皇上的病情，要绝对隐瞒，一点风声都不能泄漏。”

正说着，只见门帘儿被撩开，穆克石带着两脚泥水急匆匆走了进来，摇着手里的羊皮鼓，嚷道：“大将军，你说皇上的病好了？”

“是的，大萨满。”

“可是，我知道皇上这样深深地迷盹，一时半会儿不会好的。”

“这个我知道。”

“那，你为什么要我停止祈祷？”

“因为不要让将士们人心惶惶。”

“啊……”穆克石似乎明白了其中的奥妙。

“穆克石大萨满，求你快去吧。”

“我，我这就去。”

穆克石又摇响羊皮鼓走出大王帐，只听到他站在帐门外大声喊道：“诸位将士们，你们都听着！”

旷野中的歌声停止了。

穆克石大着嗓子说道：“弟兄们，大金国的将士们，你们诚心诚意不知疲倦的祈祷起作用了，伟大的太阳神发出了慈悲，他把你们无比尊敬的阿骨打皇帝从死神手中夺了回来，阿骨打皇帝现在可以睁着眼睛看着大家了。”

穆克石的话让将士们兴奋，人群中爆发出欢呼声：

“太阳神万岁！”

“阿骨打皇帝万岁！”

听到这样的由衷的赞美，陈尔栻与宗望阴郁地对视着，心里头却熬拉巴糟地难受。

就在穆克石在大王帐外举行萨满仪式为阿骨打祈祷的时候，乌古乃、迪雅与柳芽儿三个女人留在帐房里照料阿骨打。乌古乃张罗着让两位亲兵弄来一桶热水，亲自替阿骨打擦脸、手和脚。曾有一段时间，阿骨打口吐白沫，虽然吃了穆克石的还阳丹后平静了下来，但嘴角的白沫却仍是擦完了还流。乌古乃一边擦拭，一边深情地呼唤着：

“王啊，我们的王啊！你太累了，该歇一歇了，该痛痛快快地睡一觉了，可别睡得太死啊，睡过头了，太阳神不答应，你的女人们也不答应啊。王啊，我看到你眼皮子动了一下，啊，你在听我说话吗？”

乌古乃说着，泪珠儿吧嗒吧嗒掉下来，迪雅与柳芽儿也跟着嘤嘤地哭泣，但她们不敢放声，生怕惊扰了“熟睡”的阿骨打。

这时，帐篷外的歌声传了进来，三个女人凝神谛听着：

太阳神啊太阳神，
求你不要带走我们的英雄，
他的剑还要帮我们斩除苦难。

迪雅情不自禁跟着唱起来，她本来就有一副令人陶醉的好嗓子，但这会儿她不敢放声唱，只是轻轻地哼着：

太阳神啊太阳神，
大地上的花儿都求你，
满天的星斗都求你，
让英雄回到他女人的怀抱，
让亲人回到他的故乡……

唱着唱着，迪雅突然失控地大声哭起来，乌古乃赶忙提醒她：“迪雅，别惊扰了我们的王。”

迪雅停止了哭泣，但她的情绪并没有平静下来，只见她突然从炕上跳下来，狠狠地推了一把站在乌古乃身边的柳芽儿，吼道：“你出去。”

柳芽儿被这突然的举动吓蒙了，她一边后退，一边嗫嚅着：“迪雅皇后，我……我……”

迪雅一步一步紧逼她，手戳着她的鼻子，咬着银牙说：“是你害死了皇帝，你是一个贱人，贱人，贱人！”

柳芽儿像是一只受到攻击的小绵羊，瑟缩着不知所措，眼看迪雅要把她推到门外了，乌古乃咳了一声，声音很低却很严厉地喊了一声：“迪雅！”

迪雅停止了进逼，回转身来望着乌古乃。

乌古乃盯着迪雅问：“干吗为难一个小姑娘？”

迪雅分辩说：“姐姐，如果没有她，皇上就不会瘫成这个样子，要知道，他昨天下午还杀死了一头野牛。”

乌古乃不与迪雅争辩，而是对站在门口瑟瑟发抖的柳芽儿说：“柳芽儿，你过来。”

柳芽儿畏惧地绕过迪雅，重新走回到炕沿边，乌古乃将手中的汗巾递给她，爱抚地说：“皇上的额头、手心一直在冒虚汗，你替他擦擦，注意，汗巾若是凉了，就放在热水里蘸一蘸。”

“奴婢遵旨。”

柳芽儿感激地看了乌古乃一眼，接过汗巾，轻轻地擦拭着阿骨打的额头。

“迪雅，咱姐儿俩借一步说话。”

乌古乃说着，便牵着迪雅的手走出了帐房。当然也没有走出多远，只是在值事厅的须弥座旁边站了下来。乌古乃瞅着迪雅气鼓鼓的样子，开导她说：“迪雅，眼下皇上的病势不好，在这节骨眼上，你可不能撂脸子。”

“姐，我啥时候撂脸子了？”迪雅不服气地嚷开了，“你以为我是那种搅牙的人吗？”

乌古乃苦笑着：“姐没说你嚼性，可是，你干吗要那样对待柳芽儿？”

“我就觉得，皇上中风，就是因为柳芽儿……”

“迪雅，你不能这样说。”

“我偏偏要这样说，”迪雅摽劲儿嚷道，“你说，皇上要不是和这贱人鬼混了一晚上，怎么能……”

“迪雅！”

乌古乃断喝一声阻拦了迪雅的话头，她的脸色冷得像块冰，看来是真的生气了。

“姐！”迪雅有点心怯了。

乌古乃严厉地训斥了迪雅几句：“你是怎么说皇上的？鬼混了一晚上，这样凶巴巴的话，咒骂二混子的话，居然从你的口中说出来，你这是咒骂皇帝啊！你不觉得羞耻，我都替你害臊！”

“姐，我，我是心疼皇上。”

“心疼皇上，就在心里为他祈祷，就去陪他受罪。这会儿，皇上不能说话，但保不准他正在抽筋扒骨地疼呢。”

“姐，不管怎么说，咱们的王，他，他昨儿晚上，的确与柳芽儿待了一整个晚上，然后，起床不到半个时辰，就蔫嘎儿地走了。”

“迪雅，咱们女真人的英雄，就像草原上的骏马，只能倒在奔跑的路上，不能死在马厩里。”

“姐，这帐房难道不是马厩吗？”

“不，它不是。”乌古乃深情而又略带遗憾地说，“咱们的王还是欠点福气，他没有倒在沙场上，也没有倒在女人的臂弯里。”

“姐？”

迪雅对乌古乃的话感到惊讶，她琢磨着还想问点什么，却听得帐房里传来柳芽儿的尖叫：“皇后！皇后！”

乌古乃与迪雅赶紧冲进了帐房，只见柳芽儿两眼直直地瞪着帐房右上角的穹顶，嘴巴张开着，一脸惊恐。

乌古乃首先看了看躺在炕上的阿骨打，他依然平静地躺着。乌古乃这才放心了，她问柳芽儿：“你看到什么了？”

“那里，那里……”

柳芽儿依然指着那片帐篷顶，乌古乃与迪雅顺着她手指的方向看去，什么都没有。乌古乃为了把柳芽儿从惊恐中解救出来，她把柳芽儿的手攥在自己的手心里，尽量平静地问：“柳芽儿，那里有什么？”

“有一个人头，在那里飘浮着。”

“还在吗？”

“还在。”

“长成啥样儿？”

“眼眶凹凹的，龇着牙，留着山羊胡。”

“这会是谁呢？”

乌古乃也感到心里发憷。迪雅看到房门旁的衣架上，挂着阿骨打的铠甲和佩剑，便跑过去拿起那把剑，跳上炕，用剑朝着柳芽儿指的地方一阵乱捅，然后问柳芽儿：“那妖人还在吗？”

“不在了。”柳芽儿一副惊魂未定的样子。

“去哪儿了？”迪雅依然举着剑。

“飘走了。”

“从哪儿飘走的？”

“没看清。”

“这个也看不清？”迪雅不满地斥责。

柳芽儿回答：“那人头就在原地飘来飘去，然后就不见了。”

两人对话的时候，陈尔栻与宗望、杰布、穆克石等人也都掀帘儿走了进来。这房中的动静也把他们惊动了。

“发生了什么？”宗望问。

“这帐房里出现了妖人。”

杰布与穆克石面面相觑。迪雅收回剑，下了炕，把剑挂回到衣架上。

“妖人？”

“对，妖人。”

迪雅把事情的原委讲了一遍。宗望听完了，问柳芽儿：“是这样的吗？”

柳芽儿点点头。

宗望问穆克石：“大萨满，你说，这妖人为何会在这时出现？”

穆克石一直在为阿骨打的病提心吊胆。他深知，作为大金国的首席大萨满，他对阿骨打的病必须承担最大的责任，如果因为他的误诊而导致皇帝驾崩，他就有可能被处死。即便是皇帝的病不可救治，他若说不出不可救治的理由，也会遭受众人的指责，甚至被剥夺大萨满的法位。从他看到阿骨打发病那一刻的状态起，他就知道阿骨打这是中风了，而且非常严重，他真心祈祷太阳神，希望奇迹在阿骨打身上发生。他也知道阿骨打中风的原因是因为极度的亢奋与愤怒所致，这两种情绪的交织，乃是柳芽儿与栋摩两人造成。他甚至想到了，万一皇帝驾崩，如果一定要找一位罪魁祸首的话，这人绝不可能是栋摩，只能是柳芽儿。所以，当宗望问他妖人出现的原因，他就想好了如何趁此机会引出一个对自己有利的话题来，于是他一本正经地说：

“这事儿若是究根儿，我就得多问几句了。柳芽儿，我且问你，你说那妖人龇着牙，长着山羊胡子？”

“是的。”

“你见过的人中，谁长着山羊胡子呢？”

“我得想想……”

屋子里短暂的沉默，迪雅忽然心血来潮地问：“天祚帝长的是山羊胡子吗？”

宗望摇摇头说：“天祚帝是短胡子，硬得像马鬃。”

穆克石催促柳芽儿：“你想想，你见过的人中，有谁是山羊胡子？”

柳芽儿像突然从梦中醒来似的，怔怔地说：“难道是他？”

穆克石立刻追问：“他是谁？”

柳芽儿回答：“秦晋王，他蓄的是山羊胡子。”

“秦晋王，就是萧莫娜的丈夫耶律淳？”穆克石一下子提高了调门儿，“柳芽儿，你没看错吧？”

“在燕京城的王宫里，奴婢常常见到秦晋王，他就是长着好看的山羊胡子。可是，他为什么会来这里呢？”

“柳芽儿，你现在回避。”

看着卫兵将柳芽儿带出了帐篷，穆克石如释重负地长出一口气，严肃地说：“两位尊敬的皇后，老先生，大将军，阿骨打皇帝犯病的原因现在找到了。”

“什么原因？”乌古乃问。

穆克石斩钉截铁地回答：“就是遭了秦晋王的魔魇。”

“如果是魔魇，应该是天祚帝，而不应该是秦晋王啊。”

宗望说出了他的疑惑。穆克石解释说：“魔魇只能是死人来寻找活人，秦晋王已经死了，来找阿骨打皇帝寻仇，这不可能有错。阿骨打皇帝攻占了他的燕京，将他最爱的夫人萧莫娜赶走了，至今下落不明，这个仇恨还不大吗？”

杰布插话说：“天祚帝仇恨更大。”

“天祚帝肯定还没死，所以他无法魔魇。”

乌古乃开口问道：“人鬼不同天，秦晋王怎么会找到这里来的？”

穆克石说：“因为有引魂幡儿，死去的人灵魂总在旷野上飘荡，一有了引魂幡儿，他就能找到家。”

“谁是他的引魂幡儿呢？”

“柳芽儿。”

“柳芽儿，”迪雅叫起来，“大萨满，你是说柳芽儿引来了秦晋王？”

“是呀。”

迪雅脚一顿，银牙一咬：“这个柳芽儿，果然是个害人精。”

穆克石趁机说出他的想法：“大将军，这柳芽儿应该速速处置。”

宗望问：“怎么处置？”

穆克石说：“凡中了邪的人，必须架一堆火，将其烧死。”

宗望盯着穆克石："一定要这样做吗？"

"为了阿骨打皇帝的病情，我实在想不出更好的办法。"

迪雅随着穆克石补了一句："只要能救皇帝，什么人都可以死。"

宗望一时拿不定主意，他望了望自从进了帐房就坐在小凳上始终一言不发的陈尔栻。

"老先生，你说说。"

陈尔栻面无表情，淡淡地说："人命不是儿戏，大将军，我们还是听听你的母亲乌古乃皇后的主见吧。"

宗望转向乌古乃："娘，你拿个主意。"

乌古乃皇后伸手摸了摸阿骨打的额头，平静地吩咐："杰布，去把柳芽儿带来。"

杰布出去带回柳芽儿，看到帐房里紧张的气氛，柳芽儿预感到有什么险恶的事情要发生，脸顿时煞白，泪水又流出了眼眶。

乌古乃走过去牵住柳芽儿的手，一起坐回到阿骨打的身边，她替柳芽儿擦了擦眼泪，然后对在场的人说：

"你们听着，从现在起，柳芽儿就是我的女儿。这几天，我们母女俩会形影不离，替我的王，你们的阿骨打皇帝擦身子、喂药。阿骨打皇帝能活过来，是大金国的福气。他若真的累了，要去天国安安生生地休息，咱们就遂他的愿。死生由命，谁也不能怪谁。柳芽儿，你跪下，喊一声娘。"

柳芽儿珠泪滚滚扑通跪下，哽咽着喊：

"娘，娘，我的亲娘。"

在场的人无不愕然，陈尔栻的眼角滚出了浑浊的泪珠。

第八章　初夏的经筵

立夏后几日，若在江南，已是绿肥红瘦了，但在黄河边上的汴京，却仍在烟柳画桥、姹紫嫣红的浓春时节。这一日，是夏历四月初九，徽宗皇帝赵佶驾临文德殿，出席逢九必开的经筵。

出席经筵的，除了皇上，还有年满十五岁的皇子，以及朝中各部院四品以上大臣，大内各宫殿当值的六品以上官员也在陪侍之列。今日经筵，由龙图阁学士郑川成讲《致中和，天地位》之说。每次经筵，都会在前七日由枢密院开出九个题目送呈皇上裁定，皇上可九选一，也可全部否定自定讲题。这个《致中和，天地位》便是九题中的一个。徽宗之所以选定，是因为看了该题下附简要条目，言“致，行之至也，致乐以治心”。他当下就心动，拿起朱砂笔勾出该题，批了四字“此题甚好”。但是，等到郑川成呈讲之后，赵佶又暗自在心中叫苦。原来，郑川成讲的不是琴棋书画、吹拉弹唱、莳花弄草、桂楫兰桡的娱乐，而是如丧致哀、见危致命、临国致事、居家致俭的礼乐。他硬着头皮听完，连称赞几句的话也不肯讲，就想起身走人。但是，按经筵仪轨，主讲官说毕，枢密院大臣会应景儿问一句：“在座诸臣工，还有何言补进？”一般来讲，陪侍之臣不会站出来说什么，偶尔也有朝臣站起来，就所讲题目提出不同看法，当着皇帝的面与讲官论辩。今日当枢密院正使王黼应景儿问了一句后，有一位年轻的朝臣从靠后的官员队伍中站了起来，言道：

“臣殿中侍御史李纲有言要奏。”

王黼早就看出赵佶不耐烦了，便想打消李纲奏言的念头：“今日时候不早，改日再进言吧。”

却没料到李纲已走到徽宗须弥座下，在讲官郑川成背后跪下了，言道：“皇上，微臣只有几句话。”

徽宗看到李纲一脸英气，两道浓黑的长眉下，目光炯炯有神，心中不免一振，随口问道：“你叫什么？”

“臣名李纲。”

“哪一年进身？”

“政和二年。”

“现在哪里供职？”

“殿中侍御史。”

“听你的口音是南方人？”

“臣福建邵武人，乡音太重，有碍皇上听闻，罪过，罪过。”

“福建邵武人，曾任龙图阁待制的李夔，也是邵武人，你可认识？”

“禀皇上，家父正是李夔。”

“啊，你是李夔的公子。”徽宗忽然颔首笑了起来，“几年前，朕在汴城的东北隅筑了一座寿山艮岳，建成之日，命诸大臣承制颂文，你的父亲李夔所作最称朕意，那篇颂文你记得吗？”

“记得。”

"念。"

"微臣遵旨。"李纲长跪，挺挺身子，朗声诵道：

玉皇御天，金母嫁女，雕璧成车，裁瑛作尘。龙驭昆丘，乌发玄圃，笑月光微，看去色阻。荷露添华，柳烟生妩，九重欢眷，六宫逊处。乃构椒房，用当金宇，碌碌宜阶，瑟瑟为户。碧落深沉，青霞墉堵。小臣献颂，庶叶万舞。

赵佶认真听着，李纲话音一落，他就赞道："果然是孝子，把令尊大人的文章，一字不差地背下来了。"

面对徽宗的夸奖，李纲回道："家父乃皇上先臣，以文字供奉禁中，哪怕只言片语，一得皇上赏识，便成家族荣耀。微臣牢记家父文字，一记父德，二记皇恩，若错一字，即为不孝不忠。"

"好见识！"徽宗不禁对李纲产生了好感，又问，"你想要说什么？"

"臣想斗胆禀告皇上，讲臣郑川成大人的《致中和，天地位》一讲，寓意深刻，可用心体会。"

"啊？"

"前几日微臣读苏东坡《欧公集序》，他说：'宋兴七十余年，民不知兵，富而教之，至天圣、景祐极矣，而斯文终有愧于古。士人因陋守旧，论卑而气弱。自欧阳子出，天下争自濯磨，以通经学古为高，以救时行道为贤，以犯颜纳谏为忠，长育成就，至嘉祐末号称多士，此乃欧阳子之功也。'皇上，我大宋开国以来，士风数变，目下朝中命官虽俊杰不少，但少救时行道之臣，犯颜纳谏之士……"

坐在须弥座左下首的王黼听到这里，担心李纲胡言惑圣，于是吼道：“李纲，不要胡说！”

“院主大人，臣不是胡说，这正是中和不至，轻浮漫衍的后果。欧阳文忠公之后，司马温公继其后，文章救世，宏论滔滔。针砭时弊，教化士庶，时人多有赞誉，言司马温公之文，君临天下者得之，足以鉴兴衰，通治体；公卿士人得之，足以为忠嘉，尽臣节；庶从庸流得之，足以检身厉行，慕仿君子之行；乃至山林幽人江湖放客得之，则浩歌流咏，斟酌厌饫，随取随足。皇上，士行中和，家必顺之；君行中和，国必谐之。目下之家国，唯娱乐为尚，社稷情怀，独缺忧患……”

李纲口若悬河，意气风发。本来昏昏欲睡的陪侍经筵的大臣们，顿时都像听到炸雷一样，一个个都机灵了起来。王黼本是经筵的主持者，他的感受是吞了一只苍蝇，但看到徽宗皇帝的表情似乎对李纲有激赏之意，也就不便再出面制止。等李纲说“目下之家国，唯娱乐为尚”时，赵佶的脸色才骤然变得难看，一直觑着皇上的王黼立马从椅子上霍地站起，喝道：

“李纲你说够了！今日经筵至此结束，恭请皇上退席！”

于是大殿里的大小臣工一起屁股离了凳儿跪到地上，口中一齐喊道：“恭请皇上退席！”

徽宗皇帝便在内侍的簇拥下出了文德殿后门，王黼与梁师成跟在他后头也走了出来。王黼看到皇上的脸色还阴沉着，便趋前几步说道：“皇上，李纲这家伙，完全不知天高地厚，竟敢在大庭广众下忤逆皇上，臣这就吩咐下去，拟旨将他革职。”

正准备上轿的赵佶，听到这句话，便停下脚步，盯着王黼问：“革职？革谁的职？”

“李纲，革掉他殿中侍御史的官职。”

“为何？”

“他忤逆皇上。”

“王黼啊王黼，你怎么会这样替朝廷当差呢？”

“皇上，臣看到李纲胡言乱语时，你的脸色就变了。”

“变了？”

“变了，像响晴响晴的蓝天上，突然起了老大一朵乌云。”

“这乌云不是因为李纲。”

“啊？那皇上为何变脸了？”

“因为那匹小如意。”

“啊，原来是这样。”王黼不无尴尬地一笑，“皇上，小如意怎么了？”

小如意是徽宗皇帝众多宝驹中的一匹，因为是一匹小巧玲珑的骒马，故徽宗称它为小如意。早上出席经筵时，他本想骑骑这匹小如意，但不管御马监的侍者如何调弄，小如意就是不肯离开马厩一步。这件事一直在徽宗心中留下挂牵。在李纲向他陈情的时候，他的脑子一下走了神，竟没有听到李纲说什么，而是想着小如意为何表现反常。“该不是得了什么病症吧？”这么一思忖，他的脸色就变了，这一变化立刻被王黼发现，于是有了文德殿里的那个结局。此时，听到王黼问到小如意，徽宗忧心忡忡地答道：

“这不是听了半天的经筵吗？我也不知道它究竟怎么了。”

正这么说着，忽见一位穿戴着青衣襆头的小珰牵了一匹腿脚矫健的小马从宣德门中迤逦走出，向西一拐，顺着御道，向文德殿的后门走来。眼尖的梁师成一眼瞥见，便尖着嗓子叫起来：“这不是小如意吗？皇上您看，小如意迎驾来了。”

本欲上轿的徽宗，见到小如意后便弃轿迎了过去，谁知小如意见到徽宗皇帝竟止住蹄儿不肯前行了。徽宗瞧着小如意淘气的样子，便招手说："小如意，来呀，到朕这里来。"

小如意垂着脑袋，四只蹄子一动不动。

"这畜生怎么啦？"梁师成喊那小珰，"你，把它拉过来。"

小珰使劲扯了扯缰绳，小如意就是不动。

"这畜生！"梁师成又跺着脚骂了一句。

"你别开口一个畜生，闭口一个畜生。"徽宗皇帝白了梁师成一眼，没好气地呵斥了他几句，"再这样，朕就要骂你是畜生了。"

"是，皇上，小的知错了。"

梁师成脸上红一阵白一阵，唯唯诺诺退到一边。

王黼最会察言观色，他知道徽宗皇帝在大内豢养了诸多宠物，大至狮、虎、象、马，小至猫、狗、鸡、兔。这小如意与名为绿珠的波斯猫、名为韩擒虎的天竺国进贡来的狮犬、名为小和尚的吐蕃王进贡来的袖鼠，合称为大内宠物中的四大天王。徽宗经常将这四大天王弄到一块儿，召来后宫眷属与亲近大臣一起赏玩。眼下小如意的反常举动，让徽宗心情不爽，他于是踱步到小如意跟前，问小珰："小如意得了什么病？"

小珰摇摇头说："它没有病。"

王黼伸手在小如意的脑门子上摸了一把，小如意赶紧后退一步，那样子好像是对王黼反感，王黼心里头腻味，表面却笑道："这宝贝疙瘩，还闹别扭呢。"

"老天官的话倒说得不差，"小珰接口儿说，"小如意就是在闹别扭。"

"和谁闹别扭呢？"徽宗问。

小珰上前一步，朝徽宗扑通跪了下去，高声奏道："皇上，小如意是在生您万岁爷的气呢！"

"生我的气？"徽宗吃了一惊，"它干吗生我的气呀？"

"它说皇上您偏心。"

"啊，这话从何说起？"

"旬日前，皇上您高兴，给林灵素大真人的一只灵猴封了一个上清宫供奉的六品官。在这之前，您还给南诏国贡来的一只孔雀赐了个上林公主的名号，也有六品的待遇。小如意跟了皇上四年，天天逗皇上开心，至今却还是个白身。"

"白身？"徽宗不解。

"无职无官，不是白身又咋的？"

"啊，是这样。"徽宗如释重负，想了想又问，"你这厮，小如意又不能说话，怎么能要官？是不是你趁机来诳朕？"

小珰又磕头有声，言道："皇上，纵是玉皇大帝给小的撑腰，十殿阎王借给小的十个胆子，小的也不敢诳皇上您呀，这的确是小如意的意思。"

徽宗问："怎么能证明是它的意思？"

小珰从地上爬起来，反身朝小如意打一躬作了一揖，说道："小如意，小的侍候了你四年，你不算是我的娘，也算是我的爹了。在皇上面前，你可不敢作践我，你要向皇上表达你的真心意。如果你真想要皇上封官，就迈蹄儿朝前走两步，把你两只前蹄子抬三抬，算是磕头恳求皇上了。"

小珰说毕闪到一边，却见小如意真的朝徽宗走出两步，并按小珰所说抬起两只前蹄做了礼敬。它的这个举动让在场的人都惊讶莫名，王黼不禁在心中叹道："这年头儿，不要说人，连畜生都想当官了。”

此时，只见徽宗走上前，拍了拍小如意的脸颊，并把它颈子上的璎珞拨弄了几下，叹道：“小如意，你通灵啦。你想当神仙，朕帮不了你。想当官，朕倒可以赏赐给你，你是一匹马，咱们总是讲龙马龙马，朕就赐你龙骧将军如何？”

徽宗皇帝话音一落，小珰赶紧上前双手抚着小如意的脑袋，锐声喊道：“小如意，从今以后，你就是龙骧将军了，还不赶快谢皇上。”

小如意闻言，竟然举起两只前蹄，朝着徽宗皇帝咴儿咴儿叫了几声。

正在大家惊叹的时候，却见文德殿值日官气喘吁吁跑出后门，跪在徽宗皇帝面前奏道：“皇上，龙图阁学士、敕令与大金国谈判全权大使赵良嗣有急事叩见皇上。”

尽管从燕京城里赶回汴京的赵良嗣声言有急事求见，徽宗皇帝也没有立即见他，而是弃了暖轿，骑上小如意前往大内，在御膳房用了午膳后，又回到寝宫小寐了半个时辰，这才传旨赵良嗣到崇政殿相见，并让蔡京、王黼两位大臣参加。

未酉相交，殿瓦上敷着的明晃晃的阳光仍很炽烈，徽宗皇帝这才从崇政殿的后门进来，蔡京、王黼先已来此候驾，徽宗皇帝与他们稍事寒暄便入殿升座，两位大臣也在御座两旁的下首坐了，这才传旨让后殿外回廊里等候多时的赵良嗣进来。

赵良嗣趋步上阶，给徽宗皇帝行了觐见之礼。徽宗皇帝给他赐座后，问道：“赵良嗣有何急事要奏？”

赵良嗣听皇帝问话，顿时屁股又离了凳儿，再次跪了奏道：

“皇上，下臣奏事之前，先敬贺皇上您又得了一个龙骧将军。”

徽宗皇帝接过宫女递上的黑枸杞红枣汤呷了一口，笑道：“才封了不到两个时辰，你就知道了？”

“小如意不是凡马，皇上封它为龙骧将军，可谓实至名归。”赵良嗣一副讨好的笑容，恭维道，“此次诰封，足见皇上圣明。此刻京城已经传遍，就连升斗小民也夸赞皇上的恩德，实可垂范天下。”

“赵良嗣，说说你的急事儿。”

“禀皇上，七天前，前辽国萧莫娜手上的京西防御使兼平州知州张觉在平州叛了。”

“叛了？叛了谁？”

“燕京被金国皇帝完颜阿骨打攻占之后，张觉就给阿骨打献上了平、营、滦三州。阿骨打把燕京还给我大宋后，就下令把平州立为大金国的南京，并下旨让张觉仍当平州府知府，兼领营、滦二州。阿骨打率大金军离开平州不到十天，张觉就背叛了大金国，并杀死了前辽宰相左企弓等四位降金的重臣。”

听到这里，赵佶把手中的茶盏递还给宫女，从御座上起身，踱到赵良嗣跟前，兴奋地问：“张觉叛金，有没有归顺我大宋的表示？”

“叛金之前，张觉让儿子张劲秘密到了一趟燕京，与郭药师私下接洽。”

“他们说些什么？”

“下臣不得而知。”

看到徽宗皇帝脸上有些茫然，坐在左下首的蔡京便开口说话了：“你赵良嗣不得而知，不等于此事的底牌我们不知晓啊。”

蔡京心中虽然得意，表面上却不露声色，他说：“皇上，记得正月间大金国特使完颜娄石来汴京参加朝会大典的事吗？”

徽宗点点头：“记得，那位完颜娄石，还在宣德门外闹事，打伤了禁军头目。”

蔡京继续说道：“正是那一次，老臣遵皇上的旨意，在家中设宴招待完颜娄石一行。在几位陪客中，有林灵素、梁师成等。老臣还特地请了前辽降将郭药师作陪。”

“郭药师，就是那个奇丑无比的将军？”

“正是，皇上。”蔡京拭了拭干涩的眼角，接着说，“我让郭药师来，是给他布置了一件秘密的差事，即暗中与张觉接触，想办法让他叛金。”

徽宗皇帝踱回到御座上坐下，略略有些惊讶地问：“爱卿，原来张觉叛金，是你预先筹划？”

蔡京觑了一眼王黼，见他眼含醋意，便故意表现出淡然，说道：“皇上，朝中部院大臣各领职责，每一位大臣多为朝廷担责、分忧，皇上就可以享受燕闲之乐，天下垂裳而治。”

尽管如此，王黼仍然感觉不爽，挑刺儿说道：“张觉虽然叛金，但也没有明确表示愿意归顺大宋。赵良嗣，是不是这样？”

“是的。”赵良嗣鬼精鬼精，回答的话两边不得罪，“下臣此回从燕京匆匆赶来面圣，是奉童太师之命，就张觉归顺大宋之事，请皇上颁下旨意。”

蔡京问：“张觉有何条件？”

赵良嗣回答：“据张觉儿子张劲讲，他父亲想得到皇上的亲笔御笺，给出承诺。”

徽宗问：“什么承诺呢？”

蔡京捻着花白的胡须，沉吟着说：“燕云十六州，在最初的宋金两国密盟中，本说灭辽之后全部归宋。但完颜阿骨打灭辽之后，以平、营、滦三州不属于石敬瑭割让为由，不肯归还，并在那里建立金南京，欲与燕京对峙。这次张觉若携三州来降，十六州才完璧归赵。张觉此举可称不世之功。在他之前，郭药师率领他的八千怨军以及涿、易两州叛辽归宋，皇上赐给他一百斤黄金、四位美妾以及若干珍宝，并封官为河北招讨使，那八千怨军仍然在他麾下。所以，郭药师感恩不尽，死心塌地归顺了大宋……”

蔡京尚未说完，王黼插话道：“太师为了笼络郭药师，也选了府中一个名叫香环的丫鬟嫁给了郭药师，郭药师受宠若惊，认了太师这个干爹。”

王黼的话中有揶揄之意，却没想到徽宗皇帝借机大加赞赏：“左元仙伯为了朝廷，不惜献出府中美女，真是一心为公啊！”

蔡京感激地看着徽宗，抱拳揖道：“为皇上当差，老臣断不敢存有二心，如今对待张觉，当以郭药师为例，不可轻慢。”

“如何才不轻慢呢？”

“这个，还是先听听王大人的高见。”

“王黼，那你说。”

王黼见皇上问上脸来，又是枢密院分内之事，无法回避，便答道：“请郭药师策反张觉之事，蔡太师的确与我早有通气。郭药师离开京师回涿州复职，臣也面授机宜。相比较，张觉携三州、五万人马来降，功劳远高于郭药师。但郭药师归顺时大辽尚存，三国形势阴阳未判，其勇气与谋断尤其难得。”

徽宗觉得王黼有些绕弯子，便下了旨意：

“王黼，你这话等于没说。关于张觉的奖赏，一定要体现我大宋的上国风范。究竟如何赏赐，王黼你会同左元仙伯仔细斟酌，然后呈报朕这里裁定。”

两位大臣一同回奏：“臣谨遵旨意。”

第九章　燕京夜话

四天后，赵良嗣又马不停蹄赶回燕京，斯时天色向晚，许多店铺开始打烊关门，街面上冷清了下来。进城之后，赵良嗣并没有放慢速度，而是快马加鞭，马蹄铁踏在鹅卵石铺出的街道上溅起点点火星，引得三三两两的行人避到路旁驻足观看。赵良嗣及其一应随行人员在武弁护卫的簇拥下，来到当年的辽王宫，如今的大宋燕山府，滚鞍下马。早有闻讯在此守候的府中值官吏员走上前来迎接，将其带入府中。

当年萧莫娜的议事厅，如今原封不动地变成了大宋燕山府的议事厅。此时，厅里宫灯璀璨，童贯、蔡攸、王安中、郭药师、詹度五人坐在厅里闲话。却说与大金国的完颜娄石办完燕京城的交割之后，童贯与蔡攸本应择日返回汴京复命。童贯想着自己为燕云十六州归宋一事操劳多年，如今梦想变成现实，自然对这片土地情有独钟，加之在新收复的府州县中安插了许多亲信，也想趁机到他们管辖的地盘走走。此一盘桓不觉过了两旬，这时平州方面传来了张觉叛变的消息。他当机立断，留在燕京就近处理这一骤变事件。在他看来，平、营、滦三州若能尽快收回，燕云十六州回到中原的统治，他必定就是青史留名的第一功臣。因此，在这节骨眼上，他不能让别人染指。至少，处理操控这件事的主动权不能落到别人手上。让赵良嗣在第一时间回汴京向徽宗皇帝禀报此事，正是他的决定。今儿个让一应重要官员在这议事厅里等候赵良嗣带来皇上的旨意，也是他的主意。

赵良嗣风尘仆仆走进议事厅，依次施礼见过诸位大僚，然后在郭药师之侧预先给他备好的椅子上坐下，对童贯禀道：“太师大人，下官奉您之命回汴京面圣，只停留了一晚就返程，每天快马跑六七个时辰，四天才回来。”

童贯说：“良嗣，看你一脸疲倦，知道你辛苦。皇上听了禀报，有何旨意？”

赵良嗣便把那一日在崇政殿觐见的事情从头到尾复述了一遍，最后，让随从书办拿出一只四角包金的樟木浅匣，从中拿出徽宗皇帝写给张觉的亲笔信。

这是三张徽宗皇帝专用的金花笺纸，童贯对瘦金体的御笔甚为熟悉，便一行行默读下来：

> 日前童贯遣赵良嗣来奏：前辽四军牙将张觉，后降金得封平州府知府兼临海军节度使，素有经纶之才，心仪汉室。辽亡之后，拟应按盟誓归还唐之旧土，但平、营、滦三州却持之不还，且立南京。我朝本可重兵讨取，却闻张觉久欲归附，故敕令诸军按兵未动，只待择时率众归我中原皇祚。事成之日，当以金爵畀之，金之封官，准予世袭，一应部众，例皆行赏，三州百姓，许减税三年。
>
> 癸卯岁四月初九

童贯看罢，递给蔡攸等在座臣僚逐个阅览一遍，然后童贯吩咐将金花笺放回到樟木匣中妥善收藏。这时候，值日官又匆匆进来禀告有人求见，童贯问：“是什么人？”

值日官答道：“来人有元帅府的腰牌，说是直接听从詹大人调遣。”

詹度点点头，吩咐值日官：“让他进来。”

值日官退出去不一会儿，便见一个穿着青衫皂靴的行商打扮的人走了进来，詹度介绍：“这是我奉童大人之命，派往平州的细作，叫王六平。六平，你先见过诸位上官。”

王六平就在堂下对六位上官一总儿磕头行了礼，然后詹度问他：“六平，看你猴儿巴急的，是不是从平州回来？”

“是的。”王六平压抑不住兴奋，赶着话儿说，“从平州到燕京，少说也有三百里地，我只花了两天赶回，为的是向各位大人报喜。”

“报喜？”童贯的眼睛一下子瞪圆了，他拍了拍椅翅，“快说，报什么喜？”

“张觉在榆关打了一个大胜仗，大金国的南征大将军栋摩带来的三千兵马中了他的埋伏，死伤过半。”

“啊，有这等事？”蔡攸插话说，“张觉能打败栋摩？”

王安中也一旁添油加醋说：“是啊，这栋摩是阿骨打的五弟，可是个逢战必胜的家伙。”

“各位大人，小的说的句句属实。”

王六平说着，就把榆关之战的细枝末节绘声绘色描述了一遍。众上官听罢，也都亢奋起来，詹度说：“这个张觉，的确是个文武全才，上马治军，下马治民，都是一套一套的，难怪郭药师夸他是萧莫娜手下的小诸葛。”

“小诸葛是小诸葛，”郭药师看到诸位一个劲儿吹捧张觉，心里头便有些不乐意，于是悻悻地说，“但萧莫娜并不信任他。”

“这是为什么？”王安中问。

郭药师回答：“因为张觉像个琉璃球儿，没有人捏得住他。”

王安中说：“但是这一次不同，他叛了大金国，还杀死了左企弓，如今又打败了栋摩，他断了自己的后路。”

童贯听了这些抬杠的话，心里头反倒有了主意，他问郭药师：“郭将军，你认为张觉应如何对待？”

“皇上不是有旨意了吗？”郭药师联想到自己，倒也不肯说张觉坏话了，“张觉既然愿意归顺，就该善待。”

“如何善待呢？”

“多给金子，多给女人，多给官爵。太师，连一匹宠物马皇上都可以封一个龙骧将军，何况张觉这个大活人呢！”

童贯哈哈一笑：“郭将军倒是坦率，赵学士，你意下如何？”

赵良嗣欠身问道：“太师，您是问下官对张觉一事的看法吗？”

“是呀。”

赵良嗣斟酌了一下，慢吞吞地说：“下官认为，朝廷不应该在此时招安张觉。”

此语一出，在场的人都愣住了。童贯挥挥手，让王六平退出，然后问赵良嗣：“你为何如此说话？”

赵良嗣习惯地捋了捋下巴上稀疏的胡须，神情不安地说：“太师，下官要说的话，可能会有欺君之罪，也会冒犯诸位上官。”

童贯急切想知道下文，倒有些烦躁了，他又拍起了椅翅：“赵良嗣，你吞吞吐吐的干吗？什么欺君之罪，不说才是欺君之罪，快说。”

赵良嗣起身朝在座各位拱拱手说：“那下官就斗胆直言了，良嗣认为，策反张觉有诸多不妥。其一，宋金密盟灭辽，此计由我良嗣构想，童太师报呈皇上批准，仍由童太师主持施行。这其中，蔡太师、王冢宰都是积极推动，到今天不过五年，辽国名存实亡，天祚帝虽未俘获，但已无补于事，连强弩之末都谈不上。我大宋朝廷应得到的燕云十六州，已有十州在手。宋金两国，虽摩擦不断，但依然是盟国，若策反已归顺大金的张觉，则是背盟之举。其二，张觉这个人诚如郭药师将军所言，是个朝秦暮楚、见利忘义之人。他既然可以背叛萧莫娜归顺大金，又为一己之私叛金而杀害过去的上司左企弓，可见此人除了见利忘义，还心狠手辣。与这样的人打交道，要慎之又慎。其三，大金国方面拒不肯交还平、营、滦三州，理由是此三州不是石敬瑭所割让，而是在此之前由辽开国皇帝耶律阿保机率兵攻占。此事史有记载，大金国才不肯交割。依良嗣之见，大金方面对此三州并无长占之心，若他们真心想在此建立南京，就绝不会让张觉不挪窝儿地袭职升官。我猜测大金方面是想借此三州，向我大宋索取更多好处。我想如果通过谈判，多给钱帛，三州是可以收回的。其四，大金国足可称得上是虎狼之师，兵力不可小觑。大金取代辽成为我大宋北方之邻，万不可轻易启衅，一旦两国交兵，我大宋必将陷入另一场战争。良嗣想，这肯定不是我大宋君臣愿意看到的局面。”

赵良嗣说这番话的时候，议事厅里一片寂静。可以说，赵良嗣的观点对于他们来说，是完全没有预料到的。童贯手支着下巴在思忖；一向心不在焉的蔡攸也垂下眼皮子在琢磨；詹度迷迷瞪瞪地盯着赵良嗣，仿佛没听懂；王安中舔着嘴唇，眼睛盯着天花板出神；一议事就懒洋洋的郭药师，这会儿抓耳挠腮，显得坐立不安了。

看到在座各位的表情，赵良嗣仍保留着他狡黠而谨慎的表情，又补充道："太师及诸位上官，刚才良嗣所言，乃一孔之见，如有冒犯，敬祈见谅。"

童贯心里头认为赵良嗣的担心有几分道理，但也埋怨他不识时务，拿下平、营、滦三州，无论君臣朝野，都必将传为佳话，至于留下的隐患，现在有什么好担心的？古人不是讲了吗，车到山前必有路……但赵良嗣毕竟是宋金盟誓的建议人，也是牵线人。正是因为他五年来的奔波努力才有今天这可喜的局面。虑着这一层，童贯也不好当面指责他，接过赵良嗣的话头，他委婉地说："良嗣，听了你的一席话，我琢磨了半天，倒听出了一点弦外之音，你对大金国还存了几分真情。"

"太师……"

童贯看出赵良嗣想辩解，挥手制止了他，接着说："你听我把话说完。我且问你，皇上在对大金国的交往中，最想要的是什么？"

"这个，请太师明示。"

"那我就告诉你吧，皇上最想要的，不是什么盟誓，而是完完整整的燕云十六州。"

"这……"赵良嗣语塞。

童贯看着赵良嗣沮丧的神情，笑道："良嗣，你进京面圣，怎么不把你的想法当面向皇上禀告呢？"

赵良嗣苦笑道："根本没有机会。"

"为什么？"

"因为皇上听了下官的禀报后，就把此事交给蔡太师、王冢宰二人处置，然后就转了话题。"

"皇上转了什么话题？"蔡攸插话问。

"皇上拿出一张金花笺，让我读上面的一首词。"

"什么词？"依然是蔡攸问。

"词牌《苏幕遮》，皇上说这词是李师师刚刚写下送呈的，并下旨让我和上一阕。"

蔡攸顿时来了精神，说："李师师比皇上大了十三岁，但却是皇上最喜欢的红颜知己。这李师师的词填得好，这首《苏幕遮》是怎么填的，良嗣，你背诵下来了吗？"

赵良嗣点点头，轻声吟哦起来：

> 玉阑干，金屈戌，帘外长廊，廊响弓弓屧，鬓影春云衫影雪，如水裙拖，幅幅相思褶。
>
> 阮弦松，笙字涩，心上烧香，香上心先灭，安得返魂枝底叶，便作青虫，也褪花蝴蝶。

在座的除童贯和郭药师外，基本上都是诗词高手。如果谈张觉叛金一事觉得沉重，那么转到这个话题上，则无不感到轻松。詹度不无羡慕地问："赵大人，你是龙图阁大学士，皇上让你和李师师的诗，这是难得的殊荣啊，你是怎么和的？"

"我没有和。"

"没有？"詹度有些诧异，"你是诗词高手 ，怎么不和呢？

这不是违悖圣意吗？”

赵良嗣苦笑了笑，答道：“李师师将这首词送进大内，原是求皇上和答，我一个小人物，焉敢造次。皇上虽说让下官酬和，也只是一时的兴致，下官可不敢顺杆儿爬。”

童贯对这类的谈论不感兴趣，他故意咳了一声。大家都知道，这是童贯要发布什么重要讲话了，于是值事厅立马安静了下来，所有的脑袋都转向了童贯。

童贯的眼光在每个人身上审视了一遍，然后用不容置疑的口吻说道：“在座诸位各负其责，郭药师与张觉继续保持联系；王安中，你负责调度各衙门，做好接收平、营、滦三州的一应准备；詹度，你必须在五天之内，将皇上的这三张金花笺送到张觉手上。至于赵良嗣，你尽管对皇上的旨意有不同见解，但是，腹诽则可，怠慢则万万不可，为处理好招安张觉之事，你恐怕还得辛苦一趟。明天，你就出榆关，去辽阳府地面寻找大金皇帝阿骨打，当面打探他对张觉叛金的反应，并向他表明我大宋朝廷的态度。”

“什么态度呢？”赵良嗣追问。

童贯哼了一下，不满地反问：“什么态度？难道你不知道吗？哪怕咱们大宋在张觉这件事上做得有些欠妥，但你作为大宋特使，在金国皇帝面前，也一定要无理掰出个理来，让完颜阿骨打相信，咱大宋皇帝理政行事，是完全符合仁义道德的。”

“太师，下官明白，我一定尽力去做。”

大家都听得出来，赵良嗣的表态多少有些勉强。

谯楼上鼓打三更，燕京城中万籁俱寂。初夏的上弦月悬挂在中天，在浮动的云翳中时隐时现，照在一大片参参差差的瓦脊上，仿佛敷了一层薄薄的清霜。燕京本是辽国五京中最为繁华的都市，但因阿骨打决定将其青壮人口迁往混同江以北的金上京会宁府，燕京人士锐减了一半以上。前些时，张觉叛变，许多过境平州的移民就地遣散，使得不少人丁得到机会返回燕京。尽管如此，燕京较之往昔，仍觉得空虚落寞了不少。

此刻，在北大街的一条胡同里，有一户人家的厢房里仍亮着灯火，这是赵良嗣在燕京的寓所。却说赵良嗣自投奔大宋朝廷后，举家便迁往了汴京。徽宗皇帝不但给他赐姓赵，也赐了一座大宅子。但是，他当年在辽燕京做官时，认识了一名叫禅月的妙龄女子，这女子本是一位郎官置办的小妾。不到两年，那郎官暴病而亡，主妇容不得她，将她逐出家门，恰好赵良嗣与那郎官是同衙的官友，在几次酬酢中见过禅月，并对她印象极佳，此时正好收纳门下，云雨新知，巫山暗渡，倒也是一段佳话。不过，赵良嗣举家南迁时，却把禅月留在了燕京。因为从一开始，赵良嗣就没有将禅月领进家门，而是另置别业居住。他之所以不让禅月南下，乃是虑着自己常要北上担任密使，在燕京留一个家会方便许多。不过，这个家几乎无人知晓。赵良嗣深知“狡兔三窟”的道理，任何时候，他都会给自己留一条后路。

却说在王城议事厅讨论完后，已是过了亥时。赵良嗣心情郁郁不乐，他没有在王城中的客邸安歇，而是回到北大街的家中。禅月知道他要回来，早就备好了酒菜。禅月成为赵良嗣的侍妾已有九年多了，两人还有一个六岁的儿子。平常赵良嗣不在，家中就由两个丫鬟和一个老苍头里外照料。今儿夜里回来，儿子已经睡了，老苍头和两个丫鬟把酒菜置办妥帖，也都退出膳房，留下禅月陪着赵良嗣吃酒。打从赵良嗣一入家门，禅月就看到他满脸倦容，一副心事重重的样子。她心疼男人一年到头四处奔波，尽做些既不能炫耀又不能怠慢的官家秘事。只要赵良嗣回来，她都亲自陪侍。男人的烦心事愿意谈，她就听，不愿意谈她也不问。今夜里依旧如此。不过闷酒难吃，三杯酒下肚，赵良嗣还是憋不住向禅月诉说了在汴京面圣以及在燕山府中与童贯等上官会谈的情节，禅月听得多，问得少，听到谯楼三更鼓后，她对赵良嗣说：

“官家，鼓打三更了，你连日疲乏，该歇息了。”

赵良嗣摇摇头，回道：“这酒还没喝透呢，心里头乱糟糟的，躺下去更难受。”

“那，妾身给你唱支小曲儿？”

“也好，妙曲佐酒，不负良宵。唱什么呢？”

“就唱官家自己写的《何处难忘酒》如何？”

“何处难忘酒，好，你唱。”

禅月于是吩咐丫鬟取来琵琶，恐夜深吵了邻人，又让丫鬟把门都掩了，这才捻弦轻唱起来：

何处难忘酒，丹心在朝廷。
有心扶白日，无力洗沧溟。
儒客头斑白，功名未汗青。
此时无一盏，谁肯听雷霆。

禅月嗓音柔曼，但因久知丈夫心境，故也有几分激越，唱到最后一句，竟也生了些不平之气，眼角儿挂起了泪珠。赵良嗣也触景生情，一仰脖儿吞了一巨觥，感慨说道：

“禅月，往日唱这首诗，心境体会欠火候，今晚唱得大好，那第二首，你何不一并唱了出来。”

禅月拨了一下弦，道：“官家不说，奴家也会唱的。”说罢又起了旋律。

何处难忘酒，英雄太屈蟠。
时违金若铁，运至土成坛。
梁甫吟声苦，干将宝气寒。
此时无一盏，拍碎石阑干！

这一回，是赵良嗣跟着禅月唱，唱到最后居然眼中噙起泪花，语音哽咽了。

禅月很少见到赵良嗣这么伤神，忙放了琵琶，掏出手绢走过来替他拭泪，安慰道：“官家，凡事想开些，南朝皇帝待你不薄。”

“正因为皇上厚待于我，我才伤心哪！”

“为什么？”

“南朝同大辽后期没什么两样，官以恩进，政以贿成。小官骗大官，大官骗皇上，这样下去，迟早难逃天祚帝同样的结局。”

“官人，你可不敢这样说话。”

“我是说给你听，在外头，我半个字也不敢声张，要知道南朝官场黑暗，我当初决不会冒死赶到霸州求见童贯，献出这个密盟大金联合破辽的主意。”

禅月毕竟是女辈，也不懂赵良嗣说话的深浅，想了想，便转了话题问：“官家，你这回去关外寻见阿骨打皇帝，他会不会一怒之下杀了你？”

“如果杀了我，倒也让我解脱了。”赵良嗣叹道，此时他已有了几分醉意，喃喃说道，“在南朝，我每天做事像是在演戏，演着演着，自己都把假的当成真的了。南朝君臣，都讥笑阿骨打是高粱花子，是榆木疙瘩，是莽夫，是虏酋。其实，阿骨打倒真像辽国的开国皇帝耶律阿保机，有一股撼天动地的英雄气，而且君臣上下都以诚相见，说一是一，说二是二，没有那么多弯弯绕绕的东西。”

“官家，既是这样，你何不再改换一次门庭，投到阿骨打皇帝那里，以你的才干，阿骨打也会重用你。”

“这个万万使不得，我背叛辽国投到南朝，若再背叛南朝投靠大金，千百年后，人家还不骂断我的背脊骨，说我是见利忘义、背祖售奸的小人。”

“官人，那……”

禅月的话还没说完，忽听得厢房门被嘭嘭嘭地敲响。

“谁呀？”禅月问。

“娘子，是我。”门外传来老苍头的声音，“有两个人，在咱家门口晃来晃去，都半宿了，都不肯离开。”

赵良嗣问：“什么穿戴？”

“看不清，看那走步儿，倒是雄赳赳的，应该是后生。”

“你不要管他，把门闩好。”

“好咧。”

老苍头应声而去。赵良嗣与禅月对视了一眼，禅月惊恐地说：“官家，咱们在这儿住了八九年，过去从未发生这种事。”

“这是盯梢儿。”

“谁会盯咱们呢？”

“不是盯你，是盯我呢。”赵良嗣酒醒大半，肃容说道，“我若出事，必连累你们，明天我会派人来，领你们去一个地方暂住几天，避避风头再说。”

第十章　天祚帝的密使

打从杀了左企弓之后，半个月的时间里，张觉没睡过一个囫囵觉。这是因为事出之后，他必须关注辽、金、宋三国的动向。关于辽，虽然领土丧失十之八九，但张觉却是以迎请天祚帝为口号来斩杀左企弓等降金官员的。平、营、滦三州百姓，当然也包括燕云十六州的庶众，由于在辽的统治下生活二百余年，大多数人还是怀有感情。张觉正是利用了民众的这种心理，反叛易帜才获得成功。尽管表面上他对臣僚士庶信誓旦旦要去关外草原寻找天祚帝的下落，但没有真正地采取行动。不过，亲近张觉的人都知道，他寻找天祚帝只是个幌子。他真正的目的还在南朝。如今，他管辖的三州土地夹在大金与大宋两国之间，不管倒向哪一边，都是既有利益也有风险。张觉之所以对大金国降而复叛，原也出于三层考量。其一，大金国诸事草创，虽然兵强马壮，然而看起来更像是一群草寇而非一个朝廷，他张觉自见了完颜阿骨打之后，竟然产生了明珠暗投的感觉。其二，大宋朝廷毕竟建都中原，上承汉唐皇祚，其规制章程远胜于边鄙陋国。更重要的是，大金国穷，大宋国富，弃金投宋，所得的好处必然要多得多。其三，也是最重要的一条，张觉发现阿骨打对他表面上客气，褒奖有加，实际上对他并不信任。虽然仍让他管领三州军政，但北有宗望的大军，西有宗翰的帅营，大金国的主力部队，十之八九在这两人手上。除了南下与大宋控制的燕京联合，他似乎也别无他路可走。因此，当他杀掉左企弓等四位降金大臣并将他们的人头挂在平州城门上示众的同时，又下令撤掉布防在南边的两万部队，迅速抢占北边的榆关，并以榆关为轴，向两翼伸展控制山海要塞以防控大金国军队的反扑。这一招果然奏效，当栋摩率领他的三千铁军冒冒失失赶来闯关时，便中了埋伏，一时间，榆关前血流成河，大金军遭受了自伐辽以来最大的一次败绩……

如此一来，张觉与大金国结下的仇恨已是无法弥合。他只剩下两条路可以选择，一是找到天祚帝，让他的五万兵马成为辽朝末代皇帝的勤王之师；二是款通大宋，靠上这棵大树，获取最大利益。

在这种三国局势扑朔迷离，盈虚消长难以捕捉之际，各处探马、各路密使几乎每天都有新情况前来禀报，张觉常常在平州府知府衙门的朝房里，一坐半天屁股不挪窝儿地会见一拨又一拨候见之人。这一日的下午申时，他刚接见完榆关守备王充海，就榆关营兵的调配增额作了布置，连个懒腰都来不及伸，平州府知事李石就三步并作两步赶到案前，声音很小却很急速地说：

“帅爷，关外来人了。”

“关外来人？”张觉敏感地问，“什么人？从关外哪里来的？”

“从天祚帝身边来。”

“啊？”

张觉一惊，屁股离了椅子。

李石又说道：“帅爷，这里不是说话的地方，请你挪步。”

张觉随着李石走出朝房，沿着回廊走到后院的花厅。在路上，李石说了事情的原委：那个从燕京随着迁徙人口来到平州的张宝成，本是天祚帝的熬鹰师，张觉叛金后，便委派他出关去寻找天祚帝。张宝成从张家口进入蒙古高原，在夹山口上碰到了曾当过天祚帝卫队长的韩八斤，两人过去本就认识，异乡乍见倍觉亲切，双方一谈这才知道各自的使命，张宝成是奉张觉之命寻找天祚帝的下落，而韩八斤是奉天祚帝之命前往平州打探虚实，于是，张宝成便将韩八斤领回了平州。

张觉对韩八斤并不陌生，他的确是天祚帝卫队中的校官，奉天祚帝之命护送左企弓自辽中京来到燕京后就再没回去，而是成为了耶律大石手下的一名裨将。他究竟何时又回到天祚帝身边，张觉也不太清楚。当他随着李石走进花厅的时候，坐在圈椅上的韩八斤立马起身，朝张觉抱拳一揖，说道：“八斤见过觉帅。”

张觉素来不喜欢韩八斤大大咧咧不守礼敬的做派，但此时也顾不得计较。双方分宾主重新落座后，张觉便问：“八斤，你如今又当了天祚帝的特使了？”

“是呀，觉帅，这难道还有假吗？”

张觉撇下韩八斤，转头问张宝成：“宝成，你在哪里碰到韩八斤的？”

张宝成答：“夹山里一处名叫柴堡的小庄子里。”

韩八斤补充说：“柴堡离天祚帝居住的地方，只剩下六七十里地。”

“天祚帝住在哪里？”

“夹山里。”

“夹山方圆数百里，你说个具体地儿。”

“觉帅好像不信任我？”

韩八斤脸色沉了下来，他想让张觉难堪一下，谁知张觉不吃这一套，也把脸一垮，斥道：“你韩八斤眼里头也没有我这个觉帅呀！”

韩八斤一愣：“此话怎讲？”

张觉说：“天祚帝住哪里，你都不肯告诉我，像皇上的特使吗？”

韩八斤一拍胸脯：“我当然是。”

“皇上派你来找我？”

“是的。”

“皇上为什么找我？”

“皇上知道你反了大金国，杀了左企弓，并把他的宝像供奉在朝房。”

“哦，皇上怎么这么快就知道了？”

“皇上住在夹山，可是一刻也没闲着啊！他到处都有千里眼、顺风耳，不单是你平州的事儿，就是南朝与大金的一举一动，皇上也都一清二楚。”

张觉通过这一轮谈论，对韩八斤信任度稍有增加，但也听得出韩八斤的话哪句是真，哪句是假。这会儿他变了话题问：“八斤，燕京陷落之前，我还在王城里头见过你。你给我说实话，你是啥时候找到天祚帝的？”

“正月里。”

“怎么找到的？”

“随耶律大石进了夹山。”

“耶律大石进了夹山？”张觉感到吃惊，“他是怎么去的？”

“带着他的三万部队过坝上草原，在雪地里走了差不多半个多月。”

张觉听到这个消息，心里头酸溜溜的。在他看来，耶律大石是始终忠于天祚帝的，由于他的到来，天祚帝至少不算是一只丧家之犬了。但张觉又是个善于伪装的人，表面上，你看不到他的表情有任何变化。他问韩八斤一个新的问题：“你说，你是奉天祚帝之命，前来与我联络的？”

“正是。”韩八斤回答得很快。

“既是奉敕而来，一定带了天祚帝给咱的手谕。”

“没有。”

韩八斤仍然回答得干脆，张觉不免又开始怀疑了，追问道：“既无手谕，本帅何以相信？”

“我有这个，”韩八斤从腰间解下一只皮囊，小心翼翼地从里面取出一方玉玺，捧在手上给张觉看，“觉帅，这是天祚帝的大印。”

“啊！”

张觉从韩八斤手中接过玉玺，仔细观赏起来。大凡一国皇帝之印，皆称玉玺，少则七方，多则九方。皆为代代传承，不可自制，所以又称国玺。新皇登基，首先要拿到的，就是这些国玺。这些国玺各有专用，如诰敕、册封、选举、用兵、国书等，用印各有不同。韩八斤带来的这方玉玺，是用于阗羊脂玉制成，虎纽篆文“天子之印”四字。张觉谙熟朝廷掌故，知道“天子之印”是专用于号令群臣的，韩八斤带这方印来，于理无碍。至此，张觉完全相信了韩八斤。验证了韩八斤的身份后，张觉心情不但没有轻松下来，反而更加沉重了。此前，天祚帝究竟是死是活，一直没有确切消息。张觉打他的旗号，并不是真正地忠于辽王室，而是一个号令三州百姓的权宜之计。如今天祚帝真的派了韩八斤前来，倒让他左右为难了。略略思忖，他问韩八斤：

“皇上派你来，有何口谕？”

“皇上让咱先来平州看看，若觉帅真的底定三州，他就准备移驾来这平州城中。”

“皇上能来平州，本帅愿率三州官吏百姓倒履相迎，只是眼下三州夹在宋、金两国之间，处境十分危险，皇上若来，一旦两国知道，势必夹攻，后果不堪设想。”

“觉帅思虑有道理，皇上还有另一个安排，即平州你也不待，皇上让你放弃平州，率五万兵马，前往夹山勤王。”

张觉压根儿就不想离开平州，更不会跑到那鬼不生蛋的地方勤王。但没有想出对策之前，他得稳住韩八斤，于是说道：“八斤，长途奔波，你与张宝成先去卢龙驿歇息，好好儿睡个囫囵觉，等解了乏，咱们再从长计议。”

八斤的确也是疲累，于是重新收妥玉玺，随着衙吏前往卢龙驿去了。

初夏的天气，人容易犯困。在衙门里简单地用了午膳，张觉脑子昏沉沉的，本说去廨房里头的卧室里打个盹，但头一挨枕头，人又清醒了起来，一会儿想到完颜阿骨打在城隍庙里祭土地神的情景，一会儿又想到甄五臣来他府邸的密谈，一会儿又想到让儿子张劲去北镇庙善畏长老那里抽回的灵签，每件事情似乎是明白的，又似乎是糊涂的，而且想着想着，最终总会落脚到天祚帝头上。总之，一切都似雾里看花，看不透还偏想看……张觉忽然觉得，他的命运中似乎还有什么东西没有捕捉到，他懂得“一子出错，满盘皆输”的道理，但如何才能不出错呢？他搔了搔脑瓜子，忽然又翻身坐了起来，踱出廨房，看到“鬼不缠”在廊道的美人靠上打盹，便高声喊了他一声。

听到主人叫唤，“鬼不缠”一激灵就站了起来，张觉已走到他跟前，问：“前些时让你去燕京城请来的陆老倌，如今安置在哪里？”

“鬼不缠”揉了揉睡意惺忪的眼睛，答道：“陆老倌现在衙斋后头的小客房安歇，这老家伙天天吵着要回去。”

张觉知道“鬼不缠”是话痨，也不接他的话头，只是让他带路前去拜会陆老倌。从廨房到小客房并不太远，两人很快就到了。这是一个单独的院落，如今只住了陆老倌一人。走到小客房门前，“鬼不缠”敲了敲门。

“谁呀？”陆老倌在里面问。

“鬼不缠”答：“陆老倌，咱们帅爷来看你。”

“门没闩，进来吧。”

“鬼不缠”推开门，张觉抬腿走了进去，只见陆老倌盘腿坐在炕上闭目打坐，虽然来了客人，他也不睁开眼睛。

“陆老倌，知道你来了几天，咱一直穷忙，今天才抽空儿来看你。”

张觉一改平日颐指气使的神气，神情谦恭地站在炕前说话。他之所以尊敬陆老倌，乃是因为陆老倌在燕京城中名气很大，多少达官贵人都找他测过字，十之八九都是灵验的。这陆老倌在燕京自家的测字馆里也接待过张觉，彼此间算是熟人，但他对张觉不满的是，大老远派人专程把他从燕京请来平州，居然五天不见。这会儿从眯着的眼缝儿里瞧见张觉毕恭毕敬的样子，心里头的火气稍稍平息了一点，于是睁开眼睛，抬手指了指东墙根的椅子，示意张觉坐下。他自己也下炕趿了布鞋，拣了西墙根的椅子与张觉对面而坐。

“觉帅，你可真是忙啊。”

张觉听出陆老倌话中仍有怨意，于是耐着性子回答：“老倌，咱们俗人，不比你们神仙安逸。”

“觉帅，你可不是俗人啊，敢于杀死左企弓这样名满朝野的大人物，那是何等的胆量。”

“老倌，在我看来，杀人同吃饭睡觉一样，都是躲不开的俗事。”

“这是英雄话。”陆老倌吩咐闻讯从隔壁房间进来的小伙计给客人上茶，然后说，“觉帅，你这次请咱来平州，究竟有何事？”

张觉抿了一口茶，笑道：“老倌，听说南朝童贯率文武官员浩浩荡荡进了燕京城，你当了奉迎使。”

“有这么回事儿。”

“南朝也知道你的大名啊！”

“江湖混口饭吃，哪有什么大名。人家南朝使者登上我的家门，给了我十两银子，让我当一回欢迎南朝官军的奉迎使。我想，就小半天的活儿，可以赚十两白花花的银子，何乐而不为呢？”

“啨，老倌这是……”张觉本想说见钱眼开，又怕刺激了陆老倌，故改口说，“俗话说，有钱能使鬼扒磨，我看，有钱还能让神仙推磨呢！”

“觉帅，你这是转弯儿说我陆老倌爱钱，我陆老倌是爱钱，但君子爱财，取之有道。”

张觉认为陆老倌是高人，为避免过分地揶揄引起他的不快，于是换了话题：“老倌，我且问你，阿骨打攻破燕京城的时候，你在哪里？”

“我在自家的如意馆里。”

“你最后见的是哪个人？”

“应该说是两个人，先是乔装打扮成老百姓的左企弓，后是韩八斤。”

张觉心里头一惊：“怎么是这两个人？”但问出的话却故意平淡：“两人都是找你抽帖儿？”

“左企弓想抽，没抽成，先自走了。”

“为什么？”

“他要回避韩八斤。”

“啊，那韩八斤呢？”

“他抽了，抽了一个‘魂’字。”

“他问什么？”

“问天祚帝的下落。”

“这个‘魂’字，解出天祚帝藏身之地了吗？”

“解出来了，在大青山与阴山之间的夹山一带，很可能在老柳树营。”

“啊，真有这么神奇？”张觉惊得合不拢嘴，但越发相信韩八斤正是凭着陆老倌的指引找到了天祚帝。陆老倌看出张觉心中似乎有许多待解的疑团，便试探着问：“觉帅，你眼下可是炙手可热的大人物，应该诸事顺利吧？”

张觉挥挥手示意“鬼不缠”退出，然后说：“陆老倌，本帅现在也想抽一帖。”

“好。”

陆老倌吩咐小伙计从隔壁房中提来鸟笼子，放出黄莺，从撒在地上的油纸帖子里叼出一个“嫁”字。

“嫁？”张觉拿到油纸帖，自言自语道，“怎么会是这个字？”

“你要问什么？”

“问平州。”

“问平州什么？”

“问平州的安危。”

“你是平州府知府，平州的安危就是你的安危。”

“也可以这样说，”张觉说着晃了晃手中的油纸帖，干笑着说，“就这么一个嫁字，能说出个什么道道来呢？”

“觉帅不要急嘛。”

陆老倌回以高深莫测的一笑，接着就捻动下巴上稀稀疏疏的山羊胡子，闭目深思起来。

大约半炷香的工夫，陆老倌眼皮动了一下，坐立不安的张觉连忙问道：“老倌，判出什么结果了？”

陆老倌呷了一口茶汤，瞅着张觉，表情稍有夸张地问道：“觉帅，你文武双才，应该理解这个嫁字吧？”

“嫁，不就是女子出阁，离开娘家去与夫君成婚吗？”

“这是浅义，深义呢？”

“深义，什么是深义呢？”

张觉抓耳挠腮，左思右想也没个头绪。陆老倌倒也没有取笑他，而是慢条斯理地说出了自己的见解。

“觉帅，你刚才说要知道平州的安危，是吗？”

“是的。”

“女出家门是为嫁，平州恐怕得再嫁一次了。”

“平州再嫁，这是什么意思？”

“诗经有句‘之子于归’，这个归，就是嫁的意思。嫁，不单指女归男，男另谋新主，也叫嫁。列子云：‘国不足，将嫁于卫。’这就是说此地不养爷，自有养爷处。觉帅，你是不是觉得大金不能养你，所以才叛金呢？袭用列子的话，就叫‘金不足，将嫁于宋’。这就是深义。”

张觉咂摸着陆老倌的话，狐疑地问：“为什么要嫁宋，而不是辽呢？”

“辽在哪里？除了你觉帅辖下的三州，辽国哪里还有一寸土地？蒋子的《万机论》里说过：‘主失于国，其臣再嫁。’觉帅，这里用的还是一个嫁字。”

“真没想到，一个人人都会说的嫁字，竟藏了这么深的玄理。”

张觉这么一感叹，倒引出了陆老倌一番本不打算说的话：

“觉帅，你杀了左企弓，老倌我觉得你薄情寡义，心里头把你看成奸雄，但看到你释放了那么多被大金国强行迁徙的燕京市民，让他们各自回家，还资助给他们盘缠路费，心里头又觉得你还有仁义。这次你派人到燕京请我，我本不愿意来，但最终还是来了，不为别的，只是想替燕京回返的人家给你道一声谢。因此，也就认认真真把‘嫁’字的本义解给你听。觉帅，你想听的话我都讲了。现在，我陆老倌就向你告辞返回燕京了。”

陆老倌说罢，就让小伙计收拾行李，张觉连忙挽留：“老倌，无论如何，你得宽住几天，怎么着，我也得请你吃顿酒哇。”

“觉帅不必客气，你还是像请我来时那样，弄辆马车把我送回去吧。”

张觉见陆老倌去意已决，也就不再强留，而是封了二十两银子，调了马车即刻送他回燕京。

陆老倌一走，张觉回到廨房，让“鬼不缠”找来李石。两人屏退左右闲杂人等，密议如何处置韩八斤一事。

张觉问李石：“这个韩八斤带来的天子之宝的玉玺，你在翰林院供职时见过没有？”

“见过，这个玉玺是真的。”

“那，这个韩八斤真的就是天祚帝差遣来的。”

“这一点也不用怀疑。”

“那，你说，该如何回复天祚帝？”

“帅爷，在下听你的。”

“你别耍滑头，本帅一定要听听你的意见。”

李石跟着张觉虽然只有一年，但他自认为对张觉心性脾气的了解已是入木三分。此刻，张觉绝不会真的去追随天祚帝，加上他自己也信奉“识时务者为俊杰”的道理，因此，便大着胆子说：“觉帅，天祚帝命中注定会成为辽国的末代皇帝，这个命运谁也改变不了。”

张觉眉毛一扬：“说下去。”

“对天祚帝，既不能迎回平州，也不能追随到草原。”

“那，韩八斤怎么办？”

“封锁消息，不要让任何人知道天祚帝的特使来到了平州。”

“卢龙驿人多口杂，只怕已走漏了风声。”

“帅爷放心，下官已布置妥帖，不可能走漏半点风声。”

“你是有心人，下一步呢？”

“帅爷，下官建议，捎带还有那个张宝成，一并……”

李石做了个杀人灭口的手势，张觉脸上的肌肉一拧，狠狠地说：“事不宜迟，就在今晚，把这两个人干掉。李石，你去办。”

第十一章　摇命鬼儿

却说韩八斤与张宝成被安置到卢龙驿歇息，中午由驿丞作陪，喝了几杯，然后各自回客房歇息。不觉过了酉时，偏西的日头照在庭院里，东阶灿烂，西阶已是阴暗了。韩八斤的客房在东边，一缕斜阳落在枕上，他还在扯着呼噜酣睡。住在西边厢屋里的张宝成走过来，隔着门缝儿朝内瞧了瞧，然后推开虚掩的门走了进去。

吱溜吱溜的推门声将韩八斤惊醒，他一骨碌翻身起来，见是张宝成，便又倒在炕上。

张宝成把门掩上，站在炕边上问："你睡了差不多两个时辰了，还要睡吗？"

"不睡，还能干什么？人家觉帅还没发话召见呢。"

"我想和你先聊一聊。"

"聊啥？你一个熬鹰的，能跟我聊啥？"

韩八斤瞧不起张宝成，翻个身脸朝里，把屁股对着张宝成。却没料到张宝成伸手抓住他的胳膊，像拎小鸡一样把他拎了起来。

“你想干什么？”韩八斤痛得叫起来。

“穿好鞋子，随我来。”

张宝成说完先推门走了，韩八斤只好跟着他，到了他住的西厢房，两人坐定，韩八斤叽咕道：“看不出来，你张宝成竟然是武林高手，功夫了得。”

张宝成并不答话，站起来隔着窗棂朝院子里瞭了几眼，又支着耳朵听了听，这才回来对韩八斤说：“你别充大瓣儿蒜了，连死到临头了都不知道。”

“什么，死到临头了？”

韩八斤这一惊非同小可，张宝成示意他冷静，压低声音说：“我方才在院子里走了走，除了咱们两人，鬼影儿都看不到一个。我试图出这驿站大门往外溜达溜达，走到门口被拦下了。”

“谁拦你？”韩八斤问。

“门口不知何时添了岗哨，都是张觉卫队的兵士。”

“你咋知道？”

“我毕竟在平州待了一些时候，他卫队的人，我虽叫不出名字，但面孔都熟悉。”

“兴许，觉帅不放心，特意从他的卫队中抽出人来保护我们。”

“你想得美。”

“他不是至今还穿着大辽的三品官服吗？他对天祚帝有感情。”

“那都是哄鬼的，从他杀左企弓的那一刻开始，我就觉得这个人心狠手辣。”

“既是这样，你为何还听他调遣，跑到夹山去找天祚帝？”

“因为寻找天祚帝，是我张宝成日夜不忘的大事。”

“你到了夹山，很快就可见到天祚帝了，为何又随我回平州呢？”

“为了你。”

“为了我？”韩八斤眨巴着他的那一双狡黠的小眼睛，近似恶毒地戏谑道，“你一个熬鹰的，一辈子待在鹰房里没立过功，这一次，想从我的功劳簿上抢走一份。”

张宝成鄙夷地盯着韩八斤，问他：“你的‘天子之宝’的玉玺呢？”

韩八斤本能地一摸腰间，那只盛放玉玺的皮囊不见了。他立马推开西厢门跑回自己的房间里里外外搜寻个遍，仍是不见踪影，慌忙又跑回来，气急败坏质问张宝成：“我睡觉时，这印还在我的腰上。除了你，没有人进我的房间，你说，是不是你偷走了？”

“你睡得像条死狗，就是把你抬出去埋了你也不知道，怎么就讹着是我拿的？”

韩八斤觑着张宝成，见他冷淡的神情中似乎还含了一点嘲讽，便断定是他偷了玉玺，于是威胁道：“你若不把玉玺还回来，我要你好看！”

“你把我怎么着？”

“我去觉帅那里告发你。”

“你去呀！”

张宝成说着就把房门拉开，朝韩八斤做了一个请的动作。这样一来，韩八斤反而气馁了，口气软了下来，问道：“大师傅，韩八斤求你了，你说实话，玉玺是不是你拿了？”

“是我拿的。”

张宝成一撩长衫，只见他腰间果然有那只皮囊，韩八斤伸手去抢，张宝成抓住他的手轻轻一拧，韩八斤便痛得嗷嗷叫，半跪在地上。张宝成松了手，韩八斤托着扭疼的手，哀求道："大师傅，求你把玉玺还给我。"

"你喊我爹，我也不会还你。"

"这可是天祚帝交给我的信物。"

"你编吧，"张宝成嘴角浮出一丝冷笑，"你以为我真不知道这玉玺的来历？"

听到这句话，韩八斤气馁，他心虚地问："你知道什么？"

"这玉玺是你偷的。"

"你血口喷人！"

"韩八斤，你真的以为我只是一个熬鹰师吗？"

"那你是什么？"

"我与你一样，受天祚帝派遣，随左企弓前来燕京。走之前，天祚帝将这方玉玺交给左企弓，叮嘱他来燕京后，仍可使用这方印号令群臣，但因萧莫娜的丈夫耶律淳已经自立为皇帝，这方'天子之宝'就没用上。知道有这方玉玺的只有三个人，一个是左企弓，另一个就是你。但你们两个不知道还有一个人知道，那就是我。天祚帝让你陪左企弓到燕京，是保护他的人身安全，另外，皇上又秘密降旨于我，要我暗中保护这方玉玺。燕京陷落前夕，左大人告诉我可能是你潜入丞相府盗走了这方玉玺。我起初不相信，直到左大人在张觉面前自杀，我趁机上前检查他的全身，果然没有那方玉玺，于是决定寻找你。没想到，你我在夹山意外相会，你身上果然藏着这方玉玺。当时，我本想绑了你，连人带印押还到天祚帝御前，但我又好奇你来平州做些什么，遂允许你冒充天祚帝的特使前来。"

韩八斤没想到张宝成把他的底细摸得如此清楚，心下顿时害怕起来。他本是个吃软怕硬的人，这会儿便摆出个笑脸，讨好地说：“哎呀我的大师傅，没想到你是真人不露相，原来我就听说过，天祚帝身边有三个隐形的铁面卫士，你应该是其中之一吧。”

张宝成不置可否，反问道：“来平州，想在张觉这里捞到什么？”

韩八斤本能地朝门外看了一眼，然后阴笑着低声说：“大师傅既已看出破绽，我也就不说暗话了。我想在张觉身上捞一把银子，原想我一个人吞了，既然大师傅知道了，那一人一半，咱俩分了。”

“你想要多少银子？”

“先开口要十万两，估计张觉不会给这么多，但不会少于八万两。”

“以何名义？”

“帮天祚帝筹措军费。”

听到这句话，张宝成恨不得肺都气炸了，他恨恨地骂了一声：“你个王八羔子，你想让张觉出钱，他张觉可要你的命呢！”

“大师傅，你可别吓唬自己，人家觉帅没有杀咱们的理由。”

“信不信由你。今晚上，咱们在劫难逃。”

韩八斤头摇得像货郎鼓：“我不信。走，咱们这就出门，上街去逛逛。”

“你去，看你能否出得了大门。”

“好，我这就去试试。”

韩八斤说着抬腿就出了厢门，并快步走出这座小院，他是有意借故离开张宝成的。他对张宝成是天祚帝身边隐形的铁面卫士已是深信不疑，因此肚子里已有了小九九，与其让张宝成识破束手待毙，倒不如干脆溜出去投到张觉麾下，让张觉从张宝成手上夺回玉玺……

这么想着，不觉已穿过几重回廊，眼看要走近驿店大门了，却见李石从门外走了进来，韩八斤躲闪不及，只得站在原地与李石拱手相见。

李石自奉了张觉之命要取韩八斤与张宝成二人性命之后，便立即部署，做了精心安排。这会儿他来到卢龙驿，是准备请二人吃顿宴席，然后在宴席上相机行事，却没想到甫一进门，就碰到了韩八斤。

“韩大人，怎么，你要出门？”

李石这么一问，韩八斤像做错了什么事，表情便不自然了。他本可以将刚才发生的事向李石如实禀报，但他虑着李石原是天祚帝亲自任命的翰林学士，说不定与张宝成是一伙儿的，因此打定主意见不着张觉便不说实话。于是回道：“李大人，我想单独去一趟平州府衙，求见觉帅。”

“为何要单独去？”

“我是天祚帝的特使，天祚帝的旨意，我只能对觉帅一人说。”

“啊，觉帅今天没空。韩大人且随我去花厅，先喝杯茶，今晚上，我请你和张宝成喝杯淡酒。”

说着便拉着韩八斤的手，七弯八拐进了后院一间连着膳厅的花厅，里面摆了一应茶具及整洁的桌椅。茶桌后面坐了一位年轻后生，看他皂衣青幞，倒像是一位账房先生，李石一坐下来，便吩咐那位后生：“给韩大人看茶。”

后生答：“李大人，茶已沏好。”

李石点点头，对与他相向而坐的韩八斤说：“夹山那里，天气也开始暖和了吧？”

“暖和了。”韩八斤局促地回答。

“一年没见到天祚帝了，作为臣子，我非常想念皇上。”

韩八斤本想试探李石的态度，听他这么一说，立刻死了心，敷衍答道：“天祚帝也很惦念你们。”

这时候，后生将两盅茶分别递给了李石和韩八斤，李石双手端起白瓷盅朝韩八斤做了一个请的动作。

韩八斤也端起同样的白瓷盅，朝李石还了一礼，然后张嘴喝了。韩八斤将茶水吞咽，忽觉稍有异味，他皱了一下眉，想吐出来，还不等他伸脖子，只见那后生眼疾手快，抢步上前用手抬起他的下巴，嘴里含着的茶汤便顺着喉咙流了下去。不一会儿，他便七窍流血瘫倒在椅子上。

李石走过来眼看着韩八斤痛苦不堪的样子，冷着脸说：“韩大人，送佛送上西天，这是没有办法的事。你放心，在下会替你寻一副好棺材。”

“你，你……”

韩八斤想说什么，已是语不成声了。只见他手挠着椅子，周身抽搐，口吐白沫而死。

李石吩咐后生：“连夜把他抬出城去埋了。”说罢抬脚走出花厅。

一位小校从甬道里面向他跑来，急喘喘禀报：“大人，东小院里不见张宝成的人影儿。”

李石说：“二百军士把卢龙驿围了个遍，他往哪儿跑，再仔细搜。”

这时，四五拨兵士在卢龙驿里逐间房屋搜查，均无张宝成的踪迹，那位沏茶后生又赶过来报告：韩八斤的身上及东小院两间房的行李中，均不见那方玉玺。李石为了显示自己的威严，故意在众多兵士面前拿腔拿调地说：“我就不信这个张宝成能长翅膀飞了，你们再给我搜。”

众兵士又乱哄哄地四散搜查去了，李石在卢龙驿丞的引领下来到韩八斤与张宝成下榻的那座小院，只见空落落的，东西两房的行李已被胡乱地丢了一地。这时天色已黑，驿店里到处点亮了灯笼。

李石正自纳闷，忽听得驿丞大喊一声：“李大人，你看！”

李石顺着驿丞擎着的灯笼看过去，只见院角的墙上，留下两个湿漉漉的脚印，那院角连着高约丈余的院墙，驿丞惊呼：“娘的，这个熬鹰人可能上墙头了。”

李石一跺脚，嚷道：“搬梯子来！”

几位兵士顷刻间搬来梯子，李石亲自登梯到墙头查看。墙外是一片小树林，因为偏僻且没有道路，故包围卢龙驿的兵士也漏掉了这里。李石查看这院墙上覆盖的青瓦，竟无一点破损，他噌噌噌连忙下梯，对驿丞等候在小院中的人说：

“这个张宝成，可不是简单的熬鹰人，他有踏雪无痕的轻功。你们传令下去，所有进出平州的人都得严查，决不能让他逃走。”

芒种前后的四月天，即使在关外，该播种的也都播种完了。山间地头上到处绿蓬蓬的，让人看着舒坦。池塘河流里的鱼，都争着咬钩，家畜都有事无事地整天咬群。而那些一到冬天就要死不活的药铫子，如今脱下袄子穿单褂，也都一天到晚高高兴兴地在精神头儿上。

比起陆地，海上的气候要寒冷一些。但进入四月，海上的船只明显增多了。其中大部分是渔船，当然，商船的数量也不在少数。在近海甚至有些未成年的孩子也敢驾着一种被称为“摇命鬼儿”的单桨小划子下海捞鱼。

就在张觉与李石在廨房密议杀害韩八斤与张宝成的时候，一艘双桅的帆船驶入海阳的洋面上。这时候临近中午，蓝色的波涛被太阳折射出万点粼光。船上的两片帆已是满满升起，乘着从燕京方向吹来的南风，正快速地向海阳码头驶去，这艘船上总共有九个人，六个操船的舵手、帆手、橹手等，三个乘客。这三位乘客不是别人，正是燕京方面派往平州与张觉联络的特使，郭药师的副将甄五臣以及他的两个助手。

却说那天夜里，童贯在燕山府衙的值事厅下令，要詹度五天之内必须把徽宗皇帝的金花笺御札送到张觉手上。詹度便与郭药师商量，仍派遣甄五臣前往平州辛苦一趟。因为从各方面看，再也找不到比甄五臣更合适的人来担任这个密使的角色。郭药师觉得自己本来就是这件事的第一推手，也就爽然答应。

甄五臣仍像上次一样扮成贩卖纻丝的商人，在塘沽雇了最好的可装载八千斤货物的两桅船，并且真的装满了纻丝，于清晨寅时出发，也就三个多时辰，就已驶入了海阳水面。从海阳码头靠岸，接货的人已在那里等候，并已替他雇好了马车，改从陆路也就两个时辰就会赶到平州。

眼看临近了午时，坐在船舱里的甄五臣明显感到船速慢了，他踱出舱门来到甲板上，海面上的反射光让他睁不开眼睛，他手搭凉篷眺望着一碧万顷的海面，问正在扳着方向轮的舵手：“离海阳码头还有多远？”

舵手回答："多远说不上，再慢，也过不了午时就能到。"

说话间，一个浪头打来，船一倾斜，甄五臣猝不及防，差一点摔个大跟头。幸亏他迅速抓住船舷边的缆绳，才不至于滚落海中。

舵手无法分身，一名帆手赶紧过来把甄五臣抓牢，大声说道："客官，你快回舱里去，这里太危险。"

甄五臣虽然身经百战，却不识水性，只得在帆手的搀扶下回到舱里，他坐下来便有反胃的感觉。

"客官，想吐吗？"

帆手递过一只木盆，甄五臣憋口气强吞了几口唾沫，推开那只木盆，问帆手："怎么刚才风平浪静的，这会儿这么颠簸？"

"刚才是顺风，这会儿船掉了方向，由正南行驶改为偏西了，因为海阳城在海的西边。"

"哦，难怪船也慢了。"

"客官，你没瞧见，船降了半帆呢。"

帆手说着退出船舱，坐在舱里的甄五臣对两位跟班说："这回差事办完了，还是骑马回去，这海船坐得太难受。"

说话间，忽觉船剧烈地摇晃起来，接着听到嘈杂的人声，甄五臣虽然肚子里翻江倒海，但仍挣扎着走出舱门，想看看究竟发生了什么事情。谁知他刚出舱门，就被两个壮汉抢步上前，将他按倒在甲板上，他的两个跟班同时也被另几个人制伏。

原来，在甄五臣被帆手扶回舱里歇息的时候，大约有二三十只摇命鬼儿从远远近近的海面突然间向这艘商船围拢过来。不过，划着摇命鬼儿的不是戏水的孩子，而是清一色的虎背熊腰的壮汉。不等船上的水手们有任何反应，这些摇命鬼儿顷刻间就包围了商船。一只摇命鬼儿上的光着膀子的壮汉突然弃了手中的桨板，从划子上抽出一支半截拖在水里的头上装有锋利倒钩的长篙，使劲朝船舷上一搭，倒钩就深深扎在了船木上，壮汉顿时双脚一蹬离了摇命鬼儿，敏捷如猿猴一般顺着长篙爬上了商船。与这壮汉先后差不多时间，所有的摇命鬼儿上的汉子们都使用同样的长篙蚱蜢一样蹦上了商船。

这一幕发生得太快，待到舵手等一应船夫反应过来的时候，甲板上已站满了人。

甄五臣被摁在甲板上抬不起头来，他强昂着脑袋眯着眼看去，只看到眼前一片赤脚汉子，便号叫着问："你们是谁？"

舵手四十来岁，有二十多年驾船的经验，他用行话回答甄五臣："客官，咱们撞上马子了。"

马子就是强盗的意思，偏甄五臣不懂，仍犟着问："马子是谁?"

就这几句话的工夫，船上的人，不管是驾船的还是坐船的，都被犯船者用麻绳反手捆绑了起来。而后，又让他们背靠着船舱坐了一排。

甄五臣脑袋昏昏沉沉的，但他毕竟多年行伍养出了将军派头，此时虽反剪双手动弹不得，嘴里仍凶巴巴地质问："你们谁是马子，站出来答话。"

第一个登上商船的壮汉走到甄五臣跟前，蹲下来，瞅着甄五臣一圈络腮胡子，问："你是甄五臣？"

"咦，你怎么知道我？"

"郭药师手下的裨将，谁不知道。"

"你是？"

壮汉从腰上摘下一只铜牌，递到甄五臣眼前。

“朵颜？”

“对，我是朵颜，我是完颜娄石手下的裨将。”

“你是大金国的将军？”甄五臣大吃一惊，“你们怎么干这种打家劫舍的勾当？”

“打从燕京到塘沽，我们一直跟踪你。”

“为什么？”

这时，一位壮士从船舱里兴奋地跑出来，他手里提着一个褡裢，对朵颜说：“将军，这只褡裢里有一个信匣子，里面有三张纸。”

这位壮士就是随完颜娄石一起在居庸关大战中攀登鹰嘴岩的二虎。因他不识字，故提出褡裢让朵颜验证。

朵颜打开那只四角包金的樟木匣子，里头果然平平展展放着三张金花笺。朵颜粗通文墨，翻了翻金花笺，看到后面有御笔字样，还盖了红彤彤的大印，便知道这就是他奉命要追缴的徽宗皇帝文书了。他让二虎重新收拾好褡裢背到身上，然后对甄五臣说：“我朵颜不是谋财害命之人，我奉命取到这封南朝皇帝写给张觉的亲笔信，差事就办妥了。这里离海阳码头不远，摇命鬼儿给你们划回去，这艘船我们得借用一下。”

朵颜说罢，一努嘴，他手下兵士将甄五臣及船上所有的人解开绳索扔进大海，然后重新升帆，驾着商船奔葫芦岛方向而去。

第十二章　草原上的热恋者

芒种时节，江淮一带的人们已穿着轻衣薄裳开始度夏了，但在蒙古高原，春天才刚刚开始。

这一天，仍旧蛰伏在柳树屯的天祚帝耶律延禧与萧莫娜一起走出行宫——也就是马场总督府的辕门，在三两面高高飘扬的杏黄色龙旗下，两个人跨上早已为他们备好的战马。踩着马凳跨上马鞍的天祚帝，趁马弁为他束紧马肚带的时候，看着正踩着垫了锦缎蒲团的两级马凳上马的萧莫娜，笑着说：

“宝贝儿，看你的马，打扮得像一位新娘。”

萧莫娜骑的这匹浑身雪白唯有四蹄及马尾巴梢上毛色赤红的牝马，是她逃离燕京时带出来的。她给这匹马取了一个很别致的名字：雪里妃。她很宠爱这匹雪里妃，平日里代步根本舍不得骑它，只有参加一些诸如宴游礼佛斋醮赏月等在她看来既快乐又高雅的活动时，她才会骑着它出席，而且每次出席必盛装打扮。就像今天一大早马夫就从箱笼里拿出马饰披挂，雪里妃的披挂饰品有好几套，萧莫娜指示马夫选了一套以玉佩璎珞为主的饰物替雪里妃披戴起来。所以，当雪里妃从马厩里被牵出来时，竟引来不少军士及眷属们围观，他们（还有那些娘儿们）叽叽喳喳地议论，说这匹马里里外外都是仙气，除了萧莫娜，还有什么人够资格骑它呢？

就在天祚帝与萧莫娜骑上了马，马弁们撤走了马凳时，却见大悲奴颠儿颠儿跑来了，老远就沙哑着声音喊道：“皇上！”

本要一抖缰绳纵马而去的天祚帝只得停了下来，笑着问：“大悲奴，你有事儿吗？”

“有哇。”

“什么事儿？”

大悲奴仰着头，向骑在马上的天祚帝报告：“昨儿夜里，西夏那边派人送了一百车粮食、麦子、大豆什么的，咱们又可以支撑两个多月了。”

“这是好事儿啊，西夏国王是我女婿，他懂得孝敬岳父大人。”

天祚帝说着得意地笑起来。

大悲奴还有好几件事要禀报，但他看到天祚帝有些心不在焉，加上下面要禀报的事都不算好消息，他只好把要说的话咽了回去，换了话头问道：“皇上，你和萧贵妃这是要去哪里啊？”

“去草原上，随便遛遛弯儿。”

“好，皇上好心情。”大悲奴忽然伤感起来，叹道，“往常这个时候，咱们跟着皇上去大黑山猎场狩猎，现在，却只能在这人烟稀少的地方遛弯儿了。”

“春水秋山，唉，大悲奴你提这个干吗？”天祚帝不想受到伤感情绪的感染，他不让大悲奴说下去，便问他，“大悲奴，你记得今天是什么日子吗？”

“四月二十。”

“四月二十是什么日子？”

“四月二十就四月二十，皇上，老臣糊涂了，记不清四月二十是个什么特别的日子。”

“那我告诉你，”天祚帝说着就俯下身子，凑到大悲奴的耳边小声说，“今天是萧莫娜生日，她想去草原打个滚儿，我得陪她去。”

“啊，原来是这样，”大悲奴掉脸看着一直在旁边微笑着的萧莫娜，脸上露出慈祥的笑容，“贵妃，你今年多大了？”

“大悲奴伯伯，我三十二岁了。”

“一晃眼三十二了，岁月怎么这么快呀，”大悲奴摇摇头，又伤感起来，“记得你生下来满月的时候，你父亲，我那好兄弟还请我去喝了满月酒呢。”

天祚帝害怕大悲奴又会唠叨下去，忙插话说：“大悲奴，你吩咐下去，做一顿大餐，今儿晚上，让大家聚一聚，喝顿大酒，为萧莫娜庆祝生日。”

说完，也不等大悲奴回应，天祚帝一提缰绳，早已不耐烦的坐骑立刻像一支箭射了出去，雪里妃也不甘落后，跟着天祚帝的坐骑驰出了马场总督府的辕门。

马场总督府坐落在柳树屯小镇的东头，出门向左即到小镇，向右是一道缓坡，上了缓坡后若向左，则是一道低缓的山坡，坡上长满了耐寒的各种树木，向右便是一望无际的草原。

上了缓坡之后，天祚帝便与萧莫娜并辔而行，萧莫娜今天的心情特别好。当然，她也没有任何心情恶劣的理由，打从她来到柳树屯，天祚帝几乎在两个时辰之内，就完全扭转了对她的看法，即将她从最仇恨的敌人变成最可爱的情侣，而且从那之后，萧莫娜就成了天祚帝心中不可替代的女神。尽管自辽上京撤退以来，包括皇后、嫔妃之类的女人也有十来个跟着天祚帝来到柳树屯，但自萧莫娜出现，这些女人都黯然失色，这位流亡皇帝一辈子宠爱的女人不在少数，但真正让他心仪也让他陶醉的女人，应该就是萧莫娜一个人了。本来，作为一个失掉了江山也失掉了人民，甚至也可以说已经失掉了民心的末代皇帝，他应该心如死灰万念俱寂，事实上，一路逃亡来到柳树屯的天祚帝，也是一筹莫展惶惶不可终日。但自萧莫娜来到柳树屯之后，天祚帝突然像变成了另外一个人，人们再也不能从他身上看到沮丧、懊恼，甚至是没来由地骂人，歇斯底里地摔盆子砸碗地发脾气。他一天到晚笑嘻嘻的，哪怕听到了不好的消息，他也不会吹胡子瞪眼睛，几乎所有人都明白，这一切变化都是因为萧莫娜到来的缘故。因此，随天祚帝来到柳树屯的人们，不管是王公大臣还是侍从庶卒，无不感激萧莫娜。

这会儿，两个人已经驰上了缓坡，在一个小小的山头上，两匹马并辔而立，马头向着东方，那里是略有起伏的一眼望不到边的草原。

“我们下马来走走吧。”萧莫娜说。

“好。”

天祚帝答应着，然后回过头，他是想把跟着他的卫队喊过来，让他们扶萧莫娜下马。萧莫娜知道他的意图，她制止了他，自己从马上跳了下来，她的动作很轻盈，像一只翩然飞舞的蝴蝶。天祚帝赞道：“宝贝儿，这匹雪里妃让你调教得很好。”

“我是草原的女儿，马背就是我的家乡。”

萧莫娜说着，忽然伸开了双臂，像是要把整个草原揽在怀里。这时候，一只燕鸥掠过她的头顶，它张开的翅膀一动不动，借着空中的气流浮漾着，盘旋着。

“这只鸟真幸福！”萧莫娜感叹。

“你比鸟更幸福。”天祚帝说着，搂了搂萧莫娜的腰肢。

萧莫娜推开天祚帝的手，眼睛里忽然噙起了泪水。

天祚帝盯着她，略略不安地问：“怎么啦？”

萧莫娜看着燕鸥渐飞渐远，她尽量克制自己的情绪，但语调中仍然可以让人听出忧伤：“我怎么会比鸟更幸福呢？鸟虽小，但它拥有整个天空，同时，它还拥有无边无际的草原。我现在拥有什么呢？草原与天空，还属于我们契丹人吗？”

“宝贝儿，不是说好了，今天不说这些不高兴的事吗？”

萧莫娜不想惹得天祚帝不开心，但她憋不住要把想说的话说出来：“难道从今以后，我们契丹人要成为无家可归的孩子吗？”

天祚帝两手一搓，勉强笑着：“萧莫娜，一见到草原，你就变成女王了，这可不是我的女人。”

“好吧，我现在就从女王变回女人，”萧莫娜嫣然一笑，走回到雪里妃跟前，扶住马鞍纵身跃上马背，“皇上，我的阿适，咱们走吧。”

“你怎么上马了，你不是要走走吗？”

萧莫娜指着草原上一片一片的马群，说：“六万匹军马都在这里啃着青草，咱们穿过它们，走得远远的。”

“这样很好，宝贝儿，我可是为你准备了一个好地儿。”

“是吗？快带我去。”

天祚帝虽然近五十岁了，身体仍矫健得像一个小伙子，只见他紧跑两步伸手抓住马鞍扶手纵身一跃（他弹跳的高度超过萧莫娜)，然后重重落在马鞍上，穿着牛皮靴的双脚熟练地钻进马镫。

看到天祚帝娴熟的马术，萧莫娜咯咯咯地笑起来。几乎同时，两人身子微微向后倾，双腿直直地蹬住马镫，两匹马像箭一样驰向辽阔的草原深处，萧莫娜银铃般的笑声洒了一路。

生活在蒙古高原上的人们，都知道“初夏看花，仲夏看草”这句谚语。眼下是一年中雨水最充沛的季节。用水肥草美来形容这个季节草原的形态，是再恰当不过的了。从大兴安岭到阴山，被数千座森林覆盖的峰头拥抱着蒙古大草原，分为东部、中部与西部三大片。东部草原在额尔古纳河两岸展开，大兴安岭上的巨大森林环列，恰似这片草原苍绿的屏风；中部草原不似东部那样辽阔、旷远，阴山山脉也常常伸延到草原深处，把草原围成一个又一个绿色的大盆地；西部草原自宁夏的黄河边穿过武威、张掖、酒泉、敦煌河西四郡，与祁连山遥遥相对，平行到玉门关外与塔克拉玛干大沙漠相接，这绵延数千里的联结东北与西北的大草原，同黄河长江一样，也是中华民族不可或缺的生命摇篮。无论是诞生于西北的匈奴、丁零、柔然、回鹘、党项……还是繁衍在东北的东胡、乌桓、鲜卑、契丹与女真，他们无一不是马背上的骄子，草原上的雄鹰。自古以来，泱泱华夏中，在黄河长江两岸以犁铧谱写史诗的农耕民族，和在蒙古高原上与风雪抗争逐水而居的游牧民族，乃是中华民族的两大源头。天下有永不相见的河流，但没有永不握手的兄弟。每一个草原家族的前世今生，无不充满了爱恨情仇，但若能深入研究他们的历史便会发现，蹂躏与厮杀、争斗与杀戮之后，民族之间往往出现了谅解与融合。长期的战争让各民族之间懂得了克制与沟通，中华民族的历史就是在这种杀伐与融合的过程中徐徐展开，以冷漠开始，以拥抱接续；以战争开始，以和平接续；以苦难开始，以祥和接续；以不同的利益开始，以共同的追求接续……

历史是曲折的。有的民族可能一时间消失了，但消失不等于消亡，他们拥有了一个更伟大的名字：中华。草原上的民族也常常更换自己的身份，比如契丹，他们的祖先可能就是留在草原上的鲜卑人的后裔。而鲜卑人，则认为自己是黄帝的子孙。不管哪一个民族的子孙，他们可能不知道也不关心自己的世系，但他们都会热爱自己的家乡，就像眼下这位骑着雪里妃忘情地向着草原深处飞奔的萧莫娜，以及在她身边非常满意自己这个骑士角色的天祚帝，在草原上，他们会忘掉苦难，而不顾一切地追求爱情。

天祚帝与萧莫娜已经飞奔得很远很远了，离柳树屯应该有二三十里地了，他们穿越了长满林木的缓坡、曲折蜿蜒的河流以及一马平川的草甸。半上午的阳光投射到树木上，所有的树叶都像敷上了一层金箔；投射到河水中，细碎的波纹中像是有千万条小金蛇在游弋；投射到草甸上，会让人们看到在密密簇簇的针叶间跳动的七彩的光晕——这些光晕来自草原上怒放的鲜花。

有好几次，萧莫娜跳下马来，欣赏草丛间美丽的花朵，天祚帝没有这份雅兴，他素来对花花朵朵的东西不感兴趣，但他因为太喜欢萧莫娜，故也只能耐着性子，陪着萧莫娜在花的海洋中徜徉。萧莫娜采了一朵非常好看的像猩红的绒球儿一样的花儿，问天祚帝："你认识它吗？"

"认识，"天祚帝认真地回答，"它是一朵红花。"

“还有呢？”

“还有……它像绒球儿。”

“我问它的名字。”

“它有名字吗？”天祚帝感到很奇怪，“谁给它取的名字？”

“你呀，白痴一个。”萧莫娜噘着嘴，生气地说，“每朵花都有名字，难道你母亲没有教给你吗？”

“我母亲……宝贝儿，你不知道我很小就成了孤儿吗？”

萧莫娜这才想起天祚帝的父母很早就因奸臣谗言而被老皇上赐死，她赶紧道歉：“皇上，对不起，我不是故意冒犯你，我告诉你吧，这朵花的名字叫柳叶旋复花。”

“这名字好听，但挺难记的。”

“你不用心，当然就记不住。”

萧莫娜的语气中让人听得出讥笑，但天祚帝并不觉得难堪，当然也不生气，他问：“这草原上的花，比天上的星星还要多，你都叫得出名字吗？”

“我可没这本事，但眼前你看到的花，它们的名字我都知道。”

“是吗？那我得考考你。”

“考吧。”

天祚帝俯身从草丛中连根拔起一棵草花，这棵草长着褐色的茎枝，对生着蝴蝶般的叶子，在茎枝的梢儿上摇曳着一朵浅黄色的花蕊。天祚帝把这朵花儿伸到萧莫娜眼前，问：“它叫什么？”

“短瓣儿金莲花。”

“啊！”天祚帝又从脚边扯起一棵长着红的叶子，开着白色的麦穗儿一样的花朵举起来，“这个呢？”

“马蒿子。”

天祚帝跑出几步，东寻西找，分别采了一棵茎叶细小、牙尖上开着朱红的长瓣花和一棵根茎短小的开着嫩黄色小花朵的青草，走回来双手晃动着问："你说说看，它们叫什么？"

"你左手的那棵，叫鸢尾花，右手的那一棵，叫山丹。"

"嘀，你还真的都知道，我就不信难不住你。"

天祚帝说着就把手中的花撒了，又要跑出去寻找，萧莫娜喊住他。

"皇上，再不要瞎折腾了，看你这么糟蹋花朵，我可痛心哪，一朵花也是一条命啊。"

"你这一说，我还成了害命的阎罗了。"

两人这么取笑着又重新跨上了马背。萧莫娜看着蛰气浮动的草原，尽管仍然很兴奋，但感觉还是有些疲倦了，她问天祚帝："你说的好地方在哪里啊？"

"很快就到了，那里有酒，有烤好的羊羔，很快就到了。"

"阿适……"萧莫娜经常忘情地喊天祚帝的乳名，"我有些乏了。"

"宝贝儿，真的很快就到，你再坚持一会儿。宝贝儿，怎么这些花儿的名字你都叫得出来呢？"

"阿适，你后宫中有那么多的女人，有谁的名字，你叫不出来吗？"

"不瞒你说，有的我还真叫不出来。"

"可见，你不是一个好丈夫。"

"萧莫娜，你不能这样说我。后宫的女人，名义上都是我的老婆，但并不是我自己挑选的。"

"朝中的大臣应该都是你亲自挑选的吧？"

“名义上可以这样说。”

“你都认识吗？”

“朝臣都认识，但边臣、府臣不一定全认识。”

“可见，你也不是一个好皇帝。”

“宝贝儿，你怎么专挑我的刺？”

“阿适，不是我成心责备你，大辽国走到今天，你有推卸不了的责任。”

天祚帝不语，看得出来，他很不愿意听这样的话，他甚至有些恼火，却又不便发作。

萧莫娜继续说：“你热爱草原，但是你叫不出花的名字，没有这些花，草原还叫草原吗？你热爱大辽国，却不能叫出所有大臣的名字；你喜欢女人，却不能一一叫出后宫那些女人的名字。因此，皇上，我要对你说，对于草原故乡，你不是一个好儿子；对于大辽国，你不是一个好皇上；对于契丹的女人们，你不是一个好男人。”

说这番话的时候，尽管萧莫娜语调平缓，但在天祚帝听来，却无异于阵阵炸雷，他从未受过这样严厉的批评，不仅仅是批评，简直是当面羞辱，他的脸色挂不住了，他的手自然地摸到了腰间的刀柄，但是，当他侧过脸去看萧莫娜的时候，却发现她毫无恶意，她的脸上始终挂着微笑，她的一双黑葡萄一样的大眼睛中，闪动着澄澈而又性感的光芒。他心中的怒火顿时冰消瓦解，按住刀柄的手也羞愧地拿开，他自嘲地叹了一口气，问道：

“萧……啊，宝贝儿，你的指责可真是让我难堪哪。”

“皇上，因为我真的是爱上了你，所以我才会指责你。”

“你刚才说什么？你……你说你爱上了我？”

“这有什么大惊小怪的。啊，皇上，你看前面，怎么会有一座毡房呢？”

“那是我为你置办的，宝贝儿，我们很快就能吃到美味的午餐了。”

第十三章　复国之梦

这座毡房是天祚帝派人来搭建的，它的右边大约一里多路外的地方，是夹山逶迤而来的缓坡，它的左边是一条自西向东蜿蜒流淌的河流。毡房不大，是用纯白的羊皮缝制，在蓝天碧水的映衬下，显得特别干净。

天祚帝与萧莫娜来到毡房前的时候，已接近正午。十几名军士在草地上架起了两堆篝火，正忙碌着烧烤食物。一堆篝火上烤了一只黄羊狍子和几只沙半鸡，这都是军士们今天早晨刚刚捕获的猎物，另一堆篝火上正烤着一只羊羔，大概已经烤了一些时候了，香味在毡房前弥漫。

萧莫娜的雪里妃好像是害怕潮湿的烟气，离军士们还有十几丈远的时候便停住了脚步，天祚帝也只好勒住了马头。

萧莫娜首先关注的不是篝火而是那座洁白的毡房，她问天祚帝："怎么这个没有人烟的地方，会有一座毡房呢？"

"这是专门为你搭建的。"

"为我？"

看着萧莫娜迷惑的眼神，天祚帝得意地笑起来，他说："你昨天说，要在草原上寂静无人的地方过一个生日，我就安排卫队的军士寻觅了这个地方，并从库房里找出一间最好的毡房材料，运到这儿来搭建了它。”

“多谢你这样用心待我。”萧莫娜说着跳下马来，走到篝火旁同军士们打招呼，“你们辛苦了，烤的都是一些什么呀？”

一名小校回答：“早晨，咱们逮住一头黄羊狍子，又抓了几只沙半鸡，都快烤熟了。萧娘娘，就等着你和皇上享受呢。”

萧莫娜点点头，径自向毡房走去。天祚帝走到小校跟前与他耳语了几句，小校便领着两三个士兵离开了。天祚帝追上萧莫娜，一起走进了毡房。

这座毡房真的很小，大约一丈五见方。毡房的一角堆着一个巨大的行李捆，地上空荡荡的，一片青青的草地上，被人踩上了很多的脚印。细心的萧莫娜发现毡房的右下角上有一行小字，她走过去辨认，然后问天祚帝：“皇上，你从金上京撤退时，为什么要带上这座毡房呢？”

“当时没想那么多，”天祚帝漫不经心地回答，“大概是卫队的军士们想着行军路上用得着。”

“你知道这毡房有谁用过吗？”

天祚帝茫然地摇摇头。

萧莫娜又加重语气问了一句：“这毡房被什么人用过吗？”

天祚帝仍然摇着头。

萧莫娜的眼睛里忽然噙满了泪水，天祚帝发现这个突然的变化，顿时忐忑不安，悄声问道：“宝贝儿，你怎么啦？”

萧莫娜指了指毡房右下角那一行字，痛苦地说：“你自己去看吧。”

天祚帝连忙躬下身子去看，只见上面是四个纤细的小字。

萧莫谛用

天祚帝立刻想到萧莫谛是萧莫娜的亲妹妹，也是他的妃子，但他从未喜欢过萧莫谛。为此，在他与萧莫娜同床共寝的第一个晚上，萧莫娜还重重地扇了他一个耳光。天祚帝心中一直对此留有阴影，没想到这会儿在毡房中又见到萧莫谛三个字，天祚帝不免有些诧异，也有些难堪，他觑着萧莫娜，干笑着说："真没想到，这毡房是萧莫谛用过的，其实，我对萧莫谛……"

"你对萧莫谛很绝情，这一点你不用辩解，"萧莫娜忽然怨恨地说，"阿适，当你发昏的时候，简直就像一个畜生。"

"萧莫娜，你竟敢这样骂我？"

天祚帝一向桀骜不驯，但这时伤感起来，萧莫娜并没有因为他的示弱而原谅他，仍然非常严厉地指责说："对萧莫谛，你就像一个畜生。她是大辽国最美丽也最高贵的女人，可是，你却那么无情地冷落她、伤害她。"

天祚帝嗫嚅着："那是因为你。"

"你不喜欢她，为什么还要娶她呢？"

"也是因为你，谁叫她是你妹妹呢？我暗恋着你，得不到你，我就娶她。但是，我在她进宫的第一个晚上，就彻底地不喜欢她了。"

"为什么？"

"我一见她，就告诉她，我喜欢她的姐姐，她立刻顶撞我，她说，'我不是萧莫娜，你不喜欢我，就让我离开皇宫。'"

“你为什么不让她离开皇宫呢？”

“皇帝的女人活着就不能离开宫门一步，除非她死去。”

“皇上，你爱女人，但你不懂女人。”

“我为什么一定要懂女人？”天祚帝再也忍受不了萧莫娜的冷冰冰的质问，这会儿提高了嗓门吼道，“我是皇帝，天下的女人必须懂我。”

“阿适，你是皇帝，你拥有至高无上的权力。但是，我要提醒你，以你这样的心态，这样的念头，你可以得到女人的肉体，但你永远也得不到女人的芳心。”

萧莫娜属于那种高傲而又优雅的女人，当天祚帝表现出哪怕是一点点忏悔时，她就会宽慰他。但是，看到眼前这个男人刚愎自用百般为自己的错误辩解时，她便毫不留情地对他的言论予以驳斥。

她的话很呛人，天祚帝想反驳，却找不到词儿。他气歪了脸，本想咆哮，却没想到出口的话很软弱：“萧莫娜，你的话不对，不是所有的女人都不爱我，至少，我的母亲是全心全意爱着我的。”

“皇上，母亲不是爱人……”

“你说的是女人。”

“对，女人。那些陪你上床的女人真心爱你吗？”

“不……不知道。”

天祚帝双手抱着脑袋，神情显得非常沮丧。

萧莫娜看着他伤心的样子，又动了恻隐之心，她伸手去抚摸着天祚帝铁青的脸颊，柔声说：“亲爱的阿适，这世间除了你母亲，至少还有一个女人爱你。”

"谁呢？"

天祚帝昂起了头，萧莫娜望着他回答："我！"

"你，你说你爱我？"

"是的，我爱你。"

萧莫娜说得很淡然，但听得出来很真挚。

天祚帝忽然把头低了下去，眼圈儿也发红了。

这时，毡房外有人问："皇上，肉都烤好了，现在能吃吗？"

萧莫娜听出是那位小校的声音，便回他："稍等一会儿，皇上有些乏了。"

小校在门外说："那，小的能进来吗？"

"进来干什么？"

"皇上让我采来好多鲜花，小的要送进来。"

天祚帝好不容易控制住自己的情绪，站了起来，用萧莫娜递过来的手巾擦干了眼泪，对门外的小校说："你们进来吧。"

小校与两位军士怀中都抱满了各种各样的鲜花，掀开门帘儿走了进来，他们是遵天祚帝的命令在草甸上采集了大量的草花。

"你们这是干什么？"

萧莫娜有些惊讶，天祚帝得意地说："是我让他们采的。"

"采这么多？"

"这毡房中间会铺上驯鹿皮，它的四周，要让鲜花堆满。"

"为什么呢，为什么呢？"

"为了让你在鲜花中间舒舒坦坦地睡一个好觉。"

天祚帝说着，让军士们打开行李卷，把两张精心挑选的驯鹿皮铺在草地上，然后，他亲自把那些刚采回来的露水盈盈的草花撒到驯鹿皮的周围。这些草花各种各样，有野苜蓿、狗古草、山野豌豆、野火球、柳穿鱼、山泡泡、大针茅、画眉草、黄莲花、狼尾巴花等等，毡房里顿时香气弥漫。

在天祚帝亲自撒放这些草花的时候，小校带着军士们退出了毡房。萧莫娜一旁观看天祚帝不惜以帝王之身殷勤地做这些琐事，不免大受感动。当天祚帝把最后一捧花搁到毡房的右下角挡住那一排萧莫谛留下的小字时，萧莫娜走上前牵住他的双手开口说话，声音充满了磁性："皇上，难为你了。"

"这没什么，"天祚帝舔了舔嘴唇，用近似讨好的口气说，"你不是说，你爱我吗？"

萧莫娜点点头。

天祚帝有些不自信地问："你爱我什么呢？我可是一个逃亡的皇帝。"

萧莫娜浅浅一笑说："你若不逃亡，我还不会爱上你呢。"

说这句话的时候，萧莫娜甚至抛了一个媚眼。她不是那种搔首弄姿卖弄风骚的女人，始终等待着有人来闯入她的感情世界，或者她进入别人的感情世界。尽管她天生丽质，风姿绰约，但她不会迎合任何人，尽管不少公卿贵戚及望族子弟对她神魂颠倒，但她总是拒人于千里之外，不给任何人以献媚的机会。她知道天祚帝迷恋她，但她却一直不喜欢天祚帝耽于享乐、懈怠朝政的做派。当她嫁给秦晋王耶律淳之后，按辈分，她成了天祚帝的婶婶，当耶律淳废黜逃亡中的天祚帝自立为帝时，萧莫娜更成了天祚帝不共戴天的敌人。但自从耶律大石将萧莫娜带到夹山，谁也不会想到，他们两人会发生这一段缠绵而又炽烈的爱情……

这一刻，面对萧莫娜长长的睫毛下那一双含情脉脉的大眼睛，天祚帝血脉偾张，他伸手去解萧莫娜镶嵌着红蓝宝石的锦袍的纽襻，萧莫娜推开他的手，轻声说：

“黄羊狍子肉已烤好了。”

“不急，不急。”

天祚帝说着又去解纽襻，萧莫娜嫌他笨手笨脚，自己脱下了锦袍，两人搂着，重重地倒在驯鹿皮上。

当两人重新走出毡房的时候，正午的太阳稍稍有些偏西了。因为蛰气的消逝而使草原变得更加澄净。炽烈的篝火只剩下余烬了，但它的烈焰将周围的草地烤焦了一片。天祚帝选了一块离篝火较远的草地与萧莫娜席地而坐，享受着烤得香喷喷的各类兽肉。天祚帝特意命人带来一坛好酒，但萧莫娜此时对饮酒毫无兴趣，她想骑上马兜风，或者到附近的岗坡树林里踏青采蘑菇。天祚帝只得依她，只喝了半碗酒。草草用过餐后，两人正说上马去树林那边，却见远处一队骑兵疾驰过来。天祚帝知道这里是马场的后院，应该绝对安全，因此并不担心。他只是好奇，是什么人会来这里。不一会儿，马队驰近，天祚帝看清楚走在马队前头的是北院宰相大悲奴。

看到天祚帝，大悲奴连忙拉住马头，在卫兵的帮助下从马背上跳了下来，以他八十多岁的高龄，这个动作称得上矫健，天祚帝便称赞他：“大悲奴宰相，瞧你这劲头儿，还可以冲锋陷阵呢！”

大悲奴紧走几步上前来说：“皇上，我的曾孙都十五岁了，他都能够上马杀敌了，我老啰，不敢逞能了。”

天祚帝问：“你怎么突然跑来了？”

大悲奴抑不住兴奋，他将跟在身后的一位中年汉子推到天祚帝跟前，笑着问：“皇上，你还记得他吗？”

天祚帝瞅了一眼，立刻惊讶地嚷了起来：“这不是张宝成吗？朕的熬鹰师，哪有不认识的？”

张宝成趋前单跪行了觐见之礼，激动地喊了一声：“皇上。”

“宝成，你不是随着左企弓去了燕京吗？怎么找到了这里？”

“皇上，一言难尽啊。”

张宝成便将去燕京后的遭遇，特别是张觉斩杀左企弓叛金一事的前因后果，以及此事之后波谲云诡的演变尽可能全面地复述了一遍。

天祚帝听完，愣了半晌没作声，善于察言观色的大悲奴试探着说：“皇上，没想到，平、营、滦三州还在咱大辽的手中。”

天祚帝没有接这个话茬儿，而是换了个话题问：“大悲奴宰相，你当北院宰相时，左企弓就是宰相，你觉得左企弓这个人怎么样？”

大悲奴对左企弓一向存有好感，但他认为眼下不是替左企弓抱冤叫屈的时候，于是委婉说道：“左企弓英明一世，糊涂一时啊。”

天祚帝又问萧莫娜：“你呢？你对左企弓是欣赏还是仇恨？”

“欣赏。”萧莫娜斩钉截铁地回答。

“为什么？”

“完颜阿骨打率强兵压境，燕京城中的守军无力抵抗，左企弓为保全一城百姓及官员的性命免遭杀戮，开城投降是明智之举。”

“啊，你是这样看的。”天祚帝似乎有些失望，他深思了一会儿又问，“对张觉这个人，你怎么看？”

萧莫娜仍然不假思索地回答：“张觉是个坏人。”

“啊？他不是你手下的四大金刚之一吗？”

“那是人家乱嚼舌头。张觉这个人，同郭药师一样，都是靠不住的人。”

天祚帝转而问张宝成：“宝成，你认为张觉究竟是叛金归宋还是叛金复辽？”

张宝成回答：“虽然他委派我前来寻找皇上，但他却撤掉南边的军力而加固榆关一线，很明显，他不认为南朝是敌人。”

“张觉让你来寻找朕，可有什么交代？”

“他说，要迎您去坐镇平州。”

“那是第一次，”萧莫娜插话说，“张宝成刚才不是已经禀报，当他带着韩八斤从夹山回到平州时，张觉却安排手下要毒死他们。”

天祚帝说：“那是因为韩八斤冒充使者。”

“可是张觉并不知道韩八斤是冒充的，张觉这个人蛇蝎心肠……”

“别说了，”天祚帝粗暴地打断了萧莫娜的话头，又恢复到他那种君临天下的气势，“关于左企弓，如果让朕看到他，我一冲动，气头上也会像宰一只狐狸一样对待了，但那时要是有人把我拦住了，朕仍会让他当南院宰相。这个人勤勉本分，熟悉政事，人才难得啊。至于张觉，他既不是狡兔，也不是走狗，说到底，他是一只凶狠的狼。萧莫娜你说，我啥时候会怕一只狼呢？”

萧莫娜虽然不喜欢天祚帝的刚愎自用，但却欣赏他那种剽悍劲儿，于是故意顶撞他：“我的皇上，你能不能把话说明白点？咱们没听懂你要说什么，是不是呀大悲奴宰相？”

大悲奴佯笑着，说也不是不说也不是。

放在别人，天祚帝早就狗脸上摘毛立马发作了，但对萧莫娜他却是一味地宽容，他朝萧莫娜挤挤眼笑了起来，而后伸了个懒腰，说道："萧莫娜，咱们在草地上打个滚吧。"

"为什么？"萧莫娜不解地问。

"今天不是你的生日吗？"

"难道生日就一定要打滚吗？"

"你不是草原的女儿吗？我现在也不是皇帝了，我天天陪你在草原上玩耍，想怎么玩就怎么玩。"

听到这里，萧莫娜与大悲奴才明白，天祚帝这是在说气话。大悲奴顿时紧张起来，不知道说什么好，萧莫娜忽然扑哧一笑，揶揄道："皇上你这是变相挖苦自己呢，要打滚你自个儿打去，我这金枝玉叶的身子，可不敢让草芒子扎坏了。"

"不打滚，那我能干什么呢？"

天祚帝说着伤感起来，萧莫娜对这位逃亡皇帝尚未消失的血性产生了同情，甚至还有赞许，她问："你想要干什么？"

"复国！"天祚帝嘴里迸出这两个字，他的眼睛中闪出了泪花，"尽管复国的道路还很长很长，甚至只能是一个伟大的梦想，但我只要活着还有一口气，我就不会舍弃。"

他的真诚的表露让萧莫娜大受感动，她深情地注视着天祚帝，问他："你是不是想离开夹山？"

天祚帝点点头。

"去哪儿呢？"

"去平州。"

"去平州？"萧莫娜惊叫一声，头摇得像拨浪鼓似的，"这个万万不可。”

“你怕我被张觉卖给南朝了？”

“我说过，张觉这个人是蛇蝎心肠，什么事都干得出来。”

“萧莫娜你别忘了，平、营、滦三州百姓，心还都向着大辽。不然，张觉也不敢叛金，我若是真的到了平州，谅他张觉也不敢把我怎么样。”

萧莫娜对天祚帝这种无端的自信又好气又好笑，她不解地问：“三月份，耶律大石将军率领他的三万人马离开夹山去了漠北，苦苦劝你同行，你却执意不肯，这回听了张觉叛金的消息，却坚决要去平州，这是为何呢？”

“这个道理你不懂吗？”

“不懂。”

见萧莫娜一副使性子的样子，天祚帝苦笑了笑，解释道：“漠北是不毛之地，再往前走，就是六月飞雪的地方，去那儿纵然保住了皇位，面对人烟稀少的不毛之地，又有什么意思呢？平、营、滦三州却不一样，那里在榆关之内，靠近燕京，也靠近中原，占据那样一块地盘，大辽国复国的梦想才有可能实现。”

萧莫娜听了这一番话，才算真正摸清了天祚帝的意思，不免叹道：“好你一个天祚帝，你口口声声恢复辽国，实际上还是想靠近那个一片锦绣的南朝。”

“大辽国本来就是靠着南朝，这是祖宗留给我们的福报。”

“南朝虽为文明礼仪之邦，但更是卖友求荣的敌人。”

“南朝卖了我，这个不假，等我缓过气来，一定还会灭了它。”

“天祚帝，你别做梦了！”

“萧莫娜，你怎敢这样对皇上说话，你太放肆了！”

大悲奴跺着脚连声申斥，没想到萧莫娜根本不听他的，她抓住马鞍纵身跃上了坐骑。望着她的背影，天祚帝也赶紧翻身上马追了过去，草原上飘荡着他的喊声：

“萧莫娜，你等一等。”

第十四章　阿骨打驾崩

在阿骨打昏迷的第二天，三千御林军护卫着八匹骏马拉着的御辇踏上了北返金上京会宁府的归途。沿途官军人等奉敕迎送，但他们只能对着御辇跪拜，无缘得见皇帝天颜。他们也不知道阿骨打一直酣睡不醒命若游丝。

作出北归这一重大决定的，是宗望与陈尔栻。因为栋摩违反了军规不再参与机务，他们两人便成了皇帝行营的核心。经过了一天一夜的观察，虽然阿骨打咽下大萨满穆克石的救命金丹，但病情却没有好转，陈尔栻担心阿骨打皇帝挨不到他的四弟吴乞买的到来就会咽气，所以建议宗望赶快让阿骨打皇帝乘辇北归。宗望接受了这个建议，下令留下自己的三万部队原地驻扎，由完颜娄石暂时代理军事，自己则带领父皇的三千御林军沿途护驾。为了封锁消息，他们趁着夜深将阿骨打抬上御辇即刻上路，一路上经过府县不停，官员只是迎候拜辇而不觐见。就这样紧行慢赶两天走了三百余里，在一处名叫凤林镇的地方，与日夜兼程从金上京会宁府赶来的摄政王吴乞买相遇。比吴乞买晚大半个时辰赶到的是驻守大同云中府的西路军主帅完颜宗翰。他们一到，立刻就登上御辇探视阿骨打皇帝。按照乌古乃的吩咐，阿骨打自从抬上御辇后就再也没有下来过，这是避免折腾让病人难受，但是日夜都有人值守。

这天夜里，一次神圣而又秘密的会议在凤林镇上的一座破旧的关帝庙里举行。参加会议的一共有七个人，他们是：摄政王吴乞买（他与阿骨打乃一母所生，排行老四）、伐辽东路军主帅完颜宗望（阿骨打的二儿子）、伐辽西路军主帅完颜宗翰（阿骨打的侄儿）、伐辽总帅栋摩（阿骨打的五弟，尽管他犯下军规等待严厉的惩罚，吴乞买出于亲情，还是让他参加这次会议），还有阿骨打的二位夫人乌古乃与迪雅，最后一位是深受阿骨打信任的为其襄理军政要务的陈尔栻。从这份名单可以看出，除了陈尔栻，余下六位全是阿骨打家族中的精英，他们既是大金国的核心人物，也是阿骨打的至亲。这次会议是吴乞买应乌古乃的要求主持召开的，议题只有一个：议决如何处置阿骨打的病情。

节令过了芒种，早晚的温差日渐缩小，这几日有了燥热的感觉，年轻人都穿起了单衣，即便到了晚上，风也是温暖的。坐在关帝庙并不宽敞的殿堂里，七个人的神情有些悲戚，也有些峻肃。吴乞买为了赶路已经三天三夜没有合眼，此刻他坐在残破的泥塑关帝像前，那样子的确显得疲惫不堪。他与阿骨打虽是一母所生，但长相完全不一样。阿骨打五短身材，像车轴一样健壮；吴乞买高挑个儿，虽然生得也算结实，却更像一位书生。这皆因阿骨打长得像母亲，而吴乞买像父亲。

吴乞买一坐下来，便使劲揉着布满血丝的眼睛，其他的人都沉默着，仿佛在等待着一个噩耗。也许是连日的煎熬，加之殿堂内的气氛太压抑，迪雅突然捂着脸啜泣起来，屋子里顿时爆发出一阵小小的慌张，还是乌古乃冷静，她咳了一声说：“迪雅，忍一忍，别哭了。”

迪雅强忍着擦干了眼泪。

众人忽然都挺直了脊背正襟危坐。

乌古乃由于疲劳，声音也有些沙哑了，她对吴乞买说：“摄政王，你得说话了。”

吴乞买习惯性地欠了欠身子，然后两手扶在膝盖上，字斟句酌地说：“咱嫂子，啊，还是叫乌古乃皇后吧，她让我找你们来，一起商量一下阿骨打皇帝的病情。”

屋子里一片沉默，在场的人都清楚，阿骨打的病已经很难好转了。

“你们怎么都不说话呀？”乌古乃问。

还是没有人接腔，乌古乃只好自己说下去：“刚才进这关帝庙前，阿骨打皇帝已吞下穆克石备下的最后一粒救命金丹。五天了，皇上闭着的眼睛就没睁开过，怎么喊他，怎么和他说体己话儿，他都不回应，不是他不肯吱声儿，而是他压根儿就没听见。喂金丹的时候，我问穆克石，皇上还有救吗？穆克石不答话，却在皇帝的身边跪了下来，拉着皇帝的手嘤嘤哭泣起来……”

乌古乃话还没说完，迪雅又放了悲声，其余的人有的抽泣，有的背过身去抹起了眼泪。吴乞买木讷地问了一句：“咱哥哥还有救吗？”

大滴大滴的眼泪溢出了乌古乃的眼眶，她的嘴唇哆嗦着：“到现在我终于明白了，什么叫灯干油尽。”

“不，父皇不能死！”

宗望突然歇斯底里咆哮了一句，接着捶胸顿足痛哭起来。

屋子里的场面顿时有些失控了。

完颜宗翰走过去，紧紧地将宗望抱在怀中，他脸上的肌肉抽搐着，但却强忍着眼泪。

乌古乃再次克制自己的情绪，她磕了磕手中的茶碗，喊了一声："望儿！"

声音不大，却很有穿透力，宗翰松开手，宗望坐到椅子上，宗翰也在他旁边坐了下来。

乌古乃继续说："摄政王，阿骨打皇上该怎么办？你该给大家拿一个主意了。"

"嫂子，我……"吴乞买欲言又止。

"四弟呀四弟，我知道你不敢担这个责任，"乌古乃说着提高了语调，"如果是丁门小户人家，当家的出了事儿，自然是婆娘来处置。但咱当家的是大金国的皇帝，你是大金国的摄政王，该怎么办？是救还是放弃，得你说了算。"

吴乞买素来就知道乌古乃是一个既不惹事也不怕事的女人，他对这位嫂子一向敬重，但毕竟是人命关天的事，他不敢有任何造次。他双手敲打着膝盖，深思了一会儿，首先问陈尔栻："老先生，你见多识广，你说，皇上还有救吗？"

陈尔栻摇摇头。

吴乞买又问栋摩："你说呢？"

栋摩拼命撕扯着自己的头发，痛苦地说："咱弄不清，咱弄不清。"

吴乞买的眼光审视了在场的每一个人，然后轻声问乌古乃："嫂子，今晚上一定要作决定吗？"

乌古乃坚定地点点头："摄政王，再拖下去，阿骨打皇帝只会更痛苦，人到了这地步，多活一天少活一天已经没有意义了。况且，阿骨打已经五天没吃一点东西，开头两天还能喂水，现在连水也喂不进了，刚才喂药，是我撬开他的嘴灌进去的。过了明天，保不准他就饿死了。”

“那，让他今晚上就回到太阳神的身边？”

吴乞买仍然是商量的口气，乌古乃体谅他的苦衷，便对儿子说：“宗望，我是你的母亲，阿骨打皇上是你的父亲，咱娘儿两个先表个态，今夜里，就让你爹上路吧。”

宗望点点头，再次痛哭起来。

吴乞买既为阿骨打即将殒命而心如刀绞，又为乌古乃的通情达理而大受感动，于是他不再犹豫，他让人找来在门外待命的穆克石，问他怎样让阿骨打皇帝毫无痛苦地飞升天国。

穆克石其实早就有了主意，但这会儿他仍装出一副冥思苦想的样子，琢磨了半天才说：“摄政王，我的药葫芦里还有一种金丹，名叫安魂丹。”

“啊，如何安魂？”

“让阿骨打皇帝吞下这颗安魂丹后，不消片刻，这药性就会发作，阿骨打皇帝就会突然睁开眼睛，面带微笑看着大家，然后就像仙人一样睡过去，不再醒来。”

“真的没有痛苦？”

“真的没有。”

“好，你去准备金丹。”

穆克石答应着，躬身倒退着出了殿门。

吴乞买走到门前，看到庙外广场上停着御辇，回头对乌古乃说：“嫂子，咱们去把阿骨打皇帝抬到这里来，咱哥哥最喜欢关帝，让他在关帝的陪伴下去追随太阳神，也是一种难得的福气。”

“好，你们等等，”乌古乃说着便拉起迪雅的手，“妹妹，走，咱们先去给当家的擦擦身子，咱们可不敢让他埋埋汰汰地离开。”

按陈尔栻的安排，与阿骨打的告别仪式放在子时开始，丑时结束。按中国天干地支的说法，地支为子、丑、寅、卯、辰、巳、午、未、申、酉、戌、亥，天干为甲、乙、丙、丁、戊、己、庚、辛、壬、癸。天地相匹两首相加为甲子。地支十二数分别配十二生肖，即子鼠、丑牛、寅虎、卯兔、辰龙、巳蛇、午马、未羊、申猴、酉鸡、戌狗、亥猪。用现在的时间换算，子时到丑时是一时至三时。陈尔栻选择这样两个时辰，乃是因为子时属阴阳未判之时，犹如婴儿处在母腹之中混沌未开，这时候让阿骨打告别亲人，实乃是重回混沌进入众妙之门的最佳时刻。接着是丑时，按《易经》解释，十二时辰中有四库，丑为土库对应黄色，辰为水库对应黑色，未为木库对应青色，酉为金库对应白色。子丑相继，取的是复归混沌入土为安的吉祥兆应。

在穆克石的指挥下，告别阿骨打的一应礼仪在子时前就已准备就绪。乌古乃与迪雅在柳芽儿等的协助下也把阿骨打的身子擦得干干净净。乌古乃还将平时积攒的舍不得用的龙涎香粉在阿骨打的周身涂抹了一遍，然后替他穿戴起大金国皇帝的冠冕礼服。她们做着这一切的时候，阿骨打仍像在熟睡之中，但比起五天前，他变成了另外一个人，他身上健壮的肌肉消失了，丰满的脸颊也凹陷下去，看到他这副样子，几个女人都默默地流泪，她们怕惊扰了阿骨打，所以都不敢哭出声来。

当她们替阿骨打收拾完毕，杰布与水老哇早弄来了一块门板在御辇外候着，门板上铺着阿骨打常用的那块驯鹿皮。乌古乃一挑门帘儿，他们两人就赶紧登上御辇，他们抬着阿骨打的身子，乌古乃扶着阿骨打的头，迪雅抬着他的脚，四个人小心翼翼地把阿骨打抬到门板上。吴乞买、栋摩、宗望、宗翰四人分别站在门板两边，乌古乃最后一次打理阿骨打的穿戴，帮他抻抻龙袍，整理脖子上的用祖母绿以及鹌鹑蛋大小的北珠缀成的朝珠。最后，她在阿骨打的脸颊上亲了亲，这才朝吴乞买做了一个手势，四个人一起躬身发力抬起了门板，此时月光暗淡，阿骨打的脸色显得苍白，也很慈祥，只是刚刚修剪过的坚硬的短髭依旧显示着他的王者风范。

从御辇到关帝庙不过十来丈远，但吴乞买却感到像是走过了千山万水。他们一寸一寸地朝前挪动，吴乞买个头儿偏高，为了让木板平整，他不惜屈着膝盖。走进庙门时，杰布与水老哇早就支好了长凳，木板稳稳地搁在上面，阿骨打的脑袋面对着关帝神像，这神像虽然残破，但依旧目光如炬，他似乎在盯着阿骨打的脸庞，思索并欣赏着。

沙漏计指向了子时，身穿大萨满服装的穆克石领着同样穿着神服的四位小萨满从庙门外走了进来。这殿堂里，除了先前的七个人，又增加了杰布、水老哇、朵颜等人，因此显得拥挤了。

穆克石若是在平时，见了皇帝和摄政王就必须下跪，但只要他穿起了神服，他就可以不向任何人下跪了，因为他代表神灵，在女真人看来，天底下只能是人敬神而不会神敬人的。

此时，穆克石领着四位小萨满围着阿骨打绕了三圈，一边走，一边嘴里念着含糊不清的咒语。屋子里所有的人都屏声静气地看着穆克石的一举一动。当咒语念完，穆克石恰好停在阿骨打的脑袋跟前，两个小萨满十分小心地抬起阿骨打戴着铁盔的大脑袋，穆克石从腰间取下一个镂金的小宝瓶，取出一粒绿豆大小琥珀色的金丹，见阿骨打双唇紧闭，他示意乌古乃前来帮忙。乌古乃上前，用双手挤了挤阿骨打的双颊，这次很奇怪，乌古乃没有费多大力气，阿骨打的嘴唇就张开了。穆克石迅速将那颗“安魂丹”放到阿骨打的嘴里。两个小萨满撤开了手，阿骨打的脑袋又搁在锦缎枕上。穆克石再次念起了咒语，四个小萨满站在他的身后跟着念。

屋子里的人都屏声静气，听着蚊子一样嗡嗡嗡的咒语，眼光都落在阿骨打的脸上。

突然，阿骨打的身上散发出一股奇异的让人飘飘欲仙的香味，这不是乌古乃涂抹的龙涎香（那香味一开始就让人沉静），而是一种从未闻到过的似乎是檀香、沉香、茉莉花香、兰草花香等各种草木混合的香味。

“这是什么香？”迪雅禁不住问。

“这是太阳的香味，”穆克石的脸上充满了神秘，“伟大的太阳神来接阿骨打皇帝了。”

穆克石话音刚落，奇迹出现了。

只见阿骨打突然睁开了眼睛，眼珠子缓慢地转动，他似乎看到了环绕着他的亲人们，脸上露出了难得的笑容。

“皇上！”

陈尔栻一声惊呼，屋子里的人这才从愣怔中回过神来，一齐涌到阿骨打周围，忙不迭地喊：

“皇上！”

“当家的！”

“哥哥！”

“父皇！”

听到这些不同的喊声，阿骨打并没有扭头，他的眼珠停止了转动，直直地盯着前方。忽然，他的身子像是被人拽了一把，竟然伸出双手坐了起来，喉咙里发出几声带着痰响的叫声，然后又重重地倒了下去。

“皇上飞升了！”

穆克石尖叫了一声，不知他什么时候抓了一柄羊皮鼓在手中，这时候他用五根指头叩响羊皮鼓，领着小萨满们开始了歌唱：

唱啊，跳啊，
咿呀，咿呀，
在启明星来到之前，
我们的英雄出发了。

吴乞买、栋摩、乌古乃等等所有站在屋子里的人，忽然间所有的悲痛都在他们的脸上消失了，他们像是在欢送一位出征的英雄，骄傲地跟着穆克石一起引吭高歌：

英雄胯下的骏马，
将越过九十九座高峰，
英雄乘过的木船，
将涉过九十九条河流，
嗬哟咿，嗬哟咿，
沿着太阳神飞升的方向，
我们的英雄踏上了美丽的征程……

这时，关帝庙前的广场上数十堆篝火点燃了，凤林镇中仅有的一条穿过房屋的道路，以及镇子四周的原野上，到处都点燃了篝火，御林军的三千将士们挥舞着长枪戈矛，他们都加入了歌唱的行列：

英雄留下的刀剑，
传给了每一位优秀的子孙，
英雄住过的房子，
成了人们敬仰的宫殿，
他是天之骄子，太阳神的骄傲，
他从神话中来，
又回到神话中去。
所有的道路都在他的面前展开。
嗬哟咿，嗬哟咿，
所有的道路都在他的面前展开。

深沉而又激越的歌声像是一股汹涌澎湃的洪流，它不但冲毁了黑暗，也荡涤了人们心中的悲痛。女真人用这种载歌载舞的方式来与死去的亲人告别，不但慰藉了死者，对于每一个活着的人来说，也是一次新生，一次灵魂的升华。

歌声还在继续，穆克石领着大家，又从头唱了起来：

唱啊，跳啊，
咿呀，咿呀，

在启明星来到之前，

我们的英雄出发了……

这一次，乌古乃没有跟着唱，她走到门板的左侧跪了下来，将自己淌满泪水的脸颊与阿骨打的脸颊紧紧地贴在了一起，她什么也没有说，只这样依偎着，抚摸着她最爱的人渐渐僵硬的身体。迪雅见状也跑过去，在阿骨打的另一侧跪下了。两个女人的鼻息中，依然有着从阿骨打身体中散发出的能够激起她们爱欲的芳香。

第十五章　新皇帝登基

未时一过，龙驭上宾的阿骨打并未停灵，而是依旧回到御辇上，这是因为老皇帝必须回到金上京举行隆重的国葬。眼下这天气一天热过一天，炽热的天气下尸体很快就会腐烂，所以要尽量节省路上的时间。阿骨打的遗体抬上御辇后，为了防腐，临时用了两担盐将其掩埋起来，而后在杰布的率领下，三千御林军护送御辇即刻上路。乌古乃与迪雅也坚决要求陪护老皇帝北返，吴乞买也就依了她们。

御辇上路之后，月亮偏西了，广场上的篝火还未熄灭，吴乞买、栋摩、宗望、宗翰、陈尔栻、朵颜等人都回到了关帝庙中。在为老皇帝送行的仪式上，虽然大家的情绪亢奋，但现在又变得低落了。失去大金王朝开创者与亲人的双重悲痛又攫住了众人的心。但是，女真人生性豁达，善于从悲痛中汲取力量。这会儿，在告别了阿骨打之后，他们有更重要的事情要做，这一行人走进殿堂的时候，并没有各自寻找原先的座位落座，而是散漫地站着。只见宗望与宗翰一左一右把吴乞买按到正中的椅子上坐下，吴乞买一愣，问："两位侄儿，你们要干啥？"

宗望与宗翰双双在他面前跪了下去，异口同声地说：“咱们恭拜大金国的第二位皇帝。”

“你们说什么？”

吴乞买一激灵站了起来，眼明手快的宗翰立刻从地上跳起来，再次把吴乞买按回到椅子上坐下。

屋子里所有人都跪了下来，一起喊道：“新皇上，请受臣等一拜。”

吴乞买还想站起来，但是，他发现跪在前头的陈尔栻抬起头来看着他，便打消了念头，而是改口问道：“老先生，让我接替阿骨打大哥登上皇帝位，这是谁的主意？”

“不是谁的主意，是规矩。”

陈尔栻言语轻微，却毫不迟疑。吴乞买转问宗望：“宗望，你父亲临终前可有交代？”

宗望回答：“父皇的病来得突然，没有任何遗言，但我母亲随御辇北归动身前却有交代。”

“乌古乃嫂子，她说了什么？”

“她说，兄终弟及，无论是宋还是辽，传位都是这规矩。母亲要我与老先生商量，今夜就让你登基。”

“这……”

陈尔栻知道吴乞买的性格与阿骨打素有不同，阿骨打快人快语，吴乞买却胸有城府，眼下他的表现不是逊让和犹豫，而是在这种场合下必须要做出的姿态，于是带头劝进说：“国不可一日无主，阿骨打皇帝既然龙驭上宾，摄政王，您就应按兄终弟及的规矩，立刻登皇帝位。”

吴乞买微微颔首，又望着宗望：“宗望，你母亲的确是这样说的吗？”

“的确是这样说的。”

“乌古乃嫂子与阿骨打哥哥一生心心相印，她的话我想能代表阿骨打哥哥的心思。可是，我的才能与威望，比起阿骨打哥哥，真是差得太远。”

栋摩忽然插话说：“四哥，比起大哥来，你的才能肯定是要差点，但比起我等，又不知高了多少，至于威望嘛，也不是难事，你坐上皇帝位一年半载，那威望自然就出来了。”

栋摩话说得实在，但此时说出来，倒真的不是时候。好在众人知道他实心眼，没有一丝半点揶揄的意思，就是吴乞买本人虽然听了不受用，也没有认真责怪他，只是苦笑着引开了话头：“你们再详议一下，有没有比我更合适的人选。”

“吴乞买叔叔，除了你，没有任何一个人合适。”

宗望作为阿骨打的儿子，是最有可能竞争皇位的，但他抢先这样表态，众人全都附和，吴乞买也就不再推辞。就在这样一个乡村小镇的残破的关帝庙中，大金国的第二位皇帝仓促登基了。参加这样一项神圣决策的五个人此时一字摆开跪下来，朝坐在椅子上的吴乞买行了觐见大礼。

礼毕，吴乞买让众人各自坐回到原来的椅子上，他首先问陈尔栻：“老先生，你说说，咱这个新皇帝，首先应该做什么？”

陈尔栻略略深思，恭谨回答：“老皇帝的葬礼与陛下的登基大典，近期恐怕都得举行。”

吴乞买摇摇头，说道：“依我看，这两件事都可以缓办。”

“啊？”

不单是陈尔栻，众人都吃了一惊。因为陈尔栻的建议中规中矩，没有可挑剔之处，吴乞买知道众人误解了他的意思，便解释说：“阿骨打皇帝安葬，应该是大金国最重要的大事，岂可草草行事。为保全他的龙体，可先入殓存放于梓宫，安放在去年刚刚建好的海会大寺中，让寺中的僧人日夜为其诵经，大小佛事最少也得做九九八十一场。在这期间，再征集高人为其寻找吉壤营造皇陵，没有三两年的时间，这皇陵怎建得起来？所以这事不能急。再就是我的登基大典，更不应该急着操办。老皇帝刚刚宾天，我岂能披红挂彩热热闹闹地往那丹墀上坐？”

说到这里，吴乞买因为口干咳了一下，陈尔栻趁机喊道：“皇上！”

“你别说了，老先生！”吴乞买制止了他，“我知道你要说什么，国不可一日无君，是吧？但是，我只是不肯马上举行那个登基大典。那个形式真的很重要吗？无论是大辽还是大宋，每一位新皇帝登基，都要铺排，花掉国库里大把大把的银子，那银子哪里来的？不都是民脂民膏吗？我宣布，这登基大典就不要搞了，但这个皇帝，既然你们按规矩推举我，那我就当。现在我就上任了。老先生，你辅佐阿骨打皇帝，这么多年如影随形，多少好主意、多少大谋略都出自你的锦囊，你是大金国的第一功臣，但你不肯出任国相，只以布衣相从。今天，我仍想请你穿上大金国的一品官服。”

陈尔栻连忙起身答谢：“皇上，这个万万使不得。老朽以布衣身份备顾问之职，这是老皇帝恩准的。”

吴乞买站起来，上前扶陈尔栻坐下，叹道：“老先生真奇人哪，干着萧何的事业，却不要萧何的名分。老皇帝既然准了你，那就一切如常吧。现在，我要请教你，除了你刚才说的那两件事，我还应该做什么？”

吴乞买刚才的一席话，陈尔栻听了大受感动。过去，他与吴乞买相处也很融洽，但他也看得出来，因为他是阿骨打的密友，故吴乞买有意与他保持一定的距离。每逢论事，他总是说“按皇上旨意办”，自己绝不发表不同意见。陈尔栻便知道吴乞买是一个对皇上绝对忠诚，同时也是非常谨慎的人。但是今天，陈尔栻看到了吴乞买另外的一面，那就是质朴与果断，他庆幸阿骨打有了合格的继位者，大金国有了英明的皇帝。

就在陈尔栻走神的时候，性急的栋摩一旁催促道：“老先生，你咋成了闷嘴葫芦，皇上向你讨教呢。”

“啊，我是在想呢，”陈尔栻掩饰地擦了擦眼角，“吴乞买皇上英明，国葬缓办，是要把阿骨打皇帝的陵寝建好，登基大典不办，是彰显清明，去掉浮夸，都极好，极好。皇上眼下必办的事，依老朽之见，有三件。第一件事，迅速发布国书，这国书须得两份，第一份告知南朝、西夏、回纥部、吐蕃部，阿骨打皇帝已龙驭上宾，第二份国书同样是照会以上邦国诸部，吴乞买皇帝已登基御极。第二件事，阿骨打皇帝须设灵堂，供各邦国使者及女真各部酋长前来吊唁。届时，各部朝贺吴乞买皇上登基的使者亦会前来，同文馆要分别接待不得失礼。第三件，张觉背叛我大金，变数尚多，他迎天祚帝是假，想投靠南朝是实，因此关于平、营、滦三州的争夺战，要早作准备。”

陈尔栻说话时，吴乞买一直用眼睛注视着他，听得非常认真，待陈尔栻话头一落，他就应道：“老先生所言三事，我会下旨认真办理，你们在座的诸位，还有什么要补充的？”

“没有。”宗望带头回答。

“都没有吗？”吴乞买叮问。

“都没有。”

宗翰、博勒等回答。

吴乞买说：“你们没有，我还要说两条。”

陈尔栻欠欠身子：“请皇上示下。”

吴乞买走到栋摩跟前，拍了拍栋摩的肩膀，喊了一声五弟，栋摩连忙站起来，有些紧张地回答：“四哥，啊不，皇上有何吩咐？”

吴乞买说：“你我虽是手足之情，但我这个新皇帝，登基之后做的第一件事情，就是免去你的大元帅职务。”

此语一出，在座的人都感到吃惊，宗望站出来求情：“皇上，栋摩兵败榆关，他知道错了，也已认真反省，是不是……”

看到吴乞买严厉的眼神，宗望把下半截话缩了回去，吴乞买问：“你是不是想说，不要免去栋摩的元帅职务？”

“是的。”

“依据何在？”

“皇帝登基，照例都会大赦天下，何况五叔克辽战功卓著，怎么着也该赦免他一次。”

“大赦天下不是袒护家人，执行大金国的军法，应不论亲疏一视同仁。如果对自家兄弟网开一面，这军法还有作用吗？”

栋摩本来已做好了接受严惩的心理准备，只是因阿骨打突然发病而暂时搁置了这件事，吴乞买登基第一件事就是拿他开刀，这是他没有想到的，但他毕竟有错在先，所以也就没有多少怨言，于是主动表态：

“四哥，我在榆关犯下大错，本就做好了被大哥阿骨打砍头的打算，没想到四哥你仁慈，仅仅只是免去我栋摩的职务，我感谢四哥不杀之恩。我这就向四哥，向在座的老先生、子侄们告辞，乘一匹快马去追赶大哥的御辇。往后三年，我替大哥守灵去。”

栋摩说罢，朝吴乞买拱拱手抬脚就要离开，吴乞买喊住他，口气稍有严厉。

“你是赌气吗？”

“不是。”

栋摩头摇得货郎鼓似的，他跨出门槛的一只脚收了回来。

“撤你的职，不是让你回家种田，也不是要你去给大哥守灵。”吴乞买的话中有点训斥的意味，“你不是元帅了，但你还是大金军中的一名战士，你仍要回到前线。”

“前线？”栋摩一愣。

“刚才老先生说，平、营、滦三州，是我急需处置的第三件事，张觉叛变，我们岂能任其嚣张，这一仗迟早要打的。”

“那，我现在可以走了吗？”

“为什么要走？”

“我已不是元帅了。”

“你仍可以戴罪之身参与机务。”

吴乞买如此一说，栋摩只得抽回脚步，有些感动地说：“谢皇上。”

“现在，我再说说我的第二个想法。”

吴乞买刚说到这里，门外有人喊：“摄政王大人。”

喊话的是吴乞买的掌簿书记刘不射，他因未在殿堂里参与机务，故不知道吴乞买已当了皇帝。

“进来。”吴乞买答应。

刘不射进来禀报，南朝龙图阁大学士特命全权大使赵良嗣已赶到凤林镇，请求觐见。

“深更半夜的，他怎么求见？”

“他知道大人尚未休息，他到了有两三个时辰了，御林军将他挡在镇子外头，不让他进来。”

“这么说，他已知道阿骨打皇帝宾天的消息了。”

“应该是知道了。”

吴乞买吩咐刘不射先把赵良嗣安顿下来，听候会见。

刘不射遵命退出，吴乞买接着说出他的第二个想法，即在七月之前归还山后的武、朔两州给南朝。他话音刚落，一直很少说话的完颜宗翰立即表示不同意见，他说：“皇上，此时归还武、朔两州，似有不妥。”

“有何不妥？”吴乞买问。

宗翰答道：“燕云十六州，河北路共有十州，因平、营、滦三州是当年大辽开国皇帝耶律阿保机率兵攻克，不在石敬瑭割让之内，除了这三州外，余下七州全部归还。六州隶属山西路，咱率西路军入大同云中府，兼管六州，如今全部都未归还，不还的原因皇上你也知道，就是因为辽天祚帝尚未缉拿。这山后六州皆与蒙古高原以及西夏交界，而天祚帝及其残存军力皆在蒙古高原夹山一带，他们若伺机进入西夏，大同是其咽喉要津。所以山后六州现在不能归给南朝。”

吴乞买知道宗翰是阿骨打生前最为倚重的大将，他自己也很欣赏宗翰的才干，他趁势问道：“你不是密报过，天祚帝就在夹山吗？”

"是的。"

"既知道他藏身地点，为什么不派兵前往抓获？"

"冬天坚冰铺地，军队无法展布，开春之后，由于张觉叛金，末将决定暂不出兵擒捉天祚帝，看一看再说。"

"看什么？"

"看南朝君臣的动向。"

"啊？"

"张觉叛金，暗中推动者，应是南朝君臣，南朝既与我大金盟誓，暗中又使绊子毁我大金的利益，这等背信弃义的做法，不得不防。"

"你这样说可有证据？"

"有。"宗翰说着便喊过朵颜，"你把截获的南朝皇帝赵佶的金花笺，拿出来给皇上看看。"

朵颜于是拿出随身带着的那只镶金樟木匣，从中拿出三张金花笺，小心翼翼递给吴乞买。

吴乞买认真读了两遍，将金花笺还给朵颜放进樟木匣中收好，然后问道："朵颜，这三张金花笺，你是如何得到的？"

朵颜便将那日驾着摇命鬼儿在平州界的海面上截获甄五臣的故事讲了一遍。

吴乞买点点头，赞道："这个证据拿到手，至少，我们就能理直气壮地指责南朝的不仁不义了。但是，咱们还得弄清楚，是张觉主动献三州以换名利，还是南朝策反，这二者谁在前，谁在后，也得掌握才好。"

"皇上，咱们通过燕山府细作抄出一份驻守燕京的大元帅府总管詹度给南朝皇帝赵信的密信，也请您过目。"

宗翰说罢，仍让朵颜从匣子中拿了另一份抄件呈上，吴乞买接过读了下来：

度呈御前密札：

营平纳款，虽在女真入关之前，然其后朝廷累次与之计议，女真终不归还。张觉固降服金国，用其年号，又尝改为南京。本朝初与金国通好，皆立誓书，岂能首违？况金国昨在燕京，所以我大宋朝廷不能即讨平州，皆因女真陈兵关中，而张觉外据榆关，金酋亲镇其中，是以我朝须得审时度势，彼姑涵容。今女真既已出关，金酋北返，我朝趁势重兵压境，正是逞志之时。闻张觉叛金，欲迎天祚，则我朝不得不虑，为今之计，可慎选才智忠信之人二三辈，秘谕张觉归顺我朝，许之世袭。

看过这份密札抄件，吴乞买非常生气，他问陈尔栻："老先生，这密札你看过吗？"

"看过，"陈尔栻说，"詹度狂悖之徒，竟敢称皇帝为金酋。"

"所以说，南朝君臣口蜜腹剑，一概不可信。"

宗翰又陈述自己的观点。吴乞买知道宗翰对南朝一向持强硬态度，但看了这两份密件，他也觉得南朝如同草原上的狼，贪婪与凶险深不可测，于是问道："宗翰，你说说，眼下应该怎样与南朝打交道？"

"武、朔两州暂不归还。"

"还有呢？"

"赵良嗣不是来了吗？让他带信给南朝皇帝，若敢收留张觉，大金军的铁骑，一定会再次踏破燕京。”

吴乞买指着在座的诸位问：“宗翰将军的话，你们同意吗？”

宗望、朵颜齐声回答：“同意！”

“栋摩，你呢？”

“我还能表达意见吗？”

“可以。”

“我认为宗翰说得好，攻打平州，我这把老骨头，一定还要冲在前头。”

吴乞买笑了笑，最后问陈尔栻：“老先生，你说说。”

陈尔栻一直在琢磨吴乞买要交割武、朔两州的动机。还在燕京时，阿骨打就交割山后六州开过一次御前会议。在会上听了宗翰的陈述后，同意暂缓交割，因为大同云中府是中原通往漠北的军事咽喉之地，它连接西夏、吐蕃、回纥诸部，往昔在辽国控制之下，就等于在汉番之间插了一根楔子，西域诸部均无法与中原的南朝通商，更无法建立战略联系。如果现在交还给南朝，大金便失去了西北锁钥。阿骨打听进了宗翰的话，决定将山后六州的交割一事拖一拖再说。如果一定要交割，则先交割武、朔两州。因为这两州的战略地位相比之下要弱一些。这些密议，也都写成条札送呈摄政王阅览。所以，争夺燕云十六州的所有文件，吴乞买无不知晓。他提出七月前交割武、朔两州，本也是先皇旨意，但因平州之变，这两州也可以以此为理由不交。吴乞买却仍提出按期交割，在陈尔栻看来，唯有一条理由可以解释，即吴乞买作为第二任大金国皇帝登基，既要立威，更要施恩。及时交割武、朔二州，即是向南朝示好的态度。但陈尔栻知道，吴乞买的这层心思是不能向臣僚说破的。他之所以点名要陈尔栻说说，绝不是要他说出此举的真正目的，而是找一条让人信服的理由。陈尔栻心下何等透彻，替吴乞买解绦儿的话也就随口说出：

“皇上不违先皇旨意，适时交割武、朔二州，原是深思熟虑。《书》曰：‘天命有德，五服五章哉。天讨有贼，五刑五用哉。’先皇知道张觉暗蓄二志，归后必叛，故先在平州设立南京。此一决定，不是为张觉，而是做给南朝看的。张觉鼠狗之辈，设南京亦叛，不设南京亦叛，栋摩元帅、宗望、宗翰将军应该都记得，那一日晚上先皇在榆关城楼上与我们讲的一席话，最后他说：‘我们无觊觎中原之心，但得留一条抵达中原的通道，这通道便是榆关。’老朽理解先帝的话意，我大金国不觊觎中原，但若中原不义，我还得前往讨伐，因此要留通道。榆关是咽喉，平州才是通道。在这里建立南京，是告诉南朝，平州绝不会归还给南朝。但南朝君臣不死心，却鼓动张觉叛金。这样一来，我们讨伐南朝的理由就有了。我猜想，皇上在这非常时期，仍执行先皇旨意如期交割武、朔二州，乃是向南朝表明，我大金国换了皇帝不换国策。信义乃国家治理之柄，恶者操之，仁体尽失；善者操之，天下归心。阿骨打与吴乞买两位大金国皇帝，可谓善善相济。今日归还武、朔二州，是让南朝君臣知道，我大金国行事绝不诞妄苟且，遵两国盟誓，真诚贯彻始终。交割二州前，还得照会南朝，申明我大金讨伐叛贼收复南京的决心。我们虽然拿到了南朝君臣与张觉勾结的证据，但眼下可以秘而不宣。古人言：‘善不以伐为大，但桀纣无道，则必伐无疑。’皇上，这是老朽揣度您交割武、朔二州的心思。若是曲解了，祈求原谅。”

陈尔栻洋洋洒洒的一篇讲话，在座的人听了，无不觉得豁然开朗。吴乞买内心佩服陈尔栻的智慧，由衷赞道：“老先生讲得真好，咱就只想到你们汉人那句话‘将欲擒之，必先与之’，没想到你顺藤摸瓜，讲出了一大通理由。老皇上离不得你，我也离不得你啊！”

陈尔栻仍一副毕恭毕敬的样子，坐在椅子上朝吴乞买拱了拱手，说道：“皇上过奖了。”

“宗翰，你还有什么要说的？”

“老先生的话打消了我的顾虑，我回去就着手办理武、朔二州的移交。”

“好，”吴乞买想了想，又对宗翰说，“赵良嗣求见，我穿着这身摄政王的衣袍见他，显然不合适，因此我就不见了。明天天一亮，你出面见见他。”

“遵命！”

宗翰点点头，此时已近五更，众人散去。

第十六章　徽宗与李师师

公元一一二三年的夏秋之季，即六月至九月间，宋、辽、金三国各自发生了一些大事。首先是六月间大金国派遣大使富谟、副使李简前来汴京递交国书，告知大金武元皇帝阿骨打驾崩及其同父同母的四弟吴乞买继位登基的消息。同时通报改阿骨打天辅六年的年号为吴乞买天会元年，对应宋国的徽宗年号宣和五年。徽宗皇帝在禁城东门内崇政殿接见了金国副使并宣布缀朝五日以示哀悼之情，而后又委派集贤阁学士兼使金全权副使马扩携其副手张珑前往金上京会宁府吊祭阿骨打皇帝。吴乞买登基，一旦定下吉日，朝廷再派遣贺使专程前往。

第二件事是八月间萧莫娜的哥哥同时也是燕京政权的四大天王之首的萧干出犯景、蓟之地，被王安中、郭药师率领王师大败于峰山。却说燕京城陷之后，萧莫娜被耶律大石挟持到了夹山，萧干便率本部两万人马及各路不肯归附的杂军一万余人窜伏广阳之北太行山中自立为神圣皇帝，改年号为天嗣。经过大半年的调适与窥探，他终于在八月间露脸，想占领景州与蓟州，殊不知大宋军队一直对他围而不攻，此回出征，王安中与郭药师各率辖下人马近六万人在峰山将其合围，一场恶战，萧干军队大败，被斩首三千级，俘数千人。官军乘胜追击，十七日追至卢龙岭，陷于四面楚歌的萧干被部将白得哥所杀，割下首级献给官军，其麾下二万余兵马也尽数投降，同时缴获伪帝的泥金印玺数十枚，轻重器甲牛马牲口不可胜数。九月六日，当这些战利品及萧干函封首级传到汴京，徽宗皇帝御紫宸殿受贺，并亲撰册文祷告宗庙社稷，徽宗的喜悦与自信，于此篇册文中可见：

> 朕诞膺帝命，克绍先猷，取乱侮亡，恢复疆土。施大泽于燕云之人，旧俗来归，如水就下，沛然莫之能御。独伪四军大王萧干，悖众逆命，前年首犯王师于白沟，继复旅拒燕城，窜伏广阳之北，犯天之纪，擅即伪位。号神圣皇帝，改年天嗣，袭虏正统。月前出寇景蓟，痡毒丑类，矫诬神人，罪不容诛。爰饬六师，大败于峰山，只轮不返，甲辰传首京师。惟予克相上帝，以遏乱略。皇天助顺，宗社垂休，有此骏功，朕敢专享？择日奏告宗庙社稷，御紫宸殿受贺。萧干首级，依典礼送太社库。故兹昭示，想宜知悉？

几天后，这篇御制册文便被刻成大碑，立于太庙之前神道之侧。

第三件事情是徽宗降旨将河间府同知蔡靖与燕山府同知詹度对调。这次人事调动的背后实有故事可言：皆因燕京收复改为燕山府后，徽宗皇帝任命王安中为燕山府知府，詹度、郭药师二人均为燕山府同知。三人的分工是王安中总揽行政兼领人事，詹度分管财政及内务，郭药师则掌节军事。按徽宗皇帝任命的排序，詹度在郭药师之前，应是二把手的位子，但郭药师不服气，自恃有三万常胜军在手，一定要把自己的位子摆在詹度的前面，詹度偏不依，理由是皇上的任命诏书上他的名字就摆在前头，两人的纷争无法调解，以致燕山府的一些重大决策无法形成一致。王安中无奈，只得单独具札密报中书省，柄权中书省的王黼趁机奏明皇上，将河间府同知蔡靖与詹度对调。这蔡靖与王安中一样，都是王黼的亲信，而詹度与郭药师虽然内讧，但他们都是童贯的派系。这项任命一公布，熟悉官场的人都知道，童贯的权力被削弱。果然，在徽宗撰文祷告宗庙的前二天，童贯敕令致仕，理由是他年届七秩岁数已高。此前在六月，蔡京也以年满八十为由致仕。蔡京、童贯与王黼是徽宗最为信任的三位大臣，但在不到三个月的时间内蔡京与童贯先后致仕，剩下王黼一人独大，真正地权倾朝野了。

第四件事即山后武、朔二州的交割。此事虽然吴乞买在凤林镇已交代宗翰办理，但在宗翰奔丧期间，山后六州的郡守将佐风闻阿骨打驾崩之后，立刻人心摇动，如应州节度使苏京、蔚州土豪陈翊、朔州节度使韩正等先后叛乱，杀了宗翰派驻的辖制官吏而归附大宋。宗翰闻讯后，立即赶回大同，分遣军马前往三州平叛戡乱，杀了叛官恢复统御。在清查以上三州文书时，发现南朝命官受旨策反的信札，于是以此为由，立即中止武、朔二州的移交事务并发来牒文切责大宋招纳叛人。

第五件事情是平州张觉在八月底前真正降附了大宋。却说大金伐辽东路军主帅宗望密令手下大将朵颜扮作商人于海阳境内截获徽宗皇帝亲笔写给张觉的金花笺后，送信密使甄五臣逃回平州城告知消息。张觉立刻感到事情泄露，再拖延下去就会自坠险地，于是迅速派出李石、张劲前往燕京详议归附事宜。几轮磋商，大宋乃下敕书改平州为泰宁府，封张觉为节度使，仍管领平、营、滦三州，并减免三州百姓三年赋税，一应府县官吏皆有奖赏。

这五件大事对于大宋来说，可谓有喜有忧。古人言：观微察变慎审处事是为明，声正辞显心智不昧是为白。能做到这十六字方为明白之人。此时的大宋君臣们，恐都不能用明白二字誉之。

在祷告祖宗过后不几天，徽宗上朝，太傅王黼出班呈上贺表，唱本仪官当场诵读：

仰望吾皇陛下：

耶律氏自阿保机盗据北土，因五季之微，以强闻天下，艺祖志在恢复，而日不暇给。累圣绍休，专以柔驭。至庆历中，遂敢忤天之命，妄以关南县邑为请，至有轻视中原之心。仁宗皇帝为之特添岁币，以息觊觎之心。然军书傍午，屡易誓文，至词尽理穷，方少听命。誓书所著，必欲胁迫本朝具言别纳金缯之仪，用代增赋之数。是时中国威灵，可谓屈矣！

仰惟陛下天锡智勇，师不逾时，兵不血刃，尽复燕云境土，如指诸掌。萧干传首之后，既俘石晋所上玉检，又获其伪宝，今者疆圉之臣，复以庆历誓书来上。垂宗庙之宏休，快祖宗之积愤。本朝开国之盛世，莫过于当下。皇祚鼎盛若兹，社稷幸何如之。

有鉴于此，臣太傅王黼率文武百僚奉表，恭请吾皇上尊号，曰：

继天兴道敷文成武睿明皇帝。

自秦汉以来，给皇帝上尊号一直是国之大事，皇帝登基便有尊号。最初的尊号一般只有四个字。丹墀理政之后，若碰上抚定四海翦灭奸雄等前朝皇帝所不能做且又开本朝基业的特等功勋，大臣方可倡上尊号之议，此次给徽宗上尊号，一下子增加了“敷文成武睿明”六个字。虽然此前王黼有此动议时曾单独求见并慎重计议，徽宗也是同意的，但具体选择什么尊号，增加几个字，却没有事先告知。所以，当仪官念出这六个字时，徽宗皇帝还是有些惊讶。很显然，敷文成武是说他诗词书画均有建树，此乃文也，至于武，则是指收回燕云十六州，这可是万世功勋，所以，才能加上睿明这两个字。从内心感受，徽宗是乐意接受这六个字的。但他注意到，当仪官念诵这奏表时，殿上的百官臣僚，并不都是欢欣鼓舞，他们大都低眉垂眼表情淡然，徽宗心下清楚，王黼此举并未得到朝廷股肱大臣的衷心赞同。当他听完奏表兀自愣怔时，大殿里鸦雀无声，数百名上早朝的官员都瞪大了眼睛盯着他，想从他脸上的表情中读出消息来。

这会儿，大殿里的空气仿佛凝固了，王黼怕冷了场，趋前一步跪奏道：“皇上圣明，恳望接受文武百官臣僚的劝进，恳允这十字尊号。”

徽宗并不回答，而是朝仪官做了个手势，示意他呈上奏表。当接过这份王黼一笔不苟书写的奏表后，他突然微微笑了一下，擅于察言观色的王黼，立刻锐声奏道：

“恳望皇上接受尊号。”

众官员一齐跪了下去，齐声高奏：

“恳望皇上接受尊号。”

徽宗觑了一眼丹墀之下黑压压跪了一大片的官员，缓缓地站了起来，嘴里吐出一句话来：

“朕不允此奏，退朝！”

天色完全黑了下来，禁中的各个门楼及甬道上，依次点燃了气死风的宫灯，一乘二人抬的蓝呢小轿从禁城的后院抬了出来。从高祖时传下来的规矩，禁中任何人均不能骑马，年迈体弱的大臣或太监允以乘轿，但除了皇帝以及太后、皇后、皇太子等，任何人均不得乘坐四人抬以上的彩轿。大臣入禁，只能换乘这种两人抬的蓝呢小轿。因这轿式很像是太师椅，故禁中的人称它太师轿。眼下，坐在这太师轿中的不是别人，而是卸下蟒袍玉带换上青衣小帽的徽宗。循例，皇帝出行，在禁中乘坐八人大轿，出禁则乘八匹骏马拉着的轿车。徽宗有一个秘而不宣大家却都知晓的嗜好，即常常出宫去寻找青楼女子寻欢作乐，为了掩人耳目，他总是乔装打扮成书生模样，乘一台太师轿溜出大内。为此，在童贯任大内总管时，专门成立了一个巡倖局，安排徽宗嫖娼的一应事宜。今天日间在端明殿缀朝之后，王黼倡议上尊号的事，搅得他一天心神不宁，尽管下午去了丹青馆，与几位宫廷画师探讨了青绿山水的技法以及试用了一下西北黑汗部从八剌沙衮贡来的矿彩，但仍提不起精神，故草草用了晚膳，就让梁师成安排了太师轿，要到李师师的天香楼去叙话。

出了后院，按徽宗的吩咐，轿役没从后院大门里出来，而是拣了东角门，走东皇城根的甬道出禁，这里僻静，夜里除了禁兵巡逻，很少会有人从这里路过。

东皇城墙高约丈二，虽有照明的宫灯，仍显得昏暗。徽宗每次路过这里，都会想起十多年前的一段往事。那一天晚上，徽宗想出去偷情，他走到东皇城根时忽发奇想，要弃轿不坐，从这堵城墙上翻过去。当时陪着他的正是时任集贤殿大学士的王黼，听了徽宗的主意，王黼不但不反对，反而怂恿徽宗立即施行。于是，君臣二人在几位小内侍的照应下开始翻墙头。因城墙太高，王黼自告奋勇蹲下身来，让徽宗踩着自己的肩膀慢慢升起来，但徽宗两只手仍够不着墙头。徽宗于是用脚蹬了蹬王黼的肩头说："你再站高点。"王黼肩上踩着这么大一个活人，已是气喘吁吁了，一边喘着气一边答道："皇上，我两个脚尖都踮起来了。"徽宗说："你怎么不长高一点？"王黼答："皇上，你怎么不长高一点？"徽宗说："早知如此，今晚上就不叫你来了，你不长个儿，光有心眼有什么用？"王黼答："咱先前只知道服侍皇上，有心眼就够了，谁知道皇上要当嫖客呢？"君臣就这么嬉笑着又重新落地。最终还是王黼命内侍找了一架梯子来，才算让徽宗过了一把翻墙头的瘾。

每每想到这段往事，徽宗心中就会漾起一股子"良辰不再"的感觉。他是一个喜欢玩耍的人，架鹰逐狗、水墨丹青、寻花问柳、马毬戏艺等等，无一不喜欢，无一不精通。朝中大臣也因此分成了三类，一类是只料理国事，绝不陪他戏耍的；一类是只陪他戏耍，料理国事的能力极差；还有一类是既陪他戏耍又擅于料理国事的，这种人徽宗特别欣赏，如蔡京、童贯与王黼三人都属于这种人，都长期受宠。但若要说陪玩本事最高的，还要数王黼，故徽宗对他的倚赖也最重。

就在徽宗这么颠三倒四想着国事艺事情事官事的时候，太师轿已在天香楼的小院里落下了。梁师成早就在此迎候，站在梁师成旁边的是一位长着好看的瓜子脸的少女，这是李师师的贴身丫鬟樱儿。看得出来，徽宗对樱儿已是非常熟络，这会儿一下轿，也不搭理梁师成，而是朝着樱儿笑道：“樱儿，今天你这件藕色的褙子，穿着煞是好看，是师师给你挑的？”

樱儿双手敛衽，朝徽宗道了个万福，回答说：“谢皇上夸赞，这褙子不是俺主母挑的，是她老人家亲自替奴家裁缝的。”

樱儿的声音柔柔的，充满了磁性，徽宗忍不住多看了她一眼，说道：“樱儿有福，竟然穿着师师缝制的衣服，师师呢？”

“俺主母这会儿不方便见皇上，特让奴家代她来迎候皇上。”

说话间，徽宗已走进了门厅，知趣的梁师成送到这里便打住了脚步，没有皇上的旨意，他只能回到院子里的另一排小平房里候着。徽宗穿过门厅进了一楼厅堂，停下来问：“樱儿，师师在哪里？”

“在浴室。”

“浴室？浴室在哪里呀？”

樱儿指了指连着堂右侧的一道珠帘，徽宗走过去挑开帘子，发现是一条大约两三丈远近的甬道，尽头是一道掩着的门。

“皇上，主母有吩咐，请你先上楼品茶，今天新到了六安州龙芽茶丸……”

徽宗摆摆手制止樱儿说下去，耸了耸鼻子问：“这是什么香？”

“主母沐浴时的燃香。”

“这香幽幽的，沁人心脾，师师从哪儿得来的香料？”

“奴家不知。”

“我去问问她。”

徽宗说着抬脚进了珠帘，朝甬道尽头的那道门走过去。

樱儿不敢阻拦，但因师师从不让人进她浴室，她又不得不制止，情急之中，便说道：“皇上，浴室里气闷，怕怠慢了您的龙体，主母怪罪下来，奴家可吃不消。”

“就你话多，师师能洗浴，我就不能站站？”

徽宗说话间已推开了浴室门，里面果然雾气腾腾。徽宗站定后眯眼儿瞧了瞧，这浴室同京师大户人家的浴室倒没有什么两样，都是一进两重，每重三间，所不同的是室中的陈设，无处不雅，哪怕是旮旯角儿里，也绝见不着俗品。进门便是一个照壁，用三楹采自安南的豆瓣楠制作而成。绕过照壁，中间是一口大锅，锅下是通往右侧室的火道，那右侧室是生火的灶间，门密闭，不会有一丝烟气渗漏，与右侧室相对的左侧室，中间凿了一口井，此时有一个四十来岁的女佣正在用辘轳提水，她负责往大铁锅中续水，当水热了，又从锅中用葫芦瓢舀到一个通到内室的竹笕中。竹笕嵌在乌木雕花板上，板上搁了几尊山石，其间又点缀了几盆时令花卉。徽宗细看，认得一盆蜀产山茶的极品，名醉杨妃，一枝上同时开了红白两色花朵，还有一盆瑞香，相传庐山五老峰下有一女尼梦中闻得异香，醒后于山谷中求得，故又名睡香，这花开时紫瓣金边，其香遇到温热蒸汽，便愈发鲜艳并散发出奇异香味。其他还有棣棠、王簪等，不一而足。这竹笕连着内室的浴盆，外室与内室隔着一道木格琉璃门，这木格上也镶满了螺钿倭画，门旁边颀长小巧的紫檀木几上，搁了一只海碗大小的高足宣铜彝炉，里面正熏着香。徽宗闻到的异香，一半来自瑞香花，一半来自这彝炉，因屋角的禅灯过于朦胧，徽宗看不清炉中的香料。

站在彝炉边，看到穿墙而入的竹笕中汩汩流着的温水，徽宗试着推了推门扇，竟不能推动。

“谁呀？”

徽宗一听是李师师的声音，便答应：“是我。”

“你？”

“是，我。”

“官家！”

“师师，是你的官家来了。”徽宗的语气中充满了挑逗。

“啊，官家。”里屋的师师有些嗔怪地问，“你怎么来了这里？”

“是为了这香薰。师师，你这香料是哪里来的？”

“都是官家送的。”

“我送的？怎么我那儿就闻不到这种香味呢？”

“香料一是要养，二是要和。”

“养香我懂，你这瑞香花，就能养料香，还有醉杨妃，一股子淡雅之香，也没有被夺走。”

“瑞香被人称作花贼，倒是有道理的，它一开花，十之八九的花香都会被它夺摄。”

“你炉中熏的什么香？”

“十之一龙涎香，十之二伽蓝香，十之三安息香，啊，还要加十之二的唵叭香，五香掺和，香气就醇厚。”

“师师，你只说了四种香，还有十分之二的香料，应该是什么？”

李师师在里屋笑了起来：“官家，还有十分之二，不是香料，是香引。”

“香引，我没听说过，什么叫香引？”

“心香两瓣。”
“心香？”
“官家，人之初，性本善。只要修养得好，人心是最香的。”
“师师说得好！”
徽宗情不自禁感叹起来。
“官家，浴室埋汰，您先上去吧。”
“师师，你把门打开，我要进来。”
“女人家净净身子，你进来干什么？妾身一丝不挂，有碍观瞻。”
“色即是空，空即是色。有碍观瞻之说，何来之有？”
屋子里传来水被搅动的声音，很显然，有人帮助师师沐浴。
“师师，你把门打开。”
“不！”
“朕要下旨了。”
“这里不是朝廷，你下旨没用，樱儿，你在吗？”
“在。”
“领皇上去茶室，我一会儿就上来。”
“奴家知会，皇上，请。”
徽宗摇摇头，苦笑了笑，随着樱儿上楼去了。

第十七章　龙芽兰雪

徽宗是李师师家的常客，他在天香楼里待得最多的地方，应该就是眼下这间随樱儿过来的茶室了。徽宗每次来，都必定坐在正壁之下的那只半高曲背靠椅上，他的面前是一只镶了白玉铺了湘帘的乌木茶几。此时，乌木几上摆了几只建安出品的绀黑色的兔毫盏，几本刻工精美的茶书，如陆羽的《茶经》、陶谷的《茗荈录》、叶清臣的《述煮茶泉品》、蔡襄的《茶录》、宋子安的《东溪试茶录》、黄儒的《品茶要录》、熊蕃的《宣和北苑贡茶录》，这些书整整齐齐地叠成一摞，置于乌木几之右侧，其左侧单放了一本，是一函三册的《大观茶论》。刚刚坐定的徽宗，因没有看到浴中美人，心下不免惆怅，但看到这函茶著，不免又生了些欢喜。

中国饮茶的记载，可溯至上古，但唐玄宗是第一个嗜茶的皇帝，由于他的提倡，至少到了晚唐，饮茶已成为国人的习惯。所以，到晚唐肃宗时代，长期在江浙一带充当门客的天门人陆羽，写出了第一部名为《茶经》的著作。宋开国之后，无论是朝廷还是民间，饮茶已成了风气。太平兴国二年（977），太宗诏令建州北苑专造龙团贡茶，从此上至帝王下至黎庶各色人等无不饮茶。神宗时期的宰相王安石，在其《议茶法》的奏章中曾言“夫茶之为民用，等于米盐，不可一日以无”。王安石之所以这么说，乃是此前的市井语言中先已有了“开门七件事，柴米油盐酱醋茶”这句话。也就是在那前后，坊间开始刻印专门的茶著。徽宗登基之前，在少年时就养成了饮茶的习惯，民间甚至称他为“茶皇帝”。龙袍加身之后，他根据自己的经验及探究，写出了《大观茶论》这部著作，分为地产、天时、采摘、蒸压、制造、鉴辨、白茶、罗碾、盏、筅、瓶、杓、水、点、味、香、色、藏焙、品名、外焙二十篇，从茶叶的生产、制作到特供的茶具、水色、技艺等方面对当时颇为流行的饮茶方式点茶法作了详尽的论述。

这本书问世已十三年了，坊间的刻本多达数百种，而崇文院也以御制的方式每年刻送一千套分送诸位大臣及蕃王使节。李师师的这函《大观茶论》，便是今年的崇文院刊本，其选纸、用料、装帧以及二十幅青绿设色的院画插图，都精美非常，更难能可贵的是，这函书是徽宗亲自签名并盖了皇帝之宝印玺。摆放在这里，凡来拜望天香楼主人的访客，看了这函书，莫不肃然起敬。

徽宗打开函套，随手翻看，问一旁侍候的樱儿：“你家主子，怎么忽然摆出这么多茶书？”

樱儿正在用无烟的白炭生起茶炉煮水，她小心翼翼地拨弄了一下炭火，笑着答道：“咱家主母知道皇上要光临寒舍了，昨日就让奴家从书房里觅出这些书来。”

“为了讨好我？”

“不是，是为了更好地服侍皇上。”

“哦，这倒新鲜。”

“咱家主母说……”

樱儿话未说完，却见李师师薄施脂粉穿了一套黑缎面料却绲了翠绿宽边的晚装，笑盈盈地走了进来。她见樱儿料理茶炉，却又陪着徽宗聊话儿，便脸色略沉了沉，斥责道：“樱儿，与皇上说话，要恭恭敬敬站着。”

“不，要笔挺笔挺跪着。”

徽宗本想说一句玩笑话，却没想到樱儿当了真，她连忙丢了手中的小火钳，扑通在徽宗面前跪下了，口中连连说道：“奴婢不知礼节，冒犯了皇上，望皇上恕罪。”

徽宗忙说：“你为朕煮水，何罪之有？快起来，快起来，看看看，铫子里的水煮沸了。”

樱儿道一声“谢皇上”，又爬起来侍候火炉去了。

李师师在徽宗对面的半高曲背椅子上坐下了，徽宗盯着她，见她头发蓬松明眸皓齿的样子，又不免心旌摇荡，低声叹道：“师师，你这素面朝天的样子，更让人怜爱。”

“徐娘半老了，除了官家念及旧情，谁还会眷顾妾身哪。”

李师师满脸笑意地说着，她丝毫没有那种阿谀奉承的媚态，这样反倒更让徽宗喜欢，他说：“听樱儿说，今日，你要给我点茶？”

“岂敢，岂敢，皇……啊，官家，你是天下第一点茶高手，妾身那点技艺，还是你手把手教会的，哪敢班门弄斧，只不过是想让你尝一道新茶。”

“什么新茶？”

“龙芽团雪。”

“龙芽团雪？这是哪儿的茶，贡茶里面好像没有这个。”

“官家钦定的北苑贡茶、细色五纲、粗色七纲，共四十一品，今年的贡茶额定为四万九千余斤，想必现在都已运抵京师了。”

“师师说的是。前日，朕还去御茶库看了一回，各贡茶产地州县，都很尽力，那些用银或铜制作的棬模，都很有品位。”

“皇上钦定的贡品，哪个敢马虎？能当上皇差，也是光宗耀祖的事。”

“师师会说话，”徽宗又指了指乌木几上的茶书，谑道，“你搬出这么多书，是不是想当茶博士了？”

“妾身哪里敢有这等妄想，我只不过想查找这些书里头，是否有龙芽团雪的记载。”

“有吗？”

李师师摇摇头。

徽宗又问：“北苑四十一品贡茶，你品过多少种？”

“官家送了多少种，我就品了多少种。”

“我好像都送过了。”

“那我也就都品过了。”

“四十一种，你可还记得？”

李师师略想了想说：“大致都还记得，什么龙团胜雪、御苑玉芽、万寿龙芽、上林第一、乙夜清供、龙凤英华、雪英、云叶、无量寿芽、龙苑报春、新国园小龙、万春银叶、香口焙……焙……”

见李师师打顿，徽宗替她说了：“香口焙銙。”

李师师歉意地了笑：“我老记不住这道茶，名不好，但茶不错。”

“你知道的，近几年，朕最喜欢品尝的是白茶。”

“妾身知道，你著的《大观茶论》书中，专有一篇是写白茶的。就因官家你嗜好，满京师的官员，几乎都众口一词地说白茶好。”

“那，师师今晚请我品尝的，也是白茶吗？”

“不，是黄茶。”

“黄茶，那不是产自六安吗？”

“是呀，我这里的龙芽团雪，便是产自六安州的英太寨。”

“什么样的茶？你拿来让朕见识见识。”

李师师于是让樱儿从靠着左侧墙的立柜中取出一只竹皮翠绿的篾笼，搬到乌木几上请徽宗过目。李师师亲自解开系住篾笼封口皮纸的小麻绳，褪下三层油皮纸，只见笼子里敷着一层黄褐色的松毛，她小心翼翼地拣起松毛盛放在樱儿呈上的篾箩上。这时，徽宗看到茶笼里像叠罗汉似的放着小胡饼大小的黄绿色的茶团。徽宗拿起一饼，问：“这茶笼是几斤装的？”

“一斤，它底下依然垫着厚厚的松毛。”

“一斤多少饼？”

“十二饼。”

“啊，这是仿小龙团的制法。”

“是的。”

徽宗将茶饼放在鼻子下嗅了嗅，又将它放到灯下仔细察看形制与成色，再闭起眼睛用手摩挲，感受它的温润与光洁。徽宗这副全神贯注的神态，看上去不像个皇帝，倒像个茶行掌柜，以致李师师朝樱儿扮了个鬼脸，抿嘴儿笑了。

徽宗将茶饼放回到茶盏上，对李师师说：“这茶是上品。”

“啊，”李师师有些失望，“官家，这茶还是不入你的法眼。”

樱儿一旁察看两人的脸色，困惑地问：“皇上夸这茶是上品，怎么娘娘说不入他的法眼呢？”

师师回答：“北苑的四十一品贡茶，都是极品，上品离极品，还差了一个级别呢。”

徽宗也不再说什么，只是问道：“师师，你说你来为我点茶。”

“官家要是觉得不好，就不必费事了。”

“这是什么话？师师品茶也极有见地，现在碾茶吧。”

李师师便将一方干净的白绫裹着茶饼，用木槌捣碎，然后将敲碎的茶块放入碾槽中，樱儿拿着碾子将其迅速碾碎，倒入团扇大小的箩筛中细筛，这是点茶的第二道工序了。接着是煮水，唐人煮水讲三沸，认为水花泛起呈现鱼目蟹眼者最佳。煮水的过程叫候汤。徽宗认为候汤最难，未熟则沫浮，过熟则茶沉。今夜里是用暖瓶煮水，这叫闷煮。不启盖子，你根本看不到什么鱼目蟹眼般的水花，只看蒸汽及暖瓶盖子的颤动情况，就能知道水是否煮得恰到好处。本来，樱儿已用铜铫煮了水，徽宗嫌铜铫是点茶入门级的器物，执意要换上考验点茶人技艺的暖瓶。候汤这一技艺，李师师自叹弗如，故还是徽宗亲自侍弄。第四道工序是熁盏，即先洗后烫。最后一道工序即是点茶。点茶又分调膏、注汤与击拂三序。

徽宗登基之前，朝野饮茶的习惯主要是煎煮法，更杂以葱、姜、枣、橘皮、茱萸、薄荷之类同煎。陆羽在《茶经》中对这种吃茶的方法大加贬斥，认为过分强求调味反而失了吃茶的韵味，他提倡单煮茶叶品其香味才是饮茶之正道。宋立国初年，煎煮法依然很流行，仁宗之后，首先是在吴越地区开始兴起点茶法，后来渐渐在京师缙绅大夫之间流行。徽宗理政后，大力推行点茶法。如今的北苑贡茶，几乎全是按点茶的要求而选择的茶中妙品。这点茶法风行朝野，最简单的茶艺也须得置办二十余种茶具。官宦之家点一次茶，各色茶具得用上一百余种。徽宗常常在宫中点茶斗茶，使用的茶具都超过了三百种。今晚上，李师师为了让徽宗品饮龙芽团雪，也备了一百余种茶具。等到徽宗将黑色兔毫盏送到嘴边，差不多已过去一个多时辰了。

品过三盏之后，徽宗尝了一小块桂花糕，问道："师师，这茶是谁送给你的？"

"老八春茶行的掌柜。"

"啊，不是产地的府州县官。"

"不是。"

"这样，咱就可以放心地说话了。"

"官家为何这样说？"

"师师有所不知，每年为争贡茶的份额，产茶地的州县，莫不各显神通，跑到京师来打通关节，都想列入贡单呢。"

李师师有些吃惊，问道："这是为何？"

"为何？为了州县的利益呗。"徽宗瞧了樱儿一眼，樱儿知趣地退了出去，待樱儿把门掩上，徽宗继续说，"一个地方若出了贡品，这地方的老百姓都觉得脸上有光彩。"

李师师摇摇头，笑道："官家如此说，妾身可不敢苟同。"

"啊？你说。"

"你说州县官员来京师托路子托人情来定贡品，是为了百姓，这话鬼都不信。"

"那你说他们为什么？"

"为了自己升官发财。"

"师师，这可不能瞎说。"

“官家，妾身绝不是瞎说，一个地方产了贡茶，当官的就有面子送贡茶给上峰，升官就有希望了。茶户若要挤进贡茶的生产，也要给当官的送礼。所以贡茶一定，升官发财的路都打开了。”

“唉，孔圣人都说‘人不为己，天诛地灭’，此论不虚啊！”

徽宗显得有些尴尬，忙转了话题，双手摩挲着兔毫盏，又说：“师师，说说你请我品饮的这个龙芽团雪吧。”

“妾身等着皇上金口玉言呢。”

“这茶，香气和口感均不错。”徽宗抿了抿嘴唇，仿佛在回味那茶的香气，“比起白茶，香淡一些，但有一股幽幽的兰草香味。兰花喜阴、厌秽，这龙芽团雪有种香味，说明其生长之地山水纯然，是适合高人韵士隐居的地方。”

“官家有如此评价，妾身替龙芽团雪高兴。”

“明年，可让内府进一些。你说，这茶产自哪里？”

“六安州的英太寨。”

“好，明年就进。”

徽宗如此爽快地答应，倒让李师师犯了踌躇。盖因这茶是老八春茶行的掌柜孙启烟送给她的。孙启烟经常给李师师送各地的好茶来。这一回，他不单给师师送上十笼龙芽团雪，更是奉上五千两银子，声言不为别的，只求李师师让徽宗品尝一次并给赞誉。眼下，徽宗真的点评称赞了，她又心下犯嘀咕这样做是不是诳了徽宗，于是忐忑不安地问：“官家是真的喜欢这茶吗？”

“师师，你若不喜欢，会把这茶推荐给我品鉴吗？”

“我……”李师师语塞。

徽宗没有注意到师师神情的变化，继续说了下去：“朕觉得，龙芽团雪这名儿虽好，但仍没有彰显自家特点，不如改一个字。”

“改哪个字？”

“不叫龙芽团雪，叫龙芽兰雪。”

“龙芽兰雪，”李师师撮着嘴儿一笑，“这名儿改得真好，兰字添进去，这茶的身价就大大增加了。古人讲一字千金，官家九五之尊，一字万金都不止。”

“杜甫说‘家书抵万金’，这说的是骨肉深情，只要师师心中时时念到我，就比万金更重要。”

“官家，妾身诳了你了。”

“你诳了我？”徽宗吃了一惊，两眼瞪着李师师，“此话怎讲？”

李师师鼓起勇气，把老八春茶行掌柜孙启烟托她的事说了一遍，徽宗听罢，沉吟不语。

李师师嗫嚅着：“官家，要不，我把那五千两银子交给梁公公，让他给你带回去。”

“这是为何？”徽宗问。

“不义之财，拿了心下不安。”

“这不叫不义之财，这叫面子钱，师师你可以拿的。”

“面子钱？”师师眨巴着长睫毛下的大眼睛，有些不解。

徽宗回道：“做人做事，都要讲个面子。人家求你师师办个事，哪能空着手来，何况，这事儿你也给他办了。师师，那个孙掌柜人品如何？”

“还好。”

“什么叫还好？”

“就是说他生意还算公道。他的主顾多半是京师缙绅人家，大伙儿都说他茶品丰富，价格适宜，是个本分的生意人。”

“我看他比兔子还精，可不本分。”

“啊，官家这样看。”

“求你帮这大的忙，一万两银子都不给，太小气了吧。”

李师师忽然感到徽宗今夜的心情大好，说什么都慷慨高兴，这让她想起应该问问徽宗此番前来的目的，于是她终止了当下的话题，改口问：“官家，能告诉妾身吗？今晚你为何这般高兴？”

“你知道今日上朝，王黼领衔上了一道什么样的奏章？”

“妾身又不是朝官，哪里知道？”

徽宗于是把上尊号的事述说了一遍，然后问：“师师，你说这尊号好吗？”

李师师自言自语念了一遍：“继天兴道敷文成武睿明皇帝，官家，你喜欢这尊号吗？”

“我问你呐。”

“我嘛，一个妇道人家，只管陪着官家耍乐子，让官家高兴，朝廷上的事儿，可不敢掺乎。”

“你这么说，朕就知道了。”

“官家知道什么？”

“你不喜欢王黼。”

“没有呀，没有。”

徽宗看出李师师在掩饰，追着问：“你给我说一说，为何不喜欢王黼？他哪里得罪了你。”

见皇上较真儿，李师师也不敢搪塞，答道：“王大人不但没得罪我，相反，他对我很好，逢年过节，他都会派人专程给我送礼。”

“这不很好吗？”

“但王大人太精明了。”

“治国理政，不精明怎么行？”

“治国理政当然要精明。但妾身总觉得他脸上的笑容太假了。我认识他十五年，这笑容没变过。”

“啊，这个朕倒没有注意到。”

“官家，你不是没注意到，而是见怪不怪。”

徽宗听了这话，感叹道：“师师虽是女流，倒也洞察幽微，你要是个男的，我肯定会让你当个宰相。”

李师师忙摆了摆手：“官家，妾身不听这样的话。”

李师师说着就伸手捂住两只耳朵，那娇嗔的样子，逗得徽宗开怀大笑，刚敛了笑声，他又挑逗地说：“师师，我想要你了。”

李师师抛了个媚眼，说：“官家传话儿要来，妾身才焚香沐浴的。”

两人起身正说要去闺房，樱儿却挪步过来禀报说梁公公有急事要说。徽宗于是站在茶室外的过道上，唤梁师成上来。

梁师成一进来就忙不迭声报告：“皇上，太原府八百里驰传密报。”

“什么事？”

“武、朔两州大金国拒不交割。”

“这不是已报过了吗？”

“还有，大金西路军元帅完颜宗翰前日又率兵攻占了飞狐、灵丘两县，并宣布在那里建造敌台。”

“啊，”徽宗的心猛地一抽，“这个完颜宗翰，简直无法无天了。谭稹干什么去了？他在哪里？”

见徽宗震怒，梁师成顿时塌了腰，耷着脑袋回道：“谭稹现在太原府。”

“传我的旨意，让他速速滚回京师！”

第十八章　太平只在笑谈中

虽然过了子时，下榻在太原馆府驿的谭稹还没有入睡。六月份，当童贯与蔡攸班师回朝后，谭稹立即被任命为河北河东两路宣抚使。明眼人一看，就知道童贯落势，而王黼的权势骤然上升。直到五月份，童贯的地位仍如日中天不可挑战，为何一月之间就突然失宠呢？这里头有外人所不知的缘由。

却说六月初二，童贯、蔡攸两人率王师十万凯旋归朝。当天徽宗在文德殿升座，接受二人的贺表及会见北伐将帅，并定于次日举行大典嘉赏有功之臣。当日退朝之后，徽宗留下王黼商议次日封赏事宜。这位自以为建立了不世功勋的皇帝，决定对蔡京、童贯、蔡攸等升官赏爵。王黼并未立即附和，而是从怀中掏出两张笺纸递给徽宗。

上面是一首律诗，徽宗读了下来：

老惯人间不解愁，
封书寄与泪横流。
百年信誓当深念，

三伏修途好少休。
目送旌旗如昨梦，
身非帷幄若为筹。
缁衣堂下清风满，
早早归来醉一瓯。

读罢，徽宗问："这首诗是谁写的？"

王黼答："老太师蔡京。"

徽宗"啊"了一声，把那笺诗又读了一遍，沉吟不语。

王黼继续说道："记得去年王师北伐，皇上您亲自酹酒誓师，并让在场大臣都写诗以纪其盛，蔡太师当场作了一首，也极好，还得皇上褒誉。谁知他回到家后，又写了这样一首。"

"这是写给谁的？"徽宗问。

"写给北伐副帅，他的儿子蔡攸。"

徽宗点点头，吩咐身边小珰去崇文院找来蔡京的奉制北伐诗。王黼说："不劳烦了，蔡太师的那首诗臣还记得。"

"你念念。"

王黼清了清嗓子，念诵起来：

此处宸风释万愁，
片鞭指处断江流。
甲衣未解妖氛散，
铁柝敲时战事休。
百尺楼头安社稷，
五千里外是边畴。

王师浩荡归来日，
欣看幽燕固玉瓯。

听罢，徽宗情不自禁重复念了两句“王师浩荡归来日，欣看幽燕固玉瓯”，然后说道：“这诗多好呀，谁知他用一样的韵，给儿子又来这样一首。”

王黼察言观色，谨慎说道：“蔡太师在誓师大典上奉旨承制，是写给皇上看的，晚上回到家中再写，却是对儿子说的私房话。两般情景绝然不同，所以才一个雄壮，一个凄凉，一个豪气干云，一个心下恻然。”

“左元仙伯的为人，谅不至两面三刀，只是他已是八十岁的老翁了，一生五次拜相，也算风光了，但毕竟年纪不饶人啊，他诗中说‘缁衣堂下清风满’，是有悠游林下之意了。”

听徽宗这样一说，王黼知道他对蔡京的眷顾甚深，也就不再多说，而是把话点到为止：“今年春上，皇上安排蔡太师致仕，正好满足了他含饴弄孙悠游林下的愿望，他上表对皇上表示谢忱，可是一旦离开朝房，难免还是有落寞之情。”

徽宗点点头，忽然想起蔡攸出师前当着众臣的面说过：“若班师凯旋，不求别的赏赐，只求皇上把平日喜欢的两位宫女赏给臣下，则足矣。”不免心下怏怏。想到这里，他又问王黼：“朕记起来了，王师进入燕京时，詹度曾写了一首诗送给童贯。”

“是的，这首诗还抄录在邸报上，一时间朝野都在传诵，说童大人是收复燕云十六州的第一功臣。”

“那首诗朕也读过了，只是现在不记得了。”

“回皇上，这首诗臣也大致记得。”

“啊，你念念。”

王黼略一思忖，又念了起来：

长亭春色送英雄，
满目江山映日红。
剑戟夜摇杨柳月，
旌旗晓拂杏花风。
行前已决平戎策，
到后终成济世功。
为告燕山诸将吏，
太平只在笑谈中。

王黼刚念完，徽宗就好奇地问：“你怎么什么诗都记得？”

王黼回答：“凑巧儿这两首诗臣记得，乃是因为都跟平燕有关。皇上，这首诗的最后一句饶有深意。”

“你说说，什么深意？”

“太平只在笑谈中，好像是说收复燕云十六州并不是难事，王师旌旗所指，寇氛荡净，敌贼敉平，作此理解，詹度此诗倒也得体。”

“难道还有别样理解？”

“皇上，天下人都称赞你是太平皇帝。”

“是呀，朕登基十九年，物阜人丰，天下太平，所以，黎庶百姓才称朕为太平皇帝。”

“那，太平只在笑谈中，这是什么意思呢？”

“唔？”

"收复燕云十六州，太平皇帝并没有做多少事啊，每日仍在诗酒流连，谈笑风生。"

"爱卿，别说了。"

徽宗脸拉得老长。

王黼也就不再说什么了。但他却装出诚惶诚恐的样子，小心提醒徽宗："皇上，臣只是就诗论诗，童、蔡二人的平燕之功犹如汉将破胡，功在社稷。切望明日的进秩勋封不受影响。"

徽宗克制住自己的情绪，复又笑容可掬地与王黼商量明日的大典事宜。

第二天辰时，勋封大典仍在文德殿隆重举行，仪官字正腔圆诵唱皇帝的敕旨：

> 虏政不纲，邻国侵扰。不图人心之慕义，率皆革面而乡风。朔蓟云燕，悉归舆地；劳来还定，已奏肤功。安华夏之生灵，绍祖考之先志；所赖庙堂之策，集此不世之功。当有畴庸，以昭异数，可依下项：少师、太宰兼门下侍郎王黼授太傅、威武军节度使领中书省；郑居中授太保；太保蔡攸授少师；童贯落节钺，仍以太师领中书省。白时中、张邦昌、李邦彦、赵野等，各进官二等以上，并依例加勋封。

从这份敕旨中可以看出，平燕之功列在首位的不是领军北伐的童贯，而是居于枢机之地未出京师一步的王黼，这多少有些让群臣诧异。更让群臣不解的是，数月前蔡京致仕，童贯代替他领中书省；现在，王黼与童贯一起领中书省，这等于是一院两宰相，这可是同朝未曾有过的异典，一凤两头谁做主呢？

君臣的担心大可不必，第二天徽宗又下了一道敕旨：

太师、剑南东川节度使童贯，依前太师进封豫国公，除河东、河北路宣抚使致仕，仍充上清保宝录宫使；少师、镇海军节度使兼侍应蔡攸领枢密，值保和殿，免河东、河北路招讨副使；王黼已拜太傅，其治事恩数合依太师体例，可即速照会，遵守施行。

至此，朝廷大小臣工才看清徽宗的安排，童贯不但失去兵权，而且致仕赋闲。蔡攸虽也进封三孤之列，却也只能领枢密衔供职保和殿。王黼掌握中书省，真正成为了毫无掣肘的大宋第一权臣。

王黼出任宰臣的第一个人事安排，就是让谭稹接替童贯担任河东、河北两路的宣抚使。却说大宋政治体制，朝臣与内侍是互相制约的两大行政系统，朝臣称官，内侍称宦。所谓官宦生涯、官宦勾结等词盖出于此。朝臣若想施政不受制约，须得与内侍深相结纳，而内侍若想以权谋私，没有朝臣的奥援也很难做到。蔡京柄政二十余年，就是与大内总管童贯沆瀣一气。几年前，王黼就看出在大内地位仅次于童贯的梁师成也受到徽宗信赖，于是倾心交往。梁师成也看出王黼虽然对蔡京毕恭毕敬，但绝不肯久居人下，两人地位相当，处境相同，心境相通，因此很快成为知己。而谭稹正是梁师成的夹袋人物，他被任命，可视为王梁结党的第一笔交易。

七月份谭稹出使燕山，在那里秘密会见了张觉的特使李石与张劲，谈妥了归顺的一应细节，而后妥善安排了对常胜军的挟制。

郭药师叛辽归宋之后，圣眷甚浓。往日不说，就说这次童贯、蔡攸带他来汴京奏凯，徽宗单独在禁城后苑延春小殿见他。当时正值盛夏，徽宗命内侍用两个大金盘盛满冰块搁在殿中解暑。荷月贮冰，郭药师自从出了娘肚四十余年哪曾见过？这一日徽宗穿了一领大珠络销金青纱战袍，看上去风雅威仪如同天神，郭药师在殿下磕头，股栗不已。这种殊胜令郭药师激动，他伏地流涕说道："臣在夷虏，闻赵皇帝如在天上，没想到今日得睹天颜，为了这一天，臣死上一千次也值。"

这席话让徽宗高兴，便温言说道："药师将军，朕不要你死一千次，如今燕山收回，你替朕守护燕地就好。"

药师答："臣万死不辞，臣宁可血卧沙场，也绝不会让燕地有一丝一忽儿的闪失。"

赐座之后，徽宗又说："药师将军，朕托你一件事可以吗？"

药师又屁股离了凳儿跪下磕头，言道："臣本是夷虏地头儿上的一只蚂蚱，蒙赵皇帝大恩，已发誓效忠效死，陛下即便让我赴汤蹈火、粉身碎骨，臣也不会问陛下为何让我去做这件事，请陛下赐旨。"

徽宗说："天祚帝一直在逃亡，其下落不明，卿能否寻其踪迹，为朕一举擒获，以绝辽人复国之望？"

药师听到这句话，脸色突变，低眉落眼不吱声儿。

"卿有难处？"徽宗叮问。

药师回答："天祚帝是臣的故主，就因为故主亡走，臣找不到他了，才降归大宋。今陛下让臣效命于其他任何事体，臣不敢辞拒。臣今日效忠陛下，如同往昔效忠故主。臣若去擒捕故主，则千秋之后，仍是一个不仁不义之人，这事万万做不得。陛下，这件事儿，你换个人委派，臣不接这活儿。”

药师说罢，又双泪横流匍伏在地，徽宗对药师的表白既失望又高兴。失望的是他不忘故主，高兴的是他忠心不二。为了笼络人心，徽宗亲自下了御座上前扶起郭药师，并解下身上穿的那件珠络战袍，连同那两只盛冰的大金盆一并赐给了这位降将。

这次会见，王黼一直陪侍在侧。一来因为郭药师是童贯一手培植的“奇货”，他天生就没有亲切感；二来郭药师专横跋扈，连童贯的文胆詹度都不放在眼里，最终导致詹度离开了燕山府。王黼后来还听说，郭药师离开延春小殿的当天晚上，就把徽宗赠给他的那两只金盆剪碎，给他的随行官兵一人分了一块，并说：“没有你们，哪有我郭药师的今天。所以，赵皇帝的赐予你们共享之。”王黼听了这故事，没有以“疏财仗义”誉之，而是以“散金揽贼”四字贬之，并认定此人将来必坏大事，即便效忠皇上，也不可驾驭。因此，当谭稹走马上任时，他密示一定要对郭药师的常胜军施以钳制。

谭稹来燕京后，实地察看了郭药师军营，认为常胜军兵力虽只有三万，但全是马兵，锋镝甚锐。归来与燕山府知府王安中密议，拟调陕右、河北、河东三路营兵，选取精锐马步兵十万人分为三营，一驻中山府、一驻广信军、一驻燕山与常胜军为邻，三营成掎角之势包围常胜军，又选了能制御郭药师的良将统领三营。这份密报八百里加急送到王黼手上，王黼立即从徽宗那里请得圣旨，只花了一个半月时间，这支新军就组建完毕并驻防入营。

主导张觉归顺谈判、组建新军两件事，是谭稹甫一上任在河北路做的两件事。徽宗满意，于是他又奉旨转到太原，就近与大金国西路军元帅完颜宗翰谈判武、朔二州交割事宜。因为张觉的叛变，以及在此影响下武、朔、蔚三州的反水，完颜宗翰不但不肯交还武、朔，反而趁机夺取了蔚州，最近更是以防范张觉西侵为借口，又抢夺了灵丘、飞狐两县，并拨兵驻守，形势急转直下。在蔚州失守之后，谭稹还想刻意隐瞒真相，他试图通过贿赂及美色各种手段去收买完颜宗翰，使其改变主意，但均不奏效，谭稹不免暗暗着急，想着怎么把真相禀报皇上又不致让他震怒。谁知这招儿还没想出，灵丘、飞狐又丢了。谭稹断不敢再糊弄下去，只得让随行主簿写了密札盖了关防八百里加急传往汴京。

过了中秋节，太原府地面上一日凉似一日，特别到了晚上，身体稍弱的人都要穿上夹衣，谭稹更是披了一件薄袄儿。他十六岁净身入宫当了内侍，先是在文具库里当差。他在家里读过几年私塾，也算是粗通文墨，入宫后他勤问好学，几年后，不单诗词歌赋琴棋书画样样来得，还学会了点茶斗鸡蹴鞠投壶等技艺，虽都不甚精，但陪着玩玩凑个角儿绝无问题。加之天生长得喜兴，见人一脸笑，因此很有人缘，二十五岁便在内书房供职。二十多年下来，服侍了神宗、哲宗、徽宗三位皇帝，最后当上了值殿太监，成了可以在禁中乘坐肩舆的显赫人物了。无论是童贯还是梁师成，他都处得很好，只不过梁师成更看重他的才能。自梁师成当了大内主管后，谭稹便时来运转，如今成为出抚地方的大员，连他自己做梦也没想到会取代童贯，成为处置燕云十六州事务的主角。尽管知情人明白，他只不过是一只木偶，背后的牵线人是王黼与梁师成，举手投足都由不得自己，但表面上的那份风光，依旧让人羡慕不已。

今夜里，他辗转反侧不能入睡乃是为了灵丘、飞狐二县遭完颜宗翰突袭占领之事。昨日下午，他签发了密札送往汴京。这密札一式两份，一送中书省王黼，一送徽宗。为了稳妥起见，王黼的那份先送出两个时辰。他明知道无论是皇上还是宰相的回复都不会那么快，最早也得等到明天午时之后，但他心里头仍如十五只吊桶打水七上八下。他本是个插科打诨陪耍帮闲的人，哪里遇到过这等关乎社稷安危疆土存亡的大事？昨夜里，用一夕数惊来形容谭稹的心事一点也不为过。今儿整整一天，他召聚太原府军政要员及随行心腹僚属于驿馆会揖，商量对应之策。与会者七嘴八舌虽然热烈，但终究也没议出个可行的办法来。晚饭时他毫无胃口，只喝了半碗小米粥便因脑壳昏沉回房间歇息了，谁知心里头有事越躺越烦躁，临近亥时，他又趿着鞋下床，到院子里散步来了。

这位一向鲜衣怒马边幅修整的老公公，此时虽心情沮丧，但一身薄薄的丝绵袄裤仍十分得体。两名小厮提着灯笼跟着他，刚出了馆舍后门来到院子，便见一位个头儿偏高的人站在门外台阶下等候，见了谭稹，那人双拳一揖，喊道：“谭大人夜安。”

“夜安。”谭稹听出是太原府知府褚良丞的声音，便问道，“褚大人，这么晚了，你怎么还在这里？”

“下官在此专候谭大人。”

“哦。”

两人不再说什么，而是在院子里开始遛弯儿，此时夜凉如水，秋虫唧唧。谭稹走到一棵枝叶遒劲的老榆树下停了脚步，仰头看了看说：“这老榆树岁数不小了。”

“是的，这院子里有三棵老树，除了这棵老榆树，还有一棵枣树，一棵槐树。”

“当年栽这三棵树的人，都不是凡人。”

“这驿馆建于唐中宗年代，那时，唐是盛世，圣人、神人、高人都很多。”

“咱猜想，栽这树的人是动了脑筋的。”

褚良丞猜不透谭稹话中的意思，只得随话搭话：“是动了脑筋的。”

“这三棵树都能吃。”

“能吃？”

“榆钱儿、槐叶儿、枣儿，哪一样不能吃？我十岁时，家乡出了一次蝗虫，庄稼吃光了，来年春上，就是这榆钱儿、槐叶儿救咱一条命。从此，见了榆树、槐树，咱娘就恨不得磕头。”

“啊，高堂可还健在？”

“早走了。”

谭稹说着伤感起来，又走到老槐树下，从小厮手中接过灯笼，举起来看着枝叶，叹道：“叶子黄了，快要掉了。”

“明天就是白露了。”

“叶落归根啊。”

褚良丞知道谭稹仍为灵丘、飞狐的事情焦灼，便道：“谭大人，太原城中的晋风楼，有几位会唱曲儿的优伶，下官已将她们带来，如今在厅里候着，恳请谭大人赏脸，让她们唱几曲。”

谭稹一向喜欢听曲，眼下虽然心情郁闷，但也不好驳褚良丞的面子，便点头同意了。

于是，两人又进了驿馆，进了专为承办堂会的厅事。

第十九章　权臣褫职

在褚良丞陪着谭稹在院子里遛弯儿的时候，厅事里就已张灯结彩布置停当，几位穿着对襟窄袖红罗纱衣梳了缠头髻贴着花黄簪了金步摇的妙龄女子一排坐定。褚良丞领着谭稹坐到女子对面的罗汉榻上，几上摆好了几碟核桃、柿子、大枣等时令果品。

刚坐定，一名显然是班头的女子就袅袅婷婷走上前来，将一把折扇双手递给谭稹，屈身道了万福，说道："请谭老大人点曲儿。"

谭稹打开折扇，只见上面用一丝不苟的蝇头小楷写了几十种曲名，他也懒得细看，收了折扇还给女子说："你们选唱得好的唱吧。"

女子笑答："谭老大人如此开恩，咱们几个小姐妹就放肆了。"

女子又扭着屁股回到起首的座位，操起琵琶一拨，五位女子就依着丝竹之音唱了起来：

　　青天上月儿，

恰似将奴笑。
高不高，低不低，
正挂在柳树梢。
明不明，暗不暗，
故把奴来照。
清月儿你休笑我，
且把自己瞧，
你缺的日子多来，
团圆的日子少。

女子们一启朱唇，谭稹就知晓她们唱的这曲子名叫《月》。在汴京各种堂会上，这曲子他听过不同的女子唱过多遍，有的中听有的不中听，但合唱却还是第一次听到，也许是心情使然，谭稹觉得这几位山西女子把这首名曲演唱得有些凄凉。听到“团圆的日子少”一句，他脑海中浮现去世多年的母亲，干涩的眼眶湿润起来。

他的这一细微的变化被褚良丞发现，便担心地问：“谭大人，是不是受凉了，要不要加一件披肩？”

谭稹掩饰地说：“不用了，女子们，你们继续唱。”

褚良丞补一句：“你们唱点乐和乐和的，让谭大人高兴高兴。”

班首答道：“好嘞。”

弦音再起，这一回，坐在正中的一位女子单独唱了一首《镜》：

结私情，
好似青铜镜。

待把你磨得好，
又恐你去照别人。
你团圆不管人孤零，
知人只知面，
知面不知心。
当面你分明，
背后你错得紧。
（白）
当面分明，
也算是好镜了。

那女子刚刚念完这句道白，一直用手指轻叩几案打节奏的谭稹，禁不住拖腔拖调重复了一句：

当面分明，
也算是好镜了。

还别说，谭稹这两句道白还念得字正腔圆韵味十足，在场的人一齐叫好，褚良丞趁机说："谭大人，下官早就听说，您是大内唱曲高手，连今上也喜欢听你唱曲。"

"唉，都是雕虫小技，不足挂齿，不足挂齿。"

见谭稹心情好转，褚良丞便怂恿他："大人，下官斗胆请求您也讴歌一曲，让我等聆听耳教。"

"这个……"

"大人不必推辞。"

“好吧，那老夫就献丑了。”谭稹起身离席走到前厢，与众女子站在了一起，又道，“这《镜》是个套曲，方才这位娃儿只唱了个头儿，下面还有好几段哩，老夫且凑个兴，唱第三段。”

说毕，女子们抚琴弄笛，谭稹手托腮帮翘个兰花指装作个妇人扭捏作态唱了起来：

镜子儿自梳笼，
与你时常相见。
想当初同欢面也共愁颜，
到如今埋灭我又不明不暗。
热气啊来呵你，
缘何问你却不回言？
想必又有个人啊，
你因此变了脸。

谭稹唱毕，大家无不拍掌称赞，厅事里的气氛活跃起来，几位女子嘴上像涂了蜜，把个谭稹夸得骨头都散了架，他吩咐从汴京跟着他一起出来的管家给每位优伶封了二两银子。她们闹着还要谭稹再唱上一曲，谭稹笑道：“这回该轮到褚大人了。”

“轮到我唱曲吗？”褚良臣问。

“是呀。”

褚良丞自嘲道：“我来山西学了一句骂人的话，叫山西的骡子做马叫。我唱曲，不要说你们，只怕是连狗也会吓跑了。”

“你这么说，老夫更是想听了。女子们，把褚大人请上去。”

众女子这时受了谭稹的撩拨，也就放肆起来，上前把褚良丞拖的拖，拽的拽，拉到了前厢。

褚良丞素性诙谐，只是堂官当久了不得不装腔作势。这会儿气氛缓和了，他生硬的表情又开始生动起来，他朝优伶们做了一个搞怪的表情，说：“刚才你们伴奏，谭大人的《镜》唱得真个是好。只是你们阅历浅体会不到，当不了谭大人的红颜知己。你们得了谭大人的令箭，把本官绑架到这里，不牛吼几句，你们不会放过我。我小时候学过一首曲，专写鼓的，就是那个敲锣打鼓的鼓，现在把它唱出来 ，不许你们嘲笑我。”

褚良丞说罢，就清唱起来：

花花鼓儿谁不好，
翻转来，复转去擂上千遭。
两片皮弄出多般腔调，
一会儿是紧板，
一会儿慢慢敲。
弄出忒大的声音来，
吓得老猫夹尾巴逃，
老鼠一旁看热闹。

褚良丞语调滑稽，女子们听了一个个忍俊不禁笑得前仰后合。谭稹开始也咧着嘴跟着傻笑，听着听着脸色就变了。待褚良丞歇了腔，他立刻就问：“你末后两句唱的啥？”

褚良丞念了一遍：“吓得老猫夹尾巴逃，老鼠一旁看热闹。”

“唔，这老猫是谁？老鼠又是谁？”

褚良丞解释：“谭大人，这只是老辈儿人留下的唱词儿。”

“咱不管谁留下来的，咱只管问你，这老猫老鼠，你指的是谁？”

见谭稹拉着脸较起真儿来，褚良丞心中暗笑。他正想趁势逗一逗谭稹，却见厅事的大门被推开，一个人朝里探了探脑袋。褚良丞见是府中主簿冯自远，便走了过去。只见两人在门口嘀咕了几句，褚良丞就走回来对谭稹小声说：

“谭大人，能否挪个地方说话？”

“都过子时了，还有事？”

褚良丞点点头。

谭稹极不情愿地随着褚良丞出了厅事。来到花厅坐下，冯自远也跟着走了进来，褚良丞对他说：“你将情况向谭大人禀报。”

冯自远神秘兮兮的样子，凑到谭稹跟前低声言道：“谭大人，完颜宗翰亲自率了一万兵马，今天下午到了雁门关下。”

谭稹如闻霹雳，刚坐下去的身子又弹了起来：“你说什么？”

冯自远把刚才说的话又重复了一遍，并加重语气说：“这消息绝对可靠，前方的探马刚刚来报信。”

“雁门关离太原还有多远？”

褚良丞答：“百十里地吧。”

“关寨有多少守军？”

“前后二十里关寨，驻扎有二万部队。”

“完颜宗翰拿了灵丘、飞狐，难道还要攻打太原？”

“是呀，这完颜宗翰真是吃了豹子胆，敢捋谭大人的虎须？”

谭稹脚一顿，老羞成怒申斥道：“褚良丞，现在不是开玩笑的时候，你刚才借着唱曲儿指桑骂槐，说咱是被鼓声吓坏的老猫，你以为咱听不懂，小心我在皇上那里奏你一本。”

谭稹发怒本在褚良丞意料中，他要的就是这个。此时他不愠不火，依旧挂着笑容言道："谭大人，下官怎么敢讪谤你呢？你代表圣上巡抚河北河东两路，下官讪谤你就犯了欺君之罪，那首以鼓为题的曲词，又不是我编的，别的我又不会唱。没想到因此得罪大人你了。不过，老猫老鼠的说法，虽然寒碜人，倒也给咱们提了个醒儿。"

"如何提醒？"

"大敌当前，谭大人你不肯当夹尾巴的老猫，我褚良丞打死也不会当一只看热闹的老鼠。"

"有志气。"谭稹心不在焉地表扬了一句，接着自言自语，"完颜宗翰会不会攻关呢？"

褚良丞收了孟浪的神态，峻色问道："谭大人，你打算怎么办？"

"明天一早，咱启程回汴京，要去面圣，禀告这十万火急的军情。"

褚良丞知道谭稹是想临阵脱逃，心里头对他已是十二分看轻，这时已顾不得绕弯子，直通通言道："谭大人，你此时回京，是下策中的下策，万万不可。"

"啊？"

"皇上让你巡边，是要你在燕云十六州的交割上便宜任事，制定制虏良策。河北一路屡建奇功，河东一路却处处受掣。局势如今急转直下，你不坐镇处治，却说要登车回京，这无异于临阵脱逃。谭大人你若是真的这么做了，天下人怎么看你，皇帝又怎么看你？"

褚良丞这席话掷地有声，谭稹一句也不想听却又不得不听，他愣怔了一会儿，问道：“那我该怎么办？”

“下官有个主意。”

“讲。”

“现在，下官陪着你立即登程，前往雁门关。”

“前往雁门关？”谭稹倒吸一口凉气。

“对，前往雁门关劳军。”褚良丞口气不容置疑，“谭大人，雁门关虽只有两万守军，但主帅一到，胜过十万甲兵。”

谭稹坐回到椅子上，搔着脑袋说：“容我想想，容我想想。”

临近正午，一支马队在雁门关的西陉关的关楼前停了下来。守关的镇武将军姜怀山率大小僚佐百余人在楼下迎接。疲惫不堪的谭稹两腿酸软，几乎是被人搀下马来。

却说昨日深夜谭稹让褚良丞连哄带吓骑马前来雁门关，一路颠簸四个多时辰才到达这里。

雁门关在代州境内，是北岳恒山的主峰，由东陉、西陉二关组成，在秦始皇时期的《舆图志》中称“天下九塞，雁门为首”。汉代的匈奴、唐代的突厥都是从这里进击中原。所以，“得雁门而得中原，失雁门而失天下”这句话历代一直流传。史书记载发生在雁门关及其周围的争夺战不下三百余次，仅西汉、东汉两朝四百余年，中原王朝戍边于此血战而死的将帅就有二百八十余人。特别是大宋开国之后，澶渊之盟之前，雁门关更是成为辽国进攻宋国的主要战场。著名的杨家将的故事就发生在这里。如今，杨家将祠堂、杨七郎墓、杨六郎城等诸多表彰忠烈的建筑以及抗击异族入侵的堡塞，都散布在雁门关的十八隘三十九堡十二联城中。一个月前，谭稹从燕山府取道河间府、真定府前来太原府时，曾路过雁门关的所在地代州，并在此盘桓三日。他也曾登上了州城的边靖楼。在这座比榆关哨楼还高出五丈的箭楼上，他听取了守关将帅以及知州等地方长官的辑报。那时他心情畅快，认为战事已经平息，一切都趋于正常。当听到“代州的鼓楼应州的塔，真定府的大菩萨”这句话时，他还说他已看过真定府的大菩萨，待应州从大金国手上交割之后，一定也要前往登临那座辽国建造的大木塔。却不曾想到仅仅一个多月时间就风云突变，大金国的悍将完颜宗翰竟突然陈兵雁门关外。所以，当褚良丞建议谭稹前往雁门关名为视察实为督战时，他犹豫再三。他脑海里挥之不去的是历代那些死在雁门关的将帅墓，他害怕自己也成为其中的一员，所以想找借口搪塞不来，但怎奈褚良丞生拉硬拽将他拖上了道。巳时他们一行就到了代州，褚良丞以军情紧急为由，谢绝了州官留下的请求，建议谭稹只是下马喝杯茶然后继续赶路。自代州到雁门关西北端的西陉关，一行官员无不人困马乏饥肠辘辘。上了关楼，谭稹一行草草用了早已备好的午膳，然后登上顶层的箭楼俯瞰关外的形势。

却说自西向东绵延千里的恒山山脉，隔开了晋中与晋北两块平原，晋西北的重镇大同，即是辽国的西京，它与南京燕山府成犄角之势，形成对赵宋王朝的强大钳制。燕京向南以白沟为界分隔辽宋两国，几乎无险可守；大同向南以雁门关为界。尽管雁门关巍峨雄峙，却也常常被辽军攻占。澶渊之盟后八十余年，两国休兵，雁门关才减却了杀伐，敛去了虏尘。但当地的士庶对战争的恐惧仍不可能全然消失，一有风吹草动便扶老携幼走上逃难的旅程。

从箭楼看下去，是渐次低缓下去的峰峦，山尽之后便是一马平川的庄稼地了。此时，黍豆高粱等都已收割，原野一片空荡。而关下的峰峦中林木尚还青翠，远远近近皆有晴烟浮动。若在往昔，逢到这般景致，谭稹必定技痒，要分韵填词，但今日他全然失了这份雅兴，盖因眼前峰峦的林子里，到处都插满了黑底黄边绣有红日的大金国军旗，也看得见奔驰的马队。顺着风，偶尔还能听到嘚嘚的马蹄声。

谭稹一宿未睡，登楼时眼皮子打架，都快撑不住了，但看到眼前的景象，他的睡意暂时受到了遏制，他问站在旁边的姜怀山："金军在这些林子里穿来穿去，究竟要干什么？"

"暂时还不清楚，但我们正在密切监控。"

"他们来了一万兵马？"

"是的。"

"完颜宗翰亲自来了？"

"是的。探马的消息可靠。"

谭稹白了姜怀山一眼："既然可靠，怎么不知道他们来干什么？"

"这是第一路探马报告的，第二路探马的消息尚未报来。"

谭稹扭头喊了一声："褚大人！"

"下官在。"褚良丞朝前凑了凑。

"你说说看，这些金军在林子里穿进穿出，像躲迷藏似的，他们究竟要干什么？"

褚良丞回答："弄清楚金军意图之前，首先要弄明白完颜宗翰为何会突然抢占灵丘、飞狐。"

"不就是他提了非分之求，咱们没答应吗？"

谭稹这么说也是事出有因。一个月前，完颜宗翰应约前来代州与谭稹见了一面，商谈武、朔二州的交割问题。宗翰以天祚帝尚未擒获为由表示二州暂不能交付，接着又提出张觉叛金，大军前往征剿缺乏粮草，要南朝十日内输送二十万石粮食。谭稹觉得宗翰有些讹人，但当他委婉辞拒时，宗翰以武、朔二州永不交割为由威胁。谭稹害怕宗翰真的会那样做而砸了自己的差事，只得硬着头皮应承了下来。但他又不敢将此事上报朝廷，便硬压着褚良丞在太原府内筹措这二十万石军粮。褚良丞觉得谭稹不但懦弱，更是颟顸，于是硬抗不办。过了一个月，宗翰看到过了交粮的最后期限，便施以报复攻占了灵丘、飞狐。

谭稹呛了一句，褚良丞没有应声，便又盯着问："褚大人，你咋哑巴了？"

从深思中回过神来的褚良丞，觍着脸回道："谭大人，完颜宗翰强要二十万石军粮，的确是非分之求。但你谭大人却是答应了的，你说一个月内交付。"

"我是答应了，但你不办啊！"

"我一个小小的太原府，一个月内上哪儿去筹措这二十万石粮食呢？谭大人，府库存粮不过五万石，是用来赈济灾民，平粜转输以备来年春荒的。这是老百姓的救命粮，一斤一两也不能动。"

"我不是给你支了招儿吗？你先去找那些乡绅粮行筹措，先把大金国的这些豺狼虎豹给对付了，回头咱们再慢慢料理自家的事儿。"

"谭大人，大金国的兵马是豺狼虎豹，咱中原的老百姓也不全是绵羊啊。"

"你这话是什么意思？"谭稹敏感地问。

"没有什么，下官是想说明，让太原府偷偷摸摸置办二十万石粮食，杀了我也办不到。”

褚良丞当着十几位将士官吏的面，说出这样决绝的话，让谭稹的脸面挂不住，他想大发雷霆，谁知出口的话却软绵绵的：“你有理，你有理……”

就在这时，忽然听得咚咚咚的脚步声跑上楼来，人还未进门，先已锐喊了一声：“姜帅。”

一位小校气喘吁吁跑了进来，姜怀山问：“有何消息？”

“第二路探马刚刚回来，雁门关外的金军，不是来打仗的。”

“啊？”

“他们是来狩猎的。这会儿，正在驱赶山上的野兽。”

听到这个消息，别人还没有反应，谭稹倒是第一个长出了一口气，瘫倒在椅子上，把双脚朝椅子上一跷，埋怨道：“他们打猎就打猎，何必弄这么大动静，害得我一天一夜没合眼。”

褚良丞使了个眼色，示意大家离开箭楼中厅，到外面廊道上察看关外的动静，只见金兵仍然军旗摇晃，山梁与沟壑里到处都是奔跑的士兵。

“看样子，他们真的是在狩猎。”姜怀山说。

褚良丞一声冷笑，说道：“狩猎是真，但在下还想问姜帅一句，他们为何要选在雁门关外狩猎呢？”

姜怀山点点头：“这倒值得警惕。”

两人说话时，听得箭楼里鼾声如雷，谭稹已是美滋滋地睡熟了。主簿冯自远这时蹑手蹑脚走了过来，低声对褚良丞说：“大人，京城钦差八百里加急，送皇上的圣旨来了。”

“圣旨？”

“是的，本是送到太原府，听说谭大人到了这里，钦差又赶到这里来了。”

“啊，圣旨是给谭大人的？”

“正是。”

“钦差现在在哪里？”

冯自远朝箭楼里努了努嘴，两人隔着窗格看了进去，只见那位三十来岁的缁衣钦差走上前摇了摇谭稹。

谭稹挥了挥手：“别捣蛋，咱再睡会儿。”

钦差便凑近他的耳朵，大声说道：“请谭大人接听圣旨。”

“圣旨？”

谭稹一骨碌挺起身子，揉着眼睛看清了钦差的打扮，慌忙离开椅子跪到了地上。

钦差抖开手中的黄绫卷轴，念道：

圣旨：

免去谭稹河北、河东两路宣抚使。旨到之日即刻回京，听候调遣。

顷刻间，谭稹脸色煞白，他颤抖着接过卷轴，梦呓般地说了三个字：“谢皇上！”

第二十章　败将再次偷袭

一俟刻漏牌报了卯时，平州府的钟楼立刻九通鼓响。接着衙门大开，身穿大宋二品官服的张觉走出门来，他的身后跟着张劲、李石二人，也都穿了大宋的三品官服。斯时衙门外广场上，伞盖仪仗金甲车架都已准备就绪。张觉跨上那匹全身披彩的白色牝马，在一应仪驾以及三百亲兵的拱卫下，朝东门迤逦而来。

张觉这次威风八面的出行，却也事出有因。经过与大宋方面的多次密议，徽宗最终同意将平州军改为泰宁军，张觉以河北招讨副使的职衔领泰宁军节度使并准予世袭，其二品衙门设在平州，仍兼领营、滦二州。其子张劲擢升为徽猷阁待制，兼领泰宁军节度副使，李石升任徽猷阁学士，兼领泰宁军节度使书记，均三品衔，三人以下各军将及州县官员，都依例行赏。三州百姓免税三年，泰宁军所需军费薪俸，由朝廷核定足额拨付。

应该说，大宋朝廷的慷慨超过了张觉的预期，所以他格外满意。早在半个月前，他就收到燕山府知府王安中的札子，告知日内会有朝廷特使李安弼专程前来平州宣读诏书，并交付徽宗皇帝写给他的御笺，同时还带来大批的物资犒赏将士官员。前日又得到消息，从汴京启程前来平州的李安弼及其属下已过了卢龙塞，明日即可入城。张觉一算，入城日竟是八月十三，离中秋节还有两天。笃信兆头的张觉连忙请来谙熟阴阳的算命先生推演，给出的答案是八月十三是孤日，是喜事办成丧事的日子，这一天诸事不宜。八月十四日是吉日，是“利见大人”的日子。张觉便立刻派出李石前往会见李安弼，让他十三日不要进城，暂时在城郊的龙马寨歇息一晚。李安弼身为钦差大臣，竟要听任地方官员摆布，心里已是十二分的不高兴，怎奈张觉同当年的郭药师一样，是徽宗皇帝的新宠，所以也就只能依他。那头安置了李安弼，张觉自己的行程安排也莫不将算命先生的话奉为圭臬。他生于甲寅日，属木命，所以须得卯时开衔，辰时迎宾。盖因卯为木，辰为水，水生木即无反克。而且，他听信算命先生的指导，特意觅了一匹大白马作为迎宾的坐骑，皆因金木水火土五行对应白青黑红黄五色，白为金之色，金生水，水养木，化序顺畅生养不误。张觉亲自把关迎宾的每一个细节，不许有任何的差错。

大宋朝廷特使要来平州的消息，两天前就已传遍了大街小巷。此时张觉率队出城，所经的街道挤满了看热闹的人。市民们向灯的向灯，向火的向火，说什么的都有。眼看张觉一行快要走近东门城楼了，站在一爿冥器店门口的几个人叉着嘴巴说开了：

“咦，怎么大帅骑了一匹白马？”

“这大白马两只耳朵竖得高高的，屁股翘翘的，看样子要发情了。”

“咱不是说大白马好坏，咱是说为何张大帅骑着大白马。”

“骑大白马不对吗？”

“当然不对，今儿个大帅要去迎大宋皇帝的诏封，应该骑大红马。”

“啊？”

“红白喜事，今天是红事，怎能骑白马？”

张觉正好经过这里，听到了几个人的议论，禁不住朝这边看了几眼，这一看倒把一颗心看得扑突突一阵乱跳。因为首先映入他眼帘的是那块白布黑字的“老大冥器店”的招牌，再联想到方才听到的那几个人的议论，他忽然觉得一股子黑气罩了眼珠儿，脸顿时就塌下了，双脚不由自主地踩了踩马镫，那大白马受了惊，竟扬着脖子咴儿咴儿叫了一声。慌乱之中，张觉又提了缰绳，大白马立刻撒开四蹄奔跑了起来。本是旗仗分明车驾整齐的队伍顷刻间凌乱起来。亏得张劲赶来救驾，帮父亲勒住了马头，队伍才在东门城楼前停下重新整理。

张觉在马背上喘息着，他想回头看一看那家冥器店，却又没有勇气，便忐忑不安地问儿子：“小劲子，这是个什么兆头啊？”

“父帅，咱这就布置下去，把那家冥器店封了，那几个乌鸦嘴，也都下牢去。”

李石赶紧插话：“少帅，这可使不得。”

“为何？”张劲问。

李石没有回答他，而是一脸喜气地朝张觉抱拳一揖，笑道：“大帅，李某恭喜你了。”

“恭喜我？”张觉一脸茫然。

“是呀，恭喜大帅，”李石巧舌如簧，一一铺排，言道，“方才发生的事情，却是含了三层玄机：第一，老大冥器店，这五个字好。谁是老大，宋国老大是道君皇帝，辽国老大是天祚帝，金国老大是阿骨打皇帝。大帅您在平州举旗反金，阿骨打就在鸳鸯泊翘脚了，他用上冥器了。还有天祚皇帝生死未卜，说不定已用上冥器了。三个国的老大唯有宋国皇帝如日中天，他派钦差来见大帅，正是在金国阿骨打报丧之后。这岂不是先白后红，白中见红吗？第二，方才在冥器店门口发议论的是三个人，这个三字来得巧，常言道，一生二,二生三,三生万物。在冥器店门口三个人谈红白喜事，虽言语有谬，但却是谈人间烟火事儿，这多好呀！眼下还在卯时，卯为木，木逢三春必生长，木逢三秋必结果，三春时大帅叛金，三秋时大帅归宋，都是大帅你正命所在。第三，大白马见了冥器店咴咴儿一叫，是深深契合主人之命运。如果大白马在冥器店门口停下了，这老大可能指的是你大帅，但大白马跑开了，就说明老大不是你，而是宋、辽、金三国之主。所以在下看来，冥器店门口发生的事儿，乃是天大的吉兆。”

李石这一席话，张觉听得心花怒放，心中积蓄的晦气也就一扫而空。尽管张劲心下认为李石这是为了讨好父帅而临时瞎编的鬼话，但既然能解危局也就不必较真儿，于是也跟着父亲一起咧着嘴笑。张觉对他说：“小劲子，吩咐手下封几两银子，送给那几个乱嚼舌头的人。”

“那几个家伙，虎屄烂架儿，赏什么银子呀。”

看到张劲瘪起了嘴，张觉哈哈一笑，言道：“没别的，就是花钱买欢喜。”

这时，东门城楼跟前聚集的人越来越多。虽有军士维持，供仪仗车驾行走的道儿还是逼仄了许多。因为冥器店前突发的事儿耽误了一些时候，早有府吏自龙马寨过来向张觉禀报，说李安弼大人等待不住，已下令跟随的队伍向平州开拔，张觉生怕延误惹李安弼不高兴，便下令迎宾仪仗立刻出城。就在他驰马走入城楼的那一刹那，忽然发现看热闹的人群中，一位年届半百的车轴汉子以及他身边的一位年轻后生的长相特别眼熟。但不容他多看一眼，大白马已驮着他出了东门踏上了前往燕京的驿道。他总觉得那车轴汉子的眼神有些异样，而且他对这眼神还不陌生，一时又想不起来在哪儿见过。于是他心里又犯嘀咕，回头问李石：

“前天说，给榆关增添一千名守军，这事儿办了吗？”

“办了。”

“今天，城里头看热闹的人，怎么这么多？”

“都跟着大帅沾喜气呗。”

“如果真是这样，那就好了。”

“大帅，你担心什么？”

“明天就是中秋节，南朝钦差大臣来，可不要有什么闪失。”

“这怎么会呢？”

“李石，小心不亏人。”

“大帅你放心，只要榆关把守严密，大金国的那些狼兵，根本就进不了平州。”

他们两人这么对话的时候，马队前行得极顺。但李石最后这句话却让张觉想起了什么，他一勒马头，嘴角吐出三个字：“不好了。”

李石、张劲齐声问道：“什么不好了？”

张觉说：“方才出城前，我在人堆儿看到一个人，只觉得面熟，但想不起来是谁，现在我突然想起来了。”

“是谁呢？”李石问。

“大金国兵马大元帅栋摩。”

“栋摩？”

“对，栋摩！”张觉肯定地回答。

李石与张劲瞅着张觉那副既惊恐又滑稽的神情，不免都失声大笑。张劲说：“父帅，人家栋摩好歹是个元帅，怎么可能跑到平州城中看热闹呢？再说，他又不是海东青，没有翅膀，怎么就飞过榆关了呢？”

张觉一听觉得有理，自嘲道：“咱看那家伙，长得就像栋摩，他旁边还有位青皮后生，也挺面熟的。”

也不等他们再议论下去，却见前边的官道上，南朝的钦差队伍旗鼓鲜明地走近了。张觉只得敛了心思满脸堆笑地迎了上去。

眼看张觉的马队出了东门城楼，看热闹的街伴儿麻雀儿一般奓翅儿散了。守城的军士——无论是城门洞里站成两列守看厚重大门的枪兵还是通往城楼砖道上的刀客，顿时都稀松了下来。他们谁都知道今天是张大帅的喜庆日子，听说南朝的钦差大臣不但给张大帅带了封官的诏书来，也给他们军士带了簇新的大宋军服和赏银，因此莫不欢欣鼓舞。但喜悦往往让人头脑发昏，就像眼前这些士兵，一大清早就拿着架势值岗，这会儿大帅出城了，他们估摸着再快也得有大半个时辰才能回返，因此紧张的情绪一下子放松，队形立马也就乱了，蹭痒说笑话儿扭捏身子消乏离队觅净房撒尿的人都各随其便。

这时候，两辆遮得严严实实的马拉篷车忽然从一条巷子口窜了出来，朝着东门城楼急驰而去，而方才张觉感到眼熟的那个车轴汉子和年轻后生也从人堆里挤了出来，朝着站在城门洞口的一名小校奔去。

眼看只剩下两三丈远，小校才觉得来者不善，便习惯性地左手按住腰间的刀鞘，右手握住刀柄，厉声喝道："你们给我站住！"

车轴汉子并没有停住脚步，年轻后生更是三步并作两步跑到车轴汉子前面。

小校本能地抽出腰刀，再次大声喝问："你们是谁？"

话音未落，车轴汉子抢步上前，小校举起腰刀来不及砍下，车轴汉子已麻利地抓住他的手腕一个反折，小校一阵剧痛，惨叫一声，手中的弯刀跌落在地。这一幕来得太突然，在场的人都惊呆了。

其实，刚刚出城的张觉没有看错，东门城楼前挤在人堆中看热闹的那个车轴汉子，的确是栋摩。

因为榆关前的惨败导致一千多名战士牺牲而被新皇帝——他的四哥吴乞买免去元帅职务之后，栋摩并没有怨恨，而是一心一意想着如何复仇。对张觉的叛变，阿骨打生前有过"不伤农时"的旨意。阿骨打驾崩之后，为了纪念他，吴乞买又有"三月内不举兵事"的训令。所以，讨伐张觉的日子便拖延了下来。但拖延不等于取消，从六月份开始，大金国方面为讨伐张觉或明或暗作了种种准备，如通过探马、眼线获取南朝与张觉的来往信件；为转移视线牵制南朝兵力，完颜宗翰抢占飞狐、灵丘两县，并以狩猎为名兵逼雁门关；三番五次以国书形式告谕南朝，凡从燕京等处造册迁徙民众，被张觉拦截释放者，南朝州府不得收留，要依册解递出关等等。凡此种种，目的是给南朝与张觉两方面造成压力。这些做法果然奏效，但其结果是南朝方面与张觉加快了结合的时间。这一点，倒也在大金国君臣的意料之中。东路军主帅完颜宗望与西路军主帅完颜宗翰多次密议商讨平州攻取对策。此时大金国的兵马已扩充到三十万之众。一方面，宗望的东路军在榆关外陈兵十万作进击之势；另一方面，为打通山前山后的交通，宗翰率兵攻占飞狐、灵丘，并通过山中秘道，将部队化整为零，在差不多一个多月的时间内让八千兵士化装成各类庶众前往平州境内潜伏。这些兵士分为三股，其中两千人进了榆关，三千人进了平州，另外三千人进了营、滦二州。几天前，宗望得到准确情报，南朝钦差大臣将在八月十四日到达平州，遂决定在此日发动偷袭。

栋摩虽贵为元帅，但褫职之后，这次只能作为普通兵士潜来平州。本来，宗望不肯让他参与此次军事行动，生怕出了闪失难以交代。怎奈栋摩复仇心切，一再请缨，宗望只得允他，但特别交代了带队前往平州的博勒将军，让他派几个得力勇士与栋摩日夜相随加以保护。却说栋摩一行五天前就到了平州地头儿，但怕早早进城生出事端，便在城郊觅了一处村庄住下，直到昨儿晚上才进城觅了客栈歇息。

大清早的时候，栋摩在东门城楼前出现，并不是为了看热闹，而是在执行博勒将军的命令，与三百名勇士一起伺机夺取平州东门城楼。站在栋摩身边的那位同样被张觉感到面熟的年轻后生，不是别人，正是左企弓的随从二柱子。这位被左企弓舍命保护下来的孤儿，那一日逃出平州府衙后，并没有离开平州城，而是昼伏夜出一心要寻找机会刺杀张觉，一晃过去了两个多月。一日在城中一家小客栈里偶然碰到了一位相识的博勒手下的探马，便将他带出平州，从此在博勒的辕门里供差，由于他人机灵又熟悉平州城中情况，博勒便将他安排在栋摩身边。

栋摩与二柱子两人对张觉的仇恨，用不共戴天四个字来形容犹觉肤浅。所以，当张觉从大街上趾高气扬经过时，两人眼眶中不约而同射出怒火，正是这眼神引起了张觉的特别注意。二柱子毕竟年轻，他不单愤怒，竟两手捏成拳头抬腿就要冲过去，亏得栋摩沉得住气，他伸手拽住二柱子，立刻就有两名跟随左右的勇士横在他们前面挡住马队的视线。

按先前的行动计划，只待张觉的马队出城，事先化装成士庶百姓已在东城门楼附近聚结的三百勇士便会立马行动，夺取城门控制权。这支敢死队的指挥官是二虎。也不等他下令，栋摩就抢先撞开人群直奔十丈开外的那名小校。

小校负痛跪地的那一刹那，突然伸嘴来咬栋摩铁钳一样的右手，栋摩本想捡起地上的腰刀结果小校的性命，也不等他动手，二虎已飞身而至，两手拿住小校的脑袋猛地一拧，小校脖子立断，嘴一松倒在地上痉挛起来。

这时，两辆篷车已经到达东门口，几名勇士掀开篷盖，只见里面长枪短刀狼牙棒尽是武器，勇士们各自拿了杀人的家伙，个个像饿狼一般追杀守城的张觉部队。

二虎虽是敢死队长，但在栋摩面前仍不敢发号施令，他看到栋摩的右手背正在流血，关切地问："大元帅，你的手不要紧吧？"

"死不了。"栋摩从地上捡起小校的腰刀，挥舞了几下，说道，"宰他十个八个的，手也不会软。"

"大元帅虎势！"

"二虎，你别在这儿唠闲嗑儿，快领着你的勇士们去攻占城门楼子，这里，你就交给我吧。"

说话间，二柱子已从篷车上扯了两支长枪过来，他本说给栋摩一支，栋摩接过递给了二虎，说："我习惯使刀。二虎，你快登楼去呀！"

二虎吩咐留下五十人跟着栋摩，自己提着长枪带领一百多名战士呼嘶呼啦地跑上了登楼的砖道。

此时，留在城门及瓮城里的守城兵士大约有七八十人。当骚乱刚刚发生时，他们猝不及防，等到他们回过神来，却已被大金敢死队尽数赶进了瓮城，短兵相接，一场惨烈的搏杀顷刻间展开。

虽然守城兵士比大金敢死队的人多，但战场上的控制权却被大金敢死队牢牢掌握，一是因为博勒的队伍是有备而来；二是在居庸关一战中双方交过手，张觉手下对大金敢死队的凶悍早有领教，因此还没交锋先已心虚。敢死队一入瓮城，迅速占领了两道城门，那意图很明显，就是要将这股子守军全歼。不到半个时辰，瓮城里已倒了二三十具尸首，大金敢死队除两人受了轻伤外无一死亡，因此越战越勇。东门守军的另一哨长知道这样下去，战士们迟早都得成为大金卫队的刀下之鬼，于是下令兵士随着他攻抢瓮城的城门，目的是夺下这条出城的路逃走。栋摩看出守军的意图，本想冲过去加强城门防御，怎奈两名兵士缠住他格斗，他只得一边应对一边锐声喊道："兄弟们，赶快守住城门，兔崽子们想逃呢！"说话间，一名守军的彪形大汉挺着枪朝他刺来，他一偏身子就地一滚到了彪形大汉胯下，抬起右脚狠命一蹬，许是蹬破了那家伙的卵袋儿，只见他丢了长枪，双手抱住胯裆蹲了下去，栋摩也不给他求饶的机会，一个鲤鱼打挺站了起来，顺手一刀抹了那人的脖子。

此时，欲夺门逃命的守军将七八个护门的大金敢死队员团团围住，眼看他们要陷入劣势，就在这节骨眼上，分别杀死了对手的栋摩与二虎带着两股勇士饿虎扑羊般冲过来，守军小头目眼看自己的兵士受到内外夹击，慌忙锐声喊道：“咱们投降！”听了这句话，余下的二十来位守城兵士便一起丢了刀枪，齐刷刷跪到地上。此时，已杀红了眼的栋摩哪肯歇手，他手起刀落又砍了一颗脑袋。

守城兵士个个都抱着头哭喊：“帅爷饶命！”

栋摩挥舞着刀还没有停下来的意思，二虎赶到他身边，提醒道：“大帅，他们投降了！”

栋摩仿佛从梦中惊醒，他看了看刀上的血迹，又看了看跪了一片的守城兵士，便狠命地朝跪在他身边的守军小头目踢了一脚，恨恨骂道：“孬种，你为什么要投降？有种的拿起刀来，看爷怎么宰了你！”

第二十一章　兵锋斗智

与南朝钦差大臣的队伍相差只有大半里地的时候，张觉突然勒住了马头，喊了一声：“停下！”

马队停了下来，张劲朝前瞅了瞅，对面的队伍还在挪动，于是疑惑地问：“为啥要停下？”

张觉拔出腰刀，紧紧地握在手中，低声问张劲：“你没看出蹊跷吗？”

“什么蹊跷？”

“那支队伍里没有马车。”

张劲伸直脖子看了看，果然几百号人全都骑着马。李石脑瓜子转得快，回应张觉的话：“一辆马车也没有，这是有些不对头。”

张劲仍纳闷，咕哝着问：“没马车难道就有问题？”

“肯定有，”张觉眯着眼睛死死盯住前方，“不是说钦差大臣是来劳军的吗？还说贺仪物资什么的装了一百多辆大车。大车呢？这些大车在哪里？”

“啊？这倒是真的。”张劲如梦初醒，“马车呢？马车去了哪里？”

“大帅请讲。”李石让坐骑朝张觉靠了靠。

“你和小劲子去过汴京，可否见过这位钦差大臣李安弼？”

“见过。”

“这就好办了。”张觉说，“你现在策马过去，就说要见李安弼。”

“哦。”李石明白张觉的意思，回道，“小心不亏人，咱这就去，看看李大人在不在。”

李石一夹马肚子出了队列，张觉看他奔对面队伍去了，又扭头对张劲说：“传我的令，准备战斗。”

再说李石骑马走出百十丈远，却见对方既不派出一个人出队相迎，也不停止行进脚步，不免心下生疑，也就勒马问道：“李安弼大人在否？”

没人回答他，队伍仍在前进，李石心中生了不祥之兆，再次高喊：“李安弼大人！”

仍无人应声儿，却见走在队伍前头的一名武士突然张弓搭箭，李石见状赶紧伏下身子，只听得“嗖”的一声，一支响箭擦着他的背脊飞过，李石拨转马头没命地飞奔，一边跑一边嚷道：“大帅，前面不是南朝的队伍。”

其实，不等李石喊叫，张觉已确信前方队伍有诈，他的三百亲兵已重新列队做好战斗准备。

却说对面的队伍的确不是大宋劳军的队伍，而是由杰布领导的另一支大金军敢死队。昨天夜里，他们根据情报在龙马寨偷袭了大宋钦差李安弼的队伍，将二百多人全部活捉并封锁消息。一大清早，他们全都换上宋军服装走上通往平州城的官道。作为阿骨打皇帝的卫队长，杰布将老皇帝的灵柩送回金上京并守灵六十天后，吴乞买皇帝敕旨让他担任正三品的金吾卫上将军，并到完颜宗望麾下听差。完颜宗望委他以左路先锋之职，领八千将士。杰布到任不到七天，便率所属三千将士绕道燕山的后山下到平州参与偷袭。这条道路本是今年三月他陪阿骨打老皇帝亲自走过，所以并不陌生。他虽然也是阿骨打起事时的第一批追随者，大小战阵经历不少，但都是在阿骨打身边任警卫，真正排兵布阵独当一面指挥作战，这还是第一次。所以，当张觉看出破绽派李石前来询问时，他本可立即发起攻击，但他却还想让对方更加靠近时再动手。因为临行前宗望曾交代，对张觉这个叛贼是“生要见人，死要见尸”。当张觉的队伍出现在他的视线中，他就在心中不止一次咒骂：“你这个王八羔子，看我怎么卸下你的脑袋，为阿骨打皇帝报仇。”在他看来，如果没有张觉的叛变，栋摩大元帅就不会在榆关吃那么大的败仗；如果不是栋摩负荆请罪，阿骨打皇帝就不会怒气攻心丢了性命。一切祸害的根源都是这个张觉。因此，杰布太想要张觉的项上人头了。不只是杰布，整个大金国的将士没有谁不想将张觉碎尸万段。

当李石转身狂奔并喊叫时，杰布便当机立断让他的勇士们驱马掩杀过去，一场激烈的遭遇战就此打响。

两军相遇的地方，离平州城大约四里多地，官道的两旁是开阔的庄稼地，如今高粱和黍子都已收割，田野已经萧瑟了，偶尔也会有几片蓊郁的森林和在村落间流过的小河，因为秋燥少有雨天，河里的流水减少了许多，马蹄踏过时，溅起一两尺高的水花。

杰布此次带来参与军事行动的军士总共有一千人，但因不能让那么多人都扮成大宋官兵，故大部分战士都躲藏在附近几个村子里。这会儿战斗打响了，号兵迅速吹响了海螺，战士们纷纷冲出村庄投入围剿。

战斗刚刚开始的时候，张觉虽然有些诧异，但没有估计到将会遇到那么严重的局面，他甚至还鼓舞他的卫队迅速歼灭眼前这些装扮大宋军的毛贼，割一个脑袋赏一两白银。但是，当他看到从附近的几处村子里冒出这么多舞枪弄棒的战士时，这才意识到这是一场蓄谋已久的突袭，他便迅速调整策略，让卫队收缩队形，掩护他往平州撤退。

应该说，张觉卫队的三百名亲兵，都是百里挑一的勇士，无论是单打独斗还是配合作战，都轻易不会输人。杰布的兵士虽然人多，但进攻时却也占不了上风。就这么僵持着，张觉回撤了二里多地。忽然，张觉发现从城里方向有两位兵士凭着双脚狂奔而来，他心中又是一惊，那两位兵士看到他停住脚步，但周身大汗湿透了军装。

“你们怎么了？”张觉问。

一位年纪稍长的兵士好不容易止住了喘息，结结巴巴地说：“大帅，城里出大事了。”

“什么事？”

“不知从哪儿冒出那么多的强盗，见人就杀，守城的兄弟们，被他们杀完了。”

“你们没认出是哪儿的人？”

“认出来了，有一个人，比疯牛还凶，小的认得他就是三月间在平州城阅兵的大金军元帅栋摩。”

“栋摩？”

张觉立刻想起东门城楼前看到的那个车轴汉子，不禁倒抽一口冷气。紧随左右的李石与张劲面面相觑，张劲小声对李石说：“看来，父帅的眼神儿没错，那个人就是栋摩。”

“他怎么钻进平州城的呢？这么多人马，怎么着也得有个动静儿呀？”

两人议论着，张觉听了越发焦灼，他问李石：“榆关增兵一事，是否落实？”

“两天前，新增一千兵士自马城调防到位，守关中郎将龚连锁昨日已派送咨文到衙。”

“榆关未破，这些大金的兵马从哪儿进来的？”

“会不会是从海上？”张劲插话。

李石摇摇头作答：“不可能，海上只有海阳的码头可以靠岸。那儿，有我们三千精兵把守。”

“不从水路便走山路，可是，这山路连猴子都走不通，人又怎么走呢？”

“那个死了的阿骨打，不就是从燕京出发，在山里头走了一个多月，然后下到了卢龙塞吗？”

李石与张劲你一句我一句争执起来，张觉恶狠狠地训斥他们：“都死到临头了，还有闲心打嘴巴仗。小劲子，看到那处村庄了吗？”

张觉说着将手中马鞭指向路左大约一里多地的一座小村庄，张劲伸脖儿朝那里看了看，回道：“那村庄叫赵家屯子。”

“对，赵家屯子！”张觉加重语气道，“道君皇帝也姓赵，咱们撤到那里去。”

“听父帅的。”

张劲说着就去安排回撤事宜。张觉腾地从马上跳下来，对身边的一个卫士说：“憨狗子，咱俩换一匹马。”

“大帅，这怎么行，小的不敢。”

“少啰唆，你下马来。”

憨狗子迟疑着，一边下马一边咕哝着：“大帅，你的大白马是龙种，咱这匹马贱，还认生耍性子，可不敢让你骑。”

憨狗子这么絮聒的时候，张觉已经脱下了身上的大宋二品官服，他将官服朝憨狗子身上一披，附在他耳边叮嘱道：“穿上这衣服，往平州城里跑，躲过了这场灾，我给你官升三级，大白马也是你的了。”

“大帅，这是真的？”

“本帅一言九鼎。”

张觉说着已跳上了憨狗子的那匹栗色战马。站在一旁的李石也脱下了身上的大宋三品官服，然后指着刚刚退下准备向赵家屯子集结的十几名亲兵说：“你们随着大白马，撤回平州城。”

此时，憨狗子已骑上大白马驰向了平州城。刚刚还在与大金兵厮杀的亲兵们还以为大白马上骑着的是张觉，立即纵辔追赶。于是张觉卫队的人分成了两股，一股子奔回平州城，一股子撤向赵家屯子。杰布的部队也兵分两路，杰布本是领着主力杀向赵家屯子，但是，当他得知张觉骑着大白马回撤平州城时，便立即率领主力追赶张觉。

张觉既没有回撤平州城也没有跑向赵家屯子，而是与张劲、李石等二十多人躲进了一片树林。看看周围安静了下来，他们立即策马朝燕京方向逃逸。

大约当天晚上的薄暮时分，完颜宗望与完颜宗翰两人先后来到了平州城。所不同的是，完颜宗望来自于榆关，完颜宗翰来自于卢龙塞。

作为大金远征军东西两路的主帅，宗望与宗翰这一对堂兄弟一起策划并指挥了夺取平州城的战役。今天早上卯辰之间，先期潜伏入境的八千名将士分别在平州、营州、榆关、卢龙、海阳等地同时实施战略攻击，几乎全部得手。这次战役最为重要的地点是平州与榆关，分别由博勒与完颜娄石亲临指挥。除榆关外，所有战场都没有遇到像样的抵抗，榆关守军三千人是张觉麾下的精兵，素以凶悍著称。但完颜娄石更是大金国的名将之花，他的名字足以让对手闻风丧胆。再加上事先已潜入榆关城内的五百勇士，不但对各处要塞了如指掌，更是从内攻击，让守军无险可守。早前半个月，宗望已在榆关外陈兵十万，常派骠骑来关前搦战，已是让守军疲于应对。所以说，榆关虽然难打，但内应外合倒也在一个时辰内解决了战斗。不到午时，宗望就率领大军取道榆关向平州进发。

宗翰作为西路军主帅，一方面在武、朔二州交割的问题上与大宋讨价还价，一方面为转移大宋的视线，掩护部队化整为零从后山前往平州，闪电般攻占了飞狐、灵丘两县，并“狩猎”于雁门关前。这一招果然奏效，河北驻军紧急分兵驰援山西道，提防大金向南采取军事行动，数千名将士就这样神不知鬼不觉地从崇山峻岭中来到平州境内。

再说宗望与宗翰来到平州城后，选择了卢龙驿作为行辕，斯时大规模的战斗已经停止，但零星的抵抗还时有发生。为了控制局势，宗望下令八万大军在城外择地驻扎，而让二万将士进城维持秩序。本来是一个绚丽而灿烂的秋日，但因骤然爆发的战争使平州城陷入到凄惶与恐怖之中。宗望从东门一进城就感受到了这种气氛，街上到处都是无人清理的尸首，家家关门闭户，街面上看不到一个行人，偌大一个平州城一片死寂。宗望命令手下调集几十辆马车，收拾街上的尸首运到城外挖坑掩埋。大军进城之前，博勒的两千名先遣兵士除了攻克城中的军事据点外，还分别占据了府衙、县衙、甲仗库及粮草库等重要军政设施。在府衙内，他们发现了大量的南朝与张觉政权来往的信函密札。当宗望住进卢龙驿后，博勒就让人将这批文件及时送了过来。稍后来到的宗翰以及晚到了一个多时辰的陈尔栻都分别看了这些文件，加上先前缴获的南朝皇帝写给张觉的御笔金花笺，半年多来，大宋与张觉的秘密接触以及张觉叛变大金的来龙去脉已非常清楚。宗望、宗翰与陈尔栻于是连夜商量对策。

讨论问题之前，陈尔栻首先问：“你们确信，张觉往燕山府方向逃窜了吗？”

杰布说：“张觉很狡猾，让他的卫兵换上他的官服，骑上他的大白马逃往平州，让追赶他的勇士们上当，他在混乱中逃向了燕山。”

接着宗望介绍了战况，宗翰瞅着屋子里少了一个人，便问：“五皇叔呢？”

宗望答：“他现在营州。”

“他不是随二虎夺取东门吗？怎么会去了营州呢？”

“五皇叔听说前天张觉把父母和老婆等一应家眷送回营州老家，当下就觅了一匹马驰往营州，二虎怕有闪失，便带着二百余人跟着前往。”

“栋摩元帅报仇心切。”陈尔栻仍用他惯常的不紧不慢的语气问道，“前往营州的部队是多少？”

“两千人。率队的是五皇叔最喜欢的骠骑将军呼巴斯。”宗望答道，“老先生，你来之前，呼巴斯已派人送信来，他们已夺取了营州，并擒杀了张觉父母妻儿十几号人。现在，他们的人头都挂在城楼上示众。”

“啊？”陈尔栻有些吃惊，“这一定是栋摩元帅的主意。”

“是的，”宗望回答，“五皇叔一心要为死在榆关前的将士们报仇。”

“宗望将军，栋摩也是五十开外的人了。老夫建议，你派人去把他请回平州。他杀了张觉一家，营州又是张觉的老巢，在那里党羽众多，大元帅在营州万一有个闪失，这责任谁也承担不起。”

宗望知道陈尔栻的心思是怕栋摩为复仇大开杀戒激起事变，其实他自己也有这种担心，便立即传令下去务必明日将栋摩接回平州。

这段插曲之后，三人的谈话又回到正题上。宗望接着说：“当下首要的急务，是赶紧找到张觉的下落。”

一向沉默寡言的宗翰这时候接过话头说：“张觉的下落根本不用寻找，他必在燕京无疑。”

“宗翰你这么肯定？”

“不去燕京，张觉还能去哪儿？”

“稳定平州，首先得把张觉捉拿归案，不将他枭首正法，平州仍不得安宁。”

“这个我同意，”宗翰看了看宗望，却转脸问陈尔栻：“老先生，咱有一个主意，不知妥当否？”

陈尔栻欠欠身子：“将军你且讲。”

宗翰说："明日，直接以宗望的名义给南朝燕山府知府王安中修书一封，索要张觉。"

陈尔栻颔首笑道："好主意！"

宗望想了想说："主意是好，只是我方尚未有确凿证据证明张觉在燕山府，如何就去要人呢？"

宗翰："宗望，这个不需要证据。"

"为何不要？"

"就因为张觉现在的身份。"

"身份？"

宗望一时解不透其中奥妙，兀自沉思起来。陈尔栻一旁看了，捋了捋下巴上稀疏的山羊胡子，笑道："宗望将军，张觉眼下是南朝的二品官员，是南朝皇帝敕封的泰宁军节度使。宗翰将军的意思是，张觉既是南朝的大臣，咱们不找南朝要人，还找谁要去？"

宗翰朝陈尔栻抱拳一笑，以示礼敬。宗望此时也明白了宗翰的话意，于是笑道："我这脑袋是榆木疙瘩，宗翰拐个弯儿说话，我就解不透了，多亏老先生指点。"

宗翰怕产生误会，连忙解释道："张觉是一顶黑锅，咱们别扣在自己头上，要扣，也得往南朝头上扣。"

"这是一着妙棋。"

宗望说着，当即就吩咐帐下书办火速起草文书，明天一早加急送往燕山府。

大事商定，散会之前，陈尔栻又问："二位将军，明天是什么日子？"

宗望一拍脑袋："老先生这么一问，我倒想起来了，明天是八月十五中秋节。我这就吩咐下去，明日要杀猪宰羊，犒劳三军。"

“还有呢？”陈尔栻问。

“还有？”宗望看了看宗翰，“我们还该做点什么呢？”

宗翰补充说：“中秋是家人团圆的佳节，我们的将士长年在外征战，不能与家人团聚，犒劳得丰盛。”

“两位将军说得不错，”陈尔栻斟酌着说出自己的观点，“我们的将士过节要犒劳，我们的仇敌呢？”

“仇敌？”宗望一愣，“老先生，你把话都讲出来。”

“如今，张觉家眷的人头都挂在营州的城墙上，还有今天这场战争中死去的那些叛军的将士，明天的中秋节，对于他们的家人来说，可是成了鬼节啰。”

陈尔栻的这番话让两位将军无语，屋子里静默了一会儿，陈尔栻接着说：“战争嘛，素来以暴制暴。但我大金讨伐叛贼，是仁者之师。未取胜利之前，须得摧枯拉朽施以霹雳手段，夺取胜利之后，更须得心藏仁术大化天下。小民如草芥，遇雨露则活，遇烈火则成灰烬。民成灰烬，我们拿天下又如何呢？”

一席话让两位将军肃容，宗望在军中本有“菩萨太子”的称誉，一向心怀慈善，这会儿看着陈尔栻，眼神里充满感激，他问：“老先生，你说，我们该做什么？”

“派人前往营州，吩咐骠骑将军呼巴斯，迅速将张觉家人的人头从城墙上取下来，觅好一点的棺木全部入殓安葬。”

“好，我立即交办。”

“平州城这边，明日征集城中所有的佛道两众，在城隍庙前起一个大法场，超度那些死去的叛军的将士。”

“这个，也一定办。”

陈尔栻点点头，午夜微弱的灯光下，可以看到他眼中的泪花。

第二十二章　敲山震虎虎伤人

张觉带着二十余骑亲兵来到居庸关下时，已是子夜时分。李石与张劲跟随左右，他们在平州南门外成功逃脱后，便马不停蹄朝燕京奔来。在路上，张劲曾建议父亲前往营州，但听到逃出的兵士禀报，大金国的兵马已攻占了那座石城，张觉便意识到大金国此次的军事行动不只是偷袭，而是全面攻占。他虽然不明白这股子兵马是怎样绕过榆关突然冒出来的，但凭着八个月前完颜阿骨打仅凭八千铁骑突破由他率领的五万兵马扼守的居庸关，他就不得不承认大金国采取的军事行动几乎都能出其不意。于是不再打什么主意，而是一门心思奔向燕京城寻求南朝的庇护。

子夜的月亮又大又圆，月光下的居庸关城楼显得雄峻高耸。自从大宋接收燕京之后，这居庸关便改由郭药师的常胜军值守。一个月前部队换防，如今守关的是甄五臣的甲字营。张觉来到关楼前，费了不少口舌说明情况，守关的小校禀报在关楼上睡觉的甄五臣，这才得到通融，打开城门放他们进来。

遭遇战后，张觉一行人不卸甲马不解鞍，除了中途在一处小村庄里歇息了一会儿，胡乱弄了一点食物填了填肚子，八九个时辰几乎都是在马背上度过。进了居庸关后，一个个又饥又困。闻讯披衣起床的甄五臣下到紧邻瓮城的兵备驿站与张觉见面，这才知道平州城出了大事。他立马派出驿卒前往燕京城中给郭药师送信，然后弄了几样酒菜给张觉压惊。席间，他问张觉：

“大帅，你不是还有五万兵马吗？怎么一下子就瘪茄子了？”

张觉没搭理，他喝着闷酒，不停地揉眼睛，他不说话，同在席面上坐着的张劲和李石也不敢吭声。

“你眼睛怎么啦？”甄五臣又问。

张觉回答：“马背上颠了一天，眼睛涩不搭的，挺难受。”

甄五臣点点头，意识到自己说话走嘴，又改口说：“大帅，咱并不是成心损你，咱只是怕窝儿里反，你手下有人给大金国的狼兵当了路条子。”

“这不是没可能，但本帅还没听说麾下有谁反水。”张觉说着，又问甄五臣，“甄将军，你是郭大帅麾下第一勇将，你承认自己是窝囊废吗？”

“咱甄五臣是不是窝囊废，你张大帅难道不清楚？那一回我随咱家郭大帅抢攻燕京城，萧太后与耶律大石想关门打狗，咱护着郭大帅缒一根绳子从城墙上下来逃出生天。咱们虽然吃了败仗，但谁也不是孬种，那时候，你正在这居庸关里坐着抗击完颜阿骨打呢。”

甄五臣提起葫芦根也动，说着说着情绪都有些失控了，张觉并不想刺激他，但又想对他敲打敲打，免得他缺心眼儿说出些不中听的话，便言道：“咱们与大金国的狼兵交手，都吃过败仗，这个谁也不想隐瞒。就像你上了完颜娄石手下那个什么朵颜将军的当，不单丢了南朝皇帝给咱的御笔金花笺，连你自己都被狼兵丢到海里差一点喂了鲨鱼。你不是也领着八千精兵吗？你被扔到大海里那一刻，他们咋不来救你呢？”

甄五臣干笑着：“大帅，你这是故意呛我。”

“五臣，我与你主子郭药师情同手足，哪会呛你呢？咱说这席话是让你明白，本帅今日在平州遇到的事，同你那一日在船上遇到的危险是一样的，都是遭了大金国的暗算。这大金国的人，不管是狼主还是狼兵狼将，个个都是缠磨人的贼狗子，稍不留神，他就会冷不丁地冒出来揪你的魂儿，要你的命。”

张觉这番话，甄五臣点头称是，因为他也吃足了大金兵的苦头，但是他脑海里这时却冒出一个古怪的念头，他敬了张觉一杯酒，问道：“张大帅，咱想问你一个问题，又怕你怪罪下来，所以又不敢问。”

“你要问什么？”

“你要答应不怪罪我。”

“不怪罪，你说吧。”

“大帅你对叛金归宋的举措后悔不后悔？”

张觉一愣，把拿起的酒杯又放下了，脸略略一沉：“五臣，你怎么问这个？”

甄五臣连忙申明：“大帅，说好了的，你不责怪我。”

张觉摇摇头，脸上浮出一丝苦笑，言道：“我不是责怪你，我是奇怪你怎么会问这种问题。”

“只当没问，大帅你别生气。”

两人这么叙话着，一顿闷酒也就喝完了。三人各自回客房安歇。睡觉时丑时已过半，张觉心中有事，只睡了不到两个时辰便又醒了。他走出关楼，看了看冷清的关沟以及晨雾缭绕的鹰嘴峰，心里头很不是滋味。他心里始终认为八个月前在这居庸关里大金国神兵天降破了他的铁蒺藜阵，是他一生中最大的耻辱。正因为这一次惨败，他为了保存自己才向完颜阿骨打投降。谁知大金国君臣对他不冷不热，或者说表面热情暗中对他并不放心，他再次为自身的前途计，又对大金国降而复叛，却不曾想到这一回输得更惨。他至今不知道八个月前在那种呵气成冰的恶劣天气中，完颜娄石的敢死队是如何越过层层断崖攀上鹰嘴峰的；现在他也不明白，大金军是如何绕过榆关突然出现在平州城下。当昨晚甄五臣问他是不是后悔叛金归宋，他着实有点恼火，因为这句话戳到了他的痛处。他不想为此事与甄五臣磨牙，但心里头却开始掂量此事的对错。昨晚上因为疲累，头一挨枕头就呼剌呼啦睡了过去，但不一会儿又被噩梦惊醒。他梦见自己骑在马上，在一片完全陌生的荒野上被一个人追赶，那人三番五次追上他，挺着枪扎他的心窝。那人一会儿像披着铁甲的栋摩，一会儿又像城隍庙阎王殿那尊黑脸阎王。一俟惊醒，他再也无法入睡。脑海里一直闪现昨日在南门城楼前看到的栋摩那一双瞪得比铜铃还大的眼睛……

一边胡思乱想，一边在关楼上闲逛。张觉不觉又走到广场南头的关帝庙里，八个月前居庸关破关的前夜，他曾与儿子张劲在这关帝庙里抽了一支签，凭记忆，他还记得那四句签文：

敲山震虎虎伤人，
出门偏遇丧门星。
平常大道成绝路，
回头是岸过阳春。

重临旧地，再回忆这八个多月以来的波谲云诡的变化，当时自以为参透这签中玄机的张觉，这才感到那时候连皮毛都没有参到。他对大金国降而复叛，这不是敲山震虎吗？震虎反被虎所伤，这不是咎由自取又是什么？出门偏遇丧门星，这一句也验证了，昨日出平州南门突遇栋摩，可以说是与丧门星不期而遇。由于自己的决策，一条平常的大道如今成了绝路。第四句“回头是岸过阳春”，这回头是岸指的是什么？是到夹山去寻找天祚帝还是再向大金国请罪？依眼下情势，这两样都无法做到，一是因为天祚帝如今蜷缩夹山，是泥菩萨过河自身难保，去追随他死路一条；二是叛金以后，所有证据已落入大金国君臣手中，况且榆关伏击战，让栋摩的部队留下一千多具尸首，这是大金国伐辽以来遭受的最大一次惨败。大金国东路军主帅完颜宗望早已放出话来要血洗平州，报此血海深仇。一念到此，张觉感到背心发凉，心里头反复嘀咕：回头是岸，这岸在哪里呢？他抬头看了看被郭药师重新漆过的彩塑关公，一个长揖下去，默祷着祈望关公显灵给他指条道儿。

正没个排遣处，眯着眼祷告的张觉忽见关公像的青砖座上有个小东西在蠕动，他趋前几步蹲下身子细看，原来是一只蜗牛沿着砖缝儿爬行。八月里天燥，砖缝儿里有些潮气，这是蜗牛在此爬行的理由。但张觉不这么看，他认为这蜗牛此时此地出现，是关公带给他的一个兆应。他仔细观察这只蜗牛，只见它将半粒蚕豆大的脑袋从灰褐色的壳子里探出来，一双比蛛丝还要纤细的触角在脑袋上晃动着。它在砖缝里移动得极慢，张觉凑近看它时，可能是呼吸太重，蜗牛突然把脑袋缩回到壳子里去，一动不动贴在砖缝里，如果不细看，还以为是泥瓦匠勾缝时不经意撇下的一小坨泥巴。张觉看着蜗牛，并由蜗牛想到了乌龟，又由乌龟想到民间的一句谚语，“伸头王八遭横祸，缩头乌龟是神仙”。难道关公老爷要我当缩头乌龟？如今一败涂地有家不能归，这缩头乌龟又怎么当呀？张觉又联想到儿子张劲从医巫闾山善畏长老处请回的灵签中有一句“智照灵如大宝龟”，顿时心里一咯噔，感觉悟到了什么，但还来不及仔细琢磨，却见一个人影悄没声儿从门外闪了进来。他一回头，见是甄五臣。

“大帅，一大清早就跑来这里求签呀，求到什么签了？”甄五臣问。

张觉心里头埋怨甄五臣来得不是时候，但人家现在是居庸关镇守大将，也不好给他撂脸色，只得敷衍道：“起来没啥事，随便逛到这里。”

甄五臣看看供桌上的签筒没动过的痕迹，又问：“大帅真的没抽签？”

“来了就得抽签吗？”

“大帅不是喜欢抽签吗？”

“今日本帅没心情。”

“咱知道。”

“你知道什么？”

“知道大帅没心情。”

“哦。”

张觉不再言语，也不搭理甄五臣，兀自又俯下身去看砖缝儿里的蜗牛。

甄五臣又喊他：“大帅。”

张觉头也不回："五臣你出去，咱想一个人在这里待一会儿。"

"大帅，我来这里，是有重要的事情通报。"

"什么事情？"

"昨儿夜里，准确地说，是今儿一大清早，天还没亮呢，前去平州与你相见的钦差李安弼，也来到了居庸关。"

"他也回来了？"

"他不单回来，还带来一个惨痛的消息……唉，极其惨痛。"

"什么消息？"

"大帅，你要节哀。"

"节哀？"张觉立刻站了起来，盯着甄五臣，"李安弼大人说了什么？"

"他说，栋摩攻克了营州，将你留在营州的家人连同仆隶，一共二十三口，一个不剩地全都杀了。"

听到这个消息，张觉像个木头人，直直地站在那里一声不吭，但他的脸上五官挪位，脸色铁青，极其难看。

"大帅！"甄五臣担心地喊了一声。

张觉生生地瞅着甄五臣，忽然转过身，扑通跪倒在关公塑像前，伏着头梦呓般说道："关帝爷，我张觉造了什么孽，把一家老小的性命都搭了进去，关帝爷，你得替我做主啊！"

甄五臣担心发生意外，又小声劝道："大帅，你要节哀！"

"节哀？五臣，这事儿发生在你身上，你能节哀吗？"

"咱也不能。"

甄五臣说着，也陪着张觉抹起了眼泪。

入夜，燕京城中张灯结彩一片锦绣。盖因今日是燕山府回归中原纳土封疆于赵宋王朝的第一个中秋节。为了呈现升平气象，燕山府提前一个月就照会城中各军政衙门及临街商户，自八月十五至八月十八四天，家家都要搭建彩楼悬挂花灯，效京师上元日灯节，竞演伎艺杂耍、丝篁鼎沸；贵家结饰台榭，民间酒楼玩月。此前，大辽国虽然也过中秋，但不似汉人热闹，如今赵宋王朝的命官过来，要借中秋佳节来恢复失传既久的盛唐气象，市民们无不感到新鲜，也乐得参与凑趣。所以，一俟日落西山，也等不及皓月初上，城中各处街巷无不点燃花灯。

燕山府衙设在大辽时期的秦晋王府，大门即南门的城楼上也点亮了九十九盏大宫灯。门前校场上人头攒动，皂隶仆役男女童叟大约有数千人来这里赏灯玩月。而燕山府知府王安中以及郭药师、蔡靖两位同知并主簿记事等一应僚佐功曹也都来到南门城楼上。这本是事先都已安排妥帖不得变更。却未曾料到平州事件突然发生，弄得一应官员情绪紧张，失了赏月的乐趣。

大约中午时分，郭药师就向王安中禀报了甄五臣送来的情报，王安中顿时大惊失色，立刻召来蔡靖三人会揖，讨论这一突发事件应当如何处置。如果仅论私谊，三人对张觉的感情都很微妙。蔡靖与詹度对调，新从河间府来此任职，对张觉的谈判未曾参与，因此谈不出什么道道来。尽管如此，他现在毕竟也身处其中，想置之度外全无可能；郭药师则是策划张觉叛金的主谋，因此他不想把张觉的事情弄糟，一旦张觉玩完，他不但捞不到什么好处，更严重的是在徽宗皇帝与中书令王黼面前他立马就会失宠；而王安中本是通过王黼上位，策划张觉反水的所有信札，都是通过他的密押关防送达朝廷，如今张觉突遭变故，他无论如何也脱不了干系。三人虽然各怀小九九，但商议此事倒都表现出十二分的认真。详议平州事件的各种关节之前，他们先议决两项：一是八百里加急，迅速将此事呈报汴京中书省；二是派出六百人的马队前往居庸关将张觉一行护送来燕京。两事办妥之后，三人在王安中的朝房里继续讨论，王安中问郭药师：

“药帅，以你之见，这次偷袭平州，大金军究竟来了多少人马？”

郭药师回答：“都是完颜宗望的部队，谅不会太多。”

“他们是怎么来的？”

“肯定不是从榆关进来的。”

“这个我知道，但总不会从天上掉下来的吧。张觉贼精，难道不会提防？”

“自从那次榆关一战，张觉将栋摩带来的人马杀伤过半后，这位觉帅从此就嘚瑟起来，以为天下无敌了。”

“药帅，你既已看出问题来，就该提醒他啊！”

“那时候，张大帅的一双眼睛都长到头顶上去了，哪肯理会别人。其实，完颜宗望也好，栋摩也好，他们此次出兵，还是有蛛丝马迹可寻。”

“啊？你说说。”

“记得今年三月，完颜阿骨打从燕京撤离，不走官道，而是跑到燕山里转悠了一个多月。当时咱们都纳闷，这老家伙跑到鬼不下蛋的深山里转悠个啥？现在才明白，人家是在寻找日后运兵攻打平州的道路呢。”

“郭大帅言之有理，”一直枯坐的蔡靖插话说，“上个月，大金国西路军主帅完颜宗翰突然出兵攻占灵丘、飞狐两县，也是为了扰乱官军的视线。”

“这一点，难道张觉看不出来？”

“他认为守住榆关，大金国的兵马就进不了平州，却没想到完颜宗望暗度……暗度，王大人，你们汉人怎么说这句话？”

“暗度陈仓。”

蔡靖掩着嘴一笑，不想被郭药师看到，他立马脸一沉，讥道：“蔡大人，咱不是读书人，弄不了那些陈芝麻烂豆子的文言。但咱可以与你比刀比枪，一上沙场，你就知道之乎者也狗屁都不值。”

平白挨这一呛，蔡靖脸上红一阵白一阵，但他强忍着不与郭药师计较，只是自嘲：“郭大帅言之有理，古人早就讲过，秀才造反三年不成。”

看到蔡靖这个态度，郭药师心里头占了上风，口气也就缓和了：“蔡大人，莫怪我郭药师尽说出格儿的话，我就是这么个火刺棱，并不是故意辣蒿你。”

“知道知道，”蔡靖心里头骂娘，嘴上却说奉承话，“郭大帅你重情重义，比起那些满肚子男盗女娼的酸秀才，不知强了多少倍。”

王安中对郭药师的骄横始终看不惯，却也始终隐忍，这时插话说：“郭大帅，平、营、滦三州，如今重新落入大金国手中，你说说，张觉还有没有本事，把它抢回来？”

“抢，他怎么抢？”郭药师伸出右手划拉了一下，“他的五万兵马，像撂荒地上的蝗虫，一阵风来，全都奓翅儿飞了，如今的张大帅，除了自己的卵袋儿，他可是什么都没有了。”

“是啊，当初策划张觉反水，应该虑到这一层。”

蔡靖这么一说，郭药师立刻敏感起来，他瞪大了眼睛质问：“蔡大人，你说这话是啥意思？”

“没啥意思，”蔡靖生怕郭药师又来顶杠，忙解释道，“我是说，张觉大意失荆州，弄得咱们跟着一起担干系。”

王安中觉得蔡靖的话老说不到点子上，于是纠正说，“咱们先不谈担干系的事，还是要仔细想想，完颜宗望他们抢占了平、营、滦三州之后，下一步还会采取什么行动。”

蔡靖担心地问：“他们会不会趁势进攻燕京？”

王安中略略摇头：“这个倒不会，宋金两国毕竟有了盟誓，若他们举兵南下就是叛盟。”

“他真的叛盟咱也不怕。河北山前山后两地，驻军达到了三十万，这一点，大金军不会不掂量。”郭药师一副踌躇满志的样子，“何况咱闻听此事之后，也立即作了布置，将驻扎在霸州的三万兵马，迅速调往野狐岭一带驻防以防金兵南下。这样，咱就有野狐岭、居庸关两道防线拱卫燕京。”

“郭大帅用兵神速。”王安中赞道，“霸州的部队已开拔了吗？”

“早就启程了，这会儿恐怕都快到居庸关了，明天就可到达野狐岭布防。”

“好。”王安中兴奋起来，“平州的事，咱们慢慢和大金国谈判。首先保证燕京的安全，这才是重中之重。”

议事加扯淡不觉过去了半天，眼看暮霭浮起，衙门外的市声喧闹了起来，三人这才出了朝房上到南门城楼，等候张觉一行的到来。

第二十三章　午夜祭礼

过了酉时不久，校场上起了一阵骚动，只见一大队大宋的骑兵护送一乘四匹马拉着的轿车来到南门城楼前停下，两位马弁跳下马来拉开轿车的雕花木门，从车上下来三人，皆身着白麻孝服。王安中、郭药师、蔡靖一行皆在此等候。

头戴孝巾、身着孝服腰扎草绳的是张觉、张劲父子以及李石。他们在居庸关听到噩耗后便立即换上了这身衣服。当王安中派来迎接他们一行的马车抵达居庸关时，他的二十余位随从也都披麻戴孝，前来迎接的官员觉得不妥，却也无法制止，只得将威风八面的仪仗甲钺收了起来，待入城后快到王城前面才重新擎举起来。

待一身孝子打扮的张觉从马车上下来时，王安中迎了上去，一个长揖说道："觉帅，人死不可复生，万望你节哀顺变。"

张觉还了一礼，但没有回话。仅一天时间，他人瘦了一大圈，眼睛肿得像红桃子似的，可见他不知哭了多少回。

王安中一边引导张觉上南门城楼，一边继续开导："觉帅，留得青山在，不怕没柴烧。这血海深仇，总有一天要报的。"

蔡靖附和："是呀，君子报仇，十年不晚。"

"十年，蔡大人亏你说得出口，十年早他娘的黄花菜都凉了。"郭药师嘴一瘪，抢前一步拍了拍张觉的肩膀，言道，"觉帅，你眼下的凄惨，搁谁身上都受不了，现在对你说任何话都会闪舌头。你自己说说，咱们该为你做点什么？"

此时张觉已走完台阶上到南门城楼外头，正准备迈腿儿跨过门槛，听了郭药师的话，他便收回了脚步，长叹一口气回道："药师兄弟，这燕京城里头，还能找到萨满吗？"

"萨满咋找不到呢？觉帅你可别忘了，我是建州女真出身，咱常胜军里，就供养了不少萨满。"

"能帮忙请几个吗？"

"几个？"

"最低四个。"

"那就八个，啥时候要？"

"现在。"

"现在？"

"对，现在！"张觉眼角又泛起了泪花，"咱要请萨满做一场法事，为我突然蒙受血光之灾的父母妻儿祈祷。"

"既是为亲人祈祷，八个少了，咱让城中的萨满全部都来。"

郭药师说着就命令手下去请萨满，要他们半个时辰内赶到。

郭药师布置之后，张觉这才随着王安中进入城楼。这城楼张觉并不陌生，他作为萧莫娜的四大金刚之一，随着萧莫娜不止一次上到这城楼宴饮。今年元宵节，他作为平州知府，也受到大金皇帝完颜阿骨打的邀请来这里餐叙，可谓备极殊荣。今天中秋节他再次登上这座城楼，却是在疆土尽失、家破人亡的祸事发生之后……城楼没变可是张觉的身份屡变，不是越变越好而是越变越糟。一念到此，张觉顿时心情沮丧。这时候王安中请他落座，问他："觉帅，听说你是世代居住营州的汉人？"

"是的。"张觉点点头。

"咱们汉人为亲人超度，要么请水火道士，要么请沙门僧尼，你怎么会想到请萨满呢？"

王安中说着，指了指几案上摆满的瓜果肴点请张觉品尝，张觉拿了一块绿豆糕，看了看，又放下了。

王安中劝道："觉帅，听说你一天水米没沾牙，多少吃点。"

张觉答道："尊亲新丧，孝子孙三日不食，唯蔬果水饮而已。"

蔡靖说："这却是汉人的规矩。"

张觉看了看蔡靖，对王安中说："营州并入大辽国二百余年，虽是汉人，亦遵辽俗。如果是一般汉人，家中有红白喜事，都会请萨满做道场，只有书香之家，才会先依契丹人的规矩做一场萨满，然后再依汉俗，请沙门僧尼来做一场超度的法事。"

"啊，原来是这样。"

郭药师趁机插话："大辽国燕云十六州的汉人，同你们中原的汉人，已经不是一回事了。这里的汉人既信萨满教，也信佛教。"

"什么人种之分，说到底就是风俗之分，饮食之分。"王安中忽发感慨，"朝廷里的一些官员，以为遵守了汉唐制度的传习，就可以治理燕云十六州，此论大谬。二百多年的契丹风俗，已经把此处的汉人改造得不汉不番。依俗行政，是我来燕山开衙后的最大心得。"

"王大人高见，"郭药师赞赏了一句，接着说，"咱与张觉老哥子，都是大辽旧臣，我是女真人，他是汉人，同朝为官，都成了萧莫娜的四大金刚。南朝收回燕云十六州虽是圆了你们老祖宗的梦，但得到了土地不一定管得住这土地上的百姓。”

蔡靖一惊，忙问：“此话怎讲？”

郭药师说：“老百姓都有人心，人心是肉长的。想要知道老百姓是怎么想的，必须通晓他们的风俗。这一点，我与觉帅肯定比你们强。”

“啊，这个倒是。”

王安中点点头，一方面他赞同郭药师的说法，另一方面他又觉得郭药师的话中含有某种威胁。

这时，一位官员朝里探探头，似乎有什么事情要禀报，蔡靖于是问他：“有事吗？”

那名官员走进来朝在座诸位大官行了礼，然后说道：“诸位长官，楼下校场上的人，越聚越多了。”

“为什么？”王安中问。

官员看了张觉一眼，小心翼翼地说：“他们看到张大帅披麻戴孝来到这里，不知出了什么祸事，出于担心，都想知道个究竟。”

“啊，是这样。”

王安中起身走出城楼厅事，站到露台上朝下观看，只见校场上站满了黑压压的人群。看到王安中及一众官员探出了身子，本来就唧唧喳喳交头接耳的人们更是骚动起来。有人锐声喊叫起来：

“大官老爷们，发生了什么事？”

“怎么张大帅披麻戴孝了？”

“听说郭大帅在调兵，又要开仗了吗？”

校场上七嘴八舌，从这些话锋中，隐隐约约可以听出市民们已经知道平州方面发生了大事。但究竟是何等样的事情，一来因为刚刚发生，二来居庸关阻隔，平州逃难的人进不来燕京，所以一时无从得到准确的消息。但两三天之内，他们肯定会得到准确的消息。但眼下如何回应市民的发问，是暂时隐瞒还是告知真相，倒让王安中颇费踌躇，看到他一副为难的样子，郭药师便问："王大人，楼下的老百姓都看着你呢，你得回答他们呀！"

"怎么回答呢？"

郭药师不作声，王安中眉心蹙了老大的疙瘩，又转向蔡靖："蔡大人，你去向市民解释解释。"

"解释什么呢？"蔡靖问。

"就说觉帅尊亲大人突遭变故。"

"啊，这样说行吗？"蔡靖显然不同意王安中这种敷衍的态度，但他也拿不定主意应该如何应对，于是耍滑头说，"要么，让南楼治事的牙官下去，将大人的话传给市民。"

"这样不妥吧。"王安中犯难了。

张觉也跟出了南楼，听到王安中与蔡靖的对话，他内心感到失望，同时也有那种虎落平阳的感觉，正在他想着如何自己出面解决这一突遇的困境时，郭药师开口说话了："王大人，你为什么不肯把真相告诉市民呢？"

"怕他们恐慌，再说……"

"别再说了，看我来解释。"

郭药师打断王安中的话头，径自走到露台前沿，从垛口上探出身子，朝校场上的人群挥挥手。

校场上顿时安静下来。

郭药师亮着公鸭嗓子大声嚷道:“老乡亲们，你们认识我吗?”

一个人抢着回答:“认识，你是郭药师，郭大帅!”

人群中整齐地呼喊着:“郭大帅，郭大帅!”

郭药师双手握拳在头顶上挥舞，示意大家安静。

校场上再次静了下来。

郭药师咳了咳嗓子，啐了一口唾沫，尽可能提高嗓门说道:“你们问，怎么张大帅披麻戴孝来到了燕京，咱在这里告诉你们，平州那疙瘩出事了。”

人群中一阵骚动，有人高声问:“出啥事了?”

郭药师说:“今年春上，大辽宰相左企弓、曹勇义等四人遵金国皇帝的旨意前往金上京，路过平州时，被张大帅逮住杀了。同时，燕京城中被勒迫迁往金上京的乡亲，也让张大帅全部放还了，你们中有被张大帅放还的人吗?”

“有!”

人群中不少人举起了手臂。

“就为这件事，张大帅与大金国结下了冤仇。昨天，大金国派出几千名敢死队战士袭击平州，想把张大帅弄死。张大帅人厚道，有大神庇护，所以成功逃出魔掌。但大金国那帮孙子，个个蛇蝎心肠，他们逮不着张大帅，就跑去营州，将大帅一家男女老少外带家丁二十三口全部割了脑袋，并将人头挂在城门楼上示众……”

听到这里，校场上的人群再次骚动。一些女眷被这惨痛的消息吓得惊叫起来，恐惧不安的情绪开始在人群中蔓延。

“老乡亲们，你们说句公道话，张大帅突遭灭门之祸，究竟是为了谁呀?”

校场上一片寂静。

郭药师自问自答："不就是因为杀了叛国的左企弓，把你们放回了燕京吗？难道你们不同情张大帅？"

"同情！"

人群中不少人呼应，也有人担心地问："大金国的兵马会不会又来攻打燕京呢？"

"不会！"郭药师斩钉截铁地回答，"燕京是大金国还给大宋朝廷的，他们不会因为与张大帅的私仇而又与大宋结仇，即便结仇也不打紧，这幽燕地面儿上，有大宋朝廷的三十万大军。"

校场上的人们都仰着脖梗儿听郭药师讲了半天的话，这会儿他们的情绪都稍稍安定，有人回答："听郭大帅这么一讲，咱们心里头都踏实了。"

看看人群开始散开，有些人挪步儿准备回家了，郭药师又嚷道："乡亲们不慌走，待会儿，会来几十位萨满帮助张大帅做一个大道场，帮他死去的亲人们消除血光之灾，消消怨气儿。咱郭药师希望你们留下来，看热闹也可以，应景儿跟着大萨满唱几句词儿更好，你们肯留下来的就吼一声。"

"好！"

这一声喊倒也响亮整齐，校场上的气氛重又活跃了起来。这一幕倒把王安中、蔡靖等一众官员看得目瞪口呆。看到郭药师觑着他们时那种既有揶揄又傲慢的神情，他们既羞愧，又夹杂着恼怒。

这时候，只听得一阵清脆的羊皮鼓声传来，一大群身着七彩祭服的萨满走进了广场，同时进场的，还有三辆大马车。

对于萨满跳神的仪式，包括其服饰、音乐和舞蹈，燕京城的市民们并不陌生。大凡长久生活在城市里的人们，几乎都有着赶热闹凑趣儿的天性，不然，他们就辜负了市民这个称号。刚才，郭药师向他们发表的极富煽动性的演讲，既清除了他们的疑惑，又消解了他们的恐慌，所以他们也乐得留下来，看一看大宋朝廷接管燕京后举办的第一场萨满祭礼。

萨满们一来，就占据了校场的中心，他们很快就用厚木板搭建出一个圆形的祭台，上面铺满黑色的熊皮，然后在祭台周围三丈远的地方用人群围成一个更大的圆圈。站在圆圈队伍中的人擎着绘有各种神秘图案的三角形旗帜，每六面旗帜中间，便站着一位戴着牛、马、狮、虎等各种动物头饰的人，大圆圈外面，还燃起了几十堆篝火。

一应准备就绪，大萨满就来请张觉，一行人都要跟着下去，张觉不允，他说向亲人致祭是私情，除了他和张劲父子俩，余下官员都应留下楼上赏月或者干脆回家。王安中与蔡靖等本来就排斥萨满教，于是就以“恭敬不如从命”为理由留在城楼上。随张觉前来的李石也选择了留下来，只有郭药师骂骂咧咧说张觉太见外了，他说他若不一起陪祭，就枉为兄弟一场，说得张觉大为感动，也就依了他。

当大萨满领着张觉、张劲父子以及郭药师三人下得城楼走进校场的时候，人群不再骚动而是一片寂静。只见大萨满摇了摇手中的羊皮鼓，几十位萨满便一起应和着唢呐和锣鼓声歌唱了起来：

走过了金山，

走过了银山，
走过了人间。
走过了烈马的故乡，
走过了狗鱼的河湾。
我的亲人哪我的爷娘，
你们在哪一朵云彩上，
你们在哪一个梦里边？

远行的路风雪迷漫，
回家的路插满巾幡，
所有的路曲曲弯弯。
天神为你们报仇雪恨，
也庇护你们的子孙世代平安。
我的亲人啊我的爷娘，
你们歇在哪一座山上，
你们上了哪一条小船？

这首祭悼亡灵的歌曲由大萨满领唱，所有熟悉这首歌曲的人都跟着歌唱。歌声有些忧郁，那悠扬的旋律让所有的人都会想起已经远走的亲人。在歌声中，张觉父子以及郭药师跟着大萨满走到圆形的祭台上。祭台中间插立着三面巨大的招魂幡，上面已事先写好了张觉父子逝去的亲人的名字。大萨满示意三人在招魂幡前跪下，他拿起一柄桃木剑，口中模糊不清地念起了一长串的咒语。

有人说，大萨满的咒语模糊不清是故意的，因为此时的大萨满已经不是人，在歌唱中天神已经附体了。他眼下说的已不是人话而是神语——这神语的特点就是所有人都不知道它的意义，简单地说，就是听不懂。

不过，尽管大萨满的咒语模糊不清，但却充满了一种神秘的力量，在场的人听了无不肃然起敬。张觉伏在地上仿佛睡了过去，他儿子张劲身体一直在不停地颤抖。就连一向天不怕地不怕的郭药师也肃身长跪，眼珠子一动不动地盯着大萨满手中的那柄举过头顶的长剑。

大萨满的声音虽然洪亮，但在空阔的校场上依然显得微弱，越是这样，人们越是侧耳倾听。渐渐凉下来的西南风吹着，所有的旗幡都在微微抖动，那些戴着动物头饰的人此刻也都屏声静气一动不动，再加上篝火燃烧时散发出的烟气在校场的上空缭绕弥漫，现在所有人都感受到了萨满教仪式的神秘。

大萨满念咒的时间大约十分钟，这是祭悼仪式中最最重要的一节。大萨满会将亡者的生平及冤屈都化成咒语向天神诉说，诉说完后，大萨满也跪了下去——他跪在一字排开的张觉父子及郭药师的前面，朝着三面招魂幡磕了三个头，然后又念了一个短促的咒语，当他最后高声念出一个“嘎”字时，奇迹出现了——刚才还很微弱的西南风突然猛烈起来，三面耷拉着不能舒展的招魂幡一齐迎风招展起来，顿时，数百面灵幡都飘动了，戴着动物头饰的人开始舞蹈，人们嘴中发出了“啊，啊！”的叫声，校场上活跃起来。这时，随着萨满们一齐进场，停放在城墙根的那三辆马车，突然被车夫拉开了车门，只见大约有二十多头羊从三辆马车上跳了下来。但是，这些羊并没有跑出多远，就全部被预先守候在这里的人逮获。只有张觉知道，这些守候的人全部都是随他来到燕京城中的亲兵。

大萨满带着张觉父子及郭药师来到羊跟前。大萨满问在这里管事的一名小萨满：“一共多少只羊？”

小萨满回答：“二十三只。”

大萨满问郭药师：“大帅，二十三只，这个数字对吗？”

郭药师点点头：“对的，张大帅惨遭不幸的亲人，正好二十三个。”

“谁行牵羊礼？”

大萨满话音未落，那些逮着羊的勇士们一起回答：“我们！”

眼看这些亲兵一个个拔出刀来，郭药师大喊一声：“且慢！”

大萨满问：“大帅，你还有什么布置？”

郭药师也不搭话，快步走到一个亲兵跟前说：“咱看你逮的羊，个头儿大一些。”

亲兵回答：“是的，大帅。”

“这羊给我了。”

郭药师说罢，便从亲兵手上牵过羊，走到张觉跟前，拔出腰刀，极其熟练地将刀尖刺进了羊的喉管。

羊倒地四蹄儿乱弹了几下，毙命了。他拔出刀来，在羊身上揩了揩血迹，问那些逮羊的士兵：“你们会宰羊吗？”

“会。”

“那就快动手！”

郭药师转头对张觉父子说：“你们爷儿两个，得自己挑羊。”

大萨满这时已安排人专门来这里剥羊皮了。却说祭悼横死的人，有一道仪式叫牵羊礼，即将一只活羊宰杀并剥下整张的羊皮，披在孝子的身上，围绕亡者的灵柩一步一磕拜祭三圈。不知从什么年代起，契丹与女真人中就流传着这样的说法：横死的人见不着天神，故只能坠入地狱，要想让死者得以超脱进到天堂，须得宰一只羊，将羊皮披在孝子身上向天神祈祷。

张觉要为父母亲人做一次萨满道场，最最要紧的就是这场牵羊礼，因为要凑足二十三个孝子，他才命令跟随的亲兵如数前来。但他万万没有想到郭药师会屈尊来当一回孝子，当郭药师脱光了上身将血淋淋的羊皮披在身上时，张觉感动地说："药师兄弟，危难见真情，今生今世，你是我张觉的大恩人，真朋友。"

郭药师让羊皮上的血腥味冲得呛咳了几声，然后揉着酒糟鼻子答道："觉帅，人生谁没个三长两短的，我这个人每每吃的亏，都是因为仗义；能在江湖上蹚出道儿来，也是因为仗义。"

说话间，郭药师与张觉父子以及二十位亲人都光着膀子披上了羊皮，他们在大萨满的带领下进入到祭台下的大圆圈内。

大萨满又站上祭台摇响了羊皮鼓，所有的乐器锣鼓又都奏响了。在大萨满的引导下，张觉、郭药师、张劲等二十三位披着羊皮的孝子，围着祭台五体投地一步一磕地伏拜。

在这血腥味十足又十分庄严的牵羊礼中，萨满的歌声又起了：

我们可怜羊，
我们更可怜死去的亲人。
让亲人升上天堂，
让魔鬼下到地狱，
我们得到天神的庇护，
从此不会有噩梦缠身……

第二十四章　睿思殿里的密奏

八月十六日中午，王安中签发的八百里加急邸报送到了汴京中书省，中书令王黼拿到这份塘报的时候，正在膳房里用餐。他素来衣食讲究，中书省的膳食房里有专为他做菜的私厨。今儿中午，私厨应王黼的要求，烹制了熠冻鱼头、腰肾杂碎、旋煎羊白肠三样荤菜及广芥瓜儿、梅子姜两样冷碟，还有一份点心是昨日中秋节徽宗皇帝差人送来的皇城乳饹院特制的桂花莲蓉月饼。王黼刚喝了一小盅开胃的五苓散，邸报就送到他的手中。朝廷行文的规矩，凡各府州军衙八百里加急传来的文书，一律送达中书省，中书令不管身在哪里，都须得收到即读。王黼当即唤来在膳房外候差的书办开了密匣，取过两张盖了王安中印信及燕山府关防的信札来呈上。王黼读了，知道前日平州已被大金国攻陷，张觉父子逃入居庸关，而他一家二十三口被栋摩枭首于营州。这消息无异于晴天霹雳。按规矩王黼应该立刻撂下碗筷，起轿进宫面见圣上，但他没有那样做，而是吩咐书办将邸报放回密匣收好，他则继续享受精致的午餐。

王黼将桌上的菜肴审视了一遍，首先夹了一小块熠冻鱼头送到嘴里，抿了抿又吐了出来，让侍者喊来私厨，问道：“这冻鱼头你用的什么料汤？”

“同往常一样，是用羊筋熬制的。”

私厨紧张地搓着手，他为王黼做饭十多年了，知道主子口味刁，好挑毛病，故一上厨房就格外小心，不敢有任何差错。但今儿个主人脸色实在难看，看来是存心找岔子了，私厨因此紧张得额头上渗出了汗珠子。

王黼仍不紧不慢地问：“你用的什么羊？”

“黑山羊。”

“几岁口的？”

“八个月大。”

“哪儿产的？”

“灵宝。”

“公的母的？”

“母的。”

“唔，这都没错。”王黼想了想又问，“熬汤时用了多少时辰？”

“三个时辰，寅时下灶，瓦罐猛火炖一个时辰，卯时改用中火煨一个时辰，辰时用文火熬了一个时辰。”

“这也没错，鱼呢？”

“用的黄河大鲤鱼。”

“大鲤鱼，多大？”

“五斤重。”

“症结就在这里，鱼太大就老。土腥味重，没法儿吃。”

“主人，小的知晓。”

“羊筋第二次用火时，就该切碎的。”

“小的正是这样做的。”

“三道火后，再放的鱼吗？”

“鱼先用料姜、八角放在清水里煮了半个时辰，然后再下罐与羊筋烩在一起炖烂。”

“接下来就送进冰房了吗？”

“是的。”

“冰了多长时间？”

“大约一个时辰。”

“这就长了嘛！”

“啊？”

“三伏天，冰一个时辰。如今过了中秋了，天凉下来不少，冰大半个时辰就够了。冰的时间不宜长。你看看，这道菜之所以味道不活、不嫩、不爽口，就因为黄河鲤鱼太大，又在冰房里多待了一炷香的工夫。”

“主子，小的手艺不精，败了你的胃口了。”

私厨抹了抹额头上的汗，恨不得找个地缝儿钻进去，王翾偏还不依不饶地继续训斥：“这道熠冻鱼头，既是时令菜，又是养生菜。人老从脚老起，常吃这道菜，就长腿劲儿。你记住，仓颉造字，一条鱼加一头羊，就是鲜字。别的吃食儿也鲜，只能鲜一时一地，唯有鱼羊四季都鲜。再过几天就是白露，这熠冻鱼头就不能吃了，得换别的鱼羊菜品了。”

“主子教训，小的记住了。”

“记住了就好，退下。”

私厨唯唯诺诺哈着腰退了出去，王翾嚼了半天舌头已是胃口全无，他吃了一点广芥瓜儿和一块桂花莲蓉月饼，就心事重重地踱回到值房，吩咐人去喊蔡攸。

中书令宽大的值房后头，是一间翠竹与虬松掩映的卧室。趁蔡攸还没来，王黼想躺下来打个盹，他倒卧在窗前的罗汉榻上，刚一闭眼，眼前就闪现出营州城门楼上挂着的一排人头。他从未去过营州，但邸报里述说的惨象像梦魇一样缠绕着他，让他不寒而栗。虽然他对张觉的灭门之祸抱有同情，但此刻让他心绪不宁的倒不是张觉的悲剧，而是思虑着如何向徽宗皇帝据实禀报。

众所周知，联金灭辽的始作俑者虽然是童贯，但蔡京、蔡攸父子，还有他王黼都是积极参与者。他们之所以同意联金灭辽并借此机会收回燕云十六州，并不是他们有着恢复汉唐帝国版图的雄心壮志，而是因为徽宗一心想完成太祖遗愿，收回秦汉长城内外的大片土地。徽宗皇帝把联金灭辽视为收复汉唐的绝好机会，因此听不进任何反对的意见。王黼看准了这一点，便与蔡京父子、童贯等人结成主战联盟，凡事都顺着徽宗皇帝的心思，极尽揣摩讨好之能事。其实，当最初童贯带来赵良嗣提出联金灭辽这件事时，曾遭到朝中不少大臣的反对。如郑虚中、种师道等三朝老臣反对尤烈，他们认为澶渊之盟后宋辽两国休兵和好长达百年，国事敉宁，百姓安居乐业，现在圣上垂裳而治、市井欣欣向荣的局面来之不易，若轻启兵衅，轻者有江山既得治理艰难之忧，重者有前门驱狼后门入虎之祸。但徽宗听不进，童贯、蔡京、王黼之辈投其所好，一时都成为徽宗皇帝身边最受信任的“主战派”。往常，朝中大事须得廷议，在他们的建议下，对金联盟对辽作战事宜，一律不再廷议，改由他们几人与徽宗皇帝密议，而后由皇上颁旨施行。

宋金盟誓五年后，大金国完成了灭辽的壮举，其速度之快、声势之大、用兵之猛远远超出大宋君臣的想象，特别是年初完颜阿骨打决定交还燕京等山前七州后，“主战派”无不欣喜若狂，他们俨然成了显赫的社稷功臣，愈加趾高气扬。当初反对这件事的那些大臣在此情之下，只能三缄其口。“主战派”们凭借徽宗皇帝的信任，也乘机剪除异己，一些正直的大臣或贬或黜，大都离开京城。

战争虽已接近尾声，但辽天祚帝尚在逃亡，燕云十六州也有一半尚在金人手中没有交割，此时宜应君臣合力上下同心争取完胜。偏偏在这个节骨眼上，“主战派”内部产生了巨大裂痕。大宋官场没有谁不知晓，蔡京、童贯与王黼三人最得徽宗皇帝信赖，军、政、财三大权力尽在三人掌握之中。童贯最先得到徽宗信任，正是由于他的举荐，被贬杭州的蔡京才得以回到汴京担任中书令的要职，从此童、蔡两人结下深厚友谊，一应大事内外勾结把持朝政，王黼比起他们两人资历要晚一些，但因他素有美男子之称，又深谙朝廷制度，故亦得到徽宗赏识。加之王黼迎合献媚的本事，甚至在童、蔡之上。徽宗好江湖各种秘术把戏，王黼便多方搜求引入宫中为徽宗表演，如小猢狲粉墨演戏、蚂蚁列队厮杀、癞蛤蟆跳高跷、小花狗拈香拜佛、鹩哥唱诵佛号等等，徽宗看了无不开心；徽宗成立巡倖局专事嫖娼，王黼始终跟着他为其猎艳并妥当安排，让徽宗每次都能得到刺激。所以说，无论是处理朝政还是打理私事，徽宗哪方面都离不开王黼。

因为童贯、蔡京联手，王黼就落单了，他忍气吞声屈居两人之下，深感到凭一己之力，要想与这两个人抗衡，弄不好就会鸡飞蛋打，把自己白白地贴了进去。他知道必须找一个位高权重的人联手，经过几年的观察，他看中了梁师成。这位老太监，在内廷的权力以及受宠的程度，仅仅次于童贯，但他的缜密和低调却是远在童贯之上，有人背地里喊梁师成为“笑面虎”，可见他城府极深。王黼仔细观察梁师成的行迹，断定总有一天他会对童贯取而代之，因此刻意对他奉承示好。梁师成在城中汴河边上有一处大宅子，宫中的事忙完，他就会来到私宅中休息宴客。王黼于是花大价钱买下与他一墙之隔的另一座大宅子，两人结为邻居后过从甚密。梁师成比王黼只大了七八岁，王黼私下却对他以“义父”相称。梁师成对久居童贯之下也心有不甘，因此也乐得与王黼结盟。功夫不费有心人，趁童贯与蔡攸领军前往河北而蔡京又在家养病的这段时间，只要逮着机会，梁师成在宫中，王黼在朝中，内外援手在徽宗面前讲一些蔡京、童贯的坏话。常言道“假话说了三遍就变成真的”，徽宗虽然信任蔡京与童贯，但架不起梁师成、王黼二人进谗说童、蔡二人“功高盖主”。在那段时间里，徽宗皇帝最不能容忍的事情，是有人又来抢他的“收复燕云十六州”的功劳。于是，在童贯、蔡攸从燕京班师回朝的时候，童贯被宣布致仕。此前一月，蔡京也已卸职赋闲在家。至此，王黼终于完成了他十几年来一直苦心追求的愿望，成为大宋朝廷的第一权臣。

王黼柄政之后，听信梁师成建议，启用大内值殿太监谭稹取代童贯出任河北河东两路招讨使。但他万万没有想到的是，在谭稹巡视太原府的时候，大金军西路元帅完颜宗翰突然攻占了刚交割给大宋不到半年的灵丘、飞狐两县。塘报抵京之日，正在李师师家中点茶的徽宗深为震怒，他下旨“让谭稹滚回京师”，谭稹一回到汴梁即被解职并收监天牢，至今还没有处分。

这件事情已经发生了半个多月，但徽宗始终噤口不言此事，仿佛什么事儿都没有发生。他的这种态度着实让王黼与梁师成寝食难安。因为这不是徽宗的风格，往常无论朝中发生了什么大事，他都会让当事大臣拿出处置意见，他再酌情裁决。而这次却不一样，他直接下旨将谭稹收监，此后也绝不向大臣们谈论此事。徽宗登基当了十九年的皇帝，这还是头一次，因此王黼心惊胆战。他多次与梁师成密议对策，但因探不到皇上的任何口风，对策想得再多也无济于事。恰在这时，平州事件又突然发生，王黼表面上镇定自若，内心里却是十五只吊桶打水七上八下。

这便是他躺在罗汉榻上无法入睡的理由。

大约过了半个多时辰，书办轻轻敲门，王黼起身拉开房门出来，只见蔡攸已站在值房里了。

蔡攸是蔡京的大儿子，也五十多岁了，大腹便便，长得同蔡京一样。他现在是枢密院的堂官，论级别，枢密使与中书令一样，都是位极人臣的一品大员，但枢密院、门下省与中书省虽然都是一品衙门，中书省却是摆在第一，中书令也就是宰相，余下两个衙门的堂官，同时也都会兼任中书省的副职，这种安排也就是为了突显中书令的相位地位，枢密院与门下省的堂官只能担任副相。

大中午的被叫到中书省，蔡攸知道王黼一定是遇到了什么急事要磋商，这时见王黼从卧房踱了出来，便抱拳行了晋见之礼，问道："揆宰大人，你找我？"

"是的，你现在同我进宫。"

"进宫？"

"对，咱们一起面见皇上，有重大事情禀报。"

王黼说罢，提了官袍的下摆，朝蔡攸做了一个请的动作。

大内崇政殿的后面有一座三楹小殿叫睿思殿，它还有一个名儿叫内书阁，是大宋皇帝日常处理公务的地方，省院大臣紧急求见一般也会来到这里。近几年来，凡涉及辽金事务，徽宗皇帝几乎全是在这里召聚相关大臣密议。今天，徽宗皇帝仍然在这里接见王黼、蔡攸二人。

行过觐见大礼之后，王黼亲启密匣拿出燕山府邸报呈给徽宗皇帝。然后退回到原地，却也不敢落座，兀自站在那里与蔡攸交换了一下眼色。在来睿思殿的路上，他已将王安中具名签发的邸报内容告诉了蔡攸。

徽宗皇帝看过邸报之后，将它搁到桌上，低头沉思，没有作声。

王黼与蔡攸两人，平日里常常与徽宗皇帝一起选色征歌，投壶狎酒，关系最为融洽，有时还越过君臣界限在一起说些玩笑话，做些荒唐事。这时候见徽宗皇帝脸色阴沉，他们大气不敢出，二气不敢伸，表现出少有的局促。

冷了一会儿场，还是徽宗皇帝先开口问话："这是三天前发生的事情吗？"

"是的，塘报上已经写明。"

徽宗又看了看邸报，接着问："这件事情，你们两个还知道多少？"

"也就是邸报上说的这些，"王黼小心回答，"相信这几天，会有更多的消息传来。"

徽宗点点头，忽然转了话题问："昨天，朕让乳饹院给你们每人送了一份桂花莲蓉月饼，你们吃了吗？”

蔡攸抢先回答：“谢皇上，臣当时就开盒，一口气吃了三个。”

王黼接着说：“臣今天午膳还吃了一个。”

“你们胃口很好嘛。”

徽宗冷不丁冒出这么一句，倒让二位大臣犯难了。啥意思呢？是褒还是损？是揶揄还是赞赏？吃不透话风，两位大臣只好觍着脸笑。

徽宗呷了一口小内侍端上来的银耳莲子汤，又问：“王黼，你上次执意要给朕上尊号，那尊号是哪几个字？”

王黼答：“继天兴道敷文成武睿明皇帝，一共十二个字。”

徽宗耷拉着眼皮：“这十二个字是你琢磨出来的吧？”

“是……是的。”

“记得那天早朝，仪官当廷宣读了你王太师的贺表，一篇好文章啊，朕还记得几句呢，‘仰惟陛下天锡智勇，师不逾时，兵不血刃，尽复燕云境土，如指诸掌’，是这样说的吧？”

王黼不知皇上为何突然提起这件已经过去了两个多月的事情，谨慎答道：“这是臣的贺表中的一段。”

“朕拒绝了你上尊号的建议。”

“是的，皇上！”

“当时我在丹墀上，看到了你失望的脸色。”

“啊。”王黼有些尴尬，“给皇上上尊号，上符天心，下符民意。”

“唯一不符的，是事实。”

徽宗说话声调不高，但却斩钉截铁。他话音刚落，王黼骇得站了起来，蔡攸也坐不住，跟着屁股离了凳儿。

徽宗继续说：“你王黼要给朕上尊号，理由是兵不血刃收复了后晋石敬瑭割让给契丹人的燕云十六州，朕之所以不允，乃是因为山后云中六州及山前平营滦三州尚未收回。王黼啊王黼，不但两个月前，朕没有得到全燕，两个月后的今天，那平营滦三州却又重回到大金国手中，就连已并入我大宋疆域的灵丘、飞狐两县，也被大金的军队抢了回去。你说说，朕当时若是上了那个尊号，岂不是让天下人笑话吗？”

徽宗越说越气，竟走过来伸出手指差一点戳到王黼的鼻梁。王黼没想到徽宗会发这么大的脾气，一边后退一边嗫嚅着：“皇上，臣并非有意，臣实在没想到这一层。”

蔡攸虽然平常对王黼腹诽甚多，但这时候却帮着打圆场：“皇上，王太师提议给皇上上尊号时，这些事儿都还没有发生，王太师的确是一片忠心。”

“是啊，臣的忠心，唯苍天可鉴。”

王黼一面向蔡攸投去感激的眼光，一面趁势跪了，蔡攸也跟着跪在砖地上。

徽宗皇帝踱回到自己惯常坐用的那把金丝楠木靠椅上，眯着眼看着两位跪在地上的大臣。不知过了多久，只听他叹了一声，轻声言道：“两位爱卿，平身吧。”

“谢皇上。”

两位大臣从地上爬起来坐回到木凳上。睿思殿里除了徽宗皇帝专用的这把大靠椅，余下的坐具全是凳子，哪怕像蔡京那样年迈的宰相，也不能例外。方才跪的时间过长，年过六旬的王黼只觉得两只膝盖生疼，屁股一挨凳儿，便两手抱膝揉搓起来。徽宗皇帝看到这个细节，摇摇头笑了起来，讥讽说：“王黼，看来你的膝盖硬不过砖地啊。”

王黼从徽宗的口风中听出他气儿消了不少，心里头一松，连忙奉承说：“皇上，这多少年来您爱惜老臣，跪的机会少了，跪功也就退化了。”

“怎么，还想重新练习练习？”

“皇上，老臣今儿个练习够了。”

“那就起来吧。”徽宗又朝内侍们喊了一声：“赐茶汤。”

两名小内侍立刻应声给两位大臣各端上一壶沏好的小龙团的茶汤。

王黼与蔡攸早就口干舌燥了，重新落座后，各自从壶中倒出一盅发烫的翠绿的茶汤来，慢慢啜饮。

徽宗待他们品饮了一盅茶汤后，又开始问话：“平、营、滦三州得而复失，事件尚未平息，二位爱卿有何高见？”

王黼面圣之前，先已就此事作了思考，但他仍做出谦让的姿态，对蔡攸说：“蔡大人，你先讲。”

蔡攸欠欠身子以示礼敬，回道：“王大人，咱是在来睿思殿的路上，才听到你说这件事，连想都还来不及就见到了皇上，咱哪会有什么高见呢。”

“王黼，自蔡攸六月随童贯班师回朝后，燕云十六州的谈判事务都是由你主持，你也不必客气，先讲讲你的想法。”

听徽宗这么一说，王黼也就不再推辞，于是清咳一声，准备将自己思考的应对措施和盘托出，正要开讲时，他忽然发现值殿太监以及供差内侍一起有五六人尚留在睿思殿内，便提醒徽宗皇帝：“皇上，臣将要禀奏之言，事涉朝廷机密，在这殿里讲述，须防隔墙有耳。”

徽宗会意，下令让殿内所有内侍尽数退出，值殿太监退下时，内书阁向徽宗皇帝奏道：“万岁爷，方才紫宸门传呼太监来报，龙图阁大学士赵良嗣说有急事要向皇上面呈。”

“赵良嗣？”

徽宗似乎感到惊讶。王黼插话说：“皇上，老臣建议现在这时候，赵良嗣还是不见为好。”

“他会不会有大金国方面的消息？”

“有消息，他也应该先写成奏本送到中书省，越过中书省直接求见皇上，这不合规矩。”

蔡攸也担心赵良嗣见到皇上会抖搂出一些对他们不利的事情来，也附和着说：“皇上，揆宰大人言之有理，现在若见赵良嗣，会让外间产生一些猜疑。”

“唔。”徽宗点点头，对值殿太监说，“传话下去，赵良嗣有什么事，先写奏本儿上来。”

第二十五章　赵良嗣夜访李师师

“师师女史，冒昧造访，实有唐突，敬祈原谅。”

赵良嗣说罢，脱下身上披着的内侍玄色袍子，露出一身右衽青布长衫。

刚刚坐下的李师师一惊，复又站了起来，问道：“你是谁？”

“在下名叫赵良嗣。”

“你就是赵良嗣？”

“正是，想必女史听说过我的名字。”

“岂止听说，大名鼎鼎哪。”李师师再次请赵良嗣入座，问道，“赵大人贵为龙图阁大学士，怎么要装扮成内侍来见奴家呢？”

“恐暴露身份，对女史不利。”

李师师闻听此言，心中疑窦顿生。却说天刚黑下来的时候，管家来报，言两刻之后，皇上差一位内侍前来送一样宝物，她想都没想就答应了，因为宫中的内侍来天香楼送东西本是常事。待月上柳梢市尘已歇，用过晚膳的李师师正在书房里品玩书画时，樱儿告知大内使者已到，她便吩咐将客人领上楼来，却没想到这个内侍是假的。

看到李师师面有不悦，赵良嗣解释说：“师师女史，赵某从未诳人，今日撒谎，实出于无奈。”

李师师问：“你为什么要见我？”

赵良嗣想了想，回答说：“为了大宋朝廷的江山社稷。”

“这么大的一个话题，我一个足不出户的女流，听着都害怕。”

“汴京城中虽然缙绅如云，高官多如过江之鲫，但眼下唯一能影响今上做出正确决策的，唯有你师师女史一人。”

“我？”李师师抿嘴儿一笑，接着脸一沉，嗔道，“赵学士，你这是恭维奴家呢，还是折损奴家？”

“都不是，”赵良嗣只觉得李师师香艳逼人，竟不敢抬眼看她，低着头说，“在下说的是实话。”

“我从来不与骗子交往。”

“女史，在下在南朝为官六年，最深的感受是，锦衣玉食的官员中骗子最多，但我不是骗子。”

这句话如此犀利，李师师心下一咯噔，感到眼前这个人看似文雅，却实有几分豪气，于是口气缓和了下来。

“你假扮内侍，还说皇上有宝物送我，这不是骗又是什么？”

“这的确是谎话，但绝没有恶意，何况，我真的有一件宝物送给你。”

“什么宝物？”

赵良嗣解开随身带来的褡裢，从中取出一只镶金木盒，双手呈上说：“请师师女史过目。”

李师师让侍立在侧的樱儿拿过木盒，启开金纽襻翻开盖子，只见里面卧着一枚鸽蛋大小的吊坠，且已配好了用金线串起的七彩宝石项链。

“赵学士，看这款式，应该是大辽的极品首饰。”

“请师师女史取出来看。”

李师师便小心翼翼地取了出来，托在手上凑到灯光底下看，只见那吊坠呈椭圆形，通体淡黄透明无一丝杂质，更难得的是这宝石中竟竖立着一只完整的绀色的小蜜蜂。李师师问：“这是什么玉？”

“它不是玉，是琥珀。”

“琥珀？”李师师又提起项链，将吊坠悬起来看，说，“小时候读唐诗‘兰陵美酒郁金香，玉碗盛来琥珀光’，还以为琥珀是红色的，没想到这只琥珀是淡黄色的。”

“大多数琥珀都是红色，或者杂色，淡黄色是极品，极少。”

“这只蜜蜂是怎么进去的呢？”

“琥珀生成的时候，这只蜜蜂恰好飞过这里，便被埋了进去。”

“这真是世间难得的宝物，它从哪里生长的呢？”

“你知道苏武牧羊的地方吗？”

“不是在北海吗？”

“北海在哪里呢？”

“不知道。”

“北海在大辽国内，当地人称贝加尔湖，隶属于西北招讨司，那里居住着契丹的梅里急部。”

“那里离我们汴京多远？”

“恐怕有万里之遥，”赵良嗣说着觉得不妥，又补了一句，“我也没去过那里，所以说不出准确的里程，总而言之一个字，远。”

李师师把玩着琥珀吊坠，若有所思。赵良嗣一旁说道：“师师女史，你戴上看看。”

“这吊坠以前的主人是谁？”

“天祚帝的母亲。”

“天祚帝的母亲？”李师师顿时瞪大了一双杏眼，她吃惊的样子更显得妩媚，她问道，“她的宝物怎么到了你的手上？”

赵良嗣便讲了一个故事：因奸臣进谗，大辽国的道宗皇帝下令杀死太子及太子妃。那时候，太子的儿子也就是日后的天祚帝耶律延禧才四岁，太子妃临死前，将这吊坠挂在耶律延禧的脖子上留作信物。耶律延禧的奶妈认为这吊坠不吉利，会害死这可怜的孩子，于是从耶律延禧的脖子上取下来，贱价卖给了一个过路的商人。谁知道这商人得到吊坠不久，就暴病身亡，他家里人认为这吊坠上肯定有恶魔附体，于是再次将它贱卖。它的新主人是一位骑士，有一天他戴着吊坠去狩猎，万万没有想到的是，这位素以勇猛著称的骑士竟然被一只黑熊拍死……几经辗转，这只吊坠落到了赵良嗣的手上，尽管这吊坠已经让三个人送命，但它跟着赵良嗣十八年之久，赵良嗣却安然无事。

李师师听了这个故事甚觉惊奇，她问：“为什么你平安呢？”

赵良嗣说：“因为我得到吊坠之后，就许了一个愿，我对佛祖起誓，如果我有幸见到天祚帝，我就把这吊坠还给他，如果我见不着天祚帝，也一定会将这个吊坠送给一位同情他妈妈的高贵女人。”

“啊，原来是这样。”

李师师说着就把琥珀吊坠放回盒中，让樱儿送回到赵良嗣的手上。

赵良嗣并不伸手去接盒子，而是表白说：“师师女史，这是我送给你的。”

李师师摇摇头："我不配。"

"你不同情天祚帝母亲的遭遇？"

"听说她是大辽国最美丽最高贵的女人，命运如此悲惨，我怎么能不同情她呢？"

"那你为什么不收下呢？"

"我不是高贵的女人。"

"你若不是高贵的女人，那人间的所有女人，还有谁敢说自己高贵呢？"

"赵学士，你别忘了，我李师师只是一个青楼女子。"

"但你不是尤物！你的才艺美貌，应为南朝第一。道君皇帝贵为天子，身边的如花美眷成千上万，但他十数年如一日钟情于你，可见你的超凡魅力。"

"赵学士巧舌如簧，但我李师师决不能收你这份厚礼。"

"师师女史，你不要误会，我赵良嗣决不是拿这宝物来贿赂你。我来求你帮忙，决不是为一己之利。"

见赵良嗣说得恳切，李师师沉思起来。

"师师女史！"赵良嗣仍在恳求。

"说说你的事吧！"

"谢谢你。"

赵良嗣肃容正坐，道出了事情的原委：今年五月，赵良嗣奉刚接任中书令的王黼之命，再次到榆关外寻找大金国皇帝完颜阿骨打，就平、营、滦三州的交割之事进行谈判，寻求解决之道。斯时阿骨打刚离开平州，他宣布将平州改为金南京。赵良嗣知道从大金国手上收回平、营、滦三州希望渺茫，好在王黼交给他一个谈判的底线：只要大金国肯割让这三州，大宋方面可在财物方面给予补偿，其钱帛贡物之多少，可参照燕山已交割州县的方法量化施行。赵良嗣领命到了燕京后，却意外得到一个消息，即王安中、詹度、郭药师等亦奉王黼之命，正在紧锣密鼓地进行策反张觉的秘密行动。赵良嗣一方面感到自己被耍，另一方面也为这样佯为谈判实则策反篡夺的策略深深感到担忧。从六年前他被任命为对金谈判大使至今，他深感朝廷政策多变，处理两国事务重利轻义，原因是秉持朝政占据要津的官员要么私欲太多，要么为争夺权力而倾轧对方，加之徽宗皇帝高高在上，很难顺时察变，常常听信宠信大臣貌似有理实则错谬的计策。相比之下，大金国君臣则要诚信得多，两国盟誓之后，一直按密议行事。特别是燕京一战，原本议定两国南北夹攻，结果大宋三十万北伐军被拒于白沟一线寸步不能前移，而大金国以八千铁骑奇袭居庸关攻破燕京城，使得萧太后十万兵马顷刻溃败。通过这一战，大金国看出南朝军队是银样镴枪头，帅不擅兵，兵不能战。从完颜阿骨打开始，大金国君臣开始对大宋朝廷滋生了轻侮之意。但因有盟誓在前，完颜阿骨打还是准时交割了除平、营、滦之外的山前诸州。赵良嗣参与了围绕燕云十六州交割回收的所有谈判。当王师进入燕京城时，举国为之沸腾，大宋君臣都在为这不世之功而欣喜若狂，唯有他赵良嗣最清楚个中的艰难酸楚。论功行赏，蔡京、童贯、王黼、蔡攸等都是一等，而最初献出宋金结盟大计，后又一直承担两国密谈事务的赵良嗣，仅仅被列为三等功臣。也有不少人替赵良嗣鸣不平，认为他赏赉太薄。赵良嗣虽然心中不爽，但还能隐忍，因为他觉察到他的后台童贯已有了失势的迹象。这次朝廷策反张觉，让赵良嗣看到了某种潜在的巨大危险。特别是他从燕京启程前往辽东之前，又听到张觉大败栋摩于榆关，更感到通过谈判收回平、营、滦三州的希望已经为零了。但是，他还是硬着头皮出了榆关寻找完颜阿骨打。在离混同江只有一百余里的一处小村庄，他追上了北返的大金国君臣。那一夜，完颜阿骨打驾崩，他同父同母的弟弟吴乞买继位。黎明前，吴乞买短暂地见他一面，向他表示待秋后收割了庄稼后，大金军就会攻打平州，一定要用张觉的脑袋祭奠先皇。吴乞买还让赵良嗣带信给徽宗皇帝，重申六年前的两国盟誓，大金国不会改变，但南朝每每讨价还价朝令夕改，让大金国君臣感到南朝有背盟之虞……

赵良嗣只好别过吴乞买，第二天登程南返。到了汴京后，徽宗皇帝立即接见了他，并认真听他禀报他与吴乞买谈话的内容。在这次觐见中，赵良嗣大胆向徽宗皇帝建议，立即停止对张觉的策反，因为宋金两国存有盟誓，若将其叛臣收纳，势必给大金国留下口实，若因此启衅，则后果不堪设想。徽宗皇帝听了这席话后没有吱声，但当时在场的王黼却斥责他为虎作伥，与金国君臣交往太久，被其威焰所灼。自从这次召见之后，他便闲居京师，每日去龙图阁当值，竟没有任何差事给他，就连吴乞买登基之日，朝廷例行公事派往金上京的贺使也不让他担任。六年多来，对大金国的外交活动将他排斥在外，这还是第一次……

应该说，赵良嗣揭示的这一段秘史，大宋君臣中的知晓者，不会超过十人。李师师虽然是徽宗皇帝的红颜知己，但她也从未从徽宗皇帝的口中听到关于这件事的只言片语。赵良嗣讲出这件事的前因后果之后，李师师既觉得新奇，又觉得可怕，她不无感慨地说：“赵学士，你不该把这么多的朝廷机密告诉奴家。”

“我告诉你，是为了请求你帮助。”

“我能帮助你什么呢？”

“让皇上见我一次。”

“你不是经常能见到皇上吗？”

“那是过去，自从上次出使大金国回来面圣之后，就再也见不着皇上了。”

“你说说原因。”

“关于策反张觉一事，我与中书令王黼大人意见相左。”

李师师微微颔首，又问：“你见皇上要说什么呢？”

赵良嗣的神色变得焦急，他回答说：“今儿中午，我得到消息，大金军已占领平、营、滦三州，张觉逃到燕京城。”

“啊，大金军说秋后进攻平州，果然如期而来。”

“我还听说，朝廷写给张觉的官方文书，其中包括皇上的御笔金花笺，全部落入大金军的手中。”

“这很严重吗？”

“非常严重，非常严重！”赵良嗣一连说了两次，看到李师师的神情茫然不解，又加重语气说，“这些文书落在大金军手中，我大宋朝廷策划张觉叛变的证据，就尽数被他们掌握了。”

“啊？那如何是好？”

“师师女史，这就是叛盟，结盟而后叛盟，国之大忌啊！”

“你应该尽快觐见皇上，晓以利害。”

“皇上不见我。”

“你求见了吗？”

“求过了，今天下午我在紫宸门外等候了两个时辰，皇上拒见。”

“皇上这是怎么啦？”

“皇上与王黼、蔡攸两位大臣在睿思殿议事，在下猜想，他们密议的肯定就是平州事件。”

李师师想了想，便安慰赵良嗣：“赵学士，或许两位大臣会给皇上出一个好主意，让平州事件转危为安。”

赵良嗣回答很干脆：“这绝无可能。”

“为什么？”

“王大人是策划张觉叛金归宋的主谋，燕山知府王安中是他的亲信。事情至此，他们再也无法隐瞒，但会推卸责任，或者继续迷惑皇上，出馊主意。”

李师师对王黼并无好感，虽然心中赞叹赵良嗣对皇上一片忠心，口中却说：“赵学士，你好大胆，竟敢这样妄议丞相。”

赵良嗣苦笑了笑，叹道：“为了皇上不落下污名，为了大宋江山稳固，我赵良嗣已不计个人安危得失了。”

李师师被赵良嗣给打动了，她问道：“赵学士，你想给皇上提怎样的建议？”

“请皇上即刻下旨，将逃到燕京的张觉捆绑起来，送回给大金军。”

“一定要这样做吗？”

“一定要，要借张觉的头颅，平息大金军的怒火。”

“你这主意，恐皇上不会接受。”

“在下人微言轻，但可以对皇上晓以利害。”

“晓以利害，唔，说得好。”李师师抿嘴儿一笑，不无讥讽地说，“赵学士，只怕你认为的利害，在皇上看来，并不是真的利害。”

“啊？”

赵良嗣盯着李师师，看得出来，他对她的话有些不解，李师师也不忙着解释，而是吩咐樱儿：“你去书房里，把昨日皇上让人送来的那幅画，拿来让赵学士瞧瞧。”

樱儿很快去书房取回了画，并在地上铺了织毯，把画平摊在上面。赵良嗣凑上来欣赏，只见这一幅立轴上，用淡墨画了一株松，松荫下，一位身穿白绸内衫外套玄色丝袍的男子在弹奏一具古琴，弹奏者的左右分别端坐着一着红袍、一着青袍的两位听客，边上还有一名童子。着红袍者手持芭蕉扇，脸略垂，眸略敛，屏声静气似乎被琴声陶醉；着青袍者下巴略抬，眼略睁，心无旁骛似乎在心中按拍而歌。画幅左边，高于松枝处，题了“听琴图”三字，而松树上方，更有一首四行题画诗。赵良嗣蹲下身子，吟诵那首绝句：

吟徵调商灶下桐，
松间疑有入松风。
仰窥低审含情客，
似听无弦一弄中。

最后的落款是四个字：臣京谨题。

赵良嗣读罢惊呼道：“这是皇上画的《听琴图》，蔡京太师题的诗。”

“赵学士说的是。”李师师介绍说，“昨日中秋节，皇上差人送来，说是中秋节送给奴家的礼物。”

赵良嗣感叹道：“皇上对师师女史，真是有情有义。”

“赵学士，你看画中的琴师像谁？”

“像谁？我是看着有些面熟，难道是……哦，我可不敢乱说。”

“但说无妨。”

“这琴师很像皇上。”

“对呀。”李师师咯咯地笑起来，“这琴师就是皇上画的自己。”

“那这青袍红袍两个听客，又是谁呢？”

“你认一认。”

“难道是他们两个？”赵良嗣再次俯下身子仔细辨认，然后站起来问李师师，“是不是他们两个？”

“哪两个？”

“穿红袍的是蔡京蔡太师，穿青袍的是童贯太师。”

李师师点点头：“赵学士好眼力。”

“这是新画的吗？”

“就是前几日画的，蔡太师的题诗八月十四才完成呢。”

赵良嗣沉思了一会儿，兴奋地说：“这幅画大有蹊跷。”

“蹊跷在哪里？”

“画面中没有王黼王大人，却有童贯、蔡京两位已经致仕的太师，皇上眼下在想什么呢？”

“蔡太师又在想什么呢？你看他的题画诗第三句‘仰窥低审含情客’，仰窥圣意，低审时局，说是题画，却是在表明心迹呢。”

赵良嗣点点头，说道：“难怪谭稹收监，皇上一直不吭一声，看来，朝中人事近期会有大变。”

“赵学士是聪明人。”

“谢师师女史指点，在下告辞。”

赵良嗣说罢抱拳一揖就要下楼，李师师喊住他，吩咐樱儿把那盛放着蜜蜂琥珀吊坠的木盒送还给他。

赵良嗣不肯收回，说道：“这只吊坠我是真心送你，我已说过，只有你配得上戴它。”

“我说过，我不高贵，我只是一个青楼女子。赵学士，天祚帝还没有死，你仍有机会送给他本人。”

李师师说罢，再也不肯搭话，径自回书房去了。赵良嗣无奈，只好重新把镶金木盒装进褡裢，低头快步离开了天香楼。

第二十六章　杜十四解梦

李师师会见赵良嗣的第二天，便差人给徽宗皇帝送了一张藤花笺，那笺上只画了一个手托香腮临窗怅望的美人，窗下几案上的龙泉炉内插着一炷香，却是没有点燃。徽宗一看就会意，李师师想和他一起烧香了。因当天徽宗皇帝仍然为平州事件的处置召见大臣继续磋商，故约了第二天下午未时到大内延宁宫中敬香。

这延宁宫乃是徽宗皇帝听信道士林灵素的建议将大内尊佛阁改建而成，皇后与西宫娘娘各选了身边七个年满三十的宫女作为道姑于此当值。每逢皇上来这里敬香，她们充随服侍。徽宗皇帝每次来这里烧香，或带皇后，或带西宫，或带嫔妃，因是禁中，故从未让大臣来此。有时，徽宗皇帝也会安排李师师来这里一起敬香，并借此机会与她在宫中的茶室里品茗叙话。

李师师极少主动邀约徽宗皇帝，这次约见是因为赵良嗣前晚说的那番话，在李师师听来确有道理，她想尽快见到徽宗皇帝探探口风，如果有说话的机会也就趁便规劝几句。

在徽宗贴身内侍的安排下，一乘二人抬的小轿将李师师抬进大内，进了延宁宫的小院里落下。待内侍掀开轿帘儿，李师师便瞧见徽宗皇帝已站在宫前的台阶上候着，她连忙站在砖地上裣衽施礼，说道："皇上万乘之尊，奴家怎敢让您早早儿候在这里。"

徽宗皇帝走下台阶，牵住李师师的手朝宫门走去，问道："朕看了你的藤花笺，猜想你是想烧香，没猜错吧。"

一进宫门，李师师便想起徽宗自封为"道君皇帝"，不似往日在天香楼里称他官家，而是改口称道："道君，奴家的心事，只有您吃得透。"

"心事不相通，怎能叫两情相悦呢！"徽宗皇帝说着，便接过道姑呈上的三支檀香，对李师师说，"先把香敬了，然后再叙话。"

李师师也从道姑手中拿过三支已点燃的檀香，在玉磬笙箫一起奏起的悠扬道乐中，随着徽宗皇帝朝宫殿上彩塑的玉皇大帝、长生大帝、青华大帝敬香施礼。所不同的是，徽宗皇帝只是鞠躬，而李师师则是在织锦蒲团上跪叩。

行香即毕，十二位道姑开始唱诵《大元洞经》。徽宗与李师师一起，在一名道姑的引领下走进殿后小院的一间花木扶疏明窗净儿的清雅茶室。

室内八仙桌上，十几样茶点已经备好，隔壁小间里，专有道姑煮水分茶。

两人坐定，徽宗问："师师，怎么突然想到要烧香呢？"

"这几日心绪不宁，总觉得有什么事儿要发生。"

"是你还是我？"

"道君是长生大帝君转世，你哪会有什么不顺心的事儿。"

"林灵素说我是长生大帝转世，他的话你信吗？"

“我信。”李师师拈了一个蜜枣塞进徽宗皇帝的嘴中，接着说，“因为道君你自己信，奴家才信。”

徽宗一笑，一边嚼着蜜枣一边回答：“师师会说话，唔，这枣儿真甜，师师，你也吃一颗。”

李师师拈起一颗蜜枣放在手中，却不往嘴里送，继续说道：

“林灵素不说，随同道君一起下凡来到人间的，有左元仙伯蔡京、国苑宝华吏童贯、文华吏王黼。还有你宠爱的刘贵妃，叫九华玉真安妃，也是从天上下来的。”

徽宗笑道：“师师你都记得，这林灵素百密一疏，居然漏掉了师师，既然他们都是从天上随朕一起来到人间的，你肯定也是。”

“皇上不要抬举奴家，咱就是一个凡胎俗子，哪有一个神仙会是青楼女子呢。”

“师师，朕不允许你作践自己。”

“道君，有件事儿奴家一直想问你，却一直没机会。”

“你现在问嘛。”

“林灵素本事那么大，道行那么深，你怎么要把他放回老家呢？”

“啊，你要问这个，”徽宗皇帝做了一个鬼脸，又拈起一颗蜜枣强塞进李师师的嘴里，说，“师师，吃了这颗枣儿，朕告诉你。”

“好吧。”

李师师开始嚼起来，这时道姑端了两盏茶汤进来，介绍说：“道君，这是用龙芽兰雪煮的。”

“点了几次？”

“三次。”

“好。”徽宗皇帝端起白瓷盏闻了闻，又审了审茶汤，对李师师说，“这龙芽兰雪是你推荐给我品饮的，果然是好茶。今天，我就吩咐道姑，用这道茶来款待你。”

“多谢道君。”

李师师捂着嘴把枣核儿吐出来，小心翼翼搁在净盘里。

“师师，我现在告诉你，为什么要将林灵素放回他的老家。”

“奴家想知道。”

“有一天，太子去相国寺，林灵素也去相国寺，两人的仪仗在路上相遇。朝廷的规矩你知道，太子出行，即便是宰相相遇，也得主动避道。可是林灵素居然要太子给他让道，太子一生气，就跑来找我告状。我一听就生了气，你林灵素本事再大，也只是听差的，怎么敢轻侮主子？加之此前，我还听说他在斋醮上胡言乱语，说汴梁城王气尽了，要想皇祚长久，必须及早迁都。这一说，弄得朝中大小臣工议论纷纷，我看这林灵素有些无法无天了，就下旨让他回温州老家安歇。”

“听说这林灵素少年时当过苏东坡的书童，可他的人品比起东坡先生，就差了很多。”

“恃才傲物，放荡不羁，这是文人的毛病，没想到神仙也会犯这种毛病。”

徽宗一连品了两盏碧绿的茶汤，又让道姑上了一壶。道姑续茶时，特意指着桌上的一碟绿衣莲子说：“皇上，这是大内龙池里生长的莲蓬，道长特意让咱们采摘了几朵，拆出来给皇上供茶。”

“啊，这是咱们自家龙池的产物，来，师师，吃几颗尝尝鲜。”

李师师一边剥莲衣，一边说：“道君，今年你身边的老人，走得差不多了，五月初林灵素走了，五月底蔡京也致仕了，六月中童贯也回老家养老了，就剩下一个王黼替你干活儿了。”

"还有梁师成、蔡攸，干活儿的人还不少哪。"

"他们办差，道君你满意吗？"

徽宗沉默不语，一个劲儿地剥着莲子，自己吃，也喂给李师师。

"道君！"

徽宗似乎没听见，他用右手中指蘸着白瓷盂内的茶汤，在桌上连写了两个王字。

李师师看得真切，为引起徽宗注意轻咳了一声，然后又说："道君，奴家还想请教你。"

"说吧。"

"大前天中秋节，你差人送给奴家一张《听琴图》，这是你新画的吗？"

"是呀！"

"上面还有左元仙伯蔡太师的题画诗，我看这听琴图三个字，也出自他的手笔。"

"这也不错。"

"道君为何要画这样一幅画呢？"

"你看出了什么？"

"我看这画中的人物，那位琴师好像是道君的自画像，穿红袍的像是蔡太师，穿青袍的像是童太师。"

徽宗赞赏道："师师好眼力。"

"道君，奴家纳闷，这时候，你为何要作这幅画呢？"

"这又是一个故事。"

"啊？"

"你又想听？"

“道君不便讲，奴家就不听了。”

“对别人的确不便讲，但对你师师，我也没什么好隐瞒的。”

徽宗于是讲出作这幅画的原委。

却说上次在师师的天香楼里，徽宗接到梁师成送来太原府的密报，言大金国西路军元帅以人丁户口赋税粮册尚未清点完结为由拒不交割武、朔二州，同时还突然出兵攻占了灵丘、飞狐两县，当即大发雷霆，下旨让谭稹“滚回京师”。谭稹不敢怠慢，日夜兼程四天后回到汴梁。徽宗皇帝既不召见，也不与王黼、梁师成商议，就直接下旨将谭稹关进了大牢。这件事在京师官场中引起极大的震动。官员缙绅们都在猜测徽宗的心思，但是却没有任何一个人敢在他面前提这件事。

其实，徽宗的心情一直很矛盾，他一直认为王黼处理国事的能力应在蔡京之上，至少不比蔡京差。王黼当初推荐谭稹出任河北河东两路招讨使时，徽宗虽然心下存有疑问，知道这项提名可能出自梁师成的主意，但他相信王黼看人不会走眼，因此就同意了。却没想到，原来在童贯的主持下燕云十六州的谈判顺风顺水，一到谭稹手上却处处受阻。短短两个多月，不但原先说好的武、朔二州没有收回，还平白无故地丢了灵丘、飞狐两县。当谭稹第一次巡抚河北回京述职时，言及完颜宗望给燕山府来了国书，要在原先议定的岁额之外，再增加二十万石军粮，作为南朝怂恿张觉叛金的补偿。徽宗听到这个消息便不高兴，当即责备谭稹不该将此类臭事上报朝廷，而应会同王安中等据理谈判。谁知道一个多月后，军粮之事尚未谈妥，却又失了灵丘、飞狐两县，徽宗哪能不气？

徽宗把谭稹送进大牢之后，连日来郁郁不乐，因为他没想到解决这个问题的方法。那天晚上，他在失眠后懵懂睡去，竟做了一个梦。他梦见自己变成一个哑巴，衣衫褴褛在大街上端着破碗要饭，一群市井孩子欺侮他，要他趴在地上做狗叫，他大声说："你们不能这样，我是皇帝。"但是他喊不出声来。正在他被这些无赖小儿摁在地上，要他学狗爬行的时候，一个老乞丐走过来替他解围，并给他一个啃了一半的烧饼，临分手时，又偷偷往他手上塞了一张纸条，低声说："你要想从乞丐变回皇帝，得解透这纸条上的玄机。"徽宗啃一口烧饼后，忽然会说话了。他问乞丐："这纸条上的玄机，谁解得透呢？"老乞丐说："去找一个叫杜十四的人。"言毕，老乞丐消失不见了。徽宗从梦中惊醒，他抬起手来看，只有掌心上的汗，却不见纸条了，但他却记得纸条上写着的似诗非诗似咒非咒的六句话：

戴个小帽儿
小口吃菜羹
外面飘着榆钱儿
里头站着老仙人
买不成、卖不成
只因缺个铁将军

徽宗赶紧起床，将这六句话抄到笺纸上，他愣怔着看了半天，也不明白其中奥秘在哪里。于是，他吩咐身边的太监到汴京城中打听，有没有一个叫杜十四的人。

十几个内侍满城找了三天，也没找出谁叫杜十四，加之徽宗有令在前，找人的事不允许向任何人透露，因此他们既不敢惊动官府，也不敢向梁师成禀报以求增加人手。第三天煞黑时，一名叫作妙官，在内书阁值事的小珰路过大虹桥准备回宫，却见一群小孩儿围着一名老乞丐抢铜板。老乞丐怎么会有钱撒给小孩子呢？妙官出于好奇便上前打听。这真是踏破铁鞋无觅处，得来全不费工夫，那老乞丐名字就叫杜十四，在汴京城中已行乞多年。他会变戏法，譬如说抓一片树叶放到你的碗里，立刻会变成一只烧饼；吹一声口哨，躲在房梁上的老鼠就会飞快地溜下来钻进他的袖口……就凭这些杂耍，每天都会有人给他铜板。但不管得了多少，天一黑他就会来到这座大虹桥，将赚来的铜板尽数散在路上，从不会留一枚铜板在身上过夜。

听说了杜十四的故事后，妙官很失望，他认为皇上要寻找的人一定是鲜衣怒马的高士或者是鹤发童颜的圣贤，怎么会是一个疯疯癫癫的乞丐呢。但眼前这个人就叫杜十四，妙官也不敢怠慢，只得上前搭讪，问杜十四是否愿意进宫表演戏法，杜十四一口回绝，说他当一辈子乞丐，见了官人就哆嗦。妙官无奈，只得问清了杜十四的住处，回到宫中向徽宗复命。

听了妙官讲述的故事，徽宗立刻想到了梦中的那个老乞丐，当即就化装成一名私塾先生乘了小轿离开大内。

距大虹桥不远的渡河南岸的长街上，瓦肆勾栏绣楼绮户自不在少数，但杜十四却住在一处窄巷的简陋客栈里，小巷里住着的全都是贱民苦役。妙官怕那客栈里腌臜让徽宗恶心，于是在巷口临街的店铺中找了一处茶楼，并多给了老板银两，声明今夜不让闲杂人进来。几位贴身保镖扮了茶客在楼下喝茶，妙官则前去客栈中以帮茶楼老板捉老鼠为由，把杜十四诳来这里。

却说杜十四上得楼来，只见一袭青衫的徽宗坐在茶桌后头，便说：“这位客官，你不是茶楼老板。”

“我当然不是，”徽宗示意杜十四坐下，问，“你就是杜十四？”

杜十四坐下了，点点头。

“听说你会抓老鼠。”

“小杂耍，不足为奇。”杜十四瞅着徽宗，“这茶楼已经没有老鼠了，为了过中秋节，这里的老板已让我抓过一次了。”

“啊，是这样。杜十四，我俩这是第二次见面。”

“什么？第二次，我从未见过你呀！”杜十四故作夸张地嚷了起来。

徽宗示意让妙官退下去并掩了房门，他为杜十四斟上茶，然后低声说：“上次，我与你梦中相见。”

“啊？有这回事？”

“你塞给我一张纸条，让我找一个叫杜十四的人解梦，我却不知道，这杜十四原来就是你自己。”

“客官，你不是发烧说胡话吧？”

“在梦中，我是个哑巴，你把一个咬残了的烧饼给我吃，我立刻就会说话了。”

“客官越说越玄。”

“你给我那张纸条儿，上面有六句话。”

“纸条儿呢？”

徽宗从袖子里摸出一张折叠的笺纸递给杜十四，老乞丐看了看，说：“这不是我的字。”

“这是我梦醒之后，凭记忆写下的。”

“你这字宝贵至极，大雅！”

“多谢夸奖，”徽宗越发认定这杜十四不是乞丐，便虔诚地说，“杜先生，这六句话还请你解一解。”

杜十四拿着笺纸眯着眼睛琢磨了一下，瞅着徽宗说：“这是两个人的名字。”

“哪两个人？”

“蔡京与童贯。”

“啊？”

“客官为何吃惊？”

“杜先生……”

杜十四伸手做了一个阻拦的姿势：“客官，别喊我杜先生，我不是先生，我是老乞丐杜十四。”

“喊你杜十四，委实不恭。”

“我习惯听这名字。”

“杜十四，我且问你，你从哪儿看出是蔡京和童贯的名字？”

“你看看京字怎么写？先是一点一横，这不是一顶小帽吗？下面是一个口字，一个小字，所以小口吃菜羹，菜与蔡同音，这头两句，说的是蔡京。”

“啊，果然是这样，杜十四，你接着说。”

“外面飘着榆钱儿，这个榆钱儿，不可当榆叶来解。它指的是榆关，这关保不保得住，关键在于钱。下一句里头立着老仙人，这是指童贯，话中的立字和里字，合起来就是一个童。贯是铜钱的别称，我们总是说家财万贯，就是这个意思。”

“听你这么一说，这头四句果然指的是蔡京、童贯，那后两句又是说什么呢？”

“无钱不成买卖，但如今是有钱也买不成，卖不成。为什么呢？就因为缺个把门的铁将军。”

“这个门在哪里？”

“榆关，居庸关，都是门。”

“谁是铁将军？”

“自古铜铁一家。客官，话只能说到这里了。”

徽宗微微点头，向杜十四投以感激的一瞥。经杜十四这么一解释，像梦魇一样多日困扰徽宗的朝政危局突然得到了解决之途。他再次观察眼前这位乞丐，虽然衣衫缀满补丁，但并不秽气；虽然显得消瘦，却并不憔悴。徽宗于是感激地说：“杜十四，你为什么要把自己装扮成一个乞丐呢？”

“客官，我本来就是乞丐。”

“你是世外高人。”

“我不是。”

“杜十四，你应该出山。”

“出山，什么出山？”

“供职朝廷，为社稷苍生的福祉效命。”

“客官，我不是林灵素。”杜十四说着就站了起来，朝徽宗抱拳一揖，“刚才的胡诌，客官不必介意，告辞了。”

“杜十四！”

徽宗想挽留他，可是老乞丐已拉开掩着的门，下楼走了。

第二十七章　徽宗亲制鹿皮冠

徽宗讲完这个故事，李师师听了不免骇异，感叹道："看来这世间真的有高人，道君你每到危难处，总有仙人指路，合该你来当这个天子。"

"杜十四这个人真的高深莫测。"

"道君你该把他留住。"

"哪里留得住，第二天，我让妙官去找他，哪里还能见到他的人影儿。小客栈的老板说，当天夜里，杜十四根本就没有回去。"

"他不是在京师待了几十年吗？"

"是呀，说走就走。无家无室，无老无小，一双芒鞋走天涯，毫无牵挂。"

"凡人都想过这种生活，可哪里能过上啊！"

"人人都羡慕仙人，可人人都想着荣华富贵，包括你和我。"

徽宗皇帝说着笑起来。

李师师仍沉浸在杜十四的故事中，不住地发感慨："这偌大汴京，自称高人、仙人、山人、散人什么的，没有十万也有九万九，偏偏缙绅官宦人家都信这个，凡事都求他们卜卦测字、看相推命，问个吉凶休咎，这些大仙云里雾里乱嚼舌头，竟没有几个说得准，其实都是骗钱的。这个杜十四，却是一文钱不取。”

“杜十四杳如黄鹤，我想供养他都找不到机会。”

“仙人哪，只需云烟供养。”李师师说着，又忽有所悟地问，“道君，你画《听琴图》，是不是从杜十四那里得了什么启示？”

徽宗点点头。

李师师想到赵良嗣所托，故意漫不经心地问：“奴家知道，近几年听你弹琴最多的是王黼大人，其次是蔡攸，可是你的画儿里，却不见这两个人呢。”

“师师好心机，”徽宗瞅着李师师的一双杏眼以及描得非常好看的两道细眉，笑嘻嘻地说，“我知道师师你不喜欢王黼。”

李师师没想到徽宗猜中了自己的心思，脸一红，不好意思地回道：“道君，我啥时候说过不喜欢王大人呀。”

“你说过，那晚在你家品茶时，你说王黼这人太精明，你认识他十五年，他脸上的那副笑容从来没改变过。”

“啊，这话我说过。”

“你看我画儿上那两个听琴的人，哪一个不是肃容而听？”

“蔡太师不是在题画诗里表白了吗？‘仰窥低审含情客，似听无弦一弄中’，那两个听琴的人，一个仰窥，一个低审，都是有情之人哪。”

“无弦之音他们也听得出来。”

“是啊，仰窥圣意，低审时事，这哪是听琴，分明是在谈做官的道理。”

“师师生为女流，实在可惜。”

“有什么可惜的，当女人比当男人好，女人只爱有情有意的郎君，男人爱的东西太多了，什么功名利禄，锦衣玉食，宝马香车，声色犬马……”

“得得得，我说一句你说一箩筐，”徽宗佯作生气，补充道，“我是说你若是男子，必是朝廷股肱、社稷之良臣。”

“官家，啊，道君，你这是存心要折煞奴家了。”

“师师，唐朝白居易的《长恨歌》，里面写到唐玄宗与杨贵妃两人夜半在长生殿里盟誓，说要‘在天愿作比翼鸟，在地愿为连理枝’，朕小时看了就很向往，后来一直在心里想要是我碰上杨玉环这样的女子，也一定会这样盟誓的。后来遇见了你，我就想……”

“别说了，道君。”李师师感到徽宗要说什么，但打断他的话头，“人活得好好儿的，干吗要盟誓，就像道君与奴家真心相爱，不盟誓也爱着，能爱一天就快乐一天，不能爱了，就各自一方牵挂着，不要盟誓。凡世上盟誓过的，十之八九都是悲剧。”

“啊？”徽宗听了这句话忽地一惊，情不自禁站起来拉住李师师的手，“师师，你把方才说的最后那句话再说一遍。”

“怎么啦？”李师师不明就里。

“你再说一遍嘛。”

李师师想了想，说道：“奴家说，凡世上盟誓过的，十之八九都是悲剧。”

“凡世上盟誓过的，十之八九都是悲剧。”

徽宗皇帝沉吟着重复了一遍，他松开李师师的手，在茶室里踱起步来。

李师师惴惴不安，她知道这句话刺痛了皇上，但她也不想解释。

徽宗皇帝踱了一会儿，回到李师师对面的座位上坐下，李师师觑着他，歉意地说："道君，奴家不是故意冒犯你。"

徽宗勉强笑了笑："师师，你刚才的话倒是提醒了我，人也好，国也好，均不可轻易盟誓。你无意中道出了一个至理，但愿不要一语成谶。"

"一语成谶？"李师师一惊，"道君说的什么？"

"七年前，我与金国皇帝完颜阿骨打秘密盟誓，共同灭辽。事成之后，金国把后晋石敬瑭割让给辽国的燕云十六州归还给我们。"

"这盟誓不是实现了吗？"

"总是有反复，临阵换将，兵之大忌，古人所言，信不虚也。"

"这两天，奴家听说是那个平州王张觉，被大金军抄了老窝，只身逃到了燕京。"

"你听谁说的？"

"满京城都在传呢，奴家只是捡耳朵。"

徽宗沉默不语，他想起前日下午在睿思殿与王黼、蔡攸商量此事。王黼提了四条建议：第一，大金国君臣并没有觊觎中原之意，平、营、滦三州如果大金国执意要留占，并在那里建南京，朝廷可退一步答应，但前提条件是山后六州要尽快归还。第二，完颜宗翰无理出兵抢占灵丘、飞狐两县，从现在大金进攻平州的战略来看，可以断定他们并非是有意吞并，而是想敲山震虎威胁大宋。现在可提出让完颜宗翰迅速从灵丘、飞狐两县撤兵。如果他们执意强占，则以减少议定输送给大金国的岁币相要挟。第三，完颜宗望提出岁币之外，今年要额外多要二十万石军粮，理由是朝廷怂恿张觉叛金，大金军平叛需要这批军粮。这一点不予承认。大金军手上有徽宗皇帝亲自写给张觉的金花笺及多种往来文书，他们认为这是朝廷背盟的铁证。这件事须得按《孙子兵法》“兵不厌诈”这一条与之周旋，直接否定这些文书出自御笔及中书省、燕山府之衙门，而系奸人伪造。如果大金国一定要查出元凶，可推出詹度、谭稹二人作为替罪羊，一口咬定是他们二人立功心切，伙同奸人干出这等有损两国盟誓的勾当。第四，对张觉本人，却须宽待，先让他来汴京，按朝廷承诺他的官职给予厚养。

当时，王黼自以为所献四策是化解危机的锦囊妙计，徽宗却认为这并非是稳操胜券的万全之策，但他没有立即否定，而是同意王黼将这些策略不以圣旨而以中书省密报的方式驰传给王安中。

在徽宗沉默的时候，李师师闷坐一旁。她感到徽宗皇帝一会儿神采飞扬，一会儿又心事重重，情绪很不稳定，所以，干脆不吱声为好。

徽宗回过神来，觉得冷落了李师师，他吩咐道姑重新沏茶，问道：“师师，你方才问我什么？”

“没问你什么呀，我是说，听说大金军又重新占领了平州，那个平州王张觉逃到了燕京。”

“京师的人怎么议论这件事？”

“奴家不关心这些事。但是，道君，对这件事，你可不能省心。”

“多谢师师，”徽宗忽然又恢复了信心，“师师你尽可放心，平州事件，朕自有调度。”

“道君如此说，奴家就开心了。”

徽宗想了想，换了个话题，问道：“师师，你会制作鹿皮冠吗？”

李师师想了想，回答说：“鹿皮冠，那得用鹿皮做呀。”

“宫中皮草库里，有现成的鹿皮，鹿皮冠我倒见过一些，却不好看，你教我做一顶好看的。”

“你把鹿皮交给我就成，道君你自己戴吗？奴家替你做好。”

“不是我戴，你得教我做。”

李师师觉得徽宗皇帝似乎又在玩什么花招，也不打破砂锅问到底，点头允了。

几天后，在崇政殿里，一场盛大的朝会在这里举行，徽宗皇帝决定加封王黼为楚国公。此前，蔡京于五年前加封鲁国公，童贯于三个月前加封豫国公。这一次，再加封王黼为楚国公。这一推恩之举，使徽宗一朝最为受宠的三个人全都达到人臣之极，都是先封太师后晋国公。

提前三天，王黼就已得知消息，而且是徽宗让梁师成前往王府当面告知。王黼觉得很突然，因为此前徽宗皇帝曾对他说过再过两年，待燕云十六州交割之事全部了结就可考虑给他晋封国公。可是如今燕云十六州交割之事枝节横生，遭遇到极难克服的障碍，徽宗为此心情恶劣，却为何在此时突然晋封他为国公呢？

看到他愣怔时，梁师成趁机问道：“宰执大人，你喜从天降，却为何眉心里反倒结起疙瘩来了？”

王黼反过来问梁师成：“梁公公，皇上究竟是怎么对你说的？”

“皇上让咱告诉你，三天后在崇政殿举行朝会，晋封你为楚国公。”

“武、朔二州没有如期交割，接着又失了灵丘、飞狐两县，然后是平州陷落，一连串的事儿都让皇上败兴，谭稹还关在牢里，皇上怎么会突然封我为楚国公呢？”

“这事儿是有些蹊跷，但毕竟是好事儿呀。三天后，官府里的人都得改口称你为楚国公了。今儿个，我得讨杯喜酒喝。”

梁师成与王黼虽不是八拜之交，但早已结为盟友，加之又是邻居。王黼只得依他，吩咐家厨炒了几个菜，烫了窖藏多年的一壶老酒，两人推杯换盏喝上了。其实，喝酒只是应个景儿，主要还是叙话。

看到王黼心里头总是搁着事儿不踏实，梁师成劝他：“你呀，不要总是疑神疑鬼，皇上还会害你？他若害你，还用得着加封你为国公吗？”

“可皇上说过，等燕云十六州交割完成，诸事妥帖了，才会给我加封啊。”

“皇上九五之尊，改个主意是寻常之事。”

“这主意改得没道理呀。”

“什么道理？皇上高兴就是道理。”

王黼心里头清楚，梁师成并不是没脑子的人，他可能是出于服侍皇上的天性而不肯让别人揣摩圣意。但王黼总想从梁师成口中掏出有用的话来，他又转弯抹角表示怀疑：“蔡京晋封国公六个年头了，那是因为南方的方腊闹事给平定了，那时蔡京是中书令，皇上认为他平叛有功，就封了国公。三个月前，童贯封国公，是因为他主持灭辽战事收回了燕京，这也算是大功。我现在何功之有呀？”

“有。”梁师成肯定地说。

“功在哪里？”

“平州事件后，你不是在睿思殿给皇上献了四策吗？”

“啊，你知道？”

“怎么不知道？”梁师成狡黠地眨眨眼，“那一天，你和蔡攸一离开睿思殿，皇上就把我喊过去，说了这件事。”

“皇上怎么说的？”

“皇上说难为你这个中书令，想出了个金蝉脱壳之计。”

“啊，这是皇上的话？”

“你让詹度、谭稹两个当替罪羊，给皇上解绦儿。又让皇上当好人，把张觉当菩萨供起来。”

王黼听出梁师成的话中有不满的情绪，心里虑着谭稹是梁师成的心腹，便解释说：“梁公公，咱知道谭稹是你一手栽培出来的。但是，皇上为灵丘、飞狐的事震怒，下旨把谭稹送进大牢，咱们只能顺着皇上的意思丢卒保车。”

“我没说你错，当宰相的，一要维护皇上，二要保护自己，两样都要做好。再好的朋友，该卖还得卖。”

“梁公公，看你说到哪里去了？”

“我说过，在重大事情上决不会骗你，你今天既然一定要打破砂锅问到底，那我就索性告诉你了。”

“好，咱洗耳恭听。”

“皇上只让我告诉你，要封你为楚国公，别的什么都没讲。”

王黼满以为梁师成会抖搂出一点儿“消息”来，没想到他仍口风严实，王黼不免失望，于是讥讽：“梁公公，咱俩相交多年，你可别把我当猴耍。”

梁师成不气不恼，说道：“王大人你别急，咱话还没说完呢。”

“那你接着说。”

“你方才说，蔡京、童贯晋封国公，皆是朝廷有了重大危机并顺利度过，当事人运筹帷幄建立不世之功，这话不假。但你别忘了还有另一层被人忽略的兆头。”

“什么兆头？”

“逢晋必退。”

“逢晋必退？”

王黼重复着问了一句，瞪大眼睛盯着梁师成。梁师成知道王黼的心思是探个究竟，也就不再卖关子，直接说了自己的判断：“六年前蔡京封公不到三个月，即遭罢相，过了一年半才重新起复。三个月前童贯封公，三天后即遭解职，回家闲居。两人都是封公后落职，都在皇上手上发生。宰执大人，你如今也在中书令任上，皇上晋封你为楚国公，这固然是好事，但封公之后呢？”

梁师成终于道出了这件事的关键，王黼要的就是这句话。此时听了梁师成的分析，他的心情一下子沉重起来，他勾头想了一会儿，问道：“梁公公，皇上如果让我致仕，谁会接我呢？”

梁师成摇摇头，反问道：“你认为谁接合适呢？”

“没有最合适的，如果在部院大臣中挑一个，蔡攸最恰当。”

“恰当，什么叫恰当？”

“就是说他不是最合适的，但没有谁比他更合适。”

“蔡攸，他不是蔡京的大儿子吗？你怎么会信任他？”

“蔡攸在皇上面前，可是说了他老爹的不少坏话。”

“你信他吗？”

“儿子说父亲的坏话，那得要多大的勇气。”

“这倒也是，”梁师成忽然伤感起来，叹道，“王大人，希望我的猜想是一个错误，皇上封你为公，是真的欣赏你的才干。”

“梁公公，你我跟着皇上都快二十年了，还不了解皇上？我一旁观察，皇上对你始终看高一眼，万一我被罢相，你要推荐蔡攸接任。”

“我会尽力。”梁师成答应后，又苦笑道，“只怕我也是秋后的蚂蚱，蹦跶不了几下哟。”

应该说这一次谈话，两人的心情一起变坏了。直到今天朝会在崇政殿举行之前，两人再也没有见面，也就是说，梁师成那边，再没有什么好消息（当然也没有坏消息）向王黼通报，王黼只得强扮笑脸接受闻讯前来的亲朋好友、下属僚佐的恭贺。

眼下在崇政殿举行的朝会，一切如仪进行，当典礼官读完晋封王黼为楚国公的御旨，殿内的文武百官跟着身穿大红袍服的王黼一起跪下向须弥座上的徽宗皇帝谢恩。

徽宗皇帝看起来心情很好，他抬抬手示意众卿平身，待官员重新序班站好，徽宗皇帝吩咐王黼走到须弥座跟前，在左侧的丹墀下给他赐座，然后当着众位官员的面对这位才当了半年多的中书令大加褒奖。最后，他让内侍抬了一个礼盒上来，对王黼说：“爱卿，今天，朕不但封你为楚国公，还要送你一件礼物。”

“谢皇上。”王黼显得诚惶诚恐。

徽宗皇帝站起身来，亲自打开那个礼盒，从中拿出一顶绣着精致花边的褐色无梁礼帽，托在手上向众官展示了一下，然后走下丹墀来到王黼跟前。王黼早已站了起来恭候。徽宗皇帝瞧着王黼头上戴着的两翅颤动的黑纱为面、红纱绲边的一品朝臣官帽，开玩笑说：“爱卿，你头上的这顶乌纱帽，戴起来庄重，一看就知道是权臣。但朕今天送你的这顶帽子，戴起来就会像个神仙。”

“谢皇上。”

看到王黼额上渗出细碎的汗珠，徽宗晃了晃手中的帽子，问道：“爱卿，认得这顶帽子吗？”

王黼只觉得这顶帽子很好看，但一时想不起来该怎么称呼它，急中答道："皇上，这是皮质的。"

官员中一阵窃笑。徽宗皇帝却没有笑，而是一本正经地回答："爱卿，这帽子叫鹿皮冠，是朕从宫库中挑选出最好的鹿皮，然后亲自取样、亲自剪裁、亲自缝制的，不瞒你说，朕花了三天工夫呢。"

王黼闻听此言，心中既有感激又有凄楚，他毕竟饱读诗书谙熟掌故，知道鹿皮冠为隐士所戴，皇上如此认真给他缝制一顶鹿皮冠，个中深意不言自明。

说话间，徽宗皇帝竟伸手去把王黼头上的乌纱帽摘了下来，再将鹿皮冠戴在他头上，而后退了几步仔细端详，问众官员："你们看看，楚国公戴上这顶鹿皮冠，一下子好像变成另外一个人，那么超凡脱俗。"

官员们七嘴八舌一阵絮聒：

"好看！"

"皇上手艺真好！"

"楚国公戴这顶鹿皮冠，比戴乌纱帽更好看。"

王黼听到这些议论，立刻朝徽宗皇帝跪了下去，伏地奏道："感谢皇上，给老臣晋封楚国公，让臣光宗耀祖，更感谢皇上，赐给臣这顶鹿皮冠。老臣请皇上恩准，自现在开始，老臣辞去中书令一职，不再戴乌纱帽了。"

"爱卿，你再说一次。"

王黼放缓语调，提高嗓门说："伏望皇上恩准，臣自今日开始，辞去中书令官职，不戴那顶乌纱帽了。"

"爱卿，乌纱帽你戴多少年了？"

“从九品戴到一品，差不多三十八个年头了。”

“人生有几个三十八年啊，爱卿把一生大好光阴都奉献给朝廷，功不可没啊！你岁数不小了，既然想从此戴上这顶鹿皮冠当一个仙人，朕准了你。”

徽宗话说完，崇政殿内一片寂静，所有官员都没想到今天的朝会竟有这样一个结局。

第二十八章　郭药师献计

一临九月，燕京地区的天气日见灿烂，也日见肃杀。霜降之后，若遇一场秋雨，半宿北风，香山上的枫楸栗槲等各类林木，就像一夜间被人涂了胭脂，其叶子不管干湿厚薄，无一不唰唰地红了，远远望去，只觉冶红烘日，炊霞如黍。城中红男绿女，无不往观。但是，若逢天公戏弄，把好好儿的阳光撤了，换了浇灭虫声的冻雨，且掺着摇撼树篱的寒风，山壑间的丹秋，也会在一夜间摇落净尽。所以说，九月的燕地，既会让人兴奋，也会让人忧伤。但奇怪的是，每年的九月初九重阳节，却极少有坏天气。因此燕京城中的人，都极看重重阳节，北地称重阳为重九，燕京城中的人干脆称它为燕九节。到了这一天，各个衙门都会放假，当轴公卿、缙绅贵胄、纨绔膏粱、命妇斋娘等等，莫不冶游侍宴、冠盖盈衢。即便是苍头医士、蚕母庄奴、工师匠伯、牙郎驵会等百业佣役，也无不歇业，尽各人的兴趣，去山间水畔、佛寺道场、箭厂鹰园、勾栏曲院等处痛痛快快地消磨一天。可以说，燕九节这一天，燕京城内外各处胜景之地，大都人满为患。但在燕京城东南角的聚燕台，却显得少有的清净。

聚燕台是出东南角揌泰门半里路远的一处土丘，这土丘四周是平展的庄稼地，土丘大约二十余丈见方，生长着上百棵古柏。树丛中有一座六角石亭，正面横梁上悬挂了写有“聚燕台”三个字的一块木匾，蔓草间立了十几块碑，刻的都是一些文人骚客来此游览留下的诗词。在燕京，这聚燕台不是一等的优游之处，但对于去国怀乡感物伤时的人，却又不得不在燕九节前后来此徘徊一次，皆因这一座小小的土丘，却有着不可思议处，即每年燕九节，少则二三日，多则五六日，会有成千上万只燕子来此翔集。

却说张觉逃来燕京之后，这二十多天时间里，一直神情怏怏，提心吊胆。一来是因为留在营州的亲人都被栋摩杀害，二来是他进入燕京的第五天，金军东路军主帅完颜宗望就派使者前来送信给燕山知府王安中，索要张觉首级，并威胁说若敢袒护拒不交还这位大金叛臣，他将亲提十万劲旅前来讨伐。届时，燕京重陷锋镝，殃及百姓，其罪不在大金而在南朝……

虽然大金军索要张觉，原也在王安中预料之中，但收到这封措辞强硬的信后，王安中仍然感到了巨大的压力。因为他一时找不到既保全张觉性命又能让完颜宗望熄灭怒火的万全之策。此前，张觉一行被安排在府邸驿舍中居住，虑着大金军方面可能会侦伺到张觉的下落，王安中便与郭药师商量，安排张觉住到他的兵营中躲避风头。郭药师与张觉当年同在萧莫娜手下为将时，就交情不薄，加之策反张觉叛金归宋，郭药师也是主谋之一。基于这两点，郭药师便同意了王安中的主意，把张觉父子及李石等一行秘密转移到他的兵营中。

在兵营中待了十几天，虽然每天好吃好喝，行动却不自由。

这一日，也就是燕九节的前两天，郭药师来到兵营中招待张觉喝酒，张觉提出想去聚燕台看看，郭药师也没多问就爽快答应了。到了燕九节这一天，郭药师事先派了不少兵士封锁了聚燕台，然后陪张觉来到了这里，同来的有郭药师的心腹大将甄五臣以及张觉的儿子张劲等。

日上三竿，一行人来到聚燕台下。因为军士警戒，闲杂人等全都清场，这里反倒显得冷清了。郭药师与张觉等翻身下马，走上了通往山丘的石板路。

打从来到燕京，张觉几乎就没有笑脸，住在军营里，日日都穿着粗麻孝服。今日出发前，在郭药师的劝说下，张觉才脱了孝服，但仍不肯穿大宋朝廷赐给他的一品帅袍，而是换上了一袭夹纻的青衫。

郭药师几乎不通文墨，也从来没有游山玩水的雅趣，这会儿走在石板路上，问并肩登山的张觉："觉帅，你为何要来这里？"

张觉看了郭药师一眼，又指了指路边一棵盘龙虬枝的老柏树。

"这是老柏树，哪儿都有。"郭药师说。

张觉说："你看树上的燕子。"

"啊，燕子，"郭药师瞅了瞅老柏树的枝枝丫丫上蹲满的燕子，朝张觉做了个鬼脸，"真他娘的邪门儿，燕子居然通人性，也知道扎堆儿赶集。"

"所以，这里叫聚燕台。"

说话间，两人已走上了山丘，在那座年久失修的亭子前停了下来，抬眼望去，只见所有的柏树上，都落满了大大小小各种各样的燕子，它们吱喳着、呢喃着，有的敛翅、有的跳跃、有的飞翔着，似乎在向同伴，也向这开始萧瑟的秋天传递它们的亢奋、欢乐和忧伤，当然，还有它们迁徙前的惆怅和依依惜别的情绪。

“药帅，你听懂它们说什么了吗？”张觉问着，眼睛却没有离开树梢。

郭药师吐了一口痰，提高嗓门儿调侃道：“觉帅，咱不是燕子，咱是人。”

“是啊，人怎么能懂燕语呢？”甄五臣跟着附和。

张觉倒也不计较他们，顾自感叹：“树犹如此，人何以堪。”

张劲帮父亲解释：“药帅，这是古人的话。”

郭药师吃不了酸秀才这一套，他白了张觉一眼，说：“觉帅，咱知道你心里头熬拉巴糟的不好受，想出来散散心解解闷儿，但这些鬼燕子又能帮你个什么？”

张觉反过来问郭药师：“你还记得去年燕九节吗？”

“去年燕九节怎么啦？”郭药师问。

“萧太后领咱们来了这里。”

“嗨，看你，”郭药师揶揄道，“去年这个时候儿，咱已是南朝赵皇帝赐封的大将军了。”

“啊，咱记谬了。”张觉自失地一笑。

“你说说，萧德妃那娘儿们，领你们来这里干什么？”

“看燕子。”

“她也看燕子？”

“天下之大，无奇不有。每年九月秋凉，也就是燕九节前后，满燕京的燕子都会飞到这儿来候群，然后成群结队往南飞，来年春天再飞回来。”

郭药师说：“候鸟都这样，有啥好奇的？”

张觉回答说：“全燕京那么多地方，燕子们哪儿都不去，单单选中来这座山丘，这是第一奇；回来的时候，燕子们各自回家去找老巢，却再不来这儿集中，这是第二奇；据燕京城中老人讲，每逢遇到大饥荒、大瘟疫或者大战事，这些燕子早就大难来时各自飞了，不是等灾害来了，它们才仓皇逃避，它们都是精灵哪。往往明年有灾，头年它们就未卜先知，多半的燕子也不来这里聚会了。因此这第三奇，是奇中之奇。”

“哦，原来这些小燕子，还有如此的神通。”郭药师似信非信，又问道，“那，去年萧莫娜领你们来，这里的燕子是多是少呢？”

“少。”

“啊，腊月里完颜阿骨打就进了居庸关，燕京换了主人。”

“所以说，燕子虽小，兆应却非常灵验。”

“那，觉帅，今年的燕子比起去年的今日，是多还是少呢？”

张觉此时站在一棵长了瘤子的老柏树的阴影下，他没有立刻回答郭药师的问话，而是说了一段伤感的话：“去年来这里的，萧干前不久被传首汴京，左企弓在咱平州的府衙咬毒自尽了，萧莫娜被耶律大石胁迫着去了塞外，如今下落不明。这些人去年今日站在这里，没有一个人心情是爽快的。”

郭药师咂摸着张觉话中的意思，但他从来都不会多愁善感，他回道：“天下没有不散的筵席，大辽的气数尽了，觉帅，南朝皇帝待咱们不薄。”

“一码事是一码事，咱现在不说赵皇帝，而是说咱为啥要来聚燕台。”

“那你说说，为何要来？”

“来看燕子。”

“刚才咱问你，你扯开话题儿不回答。咱再问你，今年的燕子，比去年是多还是少呢？”

“少。”

张觉说罢长叹了一声，郭药师眨巴着三角眼，狐疑地问：“燕子比去年少？”

“少。”

“这是啥兆头？”

“燕京虽归了南朝，但……”

张觉欲言又止。但不用他往下说，郭药师已明白了他的意思，赶紧言道：“觉帅，开弓没有回头箭，咱俩现在只能紧紧抱住赵皇帝的大腿，否则就找不到活路了。”

“药师兄弟所言极是，有句话不知当讲不当讲。”

“咱俩这份情，是用血供养出来的，有什么话你还不能对咱讲。”

“走，咱俩借一步说话。”

张觉说着，便拽了郭药师的胳膊，要往柏树林深处散步，几位随从知道两位帅爷有要紧话说，也都留在原地。但两人没走出几步，却见一位穿着皂服的胥吏从石板路上急匆匆跑来，看到林中郭药师的背影，便高声叫道：“药师！”

郭药师回转身来，认得是燕山府衙中听遣的差人，便问道：“你有何事？”

胥吏气喘吁吁跑到近前，一边施礼一边禀道：“药帅，台帅王大人要紧急见你。”

仁宗理政时有一项改革，即各地知府兼任本府驻军总帅，而专主军事的武官则为副帅。这一改革已成朝廷代代相继的人事方略。故燕山府知府便成了燕山驻军的统帅，亦称台帅。而实际统兵的郭药师只能是副帅，只不过在称呼上人们通常会把副字去掉，而在帅前加姓或名，故称郭药师为药帅。

郭药师看到胥吏一副紧张兮兮的样子，情不自禁摆起架子，问道："台帅现在哪里？"

"在府衙。"

"有何紧急事？"

胥吏觑了张觉一眼，回道："这个，小的不知。"

郭药师一是怕冷落了张觉，二是想摆摆谱，便对胥吏说："你回去告诉台帅，就说本帅陪着觉帅散散心，迟一会儿再去府衙。"

胥吏一听急了，连忙调了嗓门儿说："药帅大人，你千万不要为难咱这个小办差的。"

"啊，你有啥为难的？"

"台帅有十万火急的事，等着要你前往磋商。"

"既是这样，本帅也不敢耽搁了。"

郭药师说罢，吩咐甄五臣陪好张觉一行，自家随了胥吏，朝燕山府衙打马而去。

王安中是第一次在燕京城中过燕九节，提前几天他就作了布置，让随军的乐伎在府衙内安排一场堂戏，请府中僚佐椽吏连同家属一起观看，中午请大家吃一顿全羊宴。但是，昨天他收到汴京中书省加急函报，内中抄录有徽宗皇帝圣旨，言明王黼中书省的职务被免除，致仕闲居。接任者却是半年前被免去这一职务的蔡京。而此前从童贯手上接任河北河东招讨使的谭稹，被勒令回籍半俸养老，他留下的职务，仍由童贯出任。函报中还有一封专递王安中的短札，告之童贯近期会来燕京视察防务。乍一看到函报，王安中不觉背心像被人铺了一层冰。整整一个晚上，脑瓜子里昏沉沉的如同盛了一盆糨糊。他是王黼多年的心腹，这一点官场上的人无不知晓，童贯落势之后，王黼将他安插在燕山府同知位子上的詹度换掉，为的是不让童贯在燕山事务上有任何插手的机会。自詹度走后，王安中这才少受掣肘，无论是策划张觉叛金还是主持对大金国的一应谈判，王安中只认王黼这一个主子。谁知不到半年时间，朝廷机枢之地波谲云诡风云突变，柄政大臣争宠斗法，无论是登场还是谢幕都太过匆忙，让那些选边站找靠山的官员们，一会儿在火焰山上，一会儿又在冰窟窿里……

整整一个晚上，王安中躺在床上像翻烧饼，他不得不思考朝廷这一重大的人事变化对燕京的政局会产生什么样的影响，更担心他自己在政坛变革中的安危。客观地讲，他是一个谙熟朝廷掌故的文臣，但作为封疆大吏，他缺乏应有的魄力和勇于任事的勇气。正因为如此，一遇风吹草动，他比一般人更容易患得患失……他在燕京任职并没有带家眷，就一个小妾与苍头作陪，所以也没有另觅宅邸，只住在府衙后院的客舍中。这一夜，他连小妾都不让侍寝，独自在床上胡思乱想，临到天快亮时，才迷迷糊糊地睡了过去，也不知睡了多久，又被一阵说话声吵醒，夹生瞌睡最容易让人生恼，只见他趿了鞋，穿着睡衣坐在床沿上问：

"是谁在吵呀？"

"老爷，是书办吴先生。"

答话的是苍头孙老倌，王安中没好气地拉开房门，朝站在客厅中的书办吼道："大清早的，你跑来干什么？"

吴先生是五十多岁的老书办，办事一向谨慎，见主子凶巴巴地质问，一时慌了神，答道："大人，小的不该来，刚进这道门槛，我的眼皮子还跳呢。”

“眼皮子跳，自己掌几下。”

吴先生尴尬地笑着，随话搭话说：“好的，掌几下，掌几下。”

这么一闹，王安中的瞌睡没有了，看到书办与苍头都手足无措，他又有些过意不去，便压住火气问：“老吴你有何事？”

“送一封信给大人。”

“信？”

“是的，十万火急。”

“谁的信？”

“大金军东路军主帅完颜宗望。”

“他的？快呈上。”

王安中也顾不得换衣服，穿着睡袍就坐到客厅的楠木椅上。书办打开随身带来的木匣，从中取出完颜宗望的信，双手递给王安中。

信件就一张笺纸，寥寥数语：

大宋朝燕山府知府王安中台鉴：

我大金国叛臣张觉八月出逃燕京，本帅三次派人至函贵府，务必将此贼枭首送来，但至今贵府拒不交纳。更有可气之处，本国之叛贼，竟被贵朝视为功臣，封官晋爵，百般恩恤。今再致信于贵府，限十日之内，缴送张觉首级于本帅查验。若到期不见，本帅必率十万大军，亲来燕京讨贼。军中无戏言，说与贵府知道。

大金国东路军元帅

完颜宗望（钤印）

看了这封信，再联想到昨天晚间看到的中书省的函报，王安中顿时有了腹背受敌的感觉。他当即决定立即召集蔡靖、郭药师二人前来会揖，商量对策，并让书办通知一应僚吏，取消上午的堂戏和午宴。

午时过半，郭药师才匆匆赶到府衙，进了王安中廨房，见蔡靖已就座，他便大大咧咧在蔡靖上首坐了。蔡靖一向对郭药师没有好感，但碍于他得到皇上的恩宠，凡事只得忍让，这会儿郭药师坐在上首，穿堂风过来，身上的狐臭熏得蔡靖反胃作呕，他只得挪挪身子，尽量把脑袋前倾。

坐在对面的王安中同蔡靖的心态一样，既讨厌郭药师，又不敢得罪。郭药师屁股刚落座，他就说道："药帅，燕九节本是例假，却因事情紧急，才找你和蔡大人一起会揖磋商。"

本来想发几句牢骚的郭药师见王安中满脸沉重，便压下火气问："是什么要紧事？"

"今儿一早，本衙收到完颜宗望的一封信。"

王安中说罢，从几上木匣中取出那张信笺，让书办递给郭药师。

郭药师接过信笺瞅了一眼便还给书办，仍问王安中："王大人，这信笺说了些啥？"

"你看看嘛。"

"我看？"郭药师有些发毛了，他悻悻地吼了起来，"你王大人早就知晓咱不识字，为何还来讥笑咱？"

王安中情急中忘了这回事，见郭药师急了，他拍了拍脑袋，解释说："哎呀，本台急糊涂了，忘了这回事，老吴，你给药师念一遍。”

书办于是念了一遍。

郭药师听罢，瞅了瞅王安中，又侧过脑袋瞅了瞅蔡靖，问：“你们两位大人，准备如何回复完颜宗望？”

王安中说：“请你来，是想听听你的高见。”

郭药师扑哧一笑：“高见都存在你们读书人的脑瓜子里，咱一个高粱花子，哪里有什么高见？”

蔡靖替王安中说了一句：“药师，完颜宗望提出的要求，咱们深感棘手，王大人是真心向你讨教。”

蔡靖话音一落，郭药师侧过身子凑近他讥道：“你们棘手，难道咱就顺手？”

一股强烈的狐臭扑过来，蔡靖赶紧用手捂住鼻子，仍忍不住干呕起来。

“你怎么啦？”郭药师问。

蔡靖起身离席，掩饰道：“昨儿夜里酒喝多了，这会儿发作了。”

郭药师将手伸进嘴里晃了一下，对蔡靖说：“你去净房里，把酒抠出来。”

王安中知道蔡靖是忍受不了郭药师的狐臭，便打圆场说：“蔡大人谅不至吐酒，你也别熏了药师，坐我这边来。”

蔡靖赶紧遵命，坐到王安中的下首了，郭药师并不知晓个中原因，仍然揪住话题说：“蔡大人，咱看你不像个醉酒的，八成是被完颜宗望的信吓尿了。”

王安中想笑笑不起来，又担心扯淡误了正事儿，便扯回了话题：“药帅，完颜宗望的信，限十日答复。咱请你们二位来商量，一是如何回复，二是如何向朝廷禀报。”

“咱来的途中听说，王黼大人、谭稹大人都致仕了，蔡京大人、童贯大人又被赵皇帝请回来主政了。”

“这是真的。”

“蔡京大人去年宴请大金国特使完颜娄石，请我去作陪，就在那次的筵席上，他偷偷交给咱一个差事，咱从来没有对你们说过。”

“什么差事？”王安中问。

郭药师一字一顿：“策反张觉。”

“啊，这主意原来是蔡太师出的，我还一直以为是王黼大人。”

“咱知道，王大人是你的靠山，他后来也成了策反张觉的第一功臣，但这第一功臣，的确是蔡太师，第二功臣也轮不到王黼大人，而应该是童贯大人。”

郭药师的话夹枪夹棒，呛得王安中脸上红一阵白一阵，但他毕竟见过风雨，沉得住气，此时言道：“听你这么一说，原来你是最知道隐情的人，那你更应该出个主意，眼下这难关，如何才能渡过？”

郭药师暗自在心里头掂量了一番，也就不再开玩笑了，他把三角眼一吊，正色说道：“二位大人既然这么抬举我郭药师，咱就问你们几样事体。”

“药帅且讲。”

“如果把张觉的脑袋割了，十天之内送到完颜宗望手上，后果是什么？”

蔡靖回答：“完颜宗望就会退兵，不再攻打燕京。”

“还有呢？”

“还有……那就是天下人都会责备咱们言而无信，策反人家又把人家的命给弄丢了。”

“还有呢？”

“还有，还有什么？”

“咱们怎么向蔡太师、童太师两位大人交代？”

郭药师这么一问，王安中立即插话：“这才是问题的关键，药帅，你有没有解救之法？”

“解救之法，不能说有，也不能说没有。”

“药帅，你不要卖关子。”

“咱不是卖关子，”郭药师突然一拍巴掌，奸笑着说，“大金国方面，是必须要张觉死，咱南朝方面，是必须要张觉活。弄死他，大金国高兴，南朝恼火；让他活，咱南朝高兴，大金国必然攻打燕京。你们说，这种不共戴天的事儿，我郭药师能有招儿化开吗？”

郭药师这一番话，倒把王安中、蔡靖两人的心揪紧了。廨房里沉默了一会儿，王安中叹了一口气，言道：“看来只有一条路，八百里驰传把完颜宗望的信送到朝廷，等皇上的旨意，咱们再遵旨行事。”

蔡靖点头附和。

郭药师鄙夷地一笑，说：“二位大人，这种小事就去烦皇上，太没出息了吧？咱们得自己解绦儿。”

“怎么解？”王安中颈子伸得老长。

“你们都出去。”

郭药师伸手点了点屋子里的闲杂人等，待他们都退出了，郭药师才凑近王安中，在他耳边絮聒起来，声音虽小，蔡靖却还听得见。

王安中忍住狐臭的侵扰，听完郭药师的主意，顿时眉开眼笑，问一旁的蔡靖："你看，药帅的主意如何？"

"这是个好主意。"

蔡靖赞叹着，然后使劲揉了揉鼻子，打了一个大大的喷嚏。

第二十九章　查验首级

九月十六日，也就是王安中接到完颜宗望的手札的第七天，大约三十名南朝的骑兵在两名大金军骠骑的引领下，进了平州城来到完颜宗望的行辕前，这行辕本是卢龙驿，大金军进驻平州后，完颜宗望就把帅府设在了这里。这三十名南朝骑兵，是奉王安中之命，专程押送张觉的首级而来。

这些骑兵在辕门下马的时候，完颜宗望正坐在厅事里，向陈尔栻请教平州是否适合设立为金南京的问题。完颜宗望一直认为平州格局太小，不足以与燕京抗衡。但当时父皇提出这个设想时，他虽觉得不妥却也不敢表述意见。如今父皇驾崩，完颜宗望这才觉得有必要重新思考这一国策。

当陈尔栻听完完颜宗望的忧虑，不免心下一惊，问道："宗望将军，你是何时觉得平州设立南京不妥的？"

"今年春上，父皇在榆关城楼上提出这一主张，我就觉着还可再斟酌斟酌，但当时，我哪敢提出来。"

"啊！"

"其实，宗翰同我的想法是一致的。辽南京设在燕京，南朝与之毗邻的霸州、雄州，都局促小气，与燕京相比，就好比一只大狮子伸出前爪摁住了两只绵羊。如今，燕京在南朝手上，从它来看待平州，也有着饿虎扑羊的架势。老先生，这是我的想法，你看有没有一点道理？”

“有，宗望将军，你说的是大道理。过去，阿骨打皇帝坐帐议事时，你坐在一边像个闷嘴葫芦，老夫还以为你不想动脑子呢，却没想到你思虑得这么深。”

“老先生你过奖了，”完颜宗望自谦地一笑，“你还没回答我请教的问题呢！”

陈尔栻想了想，答道：“大辽国设立五京，都很有讲究。南朝设府郡，更有讲究。华夏的地名，可都不是乱取的。《谷梁传》里说过‘山南为阳，水北为阳’。反之，山之北、水之南则为阴。秦一统天下之后，便依这山水阴阳的规律取郡县之名。据《汉书·地理志》记载，山之南者，如嵩阳、华阳、恒阳、衡阳、岳阳、夏阳、首阳、咸阳、鲁阳、枞阳、东阳、云阳、弋阳、曲阳、原阳等等；水之北者，有池阳、郃阳、河阳、洛阳、荥阳、襄阳、渔阳、辽阳、潮阳、洮阳、昆阳、安阳、南阳、浔阳、射阳、溧阳、鄱阳、沔阳、汉阳。说到幽燕之地，有上郡之定阳，雁门关之沃阳、剧阳，上谷之沮阳，渔阳之要阳，辽西之海阳。合山水之阳而得郡县之名，却是占了多半。当然，也有少数郡县列名为阴。华夏地理中，山之北者，有华阴、山阴、龟阴、蒙阴、鹑阴、雕阴、襄阴等等；水之南者，有汾阴、荡阴、颍阴、舞阴、济阴、汉阴、湘阴、蒲阴、淮阴、江阴等等。凡称阴者，偌大中国，不会超过三十个郡县。”

“称阴有何不好？”完颜宗望插问。

陈尔栻继续说："山之北为阴，阳气不聚，难生大木；水之南为阴，湿气太重，蚊蝇涸集。大凡此种地形，稼穑艰难，难立国邑。"

完颜宗望追问道："平州之地势，是属阳还是属阴呢？"

陈尔栻想了想，说道："小民居此，衣食不愁；宰君居此，难以展布。汉人居此，据榆关而控塞外戎狄；异族居此，虽百万貔貅，难越居庸。"

完颜宗望咂摸着陈尔栻的话，他本来双手交叉抱在胸前，也许是陈尔栻的话让他兴奋起来，他放下双手，惬意地搁在椅翅上，再次询问陈尔栻："老先生，如此说来，你也不同意在平州设立南京？"

"从地望上说，平州是不太合适。"

"父皇要在这里设立南京，事前应该征询过你。"

"是的。"

"父皇那么信任你，你为何不把刚才这番话讲给他听？"

"讲了以后又如何呢？"

"至少可以让父皇改变主意。"

"怎么改变？"

"不在平州设立南京。"

陈尔栻听后笑了起来，他看着完颜宗望较真儿的样子，心里头充满了欢喜，他解释道："宗望将军，依你看，在当时的情势下，金南京应该设在哪里呢？燕京给了南朝，离燕京最近的州府就是平州了。咱们总不能再往后回撤六百里，到大定府，也就是辽中京那里去设金南京吧。何况那时候，阿骨打皇帝已看出张觉有反骨。把南京设在这里，至少有三重意义：第一，平、营、滦三州南朝一直想索要，咱们不能给，在这里设南京，是表示咱们不失疆土的决心；第二，张觉一直脚踩两条船，设南京也是为了牵制他；第三，保留榆关，用阿骨打皇帝的话说，咱们不会觊觎中原，但要保留一条进出中原的道路。宗望将军，为制定这一条策略，你的父皇可是在燕山里头实地踏勘了一个多月呢。”

“听老先生这一说，原来父皇的南京之设，也并不是草率之举。”

“岂止不是草率，而是相当慎重。”陈尔栻说着话锋一转，又道，“不过，国策的制定，也是因时因地。有的国策管百年、千年，有的国策却只能管一年两年，甚至只管几个月。”

“那，南京之设，是临时国策还是长久国策呢？”

“你说呢？”

完颜宗望又情不自禁地抬起双手，十指交叉抱着后脑勺，这是他深思时的习惯，他想了好一会儿，然后说：“当初在平州设立南京的三个考虑，至少可以去掉一个了，张觉已经叛金归宋，而且是大宋的君臣们怂恿张觉哗变。这样一来，咱们就有了向南朝兴师问罪的理由。还有一点，即第三点，父皇说留住榆关，保存进出中原的通道，在我看来，仅有榆关是不够的，还必须控制居庸关，这条通道才是完整的。”

“宗望将军，以你之见，大金国的南京应该设在哪里合适呢？”

“最合适的不一定能实现。”

“你先说说看。”

完颜宗望嘴里迸出两个字：“燕京。”

陈尔栻点点头回答：“燕京当然最好。只是当初金宋两国秘密盟誓，灭辽之后，燕云十六州归还大宋，不但辽南京燕京，就是辽西京大同，都在归还之列。”

“当初两国盟誓，言明西京与南京都由二国夹攻，但南朝的军队都是些泥菩萨，一捣就碎，两京都是我大金军拿下。不种树还偏要吃好枣儿，想到这一层，我心里头就憋气。”

陈尔枤知道完颜宗望这股子情绪一直在大金军的各级首领中蔓延，若不是阿骨打与吴乞买前后两位皇帝顾全大局以信义为重，燕云十六州势难交割给宋朝。何况大宋订立密盟之后，常常做一些“当面笑呵呵，背后摸家伙”的背信弃义的行为，的确让大金国的君臣们抓住了把柄。今日完颜宗望谈话中透露的心思，倒引起了陈尔枤格外的重视，他心中忖道：话既说到这个地步，索性说透为好，于是问道：

“宗望，你这些话，与宗翰说过吗？”

“不止一次说过，宗翰的情绪比我更激烈。”

“你们两个人，都是阿骨打皇帝生前最为倚重的爱将，大金军的将士们，也都唯你们马首是瞻。吴乞买皇帝甫一登基，就私下同我商议，要给你们两人封王……”

“老先生，这个万万使不得。我与宗翰二人也商议过，父皇驾崩后，吴乞买叔叔继承皇位。为大金国江山永固，皇祚长久，我们哥儿俩愿意在沙场上度过此生，但今生今世决不称王。”

“宗望，封不封王不是你说了算。泱泱华夏历朝开国功臣，有几个不封王的？当然，这不是现在讨论的事儿。我且问你，你与宗翰两人，是不是有重伐燕京的打算？”

完颜宗望不吭声，既不承认也不否认，但沉默就是态度，陈尔枤叹道：“燕京交割给南朝，才半年时间，而且是阿骨打皇帝生前亲自定夺的，你们如何能够背盟呢？”

“背盟的不是我们，是南朝的君臣。”

“就张觉这件事？”

“这件事还小吗？赵皇帝写给张觉的金花笺，早已落入我们手上，如今张觉逃进燕京，又被他们收留，这都是我们讨伐的理由。”

陈尔栻揉了揉眼睛，自言自语道：“燕京千古形胜之地，他日必定是帝王之家，只是归了南朝，如何要得回来？”

“不是要，是夺回来。”

“宗望，这话万万不可吐露出去。说到这里了，老夫告诉你一句话，大金国若得了燕京，便是如鱼得水，如龙得天。”

“这不就得了？咱们也不用找理由，南朝事实上已经背盟了，咱们现在就有讨伐的理由。”

陈尔栻没有接话茬，而是问：“宗望，你给王安中写信要张觉首级，已经几天了？”

“十天了，王安中七日前收到。”

“你说，他们会送来张觉首级吗？”

完颜宗望摇摇头。

陈尔栻问：“不送来怎么办？”

完颜宗望咬了咬牙帮骨，回道：“我已传令部队，三日内在居庸关外集结。”

正说着，一名小校进来禀报，说是王安中派人将张觉首级送到。

卢龙驿的花厅里，也就是四个月前李石鸠杀韩八斤的地方，现坐了完颜宗望、栋摩、博勒、朵颜、二柱子等五六个人。听说王安中派人送来张觉的首级，宗望便通知这些人前来一同验看。

陈尔栻并不在座，他虽然运筹帷幄胸藏甲兵百万，平常却连杀鸡都不敢看，听说要看张觉的人头，他顿时就想作呕，所以就撤了。按级别，二柱子也不该在邀请之列，一是因为他是左企弓的书童，对张觉可谓恨之入骨；二是因为宗望经过挑选将他安排给陈尔栻听差，参加验证，回去也好向陈尔栻禀报。基于这两点，宗望才破格通知他前来。

大约刚过申时，值日官领着三名宋人进来，走在前头的是王安中的书办吴先生，他后面跟着两位穿着戎服的小校，其中一个彪形大汉手上托着一个两尺见方的粗重黑木匣。花厅里的人一看都知道，张觉的首级盛放在这只黑木匣里。按完颜宗望的吩咐，彪形大汉将黑木匣放在他面前的老榆木茶几上。

几乎从春秋战国时期开始，中国的北方就有取人首级的风俗。大凡结下冤仇者或者敌国的长官，遭人诛杀后一定要割下首级验证。因此，生产盛放首级的木匣和保存首级不腐也成为一种必不可少的技艺。眼前这只黑木匣是用山梨木制成，身首异处是为离，梨与离同音，取其音也。被割的脑袋迅速放进这个梨木匣中，然后灌满可以防止腐烂的生漆，再用白蜡密封。制作木匣的工艺非常考究。首先是选料，四块整板都二尺见方，能锯成这样的板料，其大树得两人合抱。山梨树生长极慢，所以，生产木匣的山梨树龄都在二百年之上。按行内的规矩，这样的树也被称为“寿木”。中国称棺材为寿木，将首级放在这样的木匣内，也是表示对死者的一种尊重。木匣的制作不用一颗铁钉，其四角连接的榫卯严丝合缝，再辅以樟脑汁与松香调制的黏合剂，任何液体放进去都不会有丝毫渗透。木匣被漆成黑色，但是用红白两线描画出西方极乐世界的种种景象——这样灿烂的画面可以视作对死者的一种安慰。这黑木匣唯一给人以恐怖提示的是匣盖与匣身联结处的锁——这锁被铸成狴犴形象，但比大牢门上的狴犴显得更为狰狞，它用纯铜制成，金黄的锁与漆黑的匣对比强烈，给人以震撼或者被死神攫住的惊悸。

当黑木匣在老榆木茶几上放好，屋子里的气氛一下子紧张起来，虽然已经知道了结果，完颜宗望仍得按程序再问一次："匣子里是谁的首级？"

"前大金平州府知府、泰宁军节度使张觉。"

"确认是他？"

"确认是他。"

"你是谁？"

"大宋燕山府知府王安中大人特命使者，燕山府衙门八品书办吴云昌。"

"张觉如何被取的首级？"

"王大人得到你的手札之后，立刻会同两位燕山府同知郭药师、蔡靖商议，当天夜里，就将张觉诛杀。"

"哪天夜里？"

"燕九节夜里。"

"你们的知府大人一向办事拖沓，畏首畏尾，这次为何就敢当机立断呢？"

"宋金两国有密盟在先，故咱家主人敢于决断，为的是不伤两国和气。"

完颜宗望也不再询问了，指了指黑木匣，下令道：

"开匣！"

吴云昌朝小校做了个手势，小校上前掏出钥匙小心翼翼插开铜锁，掀开匣盖，一股刺鼻的生漆味熏得人们呛咳起来。栋摩由于心急想看到首级，率先把身子凑到黑木匣跟前，因此他不但呛咳得最厉害，而且眼泪也被熏了出来，他一边揉眼睛，一边骂道："张觉这王八羔子，死了都不消停。"

完颜宗望吩咐值役取来一只木盆，也放在茶几上搁好，然后从生漆的浆液中捞出泡着的人头。

由于生漆的防腐作用，这人头还没有变形，值役也许是害怕，也许是粗鲁，他把人头捞起往木盆里搁放的时候手一滑，人头重重地跌进盆子，本来闭着的双眼忽然睁开了，那一双灰白无光的眼珠子仿佛要从湿漉漉的眼睛中迸射出来。这种改变使人头一下子变得狰狞了。本来已经围观上来的人，又本能地后退了几步。但是，对张觉仇恨最深的栋摩却毫无顾忌，他不但没有后退，反而走上前在茶几前蹲了下来，他这样做是为了能够面对面把人头看得更真切。这颗人头丰颐阔面，前额也很宽大，眉毛压得较低，眼袋也不小，嘴巴两边的法令纹绕过嘴角，一边深一边浅，一部关公式的长髯从耳根垂下盖住了下巴。因为泡在生漆中，有些花白的胡须胡乱地粘在脸上。为了看清面容，栋摩用手将脸上的胡须理清，这样，一个完整的面容展现在他的面前。

"五叔，是他吗？"完颜宗望问。

"是他，"栋摩咬牙切齿地说，"这畜生，烧成灰我也认得。"

完颜宗望又把木盆里的脑袋多瞅了几眼，然后又问身边的几位将军："博勒，还有朵颜，你们都见过张觉，这颗脑袋是他的吗？"

"是他的。"博勒回答。

朵颜想了想说："瞧这样儿，倒是与张觉长得八九不离十，但我只见过他两面，也认不真切。”

众人这么说着，却见栋摩用手戳了戳人头的鼻梁，恨恨地说：“张觉，你没有想到也有今天吧，真可恨，我没有亲手宰了你。”

“五叔，明天在城隍庙设下祭坛，用这颗人头，祭奠在榆关前死去的那些将士。”

“谢谢大元帅。”

栋摩向宗望投去感激的一瞥。

这时，押送黑木匣的吴云昌朝完颜宗望拱手言道：“大元帅，这首级既已验明了身份，王大人交给咱办的这趟差事也就完成了，咱这就向大元帅讨个回执，赶回燕山府向王大人复命。”

完颜宗望让人去取纸笔，趁空儿又问：“吴书办，将张觉斩首，你在现场吗？”

吴云昌摇摇头。

栋摩忽然叹了一口气，把木盆子朝前一推，人头在木盆里晃动起来。

“五叔，你怎么了？”完颜宗望问。

“可惜张觉不能说话了，这会儿我真想问问他，在阴曹地府里，他是否待得快活？”

这话突兀，屋子里的人都不知道该如何回答，冷了一会儿场，吴云昌忽然答道：“禀告老大帅，依在下猜测，张觉在阴曹地府一定是快乐的。”

“你怎么知道？”

“如果那儿不快活，他张觉早他娘的回人间来了，可是到现在，也不见他回来呀。”

吴云昌一本正经地回答，却把满屋子的人都逗笑了。吴云昌这时拿到回执提出告辞，一直蹲在一旁一声不吭的二柱子突然开口说话了：“大帅，我能看看这颗人头吗？”

“怎么不能看？你前来看吧。”

二柱子趋身向前，把木盆里的人头仔细端详了一遍，然后又把人头翻转过来，从割断的颈部朝上看，他把耷拉在下巴上湿漉漉的胡须拨开，对着露出的下巴审视了好大一会儿。

完颜宗望注视着二柱子，急切地问：“你看出了什么？”

二柱子将人头的下巴底部看了好几遍，这才扭过头来回答完颜宗望：“大帅，这个人头不是张觉。”

这句话一出口，屋子里头的人全都惊诧了。

完颜宗望问：“二柱子，你从哪儿看出来的？”

“从这里。”二柱子指了指人头下巴的底部。

“那里怎么啦？”这回是栋摩发问。

二柱子说：“三个月前，张觉在平州府衙杀害左大人的时候，我也在场，我看到左大人被摁着跪在地上，就扑过去，却也被他们逮住，强迫我与左大人跪在一起。张觉站在左大人面前，我抬起头来，看得见张觉下巴靠近颈脖儿有两道肉缝，其中一道肉缝里长了一颗黄豆大小的红痣。这红痣藏在肉缝缝里，加上又被胡须盖着，平常根本看不见。我那天跪在地上，张觉昂着脖子和人说话，我抬起头才凑巧看到了。”

“你没有看错？”

“大帅，左大人被张觉处死后，我做梦都想为左大人报仇，张觉的样子常常在我的噩梦中出现，每次梦到他，都会出现那颗红痣。这绝错不了。”

听到这里，栋摩霍地站起来，从身边卫兵的腰中拔出弯刀，往吴云昌的脖子上一架，咬牙骂道：“信不信，咱现在就把你劈了。”

吴云昌吓得脸色煞白，那张回执掉在地上，身子筛糠一样发抖，求饶道：“老大帅饶命，老大帅饶命。”

完颜宗望走上前将栋摩架在吴云昌脖子上的弯刀推开，问：“你知道这人头是假的吗？”

“不知道，卑职真的不知道。”

“王安中敢于弄一颗假人头来诳骗我们，就凭这一点，本帅即刻就可以发兵踏平燕京。”

“是，是……”吴云昌点头如捣蒜。

“你现在即刻给我滚回燕京，告诉你的主子，我再宽限十天，到时必须见到张觉的人头。”

“是，是……”

吴云昌一行正欲退出花厅，朵颜喊了一声“慢”。吴云昌骇得如陀螺一般原地打了两个旋儿，他刚站定，听得朵颜对完颜宗望说：“大帅，小将有一个建议。”

“说。”

“燕山府的那帮人，咱们再不敢轻易相信。请大帅允许，我带二百骑兵，随这姓吴的一起去一趟燕京。”

“你去一趟？”完颜宗望不解地问一句。

“是的。咱要亲自押运张觉的人头回来，装匣之前，咱先验明正身。”

“好，本帅依了你。”

“吴云昌，快领咱的军士们上路。”

朵颜说罢，像拎小鸡一样拎着吴云昌，虎气生生地离开了花厅。

第三十章　燕九节替身毙命

燕九节过去这十来天，本来就心事重重的张觉更加沉默寡言了。多半时间，他不允许任何人进入他的帐篷。他的这一变化，源于燕九节那天晚上郭药师与他的一次谈话。

却说那天郭药师从王安中的廨房里出来，没有回到他城中的官邸，而是直接进了军营。他提前安排人置办了酒菜，送到张觉暂居的帐篷里，他宴请张觉父子。席间，说了两三句闲话后，他问张觉：“觉帅，上午在聚燕台上，你要借一步和我说话，你要说什么？”

张觉看了看儿子张劲以及李石，没有回答，而是夹了一块羊肉放进嘴中大嚼。

张劲知趣，拉着李石要出去遛弯儿，张觉示意他们不要走，说道：“这羊肉炖得烂，趁热吃。”

郭药师吞了一杯酒，耐不住性子又问：“觉帅，你究竟要说什么呀？”

张觉便将搁在心中多时的话题问了出来：“药帅，你是见过三个皇帝的人，大辽的天祚帝、大金的阿骨打、大宋的道君皇帝你都见过，同时见过这三个皇帝的人，除了你药帅，还有谁？”

这一问，郭药师仿佛突然发现了一个大秘密，立刻兴奋起来，嚷道：“可不是，同时见过宋、辽、金三个皇帝的人，除了我郭药师，这世间再没有第二个人了。”

李石一旁奉承：“药帅福大，咱们觉帅也是洪福齐天的人，若是过几天汴京的圣旨来，让咱觉帅进京面圣，咱觉帅就成了见过三个皇帝的第二人。”

张觉对李石的话不置可否，而是盯着郭药师继续问道：“药帅，你说，这三个皇帝有啥不同？”

“啥不同？”郭药师想了想，回答说，“过去，咱还真没想过这个问题，三个皇帝嘛，让咱来看，阿骨打让人怕，天祚帝让人爱，赵皇帝让人亲切。”

“阿骨打让人怕，这个我能体会，别看他只是混同江北的一个野蛮部落的酋长，他倒真有大威风，我第一次在燕京见到他，就觉得他两只眼睛哪怕眯着，也都在往外吐火。在他面前，任何人都不敢随意。药帅你说天祚帝让人爱，这倒让我惊讶，我知道，天祚帝并没有善待你。”

听张觉这么说，郭药师解释说：“天祚帝是没有善待咱，他把咱招募的部队取名怨军，也明显是侮辱。他多少有点缺心眼。你知道，咱就喜欢缺心眼的人。再说，他毕竟是大辽国的皇帝呀，大辽即便亡国了，咱们这辈子也掰不开这个辽字儿。”

“药师是有情人。”张觉感叹，接着问，“那你再说说，赵皇帝为何让人感到亲切？”

郭药师脸上漾起狡黠的笑容，他凑近张觉，不无炫耀地说：“老辈儿传下一句话，有奶便是娘。赵皇帝重情重义，你缺什么他给什么。你要官，他给官；你要钱，他给钱；你要女人，他挑最好的美女送你。”

“听说赵皇帝送了你一领青纱战袍，还有两只大金盆。”

“何止这些，南朝富贵熏天哪，要啥有啥。”

“你还陪赵皇帝打了一场马毬。”

“是他请我去打的。王黼、蔡京、蔡攸等都是一等的大玩家，都参加了。”

“赵皇帝球技如何？”

“那马毬棒箍着金，镶着玉，马毬靴上还描龙画凤，球帽上缀着祖母绿，马脖子上挂着的铃铛是金子做的，连马尾巴上都扎着一鞭红绒花儿，真他娘的奢华……”

郭药师说着摇头感叹，张觉仍不停地追问：“我是问赵皇帝的球技。”

“这个嘛，”郭药师干笑着，“赵皇帝在马背上颠了小半个时辰，就上气不接下气了，他挥杆击球，恕咱直言，一看就是花架子。论击球，不要说不如天祚帝，连我这半瓢水，都要比他强。”

“南朝人都弱。”

“天祚帝玩武，赵皇帝玩文，阿骨打只干事，充其量打个猎，这仨皇帝就这区别。”

“这么说，你还是喜欢阿骨打。”

“不全是这样，”郭药师摇摇头，自失地一笑，“赵皇帝待咱可不薄啊。”

“可是药师，我得提醒你，你对赵皇帝还不算是忠心耿耿啊。”

郭药师听了这话，立刻敏感起来，问道：“觉帅，你这话是啥意思？”

张觉说：“你的军团，至今还穿着大辽军服，还有，你这军营里，好像没有一个汉人。”

张觉说着，狡黠地指了指帐篷里的陈设，多半是大辽的日常用物。

郭药师冲着他做了一个鬼脸，卷起羊皮帘子从气窗朝外看了看，军营里有嘈杂的声音传过来，巡逻的军士手中的风灯摇摇晃晃。郭药师呛了一口寒风，忍不住打起酒嗝来，他嘟哝道：“觉帅，你的确是个人精。”

却说郭药师投宋之后，他的怨军被更名为常胜军。后来，由他辖制的部队有十五万之众，但其核心还是他从辽东带出来的八千子弟兵。随着战争的进行，不少前辽各部溃散而前来投奔他的一些将士，也被安排在八千子弟兵所在的怨军里头。如今，这支部队有了三万余人。在这支队伍里，绝大部分是契丹人，也有像他这样的熟女真。即便有一点汉人，也已全都契丹化了。这支队伍一个显著的特点，就是直到现在也不穿大宋军服，将士们一直穿着契丹的军衣。大宋与契丹服装最大的不同之处是，大宋为右衽，契丹为左衽。当初大宋军服发下来后，怨军将士拒绝换装，他们说穿右衽的衣服不方便、不习惯。他们这么说固然有心理上的排斥，然而也的确有无法调适的习惯。譬如说，他们尿急了，打小儿养成的习惯是伸出右手到左边胯骨之下撩开袍子前摆，右手顺势褪下裤裆掏出家伙来。如果换成大宋军服，这动作就得反着做。血气方刚的男人们几十年养成的尿尿的习惯，如果穿左衽的衣服就能一气呵成，换成右衽衣服后立刻就手忙脚乱。再聪明的人也会依赖传统。契丹人、女真人等塞外的民族如果换穿大宋军服，立刻在拉尿问题上遇到巨大的麻烦，这便是怨军不肯穿右衽服装的理由。正是出于这样一个简单的原因，郭药师便理直气壮地把他管理的军队分为汉人和非汉人两部分。他现在管理五支部队，每支部队三万人左右，分驻在燕京的周围，即涞水、易州两支，顺州、蓟州两支，这四支部队都是汉人，剩下的三万人即是契丹与女真为主的常胜军了。这是郭药师五大军团的王牌，也是他最为倚重的嫡系。他将这支部队安置在拱辰门外驻扎，担负拱卫燕京的责任。

如果站在拱辰门或通天门城楼上遥望常胜军的军营，市民们肯定会被这一大片参差起伏的帐篷所震慑。帐篷中间以及铁蒺藜栅栏边上都插满了常胜军团的旗帜。这旗帜既不是大宋的龙旗，也不是大辽的虎旗，而是郭药师自己设计的。他对狼牙棒这种兵器情有独钟，故命人将狼牙棒图案绣在军旗上，他的军旗是白底黄边，中间绣着猩红的狼牙棒图案。远远看去，那些飞舞着的狼牙棒仿佛沾满了鲜血，看到它的人都不寒而栗。所以，北城墙根护城河外的这座军营，既让人感到阴森，也让人感到神秘。除了极少数搬运给养的杂役进过军营外，一般闲杂人等都不能走进军营一步。

张觉在这座军营里住了差不多一个多月。郭药师为他安排了一顶最大的帐篷，卧具用品都是最好的，一日三餐鱼肉款待，还专门安排了两名乐伎前来陪他。尽管这样，张觉仍觉得许多的不适应。这帐篷虽然陈设华丽，但一出帐篷，军营里到处弥漫着人畜粪便的恶臭味、牛羊肉的腥膻味，还有满地乱扔的食品垃圾。张觉只好尽量闭门不出。

人一闲下来就好胡思乱想，每日在军营里见到的都是契丹人的装扮和生活方式，他心里就犯嘀咕：赵皇帝如此器重郭药师，他为何还要让赵皇帝不放心呢？他部队不升大宋军旗，不穿大宋军衣，长此下去，南朝会不起猜疑吗？

张觉说出自己的疑问后，郭药师回答他说："觉帅，你是汉人，咱是女真人，咱俩有区别。"

"药帅……"

"汉人哪，凡事好动脑子，越是弯弯绕，越是受人尊重。咱们契丹人、女真人都是直肠子，说事一是一，二是二，不会拐弯。咱穿不惯汉人的衣服，就说穿不惯，咱也不憋屈自己。"

"赵皇帝难道不起疑心？"

"起不起疑心是他的事，咱只要真心当他的臣子就行。"

"好一个郭药师，我以为与你交往这么多年，早就吃透了你，谁知我并不真的了解你。"

郭药师舔了舔被肥腻的羊肉弄得油光水滑的嘴唇，问吃了两三块羊肉便不再动筷子的张觉："你吃饱了吗？"

"吃饱了。"

"你们呢？"郭药师又问张劲和李石，"你们也吃饱了吗？"

"吃饱了。"两人一起回答。

郭药师用手背揩了揩嘴唇，又把手背放在官袍上蹭了蹭，起身说："你们吃饱喝足了，随咱去看个热闹。"

"什么热闹？"

"到地头儿便知。"

张觉三人随了郭药师出了帐篷，朝前走了百十步远，走到另一座帐篷的门前。一路走来，张觉便觉得气氛不对，因为沿途站满了手执刀枪的兵士。这些兵士一个个神情严肃，表现出大战在即的神态。在帐篷门口，张觉问郭药师："来这里干什么？"

"你进去看看便知。"

"究竟发生了什么？"

郭药师咧咧嘴诡谲地一笑，仍是那句话："你进去看看便知。"

说话间，郭药师已撩开了帐篷门，率先走了进去，张觉神经质地提了提气，捏紧了拳头也跟着走了进来。当他们一行四人进来之后，帐篷的门帘又被掩上了。

这座圆形帐篷并不太大，大约可以容纳十几个人，郭药师他们进来之前，帐篷里先已站了五个人：四名提着弯刀的战士，有两个手上还提着风灯，在靠右的角落里，还站着一名用黑布蒙得严严实实的高大粗壮的汉子。地上一个铺盖卷被麻绳捆了三道。在帐篷的另一个角落放着一只小桌子，桌面上搁着一个方方正正的物件儿，也罩在一块黑布中。

郭药师一行四人靠着门帘儿站成一排。郭药师问离他最近的那名哨长："准备就绪了？"

哨长挺了挺身子回答："是的，大帅。"

郭药师又瞅了瞅那名蒙面人，问他："你就是请来的判官？"

蒙面人并不回答，只是弯腰抱拳朝郭药师施了一礼。

郭药师又指了指地上的铺盖卷，问哨长："在里面吗？"

"在！"

哨长刚答应，铺盖卷里忽然传出几声粗重的呼噜，吓得张觉本能地一缩身子后退几步，问郭药师："药帅，你要干什么？"

"咱想了一个绝妙的办法，只为救你的命。"

"救我的命？"张觉大吃一惊。

"你看看便知。"

郭药师说罢朝哨长一挑下巴，哨长立刻和另一名士兵弯腰蹲下身子，解开三道麻绳，然后把裹成圆筒形的铺盖卷展开，众人这才看清，铺盖卷里躺着一个人。

这个人年龄在四五十岁左右，典型的车轴汉子，下巴上蓄着三绺苍白胡须。此刻他侧卧着身子，头埋在胸前，双腿蜷曲，在熟睡中，鼾声忽高忽低，身上的外衣已被褪掉，只穿着一套贴身的白土布夹衣。

“这是谁呀？”张觉问。

郭药师吩咐哨长将酣睡的人放平，然后让士兵将马灯照在他的脸上，再问张觉：“还没认出是谁吗？”

张觉仔细辨认酣睡人的五官，觉得很面熟，但一时想不起是谁，便自言自语说道：“有些面熟，但想不起来了。”

郭药师对张劲说：“小劲子，告诉你老爷子，这人是谁？”

张劲于是说：“父亲，他是刘兴仁。”

“刘兴仁？”张觉这才记起来。这个刘兴仁是一年前张劲在燕京城中发展的眼线。去年燕京破城前一天，还在居庸关城楼上会见过他，但他怎么会在这儿出现呢？张觉纳闷地问：“小劲子，这是怎么回事呢？”

张劲嗫嚅着，一副想说又不敢说的样子，郭药师见状，便把张觉拉出帐篷门，找了个僻静地儿，一五一十讲了这件事的原委。

收到完颜宗望的信后，王安中与郭药师、蔡靖三人商量对策，磋商了一两个时辰也找不出个万全之策。最后还是郭药师想了一个阴毒的主意，即私下找一个与张觉长得有几分相像的人，秘密将他杀了，取了他的首级送往平州。此事若是办得妥当，则可解宋金两国当下最大危局。王安中本来就束手无策，听到这主意，当即就表示同意，他唯一担心的是上哪儿去找一个与张觉长相相近的人。郭药师说他前几日去驿馆拜会张觉，发觉张觉正在会见的一个人从年龄到长相都很相仿，他当时还以为是张觉的弟弟。事后他问张劲这个人是谁，张劲并没有说刘兴仁是他发展的眼线，只说他是燕京城中一个小药材商人，与他家有一点远亲。正因为郭药师脑子里记得这档事儿，才会想到这种李代桃僵的主意。与王安中分手后，事不宜迟，郭药师在见张觉之前，先见了张劲，要他即刻带几名军士前往刘兴仁的住处，将这位小商人诳骗出来。张劲听说是为了解救父亲，也就毫不迟疑地带着几名乔装打扮成家丁的兵士前去刘兴仁的家中将他骗出来，并在一个小酒馆中将他灌醉……

听完郭药师的这番话，张觉百感交集：一是感谢郭药师对他重情重义，危难之际真心相救；二是感到让一个清白无辜的人当他的替死鬼太过残酷。但思来想去，的确没有好办法可想。郭药师似乎看透了他的心思，对他说，那个姓刘的确实冤枉，但不冤枉他，你就不能活。人这一辈子有时候就会被他娘的命运逼到绝境，不欠命债自己就得去阎王爷那里当差。说罢，也不等张觉开口，就又拽着他的胳膊回到了帐篷内。

刘兴仁还躺在地上酣睡，知道了事情的来龙去脉，张觉一方面心情沉重，一方面又如释重负，他问站在一旁瑟瑟发抖的儿子："小劲子，这刘兴仁长得像我吗？"

"爹，我第一次见他，就觉得他像你。"

"李石，你说呢？"

"觉帅，这刘掌柜还真长得像你，比你亲兄弟还像。"

"药帅，往下怎么办？"

"怎么办？"郭药师瘦削的刀条脸上露出凶狠，"送这姓刘的上西天。"

张觉蹲下身子，抚摸着刘兴仁的额头，低声说："兄弟，是我害死了你。请你放心，我会请最好的高僧为你做水陆道场，超度你往生西天，你一家三代，我尽心赡养。"

郭药师一旁听了点头："觉帅，你这句句说的都是人话。"

张觉刚站起来，忽见睡得一动不动的刘兴仁头往上挺了挺，又打起了呼噜，他担心地问："他不会突然醒来吧？"

"怎么会呢？给他喝的酒中，掺了重重的蒙汗药。"

"唉！"

张觉叹了一口气。郭药师紧接着对蒙面人说："你，动手哇！"

蒙面人上前两步，在刘兴仁的身边跪了下来，他给这位醉得不省人事的无辜者磕了三个响头，然后，从身后的腰带上取下一柄明晃晃的砍刀。

"这位大哥……"

张觉呼叫蒙面人，郭药师赶紧阻止他说："你不能和他说话。"

"为什么？"

"干他这活儿，专取人首级，却从不露相，也不露声，这样才能防止冤家寻仇。"

"我让他手上利索点，不要让刘掌柜痛苦。"

"他听得见，他也做得到。"

郭药师安慰张觉，就在他说话的时候，只见蒙面人把小砍刀一横，倏然砍下，昏黄的灯光下，一道白色的闪电切中刘兴仁的颈部。

说时迟，那时快，只听得"咔嚓"一声，刘兴仁已经身首异处。蒙面人本能地将身子一侧，一股滚热的血液从他的肩膀外头迸射出去，灰白的帐篷顶上，被溅红了一大片。

蒙面人迅速起身，将小桌上的黑布掀开，原来那黑布盖着的是一只黑木匣。蒙面人极为熟练地打开匣盖，从地上捧起那颗还在滴血的头颅放进了黑木匣中，而地上那一具已经没有了头颅的身子，还在抽搐着、痉挛着，切得整整齐齐的脖子上，还汩汩地冒着鲜血。

这一切发生得如此之快，快得连帐篷里的人的反应都滞后，当张劲率先撕心裂肺地呕吐时，蒙面人已闪身出门扬长而去了。

第三十一章　诱杀枭雄

离开平州的第二天傍晚，朵颜就率领二百骑兵从拱辰门进了燕京，他让吴云昌带路，一刻不停地进入内城，要求王安中接见。当他把那只盛放刘兴仁人头的黑匣子提进王安中的廨房，王安中知道事已败露，顿时觉得自己脖子上飕飕地生起了那种被刀片逼近的凉气。

朵颜把黑匣子放在王安中面前的几案上，恨恨说道："王大人，这颗脑袋还给你。"

"啊，啊，好，好……"

王安中语无伦次，那一刻，他感到异常沮丧。

朵颜伸手要打开黑匣子，王安中惊恐地问："你要干什么？"

"让你看看这颗脑袋。"

说话间，朵颜已打开了黑匣子，伸手要去提那个人头，王安中赶忙往后躲，摆着手说："别打开，别打开！"

朵颜一手扶着匣子，一手停在空中，但五指叉开保留了一个抓的姿势，他把身子朝前倾了倾，说："王大人，你不看看，怎么知道这个人头是假的？"

“假的吗？谁说是假的？”王安中外强中干。

“咱把人头提出来，当面指给你看看假在哪儿。”

看到朵颜又把手向黑匣子里伸去，王安中连忙又大声叫喊：“朵颜将军，千万别……别……”

“别怎么？”

“别把人头提起来。”

朵颜像猫戏老鼠似的，故意伸手从黑匣子中抓起一绺头发，在王安中面前晃了晃，揶揄道：“你不敢看？”

王安中没有回答，用双手捂住了脸。朵颜鄙夷地盯着他，说：“王大人，从你的表情就可以看得出来，这人头是假的。”

“怎么会是假的呢？”

王安中本意是想辩解，但因心中有鬼，说话没有底气，像蚊子一样嗡嗡。

朵颜盛气凌人地说：“咱宗望大元帅说了，十天之内，必须交出张觉的人头。”

“啊？”

“咱奉大元帅之命前来督办，咱十天之内，必须带张觉的人头回去。”

“朵颜将军，这是宋金两国间的大事，本衙不得擅自做主。今儿个天黑了，你且先到驿馆下榻，明儿个，咱们再坐下来，冷静商议。”

“这事儿不用商量。宗望大元帅已是忍无可忍了，你们南朝首先破了规矩，还有什么可商议的？”

朵颜说罢，带领三名手下大步离开廨房扬长而去。

看着朵颜的背影，王安中心中暗暗叫苦。

作为主管五州二十一县的燕山府军政总管，从上任之日，王安中就一直麻烦不断。虽然这一区域仍属汉地，居民十之七八也都是汉人，但毕竟让大辽国统治了二百余年，其居民的文化归属及生活习惯都有极大的改变，教化他们认同中原是一个漫长的任务，却又是当务之急。王安中上书徽宗皇帝，从内地府县征集年轻士子前来燕山府各州县建立官学并充任教谕，还请旨敕建孔庙，这项工作刚刚开始，但限于财力及人才，进展并不顺利。王安中入仕后一直担任文职，在官场素有诗名，所以对办学建庙引领士风格外在行，但作为燕山府交割入宋的首任知府，教育固然重要，但更重要的是军事与外交。因为眼下燕云十六州并未交割完毕，辽天祚帝尚在蒙古高原某个山洼里躲藏；大金国的开国皇帝突然死亡，但期望中的混乱并没有发生，吴乞买继任后，宋金两个盟国之间更是由外交摩擦发展到军事摩擦。眼下，两国的关系降至冰点，究其因，就是在大宋君臣的怂恿和诱惑下张觉叛金归宋。如果更准确地表述，张觉的叛金与大宋的关系不大，张觉叛金的最初动机是叛金复辽，后来才弃辽归宋，但大金国君臣坚持认为大宋君臣是张觉叛变的幕后推手。这也难怪，大宋君臣写给张觉的所有信函密札，全部都被完颜宗望缴获，白纸黑字无法抵赖。所以，当张觉逃往燕京后，他们才理直气壮地前来索要张觉的人头。

郭药师出的李代桃僵的馊主意，如果不是二柱子站出来指出这颗人头有诈，差一点就蒙混过关了。这一事件更让完颜宗望与栋摩等大金军将士认为南朝君臣言而无信。完颜宗望甚至产生了立刻攻打燕京的念头，但他最终还是克制了自己的冲动，同意朵颜随着吴云昌前来燕京索要张觉的人头。

方才朵颜咄咄逼人的架势，令王安中极度不快，但也无从发泄。他顾不得挪步到后院用膳安歇，而是回到书案前坐下，强打精神给皇上写奏本，请示如何处置张觉事件。他虽贵为燕山知府，但他知道自己只是一只木偶，没有人牵动机关线一下子也不能动弹。自从王黼致仕、蔡京接任之后，他就失去了依靠，凡事更不敢擅自做主。凡涉及与大金国纠纷之事，他是一事一报绝不马虎。这会儿他费了一个多时辰，才字斟句酌写好奏本，刚刚盖好关防，准备八百里加急驰传送往汴京时，忽有值官来报，童贯大人的密札已到。王安中吩咐赶紧取来，当他展开密札一目十行地读完，第一个反应是将刚刚写好准备签发的奏本取过来一把火烧了，然后让值官火速去请郭药师与蔡靖。

趁郭、蔡二位还没到来这点间隙，王安中踱到后院草草喝了一小碗二米粥，吃了七八只扁食，填饱了肚子回到廨房，他问一直候在门外不敢离去的吴云昌："这个朵颜，是不是驾船扮成渔民，从甄五臣手上劫走皇上金花笺的那个人？"

"回大人，正是。"

吴云昌点头哈腰，仍是惊悸未消的样子。王安中又问他："那颗首级，他们是怎么看出来是假的？"

"是下巴里头的一颗红痣。"

"红痣？"

"是的。"

吴云昌把二柱子辨认首级的经过又从头到尾复述了一遍。王安中听罢，便指示说："待会儿郭大帅、蔡大人来了，你把方才讲的话再说一遍。"

大约又过了一个时辰，郭药师与蔡靖一前一后来到燕山府议事厅，府中的一些当事僚佐椽吏也接到通知参加。待大家坐定，王安中清咳一声开始说话："刚才更夫报了亥时，这么晚把诸位请来，是碰到了一件必须连夜议决的大事。吴云昌，你先把去平州交付首级的事给各位禀告。"

吴云昌仍心有余悸，加之怯场，结结巴巴半天才说清楚，他话音一落，郭药师就疑惑地问："张觉的下巴底下有一颗红痣，咱跟他认识这么多年，怎么就没看到？"

"是呀，我也没有注意到。"蔡靖附和。

"一颗红痣被疏忽，就将药帅的锦囊妙计付诸东流，这一下，我们更被动了。"

王安中借机讥刺了郭药师几句，郭药师本想发作，但事情既然露馅了，他也就只好压下火气，咕哝道："待会儿咱回去，非得把张觉的下巴兜仔细瞧瞧。"

王安中回道："是得瞧瞧，下回给大金军交首级，一定得把这颗红痣带上。"

郭药师一听，愣住了，急忙问："王大人，你这话是什么意思？"

"怎么，还要我再说一遍吗？"王安中一反往常那种畏葸不前的窝囊样子，硬声硬气重复道，"下次交首级，一定得带上红痣。"

"这么说，你要杀张觉？"

"张觉的一条命，同大宋朝廷的安危相比，孰轻孰重？郭大帅你难道掂量不出来？"

"咱郭药师掂量有屁用，"郭药师一下子爆了，他霍地站起来，从腰间刀鞘里扯出弯刀，猛地朝桌上一砍，那锋利的刀刃深深地嵌进桌面，"谁敢动张觉，咱这把刀可不是吃素的！"

郭药师凶巴巴的吼叫着，一只脚踩在凳子上，盛气凌人地瞪着王安中。议事厅顿时气氛紧张，坐在郭药师旁边的官员，都骇得直挪身子，值岗的护卫不知发生了什么事，也都挥刀抡棒地冲了进来。

看看屋子里的人都噤若寒蝉，郭药师又把刀从桌面上拔出来，在空中挥舞了一下，再奋力砍下去，他一松手，吃进木头里的弯刀在桌面上颤动着，郭药师又示威似的喊了一句："看到了吗？这刀不是吃素的！"

蔡靖不满郭药师的霸蛮粗鲁，本想出面劝阻，又恐引火烧身，故呆坐着不置可否。王安中清楚郭药师这是撒野给他看，但这回他有底牌，虽然并不十分有底气，却竭力装出神定气闲的样子。他首先朝涌进议事厅的护卫们挥挥手，示意他们退下，然后对郭药师笑了笑，言道："把你那刀片收回到鞘子里去如何？老夫看到它颤颤悠悠的样子，心里头就发慌。"

郭药师从未见到王安中如此镇定从容，这吃软不吃硬的粗人，只得拔出刀来放进刀鞘，重坐回到椅子里。

屋子里的气势顿时又缓和了，一些人开始交头接耳，王安中示意大家安静，继续说："童贯大人后天就到燕京，在他来之前，张觉的事必须了断。"

郭药师不服气地问："这是谁的主意？是童大人密令吗？"

王安中回答："对大金国的任何一项举措，只有一个人能够做主。"

"谁？"

"当今圣上。"

"赵皇帝？是他下旨要杀张觉？"

“药帅，完颜宗望已经调集十万大军进逼燕京，你难道不知道吗？”

“那，张觉就该死？”

“皇上也没有办法呀。”

“那，有朝一日，大金国要我郭药师的脑袋，你们也就割了送去？”

“药帅，你要学会识大体……”

“呸！”郭药师狠狠啐了一口，悻悻说道，“咱一辈子厌恶的就是张口闭口识大体，却不做人事的烂秀才，咱不与你们理论，咱去汴京，咱去找赵皇帝理论。”

郭药师说罢，一起身抬屁股顶翻了椅子，头也不回扬长而去了。

深夜的会议虽然不欢而散，但怒气冲冲的郭药师并没有做出什么越格的举动，而是按王安中的指示于第二天巳时之前将张觉送到王城的甲仗库。其实，在离开府衙的时候，他曾经有一个想法，要连夜将张觉放走。他既不能保护他，放他一条活路总是可以的吧。但回到官邸与心腹甄五臣密议之后便改变了主意。这主要是得益于甄五臣的劝阻。甄五臣说，既然徽宗皇帝降旨要诛杀张觉，就是害怕惹恼大金国君臣重新收回已经交割的燕山府。这时候放走张觉就会得罪徽宗皇帝，失去南朝的信任和保护，他郭药师就会成为第二个张觉。郭药师冷静一想，觉得甄五臣的话有道理，于是放弃了铤而走险的念头。第二天他去军营以王安中宴请并商量要事为由骗出张觉，却把张劲和李石留下，他不想让张觉的家族灭门。

郭药师亲自陪同张觉来到燕京内城正南的应天门下，但见甲兵列队旗仗森严。两人在门前下马，换乘了两乘早已备好的蓝呢官轿进去，绕了几重宫殿，官轿在王城西北角的一道院墙门前停了下来。张觉作为萧莫娜的四大金刚之一，对王城很熟悉，他下轿后，问郭药师："这里不是甲仗库吗？"

"是的。"郭药师点点头。

"王大人请我，要么在中殿议事厅，要么在后殿大膳房，怎么会在这里呢？"

"若在平常，的确该在那里，但今儿个却不能。"

"为何？"

"你不知道吧，大金军那位鬼精鬼精的小将朵颜，现在正在燕京城里头呢！"

"朵颜，是不是从甄五臣身上夺走南朝皇帝写给我金花笺的那个家伙？"

"正是。"

"他怎么来了？"

"为你而来。"

"为我？"

"觉帅，实话告诉你吧，上次割下刘兴仁的人头送到平州，被他们看出了破绽。"

两人边说边走，不觉来到围墙里一座小殿门前，这是甲仗库的衙堂正门。张觉正欲抬脚进门，听了这句话，便把迈过门槛的右脚收了回来，敏感地问："看出什么破绽来了？"

"觉帅，你把下巴抬起来，让咱看看。"

"看什么？"

张觉下意识地摸了摸自己的下巴，接着又不停地捋着自己花白的长须。

“你下巴兜兜的肉缝缝里，是否长了一颗红痣？”

“噢，是有一颗。”

“你让咱看看。”

张觉扬起下巴，撩开胡须，在两道肉棱之间的缝缝里，果然有一颗红痣。

“他娘的，藏得这么深，居然被那臭小子发现了。”

“哪个臭小子？”

“左企弓的那个小书童，叫二柱子，你还记得吗？”

“记得，左企弓临死前，请求我把这小子放了，我就放了。”

“他呀，要当你的催命判官，唉，这叫一报还一报。”

“药帅，此话怎讲？”

郭药师正欲和盘托出说明事情原委，早在里面厅事里等候的王安中听到谈话声，便绕过屏风踱到门口来迎接，他朝愣怔在台阶上的张觉抱拳一揖，佯笑道：“觉帅，本官已在这里候你多时了，请进。”

张觉迟疑着，郭药师心里头难过，怕张觉看出破绽，就别过脸去。

“觉帅，进来呀。”

王安中催促。郭药师回转身来，红着眼圈儿说：“觉帅，咱哥儿俩进去，好好吃顿酒。”说着就拉起张觉的手，一同跨进门槛。

绕过屏风是一间三楹的正堂。两厢坐了十几个人，都是乐户打扮，堂中布置了一桌酒席。乐户们都持着乐器，显然是为这一场官宴奏乐的。

看到这阵势，张觉反而冷静了，他双眉一挑，厉声问：“这是鸿门宴吗？”

王安中仍在遮掩，他指着上首的椅子说：“觉帅，坐下再说，坐下再说。”

“我不坐，你先说清楚。”

看到张觉发犟，王安中一时没有主意，还是郭药师站出来说话：“王大人，你也别遮掩了，今儿个这顿饭，就是鸿门宴。”

王安中一脸不自在，也不敢看张觉一眼，咕哝道：“你说是鸿门宴，那就是鸿门宴了。”

张觉这时反而坦然地坐下了，他问郭药师：“药帅，我张觉一直把你当兄弟，没想到你也在骗我。”

“我怎么会骗你呢？你看看我今儿个穿的是什么？”

郭药师说罢三下两下就脱下了左衽的大辽戎服，露出了一件灰白的麻衣。

张觉不解地问：“你这是？”

郭药师强忍了多时的眼泪这时流了出来，他哽咽着说：“觉帅，今儿个送你上路，咱兄弟给你披麻戴孝。”

张觉从没见过郭药师哭，更没有想到今日是他的大限，他的脸一下子青了，声音颤抖着问：“杀我是谁的主意？”

郭药师指着王安中：“你问他。”

张觉的目光挪到王安中身上，四目相对，王安中脸上顿时有了烧灼之感，他垂下眼帘，辩白道：“童贯密札，传达了皇上的旨意。”

“皇上？你们的赵皇上。”张觉梦呓般地念叨了一句，紧接着他又歇斯底里咆哮起来，“赵佶呀赵佶，不是你亲自写信要我归顺吗？如今为何要我去死呢？荣华富贵没有了，父母妻儿没有了，田园家乡没有了，如今连命都没有了。赵皇帝啊赵皇帝，我张觉就是变成鬼，也要跑到汴京去找你复仇。”

王安中本来理不直气不壮一副赔小心的样子，这会儿见张觉口无遮拦辱骂皇上，顿时来了勇气，他一跺脚，手指差点戳到张觉鼻梁上，厉声喝道：“张觉，你给我闭嘴，你竟敢辱骂皇上，你真是胆大包天……”

话还没说完，只听得“啪”的一声，张觉重重地掴了他一个耳光。王安中捂着火辣辣的脸，一边后退，一边气急败坏地嚷道：“你敢打人，来人呀！”

这一喊，两边厢房里一下子拥出十几名刀斧手，拿着刀枪棍棒朝张觉扑来。

王安中躲在两个彪形大汉的后头，大声喊道：“快动手，宰了他！”

郭药师一下子跳到椅子上，瞪大了他那一双倒三角眼，断喝一声：“奶奶的，你们谁敢上前一步，爷先宰了他。”

刀斧手畏惧郭药师，都收了脚步，郭药师跳下椅子对张觉说：“觉帅，你好歹吃点，吃饱了上路，见了阎王也不打哆嗦。”

张觉怔怔地望着郭药师，绝望的眼神中又充满了渴望。郭药师知道他的心思，凑在他耳边低声说：“觉帅你放心，咱不会让你绝后，有咱在小劲子就平安无事。”

“兄弟，我就把小劲子托付给你了。”

郭药师点点头，眼角又滚出了泪珠，他把桌上的一把小酒壶递给了张觉。

张觉接过了酒壶，也没说什么，拿牙齿咬住壶嘴，咕噜咕噜吞下了那壶浸着砒霜的毒酒。

第三十二章　宋使密访萧莫谛

老八辈儿传下来的话“夏至日长，冬至日短”，今日恰好是冬至。这是一年中白昼最短的一天，加之半上午就开始下的这一场大雪，纷纷扬扬飘飘洒洒不曾稍歇，所以到了下昼的未时，天色就开始发暗。野地里看不清十丈开外的东西，屋子里的物件儿就更是分辨不清了。坐在绣房里的萧莫谛，为了阻挡寒气的入侵，命丫鬟小六儿关了可以瞭望内庭的窗扇，点亮那一只凤鸟造型的金烛台。她坐在窗前的书桌上，看着桌上的一张笺纸出神，那笺纸上写了两句诗：

惆怅佛龛添雪意
妾心温暖却思君

这两句诗是她上午去云冈石窟华藏寺进香时，应寺僧的请求写下的。本来是想写下四句一首完整的七绝，怎奈写下两句后，忽然想到这么个暴风雪的天气，不知夫君完颜宗翰自金上京归来，路上是否安全，想着想着心绪就乱了。加之大雪像绒花似的越下越密，护送她的小校担心路上结冰辇车无法行走，也催她赶紧回程，于是她只好留下这首半拉子诗打道回府了。

一路上，萧莫谛牵挂着这首诗，更牵挂着完颜宗翰。九月末，完颜宗翰启程前往金上京参加大金国第二任皇帝吴乞买的登基大典。走时就说会在冬至之前回到西京。萧莫谛数着日子过，没想到挨到冬至日还不见夫君归来。所以一大早，她便跑到华藏寺烧香……

天色一点一点地黯淡下去，可是她却听不到任何有关完颜宗翰的消息，萧莫谛的心情变得越来越糟糕了。偏偏这个时候，像一只乖巧的猫一样的丫鬟小六儿，不知又从何处突然间冒了出来，她扬了扬手中的一张笺纸，对萧莫谛说："帅夫人，有人要见你。"

"什么人？"萧莫谛问。

"南朝的使者。"

"南朝的使者？咱一个妇道人家，何时见过公门中人，不见。"

"小八爷说，这个人你可以见一见。"

小八爷名叫安勃烈，是个契丹人，是几年前完颜宗翰大破黄龙府时的战俘，宗翰就将他收在帐下听差。六七年间，安勃烈跟着宗翰南征北战，感情越来越深，宗翰就将他封为元帅府校尉，这是个六品的武官，专管宗翰元帅府中迎来送往置东办西的杂事。这些事务既有官场的往来酬酢，也有宗翰的诸多私事。当这份差肯定是得到主人信任的心腹。安勃烈在族中子弟中排行第八，故元帅府中的人都习惯叫他小八爷。

听说小八爷建议她出面接见，这倒引起了萧莫谛的重视，她问小六儿："南朝的使者叫什么？"

“赵良嗣。听说先前也是辽国的臣子，后来投奔到南朝。”

“啊，他为何要见我呢？”

“帅夫人，这是他的见面礼。”

小六儿说着，就把那张笺纸递到萧莫谛手上。萧莫谛将笺纸凑到金烛台跟前一看，上面是一首诗：

偏是红妆爱雪妆
菩提也懂爱娇娘
香车归去诗囊满
一树梅花十里香

诗之末，还有一行小字：冬至日，雪中游华藏寺所见。

看到这首诗，萧莫谛略略有些诧异，心想这赵良嗣怎么上午也去了华藏寺？于是换了礼装，移步到前堂与赵良嗣相见。

赵良嗣此回来西京大同，却也事出有因。九月下旬，当王安中执行童贯的命令将张觉枭首后，金宋两国的关系稍有缓和。完颜宗望下令进逼居庸关的十万铁骑后退了五十里地。但云中、武、朔等山后六州的交割仍遥遥无期。此前，曾任河北河东两路招讨使的谭稹约见了完颜宗翰一次，赴金谈判特命全权大使马扩赴西京大同两次，均为武、朔二州交割一事进行交涉，但都遭到完颜宗翰的拒绝。理由有三：第一，天祚帝尚未擒获，以西京为首的山后六州都有可能是他藏匿或进攻的地方；第二，阿骨打在世时确定的从燕京城及各州县迁往金上京的十万移民，由于张觉叛乱，导致大部分移民逃回原籍，大金国皇帝曾就此事致书宋国皇帝，务必要燕山府如额押赴回流移民至辽阳府交割，至今仍不见行动；第三，原拟定在岁输粮币数目之外，额外增加二十万石军粮，用作讨伐张觉与追捕天祚帝的费用补充，至今亦不见输送。谭稹与马扩将完颜宗翰的这三条理由带回汴京后，时任中书令的王黼认为除第一条理由还勉强说得过去之外，余下二条均站不住脚。因为最初两国密盟，交割燕云十六州的条件并不包括上述内容，大金国单方面提出额外索求，朝廷既不能答应，又要据理力争。由于他不妥协不让步，故与大金国的谈判陷入僵局。蔡京第五次拜相重掌枢密院后，童贯亦以中书令的身份出任河北河东两路招讨使，他们两人汲取王黼被免职的教训，私下多次密议，决定将如今在龙图阁供闲差的赵良嗣重新起用。他们认为在长达六年的交往中，赵良嗣已深得大金国君臣的信任，加之他对张觉事件的判断以及与王黼抗争的勇气也令蔡京、童贯二人激赏。在说服徽宗皇帝之后，赵良嗣再次以全权大使的身份来到大同。因为赵良嗣有一句话让徽宗皇帝听进去了：若想宋金两国谈判取得进展，大金国方面最关键的人物既不是皇帝吴乞买，也不是东路军主帅完颜宗望，而是西路军主帅完颜宗翰。

赵良嗣来到西京大同府已经三天了，因为宗翰尚未从金上京归来，留守大同的西路军监军完颜希尹与副都统耶律余睹接待了他。赵良嗣对这两个人并不陌生。完颜希尹也是阿骨打皇帝的族侄，与宗望、宗翰、娄石等一样，都是阿骨打誓师伐辽的第一批战士，但他为人精明鬼点子多，属于那种争强好胜但朋友不多的人。耶律余睹本是天祚帝麾下的大将，其地位高过耶律大石，更高过张觉与郭药师，也是得到阿骨打器重的第一个降金的大将。这两个人都服膺于完颜宗翰，但他们两人之间却互不买账且常有龃龉。赵良嗣在大金国君臣间有广泛的人脉关系，也知道一些一般人无从知晓的隐秘，譬如说完颜希尹与耶律余睹的不和……正因为如此，在见到完颜宗翰之前，赵良嗣在与完颜希尹或者耶律余睹见面时，只能说一些无关痛痒的客套话，而把此行的目的深深地隐藏。

今天上午，赵良嗣比萧莫谛先到华藏寺，这是一次巧合，赵良嗣事前并不知道萧莫谛要来。萧莫谛同她的姐姐萧莫娜一样笃信佛教，她在大同住了一年多，城中的各处寺庙都是她经常光顾的地方。但是她最喜欢的还是这座华藏寺。她每次来，都有完颜宗翰的卫队护送，寺院都会清场。赵良嗣久慕云冈石窟的佛国气象，虽然来过几次大同，却因每次忙于政务来去匆匆未及浏览。这次因为等待完颜宗翰，倒有了几天空闲，于是选在冬至日来到云冈石窟敬香礼佛，却没料到萧莫谛也同时来到这里。清场时，赵良嗣躲到华藏寺的僧寮里，待萧莫谛的辇车离开了，他才得以出来。当他从寺僧那里看到萧莫谛题写的两句诗后，一个大胆的想法在他脑海里浮现出来，即前往元帅府拜访这位令完颜宗翰十分怜爱的侧室。

关于完颜宗翰与萧莫谛的结合，赵良嗣早有耳闻。据说去年春上完颜阿骨打率军攻占辽上京时，天祚帝已经逃到了辽东京，他带走了十之八九的皇室成员，包括皇后和几位宠妃，还有十几位皇子。但是，已经册封五年的元妃萧莫谛却被天祚帝留了下来。大金军攻占辽皇宫，留在宫中的各类女眷尚有数百名。当天晚上，大金军在最为壮丽的辽上京皇城端明殿里举行盛大的庆功晚宴，将士们几乎把所有的宫娥彩女从每一间房每一个角落里清查了出来，全部集中到端明殿里为将士们佐酒侍宴。在这些年轻的女人中，身份最高的当属元妃萧莫谛。粗粝毫无教养的大金军将士们以取笑调戏萧莫谛为乐事。萧莫谛没有任何能力保护自己，她想自杀都找不到机会，只能听凭这些肆无忌惮的将士侮辱。酒宴开始的时候，完颜宗翰因为要处理一件紧急的军务没有参加，当他走进端明殿，宴会粗野而又欢乐的气氛达到了高潮。这时候，已喝得醉醺醺的完颜希尹从一堆酒鬼的纠缠中拽出了萧莫谛，当着阿骨打皇帝的面，他将一把酒壶塞到萧莫谛手上，要她用嘴巴喂他酒，倔强的萧莫谛坚决不从，完颜希尹感到大失颜面，竟拔出弯刀要挑开萧莫谛的衣襟，将提梁壶里的酒淋向萧莫谛的胸脯。完颜宗翰走进端明殿，在阿骨打身边给他预留的座位上坐下，刚好看到了这一幕，他立刻起身去制止完颜希尹的无理行为。完颜希尹发酒疯，竟指责完颜宗翰是狗拿耗子多管闲事，并强词夺理说，天祚帝的女人就该作践……这时候，恰好两名士兵抬了一坛酒过来要给每桌续酒，完颜宗翰拦下士兵，拧开坛盖，举起那坛酒朝完颜希尹兜头兜脑淋下来。在将士们的哄笑声中，完颜希尹恼羞成怒，便放过萧莫谛挺起弯刀要与完颜宗翰决斗。完颜希尹的个头儿只能勉强够着完颜宗翰的肩膀，打斗根本不是宗翰的对手。这时，宗望起身将希尹抱住，在宗弼、宗磐、娄石等几位兄弟的劝阻下，一场械斗才得以制止。这时，又有一个意外发生，因兄弟争执而一时无人纠缠的萧莫谛，从地上拣起一块摔碎的酒坛瓷片，狠命地扎向自己的颈子。一直站在她身边的宗翰眼疾手快，抓住她的手将瓷片夺下，然后牵着她的手走到阿骨打皇帝跟前，请求阿骨打皇帝同意他纳萧莫谛为妾。阿骨打对完颜宗翰有着慈父般的感情，答应了他最为倚重的既是侄儿又是心腹大将的请求。

这一段英雄救美的故事一直在大金军中传为美谈。完颜宗翰是一位纪律严明寸土必争的铁血将军，但唯独在萧莫谛面前展现了他人性的另一面——温柔、体贴，在百般的呵护中体会与享受男欢女爱的乐趣与真情，萧莫谛也因此尝到了情窦初开的滋味。两人结缘之后，真可谓如胶似漆、相敬如宾，没有外人的时候，两人以“翰哥哥”“谛妹妹”相称。

在华藏寺的僧寮里，赵良嗣看到了萧莫谛在雪花飞舞中的背影，在那一刹那间，他猛然意识到要想让完颜宗翰对大宋朝廷的立场有一点改变，萧莫谛可能会起到意想不到的作用。

元帅府即过去辽国的晋王府，一进五重：第一重是轿厅，两边厢是十二间值房；第二重是客厅，两边厢是卤簿书记掌印参事官房；第三重是廨房，东侧是膳厅，西侧是花厅；第四重是书房、经堂及书库；第五重是主人起居晏寝之地。四、五两重外人不得进入。萧莫谛从五重的绣房中出来，小八爷在四重书房外的门厅里等候，而后领着她走进三重西侧的花厅。斯时赵良嗣已被领来这里候见。

雪还下着，天气大寒，但花厅里烧了地龙，温暖如春。萧莫谛走进来，先卸了貂皮衬里的大红丝绵斗篷，然后才坐到主人位上，小八爷上前将赵良嗣介绍给萧莫谛。

萧莫谛此前并未与赵良嗣见过面，但常常从完颜宗翰的闲谈中听到这个名字，知道他是金宋密盟联合灭辽的始作俑者。她并没有好奇心要见这位颇有几分传奇色彩的人物，但小六儿拿进来的那首七言绝句让她喜欢，她才应允来花厅见一面。小八爷将客人介绍完毕就要离开，萧莫谛喊住他，让他坐下相陪，这意思很明显，她作为宗翰元帅的如夫人，不可能单独与一个陌生的男子相见。

三人坐定之后，萧莫谛首先开口问话："赵学士，你为何要来见我？"

"帅夫人，今日是冬至。"

"冬至怎么啦？"萧莫谛想起了那首诗，浅浅一笑，问，"赵大人，上午你也去华藏寺敬香了？"

"是的，在寺僧那里，在下看到了帅夫人留下的两句诗。"

"本来想写四句的，但写了两句后，再想不出好句子来了。"

"从这两句诗来看，一是帅夫人对宗翰元帅的思念与挂牵可谓情深意切，铭于肺腑；二是帅夫人虽然是契丹望族，却对汉人文化的学习用力尤深，且天资非凡。你作诗的功力，可与汴京城中的李师师媲美。"

"李师师，就是那个南朝皇帝最喜欢的女子？"

"正是。"

"我没有看过她写的诗。"

"在下读过几首。有一次，皇上将李师师写的一首小词给在下看，嘱在下和一首。"

"你和了吗？"

赵良嗣摇摇头。

萧莫谛惊讶地问："你是南朝皇帝钦封的学士，敢不奉旨？"

"李师师写给皇上的词，表露的是两人的私情。我一个当臣子的，哪敢从中掺和？皇上后来自己也想明白了，再没问这件事。"

"南朝皇帝风雅，他身边的女人一定很幸福。"

萧莫谛感叹着，也触动了自己的心思，脸上露出了惆怅。

赵良嗣察言观色，看了一眼小八爷，发现他心不在焉地咬着自己的右食指，便问他："小八爷，听说帅夫人这个称呼，是你叫出来的。"

"是啊。"小八爷瞧了萧莫谛一眼，讨好地说，"咱主人是大金国西路军大元帅，他的夫人自然是帅夫人了。咱这么开口一叫，上上下下就都这么叫了。"

赵良嗣赞道："帅夫人，这称呼真好。"

萧莫谛微翘的嘴角上挂着微笑，她显然对这个称呼也是满意的。

赵良嗣用心地琢磨着萧莫谛内心真实的感受，尽量找一些令她愉快的话："帅夫人，南朝皇帝身边的女人太多了，尽管她们享尽了荣华富贵，但若是说到幸福，就没有一个女人比得上你。"

"是吗？"萧莫谛微微有些诧异。

"是的。"赵良嗣肯定地说，"幸福好像是一颗糖，放在一个人的嘴里，那肯定是很甜很甜，但如果放在一桶水里溶化，再分给很多人喝，恐怕大家都喝不出甜味来。"

萧莫谛想了想，笑道："赵学士很会说话。"

赵良嗣继续说："帅夫人，你是一个人吃一颗糖的。"

萧莫谛秀美的椭圆形的脸庞上泛起浅浅的红晕，她不是在回答赵良嗣，而是自言自语："我很知足。"

"金、宋、辽三国，在下都很熟悉。论皇帝，最无趣却最能干成大事的是大金国的阿骨打皇帝；最有趣的是南朝皇帝，他既是九五之尊，又是风流才子；至于大辽国的天祚帝，不用在下饶舌，你更清楚。在下要说的是，三国中的元帅，会带兵打仗的不在少数，但像你的夫君完颜宗翰这样逢战必胜、逢敌必克，让人一听名字就心里发憷的将军，的确不多见。”

萧莫谛厌恶男人们的杀伐之事，她说：“宗翰说过，待战争结束，就解甲归田，带着我，到草原上去放牧。”

“啊，那才是神仙眷侣，”赵良嗣顺着萧莫谛的话头说，“只是这战争的结束还遥遥无期啊。”

“啊，是吗？”萧莫谛愣着问了一句，这才记起赵良嗣是南朝使者，立刻警惕地问，“赵学士，你来元帅府中，究竟有何事？”

“实不相瞒，有两件事。”

“政务事不要与我谈，待元帅回来，你与他谈去。”

“帅夫人，这两件事是要与你谈的。”

“什么事？”

“先说第一件事。”

赵良嗣说着打开随身带来的镶金木盒，从中拿出三个多月前曾想送给李师师却被她拒收的那条七彩宝石项链系着的虫珀吊坠，恭恭敬敬地递给萧莫谛。

萧莫谛并不伸手去接，而是问道：“一看就知道，这是大辽国的宫廷首饰，你拿来干什么？”

“帅夫人，这是一颗价值连城的虫珀吊坠，你知道它的来历吗？”

“不知道。”

赵良嗣于是又把虫珀吊坠的来历讲了一遍。出于好奇，萧莫谛接过虫珀吊坠仔细看了一遍，禁不住感叹：“天祚帝的母亲，命运太悲惨了。”

“是啊，这颗吊坠是天祚帝父亲送给他心爱的妻子的定情物。

凡是不该得到它的人，拿到它就会死于非命。”

“那，什么人可以得到它呢？”

“天祚帝本人，或者他的亲人。”

听到这句话，萧莫谛像被大马蜂螫了一口，她立刻把吊坠还给赵良嗣，忙不迭声地说：“天祚帝不是我的亲人，他是我的仇人，对，是我的仇人。”

“帅夫人，你别误会，在下拿这颗吊坠来，不是为了送给你。”

“那你拿出来干什么？”

“在下想通过你，把这颗吊坠交给宗翰大元帅。”

“他，他更不能要。”萧莫谛几乎嚷起来，“天祚帝是我的仇人，他更是宗翰的敌人。”

“正因为这样，在下才赶来送这颗吊坠。帅夫人，你一定要收下。”

赵良嗣说着，又把吊坠搁在萧莫谛面前的几案上。萧莫谛白了他一眼，对小八爷说：“小八爷，送客！这颗吊坠，也让他带走。”

小八爷起身就要逐客，赵良嗣朝他拱了拱手，又对萧莫谛说：“帅夫人，你听我把话说完，在下拿出这颗吊坠，绝没有讨好你们的意思，更不会加害你们。”

“那你……”

“物归原主。在下是想请完颜宗翰元帅，将这颗吊坠送还给天祚帝。”

“他怎么还？”

“今天是什么日子？”

“冬至。”

“对，冬至。今天，天祚帝已离开了夹山。”

“是吗？你怎么知道？”

赵良嗣诡谲地一笑，对萧莫谛说：“帅夫人，这是我求你的第二件事，大元帅一回来，请你转告他，务必要单独见我，我有十万火急的情报告诉他。”

第三十三章　奇袭宁边州

天祚帝率一万二千余骑兵马，两天前离开夹山，于冬至日的傍晚攻陷了宁边州。这宁边州在蒙古高原的西南部，是西京大同府管辖的最为边远的一个州城。从这里再往西过天德、东胜，即进入西夏国境。完颜宗翰一直提防天祚帝率领残部逃往西夏，故将重兵布防在云内州与东胜一带。谁知天祚帝突然出兵奇袭渔阳岭之后，没有向西也没有向北，却径自向南进攻宁边州。如此用兵倒是打了大金军一个措手不及。稍作抵抗之后，他们便选择撤退，以躲避辽兵的锋锐。

天祚帝自逃入夹山之后，朝思暮想的都是他的复国计划。他离开辽上京，本意是想去燕京，怎奈秦晋王篡国在先，一部分大臣与军队在群龙无首的情况下拥戴了秦晋王后又宣誓效忠萧莫娜。此情之下，天祚帝又想去西京大同，没想到阿骨打神兵天降抢先攻占，天祚帝走投无路，这才退踞夹山。当耶律大石挟持萧莫娜来到夹山后，双方冰释前嫌，天祚帝又想出山攻占平州或者大同。没想到耶律大石在夹山待了不到四个月，就率领三万部众北入大漠，并另建西辽政权，导致天祚帝的复国计划一次又一次受阻。一直挨过十月，草原又进入冰天雪地的冬天，天祚帝知道再待在夹山必然粮草断尽死路一条，加之几路探马来报，西京方面正与南朝为山后六州交割事宜产生巨大分歧，双方厉兵秣马似有交战之势，他便断然决定向西京进发，没想到初战告捷拿下了宁边州，这让他大喜过望。

入城之后，天祚帝直接住进了总兵府。这总兵府本是大辽国所建，大金军入住后，倒也没做什么改动，也没有任何破坏。所以，天祚帝一走进来就感到亲切。随他入住总兵府的还有萧莫娜与澄宇老和尚。北院宰相大悲奴也随着军团一起行动，他带着一应臣僚差官住进了州衙。

蒙古高原的大雪比西京下得早，昨天，军队过渔阳岭时，雪就开始下了，等到天祚帝进了宁边州城，这雪越下越大。总兵府中的砖炕烧得很旺——这是大金守军的功劳，他们撤退时来不及弄灭。

天祚帝在一间大廨房里坐下，脱下虎皮大氅以及铠甲之后，他就嚷着要侍卫去置办酒肉。在马背上奔驰了一天，他想饕餮一顿。这时候，已经换好了衣服的萧莫娜走进来，对天祚帝说："你总是想着吃肉喝酒，正事还没做呢！"

"什么正事儿？"天祚帝问。

萧莫娜反问他："今天是什么日子？"

"冬至。"

"冬至该做什么？"

"庆祝胜利。"天祚帝脱口而出，他一直在兴奋之中。这时他挥舞着双手继续说："自从进了夹山，差不多一年半时间，人都快憋死了。今天是我离开上京临潢府避难以来的第一个胜仗，怎么能不庆祝呢？我不但要吃肉喝酒，还要摆上我全套的金餐具。”

萧莫娜笑着摇摇头，讥道：“我看你真是一个昏君。”

“你怎么敢这样骂我？”

“一大早我们就骑马往宁边州赶，我对你说过，今日是冬至，应该念一回《观音普门品》，你忘记了？”

“哦，真的忘了，”天祚帝一拍脑袋，愧疚地说，“对，我得先念一回经，然后再喝酒。”

萧莫娜便领着天祚帝出了廨房，走到院子尽头的一间屋子，这里本是总兵府粮秣官的一间值房，被临时改成了佛堂。天祚帝与萧莫娜进来时，澄宇老和尚已经布置停当。只见南墙正中设了佛龛，共分两层。上层供着鎏金铜佛如来宝像，下层供了净瓶观音，也是簇新的鎏金铜像。佛龛前边，摆了两只锦缎蒲团。在这两只蒲团右侧稍稍靠后处，另放了一只青布罩面的草芯麻编蒲团，那是澄宇老和尚的专用。

天祚帝与萧莫娜进来，澄宇和尚也不搭话，只用手指了指蒲团，待两人男左女右跪了下去，澄宇也跪到自己的蒲团上，他摇响手上的檀板铃铛，低声唱了起来：

阿弥陀佛，
法雨施恩。
观音慈悲，
拔救众生。
大千世界，
七极微尘。
节临冬至，

开光明门……

澄宇和尚似唱似念，音调低沉悠长，让人听了肃然起敬。放过焰口之后，天祚帝与萧莫娜便跟着他诵起了《观音普门品》。

进到佛堂前，天祚帝肚子就已饿了，但跟澄宇唱了一会儿经文，他反倒神清气爽忘记了饥饿，趁三段经文诵完，澄宇起身走到佛龛前换香的时候，天祚帝憋不住问道："老和尚，你平日里只是讲大千世界，今日里又加了一句'七极微尘'，这是个啥意思？"

澄宇老和尚轻轻敲了一下檀板，像转山一样绕着两只蒲团慢慢走着，一边走一边说道："佛经有载，七极微尘成一阿耨池上尘，七阿耨池上尘为一铜上尘，七铜上尘为一水上尘，七水上尘为一兔毫上尘，七兔毫上尘为一羊毛上尘，七羊毛上尘为一牛毛上尘，七牛毛上尘为一向游尘，七向游尘为一虮，七虮为一虱，七虱为一穬麦，七穬麦为一指，二十四指为一肘，四肘为一弓。"

天祚帝听了似懂非懂，他偏过头来看着双手合十两眼微闭对着佛祖与观音等虔诚祈祷的萧莫娜，问道："七极微尘，那是个什么东西呀？"

萧莫娜没有睁眼，回答说："七极微尘就是七极微尘，不是别的东西。"

"你见过吗？"

"没见过。"

"澄宇老和尚，你见过吗？"

澄宇摇摇头："老衲也没见过。"

天祚帝扮了个鬼脸，咕哝道："没见过的东西你也信？"

澄宇耐心解释：“微尘是大千世界中最小最小的东西，把它放大到千万倍，才一只虱子那么大，我等凡胎肉眼，哪里看得到。”

“那谁看得到呢？”

“佛祖如来，观音菩萨，他们都看得见。”

“看得见又怎样，那么小的玩意儿，跟咱们有关系吗？”

“有。”

“有什么关系？”

“大千世界就是七极微尘，反过来说，七极微尘也是大千世界。”

“真玄哪，朕听不懂。”

“就因为你听不懂，你才落到今天这个样子。”

萧莫娜这时睁开了眼，并无恶意地呛了天祚帝一句。天祚帝佯笑着，他已习惯了萧莫娜的矫情与讥讽。

澄宇仍不急不躁地阐释：“你是大辽国的皇帝，你既是大千世界，也是一粒微尘。俗话说，从一滴水中看太阳，这一滴水比起太阳来，就是七极微尘。但是，一滴水又蕴藏了太阳的功德与威力，它可以让一棵干枯的禾苗免于死亡，又能淹死一只小小的蠓虫。所以说，这滴水又是大千世界。皇上你既是天上的那一颗太阳，又是大地上的一滴水。你可以让你的人民得到幸福，也可以给他们带来灭顶之灾。太阳可以烤干这滴水，这滴水也可以淹没太阳。”

澄宇自信在讲述一个对天祚帝非常有用的伟大的道理。为了避免因晦涩的说教而遭到天祚帝的排斥，老和尚尽量说得浅显易懂。天祚帝似乎理解了澄宇的良苦用心，但此时他感到跪久的膝盖有点生痛，便问老和尚：“我现在能起来站一会儿吗？”

“你起来吧。”

“多谢老和尚。”

天祚帝双手一撑站了起来，他没有忘记立即搀起萧莫娜，蹬了蹬腿脚之后，他又问澄宇：“老和尚，今天是冬至，为什么一定要做一场法事？”

“在中原，冬至是犯人起斩的日子。这一天，所有被关在牢狱里的死刑犯，都会被押赴刑场。”

“是的。”天祚帝点点头，“大辽借鉴中原的法令，也是这么做的。”

“为那些在今天死去的人，我们应该做一场法事超度。”

“可今天被斩决的人，都是坏人。”

“有没有被杀错的人呢？”

“这个……”

“还有，即便是十恶不赦的恶魔，他们也有被超度的权利，他们也需要离开地狱，重获新生。”

“这个……这个……”天祚帝瞅了瞅佛龛上的两尊铜像，挠了挠脖颈说，“实话说吧，我没听懂老和尚的话。”

澄宇又往香炉里续了一支香，说：“皇上，佛是要拯救众生的。”

“这我知道。”

“你知道什么？你说给老和尚听听。”

萧莫娜朝天祚帝嫣然一笑，她的眼神有嘲弄的意味，也含有柔情。天祚帝喜欢这种眼神，他回答说：“众生就是所有的人。”

“不对。”萧莫娜摇摇头。

“那你说说。”天祚帝抬杠。

“众生是所有的生命，一朵花，一棵草，一匹马，一只鸡，都同人一样，都属于众生。”

天祚帝把目光转向了澄宇：“老和尚，萧莫娜说得对吗？”

“她说得对。”澄宇的眼眶里溢出了慈祥，“不过，老衲还想补充，众生也包括坏人。”

“坏人？”天祚帝略略吃惊。

澄宇加重语气，进一步解释：“杀人的人，被杀的人，都是众生；无恶不作死不改悔的人，放下屠刀立地成佛的人，也都是众生。观音菩萨救苦救难，是救所有的人，所有的生命。”

听到这席话，天祚帝陷入了深思，他不自觉地靠在了佛龛上，两眼盯着房顶出神。

萧莫娜轻轻地搡了天祚帝一把，附在他耳边低声问道：“阿适，听明白了吗？”

天祚帝摇摇头：“越听越糊涂。”

萧莫娜看了澄宇一眼，老和尚也闭着眼捻起了佛珠，她只好把自己的理解讲给天祚帝听：“在众生里，大千世界与七极微尘没有分别，善与恶也没有分别。”

天祚帝说：“这句话我不同意。”

“为什么？”

“善与恶是最大的分别，怎么能没有分别呢？我现在最大的愿望，就是把我的敌人送进地狱。”

“阿适，这一点你没有错……”

萧莫娜还想说下去，却见如今已担任天祚帝卫队长的张宝成一阵风似的跑进来，禀道：“皇上，撤走的大金军又回来攻城了。”

天祚帝重新穿起铠甲戴好镶嵌了不少红蓝宝石的鎏金铜盔登

上南门城楼时，只听得州城外的旷野上人声鼎沸，战马嘶鸣。又见雪地上远远近近燃起了不少篝火，一排又一排的骑兵冲过来朝城头上放箭。宁边州并不大，常住人口三五千人，这里的守军也从来没有超过两千。今儿傍晚大辽军攻占宁边州后，为了避寒，也为了将士们能喝上一口热汤，吃一顿饱饭，便下令让一万二千名将士全都进城安歇。这会儿将士们刚吃完饭，都涌上城头拒敌，与大金军相互射箭，但人多城窄，多数人都使不上劲儿。

今日从宁边州撤退的大金军隶属完颜希尹的军团。完颜宗翰的西路军攻克辽上京时，还只有两万人，这一年多来迅速壮大到十万人。这十万人分成三个军团，完颜希尹与耶律余睹各领一支，每支三万人；完颜宗翰自率一支，四万人，这四万人是西路军的精华，其中有五千人是参加过黄龙府战役的子弟兵。完颜宗翰让完颜希尹的军团驻防在云内州、东胜州与金肃军一线，防止天祚帝向西逃窜进入西夏国；让耶律余睹驻防在武州、朔州与蔚州，切断天祚帝向南借道进入大宋的途径；他自己的军团则驻扎在大同，既可以左右驰援，又可以牵制河北的大宋官军。驻守宁边州的这一支部队，是完颜希尹第三军团的一个团。第三军团共有三个团，另外两个团分别驻守在柔服与宁人两座县城。从宁边州逃出的部队，半路上遇到了由第三军团的长官骨必朵参将率领的援军。骨必朵将军闻讯后，一方面派人驰回大同报信，另一方面迅速集合柔服、宁人两县的部队增援宁边州。于是，三股部队合在一起大约三千人，火速赶到了宁边州连夜攻城。

天祚帝在城头仔细观察了大金军的攻城方略，判断出他们是远道奔袭，并没有备下云梯、橹车、弩机等攻城设备，加之人数并不太多，于是决定打开城门，让部队主动出城迎击。他刚要传达命令，却见萧莫娜也换了一身戎装急匆匆登上楼来，在忽明忽暗的火光中，她的一袭猩红的斗篷格外醒目。

“你怎么来了？”天祚帝问。

“参战！”萧莫娜嘴里蹦出两个字。

天祚帝一笑：“哪有女人打仗的？”

萧莫娜瞋了天祚帝一眼，问：“郭药师偷袭燕京城的事，你听说过吧？”

“耶律大石对我讲过，你的确是个女王，但今天用不着你。”

“为什么？”

“有我在，你不必去冒这个风险。真刀真枪的，我怕你有闪失。”

“你既这么说，我偏要参战。”

“那，你说，这仗怎么打？”

萧莫娜还来不及回答，只听得“嗖”的一声，一支羽箭从她头顶飞过，射在一根横梁上，急得天祚帝拽着她的手，一边往下拖一边嚷道：“乱箭不长眼睛，你快走，快走！”

萧莫娜一把甩开天祚帝的手，又站回到城楼前，指着一拨又一拨扑上来射箭的大金兵说：“他们进攻毫无章法。”

“但他们不怕死。”

“阿适，你怕死吗？”

“我不怕。”

“我也不怕。”萧莫娜一脸傲气地接着问，“你方才问，这仗怎么打，是不是？”

“是的。”

“咱俩各带一支骑兵，出城迎战他们。”

“噢，你也这样想！”

天祚帝咧嘴一笑，萧莫娜黑葡萄一样的大眼睛射出火一样的光芒，催促道：“皇帝，你快下令，打开城门。”

“我这就下令，但你得听我的。”

“你说。”

“你不准出城。”

“不！”

“宝贝儿，你别倔强好不好，”天祚帝几乎是哀求，“你若有个三长两短，我的复国梦就破灭了。”

“阿适……”

“宝贝儿，你忘了澄宇老和尚的开示了？他说，众生即佛，这众生，有好人也有坏人，佛不但要拯救好人，也要拯救坏人。现在，我去杀坏人，等我杀死了他们，你再与澄宇老和尚一起做法事，超度他们。”

“皇上，大金军是敌人，不是坏人。”

“反正一样，我出城去，就是为了杀人。这作孽的事，你不要去做，让我一个人去做。”

天祚帝这一段率真的表露，让萧莫娜大受感动，她踮起脚来，为身材高大的天祚帝正了正在火光中闪闪发亮的头盔，动情地说：“一国之主，在战场上就要冲在前头，你去吧，佛祖保佑你。”

就在两人依依话别之时，借着乱箭的掩护，一部分大金军的将士已冲到城墙跟前，他们与守城的辽兵近距离展开了枪战，一些金兵不知从哪儿弄来了檑木，抬起来奋力地撞击城门。天祚帝走下城楼，看到几十位辽兵组成人墙，死死地顶住摇摇欲坠的大门，天祚帝大喝一声：

“散开！”

门洞里人声嘈杂，士兵们没有听到断喝声。全身披挂手持一柄长刀的天祚帝跃上战马，他的身后是得到号令的三千名御林军铁骑。也不等天祚帝再次下令，只见那两扇上了顶门杠的大门整个儿倒了下来，大金军的呐喊像海啸一样涌进了瓮城门洞。

说时迟，那时快，只见天祚帝突然身子前倾，两只脚紧紧地踩着铜马镫，屁股离了金马鞍，那匹长得最帅也最高大威猛的黑白相间的三河马，像一只离弦的箭，射向了城门外火光明灭的草原。

熬鹰师出身的卫队长张宝成紧随在他的身后，再后面，三千铁骑像一股汹涌的洪流席卷而来。

战场上的气氛，顿时热烈起来。

最有趣的是，那九只翅大如轮利喙如刀的海东青也紧随着天祚帝，在夜空中翱翔——这些被天祚帝当作亲人一般看待的宠物们，本来被搬上了城楼，锁在鹰架上。看到天祚帝骑在马上冲出城门，它们鼓噪着拍起翅膀尖叫起来，萧莫娜于是松开了拴在它们脚上的铜链子，让它们追随主人去战斗。

进攻的大金军的首领，那位第三支队的指挥官骨必朵，此刻正在门旗下察看战场的局势，那门旗插在一处小土堆上。骑在马上的骨必朵从这里可以俯瞰他的战士们在城墙前展开的一次又一次的进攻。

还在城门楼上的时候，天祚帝就看到了那一面在北风中猎猎飞扬的门旗，他知道这是指挥官所在的位置，一出城门，他就朝着这面门旗狂奔而来。路上试图拦截他的那些金兵，都被紧紧追随天祚帝的御林军骁勇的骑士们缠住厮杀。

骨必朵也是久历战阵的将军，当天祚帝冲出城门时，他立刻就意识到这不是一般的人物，而应该是辽军的主帅。他立刻从马背上取下强弓，从箭袋里摸出一支箭来扣在弦上，试图将这位奔向他的辽帅射杀。但是，当他刚刚拉起强弓，忽见一只海东青凌空而降，一只强健的翅膀在他的脸颊上扫了一下，他感到一阵灼痛，拉弓的手一松，海东青又在他的右手背上狠狠地啄了一口，顿时，他青筋裸露的手背血流如注。

强弓掉地的同时，骨必朵的马受惊了，它突然扬起两只前蹄，把猝不及防的骨必朵掀翻在地。

骨必朵的身边也有一小队战士，他们见指挥官滚落马下，纷纷赶过来营救，但这时天祚帝已驰到跟前，只见他刀一抡先砍断了门旗，然后纵身下马，要取骨必朵的性命。刹那间，七八位金兵将他与张宝成团团围住，一场短兵相接的搏斗在小土堆上展开。

张宝成一手握刀一手握棒保护天祚帝，一连击杀了三位金兵。这时，闻讯赶来的金兵越来越多，天祚帝一刀劈死了一个挺枪朝他扑来的金兵哨长，兴奋地嚷道：“我是大辽皇帝耶律延禧，你们有种的，快快上来领死。”说话间，又一个猫腰冲向他的金兵被削成两截。而那九只海东青也尖叫着参加了战斗，它们的利喙将试图接近天祚帝的金兵啄得头破血流。

再说跌落马下的骨必朵，本想站起来投入战斗，怎奈脚踝骨被摔断无法站立起来，他试图杵着枪重新上马，但几次努力都失败了。这时候他听到天祚帝自报家门，才知道原来攻陷宁边州的是一直逃匿荒原的大辽皇帝。他立即从靴筒里抽出匕首，就地一滚——他想滚到天祚帝身边用匕首结果他的性命。但是，他的意图被混战中的天祚帝看出，也不待他滚到跟前，天祚帝已凌空跃起，双脚落地前，那把沉重的大刀先已横空劈下，一片泥泞的雪地上，骨必朵紧握匕首的手被生生地斩断。

第三十四章　战神的柔情

完颜宗翰回到元帅府，已经是下半夜了。他也是因为在武州地面遭遇到暴风雪而阻碍了行程。萧莫谛虽然不确定他能否在冬至日赶回来，却仍然坚持等候。当日夜思念的夫君带着一身雪花出现在她的面前时，她立刻伸出两只温热而柔软的手在他生满短髭而又冰凉的脸颊上揉搓。她想着丈夫长途跋涉归来，一定是又累又饿，便张罗着要给这位风雪夜归人弄一碗热汤喝喝。

当萧莫谛准备挪步离去时，完颜宗翰把她拦住了，借着温馨的烛光，他看到萧莫谛俊俏的脸蛋上闪耀着瓷一样的光芒。寝房里的砖炕烧得很热，只穿着一袭素丝睡袍的萧莫谛周身散发着一股说不出的让人销魂的香味。离家差不多两个月的完颜宗翰一直怀念这种香味，当然，还有她那一双脉脉含情的会说话的眼睛。他心中的某种渴望一下子被撩拨了起来，眼下他首先要解决的不是饥饿而是欲火中烧。他迅速把自己身上的衣服扒光，将颤抖而又期待的萧莫谛抱上温热的炕头……

当玉山倾倒、银瓶乍泄的男欢女爱稍稍停歇，不觉已交寅时，但窗外仍一片漆黑，激情之后感到慵困的萧莫谛很想依偎着完颜宗翰强壮的胸膛美美地睡上一觉。突然，她记起了赵良嗣托付的事情，于是摇醒了刚刚睡去的完颜宗翰。

宗翰听完萧莫谛的述说，立刻睡意全消，他正想就此事再作详细的询问时，却听得门外有人轻轻地喊他："大帅！"

"谁？"完颜宗翰问。

"我。"这是小八爷的声音，"大帅，希尹监军与余睹都统都来了，在前厅等候你。"

"这么早两人一起赶来，一定有急事。"

完颜宗翰说着，吻了吻萧莫谛比羊脂玉还细腻的脸蛋儿，然后翻身下炕，穿好衣服去了前厅。

大半个时辰前，宁边州失守的消息传到了完颜希尹的官邸。乍一听到这个消息，完颜希尹不免生起了焦灼，因为失败的部队属于他的军团。他觉得这件事非同小可，同时他也知道完颜宗翰已经归来，于是急速通知耶律余睹一起前来元帅府禀报军情并商量对策。

听完希尹的报告，宗翰锁着眉头深思了一会儿，问："宁边州驻扎了多少部队？"

希尹答："第三军团的一个团。"

"一千人，"宗翰说了一句，又问，"第三军团的总辕设在哪里？"

"柔服县城。"

"为何总辕不设在州城，要设在柔服县呢？"

"因为柔服离西夏更近。"

宗翰想了想，又问："渔阳岭有守军吗？"

"有，只是一个哨棚，几十号人，属云内州的部队。"

"既然有兵士，为何辽兵进攻宁边州，守军却事先没有得到任何消息？”

宗翰的口气非常严厉，希尹听了忐忑不安，但他也不知道原因所在，只得推测回道：“八成，那一支哨队全军覆没，没有一个活着回来报信。”

“这就更说不过去了。”宗翰本想作更严厉的训斥，但看到希尹涨红的脸，便又忍住了，改口问道，“给你送信的哨马，是谁派出的？”

“骨必朵。”

“他现在哪里？”

“他率领第三军团全部人马杀回了宁边州，出发之前派出哨马前来大同向我禀报军情。”

“那就是说，宁边州那边的战况，眼下还无从知晓。”

“是的。”

完颜希尹说这两个字的口气既有些紧张，又有些不知所措。他比完颜宗翰大两岁，虽然都姓完颜，但他不是阿骨打家族的近支。他认为宗翰之所以得到阿骨打的信任，是因为这位铁血将军是老皇帝的亲侄儿。宗翰从小与二太子宗望一块儿长大，两人气味相投，处得比亲兄弟还亲。哥儿俩最受阿骨打青睐，所以被委以东、西两路大军的主帅。希尹、娄石，还有阿骨打的亲儿子宗干、宗弼等，都只能在两支大军中担任副职。完颜希尹虽然心中十二分不高兴，但也只能藏着掖着不能表露。因为宗翰的确是大金军中的灵魂人物，在将士们中，宗望被称为“菩萨太子”，而宗翰则被称为“铁血元帅”。他英勇善战而且残酷无情，无论对辽还是对宋，他都持强硬态度。熟悉内情的人都知道，在阿骨打生前，能够影响他决策的只有两个人，一个是陈尔栻，一个就是宗翰。

宗翰言语不多，但每次打仗排兵布阵都深思熟虑，三言两语说出来句句都是良谋。将士们只要执行，皆能出奇制胜，他的威信就是这样建立起来的。这一点，连完颜希尹也不得不佩服。这也是他有些惧怕宗翰的原因。

刚才希尹的回答显然令宗翰不满意，他早就看出这位本族兄弟表面恭顺，内心中却有那种不肯屈居人下的傲劲儿，为顾全大局，他总是避免与之争执，但他作为主帅仍要提醒，问道："希尹，你得到情报后，作了哪些布置？"

希尹回答："咱认为，这是天祚帝派出来打粮的部队，他藏在夹山粮草奇缺，难以度过冬天。"

"你为何有这种判断？"

"一过冬至，兵马猫冬，这是祖辈传下的规矩。退一万步说，真是天祚帝出山了，他也不会绕道去长途奔袭宁边州，他一定会去进攻东胜，从那里，他才能进入西夏。"

希尹自以为分析透彻，宗翰却不作评论，他转而问耶律余睹："余睹，你了解天祚帝，你说说，希尹的话有没有道理？"

耶律余睹曾是天祚帝手下最有权势的大将，归降大金后，就一直担任宗翰的副将，论战场上的经历，他比希尹丰富，但他看出希尹始终提防着他，故每次议事他都小心翼翼。眼下宗翰的提问，使他无法回避，他只能说出自己的判断："我认为，奔袭宁边州，应是天祚帝亲自指挥的战役。"

"啊，"宗翰浓浓的剑眉一扬，"你往下说。"

从宗翰的鼓励中，耶律余睹猜出他是同意这一观点的。但他也看出希尹的嘴角浮出了冷笑，此时他无法两旁讨好，只得继续按自己的分析说下去："天祚帝是一个由着自己性子做事的人，他常常冒着暴风雪，到旷野上寻找饥饿的狼群，或者钻进密林里打蹲熊。尽管大臣们反对他这样做，认为冰天雪地中狩猎是一件非常危险的事，但天祚帝从不听他们的主意，他从不肯猫冬，恰恰相反，只要天上一下雪，他就精神抖擞……"

"余睹将军你别忘了，打仗不是狩猎，一个军团出来，连给养都无法补充！"

希尹粗暴地打断余睹的话，他觉得余睹的话是存心讨好宗翰，偏偏宗翰偏袒余睹，宗翰看出希尹的鬼心眼儿，制止他说："希尹，让余睹把话说完。"

余睹继续说下去："希尹监军说得对，在严冬里发动战争，是军事上的大忌，主要的问题就是给养。但在我看来，天祚帝攻打宁边州，就是为了补充给养。离西夏最近的边城是东胜，但东胜只是一个县城，物资储备要比宁边州少很多。"

希尹呛了余睹一句："按你的说法，天祚帝并不想逃往西夏。"

"天祚帝的第一想法是复国，不到万不得已的时候，他不会出逃西夏。"

希尹鼻子里哼了一声，表示他不屑听到这样愚蠢的猜测。

不管希尹与余睹两人的情绪如何变化，宗翰却一直专注地听着他们的争论，他喜欢每次会议都能听到不同的声音。这位才三十五岁的年轻元帅，善于从别人的争论与责难中发现问题。

但是，这场争论却因为第二个探马的到来立刻停止。这个探马是在骨必朵被天祚帝劈死之后赶回大同送信的。他向三位首脑报告了发生在宁边州的最新战况：第三军团的将士们死伤甚多，攻城不克后，又退回到柔服县防守。

听完探马的报告，希尹对自己坚持的观点开始反省，但对余睹仍不服气，他悻悻地说："这回余睹赢了。"

宗翰忽然兴奋起来，他对两位助手说："谁赢谁输有什么要紧的？关键是天祚帝这只老狐狸露面了，这一回，说什么都不能让他逃掉。"

三位首脑紧急会揖之后，宗翰并没有立即做出军事部署，一来是因为刚刚开始的暴雪天气还会持续几天，茫茫荒原上的积雪浅处也淹过马腹，而且道路全部封冻，人马调动非常困难；二来是天祚帝翻过渔阳岭后没有取道东胜，说明他出兵的第一目的不是进入西夏。这一点他同意耶律余睹的分析。但他并不认为天祚帝攻占宁边州仅仅只是为了打粮。据现在所掌握的情报分析，天祚帝应该是带领他所有的人马离开了夹山，这么大的军事转移，这位逃亡的皇帝究竟要干什么？宗翰感到有必要获得更多的情报，然后再作决定，于是他让两位副手各自回府，在自己的军团内做好战斗前的准备。然后他让小八爷去驿馆通知赵良嗣速来会面。

趁着赵良嗣还没到来的这段时间，他回到后院与萧莫谛一起享受了一顿可口的早餐。

当宗翰到前院与希尹、余睹会见的时候，萧莫谛也跟着起床了。小六儿等几名丫鬟帮着她盥洗梳妆完毕，她就亲自到厨房里，让厨师熬一锅放了红枣和枸杞的二米粥，摊了几张白面煎饼。另外，将头天就准备好了的羊杂碎汤重新加了姜丝与干红辣椒加热。

宗翰一进膳房，就闻到诱人的香气，按他的习惯会先喝一碗羊杂碎汤，但他迁就吃素的萧莫谛，先喝了一碗二米粥，然后再就着羊杂碎汤吃煎饼。

席间，宗翰问萧莫谛：“你知道今儿个早晨，希尹前来报告了什么消息？”

“他说什么了？”

“昨儿夜里，天祚帝攻陷了宁边州。”

“天祚帝？”萧莫谛仿佛被马蜂螫了一口，“他还活着吗？”

“怎么，你认为他死了吗？”

萧莫谛放下碗筷，眼眶里闪出了泪花。打从完颜宗翰娶她为妾后，这一年半以来，她从来不在宗翰面前提天祚帝，好像这个人在她的生命中压根儿没有出现过。宗翰怕勾起心上人的伤心回忆，也从不提她在辽上京的往事。宗翰刚才突然提到天祚帝这个名字时，萧莫谛完全没有思想准备。来到西京后，她深居简出几乎与外界隔绝，因此她不知道天祚帝的任何消息。昨天，赵良嗣在她面前提起天祚帝，她拦住了他的话头。她对现在的夫君非常满意，她很珍惜这来之不易的爱情。所以她拒绝与外人谈过去的事。当赵良嗣拿出天祚帝母亲的那颗虫珀吊坠时，她的心一颤，有那么一忽儿的时间，她发觉天祚帝除了可恨，也很可怜。童年他失去了母爱，晚年又奔波在逃亡的路上……但她立刻意识到这刚刚萌生的同情心会毁了她现在的爱情，于是又强压了下来。但偏偏宗翰又主动提起，仓促间她感到慌乱，有些把持不住自己了。

“翰哥哥，对不起，”萧莫谛一边擦拭着眼角的泪花，一边解释说，“对天祚帝，我并不怀念。”

宗翰笑了笑说：“谛妹妹，你不用解释，我想，很快我就会与天祚帝见面的。”

“你会杀他吗？”

“不会的，他毕竟是大辽国的皇帝，我们会活捉他。”

“如果他不肯被你们活捉呢？”

“谛妹妹，我们会有办法的。”

完颜宗翰的口气中充满了自信。萧莫谛并不打破砂锅问到底追问丈夫有什么办法，她只是感叹：“你是战神，没有你做不到的事情。”

“逃亡的皇帝毕竟还是皇帝呀，我肯定会善待他，”宗翰说话的语气好像要讨好萧莫谛，他朝心上人挤了挤眼睛，调侃道，“何况他的老婆，如今和我睡在一个炕上。”

“翰哥哥！”

萧莫谛两颊飞红，既害羞又生气，泪珠儿滚出了眼角，她赌气地要起身离开。完颜宗翰连忙拦住她，赔小心说：“谛妹妹，你别生气，这玩笑开过分了，我向你道歉。不过，我还要告诉你一个消息。”

“还是天祚帝的吗？”萧莫谛连忙捂着耳朵，说道，“不听，不听！”

“不是天祚帝的。”

“啊，是谁的消息？”

“你姐姐的。”

“萧莫娜？你们攻破燕京之前，她不是被耶律大石带走了吗？然后她就失踪了，我再没听到她任何消息。”

“萧莫娜没有失踪，耶律大石把她带到了天祚帝那里。”

“那，姐姐肯定没有命了。”萧莫谛顿时紧张起来，“翰哥哥，你说，我姐姐是不是没命了？”

宗翰盯着萧莫谛，不解地问：“你为什么觉得你姐姐会死呢？”

“她不是帮助她的丈夫秦晋王耶律淳篡位吗？秦晋王死后，她又成了皇太后，维持着燕京政权。听说秦晋王刚登位的时候，天祚帝还恶狠狠地放话说，如果哪一天他抓住了萧莫娜，一定会把她杀死。”

宗翰摇摇头：“可是他没有杀她。”

萧莫谛苦笑了笑：“这怎么可能呢？”

宗翰于是转了个弯问：“当年，天祚帝非常喜欢萧莫娜，这是真的吗？”

萧莫谛点点头。

宗翰把嘴凑近萧莫谛的耳朵，低声说：“听说天祚帝娶你为妃，就因为你是萧莫娜的妹妹？”

萧莫谛不置可否，但眼神里掠过一丝惆怅。

“你们姐妹感情好吗？”

“好，不好能叫姐妹吗？”

“但你们性格完全不一样。”

“翰哥哥，你别绕弯子了，快告诉我，我姐姐还活着吗？”

“活着。”

“这就奇了，天祚帝怎么会不杀她？”

“不但不杀她，他俩化敌为友，重新恩爱起来。”

“这不可能吧？”

“我怎么会骗你呢！”

“你从哪儿得到的消息？”

“天祚帝的行踪，一直在我们的掌握之中。”

完颜宗翰的话激起了萧莫谛对姐姐的思念，她还想刨根问底，但是，小八爷这时进来禀报说赵良嗣已经在客厅等候，宗翰于是对萧莫谛说了一句“你等着吧”，就随小八爷到了客厅。

大约一个时辰后，完颜宗翰又回到了后院。一直心神不宁的萧莫谛想继续问姐姐萧莫娜的事，又怕犯了打探军事机密的忌讳，所以她尽量装出平静的样子。但宗翰看出她的心思，主动拣起先前的话头问：“谛妹妹，你知道你姐姐现在哪儿吗？”

“在哪儿？”

“宁边州。”

“她随天祚帝到了那儿吗？她真的成了天祚帝的女人？”

“你想不到吧？”

“真的想不到，天哪，原来姐姐心中一直在惦念着这个男人。”

“第三批探马也回来了，他们亲眼看见，你姐姐穿着大红斗篷，站在宁边州的城楼上。”

“天祚帝会带着她逃往西夏吗？”

“不会。”

“你怎么知道不会？”

“赵良嗣说他们不会。”

“赵良嗣，他说有十万火急的情报告诉你，就是说这件事吗？”

“是的，”完颜宗翰深情地看了萧莫谛一眼，轻声说，“谛妹妹，哥给你提个建议好吗？”

“你说。”

“今后，不管是南朝还是我们大金国的官员，凡是要与你见面的，你全都拒绝，你不要见他们。”

“好，我本来就不想见他们。”萧莫谛想了想，又警觉地问，“翰哥哥，昨天我与赵良嗣相见，给你惹麻烦了吗？”

“没有，他是想通过你，让我信任他。”

“啊，他不是说有十万火急的情报要当面告诉你吗？”

“是的，他来大同三天了，就等着与我见面，他不相信希尹与余睹。我想他肯定是听到了什么风声。”

“是吗？”

“希尹与余睹不和，两人互不服气，这是自家的事儿，我不想让人知道。”

“赵良嗣的情报有用吗？”

“南朝鼓动张觉叛变我大金，南朝自以为得逞了，但我们夺回了平、营、滦三州，并坚持要了张觉的人头。南朝君臣认为我是大金国最难对付的人，所以派赵良嗣前来向我示好。”

“怎么示好呢？”

完颜宗翰不愧是大金国的铁血元帅，任何时候柔情也不会取代理智，这会儿，他没有满足萧莫谛的好奇心，只轻描淡写地说：“南朝不可信，他们刚刚出卖了张觉，现在，又把天祚帝出卖了，谛妹儿，天祚帝已成了瓮中之鳖。”

“啊，我多替姐姐烧香，求佛祖保佑她平安。”

萧莫谛说着说着眼圈儿又红了，完颜宗翰看着她，心里头忽然浮出了一个大胆的计划。

第三十五章　玛哈嘎拉

天祚帝本想在攻陷宁边州的第三天，就挥师南下攻打武州，但因风雪太大，道路全都掩埋在深深的积雪里，车辆马匹无法行走，部队只好待在宁边州城里待命，这一待不知不觉就过了六天。

第七天早上，天才麻麻亮，天祚帝就从被窝里爬起来，被惊醒的萧莫娜揉着眼睛问：“雪停了吗？”

天祚帝侧耳听了听窗外说：“风弱了很多，雪好像也停了。”

“谢天谢地，这场雪足足下了七天，鸟儿都不知冻死了多少。”

说话间，两人都穿戴了起来。盥洗后，他们又一起来到膳房里喝起了奶茶。这时，张宝成进来禀报部队最新的情况：战马冻死了二十七匹；因薪柴干粪供应不足，一半的房子无法取暖；积雪太厚导致城西一处有三间土坯房的宅子倒塌，住在里面的十二名兵士四死八伤；军粮只能维持二十天，为了节省，每天由三顿饭改为两顿……

听到这里，本来就焦灼不安的天祚帝立刻嚷了起来：“出发，今天就出发！”

萧莫娜问：“出发到哪里？”

“武州。”

“此去武州多少路程？”

“放在好天气里，两天就够了。”

“可现在不是好天气。”萧莫娜总是在节骨眼上显得比天祚帝冷静。她说，“要想出发，任何时候都可以，只是要看效果。部队现在开拔，一边铲雪一边前进，一天能走十里地就不错了。到武州三百多里地，猴年马月才能走到？且这一路，大多数地面前不巴村后不巴店，恐怕没有走到武州，十之八九的人马就没了。”

听了萧莫娜这席话，天祚帝泄气了，他转动着手中的银碗，一声不吭。

萧莫娜看到天祚帝手中银碗里的奶茶已经喝干，提起奶壶给他续添，却发现奶壶也是空的，于是让侍立在侧的亲兵再送一壶来。

亲兵刚要离开，天祚帝喊住了他：“不用再添了。”

萧莫娜说：“我看你没喝够。”

天祚帝回答：“给养不够，能省就省点，还有……”

天祚帝瞅了萧莫娜一眼，没有说下去，萧莫娜追问：“还有什么？”

“你这几天的脸色，没有在夹山时那样好。”

萧莫娜说：“风雪太大，猫在屋子里出不去，哪有好脸色。”

“我知道，还有一个原因。”

“什么原因？”

“你多长时间没有用牛奶泡澡了？”

“出夹山就没有泡过。这兵荒马乱的，已顾不得讲究了。”

“我已下令，要省一些牛奶出来，让你泡一个澡。”

“多谢你，还是省下牛奶送给将士们喝吧，”萧莫娜说着，又低声问，“皇上，咱们一定要去武州吗？”

天祚帝回答：“你知道的，咱们为什么要去武州。”

萧莫娜沉吟不语，此次军事行动的真实目的，天祚帝告诉过她。在九月末，南朝童贯曾派秘密使者来到夹山，告知天祚帝，南朝徽宗皇帝一直对他很惦念。并言大金皇帝阿骨打薨逝之后，继位皇帝吴乞买很难遏制以完颜宗翰为首的少壮派将领的扩张野心，他们有撕毁盟誓重新夺回燕京之意。有鉴于此，徽宗皇帝经过反省欲除往谬，决心与大辽重修旧好，决定帮助天祚帝重整旗鼓恢复统治。经商定，天祚帝于冬至日前后率兵离开夹山前往与宋境毗邻的武州，届时宋军会派十万兵马在武州接应，宋辽两军在武州会合后，再一举进军拿下西京大同，那时，天祚帝即可在西京大同宣布复国。

从一开始听到这个密谋时，萧莫娜就觉得不可靠。她坐镇燕京时，也曾就联宋抗金以及附宋保燕等大计派手下与童贯密议，最后她还在房山县六聘山中的天开寺与童贯直接见面。她觉得童贯是个笑面虎，表面让人感到亲善，内心却毒如蛇蝎。因此她及时提醒天祚帝不要上当。但天祚帝复国心切，加之他相信徽宗赵佶的反省——与阿骨打建盟无异于引狼入室，如今吃尽苦头这才醒悟过来，欲与他天祚帝重申旧谊再度联盟。当然，宋朝密使也说出了徽宗皇帝开出的条件，一旦大宋帮助天祚帝复国成功，大辽要如数归还燕云十六州给大宋。天祚帝权衡再三，答应了赵佶开出的这个条件。

当天祚帝按约定的时间从夹山出发，萧莫娜虽然不情愿，却仍随着他一起行走。夹山在云内州的地面上，为了迷惑大金军，天祚帝听从萧莫娜的建议，先挥师向北拿下渔阳岭，将岭口值守的一个哨队三十余人全部斩杀不留活口，然后再折回来，绕过百里开外的塞北重镇云内州，向东取道丰州，再南下振武、河滨——在这里渡过封冻的黄河，沿毛乌素沙漠的边缘，穿过金肃军境内人烟稀少的荒原，而后突然出现在宁边州城外。如此长途奔袭，五百里地只花了三天时间，所以才打了宁边州守城大金军一个措手不及。

奇袭宁边州是天祚帝蛰伏夹山近两年以来的第一次军事行动，也是第一次胜利。天祚帝心里头清楚，如果不是采纳萧莫娜的建议，这一路不会如此顺利。但他也知道，萧莫娜是不同意他采取这次军事行动的。所以，当萧莫娜再次对进攻武州提出质疑时，天祚帝仍以与童贯订立密盟来解释。

萧莫娜知道天祚帝个性执拗，凡是他认准的事情，旁人很难说服他改变。但她认为南下武州事关两万余将士及臣僚家眷的安危，在诸多疑团未能解开之前，绝不可冒冒失失地进兵。就在昨天夜里天祚帝召聚几位将军商议军事的时候，萧莫娜去找了澄宇老和尚，在将各方局势作了细致分析后，两人决定一起找天祚帝谈一次。

这时，萧莫娜也不再绕弯子了，她直截了当地告诉天祚帝："澄宇老和尚有一些忠告，要当面告诉你。"

"噢，老和尚忠告？他要说什么？"

看到天祚帝有些吃惊，萧莫娜便起了身，以不容分说的口吻说："走吧，我陪你去。"

天祚帝随着萧莫娜来到佛堂，澄宇老和尚正在蒲团上闭目静坐。

天祚帝一进来就嚷道："老和尚，萧莫娜说你有忠告对我说。"

澄宇老和尚将持念珠的手抬了抬，示意两人先敬香。

天祚帝接过萧莫娜点燃的一支檀香，敬香施礼后，三人换到隔壁房间里落座，澄宇老和尚开口问道："皇上，还记得吐蕃部给你送来的那九十八尊佛像吗？"

"记得，老和尚你清点时，说是遗失了一尊。"

"还记得是哪一尊吗？"

"大黑天。"

"对，大黑天。"澄宇老和尚轻轻地念了一声"阿弥陀佛"，接着说，"皇上，你知道大黑天的神勇吗？"

"大黑天是护法神。"

"对，是护法神，但不是一般的护法神。"澄宇老和尚解释说，"在吐蕃部的番僧那里，大黑天被称作玛哈嘎拉。这是能够让十方恶魔闻之逃遁的梵天诸神中的第一神。有玛哈嘎拉在，百煞消亡，百毒不侵。"

听到这里，天祚帝神情有些沮丧，叹道："早知道大黑天如此神圣，咱就会把它日夜带在身边。"

"皇上，老衲对你说过，一切都是天意。"

萧莫娜插话问道："能补救吗？"

澄宇老和尚说："皇上，老衲有几句话要对你说。"

天祚帝看了看萧莫娜，问澄宇："是忠告吗？"

"也算是吧。"

"请老和尚开示。"

"开示之前，请皇上随老衲先念三遍大黑天咒语。"

老和尚说罢，深深地吸了一口气，让胸腔里发出一种低沉的容易让人产生幻觉的声音：

嗡——玛哈嘎拉，梭哈——

天祚帝、萧莫娜仿效澄宇老和尚的韵调，虔诚地诵唱：

嗡——
玛哈嘎拉
梭哈——

这样一连念了三遍，澄宇老和尚才正色说道："这是祈请大黑天的咒语，凡遇到灾难要请大黑天解救时，就先念三遍这个咒语。"

天祚帝盯着澄宇，提心吊胆地问："老和尚，咱们现在有灾吗？"

"有。"

"什么灾？"

"这次出夹山南下武州，似有不妥。"

"不妥在哪里？"

"出门即遭大雪，此天象也；冬至大开杀戒，此人象也；君臣将士坐困边城，此地象也。天地人三象都不吉利啊。"

"老和尚，咱们如今在一条船上，你可不能说这等泄气的话。"

"天意难违啊，皇上！"

"什么天意？"天祚帝稍显不满。

澄宇老和尚反问天祚帝："你知道南朝皇帝的年号吗？"

“他的年号？咱当然知道。”天祚帝搔了搔脑袋，愣了一会儿，自嘲道，“真他娘的，咱脑子突然不好使了。”

萧莫娜一旁说道：“宣和。”

天祚帝嘿嘿一笑：“对，今年是南朝的宣和六年。”

澄宇老和尚轻声说：“宣和这两个字，是亡国之兆。”

“啊？”天祚帝一惊。

“宣和这两个字拆开来看，是一旦宋亡，二口无依。”

“是吗？此话怎讲？”

澄宇老和尚便把这两个字写出来，一笔一画拆分出来讲给天祚帝听。

天祚帝听了，心下不免骇异，愣了半晌，又问：“老和尚，你说南朝也会亡在大金手上？”

“亡在谁手上，老衲尚须推断，但亡是肯定的，这是天意。”

萧莫娜接着澄宇的话说：“皇上，南朝的兵都是银样镴枪头，去年我在燕京，童贯率三十万大军犯境，我只派二万人马守住滹沱河一线，他们就一步也前进不了。这回童贯说派十万人马到武州边境接应，我怎么觉着都不可能。退一万步说，即便南朝真的派来了十万兵马，在这种天寒地冻的时候，他们还有勇气打仗吗？”

天祚帝正想辩驳，张宝成急匆匆进来禀报：“皇上，从大同城里来了六个人，带着九匹骆驼来到了咱们这里。”

“都是什么人？”

“不知道，他们声言要见你和萧王妃。”

“啊，有这等事？”

天祚帝说着便起身，带着萧莫娜辞别澄宇老和尚来到前院廨房。

紧连着廨房的厅事里，已坐着从大同城里来的六个人。天祚帝与萧莫娜走进来，六个人全都站了起来。

天祚帝逐个审视来者，只见来者都穿着厚重的皮袍，其中的四个年轻后生，都长得膀大腰圆，一身虎气，还有两个脸部包裹得严严实实的，只露出一双眼睛。天祚帝走到这两个人跟前停住了，他站在个头儿稍高一点的那个人跟前，伸手想去解那人的头巾，那人本能地后退一步。

天祚帝问："你是谁？"

那个人没有回答，但却上前两步站到萧莫娜跟前。四目相对，萧莫娜看到一双圆溜溜的大眼睛和两弯长长的睫毛。

"你是……"萧莫娜有些狐疑。

"姐姐！"

来者激动地喊了一声，并迅速解下包扎面部的头巾和头上那顶貂皮帽子，跟着她一起来的贴身丫鬟小六儿也解下了面巾。萧莫娜看着她们，顿时惊叫起来："莫谛！我的好妹妹，真的是你吗？"

姐妹两人紧紧地拥抱在一起。萧莫谛因为激动，伏在姐姐萧莫娜的肩上哭出声来。萧莫娜双手捧起萧莫谛的脸蛋儿，在她的额头上爱抚地亲了好几口，一面亲，一面喃喃说道："天哪，难道这是真的吗？好妹妹，你怎么会来到这里呢？"

萧莫谛尽量抑制冲动，让自己的情绪平静下来，她松开萧莫娜的手说："姐姐，听说你到了宁边州，我特意赶来看你。"

姐妹重逢却将天祚帝晾在一旁，这位一向不甘寂寞的老皇帝心里头很不是滋味。因为萧莫谛毕竟还是他迎娶并册封的元妃，这时候他悻悻地插话道："萧莫谛你可别忘了，你可是我的元妃，你到宁边州来，就只是为了看你姐姐？"

萧莫谛看了一眼天祚帝，冷冷地说："皇上，我早就不是你的元妃了。"

天祚帝以牙还牙，讥道："你姐姐比你可爱。"

萧莫谛一反常态，出口的话火辣呛人："皇上，自从你前年离开金上京，连九只海东青都带走了，却将我一个弱小的女子留在那空荡荡的宫殿里。从那一刻起，我和你就已义断恩绝了。我发誓今生今世再不与你相见。"

"那你为何又来了呢？"

"为我姐姐，我不能眼睁睁看着她跟着你不明不白地去送死。"

"你怎么这样说话？"

天祚帝的蠢脾气眼看就要爆发，萧莫娜及时阻止了他。她吩咐张宝成将萧莫谛的随从好好安置。待所有闲杂人等全都退出后，屋子里只剩下萧家姐妹与天祚帝了，萧莫娜首先将天祚帝数落了一通，埋怨他不该对萧莫谛态度粗暴，然后才对萧莫谛说："妹妹，告诉皇上，你为何冒着天大的危险来到宁边州？"

"姐姐，我们骑着骆驼，从大同来到这里，路上整整走了五天。"

"这还幸亏是骆驼，如果是马，你们恐怕早就没命了。"

"骑骆驼也九死一生，暴风雪太大了。"萧莫谛心有余悸，她呷了一口萧莫娜递给她的煎茶，继续说道，"姐姐，你们是不是准备攻打武州？"

萧莫娜与天祚帝对视了一眼，天祚帝问："你怎么知道？"

萧莫谛回答说："我不单知道这个，我还知道，你们是想攻占武州，在那里与南朝来接应你们的军队会合，然后一起进攻大同。"

天祚帝傻眼了，心中忖道：这么绝密的事情，萧莫谛是怎么知道的？他追问：“你真的是从大同来的吗？”

“这难道有假？”

“谁告诉你这些情报的？”

“我现在的夫君。”

天祚帝醋意大发，脸一下子拉了下来，看在萧莫娜的面子上，他没有发作，只悻悻地说：“完颜宗翰那王八羔子，竟敢强占我的女人。”

“人家什么时候强占了？”萧莫娜站出来说话了，“是你把我妹妹抛弃了，人家真心真意娶了她。”

萧莫谛强忍着泪水，看着天祚帝，她忽然感到恶心。

萧莫娜又问：“妹妹，你到这里来，完颜宗翰知道吗？”

“他不知道我怎么能来呢？”

“他怎么知道我们与南朝的密议呢？”

“南朝派一个名叫赵良嗣的特使，将童贯与皇上密商的事儿，一股脑儿告诉了完颜宗翰。”

“啊，是吗？”

萧莫娜因为自己的猜测得到了证实，心里头反而安稳了许多，但天祚帝却一下子抓狂了，他一跺脚从椅子上跳了起来，挥舞着双拳叫嚷：“不，这不可能！这绝不可能！”

萧莫娜起身去把天祚帝拽回到椅子上坐下，拍拍他的肩膀说：“阿适，你先安静一下，听萧莫谛把话说完。”

天祚帝大口大口喘着粗气，看得出来，残酷的现实把他逼到了绝望的边缘。萧莫娜一直攥着他的手，平静地问萧莫谛：“妹妹，来这里送信是你的主意吗？”

萧莫谛摇摇头。

“是完颜宗翰让你来的？”看到萧莫谛的表情是肯定的，萧莫娜又疑惑地问，“他为什么要这样做呢？”

萧莫谛回答：“宗翰不想让你们白白送死。南朝为了让大金完整地归还燕云十六州，便想使用这种卑鄙的计策把皇上骗到武州，好让大金军把你们全部歼灭。起因是南朝要收回山后的六州，宗翰以皇上还未抓到为理由，拒不肯归还。所以南朝才想出这个恶毒的方法，要把皇上作为礼物送给大金军。姐姐，你们大概还不知道，在宁边州周围，如今已布置了十五万军队，除了宗翰的十万兵马，宗望元帅还派完颜娄石大将军率五万兵马赶来。你们只要一离开这座城，就会立刻遭到围追剿杀。”

“宗翰为什么要派你来？”

“把最真实的消息告诉你们，还有……”

萧莫谛看了看天祚帝与萧莫娜，欲言又止。

“还有什么？”萧莫娜问。

“还有，宗翰知道姐姐你在这里，他想让我们姐妹俩见上一面。”

萧莫娜充满柔情地看着萧莫谛，把天祚帝的手攥得更紧了，她又问：“你现在的丈夫，要把我们怎么样？他何时来攻城？”

“春节之前，他不会攻城的。”

“那么说，让我们在宁边州过春节，让我们在这孤城里饿死？”

“今天，我们一共来了九匹骆驼，两人骑一匹骆驼，余下六匹，驮的都是酒、糖、各种杂粮点心、果品香料，是宗翰送给你们过节的。至于战士们过节要用的物资粮草，宗翰也会派人送到城外，你们派人去取。”

“过完这春节后，宗翰会怎样对待皇上？”

“宗翰说，只要皇上放弃复国的念头，大金国会供养他。”

“不，我必须复国。”

天祚帝又跺着脚咆哮起来，他指着萧莫谛骂道：“你是个贱女人，你快滚，不然，我会拔刀杀了你，我说到做到……”

“闭嘴！”萧莫娜厉喝一声，看到天祚帝扭曲的脸，她抽回手，伸出手指头戳了戳天祚帝的额头，半是恫吓半是认真地说，“阿适，你要是敢动莫谛一根指头，我就会把你那九只海东青的脖子全都扭断。”

天祚帝长叹一声，把头埋了下去。

萧莫谛向姐姐投来感激的一瞥，对天祚帝说：“皇上，你就是不赶我，说完话我也会立即返回的。现在我就要走了。走之前，把你的一件传家宝还给你。”

“传家宝？”

天祚帝抬起了头，萧莫娜也瞪大了眼睛。

萧莫谛从袍子里掏出那条虫珀吊坠的项链，小心翼翼地放在天祚帝的手上。

“这是什么？”天祚帝茫然地问。

“你母亲的遗物。”

萧莫谛把从赵良嗣那里听来的故事原原本本讲了一遍。

也许是恶劣的心情在作祟，也许是童年惨痛的记忆让他突然思念含冤辞世的母亲，天祚帝双手捧着虫珀项链，失声痛哭起来。

萧莫娜与萧莫谛姐妹二人，从来没有看到天祚帝如此动情的撕心裂肺的哭泣。多愁善感本是女人的天性，她们联想到自己坎坷的身世，也都掩面而泣。

第三十六章　女王的葬礼

卯时过了，天才麻麻亮，躺在被窝里的萧莫娜身子稍稍动了一下，睡在她旁边的天祚帝立刻就问：“莫娜，你醒了吗？”

其实萧莫娜一宿都没合眼，只是临到五更天的时候才迷迷瞪瞪睡着了一会儿。听到天祚帝问话，她转过身子，把头枕在天祚帝的臂弯里，问他：“昨夜里，你也没睡好吧？”

天祚帝抚摸着她的肩，问：“你怎么知道？”

“我没听到你的鼾声。”

“啊，你不是笑话我睁着眼睛也能打鼾吗？”

“是啊，男人的鼾声，女人的笑声，都是很迷人的。”

天祚帝的手从萧莫娜的肩头滑到她丰满的乳峰上，他轻轻地摩挲着，用充满伤感的语调说：“留给我们的好日子不多了。”

萧莫娜把手盖在天祚帝的手背上，深情地说：“阿适，佛国的日子更好。”

“是啊，不食人间烟火少了许多烦恼，下辈子再也不当皇帝了。”

说着，两人紧紧地搂在一起，天祚帝把生满硬髭的脸贴在萧莫娜保养得极好的粉嫩的脸上，萧莫娜忍受了一会儿，然后推开他，问道："今天是什么日子呀？"

"二月二龙抬头。"

"惊蛰过了五天了，听说在江南，惊蛰会打春雷的。"

"雷一响，猫冬的龙就会被惊醒。"

"阿适，你抬抬头。"

"我？"

"今天二月二，你是真龙天子，该你抬头了。"

天祚帝翻了个身，真的抬起了头，盯着萧莫娜，尽量显得轻松。

萧莫娜看着天祚帝瘦削的面庞，心里头满是酸楚，她抚摩着他的脸颊，叹道："阿适，你瘦多了。"

"瘦了精神。"天祚帝强笑着。

"阿适，我是幸福的女人。"

"啊？"

"因为我在二月二这一天，真的看到了龙抬头。"

"莫娜，下辈子你当皇帝，我当你的女人。"

天祚帝说罢把头倒在萧莫娜的胸脯上，萧莫娜感到有几滴滚烫的水珠滴在她的乳沟里，那是天祚帝的泪水。

二月二龙抬头这一天，尽管在江南已春气萌动，但辽阔的荒原上，还是坚冰铺地，所有的河川都还没有融冻，旷野上还刮着凄厉的北风，地上没有奔跑的野兽，天上也不见飞鸟，这样的景象让人绝望。

天祚帝终于在二月初一这天傍晚，赶到了应州地面上一处名叫西风寨的小村子，西风寨只有十几户人家，都是既没有得到墨水滋养也没见过世面的庄稼汉。天祚帝并不是选定来这里歇宿，而是因为到达这里时，张宝成询问此为何处，村民说是西风寨。

张宝成误听为栖凤寨，天祚帝将这村名视为吉兆，也就安歇下来了。这西风寨在应州北面三十多里地的一处平原上，那里是桑干河上游——灰河与浑源川两条河流交汇前夹束的一处谷地。这谷地的东边是龙首山，过了龙首山就是浑源、广灵和蔚县。这三个县分属应州与蔚州，都是前辽西京的辖区。大同管辖的二十余州县，虽然都变成了大金国的军事管制区，但因这里属于燕云十六州的山后六州，按金宋密盟是要交割给南朝的。金国既迟迟未交，却又不能派遣和任命官员前来管理，因此山后六州的州县仍由前辽的官员们管理，原来驻扎在这些州县的辽军将领，只要他们同地方官吏一样表态效忠大金，也统统就地录用，大金西路军元帅完颜宗翰只派少数军官前来督察。这些前辽军政官员慑于大金军的威势，倒也一如既往恭谨办事，至少在表面上，他们十之八九都还在完颜宗翰面前表现得服服帖帖。但是，辽军攻陷宁边州的消息传出后，这些前辽官员立马就人心浮动了。这些官员中有不少人内心里还是忠于大辽王室的。他们暗地里相互串联，商量勤王大计，并派出使者前往宁边州，恭请天祚帝到他们的地盘上实施复国计划。这批官员中，就有浑源、广灵与蔚县三县的知县，以及在这三县区域内的大约三千多名驻军。

听到这些消息，特别是会见了几名费尽千辛万苦来到宁边州的特使后，本已陷入绝境的天祚帝，心中又燃起了希望之火。加之派出的探马回来禀报，通往西夏以及南下朔州、武州的道路全部被大金军堵死。此时越过黄河进入偏关，再从那里翻越长城，通过人烟稀少的平鲁、山阴两县，再涉过灰河，借道应州前往浑源，仍不失为一条较为安全的求生之路。天祚帝遂决定在宁边州过完元宵节就实施这一计划。

临出发前，天祚帝再次采纳萧莫娜的建议，将部队分成三拨：一拨五千人，带着大悲奴等官员由宁边州向西，过金肃军与河清军，穿越毛乌素沙漠前往乌兰木伦河流域；另一拨也是五千人，带着所有官员的家眷及王室卤簿文书向北过长城，经白道坂入凉城，过奄遏下水湖前往白水泺。大金军的三大军团分布在西、北、南三面，这两支向西、向北的部队沿途会遭遇恶战，但也能牵制大部金兵主力。他们若能突围成功，则西路军可入西夏，北路军可入漠北寻找耶律大石的军团。当然，这两支部队最最重要的任务是掩护天祚帝向东突围。

三支部队几乎是在元宵节前一天同时开拔。天祚帝亲率的这一支部队是他装备最为精良的禁卫军，但只有三千人。如果甩掉辎重轻骑作战，这三千勇士以一当十，倒也是一支所向披靡的王者之师。但是，固执的天祚帝一定要带上他喜爱的金银财富、古玩字画以及大量的佛像法器。当然，那九只尖喙利爪的海东青也必须随军行动。从夹山出发时，运载这些物品一共使用了五百辆大车。现在通过精减，仍有二百辆被塞得满满登登的。这些大车影响了部队行军的速度，加之一路的积雪与坚冰，部队第一天走了不到三十里地。

应该说，萧莫娜的计策的确起到了作用。那两支向西向北的部队出城不久就遭到了金军的堵截，求生的渴望让辽军特别英勇，因此给大金军一个误判，即这两支部队是辽军的主力，于是调集更多的部队前来围剿，这样就给天祚帝的突围赢得了时间。怎奈这支禁卫军为两百车辎重所累，行军速度如蜗牛一般。大约十天以后，西路与北路的两支部队均被击溃，从俘获的大臣及家眷口中，金兵得知天祚帝并不在这两支队伍里。于是，大金军在整个防区内搜索天祚帝的下落。不久，完颜娄石的部队就在山阴县境内发现了辽军。其时，禁卫军正在设法将两百辆马车的辎重卸下来，肩挑背驮渡过灰河。完颜娄石指挥部队掩杀过去，辽军猝不及防，这场遭遇战让禁卫军失去了八百名将士。断后的千名战士拼死抵抗，才让天祚帝成功突围，但危机并没有解除。得知消息的大金军全部赶到了这里，本在大同城中坐镇指挥的完颜宗翰也到了应州。一路上，天祚帝尽量避开城镇大道，但毕竟还有上千人，很难不走漏消息。昨天，禁卫军再次与完颜娄石的部队遭遇，这一仗不但让禁卫军减员过半，更是丢掉了大批物资，最重要的是所有的粮草给养全都失去了。临近天黑的时候，一个更大的噩耗传来：浑源、广灵、蔚县三县的知县及领兵的长官，因为遭人揭发，被完颜宗翰派兵全部诛杀，如今，这三个县里驻扎了三万多名大金军……

到此，天祚帝的希望全都破灭，当他误将西风寨当成栖凤寨而决定在此歇息时，他已放下了所有的傲慢与任性。他滚下马鞍，然后亲自把疲惫的萧莫娜扶下马来，附在她耳边轻声说："这里叫栖凤寨，你是人间最美的金凤，为了你，我决定在这里住一晚上。"萧莫娜没有吭声，她随天祚帝走进了一家农舍——据张宝成说，这是栖凤寨最好的一间房子了，因为它毕竟还有一个热炕，但房子里充满了刺鼻的尿臊味，触眼之处全是肮脏。一进房子，萧莫娜就想作呕，不要说住，她这一生连看都没有看到过这样破败的卧室，但现在她没有选择。幸亏张宝成始终没有丢弃他们的被褥，将世间最奢侈的被褥搁放在最简陋的土炕上，不是一般人能体会到的落差与辛酸。这一夜，曾经的大辽国最有权势的两个人，应该有很多的话互相倾诉，但他们却都不言不语，只是互相依偎着，用不再有激情燃烧的身子温暖着对方，直到天亮了，他们才唠起了闲嗑。

当天祚帝把脑袋埋在萧莫娜胸脯上默默地流泪时，萧莫娜没有推开他，过了一会儿，她才说："阿适，你多久没有哭了？"

天祚帝坐了起来，回答说："我不知道，我好像从来就没有哭过。"

"你爷爷驾崩时，也没有哭过吗？"

"没有。"

"其实，你就是号啕大哭也是应该的。"

"为什么？"

"一个王朝终结了。"

"啊，是的。"

天祚帝极不情愿地承认，萧莫娜本来还想说一句"咱俩的爱也要终结了"，但她怕刺伤天祚帝，忍了忍没说出口来，只是问道："龙抬头的日子，是不是晴天？"

天祚帝站起来，从极小的窗子朝外瞧了瞧，回答说："是阴天，好像又要下雪了。"

萧莫娜摇摇头："龙没有抬头啊。"

天祚帝下了炕，一边穿衣服一边说："早上吃什么呢？听张宝成说，只剩下十几颗红枣。"

萧莫娜没有回答，却问："阿适，雪地上的经堂，布置了吗？"

"昨晚上就对张宝成说了，应该布置了。"

"好。"萧莫娜这时也披衣坐了起来，她打量着房子里肮脏而又破旧的陈设，又说，"阿适，你帮我做件事吧。"

"好，你说。"

“你到野地里，替我铲一桶最干净的雪回来。”

“铲雪？”

“是的，你不要使唤手下，要自己去铲。”

“为什么？”

“我要用雪擦擦自己的身子。”

“那么凉……”

“阿适，你别说了，马上要去礼敬佛祖了，我的身子必须干净。”

萧莫娜说着，一双忧伤却依旧动人的大眼睛里闪出了泪花。

临近辰时，天祚帝与萧莫娜各吃了三颗红枣，然后手牵着手走出了那间低矮的农舍。天祚帝身穿衮冕皇帝服。这皇帝服分契丹、汉两种，皆为国初所定制度，视不同场合穿戴。今日天祚帝穿的是契丹样式的皇帝服。大辽帝装从功能划分，平居所穿平巾帻、襕袍为常服；举行国事活动所穿的绛袍为朝服；头戴金质七彩宝石盔、身着攘甲戎装、足蹬络缝乌靴的为田猎服；青衣为祭服；垂饰犀玉带错的赤袍为礼服。天祚帝今天穿的便是礼服，这是辽皇帝着装的最高规格了。只见他穿在上身的玄衣，绣有日、月、星、龙、华虫、火山、宗彝八章，下身的纁裳，绣有藻、粉米、黼、黻四瑞，他头上还戴着镶珠嵌玉的通天冠，脚上穿着贴有龙凤金饰的硬底皂靴。一穿上这身衣服，他的威仪顿时又显现了出来。

走在天祚帝身边的萧莫娜，今天也破天荒地穿上了皇后的章服，只见她凤冠灿烂，额缀金花，上着刺绣百鸟朝凤图案的紫袄，下穿金玉、水晶、靛石等缀饰的盘紫绿裳，足蹬绣着海东青的黑色筒靴，外罩一领金黄的貂裘。看上去雍容华贵，光彩照人，不容逼视。萧莫娜穿的这身皇后的服装，并不是天祚帝的赐予，而是她的夫君秦晋王耶律淳在燕京称帝时按大辽的国服制度给萧莫娜定制的。她一直将这套衣服带在身边。今天早上，她将这套衣服找出来穿在了身上。天祚帝猜得出这套衣服的来路，但他没有吭声，在他心目中，萧莫娜早就是皇后了。

天空又飘起了雪花，天祚帝与萧莫娜始终手牵着手走在封冻的雪地上，他们向村外的旷野走去。现在，依然追随皇帝的禁卫军将士不多了，大概不到五百名，他们又冷又饿，但他们仍排列成两行，尽量显得精神抖擞，向天祚帝与萧莫娜行庄严的注目礼。

村子外头的一片雪地上，四周插满了大辽国的军旗，中间有十几辆马车，这些马车的篷顶与围栏都被掀掉，车上陈列着大大小小的佛像。最大的三世佛高约八尺，分别坐北朝南摆放在雪地正中。在三世佛的周围，按照佛寺的菩萨、罗汉及护法诸神的陈列方式一一就位。很显然，这是一座以雪地为基，以天穹为顶的寺庙，天祚帝与萧莫娜要在这里——在龙首山下的这片旷野，在二月二龙抬头这一天的辰时，为大辽国也为他们自己做一场佛事。

一进入这片雪地，天祚帝就发现大辽国军旗的外面，密密麻麻的全是骑马的战士，他们手持刀枪，将雪地围得水泄不通。

天祚帝问张宝成："他们是谁？"

萧莫娜说："不用问了，该来的都来了。"

"啊，是吗？"

天祚帝这才看清大辽国军旗外面那些骑在马上的战士，都穿着大金军的服装，他点点头，反而平静了。他走向站在三世佛前穿着大红袈裟等候着他们的澄宇老和尚，双手合十虔诚地问：“老和尚，今天的佛事怎么做？”

澄宇看了看天祚帝，又看了看萧莫娜，两人的服装让他略略有些诧异，他想了想，回答说：“我们来念诵大黑天咒吧。”

天祚帝点点头，突然两手张开，仰起头对着苍穹呼喊：

嗡——
玛哈嘎拉
梭哈——

尽管天祚帝几乎是在嘶叫，但呼啸的北风把他的声音吞没了。

澄宇老和尚问：“皇上，你在呼唤大黑天吗？”

“是的。”

“阿弥陀佛，皇上吉祥。”

萧莫娜跪倒在三世佛前，天祚帝也跟着跪了下去。

澄宇又说：“只要心诚，大黑天无处不在。”

萧莫娜说：“老和尚，今天弟子陪着大辽国第九位皇帝耶律延禧，在佛祖面前告别宗庙，告别社稷。他，还有我，有愧于这片土地，有愧于契丹的子孙、大辽的人民。大辽没有了，这片土地还在，社稷还在；皇帝没有了，但草原的儿女还在。我们在此向佛祖谢罪，我们没有照看好这片土地。但生生世世，我们永不离开这片土地，永远怀念这片土地。”

萧莫娜说着，泪下如雨。

天祚帝接着萧莫娜的话，继续说道：“苍天在上，佛祖在上，我耶律延禧当了亡国之君，是咎由自取。我的土地一块一块地失去，像割我的心头肉；我的人民一拨一拨地流离失所，我的心在流血；我的将士们一个又一个战死沙场，我如同天天都在失去亲人。但后悔有什么用，有什么用啊！佛祖啊，我已是行尸走肉，请求你照顾好我身边的这个女人，她是我见到的最好的契丹女人，她是这世上最好的女王……”

“阿适！”萧莫娜打断了天祚帝的话头，将沉浸在自责与悲伤中的天祚帝扶了起来，又说，“现在，我们跟着老和尚念诵大黑天咒吧。”

天祚帝点点头，两人跟着澄宇老和尚一边念咒，一边绕着三世佛转经。

念咒九遍，他们回到三世佛的正面敬香。此时，雪愈下愈密。辽金两国的军旗在北风中猎猎作响，远处雪雾叆叇，不知是谁的战马因吸入了冷空气而嘶鸣起来。

趁天祚帝上香并与澄宇老和尚小声攀谈的时候，萧莫娜从腰带上挂着的小绣袋里掏出一粒花生米大小的琥珀色的药丸子塞进嘴中。

天祚帝似乎有某种预感，他忽然转过身来，一眼瞥见萧莫娜正在吞咽着什么，连忙嚷道：“莫娜，你在吃什么？”

萧莫娜这时已吞下了药丸，但药性尚未发作，她深情地注视着天祚帝，平静地说：“阿适，您心爱的女人，要回到草原上去了。”

说着，萧莫娜的脸色忽然涨得通红，身子软绵绵地就要倒下去，天祚帝赶紧上前抱住她。体力严重下降的天祚帝抱不住萧莫娜变得沉重的身躯，他趁势坐到了雪地上，萧莫娜躺在了他怀里。

“你吃了什么？”天祚帝仍在追问。

萧莫娜为了不让天祚帝伤心，她尽量保持微笑说：“阿适，离开燕京的时候，我就准备了这颗升仙丸，它是草原上三种草熬出来的。萨满说，吞这颗升仙丸，走的时候不会七窍流血，也不会很难堪。我是女人，即便是死了，也要死得美丽。”

天祚帝再一次老泪纵横，他抚摸着萧莫娜渐渐变得煞白的脸庞，哽咽着说：“莫娜，你，你为什么要死呢？”

“宁为玉碎，不为瓦，瓦……”

萧莫娜终究没有把话说完，就头一歪，倒在天祚帝的怀中。

“阿弥陀佛！”

澄宇老和尚长叹一声，闭着眼睛，跪在三世佛前一遍又一遍地念起了往生咒。在场的禁卫军的将士们目睹这凄婉而又壮烈的一幕，无不失声痛哭。

在哭声中，两名禁卫军战士从农舍中抱来了萧莫娜使用过的猩红的羊毛毯，铺在天祚帝身边的雪地上，并协助天祚帝将睡着了一般的萧莫娜挪到羊毛毯上。

天祚帝在张宝成的帮助下站起身来，他拔出张宝成腰间的弯刀，在三世佛前的雪地上狠命地刨击。

“皇上，你要干啥？”张宝成问。

“让皇后入土为安。”

张宝成明白了天祚帝的意思，他命令士兵从村子里找来几把镢头，帮助天祚帝刨坑。

大半个时辰后，一个大约一丈多长六尺多深的土坑刨了出来，天祚帝跳了进去，平躺了一会儿，又下令：“再往下刨深一点，我不能让我的皇后睡在里面难受，坑底尽量要平坦，不能让皇后硌了脖子和腰。”

当士兵们按天祚帝的吩咐再次把土坑挖掘修整完毕时，天祚帝又跳了下去，将萧莫娜与他共同使用过的被褥一层层铺垫起来，差不多码了二尺多高，然后，他又躺在被褥上好长时间不起来。飞舞的雪片落满了他的龙袍。张宝成等将士央求他起来，他说：“我再给她暖暖土坑，这里头太凉了。”

不知又过了多久，他才答应将士们将萧莫娜的遗体抬了下来，他请求澄宇老和尚在上面替萧莫娜念超度的经文，自己又躺倒在已经放好了的萧莫娜遗体旁，喃喃自语道：“莫娜，我也不走了，我就在这里给你做个伴儿，免得你孤单。”

这时，坑上的将士们忽然骚动起来，张宝成俯下身子向他禀报：“皇上，大金军开始逼近了，他们的头儿完颜娄石给的期限是午时。现在，午时快到了。”

“啊，我不想走。”

“皇上，你若躺在这里面，五百名将士将会全部被屠杀。”

“唉，好吧，我起来。”

天祚帝小心翼翼地坐了起来，他用手拂去了落在萧莫娜脸上的雪花，突然他像想起了什么，颤抖着从自己的脖子上取下那条由萧莫谛送来的虫珀项链，流着泪将他母亲唯一的遗物戴在萧莫娜的脖子上。然后，再往萧莫娜的身上盖了三床锦缎被，这才无限伤感地离开了土坑。

天祚帝靠着马车，再也不敢看将士们往土坑里填土。

当土坑填平，雪花飘落其上的时候，天祚帝听到了马蹄声，他循声望去，只见一位穿着铠甲的将军纵身下马。

“你是谁？”

“大金军金吾大将军完颜娄石。辽国皇上，末将得罪了。”

天祚帝忽然间像换了另一个人，刚才还满脸哀戚的他，一瞬间就恢复了桀骜不驯的神情，他指着完颜娄石说："小将军，你要善待我的将士们，还有我那九只海东青。"

完颜娄石单腿下跪行了军礼，说道："请皇上放心，我一定会善待他们。"

天祚帝不再搭理他，而是径自朝前走去，一边走一边问："走吧，孩子们，我的轺车在哪儿？"

熊召政 著

大金王朝

JIN DYNASTY 3

逊位的皇帝

北京出版集团公司
北京十月文艺出版社

新经典文化股份有限公司
www.readinglife.com
出　品

目录

第一章　皇上要咱当钟馗

内书阁当值的小太监妙官来到京城最大的香药铺王香堂。五丈河与汴河汇流处的双河街离虹桥只有半里地，是京城的一等繁华之地。王香堂就坐落在这条街上。妙官虽只有二十四岁，却也学会了摆谱，从皇城出来到王香堂也就两里来地，他留着一双脚不肯走路，却坐了一顶两人抬的蓝呢小轿前来。轿子刚一落地，王香堂的伙计认得行头，知是妙官到了，连忙趋前掀开轿帘，一脸谄笑嚷道："大官人，这一晌都见不着人影儿，敢情是陪着皇上掰不开身子。"说着，就把手弯曲着搭上前，意思是要扶妙官下轿。妙官也不辞谢，将手伸了过去让伙计托住，装腔作势走下轿来。伙计哈着腰，倒退着将妙官迎进王香堂，快跨进门槛的时候，伙计尖着嗓子扭头喊道：

"东家，大官人来了！"

王香堂的掌柜王三芝正在接待要紧的主顾，听到伙计的叫嚷，屁股一弹就离了凳儿，朝两位主顾拱拱手以示歉意，脚底抹油绕过柜台到前厅迎接。妙官见了他，故意压着嗓子，用了不得的官腔打问：

“掌柜，这一晌铺子里进了啥样儿的好货呀？”

“有，有，”王三芝将妙官迎到厅堂正中的八仙桌旁坐下，一脸殷勤地回答，“半月前就有一批货从番禺运了过来，四天后，泉州的货也到了，就等着您来呢。”

“这些日子，咱的确忙啊，皇上什么事儿都支使咱。其实，有些事儿别人干也不会有闪失，但皇上不放心啊。”妙官耸高眉头儿夸张的表情，一屋子的人都知道他在显摆，却都附和着说些奉承话儿让他高兴。妙官忽然发现厅堂里有一些陌生的面孔，便问王三芝：“王掌柜，这屋子里怎么还有闲杂人啊？”

王三芝赔着小心说：“他们也是香行的老主顾，不是闲杂人啊。”

“这么说，咱改天再来。”

妙官说着，站起来一拍屁股就要挪步走了。王三芝连忙上前拦住他，讪笑着说：“大官人莫急，这两位也是咱小店的财神，他们已看好了货，这就要走了。”

“是的，我们这就走。”

两位主顾虽然心里头不高兴，但已看出这位皇宫里的小太监来头不小，也就趁势转弯儿抬腿告辞。王三芝将二人送到门口，打躬作揖道了别，又回来朝跷着二郎腿的妙官堆起一脸巴结的神气，低声说：“大官人，咱进的这两批货，可都是一等一的好货呢。”

妙官睨了他一眼，说：“先别吹嘘，拿上来让咱瞧瞧再说。”

却说这个妙官，本是内书阁当差的一个小珰，只因他帮着徽宗皇帝找到了那个会掐阴阳知晓玄机的杜十四，解决了徽宗皇帝的心头之患，撤换了王黼重新启用蔡京和童贯，从而得到徽宗皇帝的赏识，封了他一个内书阁值事的六品职衔，他也因此变得骄横起来。骄横归骄横，这妙官也是一个见佛不跪见魔作揖的乖巧角色，凡是皇上以及当道权贵交办的事儿，他都料理得妥帖，让主子们高兴是他的本事。这不，他此番来到王香堂，便是为着徽宗皇帝置办特殊的香料。

徽宗皇帝雅好甚多，凡斋醮、道场、符咒、秘术、丹青、茶艺、鞠戏、歌舞、匠作、幻术、玩玉、焚香，几乎无一不会，无一不精。在内廷供职的贵珰，为了迎合皇上，也纷纷投其所好悉心琢磨各类艺事。外廷的官员与民间高手，只要身怀绝技，也常常被宣召进宫为徽宗皇帝表演，进而传授。妙官在内书阁供职超过了十年，什么样的事体没见过？他心里头清楚，狗拿耗子不是稀奇事儿，耗子调戏狗才是惊世骇俗的绝活儿。由此他想到，不练出一门绝活儿就绝不可能引起皇上的注意，更不能得到皇上的欢心。诸般杂艺，样样懂一点倒不如精通一项。妙官将皇上身边得宠的人作了一番研究，再结合自身的兴趣，决意在鉴识香料上下功夫。几年下来，他居然就成了大内精鉴香料第一人，在玩香的人群中，挣了偌大一个名气，徽宗皇帝也就格外高看他一眼。大凡宫内购置或鉴别香料的事儿，悉数交给他办理。由此，妙官在徽宗身边不再是可有可无，而成为不可或缺的人物了。

这会儿，王三芝陪着妙官扯了几句闲话儿，伙计早已掩了大门，走进里屋拾掇了一番，这才又走出来小声说道：“东家，备好了。”

王三芝起身朝妙官作了一个礼请，妙官便跟着他跨进里院门，进了东厢房。这房子装饰得富贵且又典雅，靠着西墙的一排大约有百十个抽屉的两节高的大橡木柜子，只用清油涂过，保持了原本的白中带黄的色彩，只是木屉上的一把把红铜锁，显示出橡木柜沉稳又神秘的质地。客观地讲，橡木不算一等名贵的材质，但贮放香料，首先是要求木头自身不要带任何香味，故只能选择橡木来做香料柜了。

妙官是这间东厢房的常客，刚落了座儿，他就说："大掌柜，也别客套了。把你进回的宝物拿来让咱见识见识。"

"好嘞！"

王三芝努努嘴，伙计便小心翼翼打开立柜上锁着的抽屉，捧出一只匣子来，放在妙官面前的小桌上。

妙官从中拿出黄丝绸包着的一块状如杆菌的泛黑的木块，放在鼻子底下嗅了嗅，问王三芝："是广舶还是泉舶？"

"广舶。"

"唔，把你的进货都拿来，我逐样都要看一看。"

"好嘞。"

妙官是大主顾，放屁都是香的。王香堂的主佣焉敢怠慢？伙计忙得屁颠屁颠的，一一打开屉锁，把新到的货品拿出来请妙官过目。

蛤蟆不是飞的，牛皮不是吹的。王三芝的店面之所以敢叫王香堂，就因它的确收藏了天下名香。品种之多，搜罗之广，这汴京城里的香料商家无人能敌。就说这间东厢房的几百只柜屉里，收藏的香料样品计有：都夷香、沉水香、安息香、鸡舌香、龙文香、雀头香、迷迭香、辟寒香、月支香、振灵香、千亩香、龟甲香、兜水香、沉榆香、茵墀香、石叶香、紫述香、百濯香、千步香、蘅芜香、金弹香、九和香、九真香、罽宾国香、拘物头华香、袛精香、飞气香、兜娄婆香、大象藏香、牛头旃檀香、凤脑香、辟邪香、瑞麟香、金凤香、必栗香、龙脑香、麝香、白檀香、苏合香、郁金香、波斯香、鸡骨香、降真香、艾纳香、甘松香、零陵香、栈香、水盘香、芸香、蕙香、都梁香、藕车香、兜纳香、耕香、荼芜香、薰肌香、多伽罗香、羯布罗香、詹葡花香、月麟香、蝉蚕香、还魂香、震檀香、返生香、百蕴香、揭车香、刀圭第一香、鹰嘴香、乳头香、鹧鸪斑香、思劳香、沉光香……

王三芝不但因藏香而富甲天下，且辨香鉴香也是汴京城中第一高手。妙官学习香道，多得益于王三芝的指点。应该说，这两人的师生之谊，先是妙官从王三芝那里学到了辨香的真本领，后来由于妙官的推荐，王三芝被召进宫去为徽宗皇帝讲了两回香道，徽宗大悦，遂将王香堂定为香料供应之所，除有关州府额定的贡香外，宫中香料库自主采购的香料十之七八都来自王三芝的王香堂。妙官骤贵之后，便从内廷香料库的值事太监手中抢到了采购权，这是一个肥差，每年，妙官都会从王香堂手中拿到大笔的回扣。采购第一年，他就在朱雀门的贡院旁边，购进了一座有二十多间房子的大宅。

妙官人小鬼大，虽然心里头仍把王三芝当师傅，但表面上却颐指气使，每次来王香堂，都像天王老子下凡，神气得不行。王三芝知道妙官这是为了避嫌，故意弄出这等做派，他只当是看徒弟演戏，只要有钱赚，哪在乎他架起膀子是圣是贤呢？

待伙计搬空了屉子，该看的也都看了，没看中的，妙官让伙计收了回去。留下的一二十样，也摆满了桌子、几案。看着这些，妙官并不言语。王三芝使了一个眼色示意伙计退下。

东厢房里剩下妙官与王三芝二人，因无旁人，妙官改口喊了一声“师傅”，而后问：“这批货，花了多少银子？”

“八千两。”

“师傅，钱有你赚的，但总价上，您可别诳我。”

“妙官，你我啥情分？我怎么能诳你呢！”

“去年，你采回的香料品种比现在还要多，银子却只有六千两。”

“料价涨得太狠了，”王三芝叹道，“眼下，天底下凡有几个钱的，都玩起了香道，汴京城中的缙绅大户，买起香料来，倒像是在买柴火，你说，这香料价能不涨吗？”

“为什么会这样呢？”妙官问。

“楚王好细腰，吴娃多饿死，”王三芝打了个不伦不类的比方，“当今皇上还好茶，这三五年，上等茶价翻了好几倍，自去年开始，香料价也翻倍了。”

“天下方物，凡是皇上喜欢的，贱者立贵；凡是皇上不赏识的，贵者立贱。师傅，不是我撺掇皇上玩香，您的王香堂能有这么好的生意吗？”

妙官说这番话，意在炫耀自己的功劳。王三芝听懂了妙官的弦外话，不等妙官狮子大开口，先把要紧话说了出来：“妙官，先前咱俩有约在先，每购香料，本金除开，利金咱俩二一添作五，对半分成。”

“师傅，您给得太多。”

“哪里话，没有你，皇上说什么也不会把香料的买卖赐给咱王香堂啊！我的意思是，从这笔开始，利金四六开，你得六，咱得四。”

妙官多少有些吃惊：“这怎么成？不能这样。”

王三芝坚持："妙官，就这么定了，从今以后，王香堂的大东家暗中是你，咱只当二东家。"

"师傅，您越说越离谱……"

"不离谱，不离谱，今天，咱就写字据给你。"

妙官也不再争论，他探头看了看窗外，压低声音说："上次让您多购一些龙涎香回来，您弄了多少？"

"弄不到啊，"王三芝沮丧地摇摇头，"番禺城中，有一吴姓香料商人，以贮龙涎香闻名，国内的龙涎香，十之八九出自他家。咱这次派了人去求购，吴掌柜开口要一两黄金卖一两龙涎香。我的天，这价格谁敢接呀，伙计咬牙要了二两，给了他二两金子。"

"龙涎香呢？"

"在这里。"王三芝指了指立柜最靠里的上格屉子说，"因太名贵，咱自己管着钥匙呢。"

王三芝说着掏了钥匙，上前打开柜门取出龙涎香让妙官过目。

妙官将两块白麻麻的珊瑚石样的龙涎香拿到手中，一阵揉搓，待它发热后，屋子里顿时异香扑鼻，让人有飘飘欲仙之感。

妙官赞道："这真是人间第一等香料啊。"

王三芝应道："可不是，只是它产于海外仙山，太稀罕了！"

"皇上就想弄点龙涎香。"

"咱只收了两块，要不，你今天拿去送给皇上。"

"多谢您这片心，但不能送。"

"为何？"

"皇上一闻到这香气，下一道旨要大量进购，咱们上哪儿找去？"

“这倒也是。”王三芝怔怔地望着妙官，咕哝道，“我猜测，番禺那位吴掌柜藏的也不会太多，充其量有五百两……”

“五百两？”妙官摇摇头，笑了笑说，“皇上用香，一年少说也用千斤计算，除了他自己用，正宫娘娘、各处嫔妃，还有那么多王子、公主，甚至还会赏赐大臣，区区五百两哪里够？所以，这龙涎香您留着自己赏玩。师傅，除了龙涎香，您购进最多的是什么香料？”

王三芝从桌上拿起一片毛竹叶一样的木片儿，妙官接过放在鼻子下嗅了嗅，王三芝正要说什么，妙官把他拦住，言道：“不要告诉咱这是哪里的出产，让咱猜猜。”

王三芝随口应道：“好，你猜猜，你肯定猜得出。”

妙官用左手大拇指在木片儿上摩挲了几下，问王三芝：“是琼州黎峒的？”

王三芝的眼神中闪过一丝兴奋，略带狡黠地说：“你自己判断。”

妙官将木片儿丢进早已放好的一只盛满清水的木盆中，只见那纸一般薄的小木片儿在水面上漾动了几下，就缓缓地沉入水中，还周身冒着小小的气泡。一股沁人心脾的幽幽的香气在屋子里弥漫开来。

“师傅，如果咱说得不错，这是极品的黎峒沉香。”

王三芝赞赏地看了妙官一眼，说道：“妙官精鉴，这黎峒沉香确为极品，但产量亦不多，且容易与两广的橄榄香搞混。”

妙官叮问：“橄榄香与黎峒沉香的差别在哪里？”

王三芝说：“二者的香气非常近似，香中有一股清气，且闻久了也都会生出橄榄的味道。所不同者，橄榄香如蒸香，发散快，闻着闻着香气就寡淡了，黎峒沉香却是真正的熏香，两种香一起焚起来，橄榄香气散去一个时辰，黎峒沉香仍清香不绝，用来熏衣，十天半月都是香的。”

“啊，这种差别，放到一起就可分别，将它们分开，就很难辨别了。”

“是的。”

“师傅，黎峒沉香您存有多少？”

“三千两。”

“什么价儿购进的？”

“今年购的，一两银子二两黎峒沉香。”

“也不便宜啊。”妙官又问，“那橄榄香呢，贵不贵？”

“一两银子，可买半斤橄榄香。”

“你存了多少橄榄香？”

“两千斤。”

“这就好。”

“好什么？”

妙官把嘴巴凑近王三芝的耳朵低声说：“两千斤橄榄香，全部当作黎峒沉香卖给内廷。”

“这，”王三芝一惊，“妙官，这是不是太黑了？”

妙官揶揄道：“师傅，您没见过黑心的人。跟他们比，咱们只是喝了一点清汤寡水。”

正当两人叽叽咕咕说着紧要话儿，伙计冒冒失失地跑进来禀报：“大官人，宫里头来人找你了，要你紧急回宫。”

“人呢？”

“丢了信儿就回了，说是童太师找你，一刻也不敢耽误。”

妙官看了一眼王三芝，说道："既是童太师找，就不是什么坏事。您先准备货，等咱的信儿，您就往香料库里送货。"

妙官急匆匆赶到童贯值房时，童贯正站在花厅的南窗下，饶有兴致地欣赏一幅画，两个小厮扯着一幅四尺立轴，童贯的旁边还站着一名四十来岁的宫廷画师，名叫钱百均。童贯看到妙官，只点了点头没说话，妙官知趣，趋上来站在钱百均旁边。

立轴上的画面是一个故事：一个穿着红衣、两鼻孔朝天面目狰狞的小鬼，只穿了一只鞋，背上一只篾篓，内中插着一把大纸折扇，两手各拿着一只香囊和一支玉笛，在宫殿里望门而逃。追他的是一个穿着蓝布衣的人，裸露一侧臂膀，赤裸着双足，长着浓密的络腮胡子，脑袋奇大无比，头顶扣着瓦巾，他一手拿着桃木剑，另一只手眼看就要抓住那个小鬼了。在画的左上角，有徽宗的御题：钟馗拿鬼。

说到这轴画，却是有一个故事。昨日，徽宗皇帝宣童贯入紫宸殿觐见，仍询问山后七州归还的事儿。春节后不几天，大金国西路军主帅完颜宗翰就派人送来了国书，告知大辽国皇帝耶律延禧在应州西风寨被抓获的消息。徽宗皇帝得到这一消息的第一反应就是大辽国彻底玩完了，燕云十六州也该悉数归还大宋了。此前，完颜宗翰以天祚帝尚未抓获为由，拒不交割朔、武、云内等山后七州。现在，这个理由不存在了。他立即下旨，让重新担任河北河东两路宣抚使的童贯，尽快与大金国方面沟通，以使燕云十六州早日完璧归赵，尽快并入大宋版图。但是，被派往大同与完颜宗翰联络的赵良嗣带回来的结果并不令人满意，完颜宗翰以大辽残余军力尚未完全剿灭为由，仍不肯归还山后属于燕云十六州的各府州县。为此，徽宗皇帝心中不满。见面时，他虽没有对童贯切责，却敕令童贯在一个月内，必须拿出切实可行的办法以推进该项事宜。童贯看到徽宗一脸峻肃，恨不能找个地缝儿钻进去，他不敢有半句申辩，唯有诺诺而已。告退时，徽宗命人拿出这轴画送给他，让他在值房显眼处悬挂起来，每日审视。

童贯携有这幅名为《钟馗拿鬼》的画儿回来，展开来好生把玩了几回。这画的题款虽是徽宗皇帝，绘画的却是宫中画院的画师钱百均。为了查证徽宗皇帝送画的意图，今儿个上午，他派人将钱百均请来值房问个究竟。

妙官来时，钱百均刚来不一会儿。画轴虽抖开了，宾主之间却还没有开始谈论呢。好在妙官不是外人，赏过画面之后，童贯问："钱博士，这画儿是你绘的？"

"是的，太师大人。"

钱百均虽然贵为宫廷画师，朝会时也能序班于翰林院文官队伍中，但在童贯面前依然只能是一个挤在人缝里看热闹的小角色。这会儿童贯单独见他，倒让他十分地拘谨。

童贯接着问："这钟馗长得这么凶恶，是你想出来的？"

"不是，这钟馗实有蓝本。"

"什么蓝本？"

"吴道子画的。"

"吴，吴什么？"

"吴道子。"

"吴道子是哪儿的？他也在画院里供职吗？"

这一问，钱百均想笑，但哪里又敢笑呢？他用手捂了捂嘴巴，谨慎答道："太师大人，这吴道子是个古人，是唐朝著名的画家。”

“啊，你学这个姓吴的，有必要吗？”童贯瘪了瘪嘴角，语气轻蔑地说，“吴道子，听着像是个念咒烧符的道士。”

“老大人，吴道子是唐朝第一等的大画家，他生活在天宝年间，是唐明皇的座上宾。”

“唐明皇？就是那个与杨贵妃嬉闹差一点亡国的皇帝？”

“是的。”钱百均觉得话不投机，想了想又补了一句，“这钟馗的画像，却是与唐明皇有关。有一天，唐明皇做了一个梦，梦见一位好汉捉拿正在偷杨贵妃香囊的小鬼，他把这小鬼捉住剜了眼睛，要把他捶碎吃了。唐明皇欣赏这壮汉，询其姓名，壮汉答曰钟馗。他醒来后，对梦中情景记忆犹新，于是宣吴道子进宫告诉他这场梦境，希望他能画出来。吴道子便绘了这幅画。”

“这么说，你是仿照吴道子画出的钟馗？”

“是的。”

“这人太丑。”

“吴道子画出来后，请唐明皇赏鉴。唐明皇看后吃惊地说，吴道子画的钟馗与小鬼，同他梦中见到的形象一模一样，他甚至惊讶，吴道子是不是做了一个与他同样的梦。这件事传到后代，一直成为美谈。”

童贯听了钱百均讲述的故事，心里已把徽宗送此画给他的想法估摸出了八九分，他托着下巴又把画轴端详了一遍，问：“钱博士，这画儿是你奉敕绘出的吗？”

“是的。”

“皇上啥时候让你画的？”

“七天前。”

“你啥时候画好的？”

“三天前呈给了皇上。”

童贯沉吟着说：“这么说，这画儿只在皇上那里待了一天，皇上题了款，就立刻赏赐给老夫了。”

“老大人，”钱百均欲言又止，喉节滑动了几下，吞了一包口水后，又鼓起勇气说，“皇上让微臣绘这幅画，可能就是为了送您。”

童贯“啊”了一声，眉毛扬了扬，叮问道：“皇上对你说了？”

“没有。”

“没有就不要瞎猜，妄揣圣意是忤逆之举啊。”

“老大人，小的谨记。”

“要记住，要记住。”

童贯迭声告诫，钱百均唯唯诺诺，待童贯落了话音，他忙说：“老大人，您老若无其他事项，卑职这就告辞了。”

“好，你的画儿不错。”童贯说着就吩咐身边小厮，“去，封十两银子给钱博士。”

“不，不要，不要。”

“嫌少？”童贯看到钱百均诚惶诚恐的样子，心里头舒坦，“钱博士，这画儿你虽是奉敕绘的，但得实惠的却是老夫，送你一点辛苦费，怎么说也是应该的。”

钱百均拿了封银告辞要走，刚要迈门槛儿，妙官冷不丁喊了一句：“钱博士慢走。”

钱百均迈出的脚又抽回来，妙官哈着腰请求童贯：“老太师，小的有件事想问钱博士，望您老恩准。”

童贯点点头：“问吧。”

妙官于是问钱百均："你刚才说，那小鬼偷了杨贵妃的香囊？"

"是的。"

"你知道那香囊里装的是什么香？"

"这个，这个，卑职实在不知。"

"你不知我知。"

"是什么香？"

"安息香。"

"安息香，安息香是什么香？"

"安息香是……"

"得了，别卖弄你的二吊钱的本事了，钱博士你可以走了。"

童贯这么一说，本想探个究竟的钱博士只好躬身退出了。妙官遭了抢白，看到童贯不耐烦的眼神，只得自我转圜说："看我这贱嘴，就好要个花舌头。"

童贯教训道："咱是怎么交代你的？在皇上跟前当差，要勤动腿，慢动嘴。不说这些了。咱找你来，是要你赶快去把那个人给我找来。"

"你是说杜……"

童贯干咳一声，不让妙官说下去，却指着那只画轴说："皇上要咱当钟馗，这活儿不轻松。你小子却只顾着弄点小钱花，你得替我作点担当。"

"老太师，您老说怎么干，小的就怎么干。"

"今夜里，咱与他见面。"

"小的知晓。"

妙官说着，也不敢停留，转身离了值房安排事儿去了。

第二章　五岳观密会杜十四

在金水河白虎桥的右侧，有一条小巷叫枣儿巷。这条小巷隔河与皇城相望，因在皇城根儿下，受了诸般制约。枣儿巷虽然寸土寸金，但并不像汴河两岸那般锦绣繁华、市声嚣杂，倒是个幽静的去处。巷子曲折悠长，小院毗连，都是达贵官人的宅院或者富商巨贾的别业。院主之间也不大走动，甚至隔壁住了数年，两户人家都不知道对方姓甚名谁。巷口的第五家，离白虎桥大约百十步远，有一座小院，门头上挂着一块匾：卧庐。门两侧悬了一对樟木料的黄底石青字联：

一月二十有九日，笑人世之太狂
百年三万六千场，容我生之常醉

凡来枣儿巷溜达的闲客，见了这副联都会停下脚步吟赏一番。尽管他们好奇，却无从知晓这座卧庐主人的身份。卧庐大门很少开启，宅子有一个后门，每日有一位老苍头从那里进出一两次，置办菜蔬果品日用杂货，也有人试图同这位老苍头搭讪，却发现这老苍头是个哑巴。这样一来，更增加了人们对卧庐主人的好奇，但好奇归好奇，却无人能够窥伺到卧庐的蹊跷。久而久之，人们也就见怪不怪了。汴京之大，稀奇事儿太多了。

这天晚上，大约交了酉时，天色黑定了，一顶两人抬小轿从白虎桥上抬了过来，落在卧庐大门前。在轿前领路的不是别人，正是内书阁值事太监妙官，他抢先一步叩了叩卧庐门环，不一刻，听得大门卸闩，老苍头拉开了大门。只见童贯从小轿里走了出来，跟着妙官走进了卧庐的大门。待他们走进院子，老苍头又掩上了门，落了闩。

小院足有半亩见方，与东西邻家的隔墙有两丈来高，邻人无法窥伺到这院中的动静，西墙根一棵老槐树，伸出的枝丫倒遮盖了半个院子。院子一进三重，过了前院进入厅堂及两边一进五间的厢房，后边还有一个院子，稍小。后院靠里还有一重院子，规模比中院略小，后院连着的便是另一条巷子了。

童贯进院后，因月色太淡视线模糊，只是感到老槐树筛下了阵阵凉气。妙官领着他沿着砖径走向中院，只见一位穿着青布袍的人站在台阶上迎接他们。

妙官指着他向童贯介绍："老太师，这就是杜十四。"

童贯站在台阶下睨着杜十四，但见眼前这个人鹤发童颜，一身清气，便拱手行礼，笑道："杜十四，咱今天总算见到了您这位老神仙了。"

杜十四一边还礼，一边回道："什么老神仙，老朽而已。"

说话间，三人已走进厅堂，分宾主坐下，各人案前已摆好瓜果点心，老苍头上来奉了茶退下。这厅堂的陈设，无论是桌椅几案，墙上挂的，桌上摆的，都非常考究。再看杜十四的打扮，倒像是一位乡村教授蒙童的私塾老先生，他那一身精气神与这厅堂的摆设倒有些不搭调，童贯于是问道：“杜大师，在卧庐，还住得习惯吧？”

杜十四瞄着童贯，那神情既有巴结也有不满，回道：“太师大人，您该是知道的，我不叫杜十四。”

“啊，”童贯有些惊诧，他瞅了瞅妙官，问，“妙官，你没把话与他说清楚？”

“说清楚了。”妙官回答。

童贯冲着杜十四笑了笑，言道：“大师啊，姓杜有什么不好？”

“咱没说姓杜不好，但我不姓杜啊，我叫徐神翁。”

“你在皇上那里的名字就叫杜十四，从此，你不能叫徐神翁了。”

杜十四不语。

妙官一旁插话：“只要你是大神仙就好，至于姓什么叫什么，依小人之见，就不重要了。”

杜十四仍是不语，看得出来，他的神情有些尴尬。

为什么杜十四又叫徐神翁呢？这里头有一段原委。

却说去年因王黼听信梁师成的主意，徽宗任命谭稹接替童贯担任河北河东两路宣抚使后，与大金国谈判收回燕云十六州事宜，不但没有任何进展，反而还丢掉了原已收回的灵丘、飞狐两县。接到消息后，徽宗十分震怒，当即下旨将谭稹关进了大牢。当夜他还做了一个梦，梦见一个老乞丐给他手上塞了一张纸条，上面写了六句似诗非诗的玄文，并让他去找一个名叫杜十四的人解释。梦醒之后，他便命身边太监到汴京城中寻找一个名叫杜十四的人。

按图索骥，寻找一个梦中遇见的人，这无异于大海捞针。但三天之后，妙官居然找到了杜十四，他安排徽宗与杜十四相见。杜十四将那六句玄文一一为徽宗解析透彻。徽宗大喜，要留杜十四在身边，取代已放金还山的林灵素，却不曾想到，杜十四见了徽宗之后，竟不辞而别，从此杳如黄鹤，令徽宗徒生惆怅。

正是那一次会见，促使徽宗皇帝痛下决心，重新启用蔡京与童贯，而让王黼解职致仕回家闲居，梁师成降级使用，谭稹亦被革职回籍。应该说，朝廷的这一次人事调整，莫不令人骇异。没有不透风的墙，天长日久，朝野都知道了，在这场变故中起到关键作用的，就是这位杜十四。

可是，除了徽宗与身边的二三太监，谁也没见过杜十四，更没有人知道，世上根本就没有杜十四这个人，捏造出这个人的，就是妙官。

遵旨寻找杜十四的妙官，那一日按人指点在一个极其简陋的小客栈里见到了徐神翁，一番攀谈，妙官觉得徐神翁谙熟天文地理，确有秘术。他在崆峒山闭关修行多年，前年来到汴京混世界，却因无路可通权贵，故一直混迹于市井而无从显达。妙官提出让他托名杜十四觐见皇上，从此匿名江湖，但可享受荣华富贵。徐神翁想了想便应承了下来。与徽宗皇帝相见之后，妙官趁着夜深人静将徐神翁领到这卧庐居住，每日照料他生活起居的，便是那位哑巴老苍头。

徐神翁打从住进卧庐，几乎足不出户。不是他不想出去，而是那位老苍头把门甚严。有一次，徐神翁趁老苍头不注意，想溜出后门走走，他的手刚触到门闩，忽听“嗖”的一声，一柄匕首飞插到门闩上，离他的手指只差半寸，吓得徐神翁赶紧缩了手，回过头，却见老苍头没事儿一样，端了一盅茶恭恭敬敬递上。徐神翁这才知道老苍头并非等闲之辈，并断定这是妙官安排前来监视他的捕手。

在徐神翁面前，妙官总是表现得乖巧，他隔三岔五就会来看望，偶尔也会带一个人来让徐神翁测测运程，但绝不会叫他杜十四，而是叫他徐大仙。长久接触之后，徐神翁断定妙官不是拿大事的主儿，他背后肯定另有主使。他拐弯抹角问过几次，妙官都找话头搪塞过去。直到今天下午，妙官急匆匆跑来禀报，说是晚上童太师要来卧庐拜访，徐神翁这才笑着回了一句：“看来，真人就要露面了。”

徐神翁说得不差，让他装成杜十四诳骗徽宗皇帝的幕后主谋的确是童贯。却说童贯下野之后，一直心有不甘，他与蔡京时时过从，一直等待机会翻盘。妙官是他主管大内时安插到徽宗皇帝身边的小书童，由于聪明伶俐，得到徽宗赏识。梁师成继任后，并没有将他从内书阁逐出，故他能够将徽宗的言行起居情况向童贯一一报告。得知徽宗寻找杜十四的消息，他便指使妙官去找徐神翁，因为他从一位随从口中得知有一个江湖术士徐神翁，虽身怀绝技，却因无人接济而穷愁潦倒。

从某种意义上说，妙官与徐神翁是两只木偶，牵动木偶的线被童贯牢牢抓在手中。就说这座卧庐，它本是童贯在汴京城中许多住宅中的一处，他把它拿出来安顿徐神翁，却不让徐神翁知道。直到今天跨入卧庐之前，他从未与徐神翁见面，他手中有各色关键人物，每个关键人物都有单线联系人。徐神翁的联系人就是妙官。

今夜，童贯与徐神翁虽是初次见面，但两人却没有陌生感。应该说，见面的寒暄不太融洽，但有着巨大心理优势的童贯，对徐神翁这种囚徒般的生活，反而产生了几分同情，他接着问:“大仙人，在卧庐里闭门读书，修心养性，这日子过得惯吗？”

“咱在崆峒山中闭关九年，”徐神翁言道，“九年，只见了两个人。”

“这么说，你习惯这样打发日子？”

“不习惯。”

“啊，不习惯？”童贯一愣，“不习惯你怎么没吱声儿呢？”

“吱声儿又有什么用？”徐神翁抻了抻衣袖，回道，“咱在等那个日子的到来呢。”

“哪个日子？”

“童太师您，会陪着皇上去扬州。”

“是吗？”童贯吃了一惊。

“是的。”徐神翁回答坚决。

“什么时候？”

“现在不能说。”

“为什么去扬州？”

“更不能说。”

“大仙人，你不要卖关子了。”

“不是卖关子，天机不可泄漏。”

“你不要瞎编，担心祸从口出。”

“老太师，您这是威胁咱吗？”徐神翁执拗地问。

“不是威胁，是提醒。”

“谢谢老太师的好意。咱刚才说的事，九个月内若没发生，不用您动手，咱自家就把脑袋卸了。”

徐神翁说话口气不容置疑，倒让童贯心里头嘀咕，越发想问个究竟："大仙，你得说一说，皇上为何要去扬州？他已有九年足迹不出汴京。"

"不出九个月，皇上会出京的。"

"为什么？"

"到时候您就知道了。"徐神翁仍是那副天机不可泄露的神气，他不想让童贯纠缠这件事，便转了话题，"老太师，说说您的事儿吧。"

"我的事儿？"

"没事儿您怎么会来咱这里呀？"徐神翁眼睛眨巴了几下，诡谲地一笑，"下午妙官告知咱说您要来，咱就掐指算了算。"

"你知道我来要问什么？"

"当然知道。"

"你说说。"

"老太师，回答您的问题之前，咱得先问您一个问题。"

"你问吧。"

"这卧庐是您的别业吧？"

"早就是你大仙的宅院了。"

"为什么取名卧庐？"

"人世间最畅快的事情，莫过于能够酣然高卧。"

"此言甚是。"徐神翁又抻了抻衣袖，继续问，"门口这副联是哪位高人写的？"

这副对联本是蔡京所撰，童贯自书，但因悬于御巷，撰者书者皆隐其名，童贯此时当然也不肯把真相告诉徐神翁。他神经质地看了看徐神翁的青布衫，狡黠地一笑，戏问道："大仙，袖子短了？"

“不短呀。”

“我看你老抻衣袖。”

“习惯了，就像老太师您眼珠子老向上翻一样，身不由己啊。”

童贯掩饰地摸了摸光溜溜的下巴，又言归正传：“你觉得这对联有不妥之处吗？”

“有。”

“哪里不妥？”

“太师您说过，现在这卧庐是咱的住处，这对联，得依着咱的心性重新写下。其实，也不用大动，就改两个后半句。”

“怎么改？”

“一月二十有九日，笑阀阅之痴迷；百年三万六千场，容江湖之风月。老太师，人世并不狂，狂的是官场，官场中的阀阅之家，则是狂上加狂。狂而不知，实为痴迷啊。好在还有江湖，永远有风月可看。”

徐神翁一边议论一边抻着衣袖，那样子倒像个愚不可及的老学究，童贯打心眼里就瞧不起酸秀才，便不想探究对联的优劣，而是提问前面的话题：“大仙，你还没有回答老夫，我此行为何而来？”

徐神翁看了一眼妙官，童贯会意，让妙官退了下去，屋子里只剩下童贯与徐神翁二人，童贯抬抬手，略显急躁地说：“仙人你快说。”

“老太师，您是为了燕云十六州的事。”

“唔！”童贯点点头，“说下去。”

“听说辽天祚帝已被金人捕获，可是，山后七州金人却拒不归还。”

“唔，金人言而无信。”童贯脸色一下子变得难堪，“天祚帝没捉到之前，金国西路军主帅完颜宗翰以此为由不肯交还大同、武朔等七州，如今没有这个借口了，仍不交还。边鄙蛮族，言而无信啊。”

徐神翁对这件事有自己的看法，但他并不想辩论，而是就事说事，他认为童贯眼下处境不妙，徽宗撤掉谭稹让他重登大位，如今已半年多了，山后七州以及山前平、营、滦三州仍都控制在金人手中，谈判没有任何进展。这事儿让徽宗极不满意。童贯听了，心中更加不安。他也就不再演戏了，而是急切地问道：“如何能收回山后七州？”

徐神翁盯着童贯，压低声音说：“听说完颜宗翰这个人，非常执拗，金国皇帝阿骨打生前很信任他，继任皇帝吴乞买也把他视为大金国的擎天柱。太师，这些传说可是真的？”

童贯点点头。

徐神翁接着问：“听说完颜宗翰还将天祚帝的元妃萧莫谛娶为次室，宠爱有加，是否有此事？”

“这也是真的。”

“啊。”徐神翁忽然兴奋起来，手指头叩着几案，“太师，兵不厌诈啊。”

“兵不厌诈？”童贯似懂非懂，身子不由自主倾了过去，“仙人，你说清楚一点。”

徐神翁于是附在童贯耳边，嘀嘀咕咕说了一阵悄悄话。

童贯听罢深思良久，喃喃说道：“这倒真是兵不厌诈。只是，此事风险太大，必须奏明皇上方可行动。”

“如何向皇上禀奏，是太师您的事儿。”

“不，大仙，明天，你随老夫一起，面见圣上。”

“咱？”

“对。”

“妙官不是说，杜十四从此要在汴京消失吗？”

“明天，让你这个杜十四重见天日。咱明儿一早就禀报皇上，咱们费了老大的劲，终于找到了杜十四。”

徐神翁一脸苦笑瞅着童贯，兴奋中掺杂着更多的惆怅。

第二天，正好是花朝日，按皇家旧例，这一日当朝皇帝要往五岳观敬香，祈风调雨顺，社稷平安。大约辰时，徽宗皇帝的车驾来到五岳观门前的广场上。皇上穿着大红朝服，头上戴了一项缀有五彩宝石的高梁礼冠；随行的内侍们都戴着毬头大帽，帽檐上簪了各色绒花儿，身上穿的也都是清一色的红锦团搭戏狮子衫，系了镀金天王腰带，上面也缀满了花骨朵；扈从的武士门官都戴着桃红色双卷脚幞头，佩上两条紫色的天鹅结带，一律明黄宽衫；而殿前禁卫的打扮则是头戴两脚屈曲向后的花装幞头，身穿绯、青、紫三色仙花袍，臂弓腰箭簇拥圣驾。按仪仗规矩，皇上来五岳观敬香，须乘坐无顶辂车，坐在高出车身的金交椅上，前有禁军引导。辂车两侧，是两百对红纱帖金烛、一百对红纱珠珞灯笼、三十对琉璃玉柱掌扇灯，此外，还有捧唾盂的、提水罐的、托果盘的、举团扇的、背食篮的、携香炉的……各色服务杂役不计其数，也都列队随行。

但是，徽宗皇帝今天却没有坐在辂车的金交椅上，而是骑了一匹马走在辂车之前。这匹马，便是被他封为“龙骧将军”的小如意，它虽不高大，却健壮如虎敏捷如豹。

一路行来，清道森严。路两旁店户的骑楼或树上、屋脊等高处，莫不都是人头攒动，市井百姓无不想借此一睹天颜。皇上出行，的确花团锦簇，冠盖灿烂。经过之处，如同彩云飘动，仙阙移来。

虽然灿烂，却无喧哗。看热闹的百姓，不要说聒噪，就是说话嗓子大一点也绝不允许。有一日，那还是几十年前仁宗皇帝驾幸时，一位年轻后生就是因为兴奋发出一声怪叫，让扈从的禁卫给了他一记手持的金瓜，后生顿时被敲破脑袋鲜血横流，从此，再没有人胆敢造次了。

临近五岳观时，车驾明显慢了，人山人海的广场，除了轻轻的马蹄声，竟让人产生了“鸟鸣山更幽”的感觉。当骑在“龙骧将军”背上的徽宗皇帝来到山门前三丈远近时，猛听得等待在此排成一列的十名天武官一起喝道：“看驾头！”这声音倒像惊雷滚过。声音未落，早有六名身着红方胜锦袄子的内侍趋前，在“龙骧将军”的两侧站定，一名内侍贴着左边马肚放下月牙凳，另一名内侍赶紧将锦毯铺在凳子上，右边的内侍几乎在同时替徽宗褪下金马踏，几名内侍同时帮助徽宗翻身下马。当徽宗走下月牙凳踩在铺了锦毯的砖地上，蔡京与童贯一起迎了上来，高声唱喏：

“臣等恭迎皇上！”

徽宗手虚抬了抬以示礼敬，然后看了看蔡京，关切地问：“左元仙伯，听说这几日你身染微恙，有啥毛病？”

“感恩皇上挂牵，臣没有什么大毛病，只是偶感风寒，有些咳嗽。”

“你今年贵庚七十九了吧？”

"是，"蔡京答后又补了几句，"年过花甲多矣，蒙皇上不弃，五次拜相，今能以古稀之年立于庙堂，竭忠事圣，实乃吾家吾族不世之荣，臣唯肝脑涂地，方不负浩荡皇恩。"

徽宗笑道："知道就好，知道就好。"

说话间，蔡京、童贯等十数辈巨公贵珰已陪着徽宗进入拜殿，面对一字儿排开的东、西、南、北、中五岳土地尊神，一应祭祀如仪。最后环节，照例宣读五岳颂文。这颂文先由龙图阁学士草拟送呈皇上过目再行修改，定稿后由御笔抄成，封驳置于匣中，到了五岳观后再现场开匣取封，由仪典官恭呈皇上阅过，再交给文官之首中书令诵读。

现在，仪典官启匣，只见匣里卧着一张御制的洒金笺纸，徽宗看了看，也不动手取出，而是宣蔡京前来，命他自取笺纸诵读。

蔡京心想这是仪程中事，没有细想，也就取了笺纸。可是，等到他把笺纸打开，却情不自禁"啊"了一声，脸色勃然有变。

徽宗立即问道："左元仙伯，怎么啦？"

"这，这，"蔡京扬了扬手中的洒金笺纸，"这是一张空纸，上面只字全无。"

"有这等事？"童贯好奇，也趋近去看，嚷道，"果然是一张白纸。"

大殿中顿时起了骚动，一些人开始交头接耳窃窃私语，童贯此时拉下脸来发威了，他喊了一声："来人！"

内书阁值殿太监从门外跑了进来，童贯问他："昨日颂文装匣，是谁当差？"

值殿太监看着徽宗，支支吾吾说不出所以然来。童贯正欲拷问下去，徽宗开口说话了：“童贯，别难为他们了，昨日将颂文装匣，是朕亲力亲为。”

“皇上，您？”

童贯张大了嘴巴没有说下去，蔡京一脸的惊讶，在场的大臣无不噤若寒蝉。

看到大臣们的表情，徽宗反倒咯咯咯笑出声来，接着说道：“昨天装匣前，朕将改定的五岳颂文又读了一遍，突然有味同嚼蜡之感。诸位爱卿想过没有，年年祭祀五岳尊神，年年都要念读颂文，年复一年，哪有那么多新词儿？龙图阁的学士想破了脑瓜子，辞藻无不华丽，但空洞无物啊。朕想了想，突然有了一个主意，就把抄好的颂文撤了，换上一张空白笺纸。”

童贯听了，一头雾水地问：“皇上，一张空白笺纸，叫左元仙伯怎么念嘛。”

“不念了。”

“不念了？”

“对，不念，”徽宗斩钉截铁地回答，“就把这张笺纸放在香炉里一把火烧了，咱们君臣把真情奉上五方土地即可，这叫至真无言。”

“这……”童贯语塞。

蔡京果然人老心不老，他立即转弯说：“皇上睿智无人能及，沐手以祭，称觞以祀，此时无言胜有言。”

徽宗颔首而笑：“左元仙伯，你觉得朕这是创新之举？”

“是的。”蔡京恭谨回答，“但臣也有一个担心。”

“你说说，担心什么？”

“从此不写颂文，这龙图阁的学士们岂不快活死了。”

“朕此举，实在是不肯读取媚俗之文，世上没有好文章，这是文人的罪过啊！”

“皇上，臣斗胆请缨。”

“左元仙伯，你要干什么？”

“臣现在当着皇上的面，立草一篇颂文。”

“好哇。”徽宗淡淡的眉毛一扬，兴奋地抬抬手，“看笔！”

须臾间，小内侍于大殿中布置好书案笔墨，蔡京将那张洒金笺纸置于案上，几乎不加思索，用樱桃大小的行书撰书颂文：

> 大宋皇帝拜颂五岳尊神：
>
> 唯泰山一朵云，华山一朵花，恒山一团雪，衡山一棵松，嵩山一轮月，常置于此殿，时不更迭。华夏大地，五岳拱列。卫我社稷，罡风猎猎。燕云回归，共朝帝阙。云不散，花不谢，雪不消，松不老，月不缺，大好河山，金瓯永固。十方黎庶，安居乐业。
>
> 恭颂如仪，唯愿众神欢悦。

蔡京起草完颂文，连半炷香的工夫都没有用到，在场的人无不啧啧称奇。徽宗拿过笺纸，一口气吟诵了两遍，赞道：“左元仙伯才高八斗，宝刀不老，足可称为当朝文胆，无人能及，无人能及啊！”

皇上这样表扬，大臣们更是说尽了奉承话。此时，正在兴头上的徽宗又改了规矩，他不让蔡京念这颂文，而是自己肃容上前，面对五岳尊神声情并茂地读了这篇令他十分满意的颂文。

祭祀完毕，除了蔡京和童贯，余下大臣悉数退出，徽宗皇帝问童贯："现在咱们去哪里？"

童贯抬手指了指大殿后头，答道："后院。"

"杜十四在那里吗？"

"在，他早早儿就去了那里，恭候皇上呢！"

"走。"徽宗反剪着手，踱步走向后院，一边走一边问蔡京，"你知道杜十四这个人吗？"

蔡京哪能不知道？童贯与他沆瀣一气，凡有大事必要商议，但此时此刻他却装糊涂，摇摇头回答："我是在今天来五岳观恭候皇上时，童太师才告诉我有杜十四这么个人。"

"这可是个大神仙啊。"徽宗感叹道，"没有这个人，朕还下不了决心让你和童贯重新回来呢。"

蔡京与童贯对视了一眼，回道："皇上是千古不遇的真命天子，凡有踌躇处，必有高人指点。"

"这个杜十四，可是很难见的。"徽宗指了指童贯，调侃地说，"前日，朕给他送了一幅钟馗，他明白了朕的意思。"

童贯假戏真做，感慨说道："也是巧，刚得到皇上御笔亲题的钟馗拿鬼的画轴，正自诚惶诚恐之时，忽然间就得到消息，咱派人四处寻找的杜十四，居然给找到了。"

蔡京凑趣问："听说这位杜十四，要给皇上献出石破天惊的平戎妙策？"

童贯加重语气说："可不是，杜十四真的就是神仙下凡。"

说着说着，君臣三人已穿过五岳神殿进到后院，只见前方阳台上站了一个身形如鹤白须飘然的老人，徽宗一眼认出，笑道："看看，那就是杜十四。"

第三章　金贝村里数星星

节令虽然已近春分，可是大同城里，依然一片肃杀。住在东城的大金国西路军左监军完颜希尹，正在衙堂与门客聊天。希尹通文墨。所谓文，即辽文、汉文，女真部落只有语言，却无文字。大金立国后的一应文书，皆用汉文书写。有鉴于此，希尹认为有伤国体尊严，遂下决心要学汉之仓颉，创立一套女真文字。但他毕竟是行伍中人，率军打仗金戈铁马是分内正事，因此，他只有在闲暇时才能推进造字的工作。为了实现这一愿望，他搜求征召了十几位谙熟辽、汉文字的秀才作为门客。春节后，完颜宗翰回金上京面圣述职，他与西路军右都监耶律余睹二人留下来处理军务。因为主帅不在加之又未授权，故对大宋的一应谈判及交涉也全都停止。两位大将除了例行防御之外，倒也清闲无事。所以，完颜希尹才得空与门客商讨造字的事。

此时衙堂内坐了十几位门客及监军府官员，门客中学问最大的，是前辽南京秦晋王王府中的录事王吉久，他是汉人，却是辽国的进士，因职务的原因，他对辽、汉两国文字多有见地。当谈到皇帝这两个汉字如何造成女真字时，希尹问王吉久："你说说，皇帝这两个字，汉字中还有哪些同义的词儿？”

王吉久回答：“有皇上、天子、陛下，还有皇上自称的朕，老百姓称叫的万岁爷。古时候，皇上还称寡人。”

“这么多？”

“大将军，咱还没说完呢……”

看到王吉久摆着架势要掉书袋，希尹阻止了他，兀自说道：“咱女真人不要学汉人，弄一堆词语说一个称呼，道一件事儿，所以，同汉人说话，他们之乎者也一大篇，忒他娘的费劲。”

“是啊，汉人的字尽是弯弯绕。”

“哪怕三两个娘儿们坐一块儿嘬牙花子，听了也像耍花舌子。”

门客们你一嘴他一嘴地附和完颜希尹。王吉久不同意他们的说法，他耐心解释说：“诸位仁兄所言，还是在说话语，不是讲文字，文字与话语，究有不同。汉人作字，自有规矩，凡天下之事，没有文字所不能表现者，因事而异，字有损增。如爵字可减化为时，鹤字可减化为隺，这是为了刻碑的方便。有时为表示敬重，亦可增画。如春字可写作睶，秋字可写作穐，把天地写为兂墬等等，其例子不胜枚举。汉人的字，既带吉祥，也带感情。咱们女真造字，还得学习汉字的规矩。”

完颜希尹尽管心里头赞赏王吉久的学问渊博，却不赞同他的观点。他说：“王先生提起葫芦根也动，汉字好是好，但没有十年八载，怎么造得出这些古怪字来？咱们得抄近道儿，把重要的字先造出来，争取一年时间，咱们就能用女真字出告示，你们各位意下如何？”

众门客回答：“谨遵大将军之命。”

完颜希尹立即下令：“今天，你们就把皇帝这两个字给我造出来。”

门客们点头，纷纷开始冥思苦想。

这时，衙堂外冒冒失失走进一个身着戎装的小校，趋到完颜希尹跟前单腿一跪行了军礼。

“有何事？”完颜希尹问。

小校张大了嘴巴，憋红了脸，却说不出一个字来。完颜希尹感到蹊跷，便起身踱步过来，问小校：“你怎么失了声儿？”

小校伸手撕挠着喉咙，指了指自己的嘴，又指了指外头。

完颜希尹怀着好奇心随小校走出门来，发现院子里横七竖八或蹲或坐着八九个士兵，都在挠喉咙。

“你们怎么啦？”

士兵们同小校一样，表情痛苦，说不出话来。

“他们是干啥的？”

完颜希尹问一位站在院子里的名叫吉伯力的牙将。其实不待他问，吉伯力也准备告诉他：这些士兵是同一支巡逻队的，那位小校便是他们的队长。大约半炷香之前他们来到监军府，那时，小校嗓子沙哑，但勉强还能说话，他艰难地说他要求见希尹大将军，有紧要的事儿禀报。当值的吉伯力认为希尹的造字会议刚刚开始，他害怕小校闯进去会败了希尹的兴头，故阻挠小校不让他进去。小校耐着性子等了一会儿，忽然间手抓喉咙，也不顾吉伯力的阻挠，发疯地冲进了值事厅。他一走，吉伯力发现院子里的士兵都发了小校同样的症状，正慌张着不知怎么处置，恰好完颜希尹走了出来。

知晓事情的经过之后，完颜希尹心中产生了更大的疑问，他拉着小校的手，折身又返回衙堂，本想向小校问个究竟，即便不会说话，能打个手势也行呀。谁知此时小校已口吐白沫，瘫倒在地上了，门客们也都离了座位，围着小校七嘴八舌：

“看他这样子，是火毒封门。”

“火毒有这么厉害？”

“有，记得我小时候，村子里一个人喝了一碗鹿血后，也是这症状，舌头肿得像桃子，塞在嘴里动弹不得。”

“后来这人怎么样了？”

“被救治好了。”

“怎么救治的？”

“村上一位老头儿，让人找来雄黄，加一点砒霜，调了一些蜂蜜，泡了一碗水喝下去，不到两个时辰，那人就好了。”

听着这些议论，完颜希尹说：“你们还愣着干什么？还不快去找雄黄、砒霜。”

衙役领命去了，门客也都退回去重新落座，另有几名衙役正要抬走小校，完颜希尹却发现小校手里拿着一封信札，便上前取下小校攥得紧紧的信札。他一看是来自大宋的国书，立刻一脸峻肃，等到抽出笺纸看了开头几行，他立刻下令门客等人悉数退出。

衙堂里只剩下完颜希尹孤零零一个人时，他才从容展读那封国书：

大宋皇帝致书于左金吾上将军都监耶律太师：

昔我烈祖章圣皇帝，与大辽结好于澶渊，惇修信睦，百有余年，边境晏安，苍生蒙福，义同一家，靡有兵革战斗之事，通和远久，振古所无。金人不道，称兵朔方，拘靡天祚，剪来其国。在于中国誓好之旧，义当兴师以拯颠危，怎奈金主谎言欺我大宋，起不义之师，分据燕土，金匮之约，藏在庙祧，委弃勿遵，神人怨恫。致金人之强暴，达于全辽。道君皇帝深悼前非，念烈祖之遗德，思大辽之旧好，辍食深念，无时敢忘。近闻萧仲恭、赵瑜等辽旧臣念道辽国与燕、云人民不忘耶律氏之德，冀望中国诏令，拥立辽之尚存耆旧，众望所属，无如金吾上将军。

昔闻金吾上将军前为辽国渠帅，数有大功，谋立晋王，实为大辽宗社之计，不幸事不克就，避祸去国。向使前计若成，晋王有国，则天祚安享荣养。耶律氏不亡于天祚，不害其为孝，金吾上将军为耶律氏之计，诚至忠矣。宗社之英，无人所望。为宜继有辽国，克绍前休。以慰遗民之思。

金吾上将军如今总兵在外，且有西南招讨太师之助，燕云旧部拥戴，同德协心，足以共成大事。以中国之势，必竭力拥卫，何事不成？谋事贵断，时不可失，惟金吾上将军图之。书不尽言，已遣密使前来，面道委曲。

读完这封信后，完颜希尹足足沉思了大半个时辰。尽管完颜希尹是一个城府很深的人，但他并没有沉思的习惯。他的五官长得粗犷，宽广的前额和肥厚的嘴唇显得特别突出。因为这长相，人们对他的第一印象是果断和自信，事实上他也是这样的人。他常常会做出一些在别人看来是超出他自身能力的事情，但最终他总能把这件事办成。即便办不成，人们也都相信他的努力并不是白费的。只有极少数像陈尔栻这样独具慧眼的人，才可以看出来这个总是给人以傲慢印象的金吾上将军，实际上藏着一份疯狂的本性。只不过碍于时运和地位，他不得不将心中的疯狂加以隐藏和克制。他总是巴心巴肝地想着能够独自做成一件惊天动地的事情，但是，这种事情却从来也没有在他命运中出现。

但是，眼前的这一份大宋的国书却隐约让他看到了希望，这份足足写了五张笺纸并加盖了徽宗皇帝玉玺的信札，与其说是国书，倒不如说是一封密函。身为大金国西路军都监的金吾大将军耶律余睹与大宋皇帝密谋灭金复辽。徽宗赵佶居然还怂恿耶律余睹自己来当辽国的皇帝，这可是惊天的秘密。从密信的字里行间中，可以猜测到这项计划他们已暗中接洽过一些日子了，但大金国君臣竟浑然不知，不要说远在金上京的太宗皇帝吴乞买、据兵平州的东路军主帅完颜宗望，就是留守大同与耶律余睹同居一城的完颜希尹本人，也未察觉到任何蛛丝马迹。想到这里，希尹不禁惊出一身冷汗。但此时，他并没有产生任何恐惧，而是像闻到血腥的秃鹫一样亢奋起来。他吩咐门口守卫的亲兵把吉伯力喊进来，问他：

“小校与士兵们现在怎样了？”

“都已经喝了药。”

“人呢？”

“没让他们走，都留在府中待命。”

“他们能说话吗？”

“不能。”吉伯力顿了顿，又补充道，“小校比士兵们厉害，命虽保住了，但仍恍惚。”

“唔。”希尹脸上的表情有些古怪，他冷冷地问道，“吉伯力，这事儿，你没看出蹊跷吗？”

“看出来了，巡逻队十个人，全部都火毒封门，我寻思他们一起吃了什么东西。"

"有呕吐吗？"

"没有。"

"他们从哪里回来？"

"末将查过，他们担负应州地面的巡逻任务。"

"一个小校，驰驱二百余里，来大同见我，这事儿非同寻常。"

"他不是拿了一封大宋的国书吗？"

"你知道这国书？"

"不知道，末将只是方才在这衙堂里，看到上将军从小校手中取下。"

"吉伯力，你布置下去，这大宋国书之事，不允许任何人透露，今儿个在这朝堂里见过的人，一律不得离开监军府一步。那巡逻队的官兵，要仔细观察病情，一旦能开口说话，立即带来见我。"

"末将遵令。"

吉伯力说罢抬腿要走，希尹又把他喊住，压低声音说："悄悄儿调一千军士，前来守卫监军府。另外，让咱们辖管的所有将军僚佐，立即来监军府会揖。"

吉伯力点点头，一阵风跑走了。听着他远去的脚步，希尹踱步到兵器架前，取下那把随他闯过无数战阵的弯刀，抽刀出鞘，用手弹了弹寒气森森的刀刃，自言自语道："这回，咱将用他的血来喂你，让你吃饱。"

这的确是一个难得的月明星稀的夜晚，金贝村口的缓坡地上，一群人正在举行一场庄严的仪式。这金贝村离大同城北门外大约三里地，是大同通往蒙古草原的必经之地。村里有上百户人家，多半是契丹人，少部分是汉人。大辽立国之初，金贝村曾是一处驿站，是辽上京通往辽西京沿途三十座驿站中最后一个。但在辽道宗时期，这个驿站被撤，理由是距大同新城太近，来西京的官员可以直接进城而没有必要在这里住一晚上。驿站被撤后，为驿站服务的诸如掌勺的、卖零食儿的、钉马掌的、修马具的、苫房子的、造棚车的、缝衣服的、押镖的等佣工匠作，大部分都选择留了下来。由于这一批能工巧匠，金贝村不但没有因为驿站的撤销而没落，反而因为失去了限制而更加兴盛。大同城里的人，几乎没有人不知道金贝村。想喝羊杂碎汤，他们就会想起金贝村小咕噜家的门店；想吃扁食儿，就会想到金贝村西头的老王家……年复一年，日复一日，金贝村就这样自给自足快乐逍遥地生活着，世事风云似乎与他们无关。因为村里居民以契丹人为主，所以契丹的生活习俗成为金贝村的风俗。眼下正在举行的数星星的仪式，就是契丹人的习惯。

所谓数星星，就是选择春分前后某一个月色皎洁星如豆聚的夜晚，村上的人家每户端出一盆清冽的泉水，摆在村口。然后，由村中最受尊敬的长者出面，逐个儿看视盆子，看天上最亮的星星落在哪家水盆里，这一家便成为吉星高照的幸运人了。在新的一年里，这户人家必定财源滚滚。循例，得到这种好彩头的祥瑞人家，会备丰盛的酒菜招待全村的人。

今年的数星星仪式，同往年没有两样，不同的是，查验星星的尊者不再是村中的长老，而是大同城中的金吾大将军耶律余睹。

两天前，耶律余睹偶然听到金贝村要举办这样一场活动，他忽然想起了自己童年时在家乡的草原上数星星的情景，心里头不禁起了乡愁，联想到自己的身世经历，更是悲从中来。

三年前，已身拜大辽左金吾上将军的耶律余睹，眼见天祚帝在金兵南下攻城拔寨之时，仍不思进取耽于享乐，心下焦虑，于是暗中联络大辽贵族及朝中枢机之臣，准备以兵谏的方式迫使天祚帝让出皇位，并推举他众多王子中最有贤名的晋王接任。应该说，这是挽救大辽国的英明之策。但不幸被人告密，天祚帝一怒之下杀了自己的亲生儿子晋王，并兴师捉拿耶律余睹。晋王一死，耶律余睹彻底绝望，遂率麾下十万部众投降金国。完颜阿骨打为此欣喜若狂，立即让耶律余睹挂太师衔，仍以金吾大将军的身份统领旧部，划归到西路军，成为完颜宗翰的都监。由于阿骨打皇帝的青睐，西路军上上下下对耶律余睹都高看一眼。头两年，耶律余睹的确有那种重获锦绣前程的感觉。那个时候伐辽大业未完，阿骨打每每布置对辽战役，事前都会听取他的意见。但是，阿骨打死后，他感到自己渐渐受到了冷落。最明显的例子，就是吴乞买皇帝上任后，立刻升任原在他之下的完颜希尹为监军，挂金吾上将军之衔。他仍然只挂都监，职衔是金吾大将军，比希尹低了一格。由此他的旧部愤愤不平，认为他为大金灭辽立下赫赫战功，却没有得到应有的回报，相比于投降南朝的郭药师，大金的第二任皇帝吴乞买太亏待他了。每逢听到这样的议论，耶律余睹总是立即制止——当然，他这是做给别人看的。其实，强烈的不满情绪一直咬蚀着他的心。但为了自身及部属的安全，他不能将这种情绪表现出来，哪怕是一丝半毫也绝不能。在与大金军诸多将领的共事与交往中，他看清了他们每一个人都对大辽的统治者怀有刻骨的仇恨。不幸的是，他曾是大辽国统治者中的一员，对大金国的君臣，他只能俯首帖耳。尽管他是功臣，却不能以功臣自居。更让他提防的是，超越他成为西路军第二号人物的完颜希尹，为人凶悍刁钻，始终对他怀有敌意。只有他自己知道他的处境多么艰难。完颜宗翰离开大同前往金上京述职，他只能尽量待在都监府中不出门。完颜希尹的监军府在东城，他的都监府在西城，彼此井水不犯河水。但是，对于一个习惯于纵马驰骋的将军来说，画地为牢坐冷板凳并不是一件令人愉快的事。所以，当他听说金贝村举行这个数星星的仪式，便生了前往一游的念头。金贝村人得知这一消息后，就主动派人登门邀请他参加这一仪式，并担任祥瑞的检验者。

耶律余睹愉快地接受了这一邀请，他的旧部，如今担任西路军兵马指挥副使的骠骑将军萧仲恭以及都监府参事的赵瑜也陪同他一起来到了金贝村。

这个仪式其实很简单，就是全村每户人家的盆子（总共有百十来个）一起摆放在村口稍稍平坦的高地上，待到中天明月的清辉洒来，亮晶晶的星星们挂上了天幕，在检验者的授意下，几位手脚麻利眼神敏锐的后生逐一检查木盆，由他们挑出浸润着最大星星的那只木盆，然后请检验者前往确认。

大约是戌牌时分，一位后生走进村口一家专卖猫耳朵面疙瘩的铺子里，向正在这里与村中几位老爷儿们唠闲嗑儿的耶律余睹禀道："大将军，找到大星星的盆子了。"

"哦，不会有错吧。"耶律余睹随话答话，他生性谨慎，担心有假。

"不会的，咱们验过几次了。"

"好，咱这就去看看。"

耶律余睹说着站起身来，一出门，他就抬头仰望夜空，惊叹着说："看哪，才不过半个时辰，老天爷就生出了这么多的儿孙。"

"儿孙？"一位村里的老人不解地嘟哝，"老天爷的儿孙。"

"是呀。"耶律余睹一往情深地说，"咱小时候，娘亲指着高天说，老天爷的儿子是太阳，媳妇是月亮，星星是他的孙子。"

"您娘亲说得好，将军！咱契丹人最爱老天爷，是他老人家，赐给我们风调雨顺……"

老人说到这里，突然用手捂住了嘴，他发觉自己失言了。

耶律余睹走在前头，他回头望了望老人，亲切地问：

"老人家，你尊贵的名字？"

"扎力布。"老人答。

"扎力布，好吉祥。"耶律余睹忽然干咳了一声，笑着说，"在咱们契丹语中，扎力布是光明的意思。"

"可是……"老人顿了顿，沮丧地说，"咱们契丹人的国没有了，咱们对不起耶律阿保机皇帝，把他建立的辽国弄丢了。"

"国丢了，但咱们契丹人永远都不会消失呀，您说是不是，扎力布爹爹？"

耶律余睹的口气中掺了一些诙谐，老人受了感染，也激动起来，提高嗓门说："将军说得好，汉人有一句谚语，叫三十年河东，三十年河西。"

就这么说着说着，后生领着耶律余睹一行来到一只木盆前，这木盆并不在众多木盆的中间，而是在靠西的岗地的边缘上。耶律余睹俯身去看，只见盆中的水面浮漾着几十颗小星星，一颗足有鹌鹑蛋大小的亮星在它们的簇拥下闪着孤傲的光芒。"它的确是一颗亮星！"耶律余睹赞叹道。"它是最亮的一颗吗？"耶律余睹又问，当得到肯定的答复后，他抬头仰望夜空，要寻找这颗最亮的星的位置，但是，幽邃的夜空上的星星如同战场上的箭镞一样密集，他无法辨认哪一支箭镞是自己射出的。

随同他一起来金贝村的萧仲恭知晓耶律余睹的意图，他指着天幕的西北角说：“大将军，盆子里的这颗亮星，就在那里。”

耶律余睹顺着萧仲恭的手指看过去，费了很大的劲，终于发现了那颗星。它贴着一小片云翳的边缘，像是一颗樱桃般大小的采自贝加尔湖的珍珠，又像是草原的河岸上，坠落在榆叶上的一颗亮晶晶的雨滴。

耶律余睹问：“这星有名字吗？”

萧仲恭答：“有，它叫天狼星。”

“天狼星？”耶律余睹身子一震，“真的是它吗？”

“是的，大将军。”

“怎么会是它呢？”

耶律余睹喃喃自语，看来，他的心事被触动了。

“大将军……”

耶律余睹还想说什么，村上的那位扎力布老人插进来说话了：“大将军，吉星高照的主人来了，您得祝福他。”

说着，只见一个头戴毡帽的年约五十开外的邋遢汉子歪歪倒倒走了过来，他显然喝多了。走到耶律余睹跟前，也不知道打住脚步，要不是老人拽住，他会一直往前走撞到耶律余睹。扎力布呵斥他：“李老三，你又灌了多少马尿？”

“一壶？半壶？记……记不清了。”

李老三呵呵笑着。

耶律余睹打量这个人，很显然，他是一个混血儿，脸上最突出的，是高挺的鼻子和生了短髭的翘起来的下巴。

“你是契丹人吗？”

“不，我娘亲是契丹人，父亲是汉人。”李老三打着酒嗝，朝问话的耶律余睹合着双拳打了一躬，接着说，“大将军，托……托你的福……福，今年的吉星，落到……到我的盆子里了。这……这可……可是真的？”

“真的。”扎力布抢先回答。

李老三虽然其貌不扬，但开口说话却声音洪亮，嗓音有磁性。耶律余睹对他产生了兴趣，问道：“你的木盆放在这岗地的最边上，是你选择的吗？”

李老三摇摇头：“不是的，是我来晚了，只能搁那儿了。”

“你是幸运的。”

“托你大将军的福。”

“天狼星，今夜里最亮的天狼星，落到你的盆子里了。”

“天狼星，是天狼星吗？”

“是天狼星。”

得到耶律余睹肯定的回答后，李老三兴奋得手舞足蹈，他像一只陀螺在原地旋转了一圈，嚷道：“天狼星，天狼星，我的娘亲啊，今年，我真的要发财了！”

耶律余睹看到李老三口齿也伶俐了，人也活泼了，禁不住好奇地问：“李老三，你知道天狼星吗？”

“知道，知道，它是战神之星，主杀伐。大将军，您来了，这战神之星就出现了，这是天意。”

“你的财运怎么连着战神之星呢？你做啥营生的？”

“我是钉马掌的，没有马，契丹人还叫契丹人吗？只要打仗，我的生意就好了。”

面对李老三的兴奋，耶律余睹心中升起一种不祥之兆。他不知道这不祥之兆究竟来自哪里，但人的预感从来就说不清道不明。他吩咐手下拿了五两银子赏给李老三，而后又问他："你会唱歌吗？"

"我娘亲是草原上的百灵鸟。"

"我问你哪，听你的声音，说话也像唱歌。"

这么一称赞，李老三反而不好意思了，他擤了擤鼻子，说："会唱那么一点点。"

"你给大伙儿唱一曲吧！"

"唱什么呢？"

"拣你会唱的。"

李老三想了想，既像是自言自语又像是在征询："大萨满领着我们唱的请神曲太神圣，村子里举行婚礼时唱的曲儿又太甜腻，都不适合今夜里演唱，要不，我唱一首《五更转》？"

"不，你不能唱这个！"

扎力布首先反对，但耶律余睹反而生了兴趣，他问："你会唱《五更转》？"

"拣耳朵拣来的，我今年的幸运是天狼星，我得唱这个。"

"大将军！"扎力布还想阻止。

"让他唱吧！"

在耶律余睹的鼓励下，李老三清了清嗓子唱了起来：

一更刁斗鸣，
大辽旗连城。
射雕神箭手，

拥戴大将军。

李老三一开始歌唱，就变成了另外一个人，他昂起头来，面对着无垠的夜空歌唱，声音深厚而又沉着。从蒙古高原吹来的带着马粪味的凉风，将他的歌声传得很远。《五更转》是契丹的英雄们喜欢传唱的一首歌，甚至有人说它是大辽的军歌，所有的士兵都会唱。当李老三开始唱第二段时，便有人低声跟着哼唱起来：

二更愁未央，
高城寒夜长。
拉开弓似月，
聊持剑比霜。

三更筚篥响，
战旗拂寒春。
迎敌冲锋去，
万死不辞人。

四更星汉低，
刀剑与云齐。
将军大帐里，
胡笳杂马蹄。

唱着唱着，在场的人都产生了那种身临其境的感觉。一些跟着李老三哼唱的人，这时候都情不自禁地引吭高歌了。因为灭国的痛苦，也因为在战争中死去的亲人，受了这歌声的召唤，许多麻木的心突然苏醒。跟着唱的人越来越多了，就连一直排斥这首歌、认为它是不祥之音的扎力布老人，最后也亮开了混浊的嗓子。耶律余睹也无法抗拒现场炽烈的气氛，几乎与扎力布老人同时亮开了歌喉：

五更上城楼，
曙光满山头。
三军众将士，
慷慨解国忧。

唱完了《五更转》，耶律余睹怅然若失。而现场不知是谁低声哽咽了起来。短暂的沉默之后，一名亲兵上前向耶律余睹禀报，西路军主帅完颜宗翰宠爱的小老婆萧莫谛来了。

第四章　招魂曲

听说萧莫谛也来到了这里，耶律余睹吃了一惊，心中忖道："她怎么会来金贝村呢？她可是从不肯轻易出门的冷美人啊！"耶律余睹的疑惑是有道理的，解释萧莫谛为何深夜来访金贝村，事儿还得从头说起。

却说生擒了天祚帝后，大金国君臣无不欢悦。为了稳妥起见，完颜宗翰并没有将天祚帝押回大同城拘禁，而是立刻递解前往金上京。此时，离春节只剩下四天时间。完颜娄石奉命率三千兵士护送。天祚帝仍乘坐在他的轺车上，在他的请求下，那九只海东青以及澄宇老和尚等也一起随他前往茫茫雪国。陪侍他流亡两年的一批老臣如大悲奴、萧查立、马人望等，殉节的殉节，被俘的被俘，唯有卫队长张宝成趁乱逃逸，至今不知去向。天祚帝走后的第六天，也就是新年的正月初二，完颜宗翰也启程前往金上京。这是因为他接到吴乞买皇帝的手敕，要他与宗望两人立即赶回金上京，召开御前军事会议。

完颜宗翰是在除夕前两天接到皇帝手敕的，但他并没有按旨意即刻动身，而是留在大同陪萧莫谛度过了除夕和春节。他知道，萧莫娜的死对萧莫谛的打击很大，再多的安慰话也无法消解现实的残酷。过节期间，他尽量不说有关天祚帝的话题。临走时，萧莫谛为他准备好盔甲行囊。送到元帅府门前，萧莫谛附在完颜宗翰的耳边说了一句悄悄话：“等你回来，咱会告诉你一件让你高兴的事。”宗翰问是什么事，萧莫谛浅笑着却不肯说。面对心上人的笑容，宗翰隐约看到了它背后深藏着的巨大痛苦，他想临别时说几句亲热话儿，但到底也没有说出口。长期的战争，让他变得沉默寡言，尽管他内心燃烧着腾腾的火焰，面部却仍像一块冰。他将萧莫谛的手攥在手心里抚了抚，然后跳上了马鞍，驰出百十丈远，又勒转马头回来，重新下马走到还在门口凝望着他的萧莫谛跟前，说：“谛妹，有句话忘了嘱咐你。”“什么话？”“你可以请华藏寺的僧人为你姐姐做一场法事，超度她，让她早生福地。”萧莫谛的眼圈儿红了，她抬头看着宗翰棱角分明的脸庞。平日，这张略显瘦削的脸庞总是呈现着一丝不苟的铁青色。今天，这脸庞上浮漾的光线稍稍有些柔和了，而且，说话的时候，宗翰的神情有些扭捏，像是一个做错了什么事的孩子。萧莫谛知道，对于萧莫娜的死，宗翰其实也是很难过的，让他难过的唯一理由，就因为萧莫娜是她的亲姐姐。她内心非常感激宗翰，这时她踮起脚来，本想亲亲宗翰的脸颊，但忽然间又改变了主意，她只是伸手理了理宗翰的短须，深情地说：“姐姐的在天之灵，也会感谢你。”听了这句话，宗翰点点头，这才纵马而去。

听到马蹄在冻土上敲出清脆的金属一般的声音，萧莫谛心碎了，她从来没有像现在这么害怕孤独。在天祚帝的身边，她的一天比一年还要漫长；如今在宗翰的身边，她又觉得一年比一天还要短暂。她知道从大同前往混同江以北的金上京，有着风雪迢迢的三千里长途，宗翰的归期少则一月多则两月，这么漫长的日子，她该怎么打发啊！

当宗翰的背影消失很久了，萧莫谛还在门口伫望。站在一旁的元帅府主管安勃烈，也就是那个大家叫惯了的小八爷，在一旁小声提醒：“帅夫人，凉着呢，回屋吧。”

萧莫谛仿佛从梦中惊醒，她觑着安勃烈：“怎么，你没有随大帅去金上京？”

“没呢，”安勃烈一脸小心地回答，“大帅留下咱，吩咐咱好好照料帅夫人您。”

“小八爷，这是什么颠倒话呀，你是元帅府总管，就该随大帅去，一路照应。”

“帅夫人，咱也想去，可是……”

安勃烈打住了话头，跟在萧莫谛身后穿过前院、过庭，快到后院的时候，萧莫谛停下脚步，对安勃烈说：“大帅去了金上京，从今天起，元帅府中所有的男丁，也包括将士们，都不得进入后院，我住在后院，也轻易不会出来。”

“记住了，帅夫人。”

“所有男人都不许进入后院，也包括你小八爷。”

“是，帅夫人。”

“如果我有事找你，我会让丫鬟小六儿知会你，然后，我们就在这过庭里相见。”

“遵命，帅夫人。”

从那一天起，萧莫谛就避居后院，除了身边的几位丫鬟女佣，再就是偶尔见一见小八爷吩咐几件杂事，元帅府里的男人们，几乎就没有见过萧莫谛的踪影。而且，她从完颜宗翰走的第一天开始，就戒绝了一切荤腥，每天只吃一些在地窖里收藏的萝卜青菜，或者腌制的蔬菜、瓜条之类。为此，丫鬟小六儿常常与她拌嘴。有一次该吃中饭了，小六儿把萧莫谛领到膳房，当萧莫谛看到桌上有一碗蒸鸡蛋羹，脸色当时就阴沉了。她赌气地要出去，小六儿拦住她，嬉皮笑脸地说："帅夫人姐姐，你先莫气恼，你听咱给你解释。"

说着，也不由萧莫谛说啥，就把她按到绣椅上坐下了。

"帅夫人姐姐，小六儿我啥都不懂，就懂得心疼姐姐。"

萧莫谛呛她："心疼姐姐，就该照姐姐的吩咐去做。"

小六儿委屈地说："我知道，你吃斋，是为了超度你的姐姐。"

"知道了为何还要为难我？"

"没有为难你呀，这鸡蛋羹不算是荤菜。"

"谁说的？小鸡娃都是从鸡蛋里孵出来的，还不是荤菜？"

"真的不是的，昨天，我专为这事儿，去华藏寺请教了老师太。"

"啊，老师太，她怎么说？"

"她说，鸡蛋阴阳未判，可以吃的。如果不放心，吃之前，先念三声阿弥陀佛就可以了。"

"老师太真是这么说的？"

"真的是她说的，小六儿怎么敢骗帅夫人姐姐呢。"

"我发了心，要为姐姐萧莫娜吃七七四十九天长斋。"

"你姐姐是大辽国最美丽的女人、最高贵的女人。为什么这样的女人没有福气呢？"

小六儿说着就背过脸去，看得出来她是在偷偷地抹眼泪。

萧莫谛看了看还在冒热气儿的鸡蛋羹，联想到萧莫娜临死前半个月她们两人在宁边州城里相见的情景，一种痛彻肺腑的怀念深深攫住她的心。自萧莫娜死后，只要一闲下来，她的音容笑貌就会浮现在萧莫谛的眼前。但她却无人倾诉，尽管完颜宗翰对她非常怜爱，她也不能说出心底的苦楚。毕竟，天祚帝的被俘是宗翰为大金国立下了第一等战功。如果不是陷入绝境，萧莫娜也不会自杀。一个人不能躺倒在自己最心爱的人的怀抱里为另一个心爱的人畅畅快快地痛哭一次，这是一件多么痛苦的事情。小六儿今天挑起了话题，让萧莫谛产生了倾诉的念头，她让小六儿在她对面坐下，问道："你说我姐姐没福气？"

"不，我是说……"小六儿支吾着，"我笨人笨见识，帅夫人的姐姐若不是跟着天祚帝，怎么会自寻短见呢？"

"你不了解我的姐姐，她把尊严看得比命金贵。"

"是天祚帝害了她。"

"不，天祚帝很爱她。"

"帅夫人，你不觉得天祚帝花花肠子，见一个爱一个吗？"

萧莫谛笑了笑，她仿佛又看到了天祚帝那玩世不恭的眼神，自我解嘲地说："小六儿，天祚帝不爱我，但确实是爱我姐姐的。天祚帝如果不是在逃亡的路上，他是得不到萧莫娜的。"

"这么说，你姐姐是为天祚帝殉情？"

"不，我姐姐是殉国。"萧莫谛抚了抚鬓角，下意识望了望窗外，她想看看天空，但窗外的老槐树挡住了视线，她收回目光，缓缓地说，"像我姐姐这样的女人，是不会为谁殉情的，但她会殉国。"

"你姐姐不爱天祚帝？"

"爱，她也爱他。"萧莫谛说话声调缓慢，仿佛是在回忆，"上次我在宁边州城里见到她，很吃惊她身上的女人味儿还是那么浓，比过去任何时候都浓。咱们契丹人说，女人的美丽是男人的爱滋养出来的。很显然，天祚帝赢得了她的芳心。”

“帅夫人姐姐，这事儿……”

小六儿说着就突然掩住了口。萧莫谛追问：“你要说什么？”

“我不敢说。”

“你说嘛。”

“难道萧莫娜不知道你曾经是天祚帝的元妃吗？”

“知道。”

“知道她还和天祚帝在一起。”

“我已经被天祚帝抛弃了嘛，”萧莫谛苦笑了笑，自嘲地说，“人的姻缘千奇百怪，谁也说不清。最初，我要嫁给天祚帝的时候，姐姐坚决反对，她说天祚帝不会真心爱我的。这一点被她说中了。这次在宁边州，她又私下对我说，天祚帝不是一个好皇帝，但却是一个好男人。我当时没同她争辩，其实，天祚帝既不是一个好皇帝，也不是一个好男人。最应该殉国的，是他，但他没殉；最应该殉情的，也应该是他，但他也没有殉。可惜我的姐姐，多么好的一个女人啊……”

萧莫谛说不下去了，她垂下头，手扶着额头，哽咽起来。

小六儿顿时慌张起来，她掏出手巾要给萧莫谛抹眼泪，萧莫谛推开她，脸上挂着泪痕说：“这些话一直藏在心里头，没有机会说出来。现在说出来了，心里头反而轻松了。”

这次谈话之后，萧莫谛的心情稍微开朗了一些，但她坚持为姐姐萧莫娜吃斋，坚持要七七四十九天。契丹人同汉人一样，人死后七天为一祭，第七七四十九天，死去的人一定会回来寻找亲人，作最后的告别。所以，祭奠的活动要坚持七七四十九天。

在吃斋的日子里，萧莫谛坚持只吃素食，尽管小六儿言明说鸡蛋“阴阳未判”，可以当素食享用，萧莫谛仍不肯破戒。到了第四十九天，完颜宗翰还没有回来。午饭后，萧莫谛在过庭里召见了小八爷安勃烈，问他：“城中有萨满吗？”

小八爷问：“是契丹人还是女真人？”

萧莫谛问：“两种萨满不一样吗？”

“当然不一样。”小八爷小心回答，“我猜想，帅夫人一定想找一个契丹人的萨满吧。”

萧莫谛点点头：“能找到吗？”

“能找到，不过，最好的契丹萨满不在城里头，在北城外三里地的金贝村。”

“啊？”

“金贝村住的十之八九是契丹人。只有那儿，契丹人的风俗才纯正。”

“那样就好，”萧莫谛尽量把要做的事情说得随便一些，“宗翰元帅去金上京之前，就对我说，可以为我姐姐萧莫娜做一场超度的法事。今天是七七，是荐亡的最后一天。我想，姐姐是契丹人，还是按契丹人的规矩，请萨满为她祈祷吧。”

安勃烈听了，立即表态说：“请帅夫人放心，今晚上的这一场萨满法会，我一定安排妥当。”

听说萧莫谛来到这里，耶律余睹着实吃了一惊，他不知道萧莫谛为何也会来这里凑热闹，正说要上前迎接，却见萧莫谛一行已骑马来到村口。她拒绝了安勃烈要扶她下马的意图，自己踩着马凳下来。当她看到耶律余睹的身影时，感到惊讶，脱口问道：

“大将军，你怎么会在这儿呢？”

“是啊，咱也正纳闷呢，帅夫人怎么会来这旮旯地儿。”

“大将军，是这样……”

都监府参事赵瑜将耶律余睹拉到一边，讲了萧莫谛来这里的原委。

“既是这样，你怎不提前对我说？”

“您不是忙着数星星嘛，接着就唱歌。”

这两人一旁咬耳朵的时候，安勃烈也向萧莫谛讲了耶律余睹为何也来了这里。萧莫谛看着岗地上还没有收拾的大大小小的木盆儿，笑着问重新走过来的耶律余睹：“大将军，今晚数出的大星星，叫啥名儿呀？”

“天狼星。”耶律余睹不情愿地回答。

“天狼星。”萧莫谛跟着念叨了一下，但她很快转了话题，“大将军，看样子，你参加的仪式结束了。”

“是的，帅夫人。”

“那么，你可以离开了。”

“为什么？”耶律余睹疑惑地问，“萧莫娜满七的祭奠，难道我不能参加吗？”

“大将军，你不能参加。”

“为什么？”

“萧莫娜是我姐姐，今天夜里，我是代表家人祭奠她。”

“不错，萧莫娜是你姐姐，”耶律余睹故意摆出满脸的不高兴，加重语气说，“但她是燕京后辽的皇太后，是大辽国最有头脑也是最有主见的女人。她死了，应该有一场国葬，但是，她只能被草草地掩埋，这对她不公平！今天，你代表家人祭奠你的姐姐，我代表契丹的战士们祭奠大辽国最后一位皇太后，这难道有什么不妥吗？”

耶律余睹说出的理由，让萧莫谛无法拒绝。尽管这不是她的初衷，但事已至此，也就只能随众了。

萧莫谛不再纠缠这事儿，但她从人群中一眼就发现了扎力布，指着他问：“老人家，你是金贝村里掌事儿的吧？”

“是的，尊敬的王妃，我叫扎力布。”

扎力布说着朝萧莫谛深深地鞠了一躬，萧莫谛却像是被蝎子蜇了一口，厉声回道：“扎力布，我不是王妃，我是大金国西路军主帅完颜宗翰的夫人。”

“哦，他们都喊你帅夫人。”

“是呀，你难道不会喊吗？”

“帅夫人，在我这糟老头子看来，元帅尽管指挥千军万马，但天底下最大的官，毕竟还是皇帝啊！”

扎力布说话时一脸崇敬，完全没有揶揄的意思，这反倒让萧莫谛感到尴尬，幸好耶律余睹站出来打圆场：“扎力布，嚼舌头根子也不瞅个对象，没油盐的话不要再说了。我且问你，萨满在哪里？”

扎力布指着他身后人缝里的一个小个子萨满：“你出来，莫里。”

小个子莫里走出人群，他早已穿好了七彩萨满服，一手拿着羊皮鼓，一手拿着一只铜铃，他因为个子太小，加上又是夜晚，所以混在人群里没被认出来。

扎力布把他朝萧莫谛面前推了推，介绍说：“他是我弟弟，叫莫里。因为长得没马背高，人们叫他小个子莫里。别看他这样儿，他可是远近闻名的大萨满。”

“那敢情好，”萧莫谛只想赶快做完法事回家，于是急切地问，“莫里，你做萨满仪式，用什么语言？”

“契丹语。”

“太好了。”

莫里得了这句赞扬，嘴里叽叽咕咕就说了一通话。萧莫谛只听懂了其中少数几个单词，大部分都没听懂。她问：“莫里，你说的是契丹古语吗？”

“是的。”

“说的是什么？我听懂了萧莫娜、回家、不要迷路等几个词儿。”

“这是祈祷词，原文是‘尊敬的萧莫娜女王，至高无上的天神派遣我今晚前来接你回家，你可以选择见你任何一个亲人，当然，我还是首先希望你拥抱你的妹妹’，方才念的就是这段话。”

“这是我们契丹祖先的话吗？”

“是啊。”

“今天还有几个人能听懂呢？”

“所以，唉……”莫里打住了话头。

“所以什么？”好奇心促使萧莫谛追问。

“所以我们辽国没有了，子孙们听不懂祖先的话，祖先传下的国家能不消亡吗？”小个子莫里说着伤感起来。

“那，你是念着古语跳大神，念咒语吗？”耶律余睹一旁插问。

“是的。”

“那离去的亲人也听不懂啊！”

“不，听得懂的。”莫里认真地回答，那口气不容置疑，“契丹子孙活着的时候，忘掉了祖先，但死了以后，还是追随祖先去了。”

“这就好，这就好，姐姐一辈子最崇拜大辽的开国皇帝耶律阿保机，现在，她可以去追随他了。”

说话间，又有三位小萨满跑到莫里跟前，向他禀报所有写了咒语的路标都贴好了。

“这就好，为了保证萧莫娜女王能够准确无误地来到这里，我让他们贴了足够的路标。帅夫人，咱不能让萧莫娜女王迷路啊！”

“多谢莫里。”

就在他们交谈的时候，岗坡上所有的木盆都搬走了。这里是金贝村最大的一块空地，几百人站在这里都不显得拥挤。

萧莫娜七七祭奠的仪式开始了，草原上吹过来的风开始弱了，皎洁的月光更加明亮。萧莫谛手上拿着一张莫里画好的契丹文的符咒走到一处高台上，莫里举起火把，萧莫谛将符咒点燃，然后一松手，符咒带着火苗随风飘荡，最后，它像一粒萤火虫落在不远处的树梢上。

莫里对萧莫谛说：“帅夫人，你默默祈祷几句吧！”

“说什么呢？”

“请你姐姐前来见面。”

萧莫谛点点头，只见她双手交叉放在胸前，抬头仰望夜空，眼里噙满了泪水，她定了定神，梦呓一般地说：

“姐姐，我没有看到你，但我知道你肯定在那颗最亮的星星上。我想你肯定看到了我。打从你走后，我突然感到我的身体被掏空了。我不是那种藏头露尾的人，但在完颜宗翰面前，我必须掩饰我的悲痛。他不在的时候，我才能够以泪洗面。咱们的爹娘早就离咱们而去了，咱俩也是聚少离多，但我心中总想着还有一个姐姐在，吃再大的苦，受再大的折磨，只要想到姐姐，我就有了往下活着的勇气。可是，如今姐姐你也殉国去了，有人说你是殉情，他们不理解你，你是为大辽国殉节。姐姐，契丹人都说你是大辽国第一号美人，但是，你在妹妹的眼中，是大辽国的第一号英雄。姐姐，你离开咱们四十九天了，今夜里，你一定要回来，妹妹还有好多好多话要对姐姐说……”

说实话，萧莫谛的哭诉告白超过了莫里的预计，这已经不是三言两语而是长篇大论了。莫里适时地打断了萧莫谛的诉说，在萧莫谛稍作停顿的时候，他立刻摇响了手中的羊皮鼓，敞开嗓子吼了起来：

“扎——扎扎乌！”

立刻，所有在场的契丹子孙，无论是军人还是百姓，都跟着莫里吼叫起来：

“扎——扎扎乌！”

“扎——扎扎乌！”

在契丹语中，扎扎乌是天神的意思，莫里领着大伙儿请神了。吼过之后，莫里领着人们沿着他贴过路标的道路，逶逶迤迤地前行。他一边摇着手柄羊皮鼓，一边领着大家歌唱：

天底下没有相同的道路，
天国里也没有相同的灵魂。
路走断了，我们补起来，
灵魂迷路了，我们来指引。

天上的星星，明亮的一颗颗啊，
是我们祖先不朽的灵魂。

草原上的花朵啊，每一朵，
都是契丹人的子孙。

有一颗星我们就有祖先，
有一朵花我们就有子孙。
今夜里哪一颗星最亮啊？
萧莫娜啊，萧莫娜女王，
就闪耀在我们头顶。
今夜里哪一朵花最艳啊？
萧莫娜啊，萧莫娜女王，
已经来到了金贝村。

人们跟着小个子莫里一边唱歌一边在舞蹈中行进，杂杂沓沓的脚步声应和着音乐旋律的节奏，还有闪闪熠熠的火把的光芒。树窝上的鸟儿被惊扰了，扑棱着翅膀逃向远方……金贝村沸腾了，每一个人都像喝醉了酒。莫里手中的羊皮鼓不再摇动，歌声也戛然而止了。下一个仪式是莫里将萧莫谛引上高台。在人们歌唱的时候，早有小祭司用红布扎了一个围棚，萧莫谛要走进这个围棚，与她的姐姐阴阳会面。这是最为神圣的时刻。当萧莫谛迈着坚定、兴奋、期待，当然还有几分胆怯的步伐走上高台的台阶，整个岗地一片静寂，所有的人都屏住了呼吸。就在这个神圣的节骨眼上，人群中忽然又爆发出歌声。

“谁呀？”

莫里想赶过去制止，他听出这是金贝村歌王李老三的歌声，听了第一句，莫里又蹑手蹑脚退回到萧莫谛身旁站下。

李老三充满魔力的歌声，钻进了每一个人的耳朵：

大冬天里，大辽国亡了，
但萧莫娜却没有死亡。
我们永远的女王，
世世代代，她的故事，
将在草原上久久传唱。

珍惜活着的人，
我们活着，契丹就有希望。
纪念死去的亲人，
亲人永远在我们心上。
一场战争，给我们，
带来了多少创伤……

这歌词显然是李老三现编的，但曲调却是萨满经常唱的《送神曲》的旋律。李老三的嗓音特别适合表现这种忧郁、悲怆的情绪。几分钟前还十分亢奋的人们，情绪突然低落了下来，就在他的歌声中，莫里领着萧莫谛走进了围棚。不一会儿，莫里走了出来，他留下萧莫谛独自一人与萧莫娜相会。

趁这空儿，耶律余睹走到李老三跟前，问他：“你愿意离开金贝村吗？”

“去哪里？”

“去我的都监府。”

“干什么？”

“天天为将士们唱歌。”

“不，我只是一个钉马掌的。”

“可是你是天生的歌手啊，我碰到的契丹人，没有人有你这样的嗓子。”

“大将军，我喜欢钉马掌。”

“你专门给我钉马掌，然后唱歌。”

“这个嘛，我想一想。”

两人的对话还没有说完，只见不知何时离去的萧仲恭急匆匆跑来，看得出他神色紧张。

“出了什么事吗？”耶律余睹问。

“大将军，出大事了，你来看。”

耶律余睹随着萧仲恭走到岗地的尽头，只见原野上全是军队。

“这是怎么回事？”

萧仲恭摇摇头，沮丧地说：“村子四周全是军队，大将军，咱们被包围了。”

第五章　血战之前

有些事情如果回头去看，会觉得荒谬。可是，当这件事情发生并进行的时候，当事人却有一千个理由来证明他决策的正确。完颜希尹在处理“大宋国书”事件中的表现，便符合这一论断。

当吉伯力按照他的命令，打马离开监军府去调遣部队，那些为他造女真字的门客也都散去之后，他独自一个人留在衙堂里，将那份大宋皇帝写给耶律余睹的密札又翻来覆去看了好几遍，他恨不能从字里行间抠出更大的玄机、更深的阴谋。他急于想弄清楚这件事情的来龙去脉。因此，他下令部属竭尽全力抢救那位昏迷的小校，希望从他嘴中得到更多有价值的情报。大约过了一个多时辰，那小校在被随军的医士灌了砒霜雄黄蜂蜜水后，仍不见好转，医士又是扎针又是艾灸，甚至还挑破他的指头放血，捣腾了一阵子之后，小校才好不容易苏醒过来。他一阵呕吐，医士又给他灌了一碗黄连水，他总算能够开口说话了，这才被人领到完颜希尹的面前。

完颜希尹瞅着这名小校，迫不及待地问他：“你叫什么？”

小校惊魂未定，精神恍惚地回答：“我叫乌尔达。”

“乌尔达，”完颜希尹仿佛在回味这名字的意义，“乌尔达是古粟水部女真人喜欢用的名字，意思是猎熊的人，对吗？”

“对的，上将军。”

乌尔达笑了，那笑容很难堪，但看得出他很感激。

完颜希尹看出乌尔达仍然紧张，便从提梁壶里倒出一小碗酒，递到乌尔达手上，说：“喝了。”

乌尔达接过酒碗，迟疑着。完颜希尹既像是命令又像是鼓励地说：“猎熊的人，你们粟水部的男人，杀死了一头熊之后，不都要喝一碗酒吗？酒既解乏，又能压惊。”

“知道了，上将军！”

乌尔达说罢，一仰脖子喝干了那一小碗酒。

完颜希尹接着问：“你在应州地面巡逻，怎么拿到了这封信？”

乌尔达看了看完颜希尹拿在手中的那封信，答道：“咱在巡逻的路上，发现了一支汉人的商队，正说要盘问他们，却没料到那五六个商人连同伙计都弃下驮车，撒腿儿跑了，咱们就撵了过去，捉住了其中的三人，在其中一个人的身上，搜出了这封信。我一看信皮儿竟是用黄绫裹着，便知道来头不小，于是拷问那家伙，才得知这信是南朝皇帝写的。小的不敢耽搁，就驱马来大同见您。”

“你不知道信上说的是啥吗？”

“不知道，”乌尔达摇了摇头，不好意思地一笑，补充说，“咱不识字。”

“你的巡逻队里，有没有识汉字儿的？”

“没有，一个都没有。”

“唔。”完颜希尹思索了一会儿，又问，“那南朝的商人呢？”

“趁乱儿跑了。”

“怎么会让他跑了呢？”

“他们有三辆驮车，装了布匹、豆麦，还有两坛酒。咱寻思着这些物资贵重呢，就分了一半兵士押运，加之路远，天又黑了，那商人就趁乱跑了。”

“余下的人呢？”

“余下的人都是些伙计。一些呆瓜枣儿，小的就把他们放了。”

“你的巡逻队，怎么一个个都变哑巴了？你们吃了什么？”

“就是那两坛酒。雪地里累了一夜，天亮了，咱们人困马乏，于是打开那坛酒，酒香扑鼻，就一人喝了几碗。”

“这就是汉人的诡计，”完颜希尹翘起下巴叫嚷起来，“他们往那酒里掺了迷魂药。”

“咱不知晓啊。”

乌尔达满脸羞愧，完颜希尹本来还想骂他几句，看他无地自容的样子，便打消了念头，反而安慰他：“你已经做得很好了，汉人全是些弯弯绕，你怎么斗得过呢？你立了一个大功，本将军要奖励你。”

“上将军，我……”

“从现在起，你留在监军府，当我卫队的副队长，你们的队长是吉伯力，你认识吉伯力吗？”

“认识。”

“吉伯力是监军府的主管，卫队长是兼任的，你是专职副队长。”

“多谢上将军。”

乌尔达受宠若惊。他本来还想说几句感激的话，但完颜希尹却挥挥手让他退下了。

完颜希尹有更重要的事情要做。这时候，他的部属二十多位将军前前后后都赶到了监军府。完颜希尹让将军们到后院一间最为隐蔽的会议室里，并增添若干岗哨，除参加会议的人，所有人都不得进入后院。

那间会议室很小，总共只有十二个座位。将军们论军职大小，该坐的坐，该站的站，小会议室挤得满登登的。完颜希尹拿出那封大宋皇帝赵佶亲笔写给耶律余睹的信，亲自念了一遍——这些将军们大都不认识汉字，所以完颜希尹不得不亲自诵读，并将一些过于古奥的词语用女真语向他们解释。

军队不同于官场。官场上见风使舵、投机取巧几乎是通病，卖主求荣的变节分子不在少数。军队可不是这样，在沙场上金戈铁马生死与共建立起来的友谊，可不是那么容易改变的。在血的洗礼中建立起来的友谊牢不可破。就像这屋子里的将军们，都跟着完颜希尹出生入死，经历过数不清的战阵，他们聚在一起的时候，从来都不会扯淡说些没油盐的话。他们不会甜腻腻地谈情，但会凶巴巴地喝酒。喝得忘情了，他们会共同回忆某次战役，某一位或几位伙伴流干了最后一滴血而在某一处不知名的山丘上被他们随便挖个坑草草地掩埋。偶尔他们会为死去的战友哭泣，更多的时候，他们会像发怒的狮子那样想着为战友复仇。完颜希尹是他们的旗帜，也是他们的主心骨，他们之间若是发生了任何的爱恨情仇，自己无法摆平的时候，只要完颜希尹出面，一切不愉快的东西都会烟消云散。他们都知道完颜希尹与耶律余睹心性不对，也知道他们的主心骨总有些怀才不遇。所以，当完颜希尹读完那封信后，屋子里立刻沸腾了起来，将军们七嘴八舌议论开来：

“狗日的，咱早就看出耶律余睹不是个好东西。”

“咱大金国啥时候亏待过他？他还吃里扒外，同南朝勾结。”

“契丹人是咱们女真人的世仇，野狗就是野狗，养不熟的。”

“端了他，老子的刀，三个多月没见血了。”

“大伙儿静一静！听上将军怎么说。”

谁吼了这么一句，屋子里立刻安静了下来。部属们的这种情绪，完颜希尹早就预料到了。他要的就是这种情绪。但他心里头清楚，情绪的宣泄若不加以引导，就会变成一股无法控驭的洪流，把不该淹没的东西也给淹没了。一直处在亢奋中的完颜希尹，这时候反而冷静了。他一个人踞坐在长条桌的上端，逐个把屋子里的将军们审视了一遍，然后问：“你们说说，为啥扮成商人的汉使只在驮车上放了迷魂酒，而不是一坛毙命的毒酒？”

屋子里非常安静，没有人回答。

完颜希尹接着问：“大宋皇帝给耶律余睹的信，这是第一封还是若干信札中的一封？”

仍然没有人回答。

完颜希尹又接着问：“那个逃走的汉使，是返回到南朝汉地还是潜来大同，进了耶律余睹的都监府？”

一连三问，都无人回答。不是将军们不想回答，而是他们知道完颜希尹的习惯，每逢会议，他在下达命令之前，都会提出几个问题，他并不是要人回答，而是为了吸引在场人的注意力。果然，提出问题后，他自己做出了回答：

“汉使在驮车上放置迷魂酒，是以防万一，他知道咱们女真人喜欢喝酒，万一遇到咱们的巡逻队，他就会拿出这些酒让他们喝，一旦他们中计了，他就可以顺利逃脱。这位汉使逃脱之后，很可能潜来大同。因为大宋皇帝的国书被咱们拿到了，他必须在第一时间将这消息告诉耶律余睹。我敢断定，南朝与耶律余睹的密谋已经达成了协议。按通常的规矩，凡有密议的事，先是下面的人私下接洽，有了眉目之后，双方的高级使者再沟通，当所有的关键问题都取得一致意见之后，再利用皇帝的亲笔国书予以肯定。因此，耶律余睹与南朝的勾搭恐怕已经有好几个回合了。汉使这次来，肯定是商量起兵的时间。眼下，咱们西路军主帅宗翰回金上京述职未归，应该是耶律余睹起兵叛变的最佳时机。如果汉使已潜到都监府，耶律余睹得知国书已被咱们截获的消息，他恐怕就会立刻行动。”

完颜希尹的分析与判断显然是经过深思熟虑后才得出的，听了他的讲话，将军们的表态众口一词：希望上将军立即动手包围都监府，捉拿耶律余睹。

完颜希尹眼看时机成熟，便说出了最关键的问题：

“你们都跟随了我这么多年，都清楚我这个人的脾气。要依我，现在就会调动兵马踏平都监府，但是不行啊！兄弟们，你们知道咱们大金国的规矩，调动兵马的权力在三个人手上，一个是三军主帅，一个是东路军主帅宗望，一个是西路军主帅宗翰。宗翰回金上京述职，并没有将调兵的虎符临时移交给我，我若此时调动兵马，就是违反最高军令，这是犯了死罪啊！”

听了这番话，屋子里又陷入了沉默。过了一会儿，坐在完颜希尹左下首的一位四十来岁的短髭将军开口说话了。

“希尹上将军，我朴愣子手下有五千兵马，您不用什么虎符，就可以调动我的部队。”

朴愣子开了一个头，其余的将军纷纷表态：

“上将军，咱的部队随时听从您的调遣。”

“咱相信，您为这事儿调动兵马，宗翰元帅不会责怪您的。”

“上将军，咱们可不是一帮老娘儿们，跟着您唠闲嗑儿的，您下命令吧！”

“对，上将军，您下命令吧！”

就在这群情鼎沸之时，吉伯力突然推门进来，他示意完颜希尹，想和他单独说话，完颜希尹知道他要说什么，于是挑开话头说：“吉伯力，没有什么好隐瞒的，把你打探的消息，当着大伙儿的面说出来。”

吉伯力便把花了整整一个下午往各处打探到的谍报一一述说：今儿个上午，有两拨形迹可疑的人进了耶律余睹的都监府。天快黑的时候，耶律余睹带着他的儿子耶律忽喇以及卫队离府出城，到了金贝村，那里聚集了好几千人。

吉伯力话音一落，完颜希尹就追问：“两拨进入都监府的人，都是来自哪里？有确切的消息吗？”

“那两拨人，一拨人是汉人，共有三个人；一拨是契丹人，也是三个人。”

“那汉人是不是装扮成商人的南朝使者呢？”

“这个，还无法确定。但契丹人进去后不到半个时辰就出来了，而汉人始终没有出来。”

“契丹人去了哪里？”

“金贝村。”

“听说金贝村是契丹人居住的地方，耶律余睹去那里干什么？”

“而且还是带着儿子一起去的。”一位将军加重语气补充。

“应州地面上的驻军有什么异动？”

完颜希尹这么问，是因为那里的驻军全部都是耶律余睹的部属，送信的南朝使者之所以选择那里入境，其目的很明显，就是想就近进入耶律余睹的防区。

吉伯力回答说：“派往应州方面的探马还没有回来。”

朴愣子又开口说话了：“上将军，咱的部队就驻扎在金贝村附近，要不，咱先把金贝村围了？”

“耶律余睹比狐狸还狡猾，他去金贝村，究竟要干什么？”

完颜希尹像是自言自语，又像是与部将们讨论这个问题。吉伯力非常了解完颜希尹，他不是没想透这个问题，而是希望有人站出来说出他心中的想法，于是斗胆建议：“上将军，如果南朝使者进了都监府，他肯定会说出丢失国书的事，耶律余睹就会连夜离开都监府。怎么说这事儿都不能犹豫了。”

“你说下去。”完颜希尹鼓励他。

吉伯力继续说：“卑将认为，耶律余睹这就准备逃跑了，一旦他到了受他管辖的防区，麻烦就大了。毕竟，他有五万兵马，这可不是个小数目。”

“是啊，”朴愣子又插话，“上将军，说什么也不能放虎归山哪！”

事情已经讨论得非常充分，在场的将军们都意识到事态的严重性，完颜希尹认为时机已经成熟，于是下达命令：“朴愣子，迅速调集你的五千兵马包围金贝村。吉伯力，你带一千兵士包围都监府，把府中所有人都抓起来。”

接着，完颜希尹又下令所有部队进逼耶律余睹的防区。一场大战就此拉开了帷幕。

耶律余睹听说金贝村被包围的消息后，立即驱马来到村口的制高点瞭望，但见村外的原野上战旗猎猎，兵马攒动，顿时大惊，他问身边的萧仲恭："这是怎么回事？"

"不知道啊！"萧仲恭紧紧攥住腰刀，眼睛死盯着兵马中晃动的门旗。

"那门旗上写的啥字？"

"朴。"

"朴愣子？"耶律余睹不免倒吸一口冷气，小声咕哝了一句，"他不是完颜希尹的心腹大将吗？他为什么要来包围我们？"

"这其中一定有咱们不知道的缘由，要不，派个人下去探问一下。"

说话的时候，萧莫谛在小八爷安勃烈的陪同下也闻讯赶来了，耶律余睹向她报告了仅仅知道的情况，萧莫谛也大惑不解，问安勃烈："朴愣子这是围猎还是围人？"

"大半夜的，围啥子猎呀，荒郊野外，连只野兔子都看不见。"

"围人，围咱们吗？朴愣子为啥要围咱们？"

"这事儿咱也闹不清，要不，帅夫人你们在这里等着，咱出村去问问。"

安勃烈说罢，拍马就向村外去了。岗地上风凉，耶律余睹吩咐卫兵护送萧莫谛进村休息。等她离开后，耶律余睹对萧仲恭说："咱们只有一支卫队，不过一百多号人，可人家朴愣子有五千兵马啊！"

"大将军，咱的部队也有三千人，这会儿应该往这儿赶来了。"

"你是说你的守卫大同西城的兵士？"

“是的。”

“你怎么想到的？”

“咱有预感，”萧仲恭瞧了瞧左右，低声说，“咱下午得到消息，说是吉伯力按完颜希尹的命令，增加一千名兵士守卫监军府。”

“这是真的？”

“千真万确。”

“你怎么没有及时告诉我？”

“没有确切消息，咱不敢惊动您大将军。但突然调兵是反常之举，咱总得预先作一点应付，小心不亏人哪！”

“仲恭，你做得对。”

耶律余睹联想到完颜希尹平日里那“老子天下第一”的种种傲慢和对他个人的难以忍受的挑衅行为，早就有预料，两人之间迟早会有一场你死我活的争斗。

原野上的兵士忽然点燃了数百支火把，原本无法分辨的列队的战士现在大致上可以辨认了。迎面对着村口的战士列成三个方阵，每个方阵的前五排是骑兵，后面的十排是步兵。耶律余睹估摸着，包围金贝村的至少是十二个方阵，每个方阵一百名骑兵、二百名步兵，加上策应与支援的队伍，这支军队至少有五千人。这正是朴愣子的全部人马。一看这阵势，耶律余睹知道完颜希尹是想把他当成瓮中之鳖来捉拿。他不怕打仗，只是弄不明白，完颜希尹为什么选择今夜动手，他找到了什么理由？

这时候，前去打探消息的安勃烈回来了，他一脸沮丧地看着耶律余睹，想说什么却又开不了口。

耶律余睹竭力表现出镇静，他拍拍马背让它与安勃烈的坐骑靠得更近，问他：“安勃烈，究竟发生了什么？”

安勃烈显然还在惊恐之中，回答说:“希尹上将军说要捉拿你。”

“怎么，希尹也来了？”

安勃烈点点头:“我见到了他。”

“他说了些什么？”

“他说，他的巡逻队在应州地面截获了大宋皇帝写给你的信札，拿到了你与南朝密谋叛国的证据。”

“竟有这样的事？”耶律余睹简直不敢相信自己的耳朵，他追问安勃烈，“你看到那国书了？”

安勃烈回答:“他把那国书取出来在我眼前晃了晃，但没让我看。”

“这是希尹凭空捏造，”萧仲恭愤怒地嚷起来，“要么就是南朝的反间计，完颜希尹一直对我们大将军心存不满，他想趁机落井下石。”

安勃烈接着说:“我也觉得这是反间计，我还提醒希尹上将军要慎重，至少要等宗翰元帅回来处理这件事。但是希尹上将军不肯，他说，他可不愿意睡觉时被别人割了脑袋。”

“他想要怎样？”耶律余睹问。

安勃烈说出了完颜希尹的要求:“他说，要您以及少将军忽喇你们父子俩，还有萧仲恭三人自己走出村子投降。”

“如果我们不肯呢？”

“那他就会下令朴愣子将军进攻金贝村，不管死多少人也得把你们活捉。”

“休想！”萧仲恭拔出了腰刀。

“呸！来吧！完颜希尹遇上我，我将他大卸八块。”

说话的是耶律余睹的儿子耶律忽喇，这位在马背上长大的年轻人，虽只有二十五岁，却有十年军龄，他是新一代的契丹汉子，桀骜不驯，杀气腾腾。

“少将军，也没有别的办法了，你们赶紧逃吧。”

安勃烈几乎是哭腔了，他没有告诉在场的人，他曾劝说完颜希尹取消这次军事行动，但因他自己也是契丹人，完颜希尹不但不听从他的建议，反而对他百般羞辱。

事既至此，耶律余睹反而冷静了下来，他对安勃烈说：“小八爷，咱们不是逃走，咱要迎着完颜希尹过去，与他来一场你死我活的血战。走，咱们现在去和帅夫人萧莫谛道个别吧。”

萧莫谛焦急地坐在村口那家专卖猫耳朵面食的铺子里，村长扎力布陪着她，有一搭没一搭地说闲话儿。耶律余睹一行人进来，安勃烈简明扼要地将刚才对耶律余睹说过的话述说了一遍，萧莫谛仿佛听到了晴天霹雳，她问耶律余睹：“你会同南朝皇帝勾搭吗？”

“帅夫人，你觉得我耶律余睹会做那种下三烂的事吗？”耶律余睹无奈地一摊手，苦笑道，“南朝皇帝是你的仇人，也是我的仇人，我为什么要那样做呢？”

“是啊，希尹应该知道，这是南朝的反间计啊！”萧莫谛天真地说，“不管怎么说，我还是宗翰的妻子呢，我这就去找希尹，我要阻止他的行动。”

萧莫谛说着站起来，要往门外走，耶律余睹拦住了她，说：“帅夫人，没用的，一条疯狗难道还会听人话吗？我耶律余睹这就去与完颜希尹见个高低。”

“余睹将军，你可不要乱来！”

“不是我乱来，帅夫人，日后你见了宗翰元帅，一定要告诉他，我耶律余睹是无辜的。”

“余睹将军！”

萧莫谛喊了一声，借着微弱的烛光，看得出来，她的眼眶中噙满了泪水。

耶律余睹右手抚胸，朝萧莫谛鞠了一躬，接着对扎力布说：“老人家，今晚上数星星，最大的星星是天狼星，这是老天爷给我的预兆啊！”

“战神天狼星，”一直站在屋角的李老三开口说话了，“天狼星落在咱家盆子里，大将军，你稍稍耽搁一会儿。”

“为什么？”

“咱要为你的坐骑钉一副马掌，咱会用最好最好的马蹄铁。”

“李老三，来不及了，”耶律余睹尽量显得轻松，笑着说，“希尹那个魔鬼，不会给你这个时间。”

“那，我还是唱那首大辽的军歌为你送行吧。”

李老三说着，轻咳了一声，然后高声唱了起来：

一更刁斗鸣，
大辽旗连城。
射雕神箭手，
拥戴大将军……

这时候，金贝村的男女老少，甚至鸡啊狗啊，没有人也没有生灵入睡，人们都知道发生了什么，尽管有人忧伤，但却没有人恐惧。跟着李老三的歌声，他们全都忘情地亮开了嗓子：

三更筚篥响，
战旗拂寒春。
迎敌冲锋去，
万死不辞人！

在激越悲壮的歌声中，耶律余睹跨上了战马，萧仲恭、耶律忽喇以及卫队的百余名战士都跟着他。在即将离开村口时，扎力布老人拦住耶律余睹的马头，一边喘息着一边叮咛："大将军，咱这个棺材瓤子得和你说一句话，大辽国不在了，但契丹人还在。天上的星星不会全部坠落，这世间上也没有任何一个人，能够把咱们契丹人赶尽杀绝！"

"谢谢你，扎力布老爹，我记住你的话了。"

耶律余睹俯下身子，亲了亲扎力布满是皱纹的额头。就在这时候，只听得原野上响起了急促的进军的鼓声，朴愣子的部队像潮水一般涌来。

第六章　大劫杀

在战争一触即发的时候，哪怕是短短的一分钟的等待，也会让人如同备受煎熬地度过一个漫长的冬天。完颜希尹会见了安勃烈之后，并没有跳下马背，坐上那只卫兵替他备好的马扎歇息，而是仍挺直腰板威风凛凛骑在马鞍上，眼睛一眨不眨地盯着那条通往金贝村的道路。当安勃烈前来与他接洽时，他拒绝了安勃烈撤兵的建议，他让安勃烈捎信给耶律余睹，让他带着儿子耶律忽喇与心腹大将萧仲恭出村投降，否则就要血洗金贝村，并以半个时辰为限。

时间一点一点地过去，金贝村那边没有什么动静，完颜希尹开始变得烦躁不安了。与他并肩骑在马上的朴愣子，伸出右手的食指不停地挖鼻孔，这是他的习惯动作，每逢大战前夕，他的两只鼻孔恨不能被他挖穿。

估摸到了二更天气，夜色越来越深沉了，缀满繁星的天空开始生了一些云翳，寒气也变得浓重了。朴愣子有些沉不住气了，他请求完颜希尹：“上将军，下命令吧！”

“还是等会儿吧，安勃烈去了不到半个时辰呢。”

"安勃烈？"朴愣子将手指头从鼻孔里拿出来，不屑地说，"咱从来都没瞧上他，因为宗翰元帅信任他，他便彪子哄哄的，其实是个小尿崽子。不知道他娘的尿窝窝里，怎么爬出这么个小头鹅脸的人物来。"

完颜希尹扑哧笑出声来，答道："朴愣子，你小子砢碜人，还他娘的真有一套。我且问你，安勃烈怎么会出现在这里？"

"啊？这倒是。"朴愣子扭了一下腰，"他不是元帅府的总管吗？他怎么同耶律余睹弄到一起了呢？"

"你不要忘了，他也是契丹人。"

完颜希尹说这句话时，语气很重。朴愣子忽然像明白了什么，他一拍脑袋，嚷道："上将军，宗翰元帅很信任这个安勃烈。如果他参与了耶律余睹的谋反……哎呀，不说了，屌毛灰！上将军，怎么着，你也不能同宗翰元帅撂脸子啊！"

"你说得对，要赶在宗翰回来之前，把这一帮反贼给收拾了。"

两人说着，忽听得金贝村歌声大作。他们侧耳细听，是大辽军歌《五更转》，当听到"拥戴大将军"这一句时，完颜希尹顿时怒不可遏，他高喊一声："冲过去！"带头冲向了金贝村。

看到朴愣子的部队猛扑过来，萧仲恭建议兵分两路，他自己带三十名战士迎接正面冲过来的完颜希尹与朴愣子，而让耶律余睹父子带着卫队从村后撤退。耶律余睹否决了他的建议，他认为本来兵力就不足，一百五十人，再分成两股，肯定没有一点点冲出包围圈的希望。当朴愣子的部队前哨冲到离村口不到半里地的时候，耶律余睹拔出腰刀，嘴里迸出三个字"跟我来！"，便伏在马背上第一个冲了出去。

顷刻间，耶律余睹与完颜希尹这一对既是仇人又是战友的骁勇将军相遇了。从常理上讲，五千兵马与一百五十人之间的战争，后者绝无取胜的可能，可是，这不是一场常规的战争，甚至称得上是一对仇人之间的肉搏，这一点，耶律余睹比完颜希尹看得更清楚。所以，他的战术非常明确，他从村口岗地冲下来的时候，扑向的目标就是完颜希尹。他的坐骑是草原上万里挑一的骏马，通体毛色漆黑，但尾巴尖与四蹄处却有着五圈白毛，马腿修长匀称，马身壮硕，奔跑起来犹如闪电。他从高坡冲下来的时候，大黑马奋鬣扬鬃，带着惯性扑到完颜希尹跟前时，完颜希尹在不到十分之一秒的时间内产生了一点惊愕，旋即兴奋起来。当耶律余睹手中的弯刀向他劈来时，他本能地倒伏下身子避过刀锋，而将手上的短槊直戳耶律余睹的胸膛。对这一招，耶律余睹早有防范，他左手的狼牙棒横到胸前奋力向上一挑，短槊便挥向了空中。这第一个回合，已展现出两人精湛的马术与娴熟的武艺。两人的守与攻，都是在身体失衡的情况下完成的。如果哪一方稍差，此时必然已横死马下……

就在两人互相缠斗杀得天昏地暗不分上下时，他们的助手也捉对厮杀起来。萧仲恭与朴愣子一个使枪，一个使锤，一时间分不出胜负；耶律忽喇与完颜希尹的卫队长吉伯力也在酣斗之中。而耶律余睹卫队的勇士们，尽量把潮水般的朴愣子的战士们同他们的主帅分隔开来，让完颜希尹三人在单打独斗中占不到任何便宜。

耶律余睹设计的这一战术非常奏效，与他斗了十几回合还分不出胜负的完颜希尹，明显地急躁起来。他的大军包围了耶律余睹的卫队，但自己又被耶律余睹的卫队包围。完颜希尹意识到，如果不迅速冲出这个小包围圈，极有可能被对方剁成肉酱。经历了那么多的战阵，他并不惧怕死，但如果死在一个一向被自己瞧不起的人手上，那将是一个莫大的耻辱。论战争的指挥才能，他并不比耶律余睹差，但论个人的打斗，客观地说，他的确比耶律余睹稍逊一筹。斗了二十几个回合之后，他眼看吃不住了。耶律余睹却越战越勇，右手拿着弯刀，左手拿着狼牙棒，一个用来进攻，一个用来防御，它们交相挥舞起来，不露一点破绽。而完颜希尹也是右手短槊，左手狼牙棒，但使唤起来却没有耶律余睹流畅——这没有别的原因，是他气力稍弱。耶律余睹不单看出了完颜希尹的兵器不具备致命的杀伤力。其实，他的臂力与腕力还是强大的，但是刺出的力量在中途减损了许多，问题的症结在于他的鞍褥。完颜希尹有痔疮的毛病，长久骑马，坚硬的牛皮马鞍常常硌得他屁股流血。为了坐得舒服些，他在马鞍上垫了厚厚的棉褥。坐上去的确舒服多了，但因坐得不瓷实，使用兵器格斗的时候，腿劲儿与腰劲儿便会脱节，力量损失了很多。耶律余睹看出了完颜希尹这一症结，因此引诱他频频出招，目的是耗损他的精力。完颜希尹直到开始喘气的时候，才意识到上了耶律余睹的当，一种遭到戏弄的感觉让他怒火中烧，他决定改变这被动的局面。他突然改变了攻击的节奏，他这一慢，耶律余睹便以为他气力已经耗费散尽了，于是加紧了进攻，当他挥刀向完颜希尹凌空劈下时，完颜希尹一夹马肚。长期磨合，马已经非常理解主人的意图，只见它身子一蹲，两只后蹄腾空，两只前蹄微屈着纵身奋力朝后一挫，骑在马上的完颜希尹退后一丈来远，当战马四蹄落地的一刹那，完颜希尹朝着耶律余睹奋力掷出狼牙棒，耶律余睹慌不择式，本能地将弯刀与狼牙棒交叉着在眼前竖立，只听得“咣当”一声，飞出的狼牙棒被挡落马下。片刻之间，耶律余睹稍稍有点恍惚。说时迟，那时快，只见完颜希尹用空下的左手从马鞍旁的小牛皮袋里抓了一把沙——这是他为了转败为胜为自己留下的秘器，他扬手将沙奋力撒向耶律余睹，第一把细沙掷出去后，他又迅速掷出了第二把……

这一招的确让耶律余睹始料不及。完颜希尹的计谋得逞了，一些细沙钻进了耶律余睹的眼睛，趁着他眨巴眼睛的时候，完颜希尹挺直短槊拍马过来，但是，当他的短槊离耶律余睹的胸膛还有两三尺远的时候，一把飞过来的流星锤击中了他的手腕，他惨叫一声，短槊掉在地上。

抛出流星锤的是萧仲恭，他与朴愣子激战，所处的位置刚好在完颜希尹的侧面，他一瞥眼看到了耶律余睹的危险，便奋力地掷锤相救。

对完颜希尹的惨叫第一个做出反应的是他的卫队长吉伯力，他当即舍下缠斗的耶律忽喇赶来救助。当他冲到完颜希尹的马前时，刚好耶律余睹揉净了眼睛，他再次被完颜希尹的暗算激怒，于是趁着完颜希尹负痛伏在马背上时举起了弯刀。这一刀被吉伯力挡住，锋利的刀刃从吉伯力右肩生生地劈下……

就在这一刻，耶律余睹的卫队已被朴愣子的部队消灭了大半。虽然两军主帅的格斗耶律余睹这边占据了上风，但战场的总态势他们仍处于劣势。所以，当萧仲恭还想厮杀时，耶律余睹制止了他。

就在耶律余睹带着残存的卫队向北奔驰的时候，脱离危险的完颜希尹命令朴愣子组织人马全力堵截，他决不肯让耶律余睹逃出这个包围圈。但是，就在耶律余睹一行被里三层外三层围得密不透风时，忽然，包围圈的西北角被撕开了一个大裂口。完颜希尹正自纳闷：这是哪儿冲出来的一彪人马？旋即探马来报，萧仲恭驻守西城的三千兵马赶了过来。战场上的局势再一次变得严峻起来。

大半个时辰过后，已经是四更天气了，金贝村外的原野上终于冷清了。萧仲恭的三千名将士与耶律余睹一行会合后，并没有恋战，而是按耶律余睹的命令向西北方向的蒙古高原撤退。由于夜深以及不知道军情的虚实，完颜希尹也没有命令部队追击，而是就地待命，等候他新的指示。

这时，一副担架从他面前抬过，完颜希尹猜到担架上躺着的是吉伯力，虽然他已被一面军旗整个儿盖住，但完颜希尹闻得出他身上的气息。他翻身下马，借着火把的闪光，撩开军旗看着吉伯力。这位只有二十五岁的卫队长跟了他七年，在对敌作战短兵相接中，好几次救过他的命。他说猫有九命，他自己就是一只老山猫。但这一次……完颜希尹看着他血肉模糊的脸，禁不住眼眶里滚出热泪，他重新盖好军旗，咬牙切齿地说：

“吉伯力，你不会白死的，我一定会割下耶律余睹的脑袋来祭你。”

担架抬走了，而金贝村那边，又传来了歌声：

四更星汉低，
刀剑与云齐。
将军大帐里，
胡笳杂马蹄……

完颜希尹屏神听了一会儿，忽然问道："这是谁在唱？"

一位侍卫回答："金贝村的村民，打从战斗开始，他们就一直在唱这首歌。"

"唱大辽的军歌？"

"是的。"

完颜希尹朝金贝村的方向眺望了一眼，问："安勃烈回城去了吗？"

"没有，"朴愣子回答，"咱们围堵耶律余睹的时候，另有一千军士仍把金贝村紧紧地围着，不要说人，蚂蚁也跑不出来。"

"走，进村！"

完颜希尹一声令下，部队仍然以进攻的队形扑向了金贝村。

部队刚刚开拔的时候，村子里又传出了歌声：

数星星，数星星，
我们数到了战神天狼星。
它并没有孤独地守卫天空，
而是在我们村庄降临。
鸟儿吓得飞走了，
花儿吓得凋零了。
地狱的门打开了，
瘟神列队走来了。
扎——扎扎乌，
我们并不害怕；
扎——扎扎乌，
我们是契丹的子孙。

数星星，数星星，
一颗星星一个亲人。
数星星，数星星，
亲人背后躲着仇人。
仇人想着毁灭我们的幸福，
我们数到了战神天狼星……

在这凄婉而又悲壮的歌声里，完颜希尹驱马进了金贝村的村口。只见那一片平坦的岗地上，挤满了黑压压的人群。完颜希尹跳下马来，从一名侍卫手中接过火把，走近人群挨个儿辨认，都是些陌生的面孔。他的心中忽然升起熊熊的怒火，忖道：不就是这帮无赖的村民，怂恿耶律余睹谋反吗？我倒要看看，你们长了几个脑袋。这么想的时候，他走到一个满脸皱纹的老人跟前，于是停下脚步，将这老人上下打量了一番，问道：

“你叫什么？”

“扎力布。”

“是契丹人还是汉人？”

“契丹人。”

“耶律余睹为何要来金贝村？”

“来数星星。”

“数星星？”

“对，数星星，”扎力布迎着完颜希尹咄咄逼人的眼光，平静地回答，“数星星是咱们契丹人的风俗。今夜里，咱们必须找出那颗最亮的星。”

“找到了吗？”

“找到了。”

“什么星？”

“天狼星。”

“天狼星？”

完颜希尹抬头看了看天幕，但见云翳加厚了，星星暗淡了，将近五更天气，这是黎明前最黑暗的时候。

“天狼星是战神之星。”扎力布看出完颜希尹不甚了解，解释道，“它一出现，战争就开始了。”

“谁带来了战争？”

“你不是已包围了金贝村吗？”

“你这个老混蛋。”完颜希尹粗鲁地骂了一句，“告诉我，是谁领头唱大辽军歌的？”

扎力布不吭声。

“绑起来带走。”

完颜希尹一声令下，几名士兵上前就要对扎力布动手了。

“慢着！”

随着一声厉喝，一个人从人群中站了出来，并走到完颜希尹跟前。

“你是谁？”完颜希尹问。

“李老三。”

“你是汉人？”

“是的，”李老三回答，紧接着又补了一句，“我也算是契丹人。”

“啊？”

“我娘是契丹人，我生下来的衣食住行，都是契丹人的习惯。”

“你为什么要站出来？”

“大辽军歌是我领唱的。”

“你唱这歌，是为耶律余睹打气，鼓励他谋反？”

“我不知道他要谋反。”

“你不知道，”完颜希尹忽然笑起来，那笑声很瘆人，“耶律余睹决定谋反了，第一个到的地方就是金贝村，你们全村人合唱大辽军歌，这不是公开地赞同他谋反吗？”

“不，耶律将军不会谋反。”扎力布也高声补充了一句。

在场的金贝村民也纷纷附和。

村民们的态度令完颜希尹十分恼火。他的脑海里忽然闪现出耶律余睹手持弯刀恶狠狠凌空劈下的样子，以及吉伯力血肉模糊的惨状。他的情绪顿时失控了，他咬着牙对李老三说：“我说一句，你跟着说一句。”

李老三咕哝道：“那要看你说什么。”

完颜希尹一字一顿地说：“耶律余睹来金贝村，是聚众谋反。说！”

李老三犟着脖梗，紧闭嘴唇。

完颜希尹做了一个手势，前排的侍卫们拔出了刀。他继续威逼李老三：“按照我刚才说的话，念！你不念，就将你就地正法！”

李老三把脑袋仰向了星空。

完颜希尹一向憎恶挑战他权威的人，他只是想要耍耍威风，杀杀金贝村的邪气，他以为李老三是只软柿子，没想到他竟是一颗咬不烂嚼不碎的铜豌豆。事既至此也没什么好说的，他向侍卫们做了一个砍头的动作。

当侍卫们冲上前抓住李老三，要把他拖到岗地边缘砍头的时候，引发了村民队伍中一阵小小的骚乱。扎力布不顾兵士们的阻拦，迎着刀枪向前走，许多村民都跟着他。面对这样一群手无寸铁的老百姓，完颜希尹并没有任何的怜悯之心，他命令士兵做好屠杀的准备。

村民与士兵们双方都毫不妥协，眼看一场血流成河的惨案就要发生。这时，听得有人一声厉喝：

“住手！”

岗地上所有的人都镇住了，只见挤作一团的村民让开了一条道路，安勃烈与几名卫兵护卫着萧莫谛走了出来。

萧莫谛走到完颜希尹跟前，以不容置疑的口气说：“上将军，命令你的士兵放下刀枪！”

对于萧莫谛突然出现，完颜希尹非常吃惊，看着这位冷美人拧着秀眉怒气冲冲的样子，他感到很不受用，冷冰冰地回答：“萧莫谛，你不能命令我，但可以求我。”

萧莫谛愣了一下，回道：“就算恳求你吧，村民是无辜的。”

完颜希尹让士兵们收起了武器。

萧莫谛接着说：“我再恳求你，让你的部队离开金贝村。”

“你不能干涉我的军事行动，”完颜希尹悻悻地说，“你知道吗？就在这帮刁民高唱大辽军歌的时候，我的卫队长吉伯力被耶律余睹劈成了两半。”

“那是你们两位将军之间的争斗，村民是无辜的。”

完颜希尹被萧莫谛的这一句话彻底激怒了，他几乎是在咆哮：“我与耶律余睹是在争斗吗？我是当机立断剿灭背叛大金国的奸臣。金贝村的村民都参与了谋反。应该把他们统统宰掉。”

完颜希尹的话音一落，士兵们入鞘的刀又都重新抽了出来。

别看萧莫谛平日娇弱得像一只小绵羊，这会儿却一点也不露怯，她迎着完颜希尹喷火的眼神，质问道："所有的统治者，不管是君王还是将军，都不会与自己的人民为敌，你呢？完颜希尹将军？"

这句话让完颜希尹一时无法回答，愣了一下，他反问萧莫谛："你说一说，你为何与耶律余睹同时来到金贝村？"

萧莫谛以一言不发表示藐视。

"你不说，我只能猜测，你也参与了耶律余睹的谋反。"

一直紧张地站在一旁的安勃烈出于忠诚，这时候立即开口辩解："上将军，你不能这样说，耶律余睹是金贝村的人请他来主持数星星的，而帅夫人来这里，是为她的姐姐萧莫娜做一场七七荐亡的法事。"

"啊，为萧莫娜荐亡？"狡黠的完颜希尹逮住这句话，故意高声地说给旁边的人听，"萧莫娜曾是燕京后辽的太后，又是天祚帝的情人。天祚帝投降我大金国，萧莫娜却以死抗争。她死了七七四十九天，萧莫谛却与耶律余睹一起，在这金贝村里给她招魂，弟兄们，你们听清楚了吗？"

"听清楚了！"

兵士们一起高声回答。

安勃烈自觉失言闯了大祸，试图再次解释："上将军，帅夫人祭奠自己的亲姐姐，并没有任何过错。"

"别鸡一句狗一句地掩饰了，"完颜希尹兴奋莫名，恶狠狠地说，"安勃烈，我现在才想起来，你小子也是一个契丹人。"

"我是契丹人，但我也是大金国左路军完颜宗翰的总管。"

完颜希尹一声冷笑："萧莫谛，大家伙儿都知道，你在成为宗翰的帅夫人之前，却是辽天祚帝的女人，在辽上京，契丹人都称你为元妃……”

完颜希尹话没有说完，忽听得“啪”的一声，忍无可忍的萧莫谛走上前，重重地赏了他一个耳光。

“你？”

完颜希尹捂着脸，有那么一忽儿，他有些发懵，但很快便意识到自己受到了莫大的侮辱。他破口大骂：“你这个贱女人，看我怎么收拾你！”他本想拔刀，但立刻意识到不妥，于是从侍卫手中抢过一支马鞭，抡圆了朝萧莫谛劈面抽去。

萧莫谛毫无惧色，站在原地一动不动，就在这节骨眼上，安勃烈扑向完颜希尹，双手死死捏住他挥鞭的右手朝后一掰，负痛的完颜希尹松了鞭子。

安勃烈这一下闯了大祸，立刻冲上来七八名侍卫将他团团围住。

“把他绑了！”完颜希尹下令。

“你敢！”

安勃烈拔出了腰刀，斥道：“我是元帅府的总管，你们这样做才是谋反。”

“别听他搅牙，给我拿下！”

完颜希尹再次下令，侍卫们挥刀上前，安勃烈一边挥刀自卫，一边高喊：“再过两天，宗翰元帅就要回来了。看你还敢胡作非为。”

这句话深深刺痛了完颜希尹，他亲自上前，一刀刺穿了安勃烈的胸膛。

“上将军！”

朴愣子喊了一声，连他都感到惊愣了。

完颜希尹指着萧莫谛，命令朴愣子：“把她押回去，我要亲自审讯。”

萧莫谛被两名士兵拽着，上了一辆临时弄来的牛车。

天这时慢慢放亮了。原野上一片萧瑟。在完颜希尹的命令下，村民们都被赶回到自己的房子，兵士们将每一扇大门锁严，然后点火焚毁了金贝村。

第七章　萧莫谛蒙冤

从金贝村回到监军府，天已大亮。完颜希尹一晚上没合眼皮子，这会儿依然没有睡意，他首先询问站在府衙门口迎候他的乌尔达，昨夜搜寻都监府，是否搜到装扮成商人的南朝信使。看到乌尔达摇了摇头，他便不再追问了，而是吩咐乌尔达，如果有探马来禀告军情，就立即领到衙堂相见。

早饭后到半上午这段时间，各路探马陆续前来。首先来到的是昨夜尾随耶律余睹部队的朴愣子麾下的一名哨长，他告诉完颜希尹，耶律余睹冲出包围圈后，带着萧仲恭的部队一路向北狂奔，在焦山越过长城进入到蒙古草原。

“你是从哪里回来的？”完颜希尹问。

“丰镇。”

“耶律余睹一直在奔跑？”

“是的，过长城的时候，他的部队停了片刻，给马喂草料。”

“他会去哪儿呢？”

完颜希尹铺开地图陷入沉思。昨天下午的军事会议上，完颜希尹调兵遣将，将手下的五万兵马分成三股，一股追赶耶律余睹，余下两股一向蔚州，一向应州。这两处都与大宋接壤，而两地的三万驻军都由耶律余睹辖制。完颜希尹认为，一旦谋反败露，耶律余睹就会率领叛军南下，与大宋的官军会合，他们的首要目标就是夺取山后六州。但耶律余睹并没有率领突围后的残部南下，去和他的主力部队会合，这一点，倒着实让完颜希尹费解。

接着，昨日前往南边的部队也派人回来禀报，他们均已抵达目的地。但是，蔚州、应州两处的守军——即耶律余睹的部队却没有任何行动的迹象。

战局并没有像完颜希尹期待的那样明朗，而且已经出现的一些疑团也无法得到合理的解释。但完颜希尹坚信是因为他截获情况后果断采取军事行动，从而打了耶律余睹一个措手不及。

到了下午酉时，应州方面传来更加令完颜希尹震惊的消息：据守蔚州的军政长官陈一峰率领麾下五千兵马往大同进发，并打出了大辽的军旗，出城约五里地，在一处名叫瓦窑堡的地方与先期赶到这里来堵截耶律余睹的部将左大越发生了激战。左大越部有两千骑兵、五千步兵。陈一峰的五千人全是骑兵，属于耶律余睹的精锐。直到接到情报为止，这一场激战还在继续。

听了探马的禀报后，一天都忐忑不安的完颜希尹再次兴奋起来，他对一直跟在身边的乌尔达说：“你看看，毒蛇出洞了吧？我说过，我若不当机立断布置军事，这会儿就不是我去抓捕耶律余睹，而是他来卸我的脑袋瓜子了。”

“上将军英明。”乌尔达奉承地说，“只可惜耶律余睹，让他野鸡抹套子，一溜儿跑了。”

“妈拉个巴子，逃得了和尚逃不了庙！”完颜希尹骂了一句，忽然像记起了什么，问，“乌尔达，都监府里的人，现在咋样了？”

“都还拘着呢。”

“在哪里拘着？”

“还在都监府。”

“一共有多少人？”

“一百多号人呢，其中有耶律余睹的夫人，小老婆，一个儿子，两个媳妇，还有三个孙儿女。”

“逃了多少？”

“逃了多少？”乌尔达盯着完颜希尹，小心翼翼地问，“什么逃了多少？”

“耶律余睹的家人？”

“哦，除了嫁出去的两个女儿，和随他一起逃走的大儿子耶律忽喇，剩下的全部都拘了。”

“传我的令，将他们全都处死。”

乌尔达浑身一震，追问了一句：“全部吗？”

“全部！”

“上将军……”

完颜希尹看出乌尔达想说情，便粗鲁地打断他的话，斥道：“乌尔达，今天一天，我看你身上哪疙瘩不对劲儿？”

“上将军请见谅，”乌尔达尴尬地搓着手，“我见世面少，一犯事儿就成了多嘴儿驴。”

说完话，乌尔达就退出了。不一会儿他又进来了，手上端着一盘炸饸子搁到完颜希尹的桌案上。

完颜希尹的确有些饿了，他抓了一只还有些发烫的炸饸子美美地咬了一大口，问乌尔达：“传我的令了吗？”

“传了。”乌尔达仍有些心悸。

完颜希尹这会儿心情很好，用和缓的语气开导乌尔达：“慈不掌兵，义不理财，这话你要懂。不杀耶律余睹一家，我们骤遇这种大事，根本就压不住茬。”

“上将军，你是一等一的大英雄，什么大事儿到了您手上，都成了小菜一碟了。”

“人嘛，就是要历练。”

两人这么说着，门卫通报应州方面的第二拨探马到了，完颜希尹立即宣他进来。探马报告了进一步准确的消息：昨天夜里，随着耶律余睹前往金贝村的，还有他的心腹谋士赵瑜。突围时，赵瑜按耶律余睹的指示，趁着混乱向南逃逸，连夜驰向应州，于第二天上午见到了陈一峰，并向他传达耶律余睹的命令：即速集合部队，向北绕过大同，进入蒙古高原……

听了这个情报，完颜希尹立即召来朴愣子等几个尚在大同城中待命的将军，布置下一步的军事行动。却说完颜宗翰的西路军，总兵力为二十万人。其中，耶律余睹部五万人，完颜希尹七万人，余下八万人直接归完颜宗翰统辖。这二十万兵马的总调兵权在完颜宗翰手上，但耶律余睹与完颜希尹对自己统御的部队有指挥调度权，但这指挥调度权仅限于自己的防区内，没有完颜宗翰的命令——也就是调兵虎符——这两人的军队决不可离开防区一步。但既然要抢占先机围剿耶律余睹，完颜希尹的部队必须离开防区作战——但这是违背军令的。按大金军法令，擅自越权调兵将会被处以死刑。这就是昨日的军事会议上完颜希尹希望将军们能够支持他调兵遣将的原因。

按宗翰元帅的安排，以大同为中心，耶律余睹的部队主要布防在南边蔚州与应州一带，以控御大宋的宁化军以及代州与曲阳军事；完颜希尹的部队驻扎在东边怀安、阳高与弘州一带，与驻扎在奉圣州、归化州的东路军完颜娄石部形成掎角之势，保持对燕京的嵌制；宗翰元帅自己的部队则守卫在西南与西北一线，分别在武州、朔州、东胜州、云内州与天德军等处设立了十二个防区，南控大宋的火山军、保德军、岢岚军与宁化军，西御西夏的黑山威福军司、白马强镇军司以及右厢朝顺军司。大同城的北面是蒙古高原，应该说，那一片地广人稀的广袤区域，眼下已成为大金国的战事敉宁的内地，故东路军与西路军均无主力部队在此驻扎。耶律余睹正是看到了这一点，才舍近求远，想让陈一峰率部沿着完颜宗翰部队防区的边沿一路北上。完颜希尹在部将面前炫耀自己的先见之明，使得陈一峰部北上受挫，两军激战于瓦窑堡……

在这第二次军事会议上，完颜希尹向部将们通报了他今天做出的几样决策：第一，他已经把耶律余睹谋反的消息连同大宋皇帝写给他的信札的抄件派特使驰告金上京的太宗皇帝吴乞买，并在信中陈述自己违反大金军法令擅自调兵的理由，军情紧急，平叛刻不容缓，故乞求皇上能够原谅他的先斩后奏。第二，他认为耶律余睹部队之所以不南下进入大宋，并非大宋不接纳，而是军情败露之后，大宋官军没有做好接应的准备。耶律余睹向北逃窜实在是迫不得已之举。有鉴于此，他以宗翰元帅的名义给夏国皇帝修书一封，希望他不要得罪大金国收留耶律余睹。第三，他以监军府的公函告知宗翰元帅防区的各位将军，一是通报耶律余睹的叛变；二是希望他们能够在叛匪路过时予以堵截。第四，他派出一支骠骑兵踏上前往金上京的道路，目的是迎接宗翰元帅的归来，并在第一时间将耶律余睹叛变而引发的一系列事件向他禀报。

将军们听了完颜希尹的说明后，都不得不佩服他们主子的头脑。没想到在这疾风骤雨的一天里，他还能够如此缜密地处理这些既能控驭局势又能保护自己的英明举措。一位将军感慨道："上将军，你啥都想好了，咱们也用不着瞎嘞嘞了，你就说，下一步咱们该怎么做？"

"待命。"

"待命？"

"不待命还能做什么呢？"完颜希尹故意夸大地做了一个无奈的表情，"你们几位的部队，是用来增援的，我昨天已将大部分主力调集起来赶往南方，倘若那里战事吃紧，你们可以增援，但耶律余睹去了北方，你们若赶去堵截，却要穿过宗翰的防区，如果他的部下不理解，岂不是我们自己给自己找麻烦？再说，我已函告他们，希望他们能够采取军事行动，万一耶律余睹在他们的眼皮子底下溜走，那也不是我的过错呀！"

会议之后，将军们散去，但朴愣子留了下来，有一件事儿让他心里头不踏实，因此想与完颜希尹单独谈谈。

此时已过亥时，完颜希尹让乌尔达安排几样菜肴，留朴愣子吃一顿便饭。席间，他问朴愣子："你要对我说什么？"

朴愣子喝了一口酒，鼓起勇气问："上将军，你会怎样处置萧莫谛？"

"我就猜到你会问这个问题。"完颜希尹反问他，"你说说，这个萧莫谛该如何处置？我正要听听你的想法。"

"这事儿，就是交给佛爷，也没有化解之招。"

“你啥时候信佛了？”

“对佛爷，咱将信将疑。”

“你要是烧香，佛爷都掉腚儿。”完颜希尹开了一句玩笑，接着又说，“佛爷是出家人，他可不管俗世的事儿。”

“这倒也是，”朴愣子又灌了一口酒，他恨自己说话总是说不到点子上，“不过，我还是替你担心。”

“说说你的担心吧。”

“萧莫谛是宗翰的心肝宝贝，你把她关起来，宗翰元帅怎么饶得过你？”

“不但关押了萧莫谛，我还杀了他的元帅府的管家安勃烈。”

“是啊，今天开会的人，都是跟随你多年的部下，都担心你与宗翰元帅交恶，不会有好下场。”

完颜希尹沉默了一会儿，严肃地说：“朴愣子，我今天在会上说了我的几样举措，你没听进去吗？”

“听进去了，你所作的安排，都是证明耶律余睹谋反。你调动部队是为了平息叛乱，这些都没错。”

“没有错你还担心什么？”

“我担心的是萧莫谛，她可没有谋反呀。”

“谁说她没有谋反？”完颜希尹霍地站起来，拉长了脸吼叫起来，“你说，萧莫谛没有谋反？”

完颜希尹大动肝火，朴愣子始料不及，他咕哝道：“上将军，你咋说我咋听，但你得让别人相信萧莫谛参与了谋反。”

“你说得好，过两天你就知道萧莫谛是如何参与谋反的。”

完颜希尹压下火气，他感到对朴愣子的态度过于激烈，于是端起酒杯，邀朴愣子喝了一杯酒。

乌尔达这时候进来，向完颜希尹报告了一个重大消息：完颜宗翰与完颜宗望两位元帅在金上京开罢御前会议之后，一起联袂南返，他们取道辽阳，经榆关到达平州，大约两天后，宗翰即可返回大同。

乌尔达退出后，朴愣子又紧张地挖起了鼻孔，问完颜希尹："怎么办？"

"什么怎么办？"

"两天后宗翰元帅回来，你如何向他解释萧莫谛的事？如果萧莫谛回到宗翰的身边……唉，后果不堪设想。"

"不用等两天，今夜里就可了断。"

"今夜？"

面对朴愣子疑惑的眼光，完颜希尹的两眼射出凶光，恶狠狠地说："今夜里，让萧莫谛去死！"

坐在牛车上回到大同城中的萧莫谛，被临时羁押在原大辽西京府衙后院的一间厢房里。大辽灭国后，这府衙仍被大金沿用，但因大金军攻占西京时，府衙堂官的家属有三位女眷在后院吊死，后院因此经常传出闹鬼的事儿。府衙堂官于是下令将通往后院的甬道封死，临时在那里堆放一些杂物。好在后院原本有一个小门通往街巷。完颜希尹将萧莫谛安置在这里，也是花了脑筋，这小院僻静，没有任何闲杂人等，里面发生了任何事情，也不至于让外头知道动静。

昨儿晚上在金贝村，在萧莫谛当众扇了完颜希尹一个耳光之前，他还没有拘捕萧莫谛的打算，当他恼羞成怒宣布收押完颜宗翰最为心爱的妻子，这个在大同城中再也找不到第二个可以与她媲美的漂亮的女人时，在场的人——无论是村民还是部众——全都惊呆了。作为大金国西路军的二把手，竟敢拘押一把手的老婆，这岂不是太岁头上动土？何况完颜宗翰不仅仅是西路军的主帅，他更是深得完颜阿骨打老皇帝及当下皇帝吴乞买深深信任的大金国的军魂。但完颜希尹之所以不同于旁人，就在于他这种敢作敢为无所顾忌的性格。

有一种人你可以揍扁他，但不可以羞辱他；你可以杀死他，但不可以得罪他。完颜希尹正是这样的一种人。这位个头儿不高但心气儿很高的男人，永远忘不了两年前为攻陷金上京所举办的庆功宴上受到的羞辱。当时，他把天祚帝的元妃萧莫谛从被命令前来陪酒的女人堆里挑出来，强迫萧莫谛用嘴喂酒给他喝，遭到萧莫谛的拒绝后，他当众凌辱她，没想到完颜宗翰走了过来，当着阿骨打皇帝的面将他揍了一顿，并斥责他像一只发情的狗，丢人现眼败坏大金军的名誉。他本想请求阿骨打皇帝能帮他说几句话，没想到阿骨打笑着告诫他“女人是用来使唤的，不是用来羞辱的”。完颜宗翰更是补了一句“女人是用来宠爱的，而不是用来玩弄的”。阿骨打对宗翰的话表示了赞赏。宗翰便趁机向阿骨打皇帝提出了请求，他要娶萧莫谛为妻，阿骨打皇帝也同意了。

因为这件事，完颜希尹受到了同族兄弟们的奚落。从此，完颜希尹对完颜宗翰生出了憎恨，碍于完颜宗翰不可一世的权势和众星捧月的威望，他不敢有丝毫表露。说实话，那天晚上他之所以挑出萧莫谛来百般戏弄，是因为他也贪恋萧莫谛的美艳。但他几乎是一个不懂感情的人。这个感情白痴，像对待战俘一样对待女人，他希望占有这个女人的肉体，却又要无情地撕碎女人刻意守护的尊严。他把战争的游戏规则用在男欢女爱上，他的失败是注定的，偏偏他又不承认失败。他把难以排遣的怒火发泄到行为与言语均无可指责的高贵的对手身上……

完颜希尹毕竟不是等闲之辈，尽管他与完颜宗翰的裂痕随着岁月的流逝不断加深，但是没有人看得出他们貌合神离。每当他看到宗翰与萧莫谛成双成对甚至有时还牵手出入各种场合，或者听到别人谈起这一对恋人时，他的心中都在倒海翻江。这更使得他的仇恨无法消弭，他试图忘掉这一件不愉快的往事，但越是想忘掉，却是越清晰地在他眼前浮现。

当他挨了萧莫谛一记耳光之后，他才猛然醒悟：耶律余睹事件，不是给他复仇提供了千载难逢的机遇吗？一个恶毒的阴谋顿时在他的心中形成了，他当即决定逮捕萧莫谛。

为了实现这个阴谋，一整天他都在作准备，比如给吴乞买皇帝八百里加急发出驰传，派人去平州迎接完颜宗翰归来等等，他要让一切都变得顺理成章，天衣无缝。

这天晚上朴愣子陪完颜希尹喝酒过了子时，他晕乎乎离开监军府后，完颜希尹立即喊上一直在衙堂外待命的乌尔达，让他跟着一起前往萧莫谛的关押地。

子夜时分，大同城内一片寡静。因为耶律余睹事件，完颜希尹宣布宵禁，故大街上阒无人迹，所有人家无不关门闭户，偶尔有巡逻的小队经过，那也是完颜希尹的部队。但刚刚过去的这个白天，大同城内可不平静，耶律余睹毕竟是大金国西路军的第三号人物，他的亲信在城内各衙门里任职当差的不在少数。虽然萧仲恭的驻城部队已尽数撤离，但散布在各处的党羽亲信得到消息之后，有的赶紧逃亡，有的负隅顽抗，完颜希尹向乌尔达下了死命令，一定要肃清余孽。因此，城里头爆发了数十次零星战斗。

一直到深夜，风声鹤唳的气氛一直在大街小巷蔓延。

在乌尔达等十几名卫士的陪护下，完颜希尹骑着马直接穿门而入进了府衙后院。尽管院子周围警卫森严，但小院里头倒显得幽静。回廊上亮着几盏黄纱灯笼。一名警卫将完颜希尹领到右厢靠里的一间房门前，打开门锁，完颜希尹自己推开房门走了进去。

房子一进两间，显然是女眷居所。外间陈设的桌、椅、几、凳都透出闺阁气息，里间显然是卧房，门虚掩着。警卫在门外喊了一声："哎，你请出来。"

警卫不知道该如何称呼萧莫谛，故只能喊"哎"。不一会儿，听得脚步声，萧莫谛走了出来。

对于一个美丽的女子来说，她穿任何衣服都是一种时尚。从金贝村被直接带到这里来拘禁的萧莫谛，一天一夜无法梳洗，身上穿着的那件白绫绲边的黑绒袍子还是昨夜为姐姐做七七法会的祭服。昨夜因为在野外，萧莫谛还戴了一顶镶着宝石的月白色的貂皮帽。这会儿因为在屋内，她取下了貂皮帽，不知从哪儿找来了一根白色的绫带，将一头披散的乌黑的秀发束起来，秀发遮住了耳朵，稍稍凌乱地披向了后肩。在屋子里朦胧的烛光下，这身打扮把萧莫谛衬托得更像一位女神。她脸色苍白，略略有些憔悴，眼角上甚至有些泪痕。这种刻意掩饰又自然流露的忧伤更体现了她的天生丽质。

萧莫谛走出房门的那一刹那，完颜希尹惊呆了，一股子欲火在他体内陡然燃烧。他甚至意识到自己目光的贪婪。但这时，他的耳畔仿佛响起完颜宗翰的话"女人是用来宠爱的，不是用来羞辱的"。接着，他又回想起宗翰举着满满一坛子酒从他头顶上淋泻下来让他狼狈不堪的场景，复仇的情绪顿时又代替了肉欲，狞笑又回到他的脸上。

“萧莫谛，这么晚你还没睡？”

完颜希尹坐到桌前椅子上，萧莫谛站在屋子中央，她平静却又威严地盯了完颜希尹一眼。

四目相对，一双冷冰冰，一双色眯眯。

萧莫谛回答：“上将军，请喊我帅夫人。”

“帅夫人？哼！”完颜希尹做了一个手势，让随他一起进来的警卫与乌尔达退了出去。听到掩门的声音，完颜希尹接着说：“昨夜，我喊了你一声元妃，你赏了我一个耳光。今夜里，我要你给一个回报。”

“你想要怎样？”萧莫谛紧张起来。

“你说，我会拿你怎么样？”

看到完颜希尹挑逗的神情，萧莫谛眼光四下睃巡。

完颜希尹从靴筒里拔出一柄匕首，插到桌子上，揶揄道：“你想找什么？一把剪刀，或者一把匕首？告诉你吧，你进来之前，这屋子里所有的铁器都已清理干净了。”

萧莫谛扭头看到屋角的花架上有一只花觚，她走过去将花觚敲碎，把最大的一块碎片拿在手上。

完颜希尹站起来：“你想自残？”

萧莫谛将碎瓷片锋利的一端对准自己的胸口，回道：“你休想过来。”

完颜希尹重新坐下来，他看了看窗外，夜色正浓。他想还有的是时间，还可以与这“贱货”嚼嚼牙花子，于是转了个话题说：“这房子里闹鬼，你知道吗？”

“知道，鬼正在我对面坐着呢！”

“前年，阿骨打皇帝带着咱们攻打西京。当时，天祚帝的儿子秦王就住在这个院子里。破城时，秦王逃了，他的妻妾三个人就在这后院里上吊死了。这间屋子里吊死的是秦王最宠爱的小妾，那小妾你是认识的，她叫什么来着？”

“不知道。”

“叫香姬吧。香姬同你一样，都是万里挑一的美人儿。香姬当时就住在这间屋子里。”

萧莫谛从胸口前移开了花觚碎片，禁不住再次打量这间屋子。

“我知道，你很欣赏秦王，肯定也认识香姬。我还要告诉你，香姬不是自己上吊死的。”

“你怎么知道？”

“你终于发问了，”完颜希尹看着萧莫谛一脸惊愕的神情，奚落地说，“怎么，宗翰没告诉你真相？我现在来告诉你吧，香姬是被人先勒死，然后挂在房梁上的。”

“你骗人！”

“我为什么要骗人呢？”完颜希尹耸耸肩，幸灾乐祸地说，“香姬这个女人太娇艳，秦王走之前交代他手下人，如果香姬不能逃出去，就一定要把她弄死，他心爱的女人，决不肯让别的男人去糟蹋。”

“不，这不可能。天祚帝的儿子里头，秦王最仁慈。”

萧莫谛先是高声尖叫，接着又嘤嘤地哭泣起来。当她意识到自己情绪失控之后，又拼命咬住嘴唇。

完颜希尹此时心里头的快感，不亚于一只秃鹫叼住了一只孤苦无助的羊羔，他接着说，语气也更加恶毒了：“如果天祚帝像他的儿子秦王那样，你的下场比香姬好不了多少。”

“你这恶魔！”

萧莫谛恨恨地骂了一句。她气得脸色煞白，浑身颤抖。

完颜希尹说话更加放肆了，今夜里，他就想用最恶毒下流的语言将萧莫谛尽情侮辱：“你姐姐萧莫娜是一只发情的母狗，你与她是半斤对八两。我对宗翰不能原谅，他居然爱上了一个荡妇……”

萧莫谛无法面对这样恶毒的攻击，她气极了，便将一直拿在手上的花觚碎片隔着桌子刺向完颜希尹的脸颊。

完颜希尹早有防备，他坐在那儿不动，伸手抓住萧莫谛的手腕使劲一捏，负痛的萧莫谛手一松，碎片掉到了桌子上。完颜希尹又顺手一推，萧莫谛一个趔趄后退几步，靠到了墙上。

“你这恶魔！”萧莫谛气喘吁吁，再次这样骂道。对于一个优雅的女人来说，这是她能骂出口的最粗俗的词汇了。“过几天，宗翰就要回来了，看你还敢猖狂！”

完颜希尹一阵狂笑，接着咬牙切齿地说：“这间屋子，已经死了一个香姬，你是第二个。”

“你敢！”

“宗翰是西路军元帅，你是他小老婆，这个不假，但他救不了你，你是耶律余睹谋反的同伙。按大金律令，叛国者一律处以极刑。”

“你血口喷人！”

“铁证如山，明日宗翰回来，只能看到你的尸首了。”

“你这恶魔！”

萧莫谛依旧愤怒地咒骂着，但冷血的完颜希尹已经不再搭理她了，他拔起插在桌上的匕首放回到靴筒里，然后推开门走了出去。

乌尔达走了进来，他手上拿着一根白绫，走向手无寸铁的萧莫谛。

第八章　兄弟火并

完颜宗翰带着他的随从和侍卫，从燕京城出发，只花了一天一夜就赶回到大同府城。本来，他应该在宣府歇息一晚，但临近宣府城的时候，他突然改变主意，决定连夜赶回大同。

他这次从金上京归来，队伍里多了一个人，这便是陈尔栻。打从完颜阿骨打驾崩之后，陈尔栻被继任皇帝吴乞买留在了金上京，一应军国大事时时请教。这次御前会议，君臣探讨的仍是对南朝的策略。

会后，宗翰请求吴乞买皇帝让陈尔栻随他回到大同，在左路军中襄赞机务。此前，东路军主帅宗望也有同样的请求。吴乞买考虑到对南朝的军政大事变数甚多，事事禀报会贻误战机，便同意了宗翰的请求。同时，他任命栋摩为东西两路大金军的主帅，让他随宗望前往燕京坐镇。陈尔栻则挂太师衔任职两军大元帅府咨议，坐镇大同。

为了连夜赶路，宗翰命令侍从在一片小树林里歇息一会儿。他老远看到二柱子在给席地而坐的陈尔栻捶腿，便走了过去，关切地问："老先生，乏了吧？"

陈尔栻在马背上颠簸了一天，的确腰酸背痛两腿僵硬，但他却撑着不肯表现出来，笑着回答："不乏不乏，我还好。"

宗翰指着战士们说："老先生，不要说您这一把年纪，就是这些年轻人，一天骑马下来，身子骨也像散了架。我看您还是在宣府歇息一晚，明天再赶回大同不迟。"

陈尔栻示意二柱子离开，然后问宗翰："大帅，你急着要连夜赶回大同，有什么事吗？"

宗翰的眼神一下子忧郁了，他蹙着眉头说："我也闹不清原因，但心里头发慌，总觉得会有什么事情发生。"

陈尔栻嘀咕着："会发生什么事儿呢？"

宗翰愣了一会儿，说："我眼皮子一直在跳呢！"

陈尔栻知道宗翰不是一个轻举妄动的人，又问他："你说你心发慌？"

"是的。"

"往常发生过吗？"

"发生过一次。"

"什么时候？"

"阿骨打皇帝去世之前，你记得鸳鸯泊那次狩猎吗？当阿骨打皇帝跳下沟去猎杀那头公牛的时候，我的心就突然发慌了，我担心他会被那头公牛顶翻。虽然，他杀死了那头公牛，但他还是死了。"

"这次平白无故的，你为何又心慌呢？"不等宗翰回答，陈尔栻又神色严峻地说，"大将军，咱们赶快上马。"

陈尔栻说着就站起来往马背上跨，宗翰阻拦他："老先生，您还是到宣府住一晚上吧。"

“不，我要随你赶回大同，倘若真有什么事儿，我也该在你身边才好。”

“您老了，我不忍心让您赶夜路，太辛苦。”

“十五的月亮十六圆，今晚月明风清，一边赶路一边赏月，这是件美事。”

陈尔栻在二柱子的帮助下跨上了马背，宗翰也就不再坚持，他骑上自己的战马，披着暮色，驰上前往大同的关道。

天刚麻麻亮，一夜骑行的完颜宗翰回到了元帅府。一进城，他就感到有些不对劲，街上一片狼藉，有些地方还有血渍，一些房屋显然遭到了焚毁……

完颜宗翰不明白发生了什么，但愈来愈强烈的不祥之兆深深地攫住他的心。他不想在路途上费神问个究竟，而是快马加鞭奔向元帅府。

但是，眼前的元帅府更让他陷入巨大的惊诧：辕门前，那一面高高树立的帅旗下面，新插了三面白旗，帅府周围也都是一片缟素。却说帅府里的官吏兵丁四更天时接到快马送来的消息，说是完颜宗翰在赶回大同的路上，于是一律罩着孝袍，站在门口迎候，在白旗与人群中间的广场上，停放着五具棺材。

完颜宗翰翻身下马，元帅府的二总管马里台上前跪迎。

宗翰睨着马里台披在甲衣外面的孝服，问：“安勃烈呢？”

“他，小八爷吗？”马里台显然紧张过度，他指了指身后五具棺材中间的那一具，结结巴巴地说，“大管家在那里。”

宗翰大踏步走到中间那具棺材跟前，棺材盖虚掩着，他伸出双手挪开盖板，看到了里面的一具尸首，身子已被浅浅的石灰掩埋，头上盖着一块黑布。他掀开黑布，看到紧闭双眼的安勃烈，宗翰的心一下子抽紧了，不由得提高嗓门问：“谁杀了他？”

“被，被……”马里台显然还在惊恐中没有恢复过来，他竭力稳住神，舌头才灵便了一些，“禀大帅，安、安勃烈总管是被、被希尹大将军杀的，他用刀劈了总管。”

宗翰回头看了看站在他身后的陈尔栻，一言未发，却听见凄厉的女子的哭声从元帅府中传出来。

“谁在那哭号？”

宗翰话音未落，却见萧莫谛的贴身丫鬟小六儿披头散发冲了出来。

“小六儿，帅夫人呢？”

宗翰穿过棺材队，朝小六儿迎去。小六儿见了他，双膝一软跪了下去，撕肝裂肺地嚷道：“大元帅，你要为帅夫人报仇！她，她，帅夫人死得冤哪！”

“你说什么？你说什么？”

宗翰顿时感到万箭穿心，他撇下众人，发疯似的随着小六儿奔向元帅府的后院。

萧莫谛一袭素衣，像睡着了一般躺在她的闺房里，宗翰冲到床跟前，看着萧莫谛惨白的脸，他单腿跪了下去。

“谛妹，谛妹，你醒醒，你醒醒……谛妹，我是宗翰，我是你的翰哥哥……”

完颜宗翰一遍又一遍地呼唤。他伸手去握萧莫谛的手，那只手冰冷，他把那只手放在自己的手心里揉搓，放在脸上抚摸，他想让这只手像往常一样柔软、细腻，产生出那种足以让一个男子汉血脉偾张的灼热感，但他发觉这只手已经僵硬了。此时的宗翰感到天旋地转，他不能接受这个现实，他的最最心爱的女人已经死亡了。眼前这个女人，的的确确再也不肯为他献上一个热烈的吻，一个娇甜的笑容。打从离开娘肚子，宗翰从未经历过眼下这种令他肝肠寸断的绝望……骤然而至的生离死别让他五内俱焚。有那么一会儿他丧失理智，疯狂地从床上抱起萧莫谛的尸体，他脸贴脸地一阵一阵狂吻着一直挂在心中的这个女人，但是，萧莫谛毫无反应，他抱着萧莫谛在屋子里旋转。本已悲痛欲绝缩在一旁的小六儿，对宗翰的这种发疯产生了害怕，她不由自主地叫道："大元帅，你这样，帅夫人会受不了的。"

听到这句话，完颜宗翰突然清醒了，他把萧莫谛轻轻放回到床上，下意识摸了摸坚硬的短髭，自责地说：

"我没扎着她吧。"

小六儿从枕畔拿出萧莫谛备用的香巾，轻轻地为她擦拭脸庞。

宗翰坐到椅子上，尽量克制自己的悲痛，问小六儿："帅夫人是怎么死的？"

"说是上吊自尽的。"

"上吊自尽，谁说的？"

"完颜希尹。"

"完颜希尹，又是完颜希尹。"宗翰紧咬着腮帮骨，半晌才问，"他劈死了安勃烈，帅夫人的死同他也有关系吗？"

"有，当然有，"小六儿一把眼泪一把鼻涕地诉说，"是他把帅夫人抓起来的。昨天半夜，他派他的卫队长乌尔达赶了一辆骡车，把帅夫人送了回来，帅夫人裹着一床被子，脖子上还系着一根白绫。"

"这究竟是怎么回事？完颜希尹为何要大开杀戒？"巨大的愤怒让宗翰的五官变形了。

小六儿因为那天晚上没有随着萧莫谛去金贝村，所以更详细的情况她也不知道。完颜宗翰于是来到前院，找到马里台以及几个随安勃烈一起到过金贝村的护卫作了详细的询问，这才将这件事的来龙去脉了解清楚。这时天已大亮，他在陈尔栻的劝说下一起来到膳房里喝了一小碗小米粥，吃了半只黏豆包。进城前他已饥肠辘辘，但现在吃任何东西都想呕吐，他推开碗碟，站起来对陈尔栻说："老先生，您先歇息，我得出去一趟。"

陈尔栻问："是去找完颜希尹吗？"

完颜宗翰点点头。

"你应该杀死他。"陈尔栻语气平淡，但听得出他的同情与愤怒。

"杀死他？"宗翰生怕听错了。

"对，杀死他！"陈尔栻的语气略略加重了，"杀妻之仇，焉能不报！"

宗翰仔细咂摸着陈尔栻的话，又不声不响地坐了下来。

陈尔栻觑着他，又问："听说前年攻下辽上京时，你把一坛酒扣到完颜希尹的头上？"

"有这么回事，那是他当众羞辱萧莫谛，我看不过眼。"

"你和他的梁子，就是那一次结下的。这个人格局小，非常记恨。"

"老先生，您把话都说完吧。"

宗翰心中虽然塞满了悲愤，但他最初的狂躁已经平息，他克制着，想听听陈尔栻对这个事件的处理建议。

就在宗翰发疯的时候，陈尔栻已经仔细了解了这件事的来龙去脉。他几乎立刻就断定完颜希尹得到的那封南朝皇帝的手札有假，尽管手札可能是南朝皇帝亲笔所书，但其内容是编造的。陈尔栻认为耶律余睹绝不可能和南朝勾结与大金国为敌，更不可能恢复大辽国皇祚。因为耶律余睹谋立晋王而遭到天祚帝的无情清洗，若不是他跑得快，恐怕早就合家遭戮。他在走投无路之际，大金国完颜阿骨打与南朝赵佶两位皇帝都拉拢他，但他对南朝的出尔反尔一向反感，所以选择归顺大金。完颜阿骨打对他十分器重，让他领大将军职位，仍掌握从大辽带过来的几万兵马。客观地说，没有耶律余睹的归顺，大辽国不会这么快完蛋。在攻占辽上京与辽中京、辽西京的几场恶战中，耶律余睹均身先士卒，其麾下的部队也是不可或缺的攻城主力，对待这样一位前辽的重要将领，大金诸将也都是接受的，随着他的战功累加，诸将更是对他表示敬意和尊重。当下，南朝与大金对峙，大金国的势头明显优于南朝。尽管也有一些传闻，说耶律余睹觉得自己功劳超过完颜希尹，但职位却在他之下，心里头感到窝囊，并与完颜希尹也常有龃龉发生。但憋气归憋气，审时度势，老谋深算的耶律余睹绝不会因此改换门庭。

陈尔栻进一步推测，南朝选择宗翰回金上京面圣之机越界投送密札，更显示出其精心设计的圈套。南朝当政者是了解西路军内幕的。宗翰作为主帅一向冷静沉着，如果他看到这份密札，必定会做出正确的判断而不会轻易启衅。完颜希尹却不一样，他与耶律余睹一向面和心不和，他觉得自己是完颜家族的佼佼者，是第一批跟着完颜阿骨打立国征战的族人，但比起宗望、宗翰、宗干、娄石这样一些兄弟，他受重用的程度远远不够。他甚至心里头犯嘀咕觉得老皇帝偏心，对他故意冷淡。偏偏在希尹一肚子不高兴暗生闲气时，无论是老皇帝阿骨打还是新皇帝吴乞买，还处处提携着耶律余睹，把这位降将安置在与他、娄石、宗干等开国功臣一个级别上，因此加深了他对耶律余睹的不满。南朝密札的截获，给了希尹收拾耶律余睹的理由。依希尹的见识，他不可能看不出其中的诈术。但希尹宁可信其有，绝不信其无，于是发生了率兵前往金贝村截杀耶律余睹的事件。不幸的是，萧莫谛碰巧也去了金贝村为姐姐萧莫娜做七七祭祀，本来对萧莫谛怀恨在心的希尹，便索性一不做二不休，将宁折不弯的萧莫谛押解拘禁，导致萧莫谛悬梁自尽。

宗翰强抑愤怒与悲伤，凝集最大的耐心听完陈尔栻的分析，不得不佩服这干巴老头儿脑瓜子清醒把事情剖析明白。待陈尔栻说完，他又纠正道："老先生，萧莫谛不是悬梁自尽的。"

"啊？"这回轮到陈尔栻吃惊了。

"我仔细查了萧莫谛脖子上的印痕。她不是吊死的，而是被人勒死的。"

"你不会看错吧？"

"吊死的人，脖子上的印痕应该靠近下巴。可是，萧莫谛的勒痕却是在颈子中部，而且勒痕很深。这显然是被人先勒死，然后才悬到梁上的。"

"这么说，希尹的确是个恶魔，将他碎尸万段也不为过。"

"我要亲手杀死他，为萧莫谛报仇。"

宗翰说罢，起身要走。陈尔栻喊住他，吩咐二柱子棒出一碗汤来，双手递给宗翰。

"这是什么？"

"汤，我让二柱子熬的。"陈尔栻顿了顿，又补了一句，"喝了这碗汤，暖暖你的胃。胀气是不好受的。"

宗翰双手捧着碗，端详一会儿，说：“这是阿骨打皇帝生前常用的那只大金碗。”

“是的，”陈尔栻点点头，“老皇帝驾崩后，吴乞买皇帝做主，一定要将这只大金碗送给老朽，老朽三次推辞不受，吴乞买皇帝不允，老朽恭敬不如从命，只好谢恩留下了。”

“这只大金碗搁您这儿再合适不过了。”宗翰说着吹了吹碗面上的热气，又问，“这汤啥料儿煮的？”

“姜片和老山参。”

宗翰愣了愣，又敛眉想了想，然后一仰脖子喝下这碗热汤，并把姜与山参的片渣也吃了，把那只大金碗搁回到桌子上，头也不回地走了。

宗翰刚走到前院，就见马里台滚葫芦一般跑过来，禀道：“大元帅，完颜希尹来了。”

“他在哪里？”

“门外广场。”

宗翰下意识地握了握腰间的刀柄，眉宇间腾起了杀气。

此时天色大亮，元帅府门前的广场上，气氛有些瘆人。虽然初春的阳光投射到地面上散发出灿烂的光芒，但凛冽的北风中，随着大元帅的门旗一同猎猎飘扬的，还有那些祭奠亡灵的大白旗；那些披着孝服的佣工杂役、吏员兵丁，像一根根系马桩似的僵立在广场各处；更有那一字儿摆在门旗下的五具黑棺材，如同五尊被烧焦的大犀牛，虽然它们不会再奋鬃扬蹄去攻击人，但依然迸发着震撼的力量。

走出元帅府的完颜宗翰，站立在大门前的阳台上，从这里下到广场，还有九级台阶，他瞪圆了眼睛扫视全场，只见完颜希尹带着自己的卫队以及部分都监府的文武官员列队站在门旗外边，他们都没有下马，看得出都做好了战斗的准备。

看到完颜宗翰走了出来，完颜希尹翻身下马，趋步上前绕过那一溜棺材，站到台阶之下，高声禀道："左路军监军、金吾上将军完颜希尹参见大元帅。"

宗翰脸色阴沉，两道目光闪电一般射向希尹。

希尹迎着宗翰的目光毫不回避，四目相对，一双怒火如炬，一双冷若冰霜。看得出双方在较劲儿。

广场上一片寂静，在场的数百人莫不屏住了呼吸。

两人就这么对视了一会儿，希尹终因心生忐忑挪开了目光，头也略略低垂了。宗翰如同狮子咆哮一般吼了一句："把头抬起来，看着我。"

希尹抬起头，脸色愠怒，但目光不再那么坚定了。

宗翰朝身后挥挥手一个示意，站在台阶上的一名侍卫拿着一领麻衣走下台阶，站到希尹跟前。

希尹问："你要干什么？"

侍卫没吭声，宗翰高声发出命令："穿上孝服。"

侍卫抖开麻衣，就要往希尹身上披，希尹伸手拦住了他。

宗翰走下台阶，站到希尹对面，以不容置疑的口吻再次命令："穿上孝服！"

希尹强硬反问："为什么要穿？"

宗翰指了指棺材："为他们，安勃烈是我的管家，谁杀了他？"

"我！"

"为什么？"

“他参与了耶律余睹的谋反！”

“安勃烈会谋反？”宗翰一声冷笑，抢白道，“安勃烈虽然是契丹人，但他跟着我南征北战，打的都是契丹人。如果他会谋反，除非太阳从西边出来。”

“大元帅，你听我解释……”

希尹还想辩解，宗翰粗暴地打断他的话头，斥道：“谁听你那狗屎马尿的废话，穿上孝服！”

宗翰的侮辱让希尹一直强压着的肝火顿时蹿了起来，他一跺脚，恶狠狠地反问：“我要是不穿呢？”

宗翰毫不犹豫地回答：“军法从事！”

“那你就军法从事吧！”

希尹脖梗一犟，终于歇斯底里地爆发了。却说他昨天深夜指使乌尔达勒死萧莫谛，再把她挂在梁上，即刻就通知众多官员前来查验，以证明萧莫谛是畏罪上吊自杀。他自以为处理这场未遂叛乱运筹帷幄，大小事体考虑周全天衣无缝。但他心里头也清楚，完颜宗翰回到大同后，看到自己的管家安勃烈被杀，特别是爱妾萧莫谛上吊自杀后，一定不会善罢甘休。他想利用一两天时间把善后事宜尽行料理妥帖，即把安勃烈与萧莫谛参与耶律余睹叛乱弄成铁证如山，这样即便宗翰无法接受两人的死亡而想大开杀戒，也不给他任何寻衅的机会。他什么都预计到了，却没想到宗翰提前回到了大同。天麻麻亮他刚说眯一会儿，手下来报告宗翰回城的消息，他立刻就决定亲往大元帅府拜见宗翰，他这样做是为了争取主动。尽管已估计到宗翰会暴跳如雷甚至兵戎相见，却没有想到会让他披麻戴孝，他认为这是极大的侮辱——为自己亲手杀死的人吊孝，这不是侮辱又是什么呢？因此希尹不计后果地爆发了。

宗翰的目的就是要激怒希尹，他看到希尹骤然摆出决斗的架势，恨不能立刻抽刀劈了这个残忍歹毒的家伙，但他仍像狮子逗绵羊一样戏弄对方：“我再命令你一次，披上孝服！”

“不，决不！”

“那就必须军法从事了，来人！”

宗翰一声怒喝，立刻上来几位膀大腰圆的侍卫，将希尹团团围住了。

希尹的卫队见此情况，立刻都亮出兵器，趋前汹涌而来。

宗翰的卫队也立马迎了上去。

一场恶战眼看就要爆发。

宗翰大踏步穿过自己的卫队，走到希尹卫队跟前，厉声喝道：“你们要干什么？”

在大金军的将士们眼中，宗翰可是伟大的战神。他这一声申斥，希尹的侍卫们立刻都噤若寒蝉。

宗翰继续发令：“你们都放下兵器，退回去！”

希尹的侍卫们无一敢反抗，都倒退着回到原地。

宗翰又折转回来，逼视着神情错愕的希尹：“脱下你的铠甲。”

“宗翰，别忘了，我的左路军监军、金吾上将军的职位，是阿骨打皇帝任命的，吴乞买皇帝登基后再次任命我担任这一职务。你无权让我脱下铠甲。”

宗翰威严地驳斥：“我是左路军统帅，左路军里的任何一名将士，我都有权处置，也包括你。”

“你想把我怎样？”希尹气歪了脸，面目显得有些狰狞了，他几乎是在喊叫，“耶律余睹叛变，我成功地扑灭了，我是挽救左路军的功臣，你却把功臣当作罪犯，你这样颠倒黑白，我要回金上京，让吴乞买皇帝替我做主。”

“颠倒黑白的不是我，正是你自己；公报私仇的不是我，也正是你自己。你自己犯下大罪，吴乞买皇帝也救不了你。我现在宣布，撤销你左路军监军的职位。”

“你越权！”

“给我拿下！”

侍卫们拥上前，希尹拔出腰刀，咆哮道：“你们谁敢！”

“你们退下！”

宗翰命令，侍卫们散开，宗翰走上前，厉声训斥：“放下你的刀！”

希尹忽然嚷道：“萧莫谛是自己上吊死的，你不要错怪人。”

一直压抑着愤怒的宗翰，听到这句话犹如一声霹雳，他心中的火山瞬间爆发了，他唰地一下拔出腰刀，朝希尹劈头砍去。

希尹身子一闪避过刀锋，也挥刀相迎，两人如同两头发疯的公牛般决斗起来。

广场上的数百将士，无论是宗翰还是希尹的卫队或者僚属，此时没有一个人敢上前来助战或者劝止。因为决斗的两个人是随着阿骨打一起南征北战的完颜兄弟，眼下又是左路军的第一和第二号人物，加上他们都是说一不二的勇士，作为他们的部属，任谁出面阻挡，轻者遭遇呵斥，重者连命都会搭进去。

“杀死他！”

喊话的是马里台。瞅着那五具棺材，他恨不能立刻就看到希尹的人头落地。马里台喊了一声不解气，正要喊第二声时，从元帅府中闻讯走出来的陈尔栻将他肩膀拍了拍，马里台脖子一缩，立刻把怒火憋了回去。

完颜兄弟的恶斗还在持续。

二柱子站在陈尔栻旁边，他太紧张了，竟忘了礼节，伸出手指捅了捅觑着眼观看决斗的陈尔栻，低声说："老先生，大帅喝下那碗汤，倒是格外有劲儿了。"

"看着吧，别吱声。"

陈尔栻低声嘱咐了一句，眼睛却不离宗翰手中的刀。

完颜兄弟大概争斗了一二十个回合，宗翰越斗越勇，希尹却有些气力不支了。又砍杀了几个回合，希尹明显只有招架之功而无还手之力了，刀法也开始零乱。宗翰看得真切，便劈头一刀砍去，希尹架刀来挡，却不曾料到宗翰身形突然一矮，右脚像一段榲木扫了过去。希尹猝不及防，双脚被宗翰钩倒，仰面朝天跌倒地上。宗翰也不给希尹喘息的机会，一个箭步上前，伸手抓住希尹握刀的手一折，希尹负痛手一松，弯刀掉在地上，宗翰踩住他，命令侍卫："把他绑了，投入大牢！"

希尹顷刻间就被侍卫们绑得严严实实。他跺着脚，咬牙切齿骂道："宗翰！你有种，就把我杀掉！"

宗翰冷笑道："如果咱俩仅仅是兄弟，现在咱就割了你的脑袋，为萧莫谛报仇，为安勃烈报仇，但你是吴乞买皇帝任命的左路军监军，我得向皇上奏报，拿你的脑袋祭咱左路军的军旗。"

宗翰说罢，再也不听希尹的啰嗦，而是回转身，大踏步走回元帅府。

第九章　老先生妙说伐宋策

打从前天夜里完颜希尹率部众血洗金贝村后，全村的铺户人家一直处在惊恐之中。在数星星的仪式中，天狼星落入了李老三家的盆子。李老三为此羞愧不已，认为是自己将灾难带给了金贝村。第二天晚上，正在他偷偷跑到村后树林里准备上吊以死谢罪时，扎力布老人闻讯赶来。此时李老三已吊在半空中了，扎力布让随他前来的年轻人割断了绳子，李老三仰八叉跌到地上，扎力布扶他坐起来，在他后背上猛击了三掌。借着这股猛劲儿，差不多已经闭气的李老三憋了一会儿，才又顺了回来，他眨巴眨巴眼睛，贪婪地吸了一口气，哭丧着脸说：

“咱没脸再活了，你还我绳子。”

扎力布本来把从李老三脖子上解下来的断绳拿在手上，听到这句话，他把绳子扔得远远的，煞有介事地告诫李老三：“你呀，白白有一个契丹娘亲，她生下你，有些话可没告诉你。”

“什么话？”

“从古到今，没有一个契丹人愿意当吊死鬼。”

“为什么呢？”

“为什么？吊死鬼回不了家。”

李老三这会儿不再纠缠自己该不该上吊，而是对扎力布说的话较起真来，他刨根问底：“吊死就不能回家了？这有啥说头？”

扎力布老人解释：“吊死的人眼珠子朝上翻，脚又沾不了地。再加上脖子卡得死死的，人的真元上不来，什么记忆都留不下了。”

“真元？真元是啥东西？”

“真元在肚脐眼里头，那儿有一个放灵魂的盒子。”

李老三下意识摸了摸肚脐，一脸困惑。

扎力布接着说：“你现在赶紧回去，把这身埋汰好好儿拾掇拾掇，待会儿，又有一个大人物要来咱金贝村。”

“又是谁要来？”李老三紧张起来，“难道咱村还没被折腾够吗？”

“大金国的左路军元帅完颜宗翰要来。有一个好消息，你大概还不知道吧？”

“啥消息？”

“宗翰大帅今早一回来，就把完颜希尹逮起来了。”

“啊，原来是这样。”李老三顿时兴奋了，从地上蹦起来，迫不及待地问，“他来金贝村干啥？”

扎力布摇摇头，答道：“大帅只是派人送了个信儿，说是要来，要咱们候着，但没说要干啥。”

当李老三在扎力布的监护下一瘸一拐回到家里，刚抹了一把脸，就听得有人推门走了进来。

“老三，把灯掌起来。”

李老三听出是扎力布的声音，慌忙从里屋走出来，用火镰点亮家中唯一一盏粗陶捻子灯台，借着微弱的光芒，看到堂屋里站了四个人，除扎力布外，剩下三人有两位穿着大金军的铠甲，一位是穿着老青布袍的干瘦老头儿。扎力布指着个头儿稍高一脸峻肃的将军说：“老三，这位就是大金军左路军大帅。”

“我叫宗翰。”将军自报家门。

李老三显然很紧张，他咧了嘴却没有说话，只站在一旁搓手。

扎力布只得代替主人搬了几条小板凳儿，请客人落座。

宗翰盯着李老三，尽量表现出亲热，但他平日威严惯了，话一出口，仍让人感到生硬：“听说你是钉马掌的？”

“是。”

李老三不敢正眼看宗翰，习惯性地搓着双手，勾着头回答。

宗翰继续问：“听说你也会唱歌？”

李老三点点头，接着又补了一句：“前天夜里，咱本不该唱歌的。”

“可是你唱了，而且唱的还是大辽军歌！”宗翰提高了嗓门，但听得出来他并没有生气，他接着问，“听说在场的人都跟着你唱了这首军歌，帅夫人唱了吗？”

李老三摇摇头。

倚着堂屋门框站着的扎力布插话说：“帅夫人好样儿的，咱们金贝村所有活着的人，都会怀念她。咱已经与大萨满说好了，明天，咱们为萧莫谛举行升灵法会。远近的萨满都会来。”

听到这句话，李老三激灵了一下，抬起头来问：“你是说帅夫人？啊，她怎么啦？”

宗翰没有回答，他的眼眶里噙满了泪水。扎力布回答李老三：“老三，听说帅夫人被希尹大将军押回大同城后，她受不了这种侮辱，上吊死了。”

李老三如遭雷击，愣了一会儿，他突然站起身来，大着嗓子问扎力布:“扎力布老人，萧莫谛不是契丹人吗？”

“当然是，她和姐姐萧莫娜，是咱们契丹两个最美丽的女人。”

“也是最高贵的，是不是？”

“当然是。”

“高贵、美丽，她怎么会上吊呢？”李老三在原地打了一个旋，挥着手决断地说，“不，帅夫人不会上吊的！”

这时宗翰也站了起来，他双手摁住激动的李老三的肩头，问：“李老三，告诉我，帅夫人为什么不会上吊？”

李老三回答:“半个时辰前，我到林子里上吊，是扎力布老人把我救了下来，他说，任何一个契丹人都不会上吊的。”

“是吗？”宗翰回头问扎力布。

“是的。”

扎力布又把为何契丹人不会上吊的原因讲述了一遍。

宗翰听罢，两手松开李老三，回到小板凳上坐下，问身边的青布袍老头儿:“老先生，扎力布的话，你听清楚了吗？”

青布袍老头儿便是陈尔栻，尽管他对希尹的蛇蝎心肠深为震惊，同时也深深痛恨，但在眼下这个事关大金国运势与前程的节骨眼上，他绝不能有任何唆使甚至指向明确的暗示。换一句话说，他不能亲手点燃这个火药桶。所以，当宗翰问出这句话的时候，他没有直接回答，而是换了个话头问扎力布:“你刚才说，要为萧莫谛举行升灵法会，这个定了吗？”

“定了。”

“什么叫升灵法会？”

“大萨满会为帅夫人的灵魂架一座桥，让这个美丽而高贵的灵魂走过这座桥去到天国，去和她的姐姐萧莫娜，以及她所有的亲人相会。”

“这个法会，我也来参加。”

“你会唱歌吗？”李老三插问。

“什么歌？”

“升灵歌。”

李老三说着，也不等回答，下巴颏儿一扬，眼睛朝着屋顶唱了起来：

美丽高贵的灵魂，
活在我们契丹人的心上。
无数的心，无数的心啊，
像草原上灿烂的鲜花开放。
鲜花会连起一座长长的桥，
桥上铺满春天，铺满芳香。
它们引导着美丽高贵的灵魂，
让它走过这座桥，走上天堂……

李老三唱歌的时候，宗翰与陈尔栻等都在凝神谛听。扎力布老人跟着哼唱，他掉了一颗门牙，嘴不关风，所以常常岔气，听了扎耳朵。这也影响了李老三，他唱着唱着就停了下来。

“怎么停了呢？”宗翰问，他显然没有听够。

“升灵歌很长……”

“这首歌中听，我愿意学。”陈尔栻说着，看到灯台上的火苗跳动了两下，问，“李老三，灯盏里是不是没油了？”

“是，”李老三不好意思地说，“家中的油壶干了。”

宗翰问：“听说你马掌钉得好，怎么连灯油也打不起呢？”

李老三答：“好久没生意了。”

“啊？这是为啥？”

“自从你们大金军攻占了大同西京城，咱们金贝村就冷清了。”

“李老三，你别瞎嘞嘞。”扎力布生怕惹恼了宗翰，连忙阻止。

“扎力布老人，李老三说的应该是实话。”宗翰肯定了一句，接着问，“有人告诉我，昨天有人宣布，要把金贝村的住户全部迁走。扎力布老人，是不是有这回事？”

“有。”扎力布老人一下子忧伤起来，“咱们世世代代住在金贝村，希尹大将军一声令下，咱们金贝村全完了。”

“不会的，扎力布老人，希尹大将军说的是气话。”

“啊！”

“咱们今天来就是为了告诉你们，你们不用搬迁。过去，你们属于大辽国，往后，你们属于大金国。金贝村要比过去更兴旺，更有人气。”

听了这席话，扎力布两个眼窝里噙满了泪水，他瘪了瘪嘴，激动地说：“大元帅，咱给你下跪了。”

扎力布说着两腿一弯跪到地上，宗翰赶紧上前把他扶了起来，接着又对一脸惊愕的李老三说：“李老三，咱今天来金贝村还有一件事儿，就是找你订货来了。”

“订货？订啥货？”

“你不是钉马掌吗？咱今天找你钉三万副马掌。”

“三万副马掌？”李老三惊得咂了咂舌头。

“是的，三万副。”宗翰不容置疑。

“我这一生，钉过的马掌不超过五千副。三万副，给三万匹马钉马掌，我的天呀，我这辈子都钉不完。”

“我会将方圆二百里之内所有的马掌匠都找来，你来当马掌官，两个月内，必需钉齐马掌。”

“哦！”李老三不再言语了。他的神情显得既兴奋又疑惑。

宗翰又转向扎力布说话：“扎力布老人，有件事情，咱想你帮助。”

“啥事儿呢？大帅你吩咐就行。”

“咱想把萧莫谛的灵柩搬到金贝村来寄放，你与村民们帮着守护。”

“为什么会这样呢？”扎力布有些吃惊，“帅夫人身份这么高，怎么会在金贝村停灵呢？这让帅夫人受屈了。”

“不，萧莫谛是契丹人，让她回到契丹人的村子，咱相信她心里头是踏实的。”

“要停放多长时间？”

“短则三个月，长则半年。”

宗翰忽然盯了一眼瑟缩的火苗，既像是回答扎力布又像是自言自语：“待咱办成了大事，再以大金军西路军元帅夫人的身份，隆重安葬萧莫谛，咱会将更多的敌人的头颅，放在她的灵前祭奠。”

“大帅你放心，咱们会每天为帅夫人唱升灵歌，大萨满也会每天为她举行隆重的法会。”

扎力布的表态让宗翰满意，他不再说什么，而是领着陈尔栻等一行人出了李老三家门，星夜驰回大同西京城中的元帅府。

回到元帅府中，差不多二更天，此时元帅府仍灯火通明。半下午，萧莫谛已盛妆入殓。如今，她的灵柩停在后院里，府中的一部分亲兵与女眷为她守灵。

宗翰走到灵柩前，朝着棺材头单腿跪了下去。他双目紧闭，脑子里一一浮现出萧莫谛昔日的倩影——她坐在闺房里手托香腮等待他回来时的那种敛眉遐思的神情，她跳上他的马鞍双手搂着他粗壮的腰任凭驰驱而一路洒出的惊悸而又快乐的笑声，她思念亲人又不想让他看见的那种哀戚的样子，她在床上紧紧搂着他说出的最浪的话，“哥哥，你把我送到彩云之上了”。一次一次耳鬓厮磨，一夜一夜儿女情长，一回一回山盟海誓，一天一天炽烈之恋……如今，这一切都已幻灭，幻灭成镜中之月、水底之花、天上之云。宗翰无论如何接受不了这个现实，却又不得不接受。他一次又一次抚摸着冰凉的棺材，他希望心爱的人能够掀掉棺材板坐起来，然后像一只灵巧的小燕子一样飞进他的怀抱，但厅堂里空无一人。在他跪下祭奠的时候，新任的管家马里台命令所有人悄没声儿退了出去。不知单腿跪了多久，宗翰的心已麻木。梁上悬挂的宫灯让他紧闭的眼皮子感受到了光的摇曳，他的意识又一点一点苏醒。他在至大至深的悲痛中挣扎着、抗拒着并绝望着，最终，那种撕肝裂肺的复仇的念头在他心中发酵，演变成撼天动地的力量。他突然霍地站起身来，大喊一声：“来人！”

马里台掀开门帘儿跑进来，小心翼翼地喊了一声：“大帅！”

宗翰命令他：“现在，你把夫人的灵柩抬到金贝村。”

马里台惊愣地问：“大帅，你是说现在？”

“对，现在，马上！”宗翰接着吩咐，“从我的亲兵中拨出一哨人马驻扎到金贝村，为萧莫谛守灵。”

马里台风风火火出去安排移灵的事情去了。宗翰又把小六儿找了进来，问她：“小六儿，我走了之后，这些时日萧莫谛对你说过什么？”

“她每天都在念叨您。”

“萧莫谛说，等我回来，她有重要的秘密告诉我，你知道是什么秘密吗？”

“知道。”

小六儿头一低，眼眶里淌出了泪珠儿。

“告诉我，是什么秘密？”

小六儿哽咽着说：“大帅，您去金上京之前，帅夫人就有身孕了，刚怀上的。她说，等您从金上京回来，再把这喜讯告诉您，却不曾想到，帅夫人这么惨……”

小六儿说着说着又放了悲声，宗翰知道这个秘密后，心脏有被撕裂的感觉，他拍了拍棺材板，声音低沉却斩钉截铁：“谛妹，为了你，为了咱俩的骨血，咱一定要割下一堆他们的头颅，来祭奠你。”

宗翰说罢起身向门外走去，他的脚像踩在棉花上，一晃一晃地好像要摔倒。小六儿瞅着他，喊了一句：“大帅！”

宗翰停住了，没回头，问：“你还要说什么？”

“大帅，我求求您，让我也去金贝村，我要为帅夫人守灵。”

“好的，小六儿，你去吧。”

宗翰说着走了出去，在这间卧房门口他稳了稳神，才又走向自己的值房。他发现紧挨着值房的书记室中还有灯光，探头一望，陈尔栻在书案前正襟危坐，手上拿着一卷书在读。

“老先生，您还没睡？”

“没呢。”陈尔栻放下书卷。

“您在等我？”

“是呀，从燕京赶回来，你差不多三宿没合眼了。大帅，你虽然是铁打的汉子，也经不住这么折腾啊！”

宗翰隔着书案与陈尔栻对坐下来。陈尔栻起身从屋中的火炉上拿下一只粗陶盖碗，放到宗翰跟前，揭开碗盖，里面躺着三只热气腾腾的麻薯子，陈尔栻说：“翰帅，你趁热吃了吧。”

宗翰拣了一个咬了一口。

陈尔栻问：“帅夫人的灵柩，为什么这么快就移出呢？”

宗翰没有回答，而是问了另一件事情：“听说昨儿夜里，咱们一进城，您就派快马去燕京城给宗望送信了。”

“是的。希尹与耶律余睹闹的这场风波，是咱大金国建国以来最大的事情，得尽快让宗望知晓。”

宗翰点点头：“最迟正午时分，宗望就会赶到，要在他到来之前，先把萧莫谛的灵柩安置妥当。”

“大帅心细。”陈尔栻想了想，又道，“大帅，宗望来之前，对希尹怎样处置，你想好主意了吗？”

宗翰揉了揉湿润的眼角：“咱也正想听听你老先生的高见呢。”

陈尔栻干咳一声，谨慎问道：“你会杀希尹吗？”

宗翰反问：“您说呢？”

陈尔栻不吭声。

宗翰冷静地说：“老先生，您急着让宗望过来，就是怕我杀掉希尹？”

“有这层意思，但不是全部。”

“还有什么？”

“你两个月之内要定制三万副马掌，你还说，少则三个月，多则半年，要用更多的敌人的脑袋，来祭奠你最心爱的女人。”

“唔，老先生？”

“翰帅，我知道你心中想的是什么。”

“我的心思您都看得出来——您说说。”

陈尔栻蘸着碗里的茶水，用手指头在书案上写了两个字：

伐宋

宗翰下意识看了看门外，伸手抹去那两个字，低声问：“老先生，伐宋的机会是不是已经成熟？”

陈尔栻故意漫不经心地回答：“这个机会是大宋天子拱手送给你的。”

“是吗？”

宗翰眼中掠过一丝不易察觉的惊诧。陈尔栻用不着观察与揣摩，已感觉到了宗翰的心理变化，他感慨地说：“南朝君臣皆昏庸不堪，竟然使用反间计这种下流伎俩。”

“您是说南朝皇帝写给耶律余睹的那封信？”

陈尔栻点点头，叹口气道：“老朽我算是略通史籍，哪怕是最喜使用心计的战国时代，也见不到这么大的昏着儿。”

宗翰说：“如此昏着儿，连一般的路人都能识破，希尹这家伙怎么偏偏就信了呢？”

陈尔栻揉了揉眼皮子，慢悠悠地反问：“你以为他真的相信吗？他与耶律余睹的嫌隙，早就表现出来了。他拿到南朝皇帝写给耶律余睹的信札，这就给了他清除仇敌的借口，只不过他太歹毒，竟然把帅夫人也捎带着收拾了。”

陈尔栻话音未落，只见宗翰刹那间脸色变得铁青，牙帮骨咬得紧紧的，看得出他在强抑巨大的愤怒。

陈尔栻担心地喊了一声：“宗翰！”

宗翰稳了稳神，回答说：“老先生，您不必为我担心，乍一听到萧莫谛的噩耗，我的情绪的确失控了，恨不能让希尹的脑袋开花，但您及时让我喝了那碗汤，让我醒悟过来了。”

陈尔栻长吁一口气：“你这么说，我就放心了，你懂得老朽的良苦用心了。”

宗翰接着说：“您用咱张广才岭上的老山参，放几块姜一直煮成浓汤，再用吴乞买皇帝赐给您的大金碗盛上，一拿到桌上我就明白了，姜与‘江’同音，加上山参的‘山’，这是用大金碗盛出来的江山啊，这叫大金江山汤，喝了这碗大金江山汤，一肚子的邪火，都叫它败了。”

“宗翰，你不愧是咱大金王朝的顶梁柱，凡事以社稷为重。其实，你真的一刀宰了希尹，也没人道你的不是。”

“为萧莫谛报仇，这个决心我不会改变！”

“君子报仇，十年不晚。”

“不，用不了十年，一年半载内就要实现。”

“我想你不会熬过了这阵子，再把希尹宰掉吧。”

宗翰摇摇头。

陈尔栻虽然已猜得出宗翰的想法，仍试探着问：“那，萧莫谛的仇如何报呢？”

“冤有头，债有主。萧莫谛死的起因是南朝，南朝的那些昏君、奸臣，咱要一个一个割下他们的脑袋。”

听了这席话，陈尔栻不寒而栗，他从宗翰的眼神中读到了狂热的杀伐之气，他也知道宗翰的刚毅性格，一旦决定了的事情，任何人也无法更改。

宗翰把脑袋凑近陈尔栻，问他：“老先生，您好像有了心思？”

“没有，没有，”陈尔栻掩饰地苦笑了一下，“老朽在想，你既然已决定不杀希尹了，为啥又要将他打入大牢呢？”

宗翰表情漠然，但口气狠毒地回答：“南朝给咱使反间计，咱就将计就计。”

“哦！”

“老先生，待宗望一到，咱们就立刻商讨伐宋之事。这件事，您还有什么要提醒的？”

“伐宋，你打算怎么进行？”

“宗望的东路军，一路打过雄州、真定、邯郸，突破黄河直达东京汴梁。我率西路军，突破天井关，扫荡太原、洛阳，然后在汴梁城与东路军会合。”

陈尔栻倒吸一口凉气，回答说：“听你这样一说，伐宋的方略你早就思虑周全了。”

“是的，春节回上京述职，吴乞买皇帝将咱与宗望召到春明殿密议此事，这个方略就是那一次定下的。”

“原来，你们君臣之间已有此密议，老朽这就放心了。”

“阿骨打皇帝在世时，只想伐辽，并按与南朝的密盟归还燕云十六州。但他驾崩后，局势发生很大变化，南朝君臣一心玩弄权术，与我大金国交往，尽使些阴招儿，毫无诚信可言。吴乞买皇帝心里头别提有多窝火。上次春明殿密见，我提出伐宋，他点头同意，只是叮嘱我们必须师出有名，找准机会。”

“如今这机会来了，南朝皇帝写给耶律余睹的信，便是出师的绝佳理由。”

“老先生说得对。”

“但我仍有一点点担心啊。”

“老先生请讲。”

“伐辽一战，打了四年。这战争虽然打得艰苦，但大辽气数已尽，人心思变。伐宋战争一旦启动，恐不止四年了。南朝不比大辽，中原自古龙腾虎跃，人才济济。”

“老先生，您怕咱们吃败仗。”

“我不担心这个，我担心的恰恰就是仗打胜了以后怎么办。”

“老先生，您这脑子在想什么呀？咱听不明白。”

面对宗翰的质问，陈尔栻经过短暂的沉默之后，终于说出了他的担心：“大帅，我先给你讲一个故事吧。宋太祖陈桥兵变黄袍加身之后，心里头总想着收复被大辽占据的燕云十六州。有一天，他把中书令赵普找来，拿出一幅燕云十六州的山川形势图给他看，赵普看过后就问宋太祖，‘这地图是大将军曹翰给你的吧？’宋太祖点点头，并问，‘曹翰可取十六州否？’赵普回答，‘曹翰文武兼备，他能取。但打下来后，谁去守呢？’宋太祖说，‘仍让曹翰镇守。’赵普接着追问，‘曹翰守也没问题，但他死了以后呢？朝廷中还有人能取代他吗？’听了这句话，太祖没说话，思虑良久，才说，‘爱卿深谋远虑。’经过这一次后，太祖到死，都不提伐燕之事。赵普是追随辅佐宋太祖平定天下的第一功臣，还感到平定燕云之难。可见天下事有其不可违背处。现在我们一旦伐宋，开弓就没有回头箭。大帅，谋定而后动，你与宗望，是大金国绝代双骄，攻城拔寨绝无问题，但马上得天下，不可马上治天下啊！”

宗翰认真听完陈尔栻的长篇大论，不无调侃地回答：“老先生，您多虑了，咱女真人不稀罕中原，咱只是想教训教训他们。”

陈尔栻稍稍有一点沮丧，但立即表态说：“今天的话，我说了就撂下了，往后再不会重提。我生是大金国的人，死是大金国的鬼。吴乞买皇帝做出的任何决定，我都会认真执行。”

第十章　上元节后胡尘起

上元节一过，汴京城中的好时节就徐徐展开了。淮河与黄河之间广袤的山川平原，素有“三九四九，尖刀不入土；五九六九，沿河看柳”的说法。节近惊蛰，虽然乍暖还寒，但眠了一冬的地皮儿日渐一日恢复着生机，凛冽的老北风被它烘着烘着就暖了。温煦的阳光照在河面上，冰块儿相继融化，冰疙瘩沿着流水漂走。那些背阴处的冻土也开始酥软起来。柳芽儿爆鞭了，麦苗儿抹青了，地米菜泛绿了，更有那些性急的花骨朵儿，如玉兰、荼蘼、抹指花、梨花等等，也都红红白白热热闹闹缀了个千树万树。汴京城里的达官贵人缙绅大户，乃至寻常游客市井人家，刚在张灯结彩绣棚鳌山的上元灯节里当了几天胡同串子，在绚丽灿烂中尽情耍玩着，精气神还来不及消停下来，厚袄儿都还没脱下来，玉树结绮青鸟点翠的二十四番花讯又依次启动了。陌上街头放了春色，瓦肆勾栏添了花展，富贵熏天的汴京城又开始了花团锦簇的好日子。果真是神皋沃野生机无限，大邑名都秀色可餐。

但是，骤然而至的天象给汴京人带来了巨大的惶恐。

前天傍晚，刮了小半天的西北风突然停了，天色也随即阴暗下来。这阴暗不似日头落山后那种光线的减弱，而是模模糊糊啥也看不清，仿佛眼睛被人刷了一层糨糊。但因临了黑天的时分，倒也没有引起人们特别的关注。等到第二天早上，人们起床伸腿儿出门，这才感觉不对劲。天连地地连天一片浑浑噩噩混混沌沌，说是雨天吧见不着一颗雨滴，说是晴天吧看不见一丝蓝天。到处都是尘土飘扬，路边小吃摊上，新炸的油条葱饼、新蒸的炊饼扁食，都落上了一层黑乎乎的灰；人的眼睛睁不开，飞尘飘进去，辣乎乎的，硌得眼珠子针扎般难受。汴京城向来拥挤，那些平日被高墙逼窄的巷子，这会儿进出更是要提着灯笼照路了。这种尘土天从早到晚不得缓解，反而越来越严重。承平日久，汴京城里的人，无分贵贱都过得安逸。即便是平头百姓也都大爷般地过着，什么灾厄什么兵戈统统没见过。如今突然碰到这种从不曾见过的鬼天气，一些人顿时成了呆头鹅，四处找人打听究竟发生了什么事儿。也有一些人翻出《推背图》《奇门遁甲》之类的异书，试着从中找出谶纬加以类比，判断吉凶祸福。当然，循例上各大小衙门入值守班的上万名尊卑官吏，在这特别时刻，表面上恻恻如井底之蛙，暗地里却耳听六路眼观八方，看这灾咎与国运有何关联。

果然，到了下午申时左右，便有几句顺口溜流传开来：

马披鳞，蛇蜕皮。
龙渡河，胡尘起。

俗话说，没长脚的谣言比有翅膀的鸟儿还飞得快，不管这四句话是谣言还是偈语，反正它一时片刻就传遍了汴京城。蚊子叮人一口血，这顺口溜叮人不见血，却扎心扎在痛点上。四句顺口溜的确切含义一般人无法解透，即便望文生义也如堕五里雾中，但末一句“胡尘起”倒是明白如话，大家伙儿都知晓，过去说的胡尘，指的是契丹人的大辽和党项人的西夏，现在契丹人的辽国被女真人干掉了，西夏与大金两国，便是胡尘所在地了。但西夏除了偶尔在边境上与大宋发生一些摩擦甚至争夺三五个军事要塞及城池外，还从来没有大举兴兵侵犯内境。大金国却不一样，完颜阿骨打领着区区六万兵马击溃了大辽国四十万虎狼之师，掐指算来也不过短短六年时间，先于大宋建国的大辽便被他们灭国了，可怜的大辽末代皇帝耶律延禧，在逃亡了两年之后，被大金国左路军大帅完颜宗翰活捉。联金灭辽，本是大宋徽宗皇帝的策略，可是灭辽之后，宋金两国就燕云十六州的交割产生龃龉，两国君臣嫌隙越来越大。这“胡尘起”三字，会不会预示着女真人要提师入侵呢？稍懂地理的人都知晓，从燕京方向南下汴京，除了一道黄河，千里平川可是无险可守啊！

“胡尘起”三个字，无论官民贫富，听者无不害怕，加之愈来愈重的尘霾，竟让一些胆小如鼠的人闻到棺材板的味道了。于是有人拣了金银细软开始逃离汴京城。世间事特别是坏事，都有头羊效应。听说有人逃离汴京城，立刻就有更多的人仿效。不多时，急欲离京的人群像潮水一般涌向各座城门，一些交通要道被堵得水泄不通。消息传到了开封府，当上府尹不到一个月的太子赵桓咨议属官幕僚，立即下达了关闭所有城门的决定。

同样，城中的骚动也传到了当今皇上徽宗赵佶的耳中。一向相信因果报应的赵佶面对突然出现的恶劣天象，心里头就一直犯嘀咕：天地间这么多秽土浮尘，这是个啥兆头呢？肯定有祸事，但会是什么样的祸事呢？

赵佶于是下旨，让蔡京、童贯急速进宫。两位大臣接到圣旨后都立刻上了八人抬蓝呢大轿，赶到了皇城里的启祥宫。

一坐定，赵佶就迫不及待地问："二位爱卿，这老天犯了啥毛病呢？昨日还好端端的，今天就立马乌烟瘴气了？"

蔡京觑了一眼童贯，抢先回答："皇上，您就是天，只要您晴朗，天底下就不会有乌云。"

赵佶虽然爱听褒词，但这会儿心头压了大事，便有些不乐意了，他又问童贯："听说城里头的百姓有些骚动，有些啥说法？"

童贯与蔡京都是有备而来，但两人不同的是，童贯长期在皇上身边，对他的脾性摸得更透。一进门，瞧见赵佶双眉紧锁，童贯就知道单说好听的话今儿不灵了。老天不作美，你挠痒痒有何用？不如说实话，把听到的都抖搂出来，于是童贯朝赵佶趋了趋身子，反问道："皇上，市井上正传着四句顺口溜，您听到了吗？"

"什么顺口溜？朕不知晓，你说给朕听听。"

童贯于是把那顺口溜念了一遍。

赵佶仔细听了，嫌不全明白，又让童贯念了一遍。赵佶咂摸了一会儿，心里头起了不祥之兆，他问蔡京："左元仙伯，这顺口溜你是否听到？"

蔡京点点头，评了一句："依老臣来看，此顺口溜一定是奸人捏造出来的。多事之秋，就会奸人并出，造谣生事，扰乱人心。老臣已动用关防，着有司衙门严查追究。"

赵佶回答："查是要查的，但这几句顺口溜究竟是啥意思呢？胡尘起好懂一点，但大金军没有异动啊！"

"皇上，对于妖言，不必费心思。天象示警，历朝历代都有，皇上斋沐焚香，敬天自省即可。”

蔡京这段话刚说完，童贯就反驳：“老太师，为安抚民心，皇上传旨出去，说自己素衣斋醮，敬天礼祖，为万民祈福，这是功课，必须做的。但顺口溜的事，亦不可掉以轻心。”

赵佶点点头，急着问：“爱卿有何见解？”

童贯回道：“找个高人来，解解顺口溜的玄机。”

“哪个高人？”话问出口，赵佶一拍脑袋，失笑道，“哎呀，怎么把他给忘了，杜十四呢？快让他来。”

童贯脸上浮出得意的笑容，提高嗓门回答：“皇上，杜十四现在门外候着，臣接旨进宫，就着人去枣儿巷请了他。”

“啊，他已经来了，你怎么不早说。传旨，让杜十四进殿。”

赵佶的话音刚落，就见妙官领着杜十四走了进来。

方巾青袍的杜十四一见到赵佶，立马趴在地上头顶着玉砖面儿高声唱喏：“山野村夫杜十四叩见圣上。”

“老神仙请起。”

在妙官的帮助下，杜十四爬了起来坐到童贯身边。

稍作寒暄，赵佶问话直奔主题：“老神仙，那几句顺口溜你听到过吗？”

“听到过。”

“这里头有什么玄机？”

“其实不是玄机，是汴京城中即将要发生的事。”

“什么事？”

“圣上，这些话犯忌，能在这儿讲吗？”

“哦？”

“而且，这不是顺口溜。”

“是什么？”

“社稷偈。”

赵佶微微颔首，对殿中人说：“两位爱卿，你们暂且回避一下。”

待蔡京童贯以及殿中一应貂珰退出之后，杜十四又屁股离了椅子，再次朝赵佶磕头，言道：“圣上，社稷偈乃大宋江山之命脉，您得恕老朽直言，免老朽死罪，老朽才敢说出来。”

杜十四一脸峻肃，不像是故弄玄虚，赵佶顿时觉得头皮发麻背心透凉，于是手虚抬了一下说：“快说吧，朕免你死罪。”

杜十四这才把椅子拖到赵佶对面坐下，低声说：“这社稷偈中十二个字，藏了大宋开国以来一百六十五年最大的秘密。”

“什么秘密？”

“不祥之兆。”

赵佶惊得一下子站了起来。

“啊？与朕有关吗？”

“说的就是圣上的事儿。”

赵佶又下意识坐回到龙椅上，梦呓一样念叨：“朕，朕有什么事儿？”

“圣上，您要离开天子之位了。”

“不，不，这绝不可能，绝不可能！”赵佶如五雷轰顶，他再次跳下龙椅，逼近杜十四，戳着他的鼻子说，“杜十四，朕如此抬举你，你却咒朕断了国祚，朕要砍了你的头！”

赵佶的喧嚣传到了殿外，在廊庑间候着的禁卫不知发生了什么事，都推门闯了进来，看到他们，赵佶跺着脚骂：“你们进来干什么？都退出去！”

禁卫们退了出去，重新掩了殿门。在杜十四的请求下，垂头丧气的赵佶坐回到龙椅上。杜十四接着说："圣上，您金口玉言，已说过不会杀我。"

"不杀你，不杀你。"赵佶忍着怒气，"不过，你得说清楚，为什么朕不能继续当皇帝？"

杜十四愣了一会儿，便徐徐道出了在他看来不得不说的一些秘密："圣上，大约半个月前，也就是花朝前一天，童太师来枣儿巷见我，请我第二天去五岳观后院觐见圣上。那天，童太师与老朽交谈甚久，但我说的一些话，太师可能没告诉圣上。"

赵佶急切地说："你现在说给朕听。"

"那天老朽说了三件事：第一，老朽说到今年九月，圣上会去扬州。童太师说圣上已经九年没离开过汴京，为什么今年要去到扬州？老朽说皇上一定会去，他童太师还会扈驾随从；第二，老朽不叫杜十四，咱的真名叫徐神翁；第三，童太师问如何能收回山后六州，这六州地盘如今控制在大金国西路军元帅完颜宗翰手中。这个宗翰是咱大宋天朝的克星，对他只能智取。"

听到这里，赵佶接话："上次在五岳观后院，你当面对朕说过，朕听了你的话，用了诈术，给大金西路军监军耶律余睹写了一封密札。可是，至今也不见任何动静。"

徐神翁扳着手指头掐了掐，回答说："这几天该有消息了。"

赵佶想了想，疑惑问道："朕今年九月为何要去扬州？"

徐神翁不假思索回道："这就是社稷偈第三句，龙渡河。"

"朕为何要渡河？汴京北边是黄河，南边是淮河。"

"皇上渡的是淮河。"

"朕为何要渡淮河呢？"

"这就是社稷偈第四句，胡尘起。"

“那第一句马披鳞是什么意思？

“明年丙午，是马年，龙鳞披到马身上。”

“蛇蜕皮呢？”

“今年乙巳，是蛇年，大灾大难接踵而至，民间有说法，灾厄拢身，不死也要蜕层皮。”

“今年朕非得退位不可？”

徐神翁坚定地点点头。

赵佶显得沮丧，又问：“今年朕为何就迈不过这道坎呢？”

徐神翁下意识看了看紧闭的殿门，声音低得不能再低了：“圣上，我大宋国祚绵长，您是大宋的第八位皇帝，除第四位仁宗皇帝享祚四十一年，您和第三位真宗皇帝均享祚二十五年，真宗手上与大辽签订了澶渊之盟，国朝从此进入太平岁月，自后经历了仁宗、英宗、神宗、哲宗四位皇帝御极七十八年，圣上嗣位，当了二十五年太平天子，现在，圣上……”

“不说了，”赵佶急于想知道原因，便挥手打断徐神翁的话头，“你别绕圈子，直接告诉朕，为何今年要退位？”

徐神翁却是不急不躁，按照自己的思路讲下去：“天干地支，显藏进退尽在其中，太祖庚申年登基，丙子年驾崩，丙火克庚金，金本生水，奈何子水被丙火烧干，龙运无济。与圣上龙运相近的国朝第三位皇帝真宗，享祚也是二十五年，起于戊戌，止于壬戌，戌为火库，必为土争。土，疆域也。真宗签订澶渊之盟，与大辽结束杀伐，放弃收回燕云十六州的念头，从此河清海晏，天下太平，百姓安居乐业。百官万民，对真宗皇帝莫不拥戴，这位明君火年来，火年走。盖因来时戊戌，乃火生土，印官强盛；走时壬戌，阳水淹土，命官无救。圣上您登极于辛巳，今年为乙巳，辛乃阴金，乙为阴木，金克木为正克。蛇蜕皮之言，说的就是巳蛇遭到强金所克。恰好起于东北的女真人，立国号为大金。这也是天命啊！”

徐神翁不疾不徐缓缓道来，赵佶却听得心惊肉跳四肢发麻，勾着头怔怔地盯着自己的脚尖，半晌才叹道：“胡尘起，就是与这个金字儿有关？”

“是的。”徐神翁略一思忖，又补充道，“九月圣上去扬州，亦与这金字儿有关，九月是辛月，强金得势之时，去南方木旺之地，可避凶咎。”

赵佶起身反剪着手在殿内走动几步，又停下来盯着徐神翁，加重语气说：“徐神翁，你要知晓，你的话若有一句不实，就有欺君之罪！”

“修道之人，从不打诳语。圣君，今年多事之秋，您要格外保重。”

赵佶走到窗户跟前，看了看遮天蔽日的浮尘，不免长叹了一口气，自言自语道：“这胡尘席卷而来，事先竟无一点征兆。”

“征兆的出现还是有苗头的，只不过凡人看不出来。”

“朕的危险有多大？”

“圣上沐体更衣，焚香祷天，老朽替您做场法事。”

“什么时候？”

“越早越好。”

从启祥宫出来往北不过一箭之地便是朝元宫，它旁边的熙春阁，是赵佶设宴款待女眷与近臣的地方。朝元宫乃禁城内斋醮之地，大门前有两尊汉白玉雕凿的大香鼎。三十六神仙图满刻其上，一百多位人物栩栩如生，极为精致典雅。与朝元宫南北相向的还有一座虚皇台，这是当年建造朝元宫时，皇上敕旨从汴河边上的上清宫内迁移而来，台前有两根长约五尺的青石幢，上面刻满龙凤团花，极见工巧，它们本是唐时朱温椒兰殿的旧物。台上有拜石，方广二丈；四周彩石栏杆，云霞环绕；地面碧石铺砌，光洁如玉；台上有品字形三方素地，乃内醮时祷天之所。斋醮时有三人分别站立于品字地上，一般是赵佶居上首，主醮者与另一位羽士居两侧下首。

赵佶采纳了徐神翁的建议，当即离开启祥宫来到朝元宫举行斋醮，蔡京与童贯两人一同前往参加。离开启祥宫的时候，看到赵佶神色严峻，两人心里头便生了许多紧张，虽然他们无从知晓徐神翁对赵佶说了些什么，但断定不是愉快的话题。

到了朝元宫，趁赵佶进入便殿沐浴更衣的空儿，童贯问徐神翁："杜十四，你同皇上说了些什么？"

"老朽告诉圣上，我不叫杜十四，我叫徐神翁。"

"你到底还是说了，皇上没责怪你？我看他脸色很难堪。"

"圣上没有纠缠这件事。"

"那他为啥突然冷若冰霜？"

"圣上还是关心天象。"

"天上下尘土，真的是胡尘吗？"

童贯的担心让徐神翁看上去有做戏的成分，故没有回答。这一向很少说话的蔡京开口了："太师啊，胡尘有什么可怕的？说到底，大金国只不过混同江以北的几个蟊贼，若不是我大宋襄助，再给他三十万劲旅，他们也灭不了大辽国啊。"

"左元仙伯说的是。"童贯被噎了一下，心里不痛快，趁机揶揄道，“但老大人您可从来没把女真人当蟊贼，哪一个大金国使臣来，不是被您当成座上宾？”

“你以为我心里头情愿吗？”蔡京理了理花白的长须，优雅地回答，“处在枢机之位，对待密盟之国，能不这样做吗？”

在他们拌嘴的时候，已经换上青衣道袍的赵佶走了出来。朝元宫中平日就养了一班专供斋醮的水火道士，早已准备了斋醮的一应供张。徐神翁自荐为醮坛执事。

当徐神翁穿起前胸后背都绘有太极阴阳鱼的玄色道袍念起道语遍请诸神的时候，朝元殿厢房内的道士们顿时管弦交奏，钟鼓齐鸣。门外那两只大香炉中，也已燃起了九真香。这香气飘进殿来，闻者莫不醒脑，并产生那种飘飘欲仙的感觉。此时徐神翁神色虔敬地举着一支避邪香，走着功力深厚身姿柔软的七星步，字正腔圆地唱喏：

“恭请九天圣君玉皇大帝——”

众道士接声附和：

“恭请——”

“恭请至元天尊太上老君——”

“恭请——”

“恭请护国除魔元始天尊——”

“恭请——”

请了诸神之后，徐神翁又烧了三道符纸，这才请赵佶与蔡京、童贯君臣三人呈品字形向殿中供奉的三清彩塑圣尊像磕头礼拜。

赵佶跪在蒲团上双手合十，面对诸天神，眼看着徐神翁念起祈祷文：“望诸神护佑，天象示警，忽降尘土，朕不胜惶恐，朕谨遵大师之言，洁身修德。大金女真人以金克铁，契丹国亡；今犹妄想以金克木，灭我大宋。此等灾咎，实因朕流年不利，逢强金克木之象。朕诚补火德，烈火流金，破此危局也。朕若能得诸神眷顾，佑我赵家社稷逢凶化吉，则是朕之万幸，社稷万幸，百姓万幸！”

念了一遍祈祷文，赵佶再次三叩首，蔡京、童贯如仪。

赵佶接着站了起来，按仪轨他要第二次上供。祈祷前第一次上供，上的是三牲，由殿中道士执行，第二次上供是鲜花果品，由醮主亲供。当赵佶从值殿道士手中接过果盘时，徐神翁喊住了他，让他放下果盘。

“为什么？”赵佶问。

徐神翁摘下腰上挂着的葫芦，在赵佶眼前晃了晃，说：“圣上，二供用这个。”

赵佶望着葫芦：“里面是什么？”

“三建汤。”徐神翁回答，接着说，“三建汤是用川乌、附子、天雄三味草药熬制出来的。”

赵佶顿时不高兴了，恼着脸申斥道：“亏你想得出，让我给天神进供药汤。”

童贯也跟着教训：“杜十四，醮场不是儿戏，你也敢异想天开！”

徐神翁不急不恼耐心解释：“圣上，请允许我把话说完。所谓三建，就是调治一个人的全身。川乌建上，主在调治头目虚风者；附子建中，脾胃寒者主之；天雄建下，腰肾疲惫者，饮此可得调养。常年喝三建汤，可让人气血两通，身心俱旺。”

“这药汤再好，也不能给天神喝呀。咱不能说天神都病了。这是大不敬啊！”

童贯说话刁钻，偏偏徐神翁也不是省油的灯，他反驳说：“人有病，天知否？人神之间，总得要知根知底呀。三牲与花果上供，神吃了吗？咱们用三牲与花果上供，是表示咱们对神的恭敬，老朽我准备这一葫芦三建汤，既是更为用心表达恭敬，也是让神知道，咱们这人间犯病了，让天神下界救苦救难，祛病除忧。”

赵佶听了解释总算理解了徐神翁的良苦用心，亲自拿过三只小碗，让徐神翁倒出汤药。

药味很苦。赵佶吸了吸鼻子，叹道：“打小儿我就怕喝药，苦哇，吞咽不下。”

赵佶说着，将三只小碗恭恭敬敬摆在祭桌上。他望着太上老君的高大塑像，自言自语道：“大宋病了，天神哪，您一定要用您无边的法力，施以拯救。”

蔡京用手拨拉了一下站在赵佶身后的徐神翁，正欲说什么，却听得殿门咣啷一下被推开。

赵佶受惊身子一哆嗦。

“谁？”

童贯厉声喝问的同时，却见蔡攸气喘吁吁跑了进来。

“是你？”赵佶气不打一处来，“蔡攸，你给我退下！”

“皇上，我有紧急邸报。”

蔡京这时也觉得自己这个供职枢密院的儿子太过鲁莽，跟着申斥：“皇上叫你下去，你就下去。”

赵佶看着蔡攸退出殿门，同时也看到门外那黏稠的可怕天象，于是又命人将蔡攸喊了回来。

蔡攸行过觐见礼，一众赐座之后，赵佶问：“蔡攸，你猴儿马急的，要禀报什么事儿？”

“皇上，大大的好事。”

“什么事？”

“太原府的邸报刚刚报到枢密院，汇报西京大同城里，十天前发生了一场大火并。”

“啊，有这等事！”

蔡攸将邸报呈上，赵佶仔细看了一遍，又给在座的蔡京、童贯传看。

赵佶脸上浮出难得的笑容。

蔡京捻着银须，重又优雅起来，觑着徐神翁，讥道：“老夫说过，什么胡尘起天象示警，这是庸人自扰啊。”

“是啊，”童贯坐在椅子上不停地挪着屁股，他有些得意忘形了，“皇上的一封密札，弄得大同城鸡飞狗跳，完颜希尹撵跑了耶律余睹，完颜宗翰又把完颜希尹绑了押入大牢。西路军这帮虎狼自相残杀，好戏开场了。”

赵佶问坐在稍远处的徐神翁：“老神仙，大同城里的争斗，算不算胡尘起？”

徐神翁摇摇头，随即起身双手抱拳一揖到地，禀道：“圣上，您们君臣议论国事，老朽不便在场，告辞了。”

第十一章　皇帝偷欢

朝元宫斋醮后的第三天傍晚，徽宗赵佶换了青衣小帽，坐了一顶蓝呢小轿来到天香楼。

李师师将赵佶迎上楼来，品了一杯龙芽兰雪后，赵佶问："师师，前几日汴京城天降尘土，人心骚动，想必你也受惊了。"

"奴家怎么会受惊呢？这城里还住着您这位九五之尊大皇帝，还有那么多达官贵人，您们都不怕，我这个小女子还怕什么？何况，您在朝元宫做道场祈祷老天爷降福，替老百姓消灾，咱们还担心什么呀。"

"斋醮的事，你知道了？"

"汴京城的人，三岁孩子都知道。开封府前天晚上就贴出了安民告示，说皇上为民祈福，请来高人施以厌禳之术，保证天灾很快消弭。这张告示管用了，一阵西北风来，尘土刮跑了，百姓也就安定了。"

赵佶脸上浮出笑意："太子赵桓当了一个月的开封府尹，从这张安民告示可以看出他对政事的历练肯下功夫。"

"龙生龙子嘛，太子将来也会是万民爱戴的太平皇帝。"

李师师这句话让赵佶想起了徐神翁与他的密谈。“难道我今年真的要退位吗？”一丝不快从心头掠过，他改了话题：

“师师，这几天你在家忙啥？”

“抄天下美文呢。”

李师师说着，起身到书院拿出几张笺纸，赵佶接过来看，只见上面个点个明一笔娟秀的欧体小楷。题头三个字略大，赵佶饶有兴趣看了下去：

汴京赋

自古受命之君，多都于镐京，或在洛邑。惟梁都于宣午，号为东都，所谓汴州也。后周因之，乃名为京。周之叔世，统徽政缺，天命荡杌，归我有宋。民之戴宋，厥惟固哉，奉迎銮舆，至汴而止，是为东京。六圣传继，保世滋大，无内无外，涵养如一。含牙戴角，莫不得所。而此汴都，高显宏丽，百美所具，亿万千世。承学之臣，弗能究宣，无以为称。伊彼三国，割据方隅，区区之霸，言余事乏，而三都之赋，磊落可骇，人到于今称之。矧皇居天府，而有遗美，可不愧哉！谨拜手稽首，献赋曰……

读着读着，赵佶情不自禁吟哦起来，读罢引言，他就觉得词理得体，颂中见雅，于是问：“这篇赋是谁写的？”

李师师嫣然笑着，言语间显得亲昵了：“相公您先读完嘛！”

赵佶复又读了下去：

发微子客游四方，无所适从。既倦游，乃崎岖遭回，造于中都。观土木之妙，冠盖之富，炜煜焕烂，心骇神悸，瞑瞑鄹而不敢进。于是，夷犹于通衢，彷徨不知所届……

读到这里，赵佶忍不住又评论开来：“这秀才好掉书袋儿，弄些生僻字，让朕认不出，好坏，好坏。”

李师师回答：“相公你耐着性子读下去吧，好文章在后头呢！”

赵佶耐着性子往下读，跳了两三段之后，他再次吟哦起来：

观其高城万雉，埤堄鳞接。缭如长云之方舒，屹若崇山之礲硾。坤灵因赑屃而踽蹐，土怪畏榨压而妥帖。靡胥不可缒而登，爵鼠不可嘱而穴。利过百二，险逾四塞，鄙秦人之践华，陋荆州之却月。须捷步与超足，矧蹒跚与蹩躠！阚城为门，二十有九。琼扉涂丹，金墉镂兽。列兵连卒，呵夜警昼。异物不入，诡邪必究……

这一段引发了赵佶的感慨，特别是“列兵连卒，呵夜警昼。异物不入，诡邪必究”四句，他一连读了两遍，对李师师说：“这一段写汴京的形势，既壮丽，又雄峻，加之将士兵卒武备森严，固若金汤嘛。”

“相公，您治下所有的将士兵卒，都应该是泰山石敢当。”

“师师说得好！”赵佶兴奋起来，又说，“师师，朕出一道难题考考你。”

“什么难题？”

“如果金兵真的犯国，这汴京他们打得进来吗？”

这问话着实让李师师吃惊，她瞪大了眼睛，盯着赵佶问：“相公，您怎么会问这样的问题？”

赵佶以催促的口气说：“你别问这问那，你只需要回答问题。”

“您刚才不是说了吗？汴京城固若金汤。”

“哦，固若金汤！”赵佶松了一口气，又问，“这篇赋是谁写的？”

“相公，您还没读完呢！”

“不读了，不读了，这赋写得太长。”

“再长也不是虚文呀，您不读，妾身读给您听。”

李师师说着，从赵佶手上拿过笺纸，接着诵读起来，读到以下这一节时，她提高了调门：

> 大哉炎宋！帝眷所瞩。而此汴都，百嘉所毓。前无湍激、旋渊、吕梁之绝流，后无太行、石洞、飞狐、句望、浚深之岩谷。丰乐和易，殊异四方之俗，兵甲士徒之须，好赐匪颁之用，庙郊社稷百神之祀，天子奉养，群臣稍廪之费，以至五谷六牲，鱼鳖鸟兽，阖国门而取足。
>
> 甲不解累，刃不离韣，秉钺匈奴，而单于奔幕；抗旌西夔，而冉駹螘伏。南夷散徒党而入质，朝鲜畏菹醢而修睦，解编发而顶文弁，削左衽而曳华服。逆节踯躅而取祸者，折简呼之而就戮。眈眈帝居，如森鍉利镞之外向，死士逡巡而莫触。仁风冒于海隅，颂声溢乎家塾。

李师师声情并茂，加之嗓音淳亮，赵佶听得入神。趁李师师喝茶润喉，便插话问：“师师，这篇赋写自何时？”

“您猜猜？”

“是不是昨日，那首该死的顺口溜在市井流传的时候？”

李师师摇摇头。

赵佶忽有所悟：“这篇赋我好像见过，我想想。”

赵佶敛眉凝神一会儿，摇摇头笑说：“想不起来了，这篇赋有文采，也切合时政，足见忠君之德。师师，告诉我，是谁写的？”

“周邦彦。”

“什么什么？周邦彦？怎么会是他？你又见他了？”

赵佶顿时醋意大发，一跺脚，一扬手，将茶杯狠命摔到地上，汝窑的精白瓷碎了一地。

赵佶如此震怒却是事出有因。这个周邦彦是当今声闻天下的词人，写出的词婉约秾丽，深得时人喜爱。每有一首新词写出，不单是皇城教坊司，就是那些青楼歌馆，也无不争相传唱。加上周邦彦一表人才，风流儒雅，多少烟花女子甚至富贵人家的如花美眷，都对他仰慕有加，就连一向孤傲的李师师看了周邦彦的词作后，也让人带信给周邦彦愿与一见。李师师在汴京的名头，不知又高过周邦彦多少，多少豪门权贵想与李师师攀援，均只能望门兴叹。周邦彦闻讯，当然是大喜过望。相见之后，这一对真正的才子佳人，很快两情相悦坠入爱河，甚至有了结为夫妻的念头。碍于徽宗这个大皇帝，两人都不敢胡来，但偷偷摸摸暗地里来往的事却也少不了。一日，周邦彦听说皇帝小恙接受太医调治，忖着这个难得的机会，便趁天黑摸到天香楼，两人正说体己话儿的时候，门子来报皇上的暖轿已到了门外，周邦彦躲闪不及，被李师师塞进衣柜。赵佶此番前来，倒不想过夜，只是那一天下午浙东官船泊进汴河，地方衙门进贡的“越橙”到了，他特意选了两筐，让李师师尝尝鲜。两人见面，免不了说些放荡话儿，做些风流事情，直到三更天，赵佶才依依不舍离开天香楼回到禁城。

此事过后第三天，一首名为《少年游》的艳词便在市井中流传了：

并刀如水，吴盐胜雪，纤指破新橙。锦幄初温，兽香不断，相对坐调笙。低声问，向谁行宿？城上已三更。马滑霜浓，不如休去，直是少人行。

很快，赵佶看到了这首词，他起轿来到天香楼，质问李师师，《少年游》词中所述，是那天晚上他俩的私情，周邦彦如何得知。在赵佶的逼问下，李师师既不得隐瞒，又不敢承认，只得含含糊糊地撒谎，说是第二天周邦彦来访，她将皇上夜里专程来天香楼送越橙的故事告诉了他。赵佶对这解释将信将疑，但一回去就下旨革掉了周邦彦开封府五品税监的肥差，流放到外地当个七品散官。此旨既出，李师师以泪洗面，看着心爱的女人这副憔悴模样，赵佶的心又软了，又改旨召回周邦彦，安排他进入崇文院当一名奉诏词臣，主管教坊司。说是奉诏，赵佶可是一次也没有宣见。几年后，蔡京看着周邦彦不顺眼，仍旧将他逐出京城，到南京商丘府当一个闲官。

本来，这是一件发生已久的事情，赵佶都快淡忘了。不曾想到在京城一片骚动的时候，李师师却置身度外，在这天香楼里一笔不苟地抄录周邦彦的《汴京赋》。作为一个君临天下容不得半点亵渎的男人，赵佶的震怒完全可以理解。

赵佶的态度，让李师师又害怕又委屈，薄施脂粉的香腮上流下了两行热泪。

赵佶心疼了，走上前，用手巾轻轻地替李师师揩着眼泪。

“谢相公。”李师师强忍着眼泪。

“师师，”赵佶柔声喊道，“我不想与你争执了，好久没听你弹曲子了。现在，你给我弹一曲。”

“相公你要听什么？”

“你弹什么我就听什么。”

李师师走到琴架跟前坐下，稍调了一下音，十指如风中柳叶，琴声同她心情一样，如泣如诉，如怨如慕，随着琴声，李师师放了歌喉：

正单衣试酒，怅客里，光阴虚掷。愿春暂留，春归如过翼，一去无迹。

为问花何在？夜来风雨，葬楚宫倾国。钗钿堕处遗香泽，乱点桃蹊，轻翻柳陌，多情为谁追惜？但蜂媒蝶使，时叩窗槅。

弦声停，歌声止。李师师又是泪流满面。她刚才弹奏的这首曲子，名为《六丑》，亦是周邦彦填词谱曲。当初教坊司试唱的时候，赵佶很是喜欢，并在心中产生疑问，这么美艳的词句，怎么叫《六丑》呢？他让人去问周邦彦，得到的回答是这首词中有六处不协音律，故取此名。单就词而论，赵佶是喜欢的，但今天李师师又唱这支曲子，着实让赵佶打翻了醋缸，他忍不住又数落起来：“师师，你今天好像成心要惹我生气，叫你唱首曲子，你仍唱周邦彦的《六丑》，你这不是在我的伤口上撒盐吗？”

“相公，妾身哪敢冒犯您。”

“那你为何要这样？”

“前天，就是您在朝元宫斋醮的那一天，是周郎的忌日。”

“啊，他死了？”

“死了五年了。”

“你还惦记着他。”

“他一直都惦记着皇上，惦记着大宋的安危啊！”

赵佶沉默了一会儿，轻声念叨起来：“多情为谁追惜，为国，为家，为社稷，为苍生。生为帝君，切不能多情，更不能无情啊！”

李师师见赵佶伤感起来，一旁安慰道：“相公，如果您不是九五之尊，天天为天下的事儿操心，而只是一个文人，那该多好啊。您有天下文人所不及的第一等才艺，有天下才子所不及的第一等衷情。您吃醋，埋怨妾身挂牵周邦彦，如果您不当皇帝，十个周邦彦的才华也不及您。妾身不配爱您，却一直深爱着，妾身无法日夜侍奉您，但却珍惜与您在一起的每一个时刻，多情常被无情恼，这固然可恨，但多情更被多情恼，这才是真正的令人伤心之处。”

李师师说着说着，眼圈儿又红了。看着她因激动而两颊绯红不胜娇羞的样子，赵佶禁不住上前搂住了她，李师师也半推半就倒在了他的怀里。

一番云雨之后，两人又搂抱着躺了一会儿，赵佶用手抚摸着李师师柔滑且富有弹性的身子，从面颊、脖子，到乳房、小腹、腰肢、臀部，到大腿，哪一处都没有赘肉、没有皱纹，苗条如少女，丰满如凝脂，不免在心里头感叹：“朕无缘赵飞燕、杨玉环，但朕有了这个女人也不枉做了一回男人。”李师师仿佛也知道赵佶的心思，小鸟依人地配合他、顺从他。当赵佶摸到她的私处，她又忘情地浪叫，叫得赵佶神魂颠倒，两人复又颠鸾倒凤……

就这样折腾了差不多一个多时辰，赵佶终于喘口气儿像一摊烂泥样倒在床上，李师师也香汗淋漓横陈着玉体，梦呓般地呻吟着：“相公，妾身飘起来了，您把妾身送到了云彩上。”

赵佶回答说：“师师，你本来就是天上的神仙，应该住在彩云里头。”

师师娇嗔地用屁股顶了顶赵佶：“相公，我要您陪我一起住到彩云上，那才叫神仙眷侣呢。”

“师师，朕，啊，我有一个疑问想问你。”

“您问吧。”

“你应该有五十多岁了吧？”

“是呀，论年龄，我是相公的老姐姐。”

“那，怎么你的身子像二十岁的妙龄女子呢？”

“真的吗？”师师有些得意。

“真的。”赵佶的表情有些公子哥儿的放荡，“我是皇帝，从来不会缺女人，但你是我见过的女人中最好的一个。”

“相公如此厚爱，奴家知足了。”

两人挨在一起，沉默了一会儿，赵佶又开口说道：“师师，今夜里，我心里高兴。宫里头到处都是冷冰冰的，那么多烦恼的事，就像一条条绳索把我捆死了，只有在你这里，我才是自由的，才感到了温暖。”

“相公觉得妾身这里好，就常来呗。”

“不自由啊。”赵佶叹了一口气，又道，“师师，你现在提一个要求，我一定满足你。”

“什么要求都可以吗？”

“除了当皇上，什么要求都可以满足你。”

“谁稀罕您那个皇上啊。”师师撇了撇嘴，“那我就提要求了。”

“你提吧。”

“现在，我们起来洗洗身子，然后呢，您就帮妾身染一回指甲。”

“就这？”

“就这！”

“师师真是一个好女人！”

说着两人起床，沐浴更衣了。待两人都穿戴整齐，便牵着手回到茶室。李师师命丫鬟取出奁盒，里面盛满染指甲的器具与原料。若是一般人家的妇女，染指甲只需几朵红色的凤仙花，捣碎成糊状，再添些明矾，均匀地涂在指甲上即可。但高贵的妇人却不一样，就说李师师，染一次指甲少说也要耗费几两银子。虽然最初始的原料仍然是凤仙花，但调和进去的，却有北珠粉与龙涎香。这北珠产自贝加尔湖，一颗小指头盖那么大的北珠，在汴京城中就得卖十几两银子。涂指甲的北珠粉，需得用上好的北珠捻碎，一颗北珠研出的粉最多能涂四次。龙涎香更不用说，一两黄金只能购一两香料。染指甲为啥要用这两样稀罕宝物呢？盖因北珠粉涂过后，染红的指甲色泽晶莹，而龙涎香遇热则香气洋溢，芳馥沁人心脾。

妇人染指甲并不是汉人的首创，而是波斯女子的发明，经由契丹与吐蕃传入中原。但汉人接受之后便予以升华，比如说加入北珠与龙涎香，这是最为奢华的妆扮了，发明这种妆扮的不是别人，恰恰就是赵佶，正是他将此方法传授给李师师。当然，所用的昂贵的原料也都是他提供的。

不一会儿，原料全都摆齐了，赵佶亲自戴了袖笼调制。他先用犀牛角小碗调和明矾水，再将凤仙花汁掺进去，待二者溶为稀糊状，又依次撒进北珠粉与龙涎香搅和。看看略略有些稠，便让丫鬟拿来一只盛了滚水的小铜盆，赵佶小心翼翼将犀牛角碗搁在发烫的盆里。

李师师手托香腮坐在藤椅上，脉脉含情地看着赵佶调制指甲油，那样子很享受。看到赵佶蹲下来，仔细看着盆里的小碗，便问道："相公，是不是调稠了？"

"必须调稠一点，最后要放在这铜盆里温一下，加热以后，这香泥就会稀软下来，不加热，龙涎香的香气就出不来，北珠粉的光泽也显不出来。"

"都说相公百艺皆通，且样样精致，名不虚传哪！"

赵佶笑笑没作答，但那样子很得意。闲聊的这会儿，赵佶又把指套、边箍等包扎用具准备妥帖，忽然，李师师尖叫起来："相公，我的指甲痒起来了。"

"是吗？我看看。"赵佶拿起李师师的双手，"哪里痒？"

"都痒！"

"这是怎么回事呢？有的人一闻龙涎香，皮肤就起疙瘩，难道你也这样？"

李师师扑哧一笑："相公别瞎猜了，奴家是等不及了，您看看，咱自家就把指甲修整齐了。"

“啊，师师也学会了诳人。”赵佶说着，俯身嗅了嗅盆里的香料，“唔，好了，我给你染甲了。”

赵佶拿起纯银制作的小勺儿，挑起香料花油，涂到李师师右手的大拇指盖上，然后用同样是银制的小刮片在大拇指盖上敷着、熨着。

师师问：“相公，您后宫嫔妃那么多，您给她们染过指甲吗？”

赵佶摇摇头：“我只给皇后染过。”

师师眉颦一扬：“韦娘娘？”

“是的。”

“太子的母亲，相公，你们恩爱夫妻，几十年了，拌过嘴吗？”

赵佶摇摇头。

李师师感叹：“韦娘娘贤惠，不愧为天下母仪。”

“糟糠之妻不下堂，百姓家如是，帝王家亦如是。”赵佶说着，瞅了李师师一眼，“我今天来你这里，皇后是知道的。”

“啊，韦娘娘没阻拦。”

“皇后问我，这李师师年过半百，不知皇上为何眷顾如初。我对她说，李师师的妙处，无人能取代。皇后又说，三宫六院上千佳丽，难道就没有一个人比得过李师师？我告诉她，若所有的女人都着艳丽之服，戴珠宝之冠，敷脂粉之妆，李师师置身其中，倒也看不出胜人一筹的地方，但让她们全都卸去奢华穿戴，只是个天然模样，李师师立刻就会力压群芳高标独步，她的美就在于清水出芙蓉，天然去雕饰。”

“这是李太白的诗。”李师师回了一句，接着说，“多谢相公如此抬举奴家，情人眼里出西施，这话说得不假。奴家其实没有这么好，是相公爱之深、情之切，奴家无以回报，唯终生竭诚事忠而已。”

“师师的话，让我听了欣慰。”

唠闲嗑的时候，赵佶已替李师师涂好了指甲，并缠上了内丝绵外锦的小指套。

包扎停当了，已是月上柳梢，禁城醮楼上鼓打三更，但赵佶与李师师都没有一丝儿睡意。

“相公，这指套得戴多少时间啊？”

“睡一觉，半昼就好，第一次染，不会太红，连染三次，这指甲就艳如红唇了。”

“还剩两次，相公您还能给奴家熏染吗？”

“能。”

“相公国事太多，奴家不为难您。”

“唉。”赵佶叹了一口气，他又想起“胡尘起”，“本是个太平天子，谁知却遭逢多事之秋。”

“相公，要不，咱们喝会儿茶？”

“不了，朕得回宫了。”

“多想您留在这儿，咱们相拥着，睡一个囫囵觉啊。”

“我又何尝不想？”

“那，今夜里您留下？”

赵佶面对李师师渴望的眼神，正犹豫着，却见李师师又走到琴架前坐下，手一拨，弦声起：

> 无言独上西楼，月如钩，寂寞梧桐深院锁清秋。
> 剪不断，理还乱，是离愁，别是一番滋味在心头。

李师师弹唱的是南唐后主李煜的《相见欢》。此时此景，这首词让两人的感情进一步发酵。

但是，就在李师师深情演唱的时候，赵佶听到楼下厅堂里传来一阵小小的喧哗，接着听到有人匆匆上楼。

赵佶问站在楼梯口屏风后的人影儿：“谁站在那里？”

“皇上，是奴才妙官。”

“妙官，深更半夜的，你怎么来了？”

“皇上，奴才只是领路的，中书令蔡京老太师在楼下院子里候着。”

“左元仙伯？快请！”

须臾间，蔡京在妙官等两名内侍的扶掖下上得楼来，也不及寒暄，他向赵佶报告了两个危及大宋全局的坏消息。

郭药师常胜军驻防易县的将军甄五臣突然叛变，率部两千兵马投到宗翰麾下。

大金军左路军将军耶律余睹被西夏人计诱擒杀，同时被杀的还有他的儿子，两人头颅被西夏人送到大同交付宗翰，彼时大金东路军统帅宗望亦在大同，两人可能密议侵犯大宋之策。

听到这两则情况，赵佶一声不吭下楼，启轿回皇宫去了。

第十二章　南朝特使西京行

按熙春阁御前商定，童贯一行翌日从汴京出发，四日内抵达太原。又三日，随他自汴京同来的赴金特使马扩、副使李棁越过雁门关，进入代州边境一座名叫菇越寨的小镇，此处乃是宗翰控制的西京大同的边境。从太原府到大同府的官道从菇越寨下穿过，宋金两国的兵士，分守界桩两侧。当马扩让部下将一应关防递给金兵哨长说明行程时，那位哨长一脸峻肃冷冰冰地说："你们就此安歇，等咱大王的回话。"他说的大王即是宗翰，马扩本想解释事情紧急望能放行，但那哨长丝毫不肯通融。马扩只好回到大宋边境的驿店住下等候消息。

马扩为何急着要见宗翰，这事儿还得从头细细道来。

却说那日斋醮时，赵佶得知完颜希尹中了由他定板实施的反间计，擒杀耶律余睹的消息后，沮丧的心情顿时获得了宽慰。当徐神翁告辞离殿，赵佶便带着蔡京、蔡攸父子及童贯三人移步到一墙之隔的熙春阁吃顿便宴，并于席间议事。话题仍围绕对金方略展开。

如果说在汴京城浮尘天气发生之前，赵佶最关心的问题是如何完整收回燕云十六州，妥善解决山后六州的交割，那么，他现在关心的焦点却有了改变：大金国的兵马是否南侵已成为第一等要务，对此朝廷必须做出正确的判断，制订切实可行的防范应变之策。

大金国君臣对大宋态度的转变，其因有三：第一是怂恿张觉叛变，不但杀了左企弓等一应降金大臣，同时还将平、营、滦三州拱手送给大宋。第二，完颜阿骨打生前订下的尽迁燕京富户商贾、工匠儒生十多万人前往金上京充实人口的计划，也因遭到大宋接收燕山府官员的暗中掣肘而搁浅。这些移民半路上多半逃窜回到原籍。大金国数次来函交涉，要求燕山府将一应逃亡编户悉数交还。可是，大宋燕山府将这些逃户重新登记入籍，并以户籍混乱为由，拒不递解出境交给大金专责此事的官员。第三，两国订立密盟时，大宋方面答应将原燕云十六州的赋税全部交给大金。但收取山前九州后，却突然变卦，以连年战争编户减少税赋亏欠为由，提出重新厘定贡金宝钞及绢帛物产。凡此种种，让大金君臣产生了一种受骗遭到耍弄的感觉。吴乞买继位后，本想按盟誓所立条款，交还山后六州，但遭到宗翰及宗望等一干少壮将帅的反对，此事遂陷入僵局。去年七月，赵佶下旨让蔡京童贯离任回家闲居，王黼与梁师成分别取而代之。梁师成力荐宫内三殿总监谭稹接替童贯出任河北河东两路宣抚使，负责对大金防务及燕云十六州收复谈判事务。谭稹除了按王黼指示，从陕西调十万乡兵开赴檀州，就近牵制郭药师的五万常胜军外，余事乏善可陈。山后六州的收复谈判屡谈屡败。赵佶希望谭稹能直接与宗翰见面摸清底细，但谭稹对宗翰的凶悍早有耳闻，怯场不敢前往，一直在太原城里缩着遥控指挥。十月底，赵佶收到他的奏报，言朔、蔚二州可在旬内交割。赵佶没高兴两天，复又接到太原府报件，言宗翰以灵丘、飞狐两县乡兵密谋迎接天祚帝为由，迅雷不及掩耳派兵攻占了这两个原来属于大宋领土的县城。听到这个消息，赵佶七窍生烟，做出了他登基以来最快的决定，立即褫夺谭稹所有官职并投入大牢，接着宣布王黼退位，梁师成重回内宫主事，不再过问军务，并重新启用蔡京与童贯。

蔡京与童贯，本是联金灭辽的主谋，他们摸透了赵佶的心思，一定要建立超过先祖的不世功勋，在其有生之年收回燕云十六州。没有他们两人的撺掇，赵佶不会那么快同意与大金订立密盟并交换誓书。大宋君臣议定此事时，起初也只是抱着试一试的态度，并没有认真当回事。一个远在东北极寒地区的边鄙民族那时连一万兵马都不到，如何能与拥有三十万骑兵的大辽抗衡呢？却没想到，订立盟誓五年后，一个强大的辽国竟然被大金消灭。当完颜阿骨打率兵突破居庸关攻破燕京城时，按盟誓要求对燕京城实施南北合围的大宋军，被阻于雄州霸州一线动弹不得。大金君臣原本对南朝军事力量存有敬畏，经此一战，便看清了大宋所谓八十万虎贲之师，只不过是纸糊的灯笼一戳就破，从此对大宋就有了轻侮之意。

被胜利冲昏头脑的南宋君臣，真有点空手套白狼的感觉。但是却没有及时发现大金国君臣心理上的微妙变化，所以才做出了策反张觉这种利令智昏的决定。起于草根的女真人，脑子里没有小九九，还没有学会以奸诈待人。但是，一旦他们发现就会加倍地报复。

自蔡京、童贯取代王黼、梁师成重新进入权力中枢，他们立即推翻了王梁二人在与大金国斡旋中做出的大部分决定。蔡京首先建议按盟誓所定如额向大金缴纳岁币，并派马扩前往平州向宗望传达消息。经过商量，宗望的回答是要在原定岁币额的基础上再增加二十万两白银。马扩哪敢答应，只得回京复命，此项谈判再次陷入僵局。鉴于此，童贯受赵佶之命，亲自前往燕山府与太原府作军事调整。驻燕山府军队号称二十万，但受童贯直接节制的兵马实际只有六万人，余下十几万将士都是州县地方武装，其军饷都由地方筹措，这些乡兵一是散漫战斗力不强，二是他们不直接由朝廷管辖。所以，在童贯看来，这些杂牌军涣散疲弱难当大用。但有一点，童贯也心存忌惮，即六万主力军中有五万是郭药师的常胜军，真正的汉军只有一万人，布置在居庸关一线拱卫燕京，与大金军队对峙。如果郭药师的部队生变，则燕山府成为孤悬之城。偏偏郭药师恃功倨傲，纵容部属欺行霸市凌辱乡里，各处衙门常有小民击鼓鸣冤，官吏们对肇事者也无可奈何。童贯也不敢得罪郭药师，他不但调离了与郭药师产生龃龉的王安中、詹度等人，还屡屡嘱咐接任府尹的蔡靖，对郭药师一定要礼敬、忍让，千万不要惹得他不高兴。这样一来，郭药师越发骄横霸蛮目中无人，导致百姓怨声载道，官员忍气吞声，甚至放言郭药师是唐朝安禄山再世，必为大宋带来灭顶之灾。其实，童贯心里头又何尝不担忧呢？但眼下没有万全之策，笼络与取信郭药师是不得不采取的权宜之计。为防日后生变，童贯还是奏请河北路增设四总管，一律五品武官职衔。这四总管分别建衙于东路府、西路府、燕山府、保定府。其中东路府与西路府为新设。东路府下辖大名、河间二府，西路府下辖真定、中山二府。四府总管人选皆从各处官军中择优铨选。军员就地招募，逃卒游闲之徒均不计前嫌照额取用，其经费由朝廷拨付。大约三个月时间，四府总管募得新兵八万，按官军要求严格训练，务求半年内成为幽燕境内的四支强兵。这八万新兵的出现，让郭药师隐约感到朝廷对他的防范之意，他的胡作非为才稍有收敛。

应该说，蔡京童贯的这些布置比之王黼梁师成的确高明一些，他们对大金施以羁縻，对内监控风险，但所行措施，尚不足以根治大患。至于使用反间计引得大金西路军内讧一事，表面上看目的达到了，其实是埋下了更深的隐患。因此，当赵佶得到这一条消息时，虽然高兴，但不再像往常那样掉以轻心，而是在熙春阁的餐叙中，与诸大臣密定下一步的行动大计。

那一天，定下的计策有：

大金国遣使杰布、王永福来汴京庆贺圣寿天宁节。虽然有探究虚实之嫌，但仍应以隆礼待之，其意一则昭示天朝之雅量、之态度，二则展现其威仪、其国势。同时亦要观其行、听其言，从中判断大金是否有南侵之意；

来而无往非礼也，遣礼部员外郎傅察前往金上京谒金主，名为贺立夏节，实则沿途察看形势，测判金人治国能力；

给河北四路八万新军添置强弩及抛石机等守城军械，以应战时之需；

皇上诏旨种师道出任山西招讨使，总领兵马在汾河及雁门关一带布置，防宗翰之西路军南寇；

鉴于西路军内讧，童贯领旨急速前往太原坐镇指挥。并派马扩为特使前往大同面见宗翰，陈述我朝请归灵丘、飞狐等地要求。

道出了事情原委之后，就知道马扩猴儿巴急地要见宗翰的原因了。却说金兵哨长收了关防后，迟迟不给予回音，马扩天天派人到金军哨卡询问，得到的都是粗暴的回答：“叫你们等着就等着，咱大王有令来见你们，你们才能过境。”马扩虽然窝火，却也无计可施。硬是在雁门关前等了五天，才得到哨长传话，宗翰恩准让他们入境前往大同。但一应随从均不得陪同，除马扩与李棁外，只允许带一名马弁。

一入金兵辖区菇越寨，宗翰派了一名元帅府九品差办在此等候。因过关时连坐骑都拦住不予放行，马扩一行三人徒步走了半里多路，才在菇越寨通往大同的路口登上一辆元帅府派来的马车。差办带了一哨骑兵，车前车后押护。

马扩六年前随着赵良嗣第一次从海上绕道去到金上京，之后一直担任与大金联络的朝廷特使，他不但是两国盟誓的参与者，亦是燕云十六州交割的谈判者。不过，前五年他的职务是使金副使，担任特使一职的是赵良嗣。大约一年前，赵良嗣因冒死进谏，言策反张觉是叛盟之举，并申明出尔反尔国之大忌，后果不堪设想。但徽宗赵佶听不进他的劝告，时任中书令的王黼更是觉得他为虎作伥，念他过去有功，倒也没有过分为难他，只是革去了他使金特使的职务，安置在龙图阁当一名有职无权的学士。马扩这才得以上位，取代赵良嗣，坐上负责大金国事务的第一把交椅。

此时坐在马车里的马扩，看到路两边到处都是安营扎寨的兵士，官道上也是战马多于行人，心里头顿时生起不祥之兆，不由得想起十几天前离京前一夜与赵良嗣秘密会见的一番谈话。

马扩虽然取代了赵良嗣的职务，但两人数年来共事所建立的友谊却一如既往，马扩心中也一直钦佩赵良嗣处变不惊、见机行事的能力。所以，每次碰到疑难棘手之事，还是前来向赵良嗣讨教。

当赵良嗣得知此次马扩去大同的使命后，沉吟再三，才绕了个圈子问道：“前几天天降浮尘，那首顺口溜亦言胡尘起，兄台如何看待？”

马扩回答：“胡尘起之说，弄得人心惶惶，连皇上都沐浴斋醮，反躬自省，不是因为这一次天灾，弟也不会有这么匆促的大同之行。”

“问题不仅仅如此，胡尘起于西北，恐非虚言，兄台，大同正在西北啊！”

“这么说，皇上还是相信了那首顺口溜？”

赵良嗣点点头：“据我判断，金人早有南侵之心。一年前我为此事向皇上进谏不可策反张觉，甚至托李师师代为陈述利害，怎奈，唉……”

一声叹息，而后勾头无语，马扩知道赵良嗣心中的痛楚，安慰几句后，又问：“此去大同，如何同宗翰交涉，还望兄台指点。”

赵良嗣摇摇头，苦笑道：“大金国中，最最不好打交道的人，就是这个西路军统帅完颜宗翰，连吴乞买皇帝都对他礼让三分。”

“是呀，在他手上要回山后六州，如同与虎谋皮。”

“如果说过去，宗翰因为盟誓在先，与我朝谈判还有所忌惮，现在，他已无所顾忌了。”

“啊？”

“对他使用反间计，这是一错再错。”

“不是说，反间计起了作用吗？”

“宗翰的实际态度，现在还不得而知，但我可以肯定，山后六州肯定是要不回来的。”

“皇上的意思，先提蔚、应二州及被金人强占的灵丘、飞狐二县。”

“皇上的苦心，我们下臣也能理解，收回灵丘、飞狐二县，也是为了给天朝稍存体面，但是，兄台你方才说过，这是与虎谋皮啊。”

“那，弟该如何复命呢？”

“死马当作活马医，要不回土地，但你得把宗翰的底细摸清楚，为皇上下一步决策提供正确的依据。”

这一次谈话，让马扩心情沉重，因为他依据自己过往的经验，相信赵良嗣的判断。

金兵驾驭的马车，不像是迎接贵宾，倒像是冲锋陷阵，一路上颠得马扩一行七荤八素，云天雾地身子骨儿散了架。午时出发，五十余里的路程不到两个时辰赶到。来到元帅府大门前，申时刚过。这回宗翰倒爽快，报信进去便即刻传令相见，待马扩、李棁一行被人引领到元帅府值事大堂，只见宗翰已坐在公案后头的虎皮椅上。马扩与宗翰多次见面，已是老熟老熟的人了。马扩一入厅堂，即向宗翰拱手一揖，言道：“翰帅久违！”

谁知宗翰猛地一拍击木，厉声喝道：“大胆！”

马扩顿时大惊，立马收了脚步，一位小校拿着刀在马扩肩头上拍了一下，斥道：“见了我大金国相，还不快行庭参之礼？”

“庭参之礼？”

马扩顿时懵了，禁不住反问了一句。小校又推搡着马扩走到宗翰对面约三丈远的地方站定，恶狠狠骂道：“庭参之礼也不懂，你见你南朝皇帝行什么礼？”

“庭参之礼，”马扩回答，“可是，我是大宋使臣，怎么能对大金国相行此大礼呢？”

“不行大礼，你就给我退出去。”这回是宗翰说话，“各军士听好了，将这南朝狗官拖出去，递解出境。”

小校等护卫闻令就要将马扩三人扭送出大堂。马扩一看阵势，知道硬碰硬不行，只得服软，连忙喊了一句：“大王，请慢！”

宗翰手虚抬了一下，军士们便放了马扩。可怜身着南朝五品官服的马扩，极不情愿地走到刚才的位置双膝跪地，口中唱喏：“南朝礼部主事正五品加赐绯鱼袋特命大金全权大使马扩觐见大金国相宗翰元帅。”

“要喊大王！”小校补了一句。

马扩只得又念了一次，并在大金国相后头加了大王二字。

接着，李棁与那位随从也如法炮制行庭参之礼。

礼毕，宗翰这才给马扩与李棁赐坐，随从站在他们身后。

宗翰随即发问：“马扩，你如今成了特命全权使臣，原先在这个位子上的赵良嗣哪里去了？”

“他，皇上另有重用。”

“用在哪里？”

“龙图阁学士。”

“这哪里是重用？分明是闲差嘛，本王已听说了，赵良嗣是因为向你们的皇帝苦谏，不要策反张觉，免得两国因此交恶，你们的皇上听不进，便不再让他处理两国事务了，是不是这样？”

“大王所言之事，本官不太清楚。”

“你马扩一向滑得像泥鳅，对菩萨都不讲真话。本王也不指望你讲真话。你现在说，你此行大同一定要见我，要说什么？”

“还是为领土交割之事。”

宗翰身子朝虎皮椅子上一靠，两手交叉捧着后脑勺，双眼睨着马扩，嘴里吐出一个字："讲！"

马扩看出宗翰揶揄的眼神，但他别无选择，只得硬着头皮说出此行事目："山后六州交割之事，一直悬而未决。其实，按当初两国誓书，这是早就应该交割完毕的大事，其间我朝人事变更，亦给此事增加曲折。只缘去年童太师请老，归养田下，接任的谭宣抚不明情况，才将此事耽搁至今。主上对谭宣抚处事犹豫不决深有意见，于去年十月将其废黜，重新启用童太师，他老人家与元帅国相同是誓书实际操办者。这回童太师甫一到任，就念着与元帅国相有旧情，所以想尽快具结此事。这次来，是想问国相元帅，交地日期能否确定？"

宗翰听罢，冷笑质问："马使臣此次来西京，究竟是衔朝廷之命，还是宣抚司所遣？"

问得刁钻，马扩回答："童大人衔朝廷之命，特遣我来拜会。"

宗翰奚落马扩："尔南朝是不是已无人可委，才把你遣来？"

马扩不卑不亢解释："除了赵良嗣，朝廷还有比我更合适与国相元帅打交道的人吗？"

"这倒也是。"宗翰笑了笑，接着用更加严厉的口吻说，"山后六州，正斟酌移交时，却因咱大金国大圣皇帝突然驾崩而中止。待咱们将阿骨打皇帝的梓棺护送到金上京，落下空来准备重议山后六州的移交事宜，恰在此时，贵朝已违誓约，暗中策划张觉反叛，并接受燕京迁徙金上京十余万人口。本朝屡屡牒文追讨，贵朝一味虚文塞责。凡此种种，贵朝已失信于大金，不知你等怎么还有脸面，来此索要土地？"

宗翰说的这番话，原也在马扩的意料之中。离开太原时，童贯一再叮咛：若宗翰提张觉叛变及燕京迁徙人口事，就把责任一股脑儿推到谭稹身上。因此，宗翰话音一落，马扩立即回答：“国相元帅所言，倒也不是虚词。我来之前，童太师叮嘱再三，要我将张觉叛朝一事向国相元帅解释。当时朝中主持对贵朝事务的是谭稹，这谭宣抚不明事体，又立功心切，便听信了李石、张觉之请。这件事发生后，主上也非常后悔，这也是他作速免去谭宣抚职务的重要理由。请大王不计前嫌，体谅我朝圣衷，重开移地之谊。”

“这么大的背盟事件，就一个谭稹出来承担责任？”

“国相——”

“你不要啰唆了。”宗翰粗暴地打断马扩的话头，从公案上拿起几张洒金笺纸，朝马扩扬了扬，问，“这笺纸你认识否？”

马扩哪能不认识这种笺纸呢，它是圣上专用的御笺。他猜想宗翰手上拿的可能是皇上写给耶律余睹的亲笔信札，不由得暗暗叫苦。

见马扩低头不说话，宗翰提高了声调，气咻咻地质问：“你认识这几张笺纸吗？”

“这是御笺。”

“知道这御笺上写的什么吗？”

“不知道。”

“是你们皇帝亲笔写给耶律余睹的密札，要耶律余睹恢复大辽，与你们南朝重新修睦，夹击我大金。”

马扩无法解释，因为紧张而脸色煞白。

宗翰继续申斥：“策反张觉，你们皇帝写给张觉的亲笔信被我朝截获，你方才解释说，这是因为你们皇帝听信了谭稹的谗言，那么这一封写给耶律余睹的亲笔信，你们皇帝又是听信了谁的谗言呢？是蔡京，还是童贯？”

马扩脸上红一阵，白一阵，他实在无法回答。一直坐在他旁边的李棁，为了打破这难堪的局面，只好硬着头皮打圆场：“国相元帅，这封信札未必是真，我们此次前来，主上及童大人都没有提及此事。”

“做贼心虚，贵朝皇帝难道是贼吗？哪有一国之君，尽想着阴谋诡计，巧取天下。你们南朝君臣以奸待人，能保全帝业吗？”

“国相元帅，您不可如此谩骂咱们主上，两国交好礼仪为上。”

“你教训本帅吗？”宗翰怒不可遏，“你这厮混蛋，你信不信，我立刻叫你脑袋搬家！”

马扩生怕祸事发生，连忙起身朝宗翰一揖，求道：“请国相元帅息怒。”

宗翰怒气未消，兀自吼道：“你们南朝屡屡叛盟，还有何颜面跑来这里要山后六州？”

话已说到这个地步，马扩只能按预先由徽宗皇帝与童贯商量的底线开出条件：“国相元帅，我朝主上有旨在先，可搁置山后六州移交事宜，只望贵朝念及盟誓旧情，移交蔚、应两州，并归还贵朝借用的灵丘、飞狐两县。”

宗翰回答：“话都说到这份上了，你们还觍着脸来要两州两县。本相现在告诉汝等，燕云十六州，是旧辽国土，亦是我大金将士一刀一枪夺回来的，与你们南朝没有半点关系，以你们这种出尔反尔以奸报诚的态度，不要说本王占了你们灵丘、飞狐两县，你们还应该主动划送几个州府给我大金，方能平了我心中怒气。”

这席话如晴天霹雳，马扩与李棁听了面面相觑，不敢接腔。

宗翰觉得该说的都说了，便站起身来离去，走前，对马扩说：“你这个特使，就是个传话儿的，也当不了什么家，你们现在就回去吧，本相会派人去宣抚司见你们的童太师。”

第十三章　将军一令动山川

从元帅府里出来，暮色已起，金人也为马扩一行安排了食宿，但马扩挨了宗翰夹枪夹棒劈头盖脸的一顿训斥，哪里还有心思住下？加上从宗翰的口风中也听出了南侵之意——这可是最最重要的情报。马扩便决定连夜离开大同赶回太原，于是依然坐了那辆马车，两个时辰后赶到了菇越寨。一入寨子，他们的马车就被拦下了。

“是谁拦车？”李棁从车厢里探出脑袋问。

“不认识我了吗？”回答的军人仍是那个表情严肃的哨长。

李棁看到他连忙申明：“我们是大宋使节，刚见过你们国相元帅。”

“咱知道。”

“知道为啥要拦？”

“有大官要见你们。”

“大官，哪个大官？”

“你们下来便知。”

马扩一行无奈，只得下了马车，跟着哨长走到离马车不远的一栋像样一点的青砖瓦房里，这瓦房门口有兵士持枪值岗，显然是一个什么要害衙门。待马扩一行走了进去，一位穿着戎装的中年汉子便迎了上来，朝马扩抱拳一揖，言道：“马特使，还认识咱吗？”

“你？”马扩只觉得面熟，但一时想不起来，“你是？”

“我是杰布。”

“杰布？”马扩这才想起来这个杰布原是大金国已经驾崩的阿骨打皇帝的侍卫长，忙问，“侍卫长，你怎么会在这里？”

“咱不在这里，应该在哪里呢？”

“听说你是大金遣正使，要从东路过汤阴前往汴京庆贺我朝皇帝的天宁节。”

“啊，那个差事取消了。”

马扩一惊：“天宁节，我朝极为重视，贵朝怎么能取消呢？”

“天宁节还要等到三个月以后，现在，咱们的大国相又给我安排了一个更重要的差事。”

“什么差事？”

“随你一起到太原，面见贵朝的宣抚使童太师。”

“是密使还是国使？”

“当然是国使。”

杰布说着将身边一个身材微胖穿着大金六品官服的汉人推出来介绍说：“这是此行的副使王儒中，让他把关防和国书给你们看看。”

王儒中让随从捧出关防和已经封漆的国书给马扩等过眼。

马扩查验之后，问：“杰布将军，既是国使，为何不去汴京面圣，却要到太原府见童大人？”

杰布反问："你马扩是贵朝特使，为何不去金上京觐见吴乞买皇帝，却要来大同面见国相元帅呢？"

这句话抵得马扩语塞。

李棁接话："你们打算何时动身去太原？"

"你们何时启程？我们跟着你们。"

"这样不妥吧？"马扩又接过话头，"你们既是国使，就不能偷偷摸摸的，得先告知宣抚司衙门，然后由宣抚司安排行程。"

"你说的是常理儿，"这回轮到王儒中说话了，"但这次国相安排的与童太师的会见，事关贵朝的生死存亡。我作为一名在大金为官的汉人，提醒你们一定要特事特办。"

马扩觉得王儒中的话中含有明显的要挟，但眼下局势又的确扑朔迷离令人担忧。马扩因此陷入了两难境地：如果不允许杰布同行，万一由此生出事端，这责任他可担当不了；但若不经过童太师同意就这么稀里糊涂地把金使领到他跟前，所说事项又让童太师难堪，一旦怪罪，他的下场恐怕比赵良嗣好不了多少。思来想去，马扩想到一个拖延之计，他笑着问杰布："杰布大使，如今在你的地头儿上，你总不能这么快下逐客令吧！"

"你这说哪里话？"杰布有些发懵。

"咱俩也算是老相识了，记得五年前咱第一次见阿骨打皇帝，是在草原上，阿骨打皇上坐在一张虎皮榻上，专心致志烤着一只刚刚猎杀的野羊，见到我后，随手割了一大块烤得半生不熟的羊肉甩给我。"

"是呀，"杰布舔着嘴唇笑了，"记得你拿着羊肉站在那里像一根拴马桩，还是我拿了一只马扎子让你坐下。"

"咱坐下来，撕咬着阿骨打皇帝给我的那块羊肉，那个嚼劲哪，恨不能把咱牙齿都扯了下来。”

“阿骨打皇帝笑你们汉人牙口软得像老汉的鸡巴，臊得你满脸通红。”

杰布说罢，禁不住哈哈大笑。

马扩继续说：“就是那一次，你对咱说，待日后逮着机会了，一定会请我吃一顿香喷喷的清炖羊肉。”

“对，我是说过这话。”杰布点头承认。

“那，今晚不就是机会吗？”

“这？”

“这啥呀这，”马扩趁杰布在兴头儿上，大胆地拍了拍他的肩膀，“咱这会儿饿得青肠见白肠，杰布大使总不会连顿饭都不管吧。”

“这倒也是。”杰布命令一直站在门口的哨长，“去，弄只肥羊宰了清炖，今夜里，让马大使喝一顿咱大金的上等羊汤。”

女真贵族比起汉人贵族，其生活旨趣与享受不可同日而语，庖厨的讲究更是不可比拟，从活羊到拿上餐桌，花了不到半个时辰。借酒席上的热乎劲儿，马扩终于说服杰布同意他的折衷方案：他留在菇越寨陪同杰布，让李棁连夜到汉地向太原报告消息，争取三天内成行。

菇越寨在代州境内，属于太行山北部的丘陵地带。大辽时期，是太原府通往西京大同的边境。但菇越寨一向由代州管辖，是大宋边境重要的边关门户。宗翰去年抢占灵丘、飞狐后，也就趁势把这座隘口小镇据为己有。战时，这里是易守难攻的军事要塞；平时又是两国重要的通商口岸，日用百货水陆奇珍都通过这里转输贸易。既是要塞，军政要员必会在此开府建衙，上司高官也会常常莅临；既是口岸，行商坐贾于此相聚，货车驼队不绝于途。因此，凡道观寺庙堂会傩戏，瓦肆勾栏仙宫神殿等等设施在这镇上应有尽有，虽不精致，倒也热闹。马扩留在菇越寨陪伴杰布，若想要玩，倒是不缺值得耍玩的地方，但每到一处，见到的多半是大金的军士，战争的氛围笼罩着整座小镇。置身其中，马扩一直惶恐不安，他转着脑瓜子总想从杰布口中套出一些情况来，但杰布却像一只扎嘴葫芦。除了关心太原方面的消息，余事一概不往心上放。这样等到第三天上午辰时，李棁才打马来到菇越寨，通知杰布，童太师已有回音，欢迎杰布择日启程前往太原。杰布听闻此消息，立刻就带着一百余名侍从走出菇越寨哨卡。李棁觉得杰布随从太多，联想到大金方面只允许他们三人过境，便想与杰布理论，马扩把他拦住了，他不愿节外生枝坏了大事。过境后，李棁瞅空儿向马扩作了汇报：那一夜他过境后，便在驿站休息，将杰布要去太原的消息写成塘报用八百里加急送往太原。童太师第二天半上午就接到塘报并立即批复，任命马扩充任杰布的伴使即刻前来太原。

一行人来到了大宋边境的驿站，却没想到这里人头攒动，到处披红挂绿张灯结彩，看到杰布一行过来，立刻有十支三节长号吹响，接着锣鼓齐鸣，而后百十来人的腰鼓队在杰布马前表演，再接着是踩高跷、舞龙舞狮，前后表演折腾了半炷香工夫。

杰布被这阵势弄得丈二和尚摸不着头脑，问马扩：“你们这是干啥？”

“欢迎你这位大金国特使呀。”

杰布连连摆手：“你们玩得太过，咱可受不了这个。”

马扩也不搭话，将杰布一行迎进驿站厅堂，每位客人座前摆满各类茶点果品吃食儿。寒暄中，马扩接过李棁手中拿着的盖有宣抚司衙门关防的三张笺纸，递给杰布请他过目。

“这是什么？”杰布问。

“童太师亲自制订的接待你们的条目，请大使过目。”

杰布识不了几个汉字，接过笺纸递给王儒中说：“你念念。”

王儒中接过笺纸先看了一遍：

接待大金国正使杰布、副使王儒中一行，开款条目如下：

防护禁军一百三十二人，过境州县更替。

挽马人二千零六人。

正使、副使当值一百六十人。

准备过关轿夫一百六十人。

旗枪队一百二十人。

阳曲、繁峙、阳高、天镇、广灵沿途押宴、防护、当值、洗马一百五十人。

押进马至邻县十三人。

沿县五巡尉、火台、火把、牵挽手三千一百七十六人。

火台一千八百六十二座。

灯笼四百七十一盏。

火把载车九十八辆。

接伴正使、副使当值五十人。

歇马照料二百四十人。

马具运载车十辆。

以上计目十一款，用兵丁六千二百零七人。

银钞食品物资计目如下：

每程用带毛角羊二千斤，五县计用八千斤。

北果钱一千贯。

御筵果桌十行，行十二碟。

食十三盏并双下。

正使、副使每顿吃食分计：

羊五斤

猪五斤

粳米五升

鸡一只

鸭一只

鲤四斤

油半斤

柴三十斤

炭二秤

四两烛一对

酒一斗

果三十碟

蜜饯十碟

油盐酱菜料屋各有数。

点心：

粟一斤

羊一斤半

猪腰子一对，面一斤半

上中下三顿各有茶品，若折钱，正使、副使各折银三两三钱

都管九钱一分

随从校官以上七钱六分

尉官下四钱五分半

御筵不入席者折钱一两七钱。

以上总计费用二万贯。

王儒中看了一遍后再将此件读给杰布听，刚一听完，杰布一吐舌头嚷开了：“你们这事儿太尿性，你们把咱当什么人了？”

“你是大金国的正使呀，正使就是这个接待规格。”

“你们搞这么排场，都超过天祚帝的春水秋山大巡游了。咱们皇上阿骨打，哪里见过这等富贵？不要，我不要。让门外这些人，统统给咱走开，咱不要见到他们。”

“杰布大使，你听我……”

马扩试图解释，杰布不听，打断他的话头，又问：“从这里到太原有多远？”

“六百里地。”

“不远嘛，咱们每人两匹马，两天就到了。”

杰布说着，从腰间摘下马鞭，朝空中甩了一个脆响，命令他的随从们：“你们听着，咱们不要这些虚头巴脑的烧钱排场，揣上两天的干粮，歇马不歇人，尽快赶到太原。”

杰布说着，咚咚咚一阵风走出驿站，马扩与李棁二人面面相觑，只得跟着杰布翻身上马，朝太原方向疾驰而去。

听说杰布一行已被马扩领到宣抚司衙门前，童贯即刻穿好一品官服出门接见，走到门口忽又折回来，吩咐小侍：“给我穿上铠甲。”小侍奇怪，因为童贯尽管是主管朝廷军事的太师，是有大帅级铠甲戎装的，但他从未穿过。今天突然要穿铠甲，让小侍迷惑不解，想问又不敢问，只得按童贯吩咐，回到后院替他换了戎装。童贯披了铠甲，心里头念叨了一句“怎么这么沉呀”，刚走出门，又退了回来，想了想又重新出门，小侍从后头追上来喊：“大王慢走。”

“咋了？”童贯停下来问。

“还有佩剑呢。”

小侍说着将佩剑挂到童贯的金腰带上，童贯不习惯，使劲按着剑柄作威武状。那剑鞘便翘得老高，样子挺滑稽，小侍及几名随从忍不住笑起来。

“笑啥？”童贯有些生气。

小侍连忙解释：“大王穿上铠甲威武，但小的们看着倒不像大王了。”

“像啥呢？”

“像，像是八十万禁军教头。”

童贯顿时岔气，他一个堂堂太师，哪瞧得上八十万禁军教头。他临时改变主意穿上铠甲，是想到大金国特使杰布是个将军，加之两国今年摩擦不断，战争大有一触即发之势，他穿上铠甲是想以势慑人。但小侍一句话提醒了他，戎装一穿，岂不就是一个舞枪弄棍的武士？这种自降身份的事绝不能做。念头一转，童贯复又返回到后院，让小侍帮着脱了铠甲。不过，他也不再穿那显赫的一品官服，而是选了一件玄色道袍，戴着深蓝色的温公巾到了厅堂。

待他坐定，马扩便领着杰布、王儒中一行进来。一一行礼坐定，童贯问杰布："杰布将军，听说你执意不肯本朝按礼节接待，是何道理呀？"

杰布哧地一笑，回道："不就是走个道儿吗？弄得人山人海前呼后拥的，你们不嫌麻烦，咱还嫌多费劲呢！"

童贯于是申明："咱南朝是礼仪之邦，善待邻国，自开国以来，对邻国来使的接待，一朝胜于一朝。当今圣上尤重大金国盟友，亲自审定接待来使规格以及用度，在贵将军之前的金国来使，咱们都是如此接待的。"

"用七千多人，耗两万贯钱接待咱们一百五十人，是不是太奢靡了？"

"将军替咱南朝省钱，其实大可不必。"童贯仿佛很受委屈，"杰布你这一推辞，不明真相的人会说咱南朝失礼。"

杰布最怕虚套，直通通说："童太师，咱们现在来谈正事儿吧。"

杰布说罢也不等童贯答复，就让王儒中呈上大金国枢密院的函件。

去年十月，大金国皇帝吴乞买下旨，西路军元帅完颜宗翰兼任枢密使，大金国朝廷机构的设立完全效仿大宋，其枢密使类同宰相，所以，宗翰以国相行文亦可视为国书。

童贯接过国书，表面上漫不经心，内心却很紧张。盖因四天前接到李棁八百里驰传送来的密札，一连几天都没有睡个囫囵觉。大金方面取消天宁节贺使，却突然派遣杰布来太原见他，凭经验他就知道大金方面正在密谋生变。当他遵徽宗旨意亲来太原就近布置督察河北山西两路军事时，数日来发生了几件大事，如郭药师心腹大将甄五臣率部两千人投完颜宗翰麾下，驻代州义胜军韩庆率部八百人叛投完颜娄石军前，大金东路军元帅宗望亦往居庸关与娘子关方向派驻重兵与守关官军对峙，宗翰的部队已分三路控制通往大宋边境的代县、灵丘、飞狐等地，云燕之地再度战云密布，风声鹤唳。就在昨日，又有快报传来，已被宗翰授予五品骠骑将军之衔的叛将韩庆，突然钻出太行山密林奔袭了繁峙县城。

应该说，童贯虽然主持了宋金两国誓书的签订，但从心眼里头却从没有把大金当作一个正儿八经的国家对待，他只不过是想利用这批不谙世事的边鄙草寇帮助大宋完成收复燕云十六州的夙愿，却没想到此举实乃养虎为患，短短几年，草寇摇身一变，竟成了取代大辽的王者。但是，即便是大金成了北方霸主，童贯依然觉得大宋君臣是天潢贵胄，压根儿没把大金君臣当作真正的对手。但是，一年来特别是近几天的种种变化，开始让他反思，也让他产生了恐惧。

看到童贯拿着国书走神的样子，王儒中在一旁催促他："童太师，请看国书。"

童贯这才打开羊皮护套，从中抽出两张纸来细细读了下去。

这封国书虽不长，却向大宋提出了严苛的要求：鉴于大宋屡屡叛盟，大金限大宋于三个月内，如数退还已交还的山前九州，其国土恢复辽宋疆界，若大宋不肯交还，大金必以武力夺回。

这封国书的内容，杰布、王儒中出发前就已知晓。依常人所见，童贯看到这封国书，必定脸色大变暴跳如雷，他们也做好了应变之策。谁知童贯看后，却把国书小心放进皮套，吩咐书办收妥，然后皮笑肉不笑地对杰布说："你们国相元帅的想法，想必也是吴乞买皇帝的旨意。"

"既是国书，就是咱大金国的态度，还请童太师给予回复。"

“回复当然有，但不是现在，这么大的事，不报到皇上那里，谁也当不了家，做不了主。现在，本王请你们使团所有人喝杯水酒。”

“喝酒？”杰布见童贯不愠不火，不免大出意外，他与王儒中对视了一眼，回道，“国事为重，还请大王尽快作答。”

童贯笑道：“你们提出这么个要求，本王只当是妄语。但我知道，宋金两国之间的确发生了一些不愉快的事情，解开这些疙瘩，需要时间，心急吃不了热豆腐，你们说呢？念你们一路奔波，饥一餐饱一顿着实辛苦，先吃顿饭总是应该的，来人！”

衙司总管应声而到。

童贯问他：“餐席备下了？”

总管躬身回答：“回大王，备好了！”

童贯起身，习惯地提了提袍子的下摆，向杰布做了一个请的姿势。

杰布看看也无别的选择，便跟着童贯出了厅堂侧门，来到一座相邻的庭院。这院中前面是一座戏台，两侧长廊宽约丈五，长约十丈。与戏台相对的，是一间前轩开敞的花厅。童贯领着杰布、王儒中到花厅就座，并请来太原府知府兼河西经略使张孝纯、副都总管王禀、通判方汲以及马扩、李棁等一众高官押筵。听说杰布充当大金特使前来太原面见童太师的消息，前日宣抚司衙门已照令太原府以及河东经略司、转运司各衙门堂官昨日前来宣抚司会揖，通报山西边境兵戎祸机以及研判杰布此行目的及应对之策。会揖时，繁峙县城被叛军韩庆率部攻占的警报刚好传来，一向主张对金军强硬制御的太原府尹兼经略使张孝纯认为，完颜宗翰必欲犯边南侵的意图已十分明显，建议童贯应尽快征调山陕及京南各府官军，前来充实与大金接壤州县，控御要塞，占据要津。一旦战事爆发，我方早作布置，就不会临阵慌乱。参加会揖的十几位堂官大都赞同张孝纯的提议。童贯却说："大金国人口不足二百万户，兵力只有六万，我朝人口是多少？二千八百万户，直接由朝廷调配的官军就有八十万，他如何敢犯边？当然，宗翰与宗望这两个人年轻气盛，灭了一个辽国就觉着有实力可以和大宋叫板了，这岂不是笑话！河北一路，有一个郭药师，宗望就休想越过居庸关；河西一路，本王听了你们的建议，请示皇上重新启用种师道，拨给他二十万兵马，宗翰想越过种师道的防线，也绝非易事。"童贯既如此说，众位官员也不便再说什么，一场会揖落实到行动上，首先是今天这一场高规格接待的筵席。

这庭院的两边长廊，各摆了十二桌酒席，中间的花厅里是一张可坐十二人的枣木大圆桌，童贯及大金使副二人，还有九位押筵官员都在花厅里落座。开筵后，由于主客双方各有心思，席面显得沉闷，童贯于是拿了一把折扇递给杰布说："杰布大使，寡酒难喝。本王已找了个戏班子，为咱们助助兴，这折扇是戏单，你可随便点，想听什么点什么。"

杰布打开折扇，见一行行汉字都有蚕豆大，第三行起首两字他总算认得，便问王儒中："这'将军'两字下面是些什么？"

王儒中伸头瞅了一眼，答："将军一令动山川。"

杰布一听，仰脖儿喝了一盅酒，嚷道："将军一令动山川，这戏词儿好。童太师，且唱这个。"

童贯布置下去，顷刻工夫，便听得鼓擂九通，铙钹惊耳，尖锐的唢呐声中，一位腮下挂了长须身穿铠甲的魁梧大汉扬着马鞭踩着锣鼓点子盘旋上台。显然这大汉扮演的是将军。他走到前台中央站定，高喊一声：“军爷好！”

一溜武士一色持刀鱼贯上台，高声呼应：“小将们在。”

将军：“反贼犯我边境，尔等随我出征。”

众军爷举刀齐吼：“走，走哇——”

将军：“某甲牵马上来。”

某甲拖着一根枣木棍连翻三个筋斗在将军前站稳，喊道：“将军上马！”

将军作上马状，而后挥鞭作急驰状，一众军爷跟在他身后。

将军立马高岗，引吭高歌：

> 将军一令动山川
> 征鞭指处贼胆寒
> 砍下贼头如切瓜

众军爷挥刀作砍头状，一齐放声怒吼：

> 砍下贼头如切瓜
> 如切瓜——
> 如切瓜——

将军撩起战袍踢了一个云腿，耍玩了一阵娴熟的刀法，做了一个砍头的动作后，又高唱：

> 大好河山变瓜田

众军爷一起吼嗓子：

大好河山变瓜田

将军：“军爷们哪，杀——”

众军爷吼着：“杀！杀！杀——”

当台上将军领着军爷们收了杀伐的动作，一起走到台前向花厅里的长官谢幕时，庭院中立刻鼓噪起来，因为这折戏演得有声有色，主宾双方坐席者都看得入迷。杰布觉得这词儿好像是新编出来的，便恼着脸问童贯：“这戏是你们新编的？”

“哪里是新编的，这戏牌子叫秦晋老腔，是当年唐玄宗坐朝时，那奸贼安禄山反了渔阳，与史思明一起杀来长安。从全国各地赶来的勤王兵马抵抗安禄山，这戏词儿是那时候留下的，而勤王的兵马多半来自秦晋两地，战场也在秦晋，故产生了这个秦晋老腔。”

听了童贯的解释，杰布不作声，但心里头仍觉别扭，再也不想待在这里生闷气了，于是起身告辞。

童贯正想挽留，忽见司衙总管匆匆跑进来，禀道：“童太师，前陕西经略司种师道老将军已接圣旨，日夜兼程赶到这里了。”

童贯高声问：“你是说种师道老将军？他到了哪儿？”

“种师道老将军已到了宣抚司，已在签押房候见。”

“好，好。”童贯喜形于色，又对杰布说，“照料不周，万望杰布大使多加包涵。”

杰布问：“童太师，咱回去如何回复国相元帅？”

童贯说：“本王派马扩去面见宗翰国相，已申明了我朝的态度，山后六州暂时搁置不议，但是，应、蔚两州及灵丘、飞狐两县，还望贵朝归还。”

杰布叮问：“这就是童太师的最后答复？”

童贯回答：“不是本王的答复，是咱们皇帝的旨意。至于你们这次开出的条件，本王会尽快奏报皇上。”

杰布一拱手，冷冷地说：“告辞了。”

童贯虚抬一下手算是还礼，嘱咐马扩代为送客。

待杰布一行退出，一直站在一旁的张孝纯急着问：“童太师，种师道老将军这么快就来了？”

童贯摇摇头：“皇上请他出山的敕令，这会儿他恐怕还没收到呢。”

张孝纯道：“那你为何……”本来他想说“你为何骗人呢”，但话到嘴边却又咽了回去。

童贯盯着他，苦笑了一下：“咱知道你的意思，皇上说打鬼要借助钟馗，种师道就是打鬼的钟馗，指望他能成为宗翰的克星。”

张孝纯隐约感到童贯有难言之隐，于是试探地问：“杰布送来的国书说了些什么？”

童贯沉着脸，半晌才回答：“宗翰他异想天开，要咱们归还已交割的山前九州给大金，不然，他就兴师南侵。”

张孝纯倒吸一口冷气，两人相视无语。

第十四章　华山遇仙亭

咸阳至潼关的古道始筑于秦始皇时期，此后累朝修葺维护，是关中通向中原的一条最为重要的官道。这一天，十几匹快马沿咸潼古道驰入华山地界，但见古道两旁松楸簇拥，万山纠葛，一派险峻风光，让人心旷神怡。

却说这一队快马打头的两个人，正是种师道与种师中两兄弟。种师道是徽宗朝中最为著名的大将，他年轻时拜关中大儒张载为师，牢记张载“为天地立心，为生民立命，为往圣继绝学，为万世开太平”的谆谆教诲，勤研学问，磨砺操守，除细读圣贤书外，对八索九丘、文韬武略乃至奇门遁甲、梅花易数各类异书无不涉猎。出仕为官后，弃文为武，以孙武、郭子仪为楷模，严于治军，精于战事，十几年中负责与西夏作战，无论是声势浩大的战争还是骤然遭遇的游击，种师道所率军队几乎是逢战必胜。过去一直与西夏纷争的边关从此宁静。因此无论是西夏、大辽还是现在的大金，三国的军队无不知晓种师道的大名。但是，这样一位战功卓著的将星，却一直是宋金密盟最顽强的反对者。他的态度对朝中官员有极大的影响力。无论是蔡京、童贯还是王黼、梁师成等，都对他衔恨甚深，只是忌惮他的威望才不敢轻易褫夺他的官职。去年，当大金如约交割燕京城等山前九州，蔡京与童贯认为大功告成，于是奏请徽宗皇帝以种师道年事已高为由，下旨免去他的陕西经略使职务，加少师衔让其致仕。那时的种师道已年满六十八岁，他没有回到山西老家，而是在长安觅了居所，以利向张载老师就近求教。谁知，清静的日子过了不到一年，徽宗皇帝再下旨要他起复，挂枢密院同知衔领二十万兵马赴山西边关。

接旨之日，种师道不敢怠慢，作速向张载老师辞行，然后告别家人，与弟弟种师中一起束装出发，晓行夜宿赶往太原。

不知不觉临近华山，耀耀晴日之下，可以看到华山直刺青天的嵯峨峰头，种师道松了松缰绳，马速慢了下来。

“端儒，”种师道对弟弟种师中以字相称，“再走上二十多里地，咱们就到潼关了，马也有些乏了，咱们先歇息会儿吧。”

种师中也是大宋名将，担任过武胜军总督，官至四品，他比哥哥小五岁，却比哥哥先致仕三年，他本已回原籍居住，哥哥定居长安后，他又举家迁来与哥哥同住，兄弟情笃为世人称道。此时兄弟俩翻身下马，坐在路边树荫下歇息，随从马弁端上装灌了凉茶的水囊及干粮。

种师道揪了一小块锅盔放在嘴里慢慢嚼着，忽听得路边小山丘上响起了悠扬的箫声。

“谁在那里？”种师道问。

“咱去看看。”

种师中说着，就带着两名随从沿石级登山而去。不一会儿，一名随从飞也似的跑下山来，对种师道说：“帅爷，二帅爷请您上山。”

“啊，什么人在那里吹箫？”

“是位白胡子道人。”

“哦，咱去拜会。”

种师道毕竟是六十九岁的人了，虽称不上健步如飞，却也步履稳健。山并不高，大约百十级台阶，种师道走上山头，才发现这里有一座碑亭，一块赑屃驮着高大的汉白玉石碑立在亭子中央，一名三绺白色长须垂到胸前的老道人盘腿打坐在石碑前，手上捏弄着一支箫管。

种师道上来，只见老道人垂着眼帘并没有停止吹奏，他吹出的箫声婉啭如诉，如危涧流泉，又如空山鸟语……

突然，一只喜鹊飞到亭前，盘旋几下，站落到亭子里，伸着小脑袋看着老道人，接着两只、三只、五只、八只……一大群喜鹊都站立在老道人面前了。

老道人这才睁开双眼，放下竹箫，从身边的粗瓷碗里抓起一把舂碎的黍米粒儿饲喂这些喜鹊，直到碗里的黍米粒儿空了，老道人才抬头望着种师道兄弟，笑吟吟地问：“想必二位就是名震三秦的种氏兄弟了。”

种师道回答：“在下即是种师道，这是舍弟师中，敢问老神仙尊姓大名？”

老道人回答：“咱叫残棋。”

“您就是残棋道人？”种师道惊讶道，“人称您是隐居华山的当世神仙，多少人仰慕您却无缘相见，今天您怎么会在这儿呢？”

“为了你。”

“为我？”

“也为这块碑。”

残棋道人说罢手不撑地，屁股一抬就从地上站了起来。

种师道兄弟二人随着残棋道人走到石碑跟前，一看碑额，原来是真宗皇帝所立，讲述的是大宋王朝创立者太祖赵匡胤任后周殿前使指挥时，经过华山在此偶遇陈抟道人的故事。两人一见倾心，陈抟遂邀赵匡胤上山，到了顶峰之侧一间小亭子坐下赏景，并在那亭子里下了一盘棋，后人将那亭子取名为下棋亭。而眼下这个亭子为真宗修建，名遇仙亭，是赵匡胤初遇陈抟的地方。

种师道细读碑文，知是真宗朝枢密使寇准奉皇帝之命而撰。当读到以下这一段时，种师道禁不住大声吟哦：

> 一个天之骄子，一个世外高人。一个金戈铁马，志在千秋社稷；一个闲云野鹤，心连百丈烟霞。两人对弈华山，逐鹿棋枰。手起子落，咫尺间风云变色；眉蹙眉舒，须臾间人神易位。泾渭在其脚下，黑白在其眼前。沙场秋点兵是英雄气概，松下问童子是仙家从容。陈桥兵变虽是后话，但杀机已从眼前射出；华山炼丹正值此时，看逸气自他发际留连。千兵万卒死而何惜，只需赚得胜券在手；一炉一扇用而可贵，也好赢得云水在胸。
>
> 英雄与神仙，过招于千仞苍崖。蕞尔之地，龙腾虎跃。棋有棋风，弈有弈趣。一个月下挥斧，一个绵里藏针。一个层层紧逼，一个步步为营。起于草莽者，以图搏杀凌厉之痛快；隐于江湖者，欲得虚实相生之玄妙。潼关在右，万马奔腾且为嵯峨帝室；马嵬在左，六军不发只为宛转蛾眉。四面楚歌，端的得道多助；五千奥义，岂必治国无为。二十四桥

明月，七十二处烟尘，战士军前，美人帐下，兵戎相见，生灵歌哭……

读到这里，种师道沉默了，也许是“兵戎相见，生灵歌哭”八个字，触动了他的心思，他背过身去，抬起衣袖揾了揾眼角的泪水。

种师中接着读了一段：

治世者太宗，养心者陈抟。潇潇洒洒，在天地间作一手谈。观棋者何人？朗朗乾坤，容不得第三人在侧。战马在山谷嘶鸣，羽客在洞中面壁，且喜岩隙有二三古松，既可挂英雄铠甲，亦能悬儒士诗囊。万山肃立，听落子之动静；一鸟悠然，探胜负之消息。秦陵在前，始皇或叹后生可畏；昭陵在后，太宗静观文武斗法。壮士在黄河磨剑，智者在渭水放歌。太白鸟道，有麋鹿蹒跚走过；终南紫气，引青牛款款而来。棋者奇也，纸上谈兵，智勇双收……

听到这里，种师道抚髯长叹：“好一篇奇文啊，分明是在说理国之经纶嘛。”

残棋道人回答说：“寇准说服真宗皇帝，与大辽签订澶渊之盟，由此开始大宋一百多年的升平昌盛。但乾坤造化有顺有逆，五年前蔡京童贯说服今上与大金签订海上之盟，大宋之运程，从此急转直下。国运有难以预料之事，天意有不可窥测之处，信不虚也。”

种师道若有所悟，问道：“老神仙刚才说今日在这遇仙亭相见，一是为了这通碑文，二是为了拙人，此话当何解？”

残棋道人神秘地一笑，言道：“真宗皇帝修这亭子是在澶渊之盟签订后，他觉得宋辽两国修好，有利于苍生社稷。五十多年的战争杀伐，两国都疲惫不堪，特别是南朝，百姓无法安居乐业，更谈不上六畜兴旺五谷丰登。结束穷兵黩武，既可保固赵宋朝廷的国祚基业，又可惠及万民，让百姓普沾德泽。真宗签过盟约后，认为祖宗基业在他手上消除隐患，得以充盈元气，他可以告慰二圣在天之灵，于是在寇准的提议下，修造了这座遇仙亭。所以，我想让你种大帅看看这个亭子，读读这通碑文。”

“多谢老神仙，种某经略陕西，的确是第一次走进这遇仙亭，惶恐，惶恐。”

“关键是您这次来，正其时也。”

“啊，请老神仙不吝赐教。”

“我听你读到‘兵戎相见，生灵歌哭’这一句时，竟不忍卒读，背过脸去偷偷抹了一把眼泪。”

“是啊。”种师道喟然叹道，“老拙一生戎马，百战沙场，但深知战争给老百姓带来的灾难。一人死，一家哭，一邑毁，天下苦。如今圣上要我重披战袍，圣命难违呀，唉！”

种师道欲言又止，残棋道人这时候从袖子里摸出一张纸来，递给种师道。

种师道接过笺纸，看到一首诗：

北蕃群犬窥篱落，
惊起南朝老大虫。
三军且往汾河去，

杀熊岭上哭秋风。

种师道读了三遍，从字面上看句句都懂，但联想起来看又不甚明白，便问残棋道人："这诗何人所写？"

"不是人写的，写诗的是青鸟。"

种师道一惊："老神仙，这诗是扶乩得来？"

残棋道人点点头，徐徐道："昨日，贫道就得知你要经过这里，便连夜为你扶乩占运，青鸟在乩盘上留下了这首诗。"

"这诗藏有什么玄机，还望老神仙开示。"

残棋道人沉思了一会儿，回道："西夏军事，遇强必克。但大金之强悍远过西夏，加之大帅所统之兵，并非旧部，而是来自各府州县之乡兵，平日未经战事，又不能统一号令，短期内，大帅难以控御。"

种师道点头称是，说道："老神仙所言之事，老拙也已预料，怎奈大金犯边之意明显，一旦贼酋南侵，老拙岂能作壁上观呢！"

"这就是大帅的难处，也是贫道担心的事情，我送你八个字：遇河必让，逢岭必绕。"

"遇河必让，逢岭必绕。"种师道咀嚼这两句话的含义，问道，"这河应该是汾河吧？"

老神仙点点头。

"那岭呢？太行山中的岭多着呢！"

"大帅，到时候你就知晓了。"

"老神仙，多谢您特意赶来赐教。老拙无以回报，唯保固大宋疆土而已。"

种师道说罢拱手告辞，残棋道人坚持要送到山下，复又叮嘱：“你来到亭子时，看到了什么？”

“看到您在吹箫。”

“为何吹箫？”

种师道没有回答，道人接着反问：“您看到喜鹊了吗？”

“看到了。”

“这里有两层意思，贫道吹箫引来喜鹊，说明大帅您此次出征，一月内并无凶险。但秋风起后，必有恶战。”

“老拙听老神仙的箫声，似有些凄凉，这是什么曲子？”

“四面楚歌。”

“啊，项羽垓下之战，闻听此曲，军心涣散，一战而失天下。”

“四面楚歌声中，飞来九只喜鹊，大帅自有天救。”

种师道问：“帅有救，国有救乎？”

残棋道人不语，半晌才叹道：“大宋兴，兴于澶渊之盟；大宋衰，衰于海上密盟。真可谓人算不如天算。”

谈话到此，种师道心情沉重，临上马前，又问了一个心中存疑的事情：“老神仙，您为何取名残棋？”

残棋道人回答：“太祖与陈抟在华山上下的那一局残棋，贫道毕生推演，世人常说世事如棋局局新，殊不知世事如棋局局残。历朝历代，列祖列宗，留下了多少没有下完的残棋啊，每一局残棋都留下了无穷奥妙。大帅此时去山西，不正是去对弈宋金之间的一局残棋吗？”

种师道若有所悟，遂与残棋道人一揖别过，与种师中打马奔向潼关。

这几天，待在太原的童贯心情糟透了。那一日，送走大金特使杰布之后，他让一众官员各自回衙，单独留下马扩与李棁。让他们详细禀报前往大同面见宗翰的情况。马扩禀毕，童贯问李棁可有补充，李棁说："卑职随马大使去大同，真个是百闻不如一见，大金是攒足了劲儿要与咱天朝开仗了。太师大人，咱们须早作打算。"

"作什么打算？"童贯问。

"和谈。"

童贯一惊："你为何有此主张？"

"我在大同城内，很少见到百姓，城里城外，全是大金兵马，真个是人如虎、马如龙，上山如猴、入水如獭，其势如泰山，中国如累卵。"

童贯倒吸一口凉气，加重语气问："有这么厉害？你再说一遍。"

李棁像念戏词一样，又有板有眼念了一遍："大金国的那些个军人，真个是人如虎、马如龙，上山如猴、入水如獭，其势如泰山，中国如累卵。"

童贯内心充满恐惧，但表面上却摆出不屑一顾的样子，斥道："李棁，尿裤子了吧，熊样儿。从此后，叫你六如给事好了。"

"是，大王。"李棁面红耳赤嗫嚅着回答。

童贯让李棁先出去，然后又问马扩："你说说，李棁的话有几分靠谱？"

马扩回道："仅从表面上看，李棁的话真实不虚。"

"听你的话风，大金方面还有隐情？如果有，又是什么？"

"我上次去大同面见宗翰，却没有见到完颜希尹与耶律余睹。"

"耶律余睹都死毬了，你当然见不着他。"童贯说着，又问道，"那完颜希尹，有没有听到他的消息？"

马扩摇摇头：“大金军控制甚严，想找个人搭讪比登天还难。”

童贯：“你认为完颜希尹真的被宗翰关进了大牢？”

马扩：“依宗翰的性格，他恨不能把完颜希尹大卸八块，因为希尹借机杀了他的爱妾萧莫谛。”

童贯摇摇头：“希尹未必在牢里。”

马扩问：“大王何以见得？”

“西路军一帅两将，如果两将都去了，他宗翰还能兴兵犯边？”

“大王分析也有道理。”

“你与杰布在一起待了五天，也打探不出一个像样的情报？”

“杰布从不单独见我。”

童贯手撑着下巴愣了一会儿，才用阴沉沉的口气说：“宗翰这个人，是熊瞎子与海东青的结合体。他冷血、凶残、愚蠢，像熊瞎子；他机警、固执、桀骜不驯，又像海东青。此人不除，我大宋必国无宁日。”

“怎么能除掉他呢？”

“本王的意思，你先不要泄露，待本王想清楚了再说。”

“卑职知晓。”

“本王还有一件紧要事交给你。”

“请大王吩咐。”

“你即刻出发，到郭药师军中走一趟，代表本王犒军。”

马扩闻听此言，知是童贯担心当前形势下，郭药师可能会脚踩两只船，故遣他前往犒军，以示羁縻之策，于是言道：“大王，您对郭药师恩重如山，如果不是您加意提携，皇上怎么能将他倚为国之干臣呢？卑职若是郭药师，必定会肝脑涂地以死相报。”

“理是这个理儿，”童贯忧心忡忡地说，“甄五臣是郭药师多年的心腹，他突然叛变投到宗翰麾下，这究竟是甄五臣真的与郭药师闹翻了，还是两人打内行架，演一曲双簧呢？本王不得不担心啊！你这回去，到河北顺便把甄五臣的事查个水落石出。还有……”

“还有什么？”

童贯于是与马扩咬了一会儿耳朵，马扩听了，不免头上冒冷汗，但仍坚定地回答：“卑职遵命！”

马扩走后，童贯又下令宣抚司知事前来，替他草拟一封密札给徽宗皇帝。

这封密札的大致内容是：大金军犯边南侵之意已十分明显，日前大金国使杰布送国书至太原，不但不肯交还无理侵占的灵丘、飞狐两县，还提出归还山前九州的无理要求。近日，大金国西路军已在边境陈兵十万余众，战事一触即发。虽前次请旨重新起用种师道，挂枢密院使同知衔主持山西军务，但毕竟年事已高，且所辖陕军久未训练，军纪松弛。望圣上恩准淮南经略使姚平仲率所部二十万兵马急速赴晋，与种师道部共同抵御犯边金军。

知事起草密札后，童贯又亲为润色，然后封缄盖了宣抚使关防，差驿卒八百里驰行连夜送往汴京。

童贯办理这几件要事的期间，还有几拨官员求见，都是一些军费划拨、兵马调动、粮草支付等要紧事，他不批示就无法办成。童贯懒得见他们，只让司衙总管将这些官员分领到各办事廨房，令专责官员收件并签署议决，然后由总督汇总呈他阅示加盖关防。省事倒省事，只是给予各廨房官员责权太大，导致贿赂贪渎情况在他眼皮子底下发生。拨付的军费器具款项，很大一部分都落进办事官员的腰包。平日十分精明的童贯，知道其中有猫腻，但他却懒得追究。在他看来，国难当头，这些官员仍能坚守值衙勤勉办事，已经很好了，此时若对他们求全责备苛求严管，势必会引起僚吏不满生发事端。

却说密札签发后，童贯问总管："马扩走了吗？"

"走了快一个时辰了。"

"种师道到了哪儿了？"

"听说已过了风陵渡。"

"怎么这么慢？"

"他在风陵渡住了一晚。"

"他不赶来太原，住那里干什么？"

"不知道，听说是察看黄河两岸的形势。"

"那儿是晋东南，完颜宗翰的兵马在晋西北，中间还隔着太原与河东路呢，难道大金军会打到那里？我看这个种师道，脱不了文人习气，肯定是留在风陵渡吟诗作赋了。"

童贯噼里啪啦斥责了一通，总督不敢插话，木桩似的站在一旁。

骂够了，童贯又问："繁峙那边怎样了？"

总管答："奉大王令，驻扎在五台县官军一千人，雁门县城官军一千二百人星夜赶往繁峙县城，激战半日，劫城的叛军弃城逃跑，官军两路合围一路掩杀，斩叛军首级二百余人。"

"韩庆呢？"童贯问的是叛军头目。

"不见了，或许已逃窜。"

"查一查那些首级，看韩庆在不在里头，擒贼擒王，如果把韩庆斩杀了，这可是大功。"

总管明白童贯的意思，立刻回答说：“我这就派人去查验，我想那一堆首级里面，肯定有韩庆的人头。”

“唔，查验须得准确无误，”童贯与其说是交代，不如说是暗示，接着又问，“繁峙大捷，是否向皇上奏报？”

“没呢。”

“这么大的喜讯，怎不及时上奏？”

总管小心回答：“捷报传来都两个多时辰了，卑职见大王太忙，没有及时禀报。卑职这就立即让文书房起草捷报，写上韩庆已被擒斩，急迅报给圣上。”

童贯点点头，吩咐说：“要与前一封邸报一起报呈皇上，这是鼓舞士气的大捷，要给将士们邀功请赏，这事儿要快办。”

总管唯唯诺诺出门的时候，童贯又叮嘱他：“事儿要办得利索，不给人留话把儿。”

“卑职明白。”

看到总管大虾样的身影消失在门外长廊，童贯的脸上总算有了一丝笑意。

晚上童贯吃了一碗羊汤煮出的揪耳朵。因为疲倦，他早早睡去了。半夜里，他被一场噩梦惊醒，梦见一个貌美如花的女子坐在他的对面，笑着笑着，那女子突然揪下自己的脑袋，搁在膝盖上，一手扶住头，另一只手叉开五指当梳子梳自己的头发。那抹过粉的脖子兀自立在身子上，没有鲜血喷涌，却如同一只药臼袅着丝丝的白烟。那样子令童贯十分害怕，他想撒腿儿逃跑，两腿却动弹不得，他想呼救，喉头似乎被一双无形的手扼住。恰在此时，那颗搁在膝上的头颅张嘴说话了：

“大王，你要往哪里逃？”

童贯呻吟着说：“这是在哪里？”

女子说：“这是在你家里。”

“家里？”

童贯一个鲤鱼打挺坐了起来，但见昏黄的夜灯下，屋子里悄无人影。童贯明显感到有一股刺骨的寒风在他脸上扫了一下。

第十五章　郭药师行辕

紧赶慢赶，第四天的下昼未申之间，马扩来到了郭药师的行辕。辕门值日官将马扩迎至花厅品茶，差人去向郭药师禀告。大约两泡茶工夫，差人进花厅回复：大帅请马大人到马毬场会见。

马扩心里头嘀咕："这匹套不上嚼口的马，这会儿还有闲心打马毬！"说着跟了差人出了辕门，抹斜儿朝西走了有半里多地，便听到了踢踢踏踏的马蹄声、神吭鬼叫的嬉闹声。马毬场到了。郭药师与他的僚佐卫兵们玩得正酣。马扩也是玩马毬上瘾的人。他在场边站下，天气燥热，一只马蝇在他额前飞舞，他伸手驱赶马蝇，冷不丁一只马毬像流星一样向他飞来，他来不及躲闪，那只马毬击中了他的右肩，他"啊呀"一声，左手便捂住了右肩头，趁势蹲到了地上。

"怎么，马猴儿，一只皮疙瘩，能把你击成这样？"

郭药师沙嘎嘎的声音传了过来，话音未落，一匹高头大马在马扩面前收了蹄儿，只见身着左衽开襟契丹样服头戴软巾足蹬软靴的郭药师在马扩跟前骗腿一个旋儿下了马背。郭药师三年前初次见到马扩，见他尖嘴瘪腮两颊没挂四两肉，便惊呼道："妈拉个巴子，人家都说我郭药师是猴子托生的，没想到南朝也钻出你这么个贵人，活脱脱一只马猴儿。”惹来一阵哄笑。遭到取笑的马扩虽然窝气，却又碍着郭药师是当下朝廷炙手可热的人物，也不敢发作，好在马猴儿这个昵称，除了郭药师别人也不敢叫。

跳下马来的郭药师，随手把镶满了七彩宝石的马毬棒扔给了侍从，膝盖头一弯蹲到马扩的对面。

马扩龇着牙，埋怨道：“郭大帅，你干吗使坏？”

郭药师吐了一口痰，笑道：“咱要是使坏，这一球击出来，好歹也能弄瞎你一只眼睛。”

郭药师说着，伸手扯起了马扩，问：“你从哪里来？”

马扩忍着痛，答道：“太原。”

郭药师的眼神有些怪异，他翘着下巴好像是问天：“是咱干爹遣你来的？”

郭药师叫童贯干爹，甚至还说过“咱眼中没有南朝，只有干爹”这样的话。

马扩点点头。

“咱干爹叫你来干啥？”

“犒军。”

“犒军？”郭药师又吐了一口痰，“都带了什么宝贝来？”

“你想要啥？”

“上回咱到汴京，皇上送了我四个宫女，玩了一年，腻了。”

“你想让皇上再送你几个？”

“送宫女有啥意思，再送，送个娘娘还差不多。”

马扩吓得一哆嗦，把郭药师扯到一边，斗胆训斥道：“郭大帅，你这是找死啊你，这玩笑是你开的？”

郭药师咧着嘴，满不在乎地说：“南朝好女人多，宫里头娘娘搁那么多，闲着也是闲着，你马猴儿不是劳军吗？本帅就提这么个要求，你他娘的就吓得尿裤子了？”

马扩情知郭药师耍贫嘴，便话题一转：“本官奉童大王之命前来劳军不假，你总不能让咱站在路边唠闲嗑儿吧？”

“这倒也是，走，回衙。”郭药师说着，从侍卫手中拿回那支马毬棒，塞到马扩手里，“拿着。”

“这是干什么？”

“咱还是知晓你马猴儿，刚才看到咱这支马毬棒，眼神儿都直了。咱告诉你，这支马毬棒有一颗祖母绿，有九百九十九颗红、蓝宝石，更珍贵的黄宝石和琥珀，都镶嵌在上面。这样一支马毬棒，你们南朝是没有的，连南朝皇帝也没有，可是，我却有了这一支，实话对你说吧，这一支原本也不是我的。”

“是谁的？”

“天祚帝。现在是你的了！”

马扩急忙把那支马毬棒往郭药师手里塞，嗓门因为激动而提高了：“大帅，这么贵重的东西，我不能要，不能要。”

郭药师把马扩的手往回推了推，揶揄道：“你装什么呀你，你们南朝人呀，咱算是吃透了，心里头一百二十个想要，嘴里头却三推四推装圣人，不跟你扯犊子了。”

郭药师说罢，也不知是真生气还是假装的，一转身自个儿朝辕门走去。马扩被闪了这一下，只得三步并作两步追了上去，觍着脸说：“郭大帅，你现在也是南朝人啊。”

“咱不是，咱是女真人。”郭药师犟着脖梗儿说，“马猴儿你知晓咱常胜军之前为啥叫怨军吗？这名儿是天祚帝亲口赏的，不为别的，就因为咱出身不正，不是契丹人，而是女真人。”

“可是现在不一样了，你在咱南朝，已官居太尉，官衔同以前的童大王一样啊！”

“那又怎么样？”郭药师突然停住脚步，回身直对马扩，拍了拍身上的衣服，“你马猴儿看清了，咱这身衣服是契丹人穿的，左衽开襟，女真人也这样穿，咱不穿你们南朝那种右衽的衣服，别扭。”

马扩一开口就受呛，心里头像塞了一包辣椒面火辣辣难受，只好不吭气，老老实实跟着郭药师回到行辕。此时天色黑了下来，郭药师吩咐值日官安排客房让马扩一行入住。两支香工夫，值日官又把马扩请到辕门膳房里用膳。

宾主一行落座了，打完马毬的郭药师并没有换行头，坐在他旁边的马扩似乎还闻到了汗味儿。

郭药师亲手拎着罐子给马扩倒了一碗水酒，一只半羔羊被烤熟剁成七八块搁在一只尺八大瓷盘上，伙夫端上来放在桌子中间，旁边还有几盘牛舌羊腰之类的配菜和一人一碟的蘸水。

郭药师端起酒碗问马扩：“马官人，你此次来，是劳军，不，你说的那词儿不叫劳军，叫什么军？”

听到一句马官人，马扩心里头舒坦得多，他连忙回答：“犒军。”

“靠军，这词儿别扭，不过也是事实。咱大宋朝廷在燕云十六州局势吃紧，不靠咱常胜军，这局势越发一糟儿烂了。”

“大帅，这犒，不是依靠的靠，是犒赏的犒。”

“啊，我听说过。”郭药师一点也不感到难为情，笑道，“咱拣耳朵听过这词儿，犒赏三军。咱操他祖宗，这词儿太他娘的文雅，但实惠。来，马官人，冲着犒赏，咱敬你一碗。”

郭药师说着，像六月里喝井水一样干了那碗酒，马扩为了不扫郭药师的兴，也把那碗酒艰难地咕噜了下去。

“好！”郭药师叫了一声，拿起一块烤羊排递给马扩，自己也拿了一块，一边撕嚼着，一边问，“马官人，童大王让你带了些什么犒赏常胜军？”

“童大王没有你那么多珠宝，他老人家手上只有两样东西。”

“哪两样？”

“钱钞和粮食。”

郭药师听了一阵大笑，嘴里喷出的肉末与唾沫溅了马扩一脸，马扩一阵恶心，背过脸去用袖管擦了擦。郭药师全不在意，对在场陪宴的属官说：“你们听到了吗？钱钞和粮食，这是咱常胜军最需要的，知子莫若父，童大王不是咱干爹，是亲爹。”

从属官齐声附和，酒碗碰得嘎嘣脆儿响。

郭药师说得兴起，竟将抓过羊排的油腻腻的大手朝马扩新换的官袍上一拍，嚷道：“马猴儿，你回去告诉咱爹，有我郭药师在，燕云十六州就是咱大宋的，恁谁也拿不走。”

马扩心里头连骂几声“腌臜货”，嘴里头却奉承道：

“郭大帅就是唐朝的郭子仪，咱大宋的擎天柱。”

“擎天柱说不上，但燕云咱守得住。”

眼看郭药师的油手又要拍下来，马扩身子一躲，郭药师拍到了椅背下，他顺势将油手在椅背上蹭了蹭。

马扩干脆站起来问他：“听说宗望与宗翰两位大金国主帅正密谋分东西两路伐宋，郭大帅有何应对？”

郭药师回答：“咱五万常胜军摆在卢龙至居庸关一带，就是防范完颜宗望突袭燕京，另外咱还训练了三十万乡兵，也都骁勇善战，就是缺枪械、缺军粮，一旦钱粮补足，咱居庸关与白沟一线，就是大金军的坟场。”

“郭大帅，宗望宗翰这哥儿俩，是大金军的两位战神，千万不可小觑。”

“这两小子，一个瘦鸡巴大，一个腿短胸毛粗，咱还不知道他们？哥儿俩是大宋官军的克星，这不假，但和我郭药师掰手腕，他们准输。”

听这牛屄烘烘的话，马扩心里头并不放心，嘴里却说：“郭大帅神勇，听你这一说，童大王放心，朝廷也就放心了。”

“钱粮不来，放心是屁话。马官人，这次带了多少钱粮来？”

“这个，”马扩拿眼扫了扫在座的军爷们，低声说，“我随身带了两河宣抚司衙门的文书，犒军条目在文书上，这文书搁在客舍里，没有带到膳房来。要不，请大帅挪步，到你廨房叙话？”

“这是什么话？酒还没喝好呢！”

郭药师说着朝行辕赞务伍思礼使了一个眼色，接着又劝起酒来。

酒过三碗，马扩有点晕乎，但王命在身，他倒也不敢拼醉，趁着酒兴儿，他就近同郭药师咬耳朵：“大帅，有件事，不知当问不当问？”

“你问嘛。”

“甄五臣为何叛变你？”

“这王八羔子，吃了别人的屎了。”

郭药师脸一下子拉下来，恶狠狠骂了一句，便不再说话了。马扩本想探听虚实，见郭药师这个样子反倒安慰起他来：“大帅，甄五臣跟着你享尽荣华富贵，他叛逃到宗翰麾下，迟早会被收拾。”

“这是为何？”

“宗翰这个人心狠手辣，最讨厌朝三暮四的人。他杀张觉，计杀耶律余睹，就因为这两个人降而复叛。所以，甄五臣也不会有好下场。”

郭药师听了不置一词，他再次将自己与马扩的酒碗斟满，邀马扩同饮，马扩推辞说自己再也喝不下了，两人正扯着，同样穿着左衽戎装的行辕赞务伍思礼提了一只皮箱进来。马扩一看，连忙起身走过去，嚷道：“赞务大人，你怎么拎了我的箱子？”

马扩要去抢夺，伍思礼粗暴地将他推开，把箱子交给了郭药师。

郭药师提着这只半大不大的皮箱，掂了掂重量，问马扩：“马官人，你说的两河宣抚司给咱常胜军的犒军文件，就在这箱子里？”

马扩点点头，恼着脸瞪着伍思礼，想发作却又强忍着。

郭药师打圆场：“马官人，这事情你别错怪了人，咱郭药师不发话，他伍思礼敢私拿你的公文箱？要知晓你是钦差哪，耍你等于耍童大王，也是耍弄大宋天子啊。”

“既知道厉害，为何还要这样做呢？”

瞧着马扩气呼呼的样子，郭药师扑哧一笑，讥道：“有啥生气的，咱是想早点知晓，咱童爹爹能给咱常胜军多少钱钞粮食。”

郭药师说着把手中的皮箱搁到马扩的座椅上，对马扩说：“你愣着干什么？快打开箱子，取出那文件给咱们瞧瞧呀。”

马扩犹豫着，再次看了看膳房里的人，其中有三个是他的从官，还有三个是郭药师的僚属。

郭药师心知马扩谨慎，不肯让别人知道文件中的秘密，于是吩咐伍思礼：“去，把那小车儿推来。”

伍思礼并不挪步，而是拍了三个响亮的巴掌，只见两名武弁推了一辆箱笼小车进来，停到了郭药师与马扩之间。伍思礼趋前打开箱笼掀开了盖子，只见箱盖拼成的大台面上，摆满了各式各样的珠宝玉件。郭药师随便捡了一件项链，朝马扩手上一拍，说道："这是十八颗大北珠串起来的一条项链，给你夫人带回去，你有了一根马毬棒，夫人也得有一件般配的。"

"郭大帅，你太客气了。"

"啥客气不客气的，咱郭药师从不爱财，只要咱有的，谁爱谁拿走。咱去年在汴京见过同样的一串大北珠，开价居然八千两银子，什么玩意儿？这么贵。马猴儿你拿去孝敬你夫人，也算咱们兄弟一场。剩下这些珠宝，你的这几位属官挑选分一分，喜欢的尽管拿。"

郭药师出手大方是有了名的，去年到汴京，凡见过面的官员无论大小都得到了他的馈赠。他去见徽宗皇帝，路上遇到的几十名太监随手都送了贵重的玉件。因此，汴京城中替他说话甚至通风报信的官员太监不在少数。今儿个晚上，他又如法炮制，马扩以及三名属官差不多都眼珠子发绿了。

趁伍思礼照看着几位官员挑选珠宝的时候，郭药师领着马扩离开膳房，前往廨房密谈去了。

却说马扩此次前来犒军的真实目的，郭药师早已知道大概。大约一个月前，徽宗皇帝收到河北路转运使郭永的密札，检举兵马总督郭药师三大罪状：一，常胜军驻地凡有城镇二十八处，涉及五府二十一县。郭药师纵容属下官兵欺行霸市，强买强卖，逼迫商贾小民高进低售，货值十不偿一，莫不敢从，若敢理论，必缧绁下狱；敢因此反抗者，必磔之市。五府二十一县因此人心惶惶，地方官府莫能制之。此其一也。二，谎报在册供粮乡兵数目。郭药师在两年间，以训练乡兵三十万申领朝廷粮饷，虽经谭稹、童贯两任两河宣抚司长官派员稽核，郭药师皆能欺瞒过关。据职官暗中勘查，乡兵数目十不及三，仅此一项，朝廷每年拨付燕山一路之粮饷，仅郭药师防区，冒领高达白银六十余万两、粮草三百余万担。朝廷军费，十分之一被郭药师贪墨。此其二也。三，郭药师收纳天祚帝及萧莫娜两朝之珠宝匠作之人，养于军中，制作各类宝物玉件，奇幻淫巧之器，用以行贿汴京各当道权贵，虽衙吏小珰，若在机枢之地，亦必贿赠结纳，以致京中各衙，禁中各局，皆有郭药师耳目，尔等沆瀣一气，蒙蔽皇上。在燕山，士民以安禄山喻之，谓毁大宋社稷者，必此人也；在汴京，权贵则以郭子仪誉之，谓能救我中国者，必此人也。有鉴于此，请圣上纲常独断，痛下决心，除此祸根。若不如此，恐金兵尚未启衅，燕山先已易帜也。

郭永的这封密札，揭露郭药师的为非作歹已是触目惊心。很可惜的是这封密札并未送到徽宗手上，大内总管梁师成看到密札后，不免心惊肉跳，他当晚携到蔡京府中请这位八十岁的老宰相过目，蔡京看后指示梁师成，先压十天再说，待先派人去查证落实掌握实情，并想好应对之策后再呈报皇上。

梁师成与蔡京的态度明显偏袒郭药师，蔡京认为当下局势，万不可得罪郭药师激起事变。须知燕山之地驻扎的官军只有九千人，而郭药师五万常胜军及三十万乡兵（这乡兵即便砍去二十万，余下十万亦是不小的兵力），可是阻挡大金军南下的铁骑劲旅。蔡京对梁师成说：“有本事的人，多半一是爱钱，二是爱女人。两样都不爱的人又有本事，那是圣贤，人间能有几个呢？郭药师既爱钱，又爱女人，但他却有本事。眼下也算是国难当头了，这时候用人就要不拘小节。贪一点，淫乱一点，只要能托付国事，就不要计较那么多了。现在，最重要的事不是要惩治郭药师，而是要稳住阵脚，已经收回的燕山府再也不能丢掉。”梁师成很佩服蔡京四两拨千斤的手眼。在别人看来都是过不去的火海刀山，蔡京只要一出面，立马就天开见日云淡风轻了。一在禁宫一在朝廷的两位重臣当下密议：一是驰传蔡靖找郭永密谈，为社稷计收回密札；二是让童贯即速派人前往燕京，与郭药师作一次长谈。这就是马扩前来郭药师行辕的真正理由。

其实，在马扩到来之前，郭药师就得到了消息。梁师成派密使前来递信儿，还抄了一份郭永的密札给他。郭药师目不识丁，听心腹伍思礼将那密札抄件念了一遍，顿时气得七窍生烟，同时又心里发虚。他恨不能直接派人去转运使衙门宰了郭永，但知道如此蛮干会因小失大，于是一连几天魂不守舍等着马扩的到来。

当马扩随从还在膳房中挑选珠宝时，郭药师领着马扩进了他廨房的耳室。刚坐下来，郭药师就指着那只皮箱说：“马官人，把箱子打开看看。”

这回马扩没有支吾，而是痛快地打开箱子，从中取出宣抚司犒军的文件，总共三张纸。

郭药师接过纸，抖了抖，问：“这是犒军的文件？”

“是的。”

“减了我的粮饷吗？”

“没有。”

“没有。”郭药师回了一句，“没有就是犒赏了。童大王不会再给咱增加钱粮的，这个咱清楚。”

“我想你应该清楚。”

郭药师听出马扩话中有话，于是追问：“还有一份文件呢？”

“什么文件？”

“你明知故问，”郭药师把手一伸，“你拿给咱看看。”

“箱子在这儿，你自己找。”

郭药师用脚钩过敞开的箱子，都是些零碎儿日用物件，不见有什么纸张。郭药师不甘心，追问：“你藏哪儿了？”

“什么东西？值得你这么追问？”

“郭永的密札。”

马扩一惊：“大帅你知道了？”

郭药师一声冷笑：“马猴儿，你把我当傻屄是吧？郭永这王八蛋，向皇上告我三宗罪，每一宗都可以卸咱的脑袋。”

马扩虽然知道郭药师手眼通天，但没想到他对郭永密札的内容了如指掌，不由想起行前童贯对他的提醒：“对郭药师要施以羁縻之策，既要敲打，更要笼络。”他个人理解，敲打只是手段，笼络才是目的。眼下大宋江山让人感到风雨飘摇，大宋君臣都把郭药师当成是力挽狂澜的人物，但他心底清楚，郭药师是一匹无法驯化的狼……

郭药师看到马扩走了神儿，便用脚轻轻踢了他，问：“你怎么入定了，咱问你话呢？”

“啊，你问什么？”

“童大王，咱爹让你来，带了啥话把儿来了？”

“童大王说，朝廷心向着你。”

“这他娘的是一句空话。马猴儿你知晓吗？郭永那密札如今压在梁公公手上，压着不是毁了，迟早还要递到皇帝爷手上。”

“所以，童大王才让咱来。”

“那你说呀，咱爹有何指教？”

“第一，希望你与郭永和好，俗话说，冤家宜解不宜结。”

“马猴儿，不是咱骂你，你又在说屁话了，你以为咱是个喜欢结梁子的人吗？当年郭永初来时，咱还高兴了一阵子。你想想，整个燕山府，整个河北，吃皇粮的人就两个姓郭的，一个是咱，一个是他，掰不开嘛。咱就主动亲近他，他来咱行辕核查乡兵人数，誊抄花名册，咱像招待你们一样，喝烧酒，吃全羊，珠宝玉件由他挑，这小子偏不买账，还质问我为啥用朝廷的军饷养这些大辽宫廷里的珠宝匠人？又问我为何要把朝廷拨付的粮草高价卖给老百姓？问这问那，问得老子都岔了气。咱这才明白了，咱这一郭，是赔酒贴饭交朋友的人，他那一郭，专生些找蛋疼的掐相公，从此就井水不犯河水了。”

郭药师提起葫芦根也动。听他数落一大堆，马扩回道：“童大王只是担心，郭永所说乡兵吃空饷一事，处置起来会有麻烦。”

“这事儿说麻烦就麻烦，说不麻烦就不麻烦。”

“啊？郭大帅你有何高见？”

“皇上下旨，直接把郭永拿下，说他诬告忠良。”

“这样做恐有不妥。毕竟，燕京城中，不少人是支持郭永的。”

“这些人还骂我是安禄山呢！”郭药师满脸委屈，“咱归顺南朝，萧德妃这娘们才失了靠山，我拱手送出易州、涿州，那值多少银子？谁给我算过这个账？军饷多给了几十万两银子，这也不假，但我贪了这银子吗？几百个匠人日夜制作那么多珠宝，都给了谁了？左手进银子，右手送珠宝，羊毛出在羊身上，咱反倒落下了个贪腐的罪名。南朝啊南朝，咱脱了裤子露个大白腚给你们看，你们不说忠诚，还骂我臭！这岂不让人寒心？”

“郭大帅，你可不能这样说，大宋君臣，都记着你的好。”

“真的吗？这话咱听过多次。”

“大帅，我马某没必要对你说假话。童大王对你的信任，不说你自己也知道，你们情同父子，有他在，有蔡京老丞相在，有梁公公在，十个郭永也扳不倒你。但童大王也有一个疑惑，他让我当面问你，请你务必解答。”

“什么事？”

“甄五臣叛逃的事，我刚才问过，你只骂了他一句，便没有下文。童大王想知道事情的原委。”

“你想知道什么原委？”

“甄五臣是大帅你心腹中的心腹，他为什么会叛逃呢？”

“他没有叛逃。”

“没有叛逃？”

马扩这一惊非同小可。郭药师瞧见他怔忡的样子，一双吊着的三角眼更是眯成了一条缝，他凑近马扩的耳朵根子，低声说：“什么叫兵不厌诈，你知晓吗？”

马扩似乎悟到了一点什么，他迟疑地问：“这么说，是大帅安排甄五臣去金营诈降。”

郭药师点点头。

“你这是为什么？”

“为了刺探虚实，看看大金军是否有南侵之心。”

“这个不用甄五臣刺探。在下来燕京之前，先去了一趟大同，见到了大金左路军统帅完颜宗翰，他要打太原的野心，一点也不隐藏。”

“怎么打呢？东路军完颜宗望与西路军如何协同南侵，哪路兵马打哪里？什么时间打？这个宗翰会告诉你吗？”

“这个当然不会。”

“这不就得了！”郭药师把大腿一拍，“咱让甄五臣掺进去，就是摸清底细，一旦开仗，咱常胜军就能顺顺当当地割韭菜了。”

“大帅这是深谋远虑啊！”马扩赞叹。

“你回去告诉童大王，甄五臣靠盘儿，他是咱的卧槽马。”郭药师不想再议论这件事儿了，他做了个手势让马扩站起来。

“干什么？”马扩问。

“你跟我去个地方。”

“到哪里？”

“到地头儿你就知晓了。”

第十六章　视死如归郭判官

清河镇坐落在被一片丘陵环绕着的缓坡地上，一条从燕山深处流出来的河水在镇子边上淌过，这条河应是滦河的一条支流，它冬天结冰，春夏秋三季都是清波荡漾。河的两岸，林木茂密，清河镇就隐藏在林木之中。它因紧挨通往燕京的交通要道，自古就是商贸发达之地。自从前年燕云十六州的大半部分被划归大宋，而平、营、滦三州留在了大金，这地处滦州边地的清河镇，便成了大金国的边城。为了与大金贸易以及各类文书交换的便利，燕山府也在清河镇靠近燕京的一侧，修筑了一座完全军事化的小镇。两镇以蜿蜒的清河为界，大宋这边被称为南清河镇，大金那边被称为北清河镇。两镇相比，北清河镇要繁华得多，镇上居民有数百户，大金于此驻扎的部队也有一个骑兵团，大约一千多人；而南清河镇虽然叫作镇，其实就是一座军营，镇上有五百骑兵，另有五百步兵，骑兵与步兵各有营总管辖。除了军队，镇上还有三个衙门，一个是燕山府清河事务处，专管与大金国的使节迎送与公文往来；二个是河北路转运使衙门清河襄理处，专门负责与大金的粮饷交割和各类贡赋结算；三个是河北巡检司清河营务所，专责两国边境贸易与民间往来关牒发放与查验。

大宋与大金分驻两镇的官员，每日都会在驿亭里例见，以交换各类公文与资讯。有时候，大金官员也会应邀到南清河镇礼节性拜访，不过次数并不多，倒是北清河镇常有南清河镇官员来访。这乃是因为，大宋官员对大金女真人的生活比较好奇，加之南镇实际上是一座军营，而北镇却是一座名副其实的古镇，来此一趟可以消费人间烟火，排遣寂寞之苦。不过，今年两国军事形势趋紧，边关的管束也严厉了起来，大约有两三个月时间，两镇的官员除了河边驿亭的例会，再也没有单独走动了。

不过，这一天，已紧闭多日的南镇东大门却突然打开了，一位身穿五品官服的中年官员走出了大门，他带了两名随从，还有一位哨长领了五位士兵跟着他向清河走去。

这名官员就是河北路转运司衙门判官郭永。他此次来到清河镇，乃是受转运司堂官张元济的派遣，与大金国官员交涉谈判大宋按两国盟约应交给大金国的贡赋粮钞。如果说宋金两国的外交，现在是大宋处处都被动，事事都棘手，那么最被动的事，莫过于没有按盟约条款，如数向大金输贡粮钞。这既是大金后来执意不肯交割山后六州的原因，也是当下大金国君臣以大宋叛盟为理由蠢蠢欲动意欲南侵的借口。

平心而论，郭永对这件事是有看法的，他算过一笔账，若将郭药师吃二十万乡兵空额的粮饷加上朝廷以收回燕云地区而滥赏枢机大臣的钱钞，足额支付应缴大金之贡赋，是绰绰有余的。但是，宁可听凭权臣鲸吞而不肯正视国势安危，这的确让人匪夷所思。郭永自觉人微言轻，但他心存社稷忠于朝廷，见到贪赃枉法之事，犹如骨鲠在喉，这便是他冒死进谏，向皇上揭露郭药师三宗大罪的原因。他的密谏送呈汴京不到十天，也未听到任何消息。偏在这个时候，他的顶头上司委差他来清河与大金官员谈判输贡之事，他明知谈不出任何结果，但还是毫不犹豫地来了。

他走出城门，突然回头看了看，发现东门城楼下悬了一块匾：

河山锁钥

四个斗大的颜字，不知出自哪位书家之手，倒也气象庄严。

郭永把那四个字好好地端详了一会儿，不经意地摇摇头，叹了一口气。

他的这个小小的举动被与他同行的年轻哨长发现了，哨长说："我们大宋官员，人人都写得一手好字。"

"唔，"郭永抬头盯着一直被人忽略的哨长，问，"你叫什么？"

"岳飞。"

"你参军几年了？"

"五年。"

"你是谁的部属？"

"我曾经是种师中的一名士兵。"

"战功赫赫的老将军，当下朝廷，这样的将军太少了。"

"老将军也写一笔好字，但是，耍枪使棒、冲锋陷阵更是他的特长。"

"唔，我看你这个年轻人，倒也英气逼人。宋金之间，战争难免。岳飞，你记得李白的《塞下曲》吗？"

岳飞脱口而出："愿将腰下剑，直为斩楼兰。"

"对，你不要辜负了你的腰下之剑。"

两人说着走到了坡地下，离清河边的驿亭只有半箭之地了。岳飞对这位名震燕赵的清正官员充满敬意，愣了愣，他鼓起勇气对郭永说：“郭大人，请允许我陪你一起去见大金的官员吧。”

“这，这是不许可的。”郭永摇摇头。

“可是我担心你的安危。”

“我此次进北镇，乃是两国正常事务谈判，不会有危险。”

“可眼下两国已视若仇寇。”

郭永心思被触动，点点头后问道：“岳飞，你说，这仗何时能打起来？拱卫燕京的军队，能抗击大金的军队吗？”

“不能！”岳飞回答坚决。

“为什么？”

“常胜军，先前叫怨军，郭药师也不是汉人。”

看似答非所问，但郭永完全明白了岳飞的意思，对这位年轻人更是刮目相看了。他说：“驿亭到了，岳飞你只能送到这里了。大金管辖之地，是不允许大宋官军带着刀枪进入的。你回去，待我进镇处理完公务后回到南镇，再请你来细聊。”

“好的，郭大人保重，我等着你归来。”

岳飞站在原地不动，眼看着郭永一行四人在大金兵的带领下，踏上清河的木板桥。一丛丛茂密的枫树挡住了视线，岳飞若有所失。他刚转身，听得树丛中有只乌鸦飞起，聒噪着飞过头顶。他情不自禁将左手伸到脑后，他本意是去掏背上的箭囊，但手一抬起来，才意识到箭囊并没有背出来。

郭永万万没有想到，这次他来到北清河镇，见到的不是一般的职事官员，而是大金国东路军元帅完颜宗望。

大金国清河总务衙门设在一处临时征用的老祠堂里。郭永被带进来时，只见祠堂里密密匝匝坐了大大小小几十位官员。说是官员，穿的却都是戎装。大金国皇帝吴乞买下旨，为方便行事，授完颜宗望挂东枢密使头衔，完颜宗翰挂西枢密使头衔，各开衙办公，军政同衙。这是一种临时的战时体制，由此也可以看出吴乞买对两位骁将的充分信任。

祠堂里光线有些暗，郭永刚从阳光下走进来，看不清屋子里众人的面孔，只觉得祠堂里气氛有些瘆人，他跨过门槛走到屋中，便听得左边厢有人高喊："尔南朝官，自报家门上来。"

郭永朝上看了看，也不知正中案台坐了何人，只不卑不亢回答："南朝河北转运司判官郭永。"

左边厢那人显然是值日官，接了郭永话头又喊："还不跪下参见？"

"我南朝命官，奉差前来与贵国官员议事，哪有跪参之礼？"

"你知道你见的是谁吗？"

"不知道。"

"你见的是大金国东路军统帅，东枢密院掌院。"

"啊，是完颜宗望将军吗？"郭永不免有些吃惊，"本官不知道能在这里见到将军。"

"还不跪拜！"值日官傲横喊道。

郭永兀自站得树桩一般，据理而言："将军在贵国身份虽高，但我郭某是南朝命官，决无跪拜贵国高官之礼。"

"你放肆！"

"尔官若再这样无礼，本官这就退出。"

郭永说着转身就要走出祠堂，忽听得有人在背后说了一句："慢着！"

这声音并不大，但却透着无比的威严。郭永猜想，这应该是完颜宗望说话了，于是他停下了脚步。

“给郭判官看座。”

“大帅！”值日官有些惊诧。

“郭判官说得对，两国使官，各奉其主。”

郭永在衙役递过来的板凳上坐下，而他的随从则只能退到祠堂天井下的台阶上站立。

完颜宗望不似完颜宗翰长了一双鹰隼样的厉眼，让人一看就不寒而栗。他看上去则有几分儒雅的书生气质，但只要一开口说话，依然能让人感受到他异乎常人的冷酷。他盯着与他对面而坐的郭永，问：“河北转运司衙门在哪里？”

“在燕京。”郭永答。

“在燕京哪条街上？”

“得胜门里。”

“啊，那里我知道。当年攻破居庸关，我就是陪着阿骨打皇帝从那里进城的。”

郭永接不住这话茬儿，便沉默。

完颜宗望又问：“贵国向我大金输贡钱粮，是由你们衙门办理？”

“是的。”郭永忽觉有些紧张。

“你觉得你们衙门办理输贡钱粮一事，是办得好呢，还是办得不好？”

“本衙仅遵皇命。”

“仅遵皇命。”完颜宗望微微冷笑了一下，又问，“在你们衙门里，你这个判官算不算堂官？”

“不是，本衙堂官三人，一个正使，两个副使。本官职位，是在三位堂官之下。”

“那，这么重要的差事，为什么让你这个判官来呢？”

郭永没有回答，他也无法回答。

完颜宗望口气严厉起来：“当年两国密盟，贵国答应将每年向前辽输贡的钱钞绢粮一应物资，照数转贡大金。可是，如今两年了，尔南朝从未认真履行。因收复燕云十六州之艰难，我方提出另增一万马匹折银款、二十万石军粮，尔南朝也以各种理由设限不肯兑现。我朝皇帝很是生气，认定尔南朝已经叛盟，故遣旨责臣与你们再行谈判，事关重大，本帅亲自从平州赶来，尔南朝却只来了个转运司的小小判官。看来，尔南朝已是铁下心来，要与咱大金撕破脸皮了。”

听了完颜宗望的指责，郭永有些难堪。他无法批驳完颜宗望道出的事实，正因为朝廷一个又一个的小动作，诸如策划张觉反水，对既签订的盟书寻找种种理由不予履行，使用反间计让完颜希尹逼死耶律余睹等等，都不是正道上的作为。泱泱大国，岂能鸡肠狗肚出尔反尔。但是，郭永自觉深荷皇恩，即便理亏，也绝不能为虎作伥、为贼张目。思之再三，郭永仍搜肠刮肚为朝廷的决策辩护：

“听宗望元帅所言，好像所有的背盟的事都是我大宋朝廷所为。这不符合事理。山后六州迟迟不交割，这是谁背盟呢？天祚帝被俘后，宗翰元帅不但不归还山后州府，反而设计抢占了本是我大宋领土的飞狐、灵丘两县，这又是谁背盟呢？还有……”

“放肆！”

宗望嗷唠儿一声怒喝，祠堂里的文武官员也跟着起哄：

“妈拉个巴子的，这狗官不认错，反倒一坨屎搭在咱们身上。”

“这没鼻子没脸的东西，你呵斥他一下，他反倒抖狠了。”

“斩了他！”

“斩了他，斩了他！”

喧闹呵斥声都快把房梁顶翻了，本来还有点心虚的郭永，这一下反倒镇静了，身为大宋命官，既触了霉头，就得认命，就不能表现出窝囊废的样子，软蛋是死，英雄也是死，心下一横，一股子英烈之气就从两只眼窝子里迸发出来。他霍地站起身来，手指伸出去朝着两厢大金国官员画了个圈，锐声斥道：

“你们都算什么？既是两国谈判，这里就不是戏棚，插科打诨，鬼叫狼号，这就是大金国官员的体统吗？”

几句话出口，便听得嚓嚓嚓，两边厢官员都站了起来，是尊是卑唰唰唰都拔出刀来。

祠堂里一忽儿静得出奇，搓根火绳就能把空气点燃。

宗望却没有受到这气氛的影响，他低着头，翻阅着案台上一沓沓文书，都是属官为这次会见特意备下的两国关于钱粮输贡的文件。

祠堂里静，祠堂外的街面上倒显得嘈杂，一辆驴车经过，许是装载过重，车轱辘吱吱嘎嘎响得难受，拉车的驴呵哧带喘，走在平道上却像在爬坡。祠堂门口的卫兵斥声传了进来：“车老板，快把车弄走！”

一个舌头有点大的男子声音跟腿儿开腔了，这显然是车老板，他含着紧张而又委屈的情绪对驴子说：“驴子啊，咱喊你一声爹行不？你再磨蹭，兵爷就要卸你儿子的脑袋了。”

门外的卫兵笑了，祠堂里那些横刀的官员们一个个也都忍俊不禁笑喷了。

屋子里剑拔弩张的情绪一下子缓解了，但双方还在僵持着。

翻完了各类文书，宗望抬抬手示意大家坐下，两边厢官员都坐了，但郭永仍屹立着，那样子真有点鹤立鸡群。宗望看了他一眼，问：“你还要站多久？”

郭永仍呛道：“你还没有回答我的话。”

宗望站了起来，走到郭永跟前，围着他转了一圈，然后问：“判官你，当过兵爷吗？”

“没有。”郭永没想到问这个，只得据实回答。

“吃过狗血饭吗？”

“没有。”

“在三月开河的冰磕子，摸过狗鱼吗？”

“没有。”

“杀过熊，杀过狼，杀过野牛吗？”

“没有。”

“你样样都没有，哪儿来这么一股子英雄气？”

“上不负皇恩，下不负万民，内不负父母，外不负社稷。郭永从来没想过当什么英雄，但两国相交，士可杀不可辱，为我泱泱中国之尊严，我也决不顾惜头颅。”

“好书生，但书生毕竟只是书生。”宗望赞叹了一句，接着说，“我六岁的时候，父皇阿骨打就为我请来塾师，专教我汉文，什么经史子集、诗词歌赋，只要我愿意学的，老塾师样样都教，教到最后，他告诫我，千万不可当书生。”

“为什么？”

“老塾师说，百无一用是书生。”

郭永心思被触动，没吱声。

宗望接着说："又要饱读诗书，又不能当书生，这是怎么回事儿呢？咱闹不明白，老塾师便给我念了一首诗，'扇尽天边月一轮，鸡鸣惊醒读书人。巴山一朵红云出，头戴乌纱管万民'。判官你知道，这首诗是骂秀才的。"

郭永怎不知道这首诗，这是一首藏头诗，四句中头一个字联起来就是"扇鸡巴头"，骂秀才骂得够狠。

宗望不看郭永的表情，兀自说下去："这首诗关键在'头戴乌纱管万民'，为何要戴乌纱帽？就是为了管万民。说是管，其实是鱼肉百姓。中国的读书人一入朝廷，立马儿变坏。就说现在把持朝政的蔡京蔡攸父子，王黼，还有童贯、梁师成这些大太监，哪一个不是读书人？读书人不坏，就进不了枢机之地。但一进了枢机之地，成为股肱大臣，就会祸国殃民。你们南朝与我大金的盟誓，是不是那几个枢机大臣订的？是不是他们毁的？订了又毁，毁了还找理由，这就是你们南朝。你们唐朝诗人章碣写了一首名为《焚书坑》的诗，郭判官你不会不知道吧？"

"知道。"

"那你读一读。"

郭永此时心中五味杂陈，仍不置一词。

宗望自己吟哦了起来：

竹帛烟销帝业虚，
关河空锁祖龙居。
坑灰未冷山东乱，
刘项原来不读书。

宗望吟罢，又问郭永："判官，你读了这首诗，感受如何？"

郭永无言以对，只得回道："刘邦、项羽也都是汉人，他们不读书，但他们手下的项父、张良、萧何，哪一个都是上等的读书人。"

宗望一笑："判官你说得不假，张良、萧何这样的读书人，是把学来的本事用于辅佐君王，纾民困苦。可是，蔡京、童贯这样的读书人，是用学来的知识取媚献宠，误君害民。只苦了你们这样一些正直的读书人，只能在朝廷里做一些跑龙套的差事。"

这句话说得郭永差点掉了眼泪，他捏了捏发酸的鼻子，正色回道："历朝历代，为社稷服务为苍生效命为皇帝尽忠，此乃读书人宏愿。然同在朝廷为官，有忠必有奸。纵观历史，忠臣必多于奸臣，忠奸势同水火，势不两立。我郭某忠君敬事，心中自有一杆秤。"

"好，如果判官你肯归顺我大金朝廷，保证你在枢密院担任要职。"

"你要我投降？"

"不是投降，是弃暗投明。"

"休想！"郭永一跺脚，嚷道，"我生为大宋之人，死为大宋之鬼，匹夫不可夺志，何况我堂堂七尺须眉。"

宗望很欣赏郭永的勇气，不想为难他，便言归正题："判官，本帅不为难你。咱且问你，关于向我大金足额输贡的事，你来之前，朝廷是怎么向你交代的？"

"不是朝廷，而是我的上峰交代我，尽心听取贵国的意见。"

"这么说，你只是带了两只耳朵来？"

"是的。"

“九天前，马扩受童贯派遣去了大同一趟，你知不知道？”

“不知道。”

“马扩向我两路军主帅提出，希望能早日将山后六州划归南朝。”

“这是正当要求。”

“宗翰元帅回复马扩，山后六州永不归还了，仅此还不算，宗翰要求你们南朝把太原府割让给大金。”

“这是痴人说梦。”

“可是我大金总是能梦想成真。”宗望那神态，仿佛是一只老虎在对绵羊说话，“判官，你既然只带了耳朵来，咱也不为难你了。现在，你就给我捎个信回去，给你们南朝的皇帝。”

“说什么？”

“咱大金国不是开杂货铺的，指着路人施舍小钱，什么钱粮输贡，咱都不要了，记着，咱都不要了。”

“元帅，如此甚好。”

郭永松了一口气，脸上有了点笑色，坐了下来。

“咱话还没说完呢，”宗望笑着，接着蹙了蹙眉头说，“咱不要钱粮输贡，但得要回燕京。”

“燕京？”郭永像被马蜂螫了一口。

“准确地说，不只是燕京，而是先前割让给南朝的山前九州。”

“不，你们休想！”

郭永再次从板凳上弹起来，而宗望却回到案台后坐下，一字一顿地回答：“南朝背信弃义，我必须以牙还牙！”

郭永脸色变得青紫。

宗望继续说：“你现在就离开，把我的话带回去。”

“这个信我不能带！”

“你想怎么着？”

“我要大帅你收回刚才的话，不要犯我大宋领土。”

“开口大宋，闭口大宋，你一个小小的判官，大宋关你鸟事！”

“我的宗族社稷、父老乡亲全在大宋，今天我站在这里，就是大宋站在这里！”

忍无可忍的宗望，终于歇斯底里爆发了：“滚开！你给本帅捎信回去。”

郭永毫不示弱，凛然回道：“这个信，我决不带！”

“你嘴硬，硬得过我的刀吗？”

“杀吧，怕死我就不姓郭！”

“好哇，本帅成全你。”

宗望一挥手，早有几名刀斧手出列，扭住郭永推了出去。

郭永被推出门时，放声高喊：“宗望你这女真贼，我变了鬼，也不会饶你！”

祠堂里又陷入一片寂静。不一会儿，一名刀斧手提了带血的弯刀进来跪禀：“大帅，郭判官完事儿了。”

手撑着额头的宗望沉默了一会儿，才抬起头来拿眼睛在屋子里睃巡，问：“甄五臣在吗？”

“在。”

已穿上大金军服的甄五臣从人群中站出来。

宗望对他说：“给你派个活儿，你带人将郭永的尸体送回燕京。”

“我去？”甄五臣有些吃惊。

“对，你去。”宗望仿佛有些伤感地说，“要把郭判官的尸首好好收敛。唉，这个读书人，生错了地方啊！”

第十七章　砸关公

回头再说郭药师与马扩在常胜军行辕的廨房耳室密谈了一阵子后，便将马扩领出了辕门。马扩的随从并没有跟着出来，郭药师也只带了三名护卫。此时夜色已深，燕京城中的灯火大都已经熄灭。郭药师与马扩并辔而行。马扩不知道郭药师葫芦里卖的什么药，不放心地问："大帅，我们究竟去哪里？"

郭药师指着东面城门楼子，那上面还有灯火，他说："咱们进城去。"

"这么晚进城干什么？"

"逛窑子。"

"逛什么？"

"逛、窑、子。"

郭药师一字一顿，说罢笑了。

马扩这下急了，他知道郭药师向来疯癫，什么恶作剧都干得出来，本来想骂几句，谁知道话一出口就变了："大帅，这可使不得。"

"有啥使不得的，大宋皇帝都好这一口儿。后宫那么多女人，他偏喜欢窑姐儿，最有名的就是那个李师师……”

“大帅你别乱说。”

“马猴儿你忒他妈没出息，人家皇上敢做，你却连听都不敢听。”

“不是，嗯，大帅，不是。”

“什么是不是？”

“我是说，我还穿着一身官袍呢。”

郭药师扭头看到马扩那副既想辩解又想故作清高的窘态，不免哈哈大笑，讥道：“操你妈的蛋，拉尿三尺高的男人，干事儿还遮遮掩掩，真没劲！不过，今夜里你还得憋着。”

“啊？”

“还有比逛窑子更重要的事儿。待把这事儿办了，燕京城中最好的窑姐儿，胖的瘦的，高的矮的，咱让你尝个遍。”

说话间，两人已打马进城，在东大街只走了小半截，便拐进左边一条小巷，往里走大约半里多路，右侧忽见一座石柱构建的山门。郭药师在山门前下马，马扩与护卫们依样做了。

山门里是一片小小的广场，一栋小三重的歇山檐式的建筑矗立在广场里。此时那建筑的大门虚掩，里头有微弱的灯火。

“这是哪里？”

“东城关帝庙。”

“关帝庙？”马扩觉得莫名其妙，他咕哝着，“深更半夜，跑来关帝庙干什么？”

郭药师也不答话，径自往前走推开了庙门。看得出来，这座关帝庙当年还曾显赫过，只是后来冷落了，彩塑的泥胎关公多处剥落，掉漆的柱梁之间还有蛛网。

此时庙中左厢一只破旧的矮长桌后头，坐着一个须眉全白的老道人，他现在是关帝庙中唯一的看守者。他穿着打了若干补丁的洗得发白的灰布道袍，面前的桌上有一盏竹架的捻灯，一只无精打采的木鱼。

郭药师一进来，老道人就敲了一下木鱼，郭药师朝他拱了拱手，说："道长，你且去歇息。"

老道人点点头，一声不吭地起身从彩塑关公的后头进了后院。

郭药师也不理会旁人，弯腿跪在砖地上，对着关公塑像磕了三个头，然后爬起来，拍拍手上的灰，对马扩说："该你了。"

"磕头？"马扩问。他不明就里，仍趴下去磕了三下。

待马扩站起来，郭药师反剪着手，在砖地上踱起步来。他的三名护卫都退了出去，掩上了庙门。

马扩看到郭药师一改嬉皮笑脸的样子，满脸峻肃，心中一直不曾消退的疑惑愈发加重了，他问："大帅，你来这关帝庙干啥？"

"唉，怀念老朋友啊！"

"老朋友，谁呀？"

"张觉。"

"张觉？就是那个被大金国皇帝点名要除掉的张觉？"

"对呀，就是那个献了平州、滦州反而被大宋皇帝下旨割了脑袋的张觉。"

马扩小声解释："大宋诱杀张觉，实在出于无奈。"

"可怜啊我的张觉兄弟，"郭药师跺着脚，竟然干号起来，"去年今日，就是张觉父子被诱杀的日子，一想到这件事，咱就万箭穿心。"

郭药师说着说着，眼泪真的就从他那双倒三角眼中流了出来。

马扩本以为郭药师是在做戏，这会儿见他动了真情，反倒没了主意。他搓着手，没话找话说："大帅，你是有情有义的人。"

郭药师顿时收了悲声，戳着马扩的鼻子斥道："咱郭某有情有义顶屁用，你们南朝无情无义啊！"

"啊？大帅，你现在是南朝的太尉，官居一品，可不敢这样说话。"

"咱说了又咋的，嗯？"郭药师火气越来越大，忽然，他看到梁上那一张晃荡的蜘蛛网，若有醒悟地摇摇头，说道，"算了，不说了，不说了。咱与你马猴儿，还有童大王，都是被一张蛛网罩住的蚊子。"

"大帅？"

"张觉也在这张蛛网里头，只不过他先投了罗网。我操他奶奶。都说关帝爷神明，保佑敬奉他的人。可是那只大蜘蛛在他眼皮子底下结网捕捉无辜，他却像个睁眼瞎一样不闻不管。"

郭药师口无遮拦逮谁骂谁，这一点马扩早有领教，但他却没有想到这二货竟然连关帝爷都敢骂，他不禁打了个寒战，揶揄道："这关帝爷又不是活物，他怎管得了蜘蛛呢？"

"所以我说关帝爷没用呢，去年今日早上出门，张觉先来这关帝庙抽了一签，真他娘的邪门，死到临头了，竟然抽了一个上上签。"

"啊，这是真的？"

"张觉死之前，还把这支签给我看，他相信没事儿，才毫无防备地走到了鬼门关。"

"张觉先前杀左企弓、曹勇义等前辽大臣，也是眼都不眨的，这或许就是报应。"

马扩这样说，是想引开话题，同时心里头思忖，今儿个晚上郭药师为何要带他来这里。他不相信郭药师仅仅是为了悼念张觉，兴许他是借题发挥，要说什么令人意想不到的事情。想到这一层，马扩又想起童贯的担心，现在宋金两国的战事一触即发，燕山这边，官军只有九千人，而郭药师的常胜军与乡军两样是抵抗防御大金军的绝对主力，倘若郭药师有倒戈之嫌，或者说脚踩两只船的做法，收复的山前九州顷刻间就会再次陷落……

在马扩愣怔的时候，郭药师吩咐护卫在关帝彩塑前摆好了三牲果品，并搬了一个预先写好的张觉父子的牌位在关帝像前供上。一切准备妥当，只听得庙门外起了喧哗，接着是杂杂沓沓的脚步声。

“什么人来了？”马扩紧张地问。

话音未落，护卫推开了门，只见燕山知府蔡靖与河北转运司堂官张元济一前一后走了进来。

蔡靖见到迎上来的郭药师，埋怨道：“郭帅，啥事儿这么急，非得要深更半夜到这里来相见？”

“是呀，我都睡觉了，行辕的军爷拿着郭帅的令牌来催，究竟出了什么事儿？”

接着蔡靖说话的是张元济，他一面说着一面还打呵欠。

郭药师让他们见过了马扩，稍事寒暄后，郭药师说：“今天请三位到这里来，是有天大的事情要宣布。”

“啊，什么事？”

三位官员一时都紧张起来，郭药师乜着三角眼问蔡靖：“知府大人，知道我为何要把你请到关帝庙来吗？”

“不知道。”蔡靖摇摇头。

“去年今日，张觉被皇帝下旨卸了脑袋。”

郭药师便把对马扩说过的话又讲了一遍。蔡靖知道郭药师一向与张觉交情不错，所以对郭药师今晚的举动一点也不感到意外，他是满朝官员中对郭药师的脾性摸得最清楚的一个人。这会儿，他问郭药师：“郭帅，你是不是叫我们来，陪你一起悼念一下张觉？”

郭药师点点头，说：“蔡大人果然通透，郭某正是这个意思。”

蔡靖看了看张觉牌位以及三牲果品供案，问：“磕头吗？”

“磕！”郭药师答。

蔡靖两手一摊，无可奈何地说：“郭帅你是知道的，我的膝盖不好，弯腿都困难。”

郭药师记得蔡靖不止一次说过自己腿脚不好，便不勉强他，转头对张元济说：“张大人，你得磕头。”

张元济素知郭药师刁蛮，且为粮草钱钞事常常与常胜军发生争执，但他觉得无论如何也不能给一个被朝廷下旨明正典刑的家伙下跪祭奠，所以也拧巴着不肯磕头。

这时，门外传来了庞杂而又急促的马蹄声，蔡靖从门缝儿看出去，只见新来了许多骑兵，把关帝庙团团围住了。他的心一下子抽紧了，问郭药师：“你调这么多兵马来干啥？”

“本帅得保护你们的安全，”郭药师说着又转向张元济，“你扭捏个啥，张觉命都丢了，你为他磕三个头就不该？”

“张觉是反贼！”张元济脱口而出。

一听这话，郭药师就窝火儿了，他两道眉一吊，吼道：“南朝卸磨杀驴，反倒诬人家是反贼，你张元济不是反贼，却是丧门星，是屌毛灰！”

张元济突然遭此羞辱，顿时老羞成怒，反唇相讥："我看你姓郭的才是丧门星，同张觉一样，也是生了反骨的人。"

"咱生了反骨又咋的，眼下这世道儿，反骨比软骨头值钱，来人呀！"

几名兵士应声推门而入。

郭药师指着张元济说："这张大人不吃礼敬，你们帮他磕头。"

几名士兵上前就要动手，这时门外起了喧哗，接着就听到伍思礼的声音："大帅在庙里吗？"

"在呢。"有人回答。

门再次被推开，只见伍思礼领进一个人来，除了郭药师，屋子里所有人见了这个人，无不大吃一惊。

伍思礼趋前一步禀道："大帅，甄五臣将军回来了。"

就在一众官员面面相觑的时候，甄五臣旁若无人走上前单腿跪下，对郭药师行了军礼。郭药师问："五臣，你从哪里来？"

"从清河镇来。"

"哪个清河镇？"

"大金国的清河镇。"

"啊，你怎么敢回到燕京？"

"末将奉命而来。"

"奉谁之命？"

"大金国东路军主帅完颜宗望。"

"来干什么？"

"送尸首。"

"谁的尸首？"

“河北转运司判官郭永。”

“他，他怎么了？”

这次问话的是张元济。四天前，正是他委派郭永前往清河镇与大金国值事官员协商输贡钱粮事宜。先前，郭永还向他通报了自己弹劾郭药师的事情。张元济这一惊非同小可，他没想到郭永这个平常看上去蔫头蔫脑但办事较真的人，竟敢虎口里拔牙和郭药师杠上了。其实，他自己对郭药师也是十分地讨厌。这个人不仅傲慢、粗俗，而且贪得无厌。但他知道郭药师后台很硬，不要说蔡京、童贯，就是皇帝都袒护他。私下里他不知道诅咒过多少回，希望郭药师出门遭雷劈，进屋遭蛇咬。诅咒归诅咒，让他向皇上奏本揭露郭药师的恶劣行径，借他一百个胆子他也不敢。所以，他既敬重郭永的敢作敢为，又为他捏了一把汗。他知道这封密札会给郭永带来厄运，正想着如何利用手中的权力尽力减轻一点郭永的灾厄。谁知道汴京那边尚无消息，甄五臣却带来郭永的噩耗，这无异于晴天霹雳，所以他才立即追问。

甄五臣回道：“是宗望大帅下令杀了郭永。”

“宗望这畜生，怎么能滥杀无辜？”

张元济情绪有些失控，郭药师却幸灾乐祸，睨着张元济说：“张大人，先别尥蹶子，听甄五臣讲讲事情的缘由。”

甄五臣于是一五一十原原本本讲了前天上午郭永与完颜宗望见面的情况。听完了，蔡靖问：“郭永的尸首呢？”

“在外面广场上。”

郭药师说：“抬进来看看。”

甄五臣出去领了一伙人进来，有四人抬着一副担架，郭永躺在上面，周身蒙着一床被子，还有三个人，是随郭永一同出使的随从。

张元济掀开被子，看到郭永面目栩栩如生，心里的那份难受稍稍减轻。郭永带去的随从，本是转运司衙门的属官。张元济与他们很熟，他问其中官阶稍高一点的录事：“郭永真的是被宗望杀的吗？”

录事点点头，悲愤地说：“是真的，千真万确。”

蔡靖问：“人都杀了，为什么还要把尸首送回来？”

录事回答：“宗望觉得咱们郭判官像个英雄，所以要送回一个囫囵尸首。”

蔡靖瞄了一眼甄五臣，又问：“既送回，为什么单挑甄五臣？”

甄五臣听出蔡靖话风中的轻侮，挑衅地反问：“我咋了？”

蔡靖不理他，却问郭药师：“大帅，你说甄五臣是诈降，这是真是假？”

“咱就知道，你蔡大人对这件事一直吃不准。不单你，童大人也对这件事一直放心不下，这回专门让马扩来问我，马官人，你说是不是？”

马扩一晚上像是在看戏，越看越糊涂，只能顺着话头回答：“童太师对甄五臣反水的事，老是放心不下。”

郭药师于是对甄五臣挤挤眼睛，说：“五臣，你把实情给几位大人禀告禀告。”

甄五臣于是回答：“末将本是奉郭大帅之命，前往宗翰大帅的帐下诈降。郭大帅交代我，摸清大金军南侵的底牌，把大同与平州两方面的军事部署摸清楚。咱去了大同，与宗翰大帅相处了一个多月，他觉得咱对燕京这边的情况比较熟悉，又遣我到平州，在宗望大帅的帐下效力。”

蔡靖关心地问：“金国东西两路军的底牌摸清了吗？”

甄五臣狡黠地一笑："当然摸清了。"

"他们真的要南侵？"

"千真万确。"

蔡靖还要追问下去，郭药师拦住了他，谑道："蔡大人，甄五臣掌握的，都是绝密的情报，哪能在这大庭广众之下随便泄露。待会儿该讲时，咱会让甄五臣讲。现在，咱安排的事儿还没完呢。"

郭药师说罢，吩咐把郭永的尸首抬出去，并安排人力连夜出发，将郭永尽快送回家乡。当闲杂人员退场后，郭药师又对张元济说："你还欠张觉三个响头。"

张元济没好气地顶撞："你为什么老揪住我不放？"

"怎么只揪你呢？马官人已磕过头了。是不是，马官人？"

"是。"马扩不情愿地回答。

"蔡大人膝盖头弯不了，你必须磕。"

张元济眼看士兵又向他走近，心想好汉不吃眼前亏，只得窝着火，趴在砖地上磕了响头。

"看到了吧兄弟，"郭药师对着张觉的牌位挥舞着双手叫嚷道，"咱让去年看着你死亡的人，都一个个趴在地上给你磕了响头。冤有头债有主，这些人不是杀害你的人，但他们却因为你的死亡而表现出快乐。张觉兄弟，你本已归顺大金，若不是南朝策反你，许诺你荣华富贵，也不会害得你脑袋搬家。大金国的皇帝骂你是反贼，大宋国的皇帝骂你是祸水，你他妈的不但玩丢了小命，两边不讨好，至今还遭世人痛骂，做人做到你这份上，还真他妈的窝囊透顶了。咱同你一样，都是大辽国的臣子，又都归顺了大宋，看到你的下场，我郭药师心里头一直在打鼓，你张觉的故事，说不定哪一天就会在咱身上重演……”

郭药师慷慨激昂，说着说着眼圈儿就红了。在场听他说话的几位官员感到有些不对劲了，蔡靖只觉后脑勺发凉，作为燕山府知府，他不得不出来阻止郭药师说下去，高声说：“郭大帅，别说了！”

郭药师一愣，情绪一时回不过来，反问道：“为啥要打断我？”

“你看你胡说些什么，南朝对你恩重如山，皇上赐你太尉之衔位，朝中能有这最高官阶的，只有你了，你怎么却把自己比成了张觉？”

郭药师又恢复了他那戏弄人的本性，讥道：“蔡大人，如果汉人里头咱还有朋友，那就是你了，可你在这儿吵吵巴火儿的，好像我挺稀罕什么太尉中尉的。”

蔡靖琉璃球儿一样的人，知道顶杠无济于事，他想赶快离开这里，于是转了话题问道：“今天晚上，你大帅把我们弄到这里来，闹腾得天快亮了，给张觉的头也磕了。现在，该各自回去了吧。”

“对，咱们回去。”

张元济与马扩等立即附和。

“慢着。”郭药师阻拦。

“你还有事？”

“正事儿只办了一半。”

“大帅，你该不是发酒疯吧？”

“蔡大人，你忒他妈嘴臭，”郭药师指着蔡靖骂了一句，“你以为我故意找别扭吗？你错了。”

蔡靖觍着脸，耐着性子说：“快，说说你的正事儿，能办的我们快办。”

“好，兄弟们！”

郭药师两手举过头顶拍了一个响掌，立刻从庙门外涌进来十几位士兵。

“帅爷吩咐。”

“给他们每人一件家伙。”

“听令。”

士兵们立即从殿角搬出了几件工具，有大铁锤、镐头、铁铲什么的，给几位官员每人手里塞了一件。

张元济看看手里的镐头，不知所措地问：“这要干什么？”

郭药师说：“咱们把这关公的塑像给砸了。”

“砸关帝爷？”

众官员一齐惊呼，纷纷扔掉了手中的工具。郭药师脸一沉，喝道：“奶奶的，都给老子捡起来，谁敢不捡，咱先拿这把大铁锤砸他的脑袋。”

士兵们人盯人，个个如狼似虎，官员们无奈，只得又把工具捡了回来。

蔡靖哭丧着脸说道：“郭帅，为何要砸关帝，你总得说个缘由吧？”

“好，咱说缘由。”郭药师手提大铁锤，一脚踩在板凳上，向众人开示，“张觉这家伙，一生相信关公，可是最关键的两件事，都是关公害了他。第一次是在居庸关，那天夜里下大雪，他与儿子一起去关城上的关帝庙敬香抽签，抽了一个上上签，结果天一亮，这居庸关就被大金国的完颜娄石攻破了。第二次就是去年今日，我曾提醒他赶紧离开燕京，他听了。千不该万不该，走之前他路过这座关帝庙，又跑进来敬香，又抽了一个上上签，他便临时改变主意不出城，反而去赴了王安中的约会，结果一命呜呼。两个上上签，一个丢城，一个丢命。你们说，这个关帝爷是个恶神还是个尊神？”

马扩沉默了半晚上，这回张口了：“郭帅，凡事皆有定数，张觉之败，也不能全怪关帝爷。”

“马猴儿，你他妈的一开口就让我倒牙，小心我收拾你。”

郭药师说着，让人将张觉牌位挪到关帝爷对面的地方放好了，然后让三位官员，还有甄五臣、伍思礼等一起上前，在关公面前站定了。

“砸！”

郭药师一声喊，甄五臣用手中的大铁锤砸断了关公的手臂，伍思礼用镐头切裂了关公的右脚趾头。蔡靖、张元济、马扩三位官员却动也不动。

郭药师对他们气势汹汹地说：“你们再磨蹭，就别怪我郭药师无理了。”

说罢，郭药师踩上一只板凳，抡起大铁锤，狠命砸向彩塑关帝爷的脑袋，只听得一声闷响，泥胎碎了一地，屋子里尘土飞扬，众人呛咳起来。不消片刻，那尊一丈多高的关公塑像被砸成了一大堆泥土。

看到这景象，蔡靖一边呛咳一边说道：“大帅，现在可以走了吧？”

“走，咱们出门。”

士兵推开紧闭的庙门，晨光已经熹微，蔡靖等官员随着郭药师跨过门槛，无不像电击一般停了脚步，只见小广场上，密密匝匝停了二十几辆囚车，整个路面上，全是执戈持枪的常胜军的骑兵。

看到蔡靖等人走出来，最靠近的囚车上发出惊恐的呼救声：

“蔡大人，快救我们！”

听到这声呼喊，所有的囚车上都跟着哀求：

“蔡大人，救救我们！”

“张大人，咱们怎么成囚犯了？”

蔡靖仔细看去，只见囚车上的官员都是燕山府、河北招讨司、河北转运司等各大衙门的六品以上官员。他一改和事佬的态度，质问郭药师：“你要干什么？”

“明知故问，你不都看到了吗？”

“你要谋反？”

“不是谋反，是弃暗投明。”

郭药师说着，忽然发出了狂笑。近三个月，他一直暗中谋划这个逆天的大行动，他要带着他的五万常胜军以及十几万乡兵投降大金。自从去年张觉被杀，郭药师就感到南朝言而无信，当宋金两国反目成仇，战事一触即发之际，郭药师密遣甄五臣前往大同觐见完颜宗翰。对郭药师的归顺，宗翰自然喜出望外，于是请来宗望密商迎降郭药师的战略部署。此一期间，南朝的一举一动都被郭药师密报大金东西两路主帅。最后约定时间，将于南朝处死张觉这一天，由郭药师率军逮捕城中所有南朝高级官员，并打开居庸关，迎接宗望率领的东路军进城。为保证所有细节无误，又让甄五臣以送郭永尸首为名，先期来到燕京向郭药师通风报信……

郭药师与大金方面密谋进行的这一切，竟然瞒过了燕京各大衙门的所有人。昨天马扩进到他的行辕之前，他已部署好了当晚的军事行动。与马扩的一场谈话，完全是演戏。马扩此时站在台阶上，看到被铁骑簇拥着的这一片囚车，尽管心生恐惧，却又不得不佩服郭药师举重若轻运筹帷幄的通天手段。当郭药师把头扭向他的时候，他为自己遭到戏弄而懊恼，咕哝道："郭药师啊郭药师，你反水就反水，干吗又装神弄鬼跑来砸关公呢？"

"这你马猴儿就不懂了吧，"郭药师得意地说，"为张觉出口恶气，也不枉我与他兄弟一场。他死在关公上，所以咱才要砸关公。再说，关公被你们汉人奉为武圣公，砸了他，就不让他作祸，为难咱大金军。"

"呸！"

蔡靖啐了一口口水，表示了他的不屑。郭药师也不同他计较，问伍思礼："燕京城中的各处要塞、各大衙门，是否全都占领？"

"大帅放心，一切都在掌握中。"

这时一名骑兵飞驰而来，在郭药师面前滚鞍下马，禀道："大帅，大金军东路军主帅完颜宗望已率十万大军来到城外。"

郭药师一下子兴奋起来，大声下令："传本帅命令，打开燕京所有城门，欢迎大金军入城。"

接着，郭药师对马扩说："带着你的随从，还有本帅赠送给你们的珠宝赶快离开这里，回汴京报信吧。"

几名士兵领着马扩一行离开。郭药师瞅了瞅蔡靖与张元济，说："二位堂官，你们是骑马还是坐轿子？"

蔡靖问："去哪里？"

郭药师回答："随我出东门，去欢迎大金国东路军主帅完颜宗望。"

"这个绝无可能。"蔡靖斩钉截铁回答。

郭药师嬉笑着：“这可由不得你了。从现在起，你不再是燕山府知府，而是我的人质。”

蔡靖正色言道：“既如此，请给本官备下囚车。”

张元济跟着说：“我也要一辆。”

第十八章　君臣同做噩梦

马扩启程前往燕京的第二天，一大清早，童贯就收到数封从朔州、代州方向传来的紧急塘报，言宗望属下的大金军正兵分五路，朝雁门县、崞县、五台县、蔚县、马邑县等边境县镇进发。其中虽有雁门关、西陉关、滹沱河、金沙滩等险隘可守，各县驻军联合起来也超过十万人，但童贯满脑子装着的是昨日李棁说过的话："大金国的那些个军人，真个是人如虎、马如龙，上山如猴、入水如獭，其势如泰山，中国如累卵。"当时他虽然训斥李棁是被大金军的嚣张气焰吓破了胆子，但他心中实有同感。打个比方来说，当年宋辽两国的战争，宋输多胜少，虽有杨家将这样的满门英烈，其结果也是一个个战死沙场，不但收不回燕云十六州，反而始终存在着中原不保的危险。澶渊之盟正是在这样的局势下签订的。但是，作为大宋军队的克星，一直所向披靡的契丹铁骑，在大金军面前却又变成了纸糊的灯笼。当年的童贯正是看中了这一点，才极力主张与大金国签订盟书。灭辽之后，两国由盟友变为仇寇，童贯就知道大宋已处在下风。他把塘报反复看了两遍，又找来地图看了看，雁门县距太原只有一百三十五里地，雁门关一破，最多半天，大金军的铁骑就会飞驰到太原城下。想到这里，他便感到四肢发凉，再联想到那场噩梦，阴惨的女鬼当着他的面揪下自己的脑袋……他一下子像看到了鬼门关。于是当即决定，迅速离开太原回到汴京。

用过早膳，将宣抚司衙门的几名职官找来仓促交代了公务，他就准备启程回京了。正欲登车，闻讯匆匆赶来的太原知府张孝纯将他拦住了。

“童太师这是要去哪里？”张孝纯问。

童贯很不高兴地回答：“回京。”

“太原告急，太师怎么能这时候离开呢？”

“正是因为告急，老夫才要离开呀，我得赶到汴京向皇上禀报。”

“派个人去禀报不就可以吗？太师应该留下来，号令各路兵马，保卫河东各州县，保卫太原。”

“孝纯哪孝纯，你这不是强人所难吗？”

“我怎么是强人所难呢？”

看到张孝纯满脸疑惑，童贯没好气地说：“皇上给老夫的差使是两河宣抚使，孝纯你记着，是宣抚，什么叫宣抚？就是督察河北河东各府军之行政，协调大金国外交事务。保卫领土，抗击入侵之寇，那是兵马指挥使的事，是你们这样的知府、知州、县令的事。大敌当前，首先要承接责任的是你们，不是我！”

说着，童贯登上那辆八匹大马拉着的雕花围幔棚车，在一大队骑兵的护卫下，离开宣抚司衙门，往晋汴官道急驰而去。

张孝纯孤零零地站在原地，看着绝尘而去的马队，心下凄凉，自言自语道：“好一个权倾天下的童太师，平日里颐指气使八面威风，一有风吹草动，竟跑得比兔子还快。”

张孝纯的埋怨以及太原城中军民的咒骂，童贯是听不到了，此刻他靠着腰枕，斜躺在棚车车厢里，思虑着回去如何向徽宗皇帝奏陈眼下这风雨飘摇的局势。他相信皇上一定清楚眼下的危机，他一直信任的蔡京、蔡攸父子，还有新近又召回重新主持中书省的王黼，以及大内总管梁师成，都在机枢之地，每天都会收到来自晋冀地区各军州县的各种密札函件及塘报奏本，即便他们有选择地报呈，皇上也会坐立不安。很奇怪的是，他来太原半个月，皇上竟没有下旨让他回京，亦没有给他只言片语询问军情，倘若皇上真的知晓真实情况，能这样高枕无忧吗？童贯猜测，很可能这几位机枢大臣隐瞒不报，宋金战事态势发展如何，皇上还蒙在鼓里。可是，纸究竟包不住火，再这么隐瞒下去，恐怕就会引来社稷倾覆的大祸，到了那时候，君臣岂不是一块儿完蛋？童贯越想越怕，便催促驾长换马不歇人，尽快赶到汴京。

紧赶慢赶，第二天上午巳时，童贯的马车便到了皇城门外。在他到来之前，先有快马报信，徽宗皇帝赵佶破例免了午休，在崇政殿后头的三省斋与郑贵妃喝茶，童贯即来即见。

童贯换乘了小轿来到崇政殿前，正欲前往三省斋，却见几名内侍从崇政殿里抬了一扇玛瑙屏风出来。童贯认得这屏风，乃是十五年前为庆祝徽宗皇帝登基十周年，征集各地巧工大匠一百多人来到禁中精心制造的。这些玛瑙原石产自西蜀大凉山中，大内制造局以圣旨名义诏四川有司大量采集车载船运送来汴京，藏于内府。工匠们造出的第一座屏风共有八扇，将数万片玛瑙装嵌成《江山万里图》，山若画屏，水若游龙，云霞灿烂，气势雄浑，徽宗看了赞不绝口。蔡京一旁感叹：“深山顽石，竟开出千重锦绣；地藏圣瑞，以譬国家磐石之安。”徽宗听了越发欢喜，于是命人将这幅《江山万里图》八扇玛瑙屏风搬至崇政殿入口处摆放——这是大内皇城中的第一座玛瑙屏风，之后十余年来，工匠们又制作了数十座，在宫廷中多处重要的场所摆放。从此京师富贵人家莫不以玛瑙为贵。而南方凡有玛瑙矿石发现，则一律诏禁民间开采而仅供御用。玛瑙石的价格，也因此腾贵，十几年来翻了数百倍之多。

看到内侍们将那扇屏风抬放到一辆架子车上，童贯好奇地问：“你们要将这屏风搬到哪里？”

小侍们答不出来，恰好第二扇屏风又抬了出来，跟在屏风后头的是御书房值事太监妙官，童贯于是喊了他一声。

妙官见是童贯，连忙一溜小跑到童贯跟前，一边打揖一边寒暄。

童贯问他：“搬这屏风做甚？”

妙官吁了一口气，半是无奈半是沮丧地回答：“都是杜十四闹的。”

“杜十四？”

“是呀，就是老太师荐给皇上的那个杜十四，如今又叫徐神翁。”

“他怎么啦？”

“说来话长。”

妙官左右张望了一下，便把童贯拉到一旁，小心地讲了这件事的原委。

大约三天前，徽宗皇帝让妙官将徐神翁找到御书房，两人没有聊上几句，皇上就向徐神翁诉苦，说自己这些时老做噩梦，昨儿晚上那个梦更是出奇：一个女鬼坐到他的床前，揪下自己的脑袋并松开发髻，散开头发用纤瘦的手指扒梳……

听到这里，童贯毛骨悚然，他打断妙官的话，追问道："你再说一遍，皇上做了什么梦？"

妙官于是又重复了一次，童贯心里头念叨："这就奇了，怎么同一个晚上，在不同的地方，咱与皇上却做了同一个梦呢？"他让妙官继续说下去。

妙官又讲，徐神翁听了皇上讲述的噩梦后，半晌沉吟不语。皇上再三催促之后，徐神翁才说，这女子是一个冤死鬼，她是被人缢死的。皇上问他是怎么知晓的？徐神翁说，被缢死的人，最难受的是脖子。女鬼之所以一坐下来就拧断自己的脖子，就说明了她是怎么死的。皇上听了又问，这女鬼是从哪儿来的？朕从来没有害死过什么女人呀。徐神翁回道，皇上直接害死一个女人的事绝不可能发生，但间接让一个女人死于非命的事却间或有之。皇上说，有吗？朕害死过谁呀？徐神翁说，皇上，您不是对耶律余睹使用过反间计吗？那个反间计用得好呀，大金国左路军监军完颜希尹截获皇上您写给耶律余睹的亲笔信后，信以为真了，他即刻调集兵马围捕耶律余睹。耶律余睹父子逃掉了，但是一个叫萧莫谛的女人却让完颜希尹逮住，连夜将她缢死了。皇上，这件事您是知道的，萧莫谛是什么样的女人您也是知道的，这女人找您寻仇来了。

妙官还要说下去，早已脸色煞白浑身打战的童贯制止了他。妙官一抬眼看到童贯神色不对头，连忙关切地问："老太师，您病了？"

童贯呻吟了一声，摇摇头。

这时，第三扇玛瑙屏风又从崇政殿里抬了出来。

童贯已从恍惚中镇静下来，他用手撑了撑两只眼角，接着问：“你方才说，这玛瑙屏风与那该死的杜十四也有关系？”

“是呀，还是那一次谈话，才有这玛瑙屏风的大搬家。”

“这又是怎么回事呢？”

妙官说：“皇上问徐神翁，如何才能够让那女鬼不再纠缠他，徐神翁说了三条……”妙官打住了话头。

“哪三条？”

“徐神翁告诫皇上，这三条是镇魔之术，千万不能泄露。当时的御书房中，除了皇上和徐神翁，就是小的我一人在场服侍，所以皇上叮嘱我，任何人面前也不可有一丁点泄露。”

童贯脸拉长了，质问：“包括我在内吗？”

“当……”妙官本想说当然，但立刻觉得不妥，顺势改口说，“当然不包括老太师您。”

“说说那三条。”童贯催促。

妙官回答：“第一，女鬼萧莫谛是大金西路军大帅宗翰最爱的女人，宗翰一定会为她报仇。要迅速调遣精兵从铁岭关到雁门关一线构筑防线。所有官军每人要发一条红兜兜贴身穿起。”

“红兜兜，穿红兜兜干吗？”

“红红火火克大金。”

“这是徐神翁说的第一条？”

“是的。”妙官思虑着，他想把徐神翁的话转述得更完整一些，“第二，徐神翁说他将亲自绘制九九八十一道镇魔神咒，分别送往太庙、社稷坛、五岳五渎及东南西北四方选出的六十八处洞天福地，一处一咒焚告天地，唤醒天罡地煞，共同捍卫大宋国祚。这样共焚去神咒八十道，留下一道法力最为广大的神咒，让皇上日夜揣在胸前，让所有的幽冥鬼怪都无法近身。”

“这徐神翁真有这么大的神通？”童贯满是疑惑地咕哝了一句，又问，“那第三条呢？”

“第三条就关系到这玛瑙屏风了。”说话间，这屏风已抬出第四扇，妙官朝抬着屏风的小侍者喊了一句“小心！别碰坏啰”，接着又说，“徐神翁说，他第一次进宫，就觉得大内气燥，住在里面会心神不宁，多进来几次之后，徐神翁说他找到原因了，症结就在这些玛瑙屏风上。”

“这是怎么回事？”

“徐神翁说，马者，五行属火，王者，君臣也，把一个君王放在火中烤，大不吉也。所以君王有无心之恼。玛瑙不是祥瑞，反而是君王之克物。”

童贯其实很喜欢玛瑙摆件，显得富贵灿烂，尤其是这座名为《江山万里图》的八扇屏风。但又觉得徐神翁的话不能随便反驳，他究竟是惑乱圣心还是揭示天机，童贯一时吃不准，便问道：“皇上下旨只是搬走崇政殿的屏风还是清除所有的？”

“清除所有的。”妙官肯定地回答。

童贯吩咐妙官：“按皇上说的做，把差事办好。”然后挪步进了三省斋。

徽宗皇帝与郑贵妃在三省斋里喝茶，都快有大半个时辰了。童贯请旨后进来，徽宗给他赐座。徽宗坐在茶台上首，郑贵妃打横坐着，童贯坐到了下首。

徽宗让童贯饮了一盏茶，盯着他看了一眼，说：“太师去太原一个多月了吧？”

“回皇上，一个月零七天。”

“爱卿瘦了。”

“劳心的事儿那么多，怎么能不瘦呢？”童贯不知为何，心里头有些慌乱，“皇上，只要让您安心，老臣再累也是开心的。”

徽宗的特点是每会见大臣，总要先说点闲话才转入正题，今天也不例外，他让郑贵妃又给童贯续了一盏茶，漫不经心地问：“今天来的路上，你都看到了什么？”

童贯深知徽宗的特点，说闲话一定要有趣儿，于是故意做出夸张的表情：“皇上，老臣今天从西城门进来，一路上馋得我直吞口水。”

“啊，看到好吃的了？”

“多啊！进城不远我看到了王婆子的梅花包子，接着是曹婆肉饼、薛家羊饭、梅家鹅鸭、曹家扁食、徐家瓠羹、郑家油饼、王家乳酪、殷家卤件等等等等，老臣真想长出十个肚皮来，一次把这些美食都吃个遍。”

徽宗一乐，笑着问：“你究竟吃了几家？”

“老臣一家都未吃。”

“这是为啥？”

“这不急着赶来要见皇上吗？一个多月未见，老臣想念皇上。”

徽宗明明知道这种话是虚情假意，但还是喜欢听。这时，郑贵妃插话了：“那间郑家油饼，不知现在做得咋样了？”

“郑家的油饼吗？”童贯随口问了一句，立刻回过神来，“这家油饼生意一直很好，就因为它同娘娘共了一个郑字。赶明儿，咱让人买几个来，让娘娘解解馋。”

“不用了，上了年纪，怕吃油腻的食件儿。”

郑贵妃刚落话音，徽宗就笑她：“你多大了？才三十出头就上年纪，也不劳童太师让人去买，等落了空儿，朕陪你去郑家油饼铺子吃一回去。”

“贱妾只是说说，哪敢惊动皇上。”

笑话了一回，徽宗示意郑贵妃退出。斋房里只剩下君臣二人，徽宗这才言归正传，让童贯报告山西与河北两地的军情。

因进城后第一时间来觐见皇上，童贯还没见到蔡京、王黼、蔡攸、梁师成等人，也不知道他们在宋金两国交恶后发生的众多事件上，对皇帝说了多少，又隐瞒了多少。但凭他对这几个人的了解，可以肯定地说，他们对皇上是报喜不报忧的。但皇上不是傻子，从所看到的文件中，尽管被过滤，他也能知道燕云十六州情况不容乐观。如果皇上一无所知，他不可能做出女鬼坐床的噩梦。而且，这噩梦同他童贯做的竟然完全一样。一番斟酌之后，童贯觉得不能再隐瞒下去，于是他试探着问：“皇上，马扩奉命去西京大同见了完颜宗翰，结果您知道吗？”

“你写了邸报没有？”

“没有。”

“你既没写，朕从哪里知道结果？”

“没有人给皇上写密札告知吗？”

“没有。”

皇上的回答让童贯深感不快。他曾就杰布来太原递交国书一事向皇上写了密札，却没想到连这份密札也被王黼把持的中书省扣下了。于是他当面就马扩会见完颜宗翰以及大金国特使杰布一行来太原的情况原原本本作了禀报。徽宗听后，沉默良久，才缓缓言道：“前一天，才看到你签发的宣抚司加急传来的捷报，说是五台与雁门的两路官军，赶往繁峙县城，合围了叛军，斩杀了几百个叛军首级，叛军首领韩庆也在其中。”

童贯立即回答：“皇上，这个捷报千真万确。”

“朕不是说这个捷报是假的。朕只是纳闷，此前为何没有看到任何报件，告知繁峙县城陷落的事。”

徽宗看似说得云淡风轻，实际上已表现出了对几位机枢大臣的不满，当然，这其中也包括童贯。他正想辩解，徽宗又开口问道：“繁峙县城的陷落，你们宣抚司写了报件吗？”

简简单单一句话，倒把童贯难住了。他若说没写，皇上就会再问一句，县城陷落你不写，为何平叛成功你这么快就送回捷报，这不是典型的报喜不报忧吗？若说写了，皇上也会追问，既然写了我怎么没看到？如果就此严查，几个把持朝政的权臣都脱不了干系。童贯不愧是童贯，他稍一拿捏，答道：“繁峙县城刚一报警，咱就立即找来太原知府张孝纯会揖，要他密切跟踪，繁峙方面出现任何情况，都要向朝廷报件。”

“他报了吗？”

“这个，老臣未曾叮问，这是老臣的过错，请皇上恕罪。”

“朕知道这个张孝纯，他不是玩忽职守的人。他出任太原知府，朕还召见过他，叮嘱责任。”

“咱这次从太原回来面圣，也反复交代过张孝纯，大敌当前，守土有责，强虏来攻，防务要切实担当。”

“他一个书生，手无寸兵，如何担当？”徽宗顿了顿，又问，“种师道的陕兵，应该已到达山西了吧？”

“应该到了。”

徽宗头一仰，盯着梁上的彩绘说：“危亡关头，还得老将出马啊！”

“皇上！”童贯小心翼翼喊了一声。

“有什么说吧。”徽宗仍仰着头。

“种师道都快七十了，老臣担心他年事已高，压不住大金军的气焰，特调姚平仲的大军前往雁门关一线布防。”

“姚平仲在浙江剿灭方腊乱匪，也是有功之臣，但他一定就比种师道强吗？”

“这个，请皇上定夺。”

徽宗并没有立即就此做出决定，他重又坐端正了，并给自己斟了一盏茶，也不看童贯一眼，自个儿愣愣抿了下去。

童贯一紧张嗓子眼就发干，看到皇上啜饮，他越发觉得喉咙里有一条小虫子在爬，强忍不住，他只得捂着嘴呛咳了几声。

徽宗对童贯的难受毫无意识，他在斟酌童贯方才禀奏的关于大金方面的情报。此时他心乱如麻，脑海里又闪现出了那个女鬼，他拍拍脑袋，想把那女鬼赶走，但他的念想落空，只好闭上眼睛。半下午的阳光从窗棂里斜斜地射了进来，照在他白净的脸颊上，受了这强烈光线的刺激，那躲在他头颅里面的女鬼倏然离开了。有那么一会儿，徽宗感到轻松，但一想到完颜宗翰提出的无理要求，他的心情又沉重起来，他盯着坐立不安的童贯，又问：“宗翰要我大宋割让太原给大金，这是儿戏还是真的？”

“应该是真的。”

“童贯哪童贯，检点这几年我们对大金的策略，是不是失误太多？”

“这个，皇上……”

徽宗的话让童贯害怕，因为他是宋金密盟的主要推动者。

正当童贯吞吞吐吐不知如何应答时，徽宗又问他：“你说说，对大金的策略，我们犯了几回错？”

“这个，这个……”童贯不是没有思考过，而是他不敢正视这个问题，皇上既挑明了，他敷衍不过去了，只得硬着头皮回答，“策反张觉，可能是个错误。”

徽宗点点头，又问：“还有呢？”

“还有，还有就是使用反间计，让完颜希尹与耶律余睹发生火并。”

“还有呢？”

“还有，还有……”童贯觑着徽宗紧绷着的脸，小声说，“皇上，没有了。”

“就这么两条吗？就这两条能铸成这样的大错吗？童贯，你再想想。”

徽宗从来不直呼童贯的名字，今儿个这么一叫，童贯就有了大祸临头的感觉。他顿时坐不住了，想跪下来磕头。

徽宗看出了童贯的紧张，于是口气又和缓了一些：“爱卿，朕看你有些乏了，先回去歇息吧，大事明天再议。有什么好主意，明天来说。”

“谢皇上。”

童贯行了揖别之礼，凄凄惶惶地离开三省斋。

第十九章　虎头盔

与童贯会见之后，一连几天，徽宗茶饭不思，晚上也不要嫔妃侍寝，一个人在上书房之侧的寝房独卧。这一日早上起来，盥洗之后，一边喝着冰糖银耳汤，一边问站在旁边侍候的梁师成：

“童太师从太原回来，谁陪着他？”

“回皇上，是宇文虚中。”梁师成答。

“啊，是他。”徽宗记得宇文虚中当年供职聚英殿修撰的时候，是反对盟金之议的，于是又问，“宇文虚中现在是何职务？”

“两河宣抚使赞务。”

“啊，这就奇了，他倒成了童太师的文胆。”

徽宗说着就让梁师成立即把六年前宇文虚中写的那篇反对开边之议的奏疏找出来。

早膳后，徽宗在上书房里，重读这一篇当年令他十分反感的奏疏：

伏惟陛下：

臣仰睹圣上恢睿圣英武之略，绍祖宗之诒谋，将举仁义之师，复燕云之故境，不以臣愚不肖，使参预机密。臣被命之初，意谓朝廷未有定议，欲命臣经度、相视其事。及至河北诸路，见朝廷命将帅，调兵旅，厉器械，转移钱粮，已有择日定举之说。臣既与军政，苟有所见，岂敢隐瞒，辄具利害，仰干渊听。臣闻用兵之策，必先计强弱虚实，知己知彼，以图万全。今论财用之多寡，指宣抚司之所置，便为财用有余，若沿边诸郡帑藏空虚，廪食不继，则略而不问。论士卒自强弱，祖宣抚司所驻，便言兵甲精锐，若沿边诸郡，士不练习，武备残缺，则置而不讲。夫边围无应敌之具，军府无数日之粮，虽孙吴复生，亦未可举师，是在我者，未有万全之策也。用兵之道，御攻者易，攻人者难；守城者易，攻城者难；守者在内，而攻者在外，在内为主而常逸，在外为客而常劳，逸者必安，劳者必危。

今宣抚司兵，约有六万，边部可用，不过数千。契丹九大王耶律淳者，智略辐辏，素得士心，国主委任，信而不疑。今欲亟进兵于燕城之下，使契丹自西山以轻兵绝吾粮道，又自营平以重兵压我营垒，我之粮道不继，而耶律淳者激励众心，坚城自守，则我亦危殆矣。是在彼者，未有必胜之兆也，夫在我无万全之策，在彼亦未可必胜。兹事一举，乃安危存亡之所系，岂可轻议乎？

中国与契丹讲和，今逾百年。间有贪鄙，不过欲得关南十县而止耳；闻有傲慢，不过对中国使节稍亏礼节而止耳。自女真侵削以来，向慕本朝，一切恭顺。今舍恭顺之契丹，不封殖拯救，为我藩篱；而远逾海外，引强悍之女真为邻国，彼既籍百姓之势，虚喝骄矜，不可以礼义服也，不可以言说谕也。视中国与契丹，拏兵不止，鏖战不解，胜负未决，强弱未分，持卞庄两斗之说，引兵逾古北口，抚有悖桀之众，系累契丹君臣，雄据朔漠，贪心不止，越逸疆圉，凭陵中夏。以百年怠堕之兵，而当新锐难敌之虏；能寡谋持重，久安闲逸之将，而角逐于血肉之林，巧拙异谋，勇怯异势，臣恐中国之边患，未有宁息之期也。譬犹富人有万金之产，与寒士为邻，欲肆并吞，以广其居，乃引强盗而谋曰：“彼之所处，汝居其半，彼之所畜，汝取其全。”强盗从之，寒士既亡，虽有万金之富，日为近邻强盗所窥，欲一夕高枕安卧，其可得乎！愚见窃以为确喻。

伏望陛下思祖宗创业之艰难，念邻域百年之盟好，下臣此章，使百僚廷议。傥臣言可采，乞降诏旨，罢将帅还朝，无滋边隙，俾中国衣冠礼义之俗，永睹升平，天下幸甚！

冒昧进言，不胜战栗。

徽宗重温这篇奏疏，不觉读了两遍。他依稀记得当年职掌秘书省的王黼拿来这篇文章请他过目时，还没来得及读，但听说是反对派兵攻打燕京的进言，立刻就不想读了，加上王黼一旁极力诋毁，徽宗一怒之下就下旨免去了宇文虚中聚英殿修撰的职务，亏得时任门下省长官郑虚中的保护，宇文虚中才不致卷铺盖回家。褫职一年后，郑虚中才将他安排到自己麾下当了一名录事。两年后，童贯为了和缓与郑虚中的关系，主动要求将宇文虚中调到两河宣抚司衙门，出任赞务之职。宣抚司一应重大文牍诸如奏章、条札、告示、露布、关报、国书等等，皆出自宇文虚中之手。

宇文虚中虽然成了童贯的得力助手，但是，他却从未将宇文虚中带到御前与徽宗见面。所以，徽宗虽然知道这个人，却对他没有什么印象。重读奏疏之后，他当即下旨宣宇文虚中进宫。

当妙官将宇文虚中领进上书房，宇文虚中向徽宗行了觐见之礼，徽宗吩咐赐座。妙官安排好座位，正要退出时，徽宗喊住他，问："宫中各类玛瑙物件儿，都清理完了吗？"

妙官恭谨回答："小的领旨带着几十个小火者，清到昨儿半夜，总算清完了，全都搬到牟驼岗下的艮字库里，严严实实锁了起来。"

"有多少件？"

"大大小小有七百多件。仅屏风就是六十多座。从八扇到四扇不等。艮字库塞得满登登的。"

"辛苦了，给小火者发一些赏银。"

妙官谢恩退出。

徽宗这才打量坐在他对面的宇文虚中，高挑个儿，一副文质彬彬的样子，但两道剑眉却溢出英雄之气。他坐得很端直，挺着腰杆，神情恭敬而又泰然。徽宗不禁对他生了几分好感，于是问他："你是随童太师从太原回来？"

"是的。"

"童贯训练的捷胜军有多少兵马？"

"三万兵士，四万匹马。"

"哦，马还多一些。"

"按规矩，大将马八匹，骠骑将军、龙骧将军马六匹，参将四匹，游击三匹，校官两匹，兵士一匹。"

"你对军事很熟悉？"

“卑职研究两河军务多年，稍有知解。”

“捷胜军回汴京了吗？”

“随太师回驾两万，还有一万留在太原。”

“都穿上红兜兜了吗？”

“红兜兜？”宇文虚中一愣。

“怎么，你们没有接到旨意？”

徽宗脸色拉了下来，宇文虚中这才猛然记起离开太原前一夜，司衙收到秘书省转来的圣旨，着两河各路驻军将士，每人须贴身穿一个大红布兜兜。童贯当即吩咐相关衙司立即办理。他没想到皇上此时会提起这件事，仓促之中没想起来，于是解释说：“两河将士都要穿红布兜兜，童太师已于回来前安排布置，如今过了五天，应是全都穿上了。卑职一时失礼，望皇上恕罪。”

徽宗点点头，不再追问这件事。他拿起身边角案上的那份从秘档库中调出的奏疏，朝宇文虚中晃了晃，说：“这是你六年前写给朕的奏疏，为这份奏疏，朕撤了你的官。”

宇文虚中没想到皇上旧事重提，不免心下紧张，但又觉得自己并无亏心之处，便静心答道：“六年前卑职年轻气盛，一心尽忠，却引起圣怒，实大不该。”

“你反对开边，反对与金结盟，反对对燕京用兵……”徽宗说着说着忽然停了话头，低眉深思了一会儿，又问宇文虚中，“现在，你还像当年那样想吗？”

“皇上，微臣讲实话，能恕微臣无罪吗？”

“你讲。”

“六年过去了，臣的观点没有变。”

“你反对用兵燕京，两年前，我们不就拿回了燕京吗？”

“拿是拿回来了，但我泱泱中国，从此就不太平了。”

徽宗没有接这个话茬儿，可能是宇文虚中的话触痛了他的难言之隐。宇文虚中在奏疏中讲，女真比起契丹，将更邪恶，觊觎中原的野心也更大。这位擅于吟风弄月翰墨丹青的皇帝这会儿心情糟透了。他虽然两眼看着宇文虚中，说出的话却更像喃喃自语：“当年，童贯将赵良嗣带来，讲述他的联金灭辽的大计，朕之所以同意，乃是为了实现祖宗遗愿。石敬瑭把燕云十六州割让给契丹，太祖、太宗都想收回，但一直未能如愿。如果有这么一个收回燕云十六州的机会，朕岂肯放弃？”

徽宗的话，宇文虚中听了很扎心，他体谅皇上收复国土的苦心，但他的苦心却被几位好大喜功且曲意媚上的枢机大臣所利用。他略略思考，字斟句酌地说：“皇上心存社稷，意欲恢复汉唐疆土，一统江山，唯苍天可鉴。可是……”

“可是什么？”

“皇上应该接到了童太师报呈的密札，这次大金使者杰布来太原，提出了割让太原府的无理要求。”

“朕知道了。”徽宗蹙紧眉头，叹道，“金虏贪得无厌，如何是好？”

“金虏的两支劲旅，一在平州，由完颜宗望掌帅，一在大同，由完颜宗翰掌帅，这两人是大金两员悍将，无论是死去的阿骨打，还是现在的吴乞买，都对他们倚之甚重。两人南侵之心，已是路人皆知。听说半年前，大金国在上京会宁府召开御前会议，成立两个枢密院，一在平州，宗望领东枢密院，一在大同，宗翰领西枢密院。这两个枢密院都可以代表金主对我大宋便宜行事，人称东西朝廷。与此同时，两厢枢密院同时加挂两个元帅府衙牌，人又称东西元帅府。枢密院与元帅府对外为二，对内为一。微臣分析，这是一种方便军事行动的战时体制。从种种迹象来看，这一场战争必不可免。”

“能避免吗？”

“微臣说过，必不可免。金虏野心越来越大，据已获得可靠情报，金虏不但要夺回已按誓书割还给我大宋的燕云地区之州县，还要我再割让太原、中山、河间三府。”

“这，这是真的？”

“皇上，千真万确，难道童太师没向您禀报？”

徽宗摇摇头。

宇文虚中看到徽宗对几个月来发生的军民大事一概不知，他意识到自己闯了大祸。但既然揭开了这个虽然路人皆知但皇上却全然不知的真相，宇文虚中索性横下心来，准备把事情原原本本尽数说出，正在这时，忽见梁师成从屏风后闪了出来，对徽宗一揖，禀道：“皇上，蔡太师、童太师等几位大臣已来到门口了，他们有紧急事情禀奏。”

“朕没有请他们，怎么就到了？”

梁师成回答：“凡有十万火急之事，不须先报准，方面大臣即可入宫求见。”

“既是这样，就让他们进来。”

“谢皇上，”梁师成说着把脑袋扭向宇文虚中，“宇文大人，请你先回避。”

宇文虚中正要起身告辞，徽宗示意他坐下，言道：“爱卿不必回避。”

说话间，蔡京、童贯、王黼、蔡攸、白敏中等枢机大臣鱼贯而入，他们依次向徽宗行了觐见之礼。看到一侧侍立的宇文虚中并不回避，蔡京恼着脸，他本想质问，还未开口，徽宗先开口断了他的话头："左元仙伯，看你的样子，似有责怪宇文虚中的意思。这就是你的不是了，朕今日请他来，是想了解当下大金国的军事，话没说完，你们几位大臣邀齐了来上书房，到底又发生了什么事？"

这时众位大臣都已落座。却说这五人一齐来到上书房，乃是因为接到了梁师成的通风报信。蔡京乍一听此消息，立刻就觉得不对头，皇上为何在这战事一触即发的节骨眼上，要单独召见一名五品官员，何况这名官员还是当年第一个跳出来反对与金联盟共同伐辽的急先锋。当年，极力怂恿皇上开边伐燕的正是今天来的这五个人。王黼本已致仕，两个月前又被起复为中书省台臣；白敏中是蔡京的心腹亲信，半年前出掌秘书省。这几个人都因联金灭辽而成为徽宗最为宠信的股肱之臣。如今金廷叛盟，他们难辞其咎，所以他们才千方百计阻止别的大臣与皇上亲近。一方面他们竭力隐瞒宋金两国在燕云地区交兵的真实情况，将一触即发的战争说成是摩擦；另一方面，他们正千方百计为自己怂恿皇帝做出的错误决策寻找理由进行开脱。他们几个人虽然面和心不和，为争权争宠费尽心机，但在联金灭辽问题上，却始终沆瀣一气。他们是一条绳上的蚂蚱，要死都得一块儿死，对这一点，他们心知肚明。因此，他们必须要想出一切办法，让皇上永远相信他们，宠幸他们。只要皇上的态度改变，灭顶之灾顷刻就会发生。

所以，听说皇上单独会见宇文虚中，蔡京就约了童贯、王黼、蔡攸、白敏中急匆匆赶来上书房。

徽宗看似聪明，这会儿却表现出糊涂。第一，他没有觉察到梁师成为五位大臣通风报信；第二，他没有想到五位大臣前来是为了搅局，而认为他们真的有什么大事禀报。

看茶之后，徽宗问："诸位爱卿，究竟又有什么大事发生？"

蔡京向童贯使了个眼色，童贯会意，反问徽宗："皇上，不知宇文虚中是否向您禀报过两河军事？"

"禀报了一些。"

"是否禀了大金国东西朝廷、东西元帅府之事。"

"禀过。"

"大金国西路军元帅宗翰提出要我朝割让太原府给他们。"

"也禀过。"

"老臣要禀的就是这件事。"

"这是重大事件吗？"

童贯听出徽宗话风中的不满，于是以退为进，反过来问宇文虚中："宇文虚中，你还给皇上禀报了什么？"

宇文虚中这几年一直深得童贯的信任，童贯这个人虽然曲意媚上朋比为奸，但他对待下属与僚吏又疏财仗义，所以在朝野之间也有一些好名声。两河军事机密，他也从没有向宇文虚中隐瞒。所以，宇文虚中对他的感情一直很纠结，一方面对他心存感激，另一方面又因政见不合而耻于攀附。通过皇上与童贯短暂的谈话，他已明白五位枢机大臣对徽宗刻意隐瞒，导致徽宗对燕云地区的局势茫然无知。他意识到自己捅了一个天大的马蜂窝。五位大臣一起来到这里，可能就是要当着皇上的面对他兴师问罪。虑到这一层，宇文虚中心情反而平静了，大不了一个死，憋了多年的话，今儿个就索性痛痛快快地说出来。于是，他坦然回答童贯：

“童太师，卑职是还有很多话要对皇上说，但您们来了，一些要紧的话就来不及说了。”

“你还有何要紧话，快讲！”

宇文虚中回答：“既然童太师来了，这些要紧话就轮不着微臣饶舌了。”

“童太师？”

徽宗目光转向了童贯，宇文虚中看到童贯有些尴尬，又赶紧补了一句：“皇上，微臣刚才所言之事，是童太师向微臣交代的，见了皇上，一定要说真话。”

“啊，是吗？”

徽宗目光盯着童贯，大臣们这时都几乎屏住了呼吸，因为两国军事问题他们采取一致的态度：对皇上能瞒多少就瞒多少，能瞒多久就瞒多久。如果宇文虚中此话是真，那么就证明童贯背叛了他们。

童贯毕竟是对金军事的实际掌控者，蔡京等人在这一问题上蒙骗皇上，实际上是替他隐瞒。但宇文虚中既然把事情捅穿了，他若再遮掩，必犯下欺君之罪，为保全自己，童贯也顾不得许多了，他迎着徽宗的目光，坦然答道：“禀皇上，宇文虚中说的话并非虚言。”

屋子里起了一阵小小的骚动。很显然，其他几位大臣，包括在屏风旁边站着的梁师成，都不满童贯的回答，他们没有想到在节骨眼上，童贯会出卖朋友。

有那么一瞬间，童贯有芒刺在背的感觉，但他很快就调整了过来，继续对徽宗说：“大金叛盟，老早儿就有了迹象，但咱们却有一个判断，这些啃着半生不熟的羊腿子长大的女真人，全国加起来的人口没有咱汴京的多，借给他一个胆子，也不敢同咱大宋叫板。他们说往南边用兵，老臣只当是舞枪弄棒赚吆喝，全不当回事儿。直到他们抢了灵丘、飞狐之后，这才觉得这帮孙子不是闹着玩的，宗翰宗望这俩小子，都是站在马背上撒尿的人，野惯了，他们一天到晚在大金国皇帝吴乞买耳边聒噪，说是要教训教训咱南朝。老臣怎么觉着都是一场猴戏，两只大毛猴成精了，公然钻出老林子，找路人讨果子吃。咱把这观点说给左元仙伯、王太宰等等在座的大臣听，他们也都同意我的判断，于是一起商量，不把这些有惊无险、负气赌狠的猴把戏讲给皇上您听，免得误了圣听，让皇上烦心。”

童贯这一番话，既安慰了同僚，又巧妙地遮盖了他们刻意隐瞒事实的真相。但已起了疑心的徽宗，不再轻易相信他的话了，而是提出了反问：“你认为大金国的军事行动是猴把戏？哪有几十万大军来做一场猴把戏的？”

“现在看来，这的确不是一场猴把戏，大金国君臣是决意背盟了。”

说话的是蔡京，听了童贯的解释后，蔡京认为童贯并没有“卖友求荣”，于是主动插话帮着解释。

“左元仙伯，依你之见，现在的危局该如何破解？”

蔡京回答徽宗：“今天，咱们五大臣一起来觐见皇上，就是提出破解之法，请皇上圣裁。”

“爱卿请讲。”

蔡京说：“金虏之祸，其实早有迹象，这一点，徐神翁老神仙已向皇上禀告明白，老臣我不再啰唆。我要说明的是，即便我大宋不与大金签订海上密盟，大金灭辽之后，照样也会南侵。我大宋不是东郭先生，但大金绝对是一只嗜血成性的狼。乾坤正鉴，大宋被大金南侵之祸，是在所难免。李淳风的《推背图》，对此早有预测。”

徽宗皇帝听了一惊：“啊，这件事朕怎么没有听说？”

“老臣也是刚刚听到高人指点。”

“《推背图》是怎么说的？”

“皇上，《推背图》上的那两句谶语我暂且不讲。老臣自有密札呈进，皇上一看便知。在这里，老臣只讲一件事儿，则可证明此事。”

“什么事？”徽宗追问。

蔡京继续说：“皇上，您可还记得前年冬天，您赏脸要到老臣拙居去品鉴建州老龙团。路上看到一户人家，贴在大门上的两个门神，皆戴着番人的虎头盔，样子极威武。皇上您说，这两个门神好，威风凛凛虎头盔，天罡地煞都不怕。皇上您这么一说，京城的官宦人家几乎一夜之间都把门神换成了虎头盔番人。本来，各府邸大门都是漆成黑色，有人嫌不好看，便漆成金色，这都是调了金粉的，故明黄灿灿。各家府邸也都依样漆成金色。三年下来，不仅官宦，即便富户人家，也都如法炮制。前不久，那位老神仙看到，不禁抚门长叹，天意呀，天意呀……”

“天意？”徽宗紧张起来。

“是呀，天意！”蔡京故弄玄虚，“老神仙说，番人虎头盔，这是虏兵，金漆大门，这是大金，金虏守门，汴京势危啊！”

“汴京势危？”徽宗想到今日的危机竟与他当年喜欢的门神有关，心情越发忐忑，又问道，“左元仙伯，你家的门神也是这个吗？”

蔡京汗颜回答：“也是这个。”

徽宗又问童贯：“太师，你家也是吗？”

童贯点点头。

徽宗的目光从一个个大臣身上扫过，大臣们都低下了头。

徽宗长长叹了一口气。

这时，妙官从外头急匆匆跑了进来，锐声禀道：“皇上，马扩紧急求见。”

“马扩，他从哪里来？”

“肯定是燕京，”童贯插进来回答，“我离开太原之前，遣他前往燕京郭药师处犒军。”

徽宗挥挥手，指示妙官：“让马扩进来。”

不一会儿，灰头土脸的马扩几乎是跌跌撞撞跑了进来，连官袍都来不及提摆就直挺挺跪下，嗫嚅着报告：“皇上，郭药师反了！他开门揖降，完颜宗望的东路军已占领了燕京城。”

“什么，什么？”

徽宗气急败坏站了起来，又一摊泥似的倒了下去。

第二十章　誓师大会天神咒

当徽宗与几位枢机大臣一片惊愣的时候，上书房里陷入死一般的寂静。看到他们一个个呆若木鸡的样子，马扩更是惶恐不安，逃离燕京的那一幕又浮现在眼前。

却说那天夜里马扩被郭药师带到那座破败的关帝庙，亲眼目睹郭药师设计逮捕了所有在燕京开衙的大小堂官，并胁迫他们一起开城揖降。马扩自认倒霉，却没想到郭药师放他一马，让他回汴京报信，并派了一支十人卫队送他出境。

在卫队的“护送”下，马扩一行三人如惊弓之鸟，出了燕京南大门，朝河间府狂奔，不消半日就到了滹沱河边。他们下马歇息，正在等待渡船的时候，忽见身后官道上驰来三匹骏马，马背上都是身穿左衽军服的常胜军营兵。一位哨长翻身下马，同卫队小头目用女真话耳语了几句，小头目听毕，立即对马扩说：“走，咱们回燕京。”说罢，也不听马扩问一个为什么，就胁迫他重新上马，奔回燕京城中。

入城后，卫队直接将马扩带到旧日辽王宫的祈神殿前。大约三年前，萧莫娜为了在大金国皇帝完颜阿骨打的攻击下保佑燕京的安全，曾在这里举行过一场盛大的萨满仪式，乞求天神降临。马扩被带到这里来的时候，又一场盛大的萨满仪式即将开始。不过，这一次的仪式不是乞求神灵保佑，而是迎请天神祝福燕京城重新回到大金国的版图。主持迎神大典的主人也不是萧莫娜，而是大金国东路军主帅完颜宗望。

皇城内外到处都是持枪握刀的军士，祈神殿前的广场上，大概有一千人穿着萨满服，广场中央已点燃一堆巨大的篝火。马扩被带到宗望跟前的时候，宗望正坐在一座临时搭起的高台上，他的左边坐的是郭药师，右边坐的是拿着羊皮手鼓、头戴桦皮冠的大萨满。一名小校让马扩给宗望下跪，因为有了上次在大同城中会见宗翰不肯下跪的教训，马扩再也不敢“以气节为重”，而是老老实实跪下行了觐见之礼。

礼毕，宗望让马扩站起来，问他：“马扩，咱俩多长时间没见面了？”

作为使金副使，马扩跟着担任特命全权大使的赵良嗣多次前往大金军行营面见阿骨打皇帝，每次宗望都在。阿骨打驾崩后，马扩出使大金国的机会少了，赵良嗣因反对诱降张觉被免去大使职务之后，马扩接任，也只是在平州见过宗望一次。张觉叛降之后，马扩就再没见过宗望了。宗望这么一问，马扩只得老实回答：“宗望大帅，咱们大概有两年多没见面了。”

“两年前，咱把你马扩当朋友，现在，你是我的敌人。”

“大帅……”

“知道咱为什么要你回来吗？”

马扩摇摇头。

宗望看了看广场上的士兵，又扭头看了看身边的郭药师，他身上的铠甲看上去很旧了，但依然很结实，手肘上的护铁磨出了光泽，现在，他用手指着马扩说："请天神的仪式马上就要开始了，把你追回来，是让你看看这仪式。"

"啊！"

"走，你下去，到你的座位上去。"

宗望的口气有些傲慢。在马扩看来，宗望一直是很温和的。往常，他到大金军中拜见阿骨打皇帝之后，宗望总会请他们一行喝一顿酒，吃一只烤羊或者野鹿什么的。那时，他并不觉得宗望是个人物，但是现在，他觉得宗望浑身上下都透露出腾腾的杀气，即便是过去的老朋友，见了他也免不了产生恐惧。当小校把马扩从宗望跟前领开，回到另一处看台给他安排的座位上，他才如释重负。但是，当迎请天神的仪式一开始，马扩的心又提到嗓子眼上。

女真人认为最大的天神住在西天，所以，他们习惯将西方称为正位。先辽燕王宫中祈神殿建筑的方位就是坐东朝西，殿门对着落日方向。门前的广场也习惯称为西广场。这会儿，天色黑尽，低垂的苍穹上悬缀着不少亮晶晶的星星，沙漏器报了亥时，士兵们向广场中心的篝火投掷着干燥的木柴，火势显得更加蓬勃。背靠祈神殿，七根约三丈高水桶粗的大木柱呈弧形围着大火堆竖立，在这些木柱的底部，都绘有被称为白纳查的神人像。这些神人的眼睛像松花江的小狗鱼，嘴巴像是生了毛的月牙儿。在白纳查的上端，绘有女真人想象中的从地狱到天堂的所有场景。绘画主要用黑、白、红三色。七根神柱的顶端，绘有七尊主神像。从左到右，他们依次为德力格音阿林额真——山林之神，齐穆沁岱敏德德——天禽之神，包呼泰莫尔根嘎尔霍青——护佑之神，阿布卡依兰额顿妈妈——养育之神，给孙衣勒沙延宝呼罗——日月之神，图们壬纫衣恩都额真——驱鬼之神，班达玛奥依额真玛发——消灾之神。七大神柱的造型也很奇特，远远看去，像是七个生机勃发的男性生殖器，它们伟岸而又神秘，色彩浓烈地矗立在星空之下。

在祈神殿与七大神柱之间，搭建了约有四十丈长的六层弧形大看台。宗望以及东路军的百十位主要将领坐在看台的最中间，大宋被俘的官员如蔡靖、张元济等二百余名官员也被押送到这里来观看这场仪式，马扩就是被送到他们中间，他们的座位在看台中央的右厢，看台的左厢是东路军将佐的家属以及各司僚吏。

大火堆的周围，坐满了身穿萨满服装的参加仪式表演的人群。眼下虽然他们很安静，但看得出来都很兴奋。他们分成九堆坐着，分别来自东路军的九个军团，每个军团抽了一百名士兵参加表演。外行人只知道他们是萨满表演者，内行人却能从他们的萨满服装中，知道他们来自哪一个部落。女真人的军队，是以部落来组建军团的。这九堆人分别来自按出虎水的完颜部、黑龙江的尼玛察部、松花江的富察部、东海的都鲁哈那部、库页岛的萨哈连部、额尔古纳河的茶札剌部、乌苏里江的五国部以及原本属于契丹族的额尔齐斯河的粘八葛部、胪朐河的敌烈八部。这些部落都有自己的图腾，比如说大黑熊呀，海东青呀，狗鱼呀，白虎呀等等，按照习俗，他们会把本部落的图腾绣在神圣的萨满服上。

广场上有一些吱吱喳喳的声音，无论是看台上的观赏者还是篝火旁的表演者，都有一些人在交头接耳。突然，九只翅大如轮的海东青从祈神殿中飞了出来，人群中一片欢呼接着又戛然而止。只见那九只海东青在大火堆上盘旋着，看到它们飞临，士兵们又投了很多干柴到火堆中，火苗再次高蹿，溅起的火星像萤火虫一样飞得更高，本想俯冲的海东青们又被烧灼的热浪顶了回来，它们离开温暖的气流重新回到寒冷的夜空。逡巡了几遭后，一只身影最为矫健的海东青——它显然是一只鹰王——突然停止了翅膀的扇动，它乘着气流，平缓地滑到看台的中央，在宗望和大萨满两人面前停了下来，剩下的八只海东青依次也飞了下来，在鹰王的两边整齐地站立着。

宗望俯下身子亲了亲鹰王，然后又转身虔诚地请起满脸皱纹的大萨满。

这个大萨满今年已经八十岁了，他一直在宗望的东路军中接受神一般的供养。他站起身来的时候，身子颤颤抖抖的，满脸微笑着。宗望不免为他的老态龙钟而担心，低声地问了一句："大祭司，您不要紧吧？"

大萨满看了看精神抖擞的鹰王，拍了拍宗望的肩膀，回答说："我是完颜部第十六代大萨满，现在我八十岁，等我穿上了神服，我就只有二十岁了。"

宗望点点头："我相信！"

说话间，大萨满迈前一步。此时他戴着一顶非常轻的桦树皮神冠，身上穿着浅灰色的夹纻衣裤，还是平常的居家打扮，但他的神态举止，依然让人感到身上洋溢着一股仙气。只见他高高举起羊皮手鼓，偌大的广场，顿时间如同阒无人迹的空山。

大萨满微微动了一下手腕，显然是想让在场所有人都看到他的羊皮手鼓，接着他停顿了一会儿，不要说在场的人，就是那九只桀骜不驯的海东青都引颈仰望着他。

“嘣！”

大萨满缓缓地摇动了一下手鼓，清脆的鼓声射向了四方。

“嘣！嘣嘣！嘣！”

大萨满一边摇着手鼓，一边慢慢地走下六层看台。

当大萨满的鼓声第二次响起的时候，广场四周将近二百面抬鼓一起敲响了。这庞大的鼓声如夜半的惊雷，又像山崩地裂时的滚石，急促、激烈，既排山倒海撼动心魄，又摧枯拉朽冰碎千河。

在大萨满稳步走向祭台的时候，在激越的鼓声中，迎接大萨满的歌声又沸腾了：

北斗星啊，出来吧，
从高高的东边天上来；
北斗星啊，下来吧，
从九十九层高的天空走下来。
飞翔的鸟儿停下了翅膀，
老鼠变成了绵羊。
北斗星啊，出来吧，
从高高的东边天上来。
大萨满的手鼓响起来了，
通往天神的大门打开了。

在热烈的歌声中，大萨满来到了祭台。这祭台在正中的那个大神柱——阿布卡依兰额顿妈妈养育之神前。祭台并不高，刚好到大萨满的腰部，但很宽大，差不多有一丈二尺长。大萨满到来之前，在主祭位两边，已各站了四名祭司，来自今夜参加迎神仪式的完颜部之外的八个部落的大萨满。他们已经穿戴好了代表本部落的萨满服，当完颜部的大萨满来到主祭的位子上——他无疑是年龄最长也是威望最高的一位——众萨满一起向他弯腰施礼。

广场上再次安静了下来，除了噼噼啪啪的干柴燃烧的爆裂声，所有的人几乎都屏住了呼吸。

站在大萨满左边的萨满，壮得像一头熊，他是一名契丹人，来自于额尔齐斯河的粘八葛部。他看了看大萨满，得到了大萨满肯定的眼色后，他先是用契丹语接着用女真语锐声说道：

“起箱！”

四个健壮的萨满将一只四角包铜镶有七彩宝石的松木箱子抬到祭台上，人群中顿时爆发出一片惊呼。在仪式开始之前，他们就得到了消息，这只松木箱子里，装着一套已经传了十六代的有着四百多年历史的大萨满服。所有的女真人（当然也包括契丹人）都知道，年代越久的萨满服通灵的能力越强。萨满在举行祭祀或者迎接仪式的时候，常常会神灵附体。神灵进入萨满的身体，总会记得他的身体包括衣服的味道。所以，一套年代久远的萨满服，本身就能吸引神灵的归来。再说完颜部的这套萨满服，除了年代久远外，它还有一个闻名遐迩的显著特点，就是它用铜与铁为主要材料制成，重达二百八十斤，一般人穿上它不是压趴了就是无法动弹。大萨满从十六岁开坛迎神，就穿这身衣服。除了他之外，全女真的所有萨满都穿不动这身衣服。大萨满有好几套有分量的神服，但最贵重也最难穿的就是这套铜服。他成为大萨满也有六十多个年头了，穿这身铜神服主持仪式的次数却不超过十次，每一次都有特别的意义。他最近一次穿这身铜神服还是十一年前，即阿骨打皇帝建立大金国的那次告天仪式上，后来他就再也没有穿过了。这一次，大金国要向大宋国宣战，这也是最最重要的事情，吴乞买皇帝亲自下旨到东路军元帅府，敦请大萨满主持这次仪式。

尽管大萨满欣然领旨，但是他究竟还能不能穿得动那套铜神服，却是一个令大家非常担心的问题。所以，当粘八葛部的萨满喊出“起箱”这两个字时，人群中才会引起一片骚动。

在篝火的光焰照耀之下，大萨满从衣兜里拿出一根明晃晃的铜钥匙，把它交给站在他右边的来自黑龙江流域的尼玛察部的萨满。这位萨满显然有些激动，他一连捅了几次才找准了大铜锁的锁眼。开了锁，掀开了箱盖，粘八葛部萨满小心翼翼从里面取出一顶铜制的鹰羽式萨满神冠。尼玛察部萨满帮助他把这顶神冠戴到大萨满的头上。当大萨满自己取下头上的桦树皮神冠时，所有人都看到了他头上的稀稀疏疏的白发——这可是一个真正的风烛残年的老人啊，而且明显消瘦，他能戴得起这顶重九斤的铜制的鹰羽神冠吗?

眨个眼的工夫，大家的疑惑便消除了。只见大萨满已经把那顶神冠妥妥地戴在头上，插在神冠上的九根坚硬如戟的秃鹫的翎毛，让人看到了峭拔的英气，神秘的力量。戴上鹰羽铜冠的大萨满，立刻变了一个人，他不再是一个年迈无力的老人，而是一个热辣辣的少年了。大萨满伸手抚了抚冠上的秃鹫羽毛，情不自禁地耸了耸鼻子——他是闻到了羽毛上因防潮而撒上的苦艾粉的气息，还是天神的略带一点汗味的神秘呢？旁边的人都无法猜度。

大萨满又摇了一下羊皮手鼓，示意全场安静，接着仍是粘八葛部萨满大声宣示：

“起神服！”

四名壮汉从松木箱内取出沉甸甸的铜服，一件上褂，一件下裙，这次没有直接穿到大萨满身上，而是挂上两支粗重的彩绘木杆。两名壮汉共持一支木杆，为了方便神服的展示，木杆朝前倾斜着，一名壮汉把握木杆的底部，另一名壮汉手举扬叉，叉住木杆的中部。四名壮汉就这么抬着木杆开始绕场一周，让所有人都能就近欣赏这套难得一见的神服。当壮汉们抬着礼服走到看台中央宗望所坐的椅子下面，便停下了脚步，在得到宗望的祝福之后，他们才回到主祭台前。刚站定，粘八葛部萨满又激动地喊了一句：

“给完颜部萨满穿神服！”

话音刚落，几名各部落萨满便一起走上前，七手八脚替大萨满穿上了神服，这真是非常庄严的一刻，一套重量为二百八十斤重的铜神服，要穿到八十高龄的老萨满身上，在这群博学多才的萨满们的记忆中，这种事儿从来都没有发生过。

很快，铜神服穿到了完颜老萨满的身上，这身铜神服多么的华贵啊！它上褂的前胸绣着日月星辰，两只手臂上绣着龙凤，后背上垂下无数条色彩斑斓的布蛇，下裙上饰满鹰的尾羽，绲了银饰的铜腰带上缀满了小喇叭形状的铜铃。

大萨满一穿上铜神服，立刻就伸胳膊蹬腿儿展示力量。难道天神真的赐给他青春吗？他立刻就返老还童了。只见他与粘八葛部萨满耳语了几句，粘八葛部萨满抬手示意，让祭台后站成一排的萨满们往两边让了让，给中间的完颜大萨满腾出更大的空间。大萨满再次摇了一下手鼓，然后往后退了三步，他闭着眼，嘴唇嚅动着，他肯定是在念什么咒语。而后，他稍微往下蹲了蹲，再纵向一跃，像一只凶猛扑人的老虎一样稳稳地跳上了祭台。

“伊呼呼！伊呼呼！”

在场的人一齐用女真语欢呼起来。这欢呼开头是杂乱的，而后变成了有节奏的整齐的呼喊！

欢呼声震耳欲聋。

大萨满又摇了一下手鼓，所有的欢呼立刻停止。

大萨满扭了一下腰肢，清脆的腰铃声像小银蛇一样钻进了人们的耳朵，大萨满接着将羊皮手鼓交给祭台下的小侍者，又从小侍者手中拿过一支鹰笛，他摩挲着鹰笛，接着吹奏起来，随着悠扬的笛声，八位部落萨满一起歌唱起来：

> 一百条河里的鱼你听好了，
> 瓦西哈，
> 一百座山上的熊你听好了，
> 瓦西哈，
> 一百重天上的海东青你听好了，
> 瓦西哈，
> 所有的山大王，
> 所有的河大王，
> 你们都听好了，
> 瓦西哈，瓦西哈，瓦西哈，
> 天上的海东青飞来了，
> 它的翅膀上坐着天神，
> 瓦西哈，瓦西哈，瓦西哈……

萨满们的歌声低沉、凝重，从中可以听到信仰的力量与神性的乞求。突然，大萨满的鹰笛吹得更加高亢了，而歌声已经停止。在飞腾的笛声中，只见看台上蹲在宗望面前的九只海东青再次飞上夜空，它们在篝火的上空打了几次旋，然后齐齐地落在祭台上。

大萨满放下了鹰笛，海东青们朝他扑棱了几下翅膀。

大萨满又扭动起腰肢，在悦耳的腰铃声中，大萨满一面念着咒语，一面舞蹈，他步履轻盈，背上的布蛇与下裙的尾羽都旋转起来，祭台在他的舞蹈中变成一个灿烂的舞台。每当他将手中的鹰笛指向一只海东青的时候，那只海东青便会飞起来，按他的鹰笛指示的方向飞向某一根神柱。不消片刻，七只海东青便飞到七根大神柱的顶部兀自站立，它们虽然敛翅膀了，但依然保持着睥睨天下的雄姿。第八只海东青也按他指示的方向落到了祈神殿的瓦脊上。现在，祭台上只剩下那只鹰王了。大萨满从铜神服的护肘中抠出一个小纸卷儿，那是他书写的一道秘符。他把纸卷儿展开了让鹰王看——尽管鹰王不懂，但也不能省略，因为这是仪式中必不可少的一个环节，然后他从小侍者手中接过火镰，把这秘符烧毁，用鹰笛指了指看台中央，鹰王会意，翅膀一抖，飞到了宗望的右肩上站住。

请鹰的仪程结束，全场又是一片欢呼。紧接着，又有二十七辆架子车从祈神殿后的甬道中推了出来，这些车上装载了九只黑牛、九头黑猪和九只黑羊，它们都已被宰杀放血，只是没有褪毛，看上去好像还是活的。二十七辆架子车被推到祭台与火堆中间一字儿排开，停稳。一名萨满手托着一个大铜盘，里面盛放着从九只大黑牛身上割下来的完整的牛鞭。作为献给众神的祭牲，其生殖器都必须割下，否则就是大不敬。

当盛放着九只牛鞭的大铜盘放到了祭台上，大萨满俯下身子细看了看，从随身带的小葫芦里倒了一些散发着薄荷香的药粉出来，撒在牛鞭中，然后让萨满拿了下去。

看到二十七只献给天神的祭牲都已经摆好，大萨满又站上了祭台，他已放下了鹰笛，再次拿起了羊皮手鼓。

大萨满的手一抬，来自九大军团的九百名穿着萨满服的战士立刻齐刷刷站了起来。

“嘣！”

“嘣嘣，嘣！”

“嘣嘣嘣，嘣嘣嘣，嘣嘣嘣……”

当大萨满的羊皮鼓摇响时，所有萨满手中的羊皮鼓全都摇响了。

二百面抬鼓敲响了，七节号吹响了，嘎嘣脆的响鞭甩起来了。

大萨满在祭台上开始舞蹈。

八大部落的萨满在祭台下舞蹈。

九百名士兵在广场上舞蹈。

又有无数的干柴投进了火堆，火势越来越旺了，有些人开始推来铁架，在火边烤肉了。

更多的人都是在一边舞蹈一边唱着神歌：

十七层天上的大神下来了，
纳尔珲、纳尔珲，
九层地的神灵出来了，
纳尔珲、纳尔珲，

七大神来了，
像我们的爷爷奶奶，
所有的辅神来了，
像我们的兄弟姐妹，
纳尔珲、纳尔珲，
每一盏棚灯都亮亮的，
每一颗星星都闪闪的，
每一根神柱都挺挺的，
每一碗烈酒都香香的，
纳尔珲、纳尔珲，
七大神赐福我们了，
辅神们帮助我们了，
我们的梦在远方开花了，
我们的骏马可以奔跑了，
纳尔珲、纳尔珲，
纳尔珲、纳尔珲……

唱神歌的人越来越兴奋，舞蹈也越来越热烈。不知什么时候，穿着铜服的大萨满领着八部落萨满一起去中央看台请下了宗望。他们一起跳着唱着来到了祭台，八部落萨满各就各原位，大萨满把宗望请到了祭台上，那只鹰王依旧蹲在他的右肩上，兴奋地看着周围的一切。

当两人登上祭台的时候，广场上所有的歌声和舞蹈都停止了，人们的目光都投向了祭台。

大萨满穿着近三百斤重的铜服跳了这么长时间的舞蹈，却是气也不喘脚也不颤，他的声调也变得清脆了，他对宗望说，但全场都听得见他的声音：“宗望大帅！”

宗望回答：“在！”

大萨满说：“现在，我就是天神，你有什么可以问我。”

宗望急切地问：“天神，我的愿望能实现吗？”

“说说你的愿望。”

“我要率领大军，进攻大宋国的都城汴梁。”

“啊，孩子呀，我得考验你一下。”

“听凭天神吩咐。”

大萨满一挥手，除粘八葛部之外的七大部落萨满，一人端上一大碗酒，大萨满对宗望说：“你先把这七碗酒喝下去。”

宗望二话没说，依次从七位萨满手中拿过酒来一饮而尽。

大萨满又让粘八葛部萨满端上一只大铜盘，里面盛放着都已经烤熟的九根牛鞭，大萨满命令：“把这九根牛鞭吃下去。”

宗望仍是一声不吭，抓起一根又一根牛鞭大嚼起来，不一会儿也全都吃完，他还打了一个饱嗝，全场人都听见了。

大萨满点点头，又说：“把你的愿望再说一遍。”

宗望一字一顿地重复：“我要率领大军，进攻大宋国的都城汴梁。”

大萨满张开双臂，把身子转过去对着七根神柱，也许，他再次与神祇沟通。伫立了一会儿，他回转身，语速极快地问宗望：“从燕京到汴京，你要经过一百二十座城池，你能攻占吗？”

“我的眼中没有城池，只有一百二十个土坷垃。”

“大宋有八十万官兵，你害怕吗？”

“在我眼中，他们是八十万只蚂蚱。”

“还有，还有那一条黄河横在你的铁骑前面。”

“我眼中的黄河，只是一条水沟而已。”

大萨满不再问话，他拍了拍宗望肩头上的鹰王，待鹰王飞上天空之后，他伸开双手与宗望紧紧地拥抱，然后用天神的口吻说：

“宗望大元帅，我的孩子，你去吧，汴梁城等着你。”

第二十一章　伐宋檄书

马扩在上书房里讲述了他亲身经历的那一场迎神大典，特别是听了完颜部落的大萨满与大金军东路主帅宗望的对话，在座的君臣一个个感到无比的惊诧。徽宗皇帝更是生出了末日来临的感觉。但当着大臣的面，他还必须强作镇定。他呷了一口妙官送上来的温热的参汤，问马扩："你刚才讲的全都是真的？"

马扩回答："禀皇上，微臣说的没有一句假话。"

徽宗咬了咬嘴唇，心悸地问："那，那他们会放你回来？"

"宗望让微臣给皇上捎来国书。"

马扩说着，从怀中掏出一份绢面手卷，趋上前来恭恭敬敬递给徽宗。

徽宗展开手卷，只见第一行字赫然写道：

大金国东路军元帅府檄书

徽宗登基二十五年尽享膏腴雍容华贵已到极致，颂词美言见过不少，但何曾读过檄书。这两个字一入眼帘，顿觉得难堪，见梁师成侍立在侧，便吩咐：“梁师成，你来读给朕听。”

梁师成趋步上前，拿起那份手卷，面对徽宗，字字分明读了下来。

往昔辽国运衰，是生昏德；自为戎首，先起衅端。我朝爰举义师，奏天伐罪。尔等宋人，浮海计议：“候并辽国，愿割幽燕；岁纳金缣，自依旧例。”先皇帝有容为德，嘉其来意，置以不疑，即时允应。尔后全燕既下，割之如约。其为恩信，不谓不多。于是约以天地，质以神明，乃立誓文：“盗贼逃人，无令停止；亦不得间谍，诱扰边民；俾传之子孙，守而勿失。”

洎宸舆北返，宰辅东行，不意宋人贪婪无厌，稔其奸恶，忽忘前施之义，潜包幸乱之谋，遽渎誓约，勾结罪人，使图不轨，据京为叛；贼杀大臣，邀回户口，啖以官秩，反令纳土；仍示手诏，窃行抚谕。遂使京畿之地，鞠为寇场。方天兵临境，魁首奔亡；而又接引，辄相保蔽，更易姓名，授之官爵。及至追索，传以伪首。既杀无辜，又贷有罪，不仁不耻，于此可知。

盖闻古所重慎者，兵也。兵而无名，非三代仁义之谓也。其或仗顺临逆，以直加曲，斯用兵之王道焉。反之，则甚无谓也。今奉宣命，兴师问罪。东自南京以来，西接夏军一带，诸路并进，固不获已……

读到这里，梁师成一连读了三次“固不获已”，却不往下读了。

“读完了？”徽宗问。

“没呢。”梁师成擦了擦额头上渗出的冷汗珠子。

“往下读。”

“臣不敢读。”

“宇文虚中，你接着读。”

徽宗这么一说，梁师成如释重负，赶紧把手卷递给了闻声站起的宇文虚中。

宇文虚中看了看手卷，面有难色，但还是接读下来：

赵佶越自藩邸，包藏祸心，阴假黄门之力，贼其冢嗣，盗为元首。因而炽其恶心，日甚一日。昏迷不恭，侮慢自贤，谓已有天命，作虐无伤。当其伐宋之日，金军所至，有逆拒者，或至伤残，皆非我所欲为，是其自速祸败也。或有举城举邑，以部以伍，效顺归款者，前官如旧，厚加恩抚，立其劳绩，不次录用。居民则省徭役，轻刑罚，各安其业，谅已知悉。今亦如前，宜相为鉴。

昔彼纳平州，是图我疆；今伐汴宋，是图彼地。兹所谓出乎耳，反乎尔者也。若赵佶深悔前非，听命不违，则虽云无外，且未深图，止以黄河为界，聊报纳叛之由，是知自黄河以来，皆系我民。夫人已有之物，安肯自为残毁？再念其民居，无道之国，烦徭重役，从来久矣。况遭阉竖要功喜事，近岁以来，苦于飞挽，流离道路，几不聊生。今来若不预先晓告，窃虑其间别有牵迷，枉陷讨伐，须议指挥。

右下宋国诸路官僚、僧道、耆老、军人、百姓等，指挥到日，就便递相晓谕，善为去就。择其曲直，审其强弱，度其逆顺，各以所部京州县镇、村野邑社、部伍寺观、兰若山场，迎军纳款，必加恩赏。

所有各治下军人、百姓、僧尼、道士、女冠等类，一切如旧，更不迁徙，仍具头领见带名衔状申，以凭依上施行。如或权不在手，孤独鳏寡以身归诚，厚为存恤。所据随处关市之征，山泽之禁，前来须为急务。内有于民不便，无名之敛，仍仰所在官司开立状申，当议从便削去。仍委本处就便开具文簿，申报所在路分军前照验。据以上处分条件，出自至诚，必不昧其神理，亦仰仔细省会。

天会三年十一月五日

当梁师成与宇文虚中两人接续读完这篇长长的檄文，屋子里所有人都垂头丧气。每个人都暗中盘算这篇檄文和自己的关系，如蔡京就想："这檄文中两次提到赵佶，甚至说他的登基也不光彩，就这一点，皇上肯定接受不了。檄文中还提到了阉竖，谁都知道，阉竖是太监的恶称。此处的阉竖，肯定是童贯无疑。童贯一直处置两河军务，金人忌恨他是很自然的事。谢天谢地，这檄文中没有提到我。"王黼的想法与蔡京不同，他思忖："金人提出以黄河为界，这个野心着实很大，当初联金灭辽，本想收回燕云十六州，如今十六州不但收不回，反而又要弄丢黄河以北那么多州府，皇上会答应吗？不答应，官军能抵挡金军的南侵吗？这时候，还是辞职为妙。"

听完檄文之后，徽宗头胀痛得厉害，他吩咐妙官拿来陈香囊，放到鼻子底下嗅了一会儿，浓郁的香气诱他打了一个响亮的喷嚏。

梁师成赶紧递上丝织的手巾，关切地问："皇上，不要紧吗？"

徽宗没有回答他，而是问蔡京：“左元仙伯，金虏言朕借黄门之力盗为元首，天下人信吗？”

蔡京立即回答：“不要说天下人，就是天下的花鸟虫鱼、狮龙虎豹，谁听了都不会相信。”

王黼冷笑着附和：“金虏真敢编，听了这句话就知道，虏酋所有的话都不可信。”

徽宗蹙着眉头表现出忧心，缓缓问宇文虚中：“你说说，檄文中的话都是假的吗？”

宇文虚中眸子一闪，以一种不容置疑的口气回答：“禀皇上，这篇檄文的大部分话真实不虚。”

徽宗一怔：“啊，你是这样认为？”

“微臣是这样认为。”

宇文虚中的话一石激起千层浪。几位大臣纷纷指责他，蔡攸的话最为激烈，他戳着指头斥道：“你一个小小的赞务，怎敢口出狂言？金虏的话真实不虚，那我们所作所为全都是错的了？岂有此理！你这么说，置朝廷于何地？置皇上于何地？”

几位大臣本来一个个都蔫头耷脑的，这会儿却都摆出了咄咄逼人的样子。宇文虚中虽然心底不服，但毕竟官阶卑微，不敢在皇上面前与枢机大臣抗辩。眼看蔡攸站起来，恨不能上前揍宇文虚中几个耳光，徽宗便轻咳了一声，上书房里顿时又安静下来，徽宗说道：“宇文虚中说的是实话。”

这个表态让几位大臣吃惊，童贯很是诧异地喊了一声：“皇上！”

徽宗示意童贯不要吱声，继续言道：“童太师，金虏骂你是阉竖，这个话很刺耳，朕也不会相信。但是，金虏说咱们诱降张觉，还有诈降耶律余睹，说咱们不遵守盟誓，不如数给大金银钞粮食，这可都是真的。这些事情，让金虏南侵有了理由。上述这几件事的策略，主意虽是你们出的，但旨意却是朕下的。所以，铸成大错的原因不在你们，而在于朕。宇文虚中，你替朕起草一篇文字。”

宇文虚中站起来，敛手回答：“臣遵旨。”

“你替朕拟一个罪已诏。”徽宗补了一句。

“什么？”宇文虚中一震。

“罪已诏！”

“这，这，皇上，臣不敢奉旨。”

看到宇文虚中一副惊慌失措的样子，徽宗惨笑了笑。

“宇文虚中，你替朕起草罪已诏，在当下朝廷，是不二人选。”

听到这句话，宇文虚中流泪了。长期以来，君庸臣奸这四个字，一直深埋在他的心头，但他不敢有丝毫表达，他知道稍一不慎就会有杀身之祸。但是，他却万万没有想到皇上自己提出要下罪已诏。皇上的醒悟乃是江山社稷的幸事，更是臣民的幸事。就在他要开口表明心迹的时候，一直默不作声的蔡京开口说话了：

“宇文虚中，还有马扩，你们暂且回避，到门外厅廊等候。”

徽宗一惊，喊道：“左元仙伯？”

蔡京对徽宗说：“皇上，如何应对金虏檄文，台省之臣现都在这上书房里，正好一起商议，非摄政官员，理应回避。”

“好吧。”

徽宗挥挥手，宇文虚中与马扩退出了上书房。

素有笑面虎之称的蔡京，论其老辣与圆滑，在徽宗一朝的权臣中，没有一个能够与他相比。他及时让宇文虚中退场，乃是不愿意看到徽宗突然表现出自责，他知道这是一个危险的信号，如果皇帝下了罪己诏，那么，在朝廷中一直存在但被压制住的反对派，就会趁机大肆鼓噪，而他们这几个人，正是利用了皇上意欲收回燕云十六州而成为社稷明君的心理，一直撺掇皇上与大金结盟，从而相继成了枢机大臣。如今，这件事已让大宋陷入前所未有的危局。皇上下一个罪已诏，就可以轻轻松松向国人交代，他们可就不那么容易过关了，他们一旦失势，反对派就会上台，到那时候，皇帝还是皇帝，他们可就要成为替罪的羔羊了。

蔡京看到了问题，童贯、王黼、蔡攸、梁师成等人又何尝没有看到，只是他们没有蔡京的勇气，敢当着徽宗的面断然处置可能令他们身败名裂的棘手之事。果然，宇文虚中与马扩一离开上书房，徽宗面露愠色质问蔡京："左元仙伯，你没看到宇文虚中热泪盈眶吗？他正有话要对朕说，你却敢当着朕的面下逐客令。"

蔡京一副诚惶诚恐的样子，欠欠身子说："皇上，老臣今年已七十九岁了，蒙皇上不弃，留在机枢之地效犬马之劳。方才臣让宇文虚中与马扩退出，是不忍心让他们看到皇上您深深自责的样子。"

"啊，爱卿，朕也许错怪了你。"

"不，皇上，您没有错怪我。这屋子里没有外人，恕老臣斗胆说一句，皇上千万不可下罪已诏。"

"为什么？"

"与金订立密盟，意在收回燕云十六州，这压根儿就没有错。如果说有什么错的话，那就是咱们大仁大义，对金虏以怨报德的狼子野心认识不足。"

"爱卿你是这样认为的？"

"家父的话言之有理。"蔡攸插话。

接过蔡攸的话头，王黼也说：“左元仙伯说得不差，金虏世代繁衍在边鄙之地，哪懂什么仁义道德。”

徽宗叹了一口气：“可是，咱们毕竟策反了张觉，对耶律余睹使用了反间计，这都是诈术啊。”

一直当闷嘴葫芦的童贯，这时开口说话了：“皇上，孙子兵法里讲过，兵不厌诈。两军对垒，哪能讲那么多仁义道德，他大金国进攻大辽国，围剿天祚帝，不照样用诈术吗？”

“对对对，无诈不成战，孙子兵法中也讲兵不厌诈嘛。”梁师成说着做了一个古怪的手势，“对贼寇讲仁义，犹如对牛弹琴。”

徽宗听了这些议论，心情并没有好转，他眼睛又瞅到了那份马扩带来的手卷，忧心忡忡地说：“毕竟，人家下战书来了。”

一说到战书，几位大臣立刻噤若寒蝉，他们自觉不自觉地都把眼光投到蔡京身上。尽管这几个人为了争宠争权争利，经常弄弄窝里斗，但在重大问题上还必须保持一致，还得把蔡京当作主心骨，每到关键处，蔡京也毫不推诿，认认真真当好他老大的角色。这也就是徽宗对蔡京格外高看一眼的理由。他有时候也惹得徽宗不高兴，甚至还撤掉他中书令的职务，但五次免职又五次起用，到如今这八旬老翁还位高权重。这会儿，蔡京欲擒故纵，抬手揉了揉干涩的眼角，故意装出小心翼翼的样子问徽宗：“皇上，老臣请示皇上，金虏这檄书应该如何处置？”

徽宗本想反问“爱卿你说呢”，想想又不妥，便说：“明日早朝，向大小臣工通报。”

蔡京回答：“这么大的事情，瞒是瞒不住的，早通报比晚通报好。”

王黼插话：“通报之后，岂不人心惶惶？”

“是呀，既要通报，又不要引起人心惶惶，咱们现在就得合计合计，找出切实可行的对策。”

蔡京此言既出，几位大臣便七嘴八舌献计，徽宗听着听着就走了神，他抖了抖檄书说：“想不到大金国中，也有文章圣手，这篇檄文写得还真不赖。”

“燕云十六州中，有多少咱汉唐留下的耕读人家啊，”蔡京呷了一口热茶，回答说，“金虏对这些汉族士人，也是以利相诱。”

徽宗似乎没听蔡京的解释，又冷不丁冒出一句：“如果大金军真的突破黄河打到汴京来，咱们该怎么办？”

蔡攸摇摇头，揶揄道：“大金军真的敢攻打汴京吗？如果不是郭药师反水，宗望怎么可能占领燕京？”

梁师成观察到徽宗对蔡攸这种心存侥幸的说法不满意，于是反驳说：“人家既下了战书，咱们还是须慎重对待。”

徽宗点点头，问童贯：“你在太原的时候，曾有札子给朕，说郭药师对你说，有他郭药师在，保证燕京城万无一失。朕听了着实宽心，他怎么说变就变了，难道事先一点蛛丝马迹也没发现吗？”

这一问，童贯无地自容，他嗫嚅着回答：“郭药师这个人，的确太狡猾，他几乎骗过了所有人。”

徽宗着实生气了，他戏谑着说：“人家都说，郭药师认你为爹。看来，你这个当爹的，管不住儿子啊。”

童贯的脸红一阵白一阵，想辩解又不知如何开口。这时候，亏得蔡京为他打圆场：“皇上，郭药师反水，也不能全怪童太师。”

“啊？”

“眼下，大金军对我大宋制造的危局，还是有解救之方的。”

“怎么解救？”

“解铃还得系铃人。”

“谁是系铃人？”

“郭药师。”

“郭药师？”徽宗瞪大了眼睛，瞅着正捋着花白胡子的蔡京，惊讶地问，“他是哪门子系铃人？”

蔡京看了看在座的几位同僚，他们也都惊讶地注视着他，蔡京喜欢在关键的时候卖卖关子，这也是大家知道的。此时，蔡京又呷了一口热茶，然后问童贯：“童太师，你了解郭药师，你说，他为何要反水？”

童贯思忖了一下，回道：“可能张觉被杀的事对他刺激很大。”

“还有呢？”

“还有，还有……”童贯摊摊手，做了一个很无奈的表情。

蔡京又问他的儿子：“蔡攸，你与郭药师打的交道也不少，你说说，除了童太师所说的理由之外，郭药师反水，是否还有其他原因？”

蔡攸说：“郭药师自己就是女真人。”

蔡京微笑着，但摇了摇头。

急于想知道结果的徽宗，性急地说：“左元仙伯，你别兜圈子了，你直接告诉朕，郭药师为何是系铃人？”

“郭药师反水，拱手把燕京送给了大金，他不是系铃人又是什么？”

徽宗咂咂嘴，重复了蔡京说过的一句话“解铃还得系铃人”，又问：“郭药师又如何能当解铃人呢？”

蔡京诡谲地一笑：“所以老臣才向童太师讨教，郭药师反水的原因。童太师与蔡攸所说的原因，都对，但还没有说到根子上。”

说到这里，蔡京又把话头打住了，他的眼光睃巡了一圈，想看看大家的反应。

“说下去。”徽宗催促。

蔡京把身子倾向徽宗，慢条斯理地说出了自己的分析：

“郭药师这个人，额头窄，罗圈腿，鹰钩鼻子，公鸭嗓子，长相奇丑。贤者有清、奇、古、怪四大特征。郭药师虽然丑，却丑得不同凡响，属于怪相，是入了贵格的。这种长相的人，要么是大忠，要么是大奸。这种人好名好色，但疏财仗义。有两件事足可证明：一是前年，皇上将一只沐手的金盆送给郭药师，他回到燕京，将金盆剪成碎片儿，给追随他的兄弟们一人分了一片儿，并表示皇帝爱他，他爱兄弟；还有一件事就是他极力反对杀张觉，听说行刑前一天，他还请张觉吃了一顿饭，并放走了张觉的一个儿子。当燕山知府王安中要将张觉的首级送往宗望军中时，郭药师与他常胜军的将士们都号啕痛哭。郭药师对王安中说，‘你们今天这样对待张觉，他年也会这样对待我郭药师。’由此可见，郭药师这个人有性情，讲道义。只要意气相投，他是敢作敢为的，而且不计报酬。当年他带着涿、易两州归顺我大宋，也不是先谈好利益再奉献两州土地军民的。这次他又向大金军奉献燕山城邑百姓，同样也没有谈任何条件。他这么做，一是为张觉出一口恶气，二是他对我大宋产生了怀疑。”

“他怀疑我大宋什么？”王黼趁蔡京喝茶润嗓的时候，插话说，“皇上对郭药师可是厚赏有加，前年他来汴京朝觐，皇上亲自在仪明殿设宴款待，赏赉无数。皇上还下旨令我等大臣挨个儿设家宴请他。我等也送了他不少礼物。临走时皇上赐了他三个宫女，还给他在汴京赐了一个大宅子。这样的荣耀我大宋开国以来，还有谁享受过？”

“是啊。”童贯接着说，“去年，皇上又加封他为太尉，他归顺大宋不过三年，就位至上卿，这是多么大的殊荣啊！”

蔡京听了两位的议论，微微摇了摇头。他不同意他们的观点，又不想与他们闹僵，因此在反驳他们时，尽量不使用刺激性的语言：“二位大臣讲得都对，赏赐无数，位列上卿，对于一般人来说，是可望而不可即的光宗耀祖之事。但郭药师不是一般人，他希望得到的东西，可能远远不是这些。”

“他想得到什么呢？”这回是徽宗问话了。

“他想当驸马，他想当王。”

“啊？他真敢想！”蔡攸几乎是尖叫了一声。

蔡京觉得儿子有些失态，他不满意地瞅了儿子一眼，继续说道：“郭药师得到皇上赏赐的三名宫女之后，私下里对人说，‘汉人有和番的习惯，送的都是公主，咱郭药师功劳那么大，却只能得到宫女，这也太不公平了。’可见，郭药师非等闲之辈，他胃口很大。”

“这可真是的，”梁师成瘪了瘪嘴，没好气地数落，“这才叫一碗米养个恩人，一斗米养个仇人。”

徽宗说：“我养的女儿，可不能嫁给这样的人。”

蔡京回答：“皇上，汉唐和番，除了文成公主，嫁给番王的也不都是真正的公主，就像那个汉明妃王昭君，她不就是一个民女吗？只要皇上给她一个名分，说她是公主就是公主，说她是明妃就是明妃。”

徽宗慢慢听出一点味道来了，他问蔡京：“你是说，朕册封一名公主嫁给郭药师？”

“是的。”

“他已是大宋的叛将……”

“皇上，他叛过去，还可以叛回来，咱们要想阻挡大金军南下，重新收回燕山府治，这是最快捷，也是最有效的办法。”

“如果真有效，不妨一试。”

徽宗话音一落，王黼就回道：“用美人计，对郭药师来说，恐怕已不管用了。”

“这不叫美人计，”蔡京解释说，“让郭药师当皇上的驸马爷，于他这样出身草芥的人，还是有吸引力的。当然，仅仅这一条，仍不足以让郭药师动心。”

“还要什么？”徽宗问。

“还要给郭药师封王，依老臣之见，就封郭药师为燕王，承诺他收复燕山府，那么燕山府治下的六州二十一县，其军政大权，全部由他掌控。”

听罢蔡京的主意，童贯立刻附和：“左元仙伯的这个建议，我看可行。皇上，请您圣裁。”

蔡攸也怂恿说：“既是驸马爷，又是燕山王，实实在在掌控六州二十一县，我要是郭药师，我也干！”

徽宗问王黼：“爱卿，你认为左元仙伯的建议是否可行？”

王黼虽觉这样的建议现在提出来为时已晚，但他也想不出什么良策，只得点头同意。

徽宗于是表态：“左元仙伯的建议，或可解燕山府危机，但实施起来却非易事。诸位爱卿急速议决，事不宜迟，越快越好。”

君臣这次会议，也就到此为止。

第二十二章　徽宗皇帝《罪己诏》

离了上书房，蔡京父子及童贯、王黼、梁师成等并未回家，而是相邀着来到离上书房不过百十步远的恭默室，这里是睿思殿的配室。若皇上在睿思殿会见大臣，候见者必先来这里等待。说实话，朝廷出了这样大的事情，这几位联金灭辽收复燕云十六州的始作俑者，哪还有心思回家杯觥交错偎红倚翠呢。虽然他们推行联金灭辽的动机是为了迎合徽宗皇帝，并非是他们的本意，但现在出事儿了，这笔账还得算到他们头上。天若塌下来，首先砸死的必定是他们，这一点谁都知晓。所以他们聚到一起是想议出个办法来，以解燃眉之急。

来到恭默室，已是掌灯时分。这是一栋连着睿思殿廊道的小院子，正面一进五间的大厢房，早有值殿的班役点了宫灯。蔡京吩咐大家坐下，离了皇帝，这位老宅揆便是这帮相爷中的老大了。平常他们聚到一块儿，怎么着也会开几句玩笑逗逗乐儿，但眼下一个个都像霜打的茄子蔫耷耷的提不起精神。坐下来闷了一会儿，还是蔡攸先开口说话，他问他爹：“父相，饿了吗？”

蔡京盯了儿子一眼，摇摇头，叹了一口气回答：“吃不下啊！”

说话间，门外头有些动静，只见押班挑帘儿探头来问：“少师大人，你在十二铺点的吃食儿，现已送来了，要不要放食挑子进来？”

蔡攸点点头：“且放进来。”

十二铺紧挨着皇城，是家专卖小吃的食铺，因店主叫王十二，故称作十二铺。一离开上书房，蔡攸即差人去十二铺拿点心，这会儿送到。当店小二的食挑子在恭默室中搁下，立马有当值班役带着店小二将一应吃食儿摆到靠窗的条桌上，它们中有葡萄大饼、糟青鱼块、封缸辣萝卜、盐鸭卵、脆梅、五彩烧梅、牛奶子浸蜜饯、快活汤等等。蔡攸拿了一只三寸的小白碟，往里头搁了一只烧梅，一只剥了壳的盐鸭卵，恭恭敬敬送给坐在上方太师椅上的蔡京。蔡京用手指了指身前的茶几，示意他搁下。蔡攸搁下碟子之后，又招呼屋子里的相爷们吃点碎食儿，看到他们都起身去挑选食物，蔡攸便用一只玉签从碟子里挑起那只盐鸭卵，低声说：“父相，你先吃这个。”

蔡京一向喜欢吃盐鸭卵，十二铺的盐鸭卵都是双黄的，且都糟得油渍渍不咸不淡很有口味。平常居家时，他也常吃这个，但这会儿老宅揆真的是胃口全无，他接过盐鸭卵放在手里掂了掂，又放回到盘子里，问蔡攸：“你说，皇上还会不会召见宇文虚中？”

蔡攸想了想，回答：“我想，皇上还会单独见他。”

蔡京点点头。

童贯刚吃了一只五彩烧梅，他显然是听到了这对父子的谈话，凑过来说：“左元仙伯，一定要阻止皇上，不能让他下罪己诏。”

“皇上决心既下，拦是拦不住的。”蔡京有些乏了，想打呵欠又强忍住，他瘪着嘴盯着童贯，问，“宇文虚中跟着你，多久了？”

童贯答：“一年还不到。”

蔡京半是揶揄半是认真地说：“看来童太师还没有将他调教出来。”

王黼插话：“碰上狼崽子，怎么养也成不了看家狗。”

“太宰言之有理。”蔡京夸了王黼一句，接着说，“诸位大人，咱们言归正传，说说争取郭药师的事儿。”

转到这个话题，童贯首先表态：“左元仙伯，郭药师在燕京反了，你在皇上面前把道理剖析得明白，咱对这个兔崽子还是了解的。他这个人有奶便是娘，只要咱们把好处给得充足，他郭药师还会反过来的。”

王黼接了话头问：“事情已到节骨眼儿上，谁能把话儿传给他呢？”

“老夫我一直在想，这个前去给郭药师传话儿的人，既要郭药师信任，咱们还得放心。”蔡京说着，睨着王黼，“太宰，你有人选吗？”

王黼琢磨了一会儿，问道：“人倒是有一个，只是不知道左元仙伯怎么看他？”

“是谁呀？”蔡京问。

“赵良嗣。”

“赵良嗣？”童贯提高了嗓门，“他与郭药师，倒是相处得不错。”

“这个人不行。”蔡京非常干脆地否决，“联金伐辽，这计策本是他献给皇上的。但是，去年他坚决反对招降张觉，甚至还托李师师去给皇上说项，让皇上很反感，他因此被贬到柳州安置，做了一名闲官。如果让他担任密使，皇上肯定不答应。”

“那，还有谁呢？”王黼隔着帽檐搔了搔头。

童贯问：“马扩如何？”

蔡京摇摇头：“他此次从燕京回来，都吓得魂不守舍，恐难胜任。”

屋子里陷入沉默，王黼忽然说道：“你们讨论密使，还有一个重要的角色还没挑选出来呢。”

“什么角色？”童贯问。

“不是让郭药师当驸马爷吗？可是谁当公主呢？”

“这个嘛。”蔡京抚了抚花白长须，“老夫倒想到了一个人。”

“谁呀？”

“还记得三年前上元节，在东华门外鳌山灯会前给皇上献唱的那位梅二娘子吗？”

蔡京这一问，倒逗起了大家的兴趣，王黼应道：“梅二娘子，就是那位献唱《念奴娇》的女子？倒是一个才女。她不是被皇上看中，替她赎了身，金屋藏娇了吗？”

蔡京接话儿说：“可是这梅二娘子，终究不是李师师，可以让皇上久宠不衰。”

“是啊，金屋藏娇倒是不错，只是这梅二娘子浪劲儿太大，嘴上又不饶人。如今，早被皇上打入冷宫了。”童贯说着，问蔡京，“左元仙伯，你是说让梅二娘子顶包当公主？”

蔡京反问一句：“太师你意如何？”

童贯笑道：“这梅二娘子无名无分，只能算是皇上的一个姘头。”

“正因为这样，梅二娘子才是合适的人选。封她一个公主，让她嫁郭药师，既给皇上解了套儿，又让郭药师沾了皇恩。”

“好，左元仙伯真是高招，”童贯一拍大腿，“这叫两全其美。”

王黼担心地插了一句：“只是不知晓皇上是否恩准。”

“应无问题，”蔡京信心满满，“国难当头，皇上肯定会同意的。”

蔡攸这时开口说道：“关于密使人选，我倒想到了一个。”

“谁呀？”几个人同时问道。

“宇文虚中。”

“他？”王黼冒口一问，愣了愣突然又笑了起来，“少师大有乃父之风，这个人选得好。”

蔡京也觉得这个人选得很好，他知道蔡攸的用意，这趟差事关系社稷安危，干得好就好，不好就是一个替罪羊。选宇文虚中，既可让他在敏感时刻离开汴京，免得他生事干扰政局，二来以他的掐相公的脾气，若惹烦了郭药师，还会有杀身之祸。蔡京内心赞许儿子这个阴招儿，表面上却问：“童太师，你觉得宇文虚中能担此密使重任吗？”

童贯对蔡攸的用意也是心知肚明，他毕竟是宇文虚中的顶头上司，原也对他有几分好感，只是今儿在皇上面前的表现让他略有不快。现在蔡京故意问他，也是逼着他表态，想了想，他说：“我看还是让马扩同宇文虚中一起承担密使责任。”

“这样也好，事不宜迟，明日一早就奏明皇上，让他二人即速启程。”

议论到此，众人松了一口气，这时，却见押班冒冒失失闯了进来，朝蔡京施礼禀道：“老太师，门外有人求见。”

“什么人？”

“从河北正定府来的，说有急事禀报。”

“让他进来。”

押班退出，领了一个人进来，看他一身戎装，询问知是种师中部队中的一名校官。他带来了一个惊人的消息：正定府已经失陷，知府逃亡不知去向，同知与守城将军以及周边知县等官员二十余人全部投降金军。朝廷钦差大臣傅察被大金军东路主帅完颜宗望处死在正定城外的滹沱河边。

听到这可怕的消息，屋子里几位枢机大臣顿时都噤若寒蝉，半晌蔡京才问那名校官："种师中将军的部队驻扎在哪里？"

"涿州。"

"有多少人马？"

"五万。"

蔡京让校官退了出去，转头问童贯："太师，听说是你布置种师中部队赶到河北的？"

童贯点点头，答道："一个月前，请得皇上圣旨，调秦凤兵二十万进入山西防止大金军南侵。并起复早已致仕的种师道、种师中兄弟为入晋秦凤兵主帅。七天前，得到燕京方面密报，郭药师恐有反水之嫌，于是，咱又调种师中率五万兵马赶往正定一线布防，以备万一。却没想到让完颜宗望抢了先机，占领了正定府城。"

王黼叹道："正定失守，河北已无险可依，大名、信德等城池，也会陷入魔爪之中。"

蔡京说："大金军的目的不只是占领河北，他们是不是对汴京也是志在必得呢？"

"从正定到汴京，若不遭遇有效抵抗，恐怕十天半月就会兵临城下。"

王黼的话虽然是事实，但在这时候说出来却是动摇人心。蔡京不满地盯了他一眼，口气变得严厉："太宰大人，汴京城陷，咱们在座的人，一个也逃不掉。这生死关头，不是咱们说丧气话的时候，是要齐心协力想出办法来，稳住金虏，保卫汴京。"

童贯说："咱们当下之计，一是号召全国各地劲旅勤王，拱卫京师；二是调集禁军，拼死守住黄河。"

蔡攸插话说："父相的话说得对，还得想方设法让郭药师倒戈，他若反水，对金军无异于釜底抽薪。"

王黼苦笑着说："都是好计，但都有些不赶趟儿了。"

"死马要当活马医。"蔡京坚定地说，"咱们商定的策略不改变，尽快推行。"

童贯点点头，问蔡京："正定失守的事，要不要及时禀报皇上？"

蔡京沉吟着回答："本想让皇上睡个囫囵觉儿，但现在已顾不着体恤了。走，咱们现在一起再去求见皇上。"

大金军分东西两路，在完颜宗翰、完颜宗望的率领下挥师南下，导致河北、山西两路军事十分吃紧。尽管蔡京、童贯、王黼之流竭力钳制言路、封锁消息，但这么大的事情又怎能完全遮蔽？打从完颜宗望占领正定城后，千里外的汴京城顿时间人心惶惶，舆情汹汹。尽管老百姓说长道短，指东骂西，砸桌子摔凳子发泄不满，开封府或是朝廷里头，却没有片纸只字的告示出来。城外头，各地前来勤王的兵马倒是来了不少，从城里头通往黄河边的官道上，也都前一拨后一拨地走着军队。打从宋太祖开国到今一百六十多年，这汴京何曾发生过战事？汴京的老百姓在皇城根儿下住久了，多半也成了龙袖骄民。在他们看来，什么灾厄，什么战乱，都是那些边关野镇、穷陋小县的事儿，和天子住在一个城里，再不济也得吃香的喝辣的。即便是头上的天塌了，顶着的也该是皇帝与王公大臣们，小老百姓说什么也轮不到吃硬撑。但是，消息传开后两天多，却不见官府有任何动静，市民们便有些吃不准了。大金军的兵马眼看就要杀过黄河了，掌国掌城的人都不声不响，屁也不放出一个，这算哪回事儿呢？直到第三天早晨，徽宗终于颁了一个《罪己诏》，不到两个时辰，市面上就能读到完整的抄件了。稍稍识几个字的人，也都花几个铜板买一份抄件来看看。

《罪己诏》是这样写的：

> 朕以寡昧之质，藉盈成之业。言路壅蔽，面腴日闻，恩倖恃权，贪饕得志；缙绅贤能陷于党籍，政事兴废拘于纪年。赋敛竭生民之财，戍役困军旅之力。多作无益，侈靡成风。利源酤榷已尽，而牟利者尚肆诛求；诸军衣粮不时，而冗食者坐享富贵。灾异谪见而朕不寤，众庶怨怼而朕不知。追维己愆，悔之何及！思得奇策，庶解大纷。望四海勤王之师，宣二边御敌之略。永念累圣仁厚之德，涵养天下百年之余。岂无四方忠义之人，来徇国家一日之急！应天下方镇、郡县守令，各率众勤王，能立奇功者，并优加奖拔。草泽异才，能为国家建大计，或出使疆外者，并不次任用。中外臣庶，并许直言报谏。

屈指算来，徽宗皇帝登基已有二十五年，他从祖宗那里继承的基业，可谓物阜年丰，花团锦簇。城乡少冻馁之人，县邑多殷实之户。黄髫小儿，但习歌舞；斑白之老，不识干戈。虽然有国蠹乱政，滑吏害民，但谁又能把贪渎误国的责任追究到皇帝头上？因此，这份《罪己诏》在朝野间引起巨大的震动，乃至一部分官吏百姓看了之后都不相信这是真的。却说《罪己诏》传出宫廷后不到两个时辰，又有新的圣旨传了出来：禁城中的宫女开释两千人准予离宫回家。各处道宫由朝廷供给官职俸禄者十裁其八。同时，立即撤销大晟府与巡倖局两个专供皇上娱乐的衙门。

如果说《罪己诏》已令朝野震动，那么第二道圣旨中出宫女，裁道官，撤大晟府、巡倖局的举措更是让所有的官民人等惊讶不已。此前，已有人指责蔡京、童贯、王黼、梁师成、蔡攸、朱勔为六贼。而蔡京为六贼之首。正是这一伙人包藏祸心，混淆视听，迷惑圣聪，败坏朝纲。如果没有他们，怎么可能联金伐辽而引狼入室？从《罪己诏》中“言路壅蔽，面腴日闻，恩侍恃权，贪饕得志”这十六个字中可以看出，徽宗皇帝终于醒悟过来，承认多年来宠幸的几位大臣是一帮欺君误国的奸佞。

虽然河北、山西两地的战事并没有根本性的转变，大金国的军队依然控制了战场的主动权，但汴京城中的情绪却出现了明显的变化，一些长期受到压制的官员终于跃跃欲试抨击时政了，善良的人们也因此相信，六贼很快就会被清除，勤王之师正义之旅也会在不久的将来把入侵的金虏赶回到长城塞外。

观诸历史，大凡在某个事件的过程中，老百姓不可能知道真相。就像现在，市井小民满以为六贼已被皇上命令御林军将其抓捕，却不知道这会儿除朱勔外，余下五贼都坐在禁中的上书房中，听徽宗给另一位大太监梁方平布置防务。

却说大前天晚上，因正定城失守，五人邀齐了去到皇上那里报告这个坏消息。徽宗虽然疲乏，但还是及时接见了他们。听到正定陷落傅察被杀一应官员降金的消息，徽宗半晌没有作声。蔡京觍着脸，将他们商议的将梅二娘子封为公主嫁给郭药师，并派宇文虚中担任密使的计策作了报告。徽宗听了之后不置可否。蔡京仍旧请求说："皇上，此事今晚须作决策，否则时间来不及了。"

徽宗说："梅二娘子快三十了吧，封她为公主，郭药师信吗？"

蔡京回答："郭药师听说过梅二娘子，对她垂涎三尺呢。"

"既如此，那就试试吧。"徽宗一脸峻肃，但口气中透出沮丧，"此事可以做，但不要作太大的指望。还有，宇文虚中也不能担任密使。"

"皇上……"

蔡京还想劝说，徽宗阻止了他，坚决地说："朕已安排让宇文虚中草拟《罪己诏》，这事儿，朕想只有他可以胜任。"

童贯神经质地屁股离开了椅子，提了嗓门问："怎么，皇上还要下《罪己诏》？"

徽宗没有怪罪童贯的失态，答非所问地说："这个宇文虚中，老早就看出郭药师这个人靠不住，他还为此给你王黼写过条陈，你这个中书令，却压下这个条陈，没有给朕看。"

王黼脸上红一阵白一阵，徽宗说的是事实，他无从狡辩，只得低着头一言不发。

在座的都是老官场，从话风中听得出来，徽宗很欣赏宇文虚中，而且还单独召见过他。不然，徽宗怎么知道王黼压下他的条陈呢。

蔡京看看众人都有些难堪，于是以进为退："起草《罪己诏》，宇文虚中是不二人选，待他草拟出来，老夫再替皇上过目，把把关。"

“左元仙伯，这个就不劳你了。”徽宗看了看在座的每一个人，缓缓地说，“你们都是朕的爱卿，《罪己诏》里头，可能要说一点你们的坏话，但这并不表明，朕从此怨恨你们。”

蔡京带头起身，一起对皇上施礼，谢道：“臣等感激皇上。”

徽宗的话，等于是给这几位误国大臣吃了定心丸。所以，当《罪己诏》布告之后，他们并没有因为被指斥为佞臣而表现恐慌。徽宗也是说到做到，凡大事还是将这几个人请到上书房商量。今天，请他们前来，就是为了让他们听听他对梁方平如何面授机宜。

梁方平也是童贯一手栽培，深得徽宗信任的宦官。论年龄他才四十岁出头，比童贯与梁师成小了一辈儿。但是，三年前就已出任威胜军节度使。大宋的节度使，都是统领兵马镇守一方的大帅。威胜军的地位却又远远高过所有的官军，因为威胜军就是保卫皇上的御林军，俗称禁军。作为禁军首领，梁方平的地位高过所有的节度使。威胜军堪称大宋军队精锐中的精锐。徽宗让他们去扼守黄河，乃是把汴京的安危寄托在他们身上。按理说，如此重要的调兵遣将，其仪式应该在勤政殿举行，但徽宗并没有把梁方平当作节帅看待，而是视为家臣，故让他来上书房相见。

徽宗比几位大臣先到。这几日因为心情沉重，徽宗少有笑容，见了蔡京、童贯等人，他也没有寒暄，只是点了点头。梁方平奉旨进来，便觉得屋子里气氛紧张压抑。梁方成平日很少穿军服，今日他脱了惯穿的四品内官服，而换上了一身铠甲。行罢觐见之礼，徽宗给他赐座，问他：“这身铠甲多久没穿了？”

梁方平拘谨地回答：“上次在牟驼岗校场演兵，卑职还穿过一回。”

"卑职，卑职，"徽宗苦笑了笑，"国难当头，卑职也要当英雄。朕让你率禁军扼守黄河，希望你不负朝廷重托，不负威胜军之名。"

梁方平寻常日子里也是眼珠子长在头顶上，任谁都瞧不起，但今日不仅面对皇上，还面对五位枢机大臣，内心不免紧张。徽宗话音一落，他便站起来恭谨答道："请皇上放心，卑职在黄河就在，咱威胜军与黄河共生死。"

童贯插话问："方平，威胜军总共四万八千人，你这次带走多少？"

"三万。"

"为什么只带三万？"徽宗问。

"启禀皇上，守一条黄河，三万兵马足够。再说，京师的拱卫，总还得留一些兵力，故留下一万八千人，主要是防止宵小之徒，趁乱骚扰禁城。"

"梁方平，朕不需要你自作主张，威胜军四万八千名将士，你一个不剩全都带走。"

"可是，可是……"梁方平嗫嚅着。

"可是什么？"

"京师兵力空虚，终是大忌。"

"京师维持治安的铺兵，还有大几千人呢，对付鸡鸣狗盗之徒，他们比禁军更有办法。"

蔡京看到徽宗有些恼怒，知道他已把扼守黄河看成遏制金军进攻汴京的重中之重，动用威胜军足以显示他的孤注一掷的决心，这时候谁要说了一星半点相左的意见，无异于舍身饲虎。审时度势后，蔡京开口说话了："梁节帅，皇上要你提劲旅北渡黄河，你就不要再担心汴京这头儿的事，四万八千名将士，限两天之内，全部渡河布防。”

“卑职遵命。”

徽宗又问：“威胜军行辕设在哪里？”

“黎阳。”

“好。”徽宗指了指桌上的大轴说，“朕看过地图，黎阳紧靠黄河北岸，它的对岸，即官渡之战的发生地牟平。袁绍率二十万部队从河北渡河而来，他的目标就是只有五万兵马的曹操。消灭了曹操，袁绍就可以北面称王，尽有天下。但事与愿违，官渡一战，曹操以少胜多，袁绍的二十万大军作鸟兽散，他的皇帝梦自然也就灰飞烟灭了。现在你梁方平去镇守黎阳，朕希望你像曹孟德一样身先士卒，尽歼金虏，让完颜宗翰成为第二个袁绍！”

听完这席话，梁方平单腿跪下向徽宗行了军礼，颇为慷慨地说：“皇上的教诲，卑职切记在心。让官渡之战的结局在黎阳重演。”

“如此甚好，如此甚好！”

徽宗连连夸赞了两句，几位大臣也跟着说些中听的话。徽宗接着喊了一声妙官，这位上书房的管家便两手托了一张弓进来。这张弓足有三尺六寸长，用檀木制成，外头缠了密匝匝的藤条，并被漆成绛红色。弓的两头是纯金打造的金箍，镂空的三只眼上，各镶了红、绿、黄三枚宝石，弓弦用韧性最强的黄牛皮制成。这张弓是徽宗亲手制成。在今年春上的威胜军操练中，徽宗拿了出来当众宣布，谁拉得动这张弓奖二十两银子，威胜军的将士前后有一百多人都上前拉过这张弓，但却无一人能拉出个满月来。正在徽宗失望之时，只见一位满脸黧黑还有些罗圈腿的年轻兵士走上前来怯生生地问：“咱能试试吗？”徽宗问他什么职务，答火头军，在炊灶班干粗活。徽宗让人把弓递给他，只见他张弓搭箭，把这一张硬檀弓拉成了满月，瞄准三百步开外的草靶，手一松，只听得“嗖”的一声，羽箭闪电一般飞出去穿过靶心。在场的人都看得傻了，爆发出巨大的喝彩声。

徽宗这才认真看这名火头军，虽然其貌不扬，但两只眼睛却炯炯有神，通过询问得知，这名火头军叫韩世忠，他入籍禁军已有三年，本是箭弩营的一名士兵，却因饭量太大一日三餐吃不饱，故自愿到炊灶班打杂，因为这差事能吃饱饭。徽宗很是欣赏这位大肚汉，顿时下旨让他重回箭弩营，并提拔为营佐，恩准他一人吃两人的饭额。

现在，徽宗拿出这张檀木弓，仔细端详了一次，问梁方平：“韩世忠还在箭弩营吗？”

“在。”

“职务有无升迁？”

“没有，还是营佐。”

“传朕的旨，升韩世忠为偏将。”

“这，”梁方平一愣，嘀咕道，“这不是连升四级吗？”

“国难当头，人才难得。”

接了徽宗的话头，童贯抚掌说道：“对呀，韩世忠虽是一介武夫，但眼下这节骨眼上，用得着他呀。”

徽宗把檀木弓递给梁方平，吩咐道：“你替朕把这张弓赠给韩世忠，希望他能够一箭射中虏酋。”

“一定，一定！”梁方平小心翼翼把弓背到身上，有些酸溜溜地说，“卑职替韩世忠向皇上谢恩。”

徽宗忽然长吁一口气，缓缓踱到梁方平跟前，拍拍他的肩头说：“梁方平，朕把黄河托付给你，你不能让朕失望啊！”

梁方平不敢正视徽宗的充满期待的眼神，他低着头，有些激动又有些慌张地回答：“卑职决不负皇上，还是那句话，卑职在，黄河就在。”

“去吧！”

徽宗挥挥手，梁方平走到门口，与冒冒失失闯进来的妙官撞了个满怀，妙官也顾不得道歉，朝着徽宗忙不迭声禀报：“皇上，前线送来塘报，完颜宗望的兵马已把河北信德府围得水泄不通，若不派兵营救，信德府就破城在即。还有，山西方面也有塘报来，完颜宗翰的二十万大军分三路南下围攻太原，如今他们占领了朔州、代州，山西方面也请求支援。”

心情稍稍好转的徽宗，又一下子瘫坐在椅子上，半晌才悠悠说道：“诸位爱卿，你们快拿主意呀！”

第二十三章　三十六计走为上

一连几天，徽宗茶饭不思，夜来独宿上书房，不召见任何嫔妃。梁师成与妙官等大小内侍，都不敢离开上书房半步。他们一心想弄点什么好消息让皇上高兴高兴，但无论是三省台的邸报，还是两河前线的塘报，没有只言片语能让人舒展眉头。这一日戌时后，天色黑尽了，徽宗脱了朝服，换上一袭青色的丝绵道袍，为了抵御老北风带来的凉气，外头加披了一领小羊羔皮裁制的鹤氅。登上一顶小轿，趁着夜色掩护，悄悄儿离了禁城，来到李师师的天香楼。

早有梁师成派人报送了徽宗要来的消息，李师师薄施脂粉静静等候，听得院子里落轿的声音，李师师破天荒地出了门厅来到轿前，也不等梁师成伸手，她先已撩开了轿帘，喊了一声："相……啊，皇上！"

声音娇滴滴的，但没有任何做作，从中可以听出李师师的牵挂和焦灼。徽宗心中泛起一股暖流，他将李师师伸过来的手抚了抚，两人手牵手上了天香楼。

堂中坐定，李师师盯着徽宗，心疼地说："相公，您瘦多了。"

徽宗耷拉着脸，沮丧回答："金虏南侵，我一连数日寝食不安。"

"这场祸事迟早要来的。"

"你怎么知道？"

"相公，您的《罪己诏》已是家喻户晓，多少人都能将这篇文章反复诵读，'恩侍恃权，贪饕得志'，这写得多好啊！"

"宇文虚中替朕草拟的。"

"您不同意吗？"

徽宗陷入沉默，李师师观察到他眼中空洞无物，不免更加心疼，但试探着问："是不是有人胁迫您？"

"谁敢胁迫我？这份《罪己诏》是朕同意颁告的。"

"既是这样，相公也察觉到了，如今的朝廷是庙谟失策，所用非人。"

"师师！"

"妾身放肆，得罪皇上了。"

李师师起身敛衽施礼，蹲了一个万福。她的一娇一颦，都深得徽宗喜欢。这位焦头烂额的皇上苦笑了笑，忧伤地说："师师，你没有得罪我，是他们。"

"他们，他们是谁？"见徽宗沉默不语，李师师又追问，"是金虏？"

徽宗摇摇头。

李师师想了想，又问："是不是《罪己诏》中说到的那几个人？"

徽宗叹了一口气，回答："师师，你方才批评朕庙谟失策，所用非人，话很难听。但推究起来，又是对的。"

"既是对的，为何不改弦更张呢？"

"师师，朕心里苦啊！"

徽宗仍自叹气，李师师见他孤苦的样子，心中疼他，安慰道：“相公，您九五之尊，万乘之主，心中有苦是寻常之事。”

“朕心中有困惑！”

“皇上，您的困惑在哪里？”

“朕当了二十五年的皇帝，不至于良莠不分，忠奸不辨。但朕也是人哪，朕也有七情六欲，也有嗜好尊严。朕早就看出来了，凡是对朕指三道四的人，都被大小臣工视为忠臣；凡是让朕活得自在高兴的人，都被指斥为奸臣、小人。就说这燕云十六州吧，朕想把本属于咱们汉唐社稷却被契丹人据为己有的江山收回来，这应该是不朽之功勋，结果却被人指斥为轻启祸端。长期以来，朕一直闹不明白，究竟什么是忠？什么是奸？闷在心里头又不能与人讨论，窝得太久了，只能到你这里来吐口气儿。”

听到徽宗这一番理论，李师师明显感觉到皇上是在袒护蔡京、童贯之流。她一直认为自己是一个不谙朝政的妇道人家，本不该与徽宗讨论国事。她也尽量避免与徽宗发生口角，正因为她善解人意谨守女人本分，徽宗才会二十多年来对她宠爱不衰。今天，徽宗明显是带着满腹痛苦而来，她甚至猜想到是一件什么具体的事刺激到了徽宗，才导致他有这一番似是而非的忠奸之论。虑到这一层，李师师字斟句酌说道：

“相公，妾身一个妇道人家，哪里分得清什么是忠？什么是奸？朝廷的事儿，您说给妾身听，倒是平添了我的担心。”

“你担心什么？”

“担心您的身子骨儿，熬不住这么多的闲气。”

“闲气，的确是闲气。”

徽宗说着搓了搓手，忽然摇摇头失笑起来。

“皇上！”

徽宗没有搭理她，因他的确是受了刺激而动了念头来天香楼的，他回想起下午的一幕。

交了未时，童贯邀了蔡攸一起来上书房，向他报告了两件事：一、王黼已拟好了辞官致仕告老还乡的手本，准备择日递呈皇上；二、梁方平率威胜军全部渡河，节帅行营设在黎阳城里，黄河北岸六十里辖区内所有渡口共有三十处，梁方平只留下三处，余下二十七处全部拆毁，河上所有渡船（含渔船、商船）二千余艘全部收缴，归威胜军控驭。

听了汇报，徽宗把梁方平赞扬了几句，又对王黼意欲辞职的事表示接受，他还说蔡京年届八十，也该退职赋闲享享清福了。徽宗的表态，让童贯与蔡攸有些吃惊了。他们本以为徽宗会把王黼斥责一通，却没想到他不但同意王黼致仕，顺便也把蔡京搭了进去。

谈完公事，童贯看到徽宗满脸倦容，便提议放松放松，到离上书房不远的畅春园听几支曲儿，徽宗百无聊赖，也就应允了。

畅春园是禁中戏园子，每有新戏或者演曲的名角儿来，徽宗都会凑兴来赏看。陪他看戏的，除了皇后嫔妃一应女眷，有时也会邀请他信任的大臣。这回进畅春园，徽宗并没有问有什么新曲儿、新角儿，纯粹是为了醒醒脑解解闷。

人一坐下，台上的檀板弦索就响了。只见得鼻梁上贴了一张白膏药满头却梳了无数个小红绳扎的发髻的丑角儿背着一只青布包趔趔趄趄地走上台来，弦索一捻，他便咿咿呀呀用诙谐的淮河小调唱了起来：

整日价油头粉面，
坐了银山还要坐金山。
家中装成个金銮殿，
却不肯替皇上打理江山。

唱到这里，那丑角儿居然掏出一方黑色手袱儿抹眼泪。坐在台角打檀板的老者伸着脖梗儿喝问：

“这厮胡言，哪里来的？”

“咱是童太师的家奴。”

“你脑袋上梳的个啥？”

“发髻。”

“小红绳扎了多少个？”

“三十六个。”

“为何正好是三十六个？”

“这个你老夫子不知。”

丑角儿说着，又鼓起腮帮唱了起来：

如今金狗子打到了黄河边，
把个皇上急得团团转，
童太师我三十六计走为上，
江山百姓都丢在脑后边……

却说丑角儿登台时那副模样儿，走道时那种扭捏，的确把君臣几人逗得捧腹大笑，但等到他开口来唱，他们的脸色就渐渐变了，唱着唱着，君臣都坐不住了，只见童贯饿虎扑羊似的一下子蹿起来，尖着嗓子锐喊一声：“住口！”

弦索骤停，丑角儿一根桩似的钉在台口儿上。

童贯脸色胀得像紫猪肝，隔了几丈远伸着手指头戳着丑角儿，嚷道：“快绑了他，别让他跑了。”

丑角儿却是镇定，顺手把鼻梁上的膏药摘了，一看，倒是个年轻后生。

几名闻讯冲进来的扈从上台扭住丑角儿，徽宗站起来挥挥手，说：“你们退下。”

扈从又撤了下来，徽宗踱着方步走到台口儿下面，问丑角儿：“你是哪儿来的？”

“回皇上，咱就是大内戏班子里的，按您的旨意，戏班子要散了，今儿个演最后一场。”

徽宗点点头，仿佛自言自语：“你一出台，朕就寻思，怎么头上揪了那么多个小髻髻，原来是三十六髻。三十六计走为上，朕听懂了。”

丑角儿点点头，眼眶里噙着泪珠儿。徽宗对站在身边的童贯说：“童太师，别为难人家了，给他封十两银子，让他走人吧。”

说罢，徽宗反剪着手，自顾着离开了畅春园。蔡攸也跟着追了出去，只剩下一个童贯走也不是，不走也不是。

徽宗回到上书房，也不让蔡攸跟着，一下午心情糟透了。丑角儿的唱词，像一根针扎在他心上，实在难以排遣，才想到天香楼里来散散心。没想到一见着李师师，仿佛黑地里见了亲人，那份委屈更是没遮拦地宣泄了出来。

趁徽宗发呆的这会儿，李师师碾了龙团茶粉，替徽宗点好了茶，然后亲自捧了月白色的梨花盏，柔情缱绻，挑逗着问：“相公，是您自己喝呢，还是要奴家喂？”

徽宗也不言语，只是把脑袋凑过去张开嘴，李师师抿嘴儿一笑，小心翼翼把茶盏贴到徽宗的唇边。

徽宗很享受地喝了两盅茶，然后头一仰，脑袋搁在椅背上闭目养神。李师师怕硬木背硌着他，又拿来一个薄靠枕塞到他脑袋底下，徽宗顺势把李师师搂到怀中，两人就这么半偎半搂挤在一张太师椅上。

“相公！”

“师师，这么三五天，我好像老了十岁。”

“唉！”

“你叹什么气呀？”

“我心疼您。”

徽宗伸手抚摸着李师师白皙滑腻的瓜子脸，叹道：“师师，你是天底下最好的女人。”

“但相公您却不是天底下最好的男人。”

“是吗？为什么？”

“就因为您是皇帝。”

“皇帝不好吗？”

“天底下谁不想当皇帝呀，被人宠着、爱着、捧着、拜着，说一声万人响应，跺一脚地动山摇。既可以让人光宗耀祖，也可以让人坠入地狱，但这皇帝是天上的龙种，凡胎之人，谁敢有这种妄想？”

“皇帝既是龙种，你怎么又说我不是最好的男人呢？”

“皇帝的心中首先是社稷江山，是文功武治，皇帝的心中可以有女人，但女人和江山，如同鱼和熊掌，是不能兼得的。妾身作为一个女人，是想皇上您能够真真切切地爱我，但皇上您做不到啊！”

“我是做不到，当这个皇帝，有时很快乐，有时也非常苦恼。”

“相公，现在，您的苦恼太大太大，平常时候，那么多股肱大臣围着您转，可是现在，有谁能帮您扭转乾坤呢？”

“这……师师，你要我怎么办？”

“我要是您，我就不当这个皇帝了，我雇一头驴儿骑着，到江南玩去。”

“好一个师师，亏你想得出来，”徽宗先是觉得李师师幼稚，继而又有所触动，禁不住喃喃自语道，“不当这个皇帝，这能行吗？”

一大早，门下侍郎吴敏便赶到中书省当值。他刚进值房，就有一名老皂隶唤他出来，说是有一位贵人有急事找他。吴敏四十来岁，人极精明，原在开封府当差，每每来中书省接洽公文，由于办事利落，又写得一手好文字，便被时任中书省堂官的蔡攸看中，将他调来，不到两年，便由一个七品文书升职为五品的门下侍郎。按官场的说法，这吴敏算是蔡攸的“夹袋”中人。吴敏看着老皂隶神秘兮兮的样子，问是哪位贵人，在哪儿，老皂隶说到地头儿便知。吴敏便揣着疑惑随老皂隶出了皇城，来到一所僻静的小道观里。敲门进去，只见小院里站了两人，一个是蔡攸，另一个是瞎了眼的老头儿。

吴敏吃了一惊，趋步上前朝蔡攸打了揖礼，言道：“老皂隶说领我来见一个贵人，原来是少师大人。”

待老皂隶退出后重新掩了门，蔡攸说：“吴敏，我要你见的贵人不是我，是他！”说着用手指了指瞎眼的老头儿。

“是他？”吴敏仔细瞅了瞅盲叟，并不觉得他有何过人之处，便问，“老人家是何方神圣？”

盲叟笑了笑，说：“你就叫我老瞎子吧。”

蔡攸让吴敏伸出手来让盲叟摸一摸，吴敏照办了。捏摩过两只手后，盲叟徐徐说道：“这位官人今年四十二岁，好吃鱼虾，身上湿气重，老母健在，父亲亡去，入仕十五年，头十二年中蹭蹬，三年前遇贵人，官当五品。”

盲叟说得恳切，吴敏惊得吐舌头，嚷道：“准，准，老人家，你是怎么知道的？”

盲叟说：“摸你的骨头。”

吴敏赞叹：“高人，真是高人。”

盲叟又说：“不出五天，皇上就会单独见你。”

“这怎么可能？”吴敏把目光转向蔡攸，“大人，你说，这可能吗？”

蔡攸笑着回答：“我又不是老神仙，我怎么知道呢？今天请你来，是让你看看老神仙的绝技。”

“我已见识到了。”

“不，还没开始呢。”

“啊？”

“老神仙，现在能演示演示吗？”

“好吧，我得先请紫姑。”

盲叟说着，便进了小殿，只见彩塑的三大天尊像前，早已摆好了一尊一尺多长的紫姑铜像。盲叟拈了香插进香炉，双手合十，嘴唇嚅动着，想必是在念叨请神的咒文。大约半炷香后，忽听小殿里响起一个女人的声音："你要问啥？"

吴敏与蔡攸四下看去，除了他们三个人，小殿里再无任何人，这女人的声音从哪里传来的呢？

双目微闭双手合十的盲叟，轻声说道："蔡少师，快说你的请求。"

蔡攸说："我想知道，这会儿皇上在想什么？"

盲叟点点头，重复一句："想知道皇上想什么？"

盲叟说着，又轻声念动咒语。

那个女子的声音又响起来了："皇上烦着呢？沙上见。"

这一次，蔡攸与吴敏听清了，那女人的声音从盲叟的肚子里传出来了。

吴敏禁不住弯下身子，把耳朵贴到盲叟的腹部。盲叟推了推吴敏的脑袋，径自走回到院子中。

蔡攸跟在后头，回头小声对吴敏讲："紫姑已经附体到老神仙身上了，这会儿，老神仙已不是他自己，而是下凡的紫姑了。"

吴敏觉得难以置信，但眼见为实，他跟着出来，生怕漏掉任何细节。

只见盲叟从院角的小桌上拿起一只包裹，示意蔡攸打开，里头是一方折叠整齐的白布，盲叟让蔡攸与吴敏将白布抖开，平整整铺在院子里，足有一丈见方。盲叟从小桌子上拿起沉甸甸的一只盛满干爽细黄沙的柳筐，走到铺好的大方布前，抓起沙来，一把一把地朝白布上胡乱撒去。

微风吹来，沙尘迷了吴敏的眼睛，他一边揉着，一边注视着白布上的沙迹，不一会儿，柳筐里的沙都撒完了。大白布上，留下了两个略有些歪斜的颜体大字：

内禅

这两个字足有磨盘大，蔡攸与吴敏怔怔地看着这两个字，不免面面相觑。

盲叟放下柳筐，拍着手上的沙尘，问："紫姑降神，写了什么字？"

"内禅。"蔡攸答。

盲叟点点头，又走进殿给紫姑神像烧香去了。

蔡攸与吴敏两人也不知是如何回到中书省的。吴敏随着进了蔡攸的值房。落座后，蔡攸问吴敏："紫姑降字，你理解了吗？"

"内禅，内禅就是皇帝自动退位，这怎么可能呢？"

吴敏一边说着，一边瞅着值房的门，生怕有人偷听。

蔡攸理解吴敏的担心，他也知道，劝皇帝退位，这是有杀头之罪的。这一两天，他已感到徽宗的态度有些反常。第一，不顾几位宰臣的反对，执意让官职卑微的宇文虚中草拟罪己诏，并在宰臣们没有参与的情况下，独自发布出宫女、裁道官等一系列举措；第二，执意要梁方平将威胜军四万八千名将士悉数带到黎阳扼守黄河，而让汴京无兵可用，这多少有些孤注一掷；第三，当听说王黼意欲辞职还乡，他不但不反感，反而说蔡京年事已高，亦可回家养老；第四，在畅春园里听那丑角如此刻毒羞辱童贯，他不但制止了童贯欲行严惩的念头，反而给那丑角几十两银子封赏。这些举措在蔡攸看来，至少可以窥测到徽宗微妙的心理变化：其一，对蔡京、童贯、王黼这三位久宠不衰的大臣产生了怀疑并有意疏远；其二，开始越过宰臣而与一些长期受到压制的官员接触；其三，短短四天，已两次单独会见已被任命为开封府知府的太子赵桓，父子二人谈些什么，不要说别人，就是宰臣们也无从知晓。凡此种种，蔡攸敏感地认为皇上将会在朝政及人事上有巨大的变革。但究竟如何变革，却不得而知。昨天半夜，梁师成突然来他府上秘密造访，告诉他在天香楼上拣耳朵听到了皇上与李师师的谈话，言“不想当这个皇帝了”。蔡攸乍一听这一消息，无异于晴天霹雳，但联想到上述种种异常，他才恍然大悟：皇上无意处理大金南侵这一乱局，想把皇帝的宝座让给太子赵桓。梁师成之所以及时把这一绝密消息透露给他，乃是两人早就暗地结成同盟，要互为奥援，在政局的更替中保全自己的地位。

凿实了这一消息之后，蔡攸不是慌张，而是兴奋异常。他早有觊觎太宰宝座之心，他忖度：只要太子上位，蔡京、王黼、童贯必然见逐，自己正可以取而代之。但是，若此次禅让中手无寸功，又如何能获得太子信任？

梁师成匆匆而来，又匆匆而去，蔡攸再无睡意，绞尽脑汁思考如何抢占先机。天破晓时，他突然想到了不久前认识的那个瞎眼老头儿，一道计策便在他心中酿成：让盲叟施展绝技影响吴敏，再让吴敏冒死上书……

应该说，诈术盈怀的蔡攸的确有过人之处，他已把吴敏赚得入局，现在要做的事是尽快打消他的顾虑。看到吴敏心神不安的样子，蔡攸一笑，问道：“你害怕皇上内禅？”

“不是害怕，卑职觉得不可能。”

“说说看，为何不可能。”

“当今圣上正值盛年，无病无咎，再当三十年皇帝，犹是如日中天。我大宋开国以来，哪有禅让帝位的。卑职想，谁敢在圣上面前提这两个字儿，惹怒圣上，下旨给他满门抄斩，也不会有人同情。”

“可是，这是天意呀，紫姑降下沙书，你是亲眼看到的。”

“唉，老神仙肚子里，居然传出了女人的声音，不可思议，不可思议！”

“依本官来看，内禅实有可能。”

“啊？”

“皇上二十岁承祧大位，鼎祚春秋二十五载，可谓河清海晏，物阜民丰，每年皇诞的千秋节上，四夷来朝，万民拥戴，人人争颂太平天子。按你所言，圣上四十五岁，龙体壮健，怎么可能内禅呢？放在平常岁月，这想法也不会有错。但眼下另有一层原因，即金虏南侵。汴京风声鹤唳，天下州府，惶惶不宁。大宋自太祖开国，到如今已历一百六十五年，早期与契丹作战，犹在长城两边，锋镝未入内地，但此次金虏分两路南下，东路已达信德府，西路已达太原府，战尘蔽日，虏贼嚣张。官军迎战，输多胜少，此情之下，圣上可谓焦虑不安，一夕数惊。不如此，他何以下颁《罪己诏》？本官推测，这一道《罪己诏》，是为禅让作一铺垫。紫姑降下沙书，磨盘大的内禅二字，你我亲见。由此可知，天意圣意相通，皇上有了这层心思，得有人来把它点破呀。”

吴敏听得入神，琢磨一番也觉得极有道理，便补充道：“皇上内禅，不是逃避责任，而是借此虏尘，历练太子统驭六合之能力。皇上若有此意，当是社稷之福。”

“吴敏你既已明白，就应抓住这一建立不世功勋的机会。”

“我……”吴敏欲语还休。

“你有所顾虑？”

吴敏尴尬地一笑，扭捏着说：“卑职只是担心人微言轻。”

蔡攸趁势开导：“位高权重之人，谁没有经过人微言轻？世上有才干的人多，有胆量的人少，以你的才干，只要不错失良机，日后必成大器。”

“谢谢大人指点并给予机会，卑职这就回去，立即给皇上奏本。”

“好，”蔡攸叮嘱道，“记住，这事儿一要快，二要保密。”

第二十四章　太子登基

当天下午，徽宗皇帝就收到了由蔡攸转呈的吴敏的密札，极言值此国难之时，皇上不可以积年盛德而甘冒烽燧之危。太子以储君之身，历练既久，正好临危继统，挽天河以洗妖氛。密札不长，只有百十来字，徽宗来来回回读了几遍，便让蔡攸将吴敏召到上书房候见。同时被召见的还有太常寺少卿李纲。皆因《罪己诏》下颁后，徽宗皇帝希望广开言路，收集平戎之策。但因蔡京王黼之流钳制，很少有不同的声音能够传到徽宗耳朵里来。此一时的蔡攸，则能将一些心忧社稷必欲与金虏死战的朝臣言论有选择性地传给徽宗，这其中就有李纲。在去年立夏后的经筵上，时任殿中侍御史的李纲，就经筵题目《致中和，天地位》发表了一大通议论，让徽宗对他产生了好感。尽管主持经筵的王黼阻止了李纲的言论，但经筵后不久，徽宗将李纲提拔为太常寺少卿，官秩进了两阶，与吴敏算是同级官员了。

两人进了上书房，赐座之后，徽宗问吴敏："吴侍郎，你说说，为何要朕将皇位让给太子？"

"禀皇上，微臣在手本中已具奏明白，值此江山板荡之际，太子年富力强，正可临危受命。”

徽宗盯视着吴敏，见他垂着眼睑，双手扣着椅子扶手，手背上青筋凸起老高，便知他紧张，又道：“吴敏，抬起头来看朕。”

吴敏抬起头，他脸色煞白，官袍下藏着的两条腿也颤抖起来。

徽宗冷笑着：“朕看你很害怕。”

吴敏嗫嚅着：“皇上，微臣着实紧张。”

“你既然进谏让朕内禅，敢做这种逆天之事，为何又紧张呢？”

这问话很瘆人，吴敏吓得屁股离了椅面，朝着徽宗双腿跪下。

“起来！”徽宗提高了调门。

“微臣不敢起来。”

吴敏身子抖动着，恨不能觅个地缝儿钻进去。

徽宗站起来，围着吴敏踱步。吴敏盯着徽宗脚上的那一双绣了赤龙的云靴，心里头暗暗叫苦：“蔡少师啊，你把卑职害苦了。”

正这么想着，听得徽宗又问：“吴敏，朕只不过下了一个《罪己诏》，你就觉得朕不够资格当皇帝了，要把朕轰下台，要朕内禅，吃了豹子胆了？”

“微臣岂敢，微臣岂敢！”

“吴敏，你知罪吗？”

“知罪，知罪。”

吴敏瘦削的脸颊伏在地上，哭腔哭调地回答。徽宗提了提吴敏的官袍领子，让吴敏坐回到椅子上。

就这一个动作，吴敏的害怕与紧张顿时一扫而空，他知道皇上不会降罪于他了，因为皇上重新给他赐座。

徽宗坐回到铺了明黄锦缎的龙椅上，仍质问吴敏：“你还敢让朕内禅吗？”

“微臣……不敢。”

“国事颓唐，是不是只有太子接了皇位才能扭转？”

“让太子监国，亦不失为上善之举。”

“你是这么想的？”

“微臣兴许是饶舌。”

“监国？”徽宗蹙着眉，低头沉思。

一直坐在旁边仔细倾听徽宗与吴敏对话的李纲，这时站起来朝徽宗打了一个长揖，奏道：“皇上，臣以为让太子监国不可。”

“啊，李纲你说说为何不可。”

徽宗向李纲投来鼓励的眼光，他很欣赏李纲这种不卑不亢的态度。

李纲趋前几步，从怀中摸出一卷白绫，双手呈给徽宗。

“这是什么？”徽宗问。

“臣今日凌晨写就的疏文。”

“什么疏文？”

“同吴敏一样，也是建议皇上传位于太子。”

“啊？你也是这样想的？”徽宗接过疏卷，展开来看，又问，“这字怎么是红的，李纲你用朱砂写的？”

“不是，臣是刺臂血写的。”

“啊，你给朕写的是血书！”

徽宗说着，便展卷诵读起来：

陛下：

今敌势猖獗，人心惶惶，非传太子以位号，不足以招徕天下豪杰。肃宗灵武之事，不建号不足以复邦，而建号之议不出于明皇，后世惜之。皇太子监国，礼之常也。今大敌入攻，安危存亡在呼吸间，犹守常礼，可乎？名分不正而当大权，何以号召天下；若假皇子以位号，使为陛下守宗社，收将士心，以死悍敌，天下犹可保，时不我待，恳望陛下睿断。

读完疏文，他又抬眼看了看吴敏与李纲，心中便有了判断：吴敏提出内禅，起意在揣摩；李纲提出传位，用意在建议。这么一琢磨，他觉得李纲更可靠，于是他笑着对李纲说：

“令尊，就是那位当过朕的龙图阁待制的李夔，朕很是为他高兴。”

“啊，皇上怎么想到臣的家父了？”

“朕由你想到了他，他养了你这么个好儿子，岂止是光大门庭，还是社稷之福啊！”

“皇上！”

李纲激动难抑，哽咽起来。

徽宗拾起一块惊堂木敲了敲桌子，妙官应声走了进来。徽宗问：“宰臣李邦彦来了吗？”

妙官答：“来了，早在庭前候着。”

徽宗让妙官将李邦彦请了进来，对他说：“朕让你来，是要你和蔡攸两位宰臣见证，李纲和吴敏两人不约而同提出建议，让朕内禅，传位于太子。”

李邦彦是个老成持重但性格偏软的重臣，乍一听这个消息，顿时惊呆了，结结巴巴地说：“皇上，这事儿太大，是不是应该喊来所有宰臣一起计议？”

“不用了，蔡京、王黼、童贯等等，他们都该休息了，有你和蔡攸见证，足够了。”

徽宗说着，走到书案前，在一张铺好的洒金龙纹纸上，一笔不苟地写了四个大字：

传位东宫

写完了，徽宗把这四个字端详了一会儿，然后落了名款，并让妙官盖了“天子之宝”的玉玺。

在这个过程中，上书房里一片寂静，几乎所有人都屏住了呼吸。接着，便听到有人哽咽起来，徽宗依声寻去，发觉是蔡攸，于是问：“蔡攸，你这是咋的了？”

“皇上，臣不敢相信。”

蔡攸说着，几颗泪珠子滚出了眼窝。应该说，蔡攸的举动一半是真情，一半是假意。关键是他有本事让那泪珠子滚出来，这让徽宗大为感动。他想了想，对李邦彦说：“你把这传位诏书送给太子。”

李邦彦连忙摆手，推辞道：“皇上，臣做这事儿不合适。”

徽宗一愣，问：“为什么？”

李邦彦答：“臣没有预闻此事，见了太子，来龙去脉都说不全。”

“啊，是这样。”徽宗又对还在抹眼泪的蔡攸说，“蔡攸，你去太子那里吧。”

蔡攸点点头，回道：“臣遵旨。”

说话间，妙官已收好了传位诏书交给蔡攸，蔡攸向李纲、吴敏使了眼色，要他们请辞。徽宗看出他们想离开，又道：“诸位爱卿慢走，朕一大早儿起来，自撰了一篇退位祈天词，你们先听听，是否有改动之处。”

说罢，徽宗让妙官代为诵读：

奉行玉清神霄保仙元一六阳三五璇玑七九飞天大法都天教主，臣赵佶诚惶诚恐，顿首顿首，再拜上言高上玉清神霄大阳总真自然金阙：

臣昔者君临四海，化育万民，缘德菲薄，治状无取，干戈并兴，弗获安靖，以宗庙社稷、生民赤子为念，已传大宝于今嗣圣，庶几上应天心，下销兵革。所冀遐迩归远顺，宇宙得宁，而基业有无疆之休，中外享升平之乐。如是贼兵偃戢，普率康宁。

兹后，臣即寸心守道，乐处闲寂，愿天昭鉴，臣弗敢妄言，将来事定，复有改革，窥伺旧职，获罪当大。

已上祈恳，或未至当，更乞垂降灾咎，止及眇躬。庶安宗社之基，次保群生之福，五兵永息，万邦咸宁。伏望真慈，特赐省鉴。

臣谨因神霄值日功曹，赍臣密表一道，上诣神霄玉清三府，引进仙曹，伏愿告报！臣诚惶诚恐，顿首顿首，再拜以闻。

妙官念完，君臣再次悲从中来，李纲首先朝着徽宗跪了下去，泣声言道：“上皇为宗庙计，为社稷计，为生民计，毅然禅让，这祈天词情真意切，其一人而担天下灾厄的大悲之心，唯苍天可鉴。上皇乃千古圣君，臣等感激涕零，无以言表，唯磕头而已。”

言毕，李纲俯身下去，额头重重地叩在砖地上，再抬头，再叩，如是再三。只见他的前额已是一片瘀青，血丝渗出，其他大臣也都仿效，头叩砖地，嘴中高呼：“上皇英明，臣等永远追随。”

看到几位大臣磕头不已，徽宗也是泪流满面。

只隔了一天，即宣和七年的十二月二十三这一天，二十六岁的皇太子赵桓在皇城大庆殿登基加冕，成为大宋的第九位皇帝。由于禅让仓促，登基仪典也非常简单。但是新皇帝却下了三道诏书：大赦诏、求言诏、亲征诏。听了诏书，朝廷的文武官员们多少有些兴奋。在登基大典上，还加封徽宗为太上道君皇帝，宣布了新皇帝的年号，改明年为靖康元年。办完这几件事，仪典宣告结束，新皇帝也没有如仪单独会见宰臣，而是乘轿来到了龙德宫。

这龙德宫始建于政和三年，在禁中西北角，宫的背面毗邻者有广圣宫，内有太清、玉清、冲和、集福、会禅五殿。龙德宫本名延福宫，除两边厢房外，正屋一进五重，每重以殿命名，依次是南薰殿、安福殿、观丈殿、保元殿、寿宁殿。徽宗逊位后有意住在这里，方便在广圣宫建立斋醮修习道教，于是，在蔡攸的建议下将延福宫改名叫龙德宫。

赵桓来到龙德宫的时候，妙官在门口候着，告知上皇在保元殿等候。赵桓心中纳闷，保元殿是寝殿，父皇为何要在这样私密之地见他。待妙官领着赵桓走进保元殿花厅时，看见徽宗面前的木案上堆满了五色流苏，旁边打横坐着一位身着凤帔金冠的妇人，在将一只只香囊系在流苏上。尽管她背对着门口，一看这背影，赵桓心中一股暖流升起，因这妇人不是别人，正是他的生母惠恭皇后。惠恭皇后虽是徽宗的原配，但她不是那种千娇百媚挑逗成趣的女人，因此与徽宗性情不契，加之徽宗崇道，惠恭皇后信佛，两人说也说不到一块儿，所以，一二十年来，两人虽同住禁城内苑，却是见面极少。今天看到母亲与父皇坐在一起，赵桓便十分激动，他趋前一步，行了觐见礼。

徽宗让赵桓坐下，见他一身簇新的龙袍，笑道："桓儿，你穿上了这身衣服，天底下的难事，就都扰你了。"

赵桓叹了一口气，回道："父皇，儿还年轻，本不该登这个宝座。"

"你还年轻？咱登基时，只有二十岁，你已二十六岁了，这年龄，不小啊！"

赵桓苦笑了笑，顶嘴道："父皇，您当皇帝时，辽宋修好，边境敉宁，四海升平，百业兴旺。可是，现在，现在……"

赵桓本想说"现在虏尘嚣张，民怨沸腾，官贪吏滑，危机四伏"。但他怕刺激父皇，便把没说的话咽了回去。他虽然没说，但徽宗知道儿子要说什么，他的脸耷了下来，冷冷地说："看来，我传位给你，你不但不感激，反而怨恨。"

赵桓受这话刺激，便壮了胆子反唇相讥："父皇，您如果早两年传位给我，朝廷局势绝不会演变到今天这个地步。"

"桓儿，你？"

惠恭皇后眼看父子俩刚一见面就剑拔弩张，赶紧制止。但一向懦弱的赵桓不知哪来的勇气，竟不顾母亲的劝阻，朝着父亲吼了起来："大金国南侵，是因为咱们应对失误，让人家拿到了把柄。如果咱们不策反张觉，不使反间计让大金杀掉耶律余睹，大金有何理由侵我中原，掠我城池，杀我命官？"

赵桓说着说着就站了起来，像一只咆哮的狮子在花厅里旋转，惠恭皇后强拽着他重新坐了下来。

徽宗从未见过儿子发这么大的脾气，而且丝毫不给他面子，他气得双手哆嗦，强忍了半天，仍咬牙切齿回道：“赵桓哪赵桓，如果你前天敢说这样的话，我立马就废了你这个太子。今天你是皇帝，你有种，就废了我的太上道君皇帝的尊号，或者，干脆，你把我的头颅拿去以谢天下。”

“上皇，你这是说的什么话？”惠恭皇后听到父子恶语相向，又急又怕，禁不住嘤嘤哭泣起来，一边哭一边数落赵桓，“桓儿，今天，上皇刻意安排咱到这里来，与你见面，咱这当娘的别提有多高兴了。咱算了算，咱三个人一起见面唠唠家常话儿，还是十五年前。从此以后，咱见了上皇见不着你，见着你又见不着上皇。桓儿，你知道为娘的心里有多苦吗？本想今天好好地高兴高兴，谁知你们父子二人一见面，就你一枪我一刀地打起嘴仗来，咱这为娘的心里该有多酸苦。你们两个皇帝，一个是我的夫君，一个是我的儿子，咱本应该是天底下最幸福的女人，可是，又有谁知，咱是天底下最苦的女人。”

说着说着，惠恭皇后放了悲声，惊了龙德宫里的内侍宫女，慌慌张张地跑进保元殿打探，为首的妙官朝花厅探头，赵桓就恶狠狠地吼道：“看什么看，快滚！”

妙官吓得差点没尿裤子，他撒腿儿一跑，脚步声远了，但花厅里的气氛仍是凝重。

惠恭皇后的哭诉触动了父子二人的心思，在徽宗眼里，太子柔弱乖顺，言语寡且性子缓，霸气少而儒气多，他并不是理想的皇位继承者，在十几个儿子中，最讨徽宗喜欢的是第九个儿子康王赵构。但嫡长继位是朝廷大政，徽宗不想改变。今年春夏之交，汴京沙霾之后，徽宗觉得这是“虏尘”示警，于是立即任命太子为开封牧，他有意让这位储君多有一些政事的历练。凡能为太子着想的，徽宗都想到了。但他却万万没有想到，太子在当上皇帝后的第一时间，竟跑到龙德宫来言辞尖锐地指斥一番。徽宗既感到很难堪，又很伤心。他恨不能上前掴儿子几个巴掌，把他赶出龙德宫永不见面。但是，惠恭皇后的一席话句句戳心，又让他的心肠软了下来。他盯着儿子惨白的脸，潜藏在他心中的父爱缓缓浮升起来，他长叹了一口气，竭力压下心中的不快，以一种充满爱怜的语气问道：

“桓儿，还记得你小时候的名字吗？”

赵桓本在气头上，见父亲和颜悦色问他，便答道：“记得，父皇给我取名为亶。”

惠恭皇后插话说：“对，你出生的第二天，你的父皇就给你赐名亶。”

“母后您说过，那时候我很瘦弱。”

“是啊，你生下来才四斤八两，奶妈给你沐浴，她的手掌很小，但你的屁股更小，我看到你小巧得像一只波斯猫，心中既是欢喜，又有些担心。”

徽宗说着，仿佛回到了二十六年前那个清晨，慈祥的脸色愈发生动。

这种情绪感染了赵桓，他开始回忆童年，向往着说：“父皇那时把我当作宠物。”

“宠物，对，是宠物，啊，不对，应该是一个小神仙。”

徽宗舔了舔嘴唇，笑得很开心，但表情仍有些尴尬。惠恭皇后也忘掉了刚才的悲伤，沉浸到往事的回忆中，她说：“儿啊，你生下来时的哭声并不嘹亮，你的父皇将你举过头顶，像举着太阳一样，嘴里还说，哭一个，哭一个，像铜铃那样哭。”

“我哭了吗？”赵桓追问。

“哭了，是吓哭的。我猜想，像怕我摔着了你。”徽宗说着，又很自然地举起了双手，晃了晃说，“桓儿，你知道我举着你，心中是什么感觉吗？”

“我哪里会知道，父皇您说说。”

“我心里想，这孩子怎么这么轻哪，我一定要让他壮实起来，所以，第二天我给你取名亶。”

“亶和壮实，好像八竿子打不着。”

徽宗回答：“亶，是亶洲，是一个地名。传说当年秦始皇派徐福率五百对童男童女出海去寻找仙山，求取长生不老之药，徐福出海之后再也没回来。有人说他找到了仙山，那里到处生长着长生不老之药，徐福就带着童男童女在那里住了下来，那地方就叫亶洲。我给你取名为亶，就是希望你长生不老。”

赵桓听了感动，言道：“感谢父皇一片苦心，皇儿一时冲动，请父皇见谅。”

惠恭皇后看到闹僵了的父子重新和好，心下欢喜，又道：“桓儿，你七岁的时候，父皇又给你改了名字，叫焰，火焰的焰。”

“儿知道。”赵桓问徽宗，“父皇，听说第二次改名，您是听了林灵素的建议。”

“是的。”徽宗点头承认，“自你生下来，一直到七岁，都是病怏怏的，而且像个扎嘴葫芦，一天到晚都不说话。那时，我已有心立你为太子，但担心你的身子骨儿扛不住社稷，于是请林灵素为你禳灾祈福，这活神仙在上清宫替你做了七天大道场，然后对我说，太子阴祟缠身命火不旺，建议改名为焰，光焰披身，福报始大。于是，你就有了第二个名字。”

“那，为何在我十二岁时，再次更名呢？将赵焰改成了我现在的名字。”

“改名的原因依然是林灵素的主意，他说，焰火虽旺，但烧过即灭。按五行来讲，金生水，水生木，木生火，火生土，土生金。若命中带木，则一生火源不竭。因此，我又做主，为你更名为桓。而且，你的弟弟们也全都更名，都带了木旁字。”

听罢父皇讲述这些更名的往事，赵桓心中五味杂陈。虽然他认为父皇过于相信神仙灵异，但有一点却无可否认，即父亲是爱他的。父亲期望他强壮、睿智、果断与坚强，但父亲的性格恰恰与这样的要求相去甚远。他方才一时冲动，顶撞了父亲，现在他为此而自责。他知道，父亲已把这世间最令人垂涎的东西给了他，这就是权力。但他不想学习父亲掌权的方式：让小人环绕周围，让谀辞充斥朝野。他正想就下一步要采取的一些举措说给父亲听，惠恭皇后又开口说话了：“桓儿，知道父皇为何要在这寝殿里见你吗？”

“不知道。”

“这案上的东西你该认识吧？”

“不就是一些流苏、香囊吗？”

“是的，但不是普通的流苏与香囊。今天让你来这里，是父皇的主意，他希望你帮助我们，将这些宝物挂在寝殿。”

“这里头有何讲究？”赵桓问。

“有。”

徽宗回答。接着讲了一个故事：今年夏初沙霾之后，除了请那位老神仙杜十四做了一次坛法之外，还特地将杜十四秘密请进宫来。当时只有两个人与老神仙相见，一个是徽宗，一个是惠恭皇后。稍作寒暄后，杜十四从袖子里掏出一张纸来，对徽宗说：“陛下他日与中宫皆有难，臣即刻就要离开汴京，老病在身，恐不久于人世。臣有乾坤鉴法，可以厌禳，然陛下尤当修德，始可回转天意。这乾坤鉴的制作方法抄在纸上，请如法铸鉴。鉴成之后，陛下会移居新殿，届时陛下在新的寝殿中安置乾坤鉴，各以五色流苏垂之，下系龙涎香囊，陛下他日遇祸，臣已在九泉，但臣会毅魄归来，常坐鉴下为陛下祈福。望陛下记忆臣语，日儆一日，思平生所作所为。或悔或褒，以求趋吉避凶。”一席话说得徽宗竦然而敬，待杜十四告辞之后，他便下诏让宫中铸匠依法制鉴。说来也巧，这乾坤鉴制成不到三天，徽宗就有了禅让之举。

听完这个故事，赵桓也觉得蹊跷，他问：“那个杜十四呢？”

“我打听过，他归于濮水，三个月前病死。”

“乾坤鉴安置在哪里？”

“门厅屏风后面。”

赵桓起身去看，只见屏风背面安置了一个方石底座，上面搁着一只四角包金的红木方箱。

徽宗说：“乾坤鉴就搁在这里面。”

赵桓正要伸手打开箱盖，忽听得门外响起急促的脚步声，接着便听到蔡攸的声音：

“上皇，皇帝！臣有急事禀报。”

“有何事？”

“原燕山府知府蔡靖回到了汴京。”

“他回来了？他不是被金兵俘虏了吗？”

说话的是徽宗，他与赵桓都绕过屏风，站到了过厅。

蔡攸一边给他们行揖见礼，一边奏："是完颜宗望将他放回来的。"

"啊？虏酋怎么会放他？"

"完颜宗望让蔡靖带信，只要朝廷满足条件，他们可以撤兵。"

"什么条件？"

"割让太原、中山、河间三镇。"

赵桓愤愤地说："割了这三镇，等于是黄河以北的城池全都给了他大金，不干！不干！"

第二十五章　绞刑架

赵桓登基的前一天，即腊月二十二日，大金军侵宋东路军主帅完颜宗望率二十万大军来到信德府的隆平县。出燕京时，东路军有四十万兵马，这其中有郭药师二十万人，完颜宗望将郭药师的部队打散，分置在左、中、右三支大军里头。这三支大军分别由汉军都统虎贲将军刘彦宗领十万兵马走左路，契丹军都统托卜愣领十万兵马走右路，东路军先锋龙骧将军完颜宗弼领二十万兵马走中路。完颜宗弼是宗望同父异母的四弟，人称四太子金兀术，是大金国中与完颜娄石齐名的悍将。宗望的元帅府与郭药师的常胜军六万人随中路前进。南侵之前，大金皇帝吴乞买就下令设东西枢密院，宗望为东枢密使，宗翰为西枢密使，两人都行使宰相之权，所以人称东西宰相。平时坐镇办公，衙门挂枢密院牌，战时则改为元帅府。

出燕京后，东路军势如破竹，除在保州受到大宋守军顽强抵抗外，其他州县如霸州、易州、沧州、束鹿、赞皇、获鹿、衡水等等，均属轻取。完颜宗望战前与宗翰议定大计，要一个月内渡过黄河直逼汴京，故留二万人马围攻保州，另遣五万兵马与据守在阜平、曲阳、行唐一带的种师中五万秦凤兵对峙。余下大军继续挥戈南下。金兀术率领的中路军踏定州、扫鼓城、平庆源、荡柏乡，如入无人之境。这天来到隆平县，本以为有一场恶战，谁知城中两千守军弃城而逃，县令等一应公门中人也都无影无踪。宗望在北城楼外下马，领着枢密院一班官员，在兵士们的护卫下，缓缓踱进城来。他见大街两旁的住户，一家家门窗尽闭，便对身边的人说："你去敲敲门，看看屋子里是否有人。"

一名小尉走上前，抬手敲门，大声问："有人吗？"

没有动静。

宗望下令："再敲。"

又上去一名士兵，两人把门敲得震天响。

突然，听得门闩抽响，门哗啦被拉开了。一位穿着打了几个补丁的青布袄、头戴着瓦楞帽儿的老汉伸头出来，半是惊恐半是愠恼地问："兵爷，你要找谁？"

"找你，为何不开门？"

小尉一副凶巴巴的样子，老汉吓得就要往屋里缩。

"老头儿，别走。"

宗望走过来了，老汉瞅着他，小心地问："你要什么？咱家可是啥都没有。"

宗望说："你让我进去看看。"

说罢，也不等老汉同意，宗望抬腿过了门槛儿。房子一进两间，外间是堂屋兼灶房，里间是卧房，只有一个断了一只腿用砖头垫着的破旧的立柜。宗望问老汉："你家的人呢？"

"就我一个人。"

"你干什么营生？"

“扫街的。”

“扫街？”

“对，扫街。”老汉说着从屋角拿出一只大笤帚，在地上扫了两下，接着说，“每天清晨起来，把这条北大街仔仔细细扫一遍。”

“谁给你钱？”

“官府，每月给一贯钱。”

“一贯钱能过日子吗？”

“难，有时候一天只吃一顿饭。”

宗望听了，对老汉产生了同情，又问他：“咱们军队来了，你为何关着门不出来迎接？”

老汉回答：“帅爷，你看咱这隆平县城里头，有谁开门迎接你们？”

“真没有。这是为什么？”

“因为官府挨家打招呼，说你们是金贼，谁要是敢欢迎，等贼退了，就抓去坐大牢，罚苦役。”

“咱们出兵前，先已写了檄文布告天下，你知道吗？”

“不知道。”

“咱檄文上说，凡我大军经过之地，只要官兵百姓开城迎接，你们一应照旧，该干什么还干什么，咱大金军决不骚扰。”

“咱没听过这檄文，再说，听了也不敢相信。”

“为啥呢？”

“官府说你们见人杀人，见佛杀佛……”

“胡扯，老头儿，本帅见你是善人，你去把城里各家的门喊开，告诉他们，咱大金军见人救人，见佛拜佛。”

“这个，咱不能干。”

“为啥？”

“官府称你们是金虏，说你们是异族入侵，咱欢迎你，不就成了刁民汉奸，等你们走了，乡亲们吐口唾沫，也能把咱淹死。”

宗望听老汉这么说，也就不勉强，吩咐手下给老汉周济五两银子，便出门了。

他们刚走出来，便听得背后街上咣当一声，众人回头望去，只见老汉把那一锭银子扔了出来，夕阳下，那银锭闪烁着惨白的光。

小尉见状，便拔刀要返回，宗望制止了他，言道：“杀他一个老头子，全城的人都成了咱们的冤家，咱们只与官军作战，老百姓只要不提刀杀人，就一律放过。”

当夜，元帅府就设在隆平县衙。吃过晚饭，已是亥时。虽然寒气袭人，但月光皎洁，疏星闪闪。宗望披了裘皮大氅在院子里散步，让人喊来随军行动的太史令史济，问他：“太史，你看今夜的星象，有无变化？”

这位史济是长期生活在辽东的汉人，亦是陈尔栻的得意门生，陈尔栻自己跟着宗翰赞务军机，推荐史济来宗望帐前效力。

史济仰着头眯着眼遥望着星空，过了一会儿，才回答宗望说：“大帅，记得咱们在燕京起兵时，天狼星耀眼，而紫微星黯淡无光，职官当时就禀告，南朝帝座明灭不定，旁边妖星叠现，咱大金军挥旗南下，定能大获全胜，可是今夜，这星象又变了。”

“怎么变的？”宗望急切地问。

“大帅你看中间偏西的那几颗亮星，”史济用手指着天空，“像个斗柄似的，那斗柄转弯处最大的一颗星，就是紫微星座中的帝星。”

宗望顺着史济手指的方向望去，果然看到了那颗亮星，他说：“这帝星很亮嘛，它是咱大金国的帝星，还是南朝的？”

“南朝的。它在星象图中的方位，应对的是中原。”史济接着说，“这颗星从霜降节之后，就一直昏暗，但今夜，它却重新亮堂起来了。”

“难道南朝有什么变故？”宗望担心地问。

“职官也说不明白，但这颗帝星的确晦而复亮了。”

正说着，听得衙门口响起马蹄声，接着前院子里一片杂杂沓沓的脚步声，一个人粗门大嗓地问：“二哥呢？”

“兀术，咱在这里。”宗望大声回答。

话音未落，只见人高马大的金兀术一推门进了后院，郭药师跟在他后头。

“大帅，老北风呼呼的，你还在这遛弯儿，”金兀术忽然又发现了史济，接着笑道，“肯定是你这个酸秀才，又在装神弄鬼，让咱二哥瞭望星空。”

金兀术的话把宗望逗得笑起来，他回道：“你就知道打打杀杀，不懂天机，终是个咬屎橛子的粗人。”

“咱就是个粗人，二哥你不是说过吗？咱家老四烧香，连佛爷都掉腚儿。”

听了这话，众人都笑了。郭药师笑时呛了北风，直打嗝儿。

一行人进了屋里，这间房原是县太爷的签押房，宗望住进来后，临时在这里议事。

接了刚才的话头，宗望问郭药师：“你与南朝熟悉，你说说看，为何南朝帝星晦而复明？”

郭药师因为屋子里热，摘了头上的狐皮帽子，搔了搔头皮，回道："咱们来隆平县的路上，不是接到消息，南朝皇帝发了罪己诏吗？帝星复明，同这个有关系？"

史济插话儿："看了罪己诏，知道南朝皇帝开始警觉身边的那几个奸臣。"

"哪几个奸臣？"宗望问。

"无非是蔡京、童贯、王黼、蔡攸、梁师成这几个。"郭药师努着嘴滋出一口痰，接着说，"南朝皇帝这个人，其实老好儿老好儿的，就是不会动脑子，让那几个人哄得团团转。"

"帝星复明，"宗望沉吟着，"难道南朝皇帝要除掉那几位大臣？"

"这不大可能。"郭药师摇头。

"为啥？"

"这几个人虽然在外头尿性，彪子哄哄的样子，但在皇上面前，却都是哈巴狗一条。"郭药师说着就扳起指头来数，"先说蔡京，天底下第一只老狐狸，朝廷中那些搅牙的人，都被他收拾得服服帖帖，没有他，皇上就当不了甩手掌柜。再说王黼，是一只人见人怕的笑面虎，处理国事，凡对自己有利的，再有难处也不是难处；对自己不利的，他也不硬抗，就那么笑么滋滋地拖着。皇上喜欢他，一是能办事，二是会找女人。陪着皇上逛窑子，他是一把好手。还有童贯，说良心话，他就是贪财，但没有他，大宋就不会与咱们大金订立盟誓联合灭辽。蔡京、王黼都不懂军事，童大人替皇上管着军队，挑幌儿做事，喜欢排场，因此也有不少对头。再说梁师成，大内的总管，皇上拉不拉得出屎来，昨晚上跟哪个女人睡觉了，别人不知道，但他都知道。所以，别看他长得小头鹅脸一副贱相，皇上却日夜离不开他。最后再说蔡攸，这可是一条油里的泥鳅，任何人都拿不住他。比起前四位，他资历浅许多，正因为浅，他就得使出更多的阴招儿才能上位。他虽然是蔡京的儿子，却是个坑爹的种。为了自己爬高位，嘴上他哄着那四个老家伙，心里头却同他们摽着劲儿。我相信，只要一有机会，他会借皇上的力，把这四个人连同他爹，都一脚踹出皇城。”

听了郭药师一番陈述，宗望问：“对这五个人，宋朝皇帝没有分别心？”

“这五人在皇上面前犹如八仙过海，各显神通。杀猪杀屁股，各有各的道儿，因此皇上一个也离不开。”

“有道理。”宗望沉思着对史济说，“太史，这几日你留心天象，有何变化尽快告诉我。”

史济点头答应。坐在一旁的金兀术却不答应，呛道：“史济，听说明日下大雪，天上黑咕隆咚的，你上哪儿看天象。”

史济下意识瞅了瞅窗外的夜空，认真答道：“四太子，明儿不会下雪。”

金兀术不满意了，朝史济横着眼斥道：“你怎么这样搬死卵子，咱的话你没听懂吗？南朝的帝星是亮是暗，跟咱们大金军有何干系？咱们大军压境，再过几天就过了黄河，拿下汴京，将昏君奸臣一遭儿拘了，叫它南朝的帝星灭了，掉到黄河里淹死了。”

“兀术，我看你又在发酒疯。”

“二哥，我可是一滴酒也没喝。”

“那你怎么说酒话？”

“二哥，你是主帅，小弟问你一句话。”

“你说。”

“你打算在隆平待几天？”

“明儿是小年，还有七天是除夕，我看，咱们就在这里过大年。”

“你真敢想，二哥，咱们入主中原，不是觅一个小县城找乐子。”

“南朝的情况我们还要继续探明虚实，还有，宗翰的西路军还没有打到太原，咱们得在这里休整几天。”

金兀术见宗望这么说，心里头不高兴，却又不得不服从，嘟哝道：“本以为一口气打到汴京，在南朝的宫殿里过大年，谁知还得在这小趴趴房儿里，磨蹭几天。”

三天以后，一大清早，完颜宗望在院子里逗了一会儿他心爱的两只海东青，又练了一趟拳脚，正说要去喝一碗小米粥，吃几只黏豆包儿填填肚子，忽听得大门外吵吵嚷嚷，似有什么事儿发生，便踱步出去想看个究竟。

县衙外是个广场，自大金军入驻以来，这里一直空空荡荡的。这会儿只见一群兵士在靠近县衙院墙的地方刨坑立柱子，旁边围了几十名市民，正在和兵士们理论。

看到完颜宗望走过来，士兵们停了手中的活计，领头的小校向宗望行了军礼。

“你们这是干什么？”

“禀大帅，咱们奉命竖一个绞刑架。”

“绞刑架？要绞谁呢？”

“绞他。”

小校指了指不远处的系马桩，宗望这才发现那里拴了一个五花大绑的人，他走过去，一眼就认出是那天进城时见过的那个老头儿，便问小校：“这是个扫街的老头儿，为何要绞他？”

小校让士兵把围观的市民驱散到广场处，然后向宗望报告了事情的原委。

却说大金军进了隆平县城后，按宗望的指令，连夜誊抄了一百份《伐宋檄文》，在全城的大街小巷张贴。可是，过一天后，发觉被人撕毁了不少。中路军都统金兀术知道后非常恼火，下令严加追查。可是查来查去却查不到撕毁布告的人，但贴出的布告却还在减少。金兀术于是严加切责巡逻的校官，若再抓不到人，就将他军法从事。校官便让巡逻队在各处布告前值哨，谁知昨天后半夜的北风刀子似的犀利，一些布告被撕裂掉地乱飞。黑天瞎火的，巡逻队无计可施。天麻麻亮，老头儿开门扫街，将那些飘在地上的布告与垃圾一起扫除，恰好被巡逻队撞上，于是将老头儿抓起来送到校官那里。校官如获至宝，当即让人将老头儿绑了，送到金兀术中军营前。金兀术二话不说，命令巡逻队在县衙前竖立起绞刑架，要将老头儿吊死，以儆效尤。

听了事情的经过之后，宗望回转身子问一脸惊恐的老头儿：“《伐宋檄文》你念过吗？”

“俺不识字。”因为冷，老头儿跺着脚。

“你把檄文当作垃圾来扫，知罪吗？”

“不知罪。”

老头儿虽然惊恐，却不肯屈服，宗望看了看竖好的绞架，正想如何让老头儿知道厉害，突然，听到一声女孩儿凄厉的哭喊：“爷爷！”

只见一个约莫十来岁，梳着叉角小辫穿着一件红底碎花染布袄子的女孩儿一下子冲到老头儿跟前。

“干什么，干什么，拖走！”校官蛮横地命令。

几名士兵上前来要拖拽女孩儿，宗望制止了。士兵退了下去，宗望问女孩儿：“这老头儿是你爷爷？”

女孩儿点点头。

宗望脸色一沉，对老头儿说：“那一天，本帅赠给你五两银子，你当垃圾扔了。本帅下令张贴的《伐宋檄文》，你又当垃圾扫了。尽管这样，本帅还想饶你一命。可是你千不该万不该，不该欺骗本帅。”

“俺欺骗你啥了？”老头儿问。

“那天，本帅问你家中有什么人，你说就你一个人。今儿个，怎么又冒出个孙女来了？”

老头儿不语。

“说呀！”宗望吼了一句。

老头儿仍不吱声。

宗望瞥了一眼跟前的一名士兵，见他正在整理绞架上的绳套儿，便从士兵手上接过来，往老头儿脖子上一套，言道：“过大年之前当吊死鬼，冤不冤？”

老头儿开口回话：“过大年吃不上一块肉，死了快活。”

宗望心下一颤，又问：“明明你有孙女儿，为什么要骗我？”

“官府说你们是衣冠禽兽，见了女人就糟蹋，连小孩儿也不放过。”

“原来是这样。”

宗望轻声说了一句，这时候广场上的人群逐渐增多，见宗望把绳套儿套进了老头儿的脖子，便有人高声叫嚷：

“你们不能滥杀无辜！”

“老实人当冤死鬼，天理何在！”

随着喊叫声，人群又开始骚动，朝绞架这边涌动。士兵上前弹压，双方撕扯起来。

这时候，金兀术领着一队亲兵从离县衙有一箭之地的中军大营那边过来。到了广场，他纵身跃下马来，将手上的那一柄粗重的大铁戟朝地上一杵，厉声喝道：“谁敢过来，看我把他脑袋戳成马蜂窝！”

广场上顿时安静下来，人们被他的气势震慑了。

宗望把这一切看在眼里，他不想让事情恶化，于是回到廨房，并将金兀术、郭药师等几位大将召来，他一边喝粥一边对金兀术说：“四弟，那扫街的老头儿是无辜的，不能吊死他。”

“不吊死张三，也得吊死李四。”

“为何？”

“立威！”

“军威要立，但不能滥杀无辜啊！”

“这隆平县城里的那些尿崽儿，把咱们当猴耍呢，若依我，撕一张布告，咱就剁他一颗人头。”

“没有人头，剁狗头也行。”

说话的是郭药师，宗望扫了他一眼，见他一脸正经，便问：“药师，你怎么这样说话？”

“大帅，咱不是开玩笑，咱打听到了，第一个撕烂布告的，不是人，是一只狗。”

金兀术头摇得货郎鼓似的：“狗，狗能跳上墙？”

郭药师回答：“不是狗上墙，而是布告没有贴严实，被风刮到地上，一只大黑狗窜上去撕咬，这布告就烂了。”

“这狗是谁家的？”金兀术问。

“狗的主人叫宋大海。”

“宋大海，咱这就派人去把他抓来。”金兀术说着就要喊人。

“这人可逮不着了，”郭药师斜着三角眼，故作神秘地说，“在咱们大金军进城前半天，这家伙就带着小妾，裹着金银细软跑了。”

“是个土财主？”

“不，是这里的县令。”

“县令，他还养狗？”

“这宋县令坏着呢，他养的这只大黑狗，平常圈着，拴着一根铁链子，一遇人告状，他就让手下丁差放狗出来咬人。”

“这些你怎么知道？”

“咱不是当过南朝的河北招讨使嘛，河北各州府县官，十之八九我都见过。”郭药师接着先前的话头继续说，“这宋县令只顾自己逃命，再也顾不得狗了。所以，也不知道是谁松了铁链子，那狗便跑到街上成了一只野狗。”

“那只野狗如今在哪儿？”金兀术问。

“回四太子，那只大黑狗被咱捉拿归案了。”郭药师说着，用手指了指廨房外的砖径，“喏，它被咱重新锁了铁链子，正趴在那儿呢。”

屋子里顿时陷入一阵难堪的沉默。宗望对金兀术说：“四弟，把那老头儿放了吧。”

金兀术没有直接回答放还是不放，只嘟哝道：“只可惜了一个绞刑架。”

郭药师立即回答：“四太子，不可惜，这绞架还能派上用场。”

“是吗？绞谁呀？”金兀术问。

“绞它。”

郭药师指了指窗外那只大黑狗。

金兀术一听这话，以为郭药师揶揄他，一生气，眼睛瞪得铜铃大，右手习惯性地按着腰间的刀柄，吼道："你他娘的郭药师，竟敢阴损咱，看我不捶扁你！"

郭药师连忙解释："四太子，就是天王老子给咱撑腰，咱也不敢阴损你呀，咱的意思是绞架既然立了，又不能吊错了人，就顺坡儿下驴。"

"顺坡儿下驴。"宗望一笑，一拍桌子说，"唔，就这么办。四弟，走，咱们现在去吊狗，吊死它，咱们中午打个牙祭。"

一行人又重新出了县衙，来到绞架跟前，在宗望的指令下，郭药师主持绞刑。当他站上一只高凳子，高声喊一句"绞刑开始"的时候，广场上又发生剧烈的骚动，越聚越多的市民中发出了怒吼：

"不能乱杀人！"

"老汉是无辜的！"

郭药师挥舞着双手，示意大家安静。待广场稍稍平静了一些，他扯着沙嘎嘎的嗓子大声质问："谁说咱大金军乱杀人了？谁再说，咱割他的舌头！谁说这扫街的老头儿有罪了？谁再说，咱剜了他的眼珠子！"

听了这几句话，全广场都安静了下来，人们面面相觑，不知兵爷们究竟要干什么，郭药师看在眼里乐在心里，心里头嘀咕："你们这些刁民，看我郭大爷怎么玩你们。"他又习惯地滋了一口痰，故意虚张声势地叫唤："行刑的人呢，站出来亮个相。"

三个彪形大汉站了出来，郭药师问："你们杀过人没有？"

"杀过！"三个人齐声回答。

“宰过野牛没有？”

“宰过。”一个人回答。

另一个人回答：“咱吃过野牛肉。”

“没硌着你的牙吧？一边去！”郭药师继续发问，“你们打过蹲熊吗？”

“打过！”三个人齐声回答。

“你们同四太子掰过手腕儿吗？”

“掰过！”一个人回答。

“赢了还是输了？”

“输了。”

“手指头没被捏碎吧？”

“四太子手下留情。”那个人觍着脸笑。

郭药师的贫嘴，倒把人们逗乐了，人群中开始发出了哄笑，郭药师鼓突着嘴闷了一会儿，忽然又问：“你们上吊过吗？”

三人愣然。这回，连金兀术也咧嘴笑了。郭药师一跺脚，拍拍自己的脸，又道：“三位刽子手别见怪，咱问错话了，本爷是问你们，吊过人吗？”

“没吊过。”

“既然没有，今天就不让你们吊了。你们退回去。”

“是，遵命。”

三位行刑手刚退后，只见郭药师从高凳上跳了下来，走到旁边，从一位亲兵手中接过铁链子，将那只大黑狗拽到绞架下面，亲兵将从绞架上垂下来的绳套套在大黑狗的脖子上，并顺势解了铁链子。郭药师一挥手，两个亲兵迅速拉动绳头，那只大黑狗连一声惨叫都来不及，就四肢乱弹地被吊到了半空中。

第二十六章　金兀术攻占信德府

除夕前两天，金兀术率领中路军的第一军团包围了信德府。这个军团共有弓弩营、云车营、工兵营、械具营、骑兵六营、步兵六营，总共十六营，一万二千兵力。

按宗望元帅的策略，大军本应在隆平县休整十天，待过罢春节再向南挺进。他如此安排主要是出于两个考虑：一是西路军战事推进要比东路缓慢，这其中的原因是东路这边因郭药师投降，燕京向南一马平川，几乎没有像样的官军能够阻挡大金的铁骑。而西路军那边不一样，宗翰兵发大同，轻而易举攻克了武、朔、代、易四州，但再往南推进就没有那么容易了，一过晋西北地区，就有太行山、吕梁山交汇重叠，横亘在晋北与晋中两个平原之间，形成了以偏头关、宁武关、雁门关、平型关、黄泽关、金锁关为代表的数十道关隘，这些天然屏障易守难攻，几乎每一道雄关上，都有大宋的精锐部队扼守。西路军推进不顺，东路军若再深入中原腹地，就有孤军作战四面受敌的危险。二是占领正定府之后，宗翰释放了被俘的燕山知府蔡靖，让他给南朝皇帝传话儿，即大金国可以罢兵与南朝重启和谈，但条件是南朝必须割让太原、中山、河间三府给大金国。蔡靖离开正定前往汴京也有十来天了，但一直未有回音，宗望想等到南朝的回复之后，再决定下一步的军事行动。但是，在吊死大黑狗的当天下午，派往燕京的细作带回来一个惊人的消息：徽宗皇帝赵佶逊位，皇太子赵桓继位。

宗望当即召来金兀术、郭药师、刘彦宗、托卜愣、史济等一应文武官员商议此事。议事之前，宗望首先从院库中取出十两银子奖励史济，原因是数日前史济观察天象指出南朝帝星复明，今天得到的消息证明史济慧言不谬。接着，宗望问大家："南朝换了皇帝，你们怎么看？"

托卜愣第一个说话："大帅，南朝换多少皇帝都不怕，不过是从这只黄羊狍子，换成另一只黄羊狍子，都是老虎嘴里的吃食儿。"

金兀术笑了笑，他同意托卜愣的说法。

宗望问史济："太史，你说说看。"

"帝星晦而复明，这事不能小看。"史济为避免刺激金兀术与托卜愣，尽量语气平和，"如果南朝走向衰败，帝星就晦暗。帝星复明，这就意味着新皇帝有起死回生的能力。"

宗望思虑了一会儿，问金兀术："四弟，要不，咱们先撤回燕京，待南朝形势明朗之后，再作决策不迟。"

金兀术立刻表示反对，他说："二哥，你是大帅，记得在燕京誓师时，你是怎么回答大萨满的？大萨满说，从燕京到汴京，中间有一百多座城池，你说，只当是一百多个土坷垃；大萨满说，中间还隔着一条黄河，你说，就是一条小水沟而已。咱在旁边听了，就像喝了一碗狗血，浑身躁得像着了火，心想，咱二哥真是一个好大帅，咱跟着他，去把汴京皇帝的龙椅砸他个稀巴烂。可是，可是今天碰到这么个小事，你就要打退堂鼓，就要当缩头乌龟了，这叫天下人怎么看我们？”

金兀术夹枪夹棒噼里啪啦乌头黑脸说了一通，放在别人哪受得了，但宗望却是不气不恼，只把两只手搁在胸前揉搓着，对金兀术的话既不反驳，也不说赞同。他的性格就这样，遇上大事就有些犹豫不决。

郭药师生怕冷了场让兄弟俩难堪，于是干咳一声：“大帅，咱能说几句吗？”

“你说。”宗望的眼神落到郭药师瘦削的脸上。

郭药师装腔作势瞪了史济一眼，调侃说道：“老史啊，你脑瓜子进水了不是？”

史济身子一激灵：“药师，你？”

郭药师用手指着天，问史济：“你看的是啥天象？那个帝星什么的，起了一点雾，它就像死猪眼睛，一刮风，了了无尘的，它看上去又像一颗大北珠。你说南朝帝星复明，咱还以为南朝皇帝把宝座让给了哪路神仙，结果是传给了太子。那个赵桓我见过几回，是个屙不起三尺尿的小男人，见了任何人，他都像是个做错了事的孩子，大石磨也压不出一个响屁来，能有多大出息？咱把话撂在这儿，如果赵桓能够让南朝起死回生，你把我郭药师扔进油锅里煮了。”

宗望怕郭药师言过其实，待他话音一落，就追问：“你见过赵桓几次？”

“大概四五次吧。有一次，我们还在牟驼岗一起打马毬，一颗球落到他马前，他只用弯腰一挑，那马毬就会救出，但他看到我一阵风扑过来，球棒带哨儿直扫，便吓得拨了马头躲我的棒子。就那一刻，咱就知道，这小子一旦接了皇帝，肯定比他老爹窝囊。”

金兀术本来对郭药师感觉不好，但通过这两次谈话，他扭转了对这位降将的看法，这时情不自禁地对郭药师伸了个大拇指，赞道：“药师你算是把这事儿说透了。”

宗望一笑，自嘲道：“咱若是长了翅膀，一天要飞到天上去，就近看看那颗帝星，究竟是瘪还是圆。”

金兀术立刻回他：“二哥，你也别指望飞天了，你下决心吧。”

“下什么决心？”

“攻打信德府。”

“我说过，过罢春节再行动。”

“过春节还有三天呢，二哥，大军可以不动，我带我本部一万二千兵马，两天时间拿下信德府。”

“四弟，军中无戏言。”

“咱立军令状。”

“好，咱准了你。”

得了这句话，金兀术当即率部开拔，来到七十里外的信德府，将这一座古城包围起来。

信德府春秋时为邢国都城，隋为襄国郡，唐称邢州，大宋开国后才改名叫信德府。因为地处燕赵平原的富庶之地，加之又是控扼南北的战略要冲，所以城池坚固。大金南侵，童贯调了两万官军守卫信德府。打从隆平失守之后，信德府官军便密切注视大金军动向，并封闭了所有城门，每日辰到未时之间开便门供商贩医卜等进出，但对所有行人严格盘查。最近三天，因为担心局势吃紧生出额外事故，连便门也关闭了。

金兀术围攻信德府之前，已把城中的守军备御及衙门市井等一应情报广为搜罗，大致已是了解。除了府城中两万兵马，在其辖区内尚有道武、新唐、恭村、团城四镇，均有数量不一的官军据守，合起来也有一万多人。这四镇与信德府城成犄角之势，拱卫甚严。进军前，郭药师主动向宗望元帅请缨，这四镇的兵力由他的常胜军解决。宗望同意后，他的常胜军便与金兀术同时行动，他将兵马分成四路，分由甄五臣等四名大将率领，也把那四镇围得水泄不通。郭药师兵马充足，他本想拨两万兵马协助金兀术攻城，但遭到金兀术的拒绝。

却说金军围困信德府城之后，老天便下起了大雪。金兀术带着十几名亲兵驱马来到府城北大门，大约还有百十丈远，金兀术便勒住马头，抬头瞭望城头。此时，只听得城墙上鼓声大作，接着箭矢像蝗虫般飞来，这些箭矢大都掉在离金兀术三五丈远的地方。跟在金兀术身边的郭药师暗自佩服，因为他马头勒住的地方，正是箭矢不能伤及之地。可见，这位看似只知道拼杀不懂智术的武疯子，其实心计深着呢。

城楼上射下的箭矢如过江之鲫，一拨赶一拨，落在马前横七竖八像掉了叶儿的蒿梗。战马惊得尥蹄子，咴儿咴儿叫着。天上的雪也被老北风驱赶着，纷纷扬扬，打得人睁不开眼睛。金兀术屹立在暴风雪中一动不动，眼睛死死盯着城楼。郭药师学着他那样瞭望，只觉得寒气刺得眼珠子生疼生疼。

“药师，你说，守城官军的头儿叫什么？”金兀术问。

“李功成，是一名参将。”

“他会打仗吗？”

“在河北诸将中，他算是最能折腾的一个。”

“什么叫最能折腾？”

“就是总想一口吃一个胖子，睡梦中都想一步登天。”

金兀术听着郭药师絮叨，忽然阴笑了一下，说道：“这个李功成不会打仗。”

“啊？”

“咱来这十几个人，他却在城楼上放了上千支箭。”

“李功成未必在城楼上。”

“他肯定在城楼上。喏，那站在大鼓前，披着一件黑色斗篷的，一定是那个叫李功成的家伙。”

郭药师瞪大眼睛看了半天，依然模糊，他自叹弗如，叹道：“四太子眼力真好。”

“三百步内，咱能射杀一只野兔，没眼力哪能成。”金兀术说着，朝后一招手，嚷道，“盾牌。”

一步不离的卫队听说要盾牌，以为金兀术要闯阵，连忙劝阻：“大将军，你不能冲。”

金兀术不搭理他，犹自喊着：“盾牌！”

一名亲兵递上一面盾牌。

这是一面用生铁皮制作的盾牌，外面铺裹了三层水牛皮，足有二尺四寸高、一尺八寸宽，褐棕色的皮面上，用石青与月白的矿粉颜料绘有一只展翅的海东青。盾牌反面的正中，焊接了一个裹着黄绸的铜把手。

金兀术拿过盾牌，右手握紧，然后一夹马肚，朝城楼的方向冲了过去。亲兵们见状，也都奋不顾身，举了各自的盾牌，上前保护金兀术。

城楼上的守军见状，连忙一起放箭，金兀术听得遮体的盾牌有簌簌中箭的声音，立刻就拨转马头折回原地，检查盾牌，上面有三支羽箭，颤颤晃晃地插在牛皮上。

金兀术拔下箭，拣了一支仔细辨认箭杆上的文字，上面有“信德府守护使参将李功成制用”的字样，便笑道：“这李参将射箭的本事还不赖，他一箭中了靶心。”

卫队长却在一边埋怨：“大将军，你突然放这一蹄儿，真是不应该，万一有个闪失……”

“闪失不了，你放心！”金兀术说着晃了晃盾牌，“南朝的箭镞穿不透咱们的盾牌，这仗好打了。”

郭药师这才明白金兀术突然放马的原因，原来是为了试用盾牌，他要过盾牌试着举了举，足有二三十斤重，不免叹道：“这盾牌不要说抵挡箭矢，就是关云长的大刀砍过来，也叫他卷刃儿。”

金兀术没接他的话茬儿，而是取下背上的长弓，将那支从盾牌上拔下的箭搭上，瞄准城楼上那面大鼓，拉满弓后“嗖”地射出，那箭不偏不倚，射穿了鼓面上的牛皮。

只听得城楼上传来一片惊呼，接着羽箭又蝗虫般飞来。

郭药师“哇”的一声惊叹：“四太子好臂力，你射出的箭，比官军的箭最低远了五丈！”

金兀术笑一笑不作回答，却对卫队长说：“传咱的令，今夜进攻信德府。”

“今夜？”

“对，今夜！”

金兀术拨转马头回营，对郭药师笑道：“老郭啊，明儿个除夕夜，咱们在信德府过，你得弄一坛好酒来。”

“一坛不够，咱弄十坛来。”

这么笑谈着，一拨人消失在愈下愈猛的暴风雪中。

子时刚过，进攻信德府的战斗就打响了，此时城外的原野，已盖上了厚厚的雪被子。金兀术兵团从北、西、东三面向古城挺进，南面出城十里是团城镇，郭药师在那里部署了一万步兵外加五千骑兵，一是要全歼团城镇的守军两千人，二是阻挡信德府的守军外逃。

金兀术虽然对信德府城三面包围，但西、东两面只是佯攻，真正的进攻点在北门。这古城呈南北宽东西窄的匣子型。四周城墙长达二千八百丈，高三丈六尺有余，城外距城墙八丈外还有护城河。北面城墙全长八百丈，共有三道城门，正中是玄武门，左侧是通和门，右侧是崇仁门，三道门的两侧，又各有突出的马面碉楼对城楼加以保护。北城墙两端即西北与东北两个转折处，也设有角楼照顾。这样，北城墙一段共有十一处楼堡，加上城墙上遍设箭垛，可供一千二百人同时放箭或抛甩檑木滚石。这样强大的防御，即便攻城的人能冲到护城河边，也难逃九死一生的困境。

金兀术想到了这一切，他在东西两段各放了一千兵士，但在主攻的北面，却摆放了一万兵力。

一交子时，金兀术亲手点燃了距北门城楼三百丈开外的五个大火堆，不消片刻，冲天火光照亮了夜空。与此同时，三十只大海螺也同时吹响，六十面战鼓也一起擂响。

火堆后面整装待发的将士们发出雷鸣般的呼声："前进！前进！前进！"

第一个列队五百名战士迈着整齐的步伐出发了，这是弓弩营的神射手们，只见他们背着插满羽箭的箭囊，一手握着强弓，一手握着粗重的盾牌，猫着腰向前挺进。

身后还未出发的士兵们，在随军萨满的引领下，唱起了铿锵有力的《战神曲》：

我们的盾牌，
挡住了霹雳。
我们的弓箭，
射穿了强敌。
我们的战马，
踏碎了冰雪。
我们的热血，
呼唤着胜利……

嘹亮雄壮的歌声，比暴风雪更加猛烈地席卷着大地。守城的官军们被眼前这从未见过的阵势所震撼，他们甚至闹懵了，这是在打仗呢还是在赶庙会？拿着光怪陆离的盾牌朝城楼挺进的人究竟是魔鬼出世呢还是神兵天降？

城墙上的官军们像是在看大戏，还是带队的哨官首先醒了过来，厉声喊道：“放箭！”

兵爷们这才惊醒，立即张弓搭箭或扳动弩机，顿时间，护城河外的旷野上落下乱箭一片。这时候，大踏步前进的第一列队的大金军弓弩营战士已冲到大宋军的射程之内，看到流星雨一股的箭矢飞来，他们立刻蹲下，五百名战士全部用盾牌遮得严严实实，射中的箭矢落在盾牌上，如急雨打芭蕉。与此同时，相距不过三十丈远的第二个队列急速赶上，他们在地上竖起盾牌作掩护，单腿跪在盾牌后面一起扯动弩机，顿时，射程更远的没羽短箭朝城墙上飞去。这一阵箭镞来得猛烈，城墙箭垛后的官兵害怕中箭，都下意识蹲下身子躲避。瞅准这机会，第一列弓弩营士兵立刻飞速前进，待官军开始第二轮射击的时候，先锋队已冲到护城河边，这里到城门的距离不过三十丈。他们的处境非常危险，因为这个距离正是弓箭威力最大的射程，若是中箭，箭矢会穿透心脏。好在他们有抵挡利箭的盾牌，他们如法炮制，用盾牌组成一个巨大的坚硬的外壳，用以隐藏自己的血肉之躯。不一会儿，就见这连缀一片的盾牌之壳，被无数的乱箭射中，远远看去像是一个巨大的刺猬。

趁第一队勇士吸引了城楼上射手们的注意力，第二列队的勇士再次向前突进，并再次放箭。当他们也受到箭雨阻挡时，第三列队的五百名弓箭手又大踏步向前突进，并再次向城墙方向扳动弩机。为了提高命中率，他们并不胡乱放箭，而是尽量瞄准垛口，这一轮射击中，大约有十几名官军被射中，有的只是皮肉之伤，有的却是贯体的重伤，还有三名战士当场毙命。

官军中出现了慌乱，有的士兵还想溜下城去躲避。在这个节骨眼上，一直站在城楼上督战的参将李功成，提了一柄大刀抢到甬道，将那个想开溜的士兵一刀劈了，厉声斥道："谁敢后退半步，斩立决！"

这一招很奏效，城上惊恐的情绪得到了控制。李功成大步流星走到一台抛石机跟前，拉动了轴辘的绳索，搁了石头的弹板倏地竖起来，一颗绣球般大小的石头弹向了护城河边，不偏不倚，它正砸在盾牌阵的前沿，巨大的力量砸裂了一块盾牌，很显然，一名金兵弩机手负伤了。

这一小小的胜利，使得城墙上的官军们爆发出欢呼，顿时间，十几部抛石机一起开动，大大小小的石头劈头盖脸砸了下来，这给第一次冲锋的弓弩营战士带来了沉重的打击。

但是，这一战术并没有完全遏制住金军的进攻，金军的多个攻击队对北城墙上的三个城门、六个马面、两座角楼同时展开了凌厉的进攻。一个多时辰过去了，战争僵持不下，攻守双方互有胜负。

玄武门仍然是主战场，双方在这里投入的都是最精锐的部队，守军的抛石机使得金军攻击队遭受了重创。但是，由于有第二梯队、第三梯队的掩护，第一突击队还是越过了护城河，到了城墙根下。而在这时候，守军准备的石料全部用完了，抛石机再也发挥不了威力。突击队虽然无法攻城，但因为第二、第三突击队的神射手与守军对射，第一突击队的战士们反而相对安全了，他们迅速找到了箭矢射不到的死角，用随身带来的械具开始制作云梯……

又过了半个多时辰，府城仍然固若金汤，金军无法突破。

打了半夜的仗，第一批守城的官军疲惫不堪，李功成命令他们撤下去休息，换上了第二批战士。

作为守城的主帅，李功成一刻也不敢放松，他盯着远处一直熊熊燃烧的五堆篝火，对身边的校官说："你去找二十口大锅上来，生火煮水。"

"在城墙上煮水？"

李功成点点头："刚才有哨官报告，几百名金狗子藏到城门底下，还在扎云梯准备攻城，咱们无法探头射箭，就煮开水泼下去，烫死他们。”

校官刚领命下楼，忽听得有人惊叫：“大帅，您看那是什么？”

李功成抬头望去，只见一溜十二辆高达四丈的云车，正越过篝火，朝城楼慢慢移来。

云车后面是十二队骑兵，旌旗猎猎，铠甲森森。

雄壮的《战神曲》再次响起：

我们的战马，
踏碎了冰雪，
我们的热血，
呼唤着胜利……

这巨无霸一样的云车，是大金军的独创。他们在伐辽的战争中，积累了丰富的攻城经验，攻占黄龙府、辽上京、辽中京、辽西京，云车都发挥了巨大的作用。制作云车与制作盾牌的原理一样，正前方即迎敌的这一面，用厚重的木板钉起来并衬上双层水牛皮，拉车的是十二匹高头大马，它们的前面也是厚重的挡板，但开了几个碗口大小的瞭望孔。马如何前进，由三名辕兵控制。云车共分三层，第一层是马架，第二层是六名射手，第三层是抛石机。经历过多少次攻城战役，守军对这种云车基本上束手无策。

却说城楼上的李功成，对大金军的云车早有耳闻，这一下可是眼见为实，他不禁倒吸一口冷气，后悔在过去的几天里，没在大地上多挖几道深沟，但现在他得想办法，阻止这云车前进。他迅速与几位部将商量，大家鸡一嘴鸭一嘴也都说不出个计策来。

一位参议想了想说：

“听说抛石机能对付它。”

“可咱们的石料全用完了。”

“要不，派一千士兵，到城中砸人家的院墙，重新配料。”

李功成说：“也只有如此了，你快去办理此事。”

参议飞快跑去了，李功成打开箭箱，数数自己的箭，只剩下七十九支了，他对身边的将士说：“你们先要节约用箭，一旦破城，我们就要与金狗子展开巷战，刀对刀枪对枪，刀卷刃了，枪折断了，咱们就用拳头打，用嘴咬，不要让金狗子占到便宜。”

说话间，云车已经驶到离城墙百十丈远的地方，在从左数到右的第五辆车上，也就是正对着玄武门城楼的这辆云车的第三层上，并排站着金兀术与郭药师。

金兀术盯着城楼，表情显得很轻松，他好像不是来打仗，而是来逛庙会的，他问郭药师：“你手下兵马，都已拿下四镇了？”

“拿下了，小菜一碟。”

“这个李功成，还是个角色。南朝官军，一瞧咱这阵势，多半都掉腚儿跑了，他倒是咬着劲坚守。”

“这小子逞能，咱曾经劝降他，他娘的还不领人情。这一回，唔，咱看他是秋后的蚂蚱，蹦跶不了几下了。”

郭药师一脸阴笑。

云车又往前挪了一二十丈远。两人从瞭望孔里看着城楼，突然，他们看到一个人身子探出垛口朝云车放箭，两人一闪，听得云车挡板上一声闷响，一支箭插在离瞭望孔不到半尺的地方。金兀术飞快地伸手将那支箭拔了回来，仔细辨认，仍是李功成用箭。

金兀术骂道：“奶奶的，这小子箭法不错。”

“四太子，咱们这辆云车上插了你的帅旗，李功成知道你在车上。”

“郭药师，你退后。”

“四太子，你要干啥？”

“咱居高临下，城楼上每一个人影都看得清楚。”

金兀术说着已是张弓搭箭，说时迟那时快，只见他飞起一脚踹掉云车前面的挡板，瞄准正在从箭囊中拔箭的李功成，“嗖”地射出了一箭。

李功成还来不及反应，那支箭已贯胸而入，他当即倒在了地上。

城楼上的官军，也一齐朝着金兀术与郭药师放箭，但两人飞快躲到了抛石机后头。

与此同时，几乎所有云车上的抛石机都启动了，城楼顿时被飞来的石头砸得大窟窿小穿，一片混乱中，听得有人哭喊道：

“李将军阵亡了！”

第二十七章　父子皇帝初交心

信德府陷落的消息传到汴京城时，已是第二天的下昼未时三刻，新皇帝钦宗赵桓正在大内崇政殿前看台上，教授新组建的捧日军演练阵法。钦宗从未临过战阵，也没有任何军事经验，不要说三军阵法，就连刀剑棍棒，也从无兴趣拿起来比画比画，但这一切并不影响他今日的演教仪典，因为皇帝从来都是天下兵马大元帅，何况这支一万八千人的捧日军，也是他就皇帝位后，迅速组建的禁卫军。父皇徽宗禅让之前，让自己的禁卫军也就是时人所称的威胜军扼守黄河，拱卫京师。钦宗便另组捧日军来成为自己的卫队。捧日军的将士分别从姚古、种师道等各支官军中选调精锐组建而成，并让李纲临时担任捧日军的总指挥，久负盛名的龙骧将军王应旗则担任禁军教头。今日的阵法操练，正是王应旗的主意。钦宗登基不过五天，便免去了蔡京、王黼、童贯等枢机大臣的职务，而让蔡攸接替王黼出任中书令，蔡攸的枢密使一职由原来的枢密副使李邦彦担任，李纲则接替李邦彦空下的职位，总管三司的左仆射一职由张邦昌担任。童贯的总领天下兵马的元帅一职暂未安排，钦宗亲自兼任，并任命宇文虚中出任两河巡抚司堂官，总督河北山西两省军务。吴敏则提拔为侍郎，协助蔡攸处理政务。从这些举措来看，钦宗还是有起衰振隳、革故鼎新的大举措。撤销蔡京等几个奸臣的职务可谓大快人心，被他留任的大臣虽然仍有奸佞之嫌，但被他提拔的人大都深孚众望。因此，死气沉沉人心惶惶的汴京城中又出现了一线生机。今日的捧日军操演，一应新任命的大臣都陪同赵桓出席观看。

今天，捧日军演练的是变阵战术，一共演了三阵，首先是“连珠必胜”，其次是“应机催敌”，最后是“应捷五虎节”，三阵同演，是模拟一场战斗从开始到结束的过程。一连演练三次。趁将士们稍事休息，钦宗对一众大臣说道：“今日演练阵法，全是应对金虏攻城的实战之术，没有花架子。其实，沙场接敌，阵法千变万化，前人总其要略，有六种之多。一是方阵，四鼓为令，白旗为导；二是圜阵，五鼓为令，举黄旗为号；三是曲阵，只擂一鼓为令，一面黑旗为导；四是直阵，三鼓为令，举青旗为号；五是锐阵，一鼓一旗，一鼓三通后，一面赤旗引导将士；最后是第六法，叫五阵，九鼓为令，众将士视中军黄旗而变阵进退。今日捧日军的三阵，实从古六阵演变而来，将士们操练认真，但变阵仍显杂乱，王教头还要严格治军，平日多流汗，战时少流血，这十个字浅显，却是至理。”王应旗站出来领命。其实，钦宗此时所讲，正是王应旗昨日传授，在座的大臣也都知道新皇帝兴致勃勃讲授的阵法要领是现买现卖，但仍异口同声称赞皇上大有先皇太祖太宗的遗风，有那种“谈笑间，樯橹灰飞烟灭”的英雄气概。正在大臣们谀辞盈耳的时候，八百里加急的塘报传了过来。

“信德府，信德府……”钦宗念叨着，问递给他塘报的宇文虚中，“信德府离汴京有多远？”

“大约六百里地。”宇文虚中答。

钦宗顿时像霜打的茄子，蔫了，他点点头，吩咐王应旗继续指挥捧日军操练，自己则领着蔡攸、李纲、宇文虚中等几位大臣回到崇政殿的厢房议事。

君臣坐定，钦宗一双手不停地搓捏着，他尽量想掩饰焦灼和慌张，故意漫不经心地再次问宇文虚中：“信德府离汴京只剩下六百里？”

“是的。”

“六百里，骑着马也就是三天路程。”钦宗念叨着问，“诸位爱卿，你们说，京城的备御能够抵挡金虏吗？”

“完全能够，皇上不必为此而焦虑。”说话的是李纲，他为了消除皇帝的不安，竭力表现出轻松的样子，“各地勤王的兵马，已到达汴京城外的，有姚古的六万人。种师道的十万人，春节之后也会尽早赶到。”

“春节之后，”赵桓像被蝎子蜇了一口，跳起来说，“春节之后是什么时候？金虏的兵马三天就到了汴京，宇文虚中方才说过，信德府离汴京只有六百里地了，这话你们也都听到了！”

钦宗的过激反应，大臣们都能理解。他毕竟是蜜糖罐里泡大的，从未经历过什么大事，所以才有这种因为心中没底而导致的紧张。现在这几位大臣中，资历最老的是蔡攸，他也自认为自己是朝廷的定海神针，这时候他开口说话了：

“皇上，明天就是除夕，朝廷循例要放七天假，依臣之见，这七天时间里，金虏绝无可能挥师南下，皇上您仍可以宽下心来过一个大年。”

“蔡攸，你这判断从何而来？”

“皇上，金虏也是人哪！”见钦宗将信将疑的样子，蔡攸继续开导，“金虏与契丹人一样，都学着咱天朝风俗过春节。过大年时，两国休兵绝不开战，这是约定俗成的规矩。”

“啊，有这样的规矩？”

“有。”蔡攸尽量想让皇上放心，找出理由说，“臣下认为，完颜宗望让金兀术攻占信德府，也是为了抢占一座大一点的城池，好在那里过一个像样点的春节。”

蔡攸的话让钦宗心下稍安，他紧张的神情稍有缓和，但宇文虚中对蔡攸的说法并不满意，加重语气补充说：“梁方平率威胜军扼守黄河，这是汴京的最后一道屏障，守河将士必须枕戈待旦，不得有丝毫懈怠。”

“这个提醒很好，宇文虚中你替朕前往黎阳一趟，既是劳军，也要申明厉害。”

看到赵桓打了一个呵欠，似有退殿之意，一直沉默不语的李邦彦赶紧说道：“皇上，俗话说得好，躲得了初一躲不了十五，金虏春节期间休兵不战，不等于他们从此不再进攻汴京了，这事儿马虎不得。”

“是啊，这事儿的确要处置得当。”

“如何处置呢？”李邦彦追问一句。

“如何处置，爱卿们尚须再议。上次蔡靖被金虏放回带了话儿，提出休兵的条件，就是将太原、中山、河间三府割让给他们。咱们议过这件事。朕不同意割让，爱卿也都与朕秉持同一种态度。但现在，金虏几乎已兵临城下，爱卿仍坚持不割让三府吗？”

钦宗话音一落，李纲立刻表态：“禀皇上，臣始终如一，决不可割让三府。”

宇文虚中附和："祖宗的土地，说什么也不能割让。"

"是啊，当年石敬瑭割让燕云十六州给契丹，实属罪大恶极，把历朝历代的奸臣加起来，也不及他一个人罪孽深重。金虏以归还我燕云十六州为条件，与我大宋密盟联合伐辽，辽国倾覆，金虏却拒不归还燕云十六州大部分州县，甚至将已归还的燕京又强夺回去。金虏哪有信义可言？如今他们又提出割让三府，这无异于痴人说梦。皇上，恕臣直言，大宋江山决不可拱手送人，我煌煌天朝多慷慨悲歌之士，决不会再出第二个石敬瑭！"

李纲慷慨陈词，一番话气壮山河，特别是最后一句话，让赵桓听了心惊肉跳。因为他听出了李纲的弦外之音，即他这个皇帝若是同意割让三府，便成了第二个石敬瑭了。对于赵桓来说，这句话太过刺激，他尽管表面上对李纲的忠忱称赞了几句，但不愿意就这个话题讨论下去，他宣布散会，刚起身要走，却不料李纲突然拦住去路，大声说道：

"皇上，臣斗胆提一个建议。"

钦宗心里极不高兴，但又被李纲的气势所震慑："你有建议？你说。"

李纲说："皇上不可宽心过大年，应亲提劲旅，渡过黄河征讨来犯的金虏。"

"你让我亲征？"赵桓吃了一惊。

"是的，"李纲迎着赵桓的眼神，决断地说，"信德府陷落的消息一旦传开，必然会引起朝野恐慌，这时候，皇上若能够御驾亲征，必能提振天下军民的信心。"

钦宗眼睛盯着李纲，竟不知如何回答才好。蔡攸怕皇上难堪，连忙站出来指斥李纲："你身为枢密副使，位列公卿，哪能这样随便给皇上提建议？御驾亲征，这是多大的事？你竟敢这么草率地提出来？”

李邦彦也觉得李纲太过唐突，于是表态支持蔡攸：“是啊，这样大的事，应该台省事先会揖计议，凡未形成决议之事，决不可直奏皇上。”

“两位爱卿所言极是，御驾亲征一事，你们台省方面大臣先要计议，然后再呈报上来。”

对于蔡攸与李邦彦的解围，钦宗心存感激，他说了上面的这段话后，头也不回地离开了崇政殿。

第二天除夕，一大早妙官就来到钦宗皇帝赵桓住的启瑞宫，传达刚刚逊位的道君皇帝的令旨，说是请钦宗皇帝挪步到龙德宫叙话。出于礼节，也出于讨教，因信德府陷落一晚上未曾合眼的赵桓，胡乱吃了几样点心，便启轿来到了龙德宫。为了父子相见叙话方便，道君皇帝赵佶不拘礼节，让赵桓到花厅相见。

赵桓进到花厅时，赵佶已坐在那里了，他示意儿子坐在他左侧的罩了丝绵套子的锦椅上，问：“桓儿，看你眼圈黑黑的，是不是熬夜了？”

赵桓点点头，叹了一口气。

宫女奉了盖杯过来，赵佶说：“这是温热的参汤，加了黑枸杞和湘莲炖出来的，你先喝点。”

赵桓拿起影青瓷盅，揭了盖子，吹了吹热气，抿了一小口，又搁下了。

赵佶瞅着儿子无精打采的样子，有心开导，试探着问：“他们告诉我，你已下旨，撤销了明天的元日大朝会。”

“是的，诸国使节，因大金军南侵，一多半都离开了汴京，诸州进奏吏、诸路举人解元也因战事紧张而不能来京。少数来京者，已着有司妥为遣回。”

赵佶听了，不免感慨道：“去年的朝会，盛况空前，左元仙伯的主意，与会的诸国使节以及诸州进奏吏、诸路举人，每人一个热气腾腾的大包子，里面的馅不是牛羊肉，而是鸽蛋大的一颗金铤。”

“结果呢？”赵桓悻悻地问。

“什么结果？”赵佶一时没会过来。

“那次大朝会，是庆祝收复燕云十六州。谁知一年后，不但重新失去了燕云十六州，金虏还分东西两路，三十万大军南下进攻汴京。”

一说到这件事，赵桓就气不打一处来，口气也硬呛起来。赵佶听了很不受用，但他不想与儿子发生争执，委婉回道：“桓儿，我知道信德府陷落，让你寝食不安，皇帝虽然贵为九五之尊，其实很难当啊。”

父亲的感慨让赵桓想起昨日李纲当众要他御驾亲征的事，心里一直窝着火，这下子爆发了出来，他直愣愣地问赵佶：“父亲，你说李纲是忠臣吗？”

“李纲？他应该是忠臣吧。”话出口，他便觉不妥，又问道，“怎么，李纲顶撞了你吗？”

“他当着诸大臣的面，要我御驾亲征。”

“这李纲真是不懂事。”

“我若答应他，亲提劲旅渡黄河，说实话我心里没有底，不知道这仗打不打得赢；我若不答应他，那些在场的大臣岂不笑话我是个贪生怕死的人。所以，昨天那场面，倒让我尴尬极了。”

赵桓这一番表白，当了二十五年皇帝的赵佶焉能不理解？他觉得儿子太嫩，有心趁机点拨，于是宕开一句话问道：“昨天，为你站出来说话的，是不是蔡攸？”

“是的。”赵桓长吁一口气，又补充道，“还有李邦彦。”

“我就知道这两人，当然，还有那个扎嘴葫芦张邦昌，他们肯定会救驾。”

“这是为什么？”赵桓有些发懵。

“因为他们就是被人咒骂的奸臣。”

“啊？”

“桓儿，你当皇帝，要分得清什么叫忠，什么叫奸。”

“这个好分别，不当皇帝也分得清楚，人人心中都有一杆秤。”

“那你说说。”

“忠嘛，就是清廉、正直，心中有江山社稷，刚直不阿，对皇上忠心耿耿；至于奸，就是滑头、贪腐，见人说人话，见鬼说鬼话……”

说到这里，赵桓意犹未尽，还想继续发表高见，但一时找不到词儿，赵佶知道儿子还想说什么，他接过话头，半是揶揄半是认真地说：“桓儿，我看你是圣贤书读多了。”

“圣贤书读多了？”赵桓大惑不解，“父亲，记得您立儿子为太子时，教导儿子要多读圣贤书，怎么今儿个又说我读多了呢？”

赵佶饶有深意地一笑，说道：“那时你年少无知，读圣贤书是为了让你知情达理，但圣贤书读多了，你就变成不通世故的人。”

“父亲，此话怎讲？”

“我知道你听不明白，”赵佶说罢，挥挥手让廊间等候服侍的太监宫女悉数退避，然后压低声音对赵桓说，“桓儿，你现在当了皇帝，我得传一点真经给你。记住，以下为父说的话，不会说第二次了，你且听好了。”

“父亲请讲。”

“你当皇帝，要明白一个事体：满朝文武官员，有君子，也有小人；有忠臣，也有奸臣。君子满嘴圣贤，小人口蜜腹剑；君子能树正气，小人能办大事。但君子不一定是忠臣，小人也不一定是奸臣。大奸似忠，大忠似奸，这都是秀才们争论的事情。当皇帝的，不可让那些酸秀才牵着鼻子走。秀才们坐而论道，但天下事不是坐着谈出来的，而是提着脑袋干出来的。忠臣认死理，但做事要变通。你刚才说，奸臣是见人说人话，见鬼说鬼话，这不是恶评，而应该是褒词。我且问你，见了人说鬼话，见了鬼说人话，这岂不是隔山打牛？派这样的人出去办事，十之八九会砸了差事……”

“慢着父亲，儿听着听着，怎么就糊涂了？”

“你糊涂，说明你还不是合格的皇帝。”

“啊？请父亲开示。”

“空对空讲道理，你不大会明白，我且讲几件实事给你听，就说收回燕云十六州吧，你说是好事还是坏事？”

“当时看是好事，现在看是坏事。”

“儿啊，你错了。”

“我错了，错在哪里？”

“当时看是好事，你且说说，这好事好在哪里？”

“燕云十六州是我汉唐江山的故土，一旦收复，必将大快人心。”

“这道理三岁孩童都懂，还有呢？”

“还有……”

赵桓挠着腮帮子答不出来，赵佶诲人不倦，以兴奋的口吻发问：“去年的元旦大朝会，包子里的金铤，你知道从哪里来的？”

“不是司库的岁币列支吗？”

“司库的岁币又从哪里来？”

“税收呀。”

“税收，”赵佶诡谲地一笑，“正常的税收，与朝廷的开支大致相等。司库的充盈，是王黼出的一个绝妙主意。与大金密盟，联合灭掉大辽收回燕云十六州，这是一笔巨大的军费，若从征缴上来的岁币开支，必然入不敷出，王黼建议征收一项特别的摊丁税，即将军费摊到各府州县，每户人家少则一吊钱，多则万缗，量力加征，且一征五年。到今年秋为止，已多收岁币无数，换算成白银有两千余万两。这巨额税款，用于军费者，不过五分之一，更多的银钱，则可由朝廷开支。”

“这么说，父亲您从江南弄那么多的花石纲，也是用了这笔钱？”

“当然用了，不过用得不多，”赵佶越说越得意，“没有收复燕云十六州这一个理由，朝廷怎么可能征收天下百姓的银钱呢？所以说，收复燕云十六州，不但是收揽人心之道，亦是敛财捷径。”

听了父亲的介绍，赵桓斟酌了一番，回道：“如果说前朝的司马光，是君子中的君子，那么这个献计征收摊丁税的王黼，当然，还有那个蔡京，则是小人中的小人。”

赵佶没有直接回答儿子，而是继续按自己的思路说下去：“君子不爱财，如果要敛财，一定得重用小人。”

“为什么要敛财呢？”

“平常的井灶人家，开门七件事，柴米油盐酱醋茶，哪一样离得了钱？何况偌大一个朝廷，没有钱，你肯定是一个窝囊皇帝。”

“这道理，儿回去慢慢琢磨。”赵桓说着，又问下一个问题，“收复燕云十六州，最终导致引狼入室，这是一件大坏事。父亲，您对这一点也不同意吗？”

“不同意！”

赵佶态度坚决，赵桓甚觉奇怪，他甚至认为这是父亲拒不认错，于是赌气地反问：“大金军南侵，燕山府丢了，正定府丢了，河间府丢了，如今信德府也丢了，汴京危在旦夕，就这件事，父亲您未必能也说出一个大道理来，告诉儿这是一件大好事？”

“是的，儿啊，这的确是一件大好事！”

兴许是坐得久了，说完这句话，赵佶站起来伸了一个大懒腰，接着踱起步来，赵桓趁机呷了一口参汤，催问道：“父亲，儿等着听您的玄机呢。”

“不是玄机，是韬略。”赵佶一边踱步一边说，“桓儿，你当上皇帝，第一件事做了什么？”

“撤了蔡京、王黼、童贯几个人的职务。”

赵佶补了一句：“并提拔了蔡攸、李纲、宇文虚中、吴敏等人。”

“是的。”赵桓回答。

“为什么要这样做？”

“蔡京等名声太臭，国事弄到如此地步，他们三人难辞其咎。”

赵佶拊掌言道：“这就对了，桓儿，这就对了！”

“父亲？”赵佶的态度让儿子吃惊。

赵佶重新坐了下来，一脸神秘地说："桓儿，为父在位时，朝野之间就在传，蔡京、童贯、王黼、梁师成、朱勔是'五蠹'，是奸臣。甚至危言耸听，言'五蠹不除，国无宁日'。说实话，这五个人，都不是君子，但我依靠这五个人，把先祖传下来的江山，治理成万邦咸服的太平盛世，百姓安居乐业，士农工商各得其乐。这五个大臣功不可没啊！当然，这五个人都贪财好货，一个比一个。但我知道水太清则无鱼的道理，你吃大鱼大肉，让人家嘬嘬虾米，也就不要管得那么细。我这当皇帝的有如此胸怀，不等于天下人都能饶恕他们。孔圣人传下的道德文章，深深地引导世道人心，君子得到推崇，小人遭到痛恨。人们常说，君子没有好下场，这只是一个表象，其实真正没有好下场的，是小人。这五个人长期与我相处，产生了感情，让我整他们，我下不了手。你当了皇帝，你来免他们的官，撤他们的职，甚至将他们绳之以法。对他们你大可痛下杀手，天底下的人都会称颂你是一个好皇帝。"

赵桓酌量咂摸着父亲的话，那意思是"清君侧"，此时收揽人心，他感激父亲的安排，但仍疑惑地问："道理是这么个道理，但这事儿，怎么扯得上燕云十六州呢？"

"桓儿，你真是个傻瓜！"赵佶摇着头笑起来，"你说说，燕云十六州的始作俑者，是谁？"

"是童贯、蔡京、王黼。"

"表面上是他们，实际是我！"

"父亲！您不能这样说，他们……"

赵佶打断儿子的话头，他的眼神里忽然泛起了毒辣和惆怅，他阴郁地说："他们，他们这几个人得替你父亲受过。"

赵桓打了一个寒战，他盯着父亲突然变得冷峻的脸，忽然觉得父亲变得陌生了，这种变化令他惊讶。

赵佶继续说：“如果大金军没有南侵，为父不会禅让，你也当不上皇帝，你没到九五之尊的位子，也就不能撤换蔡京、王黼、童贯等人。所以说，收复燕云十六州，不管是过去，还是当下，都是一步妙棋。过去，朝廷积累了财富，当下，朝廷驱除了小人。我重用了小人，然后，我又来惩处他们，我就不仁不义。你为社稷江山清除奸佞，却是朝野一致赞颂的大仁大义。这样一来，你我两代皇帝，都保持了名节。大金军的南侵，提供了这个契机。桓儿，你懂了这其中的天机吗？你若懂了，就一定要珍惜啊！”

赵桓感叹道：“父亲，您今天的教导，让儿醍醐灌顶。”

“你明白就好，为父已说过，今天的话，我不会再说第二次。”

听了赵佶这席话，赵桓突然觉得父亲深不可测，过去，他总以为父亲只是醉心道术，倾心艺事，却没想到他心机如此缜密，因为临危受命而遭受的种种不快顷刻间烟消云散。此刻，他开始认真讨教：“父亲，汴京之危如何解除？”

“棋分三步：第一步，急速提调各路精锐兵马进京勤王；第二步，收买大金军中主帅之亲信，劝其退兵；第三步，前两招都不灵时，答应大金方面的条件，割让三府。”

“割让三府？”

赵桓差一点尖叫起来，赵佶示意他沉住气，继续说：“太原、中山、河间三府居民，即便割让，也必不会臣服强虏，朝廷过了这一难关，再设法收回不迟。”

赵桓此刻心乱如麻，说实话，父亲今天所讲的是他从未听说过的权术和谋略，他对父亲又是感激又是疑惑。感激的是父亲把当皇帝的看家本领都悉数传给了他。疑惑的是，父亲说出的三策能解汴京之危吗？他要回去独自想一想，便向父亲提出告辞，但父亲阻拦了他，说："今天找你来，正事儿还没说呢！"

"什么正事儿？"

"今儿个除夕，我还在汴京过，明儿一早，我就去扬州。"

"父亲，您为何要去扬州？"

"我留在汴京，对你这个新皇帝多有不利，你总摄军政、调度国事。有我在，一些大臣就会有分别心，我走了，大臣们就会一门心思听你调遣。"

"父亲，儿在危难时，需要得到您的指点……"

"桓儿，你不能有这种指望，"赵佶打断儿子的话，决然言道，"哲宗老皇帝驾崩后，为父登基，那一年我二十岁，我能指望谁？你要有勇气、有担当，独自撑起大宋这片天空。为父相信你会想出办法来，让金虏退兵。"

"明天是元旦，父亲您一定要走吗？"

"元旦在路上度过，唔，这可能有些尴尬。"赵佶勉强一笑，自嘲道，"为父一辈子锦衣玉食，这回吃点苦头也好。"

赵桓愣了愣，鼓起勇气说："父亲，您要前往扬州，外人会认为您是为了避金虏之难。"

赵佶一副不在乎的神情，回答说："由他们说去吧。明天，我偷偷地走，你不用送别。"

赵桓朝父亲微微鞠了一躬，神情怏怏地离开了。

第二十八章　风声鹤唳夜谈兵

由于战事紧张，开封府征得皇上同意，除夕这一天，张榜布告了八项年节禁款：

一、年节依例放假三日，士庶同享，但铺兵、营兵各自值守，不得休息，各衙堂官，亦须到衙问事；

二、取消关扑、彩戏、歌吹、蹴鞠等一应娱事；

三、皇城东华门外广场、开封府大相国寺前广场两处循例鳌山灯会停办。各街彩棚亦不可架设；

四、宵禁继续，城中不得燃放烟花、炮竹；

五、各处城门、水门仅留南、北二角门每天自辰时到未时开放，余皆关闭。进出官民人等，查验放行；

六、各地来京勤王之师，只在兵部划定驻地安营，严禁将士人等借口扰民，违者严惩；

七、各家客栈、坊间居民，凡遇可疑之人，须速向警铺报告，凡窝藏匪谍者，依律查办；

八、凡滞留城中未回原籍之行商、艺人、医卜、流民等各色人等，须得有城中住户担保，无担保者，限时离城，有保而犯罪者，保户连坐。

这张布告一出，顿时舆论哗然，须知汴京建都一百六十余年来，从未出过这样充满肃杀之气的布告。市民们由此知道，战事真的是很吃紧了。即便有怨气者，看到满街巡逻的兵士，也都只能乖乖听命。因此，昨日的除夕之夜，全城听不到一声炮竹，也看不到一朵焰火。今儿个元旦，大小街衢，一律清净寡静。歌舞喧闹轿马塞道的景象没有了。坐在油壁香车里靓妆却扇的美艳妇人，骑在团锦雕鞍上风流倜傥的粉面相公，抑或揽舟游河的阔佬，骑驴过市的髯胡，统统都看不见了。看到这般景象，无聊书生免不了赋诗一首：

城若空山绝冕旒，
仓皇谁泛木兰舟。
黎明最怕戈矛血，
涂向皇家最上楼。

汴城的风声鹤唳传到禁中，也让人感觉处处凄惶。往常的元旦，皇帝会带着众多的皇子，及皇后与嫔妃到戏园子赏戏，或者互相串门子，分享精美的时令吃食儿。但今年却只能各自窝在自家宫宛里消磨时光。

再说钦宗皇帝赵桓，昨天从父亲赵佶的龙德宫中出来，一整天心情不好。父亲传授他如何当皇帝的玄秘大法，让他变得恍惚起来，这一会儿他大彻大悟了，过一会儿受了小事干扰，他又忧心忡忡，眉心里蹙起大疙瘩来。就这么一会儿恶劣一会儿快乐折磨着自己，他甚至在心里头嘀咕：“早知道当皇帝这么费脑子，每一件事儿都要这么用心琢磨，还是不当为好。”但嘀咕归嘀咕，这皇帝既然当上了，就得君临天下管事儿。父亲最后对他的提醒：当皇帝不要指望别人，凡事都要自己拿主意。乍一听，他觉得父亲绝情，但仔细一想，又觉得父亲言之有理，大事不能自己决断，那这个皇帝岂不是傀儡？

所以对于赵桓来说，除夕又是一个不眠之夜。直到天亮前，他才迷盹了一会儿，但是，很快他又被叫醒，他的正宫夫人朱皇后循例来给他拜年贺节。赵桓很爱这个朱皇后，即使此时吵了瞌睡他也没发脾气，而是硬撑着起来，与朱皇后叙话儿，吃了御膳房包好的既有素馅也有肉馅的扁食。而后与朱皇后话别，挪步到了上书房。接他的旨意，李邦彦与张邦昌已在上书房候着了。

赵桓一进来，李邦彦与张邦昌连忙起身行揖见礼，说了一些拜年的吉利话儿。宾主重新坐定后，赵桓说：“二位爱卿，知道大年初一，朕为什么一大早要找你们来吗？”

李邦彦欠身回答：“皇上心忧社稷，牵挂战事，臣等不能分担一二，着实惭愧。”

张邦昌也表态：“承蒙皇上信赖，让臣等高踞公位，臣等唯有一心，以皇上之忧为忧，以皇上之系为系。”

两人的回答看似答非所问，其实都是赵桓爱听的话，他问李邦彦：“爱卿你今年多大岁数了？”

“六十二岁。”

赵桓又转向张邦昌：“你呢？”

张邦昌回答：“五十八岁。”

“也都不小了，都是朝中老臣了，道君皇帝很信任你们。”

李邦彦下意识地与张邦昌交换了一下眼色，然后回答：“皇上，咱们两人，现在唯您马首是瞻，决无二心。”

“朕不是要你们表态，毕竟，朕与道君皇帝是父子。父亲传位给朕，你们都是朕的顾命大臣。”

“承蒙皇上信任。”仍是李邦彦回答。

“今天找你们来，是想与你们探讨，如何能让大金军退兵。”

这两个大臣，一个像颗琉璃球儿，一个像是只能吓吓麻雀的稻草人，皇上问这么大的事，他们怎敢贸然表态？于是都向皇上拱拱手，言道：“啊，请皇上明示。”

“你叫李邦彦，”赵桓伸着指头指着李邦彦，又指了指张邦昌，“你叫张邦昌，你们的名字，让朕心里舒坦。”

“啊？”

“你们两人的名字中，都带了一个邦字，一个叫邦彦，一个叫邦昌。彦，是济时的英雄；昌，是邦国的昌盛。你们俩凑到一块儿，应该是朕的福气。”

这席话充满感情，两位大臣受宠若惊，竟不约而同屁股离了凳儿，跪下来朝赵桓磕头，嘴中高喊：“皇上圣明！皇上圣明！”

赵桓虚抬了抬一双白净的手，语气越发亲切了：“两位爱卿请起，你们年事已高，今后在朕面前，不可太过拘礼。”

“谢皇上！”

两人重新坐回到凳子上，赵桓接着说：“昨儿夜里，朕睡不着觉，便随手拿了一本《五代史》来读，内中记了这样一则故事，说是周高祖到了一个名叫官南庄的地方，站在亭子上，见到池子里有一对鸳鸯游戏，出没水中煞是可爱，周高祖便引弓射之，一箭贯穿两凫。随他一起来的臣子都拊掌称贺。朕就想，君王应有好生之德，因逞自家之艺而射杀鸳鸯，这绝非人道。你们二位爱卿怎么看待？”

一向看风使舵的李邦彦不知皇上为何讲述这个故事，支吾着不敢马上回答，张邦昌也是一个树叶掉下来怕打破头的人，但他比李邦彦的心思灵活一点，于是斟酌答道：“君王统御万方，威仪天下，靠的就是美德。然美德虽多，好生之德，应是美德中的美德。刚才皇上说过，今天找下臣与李枢密使前来，专为讨论金虏南侵之事，讨论兵事，先言好生，可见皇上悲天悯人之心，哪怕火焚油烹之时，也不肯更易，此乃社稷之幸，生民之幸！”

“爱卿如此剖析，朕心稍安。”赵桓说着，苦笑了一下，又道，“朕还担心你们讥笑，说朕懦弱呢。”

“臣下岂敢！”

说了这些闲话儿，赵桓言归正传，问：“你们说，如何才能让大金军退兵，保我汴京安全？”

李邦彦不知将这个问题琢磨过多少次，只是找不到机会在皇上面前说出来，他觉得今日机会甚好，几位好战的叫鸡公一个都没来，他也就毫无顾忌地说出自己的看法：“皇上，大金军东路军主帅完颜宗望攻下正定府后，就释放了蔡靖，让他捎信回来提出休兵停战的条件，就是割让太原、中山、河间三府。”

“如果不割让，有没有别的办法，让大金军退兵？”

“这个，下臣认为没有可能。”

“蔡攸曾提过一个建议，即策反郭药师。听说让一个叫梅二娘的女人冒充公主去诱惑郭药师，这个可行吗？”

“皇上，下臣认为这是一个笑话。”

李邦彦干脆地回答。看样子，他对此事极为反感。

张邦昌打圆场说："后来，蔡攸也没再提这件事了。"

赵桓冷淡说了一句："道君皇帝曾经很喜欢那个梅二娘，这女人太风骚，道君皇帝后来又冷落她了。"

李邦彦依然沉浸在自己的思绪中，讪讪地说："大金军提出割让三府，咱们却想用一个女人策反，这怎么可能呢？检点往常的国策，就是咱们总是把别人当傻瓜，到头来，傻的不是别人，而是咱们自己。"

赵桓并不觉得李邦彦言辞激烈，而是用一种欣赏的口气鼓励他说下去，这一来，李邦彦更加放肆了："皇上，下臣斗胆说一句，大金军既然提出让咱们割让三府，咱们如果不答应，这帮豺狼就绝不会收兵。"

赵桓点点头表示赞同，又问张邦昌："枢密使的话，你赞同吗？"

张邦昌谨慎回答："枢密使思虑多日，言之有据……"

"你别绕弯子，直接告诉朕，你是赞同，还是不赞同？"

"赞同，但是……"

"什么但是，把话说明白。"

遭到皇上的抢白，张邦昌脸上红一阵白一阵，嗫嚅着说："同意割让三府，这的确是让大金军退兵的关键所在。但是，若皇上现在同意割让三府，天下人又会怎么看呢？"

"是啊，"赵桓脸上忽露愠色，悻悻地说，"记得前日在崇政殿中，李纲还说过，割让三府，朝廷就等于出了第二个石敬瑭。言犹在耳啊！"

一想起李纲的激烈，君臣三人沉默了下来。这时，侍者来报，说吴敏有急事面奏。赵桓示意让他进来。

吴敏一进来，立即奏道：“皇上，道君皇帝离开了汴京。”

“是吗？”赵桓淡淡地反问。

吴敏不知道赵桓早已知晓此事，仍急迫地陈奏：“大约辰时，守城将官接兵部命令，要打开东门正门，放九辆马车出城，且不准检查是何人坐在车上。这命令有些怪异，守城将官不敢执行。”

“后来呢？”赵桓问。

“后来童太师及时赶到，将守城将官呵斥了一顿，东大门才得以打开。”

“没有惊扰马车里的人吧？”

“没有。”

“没有就好。”

“皇上，眼下这时候，道君皇帝怎么能离城出走呢？”

“是朕同意的。”

“啊？”

吴敏愣住了，他满以为及早报告此事，会抢一个头功，却没料到皇上早已预先批准。但赵桓也没有责怪他的意思，而是温和地说：“大金军南侵，汴京危如累卵。朕主动建议，让道君皇帝作速前往扬州，一为避难，二为散心。作为人子，朕也只能这么做。”

李邦彦听了，不知赵桓是在做戏，竟感动地说：“皇上，您的孝心感动天地，唯愿金虏停止南侵，汴京化险为夷。”

正说着，又见一人冒冒失失挑帘儿进来，众人看去，来者是当下主管两河军务的宇文虚中。

“你怎么来了？”

迎着赵桓询问的目光，宇文虚中尽量平静地奏报：“皇上，浚州失守了。”

“浚州？”赵桓感到心里头有凉气升起，他问，“浚州离黎阳有多远？”

“不足三十里地。”

“不是说金虏也过年节吗？他们怎么不过了？”

这时候，吴敏仍在卖弄他的学问：“昨日是乙巳年最后一天，今天是丙午年第一天，蛇马相交，凶岁之象啊！”

赵桓白了吴敏一眼，没说什么，而是命令宇文虚中：“替朕拟旨，让梁方平死守黄河。”

出汴京向北，不足一百里地，渡过黄河即是黎阳古城，梁方平的威胜军行辕就立在城中黎阳仓的衙门里，宇文虚中赶到这里的时候，已交了子时。浚州失守，皇上让他拟旨照会梁方平，他想了想觉得不妥，便主动请缨到黎阳督察军务。

虽然深夜了，中军行辕内依然灯火通明。浚州失守，让梁方平非常震惊，他虽然是大宋第一精锐军团的节度使，却从未经历战阵，当大金军距离遥远的时候，他觉得战争是旱天里的雷声，绝不会带来豪雨。让威胜军扼守黄河，在他看来，也只是装装门面而已。他谙熟朝政，知道徽宗皇帝的心思，那就是竭力不让战争发生。宋金密盟之后，两国的谈判都是官样文章，真正达成默契的是两国密使谈成的交易。徽宗逊位钦宗继统，他不相信朝政有根本的改变。大金开出要大宋割让太原、中山、河间三府的条件，朝中虽有强臣反对，但他相信皇帝最终会答应大金的要求，一旦协议达成，他就可率威胜军回到汴京营房了。因为有了这一层侥幸心理，他自来黎阳驻防后，就压根儿没有对黄河防务作认真的布置。为此，提升为参将的韩世忠与他发生了几次争执，他也不闻不问，甚至讥刺韩世忠是狗拿耗子多管闲事。

打从今天早晨浚州失守的消息传来，梁方平才有了五雷轰顶的感觉。他当即派人向皇上奏报敌情并请求部队增援。与此同时，他传檄各部立即秣马厉兵准备接战，并于下昼酉时之后召聚担任各部指挥的将校到行辕会议，以定驻防之策。这次会议一直开到深夜尚未结束。

宇文虚中带着一身寒气走进廨房时，见里面坐了一二十名将校，唯独不见梁方平，便问："你们的节帅呢？"

"在听风室里。"一位偏将回答。

听风室即是在一个挖得很深的地窖中，安装四个平躺着的颈细腹粗的陶罐，罐口分别朝向东南西北四个方向，如果地窖足够深，这个名为"听风"的陶罐足够大，把耳朵贴着罐口，便可听到三十里开外的马蹄声，这是军事守御者必备的工具。

一位士兵将宇文虚中领到院子里，走下一个有着十几级台阶的听风室，发现这个足有五丈见方的偌大听风室里，安装了数十个朝向不同方向的听风罐，除了梁方平外，另外还有两个穿着戎装的人，看上去像是他的随从。梁方平正在一个朝向西北方向的听风罐前侧耳倾听，由于太过专注，宇文虚中走到身边，他也浑然不觉。

"听到什么了？"宇文虚中问。

"马蹄声，踢踢踏踏的马蹄声，"梁方平回答，他发现站在面前的是宇文虚中，惊愣地问，"啊，宇文大人，你怎么来了？"

"你不是向皇上请求援军吗？"

“你带援军来了？”

“我来了。”

“你来了，这是什么意思？”

“我一人来了。”

“你一个书生，来了有何用？”

梁方平仗着自己资格老，根本没把这位新上位的两河巡抚堂官放在眼里，因此语气中表现出轻侮，宇文虚中目光如炬，盯着梁方平说：“皇上让我带了一样东西来。”

“什么？”

宇文虚中从身后随从手中拿过一柄裹了黄绫的三尺宝剑，从剑匣中抽了出来，在黯淡的灯光下，那柄剑寒气森森。

“尚方宝剑？”梁方平一惊，不由自主地倒退了一步。

“你认识就好，这把剑代表皇上，只要违抗圣旨，任何人都可立斩！”

“这个咱知道。”

梁方平被震慑住，口气中明显地服软。宇文虚中将宝剑舞动了一下，睨着梁方平说：“我现在就可以用这把剑斩了你。”

“为什么？”

“因为你贻误了战机。”

“咱没有贻误，巡抚使大人，你没看到咱正在听风吗？”

“你听到了什么？”

“正北尚无动静，西北，也就是浚州方向，马蹄杂乱。”

宇文虚中也将大金来犯方向的大陶罐听了一回，对梁方平说：“咱们回廨房去。”

廨房里，众将昏昏欲睡，见梁方平与宇文虚中相跟着走了进来，一时都振作起来。

梁方平将宇文虚中介绍给大家，特别说明宇文虚中作为皇帝的特使，带了尚方宝剑来黎阳督战。

宇文虚中觑了觑在座的人，问梁方平：“怎不见韩世忠将军？”

“他带着五千兵马去了浚州。”

“是浚州失守之后？”

“是的，他率兵前往那里布防，防止金虏进袭黎阳。”

“金虏为何要袭击黎阳，从那里不是可以直接渡过黄河吗？”

宇文虚中说话声调并不高，但字字铿锵有力，在座的将校一时都肃容来听。宇文虚中对梁方平说：“节帅，你现在就派人给韩将军送信，要他严防大金军在浚州直接渡河。与汴京相比，黎阳连鸡肋都不是。”

梁方平立即派遣信骑去浚州送信。宇文虚中接着问：“你们的会，开了三个多时辰，都议了什么？”

众校将都把目光投向梁方平。

“商议如何防御。”梁方平回答。

“如何防御？”宇文虚中追问。

“现在，威胜军全部布防在黄河北岸，若大金军掩杀过来，咱们可是前有劲敌，后有黄河。宇文大人，自古兵书就指明，背水作战，此乃大忌。”

听到梁方平的表白，宇文虚中气不打一处来，威胜军驻防黎阳已半月有余，到今天却还在讨论如何布防，天底下哪有这样的庸帅。宇文虚中压住怒火，又问：“节帅既有此忧虑，那你想如何布防呢？”

“我琢磨既久，决定将威胜军全部撤到黄河南岸，依河构筑军事，凭借黄河天险以御强敌。”

“今天你们就议此事？”

“是的。”

“此一议断，需要三个时辰？”

“有些将校不肯执行。”

“啊，有反对的？”

廨房中一片沉默，宇文虚中环视在座的人，询问：“谁反对，能站起来吗？”

有两个人站了起来，一个人迟疑着也站了起来，宇文虚中审视着他们，说：“请你们三位自报姓名。”

最左边的一个身材壮硕身穿铁甲的中年汉子朝宇文虚中拱了拱手：“虎威将军袁二东。”

剩下二人也都报名：

“车骑校尉耿天升。”

“中军校尉莫天蔚。”

宇文虚中示意三人落座，然后问袁二东：“袁将军，你不同意渡河回到南岸布防，说说你的主意。”

袁二东回答：“放弃北岸，无异于让金虏长驱直入。如果金虏不费一刀一枪就到了黄河边上，还要咱威胜军干什么？”

“你认为应该怎样布防呢？”

“应该在黎阳往北五十里地，布置三道防线，第一道防线距黎阳五十里，第二道防线距黎阳三十里地，第三道防线就在黎阳城外，黄河只能成为第四道防线。”

“很好，将军你继续说。”

袁二东受到鼓励，索性将自己的战略思考和盘托出：“这三道防线，全部挖掘四尺深、一丈五尺宽的壕沟，阻挡大金军的骑兵，挖出的土再堆筑成防御工事。金兵前来，一入射程立刻放箭，即便攻到壕沟前，战马跃不过，步兵落入沟中，我们的铙钩手、长枪手便跃出工事出击。这样，每一道防线都可阻挡大金军的进攻，叫金虏们知晓咱威胜军的厉害。”

“这战术很好，”宇文虚中赞扬了一句，转头问梁方平，“节帅，你为何不同意呢？”

“这样伤亡太大。”梁方平悻悻回答。

“打仗怎么能没有伤亡？作为守方，我们是以逸待劳，还能凭借防御工事的优势，威胜军伤亡大，进攻的大金军伤亡更大。”

“威胜军如果全军覆没了，那还有谁来拱卫汴京呢？”

“如果黄河失守，威胜军却毫发无损，这样的威胜军，还是天下第一劲旅吗？”

宇文虚中振聋发聩的提问，仿佛一记惊雷，在每一位将校的心中炸响。

梁方平在部将面前一向颐指气使，说一不二，但现在慑于宇文虚中手上的那一柄尚方宝剑，虽满腔怒火却半点也不敢发作。

“节帅，眼下军情间不容发，你下令吧。”宇文虚中催促。

“下什么令？”

“按袁将军的建议重新布防，立即行动，不然来不及了。”

“好吧，”梁方平像赌气似的扯着嗓子喊道，“袁二东、耿天升、莫天蔚，你们三位，各领一万兵马，如前所言，前去挖筑防御工事，即刻出发。”

第二十九章　南北双雄神箭手

众将校得令后，一个个前脚赶后脚前往划定的区域布防并挖筑工事。当一切布置停当，宇文虚中正欲邀梁方平前往浚州韩世忠部督战，却收到钦宗皇帝派人送来的急信，要他火速回汴京。宇文虚中判断，在这节骨眼上调他回京，一定是出了比浚州失守更大的事情。国难当头，君命难违，饥肠辘辘的宇文虚中只得又策马而归。临行前，他反复叮嘱梁方平，一定要亲往浚州督战。虽然现在还不知晓夺取浚州的大金军运用了多少兵马，但他担心大金军采取迂回战略，摆出正面进攻黎阳的态势，却明修栈道暗度陈仓，主力压向浚州，从那里抢渡黄河，并从侧面夹击黎阳。如果战事真是那样发展，则威胜军便有全军覆没的危险。当他向梁方平讲出了自己的担心后，梁方平表面上唯唯诺诺，内心却大不以为然。分手时，他向宇文虚中说了一大堆恭维话。但是，当宇文虚中离开廨房策马而去，他隐忍多时的愠怒终于歇斯底里爆发了，他拿起桌上一只盛着茶水的精美的瓷盅，狠狠地摔到地上，跺着脚骂道：

“奶奶的，你以为你是谁？一个月前，你还是童太师手下的一个酸秀才，今天，居然在本帅面前指手画脚，呸！待明日，咱知会本家梁公公，在皇上面前奏你一本，看你这王八羔子，还敢不敢神气。”

话犹未了，便听到门外有人高声嚷道：“节帅，节帅！”

梁方平听出是中军参议王应魁的声音，便没好气地回道：“嚎什么呀嚎，进来！”

王应魁领了一个小校进来，只见那小校军衣上全是泥浆，王应魁指着小校说：“这是前线巡逻队李队长，他有紧急事情报告。”

“说！”梁方平威风凛凛坐回到椅子上。

“节帅大人，金虏已经开始进攻了。”

“在哪里？”

“咱巡逻队遭遇他们时，他们从汤阴方面过来了，离这里大约六十里地。”

“六十里地？”梁方平心一下子抽紧了。

“现在连六十里地也没有了，咱们快马跑回黎阳，大金军行进比咱慢一点，恐怕也只剩下三十里地了。”

“他们人多吗？”

“多，像四月的蝗虫，铺天盖地，就那些旗帜，就像云彩一样，一大片一大片的。”

“部队，咱们的部队呢？”

“正在朝大金军的方向开拔。”

“还他妈挖壕沟，筑工事，做啥都来不及了。”

梁方平顿时急得像热锅上的蚂蚁，从椅子上弹起来，在廨房里负手疾行。

“节帅，要不要进听风室？”王应魁小声建议。

“要，这就进。”

梁方平一行人说着就进了听风室。梁方平走到正北方向的大陶罐前侧耳细听，顿时脸色大变，他让王应魁也来听听。

王应魁凑耳上来，只听得陶罐里踢踢踏踏一片喧嚣，他惊呼道：“打起来了！”

“是，打起来了！”

“战场离黎阳也不会太远。”

“很近，很近！”

“节帅，您要不要前往督战？”

“到哪儿？”梁方平指了指西北浚州方向以及正北汤阴方向，“咱往哪儿督战？”

“韩世忠将军独挡浚州，节帅您可前往正北面。”

“送死吗？”

“这……”

梁方平又把耳朵凑到正北罐口来听，里面的声音越来越大，他又恨恨骂道：“袁二东这混蛋，非要逞能北面布防，什么三道防线，只有黄河才是真正的防线。这下倒好，你袁二东那一万兵马，这会儿恐怕已被大金军包了饺子。”

“节帅，现在该怎么办？您得明令。”

“快，让传令兵传我的令，部队全部撤到黄河南岸，在那里布防。”

“这，恐怕来不及了吧。”

“能撤多少撤多少。”

王应魁愣了一下，问：“那，韩世忠部呢？”

“且不管他，这愣头青，口口声声要以死报国。”

梁方平说着，一溜小跑出了听风室。院子里，早有人为他备下马来，他在侍卫的帮助下跨上披挂待命的战马，一提缰绳正要离开，忽听得院子里传来一声女人的娇滴滴的呼喊：“节帅，你不能撇下咱们。”

梁方平闻声看去，只见六位浓妆重抹穿戴花哨的年轻女子把他的坐骑团团围住了。他这才记起，这是他让人从汴京请来的青楼女子，今儿是元旦，他原打算开完布防会后，让这几位尤物陪着唱唱曲儿喝点花酒，也算是凑合着过一个大年。谁知宇文虚中一来搅黄了他的好事。宇文虚中一走，大金军进攻的消息又传了过来，他便彻底忘了这茬事。现在，这几个青楼女子包围了他的坐骑，他本想一夹马肚冲走了事，又怕这样会毁了他的名声，于是吩咐王应魁：“给她们一人封五两银子，弄一辆骡车，将她们送回汴京。”

女子们说了“谢梁大人”，但梁方平却没有心情与她们搭讪，而是纵马冲出了院门。在他准备上路的时候，又有一名骑兵飞驰过来，禀道：“节帅，我是韩将军侍卫，韩将军让我冲出重围，向您报信。”

“冲出重围？”梁方平一惊。

“是的，韩将军率部刚入浚州地界，就陷入大金军的重重包围，他命我等三名侍卫前来向节帅报告，并请求援军。”

“三名侍卫，那两名呢？”

“已经战死了。”

梁方平听了，心中越发慌张，对那名侍卫说：“黎阳这边，也遭受到大金军主力的大肆进攻，威胜军所有兵力，都已投入到战斗，所以，本帅抽不出一兵一卒前往浚州支援韩将军。”

那名侍卫听了，几乎哭出声来，他哀求道："节帅，如果没有援军，韩将军就会全军覆没……"

"这个我知道，你回去告诉韩将军，不可恋战，不管剩下多少人，都要带回黄河南岸布防。"

"遵命，只是不知道，咱是否能活着见到韩将军。"

侍卫说罢，拨转马头，又冲进了深深的夜幕。

梁方平怔了一会儿，眼前忽然浮现出韩世忠血战而死的幻象，心中不寒而栗，他命令王应魁："传我的令，待本帅渡河之后，将黄河上架设的浮桥以及收拢的船只，统统一把火烧掉。"

大约就在梁方平仓皇渡河的时候，韩世忠的部队正在一处名叫郭家营的地方与金兀术率领的大金军展开激战。

却说攻占信德府后，金兀术就军事行动问题再次与东路军主帅完颜宗望发生了争执，完颜宗望觉得过大年的时候，敌我双方都该节制，不宜用兵杀戮，这也是老辈儿传下来的规矩。金兀术却坚持认为，年节期间，南朝风俗要亲人团聚和睦过年，因此，军队必定也息兵厌战，军纪松懈，此时乘胜追击，则可事半功倍。宗望及时召开军事会议商讨，结果多半将领同意金兀术的意见，宗望也就不再坚持己见。因此，金兀术只在信德府住了一天，便按宗望指示，沿西南方向进攻浚州，自己则率托卜愣的契丹军团以及郭药师的常胜军团走中路，汉军都统刘彦宗则率部走东路防止大宋援军从山东方向过来。

浚州与黎阳都依傍黄河，互为屏障拱卫汴京。徽宗皇帝下令梁方平率威胜军扼守黎阳的同时，亦下令河东经略副使何灌率二万兵马控制浚州。这两支部队都是大宋八十万官军中的精锐。

朝廷方面认为，有这两支部队控制黎阳、浚州这两个战略要冲，便可有效遏止大金军南侵的势头，确保汴京安全。谁知道，墙高城厚的浚州，一遇金兀术的三万兵马掩杀过来，顷刻间望风而溃，何灌带头弃城而逃。尽管浚州城成了一座空城，金兀术却也不去占领，而是马不停蹄直奔黄河边上，他想尽快控制黄河，给大金军攻占汴京打开通道。作为军事家的金兀术，可谓算计高妙，且还做到了兵贵神速。但是，让他没有想到的是，韩世忠率领的威胜军五千兵马，却像一道铁闸，突然横在他的大军前往黄河的路上。

乍一听到浚州失守的消息，韩世忠立刻向梁方平请战，前往浚州方向布一道防线。他请战的初衷，是担心大金军夺取浚州后，再协同从汤阴方向南下的大金军，对黎阳采取夹击之势。梁方平出于同样的考虑，也就同意韩世忠的请求，给他拨了五千兵马。

大年初一上午，战士们连年饭都来不及吃，就跟着韩世忠迅速前往浚州。但是，走在半路上，就听到从浚州逃出的人讲，金兀术的兵马并没有进入浚州，而是直接赶往黄河。乍一听到这个消息，韩世忠就意识到，大金军无意攻取黎阳，而是要在这里开辟黄河的第二渡口。于是，他命令部队即刻调整方向奔向黄河。

五千骑兵如风卷残云，在离黄河只有三里地的郭家营，与金兀术的大金军迎头遭遇，如是，一场血战便在这里展开。

郭家营是一处有着百十户人家的村庄，被树林环绕。村庄外山丘起伏，站在这里，蜿蜒的黄河尽收眼底。

当威胜军突然出现时，还没有引起金兀术的特别在意，他还以为是溃逃的何灌的残部，于是命令部队掩杀过去，没想到遭到顽强的抵抗，他的五百名骑兵第一次冲锋，竟有四十余名被对方斩落马下，金兀术颇为惊讶，于是，他命令马队第二次冲锋、第三次冲锋……每次冲锋，都有数十名军官与士兵阵亡，金兀术这才意识到遇到了强敌，他只得收缩部队，判明敌军的虚实后再调整战略。当他从细作的口中得知这支官军是威胜军的一部分，率领这支部队的是一个名叫韩世忠的参将，他立即问身边的僚属：

“韩世忠是谁？”

僚属们一个个都摇头，恁谁也没听说过这个陌生的名字。但是，从排兵布阵中，金兀术知道韩世忠绝非等闲之辈。金兀术仗着人多，把五千威胜军压制在一个不足三里地的狭长地带，且三面包围，在如此不利的情况下，韩世忠将手下兵马分成五个互相连属的锥形战阵。这种战阵的好处是，当敌兵迎面冲来时，他的部队受敌面少，待敌人冲入锥阵后，锥体便散开，里面的刀斧手长枪手等等，就可开展肉搏战，长槊短刺，叫大金国惯战的骑兵发挥不了作用。

趁大金军稍稍回撤的这一点空隙，韩世忠迅速排好了战阵队形，金兀术在战车上看得明白，不禁大笑起来。

“龙帅，你笑什么?”因金兀术被封龙骧将军，故手下这样尊称他。金兀术用手中的马鞭指着南军的锥形战阵说：“这个韩世忠，领着五千骑兵，却玩起了步兵的战法。这种锥阵，前面还须开挖阻挡马队的壕沟；壕沟后头，还得有弓箭手；弓箭手后头，锥阵里的步兵还得有盾牌。你们看看，官军有这些家伙吗？”

部属们手搭凉棚望去，纷纷摇头说：“龙帅，你说的这些，南军都没有。”

“咱虽然不认识韩世忠，但看得出他是难得的勇将，但排兵布阵，他还只懂得皮毛，花架子而已。弟兄们，看本帅前去撩拨撩拨他。”

金兀术说着一拉缰绳，辕马拉动战车朝南军方向冲来。离最中间的锥阵大约还有三百步远，忽听嗖的一声，一支羽箭射中了战车的挡板。

金兀术吃了一惊，连忙拉住辕马，厉声喝问：“是谁射的箭？”

“我！”

一个站在锥阵前的高大汉子手持强弓，朝前走了一步。

“你是谁？”

“大宋威胜军参将韩世忠。”

“啊，原来你就是韩将军，你知道咱是谁吗？”

“你，不就是贼酋金兀术吗？”

“你小子张狂，敢喊我贼酋。”

“我不但喊你贼酋，我还要取你的首级。”

“本帅赏识你，只要你投降，保你有用武之地，也有荣华富贵，就像郭药师那样。”

“呸！”韩世忠说着又要张弓搭箭，嚷道，“看我怎么射杀你!”

“慢！”

金兀术喊了一句，并不躲避。

韩世忠放下弓箭，问：“你要干什么？”

金兀术说：“没想到，南朝禁军中，还有你这样的神箭手，你手上的那张弓，也端的不错。”

“这张弓，是我大宋道君皇帝亲手所制，”韩世忠举起强弓摇晃着说，“它能射三百步远近，道君皇帝亲自颁送给我，让我挽强弓，射天狼，守住这条黄河。”

“你守得住吗？”

“反正，我这一道关，决不允许你金兀术越过。”

金兀术哈哈大笑，回道：“韩世忠，打仗不是比谁的嗓门高，这条黄河，明日天亮之前，我必须拿下。”

“你若能在此越过黄河，除非我五千将士全都战死。”

“好，本帅喜欢听这有种的话。”金兀术忽然觉得这个韩世忠很可爱，便说，“韩将军，咱俩玩个游戏如何？”

“什么游戏？”

“你且受我一箭，我决不取你性命，只射掉你头盔上那一绺红缨，如果射中了，你趁早退兵。射不中，我率兵马回浚州城里过大年，三日不攻黄河。”

“此话当真？”

“军中无戏言。”

韩世忠正踌躇时，身后冲上来一个长满络腮胡子的壮汉，冲着金兀术嚷道：“金兀术，你想借机射杀咱们主帅，没门！”

“你是谁？”

“威胜军门旗校尉呼延通。”

“我与你们将军打赌，你插个什么嘴？”

“你开出的条件是否真实？”

“本帅说过，军中无戏言。”

“如果你不小心射死人了呢？”

“一命抵一命，咱拔刀自尽。”

金兀术说着拔出明晃晃的腰刀，做了一个自刎的动作。呼延通见状，又往前站了一步，挥着双手嚷道：“既是这样，金兀术，你来射我吧。”

“你？”金兀术一脸不屑的神气，“你不够格！”

“你敢瞧不起人！”

呼延通还想理论，韩世忠一把将他拽到身后，又向金兀术喊话：“姓金的……”

“咱不姓金，咱姓完颜，咱是大金国的完颜宗弼，又叫兀术，人称金兀术。”

金兀术很少这样自报家门，今天他如此详细地介绍自己，本意是想用气势震慑对手，韩世忠却反唇相讥：“我还知道，你是大金国开国皇帝完颜阿骨打的四太子，我不管你是王子还是乞丐，是豪杰还是懦夫，今天，你注定是我手下败将。”

“那就试试看，你答应我的挑战？”

“不，我们换一种玩法。”

“怎么玩？”

“我放一箭，射中你头盔的缨子，如果我没有射中，我放开道儿，让你过黄河；如果我射中了，你退兵离开我大宋国土。”

金兀术头一摇：“不行，游戏是本帅提议的，必须我射你。”

韩世忠回答：“是你侵略我大宋国土，必须让我射你！”

韩世忠如此较真，倒越发激起了金兀术的斗志，他想了想，又提出新的玩法：“咱俩同时对射，看谁的箭快，谁死谁倒霉，韩将军你看如何？”

“好，谁死了谁让道。”

“韩将军出手！”

金兀术大喝一声，跳下战车，隔了两百多步，与韩世忠持弓对峙。韩世忠的身边，站着同样操弓的呼延通，金兀术的身边，站着他的卫队长卡诺里。

卡诺里站前一步，高喊道:“待我喊到三时，两位将军对射。”

这时，两支军队寂静无声，只有黄河拍岸的涛声传来，以及数百面军旗在凄厉的北风中飒飒作响。

卡诺里打了一声响亮的咳嗽，借此清理喉咙，接着锐声喊道：

“一——”

卡诺里故意拖长了声音。

空旷的原野上，双方数万名将士都两眼圆睁，心都提到嗓子眼上。

卡诺里又拖着声音大喊：

“二——”

他喊声刚停，只见金兀术与韩世忠各自搭箭弯弓，做好了射击的准备。

这场面，让卡诺里也紧张起来，他突然呛咳了几声，然后才扯雷似的狂喊：

“三！”

这个字儿刚蹦出来，只见遥遥对峙的两位将军都以迅雷不及掩耳的速度拉满强弓射出箭来。

“嗖——”

“嗖——”

两支响箭带着鸽哨一般的响声射向各自的头顶。

韩世忠站位不利，西垂的太阳正好炫着他的眼睛，刚一收弓，他听得头盔上一声脆响，低头一看，地上有一绺红缨子，那是被金兀术的羽箭射落的。

与此同时，站在他对面的金兀术，真真切切看到一支响箭朝他额头射来，他刚一低头，那支响箭擦过他的头顶，再次嵌进战车的门柱。

“龙帅赢了！”

“龙帅赢了！”

大金军团爆发出巨大的欢呼声。呼延通看到地上的红缨，仿佛受到巨大的侮辱，他也顾不得细想，立刻盘弓放箭，射向还在原地站着不动的金兀术。但是，很明显他射出的箭力道不足，金兀术并不躲避，而是等到箭飞到眼前，抽刀一挡，那支箭被断成两截掉落地上。

卡诺里看在眼里，恨在心中，他立即弯弓搭箭回了一射，在炫目的阳光下，韩世忠听到响箭的声音，凭感觉，他感到那支箭是飞向呼延通的，便立即伸手去推呼延通，恰在此时响箭飞临，射中了韩世忠的左臂。

这时，得势的大金军吹响了进军的海螺，万千铁骑一齐冲向威胜军的锥阵。夕阳下，一场惨烈的厮杀重新开始。

负伤的韩世忠被卫兵稍稍包扎，立刻就投入了战斗。他右手挥着一把大砍刀，左冲右突，上砍下劈，如入无人之境。因为他的骁勇，以寡敌众的威胜军给进攻的大金军制造了极大的麻烦。

站在高处战车上的金兀术目睹了战况，他对韩世忠的勇敢产生了敬意，他对身边的人说：“如果南朝多几个这样的韩将军，咱大金军哪能这么快打到黄河边上！”他意识到韩世忠区区五千兵马这么奋勇缠斗，其目的是想拖住大金军，等待援军的到来。于是他改变战略，留一万兵马包围威胜军，余下两万兵马尽快抢渡黄河。

入夜，一天水米没沾牙的威胜军被大金军压缩到郭家营的小村庄内，韩世忠重新包扎了伤口，问一直不离左右的呼延通：“咱们还剩下多少兵马？”

“损伤了一半，只有两千多人了。”

“援军有消息吗？”

“没有。”

“派去的人呢？”

“有令兵来报，您的那名侍卫，死在回来的路上了。”

韩世忠的箭伤忽然剧烈地疼痛起来，他正想与呼延通商量如何给士兵们弄点吃的，却有令兵慌慌张张前来报告：“将军，大金军已逼近黄河的浮桥了。”

“啊，”韩世忠霍地站起，命令呼延通，“集合部队，保卫浮桥。”

令兵哭丧着脸，禀道：“将军，没有兵马了。”

“怎么了？”

“战士们又饥又饿，加之大金军人多势众，再与他们对抗，只有死路一条。所以，所以……他们都跑了。”

韩世忠本想痛骂一声“孬种！”，但他忍住了，因为他突然意识到强敌压境，求生是弱者的本能。

“将军，门外备了几匹马，趁着夜幕，我们赶紧撤退吧。”

“我不走，就是战死，我也要死在这里。”

韩世忠声嘶力竭地喊道，但是，由于失血过多，加之饥寒交加，他一个趔趄，昏倒了。

一旁的呼延通赶紧扶住了他，对令兵说：“来，搭把手，把韩将军扶到马上。我们拼死，也要把他护送过河。”

第三十章　大廷对

大金东路军兵逼黄河时，刚刚登基的皇帝赵桓六神无主。他差遣两河巡抚使宇文虚中前往驻扎在黎阳的梁方平部督军。此一期间，他又在梁师成的提醒下，会见被完颜宗望放回的蔡靖。赵桓已知道宗望让蔡靖传话的和谈条件，第一条就是割让河东河北的三府。但是，此次蔡靖禀报中特别提到，若不限期答复和谈条件，大金军一旦攻克汴京，对那些曾经参与并主导过联金伐辽收复燕云十六州事务的一应官员，一个不剩地统统斩首。“此话当真？”赵桓问，蔡靖回答：“完颜宗望亲自对下官所讲，千真万确。”赵桓心下默然。细心的蔡靖发现，皇上戴着的圆边暖帽下，有细碎的冷汗渗出，但他不敢吱声。闷坐一会儿，赵桓吩咐梁师成传旨，让宇文虚中火速回京，并抬抬手让蔡靖退出。

今天是大年初二，本说一早见过蔡靖之后，赵桓就要启斩前往上清宫敬香。但此时他感到两腿像灌了铅一样，疲乏得不行。他于是吩咐梁师成取消敬香的行程。躺在绣榻上闭目养神，但哪里又安静得下来呢？他满脑子里都是大金军南侵的各种消息。想来想去也理不出个头绪来，于是长叹一口气，嘟哝了一句：“一台好戏，怎么就唱砸了呢？”

梁师成一直在旁边候着，他猜到赵桓的心思，及时跟了一句：“皇上，联金伐辽，收复燕山，一起头儿就不是一台好戏。”

“噢，你这样认为？”

赵桓欠了欠身子，瞪着眼睛问。梁师成谨慎回答：“密盟伐辽之初，老天爷就多次示警。只是当时太上皇伐辽心切，大臣们怕触霉头，故不敢对他说实话儿。”

“有些什么样的实话儿？”

梁师成于是讲述了几则小故事：

三年前的夏历四月十五日，童贯以河北河东燕山诸路宣抚使的身份在河北真定府誓师伐燕，并率三十万大军前往白沟与辽国大将军郭药师作战。当童贯亲自登台敲响战鼓并号令三军出发时，忽然有一道白色的长虹穿过太阳，在蔚蓝的天空上显得非常扎眼。出征的将士们都感到骇异。当童贯跨上马鞍，骑着马刚出辕门，他身后的牙旗突然折断。当时就有人议论：白虹贯日，这是射向帝座的穿心箭，大金国以金为号，五行中金为白色，白虹即金之化象也，隐喻金将伐宋。所以，与金密盟，一开始就种下了祸根。

赵桓听了这则故事，脸色都变了，嗫嚅道：“白虹贯日，帅旗折竿，这是多大的不祥之兆啊。”

“事儿还没完呢，皇上。”

梁师成接着又讲下去：

“那次童太师出兵，三十万兵马在白沟吃了大败仗，辽国的郭药师只带了两万人防守，打了三天，官军死伤两三万人，愣是过不了白沟，万般无奈，只得退回到雄州。五月十一日，当时任少傅、宣抚司副使的王黼再次出战，两面绣有‘王’字的大令旗跟在王黼后头，那样子好不威风，可是到了白沟，却发觉那两面令旗不见了。王黼下令寻找，这才发现两位执旗手带着令旗逃跑了。临阵失旗，这可是兵家的大忌。这回，守白沟的还是郭药师，王黼仍旧吃了大败仗，与童贯一起退回到雄州。两位大帅就这么缩在雄州城内，束手无策。接着一连三日，大约从五月十四日起，戊寅已卯庚辰三日，每天半夜里，都会发现海碗大的一颗流星，从紫微星座与文昌星座之间射出，或者越过天津河鼓，或者越过天汉牛斗，皆自北向南奔窜，拖着一丈多长的光焰尾巴，那气势好吓人。第一夜是一颗大流星，第二夜增加到十几颗，第三夜多至三十余颗，自亥时起，到丑时结束。这些灾异引发了河北地头儿上的民谚，说什么‘扫帚星渡河，白额虎踏京，逢七是大限，皇城跳大神’。还有……”

“慢着，”赵桓打断梁师成的话头，急切地说，“你把那四句民谚，再念一遍，念慢一点。”

梁师成于是一字一顿又念了一遍。赵桓嘴唇嚅动着，那样子好像是在默念民谚。看到他不吭声，梁师成接着往下说：

“那时候，太史官也观到了这个天象，认为这与西晋灭国前的流星犯阙很是相像，他如实向宰执秘密禀报，宰执听了，叮嘱他不可乱说。于是，这事儿便被压下了。”

“那时的宰执是谁？”

“左元仙伯蔡京哪。”

“蔡京……”

赵桓念叨了一句，没有说下去，问梁师成：“还有吗？”

“还有呢。”

梁师成接着又讲了一个故事：

大流星之后，童贯与王黼住在雄州城内，每日捏造一些小的捷报上奏朝廷，让皇上高兴。可是，他们率领的官军却再也不敢进攻白沟，恐战的情绪在军营中蔓延。这期间，大金军完颜宗望奉皇帝完颜阿骨打之命，来信催促童贯等赶紧出兵攻占白沟，因为两国密盟时就已约定夹攻燕京，拔除辽国最后的堡垒。怎奈辽太后萧莫娜手下的四大金刚个个如狼似虎，滹沱河边上的一条白沟硬是阻拦了大宋的三十万官军。收到完颜宗望的第三封信后，童贯与王黼知道绕不过去，只好商定出再次出兵的日子。预定三天后出兵，谁知当夜雄州地面就发生了地震，城中老百姓的房子倒塌了三千余间，童贯与王黼下榻的官舍虽未倒塌，但连着官舍的马厩却垮了，一面墙坍塌，将王黼的坐骑压死了。两人惊魂未定，坐在院子里不敢回屋。天蒙蒙亮时，忽听弁卫大声叫喊，两人从迷盹中惊醒，弁卫指着地上让他们看，只见一只金线朱壳小龟，铜钱般大小，从废墟中爬出来，伸着小脑袋四处张望，它似乎看到了童贯，便一步一步向他爬过来。这时候，从另一片废墟中钻出一条只有三寸多长的同样是朱背银腹的小蛇，顺着小龟的足迹蜿蜒爬了过来，它们双双停在童贯的脚前，童贯有些害怕，便后退几步，小龟蛇不离不弃，也往前进了几步，如是再三。许多人闻讯赶来看热闹，叽叽喳喳说声一片，有识见的人说，这是北方水神真武大帝现身。童贯吩咐手下找来一只银盒子，将那一对龟蛇放到里头，送到城北楼上的真武庙供奉。送龟蛇的仪式可谓隆重，那只银盒由雄州知州捧着，童贯与王黼等一班文武大员跟在后头护送，还请了乐班响器一路吹吹打打。进了真武庙，道人用了上等祭祀之仪，又是烧香又是拜符，将银盒子请上供台，而后由道长启盒，却见那两只小龟蛇已经死掉了。所有人都觉得这是不祥之兆，童贯便请人扶乩，天神降笔，在沙盘上划了八个大字：

真武已死
改朝换代

听了这个故事，赵桓虽然在暖房里，依然感到背心阵阵发凉，他问梁师成："咱祖宗太祖皇帝创立大宋，都说他上膺天命，是真武大帝的化身，这事儿你知道吗？"

"知道，皇上，史书上记了这件事，谁都知道呢。蛇与龟都是大灵……太庙的保护神，就是龟蛇的大石雕呢。"

"啊。"赵桓点点头，又说，"父皇将皇位传给我，这也叫换代吧。"

"当然，不过……"

梁师成本想说"除了换代，还要改朝呢"，但就是给他吃一百颗豹子胆，这句话他也不敢说出来。

好在赵桓没有追究，而是问了先前的话题："谁是白额虎？"

"大金的开国皇帝完颜阿骨打。"

"他不是死了吗？"

"可大金这帮虏贼，气儿还旺着呢，宗望就是他的二太子，扫帚星过河，我看指的就是他。"

"逢七是大限，此话怎么讲？"

"哎呀，皇上，老朽在宫中待了四十多年，开始也不明白这句话的含义，这几日突然好像明白了。但，不敢讲，不敢讲。"

“你讲，你讲！”

“不敢讲，不敢讲。”

“朕一定要你讲，不然，朕就让人把你拿下！”

“拿下？”

“对，拿下！”赵桓阴沉着脸，作了好大威势说，“叫你今晚不能回家，也吃不成你平素喜欢的那种驴肉馅的扁食。”

梁师成故意做出害怕的样子，咋舌说道：“皇上，那老朽就斗胆说了，逢七是大限，这话的应验只剩下五天了。”

“五天，你怎么算出来的？”

“是这样，”梁师成看了看虚掩着的门，压低声音说，“今年是宣和七年，在没有改元之前，这是太上皇的年号，还在用。”

赵桓点点头，示意梁师成说下去。梁师成接着说：“宣和七年，这是一个七，今天是正月初二，再过五天就是初七。年、日两个七交临，这必定就是大限之日。”

“七七大限？这……”

赵桓这一惊非同小可，不只是额上的冷汗涔涔流下，两只手也禁不住颤抖了。他的这副表情，梁师成看了既伤心、同情，同时亦难掩兴奋与惆怅。他之所以说出这些当年那些当道大臣刻意隐瞒讳莫如深的惊天秘密，乃是想在生死存亡的节骨眼上保全自己，并希望这位初初继位但优柔寡断谋事不周的皇帝，能在大敌当前的情势下做出对他有利的决策。

梁师成走到门口，唤了一位宫女进来，替赵桓擦了擦额头与脸颊上的汗水，又端起茶盅让他喝了一口温热的桂圆茶，然后小心地问：“皇上，您不要紧吧？”

“不要紧，”赵桓的声音弱得像蚊子，他盯着梁师成肥大的鼻头问，“还有五天，大金就能突破黄河？”

“皇上，这很有可能。”

“黄河是一道天然屏障啊！”

“皇上，吊睛白额虎，恁什么样的屏障，在它面前也只当是纸糊的灯笼。”

“这，这如何是好？”

“皇上，这时候，该您拿主意了，是战还是和，是走还是留，大臣们吵成一锅粥，您得想明白，然后在大臣面前说明白。”

“朕知道……”

赵桓还没有说完，听得妙官在门外喊道：“皇上，太宰白时中、通政使李邦彦、少宰张邦昌三人紧急求见。”

“紧急求见？宣他们进来。”

白时中、李邦彦、张邦昌三人应声而入，匆促行礼毕，白时中便领奏，向赵桓报告了他最不愿意听到的消息：浚州与黎阳失守，何灌与梁方平两位大将已逃得不知去向，韩世忠独自苦战，身负重伤，在卫士的拼死保护下，勉强捡回一条命。大金军的先头部队已经渡过黄河。

“七七大限，白额虎进城……这回真要应验了。”

赵桓没有直接回答白时中，而是不止一次这么念叨着，三位大臣因为没听到梁师成与皇上的对话，故听不明白啥意思，看到他们接不上腔，梁师成便挑了话题儿说：“皇上，这情势太危险了，下一步该咋办？您得拿主意呀！三位大臣都在这里，正好让他们也合计合计，一刻也不敢耽误了。”

“三位爱卿，梁师成说的是，你们说，这危局该怎么破？”

听到赵桓的问话，李邦彦看到梁师成偷偷向他使了个眼色，心中便有底了。昨日，他们俩短暂见了个面，并议了一个“弃城逃跑”的计策，李邦彦让梁师成先在皇上面前作点铺垫，一俟时机成熟他再来破题。看到梁师成的暗示，李邦彦心中有底，于是回答赵桓说：“皇上，今早接到蔡攸的邸报，他与童贯陪同太上皇去扬州，快到淮河边上了。”

“老道君皇帝一路可好？”赵桓问。

“好着呢。”

“唉，他倒可以跑到江南避难，朕却只能固守汴京。”

“皇上，臣建议您也可离开汴京，以避虏酋锋锐。”

“避难？去哪里？”

“臣等已商量，皇上有三个地方可去。第一，去益州，这是当年唐明皇避安史之乱的入蜀路线；第二，入陕，去长安，那里有二十万秦凤兵护驾；第三，到襄阳，这是经郑州、邓州的中线，距汴京最近，且襄阳军也有十万兵马。襄阳城枕山面江，可攻可守。这三条避难路线，蜀地最远，楚地最近，陕地兵强马壮，且长安自古帝王州，一应居住与餐饮，均胜蜀楚两地。从汴京出发，渡黄河入潼关，从华州到长安，满打满算不过七天路程，如果及早登程，还赶得上到长安过元宵节。”

赵桓认真听了李邦彦的奏对，心里头的惊恐之情略有缓解，他思忖一会儿，问道：“这撤离汴京的计策，是你们三人商量出来的吗？”

白时中回答：“是李太宰提出动议，我等附和。”

“听太宰的口气，好像你主张咱们去长安。”

李邦彦点点头，又补充说：“其实，臣起始的主张，是想让皇上南幸襄阳，这一路平坦，可减轻皇上的车马颠簸之苦。讨论时，张少宰认为不妥。去年中原大旱，饥民较多，皇上御驾经过之地，恐灾民寻衅滋事，故提议改道潼关。”

赵桓向默然坐一隅的张邦昌投以感激的一瞥，说道：“爱卿忠忱，朕心实有安慰。”

张邦昌欠了欠身子，趁势催促：“皇上，贼酋既然过了黄河，包围汴京也就是这两天的事。还望皇上尽快定下行程。”

赵桓一想到大金军就周身发冷，他冷不丁喊了一声：“梁师成！”

“老朽在。”

梁师成从屏风后头转了出来，赵桓问他：“皇城跳大神，这是个什么说法？”

“这个嘛，”梁师成解释说，“女真人无论是婚姻嫁娶，生老病死，还是出征告捷，献俘枭首，都会请一群萨满跳大神。皇城跳大神，这是说，女真人的萨满要跑进咱们这皇宫里来了。”

“瘟神啊！”赵桓脸颊痉挛了几下，又掉头问李邦彦，“爱卿你说，往陕西去，几时动身为好？”

“皇上，越早越好，晚了，恐怕就走不脱了。”

“那，总不至于现在就走吧？”

“最迟明天。”

“好，就定在明天。”

“宫眷、大臣，都走吗？”赵桓这么问了一句，也不等回答，他又补了一句，“都走了，留谁来守城呢？”

李邦彦说：“京城本有厢军守卫，再出重金招募敢死骁勇之士，可保无虞。”

“那，就按诸位爱卿的建议，明日出城，往潼关去。”

君臣正要散去，却见一位内侍气喘吁吁跑进来禀告：“皇上，延和殿外，跪了几十名官员，要求皇上接见。”

赵桓一听，急得直搓手，问：“他们要见朕作甚？”

内侍回答：“不知道。”

李邦彦问：“领头的官员是谁？”

“李纲。”内侍回答，接着斗胆补了一句，“皇上，大冷天的，官员们在石板上跪了一个多时辰。”

“那，朕这就去见见。”

赵桓说着就要起身，李邦彦急忙阻止说：“皇上，您可不能去。”

“为何？”

“李纲这愣头青，肯定要皇上坚守汴京，甚至还会要您亲征。”

“这……”

赵桓沉思起来，几位大臣于是一齐阻挠。赵桓这会儿倒是有了主见，他站起身来说：“这个李纲一定要见，你们几位爱卿，随朕一起去延和殿。”

李邦彦、梁师成等面面相觑，李邦彦仍想阻止：“皇上，这个李纲有什么好见的。”

赵桓已披起了斗篷，回答说：“刚才不是在讨论，谁留下来守卫京城吗？朕看这个李纲合适。”

上书房的御道连着延和殿的侧门，君臣入殿前，延和殿值殿太监已闻讯开了殿门，几十位跪在殿外的文武官员都走了进来，依尊卑次序分列两庑站立。当赵桓走上丹墀落座后，众官员山呼万岁。

礼毕，赵桓大声问道：“李纲在哪里？”

“臣在。”

李纲从左侧第二排靠殿前的位置走了出来。文武官员上朝觐见皇上的“惯例”为左为文臣，右为武臣，各有四排。师保宰辅大臣，依例头排赐座，余下各部堂官，制军节度使等为左右第二排，各部属官、禁军教头等为第三排，依此类推。李纲官才五品，所以只能站在第二排。

李纲出列之后，站得离赵桓稍远，赵桓做手势让他走得近些，然后问他：“卿等要见朕，有甚话说？”

李纲急切言道：“京城势危，城中军民见不着皇上，心里都很慌张。”

赵桓感到诧异，问：“你们现在见到了朕，可以回去了吧？”

“见了皇上，臣还有几句话说。”

“你说。”

“太上皇昨天离京渡淮去了扬州，童贯的胜捷军一万余人马随行护驾，削减了守御京城的兵力。不知皇上会不会像太上皇一样，也离开汴京。”

“啊，你关心这个事？”

“皇上，这件事关系社稷存亡，下臣当然关心。我们这一班文武臣民，一大早跑到这里来下跪，等着皇上接见，就是希望得到皇上的旨意。”

“你要什么样的旨意？”

“皇上亲帅汴京军民，抗击强虏，保卫列宗列祖建立的都城。”

“你主战？”

“是的，皇上，臣主战！”

李纲的话音刚落，两厢官员一起高声禀奏：

“皇上，臣等全都主战！”

赵桓本想见见就走，没想到碰到李纲这样较劲的臣子，他想了想，对耷着脸满是愠怒的李邦彦说："太宰，这李纲与你意见相左，你说的有道理，他的话乍一听也有道理。今儿个，朕想省心也省不了，索性就在这儿廷对，你与李纲各把道理讲透，朕听明白了，再作决断。"

说罢，赵桓吩咐给李纲赐座。李纲于是坐到了白时中、李邦彦、张邦昌三位宰臣的对面，对于他来讲，这是一种虚荣。因为皇帝把他抬到了与宰臣平起平坐的位置，就这一点，白时中心里头就有气。朝廷官员中，王黼、蔡攸等都先后当过中书令，两人相继去职后，白时中接替了这一职位。徽宗皇帝在任的最后一个月，将时任太宰的王黼贬为崇信军节度副使，而提拔门下省主官接替。徽宗评价他"性禀中和，心存恺悌"，并指望他在胡骑猖狂之日，能够庙谟经略，挟策以安天下。但徽宗的期盼眼见就要落空，白时中生性懦弱，于事无断。私下里谋划让赵桓出汴京择地避难的主意，就是由他牵头，并让李邦彦与张邦昌拿出方案。这个方案一直在秘密进行，外界少有人知道，即使是赵桓自己也是蒙在鼓里。但这三个人吃透了皇上的心思，这位接任还不到十天的新皇帝，是绝没有胆量留在汴京与大金军一决胜负的。所以他们计划挟持皇帝，趁大金军围城之前，赶紧逃出这一座在他们看来好比炼狱的京城。为实施这一计划，他们的行动方案可谓天衣无缝，却不曾料到，半路杀出个程咬金，这个李纲居然跑出来搅局。此刻，按白时中的实际感受，他恨不能一脚把李纲踢出延和殿，但他不敢当众忤逆皇上，他还得耐着性子与李纲进行廷对。

李纲虽然官阶五品，但在白时中眼里，只是一个小小的芝麻官，所以，他一开口就质问李纲："李纲，大金军已破了黄河，你知道吗？”

“知道。”

面对白时中盛气凌人的样子，李纲不卑不亢。

白时中接着又问：“大金军的战力你知道几何？”

“堂堂七尺须眉，岂惧豺狼虎豹！”

“打仗就是打仗，不是秀才讲漂亮话。”白时中对李纲揶揄了一句，然后又质问，“李纲，我且问你，你大清早跑到这里来下跪，是想要皇上干什么？”

“臣希望皇上御驾亲征。”

李纲说着，又双手抱拳朝向皇上，眼神中满是期盼，甚至还有几分哀求。

赵桓被李纲的真情感动，他迟疑了一会儿，突然说出了白时中等为他策划的巡幸长安之旅。

“怎么，皇上也要离开汴京？”

李纲的惊叫，延和殿的每一个官员都听得清楚。白时中没想到皇上道出了绝密，他与李邦彦及张邦昌交换了一下眼色，决定就在这延和殿上把这件事辩论明白。

“李纲，让皇上避祸，有什么错吗？凡忠君之人，必为皇上的安全着想。”

李纲听出这话中有骨头，便据理反问：“太宰大人，下官且问你，这延和殿里，有谁不是忠君之臣？君，就是江山社稷，就是列宗列祖的福佑，就是天下百姓的福祉。皇上若离开汴京，就是离开了家国，离开了社稷，离开了祖宗的托付，离开了百姓的期盼。”

“李纲，你越说越不像话了。”李邦彦这时也站出来指斥，

“当年安史之乱，明皇不是也幸蜀避难吗？虏尘遮天蔽日，皇上出去躲躲风头，倒被你说得不仁不义了。”

李纲毫不畏惧，不依不饶地争论：“下官以为，唐之明皇当年离开长安而幸蜀，这是不明之举。”

“啊？”赵桓第一次听到这样的议论，便问，“何为不明之举？你且为朕说个明白。”

李纲慷慨言道：“唐明皇闻潼关失守，不思闭城自守以待勤王之师，却仓促巡蜀，他倒是安全了，可怜长安城中百万民众惨遭叛贼屠杀，大唐近两百年建立的基业，宗庙朝廷，十之八九碎于贼手，乱后长安如废墟。明皇弃城而走，导致大唐国祚从此衰败，虽经后世皇帝经年修葺，终不能恢复盛唐气象。前车之鉴，后世不可不察。皇上您初嗣大位，中外莫不欢欣鼓舞。四方之兵，已闻汴京之危，都纷纷驱马登程，不日就会赶来，何况虏骑孤军南侵，岂能久留？届时劲旅云集，军民合力，虏骑不战自败。审其时，度其势，皇上胸有百万甲兵，手操不二胜券。此时之下，若选择离京巡幸，则无异于鸟失于林，龙脱于渊。车驾朝发而都城夕乱。此事，还望皇上三思而行。”

李纲一席话，听得赵桓频频颔首，延和殿内所有人都在倾耳静听，话音落后，便听得人群中一片窃窃私语，从官员们的表情看得出他们都赞赏李纲的观点。

眼看这一边倒的局面，白时中等大臣一时无语。一直站在赵桓身边的梁师成在这节骨眼上，站出来讲话了：“皇上，太上皇都走了两日了，中宫及王孙们都已安排妥当，只要您一发令，辇车即刻就道。再不走，就来不及了。”

赵桓听了，脸色立刻就变了。梁师成趁势附在他耳边低声说了一句："皇上，记住，逢七是大限！"

"皇上，您快走吧！"

白时中几乎是哀求，几位大臣也先后发声附和他。

"皇上，您不能走！"

李纲几乎是跺着脚喊。

"皇上，您不能走！"

两厢的官员一起高喊，并都扑通扑通跪成一片。

双方这样较劲儿，赵桓越发六神无主。他的眼窝里滚出了泪水，指着李纲说："卿等不要强留朕，朕前往陕西不是惧怕金虏，而是去那里召集天下兵马以救汴京。现在，离初七只有四五天时间，朕决不可留在京城。"

李纲此时也是热泪滂沱，他双膝跪地，俯伏前行到赵桓脚下，一边抽泣一边禀奏："皇上，您真的要走，臣愿意以死明志。"

李纲的坚决让赵桓受到感动，他长叹一声：

"李纲，你让朕御驾亲征，朕的手上，却没有一兵一卒。"

李纲回答："皇上，保卫家国，汴京死士甚多。只要用人得法，死士会聚集在皇上麾下。"

"用人？朕可用你呀！"

"臣人微官卑，不足以号令三军。"

赵桓瞧了瞧白时中、李邦彦、张邦昌三人，想说什么又忍住了，他的眼光在官员中睃巡，忽然发现了吏部侍郎赵野，便将他招到跟前来问："朝廷三省台有何执政官空缺？"

赵野回答："宇文粹中因奉侍太上皇东幸，他担任的尚书右丞一职空缺。"

"好，李纲，朕赐你尚书右丞一职。朕依你之见，成立亲征行营司，你任正使，京城内所剩兵马由你调度，天下勤王之师，由你安排调遣。”

“谢皇上，臣临危受命，万死不辞。臣在，汴京在；臣亡，我大宋社稷不亡。”

“你好志气！”赵桓一脸苦笑。

熊召政 著

大金王朝

JIN DYNASTY 4

崩塌的帝国

北京出版集团公司
北京十月文艺出版社

新经典文化股份有限公司
www.readinglife.com
出　品

目录

第一章　瓮城拦驾与黄河祭

正月初二的廷对之后，汴京城中的局势一片混乱。用束手无策形容赵桓此时的状态犹嫌不足，苛刻一点说，他简直六神无主了。主战与主和两派互不相让，从论辩发展到攻讦，同朝为官却势同水火。赵桓单独会见某一方，就会受到某一方观点的影响而做出对他们有利的决策。但是，一旦双方在朝堂激辩需要他给出明确旨意时，他就优柔寡断。一天数道旨意，常常前后矛盾。主战主和两派均有圣旨在手，与其说两派大臣水火不容，不如说是圣旨在打架。

朝廷政见不一，民间更是人心惶惶。京城缙绅与富商等势豪大户纷纷收拾金银细软欲出城避难，一般的匠户佃人，业艺卖佣的平头百姓，也扶老携幼涌到各座城门楼前等候出城。早在除夕上午，开封府尹聂昌就遵皇帝旨意发布了宵禁的告示，京城的十二道城门及六道水门全都关闭。因此除夕之后，除了极少数当道政要的家属以及用钱买通守城将校的富商外，几乎所有人都无法离开汴梁。李纲骤升尚书右丞并领衔亲征行营副使后，立即下令驱散蚁聚于各大城门口的市民，同时还下了一道

《亲征行营副使榜》：

> 奉圣旨，召募武举子弟，有才武方略，或有战功，曾经战阵，及经边任大小使臣，不论犯罪，已叙未叙，及武举有方略智术，及曾充弓马手子弟、诸色有武勇敢战之人，并许赴亲征行营副使具告自陈，量才擢用。

榜书张贴出来后，京城中恐慌的情绪稍稍有所缓解。李纲以极快的速度请得圣旨，将被撤销的大晟府廨房用作亲征行营司的办公场所。并立即组建吏、户、兵、工四房，选三省官吏充任。文臣自朝议大夫以下，武臣自武功大夫以下，不管选上谁都必须半个时辰内到任，否则严惩不贷。兵马未动粮草先行，赵桓给刚刚组建的亲征行营司划拨了一百万两白银及一百万匹布帛作为经费。顿时间，这个临时机构成为朝廷中最为热门的权力中枢。尽管如此，朝中老臣愿意来此任职的，却是寥寥无几。可以说，集聚在李纲麾下的十之八九是一帮血气方刚的中下层官员。凡宰执台省之臣，对这个突然冒出来的衙门大都嗤之以鼻。这一点，李纲本人也非常清楚。他同时也知道，皇上内心的实际想法，也是赞同与大金和谈的，因为他过分地相信大金军所向披靡的作战能力，害怕在战争中一败涂地，从而失去天下。李纲针对他这种怯懦心理，不停地向他灌输强虏逆天王师在我的道理。赵桓虽然恐惧，但毕竟是个年轻人，他不会老于世故而油盐不进。李纲尽量激发他的血性和一位皇帝应当承担的责任。所以，每当李纲慷慨陈词时，赵桓也受到感染，并增添了运筹帷幄力挽狂澜的勇气。但这只不过是一剂强心针，只要有负面的消息传来，他立刻又变成了惊弓之鸟。李纲看到了这一点，便主动表示，将日夜值守在亲征行营司衙门内，以备皇上不时召见。赵桓对李纲的这份忠忱很是感动，受了启发，他又下旨，所有宰执大臣都要在值房歇宿，以应战时之变。

就这样度日如年，君也罢，臣也罢，无不一夕数惊。

在廷对的第二天，李纲忽然听闻，就在昨夜，趁着厢军换防开城之际，中宫娘娘及国公、皇子等数十人在梁师成的带领下，已经出了南薰门，在前往邓州的路上，护卫他们的是从皇上卫队中调遣的一千名将士。乍一听到这个消息，李纲又气又急，气的是皇上居然在答应成立亲征行营司之后，又偷偷将中宫娘娘等一应皇亲国戚送出京城。此举不仅动摇军心，更是为自己的避难预留了后路。令他焦急的是，这消息一旦在百姓与军队中传开，刚刚稳定的局势立刻又会变得不可收拾，奸人趁机作乱，军队甚至会发生哗变……

在这岌岌可危之时，李纲立即求见皇上，他的目的是为了挽回天心。可是禁城四门紧闭，连值房都闭门锁户见不到一个人影。李纲双拳捶着翠华楼下的大门，声嘶力竭地高喊："皇上，皇上！臣李纲紧急求见！皇上！皇上！"

他的叫喊声在重重宫墙中回荡，显得格外瘆人。但是依然没有人搭理他。也不知过了多久，一位须眉全白的老太监从一道耳门露出头来，朝李纲招了招手，待李纲走近，他低声说："别在这里瞎嚷嚷了，皇上已经走了。"

"走了？"李纲一愣，追问，"去了哪里？"

"皇上出城去了，与中宫娘娘等亲眷们会合去了。"

李纲闻听此言，再也顾不得与老太监寒暄，当即觅了一匹马，离了宫城向南薰门方向狂奔。

却说皇帝赵桓，虽然嘉许李纲等一批主战官员的勇气，但禁不住白时中、李邦彦一帮大臣每时每刻在耳边聒噪。乍闻金兵渡河的消息，他立刻听从白时中等人的建议，先让皇后皇子等一应皇亲国戚出城，然后自己离宫逸去。为了保证出城顺利，这一行动绝对保密，除几位参与大臣外，任何人都不得预闻。所以，李纲等人一直被蒙在鼓里。

此时皇帝的车驾已到达南薰门口，白时中的轿马走在最前头，赵桓的轺车排在第二。守城将士并不知道这一长列出城的队伍中有皇帝，他们得到的命令是白宰相奉皇命出城公干，门禁须得放行。凭证验关费了一点时间，当随行护卫将军办妥手续，白时中便急不可待地命令车夫迅速启程，他的轿马刚刚起步，猛听得背后远远地传来呼叫：

"且慢——"

"谁在喊叫？"白时中从轿窗里探出头来。

护卫将军扭头瞅了瞅，回答："好像是尚书右丞李纲。"

"蛆！"白时中心里头狠狠地骂了一个字，提了嗓门儿下令："快，咱们快快出城！"

他的车夫甩了一个响鞭，轿马迅速启动。

白时中乘坐的第一辆马车驶离了南薰门，赵桓乘坐的第二辆车眼看就要穿过瓮城，忽然，听得背后传来一阵急促的马蹄声。赵桓这一路本来六神不定，这激烈的马蹄声顿时让他心惊肉跳，恍惚中，他还以为是金兵追了上来，不由得惊叫起来："快，快呀，打马前进！"

他这一喊，驾辕的车长心下一慌，竟然在轺车的前板上站了起来，抡起系了一串红绣球花儿的金把牛筋长鞭就要驱马。这当儿，突见一条黑影在他眼前一闪，吓得他本能地身子一矬，马鞭向后倒，把辂车的棚顶击了一下。与此同时，那条黑影落在车长的旁边，他抓起扣在横辕上的缰绳往起一提，驾御辂车的辕马被勒紧了嚼口，顿时两只前蹄腾空，原地落下来，八匹马一齐停住，辂车停在瓮城中。

坐在车里的赵桓先是听到马蹄声，接着又听到车顶上被马鞭重重击了一下，辂车骤然停了下来，他不知发生了什么事，在车厢里大声嚷道："怎么回事？发生了什么？"

李纲气喘吁吁，站在辂车的前踏板上，返身向着车内禀报："皇上，臣失礼了。"

"臣？你是谁？"

"臣是李纲。"

赵桓一听，心下一沉，皱着眉头问："李纲，你怎么跑来了？"

李纲气喘吁吁，回道："听说皇上要离开汴京，臣特意赶来阻拦。"

"你胆子太大了！你，你给朕走开！"

"皇上，臣不敢奉旨！"

"你竟敢违抗君命！"

"皇上，您若执意离开京城，除非先赐臣死！"

闻听此言，赵桓一把掀开前厢挡板，探出头来，指着李纲气急败坏地斥责："李纲啊李纲，你恪守臣道守护京城，朕谨遵君命南狩募兵，这浅显之理，你到底懂还是不懂？"

"臣懂，但是……"

李纲话未说完，便被闻讯赶回来的白时中劈头盖脸一顿抢白:“但是什么？嗯？你到处惹是生非。到底是皇上管你，还是你管皇上？你说！”

这时，瓮城内与四周城墙上人头攒动，他们中既有守城的军士，也有护卫皇驾的御林军。李纲看到皇帝气得七窍生烟的样子以及太宰白时中盛气凌人的态度，知道自己人微言轻，无力劝阻，情急之中，他抱着拼将一死的决心向所有执戈握枪的军人高声发问:“诸位将校军士，你们是愿意留在汴梁城中死守宗庙社稷，还是愿意走出这道城门，扈从南狩呢？”

几乎所有的禁卫军士一齐高呼:“我等愿意死守，与汴京共存亡！”

群情激愤，对赵桓产生了极大的震慑，他一时又不知如何是好了。白时中感觉李纲是在有意挑起事端，引导兵变，顿时恼羞成怒，大声斥道:“李纲，你想借助兵威，迫使皇上听你的胡言吗？”

“宰相大人，臣毫无此意。”

李纲话音一落，一名御林军中的辕旗校尉手握腰刀，一脸峻肃喊道:“宰相大人，咱们禁军，愿意死守汴城。”

几乎所有的禁军兵士一起响应高呼:“咱们死守汴城，保卫宗庙，保卫皇上！”

一时间，城墙上、瓮城内的所有军人几乎山呼海啸地呐喊:

“死守汴城！”

“保卫宗庙！”

“保卫皇上！”

尽管军士们情绪沸腾，白时中仍不肯改变初衷，他趋前一步，隔着轿窗对赵桓说:“皇上，您快下旨吧，早走一步早安全。”

“唉！当一个皇帝，怎么这么难哪！”

赵桓心下叹道。他脸色煞白难看，眯着眼看了看墙头上猎猎飞舞的旌旗以及军士们手中的戈矛，心里头又急又怕，眼角竟然滚出了几颗泪珠。

站在轿厢窗前的李纲，见此状连忙双腿跪下，挺直身子禀奏：“皇上，昨日您已答应臣等，留在京城，与宗庙社稷共存亡。怎么过了一个晚上，又决心南狩巡幸呢？皇上，刚才您也看见了，听见了，六军之情已变，无论是禁军还是厢军，他们的父母妻子都在这汴京城中。皇上及王公大臣们离城避祸，可以带着所有的家眷。可是扈从的禁军，有谁能带家属？他们护驾南狩，丢下城中的父母妻儿，有谁不挂牵？有谁不分心？如果中途有兵士离队散归，又有谁来为皇上担任铁血卫士？何况虏骑已经逼近，设若他们侦知皇上已乘轺车南狩，立遣健马骄兵追赶，旷野之上，谁能抵御？皇上，臣斗胆建言，此时出城，于社稷、于自身，皆为下策！望皇上三思而行。”

这一席话掷地有声，对赵桓有很大的触动，特别是对禁军卫士们的心理分析，更是让他不寒而栗。从刚才他们表现出来的情绪看，倒真是随时有哗变的可能。沉默良久，赵桓拭了拭眼角的泪水，示意一直跪着的李纲站起来，怔怔地望着他，长叹一声说道：“朕不走了，朕这就回宫。”

白时中急了，提醒说：“皇上，中宫一行出城已久，都还等着迎驾呢。”

李纲抢先回答：“皇上可以下旨，让中宫一行返驾回程。”

“好，好，返驾。”

赵桓说着，在轺车上取出笺纸，写了“可回”两个字，命随行的妙官钤了天子宝印，差卫队校官领一队人马出城给皇后送信去了。

白时中眼见大势已去，又气又恨，瞪着李纲讥刺了一句："你逞能还要搭上皇上，不知你居心何在？"

对他们的争论，赵桓已毫无兴趣，他对一直警护在侧的侍卫长说："走，咱们回吧。"

辇轮启动，李纲迎着白时中投过来的厌恶的目光，凛然说道："皇上主意已定，从此后，敢有异议者，斩！"

在场的将士们看到了这一幕，一起高喊：

"斩！"

"斩！"

"斩！"

所有的将士们异口同声地喊着这个字。在这惊雷一般的喊声中，皇帝的轺车与宰相的轿车都拨转马头慢慢地驶出瓮城，走到回禁城的路上。

就在南薰门前发生这一幕的时候，完颜宗望的主力部队在浚州至黎阳一线，已全部渡过了黄河，金兀术率部攻克浚州，守城的何灌逃逸，宋军渡河作鸟兽散。金兀术缴获了三只渡船，凭着这三只渡船来回日夜摆渡，用了三天时间，金兀术与郭药师两大主力集团军的兵马从容渡河。而黎阳一段，梁方平部溃逃时，纵火焚烧河桥，却因风高浪急，河桥只是破损而没有毁灭。大金军掩杀过来，其中军工兵营在第一时间就修复了河桥，完颜宗望率领的中军以及汉军、契丹军等顺利渡河。将近四十万大军在浚州到黎阳地面的黄河南岸驻扎。完颜宗望下令部队原地休整两天，并召聚各部首领到中军行辕议事。

却说金兀术与郭药师联辔来到时，完颜宗望亲到辕门迎接。金兀术跳下马来，完颜宗望迎上去，拍拍他的肩膀，称赞他浚州一仗打得漂亮。金兀术回答他说：“二哥，咱们先前知道南朝官军是银样镴枪头，中看不中用，却没有想到如此稀拉。要不是那个韩世忠炮了几蹶子，咱们的兵爷只当是赶了一回集。”

完颜宗望点点头，颇为轻蔑地言道：“在燕京誓师时，大萨满问我，黄河是一道天堑，如何能过？咱回答，什么天堑，就是一道水沟而已。当时面对三军将士，我说的是鼓气的话，现在看来，黄河真的就是一条水沟。”

“是呀，二哥！”金兀术这才记起把手上的马鞭递给弁卫，然后搓了搓手，嚷道，“咱就靠三只渡船载了三万兵马，南朝官军哪怕在这南岸布置一千名弓弩手，咱们的兵爷恐怕就成了河里的死鬼。”

“是呀，咱以为南朝这块肥得流油的地方，应该满地英雄，怎么咱们碰着的都是狗熊呢！”

完颜宗望话头儿一落，金兀术就抢着说：“二哥，你提到这事儿，咱正想问你呢，咱们四十万大军渡了黄河，为何不一鼓作气前去踹了汴梁城，反而要在这黄河边上磨蹭两天呢？”

完颜宗望回答：“四弟，不是磨蹭，是休整。”

“休整个啥？你没瞧瞧咱们兵爷，一个个都是钻林的豹子。”

“豹子也还得有个打盹的时候嘛，再说，咱们这么顺利渡过黄河，这是河神保佑呢。四弟，咱们得落个脚儿，祭祭这汉地的河神。”

金兀术自嘲地一笑，搔着脑袋说：“还是二哥想得周全。”

兄弟俩说话的时候，郭药师、刘彦宗等各部首领都跟随在后头。他们都是头一遭听说祭河神这件事，因为事先完颜宗望只是通知他们前来议事，并没有露这个口风。郭药师好奇心强，问完颜宗望：“大帅，这河神怎么个祭法？”

“待会儿，你就知道了。”

完颜宗望故意卖了个关子，说着就翻身上马，带领众位将军来到黄河边上。远远的，便看到绣着金字的红边白底的九面军旗在黄河边上迎风飘扬，军旗下面，等距离支了三口大锅。将帅一行走到跟前下马时，便见大锅底下干柴已燃起烈火，锅里的汤水沸沸腾腾。

这时，只听得一声清脆的羊皮鼓声，在军旗侧面的帐篷内，走出了九位祭司。将军们看得真切，眼前这些穿着五彩绣服，头戴插着羽翎的桦树皮冠的祭司，正是一个多月前在燕京誓师大会上主持仪式的那九位萨满。所不同的是，那位德高望重的八十多岁的老萨满这次没有穿那身铜甲萨满服，而是穿着簇新的垂着一百零八根五彩飘带的乌古迭部落式样的萨满服——这是他特意为此次祭河神仪典定制的服装。

在老萨满的安排下，完颜宗望在正中的那一面军旗下站定，金兀术、郭药师、刘彦宗、大旲等将军们在他两边一字排开。

细心的郭药师注意到，老萨满手中的羊皮鼓上，一面用墨汁画了一只乌龟，另一面则用红彩绘了一只羊，而其他萨满的羊皮鼓，画的却都是绿色的狗鱼。“这是什么鬼？”郭药师心里头嘀咕。他知道这里头有玄机，但他不明白这玄机的奥秘在哪里。

老萨满将羊皮鼓放在心口捂了捂，然后轻咳一声，带着萨满们绕着大汤锅开始舞蹈，他们一边摇着鼓，一边跳着舞，同时嘴里还念叨着咒语。

这时候，几名小萨满从帐篷里推出三条已制作好的自低向高的小桥，架设到汤锅边。那小桥的高度一头贴着地面，另一头高出锅面约一尺多。然后又牵来三只半大不小的公羊，搬了九只海碗大小的乌龟，在每只汤锅的小桥边依次放置了一只羊，三只龟。

萨满们的咒语念完了，也都退回到军旗前站定，只剩下老萨满一人仍在作法。只见他依次在三只汤锅前蹀步，对着公羊和乌龟摇着羊皮鼓，听到鼓声，公羊与乌龟仿佛神灵附身，都对着老萨满点头。

当这种人畜间的交流完成，老萨满往后退了三步，小萨满递给他一支同样绘了羊与乌龟的桃木剑，老萨满将桃木剑向天空一指，一阵狂风骤起，军旗猎猎作响，仿佛要撕裂一般；老萨满又将桃木剑向眼前的黄河一指，顿时间黄河涌起了波涛，两三尺高的浪头扑上岸来，溅起的水珠子都打到了汤锅上。如是者三次，老萨满收了桃木剑，又举着羊皮鼓响亮地摇了三下，然后大叫了一声："嘎！"

众萨满一起应和：

"嘎，嘎乌哈！嘎乌哈！"

这喊声犹如雷霆滚过，将军们都产生了不可名状的敬畏。

老萨满又喊：

"呼玛！"

众萨满大声响应：

"嘎，呼玛！嘎，呼玛！"

老萨满一顿脚，大声呼喊：

“龟！”

众萨满一起摇响羊皮鼓，呼叫：

“龟！龟！龟！”

在这喊声中，只见缩在地上的乌龟们纷纷爬上小木桥，不紧不慢向汤锅爬去，爬到最高处，它们毫无惧色，一直朝前走，直到坠下了汤锅。

九只龟分三拨，落进了三只沸腾的汤锅中。

老萨满稍作停顿，又眯着眼睛念起了咒语，他的声音含糊不清，将军们不知道他在念叨什么，但他们的心情越来越神圣。

咒语停了。老萨满习惯性地轻咳一声，猛地又高喊一声：

“羊！”

众萨满又一齐摇响羊皮鼓，高声应和：

“羊！羊！羊！”

这回轮到羊出阵了。只见三只公羊分别走上三道小桥，它们是受到了某种魔幻力量的控制呢，还是通灵后甘愿牺牲的勇气起了作用，反正它们走上小桥时如此地神定气闲，不到四尺的小桥，是它们走向生命尽头的最后一步。

众萨满还在呼叫着，将军们也情不自禁参加了呐喊：

“羊！”

“羊！”

“羊！”

不知道此时此刻的公羊会不会热血偾张，它们走到小桥的制高点时，都毫不犹豫地跳了下去。

汤锅腾起了浪花，小萨满们往锅底添加干柴，哔哔剥剥的燃烧声让将军们联想到战车的滚动。

老萨满一手摇鼓，一手舞剑，带着萨满们在三只汤锅间舞蹈，并唱起了歌：

我们是来自远方的战士，
我们崇拜大河的神。
祸与祸重叠在一起，
那并不是我们的需要；
刀与刀砍杀在一起，
我们身上的血就能沸腾。
我们对大河的神下跪，
祈求你让我们的战士安稳。
人与枪虽然是永不分离的伴侣，
但龟与羊却甘作河神的牺牲。
大河的神啊大河的神，
你陪伴我们一起出征。
在南朝的土地上，
你是我们胜利的保证。

在这歌声中，汤锅里的羊与龟都被煮成了稠稠的羹汤，老萨满耸了耸鼻子，又高喊了一声：

“起！”

几位大萨满闻风而动，他们分别抬起三只大汤锅走到黄河边，将汤锅投到了水里。

滚滚的黄河水顷刻间淹没了汤锅，老萨满几乎是雀跃地跑到黄河边，对着波涛跪了下来，虔敬地唱着：

“九九归一,三阳开泰，伟大的黄河的神，感谢您接受咱们女真人的奉献。”

大萨满们跟在他后头，同声高喊：

“九九归一，三阳开泰！”

完颜宗望和他的将军们到这时才明白，为什么老萨满要用龟与羊来祭河神，他们突然意识到，无论是上苍还是万物之神，都眷顾并保佑着他们这些大金军的勇士们。

第二章　皇帝哀叹：国难当头，无人可用

赵桓重新回到禁城，好像分别很久似的，觉得眼前的一切都那么陌生。回到上书房，他竟不敢一个人待在里头，尽管妙官等六七个内侍陪伴在他周围，他依然觉得阴森可怕，脑瓜子里一次又一次浮出梁师成对他讲述的那首河北民谚：

扫帚星渡河，
白额虎踏京。
逢七是大限，
皇城跳大神。

尽管度日如年，日子还是挨到了正月初五。离大限只剩下两天了。等到下半夜，承旨领着皇后等一帮皇亲国戚回返禁城的梁师成来到上书房报告消息，一直未曾睡觉的赵桓只淡淡问了一句："正宫没受到惊吓吧？"

"没有。"梁师成答。

"没有就好。"赵桓挥挥手示意梁师成退下。老太监刚走到门

口，赵桓又改变了主意，喊道："你留下来。"

"皇上，深更半夜，您可得歇息，别熬垮了身子骨儿。"

梁师成嘴上这么说，其实他巴不得留下来，他有一肚子苦水，想向皇上倾吐。

皇上说："睡不着啊，你陪朕聊聊话儿。"

"皇上……"

梁师成欲言又止，他还没想好如何说话。赵桓让梁师成在他的下侧落座，问："你要说什么？"

梁师成决定单刀直入告李纲的刁状，他说："皇上，恕老朽斗胆直言，威胁咱大宋社稷的，除了大金强虏，还有那个李纲。"

赵桓沉默不语，他在掂量梁师成为何要这么露骨地攻击李纲。梁师成察言观色，见皇上不加制止，便接着说："皇上，老朽斗胆直言，李纲拦驾，不让皇上南狩，有三条大罪。"

"哪三条？"

"第一，抢占辂车驾辕之位控制辕马，逼停辂车。这是挟制皇上，一罪也；第二，当众鼓噪，让厢军、禁军都表示不愿与皇上同行巡幸，这是陷皇上于难堪，是大不忠，二罪也；第三，未得圣旨，而公然宣布，有胆敢再议南狩者，斩。这是自大妄为，明为羞辱白时中宰揆，实则是藐视皇上威权。如此欺君，三罪也。此三罪归纳起来，按大宋律令，可定为叛逆大罪，犯此天条之人，斩立决。"

梁师成说的这三条，条条戳心，赵桓深有同感，他哀叹一声说道："国难当头，无人可用啊！"

"无人可用，也不能用李纲这种大奸似忠的人。白时中说他是个秀才，只会纸上谈兵，这是说他愚，他的本质不是愚，是奸。"

“奸？”赵桓仿佛被马蜂螫了一下，纠正说，“朕看这个李纲，既非愚，也非奸，而是一头撞到南墙不回头的犟牛。这样的人，在官场上，恐怕不会有什么朋友。”

“皇上，恕老朽说一句掏心窝子的话，咱讨厌这样的人。”

“朕也不喜欢他，但还得用他啊！”

“皇上，这是为什么呢？”

“不用他，朕用谁呢？”赵桓除了叹气，还是叹气，“强虏当前，总得有人挺身而出啊！像李纲这样的人，还有一个宇文虚中，咱把他从黎阳前线调回来，本想让他承担守城重任，但太原那边战事也吃紧，朕又把他派到太原督军去了。还有一个吴敏，那更是个秀才，备顾问秘书之职是够格的，但提兵打仗也是个外行。唉！平日上朝的时候，大殿里黑压压一大片，大臣都有几百个，可是战乱临头，才发觉满朝都是秀才。”

君臣两人就这么鸡一嘴鸭一嘴讨论国事，不觉天已破晓。赵桓打了一个大呵欠，迷迷瞪瞪有些犯困。妙官恰在这时推门进来，禀道：“皇上，尚书令李邦彦紧急求见。”

一听到紧急两个字，赵桓的神经立刻就绷紧了，身子一激灵正襟危坐起来。

李邦彦进来，向他报告了一个消息：白时中坚决请辞中书令之职。中书省、尚书省、门下省三省长官，均称为宰官。但以中书省为首，是为太宰，亦称宰揆。李邦彦为尚书令，列名朝官第二，称为少宰。张邦昌为门下省堂官，入相，亦称相臣。

对于白时中的辞职，赵桓一点也不感到意外，昨日在南薰门瓮城中受到李纲的当众羞辱，搁在谁身上也受不了。赵桓对他虽心存袒护，但也没有因此斥责李纲，这加深了白时中的失望与怨怼。面对这一份辞职，赵桓无法挽留，但添了许多惆怅，他嘴唇嚅动着，轻轻吐出两个字："准他。"

李邦彦立即追问："朝中不可一日无太宰，皇上，谁来接替呢？"

"你看呢？"赵桓反问。

"就让李纲来接吧。"李邦彦脱口而出说出这句话来，熟悉他的人一听就知道，这是一句气话。对李纲的厌恶，他与白时中是一样的，他悻悻地说："李纲眼下在朝中呼风唤雨，能耐挺大的。"

赵桓知道李邦彦说的是气话，便答道："爱卿，朕对白时中的忠忱毫不怀疑。上皇禅让前，撤了王黼的太宰，并征求朕的意见，任命白时中接任。因此，他是朕的第一个宰揆。甫一就职，就危机四伏，没过一天顺心的日子。他毕竟也年过花甲了，当此之际，他选择急流勇退，也是迫不得已。朕不怪他，你让吴敏拟一道圣旨，对白时中要多加安抚，实职既除，勋职要尊荣。"

赵桓这席话讲的是他对白时中的评价，却对李纲只字未提。李邦彦安排手下职官去通知吴敏拟旨。想了想，憋不住又问："皇上，您还未明旨，谁来接任中书令一职，臣再一次建议让李纲接任。"

赵桓摇摇头："朕掌控社稷，绝无可能让李纲封侯拜相。"

这句话倒让李邦彦大吃一惊，他情不自禁"啊"了一声。

赵桓眯着眼觑着他，慢悠悠地说："爱卿，上皇曾对我说，能办事的干臣，同时也能撕裂官场。这一点，你也应该清楚。"

"皇上！"李邦彦有些激动了，他接着问道，"这么说，皇上不会擢拔李纲为宰相了？"

赵桓点点头，语气亲切地说："爱卿，太宰之职，你来接任。"

"皇上，臣……"

“别说了，你空下的尚书令少宰一职，张邦昌接任。”

李邦彦一下子愣住了，他似乎突然明白，眼前这位年轻的皇帝，表面上木讷、怯懦，内心却坚定，自有主张。他用那些自命不凡的主战派，是为了让他们冲锋陷阵，一旦战败，他们也就吹灯拔蜡了。掌控权力的枢机之地，还是擢用主和派大臣。

就在李邦彦用心揣摩皇上的心机时，站在一旁的梁师成提醒他说：“太宰，你现在成为了天下文官之首，还不快谢皇上！”

“谢皇上！”

李邦彦屁股离了凳儿，直挺挺跪了。

赵桓说：“爱卿起来，天下事拜托你了。现在，你陪朕用早膳。”

趁着君臣用膳的时间，吴敏草拟的关于白时中、李邦彦、张邦昌任免的圣旨送进了上书房。

白时中制门下：

熙朝任相，当严进退之规。明主驭臣，宜厚始终之礼。惟时端揆，翊我初元。顾谋国之未臧，肆推恩而许罢。

特进太宰兼门下侍郎兼神霄宫使庆国公白时中，性禀中和，心存恺悌，早通经术，蔼贡薛韦平之声；晚被眷知，居萧曹丙魏之地。方胡骑猖狂之日，乃庙谟经略之时。排难戎庭，懦弱讫成于无断；投闲真馆，保全实赖于有容。赐以安车，俾还私第。爰念上皇之元弼，载悯春宫之旧僚，时示眷存，聿崇体貌。晋隆名于秘殿，俾佚仕于殊庭。拓衍原田，陪敦圭赋。於戏！参朱邸之佐，尝克尽于忠规；追赤松之游，尚永绥于寿嘏。祇膺异数，益体至恩，可特授观文殿大学士，中太一宫使，依前特进庆国公，加食邑七百户，实封三百户。

吴敏这篇制文，应该是把握了皇帝的心思，准确而有文采。赵桓一看，一字未改即行签发。余下李邦彦与张邦昌两制，亦多溢美之词，称二人为当轴股肱之臣。誉李邦彦，“尽忠而人绝间言，制胜而虑无遗算。谢安之矫情镇物，足抗苻秦；李靖之料敌临机，何忧突厥？”赞张邦昌，“识敏而器宏，才高而学博。洁于行已，保礼义廉耻之四维；靖以立朝，懋正直刚柔之三德。”这样一些名不符实的谀辞，如果是同侪之间的吹捧，倒也无碍大局，但在圣旨中出现，所有的朝廷命官都会逐字逐句从中揣摩，力图找出弦外之音。官场上的人，十之八九是熬过十年寒窗的，他们最擅长通过皇上的旨意来读取帝王心术。这三篇制文发布后，官员们立刻都感到，白时中虽然离开太宰之职，但他在赵桓的心中，依然是老成持重的忠臣。而李邦彦与张邦昌，依然得到赵桓的器重，其控制军国的权力进一步提升。本来，经过南薰门事件后，官员们都以为李纲占了上风，朝廷从此有了新的干臣。却没想仅隔一天，朝中人事丕变，李纲并没有应官场的期待而上位。一些见风使舵的官员，本来准备跟着李纲做一员主战派的勇将，这会儿研判局势又都当了缩头乌龟。官员们这种心理上的微妙变化，导致临危受命的李纲表面上风光无限，实际上多有掣肘之苦。

且说李邦彦接掌相印之后，第一件事就是建议皇上撤销亲征行营司。赵桓觉得兹事重大，于是乘舆至延和殿升座，召来张邦昌、李纲等一班大臣进行讨论。

当李纲听说李邦彦有撤销亲征行营司的建议，立即反驳说：

“亲征行营司是为稳定军心、民心而紧急成立，是向天下人表达皇上驱除强虏的决心。如今成立才不过两天就要撤销，这岂不是儿戏？”

李邦彦讥刺回应：“如果说是儿戏，两天前成立它就是儿戏。御驾亲征，强虏都过了黄河了，你叫皇上如何亲征？”

李纲针锋相对：“出城往黄河岸边走上十里二十里，与强虏先锋交交手打一仗，又有何不可？”

李邦彦一声冷笑，斥道：“你当皇上是什么人？是你的一名军士，还是一名小校？”

李纲也意识到自己话锋过于唐突，于是缓和语气回道：“太宰，皇上出征可以提振军心，并不是要皇上真的一刀一枪地搏杀。”

李邦彦丝毫不留情面，说出的话火辣辣呛人：“李纲，庆国公说你是一个秀才。本相看你，就是一个不省事的愣头青。今天出一计，明天出一计，都是云里雾里不着地儿。”

看这两人争得面红耳赤，赵桓觉得偏袒谁都不合适。他示意两人停止争吵，问一直不吭声的张邦昌：“爱卿，你说，这个亲征行营司要不要撤？”

就是皇上不问，张邦昌也准备站出来打个圆场，他已经想好了一个双方都能接受的主意。这时候欠了欠身子，肯定地回答：“皇上，这个衙门要撤！”

“要撤？”

赵桓本能地反问。大殿里那些交头接耳的官员也都安静下来。

张邦昌见大家都支着耳朵，又转了语气，“皇上，臣建议，将这个临时衙门改个名儿。”

“改什么名儿？”仍是赵桓在问。

“依臣之见，就叫京城四壁守御司。”

“唔，这方案不错。”赵桓想了想作了肯定。他觉得这样既保全了李纲的面子，又切合汴京的实际，于是问李纲：“爱卿，张少宰提出的建议，你是否接受？”

李纲虽然对张邦昌也无好感，但他的这个建议是解决目前纷争的唯一途径，于是回答：“臣认为这方案可行。”

李纲的表态让赵桓如释重负，他即刻表态：“既是这样，朕准奏。”

张邦昌与李邦彦暗地里对视了一下，张邦昌接着就问：“皇上，谁来担任这个京城四壁守御使呢？”

赵桓答：“这个还用问？自然是李纲。”

李邦彦一旁插问：“皇上，王宗濋本为殿前司指挥使，主管御营，他该怎么安置？”

李邦彦提出这个问题，看似平淡，实际内中却藏了骨头。盖因这个王宗濋是皇后的弟弟，原为御营团练使。赵桓升座后，便将殿前司指挥使高俅撤职，让王宗濋取而代之。他这一举措，乃是为了把御林军的指挥权控制在自己人的手上。谁都知道，这个王宗濋傲横而无能，但因他是皇上宠信的小舅子，恁谁也不敢惹他。现在，李邦彦把他搬出来，很明显，是为了不让李纲出任守御使一职。

赵桓觉得李邦彦此时提出这个问题，真个是此地无银三百两，但的确绕不过，他本想笑一笑，表现出自己处理复杂问题的大度和轻松，但他发青的脸色一扯动，反而更难堪了。他的目光朝官员中睃巡了一下，问：“王宗濋来了吗？”

“皇上，卑职来了。”

人群中站出一个身穿三品武服的胖子，赵桓看着他，问：“刚才太宰的话，你听到了？”

“听到了。”

“你是朕的小舅子，大敌当前，朕可要为天下委屈你这个国舅爷了。”

赵桓说着，也不待王宗濋表态，就提高了嗓门宣布：“守御使这一职，还是李纲来担任，王宗濋你就当个副使吧。”

李纲连忙站起来说：“皇上，这可使不得，王宗濋大人官居三品，卑职虽蒙皇上擢升，仍只是个四品，哪有四品为正，三品为副的道理？”

“爱卿不必多虑，现在是战时，一切以简便为宜。”

赵桓说罢，起身就要离殿，李纲急忙奏道：“皇上且慢走！”

“你还有何事？”

“南阳有一壮士，叫吴革，他自募民军五千人，且自带粮饷前来勤王，今儿早上刚刚进城。臣见这个吴革气宇轩昂，一身英雄气。皇上下旨召臣前来，臣便私自做主，将这个吴革也带来了，现就在殿外等候。臣恳请皇上能见见这位吴革，听他陈述破虏之策。”

“啊，吴革，一定要见吗？”

为了显示其重要性，李纲加重了语气：“吴革领来五千铁血男儿，值得皇上一见。”

赵桓虽然不情愿，但还是点了点头。

李纲便下殿去带吴革。这当儿，延和殿值殿官进来报告：四十万大金军已尽数前来，把汴京围得水泄不通了。

乍一听到这个消息，延和殿中一片沉默，战和两派的官员们都没有过激的表现。因为他们都知道，大金军围困汴京，是迟早都要发生的事。他们甚至觉得，大金军比他们想象的还迟来了几天呢。

沉默之后，接着就是惊恐，四十万大军，这可不是一个小数目。赵桓又想到那首民谚，他在心里头念叨着：初七是大限，皇城跳大神。越这么念着，他越是心惊肉跳。这当儿，李纲领着那位气宇轩昂的吴革走进了大殿。突然见到了皇上，从未进过朝廷的吴革显得非常激动，他扑通跪了下去，禀道："臣民吴革叩见皇上。"

他的声音洪亮，只是鼻音较重，让人感到他是个很有信心的人。

因为来得不是时候，赵桓只吩咐赐座，却并没有与他交谈，而是问李纲："大金军围城了，你知道吗？"

"臣也是刚听到。"

"所有城门都关好了？"

"关好了，请皇上放心。"

"城墙上都有守军？"

"一切都已妥为布置。"

"城里有多少兵力？"

"七万，今日又多了五千。"

"啊，是这位英雄领了五千民军来。"赵桓于是看了吴革一眼。

"是的，吴革领来了勤王之师。"

李纲本想把话题引到吴革身上，但赵桓心里头装着的是胜负未卜的战事，他接着问："大金军何时进攻？"

“不得而知，”李纲老老实实回答，“但我们已做好准备，以备强虏随时进攻。”

“四十万对七万五，如何守御，爱卿，你有把握吗？”

“有！”

“把握来自哪里？”

李纲思索着如何回答，吴革这时起身，趋前几步走到皇帝跟前，抱拳言道：“皇上，容臣民回答这个问题。”

赵桓觉得这吴革有些突兀，嘴上却说：“你？你说吧。”

吴革侃侃言道：“京城兵力，不是七万五，而是过了百万。”

由于鼻音加上地方口音，赵桓没怎么听清，追问：“你说是多少？”

“过了一百万。”

“怎么会有这么多？你说慢一点，让朕听明白。”

吴革于是放慢说话的速度，这样，他的语气中表现出来的那股子英雄气就减损了许多，他说：“汴京城高墙厚，这六十里长的城墙，易守难攻，可折算成六十万兵力。这兵力是太祖太宗留下来，供皇上使用的。”

“原来是这样，还有呢？”赵桓问。

“金狗子称兵四十万，但长途奔袭，就是疲兵孤旅，加之病弱后勤各样减损，真正能投入战斗的应减半，只有二十万。”

“唔，这个账也算得好。”

“我大宋官军平常遇到敌情，为了保命，跑得比兔子还快，黄河就是这样丢的。但是，在逃无可逃，丢城就等于丢命的情况下，官军们宁可血战，也绝不会弃城。此时的官军，说他们以一当十，那是吹牛，但以一当二还是可以的。这样，七万官军变成了十四万。”

“又多了七万。”

李邦彦补了这一句，口气中充满了揶揄。

“你再说下去。”赵桓催促。

“臣民吴某我带来的五千壮士，可以一当十，五千等于五万。”

赵桓心中盘算，觑着吴革说：“你这样折算下来，也才九十四万兵马，离百万雄兵还差六万呢。”

“京城的百姓，恐不止百万吧，凡男丁五十以下，十五以上一律上城御敌，哪止六万？”

李邦彦一听吴革的豪言，就觉得不靠谱，便接过话头讥刺道：“牛皮不是吹的，蛤蟆不是飞的。你的民军以一当十，该怎么证明呢？”

“很好证明，京城十八门，请皇上下令，拿出两座城门，让咱民军据守，如果金狗子能攻破我的防线，不等皇上开口，我先自家卸了项上头颅。”

“你以为是野孩子打群架，掏鸟蛋哪？”李邦彦仍在讥刺。

“我堂堂吴革，决无戏言！”

吴革当仁不让，与李邦彦顶起牛来。

赵桓也觉得这个吴革有些言过其实，但还是欣赏他的按捺不住的爱国之心。当下形势，提振军民士气是第一要务。他当下吩咐押班殿使，去衣库中取出一领五品红襕官袍，当众披在吴革身上，言道：“朕赐你五品冠带，望你保持壮士之心，奋勇杀敌。”

吴革骤获殊荣，自是欢喜，谢过皇恩之后，他便随李纲退出延和殿。因为李纲急着要去视察防务，而吴革也必须尽早领取任务，按他自己的请命，他要守卫两座城门。

他们走后，赵桓与李邦彦等股肱大臣又议定了五件事情：

所有官员必须在各自衙门宿值，凡来京述职或调职官员，一律到吏部报到，听任调遣；

针对城中多起谍作案件发生，着刑部会同开封府严查城中异域人口并登记入册，凡册有列名者，每日须到警铺报到接受侦询，违抗者一律严处；

顷接吏部公报，前太宰王黼并户部尚书张劝、礼部尚书卫仲达、枢密院右侍郎何大圭等五十六位官员弃官逃跑，仍着刑部会同有司予以缉拿，对弃河逃遁的何灌、梁方平张贴缉拿令，尽快拘捕归案；

宵禁继续，以解危为限，其间所有军民人等，按前次公布之禁令遵守，凡违者，从重处罚。家有婚丧，一律从简，死者停棺于屋，不得出城安葬；

虏尘嚣张，战无定数，凡因战而征用民夫、船马、房屋、器械、粮布等一应物资，一律不得抗缴。兵部量收而付凭据，以待日后结算。

赵桓指示李邦彦，要在一个时辰内，将这五条议决分别传达到每一个衙门，每一处坊厢。

第三章　牟驼岗之夜

正月初五未时刚过，完颜宗望就率领中军进驻了汴京城西郊的牟驼岗。本来，他打算让部队在黄河边上休整两天，但一来荒郊野外解决给养困难；二来将士们也都不肯待在黄河边喝西北风，恨不能立刻杀进汴京城，挨个儿到皇帝的宝座上落落腚儿。完颜宗望眼见部属将士们个个精神抖擞，也就不再坚持己见，命令各部拔营南进。

从黎阳到汴京不过百里路程，大金军没遭遇到任何抵抗，一到城郊就按出发前划定的防区各自安营扎寨。中军大营就落在牟驼岗。这牟驼岗坐落在京城西南隅的汴水滩涂里，三面环水，只有一条路可以进去。牟驼岗是一列小山坡，它本是大宋八十万禁军的兵甲粮草等一应军需存放之地。方圆几里地中，大大小小的库房倒有五百余座。这里在大宋开国之前，本是一片乱坟岗，后来被宋太宗赵光义看中，辟为皇家军库。此后，这乱坟岗便叫牟驼岗。这名儿的由来有两种说法。一是说从河东陕西等处运送的物资，多半用的是骆驼，每次运输大队过来，骆驼有数百匹之多。汴京的百姓，过去很少见到这北地的牲口，每次驼队一来，便都赶到汴河边上看热闹。还有一个说法，是赵光义请来风水先生看地，风水先生告诉他这处地形像骆驼，并建议把军库衙门建在两只驼峰中间，同时在两只驼峰上建两座兵器库，以此来镇汴河的妖龙。赵光义一一照办。现在，军库守备衙门的东西两侧的岗坡上，的确是两座兵器库。

这牟驼岗本有两千禁兵守卫，听说大金军掩杀过来，也不敢交锋，都兔子一样撒腿儿跑了。完颜宗望进来时，连一个人影儿都没看到。他在郭药师的引领下，径直来到守备衙门，但见这里榆杨夹道，廨宇森严，便问同行的郭药师："你是怎么发现这里的？"

"我来过，所以才建议把咱们的元帅府设在这里。"

"这里是军禁之地，你为何能来？"

"虽是军禁之地，但这里也是汴京最好耍的地方。"

"哦，此话怎讲？"完颜宗望问。

郭药师于是介绍三年前他来到汴京，当时的太子如今的皇帝赵桓请他来这里打马毬的情况。因为牟驼岗归禁军管辖，时任殿前司指挥使的高俅既是兵马总管，又是汴京城中打马毬的第一高手。正是这个原因，高俅便在牟驼岗修建了汴京最好的马毬场。赵桓拜他为师学习打马毬，所以经常来这里。那时南朝徽宗皇帝赵佶将郭药师视为收复燕云十六州的第一功臣，请他来京师受赏，并颁旨让王公贵戚三省大臣分别请他吃筵席。赵桓听说郭药师喜欢打马毬，便带他来牟驼岗打了两场马毬。

完颜宗望也喜欢打马毬，听到这一段故事，便让郭药师领他到马毬场观看。当他看到位于军衙之侧被森林环绕的球场时，在空荡荡的看台上坐了片刻，叹道："南朝君臣无能，可惜了这一座马毬场。"

郭药师琢磨着完颜宗望话中的含义，不敢造次胡嚼舌头，便说闲话儿：“南朝不叫马毬，叫蹴鞠。”

“蹴鞠？”完颜宗望笑道，“这是哪儿跟哪儿？扯不上啊！”

“蹴鞠，咱开始听了也感到别扭，但他们就是这么说的。南朝的官员，如果会打马毬，升官肯定比别人快。”

“这样，不是跟大辽一个德行吗？”

“是呀，”郭药师舔了舔嘴唇，讥道，“那次咱来汴京，童太师童贯请吃酒，席间有小娘子来唱曲儿，大帅，你道唱的什么？”

“唱什么？”完颜宗望问。

郭药师一副滑稽的样子，学着女子的那种扭捏，看着宗望说：“大帅，咱学学？”

“你学学吧。”完颜宗望答应了。

郭药师于是捏着公鸭嗓子唱了起来：

> 东西南北走不休，
> 汴梁城里数风流，
> 有三十六条花柳巷，
> 七十二座管弦楼，
> 更有一块闲田地，
> 不是栽花蹴气球。

郭药师学着汴京女子憋出的这几句唱词儿，虽然难听得要死，但那副神态，却逗得人不得不笑，完颜宗望以及在场的将校马弁，一个个都笑得前仰后合。完颜宗望抹了一把笑出的眼泪，问郭药师：“那个高俅的球技真的好吗？”

“好，在南朝没人比得过。”郭药师说，“但若与咱们北朝的人比，还算不上顶尖高手。”

“跟你比呢？”

“他不会输给我，但也赢不了我。”

“那他会输给谁？”

“天祚帝。”

郭药师脱口而出这个名字，完颜宗望听了并不吃惊，因为他曾在辽上京见识到天祚帝的高超球技，想了想，他又接着问：“南朝的那个少帝赵桓呢？”

郭药师摇摇头：“比他爹差。”

“他爹，赵佶？”

“是的。”

完颜宗望沉默了一会儿，自言自语说：“马毬马毬，不会骑马哪会打马毬？”

“大帅说得是，”郭药师又做了一个鬼脸，说道，“南朝这两个父子皇帝，骑马都不咋地，但从没有从马上跌下来。”

“这是为何？”

“天底下最烈的骏马，都生在咱北朝，南朝的马都像南朝的女人，乖乖的，俯首帖耳，尽量让男人舒服。”

“这样的马，只能杀了吃肉。”

完颜宗望忽然愤怒起来，跺了跺脚，又意识到自己这脾气发得没由来，又摇摇头笑了起来。

郭药师趁机说道：“大帅，本将忽然有了一个念头。”

“你说。”

“赶明儿咱们攻进城里，活逮了那两个皇帝，先不折磨他们，而是押到这牟驼岗来，与你打一场马毬。”

“哦，这主意倒不错。”完颜宗望说着，看看天色已晚，便吩咐身边的牙将，“传令下去，各部将军布置完毕后，都来元帅府参加会议。”

说话时不觉天已薄暮，金兀术、刘彦宗、时立爱、大昊等各军都统都来到了被辟为元帅府的守备衙门大堂内。他们向宗望报告了各自营防布置。这时候，膳房厨工搬了几大坛烧酒以及烤好的三只大肥羊，将军们吃喝闹腾起来。

金兀术撕了一只羊腿，一口羊肉一口酒地大嚼起来，不多会儿便起了性儿，对着宗望嚷道：“二哥，你得发个话儿，啥时候咱们攻城？”

“是啊，打从两个月前离开燕京，就等着这一天呢！”时立爱附和。

将军们接了这话头，嚷了起来：

“攻城！要不，今儿夜里就开始。”

“咱几十万大军，一人撒一泡尿，也能把汴京城淹掉。”

偌大一个衙堂顿时吵得沸沸腾腾的，宗望微笑着观察每一个人的动静言语，并不表示态度。这时，元帅府知事进来与他耳语，他示意大家吃好喝好，自己随着知事出了衙堂来到签押房中。

知事拿起一只类似箭囊的羊皮信袋，从里面掏出两块桦树皮递给完颜宗望。

这两块桦树皮上并没有文字，一块上画了一条昂着头的四爪金龙，另一块上画了一条大河，河边上钉了一排木桩。

完颜宗望仔细看过，然后问知事：“送信的人呢？”

“在外头候着呢。”知事答。

“让他进来。”

知事出门领了一个商人打扮的中年汉子进来。来人先不说话，而是从腰带里抠出一片刻着一只坐虎的玉牌。完颜宗望接过玉牌，吩咐知事打开一只密匣，从中拿出一只玉函，完颜宗望将玉牌放进玉函，严丝合缝，完美无缺。却说这二合一的玉件，乃是东西两路大金军主帅之间联络的印信。完颜宗望与完颜宗翰各持一副，行军打仗的时候需要互通机密，派出的信使必须持玉牌前往，验证无误方可说事。

完颜宗望从玉函中拿出玉牌还给完颜宗翰的信使。示意知事退下，他与信使单独相见，问：“你从哪里来？”

“太原城外北陈庄。”

“宗翰在那里？”

“是的，那里设了西路军大帅府。”

宗望说：“东西两路军同时发兵，原说正月初八会师在汴京城下，看来，宗翰来不了啦。”

“是的。”

“战事不顺？”

“是的。”

“这两块桦树皮是什么意思？”

“小的不知。只是负责送到大帅手中。”

“宗翰元帅没有特别交代？”

“是的。”

拘谨的信使不敢多说一句话，总是用“是的”两字回答。完颜宗望瞅着他，他越发紧张，脸憋得通红，费了半天劲，完颜宗望才从他口中得知：完颜宗翰率大军围困太原城，打了二十多天，无奈阖城军民凭借坚固城池严防死守，大金军虽然兵力多于守城兵员十几倍，仍不能得手。完颜宗翰本可以留一部分兵力围城，另率主力经黄河风陵渡南下洛阳，按期与东路军会合于汴京城下，但自他担任主帅以来，坚持逢城必克，从无败绩。如果拿不下太原，他便觉得扫了颜面，所以坚持要攻克太原后再挥师南下，并因此耽误了会师的日期，导致东路军孤军深入。

知道了真相后，完颜宗望让信使退下并让知事喊来随军行动的太史令史济，将那两块桦树皮拿给他，并说："这是西路军大帅宗翰派信使送来的，你看看是啥意思？"

史济懂得天文地理，对各类祥瑞凶咎都能解释明白，因此深得完颜宗望的信任，也得以参与机密。这会儿他看着两块桦树皮，自言自语道："一条龙，一条河，宗翰大帅的意思是啥呢？"

完颜宗望盯着史济："就是要你来勘透它呀。"

却说大金国的将领们每逢战事，要互致机密时，百里之内用海东青送信，百里之外就用信使。不管是鹰还是人，送来的都是画儿。通过画面来指示下一步的军事行动。收到画儿的人要正确理解画儿的意义，否则就会出差错导致战事的失败。

史济深感责任重大，不敢对画面随便做出判断，他小心翼翼地把两块桦树皮翻来覆去看了好多次，甚至闭着眼睛用手把桦树皮来来回回摸了好几次，试图得到什么感应。完颜宗望颇为耐心地看着他，为了让他放松，故意拿话儿撩他："咱琢磨着，这画儿是你的师傅陈尔栻的杰作，那老先生的心思，你比我们清楚。"

"西路军肯定不能来汴京会师了。"史济说了一句。

"你是看到黄河边那一排木桩吧，事实上，黄河还没拦住西路军，他们还在太原呢。"

宗望一边说一边摇头，史济回道：“咱没说西路军受阻于黄河。”

“那你从哪儿看出来，西路军来不了汴京？”

“猜的。”

“继续猜吧，你说说这条龙是怎么回事儿？”

“大帅，这两张画儿，得有个先后次序，摆在第一张的，应该是黄河。”

“哦？”宗望想了想，答道，“信使从信袋中抽出第一张画儿，的确是这条河。”

“这河，肯定是黄河了。”

“龙呢？”

“龙还昂着脑袋，它表示什么呢？”

“南朝把天子比喻为龙，看这条龙张牙舞爪的，是说咱们不能战胜它？”

史济不回答，他搔着脑袋，又自言自语：“它为何昂着脑袋呢？”

“宗翰要对咱说啥啊？”

“龙下巴上，只画了两根须，大帅，这里头有玄机。”

“啊，真的，只有两根须。”

“大帅，你再看，龙尾巴也叉开了，成了两条。”

“奇了，两根须，两条尾巴。”

“这黄河边上满是木桩，这预示着什么？”

完颜宗望感觉到了什么，但又把握不住，他眼睛瞪得大大的，试探着问史济：“宗翰是不是要咱们离开汴京，重新撤回到黄河边上。”

“不是的。”史济这回不再犹豫，他肯定地说，“咱们肯定要撤兵，但不是现在。”

“啥时候呢？”

史济指着桦树皮上的那条龙：“翰帅建议的撤兵日，就在这条龙上。”

“怎么说的？咱没看出来。”

“应该是二月二。”

“二月二？”

“二月二龙抬头。这画儿上说清楚了。”

“啊，难怪这龙昂着脑袋，有两根须，两条尾巴。”

史济继续说：“撤兵的条件，翰帅也说清楚了。”

史济说着，指了指另一张桦树皮上的大河。完颜宗望觉得有门儿，充满期待地催促他：“你说下去。”

史济自认为悟到了玄机，又担心说错，便说：“大帅，我说出来，对了你就听，若是错了，你不要怪罪，我再琢磨。宗翰大帅的意思是，咱们尽快与南朝和谈，要南朝割让疆土，太原、河间、中山三府不变，还要扩大到以黄河为界，黄河北边都要割让给我大金。”

完颜宗望点点头，如释重负地笑道：“我看就是这个意思。宗翰这家伙，要一口吃个大胖子。好，二月二龙抬头这一天撤兵，只剩下二十六天了，咱们得与南朝谈妥撤兵条件。”

“大帅，南朝未必会答应。”

“先打它个落花流水，打疼了，南朝皇帝就会就范。”

“这倒也是，拿疆土换命，南朝君臣会这么干的。”

“史济，记住，今晚咱俩的谈话，恁谁也不能泄露。”

“大帅放心！”

完颜宗望回到衙堂时，差不多交了子时。众将领好一顿胡吃海喝，几乎都有了醉意，见到大帅回来，便鼓噪起来，内中一位都统说："大帅，咱以为你到后房去与嫂子亲热了，他们告诉我，嫂子留在燕京没来，你去哪儿了？"

完颜宗望笑道："去找东西，给你们打赏。"

"打赏？"

"兄弟们忘了，交了子时，就是初六了。这一天，咱们女真人要与兄弟们喝大酒，还要送礼物。兄弟们，你们想要什么？"

"飞龙。"大昊第一个说，"咱自从入关，两年多了，再没吃过飞龙了。有了飞龙，咱一个人还能喝一坛子。"

"喝一坛子，马尿吧？"

完颜宗望揶揄他，衙堂里一阵哄笑，完颜宗望又高声说："你们都说说，要什么礼物？"

时立爱说："咱要一支马毬棒，必须是镶了七彩宝石的。"

将军们凑趣儿，都嚷开了：

"咱要一顶纯金打制的头盔。"

"咱要一匹千里马……"

"嗨，你们要的这些物件儿，都是些零碎儿，自己寻去，不用找大帅讨要。"郭药师凑热闹是高手，这会儿嬉皮笑脸打趣儿说，"大帅，咱跟你讨一样东西。"

"你说，要什么？"

"要一个女人。"

"嗬，你要这个！"

"要南朝的。"大昊来神了，嚷道，"听郭药师说，南朝的小娘子一个个水灵灵的，嫩嫩的，脸上拧一把，都能拧出水来。"

“对，咱们要南朝的女人，大帅，给咱派发一个南朝的女人。”

众将领本是取乐，这回倒都较起真来。他们都放下了酒碗，眼巴巴看着完颜宗望。

完颜宗望哧地一笑，说道：“南朝的女人都在城里，这城外哪里有女人？天寒地冻，连他娘的癞蛤蟆都找不着。来呀，把礼物搬上来。”

话音一落，便有几位士兵抬了一只沉甸甸的四角包铜的大长木箱进来，知事上前掀开了箱盖。

完颜宗望说：“这里面装的都是鞊韈带，这可是大辽国王公才有资格佩戴的金腰带啊。咱看了看，这带子缀有方形金銙十一件，挂的刀叉等小物件儿都是纯金的，你们一人拿一条。”

将军们并没有上前哄抢，而是等着知事给他们颁发。完颜宗望继续说道：“郭药师说，这牟驼岗是南朝禁兵的军需库，不但粮草充足，而且还藏了不少宝物。这鞊韈带，便是其中的一种。咱估摸着，这肯定是当年南朝给大辽国进贡的物件儿。大辽亡了，剩下这些宝货没送出去。咱让手下搬了一些出来，先给你们每人发一条。至于你们需要的南朝女人，这牟驼岗库房里没有，故本帅没办法给你们。”

待完颜宗望话音一落，郭药师就伸嘴说开了：“大帅，刚才咱说的话是逗乐儿。咱手中握着千军万马，却找大帅讨一个女人，这他娘的真没出息！”

大昊以为郭药师是在讥刺他，不高兴了，挖苦说：“郭药师，你别站着说话不怕腰疼，你若仗义，就把你藏着的女人分给咱两个。”

“对，郭药师，你要分女人！”

话把儿转到郭药师头上，弄得他灰头灰脸架不住，亏得金兀术这会儿站出来帮他解围："你们瞎嘞嘞什么，嗯，舌头痒，搁马屁股上舔舔去。大帅的话，你们没听懂吗？"

衙堂里刹那间安静了下来。金兀术在大金军中的地位，仅次于完颜宗翰与完颜宗望，这不仅仅是因为他是完颜阿骨打皇帝的四太子，宗望的亲弟弟，还因为他刚直勇猛的性格和炮筒子一样一点就炸的脾气，让人们发怵。他突然发恼，衙堂里的人一个个瞠目结舌。

完颜宗望一向觉得这位四弟是一根难得的杀威棒，但今天他又觉得四弟的发作有些小题大做，连忙站出来打圆场："四弟，弟兄们要个女人也属正常，值得你这么吹胡子瞪眼睛？得得得，只怪咱给大家伙儿的礼物不解馋，兄弟们说是不是？"

"不是，大帅，"郭药师顺坡儿下驴，咧着嘴干笑道，"四太子骂得好，天一亮，咱就率军进城抢女人，抢多少分多少，咱郭药师要是私藏一个，生下的孩子没有屁眼。"

几句话又把大家逗得哄堂大笑。完颜宗望趁机说道："咱们闹腾了半宿，你们现在各自回营，天一亮，各部就按先前部署攻城。四弟，你的兵马扎在酸枣门外吗？"

"正是。"

"天一亮，首先你从那里攻城。郭药师，你的水兵准备妥当了吗？"

"早就备妥了。"

"那你也赶在寅时左右，让他们从汴水西门进去。"

"听令！"

完颜宗望一一布置，众将军得了命令，都作速打马回营。

第四章　汴河上的战斗

大金军兵临城下，汴京城内的形势更加混乱。大宋于此建都一百六十六年，从未有战事在这里发生。累年的建设与经营，使这座城市成为十一世纪后两百余年间全世界规模最大人气最旺的通邑大都。两百多万户籍人口中，权势熏天的王侯将相、富可敌国的缙绅商贾、风流倜傥的文人学士、倚翠偎红的淑女名伶，每日里莫不将一等的富贵事业上演得轰轰烈烈；更有那些窥天测地的卜巫策士、剐肝裁肺的杏林高手、巧笑卖萌的琴师歌女、鬼斧神工的佣工大匠，把这座城市富庶的生活闹腾得沸沸扬扬。士农工商，各有衣色；兵爷相公，各有冠带。瓦肆勾栏，各有常客；桥船厢驿，各有主顾。幽庭小巷，燕馆歌楼，鳞次栉比，不欲繁碎。方圆数百里地的偌大京城，每日里熙熙攘攘，人如蚁聚。真个是多十几万人不见其多，少十几万人不现其少。可是，乍一知晓大金军围城的消息，街上摩肩接踵的人群骤然消失。世代居住京师的龙袖骄民，只是从字面上认得战争与杀伐，平常日子里，哪里见过旌旗蔽日与鼙鼓动地？除了流浪汉与乞丐们钻钻桥洞蜷缩荒祠，所有人几乎都慌慌张张跑回家里闩了门闩，撑了门杠。

应该说，街上行人绝迹对官军布防提供了极大便利。李纲临危受命担任守御使。在此之前，他从未有过任何的军事经历，更没有亲临过任何战阵。凭着一股舍身取义杀身成仁的凛然之气，他慷慨赴任。当然，将近一个月的锻炼，也让他的军事才能得到了释放。城中原有马步军四万人，厢军两万人。因厢军属地方武装，主要职责是维护治安，调度权在开封府。李纲能直接调度的就是四万马步军。李纲将四万马步军分为前后左右中五军，每军八千人，五军的最高指挥官为统制。统制之下为统领、将领、马队营将、步军营将等。在大金军围城之前两天，李纲让前军进驻东水门外延丰仓。那里存放了豆粟粮秣四十余万石，这批粮食是守城官军的必备军需，各地汇聚而来的勤王之师也靠它来接济，所以，李纲才派重兵保护。同时，李纲又派后军八千兵马进驻宋门外的樊家冈，以图扼制大金军马队的冲击。因宋门在城西北，大金军若攻城，首当其冲便是宋门，故李纲有此安排。余下左右中三军驻扎城中以备缓急。大金军兵临城下之后，李纲迅速做出进一步的军事部署，城之四面，每面三门，李纲让左军守北面，右军守西面，吴革的五千民军一再请战，就让他率军守东面，另配五千厢军。中军则镇守南面，经与开封府尹聂昌协商，留五千厢军维持街巷治安，五千厢军与吴革的民军一起守东面三门。还有一万厢军分为两拨，仍是每拨五千人，协助马步军之左军、右军守护北面、西面城墙。就在完颜宗望在牟驼岗召开军事会议之时，汴京四面周长六十里的城墙上，数万军人及十几万伕役修敌楼、挂毡幕、安炮座、设弩床、运砖石、施燎炬、垂檑木、备火油等等，一应防御之具，样样搬来加紧安放。为了保证军事安置，李纲又请得圣旨，颁令四名皇弟担任四城提举，十二名大太监担任十二道城门的监军。这种安排，对一些以邻为壑拿奸耍滑的家伙的确起到了震慑作用。

尽管安排妥帖，李纲仍放心不下西、北两城的守御。从地理形势讲，大金军突破黄河围困汴京，最便利也最容易发起进攻的地方就是城的西与北两面。李纲察看各城门部署，一晚上马不停蹄。天快亮时，他刚从西城下来，正欲上马赶到北城，忽然，凌空飞来一颗人头，差一点砸中了他的肩膀，他这一惊非同小可，跳开一步，厉声喝问："这是谁？"

"帅爷，没吓着你吧？"

李纲循声望去，只见一个五短身材满脸横肉的人被他的几名护卫阻挡在五丈开外的地方。

"你是什么人？"李纲问。

"京师义士武三郎。"那人自报家门。

"武三郎？"

那人一声阴笑，调侃回答："武大郎是卖烧饼的，他二弟武松是景阳冈打虎的，人称武二郎，他三弟便是我武三郎。"

这家伙油嘴滑舌，李纲断定他不是什么好鸟，沉下脸问："你为什么杀人？"

"报效朝廷，为国除奸。"

武三郎说着就试图突破护卫的阻挠朝李纲挤来，但护卫拼死拦他，李纲挥挥手，示意放武三郎过来。

武三郎走近李纲，弯腰施了一个礼，解释说："我武三郎见你是个大官，就想前来请功，没想被这几位兵爷挡了，情急之中，就把这颗贼头扔了过来。"

"你斩的什么人？"

“大金的细作。”

“哦？”

“帅爷你不信？”武三郎说着从地上拣起那颗人头，掌着后脑勺让李纲看，“帅爷你看，这王八羔子戴着一对金耳环，不是女真人又是什么？”

女真人习俗，男人的确喜欢戴耳环。李纲看那颗人头从颈项切断，似是活切，手法残忍，便让武三郎把人头移开。

武三郎不听话，他一手提着人头，一手摊平伸出来，对李纲说：“帅爷，你得打赏。”

此前，因的确在汴京城中抓到过大金军的细作，故京城四壁守御司衙门贴出布告：凡抓捕或擒杀大金军细作者，酌情给予奖赏，赏银五至十两不等。很显然，这个自称武三郎的人，是为了讨赏而杀人。

经过短暂的对话，李纲已认定这个自称为武三郎的家伙不是一个善人，他不动声色地盘问：“你凭什么断定，被你杀的这个人一定是细作？”

“他戴了金耳环。”

“就这？”

“这还不够？”

“你在哪儿杀了他？”

“链子桥。”

“链子桥？”李纲立刻追问，“那儿住了不少西夏人、吐蕃人，你怎么就断定他是女真人？”

“他在街上闲逛，东张西望的。帅爷，这时候还敢这样，肯定是细作。”

“你杀他时，谁在现场？”

“没人。”

“这么说，没人给你做证？”

“为国除奸，还要人做证？”武三郎表现出极大的不满，威胁着说，“你这个帅爷，忠奸不分，你既不认，我去找李纲。”

“找李纲干什么？”

“让他撤你的职。”

听到武三郎这么一说，几名护卫都笑了起来，其中一名护卫问：“武三郎，你知道你在跟谁说话吗？”

“谁？”武三郎心虚地问。

护卫说：“他就是李纲，咱们的京城守御使大人。”

“啊，你就是李大人？”武三郎并不因为自己的诞妄而收敛，反而涎皮涎脸说，“李大人，碰上你就是碰上了财神，你得给我赏钱。”

“为国除奸，肯定有赏。我且问你，你为什么要杀死这个人？”

李纲突然如此问话，武三郎猝不及防，应声而答：“因为他瞎叫唤。”

“抓住细作还怕他叫唤？”李纲脸一沉，喊道，“来人，给我拿下！”

几名护卫抢步上前，扭住了武三郎，李纲不再听武三郎的啰唣，对护卫下令：“将这厮押赴法司拘谳，若审定滥杀无辜邀功请赏，作速枭首示众，并警告宵小之徒，以此为戒。”

说罢，李纲跨上战马。刚跑出百十步远，又有一位营将拦住了马头，禀道：“大人，末将有事禀报。”

“什么事？”

“大人，末将是骑军左军营将，负责寻找石料。我们要在城上制作滚石，但城中石头已经用完了。”

“城池鹿砦是否全部完成？”

“西水门至大虹桥一带，本要设水障，可是找不到石头了。”

“找不到石头，你找我干吗？我又变不出石头来。”

“有个地方石头很多，但末将不敢前去搬取。”

“哪里？”

“蔡太师家的后花园。”

“你是说蔡京？”

“正是。”

李纲一提到自己的这位福建老乡，心中泛起一股厌恶之情，不是他撺掇皇上搞什么海上之盟联金抗辽启动兵衅，大金军何以会围困汴京？李纲也知道太上皇禅让之后不几天，这位五次拜相的天下第一文臣已请得旨意，携家眷前往南方安置。他问参将：“蔡太师家中还有谁？”

“还有管家守宅子呢！这家伙凶得很，根本不让我们进门。”

“京城四壁守御司衙门不是按皇上旨意发了公告吗？战时征用物资，任何人不得阻拦。这任何人，当然也包括蔡太师。”

“有大人这句话，末将就知道怎么做了。”

营将翻身上马，匆匆去了。李纲正欲拨了马头，往北城而去，忽见一位小校沿着汴河从西边打马狂奔而来，锐声喊道：“守御使大人！”

李纲勒了马头等小校近前，问他：“有什么急事？”

小校满头大汗，气喘吁吁禀道：“西水门守将李天强差小的前来报告，大金军开始进攻西水门了。”

李纲闻听此言，立刻奔向了西水门。

大约寅时三刻，郭药师的水师营就向西水门发动了进攻。选择这里作为首攻之地，东路军主帅完颜宗望与郭药师等一起做过认真的推演。汴京城共有十八座城门，其中陆路城门十二座，水路城门六座。城中兵力，完颜宗望也是了如指掌。马步军四万人，厢军两万人，另还有专门负责守卫皇城的禁军两万人，这禁军本来有四万八千人，被梁方平带到黎阳扼守黄河，梁方平弃战，禁军也因此伤亡、逃逸差不多减员了两万人，故只剩下一半。东路军围城的兵力，大约是守城宋军的五倍左右。兵力如此悬殊，使得完颜宗望心里头有着巨大的优势。但是，汴京毕竟城墙雄峻，易守难攻，若不能一个月内拿下，一俟各地勤王之师赶来，攻守双方的输赢态势就会发生逆转。大金军自起兵伐辽，首战一举攻克黄龙府以来，差不多五年时间，攻城拔寨不下两百余座，几乎所向披靡，没有遇到过真正的对手。过往的攻城战中，无论是辽上京，还是辽中京、辽南京、辽东京，都是七天之内解决战斗。打辽西京大同府费时半个月，这就算是时间最长的了。因此，五年来攻城的不败纪录，使得大金军的将士们产生了轻敌思想。他们相信自己是上天的宠儿，就像每次出征的誓师仪式上，萨满所唱的那样：

我们是不打瞌睡的老虎，
我们是不蹲树的熊。
我们是海东青的主人，
我们是坐着的龙。

我们不是坐在交椅上，
我们不是坐在金殿中。
我们永远坐在奔驰的马背上，
龙与马，弯刀与狼牙棒，
让我们每一位战士，
不知道后退，只知道进攻……

大金军将士们骄傲，是因为他们的确战无不胜。现在，他们开始进攻汴梁城，虽然他们知道这是一场残酷的战斗，但他们的心情却好像是来赶集的。受兴奋、欢乐、躁动、狂热这些情绪所控制，他们一刻也按捺不住，都想立刻进城，看看传说中的花团锦簇娇艳无比的大宋皇城究竟长成什么样儿。

在弥漫着轻敌的气氛中，完颜宗望保持了一份警惕。他得到西路军围攻太原一个多月毫无进展的情报后，便意识到大宋官军的精锐可能集结在汴梁与太原城中。这两座城市的攻占，看来不可能速战速决。有了这个判断之后，完颜宗望不但不退缩，反而命令部队即刻对汴京发动猛烈攻击，他相信患得患失赢不了战争，任何犹豫畏葸都会丧失战争的主动权。他心里头多次掂量如何让南朝主动求和，前提只有一个，那就是必须让南朝的君臣们在凌厉的进攻中感到绝望。他制订出一套完整的攻城战略。让郭药师的水师营首先从西水门进攻，其理由有两个：一是西水门是汴京运输物资的通道，是唯一一座可以通行大船的水门；二是得到可靠的情报，由于连日来宋军一直依托西水门运输粮秣物资，大金军包围汴京时，这座水门还来不及堵塞。大金军中军入驻牟驼岗的时候，郭药师的部队已控制了汴河的上游，在西水门外，已泊满了水师营劫掠来的一百多艘大小船只。

从牟驼岗元帅府出来，郭药师赶到了西水门外。大约离西水门两里许，是一片码头连缀的小集镇。大金军掩杀过来，这小集镇上的人几乎跑光了。郭药师在镇上觅了一处最大的院子，将自己的将军府安置下来。这一夜他离开元帅府回到将军府的时候，刚交寅时，甄五臣、李锦天等一帮将领都等候在将军府里。郭药师也不及寒暄，他刚在一张铺了熊皮的交椅上落了腚儿，就满口喷着酒气问甄五臣："五臣，敢死队配齐了？"

"配齐了，"甄五臣说着一笑，"哪里用得着配？不用点兵点将，人人都争着上船。"

"开几条船？"

"先开二十条小船，每船二十名兵士，两名哨长。"

"然后呢？"

"再开二十条大船，每船装五十名兵士，一名校官督船。"

"告诉他们，这趟差事不是去逛窑子，是打仗！城里的官军百姓恨咱们，若是让他们得手，他们切咱们脑袋就像切西瓜。"

"说过了，杀人的家伙，防身的器械，全都带齐了。"

"李锦天。"郭药师又喊。

"末将在。"李锦天答。

"你这些时，送了多少敢死队进城？"

"大约两百多人。"

"他们都得到指令了？"

"都得到了，一旦咱们开始进攻了，以锣声为号，他们就会攻占水门守备所，把控制权拿到手中。"

郭药师点点头，满意地拍了拍两人的肩膀，叮嘱道："小心不亏人，咱们水师营担任首攻，这差事千万不要玩砸了。”

“药师你放心，砸不了！”

看到甄五臣彪子哄哄的样子，郭药师嘞了他一句：“五臣，你别吹破了自己的卵袋儿。还记得两年前，你去营州，让完颜娄石的人坐着摇命鬼儿，把你给绑了吗？凭什么？就因为你马虎。”

甄五臣让郭药师撸惯了，也就不气不恼，觍着脸回答：“药帅，若不是你信了张觉，小弟我能吃那种哑巴亏吗？”

郭药师舔了舔嘴唇，笑道：“不扯了，现在，你们各回各的船，进城去看一看花花世界吧。”

甄五臣得令之后，迅速登上了头船。他命令水手解缆，忽听有人大喊一句：“慢！”话音刚落，忽见一位全身披挂的老兵跳上了船，甄五臣借着晨光定睛一看，顿时大惊失色。这老兵不是别人，正是刚才还在将军府中给他布置战务的郭药师。

郭药师其实早就有心亲自率军攻城，他怕早一点说出来会遭到甄五臣等将领的反对，故才决定搞一个突然袭击。考虑到大将出征有诸多不利，所以他才装扮成一名士兵。甄五臣的吃惊原也在郭药师的意料之中，他不想让甄五臣说出真相，故抢先嬉皮笑脸说道：“将军，老兵我来得稍迟，望将军见谅些个。”

甄五臣隐约明白郭药师的意图，于是招呼郭药师坐到自己的身后，并临时决定让李锦天的船作为头船，他的命令刚说出来，传令兵还来不及传达，郭药师便出来制止了，他问甄五臣：“你不是头船吗？”

“原定是。”

“为什么要改？”

“因为咱船上突然来了个老家伙，李锦天将军船上没有。”

“这老家伙不会成为你的累赘，走，开船。”

由于郭药师的坚持，甄五臣的船依然是头船。这些劫来的船只，都是运输物资的漕船，底舱宽大，但舵楼前后的甲板与船舷持平，不似战船有挡板，可以作为阻挡袭击的屏障。头船是一只装载二十人的小船，两边各安置五名桨手，这是郭药师的主意，因为漕船行驶靠的是舵与帆，上水或险滩则需岸上的纤夫挽船。以桨作为前行的动力，一来增加速度，二来桨手们还可以用桨板来支撑身体的平衡。遇到战争，这特意包了铁皮并加宽的桨板还是武器，它既可用来抵挡射来的箭矢，也可以像大刀一样横扫近距离的敌人。除桨手之外，还有八名射手，站在舵楼两侧。后甲板上有一名舵手负责扳舵，前甲板正中坐了一人，负责导航。这头船并没有给郭药师设定位置，他自己想与甄五臣并肩而坐，甄五臣死活不肯，他这才勉勉强强坐到了甄五臣的身后。他全身铠甲，手上握着一支一丈多长的栗木铁铙钩，那铙钩被他磨得锋利，若是挖到人的脑瓜子，必定脑浆迸裂。

“都坐稳了？”

甄五臣扭头问，与其说是问船上的兄弟，倒不如说是问郭药师。

“坐好了！”

郭药师带头回答，嗓门特大。

“开船！”

这一声喊，头船像一条狗鱼，一下子就窜到了汴河中央。四十条船像一条摆尾青龙朝西水门游弋而来。

西水门又名丰泽门，门高八丈，阔六丈，是汴京六座水门中最大的一座。本来，这西水门中有悬铁栅可以垂下阻挡进出之船。但是，在闻听金军围城的消息后，守门御所立即启动绞绳机放下悬铁栅，却不知为何，那绞绳不知卡在哪儿了，铁栅死活放不下来。等到几个时辰后修好，这西水门的门洞却已被郭药师的水师营控制。他们及时破坏了悬铁栅装置，导致绳悬机失灵。

当水师营的头船冲出西水门的门洞时，居然没有受到任何攻击。这乃是因为事先潜进城中的两百名敢死队员听到锣声后就立即钻出各个巷口，奋不顾身抢攻西水门城楼。守门兵士一心关注城外大金军的动静，却没想到会有人从城内发动进攻，仓促之中乱了阵脚，一窝蜂涌过来抵挡攻城的敢死队，倒让抛石机、弩机全都闲了下来。

甄五臣看到城门楼子上正在激战，便想停下船来，拨出人手去增援，郭药师立马阻止他，让这些兵船急速前进。

甄五臣领着二十只小船，沿着汴河前冲。桨手们奋力划桨，那阵式，那场面，不像是在战场，倒像是五月端午节的龙舟竞赛。

汴河两岸，都是参差楼阁，虽然街道冷清，但依然看得出繁华景象。甄五臣这是第一次进入汴京，他兴奋地挥舞着双手，高声喊叫："汴城汴城，你这兔崽子，你大爷来了！"

"五臣，仔细看前面！"郭药师及时提醒。

甄五臣朝前看去，大约百十丈远，有一座横跨在河面上的大拱桥。他问："药师，那就是大虹桥吗？"

"是的。"

"奶奶的，这桥怎么造出来的？兄弟们，再加把劲划快点，咱们去看大虹桥。"

"好嘞！"

众桨手一起使劲，船速更快了，郭药师忽然一挥手，锐声喊道：“停船！”

桨手们收桨，凭着惯性，小船还往前窜了好几丈远。

“药师，为啥要停船呢？”甄五臣不解地问。

“你没长眼睛哪？你看看。”

甄五臣顺着郭药师的手势看去，只见不到百步远的大虹桥上，站满了手持弓箭的士兵。甄五臣吐了吐舌头，惊呼道：“我的天，哪儿冒出来的？刚才桥上还空荡荡的。”

“人家不会像癞蛤蟆那样蹲着吗？”

郭药师刚说完，桥上的士兵便开始放箭了。幸好船停得及时，射出的箭大部分都落入水中，只有几支箭射到船上。郭药师捡了一支羽箭放在手上掂了掂，笑道：“这箭轻如鸿毛，射中了也不会死人。”

这时，不知是哪位桨手喊了一声：“将军，看河边。”

郭药师与甄五臣同时看向河的两岸，只见大量的宋军都从各处街巷钻了出来，一起张弓搭箭，朝船队射击。

第五章　酸枣门城楼上的内讧

李纲得到大金军进攻西水门的消息，立即从北城驱马前来。走到半道上，又得知西水门的城楼已被大金军的敢死队控制，他当即下令抽调守护西城的右军两千兵士赶来西水门救援。看到大金军的战船顺河而下，急行的军士们就想开弓放箭。李纲眼见战船尚在射程之外，便命令士兵就近隐蔽，两千名军士分别布置在大虹桥及汴河两岸。李纲本想让敌船接近大虹桥时再一举射杀，谁知郭药师贼精，发现动静后立即停船。但躲得过初一躲不过十五，两岸的官军这时都从隐蔽处闪现出来，他们离兵船的距离不过三四十步远近，正是箭矢最有效的射程，也不用再等射击的命令，军士们一齐向兵船放箭。

转眼之间，郭药师的水师营便陷入了绝境，四十只战船无法前进，也无法掉头回撤。汴河水面宽不过三十丈，小船调头要五丈远近的半径，大船更在十丈开外，此时若掉头，大船就会触岸，官军的各类武器一齐用上，水师营弄不好就会全军覆没。

好在水师营训练有素，对各种骤然出现的危机都有演练。此时，只见四十只大小战船一齐沉锚锁舵，一溜儿停在汴河中流。

船上的士兵也迅速用盾牌掩护，在舵楼两侧将自己遮蔽得严严实实。岸上官军一半是攻击一半是壮胆，片刻之间，向河中船只射出了上万支羽箭，四十只船刹那间被射成了刺猬。不要说船身，就是甲板、盾牌，甚至舵把、桅杆都钉满了箭镞。

第一轮射击，水师营的敢死队并无伤亡。郭药师尽量把防御的时间拖得长一点，目的是消耗官军大量的箭矢。但他知道，像这样不进不退被动挨打的局面不可长久，敢死队毕竟是孤军深入，长此下去必会全军覆没。

郭药师与甄五臣背靠背躲在盾牌之后，听到落船的箭镞变得稀少了。他从盾牌的瞭望孔中看到一名官军小校正站在岸边的系船石上指手画脚，对甄五臣说："该他娘的反攻了，各船之间如何联络？"

"以海螺为号。"

"那好，我的正对面岸上，有一名官军小校露了半截身子正好可以当靶子，你看我射杀他。"

"药帅，你可不能冒险。"

"这冒了什么险？只当是打了一棒马毬。"郭药师说着，从背上箭囊里拔了一支箭，又问甄五臣，"海螺在谁手上？"

"在咱腰上别着呢。"

"好，看我一箭撂翻他，你就立马吹响海螺。"

郭药师说着就迅速放下盾牌，猛地站起来，以极快的速度张弓搭箭，奋力射出，只见那位站在系船石上的小校应声倒地。

这一动作太快，以至于岸上的官军都还来不及反应，紧跟着甄五臣也站了起来，呜呜地吹响了海螺。

四十条船上的官兵听到海螺声，都一起弃了盾牌射箭，与官军不同的是，他们没有一个乱射，而是看准对象才放箭出去，官军这一下子伤亡了几十号人。

与此同时，只见每条船的舵楼忽然都掀了顶，露出了早就装置好的抛石机。前面已经讲过，这漕船的底舱很大。为了让船行驶平稳，也为了战斗需要，郭药师别出心裁将底舱全部装满石头，并在舵楼里安置了抛石机。为了迷惑敌方，郭药师并没有拆掉舵楼的木制外墙。

郭药师的这个鬼点子的确起到了意想不到的效果。当四十部抛石机向汴河两岸抛出第一批石头的时候，驰援来的官军们顿时乱了阵脚，平射的羽箭以及凌空砸下来的石头雨，让官军们的死伤又增添了不少。遭此打击，官军连忙撤退，寻找躲避的地方。

趁着官军的混乱，四十只战船得以从容掉头。按原定的计划，水师营只是冲进城来作一次试探性的进攻，原定目标是到达大虹桥后即原路返回，占据西水门，将这一条水上通道牢牢控制。但是，水师营的敢死队员们没想到官军溃败得如此之快，战争还没有开始就已经结束，这一帮在混同江或者辽河上长大的水鸭子们，还没过上瘾呢。于是，趁船头触岸的时候，一些敢死队员便跳上岸来，寻找官军厮杀。河边上，一场新的混战开始了。

从战斗开始，李纲就没有离开。当水师营的石头凌空飞舞时，李纲也没有惊慌，他被护卫强拽到一座临河的骑楼下躲避。大金军在船上使用抛石机，这是他不曾料到的，他本想全歼这一股子冒犯之敌，但抛石机让他的部队从主动变成了被动，这一转变让李纲很是懊恼，他脑瓜子急速运转想着如何反败为胜。这时候，看到大金军的水手们跳上岸来，他感到机会来了，知道两军相接，抛石机便失去了作用。他立刻命令率领右军驰援部队的将领张二朱率部包抄，掩杀过去。

再说水师营这边，既然有人带头跳上岸来，各船的敢死队员们也都纷纷离船朝岸上蹦。眼见这一幕，郭药师叫苦不迭，他命令甄五臣迅速吹号让敢死队员们回到船上来。

用海螺号控制部队的行动，原也是有讲究的。若是进攻，号声便短促；若是撤退，号声便悠长。甄五臣鼓着腮帮子，吹出了一连串悠长的号音。可是，除了跟前的少数敢死队员听到号音回撤之外，大部分都还在河边的街巷决斗。统一号令听从指挥本是大金军百战百胜的关键，但今天显然是指挥不灵了。一来是巨大的呐喊声、打斗声遮盖了号声，二来是右军官军开始反扑，截住了回撤的水师营官兵。大约一里多长的河街上，两军纠缠在一起，乱成了一锅粥。

看到战争的态势发生了意外，甄五臣沉不住气，他摔了海螺，大踏步走到后甲板上，亲自去扳舵。郭药师尾随而至，按着舵把问："你要干什么？"

"药帅，这条船得赶紧回去。"

"为啥？"

"因为你在船上。"

"你想让我当逃兵？"

"你是大帅，这一千多敢死队员死光了，也不能让你死。"

"我操你妈，这话是你说的？"

"药帅！"

"随我上岸。"

"上岸？"

"将错就错，上岸去打肉搏战。"

“药帅，你就是杀了咱，咱也决不能让你上岸。”

“好，你有种，你不去，我去！”

郭药师一跺脚，噌地一下就跳到了岸上。甄五臣见状也不敢怠慢，撑着舵把借力，也大马猴一样蹿落上岸。

两人还在船上的时候，右军将领张二朱就发现他们绝非一般的士兵。待郭药师落地时，张二朱立刻纵身上前挥刀便砍。郭药师本不是省油的灯，单打独斗他不惧怕任何人，怎奈他落地时正好踩着水渍，脚底打滑站立不稳，加上手持一丈余长的大铙钩也施展不开。眼见张二朱的大砍刀就要从他的肩头斜劈下来，幸好甄五臣及时赶来，在张二朱落刀前那一刹那，他的弯刀削向了张二朱的手肘，只听得“咣当”一声，大砍刀落地，张二朱的手肘连同铠甲被削断。

主将受伤，十几名官军奋勇来救，水师营这边也有七八名敢死队员汹汹而来。弹丸之地，几十号人又杀成一团。

而这时，西水门城楼已完全被大金军控制。通过西水门，大金军的援军又进来了两千人。他们沿着河街一路疾行，与浴血奋战的水师营会合。

当官军们拼死抢回身负重伤的张二朱，命人火速抬往医药局抢救时，李纲下达了第二道命令，再调左军两千人前来增援。他本想留在这里等待援军的到来，却突然发现东城方向升起了滚滚浓烟，紧接着又收到情报，大金军对东城的酸枣门发动了进攻。

李纲的军事部署与兵力调度还在实施之中，完颜宗望就得到了准确的情报。这次侵宋围汴，大金的细作的确发挥了特殊的作用。有的细作已潜伏在汴京城多年，在许多重要的衙门里都发展了耳目，所以获取情报的渠道颇为通畅。分析这些情报之后，完颜宗望对已形成决议的军事行动作了重大调整，如原来准备配合郭药师攻击西水门，而让大昊部进攻西大门。现在，针对西大门的军事行动暂告停止，而让围困东城的金兀术部对东城左侧的酸枣门发动攻击。宗望做出这种改变，乃是因为从情报得知，西城守御乃是城中马步军的精锐，而东城卫戍部队只是吴革率领的五千民兵与平日只是承担治安责任的五千厢军。为了牵制就近官军的增援，完颜宗望又命刘彦宗部围攻守护东水门外延丰仓的马步军前军，并让驻扎在北城外的时立爱部伺机烧毁北城外的一大片民房。

郭药师率军进攻西水门时，完颜宗望坐在牟驼岗的元帅府中等候消息，当他得知西水门的城楼已被水师营控制，便立刻派出几路哨队，向各部指挥官传达进攻的命令。

其实，在命令还没有收到之前，时立爱部就把北城外的住户强行驱散，近万间民房已经空空无人。接到命令之后，时立爱命令部下立刻举火烧房，所有民房都是砖木结构，一经点燃，火势立刻蔓延开来不可收拾。此时虽已立春，但天上刮着的依然是老北风。借着风势，燃烧的浓烟笼罩了整个北城，然后又继续扩散，不到一个时辰，大半座汴京都弥漫着呛人的烟雾。加之失去房屋的难民们呼天抢地的哭声、叫喊声，守城军士的呐喊声、炮击声，大金军的喧哗声、战车声，城内城外乱成一片的马蹄声、各种兵器的撞击声等等，将战争的恐怖渲染到极致。将士紧张，百姓人心惶惶，整座汴京城仿佛都要疯掉了。

时立爱的部队一边放火，一边佯装攻城，让北三门的守军自顾不暇；刘彦宗的汉军也趁势向东水门外的延丰仓发起了进攻，守护此处的马步军前军也是一支劲旅，攻守双方的激战不可避免，但此时最最重要的军事行动，莫过于东城左侧酸枣门的攻防战。

这酸枣门城高三丈有余，城门楼三层，更是高过了六丈。这城门楼两侧三十丈远的地方，是突出于墙体的两个半弧形马面。它们与城楼成掎角之势，马面内设三层，每层可容纳四十名兵士，一遇寇敌迎面进攻，他们可通过箭孔放箭射击。主城楼及城墙上，也布置了大量的弩机、炮台和抛石机，城外还有一道水深八尺的护城河，这河水同汴河相连永不干涸。为了防御需要，护城河到城墙根之间有三十丈远的开阔地，这片开阔地上没有一棵树木。任何一个入侵者，即便越过了护城河，这片开阔地的任何一处，都是在箭矢的有效射程之内。为防止马队的冲击，还在开阔地上挖了三道壕沟。因此，这一精心设计的立体战略防御体系，让酸枣门变成了一道万人莫入的鬼门关。

进攻酸枣门之前，金兀术已把酸枣门的地理形势及守军底细作了充分研究。他选择的营地离酸枣门只有三里地。站在中军帐前的小坡地上，就可以把酸枣门看得很清楚。这趟南侵，信德府与浚州两座重镇都是他攻克的。通过这两次战斗，他在心中彻底看轻了南朝的军队。他由此相信燕京誓师时宗望元帅在大萨满面前说的那些壮语，南朝的一座城池就是一颗土坷垃。所不同的是，汴京城这颗土坷垃比起信德府与浚州来，要大一些，但再大也还是个土坷垃，没有什么了不起的。

在心里头看轻敌人并不等于可以随心所欲。为了确保拿下酸枣门，金兀术还是驱马沿着护城河来回跑了两趟。回到营地，他就命令部队开始组装云车。一得到完颜宗望送来的战斗的命令，他就下令让组装好了的六部云车驶出营门，开向酸枣门，不到小半个时辰，这六部云车全在酸枣门左右一线排开。

本在东大门坐镇的吴革，听说大金军进攻酸枣门，便与厢军营将鲁大成一起赶来酸枣门城楼。这酸枣门防区共有两里地长。吴革在这里布置了两千兵力，民军与厢军各一千。在这里坐镇指挥的，是厢军的营区副将刘二虎。按李纲的安排，东城防御的第一指挥官为吴革，率领五千厢军的鲁大成为副。吴革自知强龙压不过地头蛇，为了尊重厢军，他把东城六个防区的指挥官安排四个给厢军，这酸枣门的指挥官刘二虎便是其中之一。

吴革与鲁大成来到城楼上，看到护城河外停着六架云车，问刘二虎："这云车来多久了？"

"刚来不一会儿。"

"来了就停了？"

"不停又咋地，它过不了河呀。"

"过不了河，他们开来干啥？"

"摆威风呗！"

话犹未了，只见正中一台云车的顶盖儿掀开了，几名金军士兵转动绞盘，须臾间，只见一块足有磨盘大小的石头飞向了城楼。

咚的一声闷响，石头砸中城楼的瓦顶，由于个头儿沉，速度快，屋顶被砸了个窟窿，石头落在三楼中间的桌子上，桌子顿时散了架儿。

吴革一行正好站在三楼的前廊，石头砸下的一刹那，除了吴革之外，剩下的人都吓得四下逃窜。

吴革走到木桌前，见那块石头还在摇晃，他一推桌子，石头掉到地面上不动弹了。吴革一脚踩在石头上，一手叉着腰，高喊：“你们都回来！”

散去的人又回来，鲁大成有些不好意思，觍着脸说：“狗日的金狗子，石头也长了眼睛。”

吴革没好气地回了一句：“咱们的抛石机，难道是吃素的吗？”

“啊，对的！”

刘二虎一拍脑袋，跑到外头大喊：“传令，抛石机、弩机、弓箭，全都用上，射击金狗子云车。”

酸枣门的防区，立刻展开了一波声势浩大的反击。

看到石头、箭矢纷纷坠落护城河中，站在正中云车抛石机前的金兀术笑了起来，对身边的抛石机手说：“你看看，南军多么心虚啊！”

抛石机手笑着，却不知如何回答，金兀术接着说：“他们的抛石机也真他妈的像娘们儿，长得好看，却手无缚鸡之力，抛出的石头，都过不了护城河。”

抛石机手回答：“帅爷，这个，是他们平日没有认真操练。”

正说着，偏将图朵从内梯爬了上来，问：“大将军，下一步如何进攻？将士们等着你的命令。”

金兀术反问图朵：“咱们该如何攻城，你想好了吗？”

还在昨天夜里，就如何攻城，图朵问过金兀术，金兀术当时并没有立即回答，而是要图朵自己去想，并说如果他实在想不出来了，到该攻城的时候再告诉他。图朵认为现在就是到了攻城的时候了，所以才来请示。没想到金兀术还这样问他，他搔了搔脑袋，不好意思地回答：“大将军，咱要是能想出办法来，咱不也能当大将军了？仗都开打了，您还是快揭开谜底儿吧。”

“云车按既定的目标，抛三轮石头。”

“好嘞。”

图朵答应着就要离开，金兀术一把拽住他，又道：“咱话还没有说完呢。刚才说的是第一。第二，酸枣门左右，四个马面之内，共有六百八十个垛口，咱们的弓箭手两千名，全部都到护城河边，每两名弓箭手对准一个垛口，守敌一旦露头，立即射杀。第三，护城河的吊桥，已被八根大铁链拴死，一百名卫队官兵必须跳进河口中泅水上岸，爬上立柱砍断锁桥铁链，放下浮桥，剩下六百名弓箭手全都射击城楼，掩护敢死队。第四，咱布置的那一支奇兵，一俟敢死队开始行动，立即按约定擂鼓为号，展开行动。你听明白了？”

“听明白了。”

“去吧。”

图朵一溜小跑出了云车传达命令去了。

随军的太史令史济不知什么时候也来到了抛石机前，金兀术问他：“你看到对面酸枣门城楼上的那块匾了吗？”

“看到了。”史济答。

“写的什么？”

“好像是河山锁钥四个字。”

“河山锁钥，”金兀术笑了起来，他拿起强弓，拔了一支箭，问史济，“这四个字，关键是哪个字？”

“锁，这‘锁’，就是一夫当关万夫莫开的意思。”

“好，咱就射那个‘锁’字，咱让它一箭穿心。”

说罢，金兀术拉满强弓，松指放箭，只见那支两尺六寸长的铜矢响箭嗖的一声飞了出去，不偏不倚，正中三十多丈外的那块大匾，插进了“锁”字。

史济看得真切，情不自禁大声喊道：“好箭，好箭！”

站在城楼上的吴革一行，也看到对面云车上的一支响箭射中了大匾，他们都站在大匾的下面，比起刚才那一块半空砸下的石头，这一箭更让他们吃惊。

吴革盯着护城河外云车顶上那位一身盔甲的将军，问：“射箭者何人？”

鲁大成指了指云车上飘扬的军旗，颇为不屑地回答说：“吴壮士，欲知来敌，先看军旗。”

吴革辨认，说道：“军旗上写了一个斗大的金字儿。”

“那，射箭的人必定是金兀术。”

“金兀术，就是人称黑煞星的大金国四太子？”

“金狗子中，姓金的也不止金兀术一人，你怎么知道他就是金兀术？”

鲁大成嘴一撇，明显表露出轻侮。他觉得吴革虽为民军首领，但对金国基本军事情况太不了解，于是半是讥笑半是显摆地问：“吴壮士，你看得懂军旗吗？”

吴革抑制着不满，讨教道：“请问鲁将军，军旗该如何辨识？”

鲁大成以训诫的口气回答：“就说对面的这架云车上的军旗吧，它白底黄边，三根飘带，这是大将军的令旗。大将军之下，还有车骑将军、龙骧将军，他们的令旗是白底红边，两根飘带。你看看，那六架云车上，除了正面那一架上只插了一面白底黄边的军旗，余下五架上，都插了两面军旗，一面是白底黄边，一面是白底红边，这已经告诉我们，前来进攻酸枣门的，是金兀术的军团。这次金军南侵，东路完颜宗望是主帅，他下面有四大军团，除了金兀术，还有郭药师、刘彦宗、时立爱等。大将军令旗上，绣了一个金字儿，不是金兀术，难道是郭药师？吴壮士，这么简单的事儿，你得弄清楚。”

当着七八位将军的面，鲁大成这一顿数落，让吴革很觉难堪。他知道，李纲将东城防御指挥官的重任交给他而没交给鲁大成，让鲁大成很不开心。毕竟，鲁大成是朝廷正儿八经任命的六品武官，他吴革只是个白衣秀才，领了几千个庄稼汉跑到京城来遛弯儿，美其名曰勤王，实际上是蹭官。鲁大成心里头这么想着，便觉窝火，怒气顶着脑门子，所以处处盛气凌人，与吴革闹别扭。

吴革一忍再忍，这会儿忍不住了，便故意装出真心讨教的样子，又问鲁大成：“团练大人，金兀术这一箭射过来，称得上百步穿杨吧？”

“算是的。”

“那，你回他一箭？”

“我？”

“当然是你，你不是朝廷正经八百的六品武官吗？射箭应该是你的看家本领。”

鲁大成这才明白吴革故意绕着弯揶揄他，脸都气歪了，跺着脚说道：“不管怎么说，我这身官服不是骗来的，你有本事，也去弄一件穿到身上。”

“将军你说得不对，昨儿个在金殿里，皇上不是赐了一身五品官服给吴壮士吗？比你还高一个品级呢。”

刘二虎明是替吴革说话，实际上是取笑他，在场的人一起哄笑。

吴革听罢再也忍不住了，火冒三丈，狠狠反击说：“就是你们这样一些戴着乌纱帽的人，把大好的社稷江山弄得如此破烂不堪。不然，何以让我们这些种庄稼的人，也跑来与金狗子打仗？文官误国，武官丧国。呸！”

“你，你……”

“我咋了？庄稼地里不只是长庄稼，也能生长不怕死的英雄汉！”

吴革慷慨陈词，呛得鲁大成脸色变成了紫猪肝。正在这时，只听得护城河对岸鼓声大作，六架云车上都启动了抛石机，疯狂的石头朝着城墙上的工事一片狂砸。两千弓箭手对着城楼及每一只垛口精准放箭。在石头与羽箭的掩护下，一百名敢死队员跳进了护城河……

面对突然启动的凌厉攻势，吴革冲到垛口前，冒着箭矢指挥战士们反击。刘二虎却将鲁大成拽到一处较为安全的地方躲避。

看着吴革奔跑的身影，鲁大成咬牙切齿，低声吩咐刘二虎：“瞅准时机，把这小子收拾收拾。”

第六章　上书房里捉了一只白鼠

就在抛石机向酸枣门猛烈地投掷石头时，一队大金军的敢死队突然冲出临时用沙包堆成的掩体，向着护城河狂奔。按金兀术的指令，他们的任务是砍断河对岸那八根拽起大吊桥的铁链。拴住铁链的两根大木柱，离酸枣门不过六丈远。几乎已贴到守军的鼻子底下了，这么近的距离，守城的官军会把他们的身子射成马蜂窝。当他们游过护城河时，恰恰云车上的抛石机因为石头供应不上而停止了攻击。城上的守军也及时发现了泅渡上岸的金兵。在吴革的指挥下，守军的弓箭手从箭垛后探出了半个身子，对着大金敢死队开始放箭。

但是，不等他们第一阵乱箭射出，便见护城河与城墙之间的那一片开阔地上，突然冒出了上千名弓箭手，分成三排，朝城墙上的官军放箭。

这些弓箭手便是金兀术所说的奇兵。他昨日视察酸枣门周围，发现河对岸的开阔地上，虽无树木，但多处都生满芦苇，经冬后芦苇虽已枯黄，但因是军事禁地，不准百姓前来收割，故密密匝匝的芦苇成了天然的屏障。于是，金兀术便秘密下令，组织千名弓箭手趁着夜色掩护，采取小股分散的办法渡河潜进芦苇荡中。也许是疏浚积水以免浸泡城墙，这芦苇荡中还开挖了三条半人深的壕沟。虽是临战防御，但守城的官军却忽略了这三条壕沟，这一下可帮了大金军的大忙，千名弓箭手藏在壕沟中，又有芦苇丛的掩护，竟让守城官军浑然不觉。

金兀术认为，抛石机虽然有杀伤力，但真正的作用在于牵制与震慑。要想有效地制驭守敌，还得靠弓弩手近距离的射击。所以，当敢死队渡河直奔酸枣门时，金兀术命令号兵吹响了海螺。已经埋伏了近六个时辰的弓弩手们闻号而起，分成三排互为掩护，站起来朝着城头上的守军精准射击。

这些仿佛地缝里钻出来的弓弩手，的确让城上的守军猝不及防，那些大胆探出身子来的官兵，十之七八都被射中，有的跌落城下，有的倒地身亡，城头上立刻骚乱起来。由于互相瞧不起，厢军与民军的防区以酸枣门为界，左边由厢军防守，右边由民军防守。酸枣门的城楼上，则安置了防守司衙，吴革与刘二虎各率两百名士兵镇守。为了掩护夺桥的敢死队，潜伏的弓弩手们在酸枣门的两侧各百丈远近的地方一齐放箭。民军虽然勇猛不怕死，但射箭毕竟是个技术活儿，他们平素没练过这“把式”，上城后虽然领了弓箭，不是射不远就是射不中。而厢军平素的任务就是治安，虽然练练招式，但都是些花拳绣腿，射箭的本领虽然比民军强一点，但若遇到强手，常常是只顾躲闪而忘了回击。

眼见守军的一糟儿乱，大金军攻城的各路勇士倒越发显得神勇了。趁着混乱，渡河的敢死队肆无忌惮地冲到了拴住铁链的大木柱下。在三十多丈远的冲锋路途上，三名敢死队员中箭身亡，负伤的也有七八位，但这丝毫不影响敢死队的情绪，他们一边冲锋，一边歇斯底里高声尖叫，那样子仿佛是恶魔附体。冲到大木柱底下时，他们完全暴露在守城军士的有效打击中。亏得此时隐藏在芦苇丛中的弓弩手们及时出现，对准酸枣门城楼射击，蝗虫一般的羽箭让守军窝在工事里无法露头。

墙高城固据险扼守，照理说应该有绝对优势，却没想到如此被动，作为守城指挥官的吴革觉得颜面尽失。他担心城楼下的大木柱被大金军斫断，一旦吊桥放下，大金军的云车顺利过桥，场面更是不可收拾。他猫腰走到正对着大木柱的垛口，捡起一块斗大的石头，突然起身奋力投掷下去，砸中了一位正在专心砍柱的大金敢死队员。一声惨叫传来。一些胆大的民军士兵看得真切，兴奋地高呼：“砸中了，砸中了！”

吴革跺脚喊道：“别嚷嚷，快找石头，狠狠地砸！”

但是，这种偷袭的机会再也没有了，大金军的弓弩手更加密集的箭雨射向城楼，压得守城将士不敢暴露身子。尽管有工事掩护的抛石机能抛出石头，但敢死队员已贴近城门，抛石机无法对付他们。情况越来越糟糕，吴革与刘二虎紧急商量对策。刘二虎建议赶紧向李纲求救，让他调拨禁军弓弩营迅速赶来参战。吴革同意，当即派了令兵前往。

但禁军弓弩营能不能来、啥时候来都还只是个未知数，眼下大金军进攻甚急，吴革抬头看到几根大铁链晃悠得厉害，他突然站起来，喊道：“弟兄们，跟我下楼！”

“下楼干啥？”刘二虎问。

“打开城门，咱杀出去。”

“杀出去？”刘二虎叫起来，“你疯了吧？”

“射箭，咱玩不过人家，咱跟金狗子刀对刀枪对枪肉搏去，看谁怕谁！”

吴革说着，从护兵手上接过长柄大刀，抬腿就要下楼。一些民兵也都操起兵器跟着走。

“吴大人！”刘二虎情急中喊了一句尊称，“你且慢！”

“为啥？”

“这城门万万不能打开！”

“为什么不能打开？”

“打开大门，金狗子蜂拥而入，谁挡得住？”

“我们五千民军，可以组成人肉盾牌。”

两人正争论不下，忽听轰隆隆一声巨响，只见大木柱倒下了，铁链牵拉了下来，那座大吊桥搁在了护城河上。

大金军的云车启动，朝吊桥缓缓驶来，吴革猛地冲到垛口前，朝着云车一连放了三箭，却一箭也没有射中。他情急中竟朝垛口外探出了身子。说时迟那时快，只见刘二虎连忙追上去要拽他回来，谁知吴革与他拉扯起来，刘二虎手一松，吴革顿时间头重脚轻，竟一下栽到城外。

“吴爷掉到城外了！”

不知谁这么喊了一句，许多民军的士兵便都跑到垛口前探望，又遭到了大金军一阵乱箭。不过，还是有大胆的士兵看到了真相：跌落在地的吴革都没站起来，就被大金军的敢死队员横七竖八砍了数十刀。

“吴爷殉国了，咱们为他报仇！”

一时间，城楼上沸腾了，热血偾张的民军勇士们一个个像豹子一样腾跃着，他们的箭射得更远了，几十台抛石机也都发疯似的投射起来。

但他们的斗志与防御的力量并没有遏制住大金军的进攻，以金兀术指挥车打头的六辆云车都从吊桥上驶过了护城河，云车后面，是抬着几十架云梯的工兵营。一场攻防的恶战眼看就要进入高潮……

民军的主帅已死，刘二虎自然就成为了酸枣门的指挥官。鲁大成见他跑来跑去布置战斗，便瞅机会将他叫到一处角落里，埋怨他说："你这个二愣子，谁叫你把吴革推下城的？"

刘二虎回答："这不是你的主意吗？这小子迟死不如早死，他真的要把城门打开，咱们岂不是都玩完？"

"咱不是同情他，咱是说，他这一死，这守城的责任，就落到你我的头上了。"

"鲁爷，该担责任还得担，咱们吃了这么多年的皇粮，总得表现表现了。"

鲁大成尴尬地一笑，言道："你小子倒是有点血性。好，酸枣门交给你了。"

鲁大成说着抬腿要走，刘二虎急忙追问："鲁爷，你要去哪里？"

"酸枣门这一线，有五里路长，别处的战事也吃紧呢，咱得去看看。"

眼看鲁大成沿着城墙向南去了，刘二虎一跺脚，骂道："你个王八羔子，脚底下抹油，溜了。"

这时，金兀术的云车对着酸枣门驶来，不过二十来丈远了，成千上万的大金军，山呼海啸般涌了过来。刘二虎看到一架云梯搭到了城墙上，连忙喊道："油锅，油锅，给我往下浇！"

就在酸枣门战事正酣，攻守双方打得不可开交的时候，大内宫城东北角的社稷坛上，正在举行一场神秘的仪式。这几天，钦宗皇帝赵桓不断得到大金军方面的消息，如大萨满祭河神；宗望主帅扎营牟驼岗连夜布置军务；大金军各部都得到命令，元宵节之前要攻陷汴京；除攻城部队外，大金军还派出五股重兵，切断了所有前来勤王的援军道路，如此等等，让赵桓惶惶不可终日。特别是西水门的战斗打响之后，赵桓更是寝食难安。这时候，他又记起那首河北民谚，“白额虎踏京”“皇城跳大神”这两句尤其扎心。他找来梁师成，问他：

“皇城跳大神，那朕在哪里？”

这话问得突兀，梁师成不知如何回答，加之他也担心个人的安危，于是回了一句不着边际的话：“皇上您能在哪儿呢？您肯定是在自家的皇帝位上。”

“城破了，国就亡了，这皇帝位就真的没有了。”

赵桓的脸耷拉着，眼眶里布满血丝，那样子让梁师成看着揪心，同时更增加了心中的恐惧，他实在想不出什么宽心的话，便转了话头：“皇上，太宰李邦彦一直待在值房候见呢！”

“他。”赵桓突然想起自己出城被李纲拦驾，导致白时中辞相的事，叹着气说，“白时中撂了挑子，李邦彦接替了，他也没能够替朕力挽狂澜，回天乏术啊！”

“皇上，李邦彦说他有了招儿。”

“啊，他怎么说的？”

“他说要面圣陈述。”

“那，让他赶紧进来吧。”

梁师成出门传了旨，不多会儿，李邦彦进了上书房，行了礼，屁股一落座儿，李邦彦就关心地问：“皇上，听说您茶饭不思，人是铁饭是钢，不吃哪能成啊！”

“太宰说的是。”梁师成立即附和，“今日初七，按时俗要吃圆子，皇上开头说尝尝新，端了一碗来，又不吃了。说想吃炊饼，咱又让御膳房蒸了两个炊饼，皇上掰了一小片嚼了嚼，又不吃了。”

“不饿嘛。”

赵桓说着，喉咙里起了痰，咳嗽起来。李邦彦见状，连忙将搁得较远的痰盂捧起来，递到赵桓近侧。赵桓吐了痰，又接过梁师成递上的温水漱了漱口，这才说：“太宰，梁师成说你有了退敌妙策，讲给朕听听。”

李邦彦做了功课，回答起来并不犹豫：“大敌犯我京师，看起来气势汹汹，其实化解起来并不犯难。”

“啊？”

“老虎天生是要吃人的。皇上，是这么个理儿吧？”

“唔，你接着说。”

“其实，老虎并不是天生就要吃人，饿了才会吃人。”

“白额虎进城，大金军就是一只老虎。”赵桓说着沉思起来，自言自语说，“是一只饿虎。”

“对，皇上，大金军是一只饿虎！”李邦彦加重语气，“咱们得喂饱它，喂饱了它就不伤人。”

“这老虎的胃口太大，只怕难以喂饱。”

“只要不让它吃人，咱堂堂大宋朝廷，还缺吃食儿吗？”

“爱卿所言极是，只是老虎已经发疯了啊！”

“咱先把它的疯制住。”

“如何制呢？”

“皇上，咱们已从谍报中得知，大金军请了大萨满，在黎阳南岸祭了河神。咱们得以牙还牙，在这大内宫中跳一次大神。”

“皇城跳大神？”赵桓几乎叫了起来，“这不是民谚中说的吗？”

“是的，皇上。”李邦彦垫了一句，“民谚中说皇城跳大神，但没说是他大金国的萨满来跳呀！”

“啊，咱怎么没想到这一层？”赵桓顿觉解了一个心结，眉心上的疙瘩顿时消失，急切地问，“大神怎么个跳法？”

“皇上，咱们请了一个高人，他能替咱们捉宫城中的小鬼儿。”

“这敢情好，高人在哪儿？”

“在宫门外候着呢。”

“快，请他进来。”

进来的人叫赤焰子，一听就知道这是个道号。其实他本名叫张授夏，籍贯南蜀，本是个屡试不举的秀才，但为人有侠气。某年腊月三九，这张授夏路过城西一座小土地庙，见一乞丐蜷卧其中，快要冻死了。他便将这老乞丐抬回家中救治调理，并留他过年。不觉两月有余，老乞丐身体痊愈。一日夜深人静，他将张授夏叫到客房中，说明了自己的身世。张授夏这才知晓老乞丐原是身怀绝技的大神仙，只因要用苦厄来消除五世孽障，这才舍弃富贵生活而甘愿行乞。老乞丐申明要将祖传绝技传授与张授夏。老乞丐见张授夏的表情将信将疑，便随手捡了一块拳头大的石头，往墙上一搁，那石头竟像一只蛤蟆，顺着墙壁缓慢上爬，一直爬到房檩上寂然不动。老乞丐拍了一下巴掌，那石头便纵身一跃，像一只青蛙跳到了老乞丐的手心上。张授夏惊呆了，当即跪下请老乞丐收他为徒。老乞丐又在张授夏家住了半年，传了诸般绝技，并赐他道名赤焰子。分别时，他告诉张授夏，三年后他将有面圣之机，要为宫城除祟。并作了一些训诫，让他牢记入京后可做不可做诸般事项。

分手后，老乞丐乘了一只小舟沿嘉陵江顺流而去了。张授夏又觅了一处山中古寺，闭关修炼了两年，这才带着一个小徒儿离开南蜀到了汴京。他在剑客庙里住了下来，隔三岔五表演一些小把戏弄几个零花钱度日。大金军南侵之后，朝廷张榜纳人才，张授夏知晓，但他并没有主动报名。他毕竟在汴京住了半年多，挣了一些名气，便有人向官府推荐他。先是坊间吏员验核，见他真有本事，遂层层上报，最后惊动了李邦彦。他当场表演了石头上柱、裂地取蛇等绝活儿，李邦彦惊为神仙降世，决定将他引荐给皇帝，让他为宫城除祟。

却说赤焰子进了上书房后，向赵桓行了山人觐见之礼，下首坐了，扫了一眼赵桓的脸色，便说："皇上，山人赤焰子想斗胆说话，乞望恩准。"

"你说。"赵桓虚抬了一下手。

"皇上，您这两天茶饭不思。"

"谁告诉你的？"赵桓觑了一眼梁师成。

梁师成急忙解释："皇上，咱可没同这位神仙交言。"

赤焰子抚了抚花白的鬓角，笑道："皇上，谁也没告诉我。您印堂阴暗，两颊又潮红，这是内火攻心、中焦阻塞之象，胸满气闷，自然就茶饭不思了。"

梁师成接着问："有办法让皇上吃饭香起来吗？"

"有。"赤焰子说着瞅了瞅上书房四周，说，"皇上被魇着了。"

"魇着？"赵桓想到吊睛白额虎，问，"是虎吗？"

"也算是吧。"

“什么叫也算是？”这回是李邦彦问话。

“虎成精了，变成了一只老鼠。”

“在哪里？”赵桓紧张起来。

“在这屋子里。它魇着皇上了。”

“啊？”赵桓神经质地站了起来，朝龙椅上看了看，又看了看周围的砖地，念叨着，“究竟在哪里？”

赤焰子回答：“皇上，请您安心坐下。”

赵桓又忐忑不安坐下了。

赤焰子又问：“能不能赐我纸笔？”

梁师成让小侍端了纸笔过去，赤焰子当着众人的面，画了一张符，接着念了几句谁也听不懂的咒语，要过蜡台，将那张符纸烧了。

赤焰子将点燃的符纸随手丢在一只铜盆里，众人眼看着符纸在铜盆里燃烧，奇怪的是，烧完的符纸居然不倒，它像一块铁板立在铜盆中。

“这……”

梁师成刚要说话，赤焰子阻止了他。只见赤焰子伸出一只手，屋梁上响了一下，一只两寸多长的白毛小老鼠从上面掉下来，落在了赤焰子的手心，几乎在同一时间，那张符纸才倒下跌为碎片。

赤焰子将那只昏迷的白鼠呈到赵桓跟前请他过目，赵桓身子往后缩了缩，仿佛这只白鼠顷刻就会变成吊睛白额大虫似的，他摆着手说：“你拿开，朕不想看。”

赤焰子将白鼠交给小侍拿出去处理，坐回到原位上。

赵桓好奇地问：“这只白鼠是怎么溜进来的？它是什么时候

进来的呢？”

赤焰子回答赵桓：“这只白鼠溜进上书房，也不过是去年腊月，前后还不到一个月呢！”

“难怪这些时，朕一个人进来，总觉得阴森森的，原来是它作祟。”

赤焰子问：“皇上，您现在饿吗？”

赵桓摸了摸腹部，回答说：“我想吃扁食儿了。”

“好，咱这就让人赶紧准备。”

梁师成说着闪身出门。趁这空儿，李邦彦奏道：“皇上，宫城里的鬼物还不少哪，赤焰子说，要在社稷坛上做一场法事，把那些闹祟儿的东西全都清理干净。”

“这是好事，法事立即做。”

“禀皇上，臣没征得您同意，先让人按赤焰子的要求把社稷坛布置好了，只待皇上吃了扁食儿，就移驾过去。”

“好，好。”

赵桓话音未落，梁师成领了京城守御司衙门一名官员进来，声言奉李纲之命，有要事要奏。

“什么事？”赵桓问。

那官员跪地奏报：“大金军郭药师部，已率军攻进了西水门。”

“这么快？现战情如何？”

“西水门城门楼子被郭药师占领，李纲大人已赶赴那里，组织军队围歼汴河上的大金军。”

“进来了多少人？”

“大金军分乘四十只小船，二十艘大船，大约有一千人。但是，他们控制了西水门，后续援军随时都可以进来。”

“你传旨李纲，要组织兵马，全歼入侵之敌，要夺回西水门。”

“是，卑职这就去传旨。”

那官员匆匆退出，听着他嗵嗵嗵跑去的脚步声，赵桓刚刚好转的心情转眼间又恶劣起来。这时候一碟热气腾腾的扁食儿端了上来，他也顾不得吃，先问李邦彦：“大金军破了城门，这法事还要做吗？”

李邦彦坚决回答：“西水门之战，并不影响全局。李纲若一个西水门都守不住，他还主什么战，当什么帅？这时候，皇上您要相信他。”

“相信他？”

“死马当活马医，打仗的事儿交给李纲，除祟的事，老臣我陪伴着您。”

赵桓沉吟着，犹豫着。李邦彦在一旁继续怂恿，提醒道：“皇上，今日是初七。”

“啊，初七是大限，”赵桓又记起那首民谚，哭丧着脸说，“果然，大金军在这一天攻城了。”

“为抢占先机，咱们今天得在社稷坛上做一场大法事。”

“好，那就做吧。啊，赤焰子呢，怎么不见人了？”

“梁师成领着他，先去了社稷坛。”

“走，咱们这就过去。”

君臣二人刚刚出门，又有官员前来禀报：酸枣门这边的战斗也已打响，守城主将请求皇上，拨两千名御林军中的弓弩手迅速过去，压制金兀术的攻城部队。赵桓当即表态，让王宗濋率两千名御林军赶往酸枣门协防。

第七章　铜盆里钓起了老龙

金兀术指挥的六辆云车突破护城河后，在酸枣门的两侧各摆放了三辆。经历了数百次攻城拔寨的战斗，大金军已形成了一套独特的经验。这就是以云车为核心，抛石机、弓弩手、云梯与步兵协同作战。一辆云车就是一个单独的作战单位，配有抛石机一部、弓弩手三十名、云梯三架、步兵六十名。云车四周钉满厚实的木板，箭镞无法射穿，十二匹高头大马拉动云车，它们全都藏在木板之后，有两名辕手通过瞭望孔控制方向。云车宽约两丈，步兵四人一排共十五排依托云车掩护跟随前进。一架云梯则依进攻城墙的高度而临时组装。一名步兵背一节梯子。云车一停，士兵们不到五分钟即可装好一部云梯。在弓弩手的掩护下，十名云梯手会抬着云梯飞速地搭上城墙。

如今，六部云梯在不到三百米的地带依次排开，金兀术所在的云车，停在酸枣门左侧约十丈远的地方。按他的习惯，这云车应该直抵城墙，但怎奈前头有一道两米多深的堑壕，云车只能停下。这么近的距离，攻守双方都能把对面的人看得一清二楚。城上守军看到了帅旗，知道金兀术在这车上，便一起朝着这云车放箭。顿时间，云车被射成一只大刺猬。坐在抛石机旁的金兀术，听到板壁上簌簌簌砸冰雹一样响成一片，呵呵一笑，对身边的图朵说：“造一支箭要五枚铜板，这些王八羔子，糟蹋南朝皇帝的钱也不心疼。”图朵回道：“南朝钱多人傻，再坚固的城门在他们手上，也变成了一块豆腐。”正说着，只听得轰的一声，一块炖罐大小的石头砸在抛石机前，地板被砸裂，石头卡在里面。很显然，这是守军的抛石机甩过来的。图朵吓出一身冷汗，他倒不是自己怕死，而是害怕金兀术发生意外，他劝说金兀术下到二层躲避。金兀术仍是呵呵一笑，对图朵说：“南朝的石头都长了眼睛，知道砸地板惹不了官司，所以见人就躲。”说着，他前去取出那块被卡着的石头，放进抛石机的翻斗里，看了看酸枣门旁砖地上那一只冒着青烟的大油锅，嘴里咕噜着：“看我能不能砸中它。”接着亲自操作绞盘，绞紧辘轳又多拧了几下，直听到辘轳叽叽嘎嘎仿佛在求饶，这才松手。须臾间，那石头像是一颗突然加速的流星，在空中飞出了一条完美的抛物线，弹射到城头那只大油锅的上方，也许是抛射力刚好耗尽，那颗石头变成了自由落体，直直地坠下，它虽然没有砸中锅底，但还是砸中了锅边，这一下更糟，如果砸在锅底，一锅滚油便落在灶膛中，虽然会引发猛烈的火灾，但不会立刻伤及士兵。它砸中锅边，滚油便顺着深深的豁口外流，城墙上靠近油锅的士兵们猝不及防，被严重烫伤脚板乃至滑倒烫伤全身的人不下一二十人。本来就处在紧张中的士兵们这一下更加慌乱了。恰在这时，一架云梯搭上了城头。本来，沸腾的油是用来对付登梯的大金士兵，现在，这油锅却烫伤了自己。民军与厢军的战士们只能用箭射击，一来他们的箭术并不高明；二来金兀术云车上的弓弩手都从瞭望窗中瞄准射击，两相比较，守方明显被动。加之登梯的大金军士兵都如猿猴一般敏捷，三丈高的城墙，他们噌噌噌几下就蹿到了墙头。

很显然，金兀术是想凭借自身的军事优势将南朝守军的防线撕裂一个口子。只要保住这架云梯，他的士兵们就能攻占酸枣门。所以，不单是云车上的弓弩手，原先藏在芦苇荡中的奇兵，也都朝酸枣门射击。

再说一直在酸枣门指挥战斗的厢军将领刘二虎，虽然开战前心里头一直发怵，而且还趁着混乱弄死了民军首领吴革。但随着战役的展开，看到自己的弟兄们伤亡惨重，他的怯懦竟然完全消失了。他冒着箭矢，趴在墙垛后察看敌军的阵势，又亲自操作抛石机，与大金军缓缓推进的云车对射。他扯着嗓子发号施令，不到半个时辰，嗓子便全哑了。正是他的镇定与努力，互不服气甚至互相拆台的民军与厢军团结起来，凝集起斗志。战争让许多在平时不可思议的东西变成了可能。一个龌龊的人，突然间变成了英雄。当流出的滚油烫伤士兵时，他正在一个垛口后朝芦苇荡中放箭，他想亲手射杀一名敌人，既鼓舞自己，又激励部属。当一片惊叫声传来，他迅速跑了过去，指挥士兵或抬或搀烫伤者，将他们安置到城楼中去。这当儿，他看到大金军的云梯架了上来，而抛石与箭矢又把他的士兵压趴在地上无法反击，他想高喊让士兵们站起来，可是嗓子哑了，他只好操起自己的那柄大刀朝云梯那儿跑过去。说来也巧，他刚赶到那里，只见云梯上已经爬上一名大金军的小校。他毫不犹豫一刀劈了下去，那小校还来不及抽出弯刀，就被他劈掉了半个脑袋。小校身子并没有后仰，而是前倾着倒在垛口上，飞溅的脑浆溅了他一脸，浓浓的血腥味呛得他打了一个喷嚏，几点脑浆搭在他的眼睑上，让他的视线模糊，他本能地伸手去擦一擦眼睑，就这一个小小的动作，导致他遭受灭顶之灾。在小校身后上来的第二个大金军的登城者，正是金兀术的得力助手青年将军图朵。他是主动请缨要求成为第一批登梯的勇士。当小校趴下后，他从身后第三名登梯士兵手中接过长达六尺的锋利的铙钩，突然间挺直身子，一手摁着小校的尸体，一手握着铙钩，朝着刘二虎的天灵盖狠命地劈了下去。虽然刘二虎戴了头盔，但图朵的这一击力量太大，头盔被斩成两半，大约五寸长的铁尖喙刺进了刘二虎的脑袋。

在刘二虎趔趄着还未倒下的时候，图朵已蹿上了城墙，刘二虎凭着生命最后的知觉，举了举大砍刀，接着后仰倒下。

这时，一些刚刚醒悟的士兵拿起刀枪武器奔跑过来，图朵一手挥舞着弯刀，一手握着狼牙棒，与守城的士兵展开了激战。尽管他被团团围住，但他丝毫没有寡不敌众的感觉。由于他的英勇，为登城的士兵们赢得了时间。不多会儿，从这架云梯登上了百余名大金军的士兵，他们每三人组成一个楔形战斗小组，不断扩大进攻区域。

当战斗处于胶着状态的时候，厢军主将刘二虎战死的消息传开了，守军将士的情绪严重受挫。一些胆小者开始逃跑，在群龙无首的情况下，狭路相逢勇者胜的定律，更成了战争胜败的催化剂。酸枣门的守军开始溃败，率先登城的勇士们跑下城楼打开了城门，大金军的后续部队涌了进来，幸好瓮城中的第二道城门还控制在守军手中。

出于防御的需要，每一道城门都有两座城楼，中间是一个圆形广场，称之为瓮城。第一道城门进来后就是瓮城，第二道城门后才是街市。大金军围城后，李纲听从禁军中守御专家的建议，将第二道城门中下到瓮城中的左右两股马道全部关闭，并安置了钉满铁蒺藜的木马。现在这一措施起到了作用，使大金军无法从这两条马道攻上第二道城门。但是，第一道城门已落入大金军手中。骑着战马进了城门并沿马道登上第一道酸枣门城楼的金兀术，第一件事就是拔掉城楼上所有大宋守军的旗帜，全部换上绣有海东青的大金军旗，而他的帅旗插在酸枣门正中。

在两座城楼之间，也有环形的马道相连。从第一道城门退守之后，守军立刻推出铁蒺藜木马封锁了通道。金兀术登上酸枣门城楼的第三层，这里是制高点，可以看到二道门城墙上的守备情况。回到他身边的图朵兴奋地问："大将军，咱们乘胜进攻吧。"

金兀术没有答话，他的视线越过第二道城墙，看到大街上有一支军队纵马驰来，从旗帜上可以辨认，这是大宋皇帝的卫队。

图朵仍在一旁询问："大将军，末将去传达命令？"

金兀术这才回答他："别猴儿巴急的，去，给咱弄壶酒来。"

"大将军……"

"别说了，你还有一件事。"

"什么事？"

"整一身干净的军服，穿戴整齐点，准备去见南朝的皇帝。"

"大将军，您别拿我开涮。"

"谁开涮你了，这是军令。"

"好吧，咱先去给您拿酒。"

看着图朵满脸疑惑地走开，金兀术这才吩咐手下传达命令，让军队原地待命，喝水吃干粮。

赵桓在李邦彦陪同下来到大内宫城东北角的社稷坛时，只见赤焰子张授夏已穿上了绣有太极图的玄色法衣，头上戴了一顶硬梁程子巾。赵桓来到社稷坛的拜殿，里面已经坐西向东安放了一张交椅。赤焰子请他落座，赵桓见椅子放得有些歪斜，伸出手想把它挪正，赤焰子赶紧制止，禀告说这交椅是依据乾坤大鉴法打了罗盘安放的，一丝一厘也不可挪动。

赵桓便觉好奇，问："这椅子斜这么一点，道理何在？"

赤焰子答："这么摆放着，是在正正的火德位上。"

"为什么要在火德位上？"

"按五行来讲，大金国属金，咱大宋属木。金克木，故咱天朝有此兵祸。"

"有救吗？"赵桓急迫地问。

"有，今年是丙午年，丙为阳火，午为大阳。皇上您坐到这交椅上，把双脚放在我画好的圆圈内，这样左脚踩子，右脚踩午。子午对冲，阴阳相交，这样百怪不能近身。"

"啊，有这等奇妙？"

赵桓小心翼翼坐到椅子上，把双脚放进画定的圈圈里。

赤焰子又吩咐他把双手分别放在两只膝盖上，右手张开，手心朝上，左手握拳。

赵桓仍觉好奇，又问："这又是为何？"

赤焰子耐心回答："今天是丙午年正月辛未日。辛为阴金，小人作难，鬼祟出笼。本山人施法，要为皇上捉拿鬼祟。但山人法力不够，还须仰仗皇上的伟力。"

"朕有啥伟力？"

"辛未日，辛为大金，未就是咱大宋了。"

"此话怎讲？"

“皇上，未在五行中，属于木库。”

“木库？”赵桓没听懂。

“陈抟老祖的推命法，有四集四库之说，这四库是辰为水库，未为木库，戌为火库，丑为金库。太上皇给皇上取名，带了一个木字啊。”

“是的。”赵桓点点头。

“皇上您所有的皇弟，名字中都带了木。”

“可不是，”赵桓点点头，补充说，“上皇给咱们兄弟取名时，也是征询了不少高人，认为咱皇家的脉系，到了这一代，五行缺木，故都以木字旁命名。”

“今天是辛未日，阴金犯木。所以山人要皇上右手敞开，上接天气。皇上是天子，遭鬼祟攻击，众天神必然合力相助，这手势就是天人合一，得天之力。左手握拳，是握住木库，不为邪金所伤。常言道，单木不成林，皇上今日来此社稷坛，是为了赵宋社稷的千秋安危，皇上的列宗列祖，兄弟姐妹，乃至华夏子孙，皇土臣民，都会以拳拳之心，殷殷之德，佑我皇上，佑我大宋。”

赤焰子这番话，让赵桓非常感动，不觉眼眶湿润，叹道：“朕现在明白，为何这场法事要在社稷坛举行。”

赤焰子长揖到地，为皇上的表态而激动。

赵桓接着说：“朕刚被父皇立为太子时，父皇让我去拜天坛、地坛、日坛、月坛、社稷坛。并告诉我，凡立国者，必先建五坛；凡继国者，必先拜五坛。这五坛中，日、月为天。天子要像日月一样，替天行道；地为万物之母，社稷为泱泱皇土，一朝文脉所系，天下归心之域。今天，若不是你赤焰子点拨，朕差一点把这些都忘记了。”

赵桓说着说着，就表现出痛心疾首的样子，赤焰子有些慌张，连忙说："皇上，您是天生龙种。"

在一旁静静地听着这场对话的李邦彦与梁师成，也异口同声地说："皇上，您是真命天子。"

赵桓接过梁师成递上的暖巾擦了擦眼角，失控的情绪又稳定了下来，他重新按赤焰子的要求坐定，忽然说："朕明白了，你为什么叫赤焰子。火克金，赤焰是最烈的火，你是上天遣来帮助朕的人。"

赤焰子回答："皇上您过奖了，山人没这么大能耐。皇上您坐好了，山人这就施法替您拿鬼。"

在赵桓与赤焰子对话时，早有人搬了一只大铜盆到社稷坛正中，赤焰子围着这铜盆转了三圈，又当场画了三道符，请赵桓亲自举火烧掉。他的一名二十来岁的跟班这时候上场，背着挂满锣、钵、石罄与木鱼各种响器的靠架，上穿玄色对襟夹袄，下穿扎着绑腿的灯笼裤，脚蹬千层云底靴，一看就是行院打扮的武生，不过长得眉清目秀。他向皇上行了叩拜大礼。赵桓觉得他打扮有趣，便问他："从哪里来？"

"跟着师父从蜀中来。"

"哪里人氏？"

"峨眉山中。"

"峨眉山是普贤菩萨道场，你是出家人吗？"

"我不是和尚，我自幼习武，后来跟着师父学了法术，从此跟着师父云游四海，为人祓魔消灾。"

"啊，原来是这样。"

问答完毕，跟班便背过脸去，再一回头，赵桓吃了一惊，跟班刹那间换成了一张黑彩起底的大花脸。

“你怎么变的？”

赤焰子回答：“变脸是我们天府之国的秘术。”

“这大花脸是谁？”

“张飞。”

说话间，跟班又背头一甩，大花脸又变成一张红彩起底的大花脸。

赵桓问：“这又是谁？”

“关羽。”

跟班打一个云手，掩面一变，又换成一张青色大花脸。

“这个呢？”

“楚霸王项羽。”

跟班再一变，又出了一张白色起底的大花脸。

“这？”

“百米放箭穿石的汉将军李广。”

跟班平地一个空翻，靠架竟无晃动，又换成一张黄色大花脸。五张脸中，就这张脸最凶。

“这又是谁呢？”

“钟馗。”

赵桓连连称赞：“好好好，张飞、关羽、项羽、李广，还有钟馗，都是一等英雄。一张脸变出五位武神，这真是绝活儿。”

这时李邦彦插话：“要是这五位英雄真能复活，为皇上效命，四十万大金军就是小菜一碟了。”

赤焰子回答：“太宰大人，待会儿，这五位英雄都会登台拜见皇上。”

“他们会来？”赵桓不敢相信。

“会的，今天，他们替皇上拿鬼。”

“在哪里？请他们上来。”

赵桓一激动，屁股离了椅子站了起来，赤焰子赶紧提醒：“皇上，您按先前说的方法坐下，千万乱不得。五位英雄上场之前，还得有个前戏。”

“什么前戏？”

“听说大金国的萨满祭了河神后，这黄河之神就成了大金军的保护神了。皇上一定对此很担心。其实皇上您不用担心，咱中原的山川河岳，怎么可能为异族所控制。黄河绝不可能姓完颜，号大金；它永远都姓赵，号大宋。我先把黄河之神请回来，让它在皇上面前表个态，这黄河是咱赵宋家的，别人到家里来做个客还可以，若想侵占，河神就要咬死他。”

“这个好，赤焰子，你快请！”

赵桓迫不及待。赤焰子回到自己的法席上，燃了三张符后席地而坐。跟班这时给了他一支钓竿，跟班将铜盆小心翼翼端起来请赵桓与李邦彦、梁师成等过目。只见里面装了小半盆清水，盆底的刻花依稀可辨。

过目后，跟班把盆子放到原地，赤焰子一甩钓竿，钓钩稳稳地落在铜盆中。

跟班从腰中抽出一支笛子，悠悠吹响，伴着笛声，赤焰子轻声吟哦起来：

世上疮痍千万种，
人间无日不春风。

太公垂钓真君子，
不钓江山只钓龙。

吟哦声中，社稷台有些微寒风吹过，铜盆里起了小小涟漪，而远处的太液池，敷着的薄冰在阳光下一片晶莹。

皇帝、太宰、大内总管这决定帝国命运的君臣三人，无不屏神静气盯着赤焰子手中的那支钓竿。诗吟完了，钓丝微微颤动，颤动……

突然，钓丝拉直了，钓竿也弯成了弓形，铜盆里水花四溅。

赵桓的心提到了嗓子眼，他不知道铜盆里会出现什么。

这时，跟班敲了三声铜锣，而后一边敲着木鱼，一边用浓浓的蜀音高声念道："玉皇大帝在此！太上老君在此！释迦牟尼佛在此！皇上在此！列宗列祖在此！五百天神五百罗汉在此！山川河岳一切神灵在此！"

他一念完，赤焰子猛喊一声"起！"，只见他手中钓竿一挑，垂丝离了铜盆，钓钩上挂着一条有两尺来长的小白蛇。

赵桓再次忘情地站起来，叫喊道："呀，这是一条小白蛇！"

"不，它是一条老龙，在天为龙，在泽为蛇，大泽龙蛇嘛！"

赤焰子说着，腾地一下站起来，跟班捧着一只垫了锦缎的纯金托盘过来，十二分小心地把小白蛇放进盘子里，君臣三人这才发现，赤焰子的钓钩是直的。

"怎么是直钩？"梁师成惊讶地问。

李邦彦一旁解释："姜太公钓鱼，就是用直钩。"

赤焰子点点头，看着赵桓说："弯钩会伤着龙嘴，这是要遭雷轰的。"

小白蛇团起身子躺在金盘里，寂然不动。赵桓好奇地问："它怎么不动呢？"

"皇上，二龙相见，这是千载难逢啊。"

李邦彦看到赵桓似乎没听懂赤焰子的话，便挑明说："皇上，您是真命天子，人间之龙，这金盘中是黄河之龙，这不是二龙相见吗？"

赵桓这才明白过来，叹道："黄河龙这么小，还是条白的。"

赤焰子说："黄河龙哪会这么小，它的真身有九丈长，脑袋比一头牛还大，您们现在看到的，只是它的缩身。而且，黄河龙是一条赤龙，不是白色的。"

"那它是怎么变白的？"赵桓问。

赤焰子想了想，回答："应该是金国的大萨满祭河产生的变异。"

"啊？"

见君臣三人都愣住了，赤焰子继续解释："此前我已讲过，从五行属性来讲，金国属金，我大宋属木。金的本色为白，木的本色为青。木生火，火为红色，火克金，故赤龙护我大宋国运。河祭之后，赤龙变为白龙，这是金国的大萨满施了法术。现在，我要再把它变过来，让它依然成为赤龙。"

"你能做到？"

"皇上，我一定能做到。恭请皇上与两位大臣再回椅子上坐下。"

君臣再次坐定，赤焰子蹲了马步，双手在胸前抱了一个太极，屏神静气站了一会儿，然后盘腿而坐，现场画了三道符烧了，这才让跟班把金盘端了过来，放在他面前的一只乌木小几上，只见他双手合拳朝小白蛇虔敬一揖，那小白蛇居然昂起脑袋对他点了点头。

赵桓就坐在赤焰子背后，看得真切，越发觉得赤焰子是神仙下凡了。

赤焰子对着小白蛇念起了咒语，小白蛇开始在金盘中扭动。忽然，它像一缕白烟袅袅上升，从脑袋开始，身子逐渐变成了红色，先是淡红，在阳光中，它的红色不断加深，最后变成赤红。

赤焰子向赤蛇做了一个请的动作，那赤蛇朝他点点头，居然溜出了盘子，重新回到铜盆子里了。

整个过程也就是半炷香的工夫，君臣三人无不惊讶莫名，眼见赤蛇回到了铜盆，赵桓才如梦初醒叫道：“太神奇了！”

李邦彦也啧啧连声，应道：“是呀，若不是亲眼所见，我都不敢相信这是真的。”

赤焰子坐在原地未动，赵桓顾不得许多，趋步走到铜盆前观看，这一看，他又傻了。

铜盆中除了半盆清水，一无所有。

赵桓问缓缓起身的赤焰子：“神仙，这赤蛇呢？”

赤焰子回答：“皇上，它不是蛇，而是守护黄河的赤龙。”

“那，赤龙呢？”

赤焰子还来不及回答，只见一名京城守御司官员匆匆跑上社稷坛锐声报道：

“皇上，酸枣门失守了。”

第八章　社稷台捉小鬼儿

“什么？酸枣门失守？”

赵桓叫了起来，他盯着信使，想知道更确切的消息。

报信的只是一个小臣，皇上一发怒，他就双腿颤抖，脸色煞白，舌头打结了。

李邦彦知道一旦破城，后果不堪设想，也焦急地问：“皇上不是调遣了两千禁军弓弩手前去增援吗？怎么不管用？”

“禁军去之前，第一道城门就已破了。民军首领吴革与厢军首领刘二虎前后战死，幸亏禁军赶到，才保住了第二道城门。现在，两军在那里对峙，暂时停止了战斗。”

小臣磕磕巴巴禀报完毕，赵桓心下略安，又追问：“李纲呢？”

“他已赶到酸枣门。”

“你立刻回去告诉他，所有的城门严防死守，不能出任何纰漏。”

“是！卑职这就去传旨。”看到小臣像一只受惊的兔子蹦跶着走了，赵桓揉了揉发涩的眼睛，问李邦彦：“这法事还做吗？”

李邦彦心下思忖：赤焰子的确是世外高人，但这场法事能否彻底改变朝廷面临的困境，却是谁也不敢打包票。他处事一向圆滑，这会儿更不会向皇上说那种拍胸脯打包票的话，斟酌后，他问赤焰子：“那条红蛇呢？”

“你问那条赤龙吗？”

“是的。”

“它辞别了皇上，回黄河去了。”

“没看到它走哇？”

“孔圣人就说过，神龙不见首尾。龙从天上来，又回天上去。它想让我们看见，我们就看得见；它不想让我们知道，我们就看不见。”

“这倒也是，”梁师成插话说，“太上老君、释迦牟尼佛，谁见着了？谁也没看见，但没有人相信他们会是假的。”

君臣这么讨论着，赤焰子一言不发。李邦彦又问他：“下面的法事如何进行？”

“请天煞星捉鬼。”

“天煞星，就是张飞、关羽、项羽、李广、钟馗五人？”

“是的，他们都是天煞星。”

“能请得到吗？”

“山人一定会请到他们。”

“皇上，请不请这几位天煞星，请您决断。”

本是赵桓存疑，问李邦彦要不要继续做法事。却没想到这只老狐狸左绕右绕，又把话题还给了赵桓。皇上毕竟涉世不深，没想到自己被李邦彦牵着鼻子走了，此时几乎是不加思索地回答：“天煞星怎么能不请呢？请！”

于是，君臣三人复又各回原位坐定。赤焰子走下社稷台，换了一袭绛红法衣上来，在社稷台中央站定，练了一套拳脚，又绕着台子走了一圈太极步，在赵桓前站定，抱拳揖道：“皇上，请恩准山人为您下一个法罩儿。”

“法罩儿？”赵桓没听懂。

赤焰子解释：“山人担心擒拿鬼祟时，小鬼儿捣蛋伤着皇上，山人绕着皇上在地上画一个圈，把皇上保护起来，这就是法罩儿。”

“既是这样，朕就准了你。”

“谢皇上！”

赤焰子说着左手扪腹，右手施出剑指对准地面大约一尺来高，绕着赵桓走了一圈，但见青石地面腾起一圈白色的烟雾。梁师成耸了耸鼻子，低声对李邦彦说闻到了一股糊味儿。

赵桓呛咳几声，他看到青石板上有一圈火烧的痕迹。

赤焰子回到法座上，一抬手，跟班反手敲响背架上各种响器，那声音不是杂乱的，而是一曲打击乐章。

跟班一边敲击，一边跟着赤焰子的手势锐声喊叫，仔细听来，原是一首偈诗：

> 天上有神龙，神龙舞！
> 台上有皇帝，皇帝威！
> 加持天煞星，杀气腾！
> 捉拿鬼与祟，烧成灰！

在这喊叫中，赤焰子拿起身边一只瓦罐喝了一大口水，然后喷出来，社稷台上，顿时漫起一层烟雾。

赵桓看得入迷，李邦彦与梁师成对视一眼，面面相觑。

这当儿，敲击乐变成了进行曲：咚锵锵，咚锵锵，咚锵锵……

跟班一边敲击，一边走到台子左边的台阶上，躬身作了迎请的姿态。只见五个二尺八寸高的小人依次走上社稷台，他们的膝盖好像不能弯曲，所以步伐有些僵硬。他们都穿着盔甲，手持刀、矛、戟、槊与铁扇等各色兵器，依次走到赵桓跟前站定。

“他们是天煞星？”赵桓疑惑地问。

“是呀。”赤焰子介绍，“皇上您看，第一个是黑彩大花脸张飞，第二个是红色起底大花脸关羽，第三个是青色大花脸项羽，第四个是白色大花脸李广，第五个是黄色大花脸钟馗。”

赵桓一个个盯着看，问：“钟馗怎么拿把扇子呢？”

“他一把扇子重一百斤哪。”

“啊！”赵桓觉得这五个小矮人，长相一个比一个凶，问，“他们是人吗？”

“他们不是人。”

“你不说要请来真人吗？”

“他们早都成神了，他们已不是人了。”

“看他们腿脚，都像不对劲儿。”

“膝盖不能弯。”

“唔，朕看他们都是木偶。”

“他们就是木偶。”

“啊？你竟敢诳朕！”

赵桓目光一横，脸色恼了下来。梁师成也立马一脸愠怒斥道：“赤焰子，你犯了欺君之罪，这是要掉脑袋的。”

赤焰子一笑，回道：“欺君之罪，这从何谈起呀？”

“你请天煞星，却弄了几只木偶来，这不是欺君之罪又是什么?”

赤焰子不慌不忙，反问道:“梁太师，请问你见过自己走路的木偶吗？”

“这……”

“你见过木偶会向皇上行礼吗？”

一连两问，梁师成不能回答，李邦彦于是插话问道:“这五位天煞星能拿鬼吗？”

“能！”

赤焰子斩钉截铁地回答。赵桓塌下去的兴头儿又起了，他嘟哝道:“且不管他是人还是木偶，能捉小鬼儿就行。”

听了这句话，赤焰子朝跟班使了个眼色，跟班又“咚咚锵，咚咚锵，咚咚锵咚锵”敲打了起来，那五位花脸小人儿听得响器，如同喝了烧酒一样兴奋，在社稷台翻起了筋斗。跟班将一根两丈来长的大竹竿戳在地上，它们噌噌噌蹿上竿梢又鹞子翻身跳了下来。闹腾了好一阵子，赤焰子解释说它们这是松松筋骨醒醒神儿。

突然，跟班的响器停了，他又从背架上摘了一支唢呐吹响高亢的曲调。这是山陕地区乡间戏台上经常听到的《将军令》，大凡表演将士出征，乐棚里便吹奏这首曲调。

五位花脸小人儿听到《将军令》，一个个都翻着筋斗沿原路跳下了社稷台，吹唢呐的跟班，也跟着它们去了。

社稷台上顿时寂静了，赵桓觉得有些失望，问赤焰子:“这些木偶人儿干啥去了？”

“捉鬼去了。”

“上哪儿捉呀？”

“就在宫里头，哪儿有鬼他们就去哪儿。”

《将军令》的唢呐调一直响着，忽远忽近。赵桓闲得无聊，又想起酸枣门那边的战事，问李邦彦："酸枣门还有没有新的消息？"

赵桓之所以这样问，是他发现李邦彦在小木偶人蹦跳的时候离开了两三次。

李邦彦知道皇上的挂牵，回答说："刚才，城防司又送了消息来。"

"说什么？"

"战局有了大转机，大金军虽然控制了西水门和酸枣门，却停止了进攻。"

"啊？这是为什么？"

"依臣猜测，大金军可能有新的打算。"

"有何打算？"赵桓敏感地问。

"金军包围汴京之后，我即派密使前往金营，试探完颜宗望的口风，有无和谈的可能。此番金军派使者前来，可能是为了这件事。"

赵桓听了沉默不语，过了一会儿才问："你觉得金军愿意和谈吗？"

李邦彦答："既然派了使者来，这事儿就有希望。"说着又补了一句，"皇上，看来，这赤焰子做的法事，冥冥中起了作用。"

"唔，这可是个大神仙，"赵桓说着，瞟了赤焰子一眼，见他在法座上闭目养神，又压低声音对李邦彦说，"不知道这些小木偶会不会捉到鬼。"

"会的。皇上，您静等好了。"

说话的不是李邦彦，而是仍闭着眼睛的赤焰子。

赵桓略有尴尬地一笑，说："朕还以为你睡着了呢。"

赤焰子没有答话，但唢呐的声音又强烈起来，台上的君臣等人一起朝北台阶望去，只见那五位花脸小人儿又蹦蹦跳跳回到社稷台上，它们每人手中都拎了一个更小的一尺多长的木偶。这几个木偶都穿了官袍，戴了乌纱帽。

五位花脸小人儿各将手中木偶掼到地上，这几个木偶似乎都很害怕，在地上抽搐着，颤抖着……

“这都是些什么呀？”赵桓问。

“小鬼呀。”赤焰子回答。

“它们明明是五只更小的木偶。”

“但它们的确是鬼。”

“可它们都穿着官袍呀。”

“宫城门禁森严，不穿官袍，哪能混进来呢。”

“可它们就是木偶呀。”

“皇上，您且看。”

赤焰子说着，拎起由张飞执拿的第一只木偶，伸出剑朝它额头上一戳，额头上出了一个窟窿，里面流出了一股发黑的液体。

这液体奇臭无比，熏得君臣们个个作呕。赵桓慌忙掩了鼻子，一边干呕着一边挥手，示意将这只木偶拿开。

跟班上前将那只木偶拎到台角，赵桓长吁两口气，问赤焰子：“这木偶额头上流出的是什么？”

“鬼血，人血是红的，鬼血是黑的。”

“鬼全是害人的吗？”

“也不是，鬼不全都是害人的，只有恶鬼才害人。”

“恶鬼的血才会这么臭吗？”

“是的。恶鬼也叫鬼祟。”

“鬼祟，怎么讲？”

“人死为鬼，鬼死为祟。”

“啊？鬼还会死？”

“善鬼也容不得恶鬼呀，一见到恶鬼，善鬼非把它弄死不可。所以，祟是比鬼更阴毒的怪物。”

赵桓看了看那只靠坐在台基角上的木偶，又问赤焰子：

“朕怎么看到这小鬼长了胡子？”

“它的确长了胡子。”

“这胡子好像一个人。”

“皇上您看像谁？”

“不能告诉你。”

“皇上，山人知道您想的是谁。”

“啊？”

看到赵桓疑惑，赤焰子又将那只木偶拎了回来，当着皇上的面扒了它的官服，只见乌黑的胸脯上写了鸡蛋大的两个字：蔡京。

“蔡京？”赵桓霍地站起来，“这胡子长得就像他，他是小鬼儿？”

“是的，皇上。”

赵桓指着另外两只被捉拿的木偶，问道：“它们呢？”

“都有名字。”

“让朕看看。”

赤焰子亲自扒开了另外四只小鬼儿的官服，名字一个个显露出来，赵桓情不自禁念了出来：“童贯、王黼、蔡攸、赵良嗣。”

赤焰子说：“皇上，这是天煞星为您抓出的宫中五鬼。”

听到这些小鬼的名字，李邦彦与梁师成吓得面如土灰，出于保护自己的本能，李邦彦朝着赤焰子厉声喝道：“你哪里是捉鬼？分明是离间君臣。皇上，不要听这妖道的胡言乱语。”

梁师成也跟着起哄：“什么天煞星、小鬼儿，咱从头看下来，就是一场傀儡戏。你赤焰子的欺君之罪，这一下坐定了。”

两位大臣陡然变脸，恨不能立即将赤焰子处死。面对他们的聒噪，赵桓反倒清醒了，他问赤焰子：“这五个小鬼如何处置？”

“要保赵宋社稷的国祚，这五位小鬼必要祓除。”

赵桓沉吟着没有表态，这时又有一名信臣急匆匆登上社稷台，禀道：“皇上，大金军围城主帅完颜宗望派出两名特使，求见皇上。”

赵桓问：“特使在哪里？”

信臣回答：“就在宫城外候着。”

“好，传他们进宫，朕在保和殿接见。”赵桓说着站起来，对赤焰子说，“有劳神仙，把这五个小鬼举火焚之。”

“山人遵旨。”

赤焰子一揖到地。赵桓也不再搭讪，径自剪着手走了。李邦彦与梁师成二人紧跟在他后头，临下台阶时，梁师成还不忘恶狠狠盯了赤焰子一眼。

保和殿在举行朝会的大庆殿的后头，专为会见或宴请外国使节而设。从社稷台到这里，要穿过好几重宫殿，路程两里多地。赵桓离开社稷坛来到这里，既不肯坐轿，也不愿骑马，而是一路逶迤走来。在路上，他吩咐侍者前往通知康王赵构、少宰张邦昌、禁军首领王宗濋等赶到保和殿会见。

赵桓平日走路慢悠悠的不慌不忙，今天却像赶集的货郎，一脚赶一脚走得飞快。李邦彦与梁师成都是年过六十的人了，平日里出行都是轿马伺候，哪里这样追兔子似的疾走过。他们几乎是一路小跑跟着，李邦彦清瘦，还不太难堪，梁师成胖得像画儿上的欢喜和尚，走了半截子路，便气喘吁吁脑门子渗出豆大的汗珠。尽管上气不接下气，他们可是半步也不敢落下。赤焰子社稷坛上拿鬼，居然揪出蔡京、童贯、王黼、蔡攸、赵良嗣，说他们是国之五蠹，是宫中的五鬼。这五个人，与李邦彦、梁师成等，可以说是一丘之貉，是骨头连皮的关系。早知道是这种结果，即便打死他们也不会把赤焰子推荐给皇上。事情既出，两人的第一反应是皇上肯定会勃然大怒，因此他们率先向赤焰子发难，以划清界线，洗刷自己。却没料到皇上不声不吭，最后还吩咐赤焰子把那五个小鬼儿烧了。皇上的这一举动很是反常，让两位大臣捉摸不透。更让他们难堪的是，离了社稷坛，这一路皇上也不搭理他们，顾自身轻如燕地走着，这种态度更让他们忐忑不安。

眼看就要走到了保和殿，赵桓听到身后梁师成驴嘶马喘的声音，突然就停了脚步，回过身来对两位大臣说："你们两个听着，社稷坛上捉鬼的事，不要向任何人说起。"

"老臣遵旨。"李邦彦首先表态。

梁师成喘息稍定，躬身揖道："请皇上一百二十个放心，老朽我只当什么都没看见。"

赵桓仍是一脸峻肃，意味深长地说："宫中的小鬼儿，绝不止五个，这一点，朕心中有数。"

说罢，赵桓转身又是疾走，头也不回地进了保和殿。李邦彦与梁师成面面相觑，都觍着脸跟了进去。

赵桓先来到保和殿偏殿歇息，康王赵构与少宰张邦昌、禁军殿帅王宗濋已先来这里等候。赵桓先与赵构寒暄了几句。赵构是徽宗赵佶的第九个儿子，封为康王。赵桓还是储君的时候，就与康王相处最为融洽。他登基后，赵构为了避嫌，就主动疏远。赵桓若不召见，他绝不会主动凑上来套个近乎。尽管如此，朝中的大臣都知道，凡遇要紧事，赵桓吃不准的，仍会找康王商量。这会儿刚在偏殿坐定，赵桓就问赵构："九弟，大金军派使节前来见我，你说这是祸还是福？"

"皇兄，我想这不是坏事。"

"啊，你说说。"

赵构想了想，回答说："我听说，这两位使者是从酸枣门来的。"

"怎么过来的？"

"这个，你问宗濋殿帅。"

宗濋于是说了事情经过：金兀术率领部队攻克酸枣门后，即与第二道城门上的守军联络，告知大金军东路军主帅兼东枢密院宰相完颜宗望要派使者入城见当朝皇帝。适逢李纲与王宗濋都赶到了这里，他俩商量，可以放使者进城，但大金军必须先停止攻城战斗。几轮磋商后，金兀术答应，大金军停战三天，以等待双方谈判的结果。李纲遂同意让使者入城，并让王宗濋陪同来到宫城。

赵桓了解到事情经过后，问王宗濋："使者是几人？"

"两人，一个叫图朵，是金兀术的部将，女真人。一个叫吴孝民，是东枢密院书记，汉人。"

"这两人过去是否当过使者？"

"没有，也没有来过汴京。"

“宗澺，你陪同他们前来，他们在路上是否透露此来的目的?”

“这两个家伙口风很紧，只是说要见皇上。”

赵桓心神不宁，不肯传旨让使者觐见，张邦昌一旁小心提醒：“皇上，不能让使者等候太久。”

赵桓点点头，又问赵构：“九弟，你还有什么想法？”

“是祸躲不过。皇上，宣那两个使者进来吧。”

赵桓抬了抬手，值殿太监便跑了出去，将大金军特使图朵与吴孝民领了进来。

图朵进来就嚷嚷：“你们皇帝怎么这么难见，足足让本将军等了半个多时辰。”

李邦彦立刻呵斥：“大胆！大殿之内，皇上面前，岂容你如此喧哗！”

图朵一副天不怕地不怕的样子，回斥道：“你这老官儿，咱就这嗓门，你把咱怎的？”

李邦彦被噎住了，张邦昌一旁提醒：“图朵将军，你既来觐见皇上，就得遵从我天朝礼仪。”

“什么礼仪？”

“给皇上下跪，行臣子觐见之礼。”

“放屁！”图朵放肆地驳斥，“咱是大金国的使者，又不是你南朝的官，凭什么要给你南朝的皇帝磕头。”

“这是规矩。”梁师成不阴不阳补了一句。

图朵瞟了梁师成一眼，反唇相讥：“咱要是不磕头呢？”

王宗澺插话：“不磕头是大不敬。”

闻听此言，图朵将坐在椅子上的吴孝民一把拽起来：“孝民兄弟，咱们走！”

“对，走！这个国书不交了。”

吴孝民说着，追着图朵走向殿门。

图朵一边走，一边高声说道：“你们派密使来要求和谈，咱们大帅就派我们来谈条件。看来，你们是不想和谈了。”

听到图朵这样说，赵桓欠了欠身子，欲言又止。李邦彦猜透皇上的心思是要挽留，连忙喊道：“将军且慢！”

快要走到殿门的图朵回过头来问：“不要我们磕头了？”

李邦彦勉强挤出笑容，回道：“两国各有风俗，不强求。”

图朵觉得说话的人一派斯文，好奇地问：“你是谁？”

李邦彦自报家门：“咱是宰揆李邦彦，你们带来了国书？”

“是。”吴孝民答。

“请你递给皇上。”

吴孝民于是打开随身褡裢，取出羊皮套子里盖有东枢密院印信的国书，递到了赵桓的手上。

第九章　逃难路上的君臣

图朵的傲慢让这次会见一开始就蒙上了阴影，但这种阴影只是引起大宋君臣心理上的不快，等到赵桓打开由完颜宗望签署的盖有大金国东枢密院印信的国书，君臣们这才真正傻眼了。大金军提出的讲和条件十分苛刻，计有以下八条：

割中山、河间、太原三镇地；

输金五百万两、银五千万两、牛马万头、表缎百万匹；

送亲王一、宰臣一前来军中就质；

斩杀蔡京、童贯、王黼、蔡攸、梁师成、赵良嗣六贼，以惩阳奉阴违，背叛两国誓书之元凶；

两国国书往来，皇帝以伯侄称，即金国皇帝为伯，宋国皇帝为侄；

速遣使者二，带誓书、三镇地图随人质一起来金营报到，谈判一应交割细节；

停兵三日，以示诚意。若开列条件兑现，十日内撤兵，若不答应，视为挑衅，三日后再行攻城；

汴京必为我所破。破城之日，男子杀尽、妇人虏尽、宫室焚尽、金银取尽，锦绣之区变成焦土，实尔南朝君臣咎由自取也。

这八条，前六条是完颜宗望开出的撤兵的条件，后两条是威胁。赵桓看罢国书，脑海中立刻浮现赤焰子在社稷台上拿鬼的景象，心里头暗暗称奇。这位大神仙提出的五鬼，与大金国提出的六个斩首对象，只掉了一个梁师成。赵桓心中忖道：这个梁师成若不在现场，说不定也是赤焰子要捉的小鬼。这六个人，赵良嗣是提出联金伐辽的建议者，余下五人都是积极推动者，更是诱降张觉、设计让西路军内讧斩杀耶律余睹的始作俑者。这些看似聪明实则愚蠢的反间计，让大金国君臣感到南朝背信弃义受到耍弄，直接导致了今日京城被围山河破碎的难堪局面。说实话，当捉拿的五鬼亮出名字，赵桓着实大吃一惊。此前，他认为赤焰子会捉出一些青面獠牙面目狰狞的真正的小鬼儿来，却不曾想到竟是几个活生生的人。这几个人都是他的父亲徽宗皇帝的宠臣，除了赵良嗣因为反对诱降张觉遭到贬斥流放广西外，余下四人一直宠信不衰。这几个人他早就有心除掉，只是碍于太上皇帝的面子才迟迟未下决心。现在金国方面既提出这个要求，他正好趁此机会除掉这几个大奸……

在康王赵构的提议下，大金国特使图朵与吴孝民暂行回避，君臣一起商量如何应对。

赵构首先问李邦彦："宰揆你且先说，金人为何会突然提出和议？"

李邦彦回答："刚才在社稷台，臣已向皇上简略地报告了。

前日，臣请示皇上，是否派人前往金营试探一下虚实，重启和议之谈，皇上点了头，臣回去就安排了此事。”

赵桓的确起了这个心事，却没想到李邦彦这么快就促成此事，他也不过问细节，而是蹙着眉头叹道：“又是割地，又是赔款，还要亲王宰相做人质，也太苛刻了。”

李邦彦回答：“条件可以谈，但沸锅在顶，刀剑在喉，先得稳住金军才是。”

赵桓又问侍坐在侧的赵构：“康王，你说呢？”

赵构回答：“太宰的提醒是对的，事既至此，硬抗的后果可能是玉石俱焚。”

“宗濋，你说。”

王宗濋也明确表态要稳住金军，渡过难关。在座大臣纷纷表态赞同康王的分析，只有梁师成哭丧着脸，哀求赵桓说：“老朽入宫四十余年，先后服侍四朝皇帝，却被金国这帮豺狼定为国贼。还望皇上恩准，让咱告老还乡，从此隐姓埋名，躲过这场大祸。”

赵桓心里头对他厌恶，表面上却表示安慰：“你竭忠服侍上皇，大家都瞧得见的，上皇也没亏待你，给了你太尉的荣衔。如今你想告老还乡，朕准了你。你现在就回去收拾吧。”

梁师成哽咽着磕头谢恩，流着眼泪离开了保和殿。

梁师成这一走，几位大臣产生了兔死狐悲的感觉，谁也不敢吱声，殿中一片寂静。

赵桓又拿起国书看了看，咕哝道：“亲王做人质，这个不行，选个宰相去。”

赵构回答：“从这国书看，亲王做人质是重要一条，推翻这一条恐怕很难。”

“康王，你我兄弟九人，选谁去呢？当人质风险很大，我怎好指派呢？”

赵构说：“皇上你不用选择，我愿意前往大金军中就质。”

“康王，你？”

“国难当头，能为皇兄分担一点责任，是我这个当弟弟的荣幸。”

“九弟你甘冒锋镝，让为兄十分感动，你帮哥解决了难题，剩下的就好办了。”赵桓说到这里，目光睃巡到了张邦昌身上，便指着他说：“少宰，你陪康王去大金军营。”

“我？”张邦昌的脸色顿显恐惧。

“对，你！”赵桓解释说，“国不可一日无君，国亦不可一日无宰相。太宰李邦彦要陪侍在朕左右，随时处置国事。少宰有两个，一个蔡攸，他随上皇去了江南，剩下一个就是你了，所以就只有你去。”

张邦昌虽然满怀恐惧，但知道君命不可违，于是表态：“皇上，能陪康王前往金营就质，替圣主分忧，是下臣义不容辞的责任。但此去如何与金主谈判，还望皇上明示。”

“爱卿需要什么指示？请说明。”

“中山、河间、太原割不割？”

赵桓沉默着，当年与大金密誓，是想借金国之力收回燕云十六州，如今十六州不但收不回，反而还要割让三个府镇。三府一割，黄河以北的屏障就没有了。若不割吧，金军虎狼之师，汴京恐怕就保不住了。盘桓再三，赵桓下不了决心。

看到皇上成了闷嘴葫芦，张邦昌接着问：“五百万两黄金、五千万两白银，给不给？”

赵桓没好气地说："少宰，国库里有多少金银，你比我还清楚，我们即便想给，也拿不出来这么多啊！"

张邦昌知道如果皇上不明确表态，同意金国方面提出的和议条件，他与康王此去金营，就不可能活着回来。这时候，他也不顾君臣体面，挑明了说："如果不答应金国开出的和议条件，康王与我，就会被他们剁成肉酱。"

"这倒是句实话。"李邦彦适时站出来帮腔了，"完颜宗望签署的国书上已经写清楚了，若和议破裂，金兵就会屠城，届时男子杀尽，妇人虏尽，宫室焚尽，金银取尽，金国将士是一群豺狼，他们以杀人为乐，同他们打交道，须慎之又慎，千万不能让他们启衅发兵。到那时候，国没有了，社稷没有了，江山城邑都是别人的，金银珠宝也都是别人的，那才是真正的悲剧。"

一席话说得赵桓心惊肉跳。他心里也清楚，李邦彦这不是危言耸听，而是审时度势说出的真话。权衡再三，别无他计，他只得承诺让康王与张邦昌便宜行事，能讨价还价就讨价还价，若不能，就只好依了他们。

由于大金使者催索甚急。得到赵桓的承诺后，康王赵构、张邦昌以及随行的大宋使者李棁、方邺等一行十数人随图朵、吴孝民出城渡濠前往金营。

他们离开保和殿后，忙活了一天的赵桓已疲乏至极。他让众臣离去，单独留下李邦彦，问他："道君皇帝到了哪里？"

"三天前过了亳州。"

"童贯与蔡攸都还跟着他？"

"是的。"

"赤焰子捉鬼的事，对任何人都不得泄露。"

“皇上请放心。”从赵桓的表情看出，他对赤焰子捉鬼深信不疑，李邦彦看看左右无人，又压低声音问，“皇上，您已下决心了？”

赵桓知道李邦彦说的是什么，叮嘱说：“今天金国送来的国书，最好办的就是诛除六贼，你预先布置，择时动手。切记不要走漏风声，他们党羽众多。”

“道君皇帝那边呢？”

“先不让他知晓。爱卿，朕知道你与这几位国贼共事多年，你首先要做到心系朝廷安危，不徇私情。”

“皇上如此信任，臣若背叛，必遭天谴……”

赵桓朝他摆摆手说：“算了算了，别说这些表忠心的话了。你忠不忠，做事就知。你若真背叛，朕也会杀你。这一点不含糊。”

话虽短，但威势甚大，李邦彦骇得张大嘴巴说不出话来。他觉得这位新皇帝多半时候像只缩手缩脚没有主意的绵羊，但偶尔也会露出老虎的凶相来。

却说赵桓与李邦彦在保和殿密议的时候，道君皇帝南狩的车驾已到了镇江。离开汴京至今已有九天，这一路奔波劳碌担惊受怕，对于一个寻常百姓倒也说不上辛苦，但对于他这个一生下来就锦衣玉食倚翠偎红颐指气使的帝王来说，一生的苦头只这几天就吃完了。记得离开京城，他享受的仍是车驾千乘的帝王派头，但走出不到二十里地，便看到路上挤满了逃难的人群，又听到各种各样的传言。如大金军的部队一过黄河便分五路南下攻城，其中有一路沿淮河奔来，要生擒他这个太上皇。赵佶害怕出城就当俘虏，于是决定让童贯的胜捷军拱护车驾而行，他自己却换了青衣小帽，骑了一匹名叫鹁鸽青的骡子，带了童贯、蔡攸及几名武士，择了小道往东南方向的睢阳狂奔。天黑了也不敢歇下，直到交了子时，北风渐紧，天上又飘下碎雪，人困骡乏，赵佶才在童贯的劝说下觅地儿落驾。这时他们一行走到淮河边上，四周伸手不见五指，河沿上却有一户人家亮着灯。赵佶下了骡鞍，径自走进这处不大的民宅。堂屋里，只有一个老太婆还在忙忙碌碌收拾年货。看到有陌生人进来，老太婆问："客官哪里来？"

赵佶回答："东京城里来。"

老太婆继续盘问："客官贵姓？"

"姓赵。"

"看你像个当官的。"

"是的，已致仕了，儿子接替了我。"

"客官有福。"

"往日有福，今日狼狈。"

老太婆连着"呸呸"两声，埋怨赵佶："快过年了，可不敢拿话儿糟蹋自己。看你这样儿，肯定还没吃饭，咱去给你备点酒菜。"

老太婆说着就去了灶间，不多会儿就弄了几样菜肴，温了一壶酒，让赵佶与童贯、蔡攸就桌儿吃了。

老太婆心细，看到赵佶鞋袜湿，又生了火盆，帮赵佶脱下鞋袜来烘干。这一夜虽然辛苦，倒也让赵佶感受到民间的温情。第二天登程，向老太婆说了不少感谢的话儿。又过一天，胜捷军赶到并架了浮桥护送他过河，一些士兵在桥头上跪下，乞求他不要过河，他们想回去保卫京城。赵佶一心逃难执意过河，童贯竟下令将阻挡上桥的兵士砍杀，造成了几十人的伤亡。一路行来，旧怨未消又添新恨。加之童贯、蔡攸两人仰仗圣恩怙权自用，并不因大敌当前而稍加收敛。胜捷军军心不稳，蔡攸竟敢假传圣旨，截留东南各府聚合的前往汴京勤王的营兵两万人用于护驾。凡道君皇帝所经之地，对地方政府及乡邑百姓横征暴敛。如果说，在黄河两岸是“谈金色变”，那么在淮河两岸则是“谈皇色变”，如此官心民心之向背，童贯与蔡攸刻意隐瞒，赵佶蒙在鼓里半点不知。

由于地方官衙大都局促，所以赵佶每到一地的下榻之处，大都选在寺观或大户人家的庄院。这一日到了镇江，赵佶主动提出要去长江边上的金山寺安歇。在他到达之前两天，打前站的亲军就来到寺中清空了所有闲杂人等，甚至寺中僧人长得丑陋一点的，都在驱逐之列。金山寺建于东晋，是江南名刹。加之依山傍江，殿阁参差，虽不及汴京禁地之巍峨宏阔，倒也是闻名遐迩的胜地。住到金山寺中，赵佶阴沉了多日的心情突然一爽，对童贯感叹道：“如此佛国，差强人意。”说着就在下榻的僧房里取了洒金笺纸，濡墨援笔，制了《临江仙》词一阕：

过水穿山前去也，吟诗约句千余。淮波寒重雨疏疏。烟笼滩上鹭，人买就船鱼。

古寺幽房权且住，夜深宿在僧居。梦魂惊起转嗟吁。愁牵心上虑，和泪写回书。

吃过晚饭，赵佶接见地方驻军及府县官员，寒暄几句便让他们退下，然后君臣三人挪步到江边矶头上一处暖阁中，赵佶拿出新制的《临江仙》给他们看。

童贯肚子里墨水儿不多，看了新词只是一味地叫好。蔡攸摇头晃脑仔细吟哦了三遍，接着离席一揖说：“道君皇帝，恕臣狂妄，臣想依韵赓和，略表献芹之心。”

“啊，这很好，你且书写出来。”

得到赵佶的鼓励，蔡攸走到预先布置好的书案上，一边沉思一边书写：

鞞鼓声催辞阙也，伴君残腊愁余。戎衣难挡雨疏疏。轺车载社稷，夜梦到江鱼。

既在椒房常日住，旅中常忆仙居。山川迎送总吁吁。帝心消俗虑，青史应重书。

蔡攸从落笔到写完，也就是片刻之间，看到他搁笔了，赵佶便踱过去，拿起笺纸吟唱起来。

蔡攸虽然心中得意，但表面上却诚惶诚恐，赔着小心笑道：“上皇，臣一时技痒，竟班门弄斧，请皇上恕罪。”

“顷刻之间写了这一首好词，何罪之有？”赵佶浅浅一笑，接着说，“若要挑毛病，你这最后一句‘青史应重书’，平仄不协，但语意甚好，也就不用改了。”

“恭谢上皇。”蔡攸又是一揖。

赵佶忽然又陷入了沉思，问蔡攸：“青史应重书，重新书写历史的人，是谁呢？”

“自然是上皇。”

“朕已禅位，太子继统，正是他领着汴京军民抵御金虏，赵宋的青史应该由他来写。”

“道君皇帝，”一直插不上嘴的童贯，这时开口说话了，“恕老臣直言，太子比起您来，运筹帷幄的能力还是稍弱。”

“啊，你这样认为？”

赵佶对童贯的直率感到吃惊，过去他遇事总是一看二等三观察，没吃准的事绝不表态，今天可是变了一个人。

童贯接着说：“道君皇帝您亲自推动宋金密盟，只为收回燕云十六州。虽然遇到了曲折，也有策略上的失误，但这个目标绝没有错。秦始皇、汉武帝、唐太宗，咱华夏天朝的江山一个比一个大，到了咱太祖手上，江山缩小了那么多，这是多憋气的事儿啊！所以，太祖才专门设了封缸银，以在有朝一日条件成熟时收回长城内外的大片江山。等了一百六十年，这机会终于在道君皇帝您手上出现了，这是多不容易的事儿啊！道君皇帝您上承天命，下应民心，排斥朝中那些反对派，毅然决定与金国皇帝完颜阿骨打订立海上之盟。这是英明之举，伟大决策。它的意义，胜过真宗皇帝与辽国签订的澶渊之盟。这一点，老臣我过去是这样认为的，现在，将来，我仍这样认为。”

童贯说着说着动了真情，眼眶里溢出了泪花，他这番话感动了赵佶。等童贯情绪稍稍平复，赵佶问：“爱卿，这番话你在心里头憋了多久？”

“上皇，打从您禅让之日起，这番话就像一团火，一直在我心里头烧着呢。”

童贯的情绪再也控制不住，竟然双手抱头痛哭起来。蔡攸与童贯是一条绳上的蚂蚱，此时受到刺激，也禁不住抹起了眼泪。

因为赵桓登基后遇到的诸多麻烦，导致他并不完全遵从上皇的旨意。特别是此次南行避祸，赵佶明显感觉到儿子的不满，出行三天，竟然没有得到赵桓的一句问候，赵佶的失落感也就日益强烈起来，这也是他这一路情绪低落的主要原因之一。尽管童贯的这一席火辣辣的表白句句犯忌，但赵佶非但没有责怪他，反而好生安慰，他让童贯坐下，对他说：

“太师，你对朕的一片忠心，朕心里头清楚。因为燕云十六州，咱们君臣走了一步险棋。如今，这一步险棋走错了，就得有人站出来承担责任。所以，朕下了罪己诏，并禅让帝位，让太子当皇帝。太子初登基，阅历浅近，不知世道艰难，更不知人心险恶，这就给了一些弄臣可乘之机。想报国很好，但绝不可分裂朝廷；想建功立业更该嘉奖，但不可助长攻讦之风。治大国如烹小鲜，当皇帝的，首先要能分辨忠奸，而后要会断事，该倡导什么，该制止什么，态度要分明。赵桓与朕之间的父子之情，任何人都不容怀疑。但不可否认，有人利用新皇帝的稚嫩教唆或挑拨，并制造矛盾。太师你所受委屈，其因在此。”

童贯擦着眼泪，感动地说：“上皇您这一番开导，老臣心里好受多了。”

蔡攸的心思比童贯要深，此时挑了童贯的话再加剖析：

“上皇，童太师刚才一席话中，将澶渊之盟与海上之盟作了比较，这可是极有见地的话。澶渊之盟，乃真宗皇帝听从当时宰揆寇准的建议而签订，后世莫不大加赞赏，认为给我大宋带来了一百多年风调雨顺国泰民安的好运，厥功至伟。可是，上皇您采纳家父左元仙伯以及童太师的建议，与大金订立海上之盟，却一直遭到一些权臣诟病，认为这是轻启战祸的草率之举。依臣来看，这两个盟誓都是上乘国策。臣坚信，海上之盟对于我巍巍华夏的意义，应该远远超过澶渊之盟。这乃是因为，澶渊之盟是与辽国签订互不侵犯的友好条约，本属我汉唐故土的燕云十六州却仍为契丹人占领。海上之盟却不一样，这是与金国签订联合灭辽收回燕云十六州的誓约。收复祖宗土地，华夏金瓯重圆。这样的盟誓，难道不强于澶渊之盟吗？但是，为何朝中大臣不是众志成城支持盟誓，反而是拆台的多，补台的少？政令不能统一，以致让金虏有机可乘，局面才发展到今天不可收拾。”

两位宠臣的话，让赵佶很受用。当金军南下犯阙，朝中对宋金密盟质疑声再次强大时，赵佶心中也开始犯疑，甚至后悔当年不该订立这个盟誓。但今日听到这两位老臣之言，他又突然意识到海上之盟原来是功在千秋的英明之举。顷刻间，他由自责变成了自信，他问蔡攸：“汴京那边可有最新消息？”

“昨日得报，完颜宗望率领的东路军已经包围了汴京。”

“城会破吗？”

“用李纲的方法，城肯定会破。”

“这是为何？”

“李纲一味主战，不懂审时度势，捋虎须的人，肯定会被虎吃掉。”

赵佶觉得蔡攸的话有道理，转问童贯：“太师，你有何高见？”

童贯想了想，回道：“猫可以玩老鼠，但老鼠成了精，也可以玩猫。”

“是啊，留得青山在，不怕没柴烧。”赵佶听懂了童贯的话，沉思一会儿，对蔡攸说，“少宰，替朕拟一封回书，给皇上。”

“和泪写回书？”蔡攸瞄了瞄桌上那张留有上皇墨迹的笺纸。

“不，男儿有泪不轻弹。”赵佶又有了那种君临天下的感觉，“朕要告诉新皇帝，要保住赵宋社稷，必须立即与金国方面重启和谈。”

第十章　康王冷炕上慷慨陈词

在大金特使图朵的坚持下，作为人质的康王赵构、少宰张邦昌以及大宋特使李棁、方郧一行，依然从酸枣门出城，前往完颜宗望的中军元帅府所在地牟驼岗。如果从西门（亦称天津门）出，路途要近很多，从酸枣门出要绕行许多路程。图朵认为在城内穿行固然是近道，但脱离了自己的防区，他感到不安全。所以半下午从内城保和殿出发，到下半夜交了子时之后，一行人才到达牟驼岗。

完颜宗望早已得到消息，南朝的人质与使者要来，故也没有入睡。一行人到后，他下令让康王与张邦昌先行歇息，而让南朝正使李棁、副使方郧即速到元帅府会见。

此时的元帅府，点亮了九九八十一根楠竹般粗壮的大蜡烛。李棁与方郧进来时，但见大堂内光芒熠熠，斧影重重，两边厢密匝匝站着的勇士也不知有多少，但见一领领铠甲透着逼人的寒气，一双双瞳孔里射出森森杀气。完颜宗望穿着黄金锁子甲，端坐在正中台阶上的虎皮椅上。这阵势让李棁吓得腿也软了，手也抖了，眼也直了，脸也僵了，正犹豫着不知如何是好，忽听得两边厢护卫一起吼叫：

“跪！”

李棁两腿一弯，膝盖磕在坚硬的砖地上，硌得生疼生疼，龇牙咧嘴地难受。方邺也是打从娘肚皮中出来就没见过这阵势，也筛糠似的趴在地上动弹不得。

金兀术与郭药师分坐在完颜宗望两旁，金兀术轻蔑地看着跪在地上的两位使者，心里骂了一句“孬种”，嘴上喊道：“上前见过大王！”

李棁与方邺膝行上前，在台阶上重新跪稳了，双手抱拳揖道：“见过大王。”

完颜宗望问：“谁是李棁？”

李棁欠欠身子：“卑职正是。”

完颜宗望走下台阶，从一名卫士手中接过燃烧的火把，伸到李棁跟前照他的面颊，那闪烁的火苗差一点舔燃了他的胡子。李棁不知完颜宗望要干什么，又磕头如捣蒜，哀求道：“请大王饶命，请大王饶命！”

完颜宗望笑道：“本帅又没说要杀你，怎么喊饶命了？”

“啊！啊！”李棁仍惊魂未定。

完颜宗望把火把还给卫士，回到虎皮椅上坐下，仍盯着李棁说：“听说你上次出使大同，见了宗翰大帅，回来向南朝皇帝禀奏，一些南朝大臣送你一个‘六如给事’的绰号，可有此事？”

李棁尴尬回道：“确有此事。”

“哪六如呀，你再说一遍。”

“我向皇上如实禀奏贵国军队的强盛，概括说人如虎、马如龙，上山如猿、入水如獭，其势如泰山、中国如累卵。”

“你说的是实情，上次你看到的是我大金国西路军，这次你又看到了大金军的东路军，两支大军有什么不同吗？”

“一样，一样，都是人如虎、马如龙……”

“不像你们南朝，人如鼠、马如虫。”

金兀术插嘴开了一个玩笑，引起大堂内一阵哄笑。

受到羞辱的李棁，竟也跟着谄笑起来。方邺善根未灭，此时恨不能找个地缝儿钻进去。

完颜宗望轻咳一声，大堂里立刻又安静下来，他喊了一声：“六如给事。”

“卑职在。”李棁挺了挺身子。

“膝盖跪疼了吧？”

“有一点。”李棁干笑着说。

“给两个凳儿。”

两个武弁搬来凳儿，李棁与方邺在台阶下坐了。

完颜宗望继续说：“你们汉人有一个成语，叫识时务者为俊杰。但据本帅观察，你们朝廷中不识时务的人太多了。”

“这个，这个……”李棁憋了半天，鼓着勇气说，“我们皇上英明。”

“你们的皇上？”完颜宗望摇了摇头说，“他登基不到两个月，耳朵根子太软了。不过，让你来当使者，他算是聪明了一回。”

“谢大王抬举。”李棁又是谄笑。

完颜宗望兀自按自己的思路说下去：“你们汉人管那种不服气的人叫什么？”

“叫鸡公。”

“叫鸡公，这也挺形象。”完颜宗望说，“咱们女真人叫这种人为杠爷，专门抬杠，不知道自家的能力究竟有多大。”

“杠爷？我讨厌杠爷。”李棁要嘴皮子，想逗完颜宗望开心，“叫鸡公再厉害，也不会把天啄个窟窿。”

“这话是人话，你们皇帝让你当特使来见本帅，就是让你说人话。”

“是……的。”

“咱们开出的和谈条件，你们皇上答不答应？”

“这……”

“怎么了，说到正事儿，就舌头打结了？”

“皇上让我来求求您大王。”

“讲！”

“大王要南朝进贡五百万两黄金、五千万两白银，这的确难以筹措。朝廷国库中，有银不足二百万两，金锭就更少了。”

“看看，说到实事儿就哭穷了。”一直当闷嘴葫芦的郭药师这时候说话了，“据我所知，你们去年各府州县上缴的赋银，多半还存在各府州库中没有解押。这些银两你怎么不说？还有京城中那些达官贵人，都是搜刮钱财的高手，哪一个家中没有藏儿百万两金银？宗望大帅不知道你们的秘密，难道我也不知晓吗？”

郭药师这席话，让李棁暗暗叫苦。他早就听说，大金国国书中开出的这些和谈条件，全是郭药师给完颜宗望出的主意。这会儿，他夹枪夹棒一顿数落，直把李棁逼到了墙角儿。李棁这家伙虽然怯懦圆滑，但心里头对皇上的交代不敢马虎，他总想通过谄媚来软化对方，以在和谈中为南朝多争取一点利益。他脑袋瓜子飞转，想着如何应对。这时候，完颜宗望先说话了：“李棁，郭药师的话你听到了吧？”

“听到了。”

“大金开出的贡银与金锭，一两也不能少。”

“这一点，恳望大王减额，府州库银的确有三分之二未曾缴纳，但两国开战，这些存银多半成为了勤王之师的经费。至于官绅人家，朝廷更不能强行征占。”

郭药师威胁说：“你们不能征占，那就只能等到破城之后，咱们挨家挨户去抢啰！”

李棁只得回道：“我会把大王的话带回给皇上。”

“好。”完颜宗望接着问，“中山、河间、太原三镇何时交割？”

“尽快。”

“你们皇帝是否为此写了诏书？”

“这个，还没有。”

“三镇地图及户籍簿册呢？”

“正在准备中。”

完颜宗望的脸色拉了下来，突然一跺脚，厉声喝道：“咱让图朵送给你们的国书，重中之重就是头两条，这两条你们一条都没有答应，你们两个狗官还跑来干什么？嗯？”

完颜宗望一发脾气，金兀术立马就锐声一喊：“宰了他！”

大堂里顿时一片怒吼：“宰了他，宰了他！”

李棁与方邺刹那间骇得三魂掉了二魂，身不由己下了凳儿，重新跪到地上磕头如捣蒜，哀求道：“求大王饶命。”

完颜宗望虽然恼火，但并没有杀他们的意思。这时候，元帅府知事向他使了眼色示意他出来，他走进左厢房问知事发生了什么事，知事告诉他，南朝老将种师道率了二十万秦凤兵前来汴京勤王，且在城东、城北两处安营扎寨。另外，曾经剿灭方腊反军的另一名将姚平仲也已渡过了淮河朝汴京扑来。

“姚平仲部有多少人？”完颜宗望问。

知事回答：“人数不详，对外也是号称二十万。”

完颜宗望听到这消息，并没有显示出特别的惊慌，他吩咐知事：“你传令各部严加戒备，收缩防区，营寨多设障碍。”

看到知事离开，完颜宗望又回到虎皮椅上坐下，盯着仍跪在地上的李棁与方郧，冷笑一声说：“你们二位现在就回到城里去，告诉你们的皇帝，和谈既是你们主动提出，就该有十二分的诚意。但从你们的态度来看，你们只是想拖延时间，对咱们提出的和谈条款，采取避重就轻、避实就虚的态度。两国相交，先礼后兵。你们现在就回去，让你们的皇帝写来正式的国书，逐条逐款做出保证。和谈期间，你们的军队若主动攻击，视为毁约，我大金铁骑必将踏平汴京。你们记住了？”

“记住了！”李棁额头上渗出冷汗。

“走！你们立刻就走。明天这时候，本帅仍在这里等你们回来复命。若逾期不来，咱们先杀康王，后杀宰相。”

“知道，知道。”

李棁话音未落，早上来几位武弁将他们拽起来，推搡到门外，驱逐他们离开了牟驼岗。

再说康王赵构与宰相张邦昌到了牟驼岗后，被安置在一处小院歇息。这小院有东西厢房，赵构住在东厢房，张邦昌住在西厢房。小院外重重岗哨，戒备森严，院内安排了两名答应，照料二人的起居生活。汴京城中的答应，都是绀衣青帽，一看就知是专门料理主人的角色。此类人见风使舵，见俏放俏，都是一等的伶俐。可是眼前这两个答应，虽然看上去不笨，却寡言少语，眼面前的事都不知晓如何去做。康王与张邦昌各入了厢房，答应给他们各送了一罐凉水、一只凉透了的烤羊腿和几只麻薯子。张邦昌与他们理论，才发现这两人不懂汉语无法沟通。

此时的张邦昌又冷又饿，他走出厢房门想通过手势比画让答应将羊腿麻薯子加热，把凉水烧开。答应不搭理他，却在马槽沿上磨起刀来，嚓嚓嚓，嚓嚓嚓，刀片儿在石头上磨出的声音，寒碜刺耳。张邦昌不知道这答应半夜里磨刀干什么，甚至想会不会磨快了刀就来杀自己，顿时慌张无措，便踱到东厢房门口，侧耳听了听，里面悄无声息，想敲门却又不敢。正踌躇着，听得康王赵构在里面问："是少宰吗？"

"是的，康王殿下。"张邦昌毕恭毕敬回答。

"进来吧。"

门没加闩，不是赵构不想闩门，是门闩早就被卸掉了。张邦昌推门进去，屋里漆黑一团，张邦昌啥也看不见。

"殿下！"

"我坐在炕上，少宰你也上来坐吧。"

张邦昌摸到炕沿，他人胖，不能像赵构那样盘腿坐着，只能半边屁股搁在炕沿上。他沮丧地说："殿下，炕是冷炕。"

赵构咧嘴一笑，黑暗中露出白牙，他诙谐地问："少宰，你有痔疮吗？"

"在值房里坐了二十多年，痔疮早就有了。"

"没有痔疮当不了宰相。"

"是的，这种说法早就有了。听说寇准、晏殊、王安石、蔡京、白时中等等，都有痔疮。"

“所以，才有人取笑说痔疮是宰相病。”

“李邦彦没有这毛病。”

“他呀，不是被人称作浪子宰相吗？他喜欢蹴踘、打马毬。”

“唉，只怪我太胖。”

“皇上英明，让你来大金军营中当人质，坐冷炕，帮你治痔疮。”

绕了半天，张邦昌这才意识到赵构是在拐着弯儿捉弄他。于是他也壮着胆子回了一句：“康王殿下你没有痔疮啊，怎么也来了？”

“本王别有所因。”

“说说如何？”

“皇上知道我平素不甚读书，故让我来这里坐冷炕，正好有诗书相伴。”

“黑夜无灯，如何读书？”

“用心回味读过的书，亦不负此冷炕。你说呢，痔疮宰相？”

“正是，正是，冷炕殿下。”

二人如此调笑，倒也是苦中作乐。赵构接着问：“少宰饿吗？”

“饿。”张邦昌咽了咽口水。

“桌上那米粑样的东西，叫什么？”

“可能叫麻薯子吧。”

“你怎么知道？”

“赵良嗣闲聊时告诉我的。”

“金人的国书，要取六贼的首级，你怎么看？”

“这六人，除赵良嗣后来不得信任外，余下五人，都是道君皇帝最为信任的股肱之臣。”

“你拿一个麻薯子来。”

张邦昌下炕，摸摸索索拿到了一个麻薯子，双手呈给赵构。

赵构接过来，如同拿了一个冰疙瘩，他使劲掰成两半，递了一半给张邦昌，自己费劲地咬了一口，咀嚼着，又问："金人称他们为六贼，他们是不是六贼呢？"

"他们不是六贼。"

"收取燕云十六州，从道理上讲不是一件坏事儿。"

"这么说，他们是功臣？"

"这……"

张邦昌一时语塞。他与康王虽然熟络，但从无交道。作为朝臣，若背着皇帝与亲王等皇亲国戚私下往来，是头等的犯忌之事。一向谨慎的张邦昌，对诸位亲王向来回避。但现在同为人质，康王又主动问及此事，张邦昌颇为犯难，不知如何回答才好。

"少宰，请回答我，他们是功臣吗？"

"殿下，"张邦昌斟酌回答，"他们至少不是罪人，金人之所以忌恨他们，是因为他们设计让张觉归顺我大宋朝廷，又设反间计让他们杀了耶律余睹。"

"这还不够吗？"

张邦昌沉默不语。

赵构接着说："我的父亲道君皇帝对蔡京、童贯、王黼、蔡攸、梁师成等人深信不疑，一应国家大事，悉数托付给他们，他们却将对付同僚的手段，用来对付女真人，这才酿成大祸。"

"对付同僚的手段？"张邦昌愕然，这句话出自康王之口，讥刺甚深。

"尔虞我诈！"赵构重重地说出这四个字，接着解释说，"这几个人都是位极人臣的政事堂人。政事堂本是峻肃庄严之地，但却成了攻讦倾轧之区。我朝制度的设计，在这件事上，是有问题的。”

“殿下，这样太过敏感的国事，臣不得预闻，请殿下不要讲了。”

张邦昌近似哀求，他后悔不该摸进康王的房子。他不愿也不敢搅进任何一个是非圈子。

看出张邦昌想走，赵构喊住他，要他把话听完，接着问：“你知道陶谷这个人吗？”

“陶谷，哪一个衙门的？”

“陶谷不是当下衙门的，是太祖皇帝信任的朝臣。太祖皇帝觉得宰相赵普太过专权，一次找了陶谷来问，宰相之下，还可设何种官职以分宰相之权，陶谷说可设参知政事、参知机务等官位。太祖皇帝采纳陶谷的建议，于乾德二年四月，拔擢薛居正为参知政事，吕余庆为参知机务。这两个官职实为监督宰相，不押班、不钤印，不升政事堂。但太祖皇帝驾崩后，从太宗皇帝一朝开始，参知政事、参知机务都成了政事堂人，其知印、押班与宰相无异。自此为相者渐多，凡政事堂人皆称宰相，一朝宰相，最多时有了九个。而宰相的相权被分出去不少。所谓政出多门，就是政事堂人太多，人人都以宰相自居，人人都想当天下第一文官。这样你争我斗，皇帝反而被架空了。赵良嗣提出联金伐辽的建议，童贯首先觉得这是一条重振金瓯的好计，于是先与蔡京商量，蔡京也立刻同意，并积极推动，最终说服了道君皇帝。其实，道君皇帝没有看透童贯、蔡京的祸心。少宰，你看出来了吗？”

张邦昌摇摇头：“我也没看出来。”

“你看出来了也不敢说真话。”赵构脸上露出一丝鄙夷，接着说，“童贯推了此事，是为了邀功请赏，巩固地位；蔡京力推此事，乃是可借此积敛钱财，安插党羽。”

“啊？”张邦昌惊讶起来，“左元仙伯有此心思？”

“怎么没有？收复燕云十六州，说白了就是打仗，打仗打什么？不就是打钱吗？蔡京借此额外征收平燕税，摊派到各府各州县，约计八千万两白银。这些钱用来征召伕役，增加军队，朝廷一下子增加了两万余名大小不一的官员。军费差银、俸禄粮秣开支无度，其中有多少库银被当道政要中饱私囊，这笔账从没有查过。”

听到这里，张邦昌汗下涔涔，他入三台担任长官也达六年之久，卖官鬻爵的事也做了不少，他原以为这样隐私的事不会被人看破，却没想到康王洞若观火，知道得一清二楚。出于保护自身的需要，他仍装糊涂：“殿下所言，臣平日闻所未闻，若真是这样，宰揆不可逃避责任。”

赵构对他这种屁话不屑一听，仍按自家思路说下去：“总结联金灭辽以致引火烧身的教训，我认为错不在金酋而在于朝廷本身。群相在政事堂中争权，在皇上面前争宠，堵塞言路，陷害忠良，让皇上见不到忠臣，听不到真话。相权明里服从皇上，实际上架空皇权。此风甚嚣尘上，这才导致文官爱钱，武官怕死。所以一遇上金酋叩关，平日贵胄之家，簪缨之人，莫不都变成了丧家之犬，惶惶不可终日。”

康王说着动了情，尖锐的话如开闸的洪水倾泻而出。听着他慷慨陈词，张邦昌心里头暗自忖道：“但愿这个康王永远待在这金营中当个人质，千万不能让他回去，他若回去在皇帝面前乱嚼舌头，不知道多少人要遭殃。”但表面上，他仍对赵构充满敬意，憋了一会儿，他半是调侃半是奉承地说道：“殿下，您坐在冷炕上说的话，却是句句烧心。”

赵构说话太多，觉得口渴了。他舔了舔嘴唇说：“这麻薯子确实咽不下，就想喝一口开水。”

“殿下，咱再去找那个答应想想办法。”

张邦昌说着下了炕往外走，这时候，门外响起了杂杂沓沓的脚步声，一片火光从门缝里透了进来。

门被推开了，一名答应手上举着火把，元帅府知事领着完颜宗望走了进来。

第十一章　君臣论政的尴尬

钦宗皇帝赵桓在似睡非睡中煎熬了一个晚上。昨天上午在社稷坛看赤焰子捉鬼，下午在保和殿会见大金特使图朵与吴孝民，都让他心绪烦乱。最让他吃惊的是，金国方面开出的和谈条件之一是清除以蔡京为首的六贼，与赤焰子捉出的小鬼儿竟如此吻合。金国开出的和谈条件，唯斩杀六贼这一条与他的心思契合。大约下半夜，他忽然做了一个梦，不知怎的，他又坐到社稷台上，一个打着赤脚穿着破衫的人对他下拜，他问：

"你是谁？"

"赤脚道人。"

"赤焰子与你有何关系？"

"贫道的徒儿。"

"他昨天让天煞星捉了五贼，你可知道？"

"知道，十年前我就知道。"

"朕有一事不明白。"

"请皇上讲。"

"蔡京为六贼之首是不是？"

“是。”

“既然是小鬼儿，是大奸，上天为何如此眷顾他，让他福禄寿三全？”

“他享用富贵，是他祖上积了阴德，他四世同堂，寿高八十一，都是祖宗给他攒下的。”

“我还听到一个说法，道君皇帝是玉皇大帝下凡，蔡京本是玉皇大帝案前的童子。玉皇大帝想到人间走走，便先遣他的童子到了人间。”

“这是蔡京编的鬼话。”

“但道君皇帝信了，他说蔡京在天上叫左元仙童，到了人间就封为左元仙伯。”

“就这个封号坏了大宋王朝的国祚。”

“啊，道人从哪里看出来的？”

“金酋开出的和谈条件，就有一条，要宋国皇帝自损为侄，而称金国皇帝为伯。皇上您如果接受和谈条件，就多了一个满身腥膻味的大伯。这个大伯，比起左元仙伯，可要难对付多了。皇帝可不要随便封人为伯，一语成谶啊！”

“蔡京能杀吗？”

“不是杀蔡京，是杀左元仙伯。”

“金为强虏，是谈还是打？”

“南朝将星黯淡，能打赢金虏的人，还没有出现。”

“李纲呢？”

“好秀才！”

“宇文虚中呢？”

“懂经纶，无韬略。”

“听说种师道快到汴京了，他又如何？”

“华山道人送了他一首诗，‘惊起南朝老大虫’。”

“这是什么意思？”

“大虫虽猛，老了！”

赵桓回味这句话，敛目沉思。当他睁开眼睛想再往下问时，却发现面前空无一人，他这才惊醒，发觉做了一场梦，梦中的场景与对话还清楚记得。他躺在床上仔细琢磨赤脚道人说的每一句话，脑子里时而昏沉，时而清醒。正在这恍惚之中，小侍在寝房外禀报，特使李棁与方郧已从金营回来，等着皇上接见。

离开牟驼岗金军大营，李棁与方郧从西城的景阳门乘吊篮回到城内。此时天已麻麻亮，尽管一宿未曾合眼又饥又乏，但两人一刻也不敢耽搁，先赶到枢密院向在值房歇宿的李邦彦禀报出使情况，而后又随着李邦彦进了禁城来见皇上。

卯时刚过，他们进了上书房，赵桓已等在那儿了。李棁除了隐瞒他与方郧贪生怕死摇尾乞怜的情节外，一股脑儿讲了昨夜与完颜宗望见面的详细经过，并反复重申，金酋在国书中提出的和谈条件，完全没有谈判的余地。

赵桓对这种结果早有预料，但还存了一点侥幸心理，希望能出现意想不到的奇迹。现在这“奇迹”已杳不可寻了。他让李棁与方郧暂行回避，上书房只剩下他与李邦彦两人，他问李邦彦：“爱卿，你看怎么办？”

“别无他法，只能答应了。”

李邦彦态度很明显，就是接受金酋的和谈条件，早日解汴京之围。

赵桓说：“金军暂停三天进攻，今天是第二天，如果明天再不答复，兵衅将又重启。”

“决不能让金酋破城，如果汴京生灵涂炭，皇上，我这个宰相必将成千古罪人。”

“昨天让你暗中准备，进行得如何？”

“已筹措到金二十万两、银四百万两，离金酋索要的数目差距还很大。”

“这些金银，今日就让李棁押解到金营，表达诚意，剩下的部分，让金酋宽限时日，你再会商开封府尹聂昌，找城中富商及缙绅大户筹借。”

“不是借，是让他们捐输。”

“不管用什么名义，尽量要满足金酋所需，钱花完了还可以挣，人死了却是不能复生。”

“皇上爱民之心，唯苍天可鉴！”

“三府的交割呢？”

“昨夜已饬文兵、户两部，将中山、河间、太原三府的地图、户籍全部送到枢密院，保证如期送达金营。”

“朕担心的不是钱，而是三府的土地与人丁，一旦交割，朕就成了一个丧权辱国的皇帝。唉，道君皇帝有私心，竟将这样难堪的差事，让朕来承担。”

赵桓说着眼圈儿红了，他的自责与抱怨原也无可非议。李邦彦一时找不到合适的话来宽慰，君臣相对无语。愣怔一会儿，李邦彦终于想出一个道理，他鼓足勇气说：“皇上，臣有一句话，不知当说不当说。”

“你说。”

“割了三镇，您还是大宋的皇帝。比起后晋时期的那些小皇帝，您的疆域最为辽阔。可是，一旦破城，臣敢说，十之八九的人都希望皇上殉国，您不肯殉国，就只能逃亡，或者当俘虏。这几种结果都是人之末路。不到万不得已，谁愿意获得这样的下场呢？”

李邦彦以他的经验，讲出了事情的厉害，赵桓隐隐约约也思考过，但没有李邦彦讲得透彻。殉国、逃亡、俘虏，这三样他一样也不想要。此时他又想起梦中遇见的赤脚道人的话，“南朝能打赢金虏的人，还没有出现”。他长叹一口气，说道：“爱卿，替朕起草国书吧。”

“皇上，您同意金酋提出的所有条件？”

赵桓点点头，一副无可奈何的表情。

李邦彦顿了顿，又补充问道：“国书起款如何称呼？”

赵桓反问：“金酋开了条件，如何要求？”

李邦彦说：“起首要称伯父大金国皇帝，落款是侄大宋皇帝。”

“依……唉，依他吧。”

赵桓难过地别过脸去，李邦彦小声安慰说：“大丈夫能屈能伸，越王勾践成了吴王夫差的俘虏，过了三年猪狗不如的生活，结果怎样？勾践最终灭了吴国，夫差也身首异处了。”

赵桓点点头，这句话他听进去了。

在君臣二人密谈时，李纲领了一位身穿软甲戎服的白胡子老人来到上书房外。这老人正是率领二十万秦凤兵赶来汴京勤王的种师道。他也是在黎明时乘坐吊篮上天津门的。事先已得到消息的李纲，赶到天津门城楼迎接他。两人也不敢耽搁，稍作寒暄，便赶进皇宫觐见皇上。

上书房当值太监妙官因皇上与宰相正在议事，不敢即时通报，过了好一会儿，隔着门缝儿朝内瞧了瞧，发现君臣二人正在闷头呷茶，这才通报了李纲与种师道的到来。皇上宣召他们立即进来。

李纲与种师道分别向皇上磕头请安。赐座后，赵桓问：

“老将军何时到的？”

“昨天上午，一俟扎好营盘，老臣就赶来给皇上请安。”

“朕听说，朝廷重新起复老将军，华山道人还给你送了一首诗，朕记得前两句，‘北蕃群犬窥篱落，惊起南朝老大虫’，愿老将军不负众望。”

接了赵桓的话，李邦彦说：“这华山道人，久居深山，不谙世情，故说话不太靠谱。”

种师道一惊：“太宰何出此言？”

“北蕃群犬，这显然指的是金虏，这些女真人可不是一群狗，而是一群老虎。”

李纲不满李邦彦的指责，委婉提醒道：“太宰大人，你位极人臣，每一句话都会让人揣摩。大敌当前，你如此评价金虏，让群臣听了，就会认为你长他人志气，却灭了自家威风。”

李邦彦默不作声。

赵桓问种师道：“老将军，你这次带了多少兵马来？”

种师道回答：“实话告诉皇上，不足十万。”

赵桓稍稍有点失望，又问：“每日看塘报节略，均言老将军率秦凤兵西来勤王，所到之处皆贴告示，声称百万兵马前来，怎么十分之一都不到？”

“臣的弟弟种师中还领了五万兵马，本说救援太原，现也在赶来的路上。”

“这也不够啊！”

“兵不厌诈嘛！”种师道捻须笑道，“金虏听说俺老种率大军前来，纷纷将撒出去的游骑收了回来，营寨也都纷纷加固了，虚张声势还是有作用的。”

李纲插话：“种将军声望很高，金虏听说他来，都表现出慌张。还有另一位名将姚平仲，也率了二十万兵马赶来，汴京敌我的态势，发生了根本的变化。”

赵桓仍问种师道：“老将军，汴京形势危急，你有何建议？”

种师道回答：“可以议和，但不可真和。”

“此话怎讲？”

“议和是为了争取时间，让各路勤王之师赶来京城。”

“但金酋不是傻瓜，他们只肯停战三天。”

“战也不惧。臣与西夏交兵，不下百余次。有一次，西夏兵趁我秋操，麟州兵少，竟孤军奔袭来攻麟州，其势甚猛，臣命令守城兵士坚守不出，贼近则射之，贼退不追，以待秋操兵马赶来。不及旬日，大军云集，西夏叩关之兵被分流击之，溃散大败，主帅只身逃还。此次女真兵围攻汴京，与西夏奔袭麟州，庶几近之。”

李邦彦觉得种师道过于自信，于是讥道：“西夏兵进攻麟州不过万人，女真人陈兵汴京城外，却有四十万之巨，两者怎可比拟？”

种师道得理不让人，反驳道：“兵力多寡，用兵之道同一也。孤军长途奔袭，此乃兵家之大忌也。劳师远征，粮草辎重必不能多带，此一忌也；凌人国家，所经之地人民，皆反抗阻挠，此二忌也；离彼熟悉之地，而入陌生之境，饮食气候皆不适应，此三忌也。曹孟德当年率八十万虎狼之师进攻赤壁，不到一个月，兵士尽染时疫，这是他兵败如山倒的真正原因。观古今战例，未有孤军深入而能够全师顺利撤退者。再加上汴京周回六十里，如何可围？城高数丈，如何可攻？城内粟米可支数年，金虏是想速战速决，拖上三两个月，他们给养就无法解决，除了撤退，他们别无选择。皇上，臣听说金虏开出了和谈条件，太苛刻了，臣斗胆说一句，金银不能给，三府更不能割！”

赵桓喟然叹道：“和谈之议已决，恐不能更改了。”

李纲闻听此言，急火攻心，禁不住大声叫嚷了起来：“皇上，金人贪婪无厌，凶悖无信，决不可与之和谈。”

“你有何把握战胜金兵？”李邦彦厉声喝问。

“李纲敢立军令状！”

“这又是秀才话！”

李邦彦这一句贬斥，又让赵桓想起赤脚道人对李纲“好秀才”的评价，也就不搭理李纲，而对种师道说：“老将军不顾年高体弱，率师勤王，足见忠忱，朝廷也要借重老将军威名，号令天下勤王之师。朕现在任命你为京畿、河北、河东宣抚使，并拜知枢密院事衔，总摄勤王军事。”

“皇上，臣何德何能，能得皇上如此信任。”

种师道说着起身下拜，却不料膝盖生疼弯不下去。

赵桓心里头嘀咕着“果然是一只老大虫”，嘴里却说道：“老将军骑马乏了，不必下拜！李纲，你陪老将军歇息。”

李纲攒了一肚子话要对皇上说，但感到皇上已经无心听他的肺腑之言，只得怏怏不乐陪着种师道辞别出宫。

听到甬道上响起了马蹄声，赵桓知道两人走远了，这才吩咐李邦彦："你通知李棁，让他带着已备下的金银与三镇地图户册，再速去金营以表诚意。"

当天下午未时左右，李棁与方邺带着筹措到的二十万两黄金、四百万两白银，以及三府地图、户册、誓书等前往牟驼岗，这些金银簿籍，装满了六辆骡车。因是送货，征得金军同意，不再绕行酸枣门，则是直接出天津门，沿汴河西岸进了牟驼岗。这一路城里的一段，由禁军护送，出城后便由金军护送，迤迤逦逦走了差不多两个时辰。

到达牟驼岗元帅府后，完颜宗望并没有立即接见，而是命令府中官吏先行验收交割。这些东西一样一样清点颇费工夫，金锭银锭倒还好办，户籍册簿一页一页翻阅查讫，却是丝毫马虎不得。三府共有册籍一百三十余万户，总人口超过了五百万。元帅府中六十名吏员清点到半夜才点到一半。李棁、方邺等困得不行，尽管金军给他们安置了房间歇息，他们却不敢离开，乏极了就在原地打个盹。

眼看交了未时，正在打盹的李棁忽然被一阵急促的马蹄声惊醒，但见窗外火光摇曳，一拨又一拨骑兵冲出大营。

"出什么事了？"李棁问似醒非醒的方邺。

方邺揉着眼睛，一脸茫然。

"你到门口看看。"李棁指示他。

方邺才起身，一名金军小校立马跑过来，将手上的弯刀朝方邺的肩膀上一搁，喝道："坐下！"

方邺哪敢违抗，连忙坐回到椅子上。这时，不知什么地方又吹响了海螺声，在寒冷的暗夜里，这号声显得特别凄厉、恐怖。

“肯定是开仗了。”方郧嘟哝着。

“不是讲好了休战吗？这是谁跟谁打呀？”

李棁心中十五只吊桶打水七上八下，心中犯疑却又无处可问。方郧也急得像热锅上的蚂蚁。他们担心局势骤变使自己安全不保。

李棁的担心不无道理，离牟驼岗七里地的幕天坡的确发生了战斗。幕天坡是金将大昊的营地。刚刚到达汴京勤王的姚平仲部，前往那里劫营。

姚平仲为何如此迫不及待地挑起战争呢？这里头自有原因。

山西素出名将，最为著名的，应数杨继业、姚古、种师道、折可求四家。这四人中，杨继业较早，其杨家将抗辽的故事，可谓家喻户晓。姚古、种师道与折可求，都是徽宗一朝的声闻遐迩威震天下的将军，姚古与种师道先后对西夏作战，立下汗马功劳。金军南侵之前，三人都因年事已高而致仕。姚平仲是姚古的养子，因得到童贯的赏识而袭养父之职。前年方腊在浙江揭竿反朝，童贯带着姚平仲的熙河兵前往清剿，不出半年，义军被姚平仲悉数歼灭，方腊被活捉后枭首示众。姚平仲因此声名大震。从此他驻军浙东，一防海盗，二防山寇，被时人誉为“东南柱石”，与早前被人们誉为“西北雄关”的种师道成为两大翘楚。姚、种两家本无交集，但争强好胜的姚平仲声名不如种师道，因此渐生嫌隙。他少年得志，觉得种师道“廉颇老矣”，早已不把他放在眼里。这次，钦宗皇帝下诏让姚平仲与种师道率军勤王，两人一从浙江，一从陕西率军赶来汴京。种师道先到一步，在李纲的带领下见到了皇上。姚平仲安营扎寨后，得知皇帝降旨升任种师道为知枢密院事，总领天下勤王之师，心中便老大不高兴。他觉得无论从年龄到战功，自己都在种师道之上，怎么反要屈居老种之下？他率领的熙河兵，也一直与种师道的秦凤兵较着劲儿，姚家军说什么也不能输给种家军，一半出自姚平仲的不满，一半出自熙河兵的不服。姚平仲遂决定连夜劫营。分析哨马的情报，姚平仲觉得驻扎在幕天坡的大旲部队实力稍弱，加之那里的地形易攻难守，遂决定对那里实施夜袭，他派心腹大将陈开率两万兵马前往幕天坡，又派另一位猛将杨可胜率两万精兵潜行至牟驼岗附近隐蔽，如果完颜宗望开了营门出来救援，伏兵可乘虚而入，闯进牟驼岗救出被囚禁的康王等人质。

军事布置停当，姚平仲给皇上写了一封密信报告计划。

李棁听到密如骤雨的马蹄声，正是姚平仲部将打响了劫营战，驻扎在牟驼岗的骑兵得知消息前往增援。

蒙在鼓里的李棁与方邺如坐针毡，天快要亮时，一身铠甲的完颜宗望提着马鞭子走了进来，他在虎皮椅子上坐下，招手让李棁与方邺过去，冷冷地问：

“六如给事，咱那大侄子怎么又出尔反尔了？”

“大侄子？”李棁听不明白。

“是说你们皇帝哪！”完颜宗望加重了语气，“你们送来的国书，他不是自称‘侄大宋皇帝赵桓’吗？”

“啊，”李棁觑着完颜宗望，提心吊胆地说，“半夜里，卑职听得院子外响起马蹄声，但不知出了什么事？”

“你们的勤王兵马劫我大营。”

“这……”

“当面笑呵呵，背后摸家伙。这就是你们的皇帝！”

“大王，我南朝皇帝实心实意要与大金国和谈，并依大王国书逐条落实，绝不可能重启兵衅。”

“是啊，本帅也觉得奇怪，你们前脚送来银款册簿，后脚又派兵马劫营，这里头究竟出了什么鬼？”

完颜宗望蹙着眉头，沉思了一会儿，问站在身边的元帅府知事：“送来的钱货，是否清点完毕？”

“点完了，收据在此。”

完颜宗望接过收据看了几眼，让知事把它交给李棁，对他说：“本帅现在放你们回去，另派两名特使随你们去见皇帝。你告诉咱那大侄子，两国交好，要以诚相待，谁要滑头谁倒霉！”

第十二章　幕天坡劫营战

不管姚平仲断然发动幕天坡劫营之战的心理是多么阴暗，理由是多么荒谬，动机是多么龌龊，只要他能打赢这一仗，大宋朝廷被动挨打的局面可能因此根本转变，像瘟疫一样在官员中繁衍流行的“恐金症”就会得到遏制，历史也会因此战而重写。但遗憾的是，这一次劫营又是以惨败而告终。

幕天坡金军主将大炅，是深得完颜宗望信任的虎将。完颜阿骨打在公元一一一五年于阿什河边的皇帝寨宣布建国时，他的身边只有两百名完颜家族子弟兵。十六岁的大炅就是其中之一，此后十一年来，大炅的青春几乎全部在战场度过。他今年虽然只有二十七岁，却是名副其实身经百战的沙场老将，他少年老成，好琢磨问题，因此有“小诸葛”之称。此次围攻汴京，大金军分为七个营盘驻扎。其中幕天坡一处最难防守，它背枕汴河，余下三面全是毫无遮拦的庄稼地。但此处又是战略要冲，连接汴河与黄河的官道在此经过。大金军南下，这里是入境提供后勤保障的粮道。在此扎营，与牟驼岗的中军大营、郭药师的常胜军大营呈品字形，互为犄角。完颜宗望思之再三，决定让大炅在此立寨镇守。

当得知种师道与姚平仲各率二十万大军来汴京支援的消息时，凭着多年战争积累的经验，也出于某种预感，完颜宗望第一个就想到幕天坡的安危，他派人给大旲送信，希望他留意敌情，谨防劫营。

接到消息后，大旲并没有表现出半点惊慌，也没有像他处营寨那样增设鹿砦密排马栅。当日下午，他还率一队随从打马出营，遛放与他朝夕相伴的三只海东青。这一切都被熙河军的哨马看到，他们回营向姚平仲作了禀报。姚平仲综合各路情报认真权衡，这才选定了幕天坡作为劫营的目标。

其实，大旲并没有轻敌，相反，他对于防劫营作了巧妙而精心的布置。为了麻痹宋军，他故意没有在营区外广置障碍，但他暗中在营区内，挖了数道深五尺宽一丈的壕沟，沟底铺满了铁蒺藜，并用浮草加以遮掩，另又在营区中心位置搭建了十几座三丈高的敌楼，每座楼上可容纳二十余名士兵放箭射击。

这天晚上，乘着夜幕掩护，姚平仲的大将陈开率领两万兵马向幕天坡的金营发动了攻击。这两万兵马是熙河兵的精锐，陈开正是在浙东平乱中生擒方腊的勇将。陈开早已探知大旲设立的兵营是一个二里见方的城寨，他将兵马分成四拨，每拨五千人，分东西南北四个方向同时向金营发动攻击。他们举火为号，首先放火点燃木栅，同时让马队向寨门冲击。陈开已探知大旲的中军大帐设在北门，他身先士卒冲进几乎没有设置任何障碍的北门口。进门后也没有遭到像样的抵抗，冲进一个帐篷，内里空无一人，陈开突然意识到进了圈套，正要下令撤军，却见冲锋的马队正纷纷坠入被浮草遮掩的壕沟，被铁蒺藜扎中的人与马发出一片哀号。更可怕的是，后面的骑兵仍在毫无顾忌地奔驰，壕沟里发生了严重的践踏，死伤无数，侥幸踩着人马尸体越过第一道壕沟的战士，又不幸跌入第二道壕沟……

此时，一片海螺声响起，躲藏在各个掩体里的金兵冲了出来，开始猛烈地反扑。他们首先点燃了壕沟里的浮草以及木栅墙两旁预先设置的草堆。片刻之间，幕天坡上一片火海，熊熊火光将暗夜照成了白昼。站在金营最中间箭楼上的大昊，命令士兵升起了令旗，看到在烧灼的光芒中猎猎飘舞的旗帜，金兵们一片欢呼，所有箭楼上的金兵箭手都探出了身子。

宋军的处境越来越狼狈，先是被壕沟陷害，接着被火海包围，现在更是被凌空飞下的乱箭射击。宋军的将士们被打懵了，纷纷夺路逃窜。但是，他们的退路已被金兵截断。面对面的肉搏战，宋兵更不是金兵的对手，不到半个时辰，被烧焦的缓坡上已是横七竖八躺满了尸体。

一直站在箭楼上观望的大昊，在盯着一位身穿宋军铠甲的勇士。他骑着一匹红鬃马，挥舞着一支长矛，头盔的护鼻遮住了他的脸，沉甸甸的长矛在他手上仿佛是一支拨火棍。一经接战，金兵们都知道他是一员虎将，纷纷上前与他厮杀，前后有十几名金兵倒在他的长矛下。

大昊盯了好一会儿，看到他越战越勇毫无撤退的意思，便断定这位猛人是今夜劫营的主将。他操起铁柄大刀纵身下楼，跃上急得刨地的战马，箭一样飞到红鬃大马跟前。

大昊判断很准，这位勇将的确是劫营主将陈开。两军主将见面，也不搭话，上来就激烈搏杀。陈开挺矛直刺大昊咽喉，大昊也不躲闪，而是举刀斫矛，刀矛相击那一刹那，双方都震得虎口发麻。十几个回合下来，谁也占不了上风。大炅本想三五刀就将对手斩落马下，没想到这家伙肋力过人，一支长矛使得毫无破绽。大炅于是立刻改变打法，虚晃一刀后，拨转马头假装逃走。这时候如果陈开不去追赶而是快马加鞭冲出营门，倒也能够逃出重围。但他求胜心切，必欲将这位金营主将送上西天。只见他拍马来追，一边纵辔一边高喊：“金贼留下头来！”他这一举动正好中了大炅的圈套。牧童出身的大炅在马背上长大，可以在奔驰的马背上翻跟斗。他在拨转马头的时候，已把大刀挂妥，将套马索拿到了手中。他扭头觑着陈开，眼看只剩下两匹马的距离，他扭腰撒出了套马索，不过，他要套的不是马，而是陈开的人头。一心追赶的陈开没料到这一招，躲闪不及，只得举矛相挡。套马索虽然没有套到陈开的人头，却将长矛一下子套死了。在活套箍住长矛的那一瞬间，大炅一夹马肚，胯下战马加速奔腾，他的双手拽紧套马索。陈开从未遭遇此种战术，他本能地勒了缰绳，红鬃马两只前蹄腾起，这一下增大了前马的拽力，陈开手中的长矛硬生生被大炅拽走。

既无武器又失去重心的陈开，顿时被追赶上来的金兵团团围住，返身回转的大炅一刀下去，将陈开斩下马来。

一些还在战斗的宋军，眼见主将阵亡，都纷纷逃亡作鸟兽散。大炅挥师掩杀过来，一场劫营大战顿时变成金兵的杀人游戏。

幕天坡战斗的失利，打破了姚平仲预先设计的作战计划。乘夜渡河潜行到牟驼岗的杨可胜部，再也不敢贸然进军，而是沿路返回。但是，他们一露头立刻遭受到猛烈的攻击。他们的行踪早已在完颜宗望的掌握之中，他命令驻扎在牟驼岗的五千精锐骑兵以及郭药师麾下甄五臣部一万步兵两相夹击，将杨可胜的两万兵马压在牟驼岗下汴河边上的一条不足两里地的狭长地带，不到一个时辰，被乱箭射死的宋军已达到了一万多人。杨可胜率军多次突围均未成功。

战斗到此，已是子丑相交的三更天气，正是北风凛冽的寒夜里最为黑暗的时候。幕天坡与牟驼岗血流成河，甚至那些举手投降的士兵也不被金军放过。就在这战斗最为惨烈之时，汴京正西的天津门突然打开，李纲率五千禁军冲了出来。

李纲这时候为什么会率军出城呢？却也事出有因。姚平仲写给皇帝赵桓的密札，差不多亥时才送进宫中，赵桓看过后，独自思考了半天，他在分析评估应该如何对劫营一事表示态度。本来，他对抗击金军已不抱任何希望，几乎所有的情报都让他沮丧，金军的不可战胜似乎已成朝野共识。主战派有勇有胆识但无实力，相比之下，主和派倒是客观冷静，是识时务者。这也是他信任李邦彦与张邦昌的原因。让李邦彦担任太宰主持和谈，他认为是明智之举。

但是，种师道与姚平仲这两个闻名天下的大帅前后带四十万勤王兵马来到汴京，又似乎让他看到了一线生机。在与种师道的会见中，他被种师道的英雄气概以及镇定自若的气质所吸引，所以才迅速决定让他挂知枢密院事衔总理天下勤王兵马。他并不知道这一决定伤害了姚平仲，以致姚平仲并不急于来觐见，而是迅速做出了劫营的决定。

其实，赵桓对姚平仲同样怀有好感。因为他毕竟是讨伐方腊叛军的主帅，这位后起之秀砥定东南，与种师道威震西夏都是世人传颂的事实。现在姚平仲不但风餐露宿赶来勤王，而且人不歇息马不解鞍就立即劫营，赵桓认为这是竭忠报国的大义之举。尽管在梦中那位赤脚道人所言“能击败金兵的英雄还没生出来”这句话，给他的心灵投下了阴影，但两位英雄同日到来，不但减轻了他的沮丧，甚至还增添了他的希望。思来想去，赵桓决定冒一次险，夜深人静之时，他在上书房给李纲写了一道圣旨：“谕李纲，姚平仲今夜劫幕天坡金营，着你率精兵出城支援。”

李纲收到这封盖有加急关防的密旨时，已是亥时之尾，他不敢怠慢，迅速调集五千禁军从天津门出城驰援。

李纲出城时，战斗已接近尾声。但李纲对城外这场战斗的情况全然不知，从天津门到幕天坡，不过五里路程，从落荒而逃的熙河兵口中，他知道了真相。杀性正旺的金兵此时也闻讯赶来，他们在歼灭了陈开、杨可胜两部后，还想歼灭这冒冒失失闯出城来的五千禁军。

李纲审时度势不敢恋战，选择了撤退，将五千禁军完好无损地带回城中。

奉完颜宗望之命，大金使者又随李棁、方邺来到汴京城内面见南朝皇帝赵桓。所不同的是，这次使者除了图朵、吴孝民外，又增加了王汭一人。这王汭本是元帅府中的粮秣官，添加他乃是为了催收金军索要的金银及牛马、布匹一应物资。

得知这一消息，正在上书房与李邦彦密谈的赵桓立刻就头皮发麻背心发凉，恨不能找个地缝儿钻进去。此前他已得知劫营失败，并因此迁怒于姚平仲，传旨让姚平仲入城面圣。他想把姚平仲诳进城来逮捕，明正典刑。但不久又接到报告，惨遭败绩的姚平仲没等到天亮，就星夜仓皇逃走，现一时无法追踪他的去向。这一来更让赵桓心绪烦乱，他本想让姚平仲力挽狂澜，又谁知偷鸡不成反蚀把米，几万熙河兵横尸荒野。没有不透风的墙，姚平仲劫营失败的消息不胫而走，汴京城里更加人心惶惶。一大清早，赵桓传唤李邦彦来上书房，一见面就劈头问他："昨夜的事，你知道了吗？"

李邦彦点点头，回道："京城里头已是沸反盈天。有人说风凉话，姚平仲这是早起的虫儿遭鸟啄。皇上，咱们可是破屋又遭连夜雨。"

"现在，金人还会和谈吗？"

"皇上，难度加大了。"

"再难，这和谈也得成功！"

赵桓情绪突然激动起来，他瞅着李邦彦，像瞅着一个从未见过的陌生人。忽然，他走到书案前，在笺纸上一连写下四个"成"与"不成"字样，然后揉成四个小纸团，对李邦彦说："来，咱们来抓阄。"

"抓阄？"李邦彦感到奇怪。

赵桓神经质地说："这四个小纸团，有两个'成'字，两个'不成'，朕现在扔到地上，你来拈一个，若是拈到了'成'，兴许还有救。"

赵桓古怪的想法让李邦彦哭笑不得，但他既不敢违抗，又不敢遵旨，他害怕自己万一拈到了"不成"，让皇上不高兴，岂不是惹火烧身？这琉璃球儿神色严峻地禀道："皇上，这抓阄关乎社稷安危，臣担当不起，还是您亲自来吧。"

"你不奉旨？"赵桓满脸不高兴。

"不是不奉旨，而是不敢僭越，因为这社稷江山是皇上您的。"

"啊，是这样！"

赵桓觉得李邦彦说得有理。他双手合拢，把那四个小纸团抖了抖，然后一松手，四个小纸团掉在地上，赵桓盯着它们，像盯着四只小火球，伸了两次手又缩回来。李邦彦一旁看得出，这位年轻的天子此时是既恐惧又期待。

赵桓指着靠近龙椅的那一只纸团，问李邦彦：“太宰，拈这一个怎样？”

李邦彦狡猾地回答：“皇上圣明，拈哪一只都是天意。”

“那就拈这一只吧。”

赵桓鼓起勇气拈了那一只，拿起来展开一看，竟是“不成”这两个字，他顿时勃然大怒，手指头差一点戳到李邦彦的鼻子上，骂道：“这是天意吗？嗯？你说老天爷要把咱大宋往火炕里推了？”

李邦彦往后退了一步，朝着赵桓深深一揖，从容禀道：“皇上，老臣恭喜您了。”

“恭喜？李邦彦你要说什么？”

李邦彦回答：“皇上您写下‘成’字是说有人想破坏和谈，如果他们成了，咱大宋就完了，所以不能让这些人阴谋得逞，您又写了‘不成’这两个字。如今，您拈到了‘不成’这字条儿，这是天意。天不灭宋，让那些捣蛋鬼都像小鬼一般，被天煞星捉了去。”

“啊，你这样解释。”赵桓转怒为笑，自圆其说，“唔，朕就是这样想的，不能让小鬼儿得逞，爱卿，你懂朕！”

这时候，妙官进来禀告了金使候见的消息。患了“恐金症”的赵桓又紧张起来，他本想让李邦彦代替他前往见面。但李邦彦感到此回金使重来，必会挟威问罪。重启和谈也会开出更为严苛的条件。他不敢承担责任，便以金使强调必欲面见皇帝为由，力劝皇上驾临保和殿亲自会见。

赵桓无法推卸，只得在李邦彦的陪同下一脸愁云来到保和殿，强打精神坐在御榻上，宣大金特使图朵、吴孝民、王汭三人进殿。甫一坐定，李棁就简述了前往金营交割金银及三府图册的经过，并呈上了大金国枢密院开出的收据。赵桓听了表情木讷，不知说什么好。为避免冷场，李邦彦勉强挤出笑容，寒暄说道："图朵将军连日往返，路途多有辛苦。两国和谈，还望诸位特使多言我南朝诚意。体察圣明，顾念苍生，有劳诸位了。"

听了李邦彦的慰问之语，图朵不置可否。他与吴孝民互换了一个眼色，开口言道："丞相你尽说些软话儿，咱们这次来，可是带了大礼物送给皇帝。"

"啊，你们带了礼物？"李邦彦吃惊地问，"是宗望元帅带给皇帝的吗？"

"正是。"

图朵一挥手，站在殿下候命的金差抬上来两只红木箱，在御座前放下。

赵桓见这两只红木箱半旧不新，漆片多有脱落，一看就是寻常百姓家的用物，不免狐疑地问："这箱子里装的是什么？"

"打开便知。"

图朵说完，两名金差便掀开箱盖，扯开两片满是污渍的白布，但见箱子里是两颗结满血痂的人头。

赵桓吓得差一点没晕过去，两手紧紧捂住脸，尖叫道："快，快抬走！"

李邦彦等一干陪同接见的官员，也都惊得木偶一般。图朵见南朝君臣一个个失魂落魄的样子，突然歇斯底里大笑起来，他踱到赵桓跟前，问道：“南朝皇帝，你也不问问这两颗人头都是谁的？”

赵桓仍捂着脸不作回答，并且干呕起来。李邦彦竭力稳住自己的情绪，心虚地斥责道：

“图朵将军，你身为大金国使者，怎么能在我朝皇帝面前，玩这种恶作剧？”

图朵一声冷笑，厉声喝道：“谁给你们玩恶作剧了？本将军是奉大元帅之命，交还你们南朝将军的首级。”

图朵说罢，从左边箱子里拎出一颗人头，对着赵桓晃了晃，嚷道：“皇帝、丞相你们看清了，这是昨夜劫我幕天坡大营的主将陈开，咱们大炅将军将他斩落马下。”

赵桓隔着手指缝儿瞧了瞧那颗血肉模糊的人头，眼角滚出了泪珠。

图朵又拎起另一颗人头，说道：“这是在牟驼岗被咱们处决的杨可胜将军，这货打仗不咋的，但不是孬种。被咱们活捉了，他坚决不投降，还满嘴脏话骂人，把咱大元帅惹恼了，这才杀了他。现在咱们送回这两颗人头，请验收。”

图朵说罢，把人头又塞回到箱子里。李邦彦几乎是呻吟一般地说：“查验了，抬下去吧。”

图朵跺了跺脚，不屑地说：“怎么你们对待自己的英雄，就这样害怕，这可让人寒心哪！”

“咱们会厚恤他们。”李邦彦的话语有气无力。

谈正事儿之前，图朵先闹这么一曲，把大宋君臣弄得狼狈不堪，也给会见蒙上了巨大的阴影。当话题回到和谈上，依然是图朵先说话，口气仍咄咄逼人。

“皇帝，咱们大元帅问，双方商定停战三天，后又应你方要求再续两日。可是，昨天才是第三天，你们就派重兵劫营。这样撕毁和约，是你皇帝的决定吗？”

赵桓摇摇头，额头上渗出冷汗。

李邦彦替皇上解围，理直气壮地回答：“劫营之事，皇上全然不知。”

“那是谁的主意？”

“姚平仲。”

“姚平仲只是一个熙河兵的主帅，按你们南朝的规矩，皇帝不发话，他敢擅用兵权？”

这句话把李邦彦噎住了。因为图朵说的是事实，李邦彦看到赵桓一副理亏的样子，连忙说道：“姚平仲的确受人指使，但这人不是皇帝。”

“是谁？”

“李纲。”

“李纲胆敢不服从皇上？”

“皇上任命李纲为京城守御使，全权负责汴京防守军务。他调动勤王之师，原也是职权所寄，分内之事。”

“丞相既如是说，明天，咱们就继续攻城了。”

李邦彦连忙解劝：“图朵将军，你千万不要生气。”

“不是咱生气，丞相，是咱大元帅生气。你们南朝一次又一次出尔反尔，跟你们打交道，比下油锅还痛苦。”

庙堂之上，遭此边鄙之人如此羞辱，李邦彦也恨不能冲上前抽图朵几个耳光。但想归想，给他十个豹子胆他也不敢。他忍了忍，吞了几口唾沫，才又涎着脸回道："图朵将军，你回去后，还要在宗望将军面前多多美言，表达我方和谈的诚意。"

"现在，你们还愿意和谈吗？"

"愿意，当然愿意。"

"和谈成与不成，不在咱们大元帅，而在你们皇帝与丞相。"

图朵此言一出，赵桓立刻想到抓阄的事，成与不成，是他最大的心病。此时，他情不自禁说道："和谈一定要成，不能不成，若不成，对我们两国都没有好处。"

图朵虽是武夫，却粗中有细，他逮住赵桓的话把儿，趁势说道："皇帝既有诚意，大元帅让咱带话儿来，在原有的和谈条件中，再加三条。"

李邦彦说："请讲。"

图朵说："第一，撤销你们的京城防御司衙门，咱大元帅知道，这是为抵抗咱们大金军南下而设立的临时机构，所以要撤。而且，李纲必须立即革职。第二，所有的勤王兵马必须撤离，谁再敢背后捅刀子，来一万杀一万，来百万杀百万。第三，在咱大营中当人质的康王赵构，不讨咱大元帅喜欢，皇帝你另遣一位亲王过去换回康王。就这三点听清了？"

"听清了。"李邦彦点点头。

图朵接着说："还有，三府既已交割，皇帝你要降旨三府官员百姓，顺利改籍；所定金银缴送款项，加紧征收。王汭与吴孝民，就住在城里头督促监缴，一旦数额出齐，咱们即退回燕京。"

听图朵说话的口气，完全没有商量的余地。赵桓与李邦彦听了，虽有十二分的不痛快，却不敢吭声。

第十三章　登闻鼓敲响之后

刚交寅时，汴京城内还是一片漆黑。皇宫宣德门外的登闻鼓，就被人敲响了。

咚！咚！咚！

咚咚咚，咚咚咚，咚咚咚……

始而沉稳有力，继而急促零乱的鼓声，像是骤然炸响的惊雷，将皇宫里那些在严寒中沉沉酣睡的人一股脑儿惊醒。一连多日都不曾睡过一个囫囵觉的皇帝赵桓，在得到了大金特使答应继续和谈不再攻城的承诺后，好不容易睡了个安生觉。这会儿一挺身坐了起来，揉着发涩的眼睛，恍恍惚惚地问闻声走进来的值寝太监陈三："金兵又攻城了？"

"好像是鼓声。"陈三答。

"什么鼓？"

"登闻鼓。"

宋太祖修建皇城时，敕令在皇宫正门即宣德门外架了一面巨大的登闻鼓，专为那些含冤而无处申诉的士庶民众而设，以便他们的冤情上达天听。赵桓从出生到当皇帝这二十六年，从未听说有谁敲过这登闻鼓。这会儿金虏围城，又有谁的冤情大过国难呢？赵桓不免烦躁，便命陈三赶紧到宣德门外探听虚实。

不一会儿，陈三就回来复命，告知宣德门外聚齐了数千人，带头敲鼓的是太学生陈东。

赵桓这时已起床了，盥洗后，一边喝着牛乳，一边问："陈东为什么敲鼓？"

"为李纲鸣冤。"

"李纲有什么冤？"

"他不是被皇上免职了吗？"

"免职与他陈东何干？"

"不止陈东，宣德门外有几千人呢，都是为这事儿。"

"太宰在哪里？"

"昨儿夜里，李大人回家了。"

"派人去通知他，赶紧来上书房。"

"好的。"

陈三抬腿就走，赵桓又喊住他，吩咐道："那鼓声敲得朕心里烦躁，你去让他们不要敲了。"

"小的这就去办。"

看着陈三一溜烟跑了，坐在寝殿花厅里的赵桓，恍恍惚惚心绪不宁，他不知道宣德门外发生的事情究竟有多严重。

却说昨天上午在保和殿与大金特使图朵一行会谈之后，赵桓接受李邦彦的建议，立即下旨撤销了亲征行营司衙门这一机构，并撤销了李纲同知枢密院事兼亲征行营使的职务。这亲征行营司本来已经撤销，但听从张邦昌的建议，改作京城四壁守御司。后来，京城四壁守御司牌子挂上去了，亲征行营司的牌子也没有撤下。兵荒马乱中，也没有人在乎这件事。这一回，李邦彦以金使提出的条件为借口，索性将两块牌子都摘了下来。这两个指挥使的职务一撤，李纲的兵权就被彻底地剥夺了。下午未时才过，这道圣旨就传达到各大衙门。大约两个时辰，几乎全城的备御将士、公门中人及巷闾百姓都得知了这一消息。由于李纲坚决主战勇于任事的精神，也由于他弃笔操戈九死未悔的书生意气，一时间在将士与百姓中获得了巨大声誉，许多人把他看作是拯救危局的社稷英雄。可是，令人们不敢相信的是，朝廷竟然屈服于金国的压力，褫夺这样一位股肱大臣的官职与兵权。首先表示激烈不满的，是太学里在读的三百余名学子，闻听消息后，有人在孔庙的板壁上张贴了这样一个帖子："大厦将倾，竟自断擎天之柱；社稷欲亡，谁捣碎忠臣之胆？"很多人都涌过来看这个帖子，沸沸扬扬抨击时政。太学祭酒担心惹发事端，亲自带人来孔庙前劝说诸生各回监舍。谁知诸生的情绪已经失控，他们竟然动手打伤了祭酒。诸生得知写帖子的太学生叫陈东，遂推举他为领头人，一起到皇城宣德门敲击登闻鼓。兵士、商贩、皂隶、吏员、卜巫、优伶各色人等闻听此信，也都蜂拥而至汇聚到宣德门外。大约寅时，陈东率先敲响了登闻鼓。

这登闻鼓五尺见圆，梯子高约九尺。此一设计是取九五之尊之意。陈东登梯击鼓，一双鼓槌重约十斤，双臂张开将鼓槌击到鼓面上，即便膀阔腰圆的汉子也只能挥动十几下，陈东本是一个手无缚鸡之力的白面书生，只击了几下便气喘吁吁了。好在聚集在鼓下的壮汉甚多，如此出风头且又好玩的活儿，莫不争先恐后挤着梯子要上去一显身手。这就是登闻鼓一经敲响就不曾停息的原因。

再说陈三第二次离开皇帝寝殿前来宣德门，半路上碰到了大内总管朱拱之。盖因前几天赵桓让梁师成致仕回家养老，本来就是大内二把手的朱拱之，便被赵桓任命为大内总管。朱拱之也是被登闻鼓吵醒，他从值房里出来看看动静，碰到了匆匆走来的陈三，便问他："谁敲登闻鼓？"

"太学生陈东。"

"胡闹，吵皇帝的瞌睡。"朱拱之接着问，"皇上知道吗？"

"知道，万岁爷差小的去了一趟，了解了事体。现在又差小的再去一趟宣德门。"

"去干什么？"

"让陈东他们不要再敲鼓了。"

听到这里，朱拱之嘴一瘪，指斥道："我说陈三，你怎么这么窝囊废，你在皇上跟前当差，应该是骑着老虎不怕驴子。谁知碰到一头小叫驴儿，你就慌张成这样。你还用得着屁颠颠地回去向皇上禀报？当时，你就应该让禁卫将这个陈东拘了。"

受这一顿抢白，陈三哭笑不得，只得小心解释："朱爷，您去宣德门瞧瞧，人山人海呢！"

"哦，是这样！"

朱拱之便领着闻讯赶来的一二十位内侍气势汹汹地来到了宣德门。斯时天已麻麻亮，宣德门大门尚未开启。朱拱之、陈三一行从耳门出来，但见广场上黑压压挤满了各色人等，那登闻鼓仍被人敲得震天价响。朱拱之正想着如何控制这个局面，却见广场上起了更大的骚动，一支匆匆经过广场赶往皇宫的八人抬大轿被骚乱的人群包围了。

"那是谁的轿子？"

朱拱之的话刚刚问出口，便见一伙人拉开轿门，从里面扯出一位身着一品官服须眉皆白的官员来。

“呀，那不是太宰吗？”朱拱之大惊失色，扭头吩咐，“禁卫，快，快去救人！”

被揪出轿门的官员的确是宰相李邦彦，在皇上派出使者通知他到上书房面见之前，李邦彦就得到在枢密院值宿的官员送来的宣德门闹事的消息，他一刻也不敢耽误，立刻启程前往皇宫。经过宣德门外广场时，有人认出了他的轿子，喊了一句“轿子里是李邦彦”。此前广场上就舆情汹汹，认为是李邦彦误导皇上褫夺李纲的兵权，无不骂他是大奸臣、卖国贼。这会儿见是他来了，遂一拥而上，将李邦彦拖出轿来拳打脚踢，当七八名禁卫赶过来时，李邦彦已被打得鼻青脸肿，一身簇新的官服也被撕得稀烂。

禁卫们奋力推开众人救出李邦彦，将他护送到宣德门耳门之内。看到宰相这副狼狈样子，朱拱之也不忍心上前与他搭讪，而是安排几名内侍将他护送到值房包扎更衣。

看到宰相走了，朱拱之这才让人喊来陈东，盛气凌人地问：“你叫什么？”

陈东听不惯这种官腔，反唇讥道：“公公不知道我的名字，为何又喊我来？”

朱拱之心想：“这小叫驴儿果然厉害。”嘴上却问：“你为何带头闹事？”

陈东回答：“我闹什么事了？”

“你敲登闻鼓。”

“敲登闻鼓是为了让皇上能接受我的谏书。”

“什么谏书？”

“为李纲鸣不平。”

“谏书呢？”

“在这。”

陈东说罢，从怀里掏出一封叠得整整齐齐的信札，双手递给了朱拱之。

朱拱之一看谏书有了封驳，又退还给陈东，说：“打开封驳。”

陈东不肯，辩道：“这是给皇上的谏书，只有皇上才能打开。”

朱拱之冷冷一笑，回道：“衙门专送的，由衙门封驳。你是敲登闻鼓送呈的，这叫白状，是不能封驳的。本总管替你转呈，若连我都不知情，这谏书敢送吗？”

陈东见朱拱之说得有道理，便拆开了封驳。

朱拱之借着晨光，读完了这封谏书。

吾皇陛下：

太学生陈东跪奏，昨夜听闻同知枢密院事兼京城四壁守御使李纲被褫夺官秩削除兵权，不胜骇异，今特陈情如下：

李纲奋勇不顾，以身任天下之重，所谓社稷之臣也。李邦彦、白时中、张邦昌、李棁之徒，庸缪不才，忌妒贤能，动为身谋，不恤国计，所谓社稷之贼也！陛下拔纲，中外相庆，而邦彦、邦昌等疾如仇寇，恐其成功，因缘沮败。且邦彦等必欲割地，殊不知无三关、四镇，是弃河北也。弃河北，朝廷能复都梁乎！又不知邦昌等保金人不复败盟否也？邦彦等不顾国家长久之计，徒欲阻李纲成谋以快私愤。李纲罢命一传，兵民骚动，至于流涕，咸谓不日为虏擒矣。罢纲非特堕邦彦等计中，又堕虏计中也。乞复用纲而斥邦彦等，且以城外付种师道，城内付李纲。宗社存亡，在此一举，不可不谨。

太学生陈东泣奏

朱拱之把这封不长的谏书一连看了两遍，心里头对眼前这头小叫驴儿产生了一点好感，觉得他是一个误入歧途的可造之才，斟酌了一下，开口说道："陈东，你多大了？"

"二十一岁。"

"小毛孩子嘛，不懂世事，却敢和太宰大人叫板，这不是拿鸡蛋碰石头吗？"

"李邦彦是奸臣。"

"说说看，他怎么是奸臣？"

"他主张割三镇地给金虏，赔大量的金银给入侵者，还罢免了老百姓心中的英雄李纲，这难道还不是奸臣吗？"

"你有本事就不要来敲这登闻鼓，你到城头上杀敌去！"

"你以为我不敢？"

陈东示威一般吼叫着，两只瘦小的拳头不停地挥舞着。

瞧他这叫鸡公的样子，朱拱之哧地一笑，问道："知道吴革吗？"

"知道，就是那位第一个带着义军前来勤王的英雄。"

"他现在在哪儿？"

"听说战死在酸枣门。"

"是呀，吴大英雄战死了。如果说他是一把大刀，你充其量是一根豆芽儿。打仗可不是喊口号，也不是比嗓门，打不赢就是打不赢，幕天坡劫营，结果如何？姚平仲跑得不见人影儿了，李纲也败回城里了。小子啊，你要知晓，打仗不是道理，打赢才是道理。”

陈东低头不语，他不服气，但一时想不出什么词儿来回答。

朱拱之接着说：“陈东，听我这老人一句话，回去吧，别在这儿给皇上添乱了。”

朱拱之说着把那封谏书往陈东手上塞，陈东像躲避火炭一样躲开朱拱之的手，嚷道：“拜托老公公，将谏书送呈皇上。”

“铁心了？”

“铁心了！纵死不当亡国奴！”

朱拱之脸色一沉，凶巴巴地说：“既是这样，谏书，咱给你送上去，这登闻鼓，你给咱停下来！”

“李纲不复职，这登闻鼓不停！”

陈东说着就转身跑出了耳门。响个不停的登闻鼓声，使宣德门外广场上的气氛越来越躁动，越来越不安。

虽然换了官袍，仍然鼻青脸肿的李邦彦来到上书房时，赵桓刚看完朱拱之让一名小内侍送进来的陈东的谏书。此前，赵桓已得知李邦彦挨揍的消息，这会儿盯着他的脸说：“爱卿，你吃苦头了。”

赵桓的表情好像是他揍了李邦彦。本有一肚子委屈的李邦彦，看到皇上这样子，越发伤心了。他擦了擦湿润的眼眶，问道：“皇上，宣德门外那些闹事的人，您认为是自发的吗？”

赵桓答非所问：“没想到太学生如此捣蛋。”

“我看这件事与李纲有关。”

“哦，你有证据？”

“李纲发达之前，在太学里当过教谕，那些少不更事的诸生，都是他的拥趸。”

“诸生认为李纲是英雄，纷纷为他鸣不平，李纲未必指使。”

“这还用得着李纲自己指使吗？他的党羽甚多。”

“这倒也是。”赵桓点点头，他想起了“党同伐异”的成语。

李邦彦看到赵桓虽然焦虑，但对李纲仍存眷顾，于是挑拨道：“皇上，广场上的那些暴民，也包括太学诸生，心中只有李纲，根本没有您这位皇帝。”

“啊？”赵桓一下子紧张了，不免又追问道，“爱卿，你还听到了什么？”

“陈东的这份谏书，不是都点明了吗？他说李纲是社稷之臣，而我，还有白时中、张邦昌、李棁等等，都成为社稷之贼。我们几人与金人谈判，完全是奉皇上的旨意。如果我们是社稷之贼，皇上您岂不成了贼王？”

“放肆！”

赵桓一拍桌子，霍地站了起来。看他拧起的眉毛，颤抖的嘴唇，李邦彦知道皇上真的震怒了，于是也站起来，深深地弯腰一揖：“皇上，恕老臣无理，但我的本意，不是要辱骂皇上。”

赵桓颓唐地坐回到椅子上，长叹一声说：“爱卿，朕不是说你放肆。”

“谢皇上体谅。”

“朕是说陈东放肆。”

“皇上，宣德门外的事态真的很严重，当断则断哪！”

“怎么断呢？”

“眼下外困内忧，必须找到一个不令朝廷难堪，也不让金人生疑的权宜之计。”

“爱卿既如此说，一定是想好了对策。”

李邦彦还没来得及回答，忽见陈三冒冒失失跑进来，慌张禀道：“皇上，出大事了，朱公公被人打死了。”

赵桓与李邦彦两人都大吃一惊，李邦彦问道：“你是说朱拱之死了？”

“是的。”陈三瑟缩着。

“他是怎么死的？死在哪儿？”

李邦彦连珠炮似的追问，弄得陈三越发紧张，好不容易他才说清楚了事情的来龙去脉。

朱拱之把陈东找到宣德门耳门内单独谈话，本是想感化陈东，让他带着太学生们离开宣德门广场，谁知陈东不买账，跑回到广场上继续蛊惑诸生。朱拱之追着他也来到了宣德门外。这时，差不多已敲了两个多时辰的登闻鼓不但没有止歇，反而越敲越欢。正在敲鼓的是一个足蹬玄色皂靴，下穿深腰抄裆大裤，上穿青布无袖短衣，露着两只膀子的青皮后生。瞧他的打扮，就知道是一个街头混混，拳头舌头都使得的泼皮角色。只见两根鼓槌在他手上玩出了花样，一忽儿倒擂，一忽儿反叩，一忽儿滚狮子，一忽儿抛绣球，梯子下围观的人都给他喝彩。这泼皮也就越玩越高兴，越敲越有劲。

朱拱之观了形势，认定这泼皮是害群之马，擒贼擒王，得把这小子制住。朱拱之这么想着，抬腿儿就走了过去。

到了登闻鼓梯子下头，那泼皮刚把抛到空中的鼓槌接到手中，朱拱之一顿脚，高声喊道：“停！”

那泼皮把两只鼓槌一起放到左手拿定，右手在额头上抹了一把汗珠子，趁势摔了下来。

几滴汗水溅到朱拱之的脸上，朱拱之觉得埋汰，骂了一声：“放肆！”

泼皮脸上露出凶相，质问道：“你骂谁？”

朱拱之厉声喝问：“你叫什么？哪条街坊的？”

“本大爷叫李二蛋，绰号李阎王。爷倒要问你这位老公公，你叫什么？”

旁边站着的小太监帮着回答：“这是大内总管朱公公。”

“朱公公？”李二蛋忽然大笑起来，对在场围观的人群说，“皇上身边，怎么会跑出一只猪来。”

人群一阵哄笑，接着李二蛋话头，纷纷拿朱拱之开涮。

“猪嘴里插葱，还装象呢！”

“敲了半天登闻鼓，马牛羊都不出来，只出来一头猪。”

一辈子待在皇宫里颐指气使的朱拱之何曾受过如此羞辱，他朝身边的内侍们努努嘴，内侍们会意，抢步上前去搬梯子，站在梯子顶端横板上的李二蛋猝不及防，脚下一空跌了下来，亏得他手脚灵便，在坠落的那一刹那，身子一缩趁势一个空翻，说时迟那时快，只见他膀大腰圆的身子不偏不倚重重地砸在了朱拱之的身子上。更可怕的是，李二蛋手中的鼓槌犹如金兵使用的狼牙棒，直直地戳在朱拱之的天灵盖上。可怜的老公公瘫在地上，脑袋血流如注。李二蛋却身无大碍，只是皮肉受了一点轻伤，他从地上爬起来，还朝痉挛的朱拱之踢了两脚，恶狠狠骂道：“你这头瘟猪，还想害死本大爷！”

内侍们慌忙来救朱拱之，却见老公公已是口吐白沫翻了白眼儿。一名内侍立刻喊叫：“出人命了，快抓凶手！”

闻听此言，广场上的请愿人群与宣德门的当值禁军以及内侍们都拥挤过来，双方纠缠在一起，先是推搡抓挠，接着是斗殴厮打。场面越来越乱，最终演变成失控的械斗。

陈三趁着混乱，赶紧跑回上书房报信。

听完陈三的陈述，赵桓的恐惧情绪反而一扫而空了。他对李邦彦说："太宰，人善被人欺，马善被人骑。现在，咱们该出手了。"

李邦彦回答："来上书房之前，我已通知王宗濋殿帅，备好一千禁军在宣德门广场两侧待命。"

"这就好。通知他们即刻进场弹压，胆敢反抗者，格杀勿论。"

"皇上，老臣建议，禁军进场不可杀人，驱散即可。"

"啊，你害怕了？"

"不是害怕，"李邦彦抚了抚还在烧灼发痛的脸颊，意味深长地说，"不可在伤口上撒盐。"

赵桓没听懂意思，追问："太宰的意思是？"

李邦彦老谋深算，解释说："既然为李纲罢免一事，闹得物议沸腾，咱们先把这事儿处理妥当，再来对付寻衅滋事的不法之徒。"

"先办哪种事？"

"老臣建议，先给李纲复职。"

"这岂不是自己打自己耳光？金人那边，又会说我们出尔反尔。"

"皇上，大丈夫能屈能伸。当下第一要务，是控制住局面，城外有强兵，城内不能乱。若再乱下去，安分守己的平民也会变成杀人越货的暴徒。到了那个时候，要来杀我们的恐怕就不是金人，而是自家百姓了。"

一席话说得赵桓频频点头。

李邦彦接着说："老臣建议给李纲复职，并不是让他一如既往唱那些不切实际的高调。威权自用，是臣道之大忌。李纲虽无野心，却也不能做到以帝心为心。所以，他常常弄得皇上难堪。李纲利用皇上对他的信任，短短两个月就建立了自己的权势。现在，皇上可以把权还给他，但要去他的势！"

"去势？"

"对，有权有势，犹如长风助火，有权无势，犹如独木不可成林。"

"如何去势？"

"皇上亲自选定官员，充任李纲的僚佐。凡大事，无皇上圣旨不可行，这样就能遏制他的势力。"

"如此甚好！"

"宣德门清场的同时，宣布李纲的复职，这样民间的不满情绪就可自动消失，待舆情转移后，再将宣德门外带头闹事者一一抓捕归案，明正典刑。这样做，也是让天下人知道，我大宋王朝，决不姑息枉法之人。"

听完李邦彦的建议，赵桓的脸上浮出苦笑，夸赞道："太宰不愧为朕的股肱，你的几条建议，朕全准了。"

第十四章　二月二龙抬头

李纲罢官一天重又复职，京师士庶无不欢呼雀跃。但好景不长，第二天上午，开封府各个警铺的铺兵一起出动全城搜捕，将昨日在宣德门外带头闹事的刁民首恶悉数捉拿。陈东、李二蛋等都缉拿归案，先后拘谳一百五十余人。接着开封府遵皇帝旨意连发两通布告。一是将李二蛋等十一人即刻诛杀。昨日广场上的暴乱中，朱拱之等二十三名太监、禁军士兵及吏员等，均被暴徒打死，凡证据确凿殴人致死者，斩立决，杀无赦！第二通布告的内容是京师戒严勘乱期间，严禁官民各色人等伏阙上书，敢以身试法者，严惩不贷，以儆效尤。

两通布告大街小巷随处张贴，第一批十一名首恶已伏尸刑场，与此同时，太学也张榜告示，陈东等四十余名学子遭到削籍处分，其鼓动滋事者，也都拘进诏狱，谳审定罪。这样一来，本来就已是风声鹤唳的京城，越发人心惶惶一夕数惊了。

在对内弹压钳制言路的同时，与金军的谈判，倒是一让再让。戎政大臣们在谈判桌上曲意迎合，唯恐对手反目，也是用尽了心计。一连几天，倒也有几件关于和谈的大事可记：

一、一连三天，每天往金营解付一批金、银、骡、马、布、绢等物资。至此，共缴纳了金二百余万两，银近三千万两。这些金银，十之八九摊派于民间，上至缙绅富商，下至贩夫走卒无一能免；

二、补齐由户部签押议定的中山、河间、太原所有地图及户籍册簿以及官员名录；

三、确定斩杀蔡京、童贯、王黼、蔡攸等六贼的最后期限，六颗头颅须送金营查验；

四、由赵桓皇帝亲写国书给大金国皇帝吴乞买，载明愿割三府，以示两国修好之决心；

五、为使三府交割顺利，赵桓皇帝委任一名大臣监理此事，并向三府各派一名交割奉行使，协助金国完成交接；

六、更换人质，康王赵构、宰相张邦昌回，肃王赵枢、驸马曹晟前往金营就质。

这六件事情，可以说完全是按完颜宗望的要求所办。前面五件倒也没费什么周折，只是第六件更换人质一事，双方倒是有些纠结，费了一些口舌。

却说康王赵构乍到金营时，又冷又饿，与张邦昌穷聊以消永夜，天快亮时，完颜宗望过来看他，劈头就问："你是南朝九太子？"

赵构点点头。

宗望一笑说："你比咱的身份矮了七位数。"

"此话怎讲？"赵构问。

"咱是大金国的二太子。"

"你们大金国有多大？"

“咱们先有土地三千里，再加上吞并了辽国，你说有多大？”

“都城在哪里？”

“阿什河畔皇帝寨。”

“听说那里长年下雪，狼不下崽儿，鬼不生蛋。”

“你去过吗？”

“如此边鄙之地，我怎么会去那儿？”

赵构一脸的不屑，这表情让宗望很不受用，立刻反唇相讥：“咱们皇帝寨，像你这样的白面相公，哪里去得？”

“不是去不得，是我不想去。”赵构继续呛声。

宗望恼怒起来，讥刺道：“你我都是太子，咱可以提兵四十万，踏平你们南朝的都城，你却只能当书生一个，看到国家要亡了，却也只能当一个缩头乌龟。”

赵构并不被宗望的威势所震慑，他为了表示轻蔑，故意扭头对张邦昌说：“少宰，你对他说，多行不义必自毙。”

“这……”张邦昌有些为难。

“他说什么？”宗望似懂非懂，转而问张邦昌。

张邦昌怕惹火烧身，想了想，翻译说：“康王殿下说的是一句古语，意思是若不诚心待人，必定会自己找死。”

“这话还是个理儿，”宗望睨着赵构，“咱看你不像个太子，倒像个咬文嚼字的读书人。”

赵构瞪了张邦昌一眼，对宗望说：“我不是这个意思。”

“那你是什么意思？”宗望问。

张邦昌抢先回答：“殿下的意思是，他是个正直的人，绝不会不讲仁义。”

宗望不作回答，突然掉了话头问：“你们南朝的二太子是谁？”

“肃王赵枢。”仍是张邦昌回答。

“他人在哪里？”

“在皇宫里。”

宗望点点头，转身走了。

这次会见，宗望对赵构的印象非常恶劣，几乎就在那一刻，他就动了更换人质的念头。想着自己是金国的二太子，因此便希望南朝的二太子前来当人质，这样才叫身份相当。

当赵桓得知完颜宗望的这一想法后，却颇为犯难。肃王赵枢虽然是二太子，但身子骨儿打小就不好，哮喘病在身，即便大热天还得穿一件薄薄的丝绵袄儿，一天到晚离不开药罐子。到了金营没有人伺候，保不准一口痰堵了喉咙就过气了。赵桓让李棁到金营说明情况，用驸马曹晟换回康王赵构。完颜宗望坚决不同意，言明要肃王赵枢与曹晟一起来。赵桓一看协调不下来，又害怕因小失大延误和谈，让太医带着相关的药料饵石一起到金营就质，便于照顾赵枢，这一点，金人不再拒绝。

不知不觉到了二月初二龙抬头这一天，这是完颜宗望预设的撤兵的日子。一大清早，三万名全身披挂的中军将士便已在牟驼岗的演操场上集合待命。寅时甫交，完颜宗望在九名大萨满的陪侍下走出了临时的元帅府。将士们对这九名声名远扬的大萨满并不陌生，两个月前燕京的伐宋誓师以及二十多天前的黄河祭这两场盛大的祭仪，都是由他们主持。今日班师北返，照例也应该有一个隆重的仪式。参加今天这个仪式的，除了中军将士之外，还特别邀请了肃王赵枢、驸马曹晟两名人质，以及使金和谈代表李棁、方郔数人。

那位看上去弱不禁风的八十多岁的老萨满，又故技重演，当众穿上那套重达近三百斤的铜萨满服，然后身轻如燕地舞蹈起来。事先布置好的祭台上，呈半圆形立起了九根漆绘着神秘图案色彩斑斓的萨满柱。柱头上，兀立着九只威风凛凛的海东青。在老萨满的带领下，八位大萨满跟着他一手挥着七星剑，一手摇着羊皮鼓舞蹈起来。他们模仿着熊、虎、豹、野牛的步伐，有时也像羚羊一样跳跃，野狼一样嚎叫。跟着他们舞蹈的节奏，将士们歌唱起来：

我们的马蹄越过黄河的波浪，
战旗覆盖了北方的原野。
我们遵循神的旨意，
惩罚了那些不守信用的人；
我们替天行道，
让狗犊子舔干自己的血。
北方的王者要回自己的家乡去，
带着牛羊、带着金银、带着喜悦……
冰河就要开了，禾雀儿又会飞了，
狗鱼要产卵了，花儿不会凋谢。
北方的王者要回自己的家乡去，
亲人哪亲人，我们再不分别。

在萨满音乐中，曲调是固定的，但歌词却可以随意更改。这首《回家歌》的歌词，便是昨天几位萨满凑句儿凑出来的。他们哼给完颜宗望听，这位元帅不觉也动了思乡之情，他只略改了几个字，便吩咐交由将士们传唱。这会儿，将士们越唱越自豪，越唱越神往。胜利，永远让人兴奋；亲情，永远让人怀想。唱到后来，许多将士泪流满面。不过，这泪水中没有辛酸，没有痛楚，含蕴的全是思念的情愫与凯旋的喜悦。

老萨满将手中的羊皮鼓高高一举，歌声与舞蹈都戛然停止了。老萨满走到坐在祭台正中图腾柱下的完颜宗望跟前，与他交谈了几句，完颜宗望从虎皮椅上站起来，环顾了一下九根图腾柱上兀立的海东青，突然打了一个响亮的呼哨。听到这哨声，九只海东青立刻展翅飞向高空。在演操场上盘旋了几回，便排成人字形向幕天坡的方向飞去。

驻军在幕天坡的大昊早接到命令，在幕天坡的旷野上撒下了几十只羊。海东青的眼睛非常犀利，在千米高空，能看清几里地外奔跑的猎物。它们发现了在旷野上啃着荒草的山羊，纷纷从高空猛扑下来，像流星一样落到地上，猛烈而又准确地将匕首一样的巨喙扎进山羊的脑袋。山羊们甚至连哀鸣一声都来不及，便被海东青叼回演操场祭台。

九只海东青摔下山羊后，又回到图腾柱上立定。这时，早有兵士抬上来三只大酒缸。九个大萨满指挥士兵们迅速将山羊开膛破肚，将它们的鲜血纷纷滴进三只大酒缸中，剩下的肉，他们分给了海东青。

这一过程，前后不到半炷香的工夫。在场的三万将士鸦雀无声。老萨满从酒缸中舀起一碗羊血酒，示意完颜宗望过来。

完颜宗望走到祭台中央单腿跪下，左手拄着弯刀，右手按着胸膛，双手拿着酒碗的老萨满走到他跟前，声音洪亮地问：“宗望元帅，今天是什么日子？”

宗望回答：“二月初二，龙抬头的日子。”

“你今天要干什么？”

“凯旋回家。”

“还记得你燕京誓师的誓言吗？”

“记得。”

“你的誓言实现了吗？”

“全都实现了，黄河不过是一条水沟，汴京只是一块土坷垃。”

“女真人扬名中原，宗望大帅，你做到了。”

“神帮助了我，将士们成就了我。”

“好！请喝下这碗班师酒。”

完颜宗望接过略有膻味的猩红的酒碗，一扬脖子干了个底朝天。将士们接着挨个儿走过祭台，一人一小碗饮着班师酒，三大缸酒很快就喝完了。只见老萨满拿起一根狼牙棒，麻利地砸碎了三只大酒缸，挥舞着双臂叫嚷着：

“孩子们，班师回朝吧！”

海螺声起了，完颜宗望跨上了战马，春雷一般的歌声在汴河两岸炸响了：

回家了，回家了，
擎着军旗，跨上战马。
回家了，回家吧，
踏着霜花，披着彩霞。
回家了，回家吧
回到草原，喝一口奶茶……

头一天晚上，赵桓就得到了金兵准备撤退的消息，因为完颜宗望特意委派元帅府阁门使韩光裔前来通报。乍一听闻，赵桓简直不敢相信这是真的。他找来李邦彦与已回朝复职的张邦昌连夜密议，询问金人为何会提前撤兵。在他看来，金人索要的金银数量还只达到了五分之三，按金人的处事风格，没有拿到足额金银是不会撤兵的。

李邦彦明白赵桓的担心是怕金人又在耍什么诡计，害怕又钻进了新的圈套，于是宽慰说：“皇上，依老臣看，金人提前撤兵，是给您送上了一份大礼。”

“此话怎讲？”

“明天是什么日子？”

“二月初二。”

“二月初二，龙抬头。”李邦彦加重语气说，“龙是谁？龙就是皇帝您呀，大金主帅完颜宗望选择这一天撤军，就是为了让您这一条龙能够抬头。”

“啊，宗望这么讲人情？”

赵桓苦笑后，憔悴的双颊竟然浮出了一丝感激之情。

李邦彦接着说：“当年五胡乱华时，鲜卑人仗着人高马大，欺侮咱汉人，说汉人是两脚羊。如今的女真人，倒都是些两脚虎，他们脑子不好使，一根筋。但是你若跟他们讲感情，不玩花招，他们还是通情达理的。”

赵桓回想这几个月所受的煎熬，觉得李邦彦的话不无道理，又问刚从金营回来的张邦昌：“少宰，你见过完颜宗望了吗？”

“见过一面。”

张邦昌接着讲了去金营头天夜里完颜宗望前来拘所与康王谈话的情况。

赵桓听罢，叹道：“果然是两脚虎，一言不合就龇着牙咬人。”

李邦彦也凑趣说：“他是金国二太子，便要咱大宋的二太子去当人质，这是什么脑瓜子？”

“其实，完颜宗望的脑瓜子好使得很。听金营中的人讲，宗望还是一个讲道理的人。”张邦昌说着说着声音就小了，他还有置身金营的感觉，当他意识到这是面对皇上时，不免自失地一笑，继续说道，“他们说，如果这次进攻汴京不是二太子，而是西路军主帅完颜宗翰，他早就把汴京踢翻了几个个儿。”

李邦彦附和说：“我也早就听说了，完颜宗翰这个人打仗像项羽，心机像张良。大金的完颜阿骨打与吴乞买两任皇帝，对他都非常信任。他比宗望小一岁，是堂兄弟，宗望对他这位堂弟也很看重。收回燕京、南侵汴京的大计，其实是宗翰定下来的。”

赵桓担心地问：“既是这样，宗望提前撤兵，宗翰如果反对怎么办？”

张邦昌说：“这个应该不会。”

赵桓问：“少宰敢打包票？”

张邦昌谨慎回答：“我在金营听说，宗望围城期间，一直与宗翰保持联络。下臣分析，宗望此次撤兵，绝非临时决定，而是提前就定下了方略，并与宗翰通了气的。”

“既如此说，这次撤兵是真的，不是玩花招？”

“皇上，肯定是真的。”李邦彦斩钉截铁地回答，“但老臣提醒皇上，撤兵是和谈的结果，来之不易，咱们现在决不可搬起石头砸自己的脚。”

“太宰，你想要说什么？”

“送佛送上西天。”

赵桓明白了李邦彦的意思，立即表示说：“必须礼送金兵出境。明天，将一应大臣召到睿思殿来，当众约法三章。”

当夜无话，第二天一大早，枢密院就宣布了金兵撤离的消息，开封府也及时撤销了已执行四十二天的宵禁，所有关闭的城门打开了，城内四条河流上开始有漕船与商船往来了。那些在宵禁中一直关闭的佛寺道院、沽店商行、酒楼茶馆、舞台歌榭，乃至墨轩卜室、瓦肆勾栏，也都争先恐后开门迎客。

辰时一过，昨夜就接到通知的五品以上的大臣如种师道、李纲、吴敏、宇文虚中、王宗濋、耿南仲、李棁、聂昌、蔡懋、方邺等等一百余位，都来到睿思殿依次站定等候。不一会儿，李邦彦与张邦昌从后殿走了出来，他们分别通报了金使韩光裔告知撤军以及陪同康王前往金营担任人质的经过。讲完后，侍殿太监邹义拖长声调高喊一声：

“皇上驾到——”

众官员齐刷刷跪下迎接，高呼：“皇上大安！”

赵桓在须弥山龙椅上坐定，语气平缓地说：“国难期间，赖众卿戮力同心，守城将士夜不解甲，和谈使节废寝忘食，各尽其责，共保社稷。如今，社稷重光，尔等大小臣工，功不可没。”

一俟赵桓的话说完，张邦昌就立马说道：“解社稷之危，全赖皇上英明调度，运筹帷幄，臣等不敢贪天功为己有。”

不少大臣附和，高声唱喏：“皇上英明，苍生有幸。”

循例，皇上会见大臣，只有宰相才有座位，如果有亲王参加亦可赐座。今天坐在皇帝两侧的本应只有李邦彦与张邦昌两人，因种师道年事已高且腿脚不便，故皇上恩准他坐在张邦昌旁边。

看到种师道白须飘然，却表现冷静，赵桓对他心存敬意，于是点名问他："师道大帅，天下人慕你威名，称你为老种，朕看你精神矍铄，一点不显老态呀。"

种师道欠身施礼，恭敬回答："承蒙皇上夸赞，老臣身子骨儿大不如从前了，只是还能吃饭。"

种师道如此回答，乃是借用了"廉颇老矣，尚能饭否"的典故。赵桓也懂了种师道的意思，笑着问："平常您吃些啥？"

"刀削面、豆面，有时也吃一些头脑，咋吃咋香。"

"都是你们三晋大地上的吃食儿，老种念念不忘山西啊！"

"不敢！不敢！"

种师道忽然背过脸去抹起了眼泪，赵桓发现了，追问："老种你怎么了？"

"回皇上，老臣想太原了。"

种师道这句话让全场沉默了下来，谁都明白，在两国和谈协议中，太原已划给了金国。

李邦彦生怕破坏了气氛，连忙岔开话题，问种师道："大帅，您知道今天是什么日子吗？"

"知道，二月二龙抬头。"

"二月二龙抬头，金兵北返，汴京解围。这是皇上给大家带来的福气。"

张邦昌特意补充："皇上主持和谈，汴京百姓才有此福祉。"

一直隐忍没有作声的李纲，这时候出列讥道："少宰，汴京一城百姓的福祉，能代替天下苍生吗？"

"你？"张邦昌语塞。

李纲继续高声质问："金人今日退兵，这不假。但少宰你怎么不向皇上说明，金人为什么退兵呢？"

“为什么？”赵桓脱口问道：

李纲的话锋更加锋利，他侃侃言道：“用三百万两黄金、三千万两白银，黄河以北中山、河间、太原三府的土地换回一个金人的撤兵，这代价是不是太大了？”

张邦昌愠怒反驳：“不撤兵，你让汴京百姓全都成为刀下之鬼吗？”

“金人孤军远来，此乃兵家大忌。只要京城军民合力抗击，城外勤王之师与金兵交战，并绝贼虏粮道，斩断退路，他们固然可逞一时之雄，又能坚持多久？”

“一个多月的对抗，大家都看到了。”张邦昌看了一眼皇上，又说，“如果你李纲能解了围困，击溃金军，我们又何必费那么多口舌和谈呢？”

种师道看到李纲被顶到墙上，便站出来说话了：“皇上，老臣想提个建议。”

赵桓点点头：“老种你说。”

种师道说：“金兵撤退，已是疲师。历次和谈，他们断定咱们不敢中途截击。如果咱们出其不意，在他们济渡黄河之机，待他们兵马过半，我们出师掩杀，必能获胜。”

赵桓沉默，他想起李邦彦昨夜所说的“送佛送上西天”的话，摇了摇头。

偏偏李纲又站出来说话：“皇上，臣恳求您下旨，让臣带兵前往黄河截击。”

赵桓沉默了一会儿，他的内心已对李纲深深地失望，但当众不能表露。想了想，才对李纲说：“爱卿，你忠忱有加，朕很喜欢。但国事并非儿戏，既与金国签了和议，就不能再做失信之事。”

“皇上！”

李纲唰地跪到地上，掩面痛哭起来。

“皇上！”

殿下站着的大臣全都跪下了。

赵桓默不作声，离了龙椅拂袖而去了。

李邦彦站起来，高声说道：“诸位大臣听好了，皇上有旨，着兵部立大旗于河东、河北各府州县，凡金兵过境，一律礼送，有擅敢动兵者，军法从事！”

第十五章　西路军兵逼太原

大约是靖康元年即一一二六年的三月，大金西路军主帅完颜宗翰留下大将军银术可继续围困太原，自己则带着陈尔栻等一帮元帅府官员返回西京大同休整。回来的第一天早晨，他就在陈尔栻的陪同下前往城外的金贝村看望了一直停放在那里的萧莫谛的灵柩。尽管军旅倥偬，可是他对这位亡妻始终萦念于心。只要有空，他就要来这间厝屋里坐一坐，怔怔地望着棺材，一声不吭。这会儿他往棺材底下的长明灯里续了一碗油，又小心翼翼抚平了覆盖在棺材盖上的大金军旗，然后在面对着棺材的小凳儿上坐了下来，喃喃地说："莫谛，哥来看你了。"

厝屋里死一般沉寂，在角落坐着的陈尔栻嘴唇嚅动着，也不知他念叨着什么，兴许是在默诵佛家的超度经文吧。

一个人蹑手蹑脚走了进来，他是金贝村的天才歌手李老三，他先朝棺材作了一个长揖，然后小声对完颜宗翰说："大帅，咱想了一首歌，想送给帅夫人。"

宗翰看了他一眼，也许这眼光太犀利，李老三紧张起来，他感到宗翰大元帅并不欢迎不速之客，臊红着脸正打算躬身退出，宗翰喊住了他，问：“你的歌都给谁唱过了？”

“自己在林子里偷偷唱了，不敢唱给别人听。”

“为什么？”

“因为没得到大帅的同意。”

宗翰微微一笑：“你现在唱给咱听听，帅夫人也会听的。”

“谢大帅。”

李老三清了清嗓子，小声唱了起来：

仙女回到天上去了，
却把爱情留在了人间。
将军骑着战马回来了，
仙女在梦中与他相见。

仙女对她的情郎说，
我爱你的心永远不会变，
从今生到来世，
从现在到永远。

每一个白天我都把你思念，
想着你的火辣、你的缠绵；
每一个夜晚我都把你陪伴，
守护你的宝剑、你的征鞍。

草原上的花儿会枯萎，
我永远为你保持美丽的容颜。

大河里的流水会干涸，
我对你的思念是不竭的甘泉。

平时拘谨而畏缩的李老三，只要唱起歌来，就会变得生气勃勃旁若无人了。这首歌他琢磨很久很久了，加上他对萧莫谛的仰慕与对完颜宗翰的崇拜，所以在献唱的时候充满了深情，加上他那魔鬼一样散发着磁力的声音，让所有听过他歌声的人不能不陶醉，就像村民所说的那样，李老三的歌“可以把病人唱好，把死人唱活”。

完颜宗翰听了李老三的歌声，眼前出现了一片吉祥的彩云。他心爱的萧莫谛就在那彩云上脉脉含情地注视着他。她的微笑中藏着渴望，宁静的眼神中藏着幽怨，彩云在飘动，距完颜宗翰越来越远了。这位杀人不眨眼的战神生怕失去了心爱的人，他伸出手想把那片彩云拽回来，倏然之间，彩云消失了，完颜宗翰忘情地喊叫起来：“莫谛，你回来，你回来！”

唱完歌的李老三，瑟瑟地喊了一句：“大帅！”

完颜宗翰这才惊醒，他问：“唱完了？”

李老三回答：“唱完了。”

“你再唱一遍吧。”

“好的。”

李老三正要开唱，宗翰又制止了他，自嘲地对陈尔栻说：“不能再让李老三唱了，如果老天爷允许咱下半辈子什么都不干，只听李老三唱歌，每天给咱唱这首歌，咱也嫌听不够呢，但咱没这福气呀。”

陈尔栻善意地嘲笑道：“大帅你也是天生情种。”

“这可不算是好话，”宗翰虽然反驳，却并不生气，“你们汉人怎么说的，儿女情长前头那一句？”

“英雄气短。”

“对，英雄气短，儿女情长。”宗翰略露愤懑之情，咬着牙帮骨，恨恨地说，“太原城久攻不下，叫我怎能不气短呢？”

完颜宗翰此时复杂的心情，陈尔栻是能够理解的。

去年，即大金天会三年十二月初三，大金东路西路两军同时发兵，东路军从燕京出发，取中山、河间一线直扑黄河黎阳渡；西路军从西京大同出发，取太原、运城一线进逼黄河风陵渡，两军约定两月后在汴京城下会师。两支大军发兵后均势如破竹。东路军因有郭药师为向导，一路上连克檀、雄、保、浚诸州，均没有遭到像样的抵抗，比约定时间提前一个月就到了汴京。西路军却没有东路军那样顺利，开头半个月，宗翰麾下三路大军就轻而易举攻克了朔、武、代、忻四州。接着，又花了两天时间，拿下了太原北面的最后一道屏障石岭关。说到石岭关之战，还有一段插曲。

这石岭关在阳曲县东北，属于太行山支脉，道路险峻，易守难攻。长达二十里的关道，是西京大同通往太原的必经之地。石岭关外，东有太行山，西有吕梁山，奇峰交错，沟壑纵横，山高林密，关隘甚多。石岭关内便是一马平川的太原盆地。守住此关，太原尚可无虞，若是弃守，这一河东首府千年重镇便成了瓮中之鳖。

金兵攻破忻州后，驻扎在石岭关的宋军守将便紧急求援，太原知府张孝纯接信后，一刻也不敢怠慢，立刻派由其控驭的地方团兵把总冀景火速率两千兵马前往增援。冀景慑于大金军的凌厉攻势，找出种种理由不肯前往。张孝纯知道他怯敌，于是又从新组建的义胜军中抽调八千人，由耿守忠率领随冀景同往，冀景这才勉强成行。冀景真个是前怕狼后怕虎的胆小鬼，他怕耿守忠在后面哗变断他退路，下令耿守忠为前锋。耿守忠申明部属全是步兵，若步行前往会贻误战机，要冀景提供两千匹战马，冀景只得筹措一千匹战马给了义胜军。耿守忠嫌少，又借增援的名义，沿途抢掠百姓。冀景无法约束他们，便认定义胜军是一帮乌合之众，与他们在一起即便不被金兵杀死，也会让这些刁民干掉，因此也就将张孝纯的重托抛诸脑后，带着亲信换了便服星夜逃走。

耿守忠到达石岭关后，看到大金军队兵甲森严士气高涨。当即就杀了宋军守军，献关投降。

完颜宗翰原以为攻打石岭关会有一场恶战，却没想到一箭未发一刀未动就通过了这一道“山河锁钥”的雄关。起兵半个月后，即十二月二十八日，大金西路军就陈兵太原城下。

完颜宗翰已从耿守忠口中得知，守城部队大约有归属张孝纯领导的团兵三万人，以及王禀率领的胜捷军两万人。这胜捷军是由童贯亲自建立的亲军，总共有五万人，童贯仓皇离开太原时，带走了三万，留下两万交由他一手提拔的宣抚司统制王禀指挥，协助张孝纯保卫太原。完颜宗翰兵马有二十万之多，对付守城的五万将士，他认为胜券在握，但他并没有急于攻城，而是写好劝降信，用羽箭射向城内。张孝纯与王禀看到劝降信后，当着将士的面焚毁。张孝纯亲书：“告尔贼寇，我等将士固守太原，誓死不降！”同样用羽箭射向城外。

完颜宗翰看到回信后怒不可遏，下令立即攻城。

张孝纯一面与王禀组织军民应战，一面派出驿卒带着他的亲笔信传檄诸郡，希望周边郡县出兵救援，但此时的河东诸郡已是风声鹤唳，人心惶惶。多数郡县为自身安危计，不肯应命。疾风知劲草，板荡见忠臣。此情之下，仍有一些铁血勇士，深知唇亡齿寒的道理，不避利害赶来救援。如名将折可求率麟府军、刘光世率鄜延军、罗称率晋宁军日夜兼程驰赴太原。三支部队总共才四万人。对于大金军来讲，这样的小股部队无法撼动他们的进攻。刘光世的鄜延军一万余人最先到达，完颜宗翰听说宋军正在结营，便立即派大将银术可率两万兵马前往劫营。鄜延军立足未稳，加之长途行军人困马乏，激战展开后，鄜延军阵脚大乱，刘光世被部下裹挟乘着夜色逃遁，随之赶来的晋宁军还没获得任何喘息的机会，又被西路军另一位大将完颜希尹拦住劫杀，晋宁军的主帅罗称、韩权先后战死。这三支部队中，战斗力最强的是折可求率领的麟府军。因此，完颜宗翰亲自指挥中军部将朵颜与杰布对其围剿，通宵激战，麟府军全军覆没，折可求在卫队的冒死抢救下才得以脱身。

这一次救援，四万宋军伤亡三万余人，剩下不到一万人也四散逃走。如果说战争之前，宗翰对南伐还略略存了一点担忧，认为南朝毕竟泱泱大国，兵力强盛，对外可能消极怠战，但守土肯定都会拼死御敌，却没想到宋军如此稀烂不堪一击。他由此生了轻慢之心，甚至下达了战令，三天拿下太原城。

但这一次，完颜宗翰的如意算盘落空了。

同汴京的高大城池相比，太原显得太过寒碜。它是一座夯土垒起的没有包砖的土城，周长不过十一里。只有东西南北四座城门。行伍出身的王禀，深知这样的土城难以防守。为了防止金军的云车及抛石机接近城墙，他预先拆掉了绕行半个城的汾河上的所有木桥，并在近城开阔地上挖掘了大大小小的深坑以阻挡骑兵的冲击，环城三百步之内都密密麻麻布满了铁蒺藜，金军马步兵一旦攻城，就会受阻于这铁钉阵，而一俟接近，城上守军就会使用弩机与弓箭。

正是因为建立了这样牢固的立体防御系统，让金军进攻受阻。一连三天，金军全线出击，组织了十几次大规模的凌厉攻势，均被守城的军民击退，金军死伤数千人，这是金军南伐军事行动中遭受的最大挫折。三天时间过去了，太原城仍巍然屹立。完颜宗翰恼怒至极，却又无计可施。按原定计划，西路军必须在腊月小年前赶到晋南，攻占风陵渡，再在那里分兵两路，一路扼守潼关，阻挡长期与西夏作战的西北官军驰援中原，另外一路则假道洛阳扑向汴京，与宗望会师。

太原的军事失利让宗翰陷入两难。若继续围城，则会让预先制订的军事计划落空。若放弃太原，又会成为他人生的最大耻辱。因为在此之前，无论是灭辽还是收复燕云十六州，宗翰都是逢城必克，逢寨必拔，逢关必过，从未失过手。若是在太原栽了跟斗，今后，谁还会尊他为战神呢。

宗翰的中军大营立在太原城北七里地的北陈村，村里老财主陈囤金的大院子成了他的元帅府。乍一听到陈囤金这个名字，宗翰就觉得吉利，于是搬进来住了。一连几天的失败，让他闷闷不乐。这天傍晚掌灯时分，他独自坐在本是掌柜的账屋临时被辟作议事房的热炕上，思虑着下一步军事行动如何开展。陈尔栻挑帘儿进来了，在宗翰对面坐了，问宗翰："大帅心烦了？"

宗翰点点头。

陈尔栻便坐下来与他唠闲嗑儿，开口说道：“老朽很早就听说，不到潼关不可言山川，不到太原不可言重镇。”

“啊？”宗翰两道浓眉一挑，他知道陈尔栻一向在唠闲嗑儿时道出思考成熟的大计，于是礼敬说道，“老先生，你别卖关子了，有啥好计策快说出来。”

一直跟着照顾陈尔栻的水老哇送了两碗奶茶进来，陈尔栻抿了一口，慢条斯理说：“天下雄关之险，一是榆关，一是潼关。前年，太祖阿骨打皇帝不费一兵一卒取了榆关。但几个月后，老皇叔栋摩为讨伐叛将张觉，又在榆关吃了一个大败仗。从山川形势上看，榆关之险还比不过潼关。这潼关最早见于《左传》，‘文公十三年春，晋侯使詹嘉处瑕（山西猗氏县），以守桃林之塞。’这个桃林塞，就是现在的潼关。这潼关南据秦岭，北有渭、洛二水汇注黄河，抱关而下，西面是华山，河对岸是中条山。万山重叠，猿猴难攀，乱山中只有一条羊肠小道，潼关就建在这条羊肠小道的出口。过了这条小道，就是八百里秦川；出了这条小道，就是沃野千里的豫中平原。站在潼关上看山川形势，大河汹涌，群山纠葛，平原如砥。所以说，不到潼关不知河山之雄峻。最早在这里立关的是三国时魏武帝曹操。关中进入中原，潼关是唯一通道。有人形容关中形势为百二雄关，这意思是，一百万兵马进攻，只需二万人就能守住。大帅若要阻挡西北官军南下中原，就必须抢占潼关。”

这一番介绍，让宗翰心里愈发焦急，他说：“听先生之言，咱们只能暂时放弃太原，先南下攻取潼关。”

陈尔栻摇摇头，浅笑着说：“大帅，我还有一句话没说呢。”

“哦，老先生你说下去。”

陈尔栻又抿了一口奶茶，不温不火地说了下去：“老朽的第一句是不到潼关不可言山川，现在说第二句话，不到太原不可言重镇。以黄河为界，我们称燕京、中山、河间、大名、信德等为河北；称上党、晋城、运城、临汾为河东，后来，又扩充到大同、忻州、太原。河北与河东两处，历来是兵家必争之地。所谓得中原者得天下，首先要拿到手的，就是河北与河东。这一地区以黄河、淮河、汾河为水脉，以秦岭、太行、燕山为山脉。朝代之兴衰，观察脉系即可知晓。山脉水脉之中，藏蕴了龙脉。河北河东都是龙兴之地，多少朝代在这里诞生。简略说之，项羽破釜沉舟杀入关中，是在潼关之下，刘邦继之，始为西汉；刘秀称帝于鄗城，是在河北；李渊起兵是在太原，得了河东地望；而宋太祖赵匡胤陈桥兵变，亦是两河之间。唐的龙脉在山，宋的龙脉在水；在山者雄浑，在水者阴柔。雄浑者重武，唐之开国二帝，都是盖世英雄，但重武稍过，便成了纵虎，所以进入中世之后，唐藩镇作乱，安禄山史思明反了渔阳，这地点又是在河北；最终，唐以武兴，又以武亡。宋太祖受高人指点，开国后抑武重文，开创盛世。终至仪范天下，万国来朝，但始终文臣如虎，武臣如猫。猫最大的本事就是拿耗子，但若老虎狮子来了，猫无法抵抗，唯有逃命而已。由此可见，天下事自有规律可循。宋以文兴，必以文亡。这就是为什么南朝始终无法与辽抗衡，也不能消灭西夏。我大金国建国，接续大唐英雄之气。两国交兵，宋之疲弱，暴露无遗……”

听到这里，完颜宗翰似乎明白了什么，又觉得把握不住，他打断陈尔栻的话，饶有兴趣地问：“老先生，您认为咱们一定能打赢南朝？”

“一定，但有一个先决条件。”

“您说，什么条件？”

“拿下太原。”

“啊？”完颜宗翰吃了一惊，想了一会儿不甚明白，又刨根儿问道，“为何要拿下太原？”

陈尔栻正要说个究竟，水老哇又扒开门帘儿露了一个头，宗翰问：“你又要送奶茶吗？”

水老哇摇摇头，咧着嘴笑道：“大帅，您饿不饿呀？您不饿，咱老先生也该吃一口儿了。”

“啊，是该吃饭了。”宗翰不好意思地看了看陈尔栻，接着就问，“水老哇，你整了什么吃食儿？”

水老哇说：“老财陈囤金让他婆娘亲自做了几碗刀削面，香喷喷的。”

“既这样，赶紧拿来呀。”

水老哇退下，与陈囤金一起端了两大碗干拔刀削面进来，上面淋了些葱花辣子油。宗翰接过一碗，用筷子拌了拌，大口大口吃起来，一边吃一边说：“咱驻军大同一年多了，爱上了那里的羊杂碎，咱认为那是天下第一美味。今晚，这碗刀削面还真他娘的好吃。在大同咱也吃过，但没有这碗面筋道。”

宗翰一碗面快吃完了，陈尔栻才将面拌好，他拨了一半给宗翰。

“老先生，您别心疼我，您吃饱了，好给我讲天地间的大法。”

“老了，吃这么多就够了。”陈尔栻一边挑着面吃，一边问站在旁边憨笑的陈囤金：“陈老财，你下地吗？”

“下。”陈囤金回答，“这碗面的麦子，就是俺自家地里的出产。”

“你为什么叫陈囤金？”宗翰问。

“俺爹想发财呗。”

水老哇一旁插话：“你爹肯定没想到，你这院子里，会住进来一个咱大金国的大元帅。”

“做梦都不敢想呢，”陈囤金脸上露出巴结的笑容，接着脸上又起了愁云，说道，“大帅，听说你们大军要起寨了。”

“什么叫起寨？”

“就是撤兵。”

“你听谁说的？”

“都这么吵嚷着，说你们攻不进城，就……唉。”

“咱们撤不撤兵，关你何事？你咋就唉声叹气了？”宗翰觉得奇怪。

“事儿大着呢，你们若是一走，官府的人就会上门来，把俺捉去砍头呢。”

“这是为何？”

“咱家成了您的元帅府，这是通匪谋逆的大罪呢。”

“这么说，你也希望咱们打下太原城？”

“只要不杀人，您把河东全拿去都行，反正咱是老百姓，不管谁坐衙门，俺们反正是种地。”

“嗬，你这个陈囤金，倒是见识不一般。”

“大帅，俺只是保命呢。”陈囤金说着眨巴眨巴眼睛，脸上露出神秘，接着说，“俺们当地人都知道，眼下你们攻打的太原城，可不是原来的太原城。”

“太原城还有一个？”

“有。”陈囤金说，“宋太宗灭了北汉，就把原先的太原毁了，扒得片瓦不剩。”

“为什么？”

“说这是龙兴之地，李渊在这里发兵建了唐朝，不把这座城扒掉，这宋太祖的江山就坐不稳。”

“这些古事你都知道？”

“老辈儿代代往下传呢。”

陈囤金说着咂了咂嘴，他怕言多必失招来灾咎，借故说去给宗翰拿碗面汤喝就退出去了。他一走，宗翰就问陈尔栻：“老先生，这陈老财的话有几分可信？”

陈尔栻回答：“他说的都是真话。”接着他就介绍了宋太宗赵光义拆毁老太原城的经过。

老太原城也叫晋阳城，战国时三家分晋，晋阳城成了赵国的都城。秦始皇统一天下后，分天下为三十六郡，其中就有一个太原郡，郡治也在晋阳。从此，晋阳与太原是一城二名，沿用至今。汉朝创立，在全国设十三州，改太原郡为并州，晋阳城也是郡治所在。东晋十六国，晋阳先后被刘渊、石勒、慕容燕、苻坚占据。隋朝时，大将李渊驻守太原，因晋阳远古时称为唐国，李氏夺取天下后，便将国号定为唐。在唐代，太原与长安、洛阳并称“三都”。五代十国时期，后唐、后晋、后汉、北汉等小朝廷或显赫于晋阳或定都于此。民间便将这座古城称为龙城。宋太祖得了天下定都开封后，北汉政权盘踞晋阳与宋朝分庭抗礼，对于大宋皇帝来说，这晋阳犹如骨鲠在喉。太平兴国四年，大宋第二个皇帝宋太宗赵光义亲率大军攻打太原，将五代十国的最后一个小王朝北汉消灭。

北汉覆灭后，赵光义立即下令拆毁晋阳城。此前就有华山老道人与他密语，言宋的龙兴之地是归德，属“商星分野”，而唐的龙兴之地在太原，属“参星分野”。天象早有判断，参商不见，这就是为何太原最后才归入大宋版图的原因。加之这里先后数百年间出了几十个大大小小的皇帝，王气太盛，若不将此城彻底摧毁，他日必生反王。这就是赵光义拆毁晋阳古城的真正原因。

听信方士之术，赵光义分三步完成拆除晋阳城的计划，即毁龙城、拔龙角、破龙脉。先说毁龙城，先是将城内数十万居民全部驱散，然后放火焚烧。第二年春天趁汾河水涨，筑水灌城。再说拔龙角，术士们认为晋阳北面的系舟山是龙角，赵光义调集数十万民夫用半年时间将其山头削平。第三步是破龙脉，赵光义下令在晋阳古城废墟之侧新筑太原城，城里所有街道一律建成丁字形，这便是钉子，把唐龙钉死叫它翻身不得，并下令新太原城的城墙一律不得砌砖，意思是不得让唐龙重披鳞甲。即便这样，赵光义仍不放心，又在衙门及官阶设置上故意矮化太原，其太原府的地位比起河东河北其他方镇低了许多。

听了介绍，宗翰这才明白，陈尔栻要他拿下太原，乃是为了恢复大唐的王气。他推而思之，遂决定将太原、中山、河间三府土地民丁全都要过来，作为两国和谈的第一条件，并建议宗望二月二龙抬头这一天撤兵。宗翰心目中的龙抬头，是大唐之龙。

经过这一次密谈，宗翰坚定了围城的信心，他不再急着攻城，而是在守城官军布置的铁蒺藜外，遍置栅栏鹿砦，只留下窄仅二尺的通道，并放出数百条恶狗在通道上巡逻。完颜宗翰要让太原变成一座死城，等待它断粮断水的最后时刻。

这样僵持到了三月初，宗翰才回到大同小憩。

第十六章　上巳节与杏花羹

从厝屋里出来，已是辰时刚过，响亮而又略含潮润的阳光洒了一地。只见老村长扎力布和村里唯一一个教授汉文的私塾老先生吴人初领着几个婆姨慌慌张张跑过来。完颜宗翰感到奇怪，他与陈尔栻对视了一眼，不等他们开口，卫队长抢先问：“你们这是干啥呀？”

“给帅夫人送花儿来了。”

答话的是老村长扎力布，他指了指几位婆姨，只见她们每个人怀里都抱了一束花。

完颜宗翰被感动了，他略微弯了弯腰表达了谢意，问：“田野上的雪还没化完，你们从哪儿采到的鲜花？”

扎力布说：“婆姨们采到这些花儿不容易呢，一大清早就满世界跑着找，才找到这些。”

宗翰看到婆姨们捧着的鲜花小如霜絮，既不鲜艳也不水灵，便道：“多谢你们，萧莫谛就喜欢花儿。”

宗翰说着就要走，扎力布赶紧拦住他，把长了花白山羊胡子的吴人初推到他跟前，介绍说：“大帅，这是咱村里教汉文的私塾先生，叫吴人初，按辈分，村里人喊他吴二爷，他有几句话要对您大帅说呢。”

“吴二爷，你要说什么？”

吴人初取了头上的瓜皮帽打了个揖表示礼敬，接着说：“大帅，你在太原的战事那么吃紧，却特意赶回来，选了今天看帅夫人，真是情义之人哪！”

宗翰听出吴二爷话中有话，问：“今天是什么特别的日子吗？”

“当然是，今天是上巳节呀。”

“上巳节？”宗翰没有听说过。

“这是汉人的节日。原来是三月上旬的第一个巳日，汉代之后，就定在三月初三这一天。”

“这是个什么节日呢？”

“袚除灾咎，给死去的亲人烧钱纸，让他回家。”

“啊，还有这样的节日？”宗翰感到惊奇。

“这节日由来已久，春秋时就很流行。”吴二爷毕竟是私塾先生，一说话就引经据典，“《论语》中记载，‘暮春者，春服既成，冠者五六人，童子六七人，浴乎沂，风乎舞雩，咏而归。’那时候，上巳节是友人相聚，踏青赏花之节。”

“怎么又成了鬼节呢？”

“这个，这个……”吴二爷一时回答不上来。

陈尔栻接腔回答：“听说汉人祖先轩辕氏黄帝的诞辰是三月三，后来把上巳节定在三月三大概有这个原因。从祭奠黄帝到祭奠亲人，慢慢这样演变，上巳节相沿成习，就变成鬼节了。”

吴二爷对陈尔栻拱了拱手，又接着说：“大帅上巳节从前线赶回来看看帅夫人，她的在天之灵一定会感激你的。”

老村长扎力布插话说："大帅，今天帅夫人会跟着你回去的。"

"啊？"

扎力布动情地说："死去的祖宗永远是祖宗，死去的亲人永远是亲人，阴阳相隔，但亲情永没有阻隔啊。"

宗翰问他："你不是契丹人吗？"

扎力布回答："是呀。"

宗翰善意地笑了笑，又调侃说："契丹人也过汉人的节日吗？"

"过呀，怎么不过呢？"扎力布理直气壮地回答，"咱们金贝村，既有女真人，也有汉人、契丹人，这三个民族的节日咱们都过呢。如女真人的放偷节，契丹人的斡包节，咱们都过呢。"

宗翰陷入了沉思。

陈尔栻看出他的心思，补充说："辽国拿到汉人居多的燕云十六州之后，辽太祖便决定将本属汉人的春节定为辽国最大的节日。同时，也开始使用汉人的二十四节气以区别四季。为了方便处置契丹和汉人的事务，又创设了北院宰相与南院宰相，这是一个创举。但开科取士仍采用汉人的办法，春水秋山又保留了契丹的传统。这些国策的实施，稳定了汉人，使燕云十六州成为了大辽国中可与南朝比拟的繁荣富庶之地。国同制，治者易；民同俗，便相亲。大致就是这个道理。"

听了这席话，完颜宗翰重新回到厝屋，他从几位婆姨手中接过细碎的荠花，一枝一枝小心翼翼地摆放在棺材上，一边摆，一边说："谛妹，今天是汉人的上巳节，金贝村的契丹人早已把上巳节当成自己的节日了。我想你肯定也愿意过这个节日。来，把你的手给我，我牵着你的手回家。"

老村长扎力布与李老三在门口烧起了钱纸，几个婆姨围着棺材绕圈儿，唱起了小曲儿：

> 二月二龙抬头哇，
> 三月三抛绣球哇。
> 接球的亲人都还阳啊，
> 头戴荞花儿回家乡啊……

这是汉人的《招魂曲》，它没有萨满歌曲那样辽阔奔放，但却真挚缠绵。听着听着宗翰的眼眶湿润了，他走出厝屋，对还在烧着钱纸的老村长扎力布说："你把所有的村民找来，上巳节不要过得冷冷清清，要热热闹闹。既然是鬼节，就要让所有的亡灵都能回家，你们要让萧莫谛回家，让耶律余睹与他的儿子回家。我的将士们在伐辽、伐宋的战争中也死去了不少，今天，你们要让他们还阳，让他们回家去见亲人。"

宗翰说这些话时，眼睛里始终噙着泪花，他的话中有一点孩子气，甚至比李老三的歌声还要浪漫，但他的语气却不容置疑，仿佛不是在交代一场祭祀而是在下达军事行动的命令。

扎力布听了，心中既欣喜又紧张，欣喜的是宗翰大帅如此信任他，紧张的是他担心完成不好这项神圣的任务，他用请教的口气问宗翰："全用汉人的形式吗？"

"你认为呢？"

"咱也可以把萨满请出来，汉人的上巳节，女真与契丹的萨满仪式，这样才能热热闹闹。"

"你说得对，就按你说的办。"

宗翰说着，吩咐卫队长给老村长扎力布支付二十两银子作为上巳节的费用。

这时候已接近正午，宗翰接受扎力布的邀请前往村头小吃店喝了一碗羊杂碎汤，啃了两张烙饼。他还没怎么吃，陈尔栻却打起了饱嗝儿。喝汤水的时候，宗翰取笑他：“老先生，咱看您的饭量，比老鼠大不了多少。”

“可是，我喝了满满一碗羊杂碎啊！”陈尔栻认真地说，“大帅，我信佛，这你是知道的。”

“当然知道，”宗翰又要了一张烙饼，“咱们活捉天祚帝时，澄宇老和尚也在队伍里，您见了澄宇，像见了久别重逢的亲人，一连几天，除了唠嗑儿还是唠嗑儿。”

“我羡慕澄宇老和尚，真正地六根清净，大修行人。”

“您不也一样吗？”

“我差远了，我一直想出家，就是出不成。”

“为什么？”

“就为这一碗羊杂碎汤。一出家就得吃素，我什么都舍得，就是舍不得羊杂碎。”

陈尔栻一副痛心疾首的样子，逗得宗翰笑起来。

“老先生，您想吃龙肉，咱办不到，喜欢羊杂碎，咱让您天天吃，咱在大同物色一个最会做羊杂碎的人，跟着您，打太原、打开封，都让他一路相随。”

“不用不用，再好的东西，吃多了也腻味。”

正这么说着，围困太原的银术可派来的信使追到了这里，他给完颜宗翰带来一个不好的消息：南朝的割地使进了太原城后，拒绝投降的张孝纯与王禀当众将他杀了。闻听此信，完颜宗翰并不感到意外，他对陈尔栻说：“老先生，咱们立即启动第二方案。”

薄暮时分，已被围困三月有余的太原城，除了飘扬在城头上的官军的旗帜显露了一丝生气，整座城市都显得过于森严。还有两天就到了谷雨，郊原开始返青，城里不多的梨、桃、杏花都瑟缩着绽开了。战争让一切都改变了，甚至春天。今年的雨水特别少，本来就比较干燥的太原显得更加枯涩。在土城墙上值守的官军们，虽然不再感到寒冷，但向晚的寒风仍然让他们体会到更深的精神上的折磨。在几声凄厉的乌鸦的叫声中，东城楼上的岗哨忽然发现有七八个人从木栅阵中钻了出来，领头的一个，手上举着一面小白旗。

“来人了！”

岗哨一声喊，守城的官兵都冲进了掩体。一名哨长躲在马面里头喊话：“你们站住！再往前走咱就放箭了。”

那支小队伍原地站住了，打头的摇了摇小白旗，大声回答：“不要放箭，我们负责护送肃王殿下前来。”

“谁呀？”

“肃王。”

“什么肃王？咱不知道。”

“嗐！”摇白旗的显然不满意，“你这位兵爷，怎么连肃王也不知道？肃王是二太子，当今圣上的亲弟弟。”

“啊，皇上亲弟弟来了，快，快开门！”

哨长一面吩咐人赶紧报告上司，一面亲自带人下楼，把这支小队伍迎进了城门，并带着他们前往设在东街上的太原府衙门。

知府张孝纯与两河宣抚司统制王禀正好在府中廨房议事，听说肃王来到太原城，连忙出衙迎接。

一番寒暄后，张孝纯才知道肃王一行为何在这兵荒马乱的时候来到太原城。却说大金东路军从汴京撤离后，并没有回到燕京，而是退到保州安营扎寨。因为保州与中山、河间两府很近，离太原也不甚远，完颜宗望在保州屯下重兵，乃是为南朝顺利交割三府而增大震慑。尽管南朝枢密院任命从开封府尹改任户部尚书的聂昌出任交割使，将诏书迅速送达三府，却遭到三府官员及军民的强力抵制，一个多月时间过去了，没有哪个府县肯改籍隶属大金。三月上旬，作为人质随宗望住在保州的肃王赵枢突然接到大金军东枢密院使函件，要他随同三镇交割副使路允迪并属官宋彦通、滕茂实等一起前往太原，劝说太原知府、两河巡抚司都统等军政官员放下武器办理一应交割事务。函件刚一宣读，负责护送他们的金军将领便催促他们立即上路。这一行从保州出发，经宣化、阳原、浑源、繁峙、代县、原平、阳曲而抵达太原。肃王等人只知道此行是完颜宗望的命令，却不知这个主意是完颜宗翰提出的，这就是在金贝村完颜宗翰向陈尔栻所言的第二方案。

得知肃王此行的目的后，张孝纯与王禀两人对视了一眼。他们踌躇着不知说什么好。趁这空儿，路允迪的属官宋彦通开口说话了："知府张大人，咱们一行今天从原平赶到这里来，中午在阳曲吃了小半碗面鱼儿，如今四五个时辰过去了，个个饿得前胸贴后背，说正事儿前，你先让咱们吃顿饱饭。"

张孝纯听了，起身与门口的亲兵耳语了几句，亲兵便出去了，不多会儿，亲兵回来，一手拎着一只篾箩，里面盛放着七八只拳头大的麸饼，另一只手拎了一只水罐。

宋彦通瞅了瞅篾箩，问："这是什么？"

"麸饼，"见宋彦通茫然，张孝纯又补充说，"连面粉带麸皮一起烙成的饼，叫麸饼。”

“罐子里面是什么？”

“凉水。”

宋彦通叫了起来：“知府大人，你让肃王吃这个？”

不等张孝纯开口，王禀抢先回答了：“宋大人，这是太原城最好的吃食儿。”

“你们吃这个吗？”

“不，咱们没有资格吃它。”

“那谁吃它？”

“守城的战士。”

“我……”宋彦通话没说完就打住了。

“你不相信是不是？”王禀问。

“是的。”宋彦通接着问，“你们吃什么？”

“我们吃的当然要比战士好。”

“那，让肃王吃你们的。”

“那不行。”张孝纯头摇得货郎鼓似的。

宋彦通觑了一眼路允迪，见他微微颔首表露出怂恿的意思，便拉住那位亲兵的手，命令他带往厨房。不一会儿，宋彦通便跑了出来，一副作呕的样子。

路允迪问他：“你看到什么了？”

宋彦通哭丧着脸，用那种不敢相信的语气说：“锅里煮了一只老鼠，一只剥了皮的老鼠，样子吓死人了。”

一直坐在那里一声不吭的肃王，这时候真的呕吐了起来，但呕无可呕，只吐出几口清水。

路允迪半是感动半是惊讶地问：“张大人，你们吃老鼠？”

“不，是杏花羹。”

张孝纯为了不引起别人的难堪，故意说得很轻松。真实的情况是：围城三个多月后，城里囤积的粮食消耗了大半，而战争又遥遥无期。张孝纯于是与王禀会商决定，从三月开始对全城军民减少粮食的供应，战士们一天可供应四两麦子，平民减半，而城里的官员不能享用特权多吃多占，粮食供应量与市民一样。张孝纯与王禀更是以身作则，能省一口就省一口。今天下午，衙门里安放的捕鼠器刚好捕到一只老鼠，张孝纯便邀来王禀打牙祭。院子里有一棵杏花树，花瓣飘落地上，他别出心裁让人扫了花瓣，放进锅里与老鼠同煮。

听到杏花羹的真相，肃王感动得流下了眼泪。但宋彦通仍然不为自己提出的过分要求感到羞耻，这会儿看到肃王流泪，他反而说：“张大人品性高尚，的确让人感动，但城里既然还有粮食，你至少可以给肃王烙一张饼……”

“闭嘴！”

忍无可忍的肃王终于发怒了。宋彦通吓得赶紧用手捂住了嘴巴，退到角落里坐下了。

肃王本就体弱多病，当了人质之后饱受颠簸之苦，消瘦了一大圈。他揉了揉发黑的眼圈，拭去泪花，问张孝纯：“你那杏花羹煮好了吗？”

“在锅里呢。”

“能不能分一小碗让我也尝尝？”

“殿下，这可不行。”

“我，我想吃。”

肃王嗫嚅着，那表情好像是一个做错了事的孩子。

张孝纯瞧着肃王难受的样子，只得说了实话："殿下，卑职都还没吃过，不知道有没有毒呢。"

"那，你也别吃了。"

肃王说着，从篾箩里拿起一只麸饼，塞到张孝纯手上，张孝纯不好推辞，掰了一半给王禀。

廨房里的人便都就着凉水吃起了麸饼。在吃的时候，路允迪在一旁细心地观察，张孝纯的吃相很优雅，小半个麸饼在他手上一点一点掰着吃，咀嚼的时候既不张嘴，也不发出声音；而王禀则不同，张孝纯把大半个麸饼给了他，他当即就扔进了嘴里，三下两下就吞到肚里去了。路允迪过去没有和这两人见过面，更谈不上打交道，但通过当下的观察，他判断张孝纯行事缜密，处事三思而后行，极少失误；而王禀行事果断，认准了的事，撞到南墙不回头。这样两个人在一起共事，可谓阴阳互补：一个仔仔细细，一个大大咧咧；一个善驭人心，一个不畏强敌。这样的黄金搭档，在官场上极难寻找。汴京之所以不战自溃，是因为秉轴大臣之间出现了裂痕，太原城之所以久攻不下，是因为眼前这文武二人肝胆相照，坚如磐石……

这么思虑了一番，路允迪的心情反而更加沉重了。在和谈时，皇上应金军完颜宗望的要求，特意增加一条，任命聂昌为三府交割使，在聂昌的建议下，长期在聂昌手下为官的路允迪被皇上任命为交割副使，同时还任命宋彦通、秦桧、王景中三人为交割计议使。这三人一人负责一府之割地事务。秦桧负责中山府，王景中负责河间府，宋彦通负责的就是这太原府。大金东路军北返的时候，聂昌在京坐衙不出，说是要居中调停上传下达。路允迪则带着计议使随金军行动。到达保州后，秦桧与王景中先到了中山、河间两府联络交割事宜，均遭到了拒绝。路允迪被完颜宗望找过去三次，每次都严加申斥。路允迪每次挨骂之后，都立即写了手本通过驿传送到聂昌手上。但聂昌并没有即刻答复，直到九天前，才回复一纸短札：“前后四次手本收悉，已呈御前，圣命不改，尽快办妥交割事宜。”收到这封信前，路允迪甚至还认为朝廷会改变初衷，不再交割三府。但这封信让他在失望之余，又不得不强打精神推动交割之事。当他得知要陪肃王一起前来太原劝降张孝纯与王禀时，他的心情是矛盾的，一方面他佩服张孝纯与王禀二人守城却敌的事迹鼓舞了南朝的人心士气，另一方面又担心此行若无功而返，肃王与他自己的人身安全都会受到严重威胁。在路上，他避开众人单独与肃王聊了一次，询问肃王对太原交割的态度。肃王说：“既然皇上同意割让三府，我等岂能违背？”路允迪探到了肃王的底细，便下定决心要来太原劝降了。

一人一个小麸饼，很快就吃完了。尽管都没有吃饱，却也都不好意思再要。路允迪便破题说正事了，他说明了此行是按皇上的旨意办理太原交割事宜。一听这话，王禀首先炸了：“说割就割，太原是一只破鞋吗？这么遭皇上讨厌？”

路允迪小心解释：“不是皇上嫌弃，是金国方面强要。”

“他强要咱们就必须给吗？咱要你家的田地，你给不给？”

“这得要掂量掂量，”宋彦通又站出来插话了，“人家是强盗，提着板斧上门了，你是要命还是要田地？”

“你难道没长手吗？人家要你的命，你难道不能操家伙要他的命吗？就怕你们这帮酸秀才误导皇上，一提金狗子，吓得卵袋儿都掉了。”

“你敢骂人？”

宋彦通脸红得像猴子屁股，站起来示威，王禀瞪着铜铃大的眼睛，朝着他吼："你要怎么着，别看你是个六品官，咱不敢招惹你，谁他妈当卖国贼，咱就揍谁！"

眼看两人如同鸡公比势，张孝纯立忙劝阻，他示意王禀坐下，而后转向肃王，虔敬地问："肃王，太原是守还是降，卑职想听听殿下的令旨。"

肃王的态度已在路允迪面前表明了，但慑于王禀的气势，他不敢直说，而是迟疑着问："你们能守得住吗？"

"守不住。城里不足四万兵力，而金军却有四十万人。"

"那你为何还要守呢？"

"老祖宗传下来的江山，咱们不守谁来守呢？殿下，孝纯是一介书生，当不了英雄，却也不愿意当数典忘祖的不孝子孙。"

张孝纯说着动了感情，突然间涕泪滂沱，在场的人有的陪着流眼泪，有的惊呆了像一个木偶人，有的惊慌不知所措。

张孝纯此时屁股离了椅子，走到肃王跟前双腿跪下，禀道："殿下，你若能见到皇上，请转告他，臣与王禀为他守太原，臣在，太原在！臣亡，必亡于太原。城里所有的军人与百姓，誓与太原共存亡。"

此时的肃王，也是泪如雨下，他起身上前扶起张孝纯，深情地说："孝纯大人，我一定给皇上写信，将你的话转告给他。朝廷有你在，便有了正气；太原有你在，便有了希望。孝纯哪孝纯，请你坐回到椅子上，受我三拜！"

肃王说着把张孝纯往椅子上推，张孝纯哪敢接受，坚辞不敢坐椅。争论不下时，一位哨官进来禀告："大人，城外又来了一哨金军人马，嚷着说要接肃王回去。"

第十七章　大战前的未雨绸缪

太原劝降失败的消息，很快就传到完颜宗翰的耳朵里。他当即踱到陈尔栻下榻的小院，这是元帅府中的一个院中院。虽然不大却幽静舒适。陈尔栻不事奢华，小院一应设施都很简单，只是为了安全起见，门口设置了一个岗哨。完颜宗翰踱到小院门口时，正碰上水老哇拿着几张揉成一团的笺纸出来。

“水老哇，你要去哪里？”

“报告大帅，小的不去哪里。就在墙角里把这几张废纸烧了。”

完颜宗翰发现笺纸上写了字，便问：“这是老先生写的？”

“是的。”

“他写的什么？”

“应该是诗吧。”

完颜宗翰笑了笑，抬腿跨过门槛进了院子。在书房里侍候陈尔栻的二柱子眼尖，立即向陈尔栻报告，伏案写作的陈尔栻还来不及起身，完颜宗翰就挑帘儿走了进来。

陈尔栻搁笔站起来，用他那种惯常的平静语气说：“翰帅，你有事喊我过去就是，何必亲自来呢。”

“老先生，听说您在写诗？”完颜宗翰坐到椅子上问道。

“胡诌了几句。”

“我能看看吗？”

“好哇。”陈尔栻把笺纸递了过去。

完颜宗翰看到笺纸上墨迹未干，是一首五律：

悲夫天下事，刀马识英雄。
关雎和且别，鱼鹰鸷而通。
生黎冒锋矢，汉庶重雕虫。
社稷干戈沸，无人识祖龙。

诗的题目是《观关雎鸟窠有感》。

完颜宗翰把这诗反复看了几遍，终是似懂非懂，不过他没有刨根问底，他知道陈尔栻最终会把诗的意思告诉他。对这个生活简朴终生不娶的古怪老头儿，宗翰始终充满敬意。当年完颜阿骨打皇帝曾不止一次说过：“老先生是咱大金国的文胆，国事中遇到什么疑难杂症，他准能开出好的药方子来。”这大敌当前，他怎么会有闲心思写诗呢？宗翰止不住好奇，问他：“老先生，您在哪里看到关雎的鸟窠儿？”

“城南，今天下昼，咱带着水老哇与二柱子，去城南踏青去了。”

水老哇原是完颜阿骨打皇帝的贴身护卫，照料老皇帝的生活起居，二柱子是大辽宰相左企弓收养的孤儿，后来成了他的书童，阿骨打与左企弓相继过世后，在宗翰的建议下，并得到吴乞买皇帝的恩准，水老哇与二柱子都成为了陈尔栻的侍应。这两人仍干着老本行，水老哇照料陈尔栻的生活起居，二柱子仍当书童，管理书籍文件。接了陈尔栻的话，宗翰吩咐正准备退出的二柱子："你与水老哇陪老先生出城，要多长心眼，太原打围，大同也不会安全，出城必须有卫队保护。"

二柱子诺诺点头，退出去了。

陈尔栻笑道："翰帅，多谢你的关心，局势不平静，这个我知道，但谁会在乎我这个糟老头子。"

"老先生，您可别糟蹋自个儿，"宗翰认真地说，"您胸中有百万兵，是咱大金国的稀世宝物。"

陈尔栻知道宗翰移步前来不是唠闲嗑儿的，也就打住话头，问："大帅，有啥紧急事儿吗？"

"有。"宗翰点点头，又指着笺纸说，"咱还是想先知道这首诗的意思。"

陈尔栻感激宗翰对他的诗表示出兴趣，于是讲了写这首诗的动机以及诗中隐含的内容：

下午，在城南的河边上，陈尔栻看到一对水鸟在飞翔追逐，求侣声嘤嘤切切，好奇问这是什么鸟，在阿什河边长大的水老哇说这鸟叫鱼鹰。陈尔栻念私塾时听老师讲过，这鱼鹰的学名叫雎鸠，最喜欢在水面上飞翔，抓鱼吃。关关是它的叫声，因此这鸟也叫关雎。《诗经》三百首，排在第一的就是《关雎》。这诗传说是周文王写的爱情诗，他爱上了黄河边上的一位年轻姑娘。每天晚上，便学着雎鸠的叫声撩拨姑娘，所以才有了"关关雎鸠，在河之洲，窈窕淑女，君子好逑"这样的诗句。水老哇听了陈尔栻的介绍后又说，这雎鸠虽然恩爱，却从来分床睡觉。雎鸠做的鸟窠，是一窠两窝，中间有隔离。陈尔栻听了奇怪，让二柱子随着水老哇爬上一棵树看雎鸠的鸟窠，果然是一窠两窝，雌雄分开栖宿。由此陈尔栻想到“和且别”这句谚语。与“和且别”相连的还有一句叫“鸷而通”，这鸷鸟比海东青小，但凶猛无比，有的鸷鸟被人驯化用来捕鱼。混同江上，这种鱼鹰不在少数。它与雎鸠同科，都叫鱼鹰，但并不是一回事。《禽经》中言“猛兽不群，鸷鸟无二”，其意是言鸷鸟生性孤僻、不合群，连自己的同类都不交往，但它们的攻击性与习性却是相通的。这就是“和且别”与“鸷而通”的由来。“和且别”与“鸷而通”庶几近之；而“鸷而通”与独步天下也异曲同工。陈尔栻用鸟类而推及天下形势及朝代更替，悟到更深的道理。秦始皇横扫天下统一六合，为中国之肇始，许多被周王朝裂土封疆的诸侯让秦始皇吞并了，但小国寡民的意识并没有被“和”掉，这就留下了“别”。求同存异固然是明君襟抱，君子情怀，但用若之太过，则别愈大而和愈小。这就是为什么一遇乾坤板荡之时，大大小小的诸侯甚至草民流寇都会啸聚山林窥侵公器，宗室藩镇成为分裂祸难之源。自秦之后，偌大中国“和”时不长，“别”日却多。所有江山社稷争斗者，十之八九皆为鸷鸟。雎和而异室，鸷通而道别，人鸟皆然。有感于历史之规律，当下时世之趋向，陈尔栻才写下了这首诗。他诗中的生黎，指的是鲜卑、东胡、匈奴、契丹、党项、女真诸族，而汉庶则是中原百姓。甘冒锋矢勇斗沙场与沉迷雕虫醉心名利者，实乃有天壤之别。五代十国之后一百余年间，天下一裂为三，即辽、宋与西夏。之后大金横空出世，灭辽伐宋，大有统一天下之威势。值此干戈沸腾之际，有谁能当那个横扫六合的秦始皇呢？

听了陈尔栻的讲述，宗翰又把那首诗拿起来看了一遍，短短四十个字，竟蕴含了这么深刻的内容。宗翰不得不佩服。思虑了一会儿，他感叹道：“可惜阿骨打皇帝英年早逝。”

这句看似不着边际的话，实则大有深意。陈尔栻懂得宗翰的心思，若阿骨打不死，他最有可能成为当世的祖龙。换句话说，宋、西夏与金三国统治者，还没有谁具备祖龙的雄才大略。这句话犯忌，宗翰能够说出来，是因为他对陈尔栻深信不疑。陈尔栻也不点破宗翰的心思，只是不经意地摇了摇头，回道：“死生有命，现在大金国如日中天，可以有更大的作为。”

宗翰这时把话切入了正题：“太原那边传来消息，张孝纯拒绝了肃王的劝降。”

陈尔栻淡淡一笑：“这种结果，本在你翰帅的意料之中。”

“张孝纯与王禀这两个人，总有一天，咱会宰了他们。”

宗翰说着脸上就腾起了杀气。陈尔栻从提梁壶里给宗翰倒了一碗水，解劝道：“翰帅息怒。”

“老先生菩萨心肠，总是劝我少杀人。但两国交兵，你不杀他，他就会杀你。”

“这个道理我懂，但张孝纯不可杀。”

“为何？”

“南朝那么多枢机大臣，论人品、经纶，没有一个赶得上张孝纯。”

“啊，先生这么看重他。”

“拿汴京与太原相比，太原的城防、兵马不值一提，可是张孝纯却把太原城弄得固若金汤，凭什么？就凭张孝纯的人望、谋略以及独当一面的勇气。”

“守城的那个王禀，是南朝将军中能打硬仗的角色。”

陈尔栻听出宗翰的话外音，回道：“我知道你的意思，你认为替南朝守住太原城的第一功臣，应该是王禀。”

宗翰没有否认，陈尔栻继续说：“王禀本是沧州的一个野孩子，从小就喜欢舞枪弄棒，后来投到军营，干了七八年还只是一个哨长。童贯组建胜捷军，王禀所在的乡兵团营划拨进来，一次演操，王禀的武艺得到童贯的赏识，遂提拔他当了团营副使，并带着他前往浙西剿平方腊之乱，因战功升为偏将。王禀由此对童贯感恩戴德。童贯在咱们大金军南下之前，就带着胜捷军的主力回到汴京，只留下已当上统制的王禀领着三千兵马守太原。张孝纯与童贯在日常政务中龃龉甚多，甚至当庭争执，矛盾日深。王禀作为童贯的亲信，始终站在童贯一边，平日与张孝纯公事往来也多有不协。童贯走后，南朝官员皆认为我大金国旄头所向，太原必不战而溃，其因之一就是张孝纯与王禀不和。但是，太原守军的表现却出乎所有人的意料，究其因，就在于张孝纯运筹帷幄，并与王禀消除隔阂。大敌当前，张孝纯的一应举措，的确可圈可点。”

这一番分析，让完颜宗翰对张孝纯有了新的认识，他想了想又问：“老先生，您认为太原城还能支撑多久？”

“破城在即，翰帅你想何时破都可以。”

“张孝纯最终会惨败？”

“是的，但翰帅你不可杀他。”

“咱想想。”

“汉人治汉，张孝纯是不可多得的人才，他可当南院宰相。”

“他可与左企弓相比？”

“超过左企弓，”陈尔栻回答得很干脆，“左企弓懂辽，但张孝纯懂宋，大金国的未来，将不限于辽，窃以为以黄河为界，只是第一个目标。”

“老先生，您认为大金可仿效祖龙？”

“两年前不敢讲，但时势造英雄，现在可以这样说了。”

完颜宗翰发现陈尔栻纵论天下的时候，目光如此炯炯有神，他受到了强烈感染，便道：“咱们迅速实施第三方案，回师太原。”

“翰帅，老朽建议暂缓。”

“为何？”

“据我推测，南朝必定又会出尔反尔，南朝皇帝可能会改变割让三府的决定。”

“啊？”

“届时，我们就有了三次南伐的理由，这次不仅仅是割让三府，而是以黄河为界。”

“你肯定南朝会变？”

陈尔栻点点头，又道：“翰帅，你可与宗望元帅紧急沟通，制定新的军事方案。”

完颜宗翰脸上露出难得的笑容，他拉起陈尔栻往外走。

“去哪儿？”陈尔栻问。

宗翰乐呵呵地说：“请您去吃一碗羊杂碎。”

金军北返后这一个多月，汴京相对平静，但战和之议，仍不绝于耳。这一日，路允迪回京述职，皇帝赵桓在上书房单独见了他一个多时辰，详细听了他陪同肃王赵枢前往太原劝降失败的经过。听罢，赵桓叮嘱路允迪此事不得向任何人透露。但是，第二天，赵桓就收到新任祭酒掌管太学的杨时的奏疏：

吾皇陛下：

河朔为朝廷重地，而三镇又河朔之要藩也。自周世宗迄太祖、太宗，百战而后得之，一旦弃之北庭，使敌骑疾驱，贯吾腹心，不数日可至京城。今闻三镇之民以死拒之。三镇拒其前，吾以重兵蹑其后，尚可为也。若种师道、刘光世皆一时名将，始至而未用，乞召问方略。

臣杨时伏奏

赵桓收到奏疏后，留中不发。杨时等不到消息，两天后又呈上第二封奏疏：

吾皇陛下：

前疏未见明旨，兹事体大，臣冒死再谏。

臣闻金人驻磁、相，破大名，劫掳驱掠，无有纪极。誓墨未干，而背不旋踵。吾虽欲专守和议，不可得也。夫越数千里之远，犯人国都，危道也。彼见勤王之师四面而集，亦惧而归，非爱我而不攻。朝廷割三镇二十州之地与之，是欲助寇而自攻也。闻肃王初与之约，及河而返，今挟之以往，此败盟之大者。臣窃谓朝廷以宜肃王为问，责其败盟，必得肃王而后已。

臣伏阙再奏

赵桓收到第二封奏疏后，本想找几个大臣商议，通过多次廷对与朝会，他摸索出一些经验，凡遇军政大事，只要吃不准的，就把几位意见相左的大臣找到一起商议，通过他们的辩论，从中找到自己可以接受的方案。他认为这样做契合了古人所言的“兼听则明”，殊不知每一次的折中都让他的诏旨不痛不痒，导致不少军政大员表面上称赞“皇上圣明”，背地里腹诽甚多。收到杨时的两封奏疏后，他又想如法炮制。但不凑巧，李邦彦积劳成疾，病得起不来床；李纲被他派往南京迎接太上皇返京；聂昌接受了处死六贼的秘密任务，正在旅途中。一番盘点，只有在枢密院当值的张邦昌与刚从河北前线回来的宇文虚中可以应召。他就将这两人找来，抖着杨时的两份奏疏，开门见山问他们应该如何处置。

张邦昌官大，循例先讲，他说：“杨时这个人，一直在礼部司衙做具体事务，朝廷大政方针知之甚少。这次因王时雍阻挠陈东等闹事学生敲登闻鼓，被这帮学生赶了出去，王时雍怕再挨打，也不敢回太学，故临时让杨时顶缺当上了祭酒。他接受前任的教训，故对太学生们曲意迎合。写的这两份奏疏，都是学生腔，不足为奇。”

赵桓不表态，转而问宇文虚中：“爱卿，你也说说，杨时的奏疏是否有可取之处？”

听话听音，宇文虚中听出皇上对杨时的奏疏还是有肯定之处，但肯定到什么地步也很难说。宇文虚中的晋升有赖于童贯的提携，但他对童贯的盟金策略始终不敢苟同。从立场上看，他的观点接近于主战派，但他毕竟长期在军衙任职，比起李纲等强硬派又多一些客观认识，故在朝廷战和两派的大争论中，他始终不肯介入，他只做具体的事，且不依傍任何人，故在官场赢得很高的声誉。现在皇上问话，他斟酌一番，拐了弯儿回答：“听说这个杨时，与知枢密院事吴敏是同科进士。”

“可不是，”张邦昌一旁插话，“让他接任祭酒，也是吴敏提名。”

吴敏是第一个建议徽宗皇帝禅让的人，赵桓因此而登大位，他对吴敏颇有好感，故将吴敏连升四级，进入枢密院权力核心，管理户、礼二部。宇文虚中提起这个话头，让赵桓警觉，他立即反问：“爱卿，你是说吴敏滥用私人？”

“皇上，臣没有这个意思，”宇文虚中并没有显出惊慌，而是不卑不亢回答，“臣一直在河北巡边，前两天才回到汴京，听到了一个‘十不管民谣’，传得很广。”

“什么十不管？”

宇文虚中一边思索一边回答：“不管太原，只管太学；不管防秋，只管春秋；不管炮石，只管安石；不管河东，却管陈东；不管肃王，却管舒王；不管燕山，却管聂山；不管疆界，却管举人免解；不管二太子，却管立太子。这就是十不管。”

宇文虚中说一个不管，赵桓就扳下一个指头，直到十根指头攥成了两只拳头。听完了，他闷了一会儿，问张邦昌：“少宰，这十不管，你听说过吗？”

张邦昌摇摇头。

宇文虚中说：“少宰大人身居高位，谁敢把这样的话讲给他听。”

“这倒也是，”赵桓颔首同意，接着问，“这十不管的民谣，是什么时候出来的？”

“应该在金人撤退之后。”

“这不是民谣，是官谣！”

“是啊。”张邦昌对吴敏骤升也有看法，表面上却说，“各衙门的闲官，凑一块儿嚼牙花子，嚼出这首顺口溜。皇上，要不要查一查？”

“查什么？别屎不臭挑着臭。”赵桓没好气地说，“朕看这十不管，都是户部与礼部的事儿，是针对吴敏编的。”

宇文虚中回答：“皇上看得明白，十不管这首官谣，矛头指向的就是吴敏。”

张邦昌打圆场：“吴敏想做分内之事，也没有错。”想了想，又补了一句，“不过，他应该约束杨时，不可妄议朝政。”

宇文虚中说：“少宰大人，臣有不同看法。”

“啊！爱卿，你说。”

“谢皇上！”宇文虚中欠身向赵桓一揖，接着言道，“首先，臣要向皇上表明心迹。金人大军压境围攻汴京，社稷存亡之际，臣是同意与金人和谈。留得青山在，不怕没柴烧。玉石俱焚不是上策。但金人既撤，臣则主战。杨时奏疏中极言太原、中山、河间三镇二十州土地不可割送，臣是同意的。”

宇文虚中这种务实的态度，让赵桓频频点头，他称赞道：

“记得金人逼近黄河时，朕让你到梁方平部督战，怎奈这个梁方平临阵脱逃。后来，朕又让你离京调集勤王之师，你都做得很好。这次你去河北巡边，又从金人手中收回了滑、浚二州，功不可没，功不可没啊！”

赵桓大段地表扬，倒让宇文虚中感到意外，他感激地回答：“一切全凭皇上英明调度，臣唯恪尽职守，做好具体之事。”

“爱卿，朕且问你，朕在给金国的诏书中已签明，割让三府土地给他们，现在突然又要收回，岂不又要受人指责，说我们出尔反尔。”

“皇上不必有这个担心，因为金人已叛盟在先。”

“啊，他们如何叛盟？”

“两条，一是交还南侵时所占之诸州府，但今只交还滑、浚二州，信德、大名二府尚强据不还；二是原就商定，待金军北返渡过黄河后就放还肃王，今却挟持肃王随营驻在保州。有此二条，叛盟在金而不在我，完全可以兴师问罪。”

“爱卿剖析明白，朕恍然大悟了。”赵桓觉得人一下子轻松了许多，又问宇文虚中，“太原近期的情况，你知道吗？”

“只知道完颜宗望胁迫肃王前去劝降，遭到张孝纯与王禀的拒绝。”

“听说王禀与你都是童贯的部属？”

“是的。”

“爱卿与王禀，都是朝廷的股肱，他日必青史留名。”

“报效朝廷，忠忱皇上，臣万死不辞。”

“爱卿，有一件事，朕不能不告诉你。”

“皇上请开示。”

“你来这里之前，朕已得到聂昌专报，蔡京、童贯等六贼，均已在各处伏法。”

宇文虚中浑身一震，喃喃说道：“没有皇上的旨意，谁敢处死他们？”

赵桓回答：“正是朕的旨意。”

“六贼祸国如此，死有余辜。”宇文虚中突然跪下，对赵桓说，“皇上，臣有一请求。”

“请讲。”

“童太师既是国贼，又是臣的恩师。今天晚上，臣得回去给他烧一炷香。”

赵桓愣了一会儿，才缓缓吐出几个字：“烧吧，朕准了你。”

第十八章　老宰相毙命潭州

在皇帝颁诏告示天下之前，处死蔡京、童贯、王黼、梁师成、蔡攸、蔡翛、朱勔、赵良嗣等一干奸臣的消息就已经不胫而走，传遍朝野，闻者无不拍手称快。京师里巷人家，甚至放鞭炮摆筵席喝大酒相庆。其实，金人最早提出的六贼，仅限于制订方略诱降张觉、离间耶律余睹的核心人物，即蔡京、童贯、王黼、梁师成、蔡攸、谭稹六人。因谭稹先已病死，故换上了赵良嗣。但赵良嗣摆在六贼里头的确冤枉，他是第一个明确表示反对诱降张觉的人，甚至还找到李师师希望她能够劝说皇上取消这一计划，因此招蔡京王黼之流的猜忌而被贬谪流放广西蛮瘴之地。但因他是联金伐辽的首倡者，一切兵衅祸事由此开始，当朝大臣揣摩圣意自然也不可能放过他，故将一个忠臣当成了奸臣。此类诛杀，已超过了六人，原因各异。如朱勔，则因花石纲导致民怨沸腾，不杀难以平民愤；蔡翛是蔡攸的弟弟、蔡京的三子，父子三人把持朝政，作恶太多，故同时被诛。除以上伏诛者，凡参与对金事务者，如马扩、李棁等数十人均遭贬斥。

经与皇上商议之后，李邦彦将诛杀这一批国贼的秘密使命交给了聂昌。这聂昌是赵桓当太子时的老师，自认为有经邦济世之才，但在徽宗皇帝时不被重用。他因此怪罪蔡京、童贯、梁师成、王黼四人结党营私排除异己。赵桓甫登大位，立刻拔擢这位藩邸旧臣为开封府尹。宋朝诸多宰相都担任过这一职务，因此开封府尹素有“储相”之称。聂昌顿时成了炙手可热的人物。李邦彦推荐他来当这个秘密行动执行人，一来是聂昌与这些国贼积怨甚深，二来开封府尹素有谳审拘杀之权。虽然秘密行动方案制订时，聂昌因在汴京守护军政事务中与李纲屡屡发生龃龉甚至激烈争吵，赵桓出于对他的保护让他换岗担任户部尚书，但这项行动的负责人仍然是他。

在金军南侵攻城之前，被完颜宗翰索要头颅的这几个人大都削籍归田或贬谪远地。蔡京携家小三十余人离京回籍；王黼早在金军南侵前就转移了京城大宅之中的大部分资产，而后在宵禁前一天青衫小帽混在人群中逃离京师；朱勔革职回家；梁师成亦在金军围城时被皇上勒令致仕，宵禁一除，他就被禁军押送回乡；只有童贯与蔡攸陪着徽宗老皇帝南巡避祸。在镇江金山寺中，君臣三人还痛哭流涕议了一回国事。第二天，徽宗皇帝赵佶还给继位皇帝赵桓写了一封信，力主和议并重申海上之盟的功绩远胜于澶渊之盟，随信还附了他填写的《临江仙》词一阕及蔡攸奉和之作。收到这封信，赵桓极为反感。他坚信联金伐辽的海上之盟是给朝廷带来灭顶之灾的祸乱之源。当他这个继位皇帝为此一夕数惊苦苦煎熬时，太上皇却还在为自己的失策而辩护，真乃是可忍孰不可忍。凭感觉，他认为是童贯与蔡攸继续在蛊惑太上皇。“此贼不除，祸患无穷”，他在心里头不知把这八个字念叨了多少遍，并与李邦彦、聂昌及王宗濋秘密商议，从王宗濋麾下的禁卫军中调拨一百人，分头乘吊篮缒城而出，前往镇江骗出童贯与蔡攸实施抓捕。这一秘密行动非常成功，以致抓捕后的第三天太上皇才知道真相。据说他看了驿使呈上的赵桓的诏书时不声不吭，回到房间里待了整整一天足不出户。事后，他也绝不向身边的人谈论此事。

金军撤离汴京后，聂昌立即请旨按单诛杀。此前，这几位奸臣在放归原籍的处置下再遭贬斥：蔡京贬儋州，蔡攸贬雷州，蔡翛贬梧州，童贯贬南雄州，王黼贬崖州，梁师成贬彰化。但这几个人没有一个到达贬所，几乎都是在京畿周围伏诛。如王黼被杀于雍邱城南负固村（后人将村名改为负国村）；梁师成行至京城顺天门外二十里地的八角亭被迫自缢；蔡攸饮鸩酒于淮南；蔡翛上吊于杞县；童贯于押解回京途中赐死，拒不饮药，只得杖杀。凡死者都被割下头颅，放进灌满生漆与水银的铁函匣，外面再用生牛皮密密缝制加固后送往京城查验。

比之童贯、王黼、梁师成、蔡攸兄弟等人，年纪最大的蔡京反倒多活了几天。这乃是因为他是六贼之首，又最早离开汴京，秘密行动开始时，他已到了潇湘地面。赵桓指示聂昌须得亲自前往监督诛杀，不得出任何差错。聂昌不敢怠慢，大约在二月下旬赶到了潭州。

蔡京带着妻眷老小数十口在春节前八天离开汴京，他的本意是回福建仙游老家。出京时官场形势尚未恶化，沿途各府州县听闻老宰相回籍路过，莫不程程相送礼敬有加。蔡京仍是风光无限，一路上游山玩水，故旧酬酢，虽是去国怀乡之人，倒也饱尝林泉之乐。可是过了荆州进入潭州地界，忽有使者前来传达圣旨，削去蔡京左元仙伯一应荣衔，褫夺所有诰命俸禄，贬往岭南儋州安置，四个在官场的儿子，也都尽贬远地。

宣旨之日，官府中人立刻像躲避瘟疫一样逃离，蔡京真正成了孤家寡人。当晚，觅得一处破旧的客栈安顿。他想起唐朝时曾深得武宗皇帝信任的宰相李德裕，君臣之谊在朝野间传为美谈。但是，武宗的太子却不喜欢这位政声卓著的宰相，他登基第二天，就罢免了李德裕，并将他贬到岭南崖州安置，这崖州就是今天的儋州。蔡京认为他的贬斥与李德裕的遭遇如出一辙，一种历史的苍凉让他潸然泪下，他当即凭记忆在笺纸上写下了李德裕在崖州城楼上写下的一首七绝：

独上高楼望帝京，
鸟飞犹是半年程。
青山似欲留人住，
百匝千遭绕郡城。

写完了，他着人将一直陪侍左右的三位宠姬慕容南、邢三儿、武媚裳喊来，为她们讲解了李德裕与这首《登崖州城作》的前因后果，跟着主人一起遭受厄运的三位美人儿，听了都哽咽起来。蔡京爱怜地看着她们，吩咐说：“你们三位将这首诗唱给老夫听听。”

慕容南领头按调唱了，蔡京犹自唏嘘，慕容南安慰他说：“家翁不必哀戚，这一辈子您可是福禄寿三全，到老来还有我姐妹三人陪您。到唐朝李宰相住过的地方住下来，离京城远远的，两耳不闻烦心事，只看着青山，听着鸟语，还不是过着神仙的日子？”

一席话说得蔡京破涕为笑，情绪安定了许多。第二天出门，情形更是难堪。皆因皇上的诏旨到后，沿途的居民都知道南行的这位白头老官儿是蔡京，便挤在道旁争相诟骂。官家断了供应，家人自去购买食品，不要说大的店家，即便是小商小贩也坚决不肯售卖，好说歹说千求万求，便是给付十倍的价钱人家也不肯多售，就这样忍饥挨饿到了潭州。早已得到消息的潭州知府下令门禁，不准蔡京一行进城，辗转多时，总算在城南五里许的一处寺庙找到投宿之处。

寺中的住持叫应海，人称老应和尚，也是七十多岁的老人，僧腊有一个甲子了。蔡京往昔的尊贵以及这一路的惨状，他早有耳闻，一俟蔡京在板房里住下，他亲自端了一碗红豆稀饭送来，给蔡京止饿。

蔡京自是感激不尽，一边吃粥一边叹道："久居京城，替皇上料理国事，没想到丧失人心到此地步。罪过，罪过！"

老应和尚也不回答，只在一旁陪坐。蔡京又问他："老应和尚，你这寺是禅家的，还是净土的？"

"禅家。"

"哪一宗的？"

"曹洞宗。"

"啊，你们的祖家大禅师是洞山良价与曹山本寂。"

老印和尚一边捻着摩尼珠，一边回答："东翁您知道得多，修佛却少。"

"从此后，我不问政事，就跟着您学佛。"

"佛不用学，要修。"

"哦。"蔡京吃了一个软钉子，尴尬地笑了笑，又接着问，"这寺名叫什么？"

“东明，修建于东晋，已有七百年了。”

“东明？”蔡京一惊，又追问，“是东方的东，明天的明吗？”

“正是这两个字，东翁有何见教吗？”

“没有，没有。”

蔡京吃完了粥，老应和尚端着空碗走了。蔡京神情怏怏，他记起七年前曾向一位名叫徐神翁的活神仙讨问命理，徐神翁什么也没说，只写了“东明”两个字送他。他一直不知晓这是什么意思。现在风烛残年骨肉离散无家可归时却住进了这座潭州东明寺，蔡京念叨着“东明”两个字，已是不寒而栗。

大约子时，蔡京躺在木板床上因潮气太重无法入睡，忽听得寺中起了喧闹声，他披衣而起正在趿鞋时，房门被推开，潭州府判官向他宣读了皇帝的诏书：着蔡京交出宠姬慕容、邢、武等三人，立即解送京师。

蔡京到了院子，但见三位宠姬已在院子哭作一团。蔡京上前搂住她们，跺着脚哭道：“东明，东明，厄运啊！”

事出仓促，蔡京无法抗拒，只得流泪写了两首诗作别：

为爱飞花三树红，
年年岁岁惹春风。
如今去逐他人手，
谁复樽前念老翁。

蝶为花狂花易主，
门前流水自西东。
潭州此夜伤离别，

灯尽天官若病虫。

诗成之后，蔡京抄在笺纸上让慕容南带走了。听得哭声渐远，蔡京心如槁木，唯听春虫唧唧，似叹人生无常。孤立无援的蔡京哪里知道，聂昌已携带君命于两天前到达潭州。闭城而不准蔡京进入，先夺宠姬后夺老命均出自聂昌的设计。夺取蔡京的三位宠姬并非皇上的旨意，而是郭药师唆使完颜宗望提出的要求。只因前年蔡京在官邸中宴请郭药师，让慕容南、邢三儿、武媚裳三人献唱让郭药师惊为天人，故有今日之下场。夺走三位宠姬之后，第二天下午，聂昌给随他前来的三十名禁军下达了缢杀蔡京的命令，并命潭州知府监刑。当禁军进入东明寺，潭州知府在板房里宣读完皇帝赵桓给蔡京赐死的诏书时，蔡京一言不发，自宠姬被押走后他就已产生了大限将至的预感，听完诏书后，他从怀中掏出一张笺纸交给潭州知府，希望他能转呈皇上。潭州知府一看，是一首词：

八十衰年初谢，三千里外无家。孤行骨肉各天涯，遥望神京泣下。

金殿五曾拜相，玉堂十度宣麻。追思往昔漫繁华，到此翻成梦话。

禁军本在东明寺院中的银杏树上挂了一根白绫，他们挟蔡京出门，蔡京看了那根白绫，说道：“佛门清修之地，岂可玷污，你们出门再寻个僻静地儿。”

禁军的士兵加上在场的官员没有任何一个人敢上前与蔡京搭

话，但他们依蔡京的话做了，在东明寺大门左侧十几丈远的坡地上，他们重新在一棵乌桕树上系上了白绫。

三月上旬，金军索要的六贼头颅的最后一颗——蔡京的函首从潭州押运到了汴京。为避晦气，这六颗函首都不许进城，而是送往牟驼岗一处库房由禁军看守。第二天，聂昌奉旨让金国驻南朝特使萧绪庆前来查验，并当场移交。萧绪庆派两名属官随同三十名禁军一起押运函首前往大同。按照皇帝赵桓的旨令，此事不可张扬，悄悄押运交付了事。

函首押走的第三天，即三月十五，徽宗皇帝在李纲的陪同下回到汴京。这是徽宗皇帝亲自选定的吉日。李邦彦、张邦昌、吴敏、宇文虚中、聂昌、王宗濋等一班大臣以及在京的皇子康王、越王、郓王等亲眷浩浩荡荡出城迎接。冠盖如云，轿马盈衢，归城的銮驾仪仗足足排出几条长街。三十名手持金瓜的镇殿将军以及引旗护驾的三百名虎贲勇士，个个威风凛凛，尽显“挟泰山以朝北海舍我其谁乎”的英雄气概，招来围观的市民们一片喝彩。看这景象，看这排场，好像才结束不过四十三天的汴京围城战压根儿就没有发生过。

坐在八匹骏马拉动的玉辇里，已经变成太上皇的赵佶并没有因为欢迎场面的隆重而感动。他的眉心里始终蹙着疙瘩，眼睛微闭着，即便有大臣前来请安，他也只是鼻子里哼哼着算是回答。玉辇在宣德门口停了下来，赵佶下车，换乘四人抬暖轿回到龙德宫。

这龙德宫是赵佶逊位后新的住所。住了不到一个月，他就带着皇后及部分嫔妃到东南避难去了，这次回来便觉得陌生。他换了居家便服，踱到花厅，看到左侧那把罩了丝绵套子的锦椅，心中不免泛起一阵苦涩。他记得禅位的第二天，刚在登基大典上龙袍加身的赵桓应他之请来花厅相见，坐的就是这把锦椅。那一天，父子两代皇帝谈了很多，从海上之盟谈到燕云十六州的收取，从蔡京、童贯、梁师成、王黼、朱勔这国之五蠹谈到君子与小人的交相使用。最后又针对金军南侵的局势，提出去扬州避难……凡此种种，父子二人有争吵，也有沟通；有商量，也有隔阂。让他怏怏不乐的是儿子登基这三个多月来，特别是他离京的这两个多月里，对他的态度产生了些微的变化，比如说今天，他就不肯出城迎接……

赵佶正这么思虑着，侍者进来禀报："上皇，皇帝来看望您了。"

"啊，让他来花厅。"

赵佶刚刚坐定，赵桓就穿着平居的缥裳走了进来，赵佶指了指那把锦椅示意他坐下。

赵桓坐下，看了看父亲的神情，用慰问的口气说："父皇，您这一路辛苦了。"

"还好，"赵佶苦笑着，声音像从古井里发出的，叹道，"宁为太平犬，勿作乱世人。此话不假，好在一切都过去了。"

"父皇，事情并没有过去呢。"

"啊？"

"金人虽已退兵，但仍催索甚紧。完颜宗望与完颜宗翰两位主帅，索要的东西不一样。"

"他们都要些什么？"

"完颜宗望要尚未缴齐的金银，而完颜宗翰则一再强调要立即办妥三镇割让手续。"

“都是和约中的内容吗？”

赵桓点点头，脸上有负疚的表情，他为自己在和约上签字感到羞耻。

赵佶感到儿子心智还不成熟，容易让人左右，加上心中那一些芥蒂作怪，于是告诫儿子：“你是一国之君，万乘之主，既已在和谈上签字，就得认这个账。”

“父皇，您去江南避难虽然辛苦，但儿在汴京守城，就不仅仅是辛苦了。在金虏面前，儿子丧尽了尊严；在大臣面前，儿也受尽了委屈。儿如果不当这个皇帝，这些罪我一样也不会受。”

赵桓说着说着就哭了起来，这会儿他已不是九五之尊了，而是一个受尽折磨见了父亲撒娇的孩子。

赵佶本来还想数落儿子几句，没想到儿子这么敏感，一说到和约，竟然就提起葫芦根也动……

赵佶长叹一口气，出于父亲的责任，他想帮儿子出出主意，便问道：“桓儿，告诉父亲，此刻你要怎么做？”

“儿想叛盟。”

“撕毁和约？”

“不是撕毁，是金国先已背盟。”

赵桓于是把宇文虚中的话向赵佶复述了一遍。

赵佶沉吟了一会儿，回答说：“朝令夕改，秉政之大忌。和战两派始终未能调和。这一次，桓儿你是否已下决心，要与金人决一死战？”

“是的。”

“所有后果是否都已考虑妥当？”

“这个……”

赵桓一时语塞。

赵佶继续说："去年腊月，你当皇帝的第一天，在这间花厅里，我对你说的话你还记得吗？"

"记得，那天父皇您谈了很多，但最重要的两条，我记忆犹新。"赵桓说到这里，看了看父亲的眼神，并没有流露反对的意思，于是接着说了，"第一条，您说要立即与金人和谈，不惜割让三府，也要保住汴京……"

不等赵桓说完，赵佶插话了，他说："你最终同意和谈，签订了割让三府的盟书，可惜是在金人围城之后，这叫城下之盟，肯定会听凭金人摆布，这也是你今天要叛盟的原因。"

"是这样，"赵桓承认，接着又问，"太原被围两个多月，仍坚持不肯投降，中山、河间也是坚决抵抗。人民不弃朝廷，朝廷又如何能弃人民呢？"

"你能这样说，我这当父亲的为你高兴，桓儿，你再说第二条吧。"

赵桓今天到这里来，就是为了说第二条，他忽然紧张起来，憋闷了一会儿，他才开口说："父皇，去年那一次谈话，您对儿子说，您一直宠信的蔡京、童贯、王黼、梁师成等人，其实是几个小人。"

"是的，我说过。"

"您还对儿说，要想立威，就把这几个人干掉。"

"你不是干掉了吗？"

"不是儿主动要干的，是金人索要他们的脑袋，这也是和谈的条件之一。"

"这个我也知道。"

“父皇，儿看您有些不高兴。”

“儿啊，不瞒你说，为父是很不高兴。”

“可是，杀他们是您的建议啊！”

“你派聂昌带着禁军赶到镇江，将童贯与蔡攸从我身边骗出来杀掉，这也是我的主意吗？”

“我是怕您为难啊！”

“你怕我为难，可是你想过没有，你这样做，是让天下人都看到，你掴了父亲几个巴掌！”

“父亲，我不是……”

“别给我解释了，”赵佶的怒气终于爆发，“今天，在朝的文武大臣倾巢而出，至城外迎接我，可是他们谁不知道，是你安排人从我身边将童贯、蔡攸拖出去斩首了。你刚才说，你在金人面前只有恐惧，没有尊严，可是你想过没有，我把帝位传给你，如今我在你面前，也成了一个只有恐惧没有尊严的人了。难道我是一个被废黜的皇帝吗？难道新皇帝不是我的儿子吗？桓儿，为父的处处为你着想，可是你也得为父亲想想啊！”

赵佶与赵桓虽是亲生父子，但赵桓拘谨柔弱的性格更像母亲，他的口才比起赵佶也差老鼻子了。赵佶这一顿噼里啪啦的数落，赵桓觉得与事实并不相符，但一时又找不到词儿辩驳，他的眼眶里又一次溢出了委屈的泪花，半晌，他才委屈地说：“父皇，儿绝不会让您恐惧。”

赵佶说完了气话，又开始同情儿子，缓和了口气说道：“你让人转来蔡京的绝命诗给我看，他夸耀自己五次拜相、十度宣麻，临死都没有一句忏悔的话。”

“这个老奸臣，的确死有余辜。”

“朝廷里头，小人如狼，君子如虎，都不好对付。我当了二十多年皇帝，这一点是清楚的，小人得利不让人，君子得理不让人，都很难缠。桓儿，用人之事，你万不可马虎。”

“谢谢父皇教诲。”

赵佶看到赵桓局促的样子，心中又充满了爱怜，他问：“诛杀国贼的行动，由谁负责？”

“李邦彦与聂昌。”

“桓儿，这两个人立即免职。”

“就为他们诛杀了六贼？”

“不能说这个理由，他们不都是和议的推动者吗？”

“啊，儿明白了。”

父子相视一笑，他们达成了和解。

第十九章　赵佶与宗翰

掌灯时分，一乘四人抬暖轿落在天香楼院子内，青衣小帽穿戴的赵佶从轿子里出来，李师师站在轿门外迎接。

借着朦胧的灯光，赵佶看着薄施脂粉的李师师，心里头既有欣喜也有酸楚，上前拉了她的手，急切地问："师师，这一向可好？"

李师师反问，语气中含着哀怨："相公，您说呢？"

赵佶意识到自己走嘴儿了，连忙解释："哎呀，这话问得不好，师师，我这皇帝没当好，害得你受苦了。"

"苦也不苦，只是心酸。"

李师师说着，强忍了眼泪，两人不再说话，牵着手进门上楼去了。留下妙官等几位太监，在院子里守候。

今天是赵佶回到汴京的第三天，待在龙德宫中，他一直心情烦闷。一来是思念心切，二来是离京三个多月，每每有隔世之感袭上心头，所以才急切地想来天香楼解闷。

却说赵佶父子于龙德宫相见的第二天，赵桓便手书一诏：

金人叛盟深入，其主和议者李邦彦，奉使许地李棁、方邺、郑望之等，悉行罢黜。

按赵佶的要求，应该是李邦彦与聂昌一起撤免，但赵桓只撤免了李邦彦及他的几个与大金和谈事务有关的党羽，聂昌却还保留官职。如此处理，一来聂昌是赵桓当太子时的老师，二来聂昌刚接手对金事务，仓促罢黜恐会对时局产生不利影响。赵佶对赵桓的袒护之心能够理解，对他并不能自圆其说的解释不予戳破。

不过，把当了不到一百天的宰相李邦彦罢黜，在朝野依然引起巨大的震动。一些主战的文武大臣如李纲、种师道、宇文虚中等，莫不拍手称快。但是，接任宰相的张邦昌与李邦彦沆瀣一气，这也是不争的事实。关于李邦彦为何丢了官，坊间有多种传闻，有的说他因诛杀六贼而得罪了太上皇，有的说是因为李纲屡屡上奏弹劾，说李邦彦对金和谈中出卖利益太多等等。更多的人认为这是权力倾轧所致，而且对赵桓立场的转变则将信将疑。在手诏颁布两个时辰后，又一诏书传了出来：

金人誓盟，终不可保。今完颜宗望深入，南陷隆德，先败原约。朕夙夜追咎，已黜罢主和之臣。其太原、中山、河间三府，保塞陵寝所在，誓当固守。命种师道为河北、河东宣抚使，驻滑州。姚古为河北制置使，种师中副之，古总兵援太原，师中援中山、河间。师道合山东、陕西关河卒，屯沧、卫、孟、滑，备金兵再至。

这一诏书明确表示赵桓对金国的态度由主和变成了主战。接着，赵桓又命吏部将一些有才能而不见重用或因主战而遭贬斥的文武官员重新拔擢起用，如出任御史中丞的吕允中、御史大夫的陈过庭以及武将刘耠、张叔夜等。这些重新荐拔的大臣里面，有一个人特别值得一提。七年前因反对联金灭辽而遭免职，宣和四年逢徽宗大赦又重新起用为巴州通判的宗泽，被陈过庭举荐，以六十七岁高龄录用为抗金前线的磁州知州，这件事一时传为美谈。但是，在这一次官场人事大调整中，赵桓再次重用藩邸旧臣如太子洗马唐恪、讲官许翰、耿南仲等。最让大家不解的是，聂昌不但没有被免职，反而升为同知枢密院事，接替张邦昌留下的少宰之位。这三个人一直都是和议派的重要角色。因此，一些主战派官员担心李邦彦虽然去职，但他的治国方略依然如影随形在权力中枢起到作用。最让主战派官员心里头不爽的是，接替李邦彦担任宰相的张邦昌，是一个首鼠两端不折不扣的主和派。

不过，让张邦昌接替李邦彦，倒也不全是赵桓的本意。宋朝体制，皇帝之下，设一个中书省，中书省主领中书、尚书、门下三省。三省长官，均有枢密院副使荣衔，而中书令即行使宰相之权，三省长官则为副相。而枢密院中除枢密院正使，还设有同知、参政等职务，亦称为入阁长官。凡被任命执掌方面大事者，亦会同时给予同知、参政荣衔。李纲、种师道便是这样。官场称这样的高官为“相门中人”，亦称他们为相臣。

宰相为天下文官之首，也称为宰臣、宰执、太宰、宰揆等。枢密院副使则称为少宰，可兼尚书令职。三省中中书令权重最大，凡拜相者，一般都当过中书令。赵桓并不太欣赏张邦昌，但对他也无恶感。从资历上考量，聂昌、李纲、吴敏、宇文虚中均资历太浅，能当上相臣就已经是破格提拔了。赵桓思虑再三，只能让张邦昌临时上位了，同时让聂昌出任少宰，唐恪出任同知枢密院事，许翰任御史中丞襄赞军务等等。赵桓认为重用这几个藩邸旧臣，就可以控制枢密院。一俟时机成熟就让聂昌取代张邦昌。但赵桓所不知的是，张邦昌与这两位相臣过去就交谊不薄，加之政见完全相同，枢密院依然被主和派的首领牢牢地控制。

对于枢密院人事更替，作为太上皇的赵佶很不满意，但也无可奈何。过去，他在朝廷里呼风唤雨，围着他转的大臣一茬一茬的，他从没有尝到过孤独的滋味。可是眼下，偌大一个京城，能够陪他聊聊闲话儿说说心思的，他扳起指头数不会超过四五个人，这其中就有一个李师师。

二人上到二楼的客厅，一应陈设都没有改变。春夏之交，汴京的夜晚乍暖还凉，李师师小袖上襦，肩上搭了一领月白色的团花披帛，下穿一袭系及酥胸的桃红长裙，看上去既雅洁又娴静，特别是梳起的云髻中，没有插上大户女眷惯用的玳瑁七齿梳，而是簪了几朵应时而开的栀子花，香气悠悠沁人心脾。对女人穿戴打扮一向敏感的赵佶，早就注意到了李师师这身穿戴，特别是闻到栀子花的香味，赵佶便有些不能自持了，他与李师师双手相扣，四目相对，他脑袋往前伸了伸要与李师师亲嘴儿，李师师依了他。但嘴唇儿一碰，李师师又把嘴唇挪开了，她推了推赵佶，轻声说：“相公，先喝茶吧。”

“好，喝茶，先喝茶。”

赵佶尽管欲火中烧，但他毕竟是优雅的人，即便是男女之事，也不强人所难。他与李师师在茶案前坐下了。李师师问：“还是煎龙芽兰雪？”

“去年的吧？”

“是呀，去年的贡茶。相公您送给奴家的，我还存了两罐呢。”

“今年的新茶，几十样贡品，却是一样也未送来。”

赵佶说着，脸色阴沉了下来。金兵南侵，一切都乱套了，很多时令饮食，现在很难吃到。李师师一旁安慰：“相公，这年头儿，能坐到一块儿喝盅茶，就是万福了。”

李师师一边说一边摆开了各色茶道用具。赵佶看着她娴熟的动作，忍不住技痒：“师师，我来煎茶吧。”

李师师嗔了他一眼，娇媚地说：“不用您操劳，您教奴家的茶道，奴家练了多次，今儿个正好请您品鉴呢。”

赵佶不再坚持，他想起一件事，又问：“师师，我想问你一句话。”

“相公请讲。”

“我去江南避祸，让梁师成来接你同行，你为何要拒绝呢？”

“相公，您去江南，汴京城里的百姓不会说什么，但如果奴家跟着你同行，就会遭人唾骂。”

“这怎么可能？”

“相公，您去江南，东宫娘娘去了吗？”

“当然去了。”

“那么多妃子呢？”

“只去了几个。”

“皇子呢？”

“一个都没去。”

“妃子、皇子都不能跟着您去，我一个青楼女子，有什么理由与皇上同行呢？”

“师师，你在我心中，就像是唐玄宗跟前的杨玉环……”

“相公，快别这样说，”李师师赶紧制止，“杨玉环怎么死的？不就是在幸蜀的路上，因为六军不发，而被赐死吗？”

“啊，我没想到这一层。”赵佶抬了抬手以示歉意，接着叹了一口气说，“好在这场噩梦过去了。”

说话的时候，李师师已煎好了茶，她双手捧了一只磁州窑的月白盏呈给赵佶。

赵佶抿了一口，吧嗒吧嗒嘴品了一会儿，说：“师师，分乳的时候，要点几滴摊凉的蒸锅水，这样茶汤的回甘更好。”

“承教了。”李师师虚心地回答，“奴家手笨，下次注意了。”

赵佶又品了一盏，接着说：“师师，你的煎、抹、淬、筛诸样功夫，都无懈可击，唯有点茶再提升一些些，就是无人能及的上乘功夫了。”

李师师一笑谢了，又问：“相公，这次到江南，品尝到好茶了吗？”

赵佶摇摇头，叹道：“有好茶，也有好水。古人有言，扬子江心水，蒙山顶上茶。我这次到江南，特别叮嘱妙官带了蒙山的贡茶，在瓜州，也取到了扬子江心的水。好茶与好水两全其美了，但是，就缺了你这样的佳人妙手。唉，茶饼里储存着烟花三月，若没有妙手，哪里又能回春呢。”

李师师很感激赵佶对她的夸赞，不经意间，又向赵佶抛了一个媚眼，回道：“相公您自己就是天下第一妙手啊！”

赵佶晃了晃手中的月白盏，做出无可奈何的样子，懊恼地说：“谁能陪我煎茶呢？谁又能让我心甘情愿为她分茶呢？”

李师师听出话中对她的爱意，心里头温暖，改了话题儿问：“相公刚才说，噩梦过去了？”

“是的。”赵佶苦笑了一下，脸色沉重了下来，“太子继位以来，一会儿主和，一会儿主战，各大衙门走马灯一样地换人。朝令夕改终是大忌啊。”

李师师默不作声，她避讳在赵佶面前谈任何政事，更不会对朝中大臣说三道四。每每赵佶言及朝纲，她总是三缄其口。

但赵佶今夜来天香楼就是想与李师师说点掏心窝子的话，他见李师师不肯接他的话茬，便有些不满了：“师师，你这扎嘴葫芦，能不能改一改？”

“怎么改呀？”

“陪我说说闲话儿。”

“皇上金口玉言，哪有闲话儿？”

“我如今不是皇上了。”

“您是皇上他爹，太上皇，还是太上道君皇帝，比九五之尊还多一尊。”

“你别说这些奉承话儿。”

“相公，这不是奉承话儿。”

“我如今是落毛的凤凰不如鸡。”

“呸呸！”李师师做了一个打嘴的样子，“相公，不要作践自己。”

“师师，我是在作践自己吗？”赵佶手撑着额头，那样子有些可怜，“师师，跟着我干了一辈子的几个大臣，都被赐死了，一个个身首异处。”

“听说是金人要他们的脑袋。”

“金人为什么要他们的脑袋呢？”

“这个，奴家不知晓。”

赵佶眼圈儿红了，叹了几口气，又说：“蔡京最喜欢的三个家姬，也被金兵主帅完颜宗望掳去了。”

“这是什么时候的事儿呀？”李师师这回表示了惊讶。

“就是最近。”

“走了吗？”

“走了。”

“她们怎么会去呢？”

“三个弱女子，有什么办法？”

李师师想说什么，又突然打住了，她专注地照看煎茶的铁壶。

“师师，你想说什么？”

接着刚才的话题，师师回答：“有办法，只是她们不愿意。”

“什么办法？”

“自杀！”

“自杀？”

“对，自杀，”李师师坚定地盯着赵佶，两眼闪着眼花说，“相公，奴家敬您怜香惜玉，悲天悯人，男人疼爱女人，是女人的福气。女人天生是弱者，蒲柳之质，花月之姿，既拿不动枪，也舞不动棒，她们只能靠男人保护。但是，一旦男人保护不了她们，她们为了自己的名节不至于玷污，至少可以为自己准备一根绫带、一包砒霜，或者一把剪刀。”

李师师凛然不可欺的正气让赵佶震慑，他放下刚刚捧到手上的茶汤，用一种惊讶的眼神盯着面前这一位红颜知己，动情地说：“师师，过去，我只觉得你千娇百媚，小鸟依人，没想到你还有如此的英雄之气。来，敬你一盏茶。”

两人对饮过，赵佶又问：“如今的皇上主战了，你作何感想？”

“相公您呢？”

“我问你呢？”

“相公，恕奴家说话放肆，如果皇上保卫不了臣民，所有的男人都保护不了自己的女人，这个朝廷恐怕就气数尽了。”

赵佶不禁打了一个寒战，愣怔了好一会儿，才说道：“师师你说得好。”

“相公，奴家得罪您了。”

“哪里话，哪里话。”

李师师这时站起来，柔声问：“相公，您乏了吧。”

“我……乏了。”

“走，奴家去给您捶捶背，捏捏脚儿。”

“好呀，师师，我等着你妙手回春哪。”

赵佶说着，便牵了李师师的手，朝绣房走去了。

南朝撕毁盟约并调兵遣将救援太原、中山、河间三府的消息传到大金西路军元帅府时，蔡京、童贯、王黼、梁师成等六贼的首级也刚刚押运到大同。完颜宗翰吩咐将六函首级查验无误后送到一处闲置的小院里存押，然后喊来陈尔栻到帅府的花厅中商量对策。在上一次的谈话中，陈尔栻对南朝的叛盟早有预料。这次通过细作，得到了南朝皇帝诏旨的抄件。陈尔栻认真研究了这份诏旨的词意，对完颜宗翰说：

“南朝皇帝掩耳盗铃，贼喊捉贼。他说宗望大帅南陷隆德，这是因为隆德府所驻南兵出境骚扰我大金过境粮秣军需，这种做法首先就违反了和约条款；黜罢主和之臣，这是杀鸡给猴看。其实，偌大一个朝廷，如果没有主和之君，哪里会有主和之臣呢？

如今主战派重新抬头，一定别有原因。”

“老先生认为南朝皇帝突然叛盟，原因何在？”

“还在赵桓这个少帝身上。”

“与他爹赵佶没有关系？”

“没有。赵桓这个少帝，生性多疑，虽无主见却又刚愎自用，他对父亲赵佶信任的大臣一律诛杀，可见他不是阿斗。他的主战之论，主要是因为主和之臣都是他父亲的老臣，他不愿意成为影子皇帝，才决定拔擢几个主战的少壮派。”

“这几个少壮派能为他撑起社稷江山？”

“不能。”陈尔栻斩钉截铁地回答，“少壮派中，李纲、宇文虚中都是秀才，基本上没有沙场征战虎帐谈兵的经历。这一点，赵桓也是清楚的。还有一个少壮派姚平仲，他倒是打过西夏，也打过方腊，但此人好大喜功，率兵勤王，立足未稳就想劫宗望大营，两支人马全部被歼，他怕承担责任，便只身逃走，如今仍不知去向。所以说，南朝目下并无可用之人。赵桓为了纾解三府之危，只能任命种师道、种师中兄弟以及姚古，三人都是六十开外的人了，这一把年纪还要带兵打仗，可见南朝将领实在无人可选。”

对于陈尔栻的分析，完颜宗翰完全赞同。去年腊月，他与完颜宗望同时发兵，却因受阻于太原，而未能按时赶到宋都参加围攻汴京的战斗，对此他一直耿耿于怀。南朝皇帝与宗望签订城下之盟，大金君臣无不额首称庆，宗翰表面上不说什么，私下里却表示羞愧。因为他的军队没有渡过黄河。当他听说肃王赵枢进入太原劝降失败后，他表面上愤怒，暗地里却拍手叫好。因为他可以借这个理由轰轰烈烈畅畅快快地踏平太原城了。他甚至想将太原城中的三十万军民全都杀光。为此，他暗中制订了移民计划，在大同的云内、天成以及代州、应州等地，迁移十五万人口充实太原，像金贝村这样让他放心的村子，大约有五十多个悉数迁往。迁移的人口中，三分之二原属辽国户籍，三分之一为汉籍。这件事情一直在秘密进行，只有少数几个人知道，这其中就有一个陈尔栻。

在仔细分析了南朝君臣的心理以及眼下军事部署之后，完颜宗翰故意装作漫不经心的样子问了一句："老先生，那六贼的首级运到了，您想不想去瞅一眼？"

"不不不，"陈尔栻像被大马蜂螫了一口，连忙摆着手说，"看一眼，会短我十年阳寿。"

完颜宗翰笑了起来，这一下他逮住了与陈尔栻开玩笑的机会："老先生，您属啥的？"

"属虎。"

"您肯定弄错了，您应该属鼠。"

"不，我属虎。"

看到陈尔栻较真儿的样子，完颜宗翰开心地大笑起来："您连死人都不敢瞅一眼，您属哪门子虎呀！"

"啊，原来大帅是在埋汰我。是呀，你我同病相怜，都胆小如鼠。"

"咱胆小如鼠？您老先生把这句话说出去，恐怕老虎也会笑出尿来。"

"大帅，你真的胆小如鼠，要不，我给你数落数落？"

"你说。"

"第一，你怕南朝的毒日头，节令一交立夏，你就早早儿跑到北地里避暑。还讥笑汉人，说他们都是蚊子托生的，喜欢大热天，还喜欢偷偷地叮人……”

“是的，咱说过，咱不喜欢毒日头，这也算胆小吗？”

“当然算，要不你学后羿，把毒日头射下来。”

“这是汉人的神话。”

“大帅你不觉得，这神话有英雄气吗？”

“啊？”宗翰听出话中有话，“老先生，您往下说。”

“第二，你害怕南朝真投降。大帅，咱知道你的心思，南朝真的投降了，你这位战神就无用武之地了。”

“老先生，咱是那样的人吗？”

“成大事者，表面上看都是胆小之人，老虎打盹的时候最可爱，也最可怕。你回大同避暑，就是老虎打盹。”

“你不是爱听笑话儿吗？咱也会说呢。”陈尔栻说着收了佯笑，言归正传。

“什么事儿都瞒不过您老先生。”完颜宗翰说着压低了声音，“您说，萧莫谛的葬礼该怎么办？”

“六贼的首级不是已经来了吗？”

“是的，可以利用萧莫谛的葬礼大做文章。老先生您有何高见？”

“大帅既这么问，肯定已经想好了。此事既掩人耳目，又郑重其事。”

完颜宗翰的目光在陈尔栻的脸上扫来扫去，他试图捕捉这位老头儿表情背后的东西，他问：“您看出什么来了？”

陈尔栻反问：“昨日，你派完颜希尹大将军回上京，是不是请吴乞买皇帝下达二次南伐的圣旨？”

“是的。”

却说完颜宗翰因为萧莫谛之死，恨不能立刻处死完颜希尹，他听从了陈尔栻委婉而又恳切的劝告，打消了手刃仇敌的念头。他不但将希尹释放，并让他继续担任监军的职务。希尹已经做好了赴死的准备，没想到宗翰对他如此宽宏大量，自是感激非常。宗翰这回派他回上京面圣，一是免除他在即将举行的萧莫谛葬礼上的尴尬，二是的确如陈尔栻所言，他让希尹去请求二次南侵的圣旨。

陈尔栻接着问：“你让李老三组织几十名铁匠，日夜不歇赶制三万副马掌，限本月底交付？”

“是的。”

“大帅你准备即刻攻克太原？”

宗翰诡谲地一笑：“老先生，种师道种师中兄弟，还有那个姚古，年纪都比我大了一倍多，战胜这三位老英雄，就等于射下了南朝的三颗毒日头。”

“好，你要当后羿了。”

“老先生，您问了咱那么多，咱现在求您办件事儿。”

“大帅不必客气，你说。”

“南朝的葬礼是不是应该有一篇祭文？”

“是的。”

“您替咱写一篇。”

“给萧莫谛？”

完颜宗翰点点头。

第二十章 萧莫谛的葬礼

金天会四年，也就是宋靖康元年的四月末，萧莫谛的葬礼在大同城内西路军元帅府前的操场上如期举行。三天前，暂停于金贝村的萧莫谛的灵柩就被搬运到元帅府中临时搭建的灵堂供人凭吊悼念。葬礼当天早晨，灵柩被抬到操场帅旗台前。参加这场葬礼的，除了西路军的将士代表，还有西枢密院中各衙官吏，当然，还有坚决要求参加的金贝村全体村民以及大同城里的耆旧妇孺。偌大一个操场挤得满满的不下两三千人。正对着灵柩站立的是两百多个身穿绿袍的官员，这些人一个个神色严峻，甚至让人有惊弓之鸟的感觉。他们如此表现，乃是他们的身份所致。

金兵南伐之后，河东河北两地一百多个府镇州县衙门，顽强抵抗者有之，弃城逃跑者有之，开城迎降者当然也不少，大概有三十余个级别不等的衙门堂官。大金军的策略，凡抵抗或逃跑被抓者、宁死不降者一律处死，投降者量官授职一律录用。官僚科吏总数算下来，也有大几千人。宋太祖开国之时，曾让率先投降的南唐官员改穿绿袍以示区别。所以，不论你走到哪个衙门或朝会之上，通过袍服就可以辨别来历，凡穿绯服者是开国命官，穿绿袍者则为贰臣。大金接纳南朝的降官，则借鉴了宋太祖的做法，降官一律穿绿袍。萧莫谛的葬礼定下日期后，完颜宗翰就下令两河地区七品以上的降官除少数留衙理事，都要来大同参加葬礼。于是就有了两百多名绿袍官员站在这葬礼的现场，显得特别地扎眼。

参加葬礼的人，除了一些自发的民众以及元帅卫队的亲兵护卫披麻戴孝，余下的官员将士倒也没有要求穿缞绖之服，葬礼虽然规格很高，但并不复杂。首先，由西枢密院精通汉文的计议官替完颜宗翰宣读了祭文：

大金国相、西路统帅完颜宗翰祭悼侧室，文告如仪：

昆山出玉，丽水生金。萧氏姊妹，生于贵胄之家。少学诗书，且通骑射。及笄之后，艳惊草原上国，艺播春水秋山。豆蔻之年，姊莫娜先归于秦晋王，莫谛后适于天祚。时人喟叹：大辽百年无此双璧也。然姚黄魏紫，罕有其配；天生尤物，难觅凤俦。命运多舛者，莫谛尤甚！

仰我大金崛起，横扫万乘之国。吾随先帝征战，得莫谛于辽之上京。嗟吁莫谛，虽贵为天祚之妃，然终日以泪洗面。吾虽千军中取上将之头颅，如探囊取物，但戎马不减爱心，救莫谛于难堪之时。从此，骏马上多一红颜知己，虎帐中多一绝代佳人。

吾与爱姬，一见倾心，再见销魂。吾不嫌莫谛曾为帝妃，莫谛不弃我一介武夫。两相倾慕，如影随形。吾以红颜知己为瑞，姬以铁血男儿为宝。美哉民谣：窈窕淑女，君子好逑！大哉王言：萧韶九成，凤凰来仪。吾与莫谛，正待比翼双飞，翱翔华夏，却不料横祸飞来，香消玉殒。

爱姬不死于兵，不死于病，却死于南朝离间之计。假兄弟之手，夺吾最爱。罪不在兄弟，在南朝昏君奸臣。

有仇不报，世无君子；有恨不申，世乏英雄。奸蠹当道，岂能苟全性命；手刃仇敌，方是快意人生。吾于莫谛灵前起誓：必以南朝国贼之首级，告祭含冤九泉之亡人。夺我爱者，必遭天殛；叛盟誓者，虽远必诛。先诛奸佞，后惩昏君，慰我爱姬，扬我国威。

当此四月，碧树连霞；夜深人静，寒山无月。爱姬趋跄赴死，我心常悲；谛妹沉沦劫海，我心常戚。今日致祭，略表情心，无穷哀思，不及万一。

伏惟尚飨。

丙午年四月七日

计议官声情并茂诵读祭文时，全场各色人等无不侧耳倾听，偌大操场鸦雀无声。念罢，人群中起了小小的喧哗，如果走到绿袍的官员队伍中，就会听到他们交头接耳的议论：

“这祭文不会是翰帅自己撰写的吧？”

“肯定不是，翰帅身边有高人。”

“那高人是谁呢？”

“听说是个老头儿，此老精通天文地理，有人说他是张良再世。”

“是女真人还是契丹人？”

“是汉人。”

“汉人？”

“不是汉人，能写这样出色的祭文？这文采，不输苏东坡。”

“这老头儿在吗？”

“肯定不在，听说他深居简出，一般人很难见到他。”

“翰帅身边有此高人，南朝危险了。”

站在帅旗台上的完颜宗翰，一双鹰眼在人群中睃巡，那不怒而威的脸色，让绿袍官员不寒而栗。这时，只见六名士兵拎了六只函匣出来，放在灵柩前早已摆好的六个小木台上。不用说，这是那六贼首级。此时匣盖已被揭开，泡在水银与生漆水中的六颗头颅，在阳光的照射下显得苍白狰狞，它们大都还保持着生命最后的状态，有的惊悸、有的愤怒、有的平静、有的沮丧……

广场上的人群，在士兵的引领下，一拨一拨走上前来观看这六颗首级。六贼的名字，已刻在函匣上，胆大的人一面念着名字，一面对照着头颅查看，更多的人则是闭着眼睛匆匆走过。如果世界上真有魔鬼，饱受它们摧残的人们尽管背地里表现出无比的愤怒，可是一旦走近它们，他们仍然会股栗、瑟缩，巴不得尽快逃离。这乃是因为对邪恶势力的恐惧让人们无法摆脱。尽管恶魔们已化骨扬灰，却依然能够左右人们的情绪，让他们谈虎色变。从某种意义上讲，恐惧是人的本能。无论是恶魔还是平民，都是在恐惧中延续着岁月。恶魔担心末日审判，平民担心灾难降临。恐惧让恶魔变本加厉，恐惧也让平民奋起反抗。因此这世道人间，任何人都可能是恐惧的制造者，同时又是恐惧的受害者。正因为如此，那六颗国贼的头颅能继续发挥恫吓人们的力量——他们不是害怕这六颗头颅会从函匣里跳出来撕咬，而是担心未来的岁月中还会有新的国贼产生……

两百多名绿袍官员被安排在最后观看六贼首级，金兵们对他们的要求要严格一些，如果有某位官员因为害怕而闭上了眼睛，就会被请出队列，在士兵的监督下睁大眼睛近距离仔细观看一遍。

当绿袍官员们看完首级归队之后，这一仪程差不多耗费了一个多时辰。一直站在帅旗台上一动不动的完颜宗翰，这时走下台来，在绿袍官员的队列前站定了。站在最中的一名官员，身材瘦长，背微弓，大约有五十来岁，他本来神情安定，可是禁不住完颜宗翰目不转睛盯着他看，便低下头去。

“你叫什么？”完颜宗翰问。

“贺权。”

“贺权？”完颜宗翰略一思索，说道，“咱想起来了，去年腊月，咱大军进逼太原，路过忻州，本帅本想破城，但是你审时度势，选择开城投降，并敲锣打鼓欢迎咱们进城。”

“大帅，卑职只是想保境安民，免遭生灵涂炭。”

贺权的口气有些怯懦，却也没有巴结的意思。完颜宗翰对贺权的心态毫不在乎，仍按自己的思路问下去：“本帅让你继续担任忻州知州，没难为你吧？”

“没有。”

“咱枢密院也没有给你派一个官员，仍让你全权管辖，这也是真的吧？”

“真的。”

“咱西路军也没有任何一支队伍住进忻州城，是不是真的？”

“这……”

“怎么，有军队违反本帅禁令，进城扰民了？”

“不……大帅，没有。”

“没有就好，”完颜宗翰来回踱起步来，眼睛瞟了瞟所有绿袍官员，但话仍是说给贺权听的，“本帅不是魔鬼，也不以杀人为乐。南朝君昏臣奸，两国先前订下的盟誓，他们竟玩花花肠子，欺咱女真人实诚，不会拿奸要滑，所以就想着把咱们当猴儿耍。玩火者必自焚，到头来，究竟是谁站起来，谁趴下，你们这些绿袍子官员，看得比咱们清楚。”

完颜宗翰说着说着就提高了声调，他扫视了绿袍官员的方阵，又问：“方才计议官诵读的祭文，你们听清楚了？”

众官员一齐回答：“听清楚了。”

完颜宗翰接着说：“夺我爱者，必遭天殛；叛盟誓者，虽远必诛。这十六个字，你们可不要当成秀才话，本帅说到做到。你们看到了，那六个国贼的首级，就搁在这棺材的前面，咱女真人，是在替你们汉人除奸呢。虽远必诛这四个字，是你们的老祖宗说的，我完颜宗翰借过来用一用，是向你们的老祖宗学习。虽远必诛，太原城不远嘛，离大同六百里地，本帅说三个月之内把它踏平，你们信不信？”

现场一片沉默，没有人敢答应。

完颜宗翰又点名了：“贺权，你回答。”

贺权趋前一步，深深一揖回答：“大帅，你做得到。但卑职斗胆建议，大帅你得以苍生为重。”

“贺权你是个好人，就是愚了一点。”完颜宗翰接着说，“贺权，只要你能劝说张孝纯投降，太原城我一个不杀；他们若拼命抵抗，破城之日，本帅一个不留。”

绿袍官员们这会儿更是瞠目结舌了。看到贺权无可奈何的样子，完颜宗翰浅浅一笑，揶揄道：“贺权，本帅也不为难你了。肃王的话他张孝纯都不听，怎么会听你的呢？本帅且问你，换上这身绿袍子，你是怎么想的？”

“这是贰臣的下场。”贺权心里头这么嘀咕，却不敢说出来，稍作斟酌后，他回答：“开头穿着不顺眼，过些时也就习惯了。”

“你们汉人哪，说话就这么弯弯绕。”宗翰讥刺着，却并无恶意，“不顺眼就是不顺眼，本帅现在看着仍不顺眼。你们南朝开国皇帝宋太祖也真他娘的会寒碜人，弄这身衣服惩罚前朝官员。这一点，咱们大金国学习他，是学错了。知错就改，这是咱女真人的优点。咱的爱姬萧莫谛生前就建议我，不要让你们穿绿袍子。今天，咱对着萧莫谛的在天之灵发誓，从现在起，你们全都脱下这身绿袍子，换成正经八百的大红官袍。从此后，咱大金国的官员，无论是契丹人、汉人，还是女真人，都穿戴同样的官袍，受到同样的尊重。”

这一决定，给所有投降的官员带来巨大的惊喜。

如果说萧莫谛葬礼的前半场，让人感到伤心、压抑与恐惧，那么下半场便变得明快、轻松，甚至有几分欢乐了。

当绿袍降官都换上了绯红的官服之后，他们仿佛挣脱了一条无形的锁链，突然觉得被称为战神的完颜宗翰原来是通情达理的。因此他们对葬礼的态度有了根本的转变，从抵制、消极应对到主动参与。完颜宗翰及时捕捉到了这批官员的心理变化。明里不说，心里头却很高兴。他之所以让这些降官从各地赶来参加葬礼，就是为了让他们真正感受到大金国对降官态度的转变，从而效忠新的王朝。从这一点来看，完颜宗翰不仅仅是大金国的战神，在政治的博弈中也是一流高手。本来只是一场简单的体现儿女情长的葬礼，却在他手上变成了展现大金国立场与魅力的舞台。

但是，葬礼本身并没有偏离风俗，它的前半场采用了汉人的仪轨，而下半场则沿用了契丹人的习俗，主角是萨满以及在场的所有女真人与契丹人。这两个民族虽然常有纷争，但宿怨与隔阂是大人物之间的事情，老百姓唇齿相依，生活习性却是一样的。

一队萨满从帅旗台后敲着响锣摇着羊皮鼓出来了，他们在灵柩前站定，站在中间的大萨满问完颜宗翰：“大帅，您想问萧莫谛什么话？”

宗翰回答：“问她愿意到哪儿去？”

大萨满点点头，一位小萨满抱了满满一坛子水酒上来。大萨满接过毫不犹豫地牛饮起来，那水酒汩汩地流进了他的嘴中，也从嘴的两边流到了地上，不一会儿酒坛就空了。大萨满将空坛子掷到棺材前摔碎，他自己也踉跄着倒地，很快就不省人事。这时候，小萨满围绕着大萨满一边跳舞一边念咒。

趁这空儿，一直躲在人群中的金贝村钉马掌的李老三，应完颜宗翰的要求，又唱起了那首在厝屋里唱过的情歌：

仙女回到天上去了，
却把爱情留在了人间。
将军骑着战马回来了，
仙女在梦中与他相见。

仙女对她的情郎说，
我爱你的心永远不会变，
从今生到来世，
从现在到永远。

每一个白天我都把你思念，
想着你的火辣、你的缠绵；
每一个夜晚我都把你陪伴，
守护你的宝剑、你的征鞍。

草原上的花儿会枯萎，
我永远为你保持美丽的容颜。
大河里的流水会干涸，
我对你的思念是不竭的甘泉。

李老三唱歌的时候，完颜宗翰一直手抚灵柩，笔直笔直地站立着，他的脸色异常严峻，眉宇间溢出了显而易见的悲伤。当李老三唱到第三段歌词时，只见大颗大颗的泪珠在他黝黑的双颊上滚动。完颜宗翰的表情让所有在场的人受到了感染，汉人们沉默着低下了头，金贝村的人们随着李老三的歌声忘情地唱了起来，他们中的许多人，像扎力布老人、李老三等等，一个个也泪流满面。

歌声停止了，操场上一片抽泣……

忽然，躺在地上不省人事的大萨满开始动弹起来，小萨满将他扶起来，绕着灵柩遛了几趟弯儿，当他再次走到完颜宗翰跟前时，他推开扶着他的两个小萨满，用一种甜美的声音喊了一声“帅哥哥”。

全场顿时安静了下来，熟悉萨满教的人都知道，通过复杂的祈神秘术，萧莫谛的灵魂已经在大萨满身上附体了。

大萨满五大三粗，可是从他口中喊出的声音如此娇柔。熟悉萧莫谛的人都说，没错，这是萧莫谛的声音。

完颜宗翰尽管不止一次参加祈神仪式，见过神灵附体，但听到萧莫谛的声音后，他仍不敢相信这是真的，他怔怔地盯着大萨满，问：“谛妹，真的是你吗？”

“帅哥哥，这还有假吗？”

完颜宗翰情不自禁想上前搂抱，可是发现面前站着的是满口酒气的大萨满，他又后退一步。

其实，这时候的大萨满已经不是大萨满了，只有躯壳是他的，灵魂却是萧莫谛。看到完颜宗翰后退，大萨满又问：“帅哥哥，你要走吗？”

“不，不走。”完颜宗翰这时完全清醒了，对迷迷瞪瞪的大萨满说，“谛妹，你从哪里来？”

“金贝村，咱在那儿数星星呢。”

“你见过你姐姐吗？”

“萧莫娜吗？咱当然见过，她飘在空中，咱能见着她，她也能见着咱，但咱俩拉不上手。”

“你没给你姐姐唱歌？”

“姐姐的歌比咱唱得好，听咱唱歌她会笑话的。帅哥哥，咱只给你唱歌儿。”

说到这里，恍恍惚惚的大萨满便如同娇小的女人，扭捏着腰肢跳起舞来，一边舞一边唱：

我骑马经过一条小河，

在河边遇到我的哥哥。

哥哥拉着我去追赶太阳，

翻过一面又一面山坡。

听到这首歌，完颜宗翰激动不已。因为他与萧莫谛相遇的第一个晚上，两人干柴烈火般地燃烧之后，兴犹未尽的萧莫谛搂着他的脖子，在他的耳边哼唱了这首歌。美丽的胴体，美妙的歌声，美好的夜晚，勾起了完颜宗翰无尽的思念，无限的向往。听着听着，他不可遏止的激情爆发了，他牵起神志不清的大萨满的手，放声歌唱了起来：

夜幕在山谷间降临了，

我为妹妹点起了篝火。

哪里有爱哪里就是家乡，

妹妹你永远住在我的心窝……

从未当众唱过歌的完颜宗翰，现在却用嘹亮而深情的歌声征服了所有在场的人，他们本来想为此欢呼，但他们抑制住了。他们看到大萨满忽然跪在完颜宗翰的面前。

“帅哥哥！”

深情的呼唤，萧莫谛的声音。

完颜宗翰也单腿跪了下去，他伸出手，像是要捧住什么，又像是乞求什么。

“谛妹。”

“哥哥，带咱回家吧。”

“好，哥哥送你回去。”

“咱的家在草原上。”

“咱知道。”

“哥哥的家呢？”

“哥哥的家既有草原，也有高山。”

“妹妹我就要去那里，在高山草原之间，那才是咱们的家。”

“妹妹，哥哥答应你。”

“哥哥，你要记得常来看我，妹妹我不怕孤单，就怕失去你。”

“哥哥不会让你孤单。”

“谢谢哥哥，妹妹我走了。”

“妹妹，你不能走……”

完颜宗翰哽咽起来，而萧莫谛则失声痛哭。参加葬礼的人们，都在惊愕与感动中默默地流泪。

就在完颜宗翰不知所措的时候，大萨满又口吐白沫不省人事了，小祭司端上一碗调制好的解药水给他灌了下去，不一会儿，大萨满清醒了过来，他又摇着羊皮鼓，领着祭司们绕着灵柩歌唱：

高山巍巍，流水长长，
草原的女儿啊，
我们要送你回家乡。

四月的高山百鸟飞，
四月的草原百花香，
高山草原是女神的家乡。

一片片的飞花扬起欢乐，

一程程的路春风荡漾，
回家的路曲折而漫长。

草原的女儿啊，
你永远住在情郎的心窝里，
你不怕天苍苍、野茫茫……

在歌声中，六贼的首级被投进了熊熊燃烧的火堆，灵柩被抬上了马车。

第二十一章　毁窑灭种

丑时三刻，种师中率两万兵马从榆次县城出发前往解救太原。这一天是五月初三，种师中全身披挂在榆次城县衙前上马时，上娥眉月还挂在西天上，他问参谋官黄友：“此去太原城南有多少里程？”

种师中不止一次问过这个问题，但黄友还是耐心回答：“大约五十里地。”

“前军出发了多久？”

“差不多一个时辰了。”

“将士可是带足了干粮？”

“每人带了一天的吃喝。”

“吹号起程。”

种师中说罢，也不等军号响起，就带着亲兵打马往西大门奔驰而去了。

钦宗赵桓改变初衷不肯割让三府并做出调兵遣将保卫两河州府土地的决定颁告后，朝野争相响应。斯时，太原尚被大金西路军重重围困，城内军民苦苦支撑达半年之久。太原知府张孝纯屡屡派人怀揣蜡书潜出城来告急求援。四月下旬，赵桓得到消息，西路军主帅完颜宗翰回大同避暑，留下银术可五万兵马围城，大部分主力部队都撤回云中休养。赵桓即与枢机大臣商量，一致认为这是解救太原的最佳时机。赵桓于是通过专责此事的御史中丞许翰下令驻军真定的种师中迅速西进河东，同时命令驻军隆德府的姚古北上晋中，与种师中成掎角之势以解太原之围。种师中接到命令后颇生犹豫。此前，皇上有诏旨，命他专注河北军务，时刻准备驰援中山、河间两府。而姚古则负责河东军务，全力解救太原。在那份诏旨中，赵桓对种师道、种师中兄弟及姚古三人的职务安排颇费心机。种、姚两家都是山西著名军阀，素有嫌隙，姚氏父子与种家兄弟在朝野之间各有拥趸，但种师道的名望高过姚古。自从养子姚平仲因劫营惨败而星夜逃亡之后，姚古的地位更是受到影响。所以，这次起用三个将领对金作战，赵桓玩了一个平衡，他让种师道担任两河宣抚使，姚古出任河北制置使，种师中任河北制置副使。种家兄弟两人的职务，一在姚古之上，一在姚古之下。更为有趣的是，姚古的职务虽是河北制置使，驻防却在河东，主要任务是解救太原。种师道虽为两河宣抚使，但划归他管辖的山东兵及他的旧部陕西关河军，也是全部屯防在河北的沧、卫、孟、滑四州。种师中所领的多为河北募兵，驻扎真定、鄗城。很明显，哥儿两个主要是负责河北军务。姚、种两家将士，防区各异，可谓井水不犯河水。按常理，皇上调兵旨令既传给了种师中，自然也会传给姚古。作为河北制置使，姚古接令后应主动与自己的副手种师中联系，商量进军方案与救援方略。但四天时间过去，姚古率部出隆德，经襄垣、沁县、祁县而抵达太原西南的太谷，然后按兵不动，也不与种师中通报信息。汴京方面不知道这些情况，许翰却派信使八百里驰传真定，给傻等消息的种师中送来严厉的申斥，说他逗挠军务，延误救援。一听到逗挠这两个字，种师中头皮都炸了。逗挠是什么？临阵怯敌之谓也。种师中已是行伍四十多年身经百战的老将军，碰到再强的对手也从不怯阵。如今却被上方看作胆小鬼，别提他心里多憋屈。尽管他认为皇上得到的情报不实，大金西路军的主力并未随完颜宗翰撤回，但逗挠之罪实难担当，他于是即刻率五万兵马出真定，从井陉翻越太行山，过了娘子关后，又马不停蹄穿阳泉、过寿阳，五天时间赶到榆次县城。榆次与太谷，相距不过六十里地，一在太原东南，一在太原西南，所谓掎角之势，指的就是这两个地方。

榆次是河东地区一座声名远播的古城，始建于隋开皇二年，盛唐的晋陕官道与大宋的晋洛官道在此交会，是商旅繁荣、舟车辐辏之地。是夜，种师中把中军行辕设在榆次县衙中。这座县衙建于宋太宗秉政时期，坐北朝南，有五堂二十六个院落，素有三晋第一衙之称。晚饭后，种师中在县衙的马王殿里召开了一个小型会议，参加者有前军首领杨志、参谋官黄友、偏将左允中、后军首领孙龙、粮秣官季初平等人。寒暄时，种师中问在座的人：“诸位，从真定一路行来，你们有何观感？”

“没啥观感，只顾着赶路了。”前军首领杨志回答。

种师中逮着杨志的话把儿发问：“你是前军先锋，就只是赶路？”

杨志揣摩问话的意思，嘟哝道：“先锋本来是要打仗的，但一个金兵的影子都没看到，不就成了个赶路的？”

“这就对了。”种师中咧嘴一笑，用如释重负的口气说，“一个月前，无论是阳泉、寿阳，还是榆次，都被金兵占领了。听说金兵还派了三千人据守娘子关呢。可是，咱们五万大军这一路走来，却看不到一个金兵，刀枪都使不上了。”

参谋官黄友插话：“原先的情报说，榆次驻了完颜娄石的三万人马，他的行辕也设在这县衙里。如今，这龟孙子也不知跑去了哪里。”

“跟着宗翰那货，回大同度夏了呗。”说话的是后军首领孙龙。他做了一个古怪的表情，笑着问种师中，“大帅，看来皇上得到的情报是准的。”

“你是说大金西路军的主力撤走了吗？”

“是的。”

种师中习惯性地舔了舔两片厚嘴唇，回答说：

“银术可的五万军队，可是还围着太原城哪，许中丞指责我逗挠，这罪名儿可不轻。明儿一早，咱们就去解救。”

众将领一听，一个个摩拳擦掌。种师中给每一位将领分配了任务，并交代了战略。当将军们各自散去准备，种师中问留下来的黄友：“姚古那边，有消息吗？”

“还没有呢，”黄友担心地说，“按计划，明天午时前，咱们赶到太原东门前，姚古的部队赶到南门前，一起发动进攻。如果姚古的部队不能及时赶到，咱们岂不是孤军深入？”

“皇上的旨令，谅他不敢违抗。”种师中尽管这样说，但口气也不敢完全肯定，想了想，又说，“只要咱们把东门外的守敌歼灭，补充太原的军力与给养，就不会有人给咱们安上逗挠的罪名了。”

在马王殿会议上，种师中的军事布置大致如下：先锋杨志率前军五千人子时三刻出发，抢占离太原南城二十里地的石桥，那里是银术可守城部队的第一道防线；中军的两万人，由种师中亲自率领丑时三刻出发，到石桥与杨志会合，担任攻击金军防线的主力；孙龙率后军五千人与中军同时出发，赶到离太原城三十里地的石坑集结，阻止可能出现的援军。还有两万名战士分为两部，一部留守榆次，一部退守寿阳。这两支军队进则为攻城的后援，退则掩护从前线回撤的主力。从这样的排兵布阵可以看出，种师中真的认为金军主力已撤回大同，因此麻痹大意，让部队的战线拉得太长。

中军出城，本来灯熄火熄一片寂静的榆次城被吵得沸沸扬扬。西大街上，满满登登尽是等待出城的士兵，但城门尚未打开。所有人都在等待种师中前来举行一个简单却又不可或缺的开城仪式。

却说种家军在长期与西夏作战中留下一个传统，每次大战前夕，必在营门前杀一只公鸡，主帅与前后中左右五军主将要在一起共喝一碗鸡血酒。同时，还要将敌军的主帅及各路将军扎成纸人，由主帅举火将它们烧掉。杀鸡与焚烧纸人皆有讲究，鸡必一刀杀死，纸人必一焚成烬，这样才算吉瑞，否则就会出师不利。这次因中军驻扎在城中文庙，所以出城就算出营。

种师中在亲兵簇拥下来到西大门，辕门值守官上前参拜，依开营仪式的套话高声问道：“来者何人？”

种师中知道这是仪式用语，也就按规矩回答：“俺大宋河北兵马提督。”

“为何来此？”

“奉圣上之命，提兵解救太原。”

“从哪里去？”

“从这门外去。”

“开门须拜何方神灵？”

“风神、雷神、马神、兵神、河神、路神、土地神，众神佑我，我敬众神。”

“三军行礼！”仪式官高喊了一句。

种师中双拳相握举过头顶，身后的将士们一起举起刀枪，齐声喊道：“众神佑我，我敬众神！”

行辕值守官嚷了一声“开门”，两扇厚重的西大门被缓缓地拉开。

一位头带幞头白发苍苍的老人抱着一只公鸡从城外走进瓮城，这是事先安排好的，他走到种师中的马头前，把公鸡递给了种师中。

种师中拎了拎这只鸡，大约四五斤重，还算肥壮，他把雄鸡递给身边的亲兵。这时，老人已备好了大号的粗瓷酒碗。

亲兵瞅了瞅被绑好了双脚的公鸡，将它抛向空中，同时拔出刀来，待公鸡坠落时，他挥刀一削，那公鸡顿时身首分离，小脑袋掉在地上，而身子被辕门值守官接住，他娴熟地把鸡脖子对准老人捧着的盛放着半碗酒的粗瓷大碗，略带腥味儿的鸡血被他压了出来，汩汩地流进酒碗中。种师中从老人手中接过鸡血酒饮了一大口，然后传给参谋官黄友，黄友又传给偏将左允中，左允中又传给后军首领孙龙，就这么一人传一人，一碗鸡血酒很快就喝光了。

在酒碗传递的时候，却发生了一件意想不到的事情，那只断了头又被挤出半碗血的公鸡，被辕门值守官丢在地上后，竟然还扑腾着翅膀绕着瓮城跑了小半圈，看到这一景象的人无不大惊失色——无头鸡奔跑，这可是最大的不祥之兆。按民间的说法，这公鸡是在寻仇呢。它若倒在谁的脚下，这人就躲不过一场血光之灾。因此，当公鸡奔跑时，几乎在场的所有士兵与将校都躲着它。眼看这公鸡跑着跑着，突然转了个身，朝着种师中的马头跑来了，种师中本能的反应就是拔出腰刀。这时，突然从队列中冲出一名士兵，他一脚踢倒了那只公鸡……

喝了鸡血酒之后，接着是焚烧纸人。辕门值守官命人将先已扎好的五个纸人提了上来，只见这五个纸人的胸前依次写了完颜宗翰、完颜希尹、完颜娄石、托克索与银术可的名字，他们都是西路军最为著名的将帅。

五位士兵举着五个纸人在瓮城中行游了一圈，他们是想让将士们看清楚五个“魔鬼”的名字。然后又举着纸人回到种师中的马前。这回不是辕门值守官，而是那位代表榆次父老乡亲的老人与种师中对话了，他问种师中：“你出城，是去讨伐这五个魔鬼吗？”

“正是。”种师中按着腰刀回答。

“他们全都是军人吗？”

“他们全都是侵略者。”

“他们是强盗吗？”

“与强盗无异。”

“杀死侵略者，不杀无辜人。”

“本帅记住了。”

老人将一只火把递给了种师中，种师中点燃了那五个纸人。

在燃烧的火焰中，将士们一起高喊：

“杀死侵略者，不杀无辜人！”

仪式结束了，将士们踩着那五堆灰烬走出了榆次城。出城时，种师中让黄友喊来那位踢鸡的年轻士兵，夜色很深，但从摇曳的火光中，他看到年轻士兵坚毅的眼神，便问他:“你叫什么？”

“岳飞。”士兵回答。

“今年多大？”

“二十三岁。”

“当几年兵了？”

“当了三年兵，金虏抢占燕京后，我的部队打散了，回到老家汤阴，听说大帅在真定募军，我特意赶来投军。”

“好，现在哪一营？”

“中军步兵二营，任哨长。”

“黄友。”

“末将在。”

“给这位岳飞一匹马，让他加入我的卫队。”

种师中率中军两万人马出了西大门，天色黑得像老锅底儿，好在他们走的是从汴京通往太原的官道，并排能走六名士兵或三匹马。天越走越亮，且路上人烟稀少，没有什么障碍。不到两个时辰，中军前锋就已抵达石坑。

种师中命令部队原地待命稍作休息。这当儿只见一队哨骑拍马而来，黄友介绍，这是头天夜里派往太谷与姚古联络的哨长。种师中听了哨长的报告，言姚古声称并未接到与种师中部同时进击太原的命令，但既然种师中已经发兵，姚古便命令统制戴安节率一万先锋部队挺进太原，配合夹击，以资救援行动的顺利完成。听到这个报告，种师中心中怒骂姚古是个混蛋，因为他不相信姚古没有接到圣命，关键时候，这家伙仍在打小算盘保存实力。事既至此，种师中不得不考虑部队的安危。他问哨长："从太谷一路走来，你看到了什么？"

"大致还算安全，"哨长老实回答，"偶尔遇到看到金军的游骑，但看到我们后，他们就避道而去了。"

"你们哨队有多少人？"

"十二人。"

"区区十二人，他们就要避道？"

"是呀，他们人也不多。"

黄友一旁插话："金狗子逢仗必打，避道可不是他们的做派。"

种师中点点头，趁势问道："黄友你有何想法？"

黄友看了看远处的山峰，担心地说："这十几天来，姚大帅率五万兵马从隆德到了太谷，您又率五万兵马到了榆次，且一连收复了曾被金军占领的五六座县城，这样大的军事行动，居然如入无人之境，这不正常啊！"

种师中心中也有疑虑，嘴上却说："不是说金军主力回云中避暑去了吗？前些时，完颜宗翰还在大同为他的姘头举办了一个声势浩大的葬礼，这可都是真的。"

"但是，银术可的五万部队还围着太原城哪，完颜宗翰就不担心他们被包饺子？"

"唔？"

"大帅，他们会不会欲擒故纵？"

种师中心中添了几分警觉，但大战在即，任何丧气话都会影响斗志。他笑着用马鞭拍了拍黄友的铠甲，半是提醒半是抱怨地说："这些话，昨儿晚上在马王殿你怎么不说？现在部队都开到这儿了，咱们能做的事情就是两个字，打仗，不，应该是三个字，打胜仗！”

黄友立即表态：“大帅，您指哪儿咱们打哪儿，决不含糊。”

种师中说：“传令部队，迅速前往石桥，与前军会合，后军不要跟得太紧，留意敌情。”

部队重新开拔，还没走出两里地，忽见一拨又一拨溃兵，像被饿狼追扑的羊群，慌不择路地狂奔而来。

种师中勒住马头，命卫队捉住一名溃兵询问，这才得知这批溃兵是前军的士兵。他们刚到达石桥，还来不及做好战斗准备，就不知从哪儿冒出大股大股的金军将他们团团围住，这些金兵远处用枪刺，近处用刀砍，遇到马蹄就用狼牙棒砸，不一会儿，十之七八的战马都倒在地上，将士们也死伤过半。这突如其来的攻击把前军彻底打懵了，活着的人腿跑得快的，就成了溃兵，跑不动的，就跪下来举手投降……

被询问的溃兵显然受到巨大的刺激，说话语无伦次，且一会儿痛哭，一会儿尖叫。种师中让人给他喝了一碗凉水，等他稍微平静，又问他：“这些金兵是谁的部队？”

“不知道。”

“他们人多吗？”

“多，比蝗虫还多。”

“你们的指挥官呢？”

“哨长吗？他死了。营长吗？他也死了。”溃兵说着又哭了起来。

“我问你们前军统制杨志。”

“杨长官，咱没见到他。”

种师中还想问点什么，黄友在一旁捅了捅他，两人走到一旁，黄友告诉他，有人看到，杨志被金军俘虏了，围歼前军的金军，正是银术可守城的主力。

黄友说：“看来，银术可先已得到了情报。大帅，现在咱们怎么办？”

“你说呢？”种师中反问。

“是不是立即取消这次救援行动？”

“这个恐怕不妥。”种师中摇摇头，“许中丞斥责我逗挠，这次我若再次撤军，他还会饶过我吗？”

“可是那个姚古，缩在太谷城中，压根儿就不出来。治罪，首先就该治他。”

种师中悻悻说道：“人家用银子铺路，凡事都能化险为夷，我种师中没这个能耐。”

“那，咱们也不能一头撞到南墙找死啊！”

“别说了，置之死地而后生。黄友，传我的令，中军前往石桥，与银术可决一死战。”

黄友还来不及传令，一队骑哨从石桥方向驰来禀告：银术可的数万部队，在消灭了五千前军之后，正朝石坑掩杀而来。接着，另一队骑哨从相反的方向奔来报信：孙龙率领的五千后军，已被金兵团团包围。从令旗上看，这支部队是完颜娄石的麾下。他们不但包围了孙龙，还切断了中军回师榆次的道路。

接踵而来的坏消息，让种师中感到处境的危险，他万万没有想到，由于一时轻敌，竟陷入四面楚歌。

其实，完颜宗翰精心策划了这一场围剿种师中部队的战役。那一天，完颜宗翰得到赵桓诏书的抄件后，当即与陈尔栻密议，综合各路情报详加分析断定南朝首先采取的军事行动，必然是解救太原之围。而赵桓真正可以动用的兵力，只有姚古与种师中两部，一是两人均为山西名将，熟悉三晋情况；二是这两位老将作战经验丰富，让他们出马解救太原，可以毕其功于一役。但姚、种两家素有嫌隙，且这两支军队亦从未协同作战；而且南朝皇帝身边，也缺乏精通军事运筹帷幄之臣，他们有号令三军之权，却行南辕北辙之实。凡此种种，完颜宗翰与陈尔栻仔细斟酌，遂制定了一个非常周密的“毁窑灭种”战略。“窑”与“姚”同音，指的是姚古，种即种师中。为了这一战略，完颜宗翰以举行萧莫谛葬礼的名义，让西路军将领全部回到大同。葬礼当天夜晚，他即向各部将领宣布作战计划。毁窑，即是将姚古的部队困于太谷、祁县一带，伺机歼灭。担当此役的是完颜希尹麾下的第一猛将托克索，这托克索还不到三十岁，但已参加过多次大战，他曾率三千兵马于古北口与三万辽兵对决，取得了斩获八千首级的骄人战绩。他的部队现有三万人，比起姚古的救援部队少了两万人，但宗翰认为用这兵力对付姚古已是绰绰有余。在他看来，托克索可不是一般的人，辽人称他为“小阎王”，一上战场他就像喝了狗血。在“毁窑”的同时展开的另一场军事行动便是“灭种”。消灭种师中，全歼其部队，被完颜宗翰看作是这场战役的重头戏，是关键中的关键。为确保胜利，他让已担任都监的大将军完颜娄石挂帅出征。曾经攻破居庸关、活捉天祚帝的完颜娄石，战功赫赫，是与东路军的四太子金兀术齐名的勇将。让他来对付种师中，可谓两强相对。完颜娄石的胜面在于其麾下的六万精兵没有一个怕死的，而种师中的部队大都是河北新招的募兵，没有经历过残酷的战阵。完颜宗翰遣出的第三位大将是完颜活女，此人是当年攻克平州的先锋，去年南伐，雁门关、宁武关、南北关都是他率部攻克。完颜宗翰让他带领麾下两万人增援围城的银术可，并作为支援部队寻机进攻姚、种两军。布置妥当后，各位将军星夜离开大同。不到四天时间，十五万大军都选择在太原周围的深山峡谷中集结，扼守战略要冲。为了麻痹南朝军队，他们按既定方案主动放弃了几座攻占的县城，并到处放风，西路军主力撤回云中度夏，主帅完颜宗翰还要亲自护送萧莫谛的灵柩回草原安葬……

完颜宗翰导演的迷魂阵还真的奏效了，不要说南朝君臣，就是一向以沉稳著称的种师中，也真的以为完颜宗翰秉承女真人“夏不用兵”的传统，带着主力部队回草原休息去了。

第二十二章　杀熊岭上哭秋风

一旦明白自己的危险处境后，种师中反而冷静了。这时，前哨又来报告，从石桥方向扑来的是完颜活女的部队，离石坑不足五里地了，情况非常紧急。种师中让黄友铺开地图查看，石坑处在榆次与寿阳交界处，离寿阳八十余里，离榆次要近一半的路程，此去寿阳山高路窄，沟壑峪口较多，易中埋伏，且有潇河阻隔，眼下正值洪汛，部队渡河困难。因此，前往寿阳风险太大，而回榆次的官道已被完颜娄石的部队阻断，若沿原路返回必然要正面强攻，部队伤亡太大。金军三支部队正向石坑合围，待在原地等于束手就擒，唯一可选择的道路就是由石坑迂回二十里地，选择一条名为岭前道的较为偏僻的道路回返榆次，与留在城中的一万兵马会合。军情十万火急，种师中命令部队迅速沿岭前道方向突围。

上路之后，部队跑步前进，这两万中军，只有两千名骑兵，剩下的全是步兵。除了卫队、骑兵及不足两千人是种师中从榆林堡带来的关河兵部卒，剩下的都是在河北招募的新兵。投军之前，这些士兵大都是无业游民或不谙世事的庄稼汉，当兵只为混口饭吃，并没有太多的高尚念头。入伍者多则三个月，少则几天，缺乏基本的训练就拉出来参战。这么一段路的强行军，他们一个个累得上气不接下气，加之听说金兵杀人不眨眼，害怕丢命的人便开始开小差。恐惧像瘟疫一样传播，一路上当逃兵的人越来越多了，离开石坑大约三十里地，部队自动减员已超过了一半。

却说这条岭前道也是在丘陵山壑间迂回穿过，走着走着，迎面的山岭开始高大峻肃起来。种师中让黄友找了一个当地人询问，那人回答说前面的山叫杀熊岭。

“杀熊岭？”种师中差一点叫起来。

种师中再次眺望眼前这座奇峰插天、怪石嶙峋的山脉，不禁想起去年冬天他与哥哥种师道接到圣旨赶往汴京勤王，在华山遇仙亭遇到残棋道人的事。残棋道人临别时送了一首诗给他们兄弟：“北蕃群犬窥篱落，惊起南朝老大虫，三军且往汾河去，杀熊岭上哭秋风。”当时残棋道人就声明这诗不是他写的，而是青鸟在乩盘上划出来的。为此，兄弟两人将那首诗翻来覆去研究了半天，终究也没有找到合适的解释。现在，眼前矗立的就是杀熊岭，而不远处蜿蜒的潇河又是汾河重要的支流，种师中由此又联想到凌晨时分在榆次城里那只掉了脑袋仍满地奔跑的雄鸡，一种不祥之兆在他心头浮现了出来，难道咱要在这杀熊岭上殉国吗？种师中心中这么思忖。但他没有让人看出他情绪上有任何波动，他相信宿命，可是又希望奇迹出现。他问那位村民：

“杀熊岭上可有驻军？”

“从来没有，但昨日夜里，好像有兵马响动，到岭上去了。”

“估计有多少人？”

“后来又有人说，那不是军队，是榆次贩盐的驼队，盐贩子怕人打劫，便雇了镖局走僻静道儿。”

正这么说着，几名卫队战士绑了一个身穿小校戎服的汉子走了过来。卫队长向种师中报告，这名小校是步军三营的，他带着三营数百名战士离队择小路逃逸，被巡逻的卫队截住了。身为军官临阵率队逃跑，按军规要当众处死。在执行军纪上，种师中向来以强硬著称，他本可以挥挥手，让卫队砍了小校的头颅。但这回他多了个心眼儿，示意小校走近，问道：“你当兵多少年了？”

小校一开口便是地道的河北方言：“两个月。”

“两个月？那你怎么能当小校？”

按规定，管理一个营的小校至少得有三年军龄，故种师中如此发问。

小校回答：“因为这个营的三百名战士，都是咱带出来参军的。”

“你哪里人？”

“鄗城县。”

“参军前你干什么？”

“是咱鄗城县衙刑房的捕快，咱带出来参军的，都是咱一个县上的，咱一吆喝，县上的年轻人多半都来了。”

“原来你是个能人，你县上的老辈儿都信你。”

“这一点不假，县上老辈儿都信咱。咱带他们的子孙投军，就因为咱信您这个老辈儿。”

“你信我？”

这一点种师中没想到。

缆索捆得太紧，小校的手都发紫了，他一边痛苦地扭动身子，一边回答：“是的，咱信您，天下人谁不知道你种家军？您家三代都是威震天下的名将，您爷爷种世衡深得范仲淹欣赏，创造了凿石得泉修建清涧城的奇迹。后来，您爷爷还修了保境安民的细腰城。更可贵的是，您爷爷病死边廷，他的八个儿子全部投身军旅，继续与西夏、大辽作战。其中长子种诂、二儿子种诊、五儿子种谔，人称西北三种，一听到他们的名字，西夏的狼兵就抱头鼠窜。其中最著名的就是您的五叔种谔，神宗皇帝想收复被西夏夺去的汉唐旧地，接任青涧提辖的种谔积极响应，他统兵两万收复西夏重镇啰兀城，西夏的皇帝老儿听了连喷三口鲜血。但那时，咱大宋皇帝身边奸臣也不少，他们对种谔羡慕嫉妒恨，立了大功的种谔不但不能升官，反而连贬四级，真个是虎落平阳被犬欺。再就是你们种师道、种师中兄弟，又挑起了种家军第三代的大梁，四十年来镇守西北，西夏的将军们恨不能抓住你们丢进油锅里烹了。这次金虏南侵，那声势是踏城城摧、踏山山倒。可是，金国二太子完颜宗望听说您种家兄弟率勤王之师到了汴京，立马就服软了，要与我大宋议和。这次，皇上要保卫三镇，派您兄弟俩来河北坐纛儿募兵，听到这个消息，咱就领着鄗城的子弟牵马赶骡子前来报名了。”

小校提起葫芦根也动，说起种家军的历史如数家珍，种师中听了好不感动，他亲自上前替小校解了绳索，又问他：“你叫什么？”

“卫二狗。”

“卫二狗？”

“咱是家中的独苗儿，爹娘怕我不好养，故取了这个贱名，父母所赐，咱也不想改了。”

种师中一眼瞥见在一旁静听的岳飞，感慨道：“古来燕赵多慷慨悲歌之士，信不虚也。”想了想，又问卫二狗，“你既投军，为何又要当逃兵？”

卫二狗叹了一口气说：“大帅，这得问您。”

“问我，你这是什么意思？”

卫二狗正要回答，种师中的坐骑忽然喷了一个响鼻，卫二狗下意识地往旁边一跳。

“蠓虫钻到它鼻孔里去了。”种师中说着把解开的笼头重又给战马套上，示意卫二狗继续说下去。

卫二狗为自己的过度反应而略有羞愧，他接着说：“千不该万不该，咱不该把全县的年轻人都鼓捣来投军。三代种家军，从未吃过败仗，咱是冲着这一点才放心穿上这身军服的。可是万万没有想到，咱赶上了一个丢命的机会。”

闷在一边的岳飞这时忍不住插话了：“既然投军，就要想到会死。”

“你以为咱怕死吗？”卫二狗白了岳飞一眼，呛道，“你们庄上的人都来投军了吗？如果这一回种家军全军覆没，就意味着咱们庄上一多半的人家断子绝孙没有香火，咱因此就成了罪魁祸首。你这家伙，踢了一只死鸡，就觉得自己了不起，小心咱揍你。”

卫二狗说着就拉开了打架的样子，岳飞也不示弱，眼看两人真的要动手了，种师中咳了一声，两人这才又撒手分开。

种师中转而问黄友：“是否带了银两？”

“有，但不多。”

“凑足一百两，给卫二狗。”

卫二狗嚷了起来：“大帅，您要干什么？”

种师中将一只装了一百两银子的褡裢系到卫二狗的肩上，对他说：“卫二狗，带着你全庄的后生回去吧，趁金军还没有到来，你们赶紧离开。”

卫二狗解开褡裢还给黄友，对种师中说：“大帅，咱卫二狗不是孬种，您允肯咱庄上的后生们回去，咱感激不尽，咱得留下来，陪着大帅您血战到底，咱这一条命就是死了，也得赚他十个八个的。”

“好英雄！”种师中赞叹了一句，他把褡裢又系回到卫二狗的肩上，对他说，“卫二狗，你还承认你是种家军的一名校官吗？”

“承认！”

“既然承认，你就得听我命令。”

“请大帅指令。”

“本帅命令你，带领中军步兵三营向鄗城撤退，立刻启程。”

“大帅，这……”

“军令不得违抗，你要将三营所有战士带回家乡，一个也不能死亡，记住了？”

“记住了，大帅，您呢？”

“不要管我，你赶快执行命令。”

种师中说罢，纵身跃上战马驰向杀熊岭。望着他的背影，卫二狗流出两行热泪。

跟着种师中进入杀熊岭的，基本上全是跟随他的关河兵，马步兵加在一起不足四千人。刚到岭口，忽见一支千余人的军队从潇河方向狂奔过来。种师中以为是金军的先锋赶到，正准备迎战，却见对方也是官兵的旗帜，于是等待对方走近，才得知是姚古派来策应的部将戴安节。种师中瞧他的部队七零八落军容不整，便问他情况。戴安节告知他的部队一万人刚出太谷，本说朝太原方向前进，却遇到一股金兵强力阻击，戴安节的部队抵挡不住便欲回撤，又被另一支金军截断退路，于是慌不择道从徐沟镇向西北方向突围，没想到在杀熊岭前遇到了种师中。

看到戴安节一副惊弓之鸟的样子，种师中问他：“戴将军，你现在又率部去哪里？”

戴安节回答：“如今条条大路上都是金军，只能拣僻静道儿突出包围圈。”

“要不，咱们合军通过杀熊岭，杀回榆次城据守。”

对于种师中这个建议，戴安节立刻否定，他说：“谁能保证杀熊岭上不藏着金军主力，你留在榆次城中的那一万人马，恐怕早就被金军吃掉了。在路上，咱听人传言，这次大围剿，是完颜宗翰亲自指挥的。”

“他不是在大同吗？”

“谁说的？有人亲眼在太原南城外看到他了。老种，咱劝你也别过这个杀熊岭了，赶快分道儿突围吧。金兵两只脚，比四只脚的野狗子跑得还快。”

戴安节说完这几句话，也不等回言，朝种师中拱了拱手，带着残部打马窜了。

种师中摇摇头，他为遇到这样的友军而感到羞耻。但他没有说什么，而是命令他的关河兵迅速进入杀熊岭，他踏上山道不过半个时辰，一路追杀过来的完颜活女的部队就与负责殿后的偏将左允中的一千步兵对垒开打起来，而杀熊岭及山路两旁的山坡上，完颜娄石也早就布置了两万兵马，守株待兔等候种师中的到来。

五天之后，千里外的汴京收到了种师中全军覆没的消息，种师中将军本人与卫队一百多人血战到最后，身中九箭流尽鲜血而亡。按兵不动的姚古闻此噩耗，连忙从太谷撤兵返回隆德，但在祁县盘陀谷也遭到托克索的伏兵袭击，伤亡惨重。他手下的大将戴安节率领的五千兵马在逃跑路上也被歼灭，戴安节本人脱下铠甲化装成老百姓才得以逃脱。至此，第一次解救太原的计划宣告失败，皇帝赵桓为此受到沉重打击。这是他撤换投降派重用主战派之后，实施的第一次军事行动。他本指望这一次解救成功，这样既能保全三府，更能提振士气、重聚民心，谁知等待他的竟是这样一场难堪的惨败。失败总得有人承担责任，在聂昌、唐恪、许翰等一帮新晋的枢机大臣的建议下，赵桓下旨革除姚古河北制置使职务，发配到广州闲居，临阵脱逃的戴安节被押来汴京当众斩首。在戴安节之前，当众斩首的还有弃河逃跑的梁方平。半个月内，连斩两员大将，这既体现了赵桓抗金保国的决心，又说明官军中的确弥漫着一种难以治愈的“恐金症”。

在太原救援失败后的第九天，完颜宗翰的特使萧仲恭来到汴京，向赵桓递交了国书，依例对出兵拯救太原进行谴责，并威胁说若再有挑衅，不交割三镇（府），大金将会再次兴兵南伐。

看罢国书，赵桓立即召见张邦昌、聂昌、唐恪等商量对策。这三个人，基本上都是议和派，只不过皇上改了汤头，他们才勉强附和。现在，他们看到皇上又开始犹豫了，张邦昌于是试探着问：“皇上，您既诏告天下要保卫三镇，金人却强要三镇，从不松口，这个扣儿怎么解呢？”

赵桓揉了揉发胀的眼睛，疲乏地说：“召你们来，就是要议一个两全之策。”

见皇上之前，三位大臣已议论过了，他们吃透皇上当下的心境。抗金到底能不能赢，皇上的心中其实没有底。他所说的两全之策，即既要保全三镇，又不能给金人口实，为二次南侵找到借口。

在张邦昌的示意下，聂昌开口说话："皇上，臣想了一个办法，不知可不可行。"

"你说。"赵桓投以期待的眼光。

"臣以为大金对咱南朝的土地不感兴趣，他们吞并大辽后，疆域万里，根本管不过来。臣以为，这边鄙之国想要勒索我大宋王朝的不是土地，而是粮赋。我们是不是转个弯儿与他们谈判，即三镇仍归我大宋管辖，但三镇的粮赋可以全部交付给大金。"

赵桓听了，觉得这不失为一个解决问题的办法，便问张邦昌："太宰，你意如何？"

这办法本是张邦昌与聂昌、唐恪一起商量的。皇上这么问，张邦昌立刻表态："陛下，臣以为这是两全之策，咱大宋的面子、大金的里子都照顾到了，不妨一试。"

赵桓点点头，吩咐唐恪起草了国书：

帝致书金宗翰大元帅：

比因专使，尝论三镇之事，具载悃诚，想加解释。三镇之民，怀土顾恋，以死坚守，虽令不从，莫可奈何。

此一纷纷，引日已久。惟兵民各为其主，长困于暴露，深可悯伤。今议欲用三镇税租，充岁币以输贵国。如此既不失通和之义，亦抑为长久之图。谅惟仁明，必能矜察。已遣使大金皇帝及皇子郎君，今再命单车，复陈本意，愿加聪亮。有少礼物，具于别幅。秋暑尚烦，更希保护。

国书交到萧仲恭手上，并派礼部考功郎刘岑为国使，随萧仲恭到大同当面向完颜宗翰解释三镇民情物议以及朝廷态度。大约二十天后，刘岑从大同回到汴京，当面向赵桓转陈了完颜宗翰的态度：两国和议誓书所言，不是三镇税租岁币，而是土地户籍，舍此而谈其他，视为毁誓。大金以仁义为本，再宽限一月时间，容南朝少帝考虑，逾期不复者，大金必兴师南下，吊民伐罪，玉石俱焚。

措辞严厉的回书，让南朝的皇帝与大臣们一个个瞠目结舌。正在他们一筹莫展之时，赵桓又收到了两河宣抚使种师道的辞职手本。因为弟弟种师中的壮烈殉国，年过七十的种师道悲痛欲绝，因此加重了眼疾。这真是破屋又遭连阴雨，朝中最后一位老将要归向林泉了，从此再无擎天柱。焦头烂额的赵桓，心情变得非常糟糕，甚至又后悔不该改弦更张，斥逐议和派大臣而让主战派得势。但事既至此，他已被逼得毫无退路。这一天，他找来负责处理两河军务的御史中丞许翰，问他："两河有何塘报？"

许翰回答："太原知府张孝纯与统制王禀，又派人冒死送出信来，言城内粮草完全断绝，军民饿死过半，活着的人为了续命，只好吃死人的尸体。"

"啊，惨！"赵桓两颊痉挛了一下，痛苦地问，"城里活着的人仍不肯投降？"

"不肯，"许翰停了一下，又补充一句，"太原有这个传统。"

"什么传统？"

"宁死不投降。当年咱太祖平定天下，四海都归顺了，唯独把持太原的北汉不肯投降，僵持了二十多年，还是太宗亲自出征才打下来的。”

赵桓知道这件事情，回道：“太宗打下后，不是拆了太原城吗？还拔龙角、剥龙鳞、断龙足，破了太原的风水，怎么风水破了，太原还这么厉害？”

“风水固然不假，但臣认为，民心才是最大的风水。太原人认死理，每逢改朝换代，这座都城最难打下。”

赵桓把脑袋往太师椅上一靠，仰天叹道：“朕不知道有这样的子民，究竟是祸还是福。”

这样的话太敏感，许翰不敢接腔，但不声不吭又怕皇上生疑，只得转了话题继续禀报：“皇上，中山府与河间府的情况也不妙。”

“啊？”

“郭药师的部队围着中山，金兀术的部队围着河间，但他们还没有开仗。”

“为何呢？”

“等待东路军主帅宗望的命令。如果一开仗，两座城也坚持不了几天。”

“听说，城里没有多少军队。”

“中山有两万，河间多一点，但也不到三万。”

“河北的官军有多少？”

“山东兵有八万，驻扎在信德。种师道的兵有六万，驻在沧、卫、孟、滑四州。起用为磁州知州的宗泽，甫一到任就招兵买马，据他自己奏报，现也募到了三万人。为此，他恳请皇上给他拨付饷银三十万两。”

“到处都要钱，明年的税，我们都提前征用了。”赵桓一脸苦恼，接着问，“河北的兵，各路算起来，应该超过二十万了。”

“差不多。”

“河东呢？”

“略少一点，各路驻军加起来也有十五万左右。”

“金人随时都会南侵，两河兵马不足四十万，如何能抵挡？”

“宇文虚中还在江南募兵，相信会超过三十万。”

“宇文虚中募兵，是为了保护汴京，两河的兵马，要增加到五十万，不能低于这个数。”

“皇上，臣记住了。”

“许翰，你记住，备战一刻也不能放松。完颜宗翰那个疯子写来的回信，等于是给咱们下了战书。”

“臣丝毫不敢懈怠。”

“还有，解救太原迫在眉睫，再不解救，城里人你吃我，我吃你，再过两个月，自己都会把自己吃完。”

“皇上……”

“你要说什么？”

“种师道总揽的两河军务，如今他归老林泉，这职务谁来接替呢？”

赵桓沉默了一会儿，他实在想不出合适的人选。

许翰接着说：“第一次救援太原，失败的原因是姚、种两家互不买账。现在，必须选出一个两河宣抚使，让他制订第二次救援计划。这个人必须服众，又有出奇制胜的能力。”

“这个人上哪儿去找呢？”

“皇上，有一个人可以出任。”

“谁？”

“李纲。”

“李纲？”赵桓愣了一下，轻声说，“有几位老将军曾对朕说，李纲是个秀才，好纸上谈兵。”

“这个臣也知道，但眼下的确找不出更合适的人选，李纲有担当，且有民心，不妨让他试试。”

赵桓点点头，口气不太坚定地说：“在没有合适的人之前，就暂定李纲吧。”

第二十三章 《裴度传》与杜邮

一辆马车在京城守御司衙门前停了下来，韩世忠在马弁的搀扶下艰难地走下车。

今年大年初一那一天，韩世忠率五千威胜军从黎阳赶到浚州，在郭家营一带阻击急欲渡河的金兀术的五万铁骑。这一仗打得非常惨烈，双方的死伤都超过了两三千人。虽然金兀术的部队最终突破了防线，但韩世忠却一战成名，不但南朝君臣对他赞誉有加，就连一些大金悍将也竖起大拇指称他是个英雄。在这场大战中，韩世忠的手臂与腿各中了一箭，部属拼死相救将他抬过黄河，因失血过多几次休克。回到京城后，赵桓命太医即速救治，却因韩世忠过黄河时伤口灌了泥水产生感染，又耽误了最佳治疗时间，所以伤情一再反复。如今快过去五个月了，才勉强能拄着双拐下床走几步路。养病期间，他大门不出，二门不迈，不见任何人。但有一个人除外，这就是李纲。韩世忠刚回到京城，李纲就第一时间赶到病床前看望，之后两人经常相见，哪怕在金兵围城军情十分紧急之时，李纲也会抽空过来与他闲聊几句。这两位在对金作战中崭露头角的英雄，可谓惺惺相惜，彼此倾慕。前些时，梁方平斩首，李纲曾邀请韩世忠前往观看，却被韩世忠谢绝。事后，韩世忠向李纲解释：梁方平弃守黄河虽死有余辜，可是自己亦在此役中战败，以一个败军之将去观看另一个败军之将的行刑，怎么说也是一件尴尬的事。韩世忠这种自责与磊落的心态，更赢得了李纲对他的格外尊重。

这会儿听说韩世忠到衙拜访，李纲很是吃惊，连忙走出衙门迎接韩世忠，将他搀到花厅坐定，看茶后问道："韩将军，你腿脚不便，怎么突然跑来了？"

韩世忠嗓门大，一开口就知他是个爽快人："兄台，老弟咱是无事不登三宝殿。"

"你有事派人送信过来，我过去就是。"

韩世忠猛灌了一口茶，抹了抹嘴儿问道："兄台，坊间已有传闻，说你要出任两河宣抚使？"

李纲一笑："韩将军你也听说了？"

这一个反问，倒让韩世忠凿实了："这么说是真的了？李大人，这差事你千万不能干！"

看到韩世忠情绪激动，李纲沉吟不语。

却说许翰推荐李纲代替种师道出任两河宣抚使的消息传出来后，立刻引起大小臣工的热议。奇怪的是，那些议和派竟没有一个站出来反对，倒是主战派的臣僚们纷纷上门劝阻，希望他不要出任这一职务。他们认为年轻的皇帝既多疑，又多变，眼下宋金两国局势波谲云诡，作为主战派的领袖，李纲如果离开了京城，一旦议和派利用随时可能发生的战局失利大做文章，杯弓蛇影的皇帝十有八九会再次倒向议和派的怀抱。说实话，议和就是投降。尽管白时中、李邦彦一连两任议和派宰相被废黜，但现任的太宰张邦昌，相臣聂昌、唐恪、许翰、耿南仲等，仍然是彻头彻尾的“恐金病”患者。

面对同僚及部属的劝告，李纲心有所动。其实，他自己也压根儿不愿去接替种师道的职务。离开京城的确凶多吉少，但这不是拒绝的理由，他觉得自己虽然是一个不怕揽事儿的秀才，但若真的弃文从武去当一个号令三军的节帅，无疑是赶着鸭子上架。李纲相信这一任命并非空穴来风，他正想赶在皇上颁旨之前写上手本，劝说皇上取消。却不料今儿早上，他刚到衙门点卯，就收到了皇上差内侍送来的礼物——当然不是任职旨令，而是皇上手抄的黄绫卷轴《裴度传》。他正在研读这个卷轴时，却没想到韩世忠突然造访，而且开门见山对他出任两河宣抚使表示反对，他也正好想就此事听听韩世忠的想法，于是宕开一句说道：“有人说，两河宣抚使位高权重，是人人争抢的香饽饽，可是韩将军你却劝我放弃。”

韩世忠本是一根筋，他不去揣摩李纲的内心，仍按自己的想法往下说：“人家结了一个绳套儿，你却伸着脖子往里钻。兄台，咱还以为你是明白人，谁知道也是个官迷。”

“老弟你说话呛人。”李纲嘴上这么说，心里却不计较，脸上挂着笑问，“你说，咱为什么不能出任这个两河宣抚使？”

“为什么？你得了这顶乌纱帽，就等于跳进了火坑。”

“嗬，这话挺吓人的，你说说看。”

韩世忠显然是有备而来，侃侃言道：“三年来，这差事换了四个人，却没有一个有好下场。”韩世忠说着扳起指头一个一个数开了，“第一个是童贯，这差事他干得长，大约八年，联金灭辽这条大计，就是他在两河宣抚使的任上撺掇太上皇定下的。结果怎样？他被金虏强令割了头颅。第二个是谭稹，他是梁师成、王黼夹袋中的人物，干了不到两年，因为张觉事件没处理好，被太上皇革职，回籍闲居不到半年，就一命呜呼了。即便不死，他的头颅也会被金虏割去。第三个是宇文虚中，这是个聪明人，听说皇上有这个想法，宇文虚中立刻上下游说加以阻止，加之金虏南侵，这项任命就搁置了，宇文虚中因此也就没受到魔魇。第四个是种师道，这老帅是何等威望的人物，皇上见了他给搬椅子，相臣见了他给作揖。两个月前，皇上借重他的名望，让他出任两河宣抚使，他上任不到一个月，亲弟弟种师中就中了金虏的埋伏，身中数箭而死。李大人，你看看，这几任两河宣抚使，除了宇文虚中金蝉脱壳，凡坐上那把交椅的，有哪个落到好儿了？”

李纲一边听着，一边捡起桌上果盘中放着的青萝卜啃了起来。韩世忠话音一落，他又拿起一只给韩世忠。

韩世忠说话多了，正好有些口干，也就没推辞，接过吃了起来。

“这萝卜脆甜脆甜的。”李纲说。

“好吃，”韩世忠吃着吃着又把萝卜拿到眼前看了看，问，“这时候青黄不接，怎么会有青萝卜？”

“皇上送的，”李纲说，“禁城的冰窖里储存了不少各地进贡的水果呢。”

韩世忠虽然肚子里没什么墨水，但人机灵，想了想回道：“皇上给你李大人送青萝卜，这里头有深意啊！”

“啥深意？”

“这青萝卜咱过去吃过，产自河北雄州一带。在两河的疆域中，有不少特产被列为朝廷的贡品，其中就有这雄州的青萝卜，还有晋州的小米、天镇的羊羔、阳泉的纸皮核桃、青州的苹婆果、磁州的白瓷，等等等等，把皇上的嘴巴吃腻了，娘娘妃子的嘴巴吃刁了，皇子皇孙的嘴巴吃麻了，唉，如果两河三镇一丢，这些贡品就没有了。”

韩世忠说着话儿就把那只青萝卜吃完了，他看着李纲手中还有小半截儿，便取笑说：“李大人，看你吃萝卜那么谨慎，想着圣恩哪？”

李纲赶紧把半截子萝卜吃完，对韩世忠说：“韩将军，你总说你是个粗人，我看你说起话儿来提起葫芦根也动，牵牵绊绊就把人勾住了。皇上送一筐青萝卜，我没在意。你却从中看出这么多名堂来。不过，这倒提醒了我，这青萝卜皇上可不是随便送的。”

韩世忠摇摇头，很不开心地说：“兄台，吃了这青萝卜，咱看你这两河宣抚使是推不掉了。”

李纲又递给韩世忠一只青萝卜，接着他的话儿说：“两河除了贡品，还有数千里高山平原，数百万户苍生庶众，保疆保民，本是丈夫所愿。我李纲不怕难，不怕死，但从小我只念四书五经，没侍弄过刀枪棍棒啊。”

“泥瓦匠当裁缝，行当不同难成事儿。这个咱也理解。”韩世忠吃着青萝卜，口气也变软了，随话搭话说，“兄台，官场上的人，本就是玩杂耍的，什么都要会一点，官怎么当没个准，谁不是照着葫芦画瓢的？今天，特意赶来本想提醒你一句话，这个宣抚使，你当上去一定是凶多吉少。现在，咱吃了青萝卜，还这样认为。”

韩世忠的坦率与真诚让李纲感动，他本来肚子里就窝了好多话，找不到人倾诉，这会儿得到机会便一股脑儿吐出来：

“韩将军，你说凶多吉少，我并不反对。乍一听到这个消息，我也翻来覆去想了好几遍，首先，我弄不明白，许翰为什么会举荐我。这个人你是知道的，骨子里是个投降派，表面上却表现得很好战。皇上让他居中调停两河军务，本是个上传下达的差事，但他狐假虎威，怙权自用，把自己的想法变成皇上的圣旨往下贯彻。种师道虽然是两河宣抚使，总揽军务号令三军的权力应该在他手里，但许翰却把这个军权牢牢抓在自己手上。这次太原救援之所以失败，就是因为姚古看出种师道是个木偶，他的一举一动都受人控制。实际情况也是如此。正是许翰绕过种师道，直接去函斥责种师中‘逗挠’军务，这才导致种师中仓促上阵中了埋伏，我想这也是种师道请求辞职的原因。在两河军务上，我与许翰常常发生争吵，龃龉甚多。按常理，他是不会举荐我的。但他许翰的确举荐了我。这事便有些蹊跷了，有一点可以肯定，许翰绝不是出于信任。至于他怀有什么不可告人的目的，现在尚难定论。第二个面临的难题，我若出任两河宣抚使，手上却没有一支自己掌控的军队。当年童贯不但对两河的三十万官军有总摄调度之权，他自己还掌握了一支三万人的胜捷军。种师道再不济，也有一支三万多人的关河军可以随时调动。现在，两河官军大约还有二十万，归十几个节度使管辖。这些人除了皇上的旨令，是不会听命于任何人的。何况许翰处处掣肘，挟天子以令诸侯，我这个宣抚使，倘若真的接任，就是个空头元帅。第三个棘手的事，就是解救太原。太原城被围困已有半年之久，粮草断绝，每天都有人饿死。第一次救援失败，让苦守太原的军民深感绝望，但他们仍期待王师再战。此事迫在眉睫。我若上任，必须尽快组织第二次救援。但是，我依靠谁救援呢？我自己不掌握一兵一卒，各路人马拥兵自重，皇上的期待，我该如何面对？”

李纲这一番推心置腹的谈话，让韩世忠受到极大震撼。一方面，他更加钦慕李纲的不向权贵妥协的勇气以及是非分明的态度；另一方面，又对李纲这种进退两难的处境深表同情，不由得揪了揪自己戟张的髯须，叹道：“只怪咱这箭伤好得太慢，不然的话，咱就投到你麾下，练出一支精兵，专门对付大金的虎狼之师。”

“韩将军心意我领了。与金人作战绝非一朝一夕之事。你眼下的第一要务是安心养伤，将来有你英雄用武之时。”

韩世忠看看左右无人，又压低声音说：“李大人，许翰弄死了种师中，会不会又借刀杀人把你弄死？”

李纲没有回答，他也不能回答这个问题，面对韩世忠困惑的眼神，他说：“韩将军，我给你看一样东西。”

李纲说着起身到了廨房，将那黄绫手轴拿进花厅，铺在几案上请韩世忠看。

“这是什么？”韩世忠问。

“皇帝手书的《裴度传》，在你来之前，皇帝让内侍送来，同时送来的还有那筐青萝卜。”

韩世忠嘟哝道：“火都燎上房了，皇上还送个手卷儿给你，他怎么还有这份闲心哪？”

“皇上可不是闲心呢，他让我学裴度。”

“裴度又是个什么人物？”

“他是河东闻喜县人。”

“啊，他在那里当官，咱怎么没听说过他？”

李纲扑哧笑起来，解释说：“这个裴度不在当下，他是唐朝的一个宰相。”

“我的天。”韩世忠伸了伸舌头，做出一个打脸的动作，自嘲地说，“咱没读书，但喜欢看戏，他娘的烂秀才编了那么多戏，就没编一曲说这个姓裴的，所以让咱闹了大笑话。兄台，这裴度是个啥样的能人，让皇上还惦记他。”

韩世忠毫不遮掩他文史方面的无知，这份率真让李纲更加喜欢，他耐心向韩世忠解释：裴度一生经历代、德、宪、穆、敬、文六个皇帝，在宪宗时代崭露头角，始终处在藩镇作乱与宦官干政的政治旋涡中，因为要剿灭与朝廷分庭抗礼的藩镇枭雄，他两平淮西与中原之乱，三次出任河北与河东节度使，其间几度拜相又几度遭到贬斥，但他忠心不改，疾恶如仇。皇帝身边的小人屡屡加害于他，但每逢兵祸朝中一筹莫展时，皇帝又不得不启用裴度。以书生出身却成为名重天下的节帅，时人将他与郭子仪并称，认为他是不可多得的匡时救世的杰出人物。

听这么一说，韩世忠脑子里闪出一个念头，皇上九五之尊，还犯得着这么转弯抹角地说事儿吗？想到哪里就说到哪里，他问李纲：“兄台，你不觉得皇上送个《裴度传》给你有点怪吗？”

“怪在哪里？”

“皇上与大臣，有事儿不直说，互相猜谜语，这正常吗？”

李纲没有回答，但陷入了沉思。

这时候，门役又来通报，说是御史中丞许翰大人的轿子在门前落下了。李纲随口问了一句：“他怎么来了？”

“说曹操曹操到，但他不是曹操，他是鬼。”

韩世忠说着就要起身告辞，没想到许翰不等李纲迎接就径自走进了花厅，见到韩世忠拄着双拐站在里面，许翰有些诧异，问道：“韩将军，你怎么在这儿？”

“在家闷得慌，找李大人说说闲话儿。”

“是为李大人送行吧？”

“送什么行？”

“韩将军你别装了，李纲大人要出任两河宣抚使，连街上卖炊饼的都知道了，你难道不知道？”

许翰是那种生性刻薄的人，说话儿带刺，韩世忠心里讨厌他，这会儿也不搭话，拄着双拐要走了。

“韩将军，你且坐下。”

“你不是找李大人有公干吗？咱坐下来算哪门子事儿？”

许翰上前把韩世忠强按在椅子上重新落座，说：“我奉皇帝之命，来宣布李纲出任两河宣抚使，这不是什么机密，你韩将军可以听听。”

许翰当即从随从手上接过圣旨，当着李纲的面读了。

接过圣旨的那一刻，李纲没有“谢主隆恩”，而是讷讷言道：“臣以为皇上会先召见，然后才任命。”

许翰瞥了李纲一眼，一副颐指气使的派头：“一大早儿，皇上不是派侍者给你送来了他手抄的《裴度传》吗？”

李纲虽对许翰没有半点好感，但不看僧面看佛面，仍虔敬回答：“皇上如此信任，臣万分感激。只是臣一个秀才，实难受此重托……”

“李大人你这是说的什么话？”许翰面有愠色，打断李纲的表白，“皇上让本职交代你，接旨后三日赴任，不得在汴京逗留，否则以迁延拒命治罪！”

李纲一声不吭，以沉默表示不满。许翰大约也感到自己说得过重，又缓和语气说道：“李大人，咱与你并无私交，但素闻你竭忠皇上，勇于任事，便力排众议，举荐你主持两河军务，这是为天下计，为皇上计。李大人，你难道不体谅咱的苦心吗？”

“知道，但我……”

李纲本来想说“但我不敢领情”，可话未说完，许翰又打断他的话头：“别说了，此番上任，皇上以两河安危为托。你知道吗？听说太原城中断粮，已开始人吃人了。皇上难过得流泪。你不能磨蹭了，赶紧赶赴河北，实施对太原的第二次救援吧。”

“可是……”李纲欲言又止。

“可是什么？”

许翰追问时，忽然间花厅院子里那棵大槐树上蝉声大作，许翰伸着脑袋瞅了瞅大槐树，厌恶地说：“军机密勿之地，岂容这些小精怪置喙。李大人，快派人去撵一撵。”

李纲只得吩咐衙役拿着竹竿去敲打那槐树，密集如雨的蝉声停了。韩世忠一旁指桑骂槐发表感叹：“鸟是一只好鸟，就是聒噪得厉害，震得耳屎都掉出来了。”

许翰听出嘲讽，立刻对韩世忠反唇相讥：“韩将军，耳屎多了，回去找婆娘掏掏。改天，本官让人给你送一筐耳勺。”

眼看韩世忠就要发作，李纲急忙使眼色制止了他。

许翰接着对李纲说：“你赴任后，有任何请求，比如军费粮秣什么的，都可及时呈报，我会在皇上面前为你斡旋，竭尽全力支持你。”

李纲拱手说：“中丞大人，烦请你转告皇上，李纲赴任之前，还想单独面圣。”

“单独面圣？你这是什么意思？”许翰敏感地质问，“你是不信任我吗？凡事都要单独面圣，皇上还不累死？皇上决定明晚为你设筵送行，你准时前来，有什么话要说，今日先写好手本。”

李纲迟疑着没有接腔。

许翰见状，吩咐衙役拿笔来。待衙役在花厅里布置了文房四宝，许翰饱蘸浓墨，在四尺生宣上写了两个海碗大小的行楷：

杜邮

写完了，许翰看了看墨迹，又看了看李纲与韩世忠，对李纲说：“这两个字送给你。”说罢，也不作任何解释，朝李纲拱拱手走了。

李纲出于礼节将许翰送出大门。回到花厅时，韩世忠还在琢磨那两个墨迹未干的字。

“韩将军，知道意思吗？”

“不知道，正要听你解释呢。”

“你知道白起吗？”

“白起？就是秦国那个大将吗？他领兵打了一个长平之战，杀了赵国军队四十五万人。”

“就是这个白起，后来被秦昭襄王赐死，他自杀的那个地方叫杜邮，在咸阳城东面。”

“他可是秦国的大功臣，秦王为何要将他赐死呢？”

李纲便讲了缘由：长平之战后，白起建议挟其威势攻打赵国国都邯郸，但秦昭襄王听信范雎的建议，下令白起撤兵。半年之后，缓过气来的赵国联合周边几个国家合纵攻秦，秦昭襄王又下令白起再领兵伐赵。白起认为战机已失便拒绝出征，秦昭襄王只好派另一名大将王龁领军攻赵，不料吃了大败仗。秦昭襄王几次请白起挂帅出征，都遭到白起拒绝。秦昭襄王于是一怒之下，下令给白起赐死，一代名将就这样自刎于杜邮。

听罢这个故事，韩世忠背心阵阵发凉，他琢磨着问李纲：“送杜邮这两个字，是许中丞自个儿的意思，还是皇上授意？”

“韩将军，咱们不可妄测圣心。”

韩世忠也不便再说什么，起身告辞。李纲扶着他回到马车上，两人依依惜别。

李纲回到廨房，拿起书案上已起草好的《谢恩疏》，仔细读了一遍：

> 皇帝陛下：
>
> 臣书生，实不知兵。在围城中，不得已为陛下料理兵事，今使为大帅，恐误国事。然陛下不以臣愚，褒臣之忠。又以手书《裴度传》见赠，其中深意，臣铭心领会。如此圣眷，臣感激涕零。今臣为陛下料理两河军务，既离汴京，无复还理。臣以愚直不容于朝，便既行之后，无有沮难，则进而死敌，臣之愿也。万一朝廷执议不坚，臣自度不能有为，即当求去。陛下宜察臣孤忠，以全君臣之义。

节帅出征，皇上会设御筵饯行，这是惯例。李纲本想在御筵上将这《谢恩疏》当面交给皇上，但现在他打消了这个念头。他将这《谢恩疏》揉成一团，举火焚了。

第二十四章　精忠报国

咚、咚、咚！咚咚咚咚咚……

崔府君庙前的广场上，六十面迓鼓一齐敲响。六十名鼓手一律头戴窄檐笠子帽，身着宽袖大袴戎服，足蹬矮腰皂靴，每人后背还插着一面三角形杏黄旗，上面都绣了一个魏碑体的“宗”字。

宗泽与李纲站在崔府君庙大门前的台阶上，观看由宗家军表演的迓鼓舞。迓鼓流行于两河地区，表演者胸前挂着扁扁的箩筛大小的一面漆红牛皮鼓。迓鼓表演分文武两种，文迓鼓以演唱为主，武迓鼓则以演阵为主。今日表演的是武迓鼓《杀四门》。

咚！咚咚！咚咚咚——咚！

六十面迓鼓有节奏地敲打，那气势虽说不上掀天揭地，却也轰轰烈烈，迓鼓手登场先敲了一个前奏，接着就见另一拨大约四十名士兵穿戴着同样的衣帽出场，他们手持云锣八面，银锣四面，铙、钹、大镲、小镲各两副。

当！当嚓嚓，当嚓嚓……

以锣钹铙镲为主的铜器应和着雄浑的迓鼓声，让广场沸腾起来了。只见一百名表演者在敲打响器的同时，一会儿丁字步，一会儿弓箭步，一会儿又是马步、猿步……步伐变换中，队形也不断变化，一字长蛇阵、品字阵、蛟龙出水阵、八卦阵……让人看得眼花缭乱。

配合着响器的节奏，也随着队形的变化，表演者吼唱了起来：

杀四门啰杀四门，
我辈英雄捣敌营。
杀东门，
挑了贼头金兀术。
咚咚锵，咚咚锵……
杀南门，
郭药师见我掉了魂。
当嚓嚓，当嚓嚓……
杀西门，
贼寇被我撵兔子。
杀北门，
咱是老虎出山林。
咚咚锵，咚咚锵……
杀了四门保家园，
不斩金酋恨难申，
当嚓嚓，当嚓嚓……

这一番武迓鼓《杀四门》的表演，李纲看得很入神，他见宗泽手上拿着一张抄了《杀四门》歌词的笺纸，便要过来看。

却说御筵饯行的第二天，李纲即奉敕离京前往河北。过黄河后，李纲在河阳待了两天，观看士卒训练，并召集有司听取备御措施，商量防务，请款修整器甲、攻城之具等等。甫一接触地方军政官员，李纲深感衙门多懈怠之人，而部伍犹缺豪侠之士，衙司之间遇到犯难之事互相推诿，加之经费拮据，导致人浮于事，官心民气一片溃散。与京城醉生梦死、权力倾轧的官场相比，州县所辖的军政现状，表现出另一种令人揪心的乱象。李纲为此忧心忡忡。凡此种种，让他体会到金盛不盛于天理，而盛于人事；宋衰也不是衰于天理，亦衰于人事也。

离开河阳一路向北，过延津，入淇县，穿汤阴，走安阳，三天后抵达磁州。五月上旬，黄河北岸的平原麦浪千里，官道两边的村镇炊烟袅袅，柳丝重重，河汊里蛙声如鼓，树丛中蝉鸣如歌。然而这一路美景李纲无心欣赏，他心情急迫要赶到磁州与在此担任知州的宗泽相见。他与这位声闻遐迩的老知州在宦海生涯中并无交集，但因为同为主战派领袖，他对宗泽仰慕既久。这天下午未时左右，李纲在一百余人卫队护送下，来到磁州城南门外，宗泽亲自出城迎接。入城后并没有去衙门，而是直接来到东街上的崔府君庙前看了这场武迓鼓的表演。

广场上的表演已接近尾声，敲锣打鼓的壮士们步伐越来越快，花样越来越多，最后一节是鼓手们波浪一样层层跃起，插在后背的“宗”字杏黄旗一片摇曳，在阳光下特别抢眼，雀跃的鼓手们，吼出了《杀四门》最后一节：

杀四门，杀四门，
杀得天昏地也昏。
咱们跟着宗爷爷，

保国保家保百姓。

李纲看得忘情了，禁不住高声喊道：“好！好！好！”离京七天，他的脸上第一次露出了灿烂的笑容。

咚咚锵，当嚓嚓……

表演者在锣鼓声中一起朝台阶上的长官抱拳致意，高喊着“宗爷爷！李大帅！”的口号离场。

看热闹的人却是不肯散去，宗泽朝他们挥挥手，便领着李纲返身走进崔府君大庙院内，在厢房坐下叙茶。

李纲兴犹未尽，问宗泽：“宗公，这武讶鼓是磁州的民俗？”

“是呀，讶鼓这个叫法，老夫怀疑是衙门那个衙鼓的转音，老百姓击鼓找乐子，改成迎讶的讶是再贴切不过了。这讶鼓之乐，在河北河东都很流行。”

“《杀四门》是老段子还是新编的？”

“段子是老的，但词儿是新编的。”

“这词儿编得真好，”李纲扬了扬手中的笺纸，“宗公，这词儿应是出自您的手笔了？”

“哪里哪里，老夫哪敢贪这个功劳。”说着，他便将站在门外的一位年轻士兵叫了进来，指着他说，“节帅，这词儿是他编的。”

李纲打量着眼前的这位年轻人，觉得他眉宇间洋溢着英气，眼光也很沉稳，问他：“你叫什么？”

年轻士兵恭敬回答：“岳飞。”

“今年多大年纪？”

“二十三岁。”

“何时投军的？”

岳飞略一迟疑，宗泽替他回答："他来磁州投军，今天才第九天。"

李纲注意到岳飞回话时双手总是攥成拳头，便说："你别紧张。"

"回大帅，咱不紧张。"

"投军前，你是读书人？"

"读过几年私塾。"

"没上官学？"

"家穷上不起，也不想上。"

"为什么不想？"

"国难当头，百无一用是书生。"

"哦，你有这等想法？"李纲看了看笺纸上抄着的《杀四门》歌词，又问，"岳飞，你一个庄户人家的出身，怎么会有伏虎擒龙的气概？"

"禀报节帅，咱这是第三次投军了。"

"第三次？"李纲有些吃惊。

"是的，第三次。"岳飞回答很肯定，"第一次真定投军，投到王禀部下，后来部队整编，童贯把咱们那一营划到郭药师名下，郭药师叛变后，咱就逃了出来。去年大金南侵时，我第二次到鄗城投军，这次投到种师中麾下，种大帅率师进军太原，咱有幸加入到种大帅卫队。杀熊岭一战，咱一直在种大帅身边……"

李纲听到这里，打断岳飞的话提问："种师中到底是怎么死的？"

"他身中四箭之后，仍忍痛拼杀，随他作战的关河兵损失殆尽，最后只剩下三十几名卫队士兵还活着，在他周围护卫他。种大帅知道大势已去，便要我们分散突围，但没有一个卫队士兵愿意离开他。看到这情形，种大帅把咱喊到他身边，流着泪对咱说，老卫队士兵要与我死在一块，我无法阻拦。但你刚跟了我半天，你不能死，你要活着出去，有朝一日若你能见到长官，你要对他们说，咱种师中不怕死，但死得窝囊。许翰这王八羔子，坐在汴京城里瞎指挥，说咱逗挠军务，就这两个字，毁了咱一世英名。小子你快走吧，将来如有发达，记得为我报仇。”

岳飞说着说着，已是泣不成声。李纲与宗泽的眼圈儿也都红了，李纲抑住悲痛，继续问道：“你突围出来，就来磁州投军了？”

“没有，”岳飞哽咽着说，“逃出杀熊岭后，我顺着太行山的羊肠小道回到家乡汤阴，拜见高堂老母。原来的想法是两次投军不利，报国无门，就干脆回家侍养母亲以终天年。咱将种大帅壮烈殉国的故事讲给老母听，老母哭了一宿，第二天一大早把咱喊到她跟前，对我说，儿啊，种大帅临死前嘱咐你要为他报仇，你可不能待在家里。娘老了，多活几天少活几天没啥计较，但你年轻，要报国仇。听说宗泽老将挂帅，在磁州招兵，你去投他吧。母命难违，咱就第三次投军了。临行前，老母为了让咱永远记住国恨家仇，就在咱的背上刻了‘精忠报国’四个字。”

“你背上有字？”

“有，岳飞投军之后，就让我看了。”宗泽代为回答，又对岳飞说，“你脱了褂儿，让李大帅看看。”

岳飞脱了甲衣，只见他后背上，果然竖着刻了鸡蛋大小的“精忠报国”四个字，李纲忍不住上前抚摸了一下，感叹道：“你有一个好母亲！”

接了李纲的话头，宗泽发出了更大的感慨：“村庄里的好母亲教儿爱国，可是朝廷中却有一些大臣，专门唆使皇帝卖国。李大人，你的故事我也略知一二，你接替种师道，等于是双手捧了个马蜂窝。”

“千难万难，为苍生计，为皇上分忧，我也得迎难而进。”

“明知不可为而为之，李大人，你我是同类之人。”宗泽抚着他的花白山羊胡，神情有些伤感，“当下的大势，我看是小人道长，君子道消。皇上励精图治，必欲驱除北虏。一旦发觉身边的大臣不对劲，就立马撤换，可是撤下来的是小人，换上来的还是小人。”

李纲明白宗泽这些牢骚话是有感而发。这位朝中老臣素以刚直著称，所以为官三十余年，一半在贬谪，一半在闲职。今年初，由御史陈过庭举荐，他才从巴州通判这么一个偏远之地的小官位置升调为磁州知州。其实，陈过庭最早推荐宗泽不是让他担任磁州知州，而是出任对金谈判特使。张邦昌、聂昌等人都知道宗泽与金人势不两立的态度，生怕他惹得金人不高兴而生起新的祸端，于是改任他为磁州知州。这位六十七岁的老人也没说什么，带着十几个老弱病卒前来赴任。金人南侵，来回都经过磁州，将城中殷实人家洗劫一空。宗泽二月春荒时到衙堂坐堂，每天接待的都是请求赈济的饥民。城中不法商人，更是囤积粮食待价而沽，导致物价飞涨，一只笼饼竟卖到二十枚铜板，升斗小民怨气冲天。宗泽擒贼擒王，当即抬出龙头铡将民愤极大的几个奸商当众铡了，又劝说大户放粮，半个月后民情就稳定了下来。接着宗泽又张榜募兵，凡投军者皆给券给粮，不到两个月竟募到了三万新兵。宗泽治理磁州的政绩不胫而走，连皇上都颁旨称赞。在为李纲饯行的御宴上，皇上还特别叮嘱李纲，一定要到磁州看望宗泽。

百闻不如一见，李纲看到宗泽上马治军下马治民的非凡才能，打从内心敬佩。同时，作为同道中人，他也能够理解宗泽表面风光内心孤独的凄凉心境。所以，听了宗泽的牢骚话，李纲苦笑了笑，小声说：“宗公，你我都是孤臣。”

宗泽一笑，坦然回答：“凡尽忠之人，有谁不孤？”

李纲点点头表示赞同，又说：“我也知道，您为什么先领我来到这个崔府君庙。”

“让你听迓鼓。”宗泽脸上的那点阴影又完全消除了，调侃说，“我若先领你去府衙，你只能看到门前那只登闻鼓，这是衙门之鼓，一敲响准会有官司。在这崔府君庙前，你可听到咱宗家军敲响的迓鼓，这是出征的战鼓。顺便告诉你，这迓鼓队，是岳飞训练出来的。”

李纲称赞了一句：“这后生也是当将军的好苗子。”

宗泽抬头看了看天色，又问：“李大帅，你是愿意在这里再坐会儿，还是回衙门里聊。”

“宗公，既来了崔府君庙，您总得让我看看啊。”

“那也好，岳飞，你去弄些笼饼、拽面、焖子等一些磁州吃食儿，等看完了大庙，咱就在这里和李大帅吃顿便饭。”

看着岳飞出了大门走了，李纲便对宗泽说：“宗公，现在您领我看看这崔府君大庙吧。”

宗泽便将李纲领进崔府君庙大殿，并介绍说：“在两河地区，这个崔府君可是大名鼎鼎，不看看他，你就不能说来过磁州了。”

宗泽说的不假，这个崔府君本叫崔珏，本是山西祁州人，生于隋开皇五年，后在隋仁寿元年入仕，因学问好，当了太子府傅监，看到太子不是个正经人，便以养病为由辞官归里。唐太宗时，朝廷慕他高名，便征召他当了兵部员外郎，后又外放到地方主政，相继当了长子、滏阳、卫县等县的县令。六十岁时才升任蒲州刺史并兼二十四州采访使，只当了三年，就因病死在任所。他留下遗言，要葬在滏阳。这个滏阳，就是现在的磁州所在地。崔珏大半生当的都是小官，但每到一处，无论是稼穑耕耘之事，碱涝旱虫之灾，还是纾解小民之苦，狱讼断案之能，无不及时处理，妥善解决。每到一处，老百姓都欢呼雀跃，拥观塞道。他一生不爱钱，不好色，死时身边除了几十本旧书，就只有几两碎银子。但老百姓爱戴他，纷纷凑份子钱给他立庙祭祀。后来越传越神，说他日断阳，夜断阴，白天是皇帝的县令，夜里是阎王的判官，亲民爱民又铁面无私。因此各地建立的崔府君庙，几百年来香火都很旺。在老百姓心目中，他不但是个好清官，还是个大神仙。他的故事传到朝廷，秉政者便顺民意给崔府君褒奖。唐宋两朝，共有五个皇帝给崔珏加封爵号并题庙匾。现在悬在正殿前的鎏金大匾，便是本朝真宗皇帝敕封的"护国显应公"，徽宗皇帝登极第三年，重书了这五个大字。

宗泽特意领着李纲看了徽宗皇帝书写的这块大匾。

李纲看了御笔之后，斟酌了一会儿，对宗泽说："真宗皇帝封崔府君为'护国显应公'，应该是在澶渊之盟签订后。"

"应该是的。"宗泽补充说，"澶渊之盟签订地在磁州东南边，离这里不到两百里。"

李纲与宗泽都是忧国忧民的读书人，对澶渊之盟签订的这段历史都了然于心。其实，以当时朝廷的军事力量以及辽朝举国南侵只为劫掠财物的心态，真宗皇帝如果采纳宰相寇准的建议决一死战，则宋辽两国的历史可能是另外一种模样。但胆小怕事的真宗却听信另一位大臣王钦若的建议，与辽国签订了这一个纳贡割地的盟约。解除了辽国的威胁之后，真宗在王钦若等一帮大臣的引导下，开始好符瑞、信怪异、敬神仙、学符箓，正是在这一种氛围下，他才敕封崔府君为“护国显应公”，言下之意，正是有了崔府君的保佑，澶渊之盟才得以签订，国泰民安的大好国运才得以展开。

宗泽之所以要领李纲到这里来，乃是因为当地的老百姓都信奉崔府君，也不否认他想借崔府君说事。李纲理解宗泽的良苦用心，眼下抗金，聚集民心是第一要务。李纲于是在崔府君的大殿里，借题发挥发了一通议论：

“宗公，我查了一下，这个崔府君每次获得敕封，都与兵祸有关。唐玄宗是在安史之乱平定之后，才给崔珏敕封‘灵圣护国侯’。我朝真宗皇帝对崔珏的敕封又晋升一级，由侯变成了公。据史而看，无论是平定安史之乱，还是签订澶渊之盟，和这位崔府君有半点关系吗？没有啊！由此我想到李商隐的那两句诗，‘可怜夜半虚前席，不问苍生问鬼神’，可怜了贾生的满腹经纶，汉宣帝不需要他的治国方略啊！”

宗泽一直认为自己是一个较真的人，现在却发现这个李纲比他更较真，于是故作惊讶地揶揄道：“李大人，你身为节帅，却一肚皮不合时宜，谨防隔墙有耳。”

李纲瞧了瞧崔府君高大的彩绘塑像，开玩笑说：“宗公，这个崔府君人品这么好，不至于托梦圣上，告一个刁状吧？”

宗泽被逗得哈哈大笑，接着沉下脸来，严肃地说：“可怜夜半虚前席，不问苍生问鬼神。李商隐这是借古讽今。现在的情况又何尝不是？老夫将李商隐的诗略改为‘可怜宫内虚前席，不信英雄信小人’。”

“宗公！”李纲充满敬意地喊了一声，口气愤懑起来，“你我忠于皇上，勤于国事，却屡屡遭人算计。”

“精忠报国的人，大抵都会这样，”宗泽久经历练，回答的口气波澜不惊，“岳飞的高堂老母要他精忠报国，精忠这两个字说得好，精忠不是愚忠。李大人，乡下老娘们的智慧，胜过诸葛孔明啊！”

李纲微微颔首，止不住又生了感叹：“就像这个崔府君，生前遭权臣冷落，死后又被抬到天上。什么叫白云苍狗，这就是。”

宗泽点点头，忧虑说：“眼下的局势，比安史之乱还要糟糕。”

李纲同意宗泽的判断，正想由此切入正题，将军务部署与宗泽作一次沟通，但这时岳飞进来禀报已准备好了晚膳。于是宗泽请李纲前往厢房用餐。在李纲的建议下，宗泽同意让岳飞陪餐。晚餐很简单，岳飞按宗泽的吩咐要了几样磁州小吃，且不备酒水，每人添了一碗酸辣汤。饥肠辘辘的李纲，一口气吃了两个笼饼，边吃边问：“岳飞，你说你第一次投军，是投在王禀的部下？”

“是的。”

“就是如今困守太原的那个胜捷军都统王禀？”

“回节帅，正是这个王禀将军。”

“他是怎样一个人？”

“会打仗，不怕死。”

“还有呢？”

“当年唯童贯马首是瞻。”

“为什么？”

“因为他投军多年，只当了一个哨长，是在一次秋操中，童贯看中他身手不凡，就提拔他当了营佐，四年后就成了参将。”

“童贯这个奸臣，还是干了一点好事。”

说到这里，一位武弁领了一位驿使进来，递给李纲一份蜡书。

李纲吩咐岳飞等一应侍应回避，他亲手融开蜡丸，从中拿出两张折叠的笺纸展开来读。原来是皇上命许翰书札来问解救太原的方案。

李纲看过后，又递给宗泽。

宗泽说：“节帅，老夫看不合适吧？”

“有什么不合适的，我正要与您商量这件事呢。”

宗泽看过后，并没有立刻发表看法，尽管李纲信任他，但他恪守本分，不肯就两河军务参与意见。

李纲看出宗泽的心思，便主动说：“宗公，我这次来，是要与您商量两件事，第一是解救太原，第二是秋操。我们先谈第一件事情。”

李纲于是说了自己解救太原的方案。宗泽斟酌了一会儿，才问道：“节帅，听了你的部署，我先问你一句，你自己去吗？”

“去哪里？”

“太原。”

“我手上无一兵一卒，怎么去？”

“症结就在这里。”宗泽说，“走，咱们换个地方说话。在衙门的廨房里，我已吩咐人摆好了地图。”

第二十五章　让城隍菩萨见证

今天是靖康元年的中秋节，一大早，太原统制司衙门前的校场上，就支起了三口大锅。大约五百名兵士以及闻讯赶来围观的数千名市民把校场挤得水泄不通。

三口大锅里注满了水，锅下柴火烧得正旺，水沸腾着。

校场上的军人与市民们都在等待一个残酷而神圣的时刻，他们的表情严肃、悲伤，没有一个人交头接耳，所有的目光，无论是恐惧的、焦灼的，还是痛苦的、绝望的，都投向统制司衙门那个敞开的门洞，他们都等着王禀将军从那里走出来。

打从去年十一月金军开始围城，到今天为止，太原被金军围困的时间超过了九个月。其间大宋皇帝赵桓亲为布置的救援行动均遭败绩。第一次救援，种师中全军覆没于杀熊岭，仓皇撤退的姚古部队也在祁县盘陀谷遭到伏击。遭此失败后，御史中丞许翰秉承皇帝赵桓的旨意，命令新任两河宣抚使李纲立即组织兵马对太原实施第二次救援。李纲在磁州召聚两河官军首领会揖，传达由皇上亲自制订的作战部署：命威胜军镇抚将军解潜率所部三万人进军铜鞮；时任两河宣抚司副使的刘韐将军率三万兵马自真定出发进驻辽县；府州知州兼岢岚军统制折可求率两万兵马进驻汾州；曾为李纲部将、担任过京城四壁都巡检使的范琼率两万京东兵进驻灵石与祁县交界的南北关。这好不容易组织起来的十万兵马从集结到屯驻，花了不到十天时间。在这期间，许翰派出几路专使，给各位将军送去了太上皇赵佶为鼓励他们奋勇杀敌而亲自绘制的御画以及皇帝赵桓颁赠的令旗，并申明救援行动中各路兵马的军事行动事先都要报皇上批准。将军们闻听此言，便对李纲下达的战令拖延不听。身为两河军事的最高长官，李纲事无巨细都先得报告然后方得实施。京城远在千里之外，凡事驰驿传旨，岂不贻误战机？不用猜测也预计得到，第二次救援又宣告失败。四路援救大军被完颜宗翰的西路军各个击破。比起第一次，这第二次救援战役输得更惨。不仅仅是兵马惨败，更重要的是太原周围的老百姓由此深感绝望。部队溃败之后，威胜、隆德、岢岚诸军以及汾、晋、潞、泽、绛、沁诸州百姓纷纷逃亡，三晋千里之地，十室九空……

两次救援失败的消息传到太原后，军民无不痛苦。然而他们仍坚持不投降、不放弃，他们相信皇帝不会坐视不救，更期待李纲、宗泽这样心系苍生痛恨金虏的人再提劲旅来解太原之围。但太原军民所不知道的是，李纲因二次救援失败，在忍无可忍的情况下，上疏皇上，极论节制不专政出多门之弊，且言分路进兵，让贼虏有机可乘各个击破，不如合数路大军为一路强势进击围城之敌。疏章入京之日，被把持朝政的张邦昌、聂昌、唐恪、许翰之流以推诿责任为由，怂恿皇上下旨切责。李纲深感冤屈，便提出辞呈。赵桓接到辞呈，内心颇为不快，又听信了枢密大臣们的建议，不但免除了李纲的两河宣抚使职务，还以“专主战议，丧师费财”的罪名，贬谪到江西建昌军安置。

李纲被贬的消息延迟一月才传到太原，军民无不震惊。被围了将近九个月的太原，早已粮草断绝。两个多月前，军民们开始吃草根树皮，草根树皮吃完了，就吃战马与牲畜。这些也都吃完了，就找观音土吃。如今观音土也快吃完了，每天都有不少病死与饿死的人。太原城中本来有三十万军民，如今连十万人都不到了。作为城里最高的两位军政领导人，张孝纯与王禀面对这陷入绝境的局势，虽然心急如焚，却又一筹莫展。昨天，王禀的第二个儿子王彪病死在家中。他是两个月前在一次与攻城金兵的对抗中，被流矢穿胸，当即抬下城来抢救，虽活了过来，却因缺医少药以及极度缺乏营养，最终因伤口反复溃烂而终至死亡。

乍一听到王彪的死讯，张孝纯就来到统制司衙门吊唁。太原被围之前，王禀并没有像其他官员那样赶紧送走妻儿，他的夫人本就住在乡下，两个儿子即大儿子王虎二儿子王彪，甫一成年，他就让他们跟着他在军中服役。童贯撤退之时，曾打算让王彪参加他的卫队前往汴京。王禀想都没想就拒绝了，他的想法很简单，大战在即，作为守城的主帅绝不能给人家留下口实，说他心藏两面，一面高喊捍卫太原万死不辞，一面又在暗中为亲属预留活路。在太原保卫战中，父子三人总是身先士卒甘冒锋矢，这一点赢得了所有守城军人的崇敬。张孝纯虽然官阶与资历都高过王禀，年龄也比王禀大了八岁，但他对王禀也是格外倚重，信赖有加。听说王彪因箭伤不愈而死，便立即赶来，一是哀悼死者，二是安慰生者。

张孝纯进了统制司衙的后院，新兵将他领进一间偏房，那是王彪生前居住的地方，最后他也是死在这间房子。张孝纯进来时，只见王禀和大儿子王虎坐在炕上相对流泪。王彪的遗体裹着一床薄薄的夹被躺在砖炕上。王虎看到张孝纯，走下炕沿行礼，王禀则像木头人一样呆坐着，他盯着张孝纯，像盯着一个陌生人。

张孝纯轻轻地扯起被角看了看死者的遗容，一个微胖的小伙子，如今已瘦脱了形，他一阵心酸也落泪了，他按了按王禀的肩膀，轻声劝慰："将军，人死不能复生，你要节哀。"

"谁说我的彪儿死了？"

王禀这么问了一句，一向粗声粗气的他说话竟像一片落叶那样轻微。这反倒让张孝纯更加震撼，他一时找不到合适的话来安慰这个悲伤过度的人。

但是，经过一瞬间的恍惚后，王禀突然清醒了，他站起来朝张孝纯拱了拱手，口气变得平静了："大人，彪儿走得很安静，你知道他最后对咱说了什么？"

"请将军告诉我。"

"他艰难地伸出他的手，颤抖着摸了摸咱的脸，又摸了摸他哥哥的脸，说，爹，您和哥哥都瘦成骨头架子了。咱死后您也别埋了，您把我给炖了，给您和哥哥……"

王彪的话本来还有"补补身子"四个字，但王禀说不下去了，他粗大的喉结滑动着，无声地哽咽起来，本来站在旁边的王虎，这时蹲下去掩面痛哭。

张孝纯陪着流泪，长期的挨饿以及高度的紧张，让这位知府大人的生命的耐力也达到了极限。现在又碰上这么悲伤的事儿，他强撑着的身体顷刻间就因虚脱而摇晃起来，他还想坚持，但头重脚轻站立不住，眼看他就要栽倒，王禀眼疾手快赶紧将他扶住。

待张孝纯再次醒来时，发现自己躺在炕上。在他昏迷的时候，王禀命人将他抬到自己的卧房。王禀怕他就这么饿死过去了，赶紧搜出一只糖罐，里面早已空了，他让人烧了一点开水倒进去涮了涮，再掰开张孝纯的嘴给他灌了下去。也许那一丝丝的甜味，激发了张孝纯饥饿的味觉，他再一次艰难地睁开了眼皮。

“大人！”王禀喊了一声。

张孝纯挣扎着想下炕，王禀将他扶起来坐着，王虎将糖罐里剩下的水涓滴不剩倒了小半碗，捧给了张孝纯。

张孝纯推开了小碗，负疚地说：“将军，你这只小糖罐，救了多少人的命啊，可是却没能救回彪儿。”

“他是死于箭伤。”

“咱知道，他实际是饿死的。”张孝纯看了看王虎手中的小碗，对王禀说，“涮糖罐的水还是很甜的，将军，你喝了吧。”

见王禀不吭声，张孝纯又说：“要不，王虎你喝了吧。”

见张孝纯态度坚决，王禀于是吩咐：“虎儿，你喝了吧，你还要上城打仗。”

“爹，您喝。”

“叫你喝你就喝！”

王禀一声命令，王虎不敢违抗，一仰脖子喝了下去。

王禀看了看儿子装出来的精神，对张孝纯说：“全城断粮已经两个多月了，每天都饿死不少人，再这么熬下去，太原城即便不被金狗子攻下，迟早也会变成一座鬼城。”

张孝纯锁着眉头，无可奈何地问：“将军，你说怎么办？现在，咱们扯白旗子投降？”

“投降？”王禀头摇得货郎鼓似的，“即便咱答应，全城的老百姓也不答应。”

“是啊，宁死不投降，这是太原人的个性。”张孝纯尽量想掩饰自己的饥饿，但出口的话仍有气无力，“二次救援失败，李纲又被罢免，这第三次救援还不知猴年马月才能实现。将军你说，咱们还能坚持多久呢？”

王禀咬着牙帮骨，那神情像是在做一个艰难的决定，顿了一下，他说：“大人，咱想了一个办法。”

“你说。”

“现在，观音土也快吃完了，咱们还得寻找新的吃食儿。”

张孝纯咽着唾沫说：“草皮树根、牲畜战马，甚至老鼠雀鸟，能吃的都吃了，还能有什么吃食儿呢？”

王禀牙缝里蹦出一个字：“人。”

“人？”

“对，人！”王禀加重了语气，其实这念头他早就有了，“咱想从明天起，开始吃人。”

“吃人？我的天哪！”张孝纯本能地嚷起来，“将军，还有没有别的办法？”

“大人，你说个办法出来。”

“咱，实在没办法。”

“那就吃人吧，”王禀说话斩钉截铁，“明天八月十五，咱们开始吃人。”

“吃谁呢？”

“从我儿子开始，先吃彪儿。”

张孝纯脑子里冒出“虎毒不食子”这句老话，但他被王禀的正气深深感动，他不知如何回答才好，便莫名其妙地问了一句：“将军，咱能做什么？”

“你来给老百姓做个榜样，先吃一筷子。”

张孝纯哭了，王禀也哭了，两人紧紧地抱在一起，彼此感受着对方身体的颤抖与抽搐。

当天夜里，王禀要把儿子煮了给大家吃的消息已经传遍了全城，顿时间引起巨大的轰动。有人骂他是衣冠禽兽，也有人称赞他是佛陀再世。骂归骂，赞归赞，城中剩下的十万军民，全都变成了皮包骨头走路扶墙的人，饥饿让他们沮丧，让他们煎熬，也让他们更加团结。甚至那些极端自私的人，这时候也学会了宽容与忍让。如果一部分人饥饿另一部分人酒足饭饱，他们就会分裂，有的人会变成打家劫舍的歹徒，另一些人为了保护口粮也会残忍地大开杀戒。但眼下太原城没有发生这种情况，上至知府、统制等所有官员，下至士兵市民，甚至那些缙绅大户，无不都在挨饿，都在死亡线上挣扎。身处绝境，唯有平等才能让所有人心心相映，肝胆相照。每一个人都知道，这饥饿不是官家的横征暴敛、富商的囤积居奇造成的，是金军长达九个月的围城让他们形销骨立，流血牺牲。他们痛恨强虏，因此也就同仇敌忾，决心血战到底，为了渡过困境，他们什么都想到了，但唯独没有想到吃人。

战争让人变成魔鬼，也会让人变成天使。有的人本来就是魔鬼，却善于伪装，让人觉得他是天使；有的人干着魔鬼的事情，却是真正的天使。太原城那些饥饿的人们，经过激烈的争论与探讨，最终都接受了王禀近似疯狂的举动，他是用亲人的骨肉来拯救嗷嗷待哺的生灵。面对王禀的义举，那些道德的教条无不显得苍白无力。所以，在今天这个萧条的中秋节，在这个秋风渐凉的早上，人们自发地来到统制司衙门前的校场，他们要观看这一场无比残酷的父亲亲自烹煮儿子的仪式。

大约卯时，两名士兵从衙门中走了出来，站在跟前的人，会看到他们眼角噙着泪花。他们吹响了凄厉的军号，号音撕裂了人们的心。

号声中，一列士兵擎了“王”字令旗出来，他们在三口大锅前一字儿站定了。

这时候，戴着头盔满身披挂的王禀走了出来，满登登全是人的校场顿时寂静得像是一座阒无人迹的空山。只听得王禀沉重的马靴踏地声以及干柴燃烧时哔哔剥剥的爆裂声。王禀的身后跟着六个士兵，抬着三只沉甸甸的大筐，筐内盛放的除了王彪，还有昨天饿死的另外两名士兵被剁碎的尸首。

三只筐分别放在三口大锅跟前。王禀走到中间那口大锅前站定。

号声停止了，令人揪心的西北风吹拂着校场上所有的战旗。

忽然，校场的东北角起了一阵小小的骚动，人们循声望去，只见连接东大街的入口处，四个皂隶抬着一尊彩绘泥塑走了进来，走在前头的是一位身穿麻衣长着苍白胡须的年近六旬的老人。当他走近，人们这才认出来，这位看上去比实际年龄大了很多的人是知府张孝纯。他身后被抬着的泥塑是从东大街城隍庙里请出来的城隍菩萨。张孝纯脱下五品官袍换上麻衣，显然是为吊唁而来，但为什么还要请来城隍菩萨呢？大家都不知道他葫芦里装的什么药。

在离三口大锅大约三丈远的地方，城隍菩萨被搁放了下来，王禀看到张孝纯，吃惊地问：“大人，昨天不是说好，你不来了吗？”

昨天王禀的确劝说张孝纯今天不要来看这令人心碎的场面，张孝纯也答应了。张孝纯想了一宿，还是决定要来，他回答王禀：“将军，作为长辈，也作为一城之主，咱都必须来参加彪儿的葬礼。”

“可是，这不是葬礼。”

“舍身取义，杀身成仁，这是更伟大的葬礼。”

“大人，咱没想那么多。”王禀眼圈儿又红了。

“你都做了，还用想吗？”满脸憔悴的张孝纯，眼睛却射出了雷电，“将军，咱们还请了一位尊者来参加彪儿的葬礼。”

“谁？”

“他！”

张孝纯用手指了指城隍菩萨。

“城隍老爷？”

“太原人习惯叫他城隍菩萨。”

“为什么请他来？”

“请他来为彪儿安魂，早升极乐世界。”

说到这里，张孝纯便转过身面对校场上的市民们大声讲道：

“诸位父老乡亲，太原的子民们，你们大概没有谁不知道这位城隍老爷。大约一百五十年前，咱大宋皇帝率官军攻打北汉皇帝，把太原城拿下了。这是大宋最后拿下的一座府城。太宗皇帝听信妖道蛊惑，说太原是一座龙城，老百姓都是宁死不屈的二货。所以，太宗皇帝把老太原城给毁了。过几年，太宗皇帝又下旨重建太原城，并修建了城隍庙。这城隍老爷却是按地藏菩萨的样子塑造的。为什么要用地藏菩萨的长相？就因为太宗皇帝攻打太原时，城里军民拼死抵抗，战死的人成千上万，他们被曝尸荒野无人收敛，成了无家可归的游魂。太宗皇帝希望专管超度众生的地藏王能够收揽这些游魂，往生西方极乐世界。所以，咱太原城的城隍老爷就变成了城隍菩萨。时有反复，世有大劫，没想到不到三个甲子，太原城再次面临灭顶之灾。金虏必欲拿下太原，皇帝在一些苟且偷安的大臣蛊惑下，也要割让太原。咱太原三十万子民，竟然成了可以任人买卖甚至宰割的牲口，但咱太原人不是二货，咱们都是顶天立地的英雄。从金虏围城的第一天开始，你们就发誓要守护家园，与太原共存亡。你们说到了，更做到了。围城将近九个月了，城里人口只剩下了三分之一。在这些个艰难的日子里，城里最忙的人，应该是城隍菩萨了。咱从小就听说，城隍菩萨的职责有三：第一，掌管生人与死人户籍；第二，守护一方，记录一方百姓的善恶功过；第三，剪除凶逆，为亡灵开往生的路条。但是，城隍老爷的这张路条也不是随便开的，听说有三不开，不给作恶多端的人开路条，不给忤逆不孝的人开路条，不给横死的人开路条。咱今天要把城隍菩萨请到这里来，就是为了这个第三条。什么叫横死的人，就是打架斗殴被人割了脑袋，血战沙场被人捅死身无完尸，都是横死。还有今天这三位饿死的士兵，他们中有一个叫王彪，是将军王禀的儿子。王禀为了不让城里人饿死，为了让活着的士兵能够喝一口肉汤继续打仗，他下令剁碎了儿子的尸首，放进这三口大锅中炖煮。乡亲们哪，王禀将军是杀人魔王吗？他的儿子王彪，还有另外两名士兵，虽然不是横死，可不但身无全尸，甚至连骨头渣子都要被我们吃掉了。按规矩，城隍菩萨不能超度他们，王禀将军百年之后，城隍菩萨也不会给他开路条。乡亲们哪乡亲们哪，你们说，现在我们是要天理，还是要人情？”

“我们要人情！”

校场上爆发出巨大的吼声，这声音好像不是从饥饿至极的人群中爆发的，因为它们太有力，太雄壮了。

张孝纯接过一位士兵递上的一碗凉水喝了几大口，继续说道：“这尊塑了一百四十年的城隍菩萨，一直没有什么事儿让他操心。今天，咱们得让他看看，咱们这些誓死保卫太原的大宋子民，为了活命，为了战斗，是怎样吞咽自己的同胞，吃下自己的骨肉亲人！”

这一席话让校场再次沸腾，一位身材佝偻的白发老人被人搀扶着走上前来，对张孝纯说：“知府大人，咱的小孙女昨儿夜里也饿死了，咱也把她运到这里来……”

更多的人走上前表态：

“咱家也有刚咽气的亲人。”

“咱家也有……”

张孝纯面对涌上前来的乡亲们，双膝一跪，仰天大喊：“皇帝呀皇帝，您看看太原的子民吧，您不要遗弃咱们，让官军赶紧来救援吧！”

跟着张孝纯，王禀跪下了，所有的军人都跪下了，所有的百姓也都跪下了。

不知是哪一位，领头唱起了三晋小调《荐亡曲》：

黄叶儿飘，烛影儿摇，
亲人走上奈何桥。
回头看，回头望，
烛影儿摇，黄叶儿飘。

蛐蛐儿叫，秋虫儿闹，
亲人过了奈何桥。
去哪里呀去哪里，
阴间也有阳关道。

霜花儿稠，雪花儿飘，
泪蛋蛋洒在草蒿蒿。
亲人回家过年吧，
冰碴碴路上赶个早。

纸蝶儿飞，小狗儿跑，
谁家的亲人不上桥，
梦里头咱们常相见，
浊酒儿一壶，清泪儿一瓢……

歌声中，三筐人肉被倒进了沸腾的汤锅，扶老携幼的乡亲们依次上前给汤锅磕头。

第二十六章　可怜九月初三夜

九月初三的寅时三刻，天还没有亮，早已起床披挂整齐的王禀，坐在廨房里擦拭腰刀。他的儿子王虎小心翼翼地捧了一只海碗进来，王禀虽然饿得前胸贴后背，但一见到海碗就恶心，他摆摆手说：“虎儿，快拿走吧，爹今天不吃了。”

王虎站在原地不挪步，回道：“爹，这碗里不是那个。”

王虎说的那个，是人肉的代词，他知道父亲忌讳，所以说得含糊。

“不是那个，又是什么？”

“是缰绳。”

“缰绳，哪来的缰绳？”

“昨儿天黑时，咱不是领命缒城下去破坏金虏的鹅车嘛，回城时，顺便捡到这条缰绳。”

“金虏的缰绳吗？”

“是的，有十几斤重呢，咱回来就把它剁碎了下锅，煮了一宿，现在勉强能吃了。”

王禀耸着鼻子嗅了嗅，这才感到有点牛皮炖煮后散发的香气。

他接过海碗狼吞虎咽起来，缰绳虽然被切成了丝，但仍硬得像篾片咬不烂。

王禀一边费劲地咀嚼着，一边与儿子聊起来：“虎儿，你吃过了吗？”

“吃了一碗。”

“这玩意儿吃下去，能饱肚子。”

“是的，咱这肚子，敲着像鼓。”

“这些天，金虏的进攻一天比一天猛。”

“是这样。”王虎因为消化不良打了一个嗝，接着说，“昨儿个黑天后，咱们摧垮了他们两辆鹅车。”

“饿人与饱人打仗，咱们还能赢，这是天神助我。”

“爹，士兵们说，您是天上的雷神降世。”

“这是胡说。虎儿你记住，咱祖宗八代都是庄稼人，与神仙辈儿无缘，咱衣食无着才投军，没有童太师的提携，你爹没有今天。”

“城里的人说，童太师一生做的好事不多，最好的一件事就是提携了你。”

“这又是胡说，”王禀拼命下咽那嚼不烂的缰绳，不觉也打了一个嗝儿，“你们不知道，太上皇可喜欢他呢。皇上不喜欢，他能当上太师？再说，咱这世代庄稼人，能当上五品武官，这诰命不是童太师给的，是太上皇恩赐的。所以，不管别人说童太师什么，咱们得报效皇上。”

“爹，这个咱知道。”

“知道咱也得重申，朝廷出了奸臣，但当今圣上还是惦记着咱太原，两次救援失败后，皇上不是设法让使者进城颁旨了吗？赞咱们保卫太原有功，城里文武官员都论功行赏，张孝纯大人升任河东经略使，咱升任两河宣抚司副都统，你才二十七岁，也成了一个七品命官，你那官职叫什么？”

“阁门祇侯。”

“这官名儿别扭，但也是七品哪，”王禀吃完缰绳，又舔了舔碗边，继续说，“古人说，滴水之恩当涌泉相报。虎儿，有句话在外头不能说，但在这儿却要对你说，这太原城迟早都得破。”

“爹，您不是说官军正在实施第三次救援吗？”

“咱早就不作指望了。”王禀摇摇头，长叹一声说，“咱们给彪儿举办葬礼的第三天，应该是八月十六吧，金虏就宣布第二次伐宋，几十万大军就摆在河北河东，咱们的皇帝空有救援之心啊！”

“前不久，不是听张大人说，各路勤王兵马纷纷赶赴两河，禁军有八十万之多吗？”

“兵多有什么用？兵熊熊一个，将熊熊一窝。敢打仗，能泼命的将军有几个？”

“爹……”王虎欲言又止。

“虎儿，你要说什么？”

“孩儿想说，又不敢说。”

“你说吧，把想说的话都说出来。”

“爹，您这么绝望，想没想到投降？”

“投降？虎儿，你爹是那样认怂的人吗？咱天天都在等待那最后的时刻。”

“您是说破城的日子？”

“是的，城破之日，就是咱前往黄泉与彪儿重逢之时。”

“爹，孩儿不要您死。”

王虎一下子跪倒在王禀的面前，抱着他的双腿哭了起来。

王禀伸出粗糙的手，替儿子擦拭脸颊上的泪水。这时天色亮了，借着窗棂射进来的晨光，他发现儿子的头盔右侧裂了一条缝，便把它取下来，换上自己的头盔给儿子戴上。王虎说："爹，咱不能戴您的头盔。"

"库房里早就没有头盔了，你只能戴这一顶。"

"那您呢？"

"咱戴你的。"

"那怎么成？"

"别说了，今天是九月初三，昨儿半夜里我一连做了几场噩梦，咱有不祥的预感，今天恐怕就是那个大劫的日子。"

"爹，咱大清早过来，到处都出奇地静，好像进了坟场。"

"虎儿，今天登城，你与爹分开，爹在北城，你去南城，一旦破城，你一定要立即突围。"

"您呢？"

"你别管我，你要记住，如果你侥幸捡回一条命，就回家好好儿种田，世世代代都不要投军了。"

"爹……"

"虎儿，别的话都不要说了，你记住爹的话，突围不是投降，任何时候，咱王家的人不当孬种。"

说罢，父子俩依依惜别，分别去了南城与北城。

王禀登上北门城楼的时候，发现一些士兵正在搬运石料，城上的二十部抛石机在抵抗中几乎全都坏掉了，这两天匠人与工兵们合作修好了十部，搬运石料就是为这些抛石机准备的。

看到士兵们搬运石料很吃力，王禀随口问了一句："你们吃过了吗？"

“咱们喝过汤了。”

士兵的回答让王禀心里难过。经过校场的时候，他看到那三口大锅仍在炖煮着，城内每天都会有新的尸体送到那里，士兵说的“喝过汤了”，就是吃了那三口锅里的煮物。王禀吩咐军需长再给每位士兵发一个观音土掺着树叶烙成的饼子，军需长有些为难，小声问：“将军，现在吃了，中午怎么办？”

“中午你再想办法，你没看到，士兵们搬石头都那么费劲。”

军需长走了，王禀走到城楼前的堞口朝外观看，只见一百丈开外，停了几十辆巨大的鹅车。这种从云梯改造而来的巨大的战车，是金军攻城最为犀利的战具。因为它的顶端是一个鹅头似的瞭望塔，所以被叫作鹅车。每辆车配有两台抛石机，巨大的底舱里藏着四十名士兵，他们既是推动鹅车前进的车夫，又是攻城的敢死队。东路军的金兀术正是仗着这种鹅车，先后攻陷了信德府、浚州以及汴京的酸枣门。但是，这令人生畏的鹅车，在太原攻城中可没占到什么便宜。王禀率领的守城部队，制定出一整套对付鹅车的办法。每当金军的鹅车启动，他就派敢死队缒城下去，一是设置鹿砦不让靠近，二是在鹿砦上填放了很多干草并泼上了蜡油，一旦鹅车突破鹿砦就立即放火焚烧。当鹅车后撤，敢死队就用长柄挠钩扯垮鹅车的骨架，让鹅车无法动弹，城上的抛石机再施以精确打击……

在长达数月的防守中，王禀的三千名官军有效阻挡了金军的轮番进攻，损失的鹅车也达到四十多辆。但最近一个多月防御越来越艰难了。一是战士们因为长期的饥饿与劳累，都变得疲弱不堪；二是城内备御的物资也因得不到补充而日益匮乏，就说这蜡油吧，早就用光了最后一缸……作为守城的最高指挥官，王禀深知现在的每一天都可能是最后的抵抗。就在王禀眺望鹅车后头敌军的动静时，听得背后有人喊他，回头一看是张孝纯，这位一向文质彬彬的老人，今天竟然也穿了一身铠甲。王禀用惊奇的眼光瞅着他，问：“张大人，您怎么也穿上了这一身？”

“将军，咱昨儿下半夜突然醒来，眼皮子直跳，感觉不好啊。”

“您也这样觉得？”

张孝纯随口念了两句诗：“可怜九月初三夜，露似珍珠月似弓。”

“啥意思？”王禀一脸懵态。

张孝纯解释：“这是白居易的诗。今儿是九月初三，露似珍珠，弯月如弓，正是眼下的景象。”

王禀下意识摸了摸挎在背上的强弓，若有所思。

“将军，你还拉得动弓吗？”张孝纯问。

王禀摇摇头，他望了望城外的鹅车，忽然问道：“张大人，宣抚司衙门里，挂了一幅太宗的御容，您见过吗？”

张孝纯想了一下，问：“是不是童贯值房里挂着的那一幅？”

“正是，您还记得样子吗？”

“我想想，”张孝纯捻了捻花白胡须，“好像也背了一张弓。”

“对，这张御容画像不是穿着龙袍，而是穿着铠甲，背着强弓。曾听童太师说过，太宗的御容像留下好多幅，但披甲挟弓的就这一幅，童太师出任两河宣抚使的时候，道君皇帝单挑了这一幅送给他。”

张孝纯见过御容画儿，却不知道来历，听了介绍后，他沉吟着说：“这，莫非是天意？”

“是什么天意？”

“太原是太宗打下来的，道君皇帝又把太宗仅有的一张戎装像送给童贯，童贯又把这幅像留在太原。得了太原，大宋国运由弱转强。如今太原岌岌可危，大宋的国运是否就……唉，不说了。”

张孝纯虽然留了半句，但王禀听懂了言外之意，他回答说：“咱现在立即派人去取回太宗的御像，当年太原是太宗拿下来的，现在太原如果丢掉，一定是丢在咱的手上，咱不能让御容遭金虏蹂躏。”

张孝纯对王禀说出的不祥之音深有同感，他回答说：“不，将军，咱是一城之长。”

“不错，您是知府，但扼守太原的指挥官是咱。”王禀回答得毫不含糊，“太原陷落的第一大罪人，必定是我。”

两人正争论着，忽听得前方吹来了呜呜的海螺声，那是大金军进攻的号音。

看到缓缓启动的鹅车，王禀对张孝纯说：“大人您去东城吧。”

“为啥？”张孝纯不解。

“四城都要有主官压阵。”

王禀说着，也不由张孝纯问个究竟，命令士兵将他送往东城督战。王禀这么做，是因为他早就判断出，大金军攻城的主力全都压在北边，他想尽力保护像张孝纯这样疲弱的文官。

轧！轧！轧！

正对着北门的大约两里地宽的原野上，二十辆鹅车一起缓缓向城楼驶来，粗大的木轮发出了沉重的滚动声。

轧！轧！轧！

轮声在清晨的寒冷秋风中显得格外刺耳。忽然，鹅车的后面出现了声势浩大的马队，金军的骑兵们忽然唱起歌来：

我们的盾牌，
挡住了霹雳。
我们的弓箭，
射穿了强敌。
我们的战马，
踏碎了冰雪。
我们的热血，
呼唤着胜利……

这是女真人的《战神曲》，金兀术率部进攻信德府的时候，攻城的战士们也唱过这首歌。

在骑兵的后头，又有三辆鹅车呈倒品字形驶了过来。很明显，前面两辆车是警车，后面那辆车上坐着完颜宗翰与银术可。本来，完颜宗翰还要拉着陈尔栻一同上车，但陈尔栻以害怕看到人流血为由辞谢了。但今天这个攻城的日子却是完颜宗翰听了陈尔栻的建议定下的。陈尔栻说九月初三是五行中的金日，主杀伐，出战必赢。现在，站在鹅车顶部瞭望楼上的完颜宗翰看到他的部队铺天盖地地推进时，便很得意地问银术可："你说说，为何要卯时三刻出兵？"

"这会儿天色大亮，看得清楚。"

完颜宗翰摇摇头："卯为阴木，三刻为至阴。今天是阳金日，阳金克阴木。咱们一定能赢，这才是卯时三刻进军的理由。"

银术可一听就知道这又是陈尔栻的主意，嘴上却说："大帅熟读《孙子兵法》，今儿这一仗，咱们一定拿下太原。"

“打进太原之后，你最想干什么？”

银术可想都没想，就咬牙切齿地说：“割下王禀的脑袋，挂在城头上示众。”

银术可对王禀的仇恨，并不是没有来由。打从阿骨打起兵伐辽以来，大金军所向披靡，从来没有失败过。唯独这座太原城却久攻不下，王禀领着三千名战士，成功地抵抗银术可十万大军，让银术可感到很丢人。

他们说话的时候，二十辆鹅车已推进到离城墙不到四十丈远的距离了。可是，城墙上却没有任何动静，宗翰觉得有些不对劲，自言自语说：“王禀想干啥？”

银术可回答说：“城里人都饿得趴下了，加之抛石机都坏了。”

话没说完，忽听得城墙上鼓声大作，紧接着便见半空飞出的石头，凶猛地砸向离城墙只有三十丈远的鹅车。

大约有五六辆鹅车被砸中，有一辆鹅车的瞭望塔被飞来的石头砸中了立柱，摇晃几下倒塌了。

鹅车都停止了前进，进攻的金军出现了骚乱。

完颜宗翰早就看清了前进路上并无鹿砦，抛出的石头虽然猛烈，却并不密集，因此断定守军负隅顽抗坚持不了多久，于是大声吼道：“传令鹅车继续前进。”

短促有力的海螺号声再次响起，鹅车再次启动，早就做好准备的弓弩营、云梯队冒着被飞石砸中的危险，争先恐后飞奔前进，弓弩营依托鹅车的掩护开始向城墙上放箭，云梯队扑到了城墙根……

面对大金军气势如潮的攻势，王禀一直站在城楼上组织反击。在第一轮打击中，十台抛石机发挥了超常的作用，但过后不久，就有两台抛石机因为绞盘断裂而退出了战斗，接着又有两台被金军的抛石机砸中。

金军此次攻城，是东西南北四面全线展开，但战斗最为惨烈的却是北门。西路军主帅完颜宗翰与攻城总指挥都在北门战区，金军在这里压上了两万兵力。王禀镇守的北门城墙上，虽只有八百名战士，但是每一名战士以一当十，以一当百，杀退了金军一次又一次进攻，两个多时辰过去了，金军在这里留下了一千多具尸体，守城的将士也只剩下两百余人，但城墙依然未破。就在此时，王禀得到消息，东、南、西三面均已被金军攻破，撤守的官军按先前拟订的计划转入了巷战。在此情况下，王禀知道坚守已毫无意义，于是下令撤退。在此之前的半个时辰，王禀的右肩在攻防战斗中被金军流矢射中，他虽敷了金创药，但仍疼痛难忍。撤退时，他没有忘记那幅他特意派人去宣抚司衙门取来的太宗皇帝的御容画像，他降下一面令旗将画像包扎起来背在身上。走下城墙时，他的双腿像灌了铅，挪一步都很困难，他知道自己坚持不了多久，走到一个巷子口，他靠着墙根坐下来，解开铠甲，从胸前掏出一小包食品——那是一点点煮得半生不熟的缰绳，儿子王虎临走前硬塞给他的。他拈了一小根放在嘴里嚼着。这时，一名士兵急匆匆地来到了他的面前，还没说话就哭了起来。

“你怎么啦？”王禀停止了咀嚼。

士兵抽泣着说不出话来。

“有什么事儿，你说呀！”

“南城破了。”

“咱知道。”

“阁门衹侯他，他战死了。”

王禀乍一听并没有表示什么，突然，他意识到阁门祇侯是儿子王虎的官名，顿时一挺身站了起来。

“你说谁死了？”

“阁门祇侯。”

“咱儿子王虎？”

“是的……将军！”

那一小包半生不熟的缰绳掉在了地上。

王禀一阵晕眩，眼看要倒了下去，身边的两名士兵赶紧扶住了他。稳了稳神，并喝了一口士兵递上的凉水，王禀怔怔地站了一会儿，忽然取下头盔，用右手的食指在那条裂缝上来回地滑动，突然又把头盔捧到鼻子跟前使劲儿嗅着，嗅着，喃喃说道：“彪儿二十三岁，先走了二十天。虎儿二十七岁，现在也走了。唔，这头盔香啊，这是虎儿的味道。虎儿，爹喊你啦……”

唠叨着，唠叨着，王禀忽然低声哼唱了起来：

骑红马儿，
当兵爷儿。
保家卫国，
耍大刀儿。
杀了贼寇，
回老家儿，
娶个媳妇，
生个娃儿……

唱着唱着，王禀忍不住号啕痛哭，在场的士兵都陪着流泪。

哭着哭着，王禀意识到自己失态了，用手背擦干了眼泪，对士兵解释说："这是虎儿小时候，咱给他唱的儿歌。如今，他哥儿俩一前一后都走了，马革裹尸战死沙场，这是好男儿的正道。"

就在王禀在巷子口说话的时候，银术可的部队撞开了北城门，金兵像蝗虫一样涌了进来。这个时候的太原，几乎每一条巷子都展开了厮杀，拒不投降的太原军民，凭着对地形的熟悉，再次给金军予以重创。

巷战进行了大半天，金军凭借人多以及养精蓄锐的优势，渐渐控制了局面。身上多处负伤的王禀带着几十名战士杀开一条血路，从相对比较僻静的西北门冲出城去。但是，他们的行踪很快就被金军发现，最后一批官军又陷入金军的包围。王禀知道眼下已到了最后的关头，对身边的士兵们说："兄弟们，你们现在不要管我，各自逃生吧！"说罢，他用负伤的右手扶住背在身后的画像，左手挥舞着刀，大声嚷道："金狗子们，大宋将军王禀在此，有种的，你们过来！"王禀是想借此吸引金军的注意，让他的战士获得逃生的机会。这一招果然奏效，金军谁不想活捉王禀？他们立马就一窝蜂地追了过来。王禀抱着必死的决心，使尽全身最后的力气，向着不远处的汾河奔跑。在最前面的金军士兵眼看就要追上了，已经跑到河边的王禀，背着宋太宗的画像，义无反顾地跳进了秋汛中的汾河。

已经入城坐在宣抚司衙门里的完颜宗翰，听到王禀投河自尽的消息后，犹余怒未消地说："你们要尽快找到尸首，银术可将军说，他要亲自骑马，把王禀的尸首踏成肉泥呢。"

当数百名金兵举着火把连夜在汾河里打捞王禀尸首的时候，在巷战中被俘的太原知府张孝纯被押到宣抚司衙门。完颜宗翰盯着眼前这位五花大绑的老人，傲慢地问："你知道王禀的下落吗？"

"知道。"

"你知道他会被踏成肉泥吗？"

"刚听说。"

"你知道本帅会杀你吗？"

"杀吧，踏成肉泥吧，咱准备好了。"

"只要你肯投降，本帅不杀你。"

"投降？你不能污辱咱。"

"你再想想。"

张孝纯垂着头，看着砖地儿发愣，过一会儿才问："听说你的部将银术可已经放出话来，天一亮就开始屠城，要见一个杀一个，是不是这样？"

"是这样，做出这个决定的不是银术可，是我。"

"两国交兵，老百姓是无辜的，你不能滥开杀戒。"

"我可以不杀，但有一个条件。"

"什么条件？"

"你必须投降。"

张孝纯又低下了头，他的面颊痉挛着，花白胡须也在抖动，看得出他正在做一个艰难的决定。

完颜宗翰看得出张孝纯内心的挣扎，故意恼怒地嚷道："你还磨蹭什么？我可没工夫与你泡蘑菇。"

"只要我投降，大帅你就不屠城，这话算数？"

"军中无戏言，算数！"

"那，咱就归顺吧。"

张孝纯说着，不觉老泪纵横。

第二十七章　抢攻孟津渡

“大帅，咱们何时渡河？”

完颜宗翰瞟了一眼问话的完颜活女，没有回答他的话，而是用马鞭指了指河对岸，反问他：“听到鼓声了吗？”

完颜活女支着耳朵细听，不屑地说：“蚊子嗡嗡的。”

“这么猛烈的北风，南岸的鼓声顶着风传过来，肯定是微弱的。”

“大帅，快下命令吧。”

“你急什么呀？”

“这天，像被捅了窟窿，这大雪片子，一阵一阵下个没完呢。”

“还没下够呢！”完颜宗翰说着，取下腰间的酒囊，拔了塞子喝了一大口，嘟哝道，“这烧酒，怎么淡得像水？”

“大帅，这是什么天呀，拉泡尿都会变成冰棍儿。”

完颜宗翰笑了笑，没有吱声。他的铠甲上落满了鹅毛大雪。

大约在冬至前五天，两河地区降下了入冬以来的第一场暴风雪。俗话说，小雪不见雪，大雪满天飞。这是庄稼人长期观察天象得出的经验，灵验无比。这场暴风雪来得比往年稍迟，但却来得猛烈，无论是燕山、太行山，还是秦岭、吕梁山，千沟万壑尽被深深的积雪覆盖；而齐鲁大地、燕赵平原、晋中盆地等平畴之野，积雪深达数尺，所有的道路都被坚硬的冰雪掩埋。更令人不安的是，下了一天一夜的暴风雪刚刚停止，不到两三个时辰，又随着更加凄厉的北风重新肆虐起来，接着第三场、第四场……海河、白河、滹沱河、汾河、渭河乃至汴河、蔡河全都在暴风雪中封冻，最后封冻的是黄河。这条蜿蜒于辽阔北国的中华民族的母亲河，从青藏高原冲泻而出，一过青铜峡即进入西夏王国的河套地区。每年小雪节后，位于河套地区的黄河便开始结冰，但由于上游水流冲击力大，这些河冰成为浮凌向下漂流。暴风雪后，流经蒙古高原阴山脚下的黄河开始封冻，大约两三天时间，从包头延伸至晋陕豫鲁的黄河中下游长达一千六百里地的河道全部封冻。

眼下，完颜宗翰站立在孟津渡北岸的渡口，面对着冻成冰板的黄河，正艰难地选择渡河的最佳时刻。

攻克太原之后，一个半月以来，完颜宗翰的部下完颜娄石、银术可、时立爱、完颜活女诸路大将，连连攻克霍州、汾州、辽州、石州，平定军、威胜军以及泽州、怀州等州郡，终于在三天前到达孟县。完颜宗翰率领的三十万大军，留了银术可五万大军扼守潼关阻击素以强悍著称的关西官军东进勤王，另让托克索率五万大军镇守太原，肃清河东残余的南朝军队。余下的二十万大军分成三部分，一部由完颜希尹率领控制风陵渡进驻河阳。完颜宗翰自己则率领八万大军进驻了孟县。他原定抢占孟津渡之后就迅速渡河，谁知连日的暴风雪让黄河迅速封冻，那些漂流的浮凌突遭凝固，如狮如虎，如枪如戟，密密簇簇挤满河面，稍一不慎就会刺穿马肚。加之中下游的黄河虽然封冻，但并没有冻透河底，在深达丈余浅则数尺的冻冰之下，依然有暗流奔涌。若数万匹战马载着勇士踏上河面，冻冰承受不了巨大的重量，冰层一旦断裂，连人带马跌入冰窟窿，不被冻死也会被淹死。正因为如此，黄河自古就有封冻不渡、夜半不渡的说法。可是，完颜宗翰却在夜色刚刚降临时，就让完颜活女下达了渡河的命令。既是夜晚，又是封冻，再加上一阵赶一阵的暴风雪，完颜宗翰选择这时候渡河，难道他疯了吗？

完颜宗翰并没有疯，因为九年前，他经历了同样一次抢渡冰河的故事。那一年的三月，刚刚建立大金国的阿骨打皇帝领着三千子弟兵前往攻打宁江州，部队经过封冻的混同江，完颜阿骨打毫不犹豫地驱马跳了下去。首次出征的子弟兵没有一个是孬种，都纷纷跃入江面。带棱的毛铁钉制的马掌让战马踩在冰面上不至于打滑。但是，当阿骨打的战马打头冲到江中间时，冰层因为承受不起数千匹战马的重量而骤然断裂，阿骨打连人带马跌入冰窟窿，但他眼疾手快，迅速挥起狼牙棒扎住一块巨大的浮冰，不但自己跃了上来，还凭着他过人的臂力将他心爱的坐骑白龙驹拽了上来……虽然这次渡河牺牲了一百多名战士，但阿骨打坠冰救马的故事却传为美谈。

那次抢渡混同江的战士中就有完颜宗翰，阿骨打皇帝天不怕地不怕的勇气，在他的脑海里留下了深深的烙印。今年四月份，他就让金贝村的李老三召聚大同周围所有的铁匠赶制三万副带棱的毛铁马掌。那时，他就想到要在今年冬天抢渡黄河，如果届时封冻了，他就让他麾下三万名骑兵的战马全都钉上这批特制的马掌。这一点，就连料事如神的陈尔栻也不得不佩服，西路军的这位主帅不愧享有大金国战神的称号。

早在八天前，大金西路军已分别控制了蒲州的风陵渡，陕州的太阳渡、会兴渡，洛阳的白坡渡，荥阳的玉门渡，延津的延津渡等十数处渡口。为了震慑和迷惑大宋官军，金军每日在各处渡口擂响数百面战鼓。负责扼守黄河中游各处渡口的是两河宣抚副使折彦质的十二万部队。自李纲被免职之后，钦宗皇帝赵桓又重新任命种师道为两河宣抚使，另一位山西名将折彦质取代刘鞈担任副使。金军二次南侵，种师道负责河北防御，山西的防御由折彦质承担。太原陷落后，折彦质遵循赵桓的旨意，十二万部队全部撤到黄河南岸布防。令折彦质头痛的是，起于风陵渡止于荥阳玉门渡的黄河晋豫大峡谷，绵延数百里长，金军究竟会选择哪一座渡口率先抢渡呢？综合历史中各个渡口发生战役以及拱卫汴京的态势，折彦质认为陕州会兴渡、荥阳玉门渡最有可能成为金军渡河的突破口，而孟津渡与白坡渡则列为次等。基于这个判断，折彦质自己坐镇玉门渡，让最为得力的副将张守意坐镇会兴渡。孟津渡与白坡渡两个渡口，各委派一名参将率领一万名官军把守。

折彦质为何不把孟津渡作为第一战略要冲呢？这乃是因为孟津渡不是一个渡口，而是由孟津渡、富平津、小平津、冶坂津、委粟津、平阴津、硖石津等七处渡口组成的一个渡口群。这些渡口多在黄河南岸，而此一河段的北岸属于太行山，大金军从太行山腹地的泽州进入丘陵岗地较多的怀州，陉口狭窄，山径崎岖，不利于大的兵团进出。若大金西路军主力由泽州南下怀州，骑兵行军会比蜗牛还要缓慢；如果从运城东下，全是一马平川之地，一天即可到达平陆，从那里抢攻会兴渡，是基于地利的首选。还有一条捷径即是从威胜军所在地的上党下壶关穿行太行大峡谷中的官道进入豫北怀州平原，经修武、武陟而抵达荥阳的玉门渡，这条路虽然远一点，但出了壶关峡谷即是离汴京最近的平畴之地。如果攻占了玉门渡，大金西路军就等于打开了汴京的最后一扇门。这也是折彦质亲自坐镇玉门渡的原因。

从常理上说，折彦质的分析并无不妥之处，他的军事部署也体现出常规下的深谋远虑。但是，他却忽略了他的对手并不是《孙子兵法》培养出来的军事家，完颜宗翰之所以选择孟津渡，一是因为南岸的渡口多，二是每座渡口都几乎连着一个小镇。从表面看，这种地形易守难攻，但实际的情况是人烟稠密，不适宜于官军布防。部队从这里渡河，既可以直接从各处渡口补充给养，又可以迅速集结部队踏上洛阳至开封的官道。攻陷太原之前，完颜宗翰就已预先制定了这一抢攻黄河的方案，就连各种可能发生的意外他都考虑进去了。比如黄河的封冻、官军的防御体系推到黄河以北等等。他唯独没有想到的，是连续六天以来一场赶一场的暴雪，在如此极端恶劣的天气中，不要说是人，就是一条狗掉进冰窟窿里，要不了一会儿，也会被冻成僵尸。此情之下，最好的选择就是让大军在避风处安营扎寨躲避暴风雪。但原先制订的计划，是东西两路大军必须赶在十一月上旬于汴京城外会师。完颜宗翰可不愿意因为天气的原因而拖延与东路军的会师。去年因为太原久攻不下而让东路军独自进攻汴京，完颜宗翰为此一直心存芥蒂，他绝不允许这种有损于他声誉的事情发生第二次。尽管有人提醒他此时渡河无异于头顶油锅脚踩刀丛跳舞，他也不会改变渡河计划。之所以执行这计划拖延了三天，乃是因为他在等待能够帮助他顺利渡河的秘密武器——一万只狗。

女真人的故乡都是在极寒地区，在漫长的冬季，他们无论是在冰天雪地中狩猎，还是在风刀霜剑的峭壁上捕捉海东青，他们赖以驱寒的食物，除了烧酒，就是鹿、熊与狗肉。这三种肉燥性大，吃下去后身体里便像是有一盆火在燃烧。暴风雪降临时，完颜宗翰就想到了这三种动物，但在晋、陕、豫地界，鹿与熊是很难找到的，狗却是随处可见。他命令部队，必须在三天内找到一万只狗。他的士兵们几乎将方圆二百里范围的村庄搜了个遍，最终也只找到七千多只。军情紧急已不允许继续寻找了，完颜宗翰决定把这七千多只狗分配给第一批渡河的三万名将士享用。一哨十二人，可分配到三只狗。杀狗时，所有的热喷喷的狗血都洒在蒸熟的米饭中，切成大块的狗肉则支起军锅炖煮。到了子夜，所有渡河的将士们都吃饱了热乎乎的狗肉，而他们的战马，也都喂饱了狗血饭，过了不到半个时辰，无论是人还是马身上都起了燥性儿。这时，骑着战马的完颜宗翰在完颜活女的陪同下，从三里地外的中军大帐中飞奔了过来，他经过的地方都还闻得到活狗被宰杀时留下的血腥味。

又过了小半个时辰，骑在马背上的完颜宗翰动也不动，他的眼睛死死地盯着河面，完颜活女再一次小心地提醒他："大帅，咱们还要等多久啊？"

"狗肉都吃完了吗？"

"都快变成屎了。"

完颜宗翰笑了笑，又问："马呢？吃了狗血饭，它们有何反应？"

"刨地儿，喷鼻子。"

"咱们站在哪儿？"

“雪地上。”

“有冰吗？”

“雪下全是冰。”

“有没有站不稳的马？”

“没有。”

“新马掌管用，李老三手艺好。”

“大帅，为什么不下令呢？”

“渡河吗？”

“是的。”

“狗肉太燥，刚吃下就去蹚水，小心爆了你的血管。”

“哦，原来是这样。”

“还有呢？”

“还有什么，大帅？”

“对岸的鼓声，现在咋样了？”

完颜活女又支棱着耳朵，除了风的呼啸，他什么都听不到。

“鼓声停了，官军怕冻成冰疙瘩，回去钻被窝了。”

“你认为是官军敲鼓了吗？”

“这应该是吧！”

“不是。”

“不是，那是谁？”

“羊，或者狗。”

“羊，狗？这怎么可能？”

完颜宗翰挪了挪坐僵的屁股，这一举动让座骑喷了一个响鼻，接着开始刨蹄儿。完颜宗翰俯身拍了拍马的额头，马乖顺地停止了躁动。

“活女，你认为羊与狗不能敲鼓，如果有人把它们绑在树上，让它们的蹄儿搁在鼓上，它们能不敲吗？”

活女摇摇头：“这是哪门子游戏？”

“官军啥事儿干不出来？他们怕冷，故弄些羊来帮他们敲鼓。”

“大帅，这个，你是怎么知道的？”

“听出来的。”

“啊？”

“咱一来，听到对岸的鼓声就觉得不对劲，怎么乱糟糟的不在点子上，忽高忽低，也听不出气势来。有那么一会儿风弱了一点，咱凑巧儿听到几声羊叫，心里头就纳闷，这深更半夜的，怎么野地里会听到羊叫？转而一想，这可能是官军捉了羊来敲鼓。咱们不是敲了几天鼓吗？南军也不示弱啊！”

完颜活女对完颜宗翰的观察能力佩服得五体投地，同时又对河对岸官军的做法大惑不解，不由得骂了一句：“南军真他娘的花花肠子。”

“活女，明儿一早，咱们过了河，就能吃上羊杂碎了。”

“是吗？北岸吃狗，南岸吃羊，大帅，你大方了。”

“南岸的羊，是官军请咱们吃的，”完颜宗翰说着又侧耳听了听，“鼓声彻底不响了，咱想那些敲鼓的羊，十之八九都冻死了。”

“大帅，咱们渡河吧。”

“把你的手伸出来。”

“干吗？”

问归问，完颜活女还是伸出了手，完颜宗翰摸了摸，笑道：“看看，手心还冒汗呢，你吃了多少狗肉？”

“吃了三大碗。”

“现在额头上还冒汗吗？”

“没有。”

“可以过河了。”

完颜活女听到这句话，立刻就按原定计划带了三百名骑兵跃入黄河的冰凌中，为了防止冰层断裂，三百名士兵散开在大约两里宽的河床上，他们小心翼翼地绕开一丛丛尖锐的冰凌，碰到实在绕不过去的如同铁蒺藜一样的冰丛时，士兵们就会下马挥动狼牙棒扫除冰刀霜剑。他们既要扫平道路，又不能弄出太大的响动，以免惊动河对岸的官军，碰到巨大的冰凌，他们会用麻布将其裹起来，这样敲碎它们时就不会发出清脆的声音……

待第一拨三百名敢死队员行进到三十丈远的河面上时，第二拨敢死队员又驱马下到河中，接着又是第三拨、第四拨……这里的河面宽约百丈，当第四拨下到河面时，第一拨就已抵达南岸。

却说完颜活女率领第一拨三百名敢死队员顺利登上南岸码头时，他发觉不远处即是密密麻麻的房屋，而码头近侧的河岸上，是一排早已掉光了叶子的杨树。他走到跟前，借着冰雪的反光，首先看到一个木架上支着的战鼓，接着又看到杨树上吊着一只羊，两只羊后腿绑在枝丫上，松开的两只前腿刚好够着鼓面。寒冷之中，羊为了保持体温，只得拼命地踢踏前蹄，这就是完颜宗翰听到的不规则的鼓声。完颜活女看到的这只羊早已冻死，尸体变得僵硬，他用手中的长枪戳了戳羊尸，心中更加敬佩完颜宗翰料事如神。

完颜活女让他的敢死队员保持楔形的战斗队列，保护刚刚到手的码头。这时候，已担任中军郎将的杰布率领第二拨敢死队登上河岸，与完颜活女的敢死队会合后，杰布让他的战士迅速组成第二个楔形队列，他在归队前，悄声问完颜活女：

“小老哥，咱们是不是太顺了？”

“你想怎么样？”

“咱们费了那么大的劲，竟然没遭遇到任何抵抗。”

“你没看到吗？官军让羊当了替死鬼，”完颜活女一脸轻蔑，随即又说，“不过，咱们也别高兴得太早。”

完颜活女的话音未落，忽听得身后河道上传来一阵巨大的轰隆声，接着是马的紧张的嘶鸣声及人的惊叫声。

“出什么事了？”杰布下意识按了按腰刀。

天色漆黑，完颜活女也不知道河面上发生了什么，但他预感到形势有些不妙，便推了杰布一把，示意他赶紧归队。

果不其然，河面上的响动惊动了哨棚上的官军，他们从瞭望孔里看到了渡河的金军，立即鸣锣示警，从睡梦中惊醒的官军们赶紧爬起来仓促应战。好在战前官军们已经在所有的路口设置了高大的钉着铁蒺藜的木栅，阻挡金军的进犯。而且，沿河码头上的民房也早已被官军征用。现在，他们都躲在这些房子里居高临下朝着河滩放箭，两支已经登陆的敢死队顿时陷入极度的危险之中。

在官军放箭的同时，完颜活女已得到准确的消息，第三支敢死队在离河岸二十来丈远的河面上，遭遇了冰崩，十几名战士连人带马掉进了冰窟窿，而且冰崩的范围迅速扩大。为了安全，后面的敢死队暂时停止了渡河。

得此消息的完颜活女并不慌张，因为在渡河之前的军事会议上，完颜宗翰已向各位将军详细传达了他制定的抢渡方案，一旦发生冰崩或被官军提前发现，就会点燃篝火，擂响战鼓，让工兵迅速在冰河上架设浮桥……

赶在官军放箭之前，完颜活女就让所有的战马跪倒，战士蹲下。官军的乱箭射来时，敢死队员手中的盾牌组成巨大的屏障，一来夜色太深，二来防卫得当，官军射出的箭矢并没有造成两支敢死队的任何伤亡。经过短暂的观察，完颜活女让传令官前去告诉杰布伺机实施新的作战方案。

完颜活女还观察到，官军射出的箭雨虽然密集，却并不可怕。这是因为愈来愈猛的暴风雪减缓了箭矢穿行的速度，加之极度的严寒，也让官军的弓弦冻僵而失去了弹性，用力轻，箭射得不远；用力重，弓弦就会断掉。这恶劣的天气，倒是帮了金军的大忙。

尽管这样，也不待官军第二阵箭雨射出，就听得北岸数百面战鼓一起敲响，紧接着篝火也燃烧了起来，这篝火每隔十丈一堆，绵延十数里地，熊熊的火光烛天烧地，配上那撼天动地的鼓声，更有着数万名战士掀天揭地的呐喊声，孟津渡大大小小七个渡口仿佛要被这巨大的声浪摧毁，被灼烈的火焰烧毁。

这骤然出现的变化，让守河的官军惊愕，他们面面相觑停止了射箭。完颜活女抓住这极为短暂的空隙，突然跃上战马，率队奔向码头左侧的民房，而杰布几乎与他同时也率队奔向右侧的民房。完颜活女经过冷静地观察，发现布满木栅的道路很难突破，而通道两侧的民房，虽然高出河滩一丈有余，但若站在马上，人就与民房的窗户平齐，于是他决定将民房作为攻占码头的突破口。说时迟那时快，在官军被战鼓声与呐喊声震懵的那一瞬间，两支敢死队已经如响箭一样射向了民房，等官军战士们缓过神来，敢死队员已冲到了民房跟前。马背上长大的女真人，身子敏捷得像猴子，一接近民房，他们立刻就蹿到马背上站立起来，房里的官军大都贴着窗户观察码头上的动静，躲闪不及便被敢死队员的刀枪捅死，躲闪得快的也不敢恋战，十之八九都选择了逃跑。

敢死队员们拉垮窗户，或者推倒墙壁，钻进民房又迅速冲进街道，虽然敢死队员只有六百名，守河的官军有一万人，但冲上街道的敢死队员们几乎没有遭遇到像样的抵抗，他们迅速控制了码头通往集镇的三条路口，搬开了木栅……

就在两支敢死队攻占孟津渡的时候，工兵营也迅速架好了浮桥，掉进冰窟窿的战士除了有一个因呛水死亡外，余下的全部救出，当然被救出的还有落水的马。因为吃了狗血饭，这些马没有一匹因为泡在冰水里超过半个时辰而被冻死。

第二十八章　北斗神兵与《保身说》

睿思殿的偏殿是一间两楹小殿，皇上常在此会见密勿大臣商议国事。这天下午，赵桓在唐恪与耿南仲的陪同下，会见一位神秘来客。这位神秘来客大约四十来岁，五短身材，尽管天寒地冻滴水成冰，人们身穿貂裘鹤氅还冻得筛糠一般，他却只穿一件单薄的府绸圆领襕衫，还神态自若如处盛夏。赵桓进得殿来，先已等候在此的神秘来客便屁股离了凳儿，朝刚刚在铺了厚厚丝绵褥垫的太师椅上落座的赵桓趴下磕头，高声唱喏："臣民郭京拜见皇上。"

"平身。"赵桓条件反射般回了一句。

"谢皇上。"

郭京回到凳儿上坐好，赵桓打量着他，见他一双浓眉下的大眼炯炯有神，颧骨很高，鼻梁挺直，便觉他生了异相，于是问侍坐在侧的唐恪："这位壮士就是你推荐的郭京？"

"正是，皇上。"

"他只穿一件襕衫。"

"这是他为见皇上，才觅了襕衫穿上，平素在家，只穿短裤背心呢。”

赵桓望了望窗外檐上悬吊着一排两尺来长晶莹剔透的冰凌，又问：“不冷？”

“不冷。”郭京自己回答，他虽初次觐见皇上，却一点也不怯场，“皇上，咱的手心还冒汗呢。”

郭京说着，将两只手掌亮给赵桓看。唐恪一旁怂恿说：“你上前，让皇上摸摸你的手。”

也不等赵桓表态，郭京主动起身上前，把双手伸到赵桓面前，赵桓伸手一探，郭京的手心果然发热，不由得暗暗称奇。他示意郭京坐回去，接着说：“唐中丞向朕推荐你，说你会一门大法术。”

郭京回答：“是的，臣民会六甲法。”

“什么叫六甲法？”

“这是奇门遁甲之术，专用天干首位之甲，可破除邪恶，剪凶除逆。”

“怎么个破法？”

郭京摆弄开架势侃侃言道：“天干十位数，配成东西南北中五位，金木水火土五行，青白红黑黄五色。用于军事，可衍变多种战阵。具体说来，是东方甲乙木、南方丙丁火、西方庚辛金、北方壬癸水、中间戊己土。咱大宋王朝的气脉走到当下，行的是东方木运，这就是为什么皇上尊讳以及诸皇弟的名字中都带有一个木字。木运之人，按五行来说，最怕南方丙丁火、西方庚辛金这两样。火得木而旺，木遇火而亡。这说的是火，再说金，这庚辛之金也是木的大克星。大金国虽是边鄙之国，行的却是金运。眼下，这女真人的金星呈强旺之势，他们来攻打咱大宋都城，是命中注定之事，这就好比木头再硬也摆脱不了被斧锯利刃拦腰斩断的厄运。小木头一刀砍断，大木头粗壮，一刀砍不断，费上十刀百刀，甚至千刀万刀，总有被砍断的那一天。臣民思虑……”

“慢着！”

赵桓突然打断郭京的话，指着坐在唐恪对面的耿南仲问：“耿南仲，你执意不肯让南道总兵张叔夜与陕西制置使钱盖统兵来阙勤王，原来是听了郭京的话。”

赵桓口气严厉，吓得耿南仲起身作揖，嗫嚅作答：“皇上，臣提出这一建议时，还不认识这位郭京。”

耿南仲建议退兵之事，发生在十天前。那时，大金国东西两路大军在完颜宗望与完颜宗翰的率领下，已攻克了黄河以北的所有州府，所到之处势如破竹。当真定、中山、太原相继陷落后，赵桓采纳了许翰的建议，将天下二十三路官军合为四道。建北京、东京、西京及邓州为都总管府，分总四道兵马。任命大名府知府赵野为北道总兵，河南府知府王襄为西道总兵，邓州知府张叔夜为南道总兵，应天府知府胡直为东道总兵。同时采纳御史中丞吕允中的建议，授权四大总兵事可专决，财可专用，官可专置，兵可诛赏，军情之事以羽檄专传。一旦金虏逼近黄河，北道与东道总兵督师保境，而南道与西道总兵则立即率兵勤王入卫京师。

当大金东西两路数十万大军扫荡两河地区进逼京畿时，张叔夜的十五万大军与隶属于西道总兵王襄麾下的陕西制置使钱盖统兵八万立即启程驰援京师。但是，当他们赶到京畿准备安营扎寨时，耿南仲以二十多万大军入驻，京师匮乏无法承担粮秣军需为由，建议他们退回守地。这一建议在赵桓主持的紧急会揖中获得通过。参加会揖的大臣，有张邦昌、聂昌、唐恪、耿南仲、许翰以及宇文虚中、吕允中等七人。前五位大臣坚持要与金军议和，宇文虚中与吕允中二人主战。正在争论不下时，恰逢收到种师道从真定一路退却到河阳后呈上的密札：“虏必大举，汴京势危，敦请皇上驾幸长安以避其锋。”本来还想坚持抗金的赵桓，见到长期坚持对金作战的种师道也动摇了信心，顿时心情大为沮丧，他也因此而再次同意与金军议和，并将据理力争的吕允中贬谪，南道与西道两支入卫京师的部队也回撤原地。

做出这一决定后不几天，大金东路军突破黄河，完颜宗望的中军行辕这次没有设在牟驼岗，而是在城西的刘家寺。因为完颜宗望事前已得到情报，南朝皇帝前不久在位于刘家寺的官军一处大营里阅兵，许多军械器具俱藏于此。为了抢占这批物资，完颜宗望就驻扎到那里。西路军比东路军晚到两天，完颜宗翰听从陈尔栻的建议，将中军行辕设在南薰门外的青城。这青城乃是大宋王朝的祭天斋宫所在地。这里宫室亭榭众多，并四时结彩，华丽非常。赵佶皇帝登基后，年年都会来这里举行祷天仪式，曾有道家说赵佶是青帝下凡，他对此深信不疑，故将天斋宫改名为青城，并大加扩建修缮。陈尔栻建议完颜宗翰进驻此处，其意在于切断南朝的龙脉。

却说大金军将汴京包围之后，城里只有七万禁军，与金军相比，力量太过悬殊。赵桓寄希望于和议，谁知完颜宗翰来到后，断然拒绝与朝廷讲和，这一下让赵桓束手无策。正在这时候，耿南仲推荐了郭京，说此人法力无边，有生擒完颜宗翰与完颜宗望两位金酋的绝术。赵桓将信将疑，但别无良策，于是抱着试一试的心态同意接见郭京。当郭京大讲那些金克木、木生火的玄理时，赵桓突然联想到南道与北道两路兵马入卫京师被耿南仲阻拦的事，于是插问了那么一句。虽然，他对两路兵马撤回原地一事耿耿于怀，但并没有因此而对郭京产生嫌弃，相反，他对郭京的奇谈怪论产生了兴趣。插问之后，他不再与耿南仲理论，而是问郭京：“你刚才说到哪里了？”

“臣说金酋兵临汴京，是一场逃不脱的劫运。”

“何以见得？”

“臣民既这么说，有道君皇帝的一首诗为证。”

“上皇的诗？他哪一首诗？”

郭京没有直接回答，而是先讲了一个故事：

八年前，也就是宣和元年的秋天，道德院的院正上奏徽宗皇帝，说院内中庭的正中地上，突然生了一棵蒲扇大的金芝。蔡京极言这是难得的祥瑞，建议徽宗皇帝前往观看。赵佶一向喜欢天人感应的嘉事，于是车驾往观。在道德院看过金芝之后，蔡京谄媚称颂眼下这河清海晏物阜民丰的盛世，是徽宗皇帝这个太平天子带给万千黎庶的广大福祉。赵佶听了十分高兴，回宫路上，正好路过蔡京府邸，他便接受蔡京的邀请而进去吃茶。席间，蔡京就道德院观赏金芝一事写了一首七绝献给皇上：

太平天子喜中兴，
一本金芝化物成。
青帝呕心培国运，
纵然漠塞也春生。

赵佶读了这首诗，句句都喜欢，趁着兴头儿也和了一首：

道德方今喜迭兴，
万邦从化本天成。
定知金帝来为主，
不待春风便发生。

待郭京念出这两首诗后，在座的人，无论是皇上赵桓还是两位大臣，都默不作声。因为他们都知道这件事，但是过去了这么多年，谁也不曾想到把这两首诗同大金军南侵的事联系起来。现在经郭京这么一提醒，君臣们才意识到上天早就示警。本来应该生长在深山老林的金芝居然在汴京的道德院中出现，蔡诗中的“青帝”明显是歌颂徽宗的谀词，而徽宗皇帝的和诗却直言“定知金帝来为主”，这简直太骇人了，难道是在无意中透露了天机，还是一语成谶？面如土色的赵桓不敢往下想了，他问唐恪：“听说上皇的这首诗刻成碑了？”

“是的。”唐恪谨慎回答，“石碑安置在道德院中庭，金芝生长的地方。”

一提到“金”字，赵桓身子不由自主地痉挛了一下，情不自禁叹了一口气，语气阴沉地说：“你们派人去把那石碑砸了。”

“好好，”唐恪回答，“臣待会儿就派人前往道德院。”

“待会儿，谁让你待会儿？”赵桓歇斯底里爆发了，厉声斥道，“这样的大事，你们还要磨蹭，朕不想当亡国之君，可是你们却是一帮亡国之臣！”

“皇上！”

唐恪与耿南仲双双跪了下去，他们第一次看到赵桓如此震怒，都吓得魂不附体。郭京见状颇为尴尬，也跟着跪了下去。

怒气冲冲的赵桓跺着脚说："去，现在就让人去，朕在这里等着，要看石碑的碎片。"

唐恪再也不敢怠慢，从地上爬起来出殿去安排此事，待他转回来时，但见耿南仲与郭京已坐回到椅凳上，他也觍着脸坐了下来。

怒气伤肝，寒气伤肺。一会儿悲一会儿怒的赵桓，自觉有些失态了，他想平息一下心情，却感到喉头发痒，止不住呛咳起来，小侍赶紧捧上一盅浮酥茶汤，赵桓饮了几口，止住了喉头痒，这才又开始问话："郭京，朕且问你，你说你会六甲法，朕听了半天，也不知你六甲法如何能对付金虏？"

"禀皇上，咱用六甲法训练北斗神兵，可以生擒两位虏帅。"

"什么神兵？"

"北斗神兵。"

"北斗，就是天上的北斗？"

"正是。"

"北斗神兵神在哪里？"

"咱可按六甲命格，招募七千七百七十七个神兵，组成北斗七星阵，金虏纵然六十万，一入咱的北斗七星阵，则帅如羔羊，兵如蝼蚁，东西两个酋首也会束手就擒。"

"这七千七百七十七个神兵，你从哪里招募？"

"命带三甲之人，十五岁以上、六十岁之下均可应征。"

"这样的人，哪里能打仗？"

"不需要他们会打仗，只是跟着我演出北斗七星阵来。"

"你的北斗七星阵真有这么神奇？"

"蛤蟆不是飞的，牛皮不是吹的。只要皇上您信，咱就为您生擒金酋，什么金帝来为主，咱叫他有来无回。”

耿南仲看到赵桓一副将信将疑的神情，一旁撺掇说：“皇上，这北斗七星阵，古已有之。唐代名将哥舒翰就经常使用。有一首诗说‘北斗七星高，哥舒夜带刀。至今窥牧马，不敢过临洮’。因为哥舒翰的北斗七星阵，连千年称雄的匈奴都不敢犯境，今日的女真比起汉唐时的匈奴，又不知差了多少。”

赵桓点了点头，虽然觉得这北斗神兵有点悬乎，但在这破城在即的节骨眼上，他也只能宁可信其有不可信其无了，便吩咐唐恪与耿南仲务必提供一切方便，尽快让郭京训练出北斗神兵，以解京城之围。

青城天帝宫旁边有一所院子，原是南朝皇帝祭天帝时的驻跸之地，眼下成为了大金西路军的元帅府。完颜宗翰与陈尔栻以及一应侍官随从都住在里面。这天下午，飘了大半天的鹅毛大雪停了下来，云缝里钻出了太阳。在一行骑兵的簇拥下，两匹高大的战马在小院门口停了下来，完颜宗翰与完颜宗望两位元帅从马上跳了下来。今天是完颜宗翰入驻青城的第二天，也是两位元帅率军会师汴京后第一次会面。上午，两人相约视察从酸枣门到南薰门一带城防，在驻扎在酸枣门外的金兀术营房内用过午膳，半下午，完颜宗望又随着完颜宗翰来到青城，他来这里，一是要与宗翰密商对南朝用兵大计，二是趁便看望已有一年多未曾见面的陈尔栻。

这院子一进五重，第三重最为宏阔，中间乃元帅府廨房，廨房两侧为东西厢房，一溜各有七间，完毅宗翰住在西头靠里最大一间，陈尔栻住在东头最大一间，与完颜宗翰隔庭相对。两位元帅走进陈尔栻的住房时，陈尔栻刚刚抄完司马光《保身说》中的一段话。

“老先生，又在练字儿？”

完颜宗望一进门，就半开玩笑半认真地同陈尔栻打招呼，正埋头检查墨迹的陈尔栻抬头看是完颜宗望，连忙站起身来，忙不迭声地说：“哎呀，是你宗望大帅呀，怎么不先派人照会一下，失礼了，失礼了，两位大帅请坐。”

这是连着卧室的一间书房，两位大帅坐定了，水老哇将煮好的奶茶一人斟了一碗，完颜宗望接着说：“老先生，看你神清气爽，精神头儿好着呢，听宗翰说，你喜欢吃羊杂碎？”

陈尔栻搓着手笑：“翰帅什么都对你讲了，他太照顾我了，我常常过意不去。”

“你一手字写得龙飞凤舞，还这么下神练哪？”

陈尔栻笑着没有回答，宗翰看案头上堆了不少线装书，便说：“老先生开笔就是韬略，他肯定又是在琢磨什么事儿，水老哇，把老先生写的笺纸拿过来。”

水老哇跑过去拿来笺纸递给宗翰，宗翰又递给宗望。

宗望说：“老先生，咱看看不妨事吧？”

“不妨事，你看。”

宗望将那两张笺纸上的文字默读了一遍：

天下有道，君子扬于王庭，以正小人之罪，而莫敢不服；天下无道，君子囊括不言，以避小人之祸，而犹或不免。倘人生昏乱之世，不在其位，四海横流而欲以口舌救之，臧否人物，激浊扬清；撩虺蛇之头，践虎狼之尾，以至身被淫刑，祸及朋友，士类歼灭而国随以亡，不亦悲乎！

录司马温公《保身说》

宗望读完，约略懂得大致的意思。阿骨打生前一直鼓励子侄辈学习汉文，并聘请陈尔栻当他们的老师，但宗望对汉文的修习却是逊于宗翰。当宗望将笺纸递给宗翰，宗翰一看就明白了。他问陈尔栻："老先生，汴京指日可破，你在这个时候抄录司马光的这段话，是要提醒我们什么？"

陈尔栻习惯性地抿着嘴唇，他在思考问题时就是这个样子。现在，离他所盼望的那个胜利的日子已经越来越近了。所以这些时日老是失眠，许多在过去一直比较模糊的问题，突然间变得清晰了，而过去认为很好理解的事物反而又觉得扑朔迷离。现在，面对两位大帅，他琢磨着用什么样的方式把自己的想法告诉他们，斟酌了一番，他对完颜宗望说："望帅，咱建议翰帅把他的元帅府放在青城，个中原因，想必翰帅已告诉你了。"

"宗翰是向我讲了。老先生，咱爹生前就说过，您是诸葛亮再世，是老天爷送给咱大金国的礼物。"

"老皇帝这样抬举我，愧不敢当。"陈尔栻朝完颜宗望拱拱手，接着说，"其实，像我这样的老秀才，在中原比比皆是。"

完颜宗望说："老先生太谦虚，南朝如果有你这样的人，怎么可能有今天？"

"症结就在这里，南朝贤达之士的确很多，但是多半在民间，朝廷中贤人太少了。"

陈尔栻说着就摇头叹气。

完颜宗翰理解了陈尔栻抄录司马温公《保身说》的心情，接了话头说道：“如今的南朝，已是天下无道了。”

陈尔栻向宗翰投以赞许的眼光，说道：“冰冻三尺，非一日之寒。南朝的天下无道，自王安石开始，司马光反对王安石治国之策，认为他是以术代道。术者重利，道者归仁。自王安石之后，南朝上上下下，趋利者众，趋道者少。趋利之徒充溢朝廷，纲纪必坏。纲纪一坏，君子之道必然消退。君子道消，接下来必然是小人道长。南朝的国运，从神宗开始变坏，经过哲宗、道君皇帝到今上，可谓一朝不如一朝。神宗皇帝之前，君子立于朝，以保国为己任。兹后，特别是道君皇帝一朝，小人多于过江之鲫，即便有君子侧身其中，也只能保身而已。君子不能保国而只能保身，这是南朝国运由盛转衰的真正原因。”

完颜宗翰被陈尔栻的分析深深折服，便拿起案上的笺纸，指着最后一段文字给宗望看，感叹道：“你看看，司马温公这两句话说得好，‘士类歼灭而国随以亡，不亦悲乎！’士类歼灭，是谁灭了他们呢？”

宗望这时完全明白了，跟着话头补了一句：“南朝灭士之人，必为我大金灭之。”

“好，好！”陈尔栻击节称赞，“你们兄弟两位大帅，必将亲手埋葬南朝，为泱泱华夏再创一段辉煌。”

“怎么是咱兄弟两位？”宗望说，“还有您这位诸葛亮呢！没有您老先生事事谋划，咱大金军怎么能逢仗必胜？”

“望帅言过了，”陈尔栻连连摆手，又敛了激情，恢复到拘谨的神态，“阿骨打老皇帝对我这个酸秀才有再造之恩，咱无以回报，唯肝脑涂地而已。”

宗望又说：“咱与宗翰议过，准备一起向吴乞买皇帝举荐，让您当南院宰相。”

陈尔栻欠了欠身子，朝二位大帅拱手说：“两位大帅的情意我领了，但老朽今年已六十七岁了，行将就木之人，还是当一个村夫野老吧。”

宗翰已就此事多次征询，陈尔栻总是坚辞不受，尽管他仍未放弃这一想法，但认为这会儿不是讨论这一问题的最佳时机，于是他换了话题：“老先生，汴京破城在即，咱与宗望已制定了切实可行的破城方略，大战之前，希望听听您的建议。”

陈尔栻非常感谢两位大帅对他的信任，于是，他将自己反复思考过的问题总结出六条来说给两位大帅听：

第一，南朝君臣急于和议，但我方要坚决攻城。破城之后，再与南朝重启和议。彼时南朝之君臣，已没有任何讨价还价的余地。大金与南朝疆域，暂以黄河为界；

第二，破城之后，希望金军所有将领约束部下，不可进城，更不能抢劫奸淫，违令者斩；

第三，南朝宫藏之诸家典籍、玉玺卤簿、历代皇册，要全部收缴搬运到大金军中；

第四，宋历代皇陵、所有文庙、郊坛乃至宫观佛寺不可焚毁盗劫，违令者斩；

第五，司马温公之墓，历代大儒之墓，差遣军人值守，以防宵小之徒借此破坏；

第六，凡皇室中人、缙绅大户一律登记造册以备查验。

凡此种种，陈尔栻一一说出，两位大帅听了频频点头。

第二十九章　南薰门外的闹剧

自靖康元年冬月十三日开始下第一场暴雪，除冬月十八日下昼雪停还出了一小会儿太阳之外，连日来都是北风凄厉，大雪不止。到了冬月二十四日夜里，老天仿佛被人揭开了盖子，大雪不再是飘落，而是像冰疙瘩一样密密麻麻砸了下来。城中的桥梁、道路、宫观、民居一段一段地崩毁，一片一片地垮塌。雪灾与虏警双重压迫着城中二百多万居民。自宋太祖赵匡胤于公元九六〇年在此开国建都，迄今已历一百六十六个年头，锦绣如簇富贵熏天的汴京城何曾见过这等时间之久声势之大的暴雪？当然，更没有遭逢这般强虏如虎官军如鼠的尴尬。那些簪缨之族介胄之臣，还有那些缙绅大户风流巨贾，乃至衣食无忧养亲课子的寻常夫妻，寄人篱下犹自娱自乐的闾巷人家，统而言之，城内所有的龙袖骄民们，无一例外都成为了一场惨绝人寰的悲剧的主角。有奋起反抗者，但心中仍藏有拂之不去的绝望；有幸灾乐祸者，但更多的人虔诚地祈祷佛祖与道祖，希望有奇迹发生。在这种度日如年的煎熬中，冬月二十五日这一天在暴雪中悄悄地来临了。

一大早，在大相国寺门前的广场上，就有三三两两的人来到这里。尽管天气恶劣，但那些关心战事的人仍会来这里交流议论各种各样的消息。忽然，他们看到一个年迈的女人穿着吊孝的麻衣走进了广场，眼尖的人立刻认出了她。

“这不是马仙姑吗？”

“没错儿，是她。”有人附和。

这个马仙姑在汴京城中名气很大。她会过阴，即用法术让人们去阴曹地府中会见已逝的亲人。从二十多岁时开始以此谋生，如今六十多岁了，仍门庭若市，汴京城中很少有人不知道她。这会儿她这身打扮走进广场，立刻吸引了人们的注意，于是大伙儿尾随着她，看看她究竟要干什么。

马仙姑走到广场中间站定了，她先用雪堆了一个小台子，然后从随身带来的褡裢中取出三支高香、两支蜡烛，她先点燃蜡烛，再用蜡烛点燃三支高香。为了防止雪片淋湿燃香，她放在手里摇了摇，待高香燃了小半寸，她再把三支高香插在雪堆上，将蜡烛插在高香的两旁。

在做这一切的时候，马仙姑目不斜视，也不与人搭讪，这是她在长期过阴中培养的职业习惯。当然，今天她的神情更加肃穆，更加悲戚。很奇怪，那三支高香两根蜡烛插上雪堆之后，打着呼哨儿的北风忽然停了。马仙姑对着三支高香跪了下去，趴在地上磕了九个头，接着就号啕大哭起来。

马仙姑这怪异的举动让围观者感到不安，于是有人蹲到她的耳边小声询问：“马仙姑，你咋了？”

马仙姑抽泣着回答：“今儿个天帝死了，我为他戴孝。”

“天帝死了，你咋知道？”

马仙姑不接这话茬，犹自哭泣，一边磕头一边说：“天帝在，咱大宋有救，天帝一死，咱大宋就要亡了。”

听马仙姑这么一说，围观的人都四散逃开了。也有人立即跑到大相国寺报警，闻讯赶来的铺兵，立刻就把马仙姑拽起来戴上枷具收监。

但是，“天帝已死，大宋要亡”的说法已是不胫而走，很快传遍了汴京城。本已成惊弓之鸟的龙袖骄民们，这一下更加慌张，许多人不约而同拥到皇城周围打听皇帝的动静。

此时，皇帝赵桓正坐在他的上书房里，与张邦昌、聂昌、唐恪、耿南仲、许翰等一班股肱大臣议事，赵桓显然已知道了马仙姑的事，他问张邦昌：“天帝会死吗？”

张邦昌回答：“天帝怎么会死呢？他是众神之神，诸路神仙都不死，天帝更不会死。”

“那，这马仙姑怎么处置？”

张邦昌指着聂昌说：“你当过开封府尹，知道马仙姑这个人，你说该如何处置？”

聂昌犹豫着不知如何回答，许翰却站出来说：“马仙姑造谣惑众，扰乱军心，臣建议立即杀掉，以儆效尤。”

“对！应立即将其明正典刑。”唐恪附和。

“爱卿，你说呢？”赵桓又问张邦昌。

张邦昌点点头：“那就杀吧。”

当即，就有人赶到开封府传达圣旨，将马仙姑押赴大相国寺广场就地正法。

上书房的议事还在进行，张邦昌奏告，南道总兵张叔夜拟率军再至汴京，将皇上抢出城去，南下邓州以避虏患。

此议遭到在座大臣的一致反对，认为这是毫无胜算的鲁莽之举。

唐恪接着奏报，在河北巡视军备的康王赵构，见大势已去，便带着宗泽、刘韐、张思正诸路兵马十万余人撤退到濮阳，建议皇上任命康王为天下兵马大元帅，宗泽副之，火速率军驰援汴京。

这一建议获得赵桓的首肯。但赵桓心里清楚远水救不了近渴。金军对汴京围而不攻，不是惧怕而在选择时机。要变被动为主动，必须率兵出击。这时他想到了郭京的北斗神兵。

自赵桓接见郭京后的第二天，郭京就通过张榜告示招募到北斗神兵所需要的七千七百七十七个兵员。每个面试合格者，立即发给二两白银及一套印有白色太极图案的青色粗布衣，并将宣德门城楼外的广场作为训练场。郭京制订的训练计划非常简单，他将神兵们分为青龙、白虎、朱雀、玄武四队，每队一千七百人，留下九百七十七人作为中军。四队分别擎着青色的龙旗，白色的虎旗，赤色的凤旗，黑色的龟旗，中军则是七面绘着天王像的令旗。这四支队伍分先后左右护卫着中军。郭京站在六匹马拉动的战车上，手执一把七星剑，他的剑指向哪里，龙旗就奔向哪里，而虎旗则朝着相反的方向呈扇面推进，朱雀玄武两队则在两侧走成起起伏伏的圆圈。每个神兵手上不拿任何武器，只拿着一把一尺七寸长的大折扇，扇面上图画与颜色与各自队旗一致。神兵们一边走着一边高呼："北斗神兵，扫荡妖氛，天帝助我，无往不胜！"这种五军联动的阵式共有七种变化……表演时，让人看得眼花缭乱。唐恪、耿南仲、许翰几位大臣觉得这支北斗神兵穷极变幻，从而相信它有擒龙伏虎的魔力。他们请到赵桓登上宣德楼观看了一次演练，七种阵式看完，不觉两个多时辰过去。赵桓同大臣们感觉一样，只是存了一个疑惑：不用刀枪，如何能战胜金酋？郭京回答赵桓的疑问，放言北斗神兵布下的是天罗地网，一入阵中，金酋就会头昏目眩神志不清，他们会拿起刀枪互相厮杀，最后连一个活口都不会留下。

赵桓听了竟然同诸位大臣一样深信不疑，于是下令让郭京尽早出城作战。但郭京托词说北斗神兵须得选择吉日作战，否则得不到天帝佑护。

就这样又拖了几天，到了今日，坐在上书房议事的赵桓又想起了这件事，便问唐恪："郭京的北斗神兵，为何还不能出战？"

唐恪听出皇上的口气含有极大的不满，只得硬着头皮回答："郭京说，吉日未到。"

"到底哪一天是吉日？嗯，他总不能让朕痴汉等丫头。"

"臣这就去催。"

唐恪还未起身，便见禁军指挥使王宗濋一脚踏进门来，嚷道："皇上，出大事了。"

"什么事？"

王宗濋禀报：一大早，派往青城会见完颜宗翰请求重启和谈的特使辛兴宗，来到南薰门外，告知要进城。守城军士验了关防，便放了吊篮将他们一行分别提上城来，谁知随他进城的还有大金特使吴孝民。大金东路军第一次兵临汴京时，他就是特使，不但见过李邦彦、张邦昌等宰臣，还两次见过皇帝。他被提上城后，守城禁军上前将他从吊篮中拽出来，他嫌军士用力过猛扯痛了胳膊，又因吊篮的铁钩挂破了貂裘，顿时勃然大怒，气势汹汹掴了军士两个巴掌。军士得知此人是大金国使，气不打一处来，飞起一脚将吴孝民踢翻在地。吴孝民从地上爬起来，对随行的四位金兵嚷道："杀死他！"金兵便一起拔刀。城楼上的禁军闻讯都提了刀枪赶来，一场恶战，竟将吴孝民与四名金兵全都杀死。禁军战士们仍不解气，竟割了这五人的头颅扔下城去。护送吴孝民一行的金军马队尚未离开，此时便捡了头颅驰回去报信。不到半个时辰，便听到城外金营中集结部队的海螺声。

听完这个奏报，赵桓心中叫苦不迭，问王宗濋："金军开始攻城了吗？"

"应该是这样，南薰、酸枣、朝阳、通津等城门均有战报，金军大量的鹅车、云梯正在推进。"

"你快回去，组织防御。"

"是。"

王宗濋说着又一路跑步离开。赵桓用一种饱含孤苦与无奈的眼神扫视着在座的大臣，问："诸位爱卿，你们说该怎么办？"

大臣们一个个噤若寒蝉，冷了一会儿场，唐恪起身说："皇上，臣这就去通知郭京，让北斗神兵出城迎敌。"

"好，让他的北斗神兵在南薰门与金虏决一死战。"

"臣遵旨。"

唐恪离去的时候，赵桓又喊住他，特别叮嘱道："告诉郭京，朕将率所有的股肱大臣，前往南薰门督战。"

大约午时三刻，在持续的飞雪中，紧闭的南薰门突然打开，随即高悬的吊桥也缓缓从护城河上落下。此时，大金军的二十辆鹅车分别停放在南薰门两侧大约一百丈开外的地方，鹅车后头是完颜活女的三万步骑兵，他们做好了一切准备，等完颜宗翰大元帅下达攻城的命令。

南薰门开启的时候，完颜活女正站在离城门最近的那一辆鹅车上，居高临下的他发现一队身穿青袍的人跟着三面龙旗走了出来。完颜活女觉得很奇怪，他不知道这些人要出城干什么，他的第一判断就是这些人不是士兵，而且也不好好走路，他们左右摇摆着如同扭秧歌，走三步还在回一步，在原地转一个圈儿再接着走。他们背上的白色太极图以及手上的折扇很是抢眼。很快，完颜活女由一个前线指挥官变成一支舞蹈队伍的欣赏者，他见到龙旗的队伍走完，接着是虎旗，后面紧跟着出城的是七面大黄旗，每面旗上都绣着一尊左手握着雷电右手握着火焰的神像。完颜活女并不知道这是天神，他问旁边的人："这是何方神圣？"旁边的人猜测着回答："是不是关公？"完颜活女摇着头说："绝对不是关公，那爷们是要大刀的。"跟着神旗后头，是一辆六匹马拉动的轿车，只是那轿车的顶盖被掀开了，郭京披着绘有天帝像的玄色大氅，站在轿厢上，左手拿着一把折扇，右手握着七星剑，动也不动指着前方。

"这是个啥人物？"

站在完颜活女身边的一位偏将嘟哝着，取下背弓就要放箭，完颜活女立刻制止，他觉得稀奇还没有看够呢。他不知道这支神神道道的队伍要干什么。眼见走在最前面的龙队快要抵近骑兵方阵了，完颜活女下令部队后撤一里地，腾出空地让这支队伍尽兴表演。

再说早早儿就站在南薰门城楼上的皇帝赵桓以及所有陪侍大臣，在南薰门开启的那一刹那，心都提到了嗓子眼上，他们不知道北斗神兵的七千多人，就凭着一人一把折扇，如何能战胜大金军数十万虎狼之师。看到郭京的马车过了吊桥后如入无人之境，二十辆鹅车竟无人敢向他放箭，君臣无不称奇，紧接着便见神兵直冲大金军的马队，不但没有遭遇到抵抗，六个威风凛凛的马队方阵反而一齐后撤。看到这一幕，本来心存恐惧的赵桓顿时激动万分，竟忘情地喊了起来：“北斗神兵果然厉害！”

张邦昌立刻跟着说：“天不灭宋，天帝护佑陛下。”

诸大臣一起向赵桓表示祝贺。但赵桓的注意力又转向了北斗神兵。

从龙队打头走出南薰门，到最后的龟队走过吊桥，差不多花了半个时辰。当龙虎凤龟四队簇拥着居中的天帝时，北斗神兵的七千七百七十七个战士已全部到达吊桥外开阔地带。在这个地带，前有二十辆载有抛石机的鹅车，后有六个骑兵方阵，左右两侧则分列着步兵的铙钩队、长枪队、弓弩营、工兵营等等。站在马车上的郭京观察形势，想着这个闹剧怎么演下去。他本是一个略通一点旁门左道的江湖术士，针对大金军围攻汴京朝廷君臣束手无策的局面，他捏造出一个北斗神兵的神话，其本意是骗钱。没想到赵桓君臣深信不疑，对他有求必应，要钱给钱，要物给物，只希望他尽快练就北斗神兵，并尽快出城作战，生擒金军两位主帅。郭京一推再推，只是想将到手的金银尽快转移出城后，再以出战的名义溜之大吉。今天，当唐恪传达皇帝的旨意责令他必须出战时，他骗到手的金银珠宝还有一小半没运出去，但他再也无法推托了，只得仓促率着北斗神兵出了南薰门。可笑的是，他的鬼把戏不但骗了宋、金两国君臣勇将，也把他自己给骗了。看到大金军主动后撤，他也相信了自己的谎言。原来，北斗神兵果真有化虎为羊的魔力。于是他的胆子大了起来，当七千七百七十七名神兵全部来到开阔地后，他挥动七星剑指挥神兵们依次上演他的七个阵式。当龙虎凤龟四队簇拥天帝形成一朵向日葵时，神兵们挥舞折扇一起高喊：

北斗神兵，
扫荡妖氛。
天帝助我，
无往不胜！

鹅车上的完颜活女看得很投入，听到这齐轧轧的喊声，他不由得竖起大拇指称赞了一句：“这些扇爷好玩。”

小校一旁丈二和尚摸不着头脑，嘀咕道：“这些扇爷要干啥？”

完颜活女回答：“依咱来看，这些扇爷可能是汉人的萨满。”

说话儿的时候，只见空阔地上的阵式又变了，五队神兵变成了一个巨大的太极图，那太极图变化着黑白，且扭动着起伏着，神兵们再次扯着嗓子高喊：

北斗神兵，
剿灭金兵。
活捉金酋，
保境安民。

听着听着，完颜活女的脸色阴沉了下来，他虽然汉语说得不流利，但却听得懂，一听到“剿灭金兵”四个字，他才明白这些扇爷是特意出城来羞辱金军的。本来将这扇子舞看得入迷的他，顿时间火冒三丈，他大踏步走到抛石机前，对准神兵最中间那辆马车拉动了绞绳，只见一块斗大的石头凌空飞起，虽然没有砸中马车，却将马车旁的神兵砸中了好几个，被砸伤的神兵发出凄厉的叫声。与此同时，几乎所有鹅车上的抛石机都向开阔地射出了斗大的石头，这一顿猛砸，毫无防备的北斗神兵们一片一片地死伤。他们应召时只为贪点小钱，也相信郭京一而再再而三声称只要他们灌下三大碗符水就会产生刀枪不入的功效，没想到灌饱了符水的他们出城之后，血肉之躯并没有变成铁臂铜头。当鹅车上的抛石机三轮抛射之后，接着就是猛烈的箭矢，顷刻间，开阔地上留下了数百具尸首，还有更多的伤者无人救护。这时，金军的马队启动了，为了活命的神兵们纷纷冲向吊桥，想通过南薰门回到城里。但是，他们不曾想到，这些神兵刚刚出城，禁军指挥使王宗濋就命令士兵关闭城门，因为皇上与枢机大臣都站在城楼上，他不敢出任何差错。

顿时间，南薰门外的神兵越聚越多，无论他们怎样哀求捶门，两扇紧闭的大门纹丝不动。只见从城门口至吊桥上人挤人人踩人乱成一锅粥。结了冰的河面上站满了慌不择路的人，由于密匝匝人太多，坚冰承受不起而突然崩裂，神兵们纷纷落水，岸上的后来者不知情况，犹自向前拥挤与踩踏，落水的人也越来越多，他们大都溺水而死。侥幸活下来的人受到强烈的求生欲望的驱使，又都回过头朝着冲过来的金军的马队高举双手跪了下来……

对于守城的禁军与攻城的金军来讲，这些神兵的死活已不重要了。因为金军攻城的海螺号几乎在四城同时响起，十八座城门同时遭到抛石机的猛烈攻击。在将近二百辆鹅车的掩护下，弓弩手都已占据有利地形压制城上守军的檑木箭矢，上千架云梯也贴着城墙架设起来，在雷霆一般的战鼓声中，在此起彼伏的海螺号声中，在马队骑兵的呐喊助威中，二十万步兵像猿猴一样奋不顾身攀登汴京雄伟的城墙……

再说站在南薰门城楼上的赵桓，目睹北斗神兵的惨败后，他突然像发了羊癫风一样全身颤抖，接着身子直直地后仰，幸亏站在他身边的卫兵眼明手快将他扶住，当即觅了一床被铺在地上，让随行的太医救治。

躺在被上的赵桓两眼半睁，眼珠子动也不动，嘴巴却紧闭着，太医想给他喂一口用麝香调制的参汤，又不敢撬他的嘴，情急中只得用一根三寸长的银针依次扎他的人中、合谷、命门三穴，又提又进又转又捻忙活了一阵，赵桓这才苏醒，他的眼珠子动弹了一下，嘴唇嚅动着，太医趁机将参汤喂进他的嘴中。

这时，张邦昌、聂昌、唐恪、耿南仲、许翰等十几位大臣都环跪在赵桓的身边，见他醒来，一起趴到地上磕头，喊道：

“皇上！”

赵桓挣扎着身子想起来，但四肢无力，太医与卫士帮着他坐了起来，他黯淡无光的眼神在大臣们的身上扫了一下，想说什么，可是一开口，竟然喷出一口鲜血。

“皇上！”

大臣们又都趴在了地上。

太医掏出手袱替赵桓擦了嘴上的血迹，赵桓示意护卫扶他起来，他几乎是被护卫架着走到城楼对外的窗户，看到窗外的激战，此时城外护城河边，已是尸横遍野。

赵桓没有勇气再看下去，他让护卫架着自己回到楼堂中，刚觅了一把椅子坐下，却见王宗濋慌慌张张跑进来，因他一身铠甲下跪不便，只是行了一个长揖，说道：“陛下，请您和诸位大臣赶紧离开这里。”

“为什么？”

赵桓声若游丝。

“金虏攻势太猛，再过一会儿，恐怕想走也走不了了。”

“你守不住了？”

“守不住我也得守啊！”王宗濋说着哭了起来，“但是，我王宗濋可以死在这儿，皇上您不能啊！”

“皇上，请启驾回宫吧。”

张邦昌哀求，所有大臣都在哀求。

赵桓看着这帮大臣，内心忽然生出无比的厌恶，他冷冷地说：“你们怕死，都走吧，朕要留在这里督战！”

“督战？”王宗濋打了一个激灵，忙不迭声说，“皇上，这里会破城的。”

“这里破城，宫城就安全吗？宗濋，你，你去找一支长枪来，朕要和金虏厮杀。”

王宗濋不知如何劝说，只得再次哀求：“皇上，我求求你。”

“少啰唆，国既如此，朕唯有一死，以谢苍生。”说到这里，赵桓仰天长叹，捶胸顿足说，“只怪朕不听种师道与李纲之言，才有今日。”

说完这句话，赵桓急火攻心，又吐了一口鲜血，再次昏厥过去。

这时，城头上的杀伐声愈来愈猛烈。张邦昌对大臣们挥了挥手说：“快，咱们护送皇上回宫。”

第三十章　最是仓皇辞庙日

赵桓再次醒来时，已是深夜交了子时，他迷迷瞪瞪地问守候在身边的皇后："朕这是在哪里？"

皇后答："这是你的寝宫。"

"啊。"赵桓忽然想起南薰门城楼上的事，他挣扎着坐了起来，又问道，"朕怎么回到宫里来了？"

"你是被抬回来的，大半天了，你都不醒。"皇后说着哭了起来。

"大臣们呢？"

"都在上书房候着。"

"朕这就去见他们。"

赵桓说着下了床，在丫鬟的帮助下整了整衣冠，皇后拗不过他，只得请求他用膳。赵桓喝了半碗小米粥，在太医的陪护下，穿过长廊来到上书房。

跟着去了南薰门城楼的诸位大臣都站在门前迎候。赵桓扫了一眼，问打头站着的张邦昌："唐恪呢？"

"他在护驾回宫的路上，掉进龙湖里淹死了。"

张邦昌说话时很是小心，他生怕触动皇上的痛处，但赵桓仍然恼怒地说："他就是不死，朕也要治他的死罪。"

大臣们没有一个人敢接话。

赵桓一动怒，身子就倍感虚弱，他看到眼前这几位枢机大臣，心中的厌恶无法消除。放在往常，他肯定会将他们撤职，轻者远谪，重则拘谳。但现在他已无人可用，只能依靠这几个窝囊废苦撑危局。

"城还在吗？"赵桓问张邦昌。

"陛下，城……"

张邦昌哽咽起来，在座的大臣也都垂头掩面。

"城怎么啦？"

"城……陷了。"

张邦昌于是奏报了在赵桓昏迷这四个多时辰中发生的事情：大约在戌时左右，大金军已全面控制了汴京，大金军东路军的金兀术与郭药师两大军团占领了西门与北门；西路军的完颜娄石与完颜活女两大军团分别占据了南门与东门。在南薰门的争夺战中，王宗濋血战而死。张叔夜的十万援军被西路军完颜希尹与时立爱两大军团阻击于东门外汴水河畔，兵马损失大半。张叔夜父子皆身负重伤，只得率残部退守郑州。城中七万禁军，死伤近五万人，参将以上将领阵亡三十七人，余下不到二万人从西城突围，如今不知去向。偌大都城，如今已无一兵一卒。

赵桓听罢，好长时间一言不发。尽管他登基这一年来政务诡谲国事颓唐，没有过一天舒心日子，但毕竟处在九五之尊的地位，通过断事驭人，他培植了自己的信心与自尊。但当他意识到现在他已是亡国之君的时候，他的那一颗疲惫不堪的心突然爆裂了。他想哭，可是眼窝干枯没有泪水；他想笑，可是他连抓狂宣泄的力气都没有了。

看到赵桓呆若木鸡的样子，张邦昌担心地喊了一声："陛下。"

赵桓艰难地转动了一下眼珠，盯着张邦昌像盯着一个陌生人，喃喃地说："亡国了，你们为何还跟着朕？"

张邦昌回道："陛下，城陷了，但国还未亡呢。"

"啊，是吗？"

张邦昌于是又奏报第二条消息：当大金军控制了汴京十二座城门及所有通道后，却没有发生兵士们蜂拥进城烧杀抢掠的局面，正在全城官民惊诧之时，大金又派出特使萧庆一行来到枢密院，告知大金军东西路两元帅同意与南朝重启和谈。

听到这个消息，赵桓仿佛又看到一线生机，他问：

"金使提了什么条件？"

"国土以黄河为界，大河之北全部划归金国。"

"还有呢？"

"赔偿一千万两黄金、两千万两白银、两千万匹布帛。另，皇家所藏一应图书卤簿、各类宝物，凡大金方面提出名单者，一律交付。"

赵桓心中骂了一句"贪得无厌"，但出口却说："金人索要太多，这得宽限时间。"

"时间以三月为限。"

"还有呢？"

"还有，"张邦昌看了赵桓一眼，"还有最后一条，有些不通人情。"

"你说。"

“听说是大金西路军主帅完颜宗翰特别提出，要三天之间，将太上皇及各位皇弟、皇子，全部送到青城就质。”

张邦昌以为赵桓听了这句话会爆起来，却没料到赵桓听后非常冷静，他说：“朕的各位弟弟、各位儿子，凡在汴京的，都可以到青城去当人质。但太上皇不能去，哪有儿子把父亲送去当人质的，天理不容啊。”

张邦昌也附和着说：“臣也觉得不妥，完颜宗翰提出这个条件，实在是别有所因。”

“啊？你说说是什么原因？”

张邦昌于是让所有的在座的大臣回避，上书房只剩下他与赵桓两个人时，他才悄声说：“前天，陛下派出特使辛兴宗在青城见到了完颜宗翰，当时只觉得这个人长相凶狠，一脸杀气，他那一双鹰眼盯着谁，谁就会打哆嗦。”

赵桓觉得张邦昌词不达意，追问他：“你是说这个完颜宗翰究竟是长得丑，还是长得凶？”

“又丑又凶。”

“这又怎样？”

“辛兴宗说，他只觉得这个人很面熟，却不知道在哪儿见过。等回到皇城路过太庙时，才突然想起他像……”张邦昌突然打住，捂着嘴说，“哎呀，说不得，说不得。”

“什么说不得？”赵桓急切想知道结果，催促他，“你别卖关子了，快说他像谁？”

张邦昌拐着弯儿问：“陛下，您见过太庙里太祖的御容吧？”

“见过，你怎么突然说起太祖来了？”

“臣曾陪道君皇帝与陛下多次到太庙致祭，每次走到太祖御容前，臣心里头就发毛，太祖的相长得凶啊，你走到哪儿，他那双眼睛就跟到哪儿，盯着人浑身都起鸡皮疙瘩。”

赵桓早就听到过传言，太祖长得凶心中却藏着善，太宗长得慈心中却有杀气。太庙里挂着的太祖御容，还是经过修饰的，否则会把小孩儿吓哭。他不知道张邦昌为何在说完颜宗翰时又突然说到太祖，他有些不耐烦了，责问：“你究竟要说什么？”

“辛兴宗说，完颜宗翰长得很像太祖。”

“啊？瞎说！”

“请陛下恕罪，但辛兴宗说出了他的道理。”

“他怎么说？”

“他说他从未见过宗翰，但却不止一次在太庙瞻仰过太祖的御容。乍一见宗翰，他就感到很害怕。他心里猜想，这个宗翰，会不会是太祖的转世呢。”

“这想法太荒唐！”赵桓本能地驳斥，想了一想，又问，“辛兴宗这样想，就不怕犯欺君之罪？”

“辛兴宗还有更深的想法，但老臣实在不敢转告。”

“你别弯弯绕了，把你知道的都说出来。”

“臣说出来，陛下千万不要生气。”

“你说吧。”

“太祖创建大宋，一统天下，可是他却没有传位于儿子，而是把皇袍传给了弟弟太宗。从此，咱大宋的皇帝传承，全在太宗一脉，从真宗以降，经仁宗、英宗、神宗、哲宗、道君皇帝到陛下，一共经历了七代，而太祖那一脉，却渐渐凋零，后代如今都不知去向了。”

张邦昌一边说着，一边关注赵桓的脸色，他做好了准备等待皇上暴跳如雷或者严厉斥责，但是这两样都没有发生。张邦昌于是胆子大了起来，说话更无遮拦了：

“咱大宋皇帝传承，一开始是兄终弟及，之后又是父子相传。民间对此传承一直传言甚多，暗地里也会听到一些微词。不过年代已久相沿成习，现在倒没什么人说起了。说宗翰长得像太祖，这还只是婉转的说法，坊间甚至有人说，太祖死不瞑目，便转世为完颜宗翰前来寻仇，要把太宗一脉连根拔掉。这就是宗翰执意要让太上皇与诸位皇子皇孙前往青城就质的真正原因。”

赵桓耐心听完了张邦昌这一段颇为犯忌的议论，仍然很平静地问：“你说完了吗？”

赵桓这种超然物外的态度让张邦昌很吃惊，为了保护自己，也为了明辨形势，张邦昌进一步表明心迹：“陛下，放在往日，借咱一百个胆子也不敢说的话，现在都说了。咱是陛下一手荐拔的宰揆，始终感恩不尽。为陛下办事，不敢有一丝懈怠，即便肝脑涂地，也不能报答万一。我刚才说的那些话，绝不是可怜太祖，也不是美化宗翰那个金虏，而是想说明，世有沧桑，人有浩劫。大难来时，无论是鲲鹏还是蝼蚁，都难逃厄运。陛下登基这一年多来，宵衣旰食励精图治，但时势助虐，勤政犹如沸汤救火，真个是越努力越溃败，越谨慎越出问题。以致到了今天……陛下，臣要说，今日汴京之亡，不亡于君而亡于势也。”

这席话让赵桓感动，他望着张邦昌，忽然觉得这个人比印象中的那个老滑头要好一点，便说：“不亡于君而亡于势，你解释一下。”

张邦昌于是又说开了：“八年前，陛下还在东宫时，太上皇听信蔡京之言改了个年号，政和改为宣和。第二年，便发生了道德院里生长金芝的事，太上皇为此写诗有‘定知金帝来为主’这样的句子。太上皇怎么知道金虏要来汴京为帝呢？这不是巧合，而是冥冥之中另有天意。去年，金虏第一次南侵围汴，就有人暗中议论，说金虏之祸，是宣和这个年号出了问题。”

“宣和怎么啦？”赵桓问。

“宣和这两个字拆开来，便是‘一旦宋亡’这四个字。”

“有这个说法？”赵桓说着，便蘸了茶水在案几上划了起来，喃喃言道：“这个蔡京，真是死有余辜啊。”

张邦昌看到赵桓心力交瘁无可奈何的沮丧样子，便趁机说出了自己的想法：“陛下，汴京陷落，我们已是手无寸兵，金虏愿意和谈，是我们不幸中的万幸，他们开出的和谈条件，我们只能答应，因为我们已没有任何讨价还价的本钱。”

赵桓点点头，他的干枯的眼帘里，滚出了浑浊的泪水。

破城后的第六天早上，也就是丙午年腊月初一，皇城中很少开启的朱雀门突然打开了。身着缟衣骑着白马的皇帝赵桓从门内走了出来，他的身后是御史大夫陈过庭、太子太傅孙傅、知枢密院事李若水、阁门宣赞范琼四位大臣，他们同样穿着白衣骑着白马。再后头是一乘两匹马拉着的油壁青呢小轿车，车里坐着的是头戴青笠圆帽身穿青袍的太上皇赵佶，他旁边还坐了一个九岁的孩子，这便是太子赵谌。小轿车后头，是三百名小帽素衣打扮的随班。

皇帝与太上皇此行的目的地是南薰门外的青城。

却说破城之夜赵桓答应了金军提出的全部和谈条件之后，主导谈判的完颜宗翰立即委派大金枢密院副使萧庆率人进驻大宋枢密院，名义上是监督办理各种移文诏告，实际上是取代张邦昌等一班宰执之臣掌控枢机重地。凡枢密院发出的文告，都先要经过萧庆点头同意。萧庆忠实执行完颜宗翰的命令，按和谈条款催索甚急。如割地一事，鉴于黄河以北许多州府仍闭城坚守，枢密院饬文各地务必顺利割让，并委派聂昌、耿南仲、许翰、折彦质、秦桧等二十四名割地使分赴各州府督促执行。再如筹措赔付之金银布帛等物资，萧庆下令枢密院封存所有国库乃至皇史馆、崇文院、教坊、太学等衙门庋藏之地，并让吏、户、礼、工等部开列皇亲国戚缙绅大户名单，向他们摊派金银。再就是就质的皇室人员，金军所开列的上至太上皇，下至亲王、驸马，乃至嫔妃、太子、皇子等人，务必全部送到指定之地。这个名单中，除太上皇与太子两人外，余下将近七百余人皆已就质，分别在七处羁押。赵桓让张邦昌向萧庆解释，太上皇多病，太子又年幼，希望不要就质。并言如果必欲让这两人就质，自己愿意以身代之。萧庆向完颜宗翰转告，遭到拒绝。完颜宗翰让萧庆回话，既然赵桓有此态度，那就让他护送太上皇与太子一同前来。得令后的萧庆旦夕催促，这才有了今日皇帝一行的青城之行。

连降多日的大雪这时仍然不止，汴京所有的街道都铺满了冰雪。头天夜里，城里的百姓就得知消息，皇帝将带着太上皇与太子前往青城投降。于是一大早就有许多人来到朱雀门外等候，他们自发地清扫了朱雀门到南薰门长达七里的街道。当骑着马的赵桓从朱雀门里出来，街两旁守候已久的市民们纷纷跪了下去，不少人哭了起来，不时听到人高喊：

“皇上，您不能投降啊！”

“大宋不能亡，皇上，您不能去啊！”

“皇上，皇上，您留下来。”

从朱雀门到南薰门的七里长街上，哭声震天，喊声震天。面对这些捶胸顿足哀恸欲绝的百姓，赵桓一路上流泪不止。雪越下越大，虽然已过卯时，天色仍欲明未明，赵桓的泪眼看过去，街两旁一片片跪着的人们脸色都是模糊的。多半的时候，赵桓都伸着双手捂住自己的脸，他没有脸面正视自己的城郭、自己的子民。他的肩头飘满了落雪，不知是后面哪一位大臣上前替他拂去了雪片。有那么一刹那，他突然想到了南唐李后主的词句“最是仓皇辞庙日，教坊犹奏别离歌，垂泪对宫娥”。赵桓感到自己比李后主更可悲，他此刻流出的清泪不是对着宫娥，而是在满天风雪的长街上长跪不起的父老子民。

由皇帝打头的这一支出降的队伍，在大街上走得很慢，很慢。大约走到一半的时候，队伍跨过了汴河，骑在马上的赵桓，依稀看得见南薰门的城楼了。这时，忽然有一个人从跪着的人群中跑了出来，当街拦住了赵桓的马头，凄惨地喊道：“上皇，上皇，奴家要见你。”

队伍顿时停了下来，赵桓打量着眼前这位身穿一件大红袄儿外头却披了一领素色斗篷的女子，问她：“你为什么要见上皇？”

女子哀哀切切地说：“皇上，求求您，让咱见一眼上皇。”

路边维持治安的人正欲驱赶，被赵桓制止了，凭直觉他觉得这位长相妖娆的女子有些来头，便用手指了指后面的马车。

女子机灵，猫着身子从四位陪臣中间穿过，在马车前跪了下来，喊道：“上皇！”

赵佶坐在轿厢里，正搂着自己的长孙赵谌流泪，忽听一个妇人的声音喊他，挑帘一看，顿时吃了一惊，这妇人不是被自己宠幸过的梅二娘吗？她怎么会突然出现在这里呢？

“梅二娘。”

赵佶把脑袋伸到窗帘外喊了一声，梅二娘一见，立马嚷道：“上皇，奴家想死你了。”

梅二娘自得宠幸后，被赵佶安排到一所宅子里幽居，但却从未去过，算来已有两年了。大金军南侵后赵佶一切变故，梅二娘都时刻关注。昨夜，她听说赵佶要去青城投降，便起了个大早赶到这里迎候。此时此刻，梅二娘热辣辣地一声喊，倒让赵佶很是难堪，他想躲避却来不及了，只得随口问道：“梅二娘，你这一向可好？”

“床上不缺人，但就是想你。”

“放肆！”

赵佶轻轻斥责了一句，便把脑袋缩回到轿厢里去了。

维护治安的人见状，赶紧冲过来把梅二娘扭住拖开了。梅二娘还想叫唤，但嘴巴已被铺兵塞进了一团布。

经过这一个小小的插曲，队伍重新前进，悲痛的市民们仍然哭泣着哀叫着送别这一对父子皇帝。

大约在巳时，赵桓等走到了青城，金将完颜娄石与郭药师将两位皇帝迎进西路军元帅府的廨厅。只见这廨厅的上首坐着完颜宗翰与完颜宗望两位元帅，两厢坐满了金军东西两路军各大军团的主将。

太上皇赵佶与皇帝赵桓被带进来时，立刻感到廨厅里杀气腾腾。他们被安排坐到廨厅正中，与两位元帅面对面，随行来的萧庆向两位皇帝介绍了大金军两位主帅。赵桓借机多看了完颜宗翰两眼，这才相信了张邦昌所说的话，这位大金西路军主帅，果然是又丑又凶的长相，鹰钩鼻子，倒八字眉，长马脸，这长相果然与太祖有几分相像。

会见的第一道程序，就是由御史大夫陈过庭代表皇帝宣读降表。这降表经过完颜宗翰改过，内中多屈辱自侮之词，当读到“十里之城，已失藩篱之守；七祖之庙，几为灰烬之余。奈大金旌旄所至，社鼠顿除。久烦汗马之劳，辄效牵羊之礼”这段话时，两位皇帝眼中都噙满了泪水。

读完降表之后，完颜宗翰让赵桓站了起来，厉声问他：

“这降表的每一个字你都听清了？”

赵桓心中胆怯，小声回答：“都听清了。”

“声音大点。”

赵桓又提了嗓子重复了一句。

完颜宗翰接着问：“你这位皇帝，是真投降还是假投降？”

“真投降。”

“你怎么称呼咱大金皇帝？”

“称伯，我只配当侄儿。”

“呸，你连侄儿都不配！”完颜宗翰怒骂了一句，接着问，“大金与南朝以黄河为界，你是否同意？”

“同意。”

“限期支付大金的金银物资，图书卤簿，是否同意？”

“同意。”

“现在，你与你的父亲赵佶一起，向我大金国的太祖皇帝完颜阿骨打、皇上吴乞买行跪拜之礼。”

说话间，已有金兵将两位皇帝的画像悬挂在两位元帅之间，这两位皇帝别无选择，只得跪下向画像三磕头。

这一仪式完成后，完颜宗翰让两位皇帝坐回到椅子上。

完颜宗翰又问："让你们带龙袍来，你们带来了吗？"

"带来了。"

"七方玉玺呢？"

"也带来了。"

"呈上。"

在门外听旨的素衣内侍们便抬了十几口包金的大红木箱子进来，府衙检点无误，完颜宗翰命令把木箱中分别放着的赵佶与赵桓的龙袍取出来，他接过来抖了抖，扔到两位皇帝面前，嘴里吐出一个字："烧！"

立刻就有金兵举火，将两件价值连城的龙袍点燃。

赵佶与赵桓父子两人对视了一眼，又各自垂下头不敢看这悲惨的一幕。

当两件龙袍化为灰烬，完颜宗翰突然站起来，喊道："赵佶、赵桓二人站起来接旨。"

两位皇帝站起来，完颜宗翰瞟了他们一眼，高声说道："大金西路军主帅完颜宗翰宣读我大金国吴乞买皇帝圣旨，从即日起，褫夺南朝太上皇赵佶、皇帝赵桓封号，降为庶人。"

听到这道圣旨，赵佶与赵桓二人呆若木鸡。

第三十一章　你看苍天放过谁

天煞黑，街面上就悄无人声。金军围城前夕，汴京就实行了宵禁。城陷后，朝廷各大衙门与开封府处于瘫痪之中，除了处理对金事务，余事一概无人过问。鉴于街上时有抢劫或寻仇事件发生，本来承诺不进城的金军于是又派了五千兵士进城巡逻，并值守被大金枢密院指定的保护与监控的对象，这样就等于延续了宵禁。往常虽然宵禁，但大街小巷还看得见灯火，现在天色一暗，全城便漆黑一片，参差楼阁犹如鬼魅重重，让人觉得阴森恐怖。

这天刚过酉时，天色就黑得像老锅底儿。一个人戴了顶半旧不新的毡帽，矮小的身材裹在一领黑色的斗篷中，沿着西皇城根踽踽独行，路上雪多冰滑，他深一脚浅一脚走得很艰难。有一次，他老远听到咔嚓咔嚓皮靴踩在冰雪上的声音，凭直觉就知道这是金军的巡逻队，便提前找了一棵大树隐藏起来，等巡逻队走远，他才继续前行。一路上，他不知躲过了多少巡逻队，这才走到天香楼门前。

他轻轻叩响了门环，立刻听得门闩抽动的声音，一位老仆人开了一个门缝放来人进来，并小声说："快进屋，主家都急死了。"

来人快走几步穿过院子，进了天香楼的门厅，只见李师师站在那里等他到来，来人取了毡帽，脱下斗篷，原来这人是女扮男装的李师师的贴身丫鬟樱儿。

“樱儿！”

李师师喊了一声，伸开双手把樱儿抱在怀里。

樱儿没说什么，就在李师师的怀里哭了起来。

打从金军勒迫太上皇、皇帝及所有皇室人员前往青城就质后，李师师就茶饭不思。她不仅担心太上皇赵佶——她二十余年来两情相悦的知己就质后的处境，更担心惨遭金军蹂躏的大宋帝国的命运。但她毕竟是一个柔弱的女子，既不能手刃寇仇也无法振臂一呼。她很想知道太上皇与皇帝就质青城的情况，也想知道在这群龙无首的情况下汴京城每天发生的事情，但碍于身份特殊，她又不能抛头露面，正在她焦灼不安时，与她相依为命的贴身丫鬟樱儿自告奋勇，要女扮男装出门打探消息。李师师虽然担心樱儿的安全，却又想不出更好的办法，于是同意了樱儿的冒险行为。为了更像一个不引人注意的贱民，樱儿在老仆人的帮助下找到几套男人的衣裤，每日上街游荡，终于打探到不少李师师需要的讯息。

比如，梅二娘拦住太上皇的马车撒泼的事。却说这个梅二娘被铺兵扭送到金人的警所，金兵看她姿色出众，竟拖到炕上轮奸了她。折磨了三天，金兵大半夜里将奄奄一息的梅二娘扔到街上，被活活冻死。李师师对梅二娘本无好感，但听说这个故事后，仍为她伤心落泪，还在家里替她烧了三天香。

樱儿每天早出晚归，将听到的消息一一讲给李师师听。大约是第三天，樱儿说，满街都是巴结讨好金军的官员衙吏，主动领着金军到那些大户人家搜刮金银。但金军索要的一千万两黄金、两千万两白银实难凑齐，现在上交的还不到十分之一。金军统帅放出话来，金银不如数上缴，就会无限期将两位皇帝羁押，何时交齐，何时放还上皇与皇帝。李师师听说后，主动让老仆人将官府中人领进天香楼，不仅将收藏的金银珠宝，凡是稍稍值点钱的物品一概上缴。她是想尽自己微薄的能力能够让两位皇帝尽早回归。但后来她又听说，曾深受两位皇帝信任的大太监妙官，为了给自己保命，竟然主动向金军告密，将那些金军所不掌握的皇亲国戚的名单全部提供出来，还有那些虽然已入名册却藏匿民间的皇族中人，凡妙官知晓的也都一一检举。金军于是按名抓获。数日之后，除了赵佶原配皇后孟氏因早被废黜而出宫幽居不再捉拿之外，京师中的皇族几乎无一幸免，青城中的皇亲国戚从最初的七百余人增加到三千人，连刚出生的婴儿也未能免除。

虽然，李师师早就知晓两位皇帝一到青城就质就被贬为庶人的消息，但她仍存有一丝侥幸心理，她认为金人身处边鄙之地，只是一帮跑到中原打劫的强盗，抢得盆满钵满，他们就会打道回府，强盗们一走，这天下还是赵家的。但听说金军将皇室人员无一幸免全部抓走之后，她这才意识到金军要的不仅仅是钱财，而且还要大宋的天下。既要天下，就会把这天下的主人——大宋的皇帝们赶尽杀绝。

虑到这一层，李师师更加沉默寡言，也吃得很少，有时吃半碗稀饭，有时整整一天水米不沾牙，每天早上送樱儿出门，就整天枯坐着等樱儿回来。

今天，樱儿回来得比往常更晚，李师师听到樱儿在她怀中哭泣，便拉着樱儿的手上到二楼，急切地问："你听到什么了？"

樱儿从怀中掏出两张笺纸，递给李师师说："主母，这是太学生徐揆写给金国东西两元帅的信，在城里传遍了，小婢觅人抄了一份，故回来迟了。"

李师师接过笺纸，读了下来：

> 昔楚庄王入陈，欲以为县，申叔时谏，复封之。后世君子莫不赞叔时之善谏，楚王之从谏，千百载之下，犹想其风采。本朝失信大国，背盟致讨，元帅之职也；都城失守，社稷几亡而存，元帅之德也。兵不血刃，市不易肆，生灵几死而活，元帅之仁也。虽楚王存陈之功，未能有过，我皇帝亲屈万乘，两造辕门，越在草莽，国中喁喁，跂望属车之尘者多矣。道路之言，乃谓以金银未足，故天子未返，揆窃惑之。
>
> 今国家帑藏既空，编民一妾妇之饰，一器用之微，无不输之公上。商贾绝迹不来，京邑区区，岂足以偿需索之数？有存社稷之德，活生灵之仁，而以金帛之故，质留君父耶？此举犹爱人之子弟，却辱其父祖，其非假爱乎？吾思元帅必不为也。愿推恻隐之心，存始终之惠，礼返君父。班师振旅，缓以时日，使求之四方，然后遣使奉献，则楚封陈之功不足道也。

李师师一边读，一边揣摩文意，觉得这位徐揆先将金酋夸赞几句，其意是想他们放回羁押的两位皇帝，于是称赞说："这位太学生好文章。"

樱儿回答说："主母，写这封信的徐揆，今儿个下昼死在青城了。"

“啊，怎么死的？”

“听说金酋完颜宗翰看了这封信后，很是生气，他派人将徐揆从太学抓到青城，要他认错，徐揆据理力争，要金酋释放两位皇帝，惹恼了金酋，就下令把徐揆杀了。”

李师师叹道：“杀人成了金酋的游戏。”

“下午，他们还杀了太子的老师孙傅。”

“听说这位孙傅的学问很好，平常谨言慎行不多事，金酋怎么会杀他呢？”

樱儿又把听来的故事讲了一遍：

“太子初到青城时，是跟着他爷爷太上皇，两天后，太子的母亲朱皇后也就质去了青城，于是太子又回到母亲身边住了两天。今天，金酋突然下令将太子单独囚禁，既不允许跟着父母，也不允许跟着太上皇。太子才九岁，朱皇后哭求留下太子，金酋不为所动。这时，随同就质的孙傅站了出来，对金酋说，‘咱是太子的老师，太子到哪里咱到哪里。’说着，双手把太子死死地抱着，任人怎么拉拽也不松手，金酋一怒之下，又把孙傅斩了。”

樱儿说着说着泣不成声，李师师替樱儿揩泪，自己却也哭成了泪人儿。

这时，听到有人轻轻地敲门，李师师问：“谁？”

“我。”老仆人的声音。

“进来吧。”

老仆人推门进来，见主婢二人哭作一团，便觉来得不是时候，猫着身子就要退回去。

“有急事儿吗？”李师师强忍着泪水问。

“没急事儿，但有个重要的事儿。”

“那你说吧。”

老仆人说：“刚才，金军的一个哨长敲门进来了。”

“啊？他们发现什么了？”

“哨长让手下兵士拎了一袋面粉、一袋小米进来，并说从今天晚间起，就派两名兵士在天香楼门前值守。”

“为何在我家值守？”

“哨长说，他们的西路军元帅听说主家你把家中所有值钱的东西都拿出来给了官府，充为金军所需的金银，元帅称赞你深明大义，就下令派兵保护你，并说不能让你饿着。”

老仆人话一完，李师师就霍地站起来，厉声说道：“你现在去，让他们滚！”

“主人，这，这怕不妥吧。”

老仆人担心李师师这样会招来杀身之祸，但又不敢明说，只得小声嗫嚅着。李师师毕竟是一个善于克制自己的女人，她不想让老仆人为难，便起身走到老仆人跟前缓缓说道：

“事既至此，我也不为难你了。你和樱儿都要记住，太上皇与皇帝两人，都是这世上最好的男人，有盖世文采，也有如海深情。但作为皇帝，他们却少了雄才大略，所用的大臣君子少，小人多，故产生了今日亡国之惨祸。太上皇多次来天香楼，从不带一兵一卒。金酋不来这里，却派士兵来这里值守。我李师师在这天香楼里住了三十多年，见过的奇事太多太多。现在，这一切到头了。上皇对我恩重如山，妾身决不会做任何一点对不起他的事。”

这一席肺腑之言让老仆人与樱儿听了无比感动，但两人也听出李师师话中的不祥之音。老仆人答话：“主家，您要想开点，太上皇好人有好报。”

樱儿也跟着说："主母，明儿个，小婢替您去崇福寺敬香。"

"多谢你们，夜深了，你们也乏了，快去歇息吧。"

老仆人与樱儿便辞了主人，下楼各回房间歇息了。第二天半上午，两人发现楼上还无动静，便一起上楼看看，待走到李师师与赵佶常常品茶的那间茶室里，发现李师师已一根白绫悬梁自尽了。

"主家！"

"主母！"

老仆人与樱儿一起跪倒在地痛哭失声。事后，他们在茶几下发现了一张笺纸，上面是李师师一笔娟秀的小字，抄录的花蕊夫人的一首小诗：

君王城上竖降旗，
妾在深宫那得知。
十四万人齐解甲，
更无一个是男儿。

到了除夕这一天，赵佶与赵桓父子两位皇帝已经在青城羁押了整整一个月。经陈尔栻建议，完颜宗翰特批两位皇帝与皇后及部分嫔妃、皇子皇孙在一起吃一次团年饭。汴京的习俗，团年饭晚上吃。宴罢，一家老小坐在一起守岁。

傍晚，赵佶正准备移步到指定地点与分别已久的亲眷团年，忽然来了两位金兵要带他去青帝宫，说有人在那里等着与他相见。

赵佶心神不定地被金兵送到了青帝宫。空荡荡的大殿中不见一个人影，青帝的牌位下供着几碟干果，两支燃着的大蜡烛摇曳着，既给大殿添了一丝生气，也让人生出莫名其妙的恐惧。

站在青帝的牌位前，赵佶想起当皇帝时一年一度来这里拜祭的盛况，不免悲从中来。从万乘之尊到阶下之囚，他觉得再无颜面揖拜青帝了。他刚一转身，便见一位蓄着山羊胡须干瘦干瘦的老人站在他身后。这位老人正是特地约他来此相见的陈尔栻。

尽管是位老头儿，赵佶还是本能地后退两步，他打量着陈尔栻，问："你是谁？"

"我是约你来这里相见的人。"

赵佶心中忖道：既然能约我来此见面，这老头儿身份肯定不同寻常。可是眼前这位穿着半旧青布袍的老人，从哪儿看都不像是一个显赫人物。赵佶不免心中犯嘀咕，急切地想知道这位老头儿的来历。

就在赵佶颇费踌躇的时候，陈尔栻说道："上皇，请受老朽三拜。"说着，陈尔栻跪在地上，给赵佶磕头三下。

赵佶受宠若惊，在这金军的大本营里，作为俘虏的他每天受尽屈辱，现在居然有人给他磕头，这简直不可思议。他上前搀起陈尔栻，困惑地问："老先生，您怎么会出现在青城？"

"我住在这里。"陈尔栻答。

"朕来这里多次，从未见过您。"

"我是随大金军入驻的。"

"您是女真人？"

"不，我是汉人。刚才，不是我跟你下跪，我是代表我家族中的列宗列祖给南朝的皇帝下跪。"

"这么说，您不是大宋的子民？"

"我不是，但我的老祖宗可都是大唐的子民。我虽然是汉人，但我是大金国的子民。”

听陈尔栻这么一说，赵佶刚刚产生的惊喜倏然消失，但他毕竟当了二十多年的皇帝，问话中多少带有那种居高临下的口气：“我想知道，您在大金国中干什么？”

“我是大金开国皇帝完颜阿骨打的仆人。”

赵佶突然记起有人说过，阿骨打身边有一位汉人军师，从不抛头露面，也没有一官半职，连名字都不肯让人提及，人们只称他为“老先生”。眼前这个老头想必就是那个神秘人物了。赵佶于是说道：“这么说，您就是那个帮阿骨打灭辽伐宋的军师了。”

陈尔栻不置可否，而是指了指青帝的牌位：“你这位上皇，还认为自己是青帝下凡吗？”

赵佶沉默不语，脸色很难堪。

陈尔栻仍不愠不火地说：“今天老夫来见你，纯粹是我个人的意思，与金国的君臣无关。这一个多月来，你和你的儿子赵桓受到的侮辱够多了，我不是为了加重你们的耻辱才把你请来。两个皇帝同时被贬为庶民，这在汉晋隋唐等等过往的朝代里有过吗？自炎黄以来，自尧舜以降，自汉唐而下，两个汉人皇帝同时被你们瞧不起的塞外边鄙之族所废黜、所俘虏，这样的奇耻大辱，又何曾发生过？我请你到这青帝宫来，是想让你在吃团年饭的时候，告诉你的儿子赵桓，告诉皇后嫔妃、皇子皇孙，你们统治中原的时代结束了。对你和赵桓来说，这个下场很残酷，但这是不可更改的，六十万大金军更改了你们的命运。我在这里给你提前透露一个消息，大金军两位主帅已经得到吴乞买皇帝的同意，要另立一个异姓王来当皇帝。”

陈尔栻像一位私塾先生一样云淡风轻说出这段话。赵佶如遭雷击，他眼神茫然地盯着陈尔栻，讷讷地问：“那，大金皇帝会如何处置我们？”

“吴乞买皇帝会给你足够的时间，让你和你的儿子反省，你们是怎么把一个大好的江山玩完的。上皇啊上皇，你是天下第一号才子，一生阅人无数，但有一个人你却始终不认识。”

“哪一个人？”赵佶睁开了眼睛。

陈尔栻嘴里蹦出两个字：“小人！”

赵佶不寒而栗，他突然从这个干巴巴的老人身上看到一股伟大的力量，他顾不了尊严，趋前一步拿住陈尔栻的手，央求道：“老先生，您帮帮我。”

“帮你什么？”

“请您跟大元帅说说，放我一家老小回去，我们不当皇帝了，只求找个地方，一家老小在一起过平安的日子。”

陈尔栻没想到这位曾经不可一世的皇帝竟如此可怜，他回答说：“你知道辽国的天祚帝现在如何吗？”

“不知道，他怎样了？”

“有饭吃，肉也有的吃，偶尔也能喝上酒。我想，吴乞买皇帝也会这样对你。”

“这么说，吴乞买皇帝不会放过我？”

陈尔栻苦笑着，回了一句不着边际的话：“你看苍天放过谁？”

“老先生……”

“快走吧，去和你的儿孙们团年吧。”

陈尔栻说着，便不再搭理赵佶。这时金兵走了进来，重新带走了赵佶。看到赵佶一副垂头丧气的样子，双腿灌了铅似的走出青帝宫，这个很少动情的老人，眼窝湿润了，他长叹一口气，在心里头念叨：

“亡国之君，是人世中最可怜的人。灭了大辽，灭了大宋，我该去找阿骨打团年了。”

陈尔栻走出青帝宫，立即就恢复了他那拘谨的神情。他走进元帅府的院子，只觉得冷冷清清。完颜宗翰觅了一处宽敞的库房，在那里张灯结彩，与完颜宗望一起宴请大金军各路兵团的将军们。本来，两元帅执意要陈尔栻参加，但被他以怕吵为由拒绝了。

元帅府中的人，除了少数人留下值守外，其余的人全都穿着簇新衣服赶着去吃两位元帅主持的团年饭了。陈尔栻让身边的水老哇与二柱子也去参加，但两人说什么也不肯，他们要留下来陪陈尔栻团年。不过，元帅府的膳房也备下了丰盛的酒菜，给值守的人加餐。水老哇与二柱子硬架着陈尔栻到膳房吃年饭，陈尔栻只喝了半碗二米粥，连厨师特意给他准备的羊杂碎汤也一口未沾，他提前退席，回到厢房里休息。

水老哇与二柱子酒足饭饱回来的时候，差不多交了子时，陈尔栻并未入睡，而是就着油灯看书。

二柱子淘气，趁着酒兴与陈尔栻开起了玩笑：“老先生，您真的要出家当和尚吗？”

陈尔栻嗔了他一眼：“要不是舍不得你，我早就住进大寺了。”

“明天一早，咱陪您去大寺吧，您去当大和尚，咱去当小和尚。”

“让你不吃肉，你做得到吗？”

“在您面前，咱保证不吃。”

“捣蛋鬼。”

主仆二人正这么笑闹着，水老哇走了进来，嚷道：“老先生，请了。”

“去哪？”

“咱在隔壁支起了大台子，纸笔墨砚也都侍候着。”

“干啥？”陈尔栻发懵。

水老哇双手一拍，提了嗓子说：“老先生，大帅不是让您写副春联吗？明儿一早，咱就要张贴在大元帅府门口。”

“嗨，看我这记性。走，去写春联去。”

主仆三人到了隔壁房间，案台上已裁好了八尺红宣。陈尔栻踱着步斟酌了一会儿，拿起斗笔，写出了一副十一字春联：

> 乾坤板荡，春月秋风谁作主
> 华夏承祧，金戈铁马我投鞭

写完了，陈尔栻又仔细看了看，觉得无误，便对两位侍从说：“我乏得很，现在去睡觉了，你们不要来打搅我。”

水老哇问：“那，明早儿贴了这春联，要请您看看吧。”

“明早儿再说。”

陈尔栻说着就回到卧房，掩了门睡了。第二天一大早，又是漫天大雪。水老哇邀着二柱子兴冲冲走到陈尔栻卧房门口，敲着门嚷道：“老先生，咱与二柱子来给您拜年了。”

卧房里悄无声息。二柱子又把拜年话儿说了一遍，仍无人应声。两人感到奇怪，便一齐推门进去，只见躺在炕上的陈尔栻紧闭着双眼，微张着嘴，神色安详地熟睡着。

“老先生！”

水老哇喊着，没有动静，二柱子上前推了推，发现陈尔栻身子冰凉，没有了鼻息。

“老先生走了！”

二柱子大哭起来，水老哇被他哭慌了神，想着要赶快去给完颜宗翰大元帅报告，出门时不小心绊着门槛跌了一跤，他趴在地上大喊一声：“大元帅！”

没人听到他的呼喊，几乎在同时，大雪飘飘寒潮滚滚的天空中，突然炸响了一声惊雷。

这是冬雷，极少见的天象。

2019 年 7 月 15 日下午 5 时

完稿于鄂尔多斯国宾馆 4309 室

人物表

金

完颜阿骨打	金朝开国皇帝，谥武元皇帝，庙号太祖。
吴乞买	完颜晟，阿骨打四弟，金朝第二代皇帝，庙号太宗。
栋　摩	阿骨打五弟，金军元帅。
陈尔栻	阿骨打随军参事，汉人。
完颜宗望	阿骨打次子，金朝名将，宋人称之为“二太子”。
完颜宗翰	国相完颜撒改长子，阿骨打侄子，金朝名将。
金兀术	完颜宗弼，阿骨打的四子，金朝名将。
完颜娄石	阿骨打的族侄，金朝名将。
博　勒	阿骨打攻打居庸关的右路先锋。
朵　颜	完颜娄石手下的裨将。
完颜希尹	金朝大臣，女真文字的创造者。
耶律余睹	辽朝大臣，天祚帝文妃的妹夫，后降金。

辽

耶律延禧	辽天祚帝，辽金开战后阿骨打称其乳名阿适。
耶律淳	辽国第七位皇帝兴宗的孙子，天祚帝的堂叔，据守燕京，封秦晋王。
萧德妃	萧莫娜，辽世袭贵族大臣普贤的女儿，耶律淳的爱妃，与妹妹萧莫谛并称辽国大乔小乔。

萧莫谛　原为天祚帝嫔妃，后为金军所俘，被完颜宗翰纳为姬妾。

张　觉　辽四大天王之一，金攻辽时以平州降金，被封为临海军节度使、平州府知府，后叛入北宋。

张　劲　张觉之子。

郭药师　辽宋金三朝大将，原辽四大天王之一，辽亡后归顺宋朝，后降金。

萧　干　辽四大天王之一，原任燕京兵马指挥使，耶律淳称帝后，任命其为兵马总督。

耶律大石　辽四大天王之一，原为天祚帝手下大将，后归顺耶律淳，任天下兵马总督。

左企弓　辽国宰相，后降金，官右丞相。

甄五臣　郭药师偏将。

大悲奴　全名耶律大悲奴，辽天祚帝时的宰相。

澄　宇　辽国高僧。

宋

赵　佶　宋朝第八位皇帝，最后一个年号为宣和，庙号徽宗。

童　贯　北宋权宦，金兵南下时随徽宗南逃。

蔡　京　北宋权臣，先后五次任相。

王　黼　北宋末年大臣，曾任宰相，金兵进入汴京时不等诏命便带妻儿逃跑。

蔡　攸　北宋末年大臣，宋徽宗、钦宗时宰相，蔡京长子。

赵良嗣　即马植，原辽人。因献策联金灭辽而被徽宗赐姓赵，任秘书丞。

李　纲　宋朝名臣，曾任尚书右丞。

梁师成　北宋末年宦官，为宋徽宗所宠信，官至太尉。

李师师　汴京名妓，在仕子官宦中颇有声名，她为宋徽宗红颜知己的故事也被传为佳话。

谭　稹　北宋末年宦官，童贯致仕后，出任河北河东两路宣抚使，继童贯之后成为主持北方前线防务的主帅。

赵　桓　宋徽宗长子，受徽宗禅让登基，改元靖康，庙号钦宗。

李邦彦　宋钦宗即位后，迁任太宰。

张邦昌　宋钦宗即位后，迁任少宰。

赵　构　宋徽宗第九子，被封为康王，徽宗、钦宗被俘后，建立南宋，庙号高宗。

种师道　宋朝名将，抗西夏有功，金兵南侵时力主抗金，深得百姓拥戴。

种师中　种师道之弟，宋朝名将。

张孝纯　太原府知府，金军败盟南下围困太原时，率军民坚守，城破后降金。

王　禀　两河宣抚司统制，司兵守太原，太原城被金兵攻陷后，投河殉国。

韩世忠　宋朝名将，在金兵南侵时抗击有功，后成为南宋中兴四将之一。

岳　飞　北宋末年曾先后四次从军，后成为南宋名将。

图书在版编目（CIP）数据

大金王朝：全4册／熊召政著. －－北京：北京十月文艺出版社，2019.10
ISBN 978-7-5302-1989-8

Ⅰ．①大… Ⅱ．①熊… Ⅲ．①长篇历史小说－中国－当代 Ⅳ．①I247.5

中国版本图书馆CIP数据核字（2019）第174686号

大金王朝
DAJIN WANGCHAO
熊召政 著

出　　版　北京出版集团公司
　　　　　北京十月文艺出版社
地　　址　北京北三环中路6号
邮　　编　100120
网　　址　www.bph.com.cn
发　　行　新经典发行有限公司
　　　　　电话（010）68423599
经　　销　新华书店
印　　刷　北京天宇万达印刷有限公司
版　　次　2019年10月第1版
　　　　　2019年10月第1次印刷
开　　本　880毫米×1230毫米　1/32
印　　张　55
字　　数　1232千字
书　　号　ISBN 978-7-5302-1989-8
定　　价　198.00元（全4册）
质量监督电话　010-58572393
如有印装质量问题，由本社负责调换